沈衛榮　著

西藏歷史和佛教的語文學研究

Philological Studies of Tibetan History and Buddhism

Shen Weirong

上海古籍出版社

沈衛榮 　　中國人民大學國學院副院長、宗教高等研究院副院長、西域歷史語言研究所所長、漢藏佛學研究中心主任。1998年畢業於德國波恩大學，獲中亞語言文化學博士學位。現專門從事西域語文、歷史，特別是西藏歷史、藏傳佛教和漢藏佛學比較研究。

目　　録

我的心在哪裏？（代序）…………………………………………………… 1

漢藏佛學研究

漢藏佛學比較研究芻議 ……………………………………………………… 1

敦煌藏文文書 IOL Tib J51、J52 與敦煌漢譯《聖入無分別惚持經》的比較研究 … 18

元代漢譯八思巴帝師造《觀師要門》對勘、研究 …………………………… 44

漢藏譯《佛説聖大乘三歸依經》對勘——俄藏黑水城文書 TK121、122 號研究 … 58

八思巴帝師造《略勝住法儀》研究 ………………………………………… 69

漢藏譯《聖大乘勝意菩薩經》研究——以俄藏黑水城漢文文獻 TK145 文書爲

　中心 …………………………………………………………………… 97

元代漢譯卜思端大師造《大菩提塔樣尺寸法》之對勘、研究——《大乘要道密集》

　系列研究（一）……………………………………………………… 105

重構 11—14 世紀的西域佛教史——基於俄藏黑水城漢文佛教文書的探討 … 129

藏譯《首楞嚴經》對勘導論 ……………………………………………… 145

再論《彰所知論》與《蒙古源流》………………………………………… 156

近代西藏宗派融和派大師密彭尊者傳略 ………………………………… 181

無垢友尊者及其所造《頓入無分別修習義》研究 ……………………… 206

西藏文文獻中的和尚摩訶衍及其教法——一個創造出來的傳統 ……… 234

一世達賴喇嘛傳略 ………………………………………………………… 265

扎什倫布寺建寺施主考 …………………………………………………… 306

漢藏文版《聖觀自在大悲心惚持功能依經録》之比較研究——以俄藏黑水城

　漢文 TK164、165 號，藏文 X67 號文書爲中心…………………… 320

西夏、蒙古佛教研究

《大乘要道密集》與西夏、元朝所傳西藏密法——《大乘要道密集》系列研究導論 …… 347

初探蒙古接受藏傳佛教的西夏背景 …………………………………………… 392

西夏文藏傳續典《吉祥遍至口合本續》源流、密意考述（上） ……………… 407

西夏、蒙元時代的大黑天神崇拜與黑水城文獻——以漢譯龍樹聖師造《吉祥大黑
　　八足讚》爲中心 ……………………………………………………………… 418

序説有關西夏、元朝所傳藏傳密法之漢文文獻——以黑水城所見漢譯藏傳佛教儀
　　軌文書爲中心 ………………………………………………………………… 440

西夏黑水城所見藏傳佛教瑜伽修習儀軌文書研究 I：《夢幻身要門》 ………… 460

元代西藏歷史研究

元明兩代朵甘思靈藏王族歷史考證 …………………………………………… 483

神通、妖術和賊髡：論元代文人筆下的番僧形象 …………………………… 507

論元代烏思藏十三萬户的建立 ………………………………………………… 529

元代烏思藏十三萬户考 ………………………………………………………… 552

元朝中央政府對西藏的統治 …………………………………………………… 572

明清西藏研究

“懷柔遠夷”話語中的明代漢藏政治與文化關係 ……………………………… 586

明封司徒鎖巴頭目剌咎肖考——兼論元明時代烏思藏拉堆洛萬户 ………… 614

海外藏學研究

幻想與現實：《西藏死亡書》在西方世界 …………………………………… 642

簡述西方視野中的西藏形象——以殖民主義話語中的妖魔化形象爲中心 …… 685

作者論著目録 …………………………………………………………………… 707

後記 ……………………………………………………………………………… 718

我的心在哪裏？（代序）

沈衛榮

一

2002 年，我在德國波恩大學的博士論文 *Leben und Historische Bedeutung des ersten Dalai Lama dGe 'dun grub pa dpal bzang po（1391－1474）: Ein Beitrag zur Geschichte der dGe lugs pa-Schule und der Institution der Dalai Lamas*（《一世達賴喇嘛根敦珠巴班藏波（1391—1474）的生平和歷史意義：格魯派和達賴喇嘛制度史研究》）由德國華裔學志社（Institut Monumenta Serica, Sankt Augustin）作爲《華裔學志叢書》（*Monumenta Serica Monograph Series*）第 49 種出版。拙著出版後，兩年間陸續出現了近十篇分別用德、法、英文發表的書評，評論人中竟然不乏像 Françoise Aubin、Anne Chayet 和 Helmut Eimer 這樣大腕級的學者，令我受寵若驚。但在這些書評中給我留下深刻印象的只有兩篇，其中一篇是 Françoise Wang-Toutain（漢名王薇，法國國家科學研究中心研究員）寫的，長達 9 頁，發表於 *Études Chinoises*《中國研究》22（2003：340－349）上。讀到她的書評後，我很爲感動，因爲完全沒有想到世界上還會有人那麼一字一句地認真地閱讀我用外文寫的、對她來說也是外文的著作，並寫出那麼長篇的評論。輾轉得到她的 E-mail 地址後，我馬上去信向王薇博士表示感謝，從此我們成了時相往還的好朋友和志趣相投的學術知己，常常互爲新作之第一讀者。自此始知世人以文會友，誠有其事也。然能與王薇爲友，又何其幸哉！

另一篇給我留下了深刻印象的書評則出自時下在中國大名鼎鼎的顧彬（Wolfgang Kubin）教授之手，發表於 *China-Report*（《中國報導》）41（2004：34）上。顧彬先生親自出手評論拙著，這已經多少有點出乎我的意料，因爲拙著屬藏學、佛學範疇，與顧彬教授於間弄潮的漢學實在沒有太多干係。然而顧彬先生不太靠譜的評論方式則更令我吃驚，恕我孤陋寡聞，這樣的書評我還是頭一回見到。他的評論大意如此：《一世達賴喇嘛根敦珠巴班藏波（1391—1474）的生平和歷史意義》一書從一部純學術著作的角度來看頗爲精良,德文居然寫得相當不錯,行文、注釋、索引也都中規中矩,如果讓他作爲指導教授來給這篇博士論文打分的話,他一定會打出高分;不僅如此,這本書的編輯、裝幀和印刷都相當精美,用紙亦屬上乘,看來流傳上百年是没有問題的。可是,最後他忍不住要問:"作者的心在哪裏?"我很清楚我自己的心在哪裏,也明白這篇書評不過是習慣於"語不驚人死不休"的顧彬先生信手寫來的一篇遊戲之作,讀罷只覺得好玩,遂一笑了之。

　　一晃又五六年過去了,最近我對語文學(Philology)作爲一種學術方法,或者一種人生態度,有了一些新的認識(參見拙文《我們能從語文學學些什麼?》,《文景》2009 年第 3 期,頁 28—35),且念念在兹,故不禁想起了這段有趣的往事,這裏不怕人笑話,拿出來曬上一曬。我不敢妄自忖度顧彬先生問我心在哪裏是否另有深意,只願相信他的言外之意是説,拙著雖然從語文學的角度來看扎實、靠譜,但没有理論,也見不到快意、率性的議論,故全書缺乏精神,所以他要問"作者的心在哪裏"。其實,顧彬先生很明白,我寫作這篇博士論文爲的是拿下他供職的那個德國大學的博士學位,研究、寫作的路數遵照地完全是德國東方學研究的優秀傳統,即語文學的方法。我用這篇論文取得的博士學位專業官稱"中亞語言文化學"(Sprach-und Kulturwissenschaft Zentralasiens),而"語言文化學"幾乎就是"語文學"的另一個稱呼(如云:"作爲文化學的語文學"Philologie als Kulturwissenschaft)。所以,我的心就在於遵照德國東方學研究的傳統寫作一篇像他一樣的教授大人們認爲優秀的博士論文。

二

　　記得顧彬先生有一次曾對我説過,他對二戰後德國漢學研究的領軍人物 Herbert Franke(漢名傅海博)先生[1]的學問佩服之至,但是,這種學問可望而不可及,所以他和稍長於他的這一代德國漢學家,儘管其中不少曾是傅先生的親傳弟子,可在學術方法上却已改弦更張了。説到對傅海博先生之學問的欽佩,我與顧彬先生同聲相應。自 80 年代中期開始,傅先生主持巴伐利亞州科學院中亞委員會的工作,自此專治元代西藏歷史,而這正好是我當時做碩士和博士論文時所研究的課題,所以我對傅先生學問之精深或比顧彬先生有更深的體會。自 1984 年首次讀到傅先生的大作以來,我對收集、閲讀

---

　　[1] 坊間流傳的 Herbert Franke 先生的漢文名字有福赫伯、傅海波等多種,筆者於 1997 年春在巴伐利亞州科學院中亞委員會的辦公室内訪問過傅海博先生,他親口告訴我他的漢文名字叫做傅海博,取意"像大海一樣博大"。

他的學術著作的熱情歷二十餘年不稍減,從中得益良多。當年計劃出國留學時首選的導師就是傅先生,可惜晚生了幾十年,當時他早已從慕尼黑大學退休,不可能再收我這個中國學生。可儘管我沒有能够有幸成爲傅先生的弟子,但就對傅先生學術成就的推崇和對他所秉持的學術方法的服膺而言,我自認比他的許多弟子更爲執着。

可到德國留學不久,我頗爲吃驚地發現,當時在任的德國各大學的漢學教授中雖有不少曾經是傅先生的弟子,但從學術史的角度來看,他們當中似乎沒有一位可以稱得上是傅先生正宗的衣鉢傳人。傅先生是一位出色的中國古代歷史學家,但他的弟子們大多數是中國哲學史家,或者中國文學史家,其中幾乎没有專治中國古代歷史的學者。傅先生重視利用各類稀見漢文歷史文獻資料,精於文本的釐定和譯注,擅作史實的辨析和考證,並注重中國邊疆和民族的研究,而他的弟子們却多半更喜歡哲學思辨,重視漢文經典之微言大義的詮釋(exegesis)。傅先生是一位學有專攻的專家型學者,而他的弟子們多半變成了文史哲無所不通的百科全書式的漢學家。但從世界漢學的角度來看,傅先生之後似乎再没有出現一位像他一樣活躍在國際漢學舞臺、並具有廣泛國際影響的德國漢學家,至少在中國古代史研究這個領域内一定如此。

對於這樣一種現象的出現,作爲傅先生的外國粉絲,我大惑而不得其解。1997 年春天,我平生唯一一次有機會拜見傅海博先生,便將我的這份困惑説了出來,希望他能够給我一個合理的解釋。不曾料到的是,傅老先生竟用帶點調侃,然又非常肯定的口吻告訴我,那是因爲他的弟子們懶惰,捨不得下苦功夫。我想這大概不是事實,傅先生的弟子們一定不會同意這種説法。2007 年春天,在中國人民大學舉辦的首屆世界漢學大會上,我巧遇 Helwig Schmidt-Glintzer(漢名施寒微)先生,與他相談甚歡,於是我再次提出了那個令我困惑了許多年的老問題。作爲傅先生的弟子,而且曾執掌慕尼黑大學漢學教席多年的施先生,主攻中國古代文學史,兼修中國古代宗教、思想和近代歷史,是傅先生弟子中成就非常突出的德國中生代著名漢學家之一。他給我的解釋是,到上個世紀 70 年代,像傅先生這樣的漢學家已經很難繼續在德國存在,傳統的以古典文本研究爲主的極其專門的漢學研究(Sinologie)漸漸被更注重現實,且包羅萬象的中國研究(China Studien)取代,社會更需要百科全書式的中國通,而不需要躲在象牙塔中專讀古書的漢學家,於是便出現了兩代漢學家之間在治學方法和學術成就上的裂變。

施先生的解釋自然可成一家之説,專治德國漢學史的學者或還可以找出其他種種理由,來給這種現象以更全面的解釋。我自己私下琢磨,隨着德國漢學研究從傳統漢學到中國研究的轉變,德國漢學家們的治學方法也隨之發生了重大變化,從而直接導致了上述裂變。記得傅海博先生在發表他譯注的元人楊瑀筆記《山居新話》時,曾經寫過這樣一段話,大意是説像他這樣翻譯、注釋一本元人筆記在外人看來一定是十分老套、過時的做法,但他自認爲只有這樣從譯注原始資料做起方才能够把自己的學問做實、做好,並對他人的研究有所幫助。顯然,傅先生感覺到了發生在他周圍的這種學術氣氛的變化,從前由他領軍的德國漢學研究已今非昔比了。

本來釐定、譯注和解讀一本來自東方的古典文本是歐洲,特別是德國東方學研究最經典的做法,幾百年來歐洲東方學研究的最大貢獻就是運用西方古典語文學的方法,整理、解讀、保存了一大批來自東方的古典文本。可如今堅守這一傳統的做法却連傅先生這樣的人物都自覺有點不合時宜了,難怪他的弟子們都紛紛和他分道揚鑣,另闢蹊徑了。可幸德國的藏學家、印度學家們似乎没有漢學家們那麼靈活,他們中的大多數至今依然我行我素,而我自己尊師重道,義無他求。拙著最基本的内容是一世達賴喇嘛兩部成書於 15 世紀末的藏文傳記的德文譯注,若用語文學的標準嚴格衡量,它離完美或還相差很遠(在此我由衷地感謝顧彬先生對它的肯定),但在方法上它無疑是遵循了德國東方學研究的一貫傳統。若將我的博士論文與同類型的德國同學的博士論文相比較,儘管題目和内容不同,學術水平或有高下之别,但所用方法則同出一轍。令我不解的是,我用德國的文字,遵循德國東方學的學術傳統,寫作了一部德國式的東方學著作(我導師的眼光與顧彬先生一樣,給我的博士論文打了最高分,即 sehr gut,譯言"非常好"),不知爲何却要遭到顧彬先生如此的質問? 莫非歸根到底還是因爲我是一個東方人?

顯然,我和顧彬先生不但身處不同的學術領域,而且追求的目標也完全不同。我只是一位熱愛學問、文獻和文獻研究的語文學家(a philologist who loves learning, literature and study of literature),平生最大的野心不過是要釐定、讀懂和解釋傳到我手中的文本(establishing, understanding and interpreting the texts that have come down to me)。爲了讀懂各種各樣的古藏文文本,我已經做了二十餘年的努力和準備,然而駑鈍如我,眼下每天要面對的難題和挑戰,依然是如何正確理解和解釋我正在研究的每一個藏文文本(就像我在德國一住八年,可理解德國人的思想和德國文化對我來説依然是一大難題一樣)。而顧彬先生無疑比我有底氣、也有志氣得多,他不但對他研究的漢語和漢學有充分的自信,以至於聽不得中國人説這個事情"老外不懂"一類的話,而且還常常自覺地肩負起代表(represent)和指導他所研究的對象(包括我在内的所有中國人)的職責(例如他説中國當代文學是垃圾,還説中國人不懂散步等等),甚至對繼承和光大中國的傳統文化有着十分强烈的使命感,對中國人沒有能力傳承自己優秀的傳統文化痛心疾首。一個只奢望讀懂手中的文本,一個却有意要指點江山、激揚文字,道不同,不相與謀。

三

做學問歷來有不同的方法,也因此産生過許多激烈的爭論,例如中國近代學術史上的"樸學"(或稱"小學")與"理學"之爭、"京派"與"海派"之爭,以及上個世紀80年代西方學術界的"語文學"(philology)與"理論"(theory)之爭等等。事實上,一個人的學術取向與他/她最初進入學術領域時最先接受的專業基礎訓練有直接的關聯,也深受他/她身處的周圍學術環境的影響,甚至亦受時尚左右;例如眼下時尚理論,所以學者們多希望自己的學問能與宏大叙事合拍。但值得指出的是,一個人的學術取向實際上還常常取決於他或她個人的性格或性情(disposition),有人偏愛知識和事實的積累,有人則熱衷於思辯概念和觀點,所以有人的著作是從觀念到文本,而也有人的著作則從文本中發展出觀念。所以,儘管做學問需要"樸學"與"理學"的結合,但能够兼治宏觀與實証兩種學問的學者從來都是鳳毛麟角,不可多得。

陳寅恪先生大概可以算是兼通兩種學問的大師,既有深刻、獨到的思想,又精通小學。所以,作爲一位能讀懂無數種外來文字、且深得考據學精義的小學家(語文學家),陳先生得到了當下廣大學人們的推崇;又因爲他有諸如《柳如是別傳》一類的寄情作品傳世,再加上他的傳奇人生,陳先生作爲一位有思想、有性情的文人也受到時人激賞和熱愛,甚至被推崇爲國學大師"拿摩温"。近日讀到龔鵬程先生評論近代學人和學問的文章,他也把中國近代學術分成"理學"和"樸學"兩種傳統來叙述,而陳先生則被理所當然地歸入了"樸學"一類。龔先生指出了陳先生所犯的兩個學術錯誤,即錯誤地將漢文文獻中的華佗和孫悟空兩位人物故事的原型與印度古代作品中的母題聯結起來,並説這是陳先生受思想的局限而犯下的錯誤。在我看來,陳先生犯的這兩個錯誤,與思想恐怕沒有關係,相反是因爲沒有將語文學功夫做到家才出的錯,但是龔先生將陳先生算作樸學家而不是理學家這無疑是公正的。

中國近代學術史上有意要兼治"理學"和"樸學"的有胡適之先生。在新文化運動中呼風唤雨、風光無限的胡先生,當年對樸學同樣投入很深。例如,他曾經積極支持流亡中國的愛沙尼亞男爵鋼和泰(Baron Alexander von Holstael)先生在北京建立漢印研究所(Sino-Indian Research Institute),從事漢、梵、藏、蒙佛經的對勘,乃至以北大校長之尊,每周花幾小時親自替鋼和泰先生當口譯,講授漢、梵佛教文獻的語文學研究。1930

年代,胡適先生還曾在巴黎法國國家圖書館內狠坐了一陣冷板凳,一字一句地抄寫被伯希和劫掠到巴黎的敦煌出土漢文禪宗文獻,用心辨別禪宗初期之歷史事實,可以説他是世界敦煌禪學研究的第一人。通過實証性的文獻研究,胡適先生對不少當時以爲定論的説法提出了挑戰,引起了當時世界上最負盛名的禪師日本人鈴木大拙的不滿,興起了一場著名的"胡適禪學案"。即便如此,與他當年引領新文化運動時那種叱咤風雲的氣概和顛覆舊文化傳統的成就相比,胡先生在小學領域內的投入顯然未能結出豐碩的果實。特別是他晚年曾暗地裏與人爭勝,長時間兢兢業業地注解《水經注》,可到頭來却幾乎是白費功夫,想來令人不禁扼腕。於此看來,不但人各有志,人的能力也各有側重,若不順從自己的性情、興趣,强人所能,則一定事倍而功半。

　　於當下的學界,"理學"與"樸學"兩種不同的學術方法(academic approaches)之間的爭論,集中在理論和語文學之間的爭論。不用説,理論是時尚的麗人(lady theory),而語文學早已是明日黃花(aging lady philology),雖然間或亦有人呼吁要重歸語文學,但終歸勢單力薄,難以恢復昔日的輝煌。語文學熱衷重構,而理論,特別是後現代的各種理論,偏愛解構,故要想在理論和語文學之間找到一種平衡,實在不是一件容易辦到的事情。但理論與語文學實際上並不互相排斥,從事文本研究若能有觀念、理論的指導,不但學術課題的思想意義能够得到提升,而且也可使從事文本研究的學者更具智性的挑戰;而任何一種理論實際上都不是憑空想象出來的,而是從對大量文本的精讀(close reading)中得出來的。薩義德的"東方主義"理論在當代學術界的影響力無與倫比,可認真讀過《東方主義》一書的讀者都不會忘記,在得出這樣具有普遍意義的宏大理論之前,薩義德先生究竟閱讀了多少西方人書寫的有關東方(中近東)的文本。可以肯定的是,理論的和語文學的學術方法勢必都會繼續同時存在下去,正所謂世上既有抵制理論的人,也就會有抵制語文學的人(For everyone who resists theory, there is someone else who resists philology)。事實上,熱愛語文學也好,鍾情於理論也罷,只要符合你自己的性情,你就應該盡情地去做,別管人家説什麼。伯希和做學問也不過是爲了"那讓我覺得好玩"(ça m'amuse),我等又復何求?昨天看電影《博物館的夜晚》(*Night at the Museum: Battle of the Smithsonian*),又學到一句箴言,叫作"幸福的關鍵就是做你愛做的事"(the key to happiness is to do what you love)。

四

　　我自己生性喜好文字,對讀懂寫成文字的東西有特殊的愛好。打從做碩士論文開始,認真閱讀的都是中外蒙元史學者撰寫的考據式文章,所以酷愛傅海博式的學術風格,醉心於西方語文學研究著作的扎實和精緻。雖然一度也曾被以薩義德的"東方主義"理論爲代表的西方殖民和後殖民時代文化批評理論深深吸引和打動,留學期間,也曾參加波恩大學神學系和哲學系聯合主辦的一個題爲"跨文化、跨宗教對話:宗教史研究"的跨學科的研究生班,與一幫言必稱《舊約》、《新約》、韋伯、海德格爾的新鋭神學家、哲學家和宗教學家們一起廝混了整整四年,跟着他們學習和討論各種各樣傳統的和新潮的理論,學得非常辛苦,也一知半解地學到了不少東西,從此以後至少對西方東方學家們"葉公好龍"式的東方觀有了深刻的認識,也對西方人隨意挪用、誤讀東方的宗教文本有了本能的警覺,但終究本性難移,自己所作研究基本上還是遵循語文學的方法,也只有回到語文學研究才像回到家中一樣舒服。

我寫作博士論文的這段時間,正好與參加"跨文化、跨宗教對話"那個研究生班同時。與學習理論的收穫比較起來,我還是覺得自己在學習和實踐語文學研究方法上的收穫更大、更直接。寫作和修改博士論文的漫長過程,讓我對語文學的方法及其魅力有了更深刻的體會。首先,我認識到整本地翻譯一篇"東方的文本",決不是一種機械的、沒有多少學術意義的勞動,相反它既是一種最有效的語文學習的基礎訓練,同時也是西方語文學實踐的一項最基本的內容。按照西方學者的説法,語文學就是"慢慢讀書的藝術"(philology is the art of reading slowly)。古代文人好讀書不求甚解或不失爲一種灑脱,但現代學者若亦如此則一定有失專業精神(unprofessional)。西諺有云:"讀書不求甚解是對書的漠視"(to read and not to understand is to disregard),一知半解地讀書,還不如不讀書。若想讀出書中字裏行間的意思,且避免誤讀,除了慢慢的讀,沒有其他捷徑。

語文學的慢讀功夫首先以釐定或設定文本(establishing or constituting a text)爲基礎,這個過程對於從事現代研究的學者來説不見得那麼重要和困難,畢竟他們不常遇到像喬伊斯的《尤利西斯》(Joyce's *Ulysses*)這樣有爭議的文本。但它對於像我這樣研究非本民族語言之古典文本的人來説不但非常重要,而且還特別困難,需要以長期、耐心的專業語言訓練爲前提,而且還要學會運用 Paleography(古文書學)、Codicology(手稿學、書籍考古學)以及文本批評(textual criticism)等極其專業的方法,否則就沒有能力處理那些不是殘破、就是有多種不同版本傳世,而且與現代語文相差很遠的古典文本。事實上,即使閱讀自己的母語文獻,正確理解一個古典的文本也並非想象得那麼簡單。自我感覺最有把握的東西,也往往是最容易出錯的地方。一個沒有受過專業訓練的人,如果不首先仔細地設定所讀文本的語言的和歷史的前後聯繫,同樣也很難正確理解自己民族的古典文本。去年五月,我在巴黎遇到美國印第安那大學中央歐亞系教授、漢藏語言學、藏學和歐亞學大家 Christopher Beckwith 先生,他對我說,迄今爲止中外漢學家中間幾乎没有人像西方古典語文學家設定西方古典文本那樣處理過漢文經典,所以至今没有出現一本像樣的漢文經典文本的合校本(critical edition)。在這一點上,漢學大大地落後於印度學、藏學、蒙古學等其他東方學研究的分支學科。儘管中國的經學研究已有上千年的傳統,但對漢文經典文本的釐定和設定與西方古典語文學對西方經典文本的設定相比相差很遠,傳統漢學研究並没有完全走到盡頭,回歸語文學也是一件迫切需要做的事情。

　　按照語文學的傳統,若要正確理解一個文本,我們就必須認真對待文中出現的每一個詞彙,必須根據其前後聯繫和它早先的出處、例证,盡可能設法重建起這些詞彙本來的生命(original life),品味出其意義上的細微差別(nuances),然後來確定它們在這個文本中的確切意義。而若要正確理解一種古代文明的文字記錄,我們還需掌握大量廣義的文化史知識,如民俗、傳説、法律和習俗等等。此外,一個文本的語文學閱讀還要照顧到這個文本用以表達信息的各種不同形式,所以它還涉及語言風格、韵律和其他相關的研究。總之,要保证我們閱讀文本時不是一知半解,不犯斷章取義或者類似的錯誤,只有堅持讀書而求甚解的慢讀習慣。強調這一點,對於當下我們這個習慣於從網絡上迅速獲取資訊,却懶得翻開一本字典或者一本參考書的時代尤其重要。於我而言,從頭到尾翻譯藏文《達賴喇嘛傳》這樣非母語的古典文本,經歷過一個艱苦的慢讀過程後,我閱讀古藏文文本的水平不但有了顯著的提高,對於這個文本的理解和起初瀏覽時相比也有了質的變化。

　　用語文學的方法處理一個文本,其目的是要重構(reconstruct)或者恢復(restore)這個文本原有的十分豐富的内涵和生命,從而對它進行解釋(interpret)和評論(comment)。釐定或設定一個文本並不只是一個機械的、技術性的活動,不但其過程即伴隨着研究者個人的理解和解釋,而且其目的也是最終要給這個文本以合理的解釋和評論。或以爲解釋和評論不能算是純粹語文學的内容,因爲它們必須涉及觀念和理論的東西,但對文本的設定和確定與對它的解釋本身是没有辦法完全分開來進行的。若不首先以語文學的方法對這個文本的豐富内容進行重構和恢復,任何解釋和評論都將難以實現。相反,完成了重構和恢復,解釋和評論便水到渠成。設定文本的目的就是要復原這個文本本來的語言的和歷史的關聯,而不是預設某個觀點或者概念,若讀者頭腦中帶着某個觀念或觀點來閱讀文本，那麼他往往只着意於在文本中尋找可以證實自己已知觀念的内容。而當我們脱離預設的觀念來閱讀文本，則常常能够讀到很多預期之外的其他内容（otherness），整個閱讀過程將充滿驚喜和發現。就像當初我開始譯注一世達賴的兩部傳記時，並没有奢望要重構 15 世紀西藏政治和宗教的歷史。而當我完成譯注之後，却驚喜地發現這樣一部歷史已躍然紙上了。大家知道，藏文文獻之多僅次於漢文文獻，但由於受佛教的影響，任何藏文文獻資料都是佛教化了的東西，從中很難剥離出純粹歷史的内容。不管是一部西藏教法史（chos 'byung），抑或一本喇嘛的傳記（rnam thar），如果只是粗粗地閱讀而不求甚解，那麼，除了被無休無止的佛教名相搞暈了頭腦外，我們或將一無所獲。但當我將一世達賴傳記中出現的所有人名、地名、寺院名，以及各種經典、法物、儀軌的名稱、背景和傳承一一考證清楚，即發現有關 15 世紀西藏政治、宗教，乃至經濟、藝術的内容，特別是有關格魯派興起和達賴喇嘛體制形成的過程，已被全部包羅進來，重構這段歷史已不再是一項不可完成的任務了。一世達賴喇嘛在哪裏學／傳哪一種法、受何人支持／排擠、請何人授法、造像、去哪裏建寺、舉辦法會等等，都不是偶然發生的事情，事事背後都有其深刻的歷史背景，一旦把他們的緣由和來龍去脈搞清楚了，我們即可從一部充滿宗教說辭的高僧傳中構建出一部傳主所處時代的教法史。這就是語文學研究的魅力所在，也是我寫作這篇博士論文的用心所在，這篇論文的學術貢獻也盡在於此。所以，若顧彬先生真的有意要知道我的心在哪裏，那麼我可以明白地告訴他：我的心就在語文學，能成爲一名優秀的語文學家是我今生最大的野心。

（文載《文景》2009 年第 6 期，頁 42—48）

漢藏佛學比較研究芻議

一

　　英國印藏佛教學者 David Snellgrove 先生曾經指出,藏傳佛教包羅了印度佛教的所有傳統,印度佛教中有的,藏傳佛教中全有;印度佛教中已經失傳的,也在藏傳佛教中保存了下來,還得到了發展。例如藏傳佛教,它來源於印度,但其發展則遠遠超出印度原有的傳統。[1] 與漢化甚深的漢傳佛教相比,藏傳佛教與印度佛教的直接聯繫顯然更深、更明顯。是故,長期以來在西方和日本的佛學研究傳統中,藏傳佛教研究每每與印度佛教研究緊密地結合在一起,印藏佛學研究通常是國際佛學研究領域內最受關注、也最有成就的一個分支。利用豐富的藏傳佛教文獻,借助活着的藏傳佛教傳統,接受過全面的語文學、文獻學訓練和具備良好佛學素養的佛教學者可以復原、重構早在 13 世紀就已經失落的印度大乘佛教傳統。

　　由於流傳至今的古印度梵文佛教文獻並不很多,現存的梵文佛教寫本也大都是相當晚的作品。所以,研究印度佛教必須依靠梵文佛教文獻以外的資料,其中尤以藏傳佛教文獻最爲重要。現存《藏文大藏經》收錄佛典 4 569 部,其中包含了絕大部分印度大乘佛教經典的完整翻譯。佛教於公元 7 世紀開始在吐蕃傳播,藏語書面語也在這時確立,故藏文從一開始就與佛經翻譯直接相關,它的語法和構詞法也多與梵文類近,故用藏文翻譯梵文佛經從用詞到語法構成均較容易相互對應。到公元 9 世紀初,藏文佛經翻譯數量已相當可觀,但由於譯師的組成相當複雜,除了吐蕃譯師外,也有來自漢地和印度,乃至中亞的譯師,再加上流傳到吐蕃的佛經原典來源不一、傳承混亂,故藏文佛經的翻譯质量參差不齊。爲了規範佛經翻譯體例、統一佛典翻譯用詞,吐蕃贊普命令參與佛經翻譯的吐蕃、漢地和印度的譯師聯手編製了一部正字法字典——《語合二章》

---

　　[1] David Snellgrove, *Indo-Tibetan Buddhism: Indian Buddhists and Their Tibetan Successors*, Boston: Shambhala Publication, 2003, p.118.

（*sGra sbyor bam gnyis*）和一部解釋語源的語彙手冊——《翻譯名義大集》（*Bye brag tu rtogs par byed pa chen po*），進一步保證了藏譯佛經書面語言的統一和規範化。[1] 還有，藏文佛經翻譯自始至終有印度高僧的積極參與，按照 14 世紀西藏著名佛學大師卜思端輦真竺（Bu ston Rin chen grub，1290－1364）在其著作《卜思端教法源流》（*Bu ston chos 'byung*）中的統計，先後來吐蕃參與藏文佛經翻譯的著名印度學問僧計有 93 名之多。其中不少在 10 世紀以後來吐蕃的印度僧人長期生活在吐蕃，對藏語文的理解和運用已相當嫻熟，他們的積極參與無疑爲藏文佛典翻譯的質量提供了可靠保證。是故，精通梵、藏兩種文字的佛教學者，不難通過藏譯佛典來想象梵文佛典的本來面目，重構已經失落的梵文原典。因此，藏文成爲研究印度佛教者必須掌握的工具語言，藏文佛教文獻是研究印度佛教不可或缺的珍貴資料。

除了對保存印度佛教文獻有不可替代的價值以外，藏傳佛教對於繼承和發展印度大乘佛教教法同樣作出了不可磨滅的貢獻。大乘佛教之精義在西藏經過一代又一代學富五明、智悲雙運的高僧大德的闡述和論辯，得到了廣泛弘揚和發展。西藏歷史上出現過一大批傑出的佛教學者，如屬噶當派（bKa' gdams pa）的俄譯師羅膽攝羅（rNgog lōtsaba Blo ldan shes rab，1059－1109）、屬薩思迦派（Sa skya pa）的薩思迦班智達公哥監藏（Sa skya *pandita* Kun dga' rgyal mtshan，1182－1251）、屬沙魯派（Zhva lu pa）的卜思端輦真竺、屬寧瑪派（rNying ma pa）的龍禪羅絳巴（Klong chen Rab 'byams pa，1308－1364／69）、屬格魯派（dGe lugs pa）的宗喀巴（bTsong kha pa Blo bzang grags pa，1357－1419）、屬不分派（Ris med pa）的不敗尊者文殊勝海（Mi pham 'Jam dbyangs rnam rgyal rgya mtsho，1846－1912）等等。他們對印度大乘佛教的中觀、唯識、如來藏等哲學思想的理解和闡發，[2]對以公元 7 世紀印度量學大師法稱（Dharmakīrti）的著作爲代表的佛教因明學思想的繼承和發揚，和藏傳佛教覺囊派（Jo nang pa）積極主張的"他空

---

〔1〕《梵藏漢和四譯對校翻譯名義大集》，京都帝國大學文科大學叢書第三，京都：臨川書店，大正五年（1916）；參見張廣達，《九世紀初吐蕃的〈敕頒翻譯名義集三種〉—— *bKas bcad rnam pa gsum*》，氏著，《西域史地叢稿初編》，上海古籍出版社，1995 年，頁 321—334。

〔2〕 相關的研究參見 David S. Ruegg，*The Literature of the Madhyamaka School of Philosophy in India*. Wiesbaden, Germany：Otto Harrassowitz，1981；*Three Studies in the History of Indian and Tibetan Madhyamaka Philosophy*，（*Studies in Indian and Tibetan Madhyamaka Thought*，*Part 1*），Wien：Arbeitskreis fuer Tibetische und Buddhistische Studien，Universitaet Wien，2000；*Two Prolegomena to Madhyamaka Philosophy*，（*Studies in Indian and Tibetan Madhyamaka Thought*，*Part 2*），Wien：Arbeitskreis fuer Tibetische und Buddhistische Studien，Universitaet Wien，2002；Thupten Jinpa，*Self，Reality and Reason in Tibetan Philosophy：Tsongkhapa's Quest for the Middle Way*（Curzon Critical Studies in Buddhism，18），London：Routledge Curzon，2002；Jeffrey Hopkins，*Emptiness in the Mind-Only School of Buddhism*，Berkeley，California：University of California Press，2003.

見"（gzhan stong）思想一起，[1] 極大地豐富了印度大乘佛教哲學思想。[2] 對上述這些藏傳佛教大師的著作進行解讀和研究，顯然能够幫助佛教學者更深入地理解和探究印度大乘佛學的基本思想和甚深奧義。

藏傳佛教除了在中觀、唯識、如來藏和因明等佛教義理的發揮上獨樹一幟外，更因其周密的密教修習傳統而在佛教世界中佔有十分特殊的地位。密教（Tantra，怛特羅）本來是一個遠早於佛教就在印度出現的古老傳統，印度大乘佛教在吸收、融合、改變和發展印度密教傳統的過程中，形成了被稱爲金剛乘的佛教的密教傳統。隨着印度佛教在 13 世紀的消亡，佛教中的密教傳統，特別是無上瑜伽部的傳統在印度已經失落，而它卻在西藏得到完整的保存和全面的發展，成爲藏傳佛教的主流和標誌。藏傳佛教中那些複雜的密教修行甚至被西方人類學家認爲是西藏人爲豐富世界人文精神作出的唯一和最大的貢獻。[3] 於佛教研究而言，現存藏傳佛教文獻中數量巨大、門類繁多的密修儀軌（cho ga）、修法（sgrub thabs）是重構印度古老的密教傳統所必須依靠的最重要的資料。只有對藏傳密教作深入的研究，古印度密教傳統的真相纔有可能被揭露出來。印、藏佛學研究之不可分離於此亦可見一斑。[4] 將印、藏佛教作爲整體來研究，追溯其根源、觀察其流變，無疑是佛學研究的正確方向。

二

長期以來，人們習慣於將"佛教征服中國"的歷史理解爲佛教漢化的歷史，漢傳佛教研究偏重討論佛學義理及其與儒、道等漢族傳統哲學思想的涵化，擅長作哲學史、思

---

〔1〕 Jeffrey Hopkins, *Mountain Doctrine: Tibet's Fundamental Treatise on Other-Emptiness and the Buddha Matrix*, Ithaca：Snow Lion Publications, 2006.

〔2〕 歐洲和日本都有一批學者專門從事佛教因明的研究，其基本方法就是通過對藏族學者所撰述的法稱因明學經典釋論的語文學研究（philological studies），來釐定法稱之經典的文本，並對法稱的因明學原理作出合理的解釋。其中代表人物有奧地利學者 Ernst Steinkellner 和日本學者御牧克己等人，其著作甚多，茲不一一列舉。近年亦有北美學者從事這方面的研究，其代表人物和著作有 Georges B. J. Dreyfus, *Recognizing Reality: Dharmakirti's Philosophy and its Tibetan Interpretations* (SUNY Series in Buddhist Studies), Albany, New York：State University of New York Press, 1997；Tom J. F. Tillemans, *Scripture, Logic, Language: Essays on Dharmakīrti and his Tibetan Successors* (*Studies in Indian and Tibetan Buddhism*), Boston：Wisdom Publications, 1999；John D. Dunne, *Foundations of Dharmakirti's Philosophy*, Boston：Wisdom Publications, 2004.

〔3〕 Geoffrey Samuel, *Civilized Shamans: Buddhism in Tibetan Societies*, Washington and London：Smithsonian Institute Press, 1993, p.8.

〔4〕 我們或可以研究佛教密宗傳統卓有成就的美國學者 Ronald M. Davidson 的學術途徑爲例，他近年連續出版了兩部獲得普遍好評的專著，分別研究印度和西藏的密教，即 *Indian Esoteric Buddhism: A Social History of the Tantric Movement*, New York：Columbia University Press, 2003；*Tibetan Renaissance: Tantric Buddhism in the Rebirth of Tibetan Culture*, New York：Columbia University Press, 2005.

想史式的研究。[1] 而歐洲傳統中的印藏佛教研究則以語文學（philology）的方法整理、解釋佛教文獻爲主流。這種方法上的明顯差異造成印藏佛學研究與漢傳佛教研究這兩個領域長期南轅北轍，找不到切合點。

當然，亦有有識之士早已對漢傳佛教於印藏佛教研究的重要意義有深刻認識。20世紀二三十年代流亡中國的愛沙尼亞男爵、印度學家鋼和泰（Baron Alexander von Holstein）曾在北京建立了一個漢印研究所，寄希望於同時利用藏、漢、蒙等文字的佛教文獻，並借助在北京的藏、漢、蒙僧衆口傳的活的傳統來重構印度大乘佛教，彌補梵文佛典的闕損給佛教學者帶來的缺憾。[2] 他的這項舉措得到蔡元培、梁啓超、胡適等中國學者和哈佛燕京學社等西方學術機構，以及衆多西方知名東方學家的積極支持。他的周圍聚集了包括陳寅恪、于道泉、林藜光、Friedrich Weller、Walter Liebenthal 等一批兼通梵、藏、漢、蒙的學者。鋼和泰本人與其弟子留下了不少對印、藏、漢佛教文獻作比較研究的著作。[3] 遺憾的是，鋼和泰開創的事業後繼乏人，當今西方從事印藏佛學研究的學者中，兼通漢語文者寥寥可數，除了德國著名印度學、佛教學學者 Lambert Schmithausen 教授等極少數人以外，[4] 很少有人同時重視利用漢文佛教文獻，注意到漢傳佛教與印、藏佛教的比較研究對於正確理解印、藏大乘佛教傳統的重要性和必要性。而專門從事漢傳佛教的學者，則多半只重視漢文佛教文獻，很少有人注意到漢傳佛教與藏傳佛教之間的緊密聯繫。漢傳佛教研究與印藏佛教研究基本上處於互不相干的狀態。[5]

事實上，印藏佛學研究的進步離不開漢文佛典和漢傳佛教研究的幫助。正如日本

---

〔1〕 於此我們或可以許理和（Erik Züricher）的著作《佛教征服中國》（*The Buddhist Conquest of China*，*The Spread and Adaption of Buddhism in Early Medieval China*，李四龍、裴勇等譯，南京：江蘇人民出版社，2003 年）爲例。

〔2〕 見鋼和泰寫於 1928 年 10 月 22 日的《漢印研究所介紹》（The Sino-Indian Research Institute：Introductory Remarks），原件現藏於哈佛燕京學社。

〔3〕 例如鋼和泰著，《大寶積經迦葉品梵藏漢六種合刊》，上海：商務印書館，1926 年；Lin Li-Kouang（林藜光），*Dharma-Samuccaya*：*Compendium de la loi*，*Recueil de Stances. Extraites du Saddharma-Smrty-Upasthāna-Sūtra par Avalokitasiha*，Chapitres I－V，Texte sanskrit édité avec la version tibétaine et les versions chinoises et traduit en français，Paris，Adrien-Maisonneuve，1946.

〔4〕 Lambert Schmithausen 的代表作 *Ālayavijñāna*：*On the Origin and the Early Development of a Central Concept of Yogācara Philosophy*（《阿賴耶識：瑜伽行（唯識）哲學的一個中心概念的來源和早期發展》）（Part I：Text；Part II：Notes, Bibliography and Indices, Studia Philologica Buddhica, Monograph Series IVa, IVb, Tokyo：The International Institute for Buddhist Studies，1987）就是一部同時利用梵、藏、漢三種文獻，用語文學的方法研究佛教思想的經典之作。

〔5〕 現今國際佛學界內，有能力同時從事印度與漢傳佛教研究的新一代學者鳳毛麟角，知名的僅有日本學者辛嶋靜志、船山徹，美國學者 Jan Nattier，意大利學者 Stephano Zacchetti 等。專門從事漢藏佛經對勘研究的學者更不多見。

佛教學者辛嶋靜志所指出的那樣："漢譯佛典不僅是漢文語文學,而且亦是佛學研究的十分重要的資料。這些譯文時間上遠早於現存的大部分梵文和藏文佛教文獻寫本(梵文寫本多寫於 11 世紀以後,而藏譯佛經始於 7 世紀,盛於 10 世紀以後),若仔細地閱讀它們,或可對佛典的形成和發展提供極爲重要的綫索。特別是,源自公元 2—4 世紀的早期漢譯文(即東漢、魏晉的漢譯佛典)是研究大乘佛教之形成的最主要的資料。"[1] 從東漢到初唐,漢傳佛教各宗派已經基本發展成型。從 2 世紀中的竺法護、2 世紀末的支婁迦讖、5 世紀初的鳩摩羅什,到 7 世紀的玄奘,漢譯佛經的主要工程差不多已經完成了,大乘佛教最重要的經典都已經不止一次地被翻譯成漢文。然而此時佛教纔剛剛開始傳入吐蕃,專爲譯經而確立的藏文書面語也纔剛剛開始使用。由此可見,漢譯佛經對於研究大乘佛教之成立的價值實在是無可替代的。

　　漢、藏文佛教文獻是佛學研究,特別是大乘佛教研究最重要的文獻資料。要重構和正確理解印度佛教文獻不能僅僅依靠其中的漢文或藏文一種佛教文獻,而應該對漢、藏文兩種佛教文獻作比較研究。雖然漢文大藏經數量上遠少於藏文大藏經,《大正藏》中僅錄 2 920 種佛典,且重譯甚多,而《藏文大藏經》收錄了 4 569 部佛典。但二者可以互補,因爲漢譯佛典中早期資料較多,而藏譯佛典含有更多的晚期資料。漢傳佛教早在公元 2 世紀的竺法護時代,組成大乘佛典核心的"般若"、"寶積"、"華嚴"、"法華"、"大集"等都已基本成型。而藏傳佛教於 8—9 世紀纔形成第一次譯經高潮,大部分重要的密教經續和儀軌等更都是 10 世紀以後纔翻譯的。所以,一些早期的漢譯大乘佛典或不見於藏譯佛典中,或根據的是不同的梵文原典及其他西域胡語佛典。[2] 雖然早在吐蕃王朝期間不少漢譯佛經就已被轉譯成藏文,如 8—9 世紀的吐蕃大譯師[吳]法成一人就從漢譯佛經中翻譯了《金光明最勝王經》、《入楞伽經》(及《入楞伽經疏》)、《賢愚經》、《大寶積經》之《被甲莊嚴會》、《佛爲阿難説處胎會》、《淨心童女會》,以及《解深密經疏》、《佛説時非時經》、《錫杖經》、《千手千眼陀羅尼經》、《十一面神咒心經》、《百字論頌》、《緣生三十頌》等佛經。[3] 其他從漢文轉譯成藏文的著名佛經還有《大方廣十

---

　　〔1〕　Seishi Karashima(辛嶋靜志), *A Glossary of Dharmaraksa's Translation of the Lotus Sutra*《正法華經詞典》(*Bibliotheca Philologica et Philosophica Buddhica I*), Tokyo:The International Research Institute for Advanced Buddhology, Soka University, 1998, pp. vii, ix.

　　〔2〕　呂澂,《中國佛學源流略講》,北京:中華書局,1979 年,頁 35—42。

　　〔3〕　參見吳其昱等,《大蕃國大德·三藏法師·法成傳考》,牧田諦亮、福京文雅編,《敦煌と中國佛教》(敦煌講座 7),東京:大東出版社,昭和五十九年,頁 383—414;上山大峻,《敦煌佛教の研究》,京都:法藏館,1990 年,頁 84—170。

輪經》、《華嚴經》、《首楞嚴經》、《金剛三昧經》、《梵網經》、《佛藏經》、《大涅槃經》、《大善巧方便佛報恩經》、《太子須大孥經》、《因明入正理論》等經論。[1] 但仍然還有不少早期漢譯小乘佛典,以及相當數量的大乘佛典不見於藏文大藏經中。[2]

當然,藏文佛教文獻對於補充、完善漢譯佛典的價值顯然更大。雖然迄今尚無人對藏文大藏經中有而漢文大藏經中無的佛教經論的具體數目作出精確統計,但這個數目一定遠遠超過漢文有而藏文無的佛教經論的數目。筆者近年在俄藏黑水城文獻中發現了一系列屬於西夏時期新譯、但不見於現存各種版本的漢文大藏經中的漢譯佛經,如《佛說聖大乘三歸依經》、《佛說聖佛母般若波羅蜜多心經》、《持誦聖佛母般若多心經要門》、《聖大乘聖意菩薩經》、《聖觀自在大悲心惣持功能依經録》和《勝相頂尊惣持功能依經録》等等。這些西夏新譯的佛經多半是根據當時來西夏傳法的印度學問僧新帶進來的梵文原典所作的翻譯本,與它們相對應的本子亦可以在藏文大藏經中找到,其可靠性毋庸置疑。這個例子説明藏文大藏經中確實包含許多漢文大藏經中闕失的佛經。[3]

與藏文大藏經相比,漢文大藏經中闕失最多的是密乘的續典和與其相關的儀軌、修法和論書。印度佛教中密教流行開始於公元 8 世紀以後,此時漢地佛教的譯經高峰早已過去,唐代傳入的密教是以《大日經》和《金剛頂經》爲中心的屬於密教之事部、行部和瑜伽部的修法,[4]屬於密教無上瑜伽部的密集、勝樂、喜金剛和時輪等修法當時尚未流行。其後,宋代著名譯師天息災、施護、法護等人分別翻譯出了《最上根本大樂金剛不空三昧大教王經》、《一切如來金剛三業最上秘密大教王經》、《一切如來真實攝大乘現證三昧大教王經》和《大悲空智金剛大教王儀軌》等重要密宗續典,但由於翻譯質量欠佳,其中涉及實修的内容又常遭删减,故礙難爲佛教行者理解;再加上由唐入宋,漢地修習密教的傳統已經斷裂,密教不爲宋代統治者提倡,故影響極其有限。而無上瑜伽密的修習卻成爲藏傳佛教後弘期的主流,與寧瑪派的舊譯密咒相區别的新譯密咒,其主

---

〔1〕 據吐蕃王朝時期編寫的藏文譯經目録《丹噶目録》(*Pho brang ldan dkar gyi dkar chag*) 記載,當時從漢譯轉譯成藏文的佛經達 23 種之多。

〔2〕 黄明信根據《至元法寶勘同總録》提供的綫索對藏文大藏經作了核查,得出的結論是"漢藏共有的經論是約 640 種,漢文有而藏文没有的經論是約 880 餘種(包括重譯)。通過漢文轉譯成藏文的,現存 20 種"(《漢藏大藏經目録異同研究——〈至元法寶勘同總録〉及其藏譯本箋證》,北京:中國藏學出版社,2003 年,頁 14)。

〔3〕 參見沈衛榮,《序説有關西夏、元朝所傳藏傳密法之漢文文獻——以黑水城所見漢譯藏傳佛教儀軌文書爲中心》,《歐亞學刊》第 7 輯,北京:中華書局,2007 年,頁 69—79。

〔4〕 黄心川,《中國密教的印度淵源》,《南亞研究》編輯部編,《印度宗教與中國佛教》,北京:中國社會科學出版社,1988 年,頁 1—19。

要内容就是無上瑜伽密續和與其相應的本尊禪定和瑜伽修習的種種儀軌。藏文大藏經並不像漢文大藏經一樣按經、律、論三藏分類,而是分成"甘珠爾"(bKa' 'gyur,佛語部)和"丹珠爾"(bsTan 'gyur,注疏部)兩大部分。其中的"甘珠爾"彙編了藏譯三藏、四續部的所有經典,其内容和數量遠勝於漢文大藏經中的經、律二部,特別是屬於"四續部"的密宗經典,其大部分不見於漢文大藏經中。與此相應,收集於藏文大藏經"丹珠爾"部中大量注疏密教本續和修行儀軌的著作亦不見於漢文大藏經的"論"部中。毫無疑問,要了解、研究和修習無上瑜伽密,漢文大藏經並不能爲我們提供很多幫助,我們可以依賴的唯有藏文佛教文獻。[1] 除《藏文大藏經》以外,汗牛充棟的歷代藏傳佛教高僧文集中卷帙浩繁的續典注疏和修法儀軌,亦將是我們取之不竭的源泉。

　　或以爲漢傳佛教較之藏傳佛教以義理見長,其實並不儘然。許多在西藏得到了廣泛傳播的印度大乘佛教哲學思想,卻根本没有在漢地傳播開來。譬如,由於印度中觀哲學大師月稱(Candrakīrti, 600－650)、寂天(Śāntideva, 8 世紀早期)和因明學大師法稱(7 世紀)都是在玄奘以後纔出現的,[2]他們所造的經論傳入漢地者很少,所宣揚的中觀哲學和因明量學等都没有能够在漢傳佛教中流行開來。然而,這些大師的思想早在前弘期就經過寂護(Śāntraksita)和蓮花戒(Kamalaśīla)師徒初傳,到後弘期又經阿底峽(Atiśa)再傳,復經薩思迦班智達和宗喀巴等西藏本土佛學大師的弘揚,成爲藏傳佛教哲學中最具特色的内容。[3] 藏文"丹珠爾"之"中觀部"共有 156 部釋論,卻有 131 部没有相應的漢譯本。其中龍樹大師所造 16 部有關中觀的釋論中也有一半没有相應的漢譯本;而月稱所造 8 部有關中觀的釋論中没有一部有相應的漢譯本。同樣,"因明部"共收録 70 餘部釋論,其中只有 3 部有相對應的漢譯本。而法稱所造有關量學的釋論則没有一部有相應的漢譯本。[4] 從中我們不難看出漢、藏佛教之異同,知道即使在佛學義理方面藏傳佛教較之漢傳佛教亦有諸多殊勝之處。

---

　　〔1〕 宋代漢譯無上瑜伽密類文獻的質量不高,這當是密教在漢地難以廣泛流傳的一個原因。我們可以法護翻譯的《佛説大悲空智金剛大教王儀軌經》和現存《喜金剛本續》的梵文寫本和藏文譯本加以比較,即可知漢譯續典確實存在難以彌補的質量問題。參見 David Snellgrove, *The Hevajra Tantra*, 2 vols, London: Oxford University Press, 1976; Ch. Willemen, *The Chinese Hevajratantra*, Delhi: Motilal Banarsidass Publishers, 1983. 值得一提的是,在西夏時期有許多藏傳密教無上瑜伽部的續典曾被翻譯成漢文,在俄藏黑水城漢文文獻中和近年在寧夏銀川附近出土的西夏時代佛教文獻中,我們都見到了許多無上瑜伽文獻,其中尤以與母續勝樂輪和喜金剛相關的文獻最多。參見寧夏文物考古所,《拜寺溝西夏方塔》,北京:文物出版社,2005 年;寧夏文物考古所,《山嘴溝西夏石窟》,文物出版社,2007 年。對這些密宗文獻發掘和整理可以極大地補充漢譯密宗佛經的不足。

　　〔2〕 Donald S. Lopez, Jr. ed., *Religions of Tibet in Practice*, Princeton, New Jersey: Princeton University Press, 1997, pp. 10－11.

　　〔3〕 參見 David S. Ruegg, *Three Studies in the History of Indian and Tibetan Madhyamaka Philosophy*.

　　〔4〕 東北帝國大學法文學部編,《西藏大藏經總目録》,仙臺:東北帝國大學,1934 年,頁 577—600、643—653。

　　弄清漢、藏文大藏經的異同，對於佛學研究的意義自不待言。令人遺憾的是，中國歷史上對漢、藏文佛經作過認真對勘只發生在七百餘年前的元朝。忽必烈汗時期，來自漢、藏、畏兀兒、蒙古乃至印度的佛教學者聚集一堂，通力合作，對漢、藏文佛經進行仔細的比對、勘同，確定漢譯佛經中哪些有相應的藏譯，哪些沒有，哪些兩種譯本只是部分相同，並於元至元二十四年（1287）編成了迄今唯一一部漢、藏佛典目録——《至元法寶勘同總録》。[1] 這一事件被後世史家稱爲“史無前例的學術探討，是藏漢佛教文化的一次大規模總結，也是藏漢兩大民族團結合作的一座里程豐碑”。[2] 可惜這樣偉大的事業隨後即成絶唱。事實上，《至元法寶勘同總録》本身存在許多瑕疵，若將其所記“蕃本有無”與吐蕃時代所編藏譯佛經目録《丹噶目録》和現存各種版本的藏文大藏經的目録逐條仔細比對，即可發現《至元法寶勘同總録》中的記載有許多地方需要訂正。當然即使借助現代先進的科學技術，以嚴格的語文學方法編製出一部更正確、完整的漢、藏佛經勘同目録，實際上也只是漢藏佛學比較研究之萬里長征走出的第一步而已。

三

　　長期以來，人們錯以爲藏傳佛教完全遵循印度佛教的傳統，與漢化較深的漢傳佛教關聯不大。這樣的錯覺來源於藏傳佛教史學傳統中對 8 世紀末年發生在印度中觀派上師蓮花戒和漢地禪宗和尚摩訶衍之間的一場宗教辯論，即所謂“吐蕃僧諍”歷史的重構和解釋。按照後弘期西藏佛教史家的説法，在 8 世紀末的吐蕃，漢地的禪宗佛教，特別是其推崇的頓悟思想，在吐蕃信衆中間頗得人心，引起遵循印度佛教傳統、信奉漸悟思想的另一派佛教僧衆的反對，進而引發激烈的衝突。爲了辨明是非，吐蕃贊普主持了一場在印度和漢地佛僧之間進行的宗教辯論。結果和尚摩訶衍在辯論中敗北，於是贊普宣布今後吐蕃佛教遵從辯論勝方——印度上師蓮花戒主張的中觀漸悟説，禁止漢傳禪宗佛教繼續在吐蕃流傳。這一在藏文佛教史著中十分流行的説法，顯然對此後漢、藏佛教之間的正常交流和互動造成了災難性的打擊，更給後人造成了漢、藏佛教天生南轅北轍的錯覺。事實上，借助敦煌漢、藏文文獻和《禪定目炬》（*bSam gtan mig sgron*）等藏傳佛教前弘期遺存的古藏文文獻中的相關記載，我們不難發現西藏史學傳統中對“吐蕃

〔1〕　參見黃明信，《漢藏大藏經目録異同研究——〈至元法寶勘同總録〉及其藏譯本箋證》，頁 1—10。
〔2〕　蘇晉仁，《藏漢文化交流的歷史豐碑》，同氏著，《佛教文化與歷史》，北京：中央民族大學出版社，1994年，頁 264。

僧諍"的説法基本上是一種"創造出來的傳統",與歷史事實並不符合。[1]

實際上,漢、藏佛教之間的關係根深蒂固。首先,漢傳佛教與印度佛教一樣對於藏傳佛教傳統的形成有過巨大的影響。按照西藏人自己的歷史傳統,佛教是在吐蕃贊普松贊干布時期分別通過其迎娶的尼婆羅公主和大唐公主兩位妃子傳入吐蕃的。文成公主入藏時將佛教的種子帶進了吐蕃。據傳現供奉於拉薩大昭寺,被藏人視爲最神聖的、稱爲"Jo bo"的釋迦牟尼佛像,就是文成公主入藏時帶進去的。而拉薩的小昭寺亦是在她主持下建造的。文成公主居藏時期,既有大唐去印度求法漢僧往還吐蕃,亦有漢地和尚常住吐蕃傳法、譯經、教授弟子。如果我們相信佛教確實是在松贊干布在位時開始傳入吐蕃,並進而在吐蕃生根、發芽的話,那麼文成公主及其隨行的漢地和尚爲此作出的貢獻是不應該被磨滅的。

公元 8 世紀下半葉既是吐蕃王國的全盛時期,也是佛教在吐蕃得到迅速發展的時期,同時還是漢藏佛教交流的黃金時期。吐蕃王朝建立起來的持續百年之久的中亞大帝國,使得藏、漢、印和中亞佛教之間的交流十分密切,漢藏佛教之間的交流更達到了一個後人難以企及的高度。當時出現了像法成這樣兼通藏、漢的大譯師,他不但曾將爲數甚多的漢文佛經翻譯成了藏文,而且亦將一些佛經從藏文譯成了漢文。其中他親手翻譯的有《般若波羅蜜多心經》、《諸心母陀羅尼經》、《薩婆多宗五事論》、《菩薩律儀二十頌》、《八轉聲頌》和《釋迦牟尼如來像法滅盡因緣》等,經他之手集成的有《大乘四法經論及廣釋開決記》、《六門陀羅尼經論並廣釋開決記》、《因緣心釋論開決記》、《大乘稻葉經隨聽手鏡記》和《嘆諸佛如來無染著德贊》等,還有講義録《瑜伽論手記》和《瑜伽論分門記》等。[2] 法成漢譯的這些佛教文獻中有些有漢文的異譯本,有些則是僅有的漢譯本,即使是擁有多種漢文異譯本,其中還有出自鳩摩羅什和玄奘之手的《般若波羅蜜多心經》,法成的這個譯本從内容到質量都獨樹一幟。[3]

漢傳佛教在吐蕃王朝時期對於藏傳佛教的影響不容低估。一個值得注意的現象是,許多屬於純粹漢傳佛教的東西,甚至包括漢傳的僞經都曾經被翻譯成藏文。例如著名漢傳僞經《首楞嚴經》曾先後被兩次翻譯成藏文。第一次譯成於 9 世紀初吐蕃釐定譯語之前。這個譯本曾普遍流行,敦煌出土的藏文佛教文獻中對其多有引述,而這部經

---

〔1〕 參見沈衛榮,《西藏文文獻中的和尚摩訶衍及其教法:一個創造出來的傳統》,《新史學》第 16 卷第 1 號,臺北,2005 年,頁 1—50。

〔2〕 上山大峻,《敦煌佛教の研究》,頁 170—246。

〔3〕 沈衛榮,《漢、藏譯〈心經〉對勘》,談錫永、邵頌雄等著譯,《心經内義與究竟義》,臺北:全佛文化事業有限公司,2005 年,頁 273—321。

之第9、10兩品的藏文譯本今仍見於藏文大藏經中。到了清乾隆年間,此經又在乾隆皇帝和其上師章嘉活佛的主持下被重新從漢文翻譯成藏、滿、蒙等文字。[1] 此外,像唐代義淨翻譯的《金光明最勝王經》曾於吐蕃王朝時期被多次譯成藏文;[2]還有像《佛說盂蘭盆經》這樣深受漢傳佛教徒喜愛、帶有明顯漢傳佛教印記的漢文佛經亦被譯成藏文。[3] 類似的例子還有《七曜經》。[4] 尤其值得稱道的是,幾乎所有重要的早期漢傳禪宗經典都曾被譯成藏文。從敦煌出土的古藏文文獻中,我們見到了菩提達磨的《二入四行論》以及《七祖法寶記》(或曰《歷代法寶記》)、《頓悟大乘正理決》、《楞伽師資記》、《頓悟真宗金剛般若修行達彼岸法門要決》等早期禪宗文獻的藏文譯本。[5] 由此可見,早期漢傳禪宗佛教確實已經在藏傳佛教中得到很廣泛的傳播,並留下了很深的影響。不幸的是,8世紀末"吐蕃僧諍"的發生和後弘期藏族史家對這一至今面目模糊不清的歷史事件之傳統的建構,導致漢藏佛教之間交流的停頓。藏族史家張冠李戴,將菩提達磨"隻履西歸"的故事搬到和尚的頭上,說和尚在"吐蕃僧諍"失敗後"隻履東歸",並揚言他的教法終將於吐蕃再生。若把這個被巧妙地借用的、蘊涵有豐富象徵意義的漢文化母題放到藏傳佛教史的前後背景中去考察,則可知其所指並非虛妄無根。不管是寧瑪派的大圓滿法,還是噶舉派的大手印法,從中我們都能隱約看到漢地禪宗教法的影子。儘管後世的寧瑪派和噶舉派學者都曾試圖廓清他們所傳的大圓滿法和大手印法與被妖魔化的"和尚之教"間的聯繫,但迄今誰也無法完全否認這兩種甚深、廣大的教法與和尚在吐蕃所傳的漢傳禪法間存在的如此這般的淵源關係。

與漢傳禪宗佛教在吐蕃傳播的歷史撲朔迷離的景象相反,藏傳佛教於漢地傳播的歷史則因我們對敦煌漢、藏文佛教文獻和俄藏黑水城漢、藏、西夏文佛教文獻的認識和研究日益深入而變得越來越清晰。朗達磨滅佛後的一個多世紀傳統上被稱爲西藏歷史上的"黑暗時期",然晚近卻有西方佛學家稱之爲"西藏的文藝復興"時期,其原因在於

---

〔1〕 參見沈衛榮,《藏譯首楞嚴經對勘導論》,《元史及民族與邊疆研究集刊》第18輯,上海:上海古籍出版社,2006年,頁81—89。

〔2〕 上山大峻,《敦煌佛教の研究》,頁121—123;Elena De Rossi Filibeck, "A Manuscript of the 'Sūtra of Golden Light' from Western Tibet", in C. A. Scherrer-Schaub and E. Steinkellner, eds., *Tabo Studies II*: Manuscripts, Texts, Inscriptions, and the Arts, Roma: Instituto Italiano per l'Africa e l'Oriente, 1999, pp. 191‑204.

〔3〕 Matthews Kapstein, "The Tibetan Yulanpen Jing", in Matthew T. Kapstein and Brandon Dotson, eds., *Contributions to the Cultural History of Early Tibet*, Leiden, Boston: Brill, 2007, pp. 211‑238.

〔4〕 Takashi Matsukawa, "Some Uighur Elements surviving in the Mongolian Buddhist Sūtra of the Great Bear", in Desmond Durkin-Meisterernst et al., eds., *Turfan Revisited — The First Century of Research into the Arts and Culture of the Silk Road*, Berlin: Dietrich Reimer Verlag, 2004, pp. 203‑207.

〔5〕 參見沈衛榮,《西藏文文獻中的和尚摩訶衍及其教法:一個創造出來的傳統》,注17—20;Jeffrey L. Broughton, *The Bodhidharma Anthology*, *The Earliest Records of Zen*, Berkeley: University of California Press, 1999.

爲藏傳佛教之典型特徵的密教傳統實際上就是在這段時間内形成的。[1] 而且,藏傳佛教後弘期的興起並不祇是通過"上路弘傳"和"下路弘傳"兩個途徑,即從西部的納里速(mNga' ris)和東部的朵思麻(mDo smad)兩個地區開始的。吐蕃佔領下的中亞地區,特別是以敦煌爲中心的中國西北地區在藏傳佛教後弘期的歷史上曾扮演過極爲重要的角色。在吐蕃的軍事統治被推翻以後,西藏文化的影響並沒有隨之消失,藏僧及其印度上師在這些地區的活動並没有受到西藏本土滅佛運動的影響,因此藏傳佛教,特別是其密教,於此得到進一步的傳播和發展。這就是爲何在敦煌早期洞窟中已經出現藏傳密教的文獻和藝術品的原因所在。[2] 不僅如此,自11世紀初開始,藏傳密教就已經通過地處中央歐亞的西夏、回鶻等民族在漢人中間傳播,從德藏吐魯番出土的回鶻佛教文獻(*Turfan Uigurica*)和俄藏黑水城漢、藏、西夏文佛教文獻中透露出的信息來看,藏傳密教在高昌回鶻王國和西夏王朝内都佔主導地位。像喜金剛、勝樂以及大黑天、金剛亥母等典型的屬於藏傳密教無上瑜伽部的修法亦早已在回鶻、西夏及其統治下的漢人中間流傳。[3] 到了蒙元王朝,藏傳密教更進一步深入到中原腹地,蒙古皇帝曾在宮廷内修習以喜金剛法爲主要内容的所謂"秘密大喜樂法"。從元朝宮廷中流傳出來,並保存至今的漢譯藏傳密法儀軌結集《大乘要道密集》中可以看出,以薩思迦派所傳"道果法"爲主的藏傳密法已在漢人信衆中廣泛流傳。[4] 此後明、清兩代的皇帝亦多半對藏傳密教情有獨鍾,明成祖不但召請五世哈立麻活佛大寶法王在南京爲其父母舉辦了盛況空前的超薦大法會,而且還主持刻印了第一部藏文"甘珠爾"經。明武宗對藏傳秘法的熱衷則更勝一籌,爲了能從烏思藏請來"活佛",竟不惜令國庫空竭。[5] 清朝前期的皇帝,特別是康熙和乾隆都熱情支持藏傳佛教於内地的傳播,主持過漢、藏、滿、蒙佛

---

〔1〕 Davidson, *Tibetan Renaissance: Tantric Buddhism in the Rebirth of Tibetan Culture*.

〔2〕 田中公明,《敦煌密教と美術》,京都:法藏館,2000年;Tsuguhito Takeuchi(武内紹人), "Sociolinguistic Implications of the Use of Tibetan in East Turkestan from the End of Tibetan Domination through the Tangut Period (9th‒12th c.)," in D. Durkin-Meisterernst, et al., eds., *Turfan Revisited*, pp. 341‒348.

〔3〕 沈衛榮,《重構十一至十四世紀西域佛教史——基於俄藏黑水城漢文佛教文書的探討》,《歷史研究》2006年第5期,頁23—34;《初探蒙古接受藏傳佛教的西夏背景》,《西域歷史語言研究集刊》第1輯,北京:科學出版社,2007年,頁273—286。

〔4〕 卓鴻澤,《"演揲兒"爲回鶻語考辨——兼論番教、回教與元、明大内秘術》,《西域歷史語言研究集刊》第1輯,頁259—272。

〔5〕 Patricia Berger, "Miracles in Nanjing: An Imperial Record of the Fifth Karmapa's Visit to the Chinese Capital," in Marsha Weidner, ed. *Cultural Intersections in Later Chinese Buddhism*, edited by Marsha Weidner, Honolulu: University of Hawaii Press, 2001, pp. 145‒169; Jonathan Silk, "Notes on the History of the Yongle Kanjur," in Von Michael Hahn, Jens-Uwe Hartmann und Roland Steiner, hrsg., *Suhṛllekhāh: Festgabe für Helmut Eimer*, Swisttal-Odendorf: Indica-et-Tibetica-Verl., 1996, pp. 153‒200.

經的翻譯和刻印工程。[1] 直到近代,藏傳佛教一直是漢傳佛教中一個醒目的外來成分,引進藏傳佛教,推動漢藏佛教的交流和融合曾是近代漢傳佛教試圖現代化的一項重要舉措。[2] 總而言之,漢、藏兩種佛教傳統間有着千絲萬縷的聯繫,我們絕不應該將對這兩種佛教傳統的研究割裂開來。

值得一提的是,漢藏佛學研究於 20 世紀下半葉一度曾相當活躍,其直接的推動力就是有關漢傳禪宗佛教的敦煌古漢、藏文文獻的發現和利用。20 世紀 30 年代發生在胡適和鈴木大拙先生之間的"禪學案",以及其後柳田聖山對敦煌漢文禪宗文獻的整理和研究,激發了世界各國漢學、佛教學者對禪宗佛教研究的濃厚興趣。法國漢學家戴密微(Paul Demiéville)1952 年出版的力作《吐蕃僧諍記》,[3] 則引出了一大批漢、藏佛教學者對漢傳禪宗於吐蕃傳播歷史的探究。在日本,上山大峻等一批佛教學者於 20 世紀七八十年代對見於敦煌古藏文文獻中大量的禪宗文獻作了仔細的勘定和研究。[4] 20 世紀 80 年代初,美國也出版了一本題爲《早期禪宗於漢地和西藏》(*Early Ch'an in China and Tibet*)的論文集,收集了當時歐美學者研究漢藏早期禪宗歷史的重要成果。許多著名的藏學家、印藏佛學家如 G. Tucci、[5] D. S. Ruegg、[6] Luis O. Gómez 和 Samten G. Karmay 等人,[7] 都曾圍繞"吐蕃僧諍"的歷史對印、漢、藏三種佛教傳統間的相互關係作過用心的研究。可是,自 20 世紀 90 年代以來,這類研究日趨沉寂,漢傳

---

〔1〕 Samuel M. Grupper, "Manchu Patronage and Tibetan Buddhism during the First Half of the Ch'ing Dynasty: A Review Article," *The Journal of the Tibet Society*, no. 4, 1984, pp. 47 –75;賴惠敏、張淑雅,《清乾隆時代的雍和宮———個經濟文化層面的觀察》,《故宮學術季刊》第 23 卷第 4 期,頁 131—164。

〔2〕 Gray Tuttle, *Tibetan Buddhists in the Making of Modern China*, New York: Columbia University Press, 2005.

〔3〕 Paul Demiéville, *Le concile de Lhasa. Une controverse sur le Quiétisme entre Bouddhistes de l'Inde et de la Chine au VIIIe Siéle de l' ère Chrétienne I.* (*Bibliothéque de l'Institut des Hautes Études Chinoises Vol. VII*), Paris: Institut des hautes études chinoises, Collège de France,1952, pp. 11 –12/n. 4. 同書有耿昇譯,《吐蕃僧諍記》,拉薩:西藏人民出版社,2001 年。

〔4〕 木村隆德,《敦煌語禪文獻目録初稿》,《東京大學文化交流研究施設研究紀要》第 4 號,1980 年,頁 93—129。

〔5〕 G. Tucci, *Minor Buddhist Texts*, vols. 1 –3. Rome: IsMEO, 1956 –1971.

〔6〕 D. S. Ruegg, *Buddha-nature, Mind and the Problem of Gradualism in a Comparative Perspective. Jordan Lectures, 1987*, London: School of Oriental and African Studies, University of London, 1989.

〔7〕 Gómez 是一位對印、藏、漢傳佛教傳統均有深入研究,且能對三者作比較研究的學者,20 世紀 80 年代曾發表過多篇有關印度和漢傳佛教中有關頓悟與漸悟傳統之研究的優秀論文,它們是:"The Direct and the Gradual Approaches of Zen Master Mahayana: Fragments of the Teachings of Mo-Ho-Yen," in Robert Gimello and Peter Gregory eds. , *Studies in Ch'an and Hua-yen*, Honolulu: University of Hawaii Press, 1983, pp. 69 –167; "Purifying Gold: The Metaphor of Effort and Intuition in Buddhist Thought and Practice," in P. N. Gregory, ed. , *Sudden and Gradual Approaches to Enlightenment in Chinese Thought*, Honolulu: University of Hawaii Press, 1987, pp. 67 –165; "Indian Material on the Doctrine of Sudden Enlightenment," in Lewis Lancaster and Whalen Lai, eds. , *Early Ch'an in China and Tibet*, Berkeley: University of California Press, 1983, pp. 393 –434. Samten G. Karmay, *The Great Perfection, A Philosophical and Meditative Teaching of Tibetan Buddhism*, Leiden: E. J. Brill, 1988.

佛教和藏傳佛教的研究再度分裂。事實上，大部分中國學者直到最近通過上海古籍出版社影印出版的《法藏敦煌藏文文獻》才有機會識得敦煌古藏文文獻的廬山真面目。而近年陸續在敦煌以外地區發現的許多同類型的重要古藏文文獻，亦有待人們去整理和研究。例如在 Tabo 發現的古藏文文獻中出現了與敦煌古藏文禪宗文獻類似但更爲完整的文本。[1] 還有，像對在 10 世紀左右成書、系統判定漸門、頓門、大瑜伽、大圓滿等教法之見、行、道、果的古藏文文獻——《禪定目炬》的整理和研究也尚待來者。[2] 不僅如此，我們對於藏傳密教在西域、漢地傳播歷史的了解得益於晚近繾真正公之於世的俄藏黑水城西夏、漢文文書，[3] 對這些文書的研究繾剛剛開始。而寧夏地區晚近又陸續出土了大量西夏時代的西夏文和漢文文書，其中有關藏傳密教的文獻數量不少，[4] 對這些文書的整理研究，將使重構 11 世紀至 14 世紀藏傳佛教於西域和漢地傳播的歷史成爲可能。此外，中國國家圖書館和臺北"故宮博物院"都收藏有不少西夏、蒙元時代翻譯，並在明清宮廷中繼續流傳的漢譯藏傳密教文獻。這些文獻與《大乘要道密集》中收集的 83 種藏傳密教文獻類似，對它們的比定和研究，亦將爲我們了解藏傳密教在漢地傳播的歷史打開一個嶄新的局面。[5]

四

倡導漢藏佛學研究的目的當然遠不止於利用漢、藏文佛教文獻來重構印度大乘佛

---

　　[1]　關於 Tabo 研究的著作已經出版的有以下三種，一是發表在 *East and West*, vol. 44, no. 1, 1994 上的一組文章，事後被追認爲是 *Tabo Studies I*；二是 C. A. Scherrer-Schaub and E. Steinkellner eds., *Tabo Studies II: Manuscripts, Texts, Inscriptions, and the Arts* (*Serie Orientale Roma LXXXVII*)；三是 Luciano Petech and Christian Luczanits edited, *Inscriptions from the Tabo Main Temple* (*Serie Orientale Roma LXXXIII*), Roma: Istituto Italiano Per l'Africa e l'Oriente, 1999.

　　[2]　gNubs-chen Sangs-rgyas ye-ses, *rNal 'byor mig gi gsam gtan or bSam gtan mig sgron, A treatise on bhāvanā and dhyāna and relationships between the various approaches to Buddhist contemplative practice*, Reproduced from a manuscript made presumably from an Eastern Tibetan print by 'Khor-gdon Gter-sprul 'Chi-med-rig-'dzin (Leh 1974).

　　[3]　俄羅斯科學院東方研究所聖彼德堡分所、中國社會科學院民族研究所、上海古籍出版社合編，《俄藏黑水城文獻》第 1—11 册，上海古籍出版社，1996—1998 年。

　　[4]　寧夏文物考古所，《拜寺溝西夏方塔》；《山嘴溝西夏石窟》。

　　[5]　除了黑水城等地發現的西夏、元代漢譯藏傳佛教文獻以外，以往爲人所知的同類文獻只有據說是自元朝宮廷中傳出、爲元代帝師八思巴輯著的《大乘要道密集》。參見沈衛榮，《〈大乘要道密集〉與西夏、元朝所傳西藏密法——〈大乘要道密集〉系列研究導論》，《中華佛學學報》第 20 期，臺北，2007 年，頁 251—303。實際上，中國國家圖書館和臺北"故宮博物院"中都收藏有未錄入《大乘要道密集》的西夏和元朝漢譯藏傳密教文獻。收藏於中國國家圖書館中的此類文獻至少有《觀音密集玄文九種》、《端必瓦成就同生要》、《因得囉菩提手印道要》、《密哩斡巴上師道果卷》、《喜金剛中圍內自授灌儀》、《新譯吉祥飲血壬集輪無比修習母一切中最勝上樂集本續顯釋記》、《吉祥喜金剛本續王后分注疏不分卷》、《修習法門》等多種。參見《北京圖書館古籍善本書目》，北京：書目文獻出版社，1987 年，頁 1572、1604、1620。臺北"故宮博物院"收藏有《如來頂髻尊勝佛母現證儀》、《吉祥喜金剛集輪甘露泉》等兩種傳爲元代帝師八思巴造的密教儀軌。詳見 http://www.npm.gov.tw/dm/buddhist/b/b.htm.

教傳統和對漢、藏佛教交流史進行系統的梳理,它的一項重要内容應該是從語文學和文獻學角度對漢、藏佛教文獻本身進行研究。世界佛學研究發展到今天,一個最基本的問題,即佛經文本本身的準確性和可靠性問題,依然沒有得到完善的解決。Jonathan Silk在對 14 種不同版本的藏譯《般若波羅蜜多心經》作了仔細比較後說:"即使像《心經》這樣有名,而且看起來已經得到了充分研究的印度、西藏佛典,其文本亦還遠遠沒有得到最後確定。"[1]《藏文大藏經》中不僅收録了兩種有明顯差異的廣本《心經》譯本,而且同一種譯本於不同的版本或抄本中,其文字的差別幾乎出現於每一個句子之中。同樣,見於敦煌藏文文獻中的略本《心經》抄本共有 70 多件,雖然全篇只有寥寥幾百字,但其中竟然沒有一個抄本是和另外一個抄本完全一致。[2] 漢譯《心經》的情形與此基本相同,從北魏的鳩摩羅什,經唐代的玄奘,到北宋的施護、明代的智光等許多大名鼎鼎的譯師,都曾留下了他們所譯的《心經》。迄今至少有 20 餘種不同版本的《心經》漢譯本存世,然而每種譯本的長短、用詞與其他譯本相比總有或多或少的不同之處。要使佛學研究有一個可靠的文獻基礎,我們就必須下功夫釐定佛經文本。由於大量佛經的梵文原本已不復存在,釐定佛經文本最可取的方法無疑就是對漢、藏譯兩種佛經譯本作對勘和比較研究。

作漢藏佛經對勘,釐定佛經文本,絶不是一項能一蹴而就的工作,而是一個非常複雜、精緻的語文學、文獻學和佛教學研究過程。它不但要求從事這項工作的人員有過硬的漢、藏、梵文的語言能力,有良好的佛教學訓練和素養,而且還需要有堅韌不拔的毅力和耐心。需要強調的是,釐定佛經文本並不是要在同一佛經的不同譯本之間作優勝劣汰的取捨,校勘佛經各種版本的目的也不是要求人們刻意重構原典,製造出一個終極的標準版,而是應當嚴格按照西方語文學和文獻學的傳統,建立起這一文本的一個批(精)校版(a critical edition),將各種版本的不同之處排列出來,用語文學的方法對這些不同點進行研究,就其對錯作出合乎情理的推測和建議。判斷一種譯本的好壞及其準確程度一定需要作大量屬於文本校勘以外的工作,但對同一經典之不同文字的各種譯本進行比較、對勘,無疑會對判定、解決不同文字譯本間的差異,或解決同種文字之不同譯本中出現的一些疑難問題,提供許多具有啓發意義的新綫索。

漢、藏譯佛典在數量上有較大的差異,翻譯質量差別也很大,可以互相補充、訂正的

————————

　　〔1〕　Jonathan Silk, *The Heart Sūtra in Tibetan*, *A Critical Edition of the Two Recensions Contained in the Kanjur*, Wien: Arbeitskreis fuer Tibetische und Buddhistische Studien, Universitaet Wien, 1984, pp. 4 – 5.
　　〔2〕　參見沈衛榮,《漢、藏譯〈心經〉對勘》,談錫永、邵頌雄等著譯,《心經内義與究竟義》,頁 274—320。

地方很多。如前所述,藏文的詞法和句法與梵文類近,專用於佛經翻譯的藏語書面語較早地完成了規範化過程,所以藏譯佛典的質量相對而言要高於漢譯佛經。漢地譯經史上既出現過像鳩摩羅什、玄奘這樣不世出的大師,亦出現過不少不稱職的譯師,許多漢譯佛經文字佶屈聱牙,義多妄自分別,關鍵處常常不得要領,無法卒讀。大概是漢文與梵文差距太大的緣故,即使是因忠實原文而備受推崇的玄奘大師的譯作亦很難做到與梵文原本嚴絲合縫,更不用説那些不入流的譯作了。因此,常被印藏佛學家借用來重構梵文原典的藏譯佛經,無疑也可被漢藏佛學家用來作爲釐定漢譯佛經文本、訂正漢譯佛經的基礎和參照。

但是,漢藏佛經對勘的目的絕不是單方面地依靠藏譯佛經來訂正漢譯佛經。漢譯佛經絕非一無是處,而藏譯佛經也並非無懈可擊,二者各有各的長處,亦各有各的問題,取長補短,方是漢藏佛學比較研究之正道。於藏譯佛典而言,雖然總體質量高於漢譯佛經,但亦非篇篇珠璣,譯文質量因人而異。在千餘年的流傳過程中,更出現種種版本學的問題,同一個譯本在每種不同的版本中總會出現或大或小的差異,有時竟因多了或少了一個否定介詞 mi 或 ma 字,而直接關乎是否問題。這樣的問題僅僅依靠藏文佛經本身的對勘恐怕難以解決,必須以梵文原典或者相應的漢文譯本作參照。漢文譯本的優勢不但在於其譯成的年代遠早於相應的藏譯,而且其來源不只是印度的梵文佛典,亦有不少來自西域的"胡本",即用犍陀羅語、吐火羅語、于闐語等中亞其他民族文字寫成的佛經,反映出印度佛教以外的特色。此外,從每一種翻譯實際上都是一種新的解釋這個角度來看,漢譯佛經也提供了用詞規範、統一的藏譯佛經所無法提供的豐富內容。漢譯佛經並沒有像藏譯佛經一樣早早地統一譯語,對譯同一梵文詞彙所用譯語往往缺乏一致性,所以我們很難通過漢譯佛經來重構梵文原典。但這種不統一性並非只是一種缺陷,它有時比機械的統一更有助於我們了解譯者對其所譯佛經的理解,進而挖掘出深藏於字裏行間的微言大義。值得一提的是,漢譯佛經中有時還會插入被船山徹稱爲"中國撰述"的內容,即譯師從漢地思想和文化背景出發對其所譯內容作的討論和解釋。[1] 它們雖然有悖於以信爲本的譯經原則,卻鮮明地反映出漢譯佛經的中國化特色,不但有助於後人對其所譯佛經的理解,而且也對漢傳佛教思想的研究提供了豐富的資料。這也是藏譯佛經所不及的地方。

---

〔1〕 Funayama Toru(船山徹), "Masquerading as Translation: Examples of Chinese Lectures by Indian Scholar-Monks in the Six Dynasties Period," *Asia Major*. Third Series, vol. 19, nos. 1 - 2, 2006, pp.39 - 55.

　　最後需要指出,漢藏佛經的對勘和比較研究還有助於我們正確地理解漢文佛經這一種特殊類型的古代漢語文獻。由於漢語佛典不是漢人自己創作的文獻,而是從與古代漢語言、文字習慣非常不同的印度古典佛教語言梵文或其他西域古文獻中翻譯過來的一種非常特殊的古漢語文獻,其中出現許多特殊的新創詞彙和口語詞彙,亦出現許多與古代漢語文文獻行文習慣非常不一致的鮮見的語法現象。這些新創的詞彙和特殊的語法現象很少爲古代漢語詞典和漢文文法書收錄和討論,所以對於缺乏佛學背景知識和不習慣閱讀佛學文獻的人來說,正確地閱讀和理解漢文佛教文獻絕對不是一件輕而易舉的事情。近年來,雖然有不少漢學家開始從漢學的角度研究漢譯佛典的詞彙和語法,但純粹的漢學式的研究有其不可克服的缺陷,因爲他們多半只能對在大量佛典中出現的新創和口語詞彙作收集用例和歸納性的研究,並自始至終停留在與外典,即佛典以外的文獻中相類似的用法作比較的層面上,無法充分表明漢譯佛典自身的特徵。[1]要切實有效地解決漢譯佛典之新創詞彙和特殊語法現象的理解問題,我們必須將早期漢譯佛典與同一經典現存的梵語、巴厘語、藏語等文本,或是同一經典的漢文異譯進行對比,在吸收漢學與印度學、佛教學、藏學等方面成果的基礎上,對每一部早期漢譯佛典中的詞彙、語法進行研究。在這一方面辛嶋靜志的著作已經爲我們樹立了極好的典範,他選擇竺法護翻譯的《正法華經》和鳩摩羅什翻譯的《妙法蓮華經》作爲這一研究方向的出發點,編成這兩部佛經的漢譯詞典。[2]這樣的工作將爲我們正確理解漢文佛經提供極大的幫助,應該繼續做下去。

五

　　近年來,中國的佛教學研究發展迅速,不但在佛教文獻的整理、出版方面,而且在佛教哲學思想的探討和對佛教現代價值的發掘和弘揚方面都取得了可喜的成績。然而,中國的佛學研究至今尚未能够在國際佛教學研究領域內發揮主導作用,究其原因,印藏佛學研究的強勢和中西佛教研究在學術方法上的差異難辭其責。這種局面的改變需要我們做長期的和多方面的努力,而倡導漢藏佛學比較研究應該是其中非常有成效的一項。漢藏佛學比較研究對於重構印度大乘佛教傳統、系統梳理漢藏佛教交流史,用語文

---

　〔1〕　Seishi Karashima, *A Glossary of Dharmarakṣa's Translation of the Lotus Sutra*, pp. vii－ix.
　〔2〕　Seishi Karashima, *A Glossary of Kumārajīva's Translation of the Lotus Sutra*, *Bibliotheca Philologica et Philosophica Buddhica* IV, Tokyo: The International Research Institute for Advanced Buddhology, Soka University, 2001.

學和文獻學的方法處理漢藏譯佛經、解決佛經文本的準確性和可靠性問題,以及正確理解漢文佛經這一種特殊類型的古代漢語文獻等都具有無可替代的意義。若由漢藏兩個民族的佛教學者共同從事漢藏佛學比較研究,我們即具備了西方和日本的佛教學者們所無法企及的語言和文獻優勢。若能跳出傳統、單一的漢傳佛學研究的舊框框,積極開創漢藏佛學比較研究的新途徑,在我們駕輕就熟的思想史式的研究之外,更多地採用西方學術傳統中的語文學和文獻學的方法來研究漢藏佛學,那麼中國的佛學研究很快就能在學術上與國際佛教研究順利接軌,我們也就有望在較短的時間內取得既具有中國特色,又具有國際一流水準的優異成績。最後需要指出的是,開展漢藏佛學比較研究除了有極大的學術意義和潛力以外,同時也具有積極的時代意義,有助於漢藏兩個民族加深對過去所發生的文化交流和歷史融合過程的了解,促進在宗教和文化上的相互理解,以及培養在文化和情感上的親和力。總而言之,漢藏佛學比較研究確實是一項極有意義的工作,值得我們花大力氣把它做好。

(原載《歷史研究》2009 年第 1 期,頁 51—63)

敦煌藏文文書 IOL Tib J51、J52 與敦煌漢譯
《聖入無分別惣持經》的比較研究

一

數年前,筆者曾與師、友談錫永、邵頌雄兩位先生合作對同時涵蓋頓門、漸門兩派教法的重要大乘佛典《聖入無分別惣持經》的梵文殘本、吉祥積藏譯本、敦煌失譯及宋施護譯兩種漢譯本作了對勘和研究。[1] 當時已知英藏 IOL Tib（Stein. Tib.）J51、J52 號敦煌藏文文書或即爲藏譯《聖入無分別惣持經》的殘本,[2]苦於該文書遠藏英倫,一時間止於望洋興嘆,未見其廬山真面目。令人驚喜的是,拜國際敦煌項目（International Dunhuang Project）和現代科技之賜,英藏斯坦因收集敦煌藏文文書之密教文書的目錄及其文書原件圖像今天竟然可以在國際敦煌項目的網頁（http：// idp. bl. uk）上一覽無餘。2005 年年末,國際敦煌項目的網頁上公布了由 Jacob Dalton 和 Sam van Schaik 兩位學者歷時三年（2002 年 8 月—2005 年 8 月）編成的《斯坦因集敦煌藏文密教文書目錄》（*Catalogue of Tibetan Tantric Manuscripts from Dunhuang in the Stein Collection*）。該目錄共列出大英圖書館藏斯坦因收藏品中的 350 種藏文密教文書,並對每件文書作了簡單的描述和比定,列出相關的參考文獻,而每種文書原件的圖像則通過點擊可以逐頁顯示。我們曾苦尋不得的 Stein 52,或曰 IOL Tib J52 號文書,即列該目錄之首,見之由不得不生"踏破鉄鞋無覓處,得來全不費功夫"之嘆。

IOL Tib J52 號文書今藏於大英圖書館（British Library）斯坦因收藏品（Stein Collection）中,共 4 葉,每葉正反兩面,每面 6 行,長 37. 7 厘米,寬 8. 6 厘米。pothi 裝。有頭字體（dbu can）。此文書已被同定爲藏譯《聖入無分別惣持經》的一個殘本,Dalton

---

〔1〕 沈衛榮、邵頌雄校研,談錫永導論,《〈聖入無分別惣持經〉對勘及研究》,臺北：全佛文化事業有限公司, 2005 年。

〔2〕 Louis de la Vallee Poussin, *Catalogue of the Tibetan Manuscripts from Tun-huang in the India Office Library*, London：Oxford University Press, 1962, pp. 24－25.

承上山大峻先生舊説，認定此文書乃源出漢譯之惣持經（from dhāraṇī of Chinese origin），[1]與《西藏文大藏經》中所見《聖入無分別惣持經》的藏譯本有明顯的不同。於北京版《西藏文大藏經》中，《聖入無分別惣持經》列第 810 號，標題爲 *'Phags pa rnam par mi rtog par 'jug pa zhes bya ba'i gzungs*，與其相應的梵文標題作：*Ārya-avikalpapraveśa-nāma-dhāraṇī*（以下簡稱 P810）。[2] Dalton 將 IOL Tib J52 號文書與《西藏文大藏經》中的《聖入無分別惣持經》作了比照，確定 IOL Tib J52 號中的第一葉與 P810 中的 4a. 4—4b. 6 相對應，第二葉與 P810 中的 3a. 1—3b. 2 對應，第三葉正、反兩面顛倒，其内容則與 P810 中的 3b. 2—4a. 4 相對應，第四葉與 P810 中的 6a. 1—6b. 2 相對應，所以實際上 IOL Tib J52 號文書的排列次序當爲第二、三、一葉。IOL Tib J52 中的第四葉不但與 P810 中的 6a. 1—6b. 2 相對應，而且亦與《禪定目炬》（*bSam gtan mig sgron*）頁 56. 1—56. 6 中所引《聖入無分別惣持經》段落對應。[3]

按照 Louis de la Vallee Poussin 的描述，IOL Tib J51 與 IOL Tib J52 號文書内容重疊，但亦有不同之處。按照其目録中提供的信息，該文書現存 4 葉，爲 Ka 5—8 葉，每葉長 43. 6 厘米，寬 8. 2 厘米，與 IOL Tib J52 略有不同。pothi 裝。有頭字體（dbu can）。Vallee Poussin 認定此文書爲藏譯《聖入無分別惣持經》的一個殘本。不知何故，Dalton 和 Sam van Schaik 所造目録中沒有收入 IOL Tib J51 號文書，國際敦煌計劃網頁上公布的 Vallee Poussin 目録中提供了 IOL Tib J51 的部分録文，令我們無法見到其原貌，亦無法對它作進一步的研究。有幸今年五月底筆者赴巴黎參加藏學會議時，巧遇大英圖書館藏文部主管 Burkhard Quessel 先生，於是請他將 IOL Tib J51 的文本圖像電傳給我，終於可以將 IOL Tib J51、J52 和吉祥積藏譯本、敦煌失譯漢譯本放在一起作對勘和研究了。

二

爲了弄清楚 IOL Tib J51、IOL Tib J52 與 P810，以及漢譯《聖入無分別惣持經》之間的關係，兹謹先將 IOL Tib J51、IOL Tib J52 的所有内容和 P810 以及敦煌漢譯本中與其對應的段落作一比勘。因宋施護譯本不僅在時間上與 IOL Tib J51、IOL Tib J52 號文書

〔1〕 Ueyama Daishun（上山大峻）、Kenneth W. Eastman、Jeffrey L. Broughton，"The *Avikalpapraveśa-nāma-dhāraṇī*: The Dhāraṇī of Entering Non-Discrimination，"《龍谷大學佛教研究所紀要》22，1983，pp. 32－42.

〔2〕 *The Tibetan Tripiṭaka*. Peking Edition. Reprinted under the supervision of the Otani University, Kyoto. Edited by Daisetz Teitaro Suzuki. Tokyo, Kyoto：1955－1961，vol. 32, No. 810, pp. 230－232（folio 1a－6b）.

〔3〕 見 http://idp. bl. uk/database/oo_cat. a4d? shortref＝Dalton_vanSchaik_2005；關於努·佛智（sNubs chen Sangs rgyas ye shes）造《禪定目炬》所引《聖入無分別惣持經》中的段落的討論，詳見沈衛榮、邵頌雄等，《〈聖入無分別惣持經〉對勘及研究》，頁 67—73。

可能的成書年代相距甚遠,故不可能是後者的原本,而且其譯文本身的質量甚差,故此不將其同列爲對勘的對象。

IOL Tib J52：2a

des de dag kyang yid la∕myi byed pas yongs su spong ngo∕∕des de dag yongs su spong ba na∕gzhan de kho na rtog cing∕rnam par rtog pa'i mtshan ma rnams∕snang bar 'gyur pa'i [1] tshul kyis spyod do∕∕'di lta ste stong pa nyid la rtog cing rnam par rtog pa'i mtshan ma dang∕yang dag pa nyid la rtog cing rnam par rtog pa'i mtshan ma dang∕∕yang dag [2] pa'i mtha[']dang mtshan ma myed pa dang∕don dam pa dang∕chos kyi dbyings la rtog cing∕rnam par rtog pa'i mtshan ma 'di lta ste∕∕bdagi mtshan ma nyid rtog pa'am∕ [3]yon tan rtog pa'am∕snying po rtog pa ste∕des de kho na rtog cing rnam par rtog pa'i mtshan ma de∕dag yid la myi byed pas yongsu spong ngo∕∕[4]

P810：3a.1－3b.2

　　des de dag kyang yid la mi byed pas yongs su spong ngo∕∕des de dag yongs so spong pa na∕gzhan de kho na la dpyod pa'i rnam par rtog pa'i mtshan ma rnams snang bar 'gyur ba'i tshul gyis kun tu 'byung zhing mngon du 'gyur te∕∕'di lta ste∕stong pa nyid la dpyod pa rnam par rtog pa'i mtshan ma dang∕de bzhin nyid la dpyod pa rnam par rtog pa'i mtshan ma dang∕yang dag pa'i mtha' la dpyod pa'i rnam par rtog pa'i mtshan ma dang∕mtshan ma med pa dang∕don dam pa dang∕chos kyi dbyings la dpyod pa rnam par rtog pa'i mtshan ma ste∕'di lta ste∕rang gi mtshan nyid la dpyod pa 'am∕yon tan la dpyod pa 'am∕snying po la dpyod pa'ang rung∕des de kho na la dpyod pa rnam par rtog pa'i mtshan ma de dag kyang yid la mi byed pas yongs su spong ngo∕

敦煌漢譯本

彼亦不作意,故能遍除遣。彼能遍遣彼想之時,有餘眞實之想現前而行。彼亦所謂分別空想、於眞如起分別想、實際、無想、勝義、法界中而起分別之想。所謂或我想、或功德、或堅實之想。於眞實中而起如是分別之實,彼亦由不作意無念故,遍能除遣。

　　[對勘：將 IOL Tib J52 中的這個段落與 P810 和敦煌漢譯本中相應的段落作比較,可知三者内容基本一致,唯其用詞稍有不同。以此段第二句爲例,IOL Tib

J52 作 des de dag yongs su spong ba na／gzhan de kho na rtog cing／rnam par rtog pa'i mtshan ma rnams／snang bar 'gyur pa'i tshul kyis spyod do／,譯言："彼若能遍遣除彼等,諸尋思與分別有餘真實之相,以變作顯現之理而行。"[1] 而 P810 中相應的段落作 des de dag yongs so spong pa na／gzhan de kho na la dpyod pa'i rnam par rtog pa'i mtshan ma rnams snang bar 'gyur ba'i tshul gyis kun tu 'byung zhing mngon du 'gyur te,譯言："彼若能遍遣除彼等,則諸於有餘真實起伺察分別之相,以變作顯現[現前]之理遍起現前。"其中最主要的差別在於 P810 中作 gzhan de kho na la dpyod pa'i rnam par rtog pa'i mtshan ma rnams,即"諸於有餘真實起伺察之分別相"者,於 IOL Tib J52 中作 gzhan de kho na rtog cing／rnam par rtog pa'i mtshan ma rnams,即"諸尋思且分別有餘真實之相";於 P810 中"於有餘真實起伺察"一句作"分別之相"的定語,而在 IOL Tib J52 中作"諸尋思與分別之相"、"尋思"(rtog pa)與"分別"(rnam par rtog pa)並列。此外,於 P810 中作 snang bar 'gyur ba'i tshul gyis kun tu 'byung zhing mngon du 'gyur te,即"以變作顯現之理遍起、現前"一句,於 IOL Tib J52 中略作 snang bar 'gyur ba'i tshul kyis spyod do,即"以變作顯現[現前]之理而行"。下文大致與此同,P810 中作 dpyod pa 者,IOL Tib J52 中均作 rtog pa,P810 中作 snang bar 'gyur ba'i tshul gyis kun tu 'byung zhing mngon du 'gyur te 者,IOL Tib J52 中均相應作 snang bar 'gyur ba'i tshul kyis spyod do。而此句於敦煌漢譯本中作"有餘真實之想現前而行",文意較 P810 和 IOL Tib J52 二者簡略,而與 IOL Tib J52 更爲接近,特別是其後半句"現前而行"與 IOL Tib J52 中的 snang bar 'gyur ba'i tshul kyis spyod do 意義完全一致。於梵文本中,與 IOL Tib J52 中的 gzhan de kho na rtog cing／rnam par rtog pa'i mtshan ma rnams,或者 P810 中的 gzhan de kho na la dpyod pa'i rnam par rtog pa'i mtshan ma rnams 一句相對應的句子作：tadanyāni-tattva-nirūpaṇa-vikalpanimittāni,其中與 rtog pa 或 dpyod pa 對應的詞作 nirūpaṇa,後者通常與藏文 nges par rtog pa,或者 mngon par rtog pa 對應,其意義實與 rtog pa 或者 dpyod pa 類近。梵文本中與 P810 中的 snang bar 'gyur ba'i tshul gyis kun tu 'byung zhing mngon du 'gyur te,或者 IOL Tib J52 中的 snang bar 'gyur ba'i tshul kyis spyod do 對應者作：samudācaranty āmukhībhavanty

---

[1] snang bar 'gyur ba 亦譯"現前",與 mngon du gyur pa 之漢譯相同,儘管與這兩個短語對譯的梵文詞通常並不相同。snang bar gyur pa 與 ābhāsa-gama 對譯,譯作"現前"、"現所得";而 mngon du gyur pa 與 āmukhī-bhūva,saṃmukhī-bhūva, saṃmukhī-bhūta 等相應,譯作"現前"、"現在前"、"現前地"等。

ābhāsagamanayogena, 正好與 P810 完全一致。[1]

　　此外, IOL Tib J52 與 P810 於此段落中的不同之處還在於 IOL Tib J52 中作 yang dag pa nyid 者, 在 P810 中爲 de bzhin nyid, 而相應的梵文作 tathatā, 與 de bzhin nyid 同。IOL Tib J52 於 yang dag pa'i mtha' 之後略去了 cing／rnam par rtog pa'i mtshan ma, 而梵文本中確有此句。再有, IOL Tib J52 中作 bdagi mtshan ma nyid 者, P810 中相應作 rang gi mtshan nyid, 而相應的梵文作 svalakṣaṇa, 同 rang gi mtshan nyid, 可見 bdag gi mtshan ma nyid 當是 bdag gi mtshan nyid 之誤寫。]

IOL Tib J52

［des］de dag kyang yongsu spangs nas／gzhan 'thob pa la rtog cing／rnam par rtog pa'i mtshan ma rnams snang bar gyur pa'i tshul kyis spyod do［5］［'di lta］ste sa dang po 'thob pa rtong[2] cing／rnam par rtog pa'i mtshan ma nas／／sa bcu 'thob pa'i bar du／／rtog cing rnam par rtog pa'i mtshan ma dang／myi skye［6］［2b］chos kyi bzod pa 'thob pa la rtog cing／rnam par rtog pa'i ma[3] dang lung bstan pa thob pa la rtog cing rnam par rtog pa'i mtshan ma dang／sangs rgyas kyi［1］［zhing］yongsu dag pa la 'thob pa la／rtog cing rnam par rtog pa'i mtshan ma dang／／sems can yongsu smyin pa 'thob pa la rtog cing／rnam par rtog pa'i［2］mtshan ma dang／／dbang bskur pa 'thob pa la rtog cing rnam par rtog pa'i mtshan ma dang／thams cad mkhyen pa'i nyid 'thob pa'i bar du［3］rtog cing rnam par rtog pa'i mtshan ma la／／'di lta ste bdagi mtshan nyid rtog pa 'am／yon tan rtog pa'am／snying po rtog pa ste／des［4］de dag 'thob pa la rtog［cing］／rnam par rtog pa'i mtshan ma de dag kyang／yid la myi byed pas yongsu spong ngo／

P810

des de dag yongs su spong ba na gzhan thob pa la dpyod pa rnam par rtog pa'i mtshan ma rnams snang bar 'gyur ba'i tshul gyis kun du 'byung zhing mngon du 'gyur te／'di lta ste／sa dang po thob pa la dpyod pa rnam par rtog pa'i mtshan ma nas sa bcu pa'i bar du 'thob

---

　　［1］《聖入無分別惣持經》的梵文原本見松田和信,《Nirvikalpapraveśadhāraṇī——梵文テキストと和譯》,《佛教大學綜合研究所紀要》第 3 號, 1996 年, 頁 89—113；參見沈衛榮、邵頌雄等,《〈聖入無分別惣持經〉對勘及研究》, 頁 156—157。

　　［2］　rtong 當爲 rtog 之誤寫。

　　［3］　ma 當爲 mtshan ma。

pa la dpyod pa rnam par rtog pa'i mtshan ma dang／mi skye ba'i chos la bzod pa thob pa la dpyod pa rnam par rtog pa'i mtshan ma dang／lung bstan pa 'thob pa la dpyod pa rnam par rtog pa'i mtshan ma dang／sangs rgyas kyi zhing yongs su dag pa 'thob pa la dpyod pa rnam par rtog pa'i mtshan ma dang／sems can yongs su smin par byed pa 'thob pa la dpyod pa rnam par rtog pa'i mtshan ma dang／dbang bskur ba 'thob pa la dpyod pa rnam par rtog pa'i mtshan ma nas／rnam pa thams cad mkyen pa nyid 'thob pa'i bar la dpyod pa rnam par rtog pa'i mtshan ma ste／'di lta ste／rang gi mtshan nyid la dpyod pa 'am／yon tan la dpyod pa 'am／snying po la dpyod pa 'ang rung／des 'thob pa la dpyod pa rnam par rtog pa'i mtshan ma de dag kyang yid la mi byed pas yongs su spongs ngo／

敦煌漢譯本

彼若遣除如是諸想之時，有餘證得分別之想分別明顯現，現前而行。於〔初〕地證得分別之想，乃至十地證得之想，於無生法忍中起分別想，於記莂想，嚴淨佛土想，成熟有情想，灌頂之想，乃至起於證得一切種智之想，分別行想，所謂我想、功德想、或堅實想，彼證得中起如是分別之想，彼亦由不作意無念故，能捨如是諸想。

〔對勘：IOL Tib J52 和 P810 中的這個段落基本一致，祇有一些用詞上的差別。例如："無生法忍"於 IOL Tib J52 中作 myi skye chos kyi bzod pa，而於 P810 中則作 mi skye ba'i chos la bzod pa，顯然後者更爲準確，與其對應的梵文詞作 an-utpattika-dharma-kṣānti。"一切種智"於 IOL Tib J52 中作 thams cad mkhyen pa nyid，然於 P810 中作 rnam pa thams cad mkhyen pa nyid，相應的梵文作 sarvākāra-jñāna，同 rnam pa thams cad mkhyen pa nyid。與 thams cad mkhyen pa 對應的梵文詞爲 sarva-jñāna。〕

IOL Tib J52

de ltar byang cub sems dpa' ［5］ sems pa chen po de／rnam par rtog pa'i mtshan ma rnam pa thams cad du yid la myi byed pas yongsu spong pas／na rnam par myi rtog ［6］［3b］ pa dang／ldan pa yin te／／re shig rnam par myi rtog pa'i dbyings la ni／ma reg mod kyi rnam par myi rtog pa'i dbyings la reg pa'i phyir／rag la rten pa'i ting nge 'dzin ni ［1］ yid do／／de yang dag par sbyor ba de dang／bstan pa[1] dang ldan／bsgom pa dang ldan／mang tu

---

〔1〕 當是 bsten pa 之誤寫，漢譯"親近"。

bya ba dang ldan／yang dag par yid la bya ba dang ldan bas na／mngon bar 'dus［2］mas byas pas／lhun kyis 'grub pas／rnam par myi rtog pa'i dbyings la reg ste／mthar kyis yongsu spyod do／／

P810

de ltar byang chub sems dpa' sems dpa' chen po rnam par rtog pa'i mtshan ma'i rnam pa thams cad yid la mi byed pas yongs su spong pa na／de rnam par mi rtog pa'i dbyings la shin du brtson pa yin te／re shig rnam par mi rtog pa'i dbyings la ni ma reg mod kyi／rnam par mi rtog pa'i dbyings la reg par 'gyur pa'i tshul bzhin gyi ting nge 'dzin ni yod do／／de yang dag par sbyor pa de dang／bsten pas rjes su 'gro／bsgoms pas rjes su 'gro／mang du byas pas rjes su 'gro／yang dag par yid la bya bas rjes su 'gro ba na／mngon par 'du bya ba med cing lhun gyis grub pa rnam par mi rtog pa'i dbyings la reg ste rim gyis yongs su spong ngo／

敦煌漢譯本

菩薩摩訶薩,於如是等諸分別想,由不作意而能捨之,是名於無分別而勤學也。雖即未能觸證無分別界,而得名爲令觸證此法故,如理作意、勝妙等持,於彼加行,親近、修持、多所作故,如實作意而相應故,即能無爲、無加行圓滿證無分別界,而漸遍淨。

　　［對勘: 此段落兩種版本差別較大者是與漢譯"是名於無分別而勤學也"對應的那個句子。於 P810 中,它作 de rnam par mi rtog pa'i dbyings la shin du brtson pa yin te,譯言:"彼乃甚精進於無分別界也。"然於 IOL Tib J52 中,此句作 rnam par myi rtog pa dang／ldan pa yin te,譯言:"此即與無分別俱也。"相應的梵文作 suprayukto bhavaty avikalpena, 意同 P810。此外,漢譯"如理作意,勝妙等持"一句,同 P810 中的 tshul bzhin gyi ting nge 'dzin ni yod do;而 IOL Tib J52 中與"如理作意"對應者作 rag la rten pa,譯言:"依託"、"所依。"IOL Tib J52 中作 ldan 者,於 P810 中作 rjes su 'gro,二者意義相近。本節最後一句於漢譯"次第"對應者,於 IOL Tib J52 中作 mthar kyis,於 P819 中作 rim gyis,乃同一個梵文詞 kramena 的異譯。值得一提的是,與漢譯"即能無爲、無加行圓滿証無分別界"句對應的句子,於 IOL Tib J52 和 P810 中完全一致,譯言"即能無爲、任運成就,觸證無分別界",其中並没有與"無加行"相對應者。］

IOL Tib J52

ci'i phyir rnam par myi rtog pa'i dbyings／rnam ［3］ par myi rtog pa zhes bya zhe na／rnam par myi rtog cing rtog pa thams cad las 'da's pa'i phyir ro／bstan pa dang rnam par bstan pa las 'da's pa'i phyir ro／dbang po thams ［4］ cad kyi rnam par rtog pa'i phyiro／yul thams cad kyi rnam par rtog pa las 'da's pa'i phyir ro／rnam par rig pa'i rtog pa thams cad las 'da's pa'i phyir ro／nyon mongs pa dang nye ba'i nyon mongs ［5］ pa'i sgribs pa thams cad kyi gnas myed pa'i phyir ro／／de'i phyir na rnam par myi rtog pa zhes bya'o／／

P810

ci'i phyir rnam par mi rtog pa'i dbyings la rnam par mi rtog pa zhes bya zhe na／dpyod pa'i rnam de'i phyir rnam pa mi rtog pa'i dbyings la rnam par mi rtog pa zhes bya'o par brtag pa thams cad las shin du 'das pa dang／bstan pa dang／dper rnam par brtag pa thams cad las shin du 'das pa dang／dbang por rnam par brtag pa thams cad las shin du 'das pa dang／yul du rnam par brtag pa thams cad las shin du 'das pa dang／rnam par rig par rnam par brtag pa thams cad las shin du 'das pa dang／nyon mongs pa thams cad dang shes bya'i sgrib pa thams cad kyi gnas med pa'i phyir te／de'i phyir rnam pa mi rtog pa'i dbyings la rnam par mi rtog pa zhes bya'o／

敦煌漢譯本

何故無分別界名無分別耶？起〔超〕過一切尋思想故,超過能詮所詮相故,超過以根計度想故,超過以境計度想故,超過計度唯識相故,一切煩惱及隨煩惱一切障蓋無依住故,故名無分別。

〔對勘：IOL Tib J52 作 bstan pa dang rnam par bstan pa 者,於 P810 中作 bstan dang dpe,相應的梵文作 deśanādarśana,同 bstan dang dpe；與 rnam par bstan pa 相應的梵文詞作 vidarśana。於 IOL Tib J52 作 rnam par rtog pa 者,於 P810 中作 rnam par brtag pa,二者雖意義相近,但略有區別。rnam par rtog pa 通常與梵文 vikalpa、vikalpana、vitarka 對應,而 rnam par brtag pa 則與 vikalpita、vikalpya 對應。而此節梵文本相應處均作 vikalpa,故當與 rnam par rtog pa 對應,即與 IOL Tib J52 相同。然敦煌漢譯本此節相應處均譯作"計度"、"尋思",與"分別"有別,顯然其原本即是 rnam par brtag pa,與 P810 相同。IOL Tib J52 中作 nyon mongs pa dang nye ba'i nyon mongs pa'i sgribs, 譯言:"煩惱、隨煩惱障者"者,於 P810 中作 nyon mongs pa thams cad dang shes bya'i sgrib pa, 譯言:"一切煩惱與所知障"與此相應的梵文作 sarvakleśopakleśa, 漢譯作"一切煩惱及隨煩惱一切障蓋",均與 IOL Tib J52 同。此節最後一句 IOL Tib J52 中作 de'i phyir na rnam par myi rtog pa zhes bya'o,與漢譯"故名無分別"。然於 P810 中作 de'i phyir rnam pa mi rtog pa'i dbyings la rnam par mi rtog pa zhes bya'o, 譯言"故名於無分別界無分別",與梵文本中的 avikalpo dhatur avikalpa iti 一句相應。[1]

IOL Tib J52

rnam par myi rtog pa de yang gang zhe na / rnam par myi rtog pa ni gzugs myed pa [6] 3a rtan du myed pa rten myed snang ba myed pa / rnam par myi rig pa'i gnas myed pa'o / byang cub sems dpa' sems dpa' chen po rnam par myi rtog pa'i dbyings la rab tu gnas pas [1] ni shes bya la / rnam par myi rtog pa'i ye shes kyi kyad bar / myed par / chos thams cad la nam mkha'i ngos bzhin du mthong ngo / rnam par myi rtog pa'i rgyab nas thob pa'i ye shes [2] kyis ni chos thams cad la sgyur mar dang smyig rgyu ba dang rmyi lam dang / myig yor dang sgra rnyan dang gzugs brnyan dang chu'i zla ba dang / sprul pa dang mtshungs par [3] mthong ngo / bde ba chen po'i la gnas pa'i yangs pa yang thob bo / sems phun su tshogs pa'i chen po'i yangs pa yang thob bo // shes rab dang ye shes che zhing yangs [4] pa yang thob bo / 'chad pa chen po la dbang ba yang thob bo / dus thams cad du sems can thams cad kyi don rnam pa thams cad du byed pa yang nus par 'gyuro / sangs rgyas [5] gyis bya ba lhun kyis grub pa yang mthong ngo //

P810

rnam par mi rtog pa de yang gang zhe na / rnam par mi rtog pa ni gzugs med pa / bstan du med pa / rten med pa / snang ba med pa / rnam par rig pa ma yin pa / gnas med pa'o // byang chub sems dpa' sems dpa' chen po rnam par mi rtog pa'i dbyings la rab tu gnas pas ni shes bya dang khyad par med pa rnam par mi rtog pa'i ye shes kyis chos thams cad nam mkha' dkyil dang mtshungs par mthong ngo // rnam par mi rtog pa'i rjes las thob pa'i shes pas ni

---

〔1〕 參見沈衛榮、邵頌雄等,《〈聖入無分別惣持經〉對勘及研究》,頁 166。

chos thams cad sgyu ma dang／smig rgyu dang／rmi lam dang／mig yor dang／brag cha
dang／gzugs brnyan dang／chu zla dang／sprul pa dang／mtshungs par mthong ngo//bde ba
chen po la gnas pa shin du rgyas pa yang 'thob po//sems phun sum tshogs pa chen po shin
du rgyas pa yang 'thob po//shes rab dang ye shes che shin du rgyas pa yang 'thob po//
bshad pa chen po la dbang ba shin du rgyas pa yang 'thob po//dus thams cad du sems can
thams cad kyi don gyi rnam pa thams cad kyang byed nus par 'gyur te／sangs rgyas kyi
mdzad pa lhun gyis grub pa yang rgyun mi gcod do//

敦煌漢譯本

何者無分別? 無分別者,無色、無對、無依、無明、無知、無有所依處故。由諸菩薩摩訶薩,善
住無分別界故。於一切所知境界,以智見,猶如虛空,無有差別之想。以無分別後得智,觀一
切法,猶如幻、焰、夢、影、響、像、水月、變化等故,獲得廣大樂住。及得廣大心圓滿等廣大智
慧,於樂説中而得自在。於一切時而能利益一切有情,以無功用作諸佛事而無間斷。

　　[對勘: P810 此節 rnam par rig pa ma yin pa／gnas med pa'o,譯言:"無了別識,
無依處"一句,於 IOL Tib J52 中作 rnam par myi rig pa'i gnas myed pa'o,譯言:"無
無了別之依處"將"無分別"六種特點中的兩種合二而一。梵文本相應處作
avijñaptir aniketana,與 P810 和漢譯本同。此節中與漢譯"於一切所知境界,以智
見,猶如虛空,無有差別之想"句相對應者,兩種藏譯文有細微的差別。P810 中作
shes bya dang khyad par med pa rnam par mi rtog pa'i ye shes kyis chos thams cad
nam mkha' dkyil dang mtshungs par mthong ngo,譯言:"以與所知無差別之無分別
智,現觀一切法如虛空。"然於 IOL Tib J52 中作 shes bya la／rnam par myi rtog pa'i
ye shes kyi kyad bar／myed par／chos thams cad la nam mkha'i ngos bzhin du mthong
ngo,譯言:"於所知無無分別智之差別,觀一切法如虛空。"與此句相應的梵文作
jñeyanirviśiṣṭena nirvikalpena jñānenākāśasamatalān sarvadharmān paśyati,與 P810
同。此節與漢譯"後得之智"相應者,IOL Tib J52 作 rgyab nas thob pa'i ye shes,
P810 作 rjes las thob pa'i ye shes,rgyab 意作"後""脊"、"背",所以 rgyab nas 似當
表示方位的前與後;而 rjes 通常與 sngon 對應,表示時間上的先後。漢文中的"後
得"通常與 rjes las thob pa 對應,如"後得世間智"於藏文中作 rjes las thob pa 'jig
rten pa'i ye shes。然與 rjes las thob pa 對應的梵文作 pṛṣṭha labdhena,而 pṛṣṭha 本
意"脊"、"背",與 rgyab 對應。可見 rgyab nas 和 rjes las 於古藏文中同義,可以互

換使用。此外，與八喻中之"響"對應者，P810 作 brag cha，IOL Tib J52 作 sgra rnyan，相應的梵文作 pratiśrutkā，與 P810 同。與漢譯"廣大"對應者，IOL Tib J52 中作 yangs pa，P810 中作 shin tu rgyas pa，二者意義相同，均可與梵文 vaipulya 對應。此節最後一句 IOL Tib J52 作 sangs rgyas gyis bya ba lhun kyis grub pa yang mthong ngo，譯言："亦見佛之宏化，任運成就。"此與 P810 和漢譯相異，而後二者則基本相同。]

IOL Tib J51

[5b] dngul rin po che dang gser rin po che dang/rdo'i snying po ring po che sna tshogs rin po che tha dad pas yongs su gang ba'i gter chen po zhig yod la/de nas gter chen po 'dod pa' myi la la zhig 'ongs pa' de la/gter ched[n!] po mngon par shes pa'i [1] myis 'di skad du/kye skyes bu brag gcig du 'khrebs shing sra ba de'i 'og na rin po che 'od gsal bas yongs su gang ba'i rin po che'i gter chen po yod de/de' i 'og na yid bzhin gyi nor bu rin po che'i gter yod kyis/khyod kyis [2] tho ma kho nar[1] rdo'i rang bzhin thams cad rko shig// de brkos dang dngul du snang ba'i rdo khyod la snang bar 'gyur te//de la khyod kyis gter chen por 'du shes myi bya'i/de yongs su shes par byos te rko shig//[3] de brkos dang gser ru snang ba'i rdo snang bar 'gyur te/de la yang byong kyis gter chen por 'du shes myi bya'i//de yang yongs su shes par byos te rkos shig/de brkos dang rin po che sna tshogs su snang ba'i [4] rdo snang bar 'gyur te//de la yang byod kyis gter chen po'i 'du shes yid la myi bya'i//de yang yongs su shes par byos te rkos shig//kye skyes bu khyod kyis de ltar brtson bar byas na'a rko ba'i mngon par 'du bya ba'a [5] [6a]myed cing 'bad myi dgos par yid bzhin gyi nor bu rin po che'i gter chen po mthong bar 'gyur ro// yid bzhin gyi nor bu rin po che'i gter chen po de rnyed na khyod phyug cing nor che la long spyod che bar 'gyur te/bdag dang [1] gzhan gyi don la mthu yod par 'gyur ru zhes smra ba ltar.

IOL Tib J52

'di lta ste rigs kyi bu rnam gcig du/sdug po rdo'i snying po'i ri'i 'og/na rin po che sna

---

〔1〕 此處應當是 thog ma kho nar，意爲"最初"、"首先"。

tshogs／［6］［1a］／／kyis／yungsu gang ba'i rin po che／sna tshogs 'tsher ba'i〔1〕／'di lta ste／dngul rin po che gser rin po che／a òma／ga rba〔2〕 sna tshogs kyi gter chen po／zhig yod pa／la／de nas myi la la ［1］ gter chen po 'di 'dod pa zhig 'ongs pa de／la gter chen po mngon bar shes pa'i myis 'di skad du smras so／／kye skyes bu gcig tu sdug pa／／rdo'i snying po'i ri 'di'i 'og na ［2］ nor bu rin po che'i gter chen po／'tsher ba'i rin po ches／yongsu gang ste de'i 'og na nor bu yid bzhin rin po che'i／gter yod kyis／／de bas na thog ma ［3］ kho nar／［thog ma kho nar］〔3〕 rdo'i rang bzhin thams cad rkos shig／de brkos pa dang dngul du snang ba'i rdo ba khyod la snang bar gyur te／de la khyod kyis gter du 'du shes ［4］ ma bya bar／nge shes par byos te rkos shig／／gser du snang ba'i rdo ba snang par gyur te／de la khyod kyis gter chen por 'du shes myi bya'o／de yang shes par byos te rkos shig／［5］ brkos pa dang／rin po che sna tshogsu snang ba'i rdo ba snang bar 'gyuro／／de la yang khyod kyis gter chen por 'du shes myi bya'o／de yang shes par byos te rkos shig／kye skyes bu ［1b］ khyod kyis de bzhin du byas na brko ba'i mngon bar 'du bya ba myed cing／lhun kyis grub par yid bzhin gyi nor bu rin po che'i gter chen po mthong bar 'gyur ro／／de rnyed nas／khyod ［1］［s］kyid cing nor che la srid che bar gyur te／bdag dang gzhan gyi don la mthun yod par 'gyur ro／／

P810

rigs gi bu dag 'di lta ste dper na brag gcig tu mkhregs shing sra ba'i 'og na yid bzhin gyi nor bu rin po che chen po sna tshogs 'od gsal ba 'di lta ste／dngul rin po che dang／gser rin po che dang／rdo'i snying po rin po che sna tshogs kyi rin po che tha dad pas yongs su gang ba'i gter chen po zhig yod la／de nas gter chen po 'dod pa'i mi la la zhig 'ongs pa de la gter chen po mngon par shes pa'i mis 'di skad du／kye skyes bu brag gcig tu 'khregs ['khrebs！] shing sra ba de'i 'og na rin po che 'od gsal bas yongs su gang ba ba'i rin po che'i gter chen po yod de／de'i 'og na yid bzhin gyi nor bu rin po che'i gter yod kyis khyod kyis thog ma kho nar rdo'i rang bzhin thams cad rkos shig／de brkos pa dang dngul du snang ba'i rdo khyod la snang bar 'gyur ro／／de la khyod kyis gter chen por 'du shes mi

---

〔1〕 'tsher ba 意爲"照耀"、"放光"，P810 中與 'tsher ba 相應處作 'od gsal ba，與漢譯"光色燦爛"相應。
〔2〕 aśma-garbha，意同 rdo'i snying po，譯言："瑪瑙。"
〔3〕 衍字，原件已被塗抹，表示刪去。

bya'i// de yongs su shes par byos te rkos shig/ de brkos pa dang gser du snang ba'i rdo snang bar 'gyur te de la yang khyod kyis gter chen por 'du shes mi bya'i/ de yang yongs su shes par byos te rkos shig/ de brkos pa dang rin po che sna tshogs su snang ba'i rdo snang bar 'gyur te/ de la yang khyod kyis gter chen por 'du shes[1] mi bya'i/ de yang yongs su shes par byos de rkos shig/ kye skyes bu khyed kyis[2] brtson par byas na[3] brkos ba'i mngon par 'du bya ba med cing 'bad mi dgos par yid bzhin gyi nor bu rin po che'i gter chen po mthong bar 'gyur ro// yid bzhin gyi nor bu rin po che'i gter chen po de rnyed na[4] khyod phyug cing nor che la longs spyod che bar 'gyur te/ bdag dang gzhan gyi don mthu yod par 'gyur ro zhes smras pa ltar

敦煌漢譯本

善男子！譬如有一勝妙石藏之下,而有種種雜寶,光色燦爛異常。所謂金、銀、琉璃、赤珠等諸雜寶藏。或時有人,欲求寶藏,來詣彼所。有知寶者而告之言:"咄男子！此勝妙石藏之下有大寶藏,光色燦爛異常,彼下有如意寶珠。汝應最初掘此石藏,掘彼藏已,便見銀石,(於)於彼汝不應生於金想。識彼相已,而更掘之。此見金石,於彼金上不應起於大寶藏想,識彼想已,而更掘之。掘已,此見種種寶石,於彼寶上,不應生於大寶之想,應了彼想,而更掘之。咄男子！汝作如是事,如是掘已,嘆然無爲,無有加行。見大妙珍如意寶珠,獲彼寶故,汝即富樂,受大果報。於自利利他有大勢力。"作是語已。

　　[對勘:此節 IOL Tib J51 與 P810 幾乎完全一致,祇有個別的字句有細微的差別,而與 IOL Tib J52 有較大的差別,而敦煌漢譯本則介乎二者之間。此節首句 IOL Tib J52 作"譬如有一勝妙石藏山之下,種種寶充滿之種種寶,光色燦爛,有一種種銀寶、金寶、瑪瑙寶之大寶藏"。而 P810 則作:"譬如於一堅硬、牢固之岩石下,有種種大寶如意寶,光明燦爛,是爲銀寶、金寶、瑪瑙寶等充滿種種異寶之大寶藏。"可見此句 IOL Tib J52、P810 和敦煌漢譯三種譯法各不相同,其中 IOL Tib J52 中 sdug po rdo'i snying po'i ri'i 'og na 一句與漢譯"譬如有一勝妙石藏之下"類似,後

---

〔1〕　IOL Tib 51 此後接 yid la。
〔2〕　IOL Tib 51 此後接 de ltar。
〔3〕　譯言:"如是精進作已",然漢譯和 IOL Tib J52 中均無"精進"二字。
〔4〕　IOL Tib J52 中,de rnyed 前闕 yid bzhin gyi nor bu rin po che'i gter chen po,即與漢譯"獲彼寶故"相同。

者僅少了一個"山"字,但與 P810 有較大的差異。梵文本此句作 ekaghanasāramaya pāṣāṇaparvata,對應的藏文或當爲 brag gcig tu mkhregs shing sra ba'i ri'i 'og na,譯言:"譬如於一堅硬、牢固之岩石山下",比 P810 又多出了一個"山"字。此外,漢譯中所謂"赤珠"者均不見於兩種藏譯。IOL Tib J52 中直接用梵文詞 aśma-garbha,而不用相應的藏文詞 rdo'i snying po 來表示"瑪瑙",或以示與句首之"石藏"區別,值得注意。此節首句以下內容,IOL Tib J52 與 P810 二者基本一致,祇是個別用詞有差別。如 P810 中作 yongs su shes pa,即"遍知"者,於 IOL Tib J52 中或作 nge shes pa,或者 shes pa,與漢譯"識"字相同。P810 中作 'bad mi dgos pa 者,IOL Tib J52 中作 lhun kyis grub pa,同樣表示漢譯中"嘆然無爲"之意。此節最後一句,IOL Tib J52 作 khyod skyid cing nor che la srid che bar gyur te,或可與漢譯"汝即富樂,受大果報"一句對應,而與 P810 中的 khyod phyug cing nor che la longs spyod che bar 'gyur te,譯言"汝即富貴,享大受用"一句不同。

　　敦煌漢譯本中"汝應最初掘此石藏,掘彼藏已,便見銀石,(於)於彼汝不應生於金想"一段中的最後一句與藏譯有差異,後者作 de la khyod kyis gter chen por 'du shes mi bya'i,意爲"於彼汝不應生於大寶之想"。]

IOL Tib J51

rigs kyis bu dag ji tsam du don 'di shes par bya ba'i phyird／'di dper byas te／brag gcig tu 'khrebs shing sra ba zhes bya ba de ni 'du byed kyi rnam pa [2] kun nas nyon mongs pa dang／gnyis la so sor nye bar gnas pa'i tshig bla dags so／／'og na yid bzhin gyi nor bu rin po che'i gter chen po zhes bya ba de ni／rnam par myi rtog pa'i dbyings kyi tshig bla [3] dags so／／yid bzhin gyi nor bu rin po che'i gter chen po 'dod pa'i myi zhes bya ba de ni／／byang chub sems dpa' chen po'i tshig bla dags so／／gter chen po mngon par shes pa'i myi zhes bya ba de ni／de bzhin [4] gshegs pa dgra bcom pa'a yang dag par rdzogs pa'i sangs rgyas kyi tshig bla dags so／／brag ces bya ba de ni rang bzhin la rnam par rtog pa'i mtshan ma rnams kyi tshig bla dags so／／rkos shig ces bya [5] [6b] ba de ni yid la myi byed pa'i tshig bla dags so.

IOL Tib J52

rigs kyi bu ci tsam du de nyid kyi don shes par bya ba'i phyir／de'i dper byas pa ste [2]

gcig du sdugs pa'i rdo'i snying po'i ri zhes bya ba 'di ni nyon mongs pa dang gnyis la⁄'jug
pa 'du byed du gtogs pa'i tshigs bla dagso⁄'og na nor [3] bu yid bzhin rin po che'i gter
chen po zhes bya ba ni⁄rnam par myi rtog pa'i dbyings kyi tshig bla dagso⁄yid bzhin gyi
nor bu rin po che'i gter chen po 'dod pa'i myi zhes bya ni⁄[4] byang cub sems dpa' sems
dpa['] chen po'i tshigs bla dagso⁄gter chen po mngon bar shes pa'i myi shes bya ba ni
yang dag par gshegs pa dgra bcom ba g. yung 'drung [5] rdzogs pa'i [sangs rgyas kyi]
tshigs bla dags so⁄rdo bar snang ba'i ri zhes bya ba 'di ni rang bzhin gyis rnam par rtog
pa'i mtshan ma rnams kyi tshigs bla dags so⁄rko'o zhes bya[6]

P810

rigs kyis bu dag ji tsam du don 'di shes par bya ba'i phyir 'di dper byas pa ste⁄brag gcig tu
'khregs shing sra ba zhes bya ba de ni 'du byed kyi rnam pa kun nas nyon mongs pa dang⁄
gnyis la so sor nye bar gnas pa'i tshig bla dags so⁄⁄'og na yid bzhin gyi nor bu rin po
che'i gter chen po zhes bya ba de ni rnam par mi rtog pa'i dbyings kyi tshig bla dags so⁄⁄
yid bzhin gyi nor bu rin po che'i gter chen po 'dod pa'i mi zhes bya ba de ni byang chub
sems dpa' sems dpa' chen po'i tshig bla dags so⁄⁄gter chen po mngon par shes pa'i mi
zhes bya ba de ni de bzhin gshegs pa dgra bcom pa yang dag par rdzogs pa'i sangs rgyas
kyi tshig bla dags so⁄⁄brag ces bya ba de ni rang bzhin la rnam par rtog pa'i mtshan ma
rnams kyi tshig bla dags so⁄⁄rkos shig ces bya ba de ni yid la mi byed ces bya ba'i tshig
bla dags so.

敦煌漢譯本

善男子！爲了彼義而作此喻。此中勝妙石藏者,即是諸行,並諸雜染,喻此二種增語。
下有大如意寶珠者,即是無分別增語。求如意寶珠人者,即是菩薩摩訶薩增語。汝不應
生於大寶想者,即是如來應正等覺增語。見於石者,即是自性有分別想之增語。所言掘
者,即如理作意增語。

    [對勘：此節此 IOL J51 與 P810 完全一致,首句 IOL Tib J52 與漢譯基本一致,
而與 P810 則有較大的區別,後者譯言："彼所言堅硬、牢固之岩石者,即對諸行相
與雜染二者各各現前之增上語。"然此節以下各句兩種藏文譯本比較一致,與漢譯
本反而有大小不同的差異。如 IOL Tib J52 云："下有如意寶大寶藏者,即是無分別

界增語；云欲求如意寶大寶藏人者，即是菩薩摩訶薩增語；神通識大寶藏之人者，即是如來應正等覺增語；云顯現爲石山者，即於自性起分別諸相增語。"除最後一句 P810 中謂"云岩石者……"，與此不同外，其餘各句基本一致。但漢譯本中相應者作"下有大如意寶珠者，即是無分別增語。求如意寶珠人者，即是菩薩摩訶薩增語。汝不應生於大寶想者，即是如來應正等覺增語。見於石者，即是自性有分別想之增語"。其中的差別顯而易見。]

IOL Tib J51

dngul du snang ba'i rdo zhes bya ba de ni gnyen po la rnam par rtog pa'i mtshan ma rnams kyi tshig bla dags so// gser du snang ba'i rdo zhes bya ba de ni stong pa'a nyid la stsogs pa'a la [1] rnam par rtog pa'i mtshan ma rnams kyi tshig bla dags so// rin po che sna tshogs su snang ba'i rdo zhes bya ba de ni 'thob pa'a la rnam par rtog pa'i mtshan ma rnams kyi tshig bla dags so/ yid bzhin gyi nor bu rin po che'i gter [2] chen po rnyes[1] ces bya ba de ni rnam par myi rtog pa'i dbyings la reg pa'i tshig bla dags so// rigs kyi bu dag de ltar dpe nye bar bkod pa 'dis rnam par myi rtog pa'i dbyings su 'jug pa'a khong du chud par bya [3] 'o//

P810

dngul du snang ba'i rdo zhes bya ba de ni gnyen po la rnam par rtog pa'i mtshan ma rnams kyi tshig bla dags so// gser du snang ba'i rdo zhes bya ba de ni stong pa nyid la sogs pa la rnam par rtog pa'i mtshan ma rnams kyi tshig bla dags so// rin po che sna tshogs su snang ba'i rdo zhes bya ba de ni thob pa la rnam par rtog pa'i mtshan ma rnams kyi tshig bla dags so/ yid bzhin gyi nor bu rin po che'i gter chen po rnyed ces bya ba de ni rnam par mi rtog pa'i dbyings la reg pa'i tshig bla dags so// rigs kyi bu dag de ltar dpe nye bar bkod pa 'dis rnam par mi rtog pa'i dbyings su 'jug pa khong du chud par bya'o//

敦煌漢譯本

見銀石者，即是對治有分別想增語。見金石者，即是空等上起於分別相之增語。見種種

---

〔1〕 P810 此作 rnyed，相應原義當作"得"，故應是 rnyed，而不是 rnyes。

雜寶石者,於証得中起於分別想之增語。如意藏寶珠大珍藏者,即是觸証無分別界增語。善男子!以是喻譬,應知令入無分別勝義。

[對勘:此節 IOL J51 與 P810 完全一致,漢譯不完整,"見銀石者"或"見金石者"相應者,藏譯意爲:"謂顯現爲銀之石者"和"謂顯現爲金之石者"。此節可重譯作:"彼所言顯現爲銀之石者,即於對治起分別諸相之增上語;彼所言顯現爲金之石者,即於空性等[異對治相]起分別諸相之增上語;彼所言顯現爲種種大寶之石者,即於證得[真如相]起分別諸相之增上語;彼所言得大寶如意寶珠大寶藏者,即觸證無分別界之增上語。汝等善男子,如是詳説此譬喻者,當悟知[乃爲]令入無分別之界。"]

IOL Tib J51

Rigs kyi bu dag 'di ji ltar na yang byang cub sems dpa' sems dpa' chen po rnam par rtog pa'i mtshan ma ji skad bstan pa'a de dag la nye bar rtog cing rnam par myi rtog pa'i dbyings su 'jug che na'a／[4] rigs kyi bu dag 'di la byang cub sems dpa' sems dpa' chen po de ltar rnam par myi rtog pa'i dbyings la rab tu gnas pa ni gzugs kyi rang bzhin la rnam par rtog pa'i mtshan ma mngon du gyurd na／'di ltar [5][7a] nye bar rtog ste／gang bdag gi gzugs zhes spyod na rnam par rtog pa la spyad pa'o／／gzhan dag gi gzugs zhes spyod na'a rnam par rtog pa la spyod pa'o／gzugs 'di yod do zhes spyod na rnam par rtog pa la spyod [1] pa'o／／gzugs skye 'o／'gag go／／kun nas nyon mongs pa 'o／rnam par byang ba 'o zhes spyod na'a rnam par rtog pa la spyod pa'o／gzugs myed ces spyod na rnam par rtog pa'a la spyod pa'o／／gzugs la [2] ngo bo nyid kyis kyang myed／rgyur yang myed／'bras bur yang myed las su yang myed／ldan par yang myed／'jug par yang myed ces spyod na rnam par rtog pa la spyod pa'o／／ gzugs la rnam par rig pa tsam [3] mo zhes spyod na rnam par rtog pa la spyod pa'o／／ji ltar gzugs myed pa de bzhin du gzugs su snang ba'i rnam par rig pa yang myed do zhes spyod na rnam par rtog pa la spyod pa'o snyam mo／／

P810

Rigs kyi bu dag 'di ji ltar na yang byang chub sems dpa' sems dpa' chen po rnam par rtog pa'i mtshan ma ji skad bstan pa de dag la nye bar rtog cing rnam par mi rtog pa'i dbyings su 'jug ce na／rigs kyi bu dag 'di la byang chub sems dpa' sems dpa' chen po de ltar rnam

par mi rtog pa'i dbyings la rab tu gnas pa ni gzugs kyi rang bzhin la rnam par rtog pa'i
mtshan ma mngon du gyur na/'di ltar nye bar rtog ste/gang bdag gi gzugs zhes spyod na
rnam par rtog pa la spyod pa'o// gzhan dag gi gzugs zhes spyod na rnam par rtog pa la
spyod pa'o / gzugs 'di yod do zhes spyod na rnam par rtog pa la spyod pa'o // gzugs
skye'o/'gag go//kun nas nyon mongs pa'o/rnam par byang ba'o zhes spyod na rnam par
rtog pa la spyod pa'o/gzugs med ces spyod na rnam par rtog pa la spyod pa'o//gzugs ni
ngo bo nyid kyis kyang med/rgyur yang med/'bras bur yang med/las su yang med/ldan
par yang med/'jug par med ces spyod na rnam par rtog pa la spyod pa'o//gzugs ni rnam
par rig pa tsam zhes spyod na rnam par rtog pa la spyod pa'o//ji ltar gzugs med pa de
bzhin du gzugs su snang ba'i rnam par rig pa yang med do zhes spyod na rnam par rtog pa
la spyod pa'o snyam mo//

敦煌漢譯本

復次,善男子! 如何菩薩摩訶薩以親觀察分別相故,而能趣入無分別界耶? 如是菩薩
摩訶薩安住無分別界時,若有色相,現起此色相,是則行於分別。若起餘色行相,是則
行於分別。此色是有,是則行於分別。乃至識、滅、染、淨、無者,是則行於分別。若
起無色行相,是則行於分別。若起色性非有,亦非從因,亦非從業,亦非相應,亦非流
轉,是則行於分別。於色起唯識想,是則行於分別。猶如無色、現色諸識亦非有者,是
則行於分別。

IOL Tib J51

rigs kyi bu dag 'di ltar byang [4] cub sems dpa' sems dpa' chen po gzugs kyang myi
dmyigs/gzugs su snang ba'i rnam par rig pa yang myi dmyigs mod kyi/rnam par rig pa'
thams cad kyi thams cad du chud gson pa[1] ni ma yin no//[5] [7b] rnam par rig pa ma
gtogs par chos gang yang myi dmyigs la rnam par rig pa de yang dngos po myed par yang
yang dag par rjes su myi mthong//rnam par rig pa ma gtogs par dngos po myed pa' yang
yang dag par rjes su myi mthong/gzugs su [1] snang ba'i rnam par rig pa' myed pa de
dang/rnam par rig pa' de gcig par yang dag yang rjes su myi mthong/tha dad par yang

---

[1] P810 對應處作 chud zon pa,漢譯對應作"唐捐",故正確的語詞應爲 chud gzon pa,或者 chud gson pa。

yang dag par rjes su myi mthong ngo／rnam par rig pa dngos po' myed pa de la dngos por
yang dag par rjes su myi mthong／[2] ngo／dngos po myed par yang yang dag par rjes su
myi mthong ste／rigs kyi bu dag rnam pa' thams cad pa'i rnam par rtog pa thams cad kyis
gang rnam par ma brtags pa' de rnam par myi rtog pa'i dbyings so[1] zhes [3] kyang
yang dag par rjes su myi mthong ngo／rigs kyi bu dag 'di ni rnam par myi rtog pa'i dbyings
su 'jug pa'i tshul yin te／de ltar na byang cub sems dpa' sems dpa' chen po rnam par myi
rtog pa'i dbyings la rab tu [4] gnas pa' yin no//

P810

rigs kyi bu dag 'di ltar byang chub sems dpa' sems dpa' chen po gzugs kyang mi dmigs／
gzugs su snang ba'i rnam par rig pa yang mi dmigs mod kyi／rnam par rig pa thams cad kyi
thams cad du chud zon pa ni ma yin no//rnam par rig pa ma gtogs par chos gang yang mi
dmigs la rnam par rig pa de yang dngos po med par yang yang dag par rjes su mi mthong//
rnam par rig pa ma gtogs par dngos po med par yang yang dag par rjes su mi mthong／
gzugs su snang ba'i rnam par rig pa med pa de dang rnam par rig pa de gcig par yang yang
dag par rjes su mi mthong／tha dad par yang yang dag par rjes su mi mthong／rnam par rig
pa dngos po med pa de la dngos por yang yang dag par rjes su mi mthong／dngos po med
par yang yang dag par rjes su mi mthong ste／rigs kyi bu dag rnam par rtog pa thams cad
kyis gang rnam par ma brtags pa de rnam par mi rtog pa'i dbyings so zhes kyang yang dag
par rjes su mi mthong／rigs kyi bu dag 'di ni rnam par mi rtog pa'i dbyings su 'jug pa'i
tshul yin te／de ltar na byang chub sems dpa' sems dpa' chen po rnam par mi rtog pa'i
dbyings la rab tu gnas pa yin no//

敦煌漢譯本

善男子！若菩薩摩訶薩，雖於色性，無所緣所得，於現色諸識，雖無所得，亦不唐捐唯識
之性。若離於識，更無少法而可得故。於唯識性，如實不起不見。於唯識外，如實不起

---

[1] nam pa' thams cad pa'i rnam par rtog pa thams cad kyis gang rnam par ma brtags pa' de rnam par myi rtog
pa'i dbyings so 一句於 P810 對應處作 rnam par rtog pa thams cad kyis gang rnam par ma brtags pa de rnam par mi rtog
pa'i dbyings so，對應漢譯作："於如是諸分別中，而不分別，亦不分別，此是無分別界。"顯然 IOL Tib 51 中此句與朵
宮版、德格版、德格了義十經版中對應的句子相同，可譯作"所謂一切相之一切分別悉無分別者，即無分別之界"。
參見沈衛榮、邵頌雄等，《〈聖入無分別總持經〉對勘及研究》，頁 197。

無見。於現色諸識,不起無見。於唯識外,如實不起無見。於現色諸識,不起無見。及唯識中,如實不起,一異見故,於唯識無相理中,不起有相、無相、一異種種見故。無滅、無生、非斷、非常、無來、無去,如實而起不見彼。於如是諸分別中,而不分別,亦不分別,此是無分別界。如實不起如是諸見。善男子! 此名隨順趣入無分別界,是名菩薩摩訶薩極善安住無分別性。

IOL Tib 51

de bzhin du tshor ba dang/ 'du shes dang/ 'du byed rnams dang/ rnam par shes pa dang/ de bzhin du sbyin pa'i pha rol du phyin pa dang/ tshul khrims kyi pha rol du phyin pa dang/ bzod pa'i pha rol du phyin pa dang/ [5] [8a] brtson 'grus kyi pha rol du phyin pa dang/ bsam gtan gyi pha rol du phyin pa dang/ shes rab kyi pha rol du phyin pa dang/ de bzhin du stong pa nyid las stsogs pa nas rnam pa thams cad mkhyen pa'i bar nyid du sbyor ro[1] // [1] rigs kyi bu dag 'di la byang cub sems dpa' sems dpa' chen po rnam pa' thams cad mkhyen pa' nyid la dpyod pa'i rnam par rtog pa mngon du gyur na/ 'di ltar nye bar rtog ste/ gang dag gi rnam pa thams cad mkhyen [2] pa nyid ches spyod na'/ de rnam par rtog pa' la spyod pa'o// gzhan dag gi rnam pa' thams cad mkhyen pa nyid ces spyod na rnam par rtog pa la spyod pa'o/ rnam pa thams cad mkhyen pa nyid ni 'di'o// [3] zhes spyod na rnam par rtog pa la spyod pa'o// rnam pa thams cad mkhyen pa nyid 'thob[2] ces spyod na rnam par rtog pa la spyod pa'o// rnam pa thams cad mkhyen pa' nyid ni nyon mongs pa' dang shes bya'i [4] sgrib pa' thams cad spyong pa'o zhes spyod na rnam par rtog pa la spyod pa'o// rnam pa thams cad mkhyen pa' nyid shin du rnam par byang ba'o zhes spyod na rnam par rtog pa la spyod pa'o// rnam pa thams cad mkhyen pa nyid [5] [8b] myed do zhes spyod na rnam par rtog pa la spyod pa'o// rnam pa thams cad mkhyen pa nyid la ngo bo nyid kyis kyang myed/ rgyur yang myed/ 'bras bur yang myed/ las su yang myed/ ldan par yang myed/ 'jug par yang myed [1] do zhe na rnam par rtog pa' la spyod pa'o/ rnam pa thams cad mkhyen pa nyid rnam par rig pa tsam mo zhes spyod na

---

〔1〕 P810 相應處作 rnam pa thams cad mkhyen pa nyid kyi par du sbyor ro,IOL Tib 51 此句複與朵宮版同。參見沈衛榮、邵頌雄等,《聖入無分別惣持經》對勘及研究》,頁189—191。

〔2〕 P810 此處作 'tho,IOL Tib 51 此與德格版相同,參見沈衛榮、邵頌雄等,《〈聖入無分別惣持經〉對勘及研究》,頁190。

rnam par rtog pa la spyod pa'o / ji ltar rnam pa thams cad mkhyen pa nyid myed pa' de bzhin [2] du rnam pa thams cad mkhyen pa' nyid du snang ba'i rnam par rig pa yang myed do zhes spyod na rnam par rtog pa la spyod pa'o snyam mo //

IOL Tib J52: 4a

pa'o / thams cad mkhyen pa rab du dka' rab bo zhes spyod pa ni rnam par rtog pa la spyod pa'o / rnam pa thams cad mkhyen pa myed do zhes spyod na de ni rnam [1] par rtog pa la spyod pa'o / rang bzhin las kyang myed rgyu las kyang myed / 'brasu bu las kyang myed / las kyang myed sbyor ba yang 'jug pa yang myed pa'i rnam pa thams [2] ca[d] mkhyen pa zhes spyod pa ni rnam par rtog pa la spyod pa'o / rnam pa thams cad mkhyen pa ni rnam par rig pa tsam mo / zhes spyod ba ni rnam par [3] rtog pa la spyod pa'o / ji ltar rnam pa thams cad mkhyen pa myed pa bzhin du // rnam pa thams cad mkhyen par snang ba'i rnam par rig pa dang [4] myedo zhes spyod [pa] ni rnam par rtog pa la spyod pa ste /

P810

de bzhin du tshor ba dang / 'du shes dang / 'du byed rnams dang / rnam par shes pa dang / de bzhin du sbyin pa'i pha rol du phyin pa dang / tshul khrims kyi pha rol du phyin pa dang / bzod pa'i pha rol du phyin pa dang / brtson 'grus kyi pha rol du phyin pa dang / bsam gtan gyi pha rol du phyin pa dang / shes rab kyi pha rol du phyin pa dang / de bzhin du stong pa nyid la sogs pa nas rnam pa thams cad mkhyen pa nyid kyi par du sbyor ro // rigs kyi bu dag 'di la byang chub sems dpa' sems dpa' chen po rnam pa thams cad mkhyen pa nyid la spyod pa'i rnam par rtog pa mngon du gyur na / 'di ltar nye bar rtog ste / gang dag gi rnam pa thams cad mkhyen pa nyid ces spyod na de rnam par rtog pa la spyod pa'o // gzhan dag gi rnam pa thams cad mkhyen pa nyid ces spyod na rnam par rtog pa la spyod pa'o / rnam pa thams cad mkhyen pa nyid ni 'di'o zhes spyod na rnam par rtog pa la spyod pa'o // rnam pa thams cad mkhyen pa nyid 'tho pa ces spyod na rnam par rtog pa la spyod pa'o / rnam pa thams cad mkhyen pa nyid ni nyon mongs pa dang shes bya'i sgrib pa thams cad spyong pa'o zhes spyod na rnam par rtog pa la spyod pa'o // rnam pa thams cad mkhyen pa nyid shin du rnam par byang ba'o zhes spyod na rnam par rtog pa la spyod pa'o // rnam pa thams cad mkhyen pa nyid med do zhes spyod na rnam par rtog pa la spyod pa'o // rnam pa thams cad mkhyen pa nyid la ngo bo nyid kyis kyang med／rgyur yang med／'bras bur yang med／las su yang med／ldan par yang med／'jug par yang med ces spyod na rnam par rtog pa la spyod pa'o／rnam pa thams cad mkhyen pa nyid rnam par rig pa tsam mo zhes spyod na rnam par rtog pa la spyod pa'o／ji ltar na rnam pa thams cad mkhyen pa nyid med pa de bzhin rnam pa thams cad mkhyen pa nyid du snang ba'i rnam par rig pa yang med do zhes spyod na rnam par rtog pa la spyod pa'o snyam mo／

敦煌漢譯本

如是受、想、行、識、布施、持戒、安忍、精進、靜慮、般若到彼岸等,如是空等,乃至一切種智,皆應廣說。善男子！此中菩薩摩訶薩,於一切種智上,起於如是分別,若我行於一切種智之行,是則行於分別。餘人行於種智之行,是則行於分別。一切種智行者,是則行於分別。起於證得種智行者,是則行於分別。一切種智永斷煩惱所知障者,是則行於分別。一切種智是清淨者,是則行於分別。一切種智無者,是則行於分別。一切種智自性亦無,因中亦無,果中亦無,業中亦無,非相應,流轉亦無,如是行想,是則行於分別。於一切種智行唯識想,是則行於分別。如於種智非有,現種智之識亦非有者,是則行於分別。

　　[對勘:此節中除了個別用詞相異外,兩種藏譯本基本一致。其中用詞不同者有:與漢譯"清淨"相應者,IOL Tib J52 作 rab du[tu] dka' rab bo,P810 作 rnam par byang ba,相應的梵文作 vyavadāna,與 rnam par byang ba 對應。而 rab du dka' rab bo 疑為 rab tu dkar rab bo 之誤寫,dkar po 意為"淨"、"白淨"。與漢譯"自性"相應者,IOL Tib J52 作 rang bzhin,而 P810 作 ngo bo nyid,但這兩個藏文詞彙均可與此相應的梵文詞 svabhāva 對譯。與漢譯"相應"相應者,IOL Tib J52 作 sbyor ba,而 P810 作 ldan pa,相應的梵文詞作 yoga,與 sbyor ba 對應。ldan pa 亦可與梵文詞 samprayoga 對應,譯言"相應"。]

IOL Tib 51

Rigs kyi bu dag 'di ltar byang cub sems dpa' sems dpa' [3] chen po ji ltar rnam pa thams cad mkhyen pa' nyid myi dmyigs pa' de bzhin du der snang ba'i rnam par rig pa yang myi dmyigs mod kyi／rnam pa' rig pa' thams cad kyi thams cad du chud gzon [4] pa **ni** ma yin no／／rnam par rig pa' ma gtogs par／／chos gang yang myi dmyigs la／／rnam par rig pa de yang dngos po myed par yang dag par rjes su myi mthong / rnam par rig pa ma gtogs par dngos [5] …

IOL Tib J52

gang gi phyir byang cub sems dpa' sems dpa' chen po ji ltar / rnam pa thams cad mkhyen pa la [5] mye dmyigs pa de bzhin du / de snang ba'i rnam par rig pa la yang / myi dmyigs mod kyi / rnam par rig pa thams cad kyi thams cad du chud myi gzon [6] [4b] no / rnam par rig pa ma gtogs par yang chos gang yang myi dmyigso / rnam par rig pa de myed par mthong mod kyi / rnam par rig pa ma gtogs par myed [1] pa yang myi mthong ngo / rnam par rig pa de'i ngo bo nyid / gcig par yang myi mthong ngo / so sor yang myi mthong ngo / rnam par rig pa de dngos po myed pa la [2] dngos po myed par yang myi mthong / dngos po myed pa ma yin bar yang myi mthong / rigs kyi bu rnam pa thams cad du rnam par [3] rtog pa de / dag thams cad kyis gang rnam par myi rtog pa de ni rnam par myi rtog pa'i chos kyi dbyingso // bar myi mthongs te de ltar na 'di [4] / rnam par myi rtog pa'i dbyingsu 'jug pa'o // de ltar na rigs kyi bu byang cub sems dpa' sems dpa' chen po rnam par myi rtog pa'i [5] dbyings la rab du 'jug pa yin //

P810

Rigs kyi bu dag 'di ltar byang chub sems dpa' sems dpa' chen po ji ltar rnam pa thams cad mkhyen pa nyid mi dmigs de bzhin du der snang ba'i rnam par rig pa' ang mi dmigs mod kyi / rnam pa rig pa thams cad kyi thams cad du chud gzon pa ma yin no // rnam par rig pa ma gtogs par chos gang yang mi dmigs la / rnam par rig pa de yang dngos po med par yang dag par rjes su mi mthong / rnam par rig pa ma gtogs par dngos po med par yang yang dag par rjes su mi mthong / rnam pa thams cad mkhyen pa nyid du snang ba'i rnam par rig pa med pa de dang / rnam par rig pa de gcig par yang yang dag par rjes su mi mthong ngo // tha dad par yang yang dag par rjes su mi mthong / rnam par rig pa dngos po med pa de la dngos por yang yang dag par rjes su mi mthon ngo // dngos po med par yang yang dag par rjes su mi mthong ste / rigs kyi bu dag rnam pa thams cad mkhyen pa'i rnam par rtog pa thams cad kyis gang rnam par ma brtags pa de rnam par mi rtog pa'i chos kyi dbyangs so zhes kyang yang yang dag par rjes su mi mthong ngo // de ltar 'di ni rnam par mi rtog pa'i dbyings la 'jug pa'i tshul yin te / rigs kyi bu dag de ltar na byang chub sems dpa' sems dpa' chen po rnam par mi rtog pa'i dbyings la rab tu gnas pa yin no //

敦煌漢譯本

若菩薩摩訶薩緣念於佛,雖無現佛之識,而亦不唐捐。唯識外無有少法可得。亦不見唯識非有。除唯識外,不見非無。於現一切種智之識非有。彼及唯識,如實不起,一異差別見故。於唯識無相中,如實不起,無相見故,亦不起,非無相見故。善男子!於一切處,如是一切分別,若不觀察,離於分別,如實不見,無分別性。如是此名入無分別性。善男子!此名菩薩摩訶薩,極善安住無分別界。

　　〔對勘:此節首句敦煌漢譯作:"若菩薩摩訶薩緣念於佛,雖無現佛之識,而亦不唐捐。"與兩種藏譯本均相異,不但其中作"佛"者,藏譯爲"一切種智",而且藏譯與"緣念於佛"相對應者作"不緣於一切種智",意義正好相反。藏譯此句可譯作:"如菩薩摩訶薩不緣於一切種智,亦不緣於彼顯現之識,然所有一切識皆不失懷。"相應的梵文此句作 yataś ca bodhisattvo mahāsattvo yathaiva sarvākārajñatān nopalabhate / tathaiva tatpratibhāsām api vijñapti nopalabhate / na ca sarveṇa sarvaṃ tadvijñaptiṃ vipraṇāśayati, 與藏譯完全一致,可見漢譯此處誤譯。P810 此節其始有 rigs kyi bu, 譯言"善男子",然不見於 IOL Tib J52 中,亦不見於漢譯和梵文本中。此節第二句 P810 與漢譯本基本一致,與 IOL Tib J52 則有明顯差別。與漢譯"亦不見唯識非有"一句對應者,P810 作 rnam par rig pa de yang dngos po med par yang dag par rjes su mi mthong, 譯言:"不能正觀彼識非有",而 IOL Tib J52 則作 rnam par rig pa de myed par mthong mod kyi, 譯言:"雖觀彼識無",意義相反,後者在動詞 mthong, 即"觀"之前省卻了否定副詞 mi。與此句對應的梵文作 abhāvataś ca tāṃ vijñaptiṃ na samanupaśyati, 意同 P810。此外,漢譯"唯識"者,在藏譯中均作 rnam par rig pa, 意爲"了別"、"識",與梵文 vijñāna 對應。藏文中表示"唯識"者通常是 rnam par rig pa tsam, 或者 rnam par shes pa tsam。與漢譯"除唯識外,不見非無"對應的藏譯 P810 作 rnam par rig pa ma gtogs par dngos po med par yang yang dag par rjes su mi mthong, 譯言"亦不能正觀唯識之外非有",與漢譯意義相反。IOL Tib J52 此句意同 P810, 相應的梵文作 na cāntatra vijñapter abhāvaṃ samanupaśyati, 亦與藏譯相同。與漢文"非有"相應的梵文詞爲 abhāva, 可與藏文 dngos pa med pa, mi mnga' ba, med pa 等對譯,故 P810 中對應作 dngos pa med pa,

而 IOL Tib J52 中略作 med pa。與漢譯"非無"對應的梵文或當作 nābhāvataḥ，即藏文 med pa ma yin pa。

此節接下來一句兩種藏譯之間差異甚大，於 IOL Tib J52 中此句作："彼識之自性，既不見同，亦不見異。於彼識非有，亦不見非有；亦不見非非有。"同一句於 P810 中作："既不正見彼識與彼顯現爲一切種智之識無[非有]同一，亦不正見[彼二]相異，於彼識非有，既不正見有，亦不正見非有。"與此句相應的漢譯作："於現一切種智之識非有。彼及唯識，如實不起一異差別見故。於唯識無相中，如實不起無相見故，亦不起無無相見故。"耐人尋味的是，此句之前半句，P810 與漢譯意義相同，而此句之後半句則漢譯與 IOL Tib J52 相同，如果我們暫且將漢譯之"無相"與藏文 dngos pa med pa 對應的話。與此句相應的梵文作 na ca tasyā vijñapter abhāvaṃtayā vijñaptyā ekatvena samanupaśyati / na pṛthaktvena samanupaśyati / na ca tasyā vijñapter abhāvaṃ bhāvataḥ samanupaśyati / nābhāvataḥ samanupaśyati，譯言："不正見與彼識非有之識同一，亦不正見[與彼識]相異，於彼識非有，既不正見有，亦不正見非有。"相對而言，梵文本更接近於 P810。

此節最後一句，兩種藏譯與漢譯相對一致，但藏譯用辭有細微的差別。例如與漢譯"極善安住"對應者在 P810 中作 rab tu gnas pa，IOL Tib J52 中卻作 rab tu 'jug pa，後者意爲"善入"。與此對應的梵文詞彙作 pratiṣṭhā，同 rab tu gnas pa，亦即"善住"。此外，與漢譯"如是此名入無分別性"一句對應者，在 IOL Tib J52 中作 de ltar na 'di / rnam par myi rtog pa'i dbyingsu 'jug pa'o，二者意義相同。但此句在 P810 中卻作 de ltar 'di ni rnam par mi rtog pa'i dbyings la 'jug pa'i tshul yin te，譯言："如是乃入無分別界之理也"，較前二者多出一個 tshul，即"理"字。查此句的梵文作 evam ayam praveśanayo 'vikalpasya dhātoḥ，同於 P810。此與 tshul 字對應的梵文詞彙爲 naya，譯言："理"、"道理"。此節内容 IOL Tib J51 複與 P810 完全一致。]

IOL Tib J52

rigs kyi bu rnams chos kyi gzhung 'di / len pa dang 'dzin pa dang 'dri ba dang glog pa'i bsod [6]

P810

rigs kyi bu dag chos kyi rnam grangs 'di 'dzin pa dang / yi ger 'dri ba dang / 'chang ba dang／klog pa'i bsod names ni—.

敦煌漢譯

善男子！若有受持此經章句,書寫、讀誦,所生勝福——。

　　[對勘：藏譯中與漢譯"此經章句"對應者分別是 chos kyi gzhung 和 chos kyi rnam grangs。chos kyi gzhung 與 dharma-grantha,意爲"經文"、"經典",意義接近"此經章句"。chos kyi rnam grangs 與 dharma-paryāya,意爲"法門"。]

三

　　以上對勘可謂不厭其煩,由此至少可以説明的是,IOL Tib J51 和 IOL Tib J52 顯然是兩種不同的藏譯本,前者與見於《西藏文大藏經》中的 P810 屬於同一種翻譯本,但是二者屬於不同的版[刻]本,IOL Tib 51 與德格版大藏經更加接近。IOL Tib J52 號文書確實是藏譯《聖入無分別惣持經》的一個殘本,但它不是如前人所斷言的那樣是從漢譯本轉譯過來的,而是有別於藏譯 P810 和敦煌漢譯本的一個新發現的異譯本。從上述 P810、IOL Tib J52 兩種藏譯和敦煌失譯漢譯三種譯本之間這種時同時異、同異相間的錯綜複雜的關係來看,它們所根據的梵文原本或當各不相同。從 IOL Tib J52 和 P810 所用辭匯的差別來看,IOL Tib J52 的成書年代或當早於 P810,前者有可能是在 9 世紀初吐蕃釐定譯語之前的作品。[1]

　　(原載談錫永、沈衛榮、邵頌雄著译,《〈聖入無分別惣持經〉對勘與研究》,北京：中國藏學出版社,2007 年,頁 305—327)

---

　　〔1〕　參見張廣達,《九世紀初吐蕃的〈敕頌翻譯名義集三種〉——bKas bcad rnam pa gsum》,同氏著,《西域史地叢稿初編》,上海古籍出版社,1995 年,頁 311—333；Cristina Scherrer-Schaub, "Enacting Words：A Diplomatic Analysis of the Imperial Decrees (bKas bcad) and the Application in the sGra sbyor bam po gyis pa tradition", *Journal of the International Association of Buddhist Studies*, vol. 25, nos. 1－2, 2002, pp. 263－340.

元代漢譯八思巴帝師造
《觀師要門》對勘、研究

一

　　《大乘要道密集》中收録的八十三篇藏傳密教儀軌文書具體地反映了藏傳佛教於西夏和元朝傳播的實際内容,是研究藏傳佛教東向傳播史的一部不可多得的寶貴文獻。[1] 相對而言這些密法儀軌的譯文質量較好,但絶非無懈可擊。與大部分漢譯佛教經典一樣,它們亦有脱漏、錯譯、意義不明等種種闕失。再加上其本身的密教性質,讀懂這些文書即使對於研究藏傳佛教的專家也不是一件輕而易舉的事情,更不用説普通的讀者了。對這部文獻作系統的整理和研究是我們開展漢藏佛教交流史研究的一項重要工作,而這項工作的開展無疑必須從確定這些儀軌文書的藏文原本,並對勘、釐定藏、漢文文本開始。本文試對《大乘要道密集》中收録八思巴帝師造《觀師要門》一篇用語文學的方法進行對勘,並對與此文本相關的一些問題作一個基礎性的研究。

　　《觀師要門》是一部實修上師瑜伽的短篇儀軌,其標題下注明爲"大元帝師發思巴集,持咒沙門莎南屹囉譯"。"大元帝師發思巴"無疑即指元代第一任帝師八思巴('Phags pa Blo gros rgyal mtshan, 1235 – 1280)。[2] 查《八思巴法王全集》(*Chos rgyal 'Phags pa'i bka' 'bum*),見其第一卷中有《上師瑜伽》(*Bla ma'i rnal 'byor*)一篇,即此《觀師要門》之藏文原本。[3]《觀師要門》跋云:"《觀師要門》發思巴謹按著

　　〔1〕 沈衛榮,《〈大乘要道密集〉與西夏、元朝所傳藏傳密法——〈大乘要道密集〉系列研究導論》,《中華佛學學報》第 20 期,臺北,2007 年,頁 251—303。

　　〔2〕 元發思巴上師輯著,蕭天石編,《大乘要道密集》上冊,卷二,《觀師要門》,臺北:自由出版社,1962年,頁 24—26。

　　〔3〕 *Chos rgyal 'Phags pa'i bka' 'bum*(《薩思迦上師全集》,*The Complete Works of the Great Masters of the Sa skya Sect of Tibetan Buddhism*), edited by bSod nams rgya mtsho(Tokyo:The Toyo Bunko, 1968), vol. 6, pp. 347／1／3 – 349／1／1。

哩哲幹上師幽旨而述。"查此句之藏文原文作：Bla ma'i rnal 'byor gyi man ngag chos rje sa skya pa'i zhal gdams 'phags pas la'o shu'i don du yi ger bkod pa'o,[1]譯言："此上師瑜伽之要門，乃八思巴爲 La'o shu 之故，而將法主薩思迦巴之幽旨（口訣）録諸文字的。"漢譯文中的"著哩哲幹上師"，當與藏文 chos rje bla ma 對應，意爲"法主上師"。然藏文原本中與此對應處作 chos rje sa skya pa，譯言"法主薩思迦巴"。八思巴帝師能親承幽旨的"法主薩思迦巴"則一定是他的叔父薩思迦班智達公哥監藏（Sa skya paṇḍita Kun dga' rgyal mtshan，1182－1251），所以他所造的這部《觀師要門》當與其叔父薩思迦班智達的相關著作有關。《大乘要道密集》中另收録《大金剛乘修師觀門》一篇，同樣是一部上師瑜伽儀軌，篇幅比八思巴的《觀師要門》大出許多。標題下注明爲"大薩思嘉班帝怛著哩哲幹上師述，持咒沙門莎南屹囉譯"。[2]此之"大薩思嘉班帝怛著哩哲幹上師"當即是《觀師要門》中所提到的"著哩哲幹上師"，均指薩思迦班智達公哥監藏。查《薩思迦班智達公哥監藏全集》（Pandi ta Kun dga' rgyal mtshan gyi bka' 'bum），見其第一卷中有 Lam zab mo bla ma'i rnal 'byor bzhugs so 一篇，譯言《甚深道上師瑜伽》，無疑即是與《大金剛乘修師觀門》對應的藏文原著。[3]顯而易見，《大乘要道密集》中所收録的這兩部觀修上師瑜伽的儀軌，即八思巴帝師造《觀師要門》和薩思迦班智達造《大金剛乘修師觀門》，之間有明顯的淵源關係。

二

以下即對這部儀軌文書的藏、漢文文本進行對勘，先抄録《觀師要門》的藏、漢文本，以作對照。對於兩者間明顯的不同、漢譯文中出現意義曖昧或明顯錯漏之處，以及文中出現的一些非共通的名相和修持方法與薩思迦班智達相關著述相應者則於腳注中予以説明。儘管元末著名大譯師"持咒沙門莎南屹囉譯"的這部《觀師要門》翻譯質量尚可，但絶對算不上是一篇上品佳作，故筆者試根據藏文本將《觀師要門》重新譯出，以"新譯"忝附其後。

---

[1]　*Chos rgyal 'Phags pa'i bka' 'bum*, vol. 6, 349/1/1.

[2]　《大乘要道密集》上册，卷二，頁16—24。

[3]　*Pandi ta Kun dga' rgyal mtshan gyi bka' 'bum* (*The complete works of Pandita Kun dga' rgyal mtshan*,《薩思迦上師全集》), vol. 5, pp. 339/3/1－343/4/1.

Bla ma'i rnal 'byor bzhugs

觀師要門

大元帝師發思巴集

持咒沙門莎南屹囉譯

Bla ma dam pa'i zhabs la gus pas phyag 'tshal lo

[元譯] 志誠頂禮上師足!

[新譯] 志誠頂禮最妙上師足![1]

Bla ma'i rnal 'byor bsgom par 'dod pas stan bde ba la bsdad nas／bla ma dang dkon mchog gsum la skyabs 'gro bya／sems can thams cad kyi don du sangs rgyas thob par bya／de'i don du bla ma'i rnal 'byor bsgom snyam du byang chub kyi sems bsgom／

[元譯] 夫欲修師觀瑜伽行人,坐安穩座,歸依上師、三寶三遍。[2] 次發願云:[3] 爲利法界[4]一切有情同成佛故,修師觀門。

[新譯] 夫欲修上師瑜伽行人,當坐安穩座,歸依上師和三寶,爲利益一切有情而證正覺。職是之故,觀修上師瑜伽,同修菩提心。[5]

de nas skad cig gis rang 'dug pa'i gnas de rin po che las grub pa'i gzhal yas khang du bsgom／de'i nang du rin po che'i khri padma dang／nyi zla'i steng du dus gsum gyi sangs rgyas thams cad kyi ngo bo bla ma dam pa bdag la dges bzhin du bzhugs par bsam／de'i mtha' ma na brgyud pa'i bla ma rnams dang／de'i mtha' ma na yi dam gyi lha dang／sangs rgyas dang／byang chub sems dpa' dang／dpa' bo dang／rnal 'byor ma dang chos skyong srung ma thams cad kyis bskor ba bzhugs par bsaṃ／

---

〔1〕 Bla ma dam pa 於《大乘要道密集》中通常譯作"最妙上師",此徑譯作"上師"。
〔2〕 藏文原文僅作:"皈依上師和三寶",並沒有漢譯中的"三遍"。
〔3〕 藏文原文中無與"發願"對應的詞彙。
〔4〕 藏文原文中無與"法界"對應的詞彙。
〔5〕 漢譯闕"修菩提心",而藏文原句以"修師觀"與"修菩提心"並列,即曰:修師觀,同修菩提心。

[元譯] 既發願已，頓想自室成珍寶殿，〔1〕其內復想殊妙寶座，並蓮日輪上，〔2〕觀三世諸自性、〔3〕吉祥上師、大喜行人。〔4〕 諸宗承師，周匝圍繞，衆德徘徊。復緣尊佛〔5〕及佛、佛子、勇猛母〔6〕、衆護法善神，次第排布，儼然而住。〔7〕

[新譯] 復次，觀想自居之處刹那間成珍寶所成之無量宮，復想三世諸佛之自性、最妙上師住於宮內珍寶蓮日座上，如於我［行者］生喜。復觀於彼周匝諸宗承師，於彼周匝本尊天、佛及菩薩、勇識、瑜伽女與衆護法，圍繞而住。

de'i mdun du rang gis phyag 'tshal nas / Argham pā dyam la sogs pa phyi'i mchod pas mchod par bsam / de nas rang gi dgra thams cad dang / de nas gnyen dang 'khor rnams dang / de nas longs spyod thams cad phul nas // rang gis dus gsum du bsags pa'i dge ba'i rtsa ba thams cad kyang dbul lo /

[元譯] 次於聖會，虔誠作禮，伸啞幹嘿二合等諸外供已，〔8〕復將怨、親、朋友、珍財，及自三世所修善根，悉皆奉獻。〔9〕

[新譯] 次觀想於彼之前，自作頂禮，伸啞幹嘿二合等諸外供。復次，供獻自己之一切怨，然後諸親戚、眷屬，而後一切受用，然後將自己三世所積善根，悉皆奉獻。

---

〔1〕 與"珍寶殿"相應的藏文作 rin po che las grub pa'i zhal yas khang，譯言："珍寶所成的無量宮。"此句確切的譯文當爲："想自居之處頓成珍寶所成之無量宮。"

〔2〕 原句作"蓮日寶座之上"，没有"輪"字。

〔3〕 "三世諸自性"與 dus gsum gyi sangs rgyas thams cad kyi ngo bo，原意爲"三世諸佛之體性"，乃吉祥上師之本質。《大金剛乘修師觀門》中云："三世諸佛菩薩海會聖衆同一體性大寶上師。"《大乘要道密集》上册，卷二，頁17。"Dus gsum gyi sangs rgyas dang byang chub sems dpa' thams cad kyi ngo bo bla ma rin po che." *Pandita Kun dga' rgyal mtshan gyi bka' 'bum*, 340/2/1.

〔4〕 與"吉祥上師"對應的藏文作 bla ma dam pa，通常譯作"最妙上師"；與"大喜行人"對應的藏文作 bdag la dges bzhin du，意爲"如於我生喜"。漢譯生搬硬套未能將全句原意準確地表達出來。

〔5〕 與"尊佛"對應的藏文詞爲 yi dam gyi lha，譯言"本尊天"。

〔6〕 與"勇猛母"對應的藏文作 dpa' bo dang rnal 'byor ma，譯言"勇識和瑜伽女"。rnal 'byor ma 通常與 yogini 對應。

〔7〕 薩思迦班智達造《大金剛乘修師觀門》説初加行，"謂而以身門曼捺，中央想根本師，其相傳師徘徊圍繞，東本尊，南諸佛，西妙法，北僧伽"。《大乘要道密集》上册，卷二，頁17。lus kyi sgo nas bsgrub pa'i ma ṇḍala gcig la / dbus su bla ma la / bla ma brgyud pa thams cad kyis bskor ba / shar du yi dam / lhor sangs rgyas / nub du chos / byang du dge 'dun rnams bzhugs par bsam. *Pandita Kun dga' rgyal mtshan gyi bka' 'bum*, 340/1/5-6.

〔8〕 與"啞幹嘿二合"對應的藏文作 Argham pā dyam，意爲"功德水"。

〔9〕 《大金剛乘修師觀門》云："謂以屬已一切珍財盡皆奉施，次將怨奉，漸奉親屬。"《大乘要道密集》上册，卷二，頁22。"Dang po ni thog mar bdag tu gzung ba'i longs spyod gos kyi bar du dbul / de nas dgra / de nas gnyen rnams dbul." *Pandi ta Kun dga' rgyal mtshan gyi bka' 'bum*, 342/1/3-4.

de nas rang dang bla ma'i bar du thod pa skam po'i sgyed pu chen po gsum yod par bsam mo//

de nas ye shes kyi gri rnon po zhig gis rang gi smin mtshams kyi thad ka nas thod pa bregs te thod pa'i sgyed pu gsum gyi steng du zangs kyi tshul du dpral ba rang la bstan nas gzhag/de nas rkang pa g. yas pa bcad nas nang du dbul/de nas rim bzhin rkang pa g. yon pa/de nas ro smad/de nas ro stod/de nas lag pa g. yon pa/de nas mgo/mthar lag pa g. yas pa phul la/rang yid kyi gzugs su gnas pa des/'di ltar bsgom mo//

[元譯] 然後師資相去其間,而觀想三大骷髏頭,以甚銛利鉤鐮,正齊於眉,裁一頭器,如似鼎鍋,置骷髏上,令頭朝己。次斷右股,奉置器內。如斯漸解左股下節左臂頭首,終奉右臂,然後自受意身而住。應如是想。[1]

[新譯] 然後觀想師、資之間,有三大骷髏頭,復以一把甚銛利之智慧鉤鐮,正齊於自己之眉間,裁一頭器,置於三骷髏上之一形似鼎鍋之容器中,頭面朝己。次斷右股,奉置 [鼎鍋]內。如斯漸次奉上左股、下節、上節,復奉左臂、頭首,終奉右臂,然後住於自己之意身中。應如是想。

thod pa'i 'og tu yam las rlung/ram las me/thod pa'i steng gi nam mkha' Om dkar po mgo thur la bltas pa/de'i steng du rdo rje rtse lnga pa hūm gis mtshan pa bskyes nas/hūm las 'od zer 'og tu 'phros pas rlung g. yos me sbar/thod pa'i nang gi rdza sa thams cad zhu/rlangs pa gyen du song nas Om la phog pas Om las bdud rtsi'i rgyun 'dzag/rdo rje la phog pas rdo rje las 'od 'phros pas sangs rgyas thams cad kyi ye shes kyi bdud rtsi dang brtan g. yo thams cad kyi bcud rnams bsdus/rdo rje la thim/

[元譯] 於頭器下,央字成風,覽字成火,頭器上度,虛空之中,緣一白色倒垂唵字。彼上復想五股之杵,臍嚴吽字,其字望下,放光動風,風吹火焰。煉器中物,氣沖空唵,唵澍甘露,霧降於器。復沖杵,杵放光明。召請諸佛真智甘露,及集動靜一切精純,皆融入杵。

---

〔1〕《大金剛乘修師觀門》云:"然自面前,當想三頭量,任自意而刎己首,以成頭器,置三頭上,其額朝內。次斷左股,擲在器中。如斯漸解一切肢節,俱入器內,終捨右臂其內。"《大乘要道密集》上册,卷二,頁21。" de nas mdun 'dir thod pa'i sgyed po blos 'khyud tshad gsum gyi steng du/rang gi thod pa bcad de/dpral ba rang la bstan nas bzhag/de'i nang du rang gi rkang pa g. yas pa〔g. yon pa!〕bcad la/bskyur/de nas rim pa bzhin du thams cad bcad la/mjug tu lag pa g. yas pa de'i nang du bskyur/" *Pandi ta Kun dga' rgyal mtshan gyi bka' 'bum*, 342/1/4 – 5.

[**新譯**] 於頭器下，央字成風，覽字成火，頭器上度，虛空之中，緣一白色倒垂唵字。於彼之上，復生起五股之金剛杵，臍嚴吽字。由吽字自下放射出光芒，風吹火焰。諸物皆熔化於頭器之中，氣往上沖，擊中唵字，自唵字滴下甘露之流，沖中金剛，復自金剛，放出光明。攝集諸佛真智甘露，及動靜一切精純，皆融入金剛中。

rdo rje Am dang bcas lhung nas thod pa'i nang du thams cad 'dres nas ye shes kyi bdud rtsi'i rgya mtsho chen po gyur par bsams nas / Om Ā hūm zhes yang yang bjod cing byin gyis brlab bo //

[**元譯**] 杵及唵字，悉落器內，鎔融一味，成一廣大智甘露海。然後頻誦唵啞吽咒，作攝受也。

[**新譯**] 復觀想杵及唵字，一起下落，於頭器內，與諸物鎔融，成一廣大智甘露海。然後頻誦唵啞吽咒，以作加持。

de nas dus gsum gyi sangs rgyas thams cad kyi ngo bo bla ma dam pa 'khor dang bcas pa thams cad kyis bdag gis bshams pa'i mchod pa 'di / bdag la thugs brtse bas bzhes su gsol zhes lan gsum gsol ba btab pas / bla ma dam pa'i zhal nas 'od kyi sbu gu byung nas / bdud rtsi gsol bas bla ma'i sku gzi brjid phun sum tshogs par gyur par bsam /

[**元譯**] 次懇告云：三世諸同一體性吉祥上師，並諸眷屬，願垂哀憫，納受我供。既三請已，觀師面門，放一道光筒，領受甘露，想師法軀，威神增嘉。

[**新譯**] 復次懇告云：三世諸佛之體性、最妙上師，並諸眷屬，願垂哀憫，納受我供。既三請已，觀想最妙上師面門，放一道光筒，領受甘露，上師法軀，威神增嘉。

de bzhin du bla ma brgyud pa rnams dang / sangs rgyas dang / byang chub sems dpa' thams cad kyis gsol bas mnyes par gyur par bsam / de'i lha ma 'od kyi tshul du sphros nas khams gsum gyi sems can thams cad la byin pas sems can gyi ngan song dang 'khor ba'i sdug bsngal thams cad dang bral / lha dang mi'i lus phun sum tshogs pa thob nas / zag pa med pa'i ting nge 'dzin dang ye shes skyes par bsam / de dag ni zhen pa spang ba'o //

[**元譯**] 當以是例，奉宗承師及佛、佛子，悉歡領受，大喜行人。其所余者，如光明出，普

施三界一切有情。以是因緣,三界有情,脱輪回苦,[1]獲人天身,[2]——皆證無漏三昧及大智爾。上來總是息緣慮心矣。

[新譯] 復觀想奉宗承師及佛、佛子,皆依是例,悉歡領受,大喜行人。其所餘者,如光明出,普施三界一切有情。以是因緣,[三界有情]脱離一切有情之惡趣和輪回之苦,獲人天暇滿之身,皆證無漏三昧及生大智爾。上來總是息緣慮心矣。

de nas dngos grub bslang pa ni / dus gsum gyi de bzhin gshegs pa thams cad kyi sku gsung thugs yon tan phrin las thams cad kyi ngo bor gyur pa bla ma rin po ches bdag la sku gsung thugs kyi dngos grub stsal du gsol / zhes lan gsum du gsol ba gdab po

[元譯] 復次乞成就者,先作懇云:三世諸佛身、語、意、業功德、妙用同一體大寶上師,願賜與我身、語、意等諸大成就。如是三懇。

[新譯] 復次乞成就者,先作懇云:已成三世諸佛一切身、語、意、業功德、妙用之體性的大寶上師,願賜與我身、語、意之成就。如是三懇。

De nas bla ma'i dpral ba / mgrin pa / thugs kar sku gsung thugs kyi ngo bo Om Am Hūm gsum bsgom / rang gi dpral ba / mgrin pa / snying gar lus ngag yid gsum gyi rtsa ba Om Am Hūm gsum bsgom nas / bla ma'i dpral ba'i Om las 'od dkar po 'phros / rang gi dpral ba'i Om la phog nas lus la zhugs pas lus thmas cad dkar mer song / lus kyi dri ma dag / bum pa'i dbang thob / sku'i dngos grub stsal bar bsam /

[元譯] 次於上師額、喉、意處,觀三身性,唵啞吽字,[3]自額、喉、意,想三業根,唵啞吽種諦。觀上師額間,唵字放白色光,照己額唵,光復融身,轉身潔白,身垢清淨,得瓶灌頂,賜身成就。[4]

---

[1] 藏文對應的句子原意爲"脱離一切有情之惡趣和輪回之苦",此處闕"惡趣"而衍"三界有情"。

[2] 與"人天身"對應的藏文作 lha dang mi'i lus phun sum tshogs pa,譯言"人天暇滿之身"。

[3] 藏文原句作 sku gsung thugs kyi ngo bo Om Am Hūm gsum,譯言:"身、語、意之體性,唵啞吽三[種子]字。"

[4] 《大金剛乘修師觀門》相應段落云:"復想師額上白色唵字,喉間紅色啞字,心間青色吽字,光明熾盛,居日月座,又想上師額唵字出唵狀光,融資額間,身體潔白,身業消亡,獲身成就,得瓶灌頂。"《大乘要道密集》上册,卷二,頁 22。"De nas bla ma'i dpral bar Om dkar po / mgrin par Āh dmar po / thugs kar Hūm sngon po // de thams cad 'od dang gzi brjid dang bcas pa / padma dang nyi ma'i gdan la bzhugs par bsgom / de nas bla ma'i dpral ba nas / Om las 'od zer kha dog dkar po Om gyi yi ge'i rnam pa can sphros / slob ma'i dpral bar zhugs pas lus thams cad dkar mer gyur / lus kyi dri ma dag / sku'i dngos grub stsal / bum pa'i dbang thob snyam du sgom / " *Pandi ta Kun dga' rgyal mtshan gyi bka' 'bum*, 342 / 2 / 1 – 3.

[新譯] 復次,於上師額、喉、心處,觀想身、語、意之體性,唵啞吽三字,於自己之額、喉、心處,觀想身、語、意之根本,唵啞吽三[種子]字。觀想上師額間之唵字放白色光,射照己額之唵字,光復融身,轉身潔白,身垢清淨,得瓶灌頂,賜身成就。

yang bla ma'i mgrin pa'i Am las 'od dmar po 'phros pas/rang gi mgrin pa'i Am la phog nas lus la zhugs pas lus thams cad dmar mer song/ngag gi dri ma dag/gsang ba'i dbang thob/gsung gi dngos grub stsal bar bsam/

[元譯] 又觀上師喉間啞字,放紅色光,照己喉啞,光復融身,轉身紅赤,語垢清淨,得密灌頂,賜語成就。[1]

[新譯] 復觀想上師喉間啞字,放紅色光,照己喉啞,光復融身,轉身紅赤,語垢清淨,得密灌頂,賜語成就。

yang thugs ka'i Hūm las 'od sngon po 'phros pas/rang gi snying ga'i Hūm la phog pas lus thams cad sngon mer song/yid kyi dri ma dag/shes rab ye shes kyi dbang thob/thugs kyi dngos grub stsal bar bsam

[元譯] 又觀上師意間吽字,放青色光,照己意吽,光復融身,轉身悉青,意垢清淨,得智惠灌,賜意成就。[2]

[新譯] 又觀想上師心間吽字,放青色光,照己心之吽字,光復融身,轉身悉青,意垢清淨,得智惠灌,賜意成就。

De nas sku thams cad las 'od zer sna tshogs 'ja' tshon gyi rnam pa dpag tu med pa 'phros pas/rang gi lus thams cad la zhugs pas lus thams cad 'ja' tshon gyi rnam pa lta bur gyur/

---

〔1〕《大金剛乘修師觀門》相應段落云:"師語啞字,放紅色光,狀若啞字,照融資喉,語垢清淨,獲語成就,得密灌頂。"《大乘要道密集》上册,卷二,頁22。"Bla ma'i mgrin pa'i Āh las 'od zer dmar po Āh'i rnam par can byung/slob ma'i mgrin par zhugs/ngag gi dri ma dag/gsung gi dngos grub stsal/gsung gi dbang thob snyam du bsam." *Pandi ta Kun dga' rgyal mtshan gyi bka' 'bum*, 342/2/3-4.

〔2〕《大金剛乘修師觀門》相應段落云:"師意吽字,放青色光,狀若吽字,入資左竅,至心而成真智吽字,意垢清淨,獲意成就,得惠智主。"《大乘要道密集》上册,卷二,頁22。"Bla ma'i thugs ka'i Hūm las 'od zer sngon po Hūm gi rnam par can spros/slob ma'i sna sgo g. yon nas zhugs/snying ga'i yi ge Hūm gi rnam par gzhag/yid kyi dri ma dag/thugs kyi dngos grub stsal/shes rab ye shes kyi dbang thob snyam du bsam/" *Pandi ta Kun dga' rgyal mtshan gyi bka' 'bum*, 342/2/4-5.

lus ngag yid gsum kyi dri ma thams cad dag / dbang bzhi pa thob / sku gsung thugs yon tan
phrin las thams cad kyi dngos grub stsal bar bsam / dngos grub bslang ba'o //

[元譯] 又觀上師遍身放大衆色光明，[1]猶如虹霓，遍照己身，轉身亦成如似虹霓，身、語、意三衆垢皆亡，得第四灌，[2]賜身、語、意、功德、妙用一切成就。上來乞成就竟。

[新譯] 又觀想上師遍身放無量衆色光明，猶如虹霓，遍照己身，轉身亦成如似虹霓，身、語、意三衆垢皆得清淨，得第四灌，賜身、語、意、功德、妙用一切成就。上來乞成就竟。

de nas sangs rgyas dang / byang chub sems dpa' dang / bla ma brgyud pa thams cad bla ma
la bsdu / bla ma rang dang gnyis su med par gyur nas ngo bo tha mi dad par bsgoms nas /
sems spros pa thams cad dang bral ba zag pa med pa'i dbyings su mnyam par bzhag la /
rnam par rtog pas ma g. yengs par mi mno mi bsam pa'i ngang la mnyam par gzhag go / de
nas yid 'pro bar gyur na / dge ba'i rtsa ba 'dis rdzogs pa'i sangs rgyas kyi go 'phang thob
par gyur cig / ces bsngo bar bya /

[元譯] 次想諸佛及諸菩薩、宗承師等次第融，皆收入本師。本師與己爲一不二，絕諸對待，一心專注，住無漏界，以無修心而入定焉。倘心散亂，回向善根，云承此善力，總願成佛。[3]

[新譯] 復次，觀想諸佛、菩薩、宗承師等皆攝入本師。本師與己爲一不二，體性無異。心離一切戲論，平等入住無漏界。不因分別而掉擧，平等入定於無思、無修之性焉。復次，倘心散亂，當作回向，云願承此善根，證得正覺之果位。

dngos gzhi de thun gsum mam / bzhi la sogs par bsgom / spyod lam thams cad yi dam lha'i
nga rgyal gyis bya / dus thams cad du bla ma la mos gus mi brjed par bya / skyon mi gzung /
yon tan 'ba' zhig gzung / spyod pa mi 'thad par mthong na rang gi skyon du shes par

---

〔1〕 關譯與藏文 dpag du med pa 相應者。
〔2〕 《大金剛乘修師觀門》相應段落云："身、語、意三俱放光明，狀似虹霓，照資三業，身、語、意三習氣垢染悉皆清淨，得不退轉，獲身、語、意、功德、妙用一切攝受，得第四主也。"《大乘要道密集》上册，卷二，頁22。"yang sku gsung thugs rnams las / 'od zer 'ja' tshon gyi rnam par spros / slob ma'i lus ngag yid gsum la khyab par zhugs / lus ngag yid gsum gyi bag chags dang bcas pa'i dri ma thams cad dag pas / phyir mi ldog par bya / sku gsung thugs yon tan phrin las thams cad kyi byin rlabs zhugs / dbang bzhi pa thob par bsam / dngos grub blang ba'o //" *Pandi ta Kun dga' rgyal mtshan gyi bka' 'bum*, 342 / 1 / 5 – 6.
〔3〕 此段落與《大金剛乘修師觀門》中"後心住玄微"的修習相應。《大乘要道密集》上册，卷二，頁22。

bya'o/yon tan dang legs pa mthong na dga' ba bsgom/rang la sdugs bsngal byung na
sngon gyi las ngan du shes par bya/bde skyid byung na bla ma'i drin du shes par bya'o/
thun mtshams thams cad du de bzhin du spyad do//tshul 'di dus rtag du bsgoms pa na ring
por mi thogs par rdo rje 'chang chen po'i go 'phang thob par 'gyur ro/

[元譯] 如是修習[1]，每日三晌或四晌等，定後恒憶本師，經遊一切時中，不應忘失，敬
想上師，勿求師過。若覲師僭[俗]，當知自咎。苟見師德，起歡喜心。倘自遭危，知是
宿緣，偶遇豐饒，了爲師恩之所致歟。每於定後，常應如是。若依斯觀，恒日勤修，不久
當成大持金剛。

[新譯] 如是正行，每日觀想三晌或四晌等，當以本尊天之我慢作一切威儀。於一切時
中，不應忘失敬想上師。勿求師過，唯求功德。若覲師僭[俗]，當知自咎。苟見師功德
與妙善，即起歡喜心。倘自遭危，知是宿世惡業，偶遇豐饒，了爲師恩。於一切定時、定
後，行常如是。若依斯觀，恒日勤修，不久當證得大持金剛之果位。

Bla ma'i rnal 'byor gyi man ngag chos rje sa skya pa'i zhal gdams 'phags pas la'o shu'i
don du yi ger bkod pa'o

[元譯] 觀師要門發思巴謹按著哩哲斡上師幽旨而述。

[新譯] 此上師瑜伽之要門乃發思巴謹按法主薩思迦之口訣專爲 La'o shu 而付諸
文字。[2]

觀師要門

三

　　《上師瑜伽》是藏傳佛教各教派普遍重視的一種密修儀軌，將上師與佛、法、僧三寶
並重，將觀修上師與本尊禪定並行是藏傳佛教的典型性特徵之一。然於薩思迦派，上師

---

〔1〕　相應藏文詞作 dngos gzhi，譯言"正行"。

〔2〕　元漢中闕與 la'o shu'i don du 相應的譯文。La'o Shu 當爲漢人名音譯，考元初朝中名流中似無與此名相
近者，疑此 La'o Shu 或爲 Ya'o Shu 之誤植，指的是元初名臣姚樞。姚樞曾從世祖征大理，而八思巴隨後也應召往六
盤山隨侍，他們二人或許於 1253 年就已經熟識。參見《元史》卷一五八《姚樞列傳》；陳慶英，《雪域聖僧：帝師八思
巴傳》，北京：中國藏學出版社，2002 年，頁 50—54。

瑜伽尤其得到重視，成爲其根本大法——道果法（lam 'bras）的一個組成部分。薩思迦道果法細分廣、中、略和深、中、淺等六道，其中深道即上師、中道爲記句、淺道是擇滅。見於《大乘要道密集》中的一部疏解《道果根本金剛句》（*lam 'bras bu dang bcas pa'i rtsa ba rdo rje'i tshig rkang*）的釋論——《解釋道果逐難記》中説：“言一甚深上師道者，上師與佛不異，此處旦夜恭承，諦信恆常，頂上不相捨離，觀心不隨諸境，則依此發生覺受等持也。”[1] 此話説出了修習上師瑜伽的根本要義。儘管藏傳佛教各派所傳上師瑜伽的修法名目繁多，但百變不離此宗。就像道果法傳説是印度成道者密哩斡巴（Virūpa）所傳一樣，上師瑜伽修法亦由密哩斡巴以極爲秘密的方式傳給薩思迦初祖，[2] 最初秘密單傳，到薩思迦班智達纔造上師瑜伽儀軌傳世。於薩思迦派所傳道果法文獻彙集《薩思迦道果法學釋》（*Sa skya lam 'bras slob bshad*）中，我們見到許多由後出薩思迦派諸上師所造《上師瑜伽》儀軌。但是在薩思迦前五位祖師中，薩思迦班智達似乎是首位造觀修上師瑜伽儀軌的祖師，其叔父葛刺思巴監藏（Grags pa rgyal mtshan，1147－1216）僅造有《上師五十頌釋論》一篇，而没有《上師瑜伽》儀軌傳世。[3] 在《薩思迦班智達全集》中，我們共見到兩部《上師瑜伽》儀軌。其中一部就是《大乘要道密集》中收録的《大金剛乘修師觀門》的藏文原本《甚深道上師瑜伽》，所謂“甚深道”（lam zab）者，即明確表明此法爲道果法中的深道修法。其另一部是薩思迦班智達專爲其上師、曾出任西夏國師的 gCung po ba Jo 'bum 所造《上師瑜伽》。[4]

儘管《觀師要門》跋云：“《觀師要門》發思巴謹按著哩哲斡上師幽旨而述”，但仔細對照八思巴的《觀師要門》和薩思迦班智達的《大金剛乘修師觀門》以及他專爲國師 gCung po ba Jo 'bum 所造《上師瑜伽》，則不難發現它們之間實際上存在很大的差别。從内容和體例上看，八思巴帝師的《觀師要門》是一部用於指導資徒實修上師瑜伽的單純的儀軌，而薩思迦班智達的《大金剛乘修師觀門》儘管也包括實修要門，但其許多内

---

〔1〕《大乘要道密集》下册，卷三，《解釋道果逐難記》（甘泉大覺圓寂寺沙門寶昌傳譯），頁7。關於道果法的傳承和《道果金剛根本句》參見 Ronald M. Davidson, *Tibetan Renaissance: Tantric Buddhism in the Rebirth of Tibetan Culture*, New York: Columbia University Press, 2004, p. 478; Cyrus Sterns, *Taking the Result as the Path: Core Teachings of the Sakya Lamdre Tradition* (Library of Tibetan Classics), Boston: Wisdom Publication, 2006.

〔2〕《大金剛乘修師觀門》云：“又道果云深道即師，其道果中説此行相文甚隱密。”《大乘要道密集》上册，卷二，頁16。Lam 'bras las kyang/lam zab bla ma zhes/shin tu gsang ba'i tshul gyis gsungs pa. *Pandi ta Kun dga' rgyal mtshan gyi bka' 'bum*, vol. 5, pp. 339/4/4－5. 參見 Davidson, *Tibetan Renaissance*, pp. 319－320.

〔3〕 Grags pa rgyal mtshan, *Bla ma bsten pa'i thabs shlo ka lnga bcu pa'i gsal byed*, *Grags pa rgyal mtshan gyi bka' 'bum*, 1 (*Sa skya bka' 'bum*, 3), pp. 87/4/1－94/2/2.

〔4〕 *Bla ma'i rnal 'byor gug shi jo 'bum*, *Pandi ta Kun dga' rgyal mtshan gyi bka' 'bum*, vol. 5, pp. 343/4/1－345/1/4.

容更像是對道果法之甚深道——上師瑜伽的一部釋論。於進入實修瑜伽之前,薩班花了不少篇幅引經據典以説明“深道即師”的道理。在開示實修要門的過程中,薩班還列舉種種資徒如何敬奉上師的實例,以開導行者如何增強對上師的信心,依法修持,於現世中證持金剛果位。《大金剛乘修師觀門》將上師瑜伽的觀修方法構建成如下一個複雜的系統:

甲:初[四]加行成益令師悦(sbyor ba don yod pa bzhis bla ma mnyes par bya ba)

乙:次[正行]分別攝受奇異門(dngos gzhi rten bca' ba khyad par can gyis byin rlabs kyi sgo dbye ba)

乙、甲:初供養内外空行門(phyi nang gi mkha' 'gro mnyes par bya ba)

乙、乙:次資奉曼怛懇祝門(slob ma maṇḍala phul te gsol ba gdab pa)

乙、丙:後師緣相宜攝受門(bla mas rten 'brel bsgrigs te byin gyis brlab pa)

乙、丙:一:初於師寶生佛想(bla ma sangs rgyas su nges shes bskyed pa)

乙、丙:二:後其徒德獲攝受(nges shes skyes pa'i slob ma la byin gyis brlab pa)

乙、丙、二、一:初息緣慮心(zhen pa spang)

乙、丙、二、二:次稟受成就(dngos grub blang)

乙、丙、二、三:後心住玄微(de kho na nyid la blo gzhag)

丙:後[行]敬師合佛妙用祝(rjes mdzad pa thams cad sangs rgyas kyi phrin las su bsams la gsol ba gdab po)

丙、甲:初守護記句(bsrung bya'i dam tshig bstan pa)

丙、乙:後囑徒習學(bsgrub bya'i bslab pa la gdams pa)

顯而易見,八思巴《觀師要門》所傳修持上師瑜伽的方法總體上遵循《大金剛乘修師觀門》的建構,祇是具體而微。除了加持已生定解資徒(nges shes skyes pa'i slob ma la byin gyis brlab pa)一節内容和篇幅大致相等以外,其他各節則遠爲簡略,修法也不完全一致。而薩班專爲西夏國師 gCung po ba Jo 'bum 所造的《上師瑜伽》的前半部分,即加行的供養上師和正行的息緣慮心、乞成就部分,與八思巴的《觀師要門》基本一致,而其後半部分則以修持生老病死如夢如幻爲主要内容,與《大金剛乘修師觀門》所傳的上師瑜伽修習方法相差甚遠。總而言之,於八思巴帝師的《觀師要門》中確實能看到其叔父“著哩哲幹上師幽旨”的影子,但它絶不是對後者的簡單抄襲,而是自成一體的一部上師瑜伽實修儀軌。薩班的《大金剛乘修師觀門》和八思巴的《觀師要門》同時出現於《大乘要道密集》中,而《大金剛乘修師觀門》亦曾在元代被翻譯成回鶻文等現象充分説明，[1]作爲道果法之不可分割的一個組成部分的上師瑜伽曾於元朝修持藏傳密法的蒙古、回鶻和漢人弟子中間相當程度地流行。

附録：藏漢對應詞彙表

dkon mchog gsum　三寶

sku gsung thugs kyi ngo bo　三身性

skyabs ’gro　歸依

skyon　過

khams gsum　三界

’khor　朋友，眷屬

’khor ba’i sdug bsngal　輪回苦

gus pa　志誠

dga’ ba　歡喜心

dge ba’i rtsa ba　善根

dgra　怨

bsgom pa　修，想

brgyud pa’i bla ma　宗承師

ngo bo　體、體性

dngos grub　成就

sngon gyi las ngan　宿緣

bcud　精純

chos skyong srung ma　護法善神

’ja’ tshon　虹霓

brjed pa　忘失

mnyam par gzhag　住、入定

gnyen　親

snying ga　意

brtan g. yo　動靜

ting nge ’dzin　三昧

thim　融入

thugs ka　意間

thugs brtse ba　哀憫

thun　晌

thun mtshams　定後

thod pa　頭器

thod pa skam po’i sgyed pu　骷髏頭

bde skyid　豐饒

bde ba　安穩

bdud rtsi　甘露

rdo rje　杵

rdo rje ’chang chen po　大持金剛

rdo rje rtse lnga pa　五股之杵

dri ma　垢

rnal ’byor ma　勇猛母

rnon po　甚銛利

spros pa　對待

phun sum tshogs pa　增嘉

phyag ’tshal　頂禮，作禮

---

[1]　對回鶻文本《大金剛乘修師觀門》的翻譯研究見 Peter Zieme, *Die uigurischen Übersetzungen des Guruyogas “Tiefer Weg” von Sa-skya Pa&iota und der Mañjuśrināmasaṃgīti* (BT VIII), Berlin 1977.

phrin las　妙用

bum pa'i dbang　瓶灌頂

byang chub sems dpa'　佛子

dbang bzhi pa 第四灌

byin gyis brlab ba　攝受

byin pa　普施

bla ma brgyud pa　宗承師

bla ma dam pa　上師，吉祥上師

bla ma'i rnal 'byor　觀師，師觀瑜伽

dbul　奉獻

smin mtshams　眉

rtsa ba　業根

man ngag　要門

zhal　面門

zhal gdams　幽旨

zhen pa　緣慮心

zag pa med pa'i ting nge 'dzin　無漏三昧

zag pa med pa'i dbyings　無漏界

gzi brjid　威神

'od kyi sbu gu　光筒

'od zer　光明

yi dam gyi lha　尊佛

yid kyi gzugs　意身

ye shes　大智

ye shes kyi gri　鉤鐮

ye shes kyi bdud rtsi　真智甘露

yon tan　德、功德、業功德

zangs　鼎鍋

lus ngag yid gsum gyi rtsa ba　三業根

longs spyod　珍財

shes rab ye shes kyi dbang　智惠灌

sems spros pa　對待

gsang ba'i dbang　密灌頂

gsol　懇，領受

gsol ba btab pa　請

lha ma　所餘者

（原載《賢者新宴——王堯先生八秩華誕藏學論文集》，北京：中國藏學出版社，2010 年，頁 354—369）

漢藏譯《佛說聖大乘三歸依經》對勘

——俄藏黑水城文書 TK121、122 號研究

一、引　言

俄藏黑水城漢文文書 TK121 和 TK122 號（孟黑録 179、180 號）是《佛說聖大乘三歸依經》的兩種不同的西夏刻本。TK121 號爲卷軸裝，用未染麻紙書寫。高 21.5 厘米，寬 197 厘米。共四紙，紙幅 57 厘米。版框高 16.1 厘米，天頭 2.7 厘米，地腳 2.5 厘米。每紙 30 行，行 12 字。上下單邊。宋體，墨色中。首題"佛說聖大乘三歸依經"。另有雙行小字，題"蘭山智昭國師沙門　德慧　奉詔譯／奉天顯道耀武宣文神謀睿智制義去邪惇睦懿恭　皇帝　詳定"。尾題同首題，下多"竟"字。尾題前有小字"三"，表示刻經用紙序數。下有 41 行完整印施發願文以及御製後序。句末常刻尾花。而 TK122 號文書，爲經摺裝，乙種本。亦用未染麻紙書寫。共 9 摺 18 面。高 20.5 厘米，面寬 9.6 厘米。版框高 16.2 厘米，天頭 3.4 厘米，地腳 0.8 厘米。每面 5 行，行 12 字。上下單邊。宋體，墨色深。首題與雙行小字皆同 TK121 號文書，字體略異。經文刊刻行款亦與 TK121 完全一致，所別在於字體肥瘦與尾花不同等。[1]

《佛說聖大乘三歸依經》不見於現存的漢文《大藏經》中，它當與同見於《俄藏黑水城文獻》中的《佛說聖佛母般若波羅蜜多心經》（TK128）、《持誦聖佛母般若般若多心經要門》（TK128）、《聖觀自在大悲心惣持功能依經録》（TK164、165）、《勝相頂尊惣持功能依經録》（TK16、165）、《聖大乘聖意菩薩經》（TK145）等幾種佛經一樣，是西夏仁宗皇帝在位期間新譯的漢文佛經。孟列夫先生認爲此經之"經文中可能包含疑經，因此，這個經名不見於文獻書目中"。[2]　然而，這種懷疑並不能成立，因爲於《西藏文大藏經》中我們不難找到與《佛說聖大乘三歸依經》對應的西藏文譯本。它就是譯成於吐蕃

---

〔1〕　參見孟列夫、蔣維崧、白濱，《敘録》，俄羅斯科學院東方研究所聖彼得堡分所、中國社會科學院民族研究所、上海古籍出版社編，《俄藏黑水城文獻》卷六，附録，上海古籍出版社，1999 年，頁 14、15。

〔2〕　〔俄〕孟列夫著，王克孝譯，《黑城出土漢文遺書敘録》，銀川：寧夏人民出版社，1994 年，頁 154。

王國時期的 *'Phags pa gsum la skyabs su 'gro ba zhes bya ba theg pa chen po'i mdo*，見於德格版《西藏文大藏經》第 225 號，北京版《西藏文大藏經》第 891 號，譯者之一乃吐蕃名列最著名三大譯師之一的吉祥積（dPal brtsegs）。將見於黑水城文書中的漢譯《佛説聖大乘三歸依經》與吉祥積的藏譯本仔細對照，我們不難發現漢譯文中並沒有"包含疑經"，雖然二者之間確有一些明顯的差別。是故，見於黑水城文書中的《佛説聖大乘三歸依經》乃西夏時代翻譯的一部真經，它的發現既可以補漢文藏經之不足，亦可與藏譯對勘以互相證補。

二、漢譯《佛説聖大乘三歸依經》

兹先據俄藏黑水城文書 **TK121** 號照録《佛説聖大乘三歸依經》[1]原文如下，其中標點爲録者所加：

佛説聖大乘三歸依經

　　　　蘭山智昭國師沙門　德慧[2]　奉詔譯

奉天顯道耀武宣文神謀睿智制義去邪惇睦懿恭　皇帝　詳定

1. 敬禮最上三寶！
2. 如是我聞，一時佛在舍衛國祇
3. 樹給孤獨園，與大比丘衆千二
4. 百五十人俱。爾時具壽舍利子
5. 獨居靜處入定之時，作是念言：
6. 若善男子、善女人以虔誠心歸
7. 依佛法僧者，獲福若干，不能知
8. 量。今佛現在，我當往於善逝法
9. 王之前，請問此義。作是念已。時

―――――――――――

〔1〕《俄藏黑水城文獻》卷三，上海古籍出版社，1996 年，頁 49―53。
〔2〕此爲典型的西夏譯師之稱謂。同樣的例子見於《大乘要道密集》，其中出現過諸如"祐國寶塔弘覺國師沙門慧信"、"北山大清涼寺沙門慧中"、"甘泉大覺圓寂寺沙門寶昌"、"果海密嚴寺玄照國師沙門慧賢"、"果海密嚴寺沙門慧幢"等譯師的名稱。同樣出自蘭山的還有西夏文佛經《魔斷要語》的作者"蘭山覺照國師法獅子"、集《四分律行事集要頌用記》的"蘭山通圓國師沙門智冥"、"蘭山雲岩慈恩寺護法國師一行沙門慧覺"等。參見史金波，《西夏佛教史略》，臺北：商務印書館，1995 年，頁 125―126。此之"蘭山"或即爲"賀蘭山"之簡稱，亦有可能是賀蘭山內某寺院的名稱。

10. 具壽舍利子至於後晌,從定而

11. 起,往詣佛所,頂禮佛足,退坐一

12. 面,而白佛言:"世尊! 我居靜處入

13. 定之時,起是心念。若善男子、善

14. 女人,以虔誠心歸依佛法僧者,

15. 獲福若干,不知其量。唯願世尊,

16. 以大慈悲,願垂演説。"爾時佛告

17. 具壽舍利子言:"汝今利樂一切

18. 人、天及諸有情,以慈悲心請問

19. 如是事者,善哉! 善哉! 舍利子! 將

20. 此義理,以譬喻中,當爲汝説。若

21. 有具大神通之人,量等七千由

22. 旬南瞻部洲,及與小洲之内所

23. 居物,命移在他方世界,其瞻部

24. 洲平治如掌,而以金、銀、瑠璃、珥

25. 渠、瑪瑙、珊瑚、琥珀、真珠等,中建

26. 置浮圖,縱廣等量南瞻部洲,高

27. 至梵天。於彼塔處,以將天花、天

28. 香、天鬘、天蓋、幢、幡等,中而作供

29. 養。然彼具大神通之人,取四大

30. 海水,移在他方世界大海之中,

31. 於彼四大海内,滿入上妙芝麻

32. 之油,量如須彌而作燈炷,燃彼

33. 其燈,光明不絶,經於曠劫,而作

34. 供養。舍利子! 於汝意云何? 所獲

35. 福善,寧爲多否?"舍利子言:"甚多,

36. 世尊! 甚多,善逝! 此者非是一切

37. 聲聞、緣覺之境。此者唯是善逝

38. 之境。此者唯是如來之境。"佛告

39. 舍利子言:"將此福善比於善男

40. 子、善女人歸依佛法僧所獲福

41. 善,百分不及一,千分不及一,百

42. 千分不及一,數分不及一,喻分

43. 不及一,筭分不及一。"佛説如是

44. 此法門時,三千大千世界六種

45. 震動,所謂動、遍動、等遍動,起、遍

46. 起、等遍起,踊、遍踊、等遍踊,震、遍

47. 震、等遍震,吼、遍吼、等遍吼,擊、遍

48. 擊、等遍擊,及於空中放大光明

49. 及鳴天樂。爾時阿難而白佛言:

50. "世尊!當何名此經?我等云何奉

51. 持?"佛告阿難言:"是經名爲《三歸

52. 依經》,亦名《成就無邊法門》。以是

53. 名字,汝當奉持。"佛説此經已,具

54. 壽舍利子及大比丘衆、天龍、夜

55. 义(叉)、乹闥婆、阿脩羅、迦樓羅緊

56. 那羅、摩睺羅伽、人、非人等一切

57. 大衆,聞佛所説,皆大歡喜,信受

58. 奉行　　　　　　　　三

59. 佛説聖大乘三歸依經　　　竟

60. 朕聞:能仁開導,允爲三界之

61. 師;聖教興行,永作羣生之福。

62. 欲化迷真之輩,俾知入　聖之

63. 因。故高懸慧日於昏衢,廣運慈

64. 航於苦海。仗斯　秘典,脱彼塵

65. 籠。含生若懇於修持,　至聖必

66. 垂於感應。用開未喻,以示將來。

67. 覩兹　妙法之希,奉念此人身

68. 之難保,若匪依憑　三寶,何以

69. 救度四生?恭惟

70.《聖大乘三歸依經》者,釋門秘印,

71. 覺路真乘,誠振溺之要津,乃指

72. 迷之捷徑。　具壽舍利獨居靜

73. 處以歸依　善逝法王廣設譬

74. 喻而演說,較量　　福力以難盡,

75. 窮究　　　　功能而轉深。誦持者必

76. 免於輪迴,佩戴者乃超於生死。

77. 勸諸信士,敬此　　真經。朕適逢

78. 本命之年,特發利生之願,懇命

79. 國師、法師、禪師暨副、判、提點、承

80. 旨、僧録、座主衆僧等,〔1〕遂乃燒施,〔2〕

81. 結壇、攝瓶、誦咒,作廣大供養,放

82. 千種施食,讀誦《大藏》等尊經,講

83. 演上乘等妙法,亦致打截截,作

84. 懺悔,放生命,餧囚徒,飯僧設貧,

---

〔1〕　有關西夏的僧官制度參見史金波上揭書,頁131—135。

〔2〕　從下列法事來看,西夏佛教似與藏傳佛教薩思迦派教法有較大的關聯。《大乘要道密集》卷二首篇爲《含藏因續記文》,乃"大瑜伽士名稱幢師述、持咒沙門莎南屹囉譯"。此即是説,這部修法要門的作者是薩思迦第三祖葛剌思巴監藏(Grags pa rgyal mtshan)。這部著作由許多短篇儀軌組成,其中即有燒施法、除影[魔]寶瓶法、截截除影[懺罪]法等。雖然這部密法儀軌當是元朝時所譯,但其中所説的這些修法看來早在西夏時代就已經流行了。《大乘要道密集》上册,卷二,臺北:自由出版社,1962年,頁1—25。其中的燒施法儀軌即如下:

稽首上師足!

夫略燒施法,用新磁器内燒炭火,若無器則止就地上,所燒種集,唯備黑芝置於面前,然後自身頓想尊佛。次於火内,刹那頓想黑色吽字成愛金剛不動如來最極念恨善能食嚇金剛空行念怒之相,其身黑色,一面二臂,瞪目張口,右手軌杵,左手軌鈴,當腦交按,手背相靠,小指相鉤,當於彼佛乳相對處,或想尊佛。右手軌杵,左手怖指,然後想自心間吽字,發出幹字,成蝎蟲相從二鼻出,融芝蔴内。謂自己身臍心等處,想一吽字,其上復想發三惡愈貪嗔等種黑色幹字,業風催逼,至鼻竅内,成蝎形相,融入芝蔴。預先念當念尊佛神咒,或復不念亦可。次念咒曰:

唵捌囉資二合吒萬渴渴渴引兮渴引兮薩哩捌二合巴邦答嵒捺尚帝故嚕莎曷引

想融金剛空行口内,以拇無名捏取芝蔴擲爐焚之,想融彼佛心間吽内。六趣中一切生處,悉皆清淨,莫應記着。説云若記數則神力特大。如是脩作,直待夢見多生身垢,及嘔吐等,以水澡洗,著白衣,頻頻懃脩也。此儀出,在金剛空行。滅業冣爲故應常作。故要乃是調處覺愛未肯現前及已現前兩理共法,謂息彼調處巳熟等若,亦須此門調處覺受而不現前。或現前而不知也。若脩此則亦獲不墮惡道,決定倘於神遷名號,或衣或骨灰上旋遶焚之。業障盡亡,垢淨驗相同有壽者。苟是業障極重之者,脩此法時,現多黑人或蟲獸等,俱來粘身,不令作也。觀巴斡時説此要門,有大攝受。欲除影障及息調處,方用此要。餘時作則亦大善焉。廣燒施儀詳乎。餘文爲懃勸。請將此要門另亦傳受。

《大乘要道密集》卷二,頁23—24。

85. 諸多法事。〔1〕 仍勅有司印造斯經

86. 番漢五萬一千餘卷,彩畫功德

87. 大小五萬一千餘幀,數珠不等〔2〕

88. 五萬一千餘串,普施臣吏僧民。

89. 每日誦持、供養,所獲福善,伏願

90. 皇基永固、 寶運彌昌。

91. 藝祖 神宗,冀齊登於 覺道。

92. 崇考 皇妣,祈早往於 淨方。

93. 中宮永保於壽齡, 聖嗣長增

94. 於福履。然後滿朝臣庶,共沐

95. 慈光;四海存亡,俱蒙 善利。時

96. 白高大夏國〔3〕乾祐十五年歲次

97. 甲辰九月十五日〔4〕

98. 奉天顯道耀武宣文神謀睿智

99. 制義去邪惇睦懿恭皇帝 施

從《佛説聖大乘三歸依經》首尾之題記和篇後之發願文和御製後序中可以看出,這部佛經與前曾提及的《佛説聖佛母般若波羅蜜多心經》、《持誦聖佛母般若般若多心經要門》、《聖觀自在大悲心惣持功能依經録》、《勝相頂尊惣持功能依經録》、《聖大乘聖意菩薩經》等六部西夏新譯漢文佛經一樣,都是西夏仁宗仁孝皇帝,即"奉天顯道耀武宣

〔1〕 "打截截法"頗爲罕見,《含藏因續記文》中有"截截除影法",當與此所説的"打截截、作懺悔"相關,兹不妨亦照録如下:

稽首救度佛母!

夫啓建截除影儀者,有廣、中、略,任以一種建百八等截截將畢,命守三昧金剛知友師文中無演時還宣十數以上竭力集之隨其尊卑,俾依位而坐,然後於金剛友前,各獻鏡壇。初獻師佛,次獻友尊,如是次第,一一遍獻。而懸告云:仰唯大眾,願清靜我三昧耶耶!次勤知友從上至下各獻鏡壇,懺各擔懺。然後自己於佛佛處又奉鏡壇,次獻知友,從上至下一一周圓。次舉截截所居器皿,勤請知友,各令收執,次第奉獻而啓告云:唯願淨我犯三昧衍。眾亦當云:願某行人三昧罪消。願記叩頭如是,從上一一而作。次將截截半送大流爲益水中諸眾生故半置靜處,以是法行,犯三昧衍儘得消滅,目下便覺身體輕安大自在。師如是説也。截截除影法儀。薩麻巴達

《大乘要道密集》卷二,頁25。

〔2〕 TK122 號文書至此爲止,下文闕。

〔3〕 關於西夏的這一國名稱呼參見王民信,《再談"白高國"》,《國家圖書館學刊》,2002 年增刊"西夏研究專號",頁15—19;[俄] 克平,《西夏國名及西夏人發祥地考述》,同前刊,頁20—29。

〔4〕 即公曆 1184 年 10 月 20 日。西夏仁宗乾祐共歷 24 年,從庚寅 1170 年至癸丑 1193 年。參見李華瑞,《西夏紀年綜考》,《國家圖書館學刊》,2002 年增刊"西夏研究專號",頁48—54。

文神謀睿智制義去邪惇睦懿恭皇帝"在位期間翻譯、刊印的。這一時期無疑是西夏佛教史上的黃金時期。上列佛經中除了《聖觀自在大悲心惣持功能依經録》和《勝相頂尊惣持功能依經録》爲"詮教法師番漢三學院兼偏袒提點嚷卧耶沙門鮮卑寶源奉敕譯"外,其他四部佛經均爲"沙門德慧"所譯。其中,《聖大乘聖意菩薩經》復與《佛説聖大乘三歸依經》一樣,於"白高大夏國乾祐十五年歲次甲辰九月十五日",即公曆 1184 年 10 月 20 日,同時刻印、施放,二者篇後之發願文和御製後序完全一致,祇見於《聖大乘聖意菩薩經》者已經殘破。而《佛説聖佛母般若波羅蜜多心經》、《持誦聖佛母般若般若多心經要門》則譯成、刊印於"天盛十九年歲次丁亥五月初九日",[1]即公曆 1167 年 5 月 29 日。它比《佛説聖大乘三歸依經》之譯成早了十七年,是時譯者德慧尚被稱爲"蘭山覺行國師沙門",而不是如此所説的"蘭山智昭國師"。可以想見,這十七年中這位西夏國師一定還曾翻譯過其他大量的佛經。可惜今皆不存,這實在是一件非常令人遺憾的事情。

三、藏譯《佛説聖大乘三歸依經》

如前所述,藏譯《佛説聖大乘三歸依經》見於《西藏文大藏經》中,列爲北京版第 891 號,德格版第 225 號。譯者爲大名鼎鼎的吐蕃三大譯師之一吉祥積。是故,藏文版《佛説聖大乘三歸依經》的出現遠早於西夏國師德慧的這部漢譯本。藏文古譯《佛説聖大乘三歸依經》的存在無疑不但可以證明德慧的這部漢譯佛經絶非僞經,而且亦可以用來與後者互校和對勘,以對德慧漢譯本作出適當的評價。

茲先將見於北京版《西藏文大藏經》的《佛説聖大乘三歸依經》之原文照録於下,[2]並將其與上録漢譯文逐句對照,二者間不同之處則於脚注中指出。

rgya gar skad du / Ārya-Triśaranamgatsāme-nāma-mahāyāna-sūtra /[3] bod skad tu / 'phags pa gsum la skyabs su 'gro ba zhes bya ba theg pa chen po'i mdo / dkon mchog gsum la phyag 'tshal lo // 'di skad bdag gis thos pa'i dus cig na / bcom ldan 'das mnyan yod na /

---

〔1〕 《俄藏黑水城文獻》卷三,頁 77。

〔2〕 北京版《西藏文大藏經》卷三五,頁 119,諸經部,tshu 函,183b5—185a3。

〔3〕 在德格版《西藏文大藏經》中,《佛説聖大乘三歸依經》列第 225 號,諸經部,Dza174a—175b。令人頗爲吃驚的是,除了起首之梵文標題作 Ārya-Triśaraṇa-gamanam-nāma-mahāyāna-sūtra,與北京版不同以外,其他完全一致。三歸依,即 gsum la skyabs su 'gro ba 或 skyabs gsum du 'gro ba,其對應的梵文詞當作 Triśaraṇa-gamanam,故此處之梵文標題當以德格版爲準確。參見榊亮三郎,《梵藏漢和四譯對校翻譯名義大集》,京都:臨川書店,大正五年,頁 558。亦參見東北帝國大學法文學部編,《西藏大藏經總目録》,仙臺,1934 年,頁 45。

rgyal bu rgyal byed kyi tshal mgon med zas sbyin gyi kun dga' ra ba na / dge slong stong
nyis brgya lnga bcu'i dge slong gi dge 'dun chen po dang / thabs gcig du bzhugs so // de
nas de'i tshe tshe dang ldan pa shā radva ti'i bu[1] gcig bu dben par 'dug pa dang / sems
kyis sems kyi yongs su rtog pa 'di lta bu skyes so //[2] ston pa ni bdag gi mngon sum du
gyur na / bde bar gshegs pas chos kyi rje'i spyan sngar bdag song la rigs kyi bu 'am / rigs
kyi bu mo dad pa dang ldan pa gang la la sangs rgyas dang / chos dang / dge slong gi dge
'dun la skyabs su song ba'i gang zag de'i bsod names ji snyed cig sogs par 'gyur 184a ba'i
don de zhu bar bya'o[3] snyam du sems so // de nas tshe dang ldan pa shā ri'i bu phyem
red kyi dus kyi tshe nang du yang dag 'jog las langs ste / bcom ldan 'das ga la ba der song
ste phyin nas / bcom ldan 'das kyi zhabs la mgo pos phyag 'tshal te phyogs gcig tu 'dug go /
phyogs gcig tu 'dug nas[4] bcom ldan 'das la tshe dang ldan pa shā ri'i bus 'di skad ces
gsol to / btsun pa bdag gcig bu dben par mchis ste / nang du yang dag 'jog la mchis pa na
sems kyis sems kyi yongs su rtog pa 'di lta bu skyes te / rigs kyi bu 'am / rigs kyi bu mo dad
pa dang ldan pa gang la la sangs rgyas dang chos dang / dge slong gi dge 'dun la skyabs su
mchis pa'i gang zag de'i bsod names ji snyed cig sogs par 'gyur snyam bgyis lags so //[5]
de skad ces gsol pa dang / bcos ldan 'das kyis tshe dang ldan pa shā ri'i bu la 'di skad ces
bka' stsal to // shā ri'i bu khyod skye bo mang po la phan pa dang skye bo mang po la bde
ba dang / 'jig rten la snying brtse ba dang / skye bo'i tshogs phal po che'i don dang / lha
dang mi rnams la phan pa dang / bde ba'i phyir zhus pa legs so legs so //[6] gang khyod
de bzhin gshegs pa'i spyan sngar 'ongs te / don 'di yongs su zhu bar sems dpa' de ni shā ri'i
bu don de nyid rnam par shes par bya ba'i phyir dpes bstan par bya ste /[7] skyes bu gang
zag 'ga' zhig rdzu 'phrul gyi mthu 'di lta bu dang ldan par gyur pas gang 'di 'dzam bu'i

---

〔1〕 舍利子的梵文名作 Śāri-putra, 或作 Śārad vatīputra, 見《翻譯名義大集》, 頁79。

〔2〕 譯言："爾時, 舍利子獨居靜處, 心生如是心之遍計。"闕漢譯文第5行中"入定之時"一句。與"心生如是心之遍計"一句對應的漢譯文僅作"作是念", 當即與藏文 snyem du sems so 對應。

〔3〕 譯言："請問此義：某具信之善男子、善女人, 歸依佛、法、僧之補特加羅, 彼之福德將成幾何？"闕漢譯文第7、8行中的"不能知量"一句。

〔4〕 譯言："頂禮佛足, 退坐一面。退坐一面後", 於漢譯文第11、12行之"退坐一面"一句之後又多了"退坐一面後"一句。

〔5〕 此後闕漢譯文第15、16行中的"唯願世尊, 以大慈悲, 願垂演説"一句。

〔6〕 譯言："舍利子！汝今爲利、樂諸人、天, 利益廣大無量衆生, 慈悲世間, 利、樂衆多有情, 而作此問, 善哉！善哉！"與漢譯第18、19行中"汝今利樂一切人天及諸有情, 以慈悲心請問如是事者, 善哉！善哉！"有較大的不同。

〔7〕 譯言："汝舍利子！往善逝之前, 請問此義, 菩薩也, 今當爲汝識彼義故, 以譬喻演説之。"與漢譯第19、20行中"舍利子！將此義理, 以譬喻中, 當爲汝説"一句亦有差異。

gling dang nye ba’i gling zheng dang srid du dpag tshad bdun stong yod pa’i ’dzam bu’i
gling de na gang srog chags gnas pa de dag ’jig rten gyi khams gzhan du bkod de/lag mthil
ltar mnyam par byas pa rin po che sna bdun la ’di lta ste/gser dang dngul dang/baidūrya
dang/shel dang/mu ti dmar po dang/rdo’i snying po dang/spug rnams la[1] ’dzam bu’i
gling tsam gyi mchod rten srid du tshangs pa’i ’jig rten gyi bar thug par brtsigs te/mchod
rten de la lha’i spos dang/lha’i me tog dang/lha’i phreng ba dang/lha’i gdugs dang/rgyal
mtshan dang/ba dan rnams kyis mchod pa byas la/de nas skyes bu de rdzu ’phrul gyi mthu
’di lta bu dang ldan par gyur pas gang rgya mtsho chen po bzhi’i chu de dag ’jig rten gyi
khams gzhan dag du byo ste/[2] ma ru ka’i til mar[3] gyis rgya mtsho chen po bzhi ltar
bkang ba’i nang du snying po ri rab tsam btsugs la/bskal pa mang po’i mtha’ ji srid par
mar me’i rgyun mi ’chad par bus na/[4] shā ri’i bu de ji snyam du sems/skyes bu de gzhi
de las bsod names mang du sogs snyam ’am/[5] gsol pa bcom ldan ’das mang lags so//
bde bar gshegs pa mang lagso// nyan thos dang/rang sangs rgyas thams cad las ’das pa
lags te/bcom ldan ’das ’di ni de bzhin gshegs pa’i yul lo// bde bar gshegs pa ’di ni de
bzhin gshegs pa’i yul lo/[6] bka’ stsal pa/shā ri’i bu rigs kyi bu ’am/rigs kyi bu mo gang
la la zhig sangs rgyas dang/chos dang dge ’dun la skyabs su song ba’i bsod names kyi
phung po de la bsod names kyi phung po snga ma des brgya’i char yang nye bar mi ’gro
ste/stong dang/brgya stong gi cha dang grangs dang/rgyu dang/bgrang bar yang nye bar
mi ’gro’o//[7] de nas chos kyi rnam grangs ’di bshad pa’i tshe stong gsum gyi stong chen
po’i ’jig rten gyi khams ’di g. yos/rab tu g. yos/kun tu rab tu g. yos/’gul rab tu ’gul kun

---

　〔1〕　譯言：“七珍寶者謂爲金、銀、琉璃、水晶、紅珠、緑玉、冰珠石等。”漢譯文第24、25行中未出現“七珍寶”
字樣，其歷數之珍寶亦有“金、銀、瑠璃、琿渠、瑪瑙、珊瑚、琥珀、真珠等”八種。藏文中“七珍寶”（rin po che sna
bdun）本來就有兩種不同的説法，另一種説法數“七珍寶”作映紅、帝釋青、吠琉璃、字母緑、金剛石、珍珠和珊瑚等。
漢譯《佛説聖大乘三歸依經》此處似將藏文中有關“七珍寶”的説法雜糅到了一起。
　〔2〕　譯言：“將彼等四大海之水，移往他方世界之中。”漢譯文第29、30行中作“取四大海水移在他方世界大
海之中”。
　〔3〕　“ma ru ka’i til mar”與漢譯文第31、32行中“上妙芝麻之油”對應，是故“ma ru ka”當意謂“上妙”。
　〔4〕　譯言：“移四海之水於他方世界，於彼四大海中，滿以上妙芝麻之油，中立量如須彌山之燈炷，令油燈燃
燒，經曠劫而不絶。”此處顯然以“須彌山”比“燈炷”，以喻其高。另漢譯文第30至34行中與此對應之句後尚多
“而作供養”一句。從上、下文看，此處確當有此句，故此或當如前句，後補上 mchod pa byas la 一句。
　〔5〕　與此句對應的漢譯文作“舍利子！於汝意云何？所獲福善，寧爲多否？福善，寧爲多否？”而藏文 skyes
bu de gzhi de las bsod names mang du sogs snyam ’am 一句，意爲“此有情自此根所得福德，寧爲多乎？”
　〔6〕　譯言：“超越聲聞、獨覺一切諸佛。世尊！此者乃如來之境！善逝！此者乃如來之境！”
　〔7〕　與漢譯文中之“數”、“喻”和“筭”對應的藏文詞分別爲 grangs、rgyu 和 bgrang ba，其中 rgyu 通常譯作
“因”，似與此之“喻”字不相對應。

tu rab tu 'gul/ldeg rab tu ldeg/kun tu rab tu ldeg go[1]/de'i tshe der glog gi rgyun chen po byung ngo//lha rnams kyis kyang rnga sgra bsgrags so//[2] de nas bcom ldan 'das la tshe dang ldan pa kun dga' bos 'di skad ces gsol to/bcom ldan 'das chos kyi rnam grangs 'di'i ming ci lags/ji ltar gzung bar bgyi/bcom ldan 'das kyis bka' stsal pa/kun dga' bo khyod kyis 'di ltar chos kyi rnam grangs 'di sgo mtha' yas pa//bsgrub pa zhes bya bar zung shig//[3] de'i don ni de ltar blta bar bya ste//de de bzhin du bzung shig/[4] bcom ldan 'das kyis de skad ces bka' stsal nas//tshe dang ldan pa shā ri'i bu dang dge slong gzhan dag kyang bcom ldan 'das kyis bka' stsal pa la mngon par bstod do//[5] 'phags pa gsum la skyabs su 'gro ba zhes bya ba theg pa chen po'i mdo//rdzogs sho//

rgya gar gyi mkhan po sarba dznyā de ba（Sarvajñādeva）[6] dang/zhu chen gyi lotsā ba ban de dpal brtsegs kyis bsgyur cing zhus te gtan la phab pa//[7]

四、漢藏譯《佛説聖大乘三歸依經》
對勘後的幾點看法

對照漢、藏譯《佛説聖大乘三歸依經》或可得出以下幾點結論：

1. 見於俄藏黑水城漢文文獻中的這部漢譯《佛説聖大乘三歸依經》並不如孟列夫所説的"包含有疑經"，它與吐蕃著名譯師吉祥積所譯的 *'Phags pa gsum la skyabs su 'gro ba zhes bya ba theg pa chen po'i mdo* 內容基本吻合。

---

〔1〕 譯言："爾時，佛説此法門之時，三千大千世界動、遍動、等遍動，起、遍起、等遍起，踊、遍踊、等遍踊。"與漢譯文第44至48行中所説"六種震動"不同，此只説"動、起、踊"三種震動，而闕"震、吼、擊"等另三種震動。

〔2〕 譯言："爾時，[天空]起一持續之大閃電[閃電之相續]，諸天亦作鼓聲。"與漢譯文第48、49行中所謂"及於空中放大光明，及鳴天樂"不同。與漢文"光明"相對應的藏文語詞通常是 'od zer 或者 'od gsal，而不是此處出現的 glog，意爲"閃電"。

〔3〕 譯言："阿難！如是此法門名成就無邊法門，如當奉持。"漢譯文與此對應的句子見於第51至53行中，較之藏文版至少多出"是經名爲三歸依經"一句。查《西藏文大藏經》中確有《聖無邊法門成就陀羅尼經》（ *'Phags pa sgo mtha' yas pa sgrub pa zhes bya ba'i gzungs*），它在德格版《西藏文大藏經》中前後出現了三次，分別是第149、525和914號，分屬《甘珠爾》之經部、十萬怛特羅部和陀羅尼集部，其中祇有屬於陀羅尼集部的第914號注明爲吐蕃譯師智軍（Ye shes sde）和印度上師 Prajñavarma 合譯，其他兩種皆失譯。然這部《聖無邊法門成就陀羅尼經》事實上與漢文《大藏經》中的《出生無邊門陀羅尼經》對應，似與此所説的《佛説聖大乘三歸依經》並沒有直接的關係。

〔4〕 譯言："彼之義者當如是見，當如是奉持彼。"此句與漢譯第53、54行"以是名字，汝當奉持"。

〔5〕 譯言："佛説此經已，具壽舍利子及其他比丘，聞佛所説，[皆大歡喜，]禮佛而退。"此顯然比漢譯本第53至58行中與之相應的句子要簡短得多，中間少了"天龍、夜叉、乾闥婆、阿修羅、迦樓羅、緊那羅、摩睺羅伽、人、非人等一切大衆"一整個段落。

〔6〕 譯言："全智天。"於《卜思端教法源流》（ *Bu ston chos 'byung*）所列來吐蕃弘法之印度上師名單中列第20位。參見布頓大師著，郭和卿譯，《佛教史大寶藏論》，北京：民族出版社，1986年，頁196。全智天與吉祥積、龍幢（Klu'i rgyal mtshan）等吐蕃著名譯師合譯的佛經今見於《西藏文大藏經》者有近三十部之多。

〔7〕 譯言："印度親教師全智天與主教大譯師釋譯吉祥積譯定。"

2. 不管是西夏智昭國師德慧的漢譯，還是吐蕃吉祥積譯師的藏譯，《佛説聖大乘三歸依經》的這兩種譯本均不失爲上乘之作。與宋代施護等著名譯師所譯佛經相比，西夏譯師所譯佛經從信、達、雅三方面來衡量顯然都技高一籌，不但文從字順，合乎漢語佛教語言的規範，而且看不出有明顯的增、删等現象出現。

3. 仔細比較漢、藏兩種譯文，可知二者之間有許多細微但明顯的差别。而造成這種差别顯然不是因爲譯者的理解或遣詞造句之方式不同，而更應該是因爲二者所根據的原本不同。此即是説，德慧所譯《佛説聖大乘三歸依經》之根據不是吉祥積所譯的藏文本。鑒於《西藏文大藏經》中所見《佛説聖大乘三歸依經》唯有全智天和吉祥積所譯這一種，德慧漢譯本所根據的有可能是一種未見傳於吐蕃的梵文原本。由此説來，於西夏時代，依然有梵文佛經原典流入中國。《俄藏黑水城文書》TK128 號《持誦聖佛母般若多心經要門》之御製後序中説："尋命蘭山覺行國師沙門德慧重將梵本，再譯微言。"[1]此之所謂"梵本"或當真指的是梵文原本，而非藏文本。可惜的是，德慧等西夏譯師所譯漢文佛經留至今日者恐真如經中所云，所謂"百分不及一，千分不及一，百千分不及一，數分不及一，喻分不及一，筹分不及一"。有鑒於此，我們理應更加珍惜和重視這些難得的黑水城佛教文書。

（原載《西域歷史語言研究集刊》第 2 輯，北京：科學出版社，頁 267—276）

---

[1] 《俄藏黑水城文獻》卷三，頁 76。

八思巴帝師造《略勝住法儀》研究

一

有元一代藏傳密法盛傳於蒙古宫廷,作爲蒙藏關係的開拓者之一、元代的第一任帝師八思巴('Phags pa Blo gros rgyal mtshan,1235－1280)無疑當曾起過重要的作用。可是在《大乘要道密集》被發現之前,没有任何八思巴有關藏傳密法的著述的漢譯文流傳於世。於漢文《大藏經》中我們所見到的八思巴的著作有三種,第一種是署名"元帝師發合思巴造,宣授江淮福建等處釋教總統法性三藏弘教佛智大師沙羅巴譯"的《彰所知論》。[1]"元正奉大夫同知行宣政院事廉復"於其所作序中説:"大元帝師,洞徹三乘,性行如春,仁而穆穆不可量。裕皇潛邸,久知師之正傳,敬詣請師敷教於躬。師篤施靜志,弘揚帝緒,大播宗風,彰其所知,造其所論。究其文理,推其法義,皎如日月,廣於天地。蓋如來之事,非聖者孰能明之。總統雪巖翁,英姿間世,聽授過人。久侍師之法席,默譯此論,見傳於世。"[2]可見,《彰所知論》乃八思巴帝師專門爲"裕皇潛邸",即真金太子所造的一部論典,是根據阿毗達磨法所造的一部佛學便覽類作品,介紹的是有關情、器二世界之構成的佛教宇宙觀,與密法修習無關。它的藏文原本題爲 *Shes bya rab gsal*,列《八思巴法王全集》(*Chos rgyal 'phags pa'i bka' 'bum*)中的首篇。[3]《大正藏》中所見八思巴帝師所造第二種作品署名"元帝師苾芻拔合思巴集",題爲《根本説一切有部出家授近圓羯磨儀範》,[4]乃根據《一切有部別解脱經》所説的"律儀方便羯磨儀

---

〔1〕《大正藏》,T.32,no.1645。

〔2〕《大正藏》,T.32,no.1645。

〔3〕 *The complete works of the great masters of the Sa skya sect of the Tibetan Buddhism*,vol.6,*The complete works of Chos rgyal 'phags pa 1*,Compiled by bSod names rgya mtsho,Tokyo:The Toyo Bunko 1968,1－1－1－18－1－6;參見 Constance Hoog,*Prince Jiṅ-Gim's Textbook of Tibetan Buddhism*,*The ees-bya rabgsal(Jñeya-prakàòa)by 'Phags-pa Blo-gros rgyal-mtshan dPal-bzaṅ-po of the Sa-skya-pa*(Leiden:E. J. Brill,1983);王啓龍,《八思巴生平與〈彰所知論〉對勘研究》,北京:中國社會科學出版社,1999年;沈衛榮,《再論〈彰所知論〉與〈蒙古源流〉》,《中研院歷史語言研究所集刊》第七十七本第四分,頁697—727。

〔4〕《大正藏》,T.45,no.1904。

· 69 ·

範",“令通解三藏比丘住思觀演説正本,翻譯人善三國聲明,辯才無礙,含伊羅國翰林承旨彌壓孫傳華文,譯主生緣北庭都護府,解二種音,法詞通辯。諸路釋門總統合台薩哩都通,暨翰林學士安藏,總以諸國言詮,奉詔譯成儀式”。[1]《大正藏》中所見八思巴帝師所造第三種作品同樣署名“元帝師苾芻拔合思巴集”,題爲《根本説一切有部苾芻習學略法》,其跋稱“令含伊羅國人解三種聲明,通法詞二辯,翰林承旨彌壓孫譯成畏兀兒文字,宣授諸路釋教都總統合台薩哩都通翻作華言”。[2] 與這兩部“律儀方便羯磨儀範”相應的藏文原著亦見於《八思巴法王全集》中,爲列 308 和 309 號的同名儀軌 *dGe bsnyen dang dge tshul dang dge slong du nye bar bsgrub pa'i cho ga'i gsal byed*,譯言《作明近事、沙彌、苾芻近圓羯磨》。[3] 這兩部儀軌內容雷同,其中列 309 號者篇幅比列308 號者大出許多,漢譯文並不與上述兩種藏文本的任何一種的原文完全一致,但與其對應的內容均可在這兩種藏文本中找到。顯而易見的是,見於漢文《大藏經》中的這三種八思巴的著作顯然與番僧於元朝宮廷中所傳的諸如“秘密大喜樂法”或者“摩訶葛剌崇拜”一類的密法都沒有直接的關聯,從這類著作中我們無法見到藏傳密教於蒙古宮廷傳播的真相。

二

於一度被人認爲是“元發思巴上師輯著”的《大乘要道密集》中,實際上我們祇見到四種短篇儀軌果真爲八思巴帝師所造。它們是《觀師要門》、《彌勒菩薩求修》、《略勝住法儀》和《修習自在擁護要門》。除了《修習自在擁護要門》外,其餘三篇儀軌的藏文原本均可在《八思巴法王全集》中找到。《觀師要門》署名“大元帝師發思巴集,持咒沙門莎南屹囉譯”,即八思巴帝師所造《上師瑜伽》(*Bla ma'i rnal 'byor*)的漢譯文,原文見於《八思巴法王全集》第一卷。[4] 其跋尾中説:“《觀師要門》發思巴謹按著哩哲幹上師幽旨而述。”此之“著哩哲幹上師”,當即 Chos rje ba bla ma,亦即“大薩思嘉班帝怛著哩哲幹上師”,即八思巴帝師之叔父薩思迦班智達公哥監藏(Sa skya paṇ chen Kun dga' rgyal mtshan)。八思巴的《觀師要門》實際上與同樣見於《大乘要道密集》中的薩思迦班智達

---

〔1〕《大正藏》,T. 45, no. 1904, 905, a25。

〔2〕《大正藏》,T. 45, no. 1905, 915, a8—11。

〔3〕 *The complete works of Chos rgyal 'phags pa 2*, no. 308, 309, pp. 267 - 4 - 1—282 - 4 - 6.

〔4〕 *The complete works of Chos rgyal 'phags pa 2*, pp. 30 - 1 - 1—31 - 1 - 1. 參見 Weirong Shen, "'Phags pa's *Instruction of the Guru Yoga* and its Yuan Chinese Translation: A Comparative Study", *Quaetiones Mongolorum Disputatae*, III, Tokyo 2007, pp. 17 - 33.

造《大金剛乘修師觀門》有一定的淵源關係。《彌勒求修記》是八思巴帝師所傳衆多本尊禪定儀軌中的一個，原文見於《八思巴法王全集》第二卷第 142 號。〔1〕 原標題作 *Byams pa'i sgrub thabs bzhugs*。其跋云：“聖彌勒菩薩求修作法，按巴哩洛拶呱要門、尊德薩思加巴語訣。”與此相應的藏文原文作 'Phags pa byams pa'i chos skor yan lag dang bcas pa rdzogs so/bla ma ba ri lo tsa ba'i gdams ngags sa skya pa'i zhal gdams yi ger bkod pa'o，此僅説“薩思加巴語訣”，而没有提到“尊德”，即 rje btsun。所謂“尊德薩思加巴”通常指的是薩思迦三世祖尊德葛剌思巴監藏(rJe btsun Grags pa rgyal mtshan)。《略勝住法儀》之原本是八思巴帝師造 *Rab tu gnas pa'i phyag len mdor bsdus*，今見於《法王八思巴全集》第二卷第 120 號。〔2〕 所謂“勝住”，藏文作 rab tu gnas pa，即今譯之“開光”，乃指佛塔、像、經作成以後，金剛阿闍黎上師聚弟子廣設供養、作壇城爲其灌頂、迎本尊神之智慧尊安住的儀軌。rab tu gnas pa 此譯“勝住”，而於同樣是莎南屹囉所譯的《大乘密藏現證本續摩尼樹卷》中，它被譯成“慶讚”。〔3〕《修習自在擁護要門》是《大乘要道密集》中所録署名爲帝師八思巴的四部著作中唯一一部一時尚無法同定其藏文原本的作品，内容爲“修習必哩呱巴觀想次第”並作擁護儀軌。所謂“必哩呱巴”，亦譯“密哩斡巴”，乃梵文 Virūpa 的藏文轉寫 Birwa pa 的漢文音譯。其跋云：“修習自在密哩呱巴付與大薩思加巴七十二本續勅時，傳此甚深要也。”復云：“修習自在擁護要門最極明顯發思巴集竟。”此所謂大薩思加巴即指 Sa chen Kun dga' snying po，乃薩思迦巴第一世祖。

八思巴帝師所造這四種短篇儀軌不管從其篇幅，還是從其内容來看，都不足以成爲《大乘要道密集》所録八十三篇文書中的重頭文章，認爲《大乘要道密集》乃“元發思巴上師輯著”顯然缺乏根據。與見於《大正藏》中的三種佛典明顯不同的是，見於《大乘要道密集》中的這四部短篇儀軌均直接與藏傳密法修習相關，特別是與密哩斡巴上師所傳薩思迦派修法相關，其中的《觀師要門》和《修習自在擁護要門》當是薩思迦派所傳“道果法”之修習的一個組成部分。從這類著作中我們可以窺見元朝所傳藏傳密法之大概。

三

於主要收録蒙元時期薩思迦派上師於蒙古宫廷所傳“道果法”儀軌的《大乘要道密

〔1〕 *The complete works of Chos rgyal 'phags pa 2*, pp. 72−4−3—73−3−3.
〔2〕 *The complete works of Chos rgyal 'phags pa 2*, pp. 36−2−4—38−2−6.
〔3〕 見《大乘要道密集》卷三，頁 28—29。

集》中,一共祇收録了八思巴帝師所造的四部短篇儀軌,這似與八思巴作爲薩思迦派第五世祖和元朝首任帝師而活躍於蒙古宮廷的地位和史實不相符合。我們不由得猜想八思巴帝師所造儀軌當時被譯成漢文者或當遠不止上述見於《大正藏》和《大乘要道密集》中的那幾種,更多的或已佚失,或有待發現。事實果真如此,於今臺北"故宮博物院"網頁所展示的藏品中,我們見到了題爲《吉祥喜金剛集輪甘露泉》和《如來頂髻尊勝佛母現證儀》兩種長篇儀軌,分別由"持咒沙門莎南屹囉集譯"和"大元帝師發思巴述,持咒沙門莎南屹囉譯"。顯然它們與見於《大乘要道密集》中的元譯藏傳密教文獻屬同一類型。[1]《吉祥喜金剛集輪甘露泉》和《如來頂髻尊勝佛母現證儀》這兩部儀軌,從數量上看其長度已遠遠超過了見於《大乘要道密集》中的八思巴造四部儀軌的總和。它們的發現充分表明於元代翻譯成漢文的八思巴帝師造藏密儀軌遠不止見於《大乘要道密集》中的那四種儀軌,《大乘要道密集》中的八十三種儀軌並不是當時翻譯成漢文的藏傳密教儀軌的全部。臺北"故宮博物院"所收藏的這兩部儀軌均爲明"正統四年正月十五日"御製寫印,製作十分精良,至今保存完好。這說明元朝所譯的藏傳密教儀軌至少在明代依然受到重視和利用,明初的皇帝並没有因爲番僧肇禍導致元朝失國而摒棄藏傳佛教。亦有可能的是,漢譯藏傳密教儀軌的活動於明初依然在進行之中,不但那位譯經最多的"持咒沙門莎南屹囉"當即是元末、明初人,而且見於《大乘要道密集》中的有些儀軌其著作年代已接近元末,例如卜思端(Bu ston Rin chen grub,1290－1364)的《大菩提塔樣尺寸法》[2]和攝囉監燦班藏布(Dol po pa Shes rab rgyal mtshan dpal bzang po,1292－1361)的《總釋教門禱祝》(bsTan pa spyi 'grel zhes bya ba'i gsol 'debs)等。[3]

　　《吉祥喜金剛集輪甘露泉》署名"持咒沙門莎南屹囉集譯",其跋尾中稱:"吉祥喜金剛,六支中現證,修設集輪儀,謹按過去師,受持之妙訣,採集諸修門,將分譯成次。"可見是譯者莎南屹囉採集諸家修門而編譯成書的,書中記述此法之傳承亦以八思巴爲最後一位傳人,表明集譯者本人即爲八思巴的親傳弟子。此儀軌的跋尾中還稱:"若瑜伽人朝夕以此經歷時光,不久當證大印成就。其證成教,恐繁未引。若欲博達,宜訪發思

　　〔1〕 臺北"故宮博物院",《佛經附圖:藏漢藝術小品》(Convergence of Radiance: Tibeto-Chinese Buddhist Scripture Illustrations from the Collection of the National Palace Museum),臺北,2003 年。
　　〔2〕 參見沈衛榮,《元代漢譯卜思端大師造〈大菩提塔樣尺寸法〉之對勘、研究》,《漢藏佛教藝術研究——第二屆西藏考古與藝術國際學術研討會論文集》,北京:中國藏學出版社,2006 年。
　　〔3〕 參見沈衛榮,《〈大乘要道密集〉與西夏、元朝所傳藏傳密法——〈大乘要道密集〉系列研究導論》,《中華佛學學報》第 20 期,臺北,2007 年,頁 251—303。《總釋教門禱祝》是藏傳佛教覺囊派祖師攝囉監燦班藏布首述"他空見"的一部重要著作,參見 Cyrus Sterns, The Buddha from Dolpo: A Study of the Life and Thought of the Tibetan Master Dolpopa Sherab Gyaltsen, Albany, New York: State University of New York Press, 1999.

巴帝師所述合教現證也。"可見,八思巴所述"合教現證"即是這部《吉祥喜金剛集輪甘露泉》的源泉。事實上,於《八思巴法王全集》中我們雖然沒有找到與此所説《合教現證》完全對應的文本,但找到了一部與這部《吉祥喜金剛集輪甘露泉》基本對應的藏文原本,其標題作 *dPal kye'i rdo rje'i tshogs kyi 'khor lo'i cho ga bdud rtsi bum pa zhes bya ba*,[1]漢譯作"甘露泉"者,於藏文本作"甘露瓶",其餘完全一致。將二者稍作對勘可知,二者間有明顯的源流關係。文中許多段落一一對應,但見於《八思巴法王全集》中的藏文原本較之漢譯本遠爲簡略,它當僅是漢譯本所根據的許多藏文原本中的一種。換言之,《吉祥喜金剛集輪甘露泉》並不是八思巴帝師所造 *dPal kye'i rdo rje'i tshogs kyi 'khor lo'i cho ga bdud rtsi bum pa zhes bya ba* 的直接譯本。《如來頂髻尊勝佛母現證儀》雖然署名"大元帝師發思巴述,持咒沙門莎南屹囉譯",其跋尾中稱:"《尊聖佛母現證次第受持儀》頂受法王薩思嘉二合大班的達足塵,淨行聖者述。"此所謂"薩思嘉二合大班的達"無疑即是指八思巴帝師之叔父薩思迦班智達,而"淨行聖者"當即是指八思巴上師,"聖者"與 'Phags pa 對應。但是在《八思巴法王全集》中找不到與其完全對應的藏文原本。其中祇有一部題爲 *rJe btsun rnam par rgyal ma'i sgrub thabs stong mchod dang bcas pa*,譯言《尊勝佛母修法千供》者與《如來頂髻尊勝佛母現證儀》有直接的關聯,二者許多段落互相對應,但漢譯本遠比藏文本詳備,它似爲藏文本的一個廣本的譯文。[2]

四

在臺北"故宮博物院"收藏品中發現《吉祥喜金剛集輪甘露泉》和《如來頂髻尊勝佛母現證儀》兩種元譯藏傳密教儀軌之後,筆者沒有停止對這類文獻的尋找。功夫不負有心人,於北京圖書館古籍善本書目中,筆者又見到了以下幾種元代漢譯藏傳密教儀軌,它們是:

一、《端必瓦成就同生要一卷》　　元釋莎南屹囉譯　清初錢氏述古堂抄本　與因得囉菩提手引道要大手印無字要合一冊　十行十八字

---

[1] *The complete works of Chos rgyal 'phags pa 1*, pp. 131 – 4 – 3—134 – 2 – 3.
[2] *The complete works of Chos rgyal 'phags pa 2*, no. 146, pp. 75 – 2 – 1—76 – 4 – 6.

二、《因得囉菩提手引道要一卷》　　　　元釋莎南屹囉譯　清初錢氏述古堂抄本　與端必瓦成就同生要大手印無字要合一册　十行十八字

三、《大手印無字要一卷》　　　　　　　元釋莎南屹囉譯　清初錢氏述古堂抄本　與端必瓦成就同生要因得囉菩提手引道要合一册　十行十八字黑格白口左右雙邊

四、《密哩斡巴上師道果□卷》　　　　　元釋莎南屹囉譯　明抄本　一册　十一行二十二字四周雙邊無直格

五、《喜金剛中圍内自受灌頂儀一卷》　　元釋發思巴集　釋莎南屹囉譯　明抄本　一册　十行十七字或十九字紅格四周雙邊

六、《新譯吉祥飲血壬集輪無比修習母一切中最勝上樂集本續顯釋記　卷》　　釋德雲等譯　明抄本　二册　九行二十三至二十七字四周雙邊無直格

七、《吉祥喜金剛本續王後分注疏不分卷》　　　明抄本　一册　九行十六至十八字紅口四周雙邊

八、《修習法門□卷》　　　　　　　　　明抄本　一册　十五行二十字黑格黑口四周雙邊[1]

　　顯而易見，以上所列八種儀軌當與見於《大乘要道密集》中的元譯藏傳密教儀軌屬於同一種類型，儘管其中標明爲“元釋莎南屹囉譯”者，祇有《密哩斡巴上師道果□卷》或當就是見於《大乘要道密集》中的同名儀軌，[2]其他各種文書均不見於《大乘要道密集》中。這再次説明元代漢譯藏傳密教儀軌確實遠不止見於《大乘要道密集》的那些。這些文書既有明抄本，亦有清抄本，説明它們於元、明、清三代的宫廷，乃至民間的流傳可謂不絶如縷。

　　筆者迄今尚無緣得見這八部儀軌的廬山真面目，從上列標題來看，其中祇有一部署名爲“元釋發思巴集”，題爲《喜金剛中圍内自受灌頂儀一卷》。查《八思巴法王全集》，發現其中至少有兩部儀軌有可能即是這部漢譯文的原本，其中第一部題爲 *dPal kyee rdo rje'i dkyil 'khor du bdag nyid 'jug gi cing dbang blang ba'i cho ga dbang la 'jug pa zhes bya ba*，譯言《吉祥喜金剛中圍内自受灌頂儀》。[3] 而其中的另外一部題爲 *dPal*

〔1〕《北京圖書館古籍善本書目》，頁1604、1620。
〔2〕於《大乘要道密集》中所見到的《密哩斡巴上師道果卷》實際上包括了薩思迦三祖葛剌思巴監藏和四祖薩思迦班智達等所造、元釋莎南屹囉譯的二十五種短篇儀軌。
〔3〕 *The complete works of Chos rgyal 'phags pa 2*, pp. 111 − 1 − 1—118 − 4 − 3.

kyee rdo rje'i dkyil 'khor du bdag nyid 'jug pa'i cho ga snying po gsal ba，譯言《吉祥喜金剛中圍内自受灌頂儀——明藏》。[1] 另據卓鴻澤先生查證，所謂"端必瓦"乃梵文名字 Domִbhi ba 的音譯，而"因得囉菩提"是 Indrabhūtī 的音譯，與此相應《端必瓦成就同生要》乃端必歇魯迦 Domִbhi Heruka 之 *dPal ldan lhan cig skyes pa grub pa*，而《因得囉菩提手引道要》則是 Indrabhūtī 的 *lHan cig skyes pa grub pa*，它們都見於《了義大手印導引藏》(*Nges don phyag chen po'i khrid mdzod*)中。[2] 實際上，《端必瓦成就同生要》、《因得囉菩提手引道要》和《大手印無字要》均爲薩思迦所傳道果法的重要組成部分，所以它們也都被收録進了薩思迦道果文獻集《薩思迦道果弟子釋論集》(*Sa skya lam 'bras slob bshad*)中。其中，《端必瓦成就同生要》即 *Dom bi he ru kas mdzad pa'i lhan cig skyes grub*；《因得囉菩提手引道要》即 *Slob dpon indra bhu tis mdzad pa'i phyag rgya'i lam skor*；《大手印無字要》或即是 *Ngag dbang grags pas mdzad pa'i phyag rgya chen po yi ge med pa*，它們均見於《薩思迦道果弟子釋論集》第十一卷中，均是薩思迦道果法的重要文獻。[3] 於《八思巴法王全集》中，我們亦見到了兩部《成就同生要》(*lHa skyes kyi sgrub thabs*)，或譯《俱生修法》，它們均爲修吉祥勝樂輪俱生儀軌，其主尊亦是分魯迦。[4] 毋庸置疑，今後我們勢必還將發掘出更多的元朝漢譯藏傳佛教文書，這類文獻的發現和同定，將極大地加深我們對藏傳密教於蒙元時代傳播的歷史的了解。

五

迄今爲止所發現的這些西夏、元代漢譯藏傳密教儀軌對於藏傳密教自西夏至清朝，乃至民國時期近千年的時間内於党項、回鶻、蒙古和漢人信衆中的流傳，其重要性不言而喻。同樣，它們亦是我們今天重構藏傳佛教於西藏以外地區傳播的歷史所能根據的最主要的第一手資料。值得強調的是，這些儀軌文書對於研究藏傳佛教藝術史亦有着無可替代的價值。藏傳密修儀軌，特別是本尊禪定儀軌，其主要内容之一就是對行者所

---

[1] *The complete works of Chos rgyal 'phags pa 2*, pp. 120 - 1 - 1—130 - 2 - 1.

[2] 參見卓鴻澤，《"演揲兒"爲回鶻語考辨——兼論番教、回教與元明大内秘術》，《西域歷史語言研究集刊》第 1 輯，北京：科學出版社，2007 年，頁 229。

[3] Sa skya Khri-'dzin Ngag gi dbang phyug, ed. *Lam 'bras slob bshad*, vol. 11, Dehra Dun：Sa skya center, 1983 - 1984；關於上述幾種儀軌與薩思迦派所傳道果法的關係，參見 Ronald M. Davidson, *Tibetan Renaissance: Tantric Buddhism in the Rebirth of Tibetan Culture*, New York：Columbia University Press, 2004.

[4] *The complete works of Chos rgyal 'phags pa 1*, no. 82, pp. 230 - 3 - 5—232 - 1 - 3; no. 83, pp. 232 - 1 - 4—233 - 2 - 2. 關於俱生成法參見 Ronald M. Davidson, "Reframing Sahaja：Genre, Representation, Ritual and Lineage," *Journal of Indian Philosophy* 30：45 - 83.

觀修本尊之形象的描繪,因此,在這些儀軌中我們可以見到大量關涉造像學的資料。它們對密修本尊及其隨從護法、明妃形象的詳細描寫,是我們識別見於各種出於不同時代的藏傳佛教藝術造像、圖像中的本尊、護法形象的不可多得的第一手資料。於上述屬薩思迦派所傳的《吉祥喜金剛集輪甘露泉》和《如來頂髻尊勝佛母現證儀》中,我們就見到了對喜金剛、兮魯迦、十六天母、如來頂髻尊勝佛母、摩訶葛剌、吉祥天母、金剛亥母等佛尊、護法的形象、所佩種種莊嚴、資具等的極其詳細的描述。治西藏佛教藝術史者除了要直接面對圖像、繪畫外,亦應當有扎實的文獻功底,要下功夫去研究這些本尊儀軌,並將它們作爲自己解釋圖像的根據。

兹不妨列舉於《吉祥喜金剛集輪甘露泉》和《如來頂髻尊勝佛母現證儀》出現的幾種本尊圖像描述,以説明這類儀軌文書對於佛教圖像學研究的重要性。《吉祥喜金剛集輪甘露泉》卷上第二十六、二十七開中對密尊喜金剛形象是如此描述的:

> 喜金剛,其身白色,而有八面及十六臂,並具四足,其本面白,右青左紅,上面煙色,後四面黑,面各三目,咬嚙利牙,黃髮上豎,十六臂擎十六頭器,右第一內擎大白象,左第一內擎黃地天,此二抱妃,右第二內擎青色馬,第三赤驢,第四紅牛,第五灰駝,第六紅人,第七青獅,第八赤貓,面悉朝內;左第二內擎白水神,第三紅火神,第四青風神,第五白月天,第六紅日天,第七青獄帝,第八黃施財,面悉朝外,每首各嚴五骷髏冠,五十新首,而爲錭鍜,具六骨印,於前二足,展右踡左,於後二足舞相,而立其佛之懷。復緣金剛無我佛母,其身黑色,一面二臂,右執曲刀,左擎頭器,相抱於尊,頂嚴五骷髏,五十骷首,而爲項鬘,具五骨印,二佛當於大熾盛智火焰中,儼然而住,以是身圓,思成佛之淨法界智。已上即是濕生觀也,斯能淨除濕生習氣。

《吉祥喜金剛集輪甘露泉》卷下第二十七、二十八開中對吉祥金剛大黑,即摩訶葛剌及其吉祥天女(dPal ldan lha mo)的形象作了如此的描述:

> 吉祥金剛大黑,其身青黑色,一面二臂,身短肥大,矮相而立,右手鉤鎌,左手中持一切怨魔血滿頭器,二臂肘上,而橫擎一桿之杖,其內隱藏無數神兵,黃髮上豎,三目圓赤,咬嚙利牙,犟眉忿恨,冠五骷冠,項掛五十滴血,人頭虎皮爲裙,身嚴六種骨珠瓔珞,蛇寶飾身,上方大鵬,右黑色烏,左青鐵狼,前方黑人,後方黑犬,所共圍繞,頂冠不動。於彼之左,蓮花日輪上,青色得囉二合𑀉字,變成青色夜葛撈帝母,一面二臂,二手當心,執持寶瓶,其身上段,着白綠衫,虎皮爲裙,身嚴衆寶,骨珠瓔珞,其腹寬廣,於中復想青色得囉二合𑀉字,變成血海。其血海中,畢藥二合𑀉字,而成吉祥天母,其身青色,乘騎赤騾,一面四臂,右上手劍,次手當心,而擎鮮血,盈

滿頭器，左上手執鎗，次手執戟，面具三目，口嚙人屍，冠五骷髏冠，項掛五十滴血人頭，披象皮衣，復以牛皮而爲下衣，織藤爲裙，腰繫蛇帶，鐵鋜二足，右耳嚴蛇，左耳嚴獅子，身尤羸瘦，血髓大灰，於身作點，日月二輪，旋繞臍間；大火焰中，儼然而住，二尊額間，白色唵[梵字]字，喉間紅色啞[梵字]字，心間青色吽[梵字]字，吽[梵字]字放光，往非下土，毗盧心間，召請智尊，及往性土，召請天母，手執鈴杵。

《如來頂髻尊勝佛母現證儀》第五、六、七開中對尊勝佛母及其扈從形象的描寫如下：

尊勝佛母，其身白色，三面八臂，正面白色，右黃左青，微具怒容，面各三目，右第一手，當於心間，執持交杵，第二執蓮，上捧彌陀，第三執箭，第四施印，左第一手執金剛索，兼作怖指，第二執弓，第三護印，第四禪印，而執淨瓶，結跏趺坐，衆寶嚴飾，雜彩爲裙，如是增長自身將已。於彼之右，觀音菩薩，其身白色，右手執拂，左手執蓮花。於彼之左，金剛手尊，其身青色，右手執拂，左金剛杵，二尊皆具柔善之相，衆寶嚴身，雜彩爲裙。復以東方，青色不動，右手執劍。南方欲王，右執鐵鉤。西方青杖，右執杖鎚。北方大力，右三鈷杵。四忿怒尊，皆身青色，極忿恨相，左手皆於心作怖指，智火燄中，儼然而住。尊母上方，復有二位淨居天子，手執甘露盈滿寶瓶，於婆伽梵勝母之頂，而作灌沐。衆聖頂上，白色唵[梵字]字，喉紅啞[梵字]字，心青吽[梵字]字，額黃得囕二合[梵字]字，臍紅屹哩二合[梵字]字，二股暗[梵字]啞[梵字]，二綠色字。復次，心間字種，放光往自性土，請婆伽梵母，並諸伴繞，悉皆雲集。[1]

這些描寫不但是給觀修本尊之行者的指南，亦是藏傳佛教藝術研究者判定圖像必需依據的圖像學資料。

六

《大乘要道密集》中收錄了一組直接與佛教造塔／像藝術有關的儀軌文書，它們是卜思端造《大菩提塔樣尺寸法》、"天竺勝諸怨敵節怛哩巴上師述"《聖像內置惣持略軌》和"大元帝師發思巴述"《略勝住法儀》。這三部儀軌分別從造塔尺寸、聖像內置惣持和勝住法儀，即開光儀軌等三個方面來解釋造塔／像的步驟和規範，當曾對元代漢地建造藏式塔／像起過具體的指導作用。這三部儀軌中，唯《聖像內置惣持略軌》的藏文原文

---

〔1〕 以上所引段落均直接下載自《佛經附圖：藏漢藝術小品》。

無法同定,筆者前此已對卜思端造《大菩提塔樣尺寸法》作了對勘和研究,[1]兹復對八思巴造《略勝住法儀》進行對勘、研究,冀借助藏文原本釐定漢譯文文本,並追述此勝住儀軌的源流。

　　如前所述,《略勝住法儀》之原本爲八思巴帝師造 *Rab tu gnas pa'i phyag len mdor bsdus*,仔細對照藏、漢兩種本子,發現莎南屹囉所翻譯的《略勝住法儀》比藏文原本要簡略得多。查藏文本跋尾可知,這部法儀當有兩個不同的本子傳世,最早八思巴帝師是應畏兀兒僧人 Sam gha mitra(譯言僧伽友)之請於陰木兔年(1255)撰寫的,其後復因枯嚕布上師(Bla ma Khro phu ba)之請,作如應增補。莎南屹囉之譯本根據的當是增補前的本子。[2]兹將漢、藏文兩種文本敬錄於下,略作對勘,並重作新譯,以示二者之間的區別。

略勝住法儀

36－2 Rab tu gnas pa'i phyag len mdor bsdus bzhugs

大元帝師發思巴述

持咒沙門莎南屹囉譯

Sangs rgyas thams cad gcig bsdus pa／bla ma'i zhabs la phyag 'tshal nas／

blo dman rnams la phan bya'i phyir／rab gnas cho ga mdor bsdus bshad／

[元譯] 稽首諸佛聚集者　　　　　最妙上師[3]勝蓮足

　　　　爲利淺智機彙故　　　　　當説撮略勝住儀

[新譯] 諸佛集一身　　　　　　　稽首上師足

　　　　爲利淺智故　　　　　　　略説勝住儀

rten gang yang rung ba yongs su rdzogs pa dang／rab tu gnas pa byed par 'dod pas／ci 'byor pa'i mchod pa dang gtor ma bsham／rang yi dam gyi lha gang rung du bskyed nas／bzlas pa cung zad byas pa'i mthar mchod pa dang bstod pa bya／grub na bum pa gnyis gshams pa'i

---

〔1〕　沈衞榮,《元代漢譯卜思端大師造〈大菩提塔樣尺寸法〉之對勘、研究》。
〔2〕　詳見 Shen Weirong, "Tibetan Tantric Buddhism at the Court of the Great Mongol Khans," pp. 79－81。
〔3〕　於《大乘要道密集》中"最妙上師"通常與 bla ma dam pa 對應,然此與其對應的藏文僅作 bla ma。

gcig tu yi dam gyi lha bskyed nas bzlas pa byas pas thugs ka nas ye shes kyi bdud rtsi'i rgyun bab nas bum pa gang bar bsam/ mchod bstod〔36.3〕byas nas lha gshegs su gsol// gcig la lha mi bskyed par de nyid la dmigs pa gtad de/ Oṃ sarba ta thā ga ta a bhi ṣe ka ta sa ma ya śrī ye hūṃ〔1〕/ zhes ci nus pa bzlas pas byin gyis brlabs/ de nas rten de la gu gul〔2〕gyi dud pas bdug/ yungs kar gyis brab cing sum bha ni'i sngags〔3〕kyi mthar/ sarba bi ghna u tsa ta ya〔4〕hūṃ phaṭ/ ces brjod pas bgegs bskrad/

[元譯] 凡是何像已得圓滿,欲修勝住者,任力備設供具、施食,自身增成所宗尊佛。少念誦已,於彼供讚,燒安息香,熏彼聖像,以白芥子擲之,念送巴尼咒,遣除魔類。若有淨瓶內,增尊佛而作念誦,鎔佛成水,隨後可誦:唵薩哩幹二合怛達葛怛啞比勢葛怛薩麻耶室哩二合吽。

[新譯] 凡是何像已得圓滿,欲修勝住者,任力備設供具、施食,生起隨一自身所宗尊佛。少念誦已,於彼供讚。修時備設二淨瓶,〔5〕於其一內生起自身所宗尊佛,作念誦已,觀想自[尊佛]心間流出智慧之甘露續,充滿淨瓶,作供讚已,迎請尊佛入內,專注一境於未生起尊佛之[淨瓶]。隨後任力念誦:唵薩哩幹二合怛達葛怛啞比勢葛怛薩麻耶室哩二合耶吽,以作加持。復次,燒安息香,熏彼聖像,以白芥子擲之,念送巴尼咒末曰:薩哩幹二合尾伽那嗢遮他耶吽,遣除魔類。

de nas dngos su bkru ba 'am mi rung na me long la shar ba'i gzugs brnyan la bum pa gnyis pa'i chus bkru zhing/ ji ltar bltams pa tsam gyis ni/ lha rnams kyis khrus gsol ltar/ lha yi chu ni dag pa yis/ de bzhin bdag gis khrus bgyi'o//〔6〕zhes pa'i mthar gong gi sngags

---

〔1〕 Oṃ sarva tathāgta abhiṣekata samaya śrī ye [Āḥ] hūṃ 唵薩哩幹二合怛達葛怛啞比勢葛怛薩麻耶室哩二合耶吽,"唵一切如來灌頂誓言吉祥啊吽"。

〔2〕 梵文 guggulu, guggula。參見 Bentor, pp. 118－119.

〔3〕 Sumbha ni mantra: sumbha Hūṃ gṛh ṇa gṛh ṇa Hūṃ gṛh ṇāpaya gṛh ṇāpaya Hūṃ ānaya Ho bhagavab vidyā rājā Hūṃ Phaṭ,參見 Bentor, pp. 118－119; English, Vajrayogini

〔4〕 Sarva vighna uccathaya 驅除一切魔類。

〔5〕 此述"瓶灌"(bum sgrub, 或者 bum bskyed),二淨瓶分別是"尊勝瓶"(rnam rgyal bum pa)和羯磨瓶(las kyi bum pa)。參見 Stephan Beyer, *Magic and Ritual in Tibet, The Cult of Tārā*, Delhi: Motilal Banarsidass Publishers, 1996, pp.410－414; David L. Snellgrove, *Indo-Tibetan Buddhism: Indian Buddhists and Their Tibetan Successors*, Boston: Shambhala, 1987, pp. 223－225; Yael Bentor, *Consecration of Images and Stūpas in Indo-Tibetan Tantric Buddhism*, Leiden: E. J. Brill, 1996, pp. 100－108.

〔6〕 sngags ni// ji ltar bltams pa tsam gyis ni/ de bzhin gshegs pa kun khrus gsol ltar/ lha yi chu ni dag pa yis/ de bzhin bdag gis khrus gsol lo/《略勝住法儀本續》(*Rab tu gnas pa mdor bsdus pa'i rgyud*, Supratiṣṭhātantrasaṃgraha), Toh. no. 486, sDe dge: 295.

brjod cing bkru／Oṃ sarba ta thā ga ta kā ya bi sho dhana ye svāhā[1]／zhes brjod cing phyis pas dri ma thams cad dag par bsam／

[元譯] 以鏡照像而作沐浴。

[新譯] 復次，或實際沐浴，或若不能，即以第二淨瓶[2]之水爲鏡中顯現之影像沐浴，[3]懇云：即如[佛陀]降生時，一切尊佛請沐浴，以彼尊佛清淨水，我今如彼作沐浴。[4] 説已念誦前述之咒，且[爲聖像]作沐浴。念誦咒曰：唵薩哩斡二合怛達葛怛伽耶比學怛那耶莎訶，念誦拭淨已，緣想淨治一切污垢。[5]

de nas／Oṃ sā bha va'i sngags[6] kyis stong par sbyangs pa'i ngang las／Aṃ las rin po che'i khri／Paṃ las padma／A las zla ba'i gdan nam／khro bo rnams la Raṃ las nyi ma'i gdan gyi steng du／rten ngo shes pa rnams so so'i sa bon dang／mi shes pa rnams／Oṃ Āḥ Hūṃ las so so'i sku ji ltar yin pa bzhin bskyed la／gzhan mchod rten dang lha khang la sogs pa sku'i rten rnams ni／Oṃ las rnam par snang mdzad dang／pu sti dang dril bu la sogs pa gsung gi rten rnams ni Āḥ las 'od dpag med dang／rdo rje la sogs pa thugs kyi rten rnams ni Hūṃ las mi bskyod pa dang／'khor lo dang 'khrul 'khor la sogs pa rnams ni ji ltar bris pa bzhin du bskyed do／rta babs dang／rdo rings dang／skyed mos tshal dang／rdzing bu la sogs pa rnams ni yi ge gsum las lha rdzas (36-4) las grub pa'i ngo bo nyid du bskyed do//

[元譯] 復次，念唵莎巴斡咒，觀想空寂，於空性中，想一寶床，蓮月之上，若是忿怒，緣想日輪自下已上，想唵啞吽白紅青色，從此放光，利益有情。其光還，未融三字內輪成。凡是隨何之像，身色幖幟居住之儀，如現所有，全然增訖。若是塔等，增成毘盧，若是鈴等，增成彌陀，苟是杵等，增成不動。

[新譯] 復次，於以唵莎巴斡咒淨治空寂之本性中，唵字生一寶座，巴字蓮花，阿字月座。或於諸忿怒，羅字生日座之上，熟識之所依[像]生各各之種子，不熟識[所依、像]，即如

---

[1] Sarva tathāgata kāya viśodhane Svāhā 一切清淨如來身莎婆訶！

[2] 即指羯磨瓶(las kyi bum pa)。

[3] 關於鏡灌參見 Yael Bentor, "On the Symbolism of the Mirror in Indo-Tibetan Consecration Rituals," *Journal of Indian Philosophy* 23: 57-71.

[4] 按照《略勝住法儀本續》中的原文，此偈或可譯作：即如[佛陀]降生時，一切如來請沐浴，今以清淨天之水，如是我亦請沐浴。

[5] 關於沐浴淨治污垢儀軌參見 Bentor, *Consecration of Images and Stūpas in Indo-Tibetan Tantric Buddhism*, pp. 164-178.

[6] 自性咒：Oṃ Śūnyata jñāna vajra svabhāva ātmako 'haṃ。

自唵啞吽字出各各之［佛］身生起。諸餘佛塔與神廟等諸身所依者，自唵字生起大日如來，經函、鈴杵等語所依者，自啞字生起無量光佛，金剛等意所依者，自吽字生起不動佛，[1]與輪、還輪等，如所畫者生起。牌坊、石碑與林苑、池沼等亦即如自三種子字所生天界寶物所成自性生起。

de nas lha rnams kyi spyi bor Oṃ dkar po／mgrin par Āḥ dmar po／snying gar Hūṃ sngon pos sku gsung thugs kyi rang bzhin du byin gyis brlabs la／[2] rang gi snying ga'i sa bon las 'od 'phros pas rang bzhin gyi gnas nas／mdun du ji ltar bskyed pa dang 'dra ba'i ye shes pa las sangs rgyas dang byang chub sems dpa' dpag tu med pas bskor ba spyan drangs par bsam zhing／ma lus sems can kun gyi mgon gyur cing／bdud sde dpung bcas mi bzad 'joms mdzad lha／dngos rnams ma lus ji bzhin mkhyen gyur pa／rgyal ba ma lus 'khor bcas gshegs su gsol／Oṃ sarba ta thā ga ta badzra sa mā［ya］dzaḥ／dzaḥ hūṃ baṃ hoḥ／[3] zhes lan gsum brjod pas mdun du byon par bsams la／me tog la sogs pas mchod nas／dam tshig pa la 'jug par gsol ba gdab pa'i phyir／ji ltar sangs rgyas thams cad ni／dga' ldan du ni gnas pa na／lha mo sgyu 'phrul lhums zhugs ltar／／de bzhin gzugs brnyan lhan cig tu／／'di ru mgon po rtag bzhugs nas／byang chub thugs ni bskyed pa dang／sems cad kun gyi don slad du／bdag gis 'byor pa nyid kyis ni／ci 'byor pa yi mchod pa rnams／me tog la sogs 'di bzhes shing／bdag dang slob mar bcas pa la／rjes su brtse bas dgongs su gsol／／kun gyis 'di la byin brlab cing／／'di nyid du ni bzhugs par rigs／[4] zhes lan gsum brjod nas so so'i phyag rgya bcas la／／Oṃ badzra aṃ ku sha dzaḥ badzra pā sha hūṃ／badzra spho ṭa baṃ／

---

〔1〕　按照瑜伽部，或曰下部密教（lower Tantras）的修法，爲身、語、意三所依作勝住儀軌時，通常爲身所依佛塔等開光時生起大日如來佛，爲語所依佛經等開光時生起阿彌陀佛，爲意所依佛像開光時生起不動佛或金剛薩埵佛。而到無上瑜伽部則通常以金剛薩埵、大威德、喜金剛、勝樂等密宗尊佛爲智慧尊。參見 Yael Bentor, "Literature on Consecration［rab gnas］," *Tibetan Literature: Studies in Genre*, eds., Roger Jackson and Jose I. Cabezon, Ithaca：Snow Lion Publications, 1995, p.292, n.10.

〔2〕　De nas gnas gsum rnams su bstim／Oṃ Hūṃ Āḥ yi yi ge gsum／Oṃ ni spyi bor bstim bya bzhin／snying gar Hūṃ gi yi ger 'gyur／ngag gi phyogs su Āḥ yig go／sku gsung thugs ni bsgrub pa bya／《略勝住法儀本續》, Toh. no. 486, sDe dge：294.

〔3〕　Oṃ sarva tathāgta vajra samā［ya］Jaḥ Jaḥ Hūṃ Baṃ Hoḥ.

〔4〕　Ji ltar sangs rgyas thams cad ni／dga' ldan du ni gnas pa las／lha mo sgyu sphrul ltums zhugs ltar／de bzhin gzugs brnyan 'dir bzhugs shig／'di ru mgon po rtag bzhugs nas／byang chub sems ni bskyed pa dang／che ge mo yi don slad du／bdag gi 'byor pa nyid kyis ni／ci 'byor ba yi mchod pa rnams／me tog la sogs 'di bzhes shig／bdag dang slob mar bcas pa la／rjes su brtse bar dgong su gsol／kun gyis 'di la byin brlab cing／'di nyid du ni bzhugs par rigs／／《略勝住法儀本續》, pp.293－294；參見 Bentor, "Literature on Consecration［rab gnas］," p.294.

badzra a be sha āḥ／〔1〕 zhes brjod pas ye shes pa dang rten de dbyer med par gyur par bsam mo∥

[元譯] 於像儀，額喉心處，布唵啞吽。彼之心間，吽字放光，往自性土，召請諸佛及諸菩薩，海會聖衆，悉皆雲集，如是作想，首結金剛聚集之印，誦唵薩哩斡二合怛達葛答捌資囉二合薩麻牙捺捺吽須禍，而作召請，諸伸花等供，然後遂誦：唵捌資囉二合孤折捺捌資囉二合巴析嘿嘿二合捌資囉二合廍播二合怛須捌資囉二合安怛和，憶想智衆，與彼聖像，融和一性。

[新譯] 復次，以諸天之額白色唵字，喉間紅色啞字，心間青色吽字，加持身、語、意之自性。彼緣想自己心間種子放光，自自性之處，與於前如應生起類似之智慧尊中召請諸佛與無量衆菩薩眷屬，且誦“成諸有情之怙主，摧滅殘忍天魔軍，無餘諸實如是智，諸佛眷屬請進入，唵薩哩斡二合怛達葛答捌資囉二合薩麻牙捺捺吽須禍”三遍，誦已緣想[諸佛]於前出現。復以花等作供，並爲祈請[諸佛智慧尊]入誓言尊故，如是作讚三遍：即如諸佛陀，安住兜率天，入幻天女胎，與彼影像俱，怙主此常住。生起菩提心，易利有情故，我以盡所有，任力之供養，請受此花等，我與資徒俱，請垂慈悲攝。於彼衆加持，應入住即彼。〔2〕 結各各之手印，然後誦咒曰：唵捌資囉二合孤折捺捌資囉二合巴析嘿嘿二合捌資囉二合廍播二合怛須捌資囉二合安怛和，憶想智尊與彼聖像，融和無二。

srung ’khor la sogs pa（37－1）rnams la ni ’og min rnam par snang mdzad kyi thugs ka nas ye shes las grub pa’i ’khor lo la sogs pa’i rnam pa spyan drangs nas bstim mo∥skyed mos tshal la sogs pa la ’khor ba dang mya ngan las ’das pa’i dpal dang bkra shis pa’i dngos po de dag ji ltar bskyed pa’i rnam pas bkug cing bstim mo∥de nas mi ’bral bar bya ba’i phyir／snga ma ltar yi ge gsum gyis gnas gsum du rgyas gdab bo∥yang rang dang rten gyi thugs ka nas ’od ’phros pas dbang bskur gyi lha rigs lnga ’khor dang bcas pa spyan drangs／de la me tog la sogs pas mchod nas／de bzhin gshegs pa thams cad kyis ’di la dbang bskur

---

〔1〕 Oṃ vajra a ṅkusa Jaḥ vajra pāsa Hūṃ vajra sphoṭa Baṃ vajra a be sha Āḥ，參見 Bentor, *Conserration of Images and Stūpas in Indo-Tibetan Tantric Buddhism*, p. 238.

〔2〕 此段若按《略勝住法儀本續》中的原文或當譯作：即如諸佛陀，安住兜率天，如入幻女胎，請住此像中。怙主常住此，生起菩提心，利益某某故，以我之資財，任力之供養，請受此花等，我與資徒俱，請垂慈悲攝。於彼衆加持，應入住即彼。

du gsol / zhes gsol ba btab pas / ye shes kyi chus dbang bskur bar bsam zhing / dngos su
yang rnam rgyal gyi bum pa'i chus gtor zhing / ji ltar bltams pa la sogs pa'i tshigs bcad kyi
mthar / Oṃ sarba ta thā ga ta a bhi ṣe ka ta sa ma ya śri ye hūṃ /〔1〕 zhes brjod pas bum
pa'i chus rten thams cad kyi lus kun yongs su gang / dri ma thams cad dag / chu lhag ma yar
lud pa las rang rang gi rigs kyi bdag pos dbur brgyan pa 'am / yang na so so'i phyag rgya
dang ldan pas / Oṃ badzra a bhi ṣi nytsa Hūṃ / buddha a bhi ṣi nytsa Oṃ / ratna a bhi ṣi
nytsa Hūṃ / padma a bhi ṣi nytsa Hrīh / karma a bhi ṣi nytsa ĀĀḥ /〔2〕 zhes brjod pas thams
cad la rigs lngas dbur brgyan par bsam mo // srung 'khor la sogs pa la ni dbang gi chu dang
'dres pas nus pa phun sum tshogs par bsam mo / rigs bdag gi rgyas gdab pa ni mi dgos so //

[元譯] 從彼心間，又放光明。請五如來供已，懇云：願與此會而授灌頂。若有淨瓶現
水灑，想觀佛會，異口同音誦：

　　譬如如來降生時　　　　　一切諸天親沐浴
　　以此清淨天妙水　　　　　我今如彼作沐浴〔3〕

唵薩哩幹二合怛達葛怛啞威勢葛怛薩麻室哩二合吽，五佛如來，以瓶智水，於彼聖像而授
灌頂，水徧滿身，餘水湧出，頂嚴五佛。

[新譯] 於諸護輪等者，迎請自色究竟天大日如來心間智慧所成之輪等，融入其中。林
苑等者，召請以輪、涅之福德與彼等吉祥之物如應生起之[林苑]等，令融入其中；復次，
爲不相離故，令如前述之三種子字爲三地施印[融爲一體]。復從自己與聖像之心間放
出光明，迎請灌頂天尊五部如來及其眷屬，伸花等作供，懇云：願請一切如來爲此[聖
像]灌頂。緣想以智慧之水灌頂，實則復灑尊勝瓶中之水，且誦：譬如如來降生時——
等偈語，其後誦唵薩哩幹二合怛達葛怛啞威勢葛怛薩麻室哩二合吽，瓶中之水灌遍聖像全
身，滌除一切污垢。剩餘之水往上溢流，作各自部主之頂嚴，抑或具各各之手印，念誦咒
曰：唵捌資囉二合阿毗釋吒吽，佛陀阿毗釋吒唵，寶生阿毗釋吒吽，蓮花阿毗釋吒唵，羯
摩阿毗釋吒阿　誦畢緣想五部佛爲一切[聖像]作頂嚴。緣想護輪等者，與灌頂之水相
混合，能力圓滿。部主之施印莊嚴，不復需要。

---

〔1〕 Oṃ sarva tathāgta abhiṣekata samaya śrī ye hūṃ.
〔2〕 Oṃ vajra abhiṣiñca Hūṃ buddha abhiṣiñca Oṃ ratna abhiṣiñca Hūṃ padma abhiṣiñca Hrīh karma abhiṣiñca
Āḥ.
〔3〕 此段偈語譯文與八思巴帝師引文相同，而與《略勝住法儀本續》中的原文略有差異，見81頁注6。

de nas mchod pa dang bstod pa gang grub pa bya/sta gon logs su [37–2] mi byed na skabs 'di **spyan dbye** man chad bya/sta gon sngon du 'gro ba'i lugs su byed na/skabs 'dir mkhyen par gsol bar bya ste/'di zhes bya ba'i bcom ldan 'das//rig sngags rgyal la phyag 'tshal lo/thugs rje'i bdag nyid spyan dbye ba/kun gyi byin gyis brlab pa'i phyir/bdag ni rdo rje che ge mos/slob ma rnams la brtse ba dang//khyed rnams la yang mchod pa'i phyir//yo byad ci 'byor pa dag gis//rab gnas nang par bgyid par 'tshal//tshogs pa thams cad rab gnas pa/kun gyi byin gyis brlabs tu gsol//zhes lan gsum brjod nas ye shes pa gshegs su gsol la/sku gzugs bsrung zhing zhal dgab po//sta gon no//nang par tho rangs mchod gtor la sogs pa gsar tu bshams nas//rten yan lag bzhi rdzogs su bskyed pa'i sta gon ltar byas nas/spyan dbye bar bya ba'i phyir/gser gyi thur ma 'am rdo rjes spyan dbye ba'i tshul du bya zhing/kun mkhyen ye shes spyan ldan skyon bral yang/dang bas 'phags pa'i spyan ni dbye bgyi bas/nam mkha'i mthas klas gyur pa'i sems can gyis//kun mkhyen ye shes spyan ni thob par shog/Oṃ tsa kṣū tsa kṣu sa manta tsa kṣu bi shodha ni [ye] svā hā/[1] zhes brjod pas yes shes kyi spyan rnam par dag pa dang ldan zhing sems can gyi don la 'jug pa'i mthu phun sum tshogs pa dang ldan bar bsam/

[元譯] 闕

[新譯] 復次，當任力作一切應作之供養與讚禮，若不另作前行，則自此時以下當作**開眼儀**。若能按預備前行之傳軌而作，於此時當請賜智慧，念誦如下偈語三遍：是謂出有壞，頂禮明咒佛，悲心主開眼，衆之加持故，我者某金剛，悲憐諸資徒，供養你等故，所有諸資具，明早作勝住。一切衆勝住，請賜衆加持。誦已請智慧尊入[誓言尊]，擁護聖像，且覆蓋[聖像]尊顏。是爲前行。明早黎明，復重新備設供具、施食等，如生起具足四支聖像之前行而作，作開眼之故，即以金針抑或金剛作開眼之相，聖識一切、具智慧眼、離疵、明亮故，聖眼已開。願等同無邊虛空之有情均得聖識一切智慧眼。復念唵者三昧怛尼耶莎訶！緣想[聖像]具清淨智慧眼，且具利益有情之圓滿大力。

de nas mchod pa dang bstod pa ji ltar grub pa byas nas/sngags kyi **mnga' dbul ba**'i phyir rang gi snying ga nas sngags kyi phreng ba 'phros pas rten gyi thugs kar thim zhing/de las

---

[1] Oṃ cakṣu cakṣu samanta cakṣu viśodhanaye Svāhā 唵普遍眼！清淨眼！莎訶！

kyang 'od 'phros pas de bzhin gshegs pa thams cad kyi byin rlabs sngags［37－3］kyi
rnam par rten de la zhugs pas／de bzhin gshegs pa thams cad kyi nus pa dang mnyam par
gyur par bsam zhing／me tog lag tu bzung nas rten gang yin pa'i sngags ci grub pa bzlas
pa'i mthar／Oṃ ye dha rmā he tu pra dha wā／he tu nte ṣā nta thā ga to hya ba da ta／te ṣā
nytsa yo ni ro dha／e bam bā dī mahāshra ma ṇā ya svā hā／［1］zhes gang grub pa brjod
nas／Oṃ su pra ti ṣṭha badzre svāhā／Oṃ Hūṃ Hūṃ dhu khaṃ badzrī bha ba drī ḍho ti ṣṭha
bhu khaṃ svāhā／［2］zhes brjod la rten de la me tog gtor bas phyogs bcu'i sangs rgyas
thams cad kyis kyang me tog gtor nas／rten de khams gsum gyi chos kyi rgyal po mnga'
phul bar bsam mo//

［元譯］復次，緣想自心間［字］種而出光鬘，住於聖像心間，字種徘徊圍繞。彼亦放光，策
諸佛意。諸佛如來，所有妙用，皆聚於彼聖像之中，以手持華，隨力念誦：唵耶答哩麻二合
纈都不囉二合末重幹纈頓爹去聲尚怛達葛多去聲牙黑二合幹答蒂得二合尚拶去聲藥尼絡答夜須
末重底麻譌釋囉二合麻納耶莎訶引及應誦彼聖像心咒又念：唵蘇不囉二合帝釋吒二合捌資囉二合
耶莎訶引唵吽黑哩二合不籠二合亢捌資哩二合末重幹得哩二合吒帝釋吒二合不籠二合亢莎訶引，
誦是等咒，向像內拋花。時想十方世界諸佛亦同拋花。

［新譯］復次，如應完成供養與禮讚後，作**密咒之授位**故，緣想自心間出密咒之光鬘，入
住於聖像心間，彼亦放光鬘。緣想諸佛如來之加持，以密咒之形相，皆聚於彼聖像之中，
［彼聖像之妙用］即與諸佛如來之妙用相等。以手持花，隨力念誦彼聖像所有應誦之密
咒：唵耶答哩麻二合纈都不囉二合末重幹纈頓爹去聲尚怛達葛多去聲牙黑二合幹答蒂得二合
尚拶去聲藥尼絡答夜須末重底麻譌釋囉二合麻納耶莎訶引及應誦彼聖像心咒。又念：唵
蘇不囉二合帝釋吒二合捌資囉二合耶莎訶引唵吽黑哩二合不籠二合亢捌資哩二合末重幹得
哩二合吒帝釋吒二合不籠二合亢莎訶引，誦是等咒，向像內拋花。時想十方世界諸佛亦同
拋花，遂授彼聖像三界法王之位。

de nas **mchod pa'i mnga' dbul bar** bya ba'i phyir／rgya cher bshams pa'i mchod pa rnams
lha rdzas las grub pas dang nam mkha' dang bar snang khyab par byin gyis brlabs la／so

---

［1］ Oṃ Ye dharmā hetuprabhavā hetuṃ teṣāṃ tathāgato hy avadat teṣāṃ ca yo nirodha evaṃ vādī mahāśrama ṇaḥ
ya svāhā. Bentor, p. 114.

［2］ Oṃ supratiṣṭha-vajraye Svāhā Oṃ Hūṃ Hūṃ, Bentor, *Conserration of Images and Stūpas in Indo-Tibetan
Tantric Buddhism*, pp. 320－321.

so'i sngags dang phyag rgyas phul nas∕'dod yon rnam pa lnga'i rdzas gang grub pa dngos su bzung zhing∕rgyal ba zag med 'byor la dbang bsgyur yang∕∕'gro ba'i don slad 'dod yon rnam lnga yis∕∕mchod pas mkha' mnyam sems can thams cad kyis∕∕bsod names mi zad gter la sbyod par shog∕Oṃ pa nytsa kā ma gu ṇa pū dza me gha s[a] mu dra spha ra ṇa sa ma ye Āḥ Hūṃ svāhā∕[1]zhes brjod do∕∕de nas rin po che sna bdun 'bul zhing∕mi dbang rin chen sna bdun 'di dag ni∕∕rgyal ba sras dang bcas pa ma lus la∕∕gshams shing yid kyis sprul te phul ba yis∕∕'gro bas mi zad gter la spyod par shog∕Oṃ sa pta mahā ratna pū dza me gha sa mu dra spha ra ṇa sa ma ye Āḥ Hūṃ svāhā∕[2]zhes brjod do∕∕de nas ma ṇḍa la tshom bu bdun pa 'am∕so bdun ma la sogs pa dbul zhing∕sa gzhi spos kyis byugs [37-4] shing me tog bkram∕ri rab gling bzhis legs par brgyan pa 'di∕∕sangs rgyas zhing du dmigs te phul ba yis∕∕'gro kun rnam dag zhing du spyod par shog∕Oṃ Buddha kṣe tra bi shu ddhe pū dza me gha sa mu dra spha ra ṇa sa ma ye Āḥ Hūṃ svāhā∕[3]zhes brjod do∕

[元譯] 闕

[新譯] 復次，作**供養之授位**故，加持廣大備設之供養，彼等乃天界寶物所成，顯現、遍滿淨妙虛空。敬奉各各之密咒與手印，實執五種妙欲所成之一切物。佛雖控御無盡財富，爲方便利益有情故，以五種妙欲供養，願等於虛空一切有情富有無盡藏福德。誦咒曰：唵般捄伽麻古納菩捄末伽薩母得囉思帕囉納薩瑪耶室利耶耶阿吽莎訶引。復次，奉獻七政寶，彼等人主七政寶者，爲無餘諸佛與菩薩備設，以意化之，而作奉獻，令衆生得享無盡藏。誦咒曰：唵薩不怛摩訶囉特納菩捄末伽薩母得囉思帕囉納薩瑪耶室利耶耶阿吽莎訶引。復次，奉獻七堆或三十七堆中圍，緣想地基用香塗飾，以花鋪飾，復以須彌山和四大部洲莊嚴，觀想此[中圍]爲佛淨土，以此獻供，令衆生受用淨土。誦咒曰：唵佛陀刹多羅菩捄末伽薩母得囉思帕囉納薩瑪耶室利耶耶阿吽莎訶引。

---

〔1〕 Oṃ pañca kāmagu ṇa pūja megha samudra sphara ṇa samaya [śrīye] Āḥ Hūṃ 唵五妙欲供養雲遍滿海薩瑪耶室利耶阿吽。

〔2〕 Oṃ sapta mahā ratna pūja megha samudra sphara ṇa samaya [śrīye] Āḥ Hūṃ 唵七大政寶供養雲遍滿海薩瑪耶室利耶阿吽。

〔3〕 Oṃ Buddhakṣtra viśuddhe pūja megha samudra sphara ṇa samaya [śrīye] Āḥ Hūṃ.

de nas **bstod pa'i mnga' dbul ba**'i phyir/dbyangs dang bcas pa 'am med kyang rung ste//
'gro ba rgyud lnga'i 'khor ba'i dkyil 'khor du// sdug bsngal 'khrul 'khor gyis gzir 'gror
gzigs nas// thugs rjes sdug bsngal 'khrul 'khor 'joms mdzad pa// thugs rje'i bdag nyid
khyod la phyag 'tshal lo// sems can smin cing grol bar mdzad pa'i phyir// sems can khams
na bzhugs shing spyod gyur kyang/ chags pas ma gos padma ltar dag pa// 'dod chags dag
pa'i bdag nyid khyod la 'dud// sems can bkren pa chos kyis phongs gyur pa/ ma rig thibs
po'i nang du song ba rnams/ 'phags pa'i nor bdun dag gis tshim mdzad pa// ye shes sgron
ma khyod la phyag 'tshal lo// sems can 'khor ba'i rgya mtshor nub pa la/ thugs rje thabs
dang shes rab grur bzhag nas// zhi ba rin chen mchog gling skyel mdzad pa// kun gyi ded
dpon khyod la kun nas 'dud// sems can las kyi chu bor gru nub rnams// dam chos bdud
rtsi'i zam pas sgrol mdzad cing// 'phags lam yan lag brgyad la sbyor mdzad pa// gsung gi
mnga' bdag khyod la phyag 'tshal lo// zhes bya ba la sogs pas bstod do//

［元譯］闕

［新譯］復次，**讚禮之授位**故，音有音無皆可。讚曰：

五趣輪回中圍中	照見惑輪是苦基
悲心作滅苦惑輪	悲心大德頂禮你！
作熟解脫有情故	受用行住有情界
淨似蓮花不染貪	淨貪大德頂禮你！
貧困有情貧無法	走入茂密無明中
以七聖財令厭足	智慧明燈頂禮你！
有情沉入輪回海	悲智方便可作舟
運往寂滅寶勝洲	衆之舵手衆頂禮！
舟沉有情業瀑流	正法甘露橋能渡
聖道八支令富足	語之主宰頂禮你！

作是等讚禮！

de nas **brtan par bzhugs su gsol ba**'i phyir/tshogs pa thams cad kyis me tog gi phreng ba
bzung nas/lha de nyid kyi bzlas pa sngon du 'gro bas［38－1］phyogs bcu na bzhugs pa'i
sangs rgyas dang byang chub sems dpa' thams cad bdag la dgongs su gsol/rdo rje slob

dpon bdag gis dkon mchog gi rten 'di la rab tu gnas pa bgyis pa'i mthus// phyogs bcu'i 'jig

rten gyi khams thams cad na rnam bar bzhugs pa'i sangs rgyas bcom ldan 'das thams cad

'khor ba ji srid du mya ngan las mi 'da' bar bzhugs nas/ sems can gyi don rgya chen po

mdzad pa dang/ bye brag tu yang sku gzugs 'di ji srid 'byung ba bzhi'i gnod pas ma zhig gi

bar du/ ye shes pa thams cad 'di la brtan par bzhugs nas/ lha dang bcas pa'i 'jig rten pa

thams cad kyi skyabs gnas dam par mdzad cing/ yon gyi bdag pos gtsor byas pa thams cad

la mchog dang thun mong gi dngos grub ma lus pa stsal du gsol/ zhes pa dang/ srung 'khor

la sogs pa la ni/ bye brag tu 'chang ba po la bar du gcod pa thams cad las bsrung du gsol/

zhes lan gsum brjod cing thams cad kyis me tog gi char phab la/ slob dpon gyis rten gyi

spyi bor rdo rje gtugs nas/ Oṃtiṣṭha badzra/[1] zhes brjod pas brtan par bzhugs par bsam

zhing/ mchod rten dang lha khang la sogs pa rnams ni rnam par snang mdzad la sogs pa

nyid du yongs su gyur pa las byung ba'i mchod rten la sogs pa nyid du gyur par blta'o/ slar

yang ji ltar grub pa'i mchod pa dang bstod pa bya'o// de nas gtor ma ni dang po rab tu

gnas pa byas pa'i rten de nyid kyis gtsor byas pa'i 'jig rten las 'das pa la A kā ro la sogs

pa'i sngags kyis dbul zhing/ de nas chos skyong dang/ phyogs skyong 'byung po dang/

bgegs dang/ gzhi bdag la sogs pa rnams la yang so so'i tshogs dbul [38-2] lo// chos

skyong la ni rten 'di ji srid gnas kyi bar du srung ma mdzod cig ces bka' bsgo bar bya'o/

[**元譯**] 闕

[**新譯**] 復次，**祈請[智尊]永駐**之故，一切聚集行人手執花鬘，先作即彼尊佛之念誦，祈請
住於十方之一切佛、菩薩眷顧於我，金剛阿闍黎啓請曰：我以爲此三寶之所依（聖像）作勝
住之力，祈請住於十方一切世間之諸佛世尊輪回不空，不示涅槃，長久住世，廣作有情之利
益。尤其是祇要此尊聖像不爲四大所害而壞滅，即請一切智尊永駐此[聖像]中，爲包括
諸天在內一切世間凡人之皈依處，且請賜以施主爲首一切人等以無餘最勝與共通之悉地。
祈請已，衆人擲花雨，阿闍黎以金剛觸聖像之頂，誦咒曰：唵帝釋吒二合捌資囉二合，緣想
[智尊]永駐。佛塔與神廟等者，遂被視爲成自大日如來佛真身等所出之佛塔等者也。復
次，當如應作一切應作之供養和讚禮。復次，以阿字等密咒先向以作勝住儀之聖像爲首之
一切出世間奉獻施食，復向護法、護方神、厲鬼、土地神等奉獻各各之會供，命令護法曰：

---

[1]　Oṃ[supra]tiṣṭha vajra[ye Svāhā].

此聖像住此一日,請恒作擁護。[1]

de nas **bkra shis kyi mnga' dbul ba**'i phyir/tshogs pa thams cad kyis me tog bzung la/
rten 'brel snying po sngon du brjod pa'i mthar/phun sum tshogs pa la sogs pa'i bkra shis
kyi tshigs su bcad pa brjod nas/bdag cag dpon slob rgyu sbyor ba yon gyi bdag po dang
bcas pa mi mthun pa'i phyogs thams cad las rgyal bar gyur cig//'jig rten thams cad bkra
shis par gyur cig/ces brjod cing me tog gi char dbab pa dang/rol mo'i sgra yang bya'o/de
nas bla ma yon gyis mnyes par byas nas/bla mas yon gyi bdag po la mchod par bsgo
zhing/yi ge brgya ba la sogs pas cho ga'i lhag chad kha bskangs la/smon lam rgya chen
po gdab cing/gtor ma'i mgron la sogs pa rnams/Oṃbadzra muḥsa gshegs su gsol lo//

[元譯] 闕

[新譯] 復次,**吉祥之授位**故,一切大衆持花,先念誦緣起心咒,誦已念圓滿等吉祥
偈,[2]祝願我等師資與施主、檀越俱,戰勝一切不順之方[怨敵],一切世間即成吉祥。
誦已擲花雨,復奏樂聲。復次,以酬金令上師喜樂,上師向施主作供養,作百字咒等剩
餘、酬補儀軌,再作大祈願,以施食之賓客等祈請入金剛。

de nas dga' ston la longs spyad cing slar yang shis pa brjod la kha na ma tho ba rnams rten
de nyid la bzod par gsol zhing yi ge brgya pa brjod nas/las kyi rjes bsdu la chos bzhin du
gnas par bya'o//rgya che ba la tshig nyung zhing/don che ba la tshegs chung ba'i//chos
tshul 'di ni 'phags pa la//samgha mi tras bskul nas sbyar//dge ba de yis 'gro kun la/
phyogs bcu'i rgyal ba thams cad kyis//chos kyi rgyal tshab chen po ru//rab tu gnas pa
byed par shog//

[元譯] 復次,誦吉祥偈頌而拋花,俾使吉利。然後念誦百字神咒,圓滿剩缺,回向善根也。

〔1〕 關於永駐儀(brtan bzhugs)或曰長壽儀參見 José Ignacio Cabezón, "Firm Feet and Long Lives: The *Zhabs brtan* Literature of Tibetan Buddhism," *Tibetan Literature: Studies in Genre*, Edited by José Ignacio Cabezón and Roger R. Jackson, Ithaca, New York: Snow Lion, 1995, pp. 344 – 357.

〔2〕 緣起心咒: *Ye dharmā hetuprabhavā hetuṃ teṣāṃ tathāgato hy avadat teṣāṃ ca yo nirodha evaṃ vādī mahāśrama ṇaḥ.*, Bentor, "Literature on Consecration [rab gnas]," 301, n. 21;關於緣起心咒和吉祥偈亦參見 Yael Bentor, "*Sūtra*-style Consecration in Tibet and Its Importance for Understanding the Historical Development of Indo-Tibetan Consecration Ritual for *Stūpas* and Images," *Tibetan Studies: Proceedings of the 5th Seminar of the International Association for Tibetan Studies, Narita, 1989* (Narita: Naritasan Shinshoji): 1 – 12.

文寡義洪溥	利大易精進	僧伽密得哩二合請	聖者述斯文
猶如過去佛	灌頂菩薩衆	我以菩提心	與汝密灌頂
無定離苦行	亦無淨齋戒	恆方便慧等	喜樂能成就

[**新譯**] 復次,受用喜筵,復誦吉祥偈頌,即請彼像寬恕諸罪過,然後念誦百字神咒,圓滿剩缺,如法安住。

文寡義洪溥,   利大費力少,

僧伽密得哩二合請,   聖者述斯法。

彼善於衆生,   願十方諸佛,

能於此勝住,   作大法太子。

rab tu gnas pa'i phyag len mdor bsdus pa//chos rje sa skya pas ji ltar mdzad pa bzhin/yu gur gi bande samgha mi tras bskul nas shing mo yos bu'i lo dbyar zla 'bring po la sbyar ba'o//yang skabs 'ga' zhig tu bla ma khro phu bas zhus nas[1] chos kyi rgyal po nyid kyis ci rigs pa bsnan no/

[**元譯**] 略勝住法儀

[**新譯**] 略勝住法儀,乃應畏兀兒僧人 Sam gha mitra（譯言僧伽友）之請,按法主薩思迦如何所作,於陰木兔年(1255)仲夏月寫成,後復於某時因枯嚕布上師之請,法王作如應增補。

七

按照其跋尾所説,八思巴帝師造《略勝住法儀》這部儀軌乃按"法主薩思迦如何所作"寫成的。查《薩思迦班智達全集》,其中並没有單獨的"勝住法儀",然而在他的名著《分辨三律儀》(*sDom pa gsum gyi rab tu dbye ba*)中,我們讀到了以下關於"勝住法儀"的一個有趣的段落:

如是我聞,或説勝住乃經部傳軌,金剛手亦爲經部傳軌,而懺罪經和心經乃密咒傳軌,聽著,對此亦當作審察,經中無説勝住者。然則,或曰[作]供、讚、[説]吉祥偈等如國王之授位者即勝住,或可言之。以觀想本尊、念誦密咒和淨瓶、本尊爲前行,以

---

〔1〕 13 世紀有兩位 Khro phu ba,其中一位居沙魯寺(Zhwa lu mgon),另一位是 Khro phu bKa' brgyud 派的傳人。此之 Khro phu ba 當指與薩思迦派關係親近的沙魯寺上師,其生平不詳。

勾召、祈請智慧尊入三昧耶尊,以及密咒之加持、抛花善作供養、廣作吉祥等爲正行之法儀[爲勝住法儀],此乃密咒續部所説,非般若部中所説也。或云此乃要門,然則當問此乃根據何等經部所説? 今日或有云觀想密集之本尊乃經部傳軌,説密集等法儀乃出自經部傳軌法儀,豈不怪哉! 或曰大象所生小獅崽,則乃從前没有的動物。諸賢者今後請不要作諸如此類的法儀。或曰爲本尊作勝住儀,爲人作灌頂等,即使得金剛弟子之灌頂者也不能妄作,更不用説任何灌頂都没有得到過的補特加羅。祇得到金剛弟子灌頂者,祇有觀想本尊、念誦、作燒施、修習羯磨集及修習成就、手印和智慧等儀軌,並聽一些密咒的權利,而不可作解釋密續、灌頂、勝住等上師的事業。得金剛上師灌頂者,可觀想即彼本尊輪等清淨中圍,及作灌頂、勝住等上師之事業,諸佛之誓言和無上律儀等乃唯金剛上師可作之事業,而他人不可妄作。今日人謂勝住乃經部傳軌,佛陀不曾如是開示。在家人作師君與非金剛上師者作灌頂與勝住,二者同樣非佛所説。金剛手之念修亦非諸經部所説,彼等於陀羅尼中所説者乃[密續]事部之法儀。佛亦未説懺罪佛執盾牌、劍等法器之修法。經與續之差別即是有無法儀之事。知彼如是,方可談明辨諸經部與續部之傳軌。[1]

〔1〕 De bzhin rab gnas mdo lugs dang / phyag na rdo rje mdo lugs dang / ltung bshags dang ni sher snying sogs / sngags lugs yin zhes 'chad pa thos / 'di yang brtan par bya bas nyon / mdo nas rab gnas bshad pa med / 'on kyang mchod bstod bkra shis sogs / rgyal po'i mnga' dbul lta bu la / rab gnas yin zhes smra na smros / lha bsgom pa dang sngags bzlas dang / bum pa lha yi sta gon dang / dngos gzhi'i dam tshig sems dpa' dang / ye shes 'khor lo dgug gzhug dang / spyan dbye brtan par bzhugs pa dang / sngags kyi byin gyis brlabs pa yi / me tog dor nas legs mchod de / bkra shis rgyas par byed pa yi / cho ga gsang sngags rgyud sde las / gsungs kyi pha rol phyin las min / la la gdams ngag yin zhes smra / 'o na mdo sde gang dag la / brten pa yin pa smra dgos so / deng sang gsang ba 'dus pa'i lha / bsgoms nas mdo lugs yin zhes smra / gsang 'dus la sogs cho ga la / mdo lugs cho ga 'byung ba mtshar / seng ge'i phru gu glang chen las / byung na sngon med srog chags yin / mkhas pa rnams kyis 'di dra yi / cho ga slan chad ma byed cig / / lha la rab tu gnas pa dang / mi la dbang bskur bya ba sogs / rdo rje slob ma'i dbang bskur ba / thob kyang bya bar ma gsungs na / dbang bskur gtan nas ma thob pa'i / gang zag rnams kyis smos ci dgos / / rdo rje slob ma'i dbang bskur tsam / thob nas lha bsgom tsam dang ni / bzlas brjod dang ni sbyin sreg dang / las tshogs la sogs bsgrub pa yi / dngos grub dang ni phyag rgya yi / ye shes sgrub pa'i cho ga dang / gsang sngags 'ga' zhig nyan pa la / dbang ba yin gyi rgyud 'chad dang / dbang bskur dang ni rab gnas sogs / slob dpon phrin las byar mi rung / rdo rje slob dpon dbang thob nas / 'khor lo lha yi de nyid sogs / rnam dag dkyil 'khor bsgom pa dang / dbang bskur dang ni rab gnas sogs / slob dpon gyi ni phrin las dang / sangs rgyas kun gyi dam tshig dang / bla na med pa'i sdom pa sogs / rdo rje slob dpon kho na'i las / nyid yin gzhan gyis byar mi rung / deng sang rab gnas mdo lugs zhes / 'chad pa sangs rgyas bstan pa min / khyim pas mkhyen slob byed pa dang / rod rje slob dpon ma yin pas / dbang bskur rab gnas byed pa ni / gnyis ka bstan pa min par mtshungs / / phyag na rdo rje'i bsgom bzlas kyang / mdo sden rnams nas bshad pa med / gzung nas bshad pa de dag ni / bya ba'i rgyud kyi cho ga yin / / ltung bshags sangs rgyas phyag mtshan la / phub dang ral gri sogs 'dzin pa'i / sgrub thabs sangs rgyas kyis ma gsungs / / mdo dang rgyud kyi khyad par ni / cho ga'i bya ba yod med yin / de ltar shes nas mdo sde dang / sngags kyi lugs rnams dpyod de smros / / . Sa skya Paṇḍita Kun dga' rgyal mtshan, *sDom pa gsum gyi rab tu dbye ba*, *Sa skya bKa' 'bum*, 5: 299; 参见 Sakya Pandita Kunga Gyaltshen, *A Clear Differentiation of the Three Codes*, *Essential Distinction among the Individual Liberation*, *Great Vehicle*, *and Tantric Systems*, translated by Jared Douglas Rhoton, Albany: State University of New York Press, 2002, pp. 127 – 129, 307 – 308.

於此,薩思迦班智達説得非常清楚,勝住法儀乃密續中所説的法儀,經部中没有這樣的説法,經部與續部的分別就在於有無此等法事。作灌頂和勝住法儀等乃金剛上師之事業,非得金剛上師位者不得妄作。勝住法儀以"觀想本尊、念誦密咒和淨瓶[灌頂]、[增成]本尊爲前行,以勾召、祈請智慧尊入三昧耶尊,以及密咒之加持、抛花善作供養、廣作吉祥[偈]等爲正行"。而勝住法儀之最關鍵的内容就是要迎請智慧尊入、住三昧耶尊中,以作供、讚而令智慧尊與三昧耶尊融合無二。[1]

對印藏佛教傳統中的勝住等儀軌作了迄今爲止最詳細、最出色研究的以色列學者 Yael Bentor 女士,對薩思迦班智達所説勝住法儀不見於經部一説提出了很有根據的質疑,[2]但她對勝住法儀本身内容的總結卻與薩思迦班智達所説基本一致。總而言之,勝住法儀是一種類似於密續本尊禪定的修法(sgrub thabs),祇不過其目的不是令修行者自己與其所修本尊合二而一,而是通過作此法事令新修成之佛陀身、語、意三所依,[3]與其所選定之本尊融合無二,成爲世人供養、崇拜的對象。亦即是説,通過作勝住法儀賦予佛塔、佛經和佛像等以神性,令草木、金銅之物變成佛之真身,與佛之身、語、意融合無二。勝住法儀的作法通常包括以下内容:

一、觀空:即以觀想空性而令欲作勝住之所依(佛塔、像、經等)消失,成不可得(mi dmigs pa)。

二、生起所依(rten bskyed):通过观想生起此所依本尊之三昧耶尊(dam tshig sems dpa')。

三、迎請智尊(spyan 'dren):迎請智慧尊('ye shes sems dpa')入住所依,令其與三昧耶尊融合無二。

四、轉變所依(rten bsgyur):復令作勝住之所依轉變成其平常之佛塔、佛像和佛經之形象。

五、祈請智尊祇要輪回不空,則永駐於此所依之中。

除了以上這五大必不可少的程序以外,爲令智尊勝住於此佛之所依之中,此儀軌有

---

〔1〕 對此薩思迦班智達在其 dGe bshes Do kor ba 的一封回信中説得尤爲明白: Dam tshig sems dpa' bskyed pa la / ye shes sems dpa' spyan drang nas / mchod cing bstod nas bstim pa la / rab gnas dngos gzhir rgyud las bshad // "續中所説勝住正行,即生起三昧耶尊,於彼尊迎請智尊,作供、讚令其融入。" Sa skya bKa' 'bum, 5: 403.1-4.

〔2〕 Bentor, "Sūtra-style Consecration in Tibet and Its Importance for Understanding the Historical Development of Indo-Tibetan Consecration Ritual for Stūpas and Images."

〔3〕 通常説佛塔爲佛身之所依、佛經爲佛語之所依、佛像爲佛意之所依,然八思巴此説佛塔與神廟爲身所依,經函、鈴杵爲語所依,金剛等爲意所依。

時還包括開眼（spyan dbye）、沐浴（khrus gsol）、授位（mnga' 'bul）和念誦緣起偈等程序。然這些程序看來於早期爲獨立的勝住儀式，在密續的勝住法儀中通常成爲輔助性行爲，並非完全必須的步驟。[1]

八思巴帝師所造這部《略勝住法儀》，不管是其早期的版本，即收録於《大乘要道密集》中的這部漢譯《略勝住法儀》，還是其增補過的最後定本，即收録於《八思巴法王全集》中的《略勝住法儀》藏文原本，都是一部完整的勝住法儀實用儀軌指南。見於《大乘要道密集》中的《略勝住法儀》已經包括了此儀軌的最關鍵的内容。即迎請智慧尊入、住三昧耶尊中，以作供、讚而令智慧尊與三昧耶尊融合無二。而八思巴帝師後來增補的内容主要是包括開眼、沐浴、授位、祈請永駐、念誦緣起偈和作吉祥讚等輔助性的内容。像大部分密續儀軌一樣，八思巴帝師所造《略勝住法儀》必須嚴格遵循佛經、續、疏中的既定之軌和自己門派之前輩的傳承，並没有多少可以自己發明創造的餘地。從前引薩思迦班智達《三律儀差别論》中有關勝住法儀的段落中可以看出，八思巴的《略勝住法儀》基本上是其叔父所定基本方針的展開。而其所述儀軌的細節更多直接採用了薩思迦三世祖葛剌思巴監藏（Grags pa rgyal mtshan, 1147–1216）的同類名著《閼伽法儀與勝住明義》（Arga'i cho ga and rab tu gnas pa don gsal ba）。葛剌思巴監藏於此儀軌中細説勝住法儀十三事（don bcu gsum），分别是 1. 施食（gtor ma sbyin pa）；2. 任命護法（chos skyong bsgo ba）；3. 供養和祈禱中圍之本尊（dkyil 'khor gyi lha la mchod cing gsol ba gdab pa）；4. 祈請忍且入中圍（bzod par gsol la gshegs su gsol ba）；5. 爲所依任命施主（rten la yon bdag bsgo ba）；6. 爲所依説吉祥偈（de la shis pa bya ba）；7. 爲所依稍作供養（rten cung zad mchod pa）；8. 回向福德（bsod nams yongs su bsngo ba）；9. 供養上師（slob dpon mchod pa）；10. 作喜筵（dga' ston bya ba）；11. 再説吉祥偈（slar yang shis pa bya ba）；12. 圓滿剩缺（las kyi rjes bsdu ba）；13. 作晚間燒施（mtshan mo sbyin sreg bya ba）等。而他亦還列出了一個簡版的勝住儀軌，其作法如下：

> 若與作簡單的勝住儀軌，則擇殊勝之日，於所依之前任力設施食、作供養，善設一淨瓶，圓滿觀修自己[本尊]之瑜伽，稍作供養，復略誦慶讚，於淨瓶稍誦加持。復次，如前爲所依作淨治、沐浴，生起所依[誓言尊]，請智慧尊入住，施印，灌頂，復如前作明主之施印，任力作供養，作如應慶讚，説、修吉祥偈，廣誦勝住咒，降花雨、授位，向護法神獻施食，任命護神，於未入此所依諸佛、菩薩取悉地，請忍、請入住所

---

[1] Bentor, "Literature on Consecration [rab gnas]."

依，作清淨祈願，爲所依指定施主，上師取布施，然後圓滿剩缺，且作喜筵。簡説勝住法儀竟。

顯而易見，八思巴帝師造《略勝住法儀》完全依據了葛剌思巴監藏的《闕伽法儀與勝住明義》。[1] 當然，勝住法儀之最根本所依《略勝住法儀本續》也是八思巴造《略勝住法儀》的依據，其中多處直接大段引用前者就是明證。

八

八思巴帝師的這部《略勝住法儀》"乃應畏兀兒僧人僧伽友之請，於陰木兔年（1255）仲夏月寫成"，而其被翻譯成漢文的時間則不可考。八思巴帝師首造此法儀時，他當還在隨當時的蒙古王子忽必烈征戰西南途中，故它不見得已有實際的用途。而當它與卜思端造《大菩提塔樣尺寸法》和天竺勝諸怨敵節怛哩巴上師述《聖像內置惣持略軌》一起被翻譯成漢文時，相信它曾在實踐中被運用。元代宮廷曾造佛教殿宇、塔像無數，勝住法儀當有用武之地，惜現存漢文文獻中並没有留下相關的記載。迄今我們衹有從現存元大都《聖旨特建釋迦舍利靈通之塔碑文》中見到一段與"勝住法儀"相關的記載。元大都釋迦舍利靈通之塔，即今北京西城妙應寺白塔，始建於元至元八年（1271），或建成於至元十六年（1279），是元世祖忽必烈汗在遼代所造釋迦舍利塔舊址上重建的一座藏式舍利寶塔。[2] 此塔始建時，八思巴帝師當在京城中，而當此塔建成時他已經離開元大都返回烏思藏。所以，此塔的勝住儀軌由他的同父異母弟和後繼者帝師益鄰真主持。顯然，這座舍利塔的勝住儀軌遠比八思巴帝師造《略勝住法儀》中所述內容複雜，但基本思想同出一轍。兹不妨照録於下，以便説明：

> 帝后聞之，愈加崇重，即迎其舍利，立斯寶塔。取軍持之像，標馱都之儀，妙罄奇功，深窮剞劂，瓊瑶上釦，碔砆下成，表法設模，座鍥禽獸，角垂玉杵，階布石欄，簷掛華鬘，身絡珠網，珍鐸迎風而韻響，金盤向日而光輝，亭亭高聳，遥映於紫宫，岌岌孤危，上陵於碧落，制度之巧，古今罕有。爰有國師益鄰真者，西番人也。聰明神解，器局淵深。顯教密教，無不通融，大乘小乘，悉皆朗悟，勝緣符會，德簡帝心。每

[1] *Sa skya bKa' 'bum* (*The Complete Works of the Great Masters of the Sa Skya Sect of the Tibetan Buddhism*), Tokyo: The Toyo Bunko, 1968, vol. 4: 237-252. 葛剌思巴監藏的這部著作或亦曾在元代流通，居庸關雲台過街塔所遺讚頌銘文多與其相應內容。參見 Yael Bentor, "In Praise of Stūpas: The Tibetan Eulogy at Chü-Yung-Kuan Reconsidered," *Indo-Iranian Journal* 38: 31-54, 1995.

[2] 文詳見宿白，《元大都〈聖旨特建釋迦舍利靈通之塔碑文〉校注》，同氏，《藏傳佛教寺院考古》，北京：文物出版社，1996 年，頁 322—337。

念皇家信佛,建此靈勳,益國安民,須憑神咒,乃依密教,排布莊嚴,安置如來身語意業。上下周匝,條貫有倫。第一身所依者:先於塔底,鋪設石函,刻五方佛白玉石像,隨方陳列,傍安八大鬼王、八鬼母輪,並其形象,用固其下;次於須彌石座之下,鏤護法諸神:主財寶天、八大天神、八大梵王、四王九曜,及護十方天龍之像;後於瓶身,安置圖印、諸聖圖像,即十方諸佛、三世調御、般若佛母、大白傘蓋、佛尊勝無垢淨光、摩利支天、金剛摧碎、不空羂索、不動尊明王、金剛手菩薩、文殊、觀音、甲乙環布。第二語所依陀羅尼者,即佛頂無垢、秘密寶篋、菩提場莊嚴、迦囉沙拔尼幢、頂嚴軍廣博樓閣、三記句咒、般若心經、諸法因緣生偈,如是等百餘大經,一一各造百千餘部,夾盛鐵鈿,嚴整鋪累。[1] 第三意所依事者,瓶身之外,琢五方佛表法標顯,東方單杵,南方寶珠,四方蓮華,北方交杵,思維間廁四大天母所執器物。又取西方佛成道處金剛座下黃膩真土,及此方東西五台、岱嶽名山聖迹處土,龍腦沉箋、紫白栴檀、蘇合鬱金等香,金銀珠璣,珊瑚七寶,共擣香泥,造小香塔一千八箇;又以安息、金顏、白膠、熏陸、都梁、甘松等香,和雜香泥,印造小香塔一十三萬,並置塔中,宛如三寶常住不滅,則神功聖德,空界難量,護國祐民,於斯有在。[2]

附錄:藏漢詞彙對照

bskyed	增、增成	cho ga	儀
khri	床	mchod pa	供、供具
khrus	沐浴	nyi ma'i gdan	日輪
khro bo	忿怒	mchod bstod	供讚
gu gul	安息香	snying ga	心、心間
bgegs	魔類	gtor ma	施食
mgrin pa	喉	stong pa	空寂

〔1〕 "chos kyi sku'i ring bsrel la mchod rten gyi nang du bzhugs par bshad pa'i gzungs lnga yin te / gtsug tor rnam rgyal dang / gtsug tor dri med / gsang ba'i ring bsrel zam tog / byang chub snying po rgyan 'bum / rten 'bral snying po rnams yin no // gzhan yang gsang sngags kyi rgyud sde dang / mdo sde nas 'byung ba'i sngags byin rlabs can rnams bris nas bzhugs su bcug na bsod nams dpag tu med cing byin rlabs che lo zhes bla ma rnams gsung ngo // Grags pa rgyal mtshan, Arga'i cho ga dang rab tu gnas pa don gsal, 240 / 4 / 1 – 3.

〔2〕 宿白,《元大都〈聖旨特建釋迦舍利靈通之塔碑文〉校注》,頁328—331。此碑文的英文譯注見於 Herbert Franke, "Consecration of the ' White Stūpa ' in 1279," *Asia Major* 7.1: 155 – 183.

rten　像、聖像

bltams pa　降生

bstod pa　讚

dril bu　鈴

rdo rje　杵

nus pa　妙用

rnam par snang mdzad　毘盧

spyan drangs pa　召請

spyi bo　額

phan bya　利

phyag len　法儀

phreng ba　光鬘

bum pa　淨瓶

sbyangs pa　觀想

blo dman　淺智機彙

dbur brgyan pa　頂嚴

dbyer med par gyur pa　融和一性

mi bskyod pa　不動

tshegs chung ba　易精進

bzlas pa　念誦

'od dpag med　彌陀

yi ge brgya pa　百字神咒

yi dam gyi lha　尊佛

yungs kar　白芥子

ye shes pa　智衆

yongs su rdzogs pa　圓滿

rab tu gnas pa　勝住

rang bzhin gyi gnas　自性土

rigs lnga　五佛如來

shar ba'i gzugs brnyan　照像

shis pa brjod　吉祥偈頌

bsam　憶想、緣想

lha　天

（原載《中國邊疆民族研究》第 2 輯,北京：中央民族大學出版社,2009 年,頁 156—179）

漢藏譯《聖大乘勝意菩薩經》研究
——以俄藏黑水城漢文文獻 TK145 文書爲中心

引　言

　　於黑水城出土的漢文佛教文獻中,有許多西夏時代新譯的漢文佛經。這些漢譯佛經從未被收録入現有各種版本的漢文《大藏經》中,故不但至今未被人重視和研究過,而且還曾被人疑爲僞經。於晚近出版的《俄藏黑水城文獻》中,至少有下列六部佛經屬西夏新譯而未被漢文《大藏經》收録者,它們是:

　　1.《佛説聖大乘三歸依經》(TK121)

　　2.《佛説聖佛母般若波羅蜜多心經》(TK128)

　　3.《持誦聖佛母般若多心經要門》(TK128)

　　4.《聖觀自在大悲心惣持功能依經録》(TK164、165)

　　5.《勝相頂尊惣持功能依經録》(TK164、165)

　　6.《聖大乘聖意菩薩經》(TK145)

　　這幾部佛經都爲西夏仁宗時代(1139—1193)於蘭山寺翻譯、刊刻,且都有同時代的西夏文譯本傳世。雖然它們被指稱爲直接譯自梵文,參與譯事的有"天竺大般彌怛五明顯密國師在家功德司正囔乃將沙門拶也阿難",但與其對應的梵文全本已不易找見,祇有與其對應的藏文譯本的存在可以證明它們確實是西夏新譯的真經。[1]　於上列六種佛經中,祇有與《持誦聖佛母般若多心經要門》對應的藏文譯本尚無法確定,其他五種佛經的藏文本都不難找見,可確證其非僞經。毫無疑問,這幾部西夏新譯佛經不但可補漢文佛教經典之不足,理應被增收到漢文大藏經之中,而且亦應該受到佛教學者的重視和研究,令其於西夏佛教研究,乃至對整個佛學研究之價值得到充分的認識。

　　　〔1〕　參見孟列夫著,王克孝譯,《黑城出土漢文遺書敍録》,銀川:寧夏人民出版社,1994 年,頁 152—158;沈衛榮,《序説有關西夏、元朝所傳藏傳密法之漢文文獻——以黑水城所見漢譯藏傳佛教儀軌文書爲中心》,《歐亞學刊》第 7 輯,北京:中華書局,2007 年,頁 159—179。

　　筆者有意對這幾部佛經逐一作漢、藏譯之比較研究,本文擬先對其中的《聖大乘聖意菩薩經》之漢、藏兩種譯本作對勘、比較。漢譯《聖大乘聖意菩薩經》見於《俄藏黑水城文獻》TK145 號文書,該文書爲西夏刻本,經摺裝,未染麻紙。共 6 摺,12 面。中下部殘缺。面寬 9 cm,天頭 2.5 cm。每面 6 行。上單邊,宋體,黑色中。首尾殘,前有陀羅尼。首面第 4 行作"此云聖大乘勝意菩",孟列夫根據西夏文本正確地補正爲《聖大乘聖意菩薩經》。TK145《聖大乘勝意菩薩經》明顯分成兩個部分,前 6 面即爲《聖大乘聖意菩薩經》之殘本,自第 7 面開始爲印施發願文和御製後序。其文字、行款與《俄藏黑水城文書》TK121《佛説聖大乘三歸依經》之發願文和御製後序完全相同,可知爲同批印施者。該文書還附有同一刻本發願文 7 行,殘損略同。[1] 這部殘破的《聖大乘勝意菩薩經》不見於現存漢文大藏經中,屬西夏仁宗時代翻譯、刊刻的新譯漢文佛經中的一種。與見於《俄藏黑水城文獻》中的其他幾種西夏新譯漢文佛經一樣,迄今爲止《聖大乘勝意菩薩經》尚未引起西夏以及佛學研究者的注意。與其他幾種西夏新譯漢文佛經之文本基本完好不同的是,《聖大乘勝意菩薩經》之文本本身殘破過甚,研究者無法得窺其全貌。本文欲借助《聖大乘勝意菩薩經》的藏文譯本來復原已經殘破了的西夏漢文譯本,冀爲研究西夏及佛教的學者提供一個完整、正確的文本。

一、TK145《聖大乘勝意菩薩經》照録[2]

1 梵云　　　　啊呤拽

2 磨㳆薩咄　　　　捹磨

3 捹　　　　須嘚囉[3]

4 此云聖大乘勝意菩

5　　　蘭山智昭國師沙門[德慧　　　　奉詔譯][4]

---

〔1〕 俄羅斯科學院東方研究所聖彼得堡分所、中國社會科學院民族研究所、上海古籍出版社編,《俄藏黑水城文獻》卷六,附録:《敍録》,1996 年,頁 18。

〔2〕 以下録文見於《俄藏黑水城文獻》卷三,頁 235—237。

〔3〕《聖大乘勝意菩薩經》的梵文標題作 Ārya jaya matir mahāyāna sūtra,故此全名轉寫或當爲:"啊呤拽　 拶耶　磨㳆薩咄　捹磨　磨訶捹　須嘚囉。"

〔4〕 此處後續部分當作:"德慧　　　　奉詔譯。"德慧乃西夏仁宗仁孝時代的著名國師,先被稱爲"蘭山覺行國師沙門德慧",後來又被封爲"蘭山智昭國師"。參見史金波,《西夏佛教史略》(臺北:臺灣商務印書館,1995 年),頁 127。經德慧校譯的佛經有多種,見於《俄藏黑水城文書》中的還有《佛説聖大乘三歸依經》、《佛説佛母般若波羅蜜多心經》、《持誦聖佛母般若波羅蜜多心經要門》等,皆是不見於現存漢文大藏經中的西夏新譯漢文佛經。參見孟列夫著,王克孝譯,《黑城出土漢文遺書敍録》(銀川:寧夏人民出版社,1994 年),頁 154;《俄藏黑水城文獻》卷三,頁 49—51、73—77。

6 奉天顯道耀武宣文神謀睿智制義去[邪惇睦懿恭　皇帝詳定]〔1〕

7 敬禮一切諸佛與

8 如是我聞一時佛

9

10 與大

11 衆爾時佛告勝

12 有善男子善女

13 者應供養佛欲求

14 應聽法欲具受用

15 施欲求端正

16 具辯才者應敬師

17 貴者應捨貢高

18 應捨諸心一切

19 [樂]者

20 親近

21 捨憒鬧欲求明

22 理欲生梵天者應

23 捨欲求人天

24 善欲證涅盤

25 獲一切功德

26 寶佛説此經已時

27 及諸人天乃至

28

29 喻〔2〕

30 窮究　功能而轉

31 免於輪迴佩戴

32 勸諸信士敬

---

〔1〕　參照《俄藏黑水城文獻》中的漢文《佛説聖大乘三歸依經》,此後當接"邪惇睦懿恭　　　皇帝詳定"。
〔2〕　從此行開始當爲"御製後序發願文"部分。於 27 和 29 行之間當不祇有一行,而應當有較多的空缺。

33 本命之年特

34 國師法師禪師暨

35 旨僧録座主衆僧

36 結壇　　誦咒

37

38

39 懺悔放生命饟

40 諸多法事仍勑有

41 番漢五萬一千余

42 大小五萬一千余

43 五萬一千余串普施

44 每日誦持供養所獲

45 皇基永固　　　寶運

46 藝祖　　神宗冀齊

47 　　　皇妣祈早

48 　　中宮永保於壽齡

49 於福履然後滿朝臣庶

50 慈光四海存亡俱蒙

51 白高大夏國乾祐

52 甲辰九月十五日

53 奉天顯道耀武宣文神

54 制義去邪惇睦懿恭皇[1]

---

〔1〕《聖大乘勝意菩薩經》之"御製後序發願文"與智昭國師德慧所譯《佛説聖大乘三歸依經》之"御製後序發願文"完全一致,兹謹録其全文,以供對照。《俄藏黑水城文獻》卷三,頁51—53。

《聖大乘三歸依經》者,釋門秘印,覺路真乘。誠振溺之要津,乃指迷之捷徑。具壽舍利獨居靜處以歸依,善逝法王廣設譬喻而演説。較量福力以難盡,窮究功能而轉深。誦持者必免於輪迴,佩戴者乃超於生死。勸諸信士,敬此真經。朕適逢本命之年,特發利生之願。懇命國師、法師、禪師暨副判、提點承旨、僧録、座主、衆僧等,逐乃燒施、結壇、攝瓶、誦咒,作廣大供養,放千種施食。讀誦大藏等尊經,講演上乘等妙法。亦致打截截,作懺悔,放生命,喂[饟]囚徒,飰僧設貧,諸多法事。仍敕有司,印造斯經番漢五萬一千余卷,彩畫功德大小五萬一千余幀,數珠不等五萬一千余串,普施臣吏僧民,每日誦持供養,所獲福善,伏願:

皇基永固,寶運彌昌。藝祖、神宗冀齊登於覺道,崇考、皇妣祈早往於淨方。中宮永保於壽齡,聖嗣長增於福履。然後滿朝臣庶,共沐慈光,四海存亡,俱蒙善利。

時白高大夏國乾祐十五年歲次甲辰九月十五日

奉天顯道耀武宣文神謀睿智制義去邪惇睦懿恭皇帝　　施

二、藏譯《聖大乘勝意菩薩經》[1]

《聖大乘聖意菩薩經》見於北京版《西藏文大藏經》之第 861 號、德格版《西藏文大藏經》之第 194 號。茲將見於北京版的《聖大乘聖意菩薩經》照録於下，德格版中有相異者則於腳注中標出。

rGya gar skad du／ārya dza ya ma tir[2] nāma mahā yāna sū tra／bod skad tu／'phags pa rgyal ba'i blo gros zhes bya ba theg pa chen po'i mdo／／sangs rgyas dang byang chub sems dpa' thams cad la phyag 'tshal lo／／'di skad bdag gis thos pa dus gcig na／bcom ldan 'das mnyan yod na rgyal bu rgyal byed kyi tshal mgon med zas sbyin gyi kun dga' ra ba na dge slong gi dge 'dun chen po dang byang chub sems dpa' rab tu mang po dag dang thabs gcig tu bzhugs so／／de nas bcom ldan 'das kyis byang chub sems dpa' rgyal ba'i blo gros la bka' stsal pa／rgyal ba'i blo gros rigs kyi bu'am rigs kyi bu mo bsod nams 'dod pas de bzhin gshegs pa la mchod bar bya'o／shes rab 'dod pas thos pa la brtson par bya'o／／mtho ris 'dod pas tshul khrims bsrung bar bya'o／／longs spyod 'dod pas gtong ba spel bar bya'o／／gzugs bzang ba 'dod pas bzod pa bsgom par bya'o／／spobs pa 'dod pas bla ma la gus par bya'o／／gzungs 'dod pas mngon pa'i nga rgyal med par bya'o／／ye shes 'dod pas tshul bzhin yid la byed pa la gnas par bya'o／／thar pa 'dod pas sdig pa thams cad spang bar bya'o／／sems can thams cad bde bar bya bar 'dod pas byang chub tu sems bskyed par bya'o／／skad snyan pa 'dod pas bden par smra bar bya'o／／yon tan 'dod pas rab tu dben pa la dga' bar bya'o／／chos 'dod pas dge ba'i bshes gnyen la bsten par bya'o／／zhi gnas 'dod pas 'du 'dzi med pa mang du bya'o／／lhag mthong 'dod pas chos stong bar so sor rtag par mang du bya'o／／tshang pa'i 'jig rten 'dod pas byams pa dang／snying rje dang／dga' ba dang／btang snyoms bsgom par bya'o／／lha dang mi'i longs spyod phun sum tshogs pa 'dod pas dge ba bcu'i[3] las kyi lam yang dag par blangs te gnas par bya'o／／yongs su mya ngan 'da' par 'dod pas stong pa'i chos la mngon par dga' bar bya'o／／

---

〔1〕　以下録文見於影印北京版《藏文大藏經》(東京／京都：鈴木學術財團，1955—1961 年)，頁 232／3／5—4／6。同時亦參照德格版《藏文大藏經》(*bKa' 'gyur sde dge par ma*, Edited by Si tu Paṇ chen Chos kyi 'byung gnas, Chengdu)，No. 194, tsa, 250b3－251a5。

〔2〕　德格版作 ma ti。

〔3〕　德格版作 dge bcu'i。

yon tan thams cad thob par 'dod pas dkon mchog gsum la mchod par bya'o // bcom

ldan 'das kyis de skad ces bka' stsal nas / byang chub sems dpa' sems dpa' chen po

rgyal ba'i blo gros dang thams cad ldan pa'i 'khor de dang / lha dang mi dang / lha ma

yin dang / dri zar bcas pa'i 'jig rten yid rangs te / bcom ldan 'das kyis gsungs pa la

mngon par bstod do // 'phags pa rgyal ba'i blo gros zhes bya ba theg pa chen po'i

mdo // rdzogs sho //

爲了便於對 TK145《聖大乘聖意菩薩經》復原,兹謹將上列藏文本重新譯成漢文如下,其中與德慧舊譯相異者則於腳注中標出:

1 梵云:啊吟拽　捹耶

2 磨殢〔1〕　捺磨

3 磨訶耶捺　須嘚囉 Ārya jaya matir nāma mahāyāna sūtra。

4 番云:《聖勝意[菩薩]大乘經》

5

6

7 敬禮一切諸佛與菩薩!

8 如是我聞,一時佛在舍衛

9 國祇樹給孤獨園,與

10 大苾丘衆與菩薩衆俱。

11 爾時佛告勝意菩薩曰:"勝意!"

12 有善男子或善女人欲求福

13 者,應供養佛;欲求慧者,

14 應精進於聽[法];欲求善趣者,應守戒律;欲具受用者,應廣

15 施;〔2〕欲求端正者,〔3〕應修忍;欲

16 具辯才者,應敬師;欲求惣

17 持者,應捨貢高;〔4〕欲求智者,應安住於如理作意;〔5〕欲求解脱者,

---

〔1〕　TK145《聖大乘勝意菩薩經》此處多"薩咄"二字。

〔2〕　TK145《聖大乘勝意菩薩經》作"應聽法;欲具受用……",顯然中間闕"與求善趣者,應守戒律"一句。

〔3〕　與"端正"對應之藏文詞作 gzugs bzang po,意謂"美色"。

〔4〕　TK145《聖大乘勝意菩薩經》與此句對應者作"……貴者,應捨貢高",而藏譯與此譯"惣持"對應者作 gzungs,或譯"陀羅尼",不知如何與此之"貴"字對應。

〔5〕　此句當與 TK145《聖大乘勝意菩薩經》"應捨諸心一切……"對應,然後者更應與下一句"應捨一切惡"對應,故此或省略了"欲求智者,應安住於如理作意"一句。

18 應捨一切惡;欲令一切有情得

19 樂者,應發菩提心;欲求妙音者,應説實話;欲求功德者,應喜寂靜;欲求法者,應[1]

20 親近善友;[2]欲修止者,應

21 捨憒鬧[多作無憒鬧];欲修觀者,[3]應多作妙觀察諸法空性;

22 欲生梵天界者,應修慈、悲、喜、

23 捨;欲求人、天之圓滿受用,應取、住於十善業之正道;

24 欲證涅盤者,應現喜空法;欲

25 獲一切功德者,應供養三

26 寶。佛説此經已,時勝意菩薩摩訶薩,與具一切之眷屬、

27 及諸人、天,乃至非人、乾闥婆等世界,

28 聞佛所説,皆大歡喜,禮佛而退。

《聖勝意菩薩大乘經》 圓滿!

三、關於漢、藏譯《聖大乘勝意菩薩經》的幾點説明

對照漢、藏譯《聖大乘勝意菩薩經》,我們或可推斷,這個由蘭山智昭國師德慧漢譯的《聖大乘勝意菩薩經》可能不是從藏文,而是直接從梵文本翻譯過來的,因爲於漢、藏兩種譯本之間存在有幾處明顯的差異。首先,漢譯本所標示的梵文標題作"啊吟拽[拶耶] 磨殯薩咄 捺磨 磨訶耶捺 須嘚囉",而藏譯本僅作 *Ārya jaya matir nāma mahāyāna sūtra*。漢譯本比藏譯本所示梵文標題多出"薩咄"兩個字,這或表明它們所根據的是兩種不同的梵文原本。其次,有些句子見於藏譯本中,但顯然不見於漢譯本中。如藏譯第 17 行中的"欲求智者,應安住於如理作意"一句,和第 19 行中的"欲求妙音者,應説實話;欲求功德者,應喜寂靜"兩句不見於漢譯本中,這或再次説明漢譯本和藏譯本原本各有所據。同樣的情況亦見於德慧同時期所譯的《佛説聖大乘三歸依經》中,它與見於《西藏文大藏經》中的吐蕃著名譯師吉祥積所譯藏文本有諸多不同之處,

---

〔1〕 TK145《聖大乘勝意菩薩經》之 19 行和 20 行之間没有空缺,似不可能全部包括"欲求妙音者,應説實話;欲求功德者,應喜寂靜"兩句。

〔2〕 TK145《聖大乘勝意菩薩經》第 20 行殘留之"親近"二字,當乃"應親近善友"一句之"親近"二字對應,藏文作 bsten pa,意謂"依止"。

〔3〕 此句當與 TK145《聖大乘勝意菩薩經》第 21 行"捨憒鬧欲求明"對應,"明"字之後或當接"觀"字,與藏文 lhag mthong 對應,意謂"觀"、"勝觀"。

此説明德慧漢譯本不是根據西藏文譯本轉譯的,而可能是直接翻譯自梵文原本,而且他所根據的原本還當與吉祥積根據的是兩種不同的梵文原本。如果以上推斷成立,那麼《聖大乘勝意菩薩經》的譯者"蘭山智昭國師德慧"當是一位兼通梵文、漢文和西夏文的大德。因爲不但《佛説聖佛母般若波羅蜜多心經》和《持誦聖佛母般若波羅蜜多心經要門》的西夏文本今存於俄藏黑水城西夏文文獻中,[1]而且《聖大乘勝意菩薩經》亦有西夏文譯本存世。[2]根據其"御製後序發願文"稱,斯經與《佛説聖大乘三歸依經》一樣,曾被印造了"番漢五萬一千餘卷",可見它曾於西夏番、漢佛教徒中廣爲流傳。然而,《聖大乘勝意菩薩經》卻不見於漢文大藏經中,推測其亦未曾於漢地佛教徒中廣爲流傳,其中原因頗值得我們作一番探討。

(原載《中國邊疆民族研究》第 1 輯,北京:中央民族大學出版社,2008 年,頁1—6)

---

〔1〕 參見 E. I. Kychanov, *The Catalogue of Tangut Buddhist Texts*, Kyoto: Faculty of Letters, Kyoto University, pp. 382 – 383.

〔2〕 參見西田龍雄,《西夏文華嚴經》III, 京都:京都大學文學部,1977 年,頁 49、265。

元代漢譯卜思端大師造《大菩提塔樣尺寸法》之對勘、研究

——《大乘要道密集》系列研究(一)*

一、前　言

　　《大乘要道密集》或作《薩迦道果新編》,相傳是一部於元代編輯成書的漢譯藏傳佛教儀軌文書集。書中所收八十三種文書主要是有關薩迦派之道果法和噶舉派之大手印法的儀軌,其中有些文書可以肯定是在元以前的西夏就已經被翻譯成漢文的。[1] 這部儀軌文書之結集歷經元、明、清、民國至今,一直是修習藏傳佛教之漢人弟子們所珍傳的唯一的一部漢譯藏傳佛教密宗儀軌,故不但曾有皇家秘本深藏於宮闈之中,而且亦有多種印本、刻本流傳於坊間。研究漢藏佛教的學者們對此書表現出了濃厚的興趣,對此書的研究已有了一個很好的開端。[2] 顯然,如果我們希望對此書之成書過程有一個更清楚的認識,對藏傳佛教於西夏和元朝之傳播的歷史有一個更全面、深入的了解,就必須盡可能地找出這些文書的藏文原本,以弄清其本源。然令人遺憾的是,在這八十三種文書中,除了三位薩迦派祖師,即三祖名稱幢(Grags pa rgyal mtshan, 1147–1216)、四祖薩迦班智達慶喜幢(Kun dga' rgyal mtshan, 1182–1251)和五祖八思巴('Phags pa Blo gros rgyal mtshan, 1235–1280)等人的幾種短篇的著作以外,迄今可以找到其藏文

　　* 本文寫成於筆者作爲日本學術振興會外國人特別研究員於京都大學文學研究科與該校佛教學專業教授御牧克己先生合作從事"印度、中國漢地與西藏之冥想階梯"課題研究期間(2002.9—2004.9)。於此謹對日本學術振興會的經濟支持和御牧先生良師益友般的照應表示衷心的感謝。此外,日本佛教大學教授小野田俊藏先生於筆者寫作此文期間曾給予許多信息方面的幫助,在此亦向他表示衷心的感謝。

　　[1] 參見陳慶英,《〈大乘要道密集〉與西夏王朝的藏傳佛教》,《賢者新宴》三,2003年,頁49—74。
　　[2] 至今所見有關此書的研究有:呂澂,《漢藏佛教關係史料集·導言》,《華西協和大學中國文化研究所專刊》28/1(1942); Christopher I. Beckwith, "A hitherto unnoticed Yüan period collection attributed to 'Phags pa." *Tibetan and Buddhist Studies commemorating the 200th Anniversary of the Birth of Alexander Csoma de Cörös*, edited by Louis Ligeti (Budapest: Akadémiai Kiadó, 1984): I, pp. 9–16; 王堯,《元廷所傳西藏密法考敍》,《內陸亞洲歷史文化研究——韓儒林先生紀念文集》,南京大學出版社,1996年,頁510—524;陳慶英,《大乘玄密帝師考》,《佛學研究》2000年第9期,頁138—151;以及陳慶英上揭2003年文。

原本的爲數不多,有關噶舉派大手印法的儀軌文書基本上没有得到勘同者。

　　筆者近來於《俄藏黑水城文獻》中發現了幾種疑爲迄今所見最早的漢譯藏傳佛教儀軌文書,現正致力於對它們作比勘、研究,[1]故對《大乘要道密集》中所録同類文書自然亦十分留意。經初步查考,筆者已找出了其中多種文書的藏文原本,其中之一就是本文的主題《大菩提塔樣尺寸法》。因《大菩提塔樣尺寸法》跋尾中稱:它乃"卜思端二合集,能達聲因二明吟纏南加勒書竟",而"卜思端"乃藏文名字 Bu ston 之元代音譯,當即指元代著名的藏傳佛教大師、夏魯派(Zhwa lu pa)的創始人 Bu ston Rin chen grub(1290—1364),今通常譯作布敦者。故不難知道,這部《大菩提塔樣尺寸法》當是卜思端大師的作品。果然,於《卜思端大師全集》中我們找到了這部造塔儀軌的藏文原本,其藏文的原標題是 *Byang chub chen po'i mchod rten gyi tshad bzhugs so*。[2]

　　先撇開《大菩提塔樣尺寸法》一書的價值不談,它的勘同本身首先就可以糾正人們對《大乘要道密集》一書的兩種誤解。其一,迄今人們普遍認爲,《大乘要道密集》所録儀軌主要是薩迦派的道果法和噶舉派的大手印法,而《大菩提塔樣尺寸法》作爲夏魯派大師卜思端所傳的造塔儀軌顯然是超乎這兩種教法之外的。《大菩提塔樣尺寸法》被《薩迦道果新編》的編者陳健民上師列爲八種"雜法"(第31—38號)之一,而這八種文書顯然都不屬於道果法或者大手印法。而且,其中之三種,即 1.《大菩提塔樣尺寸法》;2.《聖像内置惣持略軌》(天竺勝諸冤敵節怛哩巴上師述,持咒沙門莎南屹羅譯);3.《略勝住法儀》(大元帝師八思巴述,持咒沙門莎南屹羅譯),[3]似可視爲一個有關造塔、像儀軌的系列,因爲其首篇細説建造大菩提塔之次第、尺寸,中篇説"欲造大菩提塔或尊勝塔等八塔之時,其内所安惣持神咒應如是",下篇則是説聖像修建完成以後如何作聖住法儀,亦即開光儀軌(rab gnas)。這三種文書無疑對於研究元與元以前之西藏佛教藝術,特別是造塔、造像技術,以及與之相關的儀軌,乃至藏傳佛教之圖像學(iconography)均有重要意義。除了《大菩提塔樣尺寸法》以外,筆者亦已勘定這三種文書中的第三種,即《略勝住法儀》的藏文原本。因其標明爲"大元帝師八思巴述",故查

---

　　〔1〕　沈衛榮,《西夏黑水城所見藏傳佛教瑜伽修習儀軌文書研究 I:〈夢幻身要門〉(*sGyu lus kyi man ngag*)》,《當代藏學學術討論會論文集》,臺北,2003 年,頁 11。

　　〔2〕　*Collected Works of Bu ston rin chen grub*, vol. Pha (14), Edited by Dr. Lokesh Chandra (IAIC; New Delhi, 1969); 551 - 557. 事實上,此藏文標題的原意僅爲"大菩提塔之尺寸",漢譯標題《大菩提塔樣尺寸法》中的"樣"字當爲漢譯者所加。

　　〔3〕　元朝發思巴國師譯集,民國陳健民上師整編,賴仲奎等纂集,《薩迦道果新編》,臺北:慧海書齋,1992 年。該書中此三篇文書分別被列爲第 35、31、32 號。

閱今人編集的《八思巴法王全集》(*Chos rgyal 'phags pa'i bka' 'bum*)就不難發現其中録有一種題爲 *Rab tu gnas pa'i phyag len mdor bsdus* 的儀軌文書,而它正好就是《略勝住法儀》的原本。[1] 而這三種文書中的第二種《聖像内置惣持略軌》,其作者的名字勝諸冤敵節怛哩巴顯然可分爲勝諸冤敵和節怛哩巴兩個部分,前一部分當是該名字的意譯,而後一部分則是其音譯。節怛哩巴當可復原爲 Jetāri [pa],此即藏文名 dGra las rnam par rgyal pa 之梵文原型,其意即爲勝諸冤敵。遺憾的是,筆者尚無法找到他所造的這部儀軌文書的原本,儘管《西藏文大藏經》中録有這位天竺上師所造的另外三部短論。

其二,《大菩提塔樣尺寸法》的勘同亦表明《大乘要道密集》事實上不可能如它的編印者們通常所認爲的那樣是"元發思巴上師輯著",或曰"元發思巴國師譯集"的,因爲卜思端大師是八思巴帝師圓寂之後十餘年纔出生的。卜思端所創立的夏魯派,或稱布魯派(Bu lugs pa,意爲卜思端之教派),雖與薩迦派關係密切,但從其所傳教法言之,它並不是薩迦道果法的附庸,而自有其體系,以傳時輪、金剛界爲主的瑜伽壇城儀軌見長。[2] 元朝末代皇帝順帝妥歡帖穆爾曾慕名遣使請其入朝傳法,但遭其拒絶。[3] 然其影響顯然通過其著述之漢譯而及於中原。呂澂先生推測《大乘要道密集》之傳譯"大約出於元代大德(1297—1307)、至正(1341—1368)之際",[4] 從其中收録了卜思端大師著述之漢譯一事來看,它編集成書的年代當不會早於至正年間。我們雖然無法肯定《大菩提塔樣尺寸法》具體的寫作年代,但及至大德末年,卜思端行年尚不足二十。由此推測,其此書之寫成及其被譯成漢文當更應該是於大德之後的年代發生的事情。

當然,卜思端大師所造的這部《大菩提塔樣尺寸法》之價值更應該是體現於這樣的事實之上,即它是西藏人自己寫作的第一部,亦是最權威的一部關於菩提塔尺寸的儀軌文書。卜思端大師顯然是一位精通造塔儀軌的權威人士,除了這部《大菩提塔樣尺寸法》之外,我們還在他的全集中見到另一部題爲《供養佛塔之功德》(*mChod rten la mchod pa byas pa'i phan yon bzhugs so*)的論書,細説建造、供養佛塔以及繞塔轉經之不可思議的功德。[5] 另外,Klong rdol 喇嘛所造的一部造塔儀軌亦是根據卜思端之傳軌

[1] *The Complete Works of Chos rgyal 'Phags pa*, *The Complete Works of the Great Masters of the Sa skya Sect of the Tibetan Buddhism*, vol. 7, Compiled by bSod nams rgya mtsho (Tokyo: The Toyo Bunko, 1968): 36-2-4/38-2.

[2] 土觀・羅桑卻季尼瑪著,劉立千譯,《土觀宗派源流》,拉薩:西藏人民出版社,1999 [1985]年,頁120。

[3] David S. Ruegg, *The Life of Bu ston Rin po che. With the Tibetan Text of the Bu ston rNam thar* (Roma: Serie Orientale oma, 1966.

[4] 參見呂澂上揭文。

[5] *Collected Works of Bu ston rin chen grub*, vol. Pha (14): 559-573.

而造的,其標題作 *dPal ldan 'bras spungs kyi mchod rten gyi bkod pa bu lugs ltar bris pa*,譯言《具吉祥米聚塔莊嚴——依卜思端傳軌而造》,據稱即抄録自寫於一幅顯現夏魯派大師卜思端之口示的卷軸畫之下方的[文字](*zhwa lu bu ston gyi zhal bkod snang ba'i sku thang gi sham du bris pa las zhal shus so*)。[1] 再有,於卓尼版《西藏文大藏經》中還見有卜思端翻譯的一部題爲《説佛塔之性相》(*mChod rten gyi mtshan nyid ston pa*)的經書。[2] 可見,卜思端對造塔儀軌着意甚深,所以後世所出之造塔儀軌類文獻通常都將他的傳軌作爲權威來引用。[3] 而《大菩提塔樣尺寸法》出現於《大乘要道密集》這一事實説明,它當於其寫成后不久即被譯成漢文,這本身亦表明了此書的重要性和權威性。隨着藏傳佛教於漢地的傳播,元代中原地區已出現了不少藏式佛塔,如元大都(即今北京)的妙應寺白塔等,故翻譯卜思端的這部《大菩提塔樣尺寸法》於當時當有其現實的需要和實用的價值。

　　本文擬先從文獻學的角度入手對漢、藏兩種文字的《大菩提塔樣尺寸法》作比較研究,然後找出卜思端大師造此論時所依照的經典根據,最後對佛塔之類型和其於西藏之實踐稍作評述。筆者對西藏之佛教藝術素無研究,撰此文的初衷僅在於系統地整理、研究古代遺存下來的漢譯藏傳佛教儀軌文書,如果本文亦能爲從事西藏佛教藝術研究的專家們提供一些難得、可靠的歷史資料,則不勝榮幸之至。不當之處,敬請指正。

二、見於《大乘要道密集》中的《大菩提塔樣尺寸法》

　　《大菩提塔樣尺寸法》見於臺北自由出版社於 1962 年印行的《大乘要道密集》下册卷四中,全文佔對開本六頁。兹全文轉録於下,並於腳注中對文中出現的一些詞彙和句子根據相應的藏文原文稍作比較和解釋。

　　　[1] 造塔儀軌名爲攝受最勝

　　　敬禮一切諸佛菩薩!

────────────

　　〔1〕 此文書之影印見於 Giuseppe Tucci, *Stupa: Art, architectonics and Symbolism*(Indo-Tibetica I. Mchod-rten and tsha-tsha in Indian and Western Tibet: Contribution to a study of Tibetan religious art and its significance, translated into English by Uma Marina Vesci, New Delhi: Aditya Prakashan, 1988), pp. xxxv–xxxvi;它是此書之編者 Lokesh Chandra 爲此書所作之長序中附録。
　　〔2〕 Tucci 上揭書,頁 19。
　　〔3〕 Tucci 先生於其這部西方最早研究西藏佛塔的著作中所翻譯的藏文造塔儀軌文書,即 Blo gros bzang po 所造的《善逝佛像尺寸品論——如意寶》(*Bde bar gshegs pa'i sku gzugs kyi tshad kyi rab tu byed pa yid bzhin nor bu*)中即引卜思端所説爲證據。Tucci 上揭書,頁 122。

　　昔日有聖舍利子尊者舍利,給孤長者將至自家,安於高座而奉供養,其餘人衆亦來供養。忽有一日,給孤長者因於山中干事,閉門而去,時有人衆不能奉供,皆笑[1]長者障其福利。於時長者聞此語已,而白佛言:我於顯處[2]建立一座舍利子尊者之塔而奉供養。佛言:隨你修蓋。復白佛言:不知塔形如何而造?佛言:先作[3]四層堦基,次作瓶座,次作其瓶,並作八山、管心及一層傘,二層、三層、四層,乃至一十三層,上安雨蓋。聞佛所説,時有比丘而白佛言:單爲此舍利子尊者造此塔耶?一切聖衆亦應造塔?佛告長者,且説圓滿相者是如來塔也。無雨蓋[2]者是緣覺塔也。四層傘者是羅漢塔也。三層是不來塔也,二層是一來塔也,一層是入流塔也,圓頂者[4]是凡夫善士塔也。如是按於《無垢頂髻疏》文,且説大菩提塔尺寸者:於彼先界梵綫、角綫,從於梵綫、角綫界爲十二大分,然後各添一大分,總成一十四分。復將各分爲四小分,若有所置之相,薹基高者爲妙,[5]此基不係綫數;若無相,[6]則其薹高二大分,闊量雖然不説,比十善座微寬,下有堦梯,其上巴甘[7]等取巧而作。疏云[8]:若有身語之相[9],其薹高者爲妙;若無相[10],則其量同於第一層堦基三分之一也。彼上十善座,高一小分,闊左右各有十二小分半,總成二十五分。疏云:彼上十善,向外增出,其厚量同於第一層堦基半分也。彼上第一層堦基,高二小分,左右各闊三大分,總成六分。彼上三層堦基,各高二小分,量等,[11]第一層左右各減一小分。四層堦基,厚闊有一大分,其半分是[3]堦基厚量。[12]疏云:四層堦基厚量皆等,堦基半分是座厚量也。彼上瓶座,高一小分,闊左右各有

---

〔1〕　與此字相應的藏文詞爲'phya ba,意爲“指責”、“責備”。

〔2〕　藏文作phyogs snang g. yel can,儘管snang有“顯”意,但snang g. yel意作① 窗户,② 僻靜地。

〔3〕　藏文作rim gyis,意爲“次第作”。

〔4〕　藏文作byi bo,意作“未經裝飾的”、“破舊的”,其意實當指該塔爲平頂,無輪、蓋作裝飾。

〔5〕　此句之原文作rmang rten yod na／ji ltar mtho ba bzang ste,或當譯作:“若有薹基,則高高益善。”顯然,於此譯文中,rmang和rten分別被譯作“薹”和“基”,與此處所謂“所置之相”對應的藏文詞即爲rmang rten,故當譯作“薹基”,不知緣何譯作“所置之相”。事實上,卜思端上師此處所述本來亦已經與他所根據的《無垢頂髻疏》相違,後者相應處作sku gdung gi rmang yod na,譯言:“若有舍利之基[所依]。”

〔6〕　同樣,此處之原文作rmang rten med na,譯言:“若無薹基。”而於《無垢頂髻疏》中,此處僅作“rten med na”,譯言:“若無基[所依]。”

〔7〕　藏文作ba gam,意爲“殿宇”、“薹榭”、“樓之圓頂”等,此指十善座下之胸壁,即圓形塔身。

〔8〕　“疏云”下接《無垢頂髻疏》引文,下同。

〔9〕　藏文作sku gdung gi rten,意爲“舍利之所依”。顯然譯者將“sku gdung gi rten”錯讀成“sku gsung gi rten”,故譯作“身語之相”了。

〔10〕　此處原文作rmang rten med na,譯言:“若無薹基。”

〔11〕　此處原文作dpangs mnyams／zheng g. yas g. yon du cha chung re re phri ba yin te,譯言:“高度[或曰厚量]相等,寬度則等於左右各減一小分。”顯然此處譯文小有增删。

〔12〕　藏文原作dpangs,意爲“高度”。譯文中没有對dpangs高、rngams厚、'phang高等三個字的區别嚴加區分。

八小分半,總是一十七分也。彼上瓶底,闊左右各有二大分,總是四分,漸增至上腹之左右,各闊二大分半,總是五分。已上漸縮而成圓相,量等其底[1],高三大分並小分分作三分之一也。彼上八山之座[2],闊左右各有一小分爲五分之九分,高一小分。彼上八山,左右闊有二小分並小分爲四分之一,總是一大分並半小分。高一小分並小分爲三分之二。疏云:瓶座高有堦之半分也,瓶座闊有第一層堦基爲三分之二也。[3] 瓶腹[4]闊有第三層堦基也。八山之座闊有第四層堦基爲五分之一也。八山闊有第四層堦基爲四分之一也。此二高量有堦基爲三分之二,並有堦基半分也。次第説者,於此山座微高,其餘塔樣山座低者,皆是翻譯之過也。第一層堦基闊量從第一層基至八山頂[4]量等。疏云:高有第一層堦基方量也。其瓶高量,雖然不説,例前料量可知。於第四層堦基東南二方,各開明竅,[5]其量是堦基之八分。管心根至第四層基,八山已上,有四大分並二小分者,乃是十三層輪之高量。疏云:第四層堦基東南二方明竅,有堦基之八分也。管心木根至第四層基[6]也,十三層輪高有第一層堦基爲四分之三也。第一層輪,闊左右各有三小分,徑成六分,圍是一十八分也。第十三層輪,左右將一小分爲四分之三分遠畫者,徑有一分半,圍是四分半也。其間十一層輪,次第漸細,十三層輪厚量皆等,其輪各高十八小分,勻爲一十三分之一分。然雖如此,第一層輪下復有蓮花[7]並悲頂,亦係十三層輪。[8] 蓮花是一小分,悲頂量同小輪[9]。疏云:第一層輪至八山四角,將此四分圍畫,是十三層輪量也。十一層輪,次第漸細也。其輪空間取巧粧飾,悲頂高量同小輪也。[5] 悲頂四分中下三分向上開闊平正,上一分作十六分,如同烏鉢辣花葉。疏云:從下至上四分之三分平正,上有一分作十六分也。所以將十八小分一分作輪下蓮花,其餘一十七分均勻分者,每輪高有一小分並一小分爲一十四分之一,各得三分也。雖説空間取巧粧飾,各爲三分,下二分爲輪,上一分爲空

---

〔1〕 藏文原作 rtsa ba dang rgya mnyam pa,意爲:"闊量等其[瓶]底。"

〔2〕 與"八山之座"相應的藏文詞爲"bre rten","bre"通常譯作"斗"、"枡",故"bre rten",或作"bre gdan",可譯作"斗基"、"枡座"等。

〔3〕 與此句相應之藏文作:bum rten khri 'phang gi phyed do // bum pa ni / bang rim dang po'i sum gnyis kyi tshad do /,當譯作:"瓶座爲座高之半,瓶者,爲第一層堦基之三分之二分量。"

〔4〕 藏文原作 stod kyi rked,意爲"上腹"。

〔5〕 與"明竅"相應的藏文詞作 skar khung,或者 gsal khung,意爲"窗户"。

〔6〕 此處之"基"當指"堦基",即 bang rim。

〔7〕 此處原文作 'degs kyi pad ma,當爲 gdugs 'degs kyi pad ma 之簡寫,意爲"托傘之蓮花"。

〔8〕 此句原作 'khor lo bcu gsum gyi char gtogs pas,意爲"屬於十三輪之部"。

〔9〕 此句原文作 thugs rje mdo gzungs dpangs 'khor lo chung ba dang mnyam par bya ste,意爲"悲頂高度當與小輪同"。

其間取巧畫杵等相也。悲頂之上，交安四条托傘之木，蘢有輪之半分，各長四小分，左右量等塔基半分，其尖漸細，向上而曲。疏云：彼上第十三層輪之半分量，托傘之木，其尖而細，量等塔基高之半分也。傘蓋中央竅中，顯出管心，高一小分爲三分之二分，尖上安一半月，尖齊傘蓋，左右斜開，上嚴日輪，比月微大，彼上寶珠，如未開蓮狀也。傘同第七層輪也，垂珠等同八山高量也，傘蓋等同第六層輪。疏云：管心高量八山半分，上安半月，尖齊傘蓋，遶管心者，其尖[6]斜開也。傘同第七層輪也，傘蓋同第六層輪也，垂珠等同八山高量也。又管心高有八山三分之一分，上安一日輪，微比月大，日輪上嚴寶珠，如未開新蓮之狀，取巧作之日月珠上，皆插鐵簽，勿存飛鳥之意也。寶珠黃色，日輪紅色，半月白色，傘蓋亦白，傘是青色，其傘四方，畫四佛印，托傘之木紅色，悲頂並十智黃色，管心紅色，塔瓶白色，十善黃色，臺基綠色也。

　　《大菩提塔樣尺寸》[1]卜思端二合[2]集，能達聲因二明[3]吟纏南加勒二合[4]書竟。

三、見於《卜思端輦真竺全集》中的《大菩提塔樣尺寸法》之藏文原文

　　如前所述，卜思端所造的這部《大菩提塔樣尺寸法》之藏文原文見於 Lokesh Chandra 於 1969 年編輯出版的《卜思端輦真竺全集》(*Collected Works of Bu ston Rin chen grub*) 第十四卷葉 551—557 中。將其與其漢譯文仔細對照，不難發現這篇漢譯《大菩提塔樣尺寸法》對原文相當忠實，儘管譯文中依然能見到幾個不够貼切或誤讀的地方，但通篇沒有出現一處譯者隨意增删的現象，不失爲一篇相當優秀的翻譯文章。藏文本中有幾處添加了以小號字標明的夾注，它們不見於漢譯文中，大概是後人所加。兹將原文轉錄於下，以便對照。對文中出現的於漢譯中表達不够明確的詞、句，亦於腳注中稍作比較與解釋。

---

〔1〕　於藏文原本中，此處作 mChod rten sgrub pa'i cho ga byin rlabs dpal 'bar zhes bya ba，即《造塔儀軌名爲攝受最勝》。

〔2〕　卜思端二合，即 Bu ston 之音譯，所謂“二合”，指“思端”二字實合爲藏文 ston 一字。卜思端即今通譯作布敦者是也。

〔3〕　藏文作 dge slong sgra tshad pa，直譯當作“比丘聲、因二明者”。

〔4〕　吟纏南加勒二合當即爲 Rin chen rnam rgyal 之音譯，藏文文本中將此名簡寫爲 rin rnam，此之“二合”指的是“加勒”二字可合爲藏文 rgyal 一字。

〔551〕Byang chub chen po'i mchod rten gyi tshad bzhugs so

〔552〕mchod rten sgrub pa'i cho ga byin rlabs dpal 'bar zhes bya ba/〔1〕

Sangs rgyas dang byang chub sems dpa' thams cad la phyag 'tshal lo//

sNgon 'phags pa shva ri'i bu'i ring bsrel rnams khyim bdag mgon med zas sbyin gyis khyer te/rang gi khyim gyi nang gi phyogs mthon po zhig tu bzhag ste/de la mchod pa dang / skye bo'i tshogs chen po gzhan rnams kyis kyang der 'ongs te mchod/dus re zhig khyim bdag ri bor zhig tu bya ba cung zad cig la sgo bcad de/song ba na/skye bo'i tshogs rnams kyis mchod pa byas ma byung bar/bdag cag gi bsod nams kyi bar chag byas so zhes 'phya ba de khyim bdag gis thos nas/khyim bdag gis/bcom ldan 'das la/bdag gis shva ri'i bu'i mchod rten phyogs snang g. yel can zhig bgyis la mchod pa bgyid du rtsal to//bka' stsal pa/gnang gi byos shig/ji ltar bya bar mi shes nas zhus pas/bka' stsal pa/rim gyis bang rim bzhi byas la/de nas bum rten bya'o//de nas bum pa dang/bre dang/srog shing dang/gdugs gcig dang/gnyis dang/gsum dang/bzhi bya ba nas bcu gsum gyi bar du bya zhing char khebs dag gzhag par bya'o//bcom ldan 'das kyis mchod rten de lta bu bya'o//zhes gsungs pa dang/des ci/'phags pa shva ri'i bu 'ba' zhig la mchod rten rnam pa de lta bu bya'am/'on te 'phags pa 〔553〕thams cad la bya ba mi shes nas skabs de bcom ldan 'das la dge slong dag gis gsol ba dang/bka' stsal pa/khyim bdag re zhig de bzhin gshegs pa'i mchod rten ni/rnam pa thams cad yongs so rdzogs par bya'o/rang sangs rgyas kyi ni char khebs mi gzhag par bya'o〔bse ru lta bu yin gyi/tshogs spyod nyan thos dgra bcom dang 'dra'o〕〔2〕//〔mdo rtsa dang sa ga'i lhas 'bras bu'i tshad pas gcig gis mang par bshad pas lung ma dag gam snyam〕〔3〕/dgra bcom pa'i ni/gdugs bzhi'o//phyir mi 'ong ba'i ni/gsum

---

〔1〕 此文雖短,卻有兩個標題,而且它們還不完全像是通常的那樣分別爲同書的正、副標題。第一個標題Byang chub chen po'i mchod rten gyi tshad bzhugs so,即是漢譯《大菩提塔樣尺寸法》者;而其第二個標題mChod rten sgrub pa'i cho ga bying rlabs dpal 'bar zhes bya ba,漢譯作《造塔儀軌名爲攝受最勝》,其中“造塔儀軌”當爲正題,“攝受最勝”則爲副題。有意思的是,此文之漢譯文的跋中僅列第一標題,而其藏文原本的跋中則僅列其第二個標題。而《卜思端輦真竺全集》之編者又別出心裁地在其目錄中將第二標題中的副標題當成第一標題的副標題插入了第一標題中。

〔2〕 此處夾注云:“此乃與麟喩〔獨覺〕,部行獨覺、聲聞、阿羅漢同。”文中夾注用小號字,不見於漢譯文中,疑爲後世所加。

〔3〕 此處之夾注云:“《律經根本律》和氏宿天說〔從羅漢塔到入流塔其相輪數當〕比果位尺寸增一,這當可能是一個錯誤。”《律經根本律》('Dul ba rtsa ba, Vinayasūtra)乃古印度論師功德光(Gunaprabha)所造,注釋四部律典総義;氏宿天(Sagadeva)乃《根本説一切有部毘奈耶頌・花鬘》('Dul ba tshig le'ur byas pa me tog phreng rgyud, Vinayakārikā)的作者。

mo // phyir 'ong ba'i ni / gnyis so // rgyun du zhugs pa'i ni / gcig go / so so'i skye po
dge ba rnams kyi ni / mchod rten byi bor bya'o [srog shing med pa][1] // zhes lung du
gsungs pas / de la byang chub chen po'i mchod rten gyi phyag tshad gtsug tor dri med
kyi 'grel pa nas 'byung ba bzhin brjod par bya'o / de la tshangs thig zur thig rnams
legs par btab ba la tshangs thig nas zur thig tu byas nas gtub bas cha chen bcu gnyis su
'gyur la / phyi nas cha chen re re bsnan la bcu bzhi ru bya'o // de re re'ang cha chung
bzhi bzhir bgo bar bya'o // rmang rten yod na / ji ltar mtho ba bzang ste / 'on kyang
thig khongs su mi rtsi la / rmang rten med na / rmang gi dpangs tshad cha chen gnyis
yin la rgya tshad dngos su ma gsungs kyang / gdan dge bcu bas rgya che btsam la / 'og
tu them skas dang / steng du ba gam la sogs pa ji ltar [554] mdzes pa'o / ji skad du /
sku gdung gi rten yod na / rmang rten ji ltar mtho ba bzang ngo / rmang rten med na /
bang rim dang po'i sum cha'i tshad do zhes so // de'i steng du gdan dge bcu ni /
dpangs su cha phran gcig / rgyar g. yas g. yon du cha phran phyed dang bcu gsum
phyed dang bcu gsum ste[2] / nyi shu rtsa lnga'o / de'i steng du dge ba bcu ni / phyir
bskyed pa dang / rngams bang rim dang po'i rngams phyed do zhes so // de'i steng du
bang rim dang po dpangs su cha chung gnyis / rgyar g. yas g. yon du cha chen gsum
gsum ste / drug go / de'i steng du bang rim gsum dpangs su cha chung gnyis gnyis te /
dpangs mnyam / zheng[3] g. yas g. yon du cha chung re re phri ba yin te / bang rim
bzhi ka'i rngams kyi rgyar cha chen gcig yod la / de'i phyed bang rim gyi dpangs su
yod de / ji skad du bang rim bzhi dpangs mnyam mo / bang rim rngams kyi phyed tshad
khri 'phang ngo zhes so[4] // de'i steng du bum rten cha chung gcig / rgyar g. yas g.
yon du cha phran phyed dang dgu dgu ste / bcu 'dun no / de'i steng du bum pa'i rtsa ba
g. yas g. yon du cha chen gnyis gnyis te / bzhi la / bags kyis 'phel bas stod kyi rked g.
yas g. yon du cha chen phyed dang gsum gsum ste / lnga la / de yan chod bags kyis
zhum pa'i zlum zhing mdzes pa ste / rtsa ba dang rgya mnyam pa / dpangs su cha chen

---

〔1〕　此處夾注云："無管心木。"Dorjee Lama 進一步發揮説：没有管心木，亦表示没有傘、蓋。見 Dorjee Lama
上揭書，頁144，注30。漢譯《律小事》，即《根本説一切有部毘奈耶雜事》中的相應段落中亦説："凡夫善人但可平
頭，無有輪蓋"，儘管相應的藏文段落中並没有出現"無有輪蓋"一句。詳後。
〔2〕　此第二次出現的 phyed dang bcu gsum，或當爲抄寫時出現的重複錯誤。
〔3〕　zheng 當即 zheng ga，意爲"寬度"、"口面"，漢譯中没有將它表現出來。
〔4〕　此句當譯作"塔基厚量之半分是座厚量也"。

gsum dang／cha phran gcig gi sum cha'o／／de'i steng du bre rten gyi rgyar g. yas g.
yon du cha chung re re'i lnga char byas pa'i dgu dgu／dpangs cha chung gcig／de'i
steng du bre g. yas g. yon du cha phran gnyis gnyis dang cha phran bzhi cha re ste／
cha chen gcig dang cha phran phyed do／dpangs cha phran gcig dang cha phran sum
gnyis te／ji skad du／bum rten khri 'phang gi phyed do／／bum pa ni／bang rim dang
po'i sum gnyis kyi tshad do／／stod kyi rked ni／bang rim gsum pa dang mnyam mo／／
bre rten gyi rgya ni／bang rim bzhi pa'i lnga cha gcig go／bre ni／bang rim bzhi pa'i
[555] bzhi cha gcig go／de gnyis ka'i 'phang ni／bang rim sum gnyis dang／bang rim
gyi phyed do zhes gsungs te／'di'i go rim bzhin sbyar na／bre rten dpangs mtho ba
zhig snang mod kyi／mchod rten gzhan dang gzhan kun la bre rten dpangs dma' par
yod pas 'gyur gyi skyon du mngon no／de ltar na／bang rim dang po'i rgya dang／bang
rim dang po nas bre'i rtse mo tshun chad tshad mnyam pa ste／gnam 'phang phyi
ma[1] bang rim dang po'i ngos tshad do zhes so／／bum pa'i dpangs tshad dngos su
ma gsungs kyang／phyi'i tshad ni／sngar gyi shugs las go'o[2]／／bang rim bzhi pa'i
shar dang lhor skar khung bang rim gyi brgyad cha yod pa bya zhing／srog shing ni／
rtsa ba bang rim bzhi pa la reg pa ste／bre yan chad cha chen bzhi dang／cha phran
gnyis ni／'khor lo bcu gsum gyi dpangs te／ji skad du／bang rim bzhi pa'i shar dang
lhor gsal khung bang rim nyid kyi brgyad cha'o／／srog shing gi rtsa ba bang rim bzhi
pa la reg pa'o／／'khor lo bcu gsum gyi 'phang du bang rim dang po'i bzhi gsum gyi
tshad do zhes so／／'khor lo dang po'i rgya tshad g. yas g. yon du cha phran gsum
gsum ste／thad kar drug／zlum por bskor ba'i mtha' bskor du[3] bco brgyad
do／／'khor lo bcu gsum pa ni／g. yas g. yon du cha phran bzhi gsum nas bskor bas
thad kar phyed dang gnyis／mtha' bskor du phyed dang lnga'o／／de'i bar gyi 'khor lo
bcu gcig po rnams rim gyis je phra je phrar gyur pa ste／'khor lo bcu gsum po dpangs
mnyam pas 'khor lo re re'i dpangs cha chung bco brgyad la bcu gsum gyis bgos pa'i
cha re re ste／'on kyang 'khor lo dang po'i 'og tu 'degs kyi padma[4] dang／thugs rje

---

〔1〕 漢譯僅作"高"，然 gnam 'phang phyi ma 可直譯爲"外天高"。

〔2〕 此句漢譯作"例前料量可知"，更正確的翻譯當爲："外之量者，可由前例推知。"

〔3〕 "zlum por bskor ba'i mtha' bskor"，漢譯簡譯作"圍"，直譯當作"圍成圓圈之圍"。

〔4〕 'degs kyi padma 實當指 gdugs 'degs padma，意爲"支傘之蓮花"，漢譯文没有將這一層意思譯出來。

mdo gzungs kyang 'khor lo bcu gsum gyi char gtogs pas padma cha phran gcig/thugs rje mdo gzungs dpangs 'khor lo chung ba dang mnyam par bya ste/ji [556] skad du/'khor lo dang po ni/bre'i zur bzhi la sleb po//de bzhi chas 'khor ba'i tshad ni/ 'khor lo bcu gsum pa'o // bcu gcig po yang de'i rim gyis gzhol ba'o // brtsegs par thams cad ci mdzes su bya'o//thugs rje mdo gzungs 'phang 'khor lo chung ba dang mnyam mo zhes so// thugs rje mdo gzungs kyi smad du bzhi gsum 'jam po nyid la cung zad gyen du g. yel ba la/ stod bzhi cha cha gcig phreng ba'i sul bcu drug pa Utpala'i 'dab ma'i rnam pa can te[1]/ji skad du/de'i smad du rngams gyi bzhi gsum ni 'jam po nyid/stod du bzhi cha gcig ni/phreng ba'i sul bcu drug pa'o zhes so[2]// des na/cha phran bco brgyad kyi gcig 'khor lo 'degs pa'i padma la btang nas/lhag ma bcu bdun cha mnyam bar dgos pas 'khor lo re re'i 'phang la cha phran re re dang cha re'i gcig bzhi cha gsum mo[3]// de'i bar ci mdzes 'og tu gsungs kyang sum gnyis sum gnyis la 'khor lo sum cha bar gyi cha bar stong du bzhag pa la rdo rje la sogs pa'i rked bris ci mdzes so// thugs rje mdo gzungs kyi steng du ka shu shing gi sboms su 'khor lo'i dpangs kyi phyed/dkyus su cha phran gnyis gnyis te/[4] g. yas g. yon du bang rim phyed phyed dang tshad mnyam pa ste/ de yang rtse mo rim gyis phra ba gyen du g. yel ba/gzhi rgya gram btang ba ste[5]/ji skad du/de'i steng du 'khor lo bcu gsum pa nyid kyi srog[6] gi phyed tshad/ yang rtse phra ba bang rim nyid kyi 'phang phyed do zhes so//gdugs kyi dbugs bug bar srog shing gi cha phran sum gnyis kyi rtse mor zla ba'i rtse mo gdugs dang mnyam pa/g. yas g. yon du rtse mo bgrad pa/de'i steng du nyi ma zlab bas che tsam/de'i steng du tog ste/Utpala gsar pa'i tog bu 'dra ba/gdugs ni/'khor lo bdun pa dang mnyam pa/za ra tshags bre'i 'phang dang mnyam pa/gdugs khebs 'khor lo drug pa dang mnyam pa ste/ji skad du/yang srog

〔1〕 Utapala,即青蓮花,亦音譯作"鄔波羅花"。此句直譯當作"上四分之一分作十六鬘褶,具烏鉢辣花葉之形"。

〔2〕 此句更正確的翻譯當作:"彼之下厚度之四分之三分平正,上四分之一分打十六鬘褶。"

〔3〕 此句漢譯作"每輪高有一小分並一小分爲一十四分之一分,各得三分也",然其直譯當爲"每輪之高度,各一小分並每分之一分之四分之三分"。

〔4〕 此句漢譯作"悲頂之上,交安四條托傘之木,籠有輪之半分,各長四小分",然此原意僅作:"悲頂之上,托傘之木之週長爲輪之半分,各長二二小分。"

〔5〕 此句意爲"安四條十字型[托傘木]",漢譯已將此句之意置於此前"交安四條托傘之木"一句中了。

〔6〕 漢譯文中作"托傘之木"。

[557] shing 'phang du bre phyed tsam / steng du zla ba'i rtse mo gdugs dang mnyam /

srog shing la bskor te rtse mo bgrad do / gdugs ni / 'khor lo bdun pa dang mnyam mo

[gdugs dang gdugs khebs kyi dpangs su cha phran phyed phyed / zla ba la cha phran gcig / nyi ma la gnyis / tog la

gcig ste / cha phran bzhi po de steng gi cha chen bcu bzhi pa la 'don no][1] za ra tshags ni / bre'i

'phang dang mnyam mo // dpangs srog shing / 'phang du bre'i sum cha'i steng du nyi

ma zla ba las khyad yud che tsam mo // nyi ma'i steng du tog ni / Utpala gsar pa'i tog

bu dang 'dra ste / ci mdzes so / nyi ma dang zla ba dang tog thams cad kyi zur la bya

mi 'chags par bya ba'i phyir lcags kyi thur ma rnon po gzer bar bya'o // tog ni / ser

po / nyi ma ni / dmar po / zla ba ni / dkar po / gdugs khebs ni / dkar po'o / gdugs ni /

sngon po'o / gdugs kyi phyogs bzhir rigs bzhi'i phyag rgya bri'o // thugs rje'i phul ni /

dmar po'o // thugs rje nyid dang shes bcu ni ser po'o // srog shing dmar po'o // mchod

rten kyang dkar po'o // dge bcu yang ser po'o // rmang dang rmang rten ljang khu'o

zhes so // mchod rten sgrub pa'i cho ga byin rlabs dpal 'bar zhes bya ba bu ston gyis

bkod pa'i yi ge pa ni / dge slong sgra tshad pa rin rnam yin no //

　　　sa rba mangga lam[2]

四、卜思端造《大菩提塔樣尺寸法》之依據

　　卜思端所造《大菩提塔樣尺寸法》對於後世之造塔儀軌和造塔實踐具有權威意義，然其本身並非作者憑空想象出來的，而是有經典爲其依據的。這部儀軌文書大致可以分成兩大部分，前一部分總説造塔之緣起及其各種佛塔之造型和特點；後一部分則爲建造大菩提塔的儀軌，詳説大菩提塔之各組成部分的樣式、尺寸和顔色。而這兩個部分亦各有其不同的經典依據，前一部分的根據是整部佛經中最早提到造塔及各種佛塔之樣式的《律小事》（'Dul ba phran tshegs kyi gzhi），[3] 其相應的段落爲：

　　de nas khyim bdag mgon med zas sbyin gyis tshe dang ldan pa shva ri'i bu'i ring

---

　　〔1〕　此處夾注云："傘與傘蓋之高度各爲一小分之半，月輪一小分，日輪二〔小分〕，寶珠一〔小分〕，於此四個小分之上取出十四個大分。"

　　〔2〕　此句結尾語不見於漢譯文中，它是梵文 Sarva mangala 的藏文轉寫，意爲"吉祥"。

　　〔3〕　*Vinayaksudrakavastu*，北京版《藏文大藏經》，律部 44，卷 de，94. 5. 3—95. 2. 3；德格版，卷 tha，164. 6. 7—165. 2. 1。關於藏文文獻中有關造塔之各類文獻參見 Pema Dorjee, *Stupa and its Technology: A Tibeto-Buddhist Perspective* (New Delhi: Indra Gandhi National Center for the Arts, 1996), pp. 1-21: Chapter 1. Literary Background of the Architecture and Architectonic Princioles of the Buddhist Stūpa。同書中還附録了卜思端《大菩提塔樣尺寸法》原文拉丁轉寫和英文譯文，見該書，頁 137—150。

bsred dag khyer nas rang gi khyim ga la ba der song ste phyin nas / de dag khyim gyi
mchog gi nang du mthon po zhig tu bzhag nas nang mi dang bcas / mdza' bo dang /
nye du dang / phu nu dang bcas te / mar me dang / bdug pa dang / me tog dang / dri
dang / phreng ba dang / byug pa rnams kyis mchod pa bya bar brtsams so / mnyan yod
na gnas pa'i skye bo'i tshogs kyis ji ltar 'phags pa shva ri'i bu yul magadhā'i grong na
la dar yongs su mya ngan las 'das pa de'i ring bsrel dag 'phags pa kun dga' bos blangs
nas khyim bdag mgon med zas sbyin la byin te / des de dag khyim du ga na gnas[1]
nang mi dang bcas / mdza' bo dang / gnyen dang / phu nu dang bcas te / mar med dang /
bdug pa dang / me tog dang / dri dang / phreng ba dang / byug pa dag gis mchod pa thos
so // de bzhin du yul ko sa la'i rgyal po gsal rgyal gyis kyang thos nas / btsun mo
phreng ldan ma dang / rgyal rigs dbyar tshul ma dang / drang srong byin dang / rnyed
pa dag dang / ri dags 'dzin gis ma sa ga dang / gzhan yang dad pa can mang po dag
dang / lhan cig de dag thams cad mchod pa'i yo byad dag khyer te / khyim bdag mgon
med zas sbyin gyi khyim du dong nas / de rnams kyis mchod pa'i yo byad dag gis
mchod par brtsams pa las der kha cig gis yon tan gyi tshogs dag thob po / ji tsam dus
gzhan zhig na khyim bdag mgon med zas sbyin ri 'or zhig tu bya ba cung zad zhig
byung nas des der bsgo[2] bcad nas song ngo / skye bo phal po che dag de bzhin du
'ongs pa dang / ji tsam na sgo bcad pa mthong nas khyim bdag mgon med zas sbyin
gyis sgo bcad de song bas / des bdag cag gi bsod nams kyi bar chag byas so / zhes de
dag 'phya bar byed / gzhogs 'phyas byed / smod par byed do / de nas khyim bdag mgon
med zas sbyin ri 'or da nas 'ongs pa dang / de'i nang mis smras pa / khyim bdag skye
bo'i tshogs chen po mchod pa'i yo byad thogs te 'ongs ba las sgo bcad pa mthong
nas / des bdag cag gi bsod nams kyi bar chad byas so // zhes 'phya bar byed / gzhogs
'phyas byed / smod par byed do / de 'di snyam du 'di nyid bdag gis bya ba yin no
snyam du shes nas / bcom ldan 'das gang na ba der song ste phyin pa dang / bcom ldan
'das kyi zhabs gnyis la mgos phyag byas te phyogs gcig tu 'dug go // phyogs gcig tu
'dug nas bcom ldan 'das la 'di skad ces gsol to / btsun pa 'phags pa shva ri'i bu la rab

---

〔1〕 德格版相應處作 bzhag nas。
〔2〕 德格版作 sgo。

tu dad pa'i skye bo'i tshogs chen po mchod pa'i yo byad dag thogs te/ bdag gi sdum
par mchis pa las bdag bgyi ba cung zad cig gi slad du chab sgo bkum nas mches
pa[1] dang/ de dag khyim bdag mgon med zas sbyin gyis sgo bcad de song bas/ bdag
cag gi bsod nams kyi bar chad byas so zhes 'phya bar bgyid/ gzhog 'phyas bgyid
smod par bgyid do/ de'i slad du gal te bcom ldan 'das kyis gnang na bdag gi[2]
'phags pa shva ri'i bu'i mchod rten phyogs snang yal can zhig tu bgyis la/ der skye
bo'i tshogs chen po bag yangs su mchod pa bgyid du stsal to// bcom ldan 'das kyis
bka' stsal ba/ khyim bdag de lta bas na gnang gis byos shig/ bcom ldan 'das kyis
gnang gis byos shig ces bka' stsal pa dang/ des ji ltar bur bya ba mi shes nas/ bcom
ldan 'das kyis bka' stsal pa/ rim gyis bang rim bzhi byas la de nas bum rten bya'o//
de nas bum pa dang bre dang/ srog shing dang/ gdugs gcig dang/ gnyis dang/ gsum
dang/ bzhi bya ba[3] nas bcu gsum gyi bar du bya zhing char khab dag gzhag par
bya'o/ bcom ldan 'das kyis mchod rten de lta bu bya'o zhes gsungs pa dang/ des
ci 'phags pa shva ri'i bu 'ba' shig la mchod rten rnam pa de lta bu'am/ 'on te 'phags
pa thams cad la bya ba mi shes nas/ skabs de bcom ldan 'das la dge slong dag gis gsol
pa dang/ bcom ldan 'das kyis bka' stsal pa/ khyim bdag re shig de bzhin gshegs pa'i
mchod rten ni rnam pa thams cad rdzogs par bya'o// rang sangs rgyas kyi char khab
mi gzhag par bya'o// dgra bcom pa'i ni gdugs bzhi'o/ phyir mi 'ong ba'i ni gsum
mo// phyir 'ong ba'i ni gnyis so/ rgyun du zhugs pa'i ni gcig go// so so'i skye bo dge
ba rnams kyi mchod rten ni byi bor bya'o//

《律小事》於漢文大藏經中被稱爲《根本説一切有部毘奈耶雜事》,其中與前引段落相應的漢譯文作:

是時,長者得身骨已,禮佛而去。持歸本宅,置高顯處,與其居家,并諸眷屬,咸以所有香華妙物,具申供養。時此城内人衆,共聞尊者舍利子於摩伽陀國那羅聚落已般涅槃,所有身骨,求寂準陀持付阿難陀,尊者阿難陀持來至此,佛令授與給孤長者,持歸宅内,共申供養。時勝光王,及勝鬘夫人、行雨夫人,并諸長者鄔波索迦毘舍佉、鄔波斯迦及餘人衆,咸持香花奇妙供具,詣長者宅,俱申供養。或有曾因舍利

---

〔1〕 德格版作 gzhan du mchis pa。
〔2〕 德格版作 gis。
〔3〕 德格版此後接 byas 字。

子故得證道者,追念昔恩,亦來供養。後於異時,給孤長者有緣須出,鎖門而去。時諸大衆咸持供養,來至門所。見其門閉,共起譏嫌:長者何因,障生福路。長者迴還,家人告曰:多有人來,欲申供養。見門鎖閉,咸起譏嫌,云障福業。長者聞已,便作是念:此即是緣,可往白佛。禮佛足已,在一面坐,白言:世尊! 多有人衆,於尊者舍利子遺身舍利,情生敬重,持諸妙物,各申供養,來至我宅。我有他緣,鎖門而去。諸人來見,共起嫌言:長者閉門,障我福路。若佛聽者,我今欲於顯敞之處,以尊者骨起窣睹波,得使衆人,隨情供養。佛言:長者隨意當作。長者便念:云何而作? 佛言:應可用甎兩重作基,次安塔身,上安覆缽,隨意高下,上置平頭,高一二尺,方二三尺,準量大小。中豎輪竿,次著相輪。其相輪重數,或一、二、三、四、乃至十三。次安寶瓶。長者自念:唯舍利子得作如此窣睹波耶? 爲餘亦得? 即往白佛。佛告長者:若爲如來造窣睹波者,應可如前具足而作。若爲獨覺,勿安寶瓶。若阿羅漢,相輪四重。不還至三;一來應二;預流應一;凡夫善人但可平頭,無有輪蓋。[1]

顯而易見,卜思端基本上是照抄了《律小事》中的這個段落,祇是將其内容略作縮減而已。比較漢譯《大菩提塔樣尺寸法》和《根本説一切有部毘奈耶雜事》中的相應段落,顯而易見的是,二者所用術語相差甚大,於前者中爲堦基、瓶座、瓶、八山、管心、傘、雨蓋、緣覺、不來、入流者,於後者中分別爲基、塔身、覆缽、平頭、輪竿、相輪、寶瓶、獨覺、

---

[1] 《根本説一切有部毘奈耶雜事》卷一八,《大正藏》律部24,No.1451,頁291.1—292.1。將這一段落與上引藏文相應段落比較,不難發現兩者之間存在着一些或大或小的差異。筆者近年用心於對漢、藏文大藏經中部分經書作對照研究,發現這種研究對於了解漢藏佛經之異同,特別是用藏文譯文來糾正漢文譯文中出現的形形色色的錯誤實在不失爲一種有效的方法,值得倡導。兹爲表示這兩種譯文間的差别,不妨將這一段落重譯於下:

　　復次,給孤長者持具壽舍利子之舍利而歸其本宅之所在,置之於其家内室一高處,攜其家人,以及朋友、親里、弟兄等諸眷屬,持酥油燈、熏煙、華香、鬘、塗料等物作供養。是時,住於舍衛城内人衆,共聞聖者舍利子於摩伽陀國那羅聚落已般涅槃,彼之所有舍利爲聖者阿難陀所持,復施之於給孤長者;彼持之歸其本宅所在,攜其家人,並與朋友、親里、弟兄等諸眷屬,以酥油燈、熏煙、華香、鬘、塗料等作供養。舍衛城之勝光王亦聞如是,遂與王后行勝鬘夫人、王后行雨夫人、仙人施、得、持獸瑪噶,以及其他許多信衆,咸持供養之資具,現於給孤長者之宅,彼等以供養之資具作供養,其中有些人即因此而得種種功德。復於異時,給孤長者有事往一山間,鎖門而去。時諸大衆復如是而來,見門閉鎖,曰:"給孤長者鎖門而去,彼障我等之福",遂對其譏毁、冷嘲、斥責。復次,給孤長者自山間回還,彼之家人告曰:長者! 有諸大衆持供養之資具而來,見門鎖閉,曰:"彼障我等之福",遂起譏毁、冷嘲、斥責。長者聞已,便作是念:即彼乃我所作。遂詣佛之所在,以首禮佛之雙足已,在一面坐。在一面坐已,白佛言:世尊! 有十分信仰尊者舍利子之諸廣大信衆,持諸供養之資具,來至我宅,我有他事,鎖門而去。彼等曰:給孤長者鎖門而去,障我等之福。且起譏毁、冷嘲、斥責。職是之故,若世尊許可,我將於僻靜之處,爲尊者舍利子建一塔,使廣大信衆隨情供養。佛賜許,言:長者隨意當作! 佛賜許而後,長者復白佛言:當如何作者爲善。佛説當如是造塔,言:當次第作四重堦基,次當安瓶座,復次當安瓶、八山、管心木,以及傘一、二、三、四、乃至十三層,再安諸雨蓋。是時諸比丘白佛言:彼不知唯爲舍利子聖者造是等樣式之塔,抑或爲所有聖者造 [是等樣式之塔]。佛告長者:如來之塔者,當諸相齊全。獨覺之塔,當不安雨蓋。阿羅漢之塔,有傘四重;不來之塔,有傘三重;一來之塔者,二重;入流之塔者,一重;凡夫善士之塔者,當爲平頭。

不還、預流等。這説明《大菩提塔樣尺寸法》之漢譯者翻譯此文書時並没有參照《律小事》之漢譯文。

而《大菩提塔樣尺寸法》之第二大部分的來源則於此文書中就已經説得非常明白："如是按於《無垢頂髻疏文》，且説大菩提塔尺寸者。"此之所謂《無垢頂髻疏文》者，藏文作"*gTsug tor dri med kyi 'grel pa*"，全名《照普門入光明頂髻無垢觀一切如來心髓與三摩耶陀羅尼疏》(*Kun nas sgor 'jug pa'i 'od zer gtsug tor dri ma med par snang ba de bzhin gshes pa thams cad kyi snying po dang dam tshig la rnam par blta ba zhes bya ba'i gzungs kyi rnam par bshad pa*)，作者爲 Lhan cig skyes pa'i rol pa（Sahajavilāsa），譯言俱生莊嚴，譯者爲 Jayadeva、Tshul khrims brtsegs，譯言戒積。[1] 此疏見於《丹珠爾》經的"續部"中，是迄今所見《西藏文大藏經》中最詳細地討論佛塔，特別是菩提塔之種類、樣式、尺寸，以及建塔之地點、用料和相應之儀軌的文書。卜思端於其所造造塔儀軌中將《無垢頂髻疏文》中有關建大菩提塔的内容全文分段引述，並逐段加以解釋。[2] 爲了方便對照，兹不妨將其原文轉録於下，並輔以漢譯文。

藏文原文：

[626.3] de la byang chub chen po'i mchod rten gyi tshul du brtsigs na / sku gdung gi rmang[3] yod na / rmang rten ji ltar mtho ba bzang po rten med na bang rim dang po'i sum cha'i tshad do // de'i steng du dge bcu ni phyir bskyed pa dang rngams bang rim dang po'i rngams phyed do // gnam 'phang phyi la bang rim dang po'i ngos tshad // de yan chad srog shing ste bang rim dang po'i gzhi gsum[4] gyi tshad do / bang rim bzhi 'phang mnyam mo // bang rim rngams kyi tshad khri 'phang ngo // bum rten khri 'phang gi phyed tshad do / bum pa ni bang rim dang po'i sum gnyis kyi tshad do // stod kyi sked ni bang rim gsum pa dang mnyam mo // bre rten gyi rgya ni / bang rim bzhi pa'i lnga cha gcig go // bre ni bang rim bzhi pa'i bzhi cha gcig go // de gnyis ka'i 'phang ni bang rim gyi sum gnyis dang bang rim gyi phyed do / bang rim bzhi pa'i shar dang lhor gsal khung bang rim nyid kyi brgyad cha'o // srog shing gi rtsa ba bang rim bzhi pa la reg go / 'khor lo bcu gsum gyi 'phang du bang rim dang po'i bzhi

---

〔1〕　見於德格版《西藏文大藏經》，續部，卷 Thu, Toh. No. 2688。
〔2〕　參見 Dorgee 上揭書，頁 9—10。
〔3〕　卜思端文中此處作 sku gdung gi rten，漢譯作"身語之相"，而其實際的意思是"佛骨之基"。
〔4〕　此處之 gzhi gsum 當爲 bzhi gsum 之誤，意爲"四分之三"。

gsum gyi tshad do//'khor lo dang po ni bre'i zur bzhi la slebs so//de bzhi chas 'khor ba'i tshad ni 'khor lo bcu gsum pa'o//〔627〕bcu gcig po yang de'i rim gyis gzhol ba'o//rtseg par thams cad ni ci mdzes su bya'o//thugs rjes mdo gzungs 'phang lo chung ba dang mnyam mo//de'i rmang〔1〕du rngams kyi gzhi gsum〔2〕ni 'jam po nyid stod du bzhi cha gcig ni phreng ba'i sul bcu drug pa'o//de'i steng du 'khor lo bcu gsum pa nyid kyi shing gi phyed tshad yar rtse phra ba bang rim nyid kyi 'phang phyed do//yang srog shing 'phang du bre phyed tsam steng du zla ba'i rtse mo gdugs dang mnyam srog shing la bskor te rtse mo bgrad do//gdugs ni 'khor lo bdun pa dang mnyam mo//gdugs khebs 'khor lo drug pa dang mnyam mo//zar tshigs ni bre'i 'phang dang mnyam mo//yang srog shing 'phang du bre'i sum cha'i tshad kyi steng du nyi ma zla ba las khyad yud tsam mo//nyi ma'i steng du tog gi Utpala ser po'i tog bu 'dra ste ci mdzes nyi ma dang zla ba dang tog pa thams cad kyi zur la bya mi chags bar bya ba'i phyir lcags kyi thur ma rnon po gzer bar bya'o//tog ni ser po nyi ma ni dmar po//zla ba ni dkar po//gdugs khebs ni dkar po'o//gdugs ni sngon po//gdugs kyi phyogs bzhir rigs bzhi'i phyag rgya bri'o//thugs rje'i phul ni dmar po'o//thugs rje nyid dang shes bcu ni ser po'o//'khor lo thams cad dang srog shing dmar po'o//mchod rten kyang dkar po'o//dge bcu yang ser po'o//rmang dang rmang rten ljang gu'o//mchod rten brtsig pa'i rim pa'o//

漢譯文：

　　於彼，若建大菩提塔，若有佛骨之基，則薹基高者爲妙。若無薹基，則其量同於第一層堦基三分之一也。彼上十善，向外增出；其厚量同於第一層堦基之厚量半分也。〔外天〕高有第一層堦基方量也。彼上爲管心木，乃第一層堦基之四分之三量，四層堦基厚量皆等，堦基半分是座厚量也。瓶座高有座高之半分也，瓶者，爲第一層堦基之三分之二分量，上腹者量同第三層堦基。八山之座闊有第四層堦基爲五分之一也。八山者，〔闊〕有第四層堦基爲四分之一也。此二高量有堦基爲三分之二，並有堦基半分也。第四層堦基東南二方，各開明竅，其量是堦基之八分。管

---

〔1〕　卜思端文中相應處作 de'i smad，意爲"彼之下"，此與稍后之 stod du，即"其上"相應，當更正確。

〔2〕　同樣此處之 gzhi gsum 當爲 bzhi gsum 之誤。

心根至第四層堵基也。十三層輪高有第一層堵基爲四分之三分量。第一層輪者至八山四角,將此四分圍畫之量,是十三層輪量也。十一層輪次第漸細也,各層堆砌之間可隨意裝飾。[1] 悲頂高量同小輪也。彼之下厚四分之三分平正,上[厚]四分之一分分作十六疊褶也。彼上第十三輪之半分量之木,其尖而細,量等堵基高之半分也。復管心木高量八山半分,上安半月,尖齊傘蓋,圍繞管心木,其尖斜開也。傘同第七層輪也,傘蓋同第六層輪也。垂珠等同八山高量也。又管心木高有八山三分之一分,上安一日輪,微比月大。日輪之上,嚴頂珠如未開新蓮之狀,隨意美飾之。一切日、月、珠之角,皆插鉄簽,爲勿令飛鳥於上逗留之故。頂珠黃色,日輪紅色,月輪白色,傘蓋亦爲白色,傘是青色,傘之四方畫四部佛之手印,悲頂之斗(phul?)紅色,悲頂本身與十智黃色,一切輪與管心木爲紅色。塔亦是白色,十善則是黃色,基與薹基綠色也。此爲造塔之次第也。

不難發現,卜思端大師實際上不過是將分屬於《律小事》和《無垢頂髻疏文》中的兩個段落拼合在一起,並略加增删、解釋而寫成了他的這部《大菩提塔樣尺寸法》。這或許又可引以爲例證,説明西藏佛教學者之釋論多因襲、少創新。然而諸如造塔儀軌這樣屬於圖像學類的文獻,本來就要求嚴格遵守古已有之的經典,而不給人以許多想象、創造的空間。後世所能做的或許衹是於不同的經典傳統中作出自己的取捨,並給以具體的解釋,然後將其確定爲既成之傳軌而付之實踐。顯然,卜思端所造《大菩提塔樣尺寸法》中屬於他自己的貢獻亦僅此而已。他分引《律小事》和《無垢頂髻疏文》以總説佛塔之類型和細説大菩提塔之樣式、尺寸即表明了他自己的取捨。事實上,《無垢頂髻疏文》於細説菩提塔儀軌之前同樣亦提到了八大佛塔之類型,其所説顯然與《律小事》中相應的内容有較大的差異。如其云:"佛塔者,座高[2]十三以上,三十二以下;獨覺之[塔]者,[座高]九以上,十一以下,亦無雨蓋和寶珠;阿羅漢之[塔]者,座高四以上,五輪;自入流至不還者之[塔],座高僅三,輪七重;凡夫之[塔],座高二,輪四重。"[3]這與《律小事》中所説不同,而卜思端則選擇了後者。另外,卜思端大師文中所提到的以梵

---

〔1〕 卜思端文中此句漢譯作"其輪空間取巧粧飾"。

〔2〕 藏文原作 khri 'phang,意爲"座高"。然而,根據 Dorgee 上師的解釋,此之所謂"座高"即可解釋爲"相輪",又可解釋爲"階梯"。參見 Dorgee 上揭書,頁 132,注 31;此處所謂佛塔之座高當指相輪,言如來佛塔之相輪少則十三,多則三十二。

〔3〕 de las sang rgyas kyi mchod rten ni khri 'phang bcu gsum yan chad// sum cu rtsa gnyis man chad do// rang sangs rgyas kyi dgu yan chad bcu gcig man chad de/char kheb dang tog kyang med do//dgra bcom pa'i khri 'phang bzhi yan chad do//'khor lo lnga pa'o//rgyun du zhugs pa nas phyir mi 'ong ba'i bar gyi khri 'phang gsum kho na'o//'khor lo bdun pa'o// so so'i skye bo'i khri 'phang gnyis 'khor lo bzhi'o//,《無垢頂髻疏文》,葉 625.5 - 7。

緣、角緣先將佛塔之布局分爲十二分的説法不見於《無垢頂髻疏文》中,他對後者所述八山之高度亦提出了質疑,認爲此處所記有誤,且認定是譯者的過錯。這充分説明卜思端大師所造的這部《大菩提塔樣尺寸法》不祇是簡單地將《律小事》和《無垢頂髻疏文》中的兩個段落拼合在一起而已,而是有其自己的取捨和評判的。

五、佛塔之種類和西藏佛塔之樣式

今天見於西藏各地之佛塔林林總總,形制各異,但其最基本的樣式當不外乎所謂的"如來八塔"(de bzhin gshegs pa'i mchod rten rgyad)。其原型即是爲了紀念佛陀一生之八大宏化而分別於這些宏化之發生地建造的八座大佛塔。漢文大藏經中有《佛説八大靈塔名號經》,其云:

爾時世尊告諸苾芻,我今稱揚八大靈塔名號,汝等諦聽,當爲汝説。何等爲八?所謂第一迦毘羅城龍彌儞園是佛生處;第二摩伽陀國泥連河邊菩提樹下佛證道果處;第三迦尸國波羅奈城轉大法輪處;第四舍衛國祇陀園現大神通處;第五曲女城從忉利天下降處;第六王舍城聲聞分別佛爲化度處;第七廣嚴城靈塔思念壽量處;第八拘尸那城娑羅林内大雙樹間入涅槃處。如是八大靈塔。[1]

具體言之,這八座佛塔分別是:[2]

1. 爲紀念佛誕而造的蓮聚塔(pad spungs mchod rten)

2. 爲紀念佛成正等覺而造的菩提塔(byang chen mchod rten)

3. 爲紀念佛初轉法輪而造的多門塔(sgo mang mchod rten)

4. 爲紀念佛調伏外道而造的神變塔(cho 'phrul mchod rten)

5. 爲紀念佛上三十三天爲摩雅夫人説法而建的天降塔(lha babs mchod rten)

6. 爲紀念佛調停僧團分裂而造的和合塔(dbyen bzlum mchod rten)

7. 爲紀念佛延壽三月而造的加持塔(byin brlabs mchod rten),或曰尊勝塔(rnam rgyal mchod rten)

8. 爲紀念佛涅槃而造的涅槃塔(myang 'das mchod rten)

於這八種佛塔中,大菩提塔是最爲普通、流行的一種。据 Tucci 和 Dorjee Lama 分別於 20 世紀之不同時期於拉達克地區所作的調查表明,西藏佛塔中的絕大部分是大菩

---

〔1〕 《大正藏》32,頁 773.1。
〔2〕 參見山本幸子,《チベットの技法書に見られる法塔(チョルテン)の類別》,《日本西藏學會會報》第 35 號,東京,1998 年,頁 69—81。

提塔,其他類型的佛塔雖都有出現,但數量不多。[1] 而從佛塔的建造樣式和尺寸來看,其他各種佛塔之形制均以大菩提塔爲標準而略作變化。是故,從俱生莊嚴,到卜思端、Phreng kha pa Blo gros bzang po(16 世紀時人)都以大菩提塔爲例説造塔之儀軌,而且其所説大菩提塔之樣式、尺寸一脈相承,没有很多的變化。Phreng kha pa Blo gros bzang po 於細説大菩提塔之樣式、尺寸之後,復在此基礎之上簡述其餘七種佛塔之差別和特點(mchod rten bdun gyi rnam bdye),其云:

> 彼亦,四層墖基合爲三層,三層墖基皆有十善,且爲圓形者,即以尊勝之塔稱聞,當知其餘一切皆如前述;稱爲蓮聚之塔者,四墖基爲圓形,且飾以蓮花圖案;具吉祥多門塔者,四方墖基之三分之一分凸起,多門之門之多少隨意而作,有些以爲多門塔無凸起;天降塔者,墖基爲四方形,各方之三分之一分向中央凸起,其上排列三級梯級。若去掉這三層梯級,而其餘同於他者,爲神變之塔。涅槃之塔無四層墖基,於十善之上安瓶座。稱爲僧伽和合之塔者,具大菩提塔之四層墖基,其四角被切,形成相等的八面。其餘一切當可由前説而知。[2]

此外,於"如來八塔"以外,尚有將佛塔分爲聲聞、獨覺和大乘三種類型的,其中之第一種,即聲聞乘之塔,形狀如折成四褶之法衣上置一覆鉢,覆鉢之上復插一禪杖;其中之第二種,即獨覺乘之塔,塔基呈四方形,其上四方層面上立有十二圓形墖梯和八輻之輪;其中之第三種,即大乘之塔,依阿闍黎龍樹之説復有三種: 狀如覆鉢,圓如頻婆果;形如小屋;形如勝幢之八塔。[3] 而於《西藏文大藏經》"丹珠爾"部"釋續"(rgyud

---

[1] 參見 Tucci 上揭書,頁 51;Dorjee Lama 上揭書,頁 73—76。

[2] de yang bang rim bzhi po gsum du sbrel/gsum ga dge bcu dang zlum por bya//de la rnam rgyal mchod rten zhes grags te/lhag ma thams cad sngar bzhin shes par bya//pad ma spungs pa zhes bya'i mchod rten ni/bang rim bzhi zlum pad ris bris pa'o//dpal ldan bkra shis sgo mang mchod rten ni/bang rim gru bzhi'i sum cha 'bur dod bya//sgo mang mang nyung ci 'dod bya bar snang/la la sgo mang glo 'bur med pa'ang 'dod//lha babs mchod rten bang rim gru bzhi ba'i/rang rang sum cha dbus su 'bur dod kyang//de steng skas gsum bsgrigs nas btsugs pa'o//di yi skas gsum phud de gzhan 'dra ba//de la cho 'phrul chen po'i mchod rten lo/myang 'das mchod rten bang rim bzhi med pa//dge bcu'i steng du bum rten bzhag pa'o/dge 'dun dbyen bzlums zhes bya'i mchod rten ni//mchod rten byang chub chen po'i bang rim bzhi'i/zur bzhi bcad de ngos brgyad mnyam par bya//kun kyang lhag ma bshad zin las shes bya//. bDe bar gshegs pa'i sku gzugs kyi tshad kyi rab tu byed pa yid bzhin nor bu.《明説如來佛像尺寸──如意寶珠》,Tucci 上揭書,頁 117、126;第悉·桑結嘉措(sDe srid Sangs rgyas rgya mtsho, 1653 - 1705)於其《白琉璃附録口述與問答──除垢》(Vaidurya dkar po las 'phros pa'i snyan sgron dang dri lan g. ya' sel bzhugs so)中亦對其餘七種佛塔之形制作了類似的描述,見 Dorgee lama 上揭書,頁 170—171;亦參見山本幸子上揭文,頁 70;Gega Lama, Principles of Tibetan Art (Darjeeling, W. B. India, 1983), pp. 76 - 78。

[3] Nyan rang theg chen gyi [mchod rten] gsum mo//dang po ni chos gos bzhi stab kyi steng du lhung bzed sbubs pa la 'khar gsil btsugs pa lta bu'o//gnyis pa ni rmang gru bzhi'i steng du ngos gru bzhi bang rim zlum po bang rim bcu gnyis pa 'khor lo rtsibs brgyad pa can no//gsum pa ni slob dpon 'phags pa klu sgrub kyis/lhung bzed sbub pa lta bu bim pa'i zlum pa dang/khang bu lta bu dang/rgyal mtshan lta bu'i mchod rten brgyad la sogs pa'o//. Dorgee lama 上揭書,頁 153—154。

'grel）中的一部名稱《事集》(*Bya ba bsdus pa*)的釋文中，又提到了米聚('bras spungs lta bu）式、[覆]缽式（lhung bzed lta bu）、瓶式（bum pa lta bu）、勝幢式（rgyal mtshan lta bu）等四種塔式。其中勝幢式佛塔又分成瓶式和鐘式兩種。[1] 而上述八大佛塔通常被認爲是大乘佛塔中的第三種，即勝幢式佛塔。而且除了涅槃塔爲鐘式以外，其餘七塔均爲瓶式佛塔。

　　西藏建佛塔的歷史開始於 8 世紀下半葉，即西藏第一所佛教寺院桑耶寺的建築。據傳當時建造了白、紅、黑、藍四座佛塔，其中白色的佛塔爲依聲聞乘之傳軌建造的大菩提塔，以八獅子爲莊嚴；紅色佛塔是依菩薩乘之傳軌建造的轉法輪塔，以蓮花爲莊嚴；黑色的佛塔是依獨覺乘之傳軌而建造的；綠色的佛塔乃依如來乘之傳軌而建造的吉祥天降塔，以十六多門佛龕爲莊嚴。[2] 這四座佛塔今已不存，據宿白先生於 20 世紀 50 年代末所作調查的紀錄：“四塔位烏策（當指 dBu rtse——引者）大殿外四隅。東南隅者爲白塔，方形基座上砌六層叠澀，其上建扁平圓覆缽，再上置方座，上樹細長相輪，輪數十七，愈上者愈小，相輪頂立刹置傘蓋、寶瓶、寶珠等。相輪以下部分外表砌白石板塊。《拔協》所記‘有八獅子作嚴飾’，不知佚於何時。紅塔位大殿西南隅，八角基座上覆六層覆蓮，當即《拔協》所記之‘有蓮花作嚴飾’。最上層覆蓮之上砌圓覆缽，缽頂方座上樹之細長相輪、傘蓋、寶瓶、寶珠等與白塔相似，但相輪分二段，下段九輪，上段七輪與白塔不同。相輪以下外表俱飾紅琉璃磚。位大殿西北隅者爲黑塔，圓形基座二層，上砌覆鐘形覆缽，缽頂座、傘蓋、寶瓶、寶珠等略與紅塔同，相輪以下外表砌黑色條磚。綠塔位東北隅，十字折角基座三層，第一層四面各辟三龕室，第二層四面各辟一龕室，共計十六龕室，此即《拔協》所謂‘有十六殿門作爲嚴飾’者。第三層無龕室，其上砌扁圓形覆缽，再上爲方座，座上樹相輪，相輪分三段，下段九輪，中斷七輪，上段五輪，輪上置傘蓋、寶瓶、寶珠，相輪以下外表砌綠藍色琉璃磚。”[3] 按照這個記載，顯然桑耶寺這四座佛塔

　　〔1〕　*Kriyāsamgraha*，丹珠爾，德格板，釋續部，卷 Ku，葉 352a7—b1。

　　〔2〕　參見 *dBa' bzhed: The Royal Narratives concerning the Bringing of the Buddha's Doctrine to Tibet*, *Translation and Facsimile Edition of the Tibetan Text*, by Pasang Wangdu and Hildegard Diemberger with a Preface by Per K. Sørensen（Wien：Verlag der Österreichischen Akademie der Wissenschaften, 2000），pp. 66 - 67；Per K. Sørensen, *Tibetan Buddhist Historiography: The Morror Illuminating the Royal Genealogies*, *An Annotated Translation of the XIVth Century Tibetan Chronicle: rGyal-rabs gsal-ba'i me-long*（Wiesbaden：Harrassowitz Verlag, 1994），pp. 386- 388. 於最早的史書 *dBa' bzhed* 中僅記載建有白、紅、黑、藍四座佛塔，而到後出的《西藏王統記》中便出現了上述種種具體的名稱和描述。同樣於另一部出於 15 世紀的西藏著名史書《漢藏史集》(*rGya bod yig tshang*)中，有關這四座佛塔的記載基本與《西藏王統記》中的記載相同，衹是將黑色的佛塔説成是一座舍利塔。見達倉宗巴·班覺桑布著，陳慶英漢譯，《漢藏史集》，拉薩：西藏人民出版社，1986 年，頁98。關於西藏造塔的歷史參見根秋登子，《論藏式佛塔建築》，《西藏研究》2004 年第 2 期，頁 92—94。

　　〔3〕　宿白，《西藏山南地區佛寺調查記》，同氏，《藏傳佛教寺院考古》，北京：文物出版社，1996 年，頁60—61。

與卜思端《大菩提塔樣尺寸法》中所描述的大菩提塔之形制基本相同,爲勝幢式佛塔,但其尺寸、顏色卻與後者所説有較大的不同。例如,被稱爲是按照聲聞乘之傳軌而建造的大菩提塔的白塔有六層叠澀(當即指堦基),而按例大菩提塔當祇有四層堦基;而且白塔有十七層相輪,而大菩提塔當祇有十三層相輪。[1] 而且如前所述,聲聞乘之佛塔之基礎亦當如"折成四褶的法衣",故不應該有"六層叠澀"。紅塔若爲轉法輪塔,即當爲吉祥多門塔,然若其"八角基座上覆六層覆蓮",則更像是爲紀念佛誕而建造的蓮聚塔,因爲祇有蓮聚塔之四層堦基的四面繞以蓮花爲莊嚴,而且祇有蓮聚塔之堦基可多至七級,以喻佛誕時足行七步而生蓮花。而黑塔"上砌覆鍾形覆缽",像是涅槃塔,因爲如前所述八塔中祇有涅槃塔是鐘式的,且無四層堦基。藍塔,或曰綠塔,被指爲吉祥天降塔,但又有十六佛龕爲莊嚴,此顯然與《大菩提塔樣尺寸法》中所説不同,天降塔之四層堦基之中央當立有階梯,而不應該有佛龕(門),祇有多門塔繞於四層堦基之四面開門,而門數則有 108、56、16 等三種不同。所以,桑耶寺的這座綠塔更應當是一座吉祥多門塔。從這些互相矛盾的記載中可以看出,於桑耶寺興建這四座佛塔時,西藏之造塔儀軌尚未確定,故其形制與其名稱多不相符合。

宿白先生於對藏傳佛教寺院中所見佛塔作了系統研究之後總結説:

[北京妙應寺]白塔塔身(即碑所云之"缽身")和相輪(俗呼十三天)部分合觀之,恰是瓶狀。此種瓶狀塔爲喇嘛教所特有,其來源似尚無定論,其類型大體上可分兩式。塔身低、相輪粗、華蓋寬大如白塔者,藏語云"噶當覺頓",西藏地區盛行於薩迦時期,薩迦北寺八思巴靈塔和薩迦第一代本欽釋迦賢,第二代本欽向准、本迦瓦,第四代本欽慶喜賢等人靈塔以及康馬雪囊寺塔、拉薩東郊大塔等皆屬此式,其較晚之例,爲明永樂十二年所建江孜白居寺十萬佛像塔。中原地區即始於此白塔,此外同爲阿尼哥設計之五臺山大塔、至元末開雕於杭州靈隱寺飛來峰之塔龕、延祐間建北京護國寺雙塔以及武漢黃鶴樓址的勝像寶塔等,均與白塔大抵相類。喇嘛教格魯派興盛之後,另一種早期流行的塔身高、相輪細、華蓋小、藏語名"覺頓"的塔形,在西藏地區逐漸恢復,並很快取得了優勢,這種情況,不久就影響到中原,明中葉以後內地各處興修的喇嘛塔,皆作此式。[2]

宿先生此處所説的"噶當覺頓",當即指"bKa' gdams mchod rten",意爲噶當派之

---

〔1〕　祇有《無垢頂髻疏文》中説佛塔最多可有三十二個相輪。
〔2〕　宿白,《元大都〈聖旨特建釋迦舍利靈通之塔碑文〉校注》,同氏上揭書,頁328。

塔。雖然這種型式的佛塔曾廣泛流行於西藏和中原,乃至西夏地區,[1]但藏文文獻中卻很少提到這種塔式。迄今所見祇有松巴堪布‧意希班覺(Sum pa mkhan po Ye shes dpal 'byor, 1704－1788)曾將佛塔分成四種不同的類型,其中第一種即是上述之"如來八塔",第二種是時輪塔(Kalacakra stūpa),第三種是噶當塔,第四種則是聲聞、獨覺和凡夫塔。[2]而宿先生所說的另一種藏文名爲"覺頓"的塔形,當即指普通的勝幢型的"如來八塔"。所謂"覺頓",即是藏文"mchod rten"一字的音譯,本意爲"塔",並不表示某種具有特殊樣式的佛塔。而宿白先生這裏所指的"覺頓"塔,當是特指後世西藏流行的勝幢型佛塔。然這種佛塔於西藏的恢復與興盛並不見得一定與格魯派的興盛互爲因果,顯然對這種佛塔之樣式、尺寸的確定於西藏最早應當就是通過夏魯派的創始人卜思端大師的這部造塔儀軌,即《大菩提塔樣尺寸法》來完成的。而卜思端大師的這部造塔儀軌於元代末年就已被翻譯成漢文這一事實,亦可作爲元代西藏造塔技法已傳入中原的一個例證,來解釋何以"明中葉以後內地各處興建的喇嘛塔,皆作此式"這一現象。西藏後出的幾部著名的造塔儀軌,如達倉譯師協繞輦真(sTag tshang lotsaba Shes rab rin chen,生於 1405 年)所造、成喀瓦(Phreng kha ba Blo gros bzang po, 16 世紀人)所造《工巧明論——經續明鏡》(bZo rig pa'i bstan bcos mdo rgyud gsal ba'i me long)、《善逝佛像尺寸論——如意珠》(bDe bar gshegs pa'i sku gzugs kyi tshad kyi rab tu byed pa yid bzhin nor bu)、[3]主巴噶舉派大師帕瑪噶波(Padma dkar po)所造《八塔尺度經》(mChod rten brgyad kyi thig rtsa bzhugs so)、敏林大譯師法吉祥(sMin gling Blo chen dharmaśrī)所造《造塔必需儀軌》(Dri med rnam gnyis kyi gzungs la rten to mchod rten bzhengs pa la nye bar mkho ba'i cho ga bklags pas grub pa)、第悉‧桑結嘉措(sDe srid Sangs rgyas rgya mtsho, 1653－1705)所造《白琉璃逸出之近燈和取香除垢》(Vaidurya dkar po las 'phros pa'i snyen sgron dang dri len g. ya' sel bzhugs so)[4]等都與卜思端上師所說大同小異。

---

〔1〕 宿白,《西夏古塔的類型》,同氏上揭書,頁305—321。

〔2〕 Sum pa khen po Ye shes dpal 'byor, *sKu gsung thugs rten gyi thig rtsa mchan 'grel can me tog 'phrin bdzes zhes bya ba*, Collected Works of Sumpa Khenpo, vol. Nga (IV), Reprinted by Lokesh Chandra (New Delhi: IAIC, 1979), 384－391;這四種類型之佛塔的簡單圖示見 Dorjee Lama 上揭書,頁 18;顯而易見,圖中所示之 Kadam Chorten (即 bKa' gdams mchod rten)的形制與宿先生所說完全一致。根秋登子提出,次後覺沃傑大師(指阿底峽——引者)從印度引入爲數衆多的積蓮塔和尊勝塔,據說這些塔是佛祖入滅後印度阿育王用東印度青銅工藝和西印度青銅工藝製造。以上青銅工藝品被請到藏區以後稱其爲"嘎當塔"。見根秋登子上揭文,頁92。

〔3〕 原文之拉丁字母轉寫和英譯見 Tucci 上揭書,頁 113—117、121—127。

〔4〕 原文之拉丁字母轉寫和英譯見 Tucci 上揭書,頁 118—121、127—132;Dorjee 上揭書,頁 151—172。

詞彙對照表

《大菩提塔樣尺寸法》《律小事》

ka shu shing gi sboms　托傘之木

rked　腹

skar khung　明竅

sku gdung gi rten　身語之相

khri　座

'khor lo　輪

rgya　闊

rgya tshad　闊量

dge bcu　十善

ngos tshad　方量

rngams　厚量

cha chen　大分

cha chung　小分

cha phran　小分

char khebs　雨蓋　寶瓶

mchod rten　塔　窣睹波

tog　寶珠

thad kar　徑

thig khongs　綫數

thugs rje mdo gzungs　悲頂

them skas　堦梯

mthar skor　圍

gdan　座

gdugs　傘　相輪

gdugs kyi dbugs bug ba　傘蓋中央竅

gdugs khebs　傘蓋

'degs pa'i padma　蓮花

dpangs　高、厚

'phang　高、厚

ba gam　巴甘

bang rim　堦基、基

bum pa　瓶　覆缽

bum rten　瓶座　塔身

byi bo　圓頂　平頭

bre　八山　平頭

rmang　相、所置之相

rmang rten　臺基、相

tshangs thig　梵綫

tshad　量、尺寸、樣

za ra tshags　垂珠

zur thig　角綫

zla ba　半月

srog shing　管心、管心木　輪竿

gsal khung　明竅

（原載謝繼勝、沈衛榮、廖陽主編,《漢藏佛教藝術研究——第二屆西藏考古與藝術國際學術研討會論文集》,北京：中國藏學出版社,2006 年,頁 77—108）

重構 11—14 世紀的西域佛教史

——基於俄藏黑水城漢文佛教文書的探討

一個學科的發展,特別是歷史研究的進步往往要借助新資料的發現。20 世紀初敦煌文獻的發現,對中央亞細亞和中國西北各民族之語言、歷史、宗教的研究,對貫通歐亞文明的絲綢之路的歷史和文化的重構都給予根本性的推動。可是像發現敦煌文獻這樣的事千載難逢,並不是每個人文科學研究者一生中都能遇到。我們中的絶大多數必須設法從現存的資料中發現新内容,以求學術的進步。多年來,東西方學者都對"跨學科的研究方法"(Interdisciplinary Approach)津津樂道,但是真正將這種方法付諸實踐的卻並不很多。

近三年前,筆者有幸偶然於俄藏黑水城漢文文獻中發現一系列過去完全被人忽略的藏傳密教文獻。而對這些文獻的研究和將其與回鶻、西夏、蒙古文文獻的比較所揭示的事實,爲重構自 11—14 世紀之西域,主要指高昌回鶻、西夏和蒙古地區的佛教,特别是藏傳密教傳播、發展的歷史提供了可能。這預想不到的結果令筆者不僅對黑水城文書深深地着迷,而且亦對跨學科、多語言研究方法的意義有了更深切的體會。若僅僅從漢學或西夏學的角度來研究黑水城文獻,則其價值遠遠得不到充分的發揮;但若從突厥(回鶻)學、蒙古學、西藏學和佛學研究的角度來處理這些文獻的話,就如突然打開一個寶庫。有鑒於此,雖然筆者對黑水城文書的研究尚十分膚淺,所得所見亦不成熟,然爲吸引更多的學術同行關注黑水城文書,兹不揣譾陋,願貢獻個人研究黑水城文書的一孔之見,並對跨學科和多語言的研究方法對於發現新資料、從而促進學術研究之進步的意義略加討論。

一、11—14 世紀之西域佛教史何以需要重構

10 世紀以前的西域[1]宗教史或曰絲綢之路上的宗教史,因敦煌文獻的發現而多

---

〔1〕　西域作爲一個地理概念於不同的時代有不同的涵義,此處所言之西域大致與今日學者所説的中央歐亞(Central Eurasia)相當,主要指新疆,或西方文獻中所説的中國突厥斯坦(Chinese Twrkistan)、東突厥斯坦(Eastern Twrkistan)和以敦煌、河西走廊爲中心的中國西北地區、東部西藏、蒙古草原等地區。

彩多姿,凸現出西域作爲東西文化之熔爐的特色。而 10 世紀之後的西域宗教史則多以該地區的伊斯蘭化爲主要內容,失卻了各種宗教文化交相輝映的特點。[1] 西域之大部分今日为清一色的穆斯林地區,其佛教的歷史容易被人遺忘。因缺乏足够的資料,迄今對 10 世紀以後西域佛教史的研究始終停留在表面和互相割裂的狀態。於 11—14 世紀,高昌回鶻、西夏和蒙古三大政權在西域歷史上扮演了最主要的角色,但是迄今對這三個政權之佛教史的研究均不盡如人意。

1. 高昌回鶻(850—1250)佛教史。人們有幸能重溫這段長達五百年之久的佛教歷史端賴敦煌、吐魯番回鶻文獻,特別是今藏於德國柏林的吐魯番回鶻文文獻(Turfan Uigurica)。這些文獻爲世界各國學者,尤其为德國、日本學者所重。近一個世紀以來,在 F. W. K. Müller、A. von Gabain、S. Tekin、P. Zieme、耿世民、莊垣內正弘、森安孝夫等著名回鶻語學專家的努力下,重要的回鶻文佛教文獻基本上都得到了整理和譯介。特別值得一提的是,德國學者 Peter Zieme 教授對回鶻文佛教文獻的研究作出極爲卓越的貢獻,其著作是我們了解回鶻佛教史的最基本的文獻。[2] 然而,迄今爲止不但尚有發現於 20 世紀 80 年代的回鶻文獻沒有得到學術的處理,而且由於回鶻佛教文獻本身性質單一,文本殘缺,更缺乏足够的紀年資料,以致對一件文書之成書年代的看法有可能相差幾個世紀。若沒有其他文獻資料的幫助,我們很難確切地構建 11—14 世紀之回鶻佛教史。

2. 西夏王國(1038—1227)。西夏曾是世界歷史上少有的幾個以佛教爲國教的著名佛國之一。西藏史家習慣於將西夏的歷史緊隨印度、吐蕃之後,與香跋剌、于闐、蒙古等佛教國家的歷史一起寫進世界佛教史中。然而西夏王國的中心地區,即今寧夏回族自治區亦已成爲穆斯林聚居區,祇有新近考古發掘時常獲得的西夏文、漢文佛教古文獻

---

〔1〕 參見 Richard C. Foltz, *Religions of the Silk Road, Overland Trade and Cultural Exchange from Antiquity to the Fifteenth Century*, New York: St. Martin's Griffin, 1999.

〔2〕 Zieme 教授的著作極爲豐富,其中有關回鶻佛教史的最主要的著作有: *Buddhistische Stabreimdichtungen der Uiguren*, Berlin 1985; *Die Stabreimtexte der Uiguren von Turfan und Dunhuang. Studien zur alttürkischen Dichtung*, Budapest 1991; *Religion und Gesellschaft im Uigurischen Königreich von Qočo, Kolophone und Stifter des alttürkischen buddhistischen Schrifttums aus Zentralasien*, Abhandlungen der˙ Rheinisch-Westfälischen Akademie der Wissenschaften, Band 88, Opladen: Westdeutscher Verlag, 1992; *Magische Texte des uigurischen Buddhismus*, Mit 208 Abbildungen auf 97 Tafeln, Berliner Turfantexte XXIII, Berlin-Brandenburgische Akademie der Wissenschaften, 2005. 以及他與匈牙利學者 G. Kara 合作的 *Fragmente tantrischer Werke in uigurischer Übersetzung*, Berlin Turfantexte VII, Berlin, 1976; *Die uigurischen Übersetzungen des Guruyogas "Tiefer Weg" von Sa-skya Pandita und der Mañjuśrināmasamgīti*, Berkin Turfantexte, VIII, Berlin, 1977; *Ein uigurisches Totenbuch. Nāropas Lehre in uigurischer Übersetzung von vier tibetischen Traktaten nach der Sammelhandschrift aus Dunhuang. Britisch Museum Or. 8212 (109)*, Budapest, 1978.

才使人想起西夏佛教的歷史。上個世紀初發現的黑水城文書爲西夏語言、文化、歷史的研究或者説爲西夏學的建立奠定了堅實的基礎,造就了西田龍雄、E. Kyčanov、龔煌城、李範文、史金波等一批著名的西夏學家。但迄今對西夏佛教史的研究卻仍停留在西夏文佛典的編目和對西夏佛教史有關的人物、制度的考訂上。西夏文佛經常被用作與漢文同種佛經對照的語言資料來建構西夏語學研究,[1] 而西夏佛教本身的研究尚没有深入展開,綜合性的著作僅有史金波先生於 20 世紀 80 年代寫成的《西夏佛教史略》一書;[2] 於英語學術圈内亦祇有鄧茹萍女士(Ruth W. Dunnell)所撰《大白上國: 11 世紀[西]夏之佛教和國家形成》一書。[3] 至今還有大量的西夏文佛教文書,特別是最近於拜寺溝方塔及其鄰近地區新發現的西夏文文獻尚未得到解讀。總之,對西夏佛教史的建構還没有能够徹底超越漢文史乘中的零星記載。

3. 蒙元時期(1206—1368)。儘管史載成吉思汗滅西夏時殺掉受西夏人敬事,"凡有女子,必先以薦國師而後敢適人"的(吐蕃)國師,[4] 但元朝的蒙古君主卻以信仰藏傳佛教著稱,對番僧的尊崇達到了無以復加的地步。遺憾的是,於元代留下的漢文文獻中,在據傳曾於元朝宫廷中流傳的《大乘要道密集》一書近年來漸漸受人重視以前,没有任何具體的文獻資料可以用來對蒙元時代所傳藏傳佛教教法作較深入的探討。爲人所知者唯有臭名昭著的"秘密大喜樂法"和莫測高深的摩訶葛剌崇拜,遂使藏傳佛教被妖魔化爲播弄鬼神的方伎和專事"房中術"的妖術。[5] 此外,現有有關元朝佛教史的著作中不但基本上没有提到元朝宫廷之外蒙古遊牧民的佛教信仰,而且普遍認爲隨着元朝的滅亡,藏傳佛教於蒙古人中間的流傳亦就停止。直到 16 世紀中期,在蒙古王子俺答汗和第三世達賴喇嘛鎖南迦錯(bSod nams rgya mtsho)的共同努力下,藏傳佛教才重新於蒙古人中間廣泛傳播開來,並最終取代蒙古傳統的薩蠻信仰而成爲在蒙古人中間占主導地位的宗教信仰。

綜上,迄今爲止中外學者對高昌回鶻、西夏和蒙古的研究尚不足以讓我們勾勒出一

---

[1] 西夏文佛典目錄見於西田龍雄,《西夏文華嚴經》三,京都: 京都大學文學部,1977 年;E. Kyčanov, Catalogue of Tangut Buddhist Texts, Kyoto: Faculty of Letters of Kyoto University, 1999.

[2] 史金波,《西夏佛教史略》,銀川: 寧夏人民出版社,1988 年。

[3] Ruth W. Dunnell, *The Great State of White and High: Buddhism and State Formation in Eleventh Century Xia*, Honolulu, Hawaii: University of Hawaii's Press, 1996.

[4] 事見《黑韃事略》,參見王國維,《蒙韃備録、黑韃事略箋證》,北京: 文殿閣書莊,1936 年,頁 108。

[5] 參見沈衛榮,《神通、妖術和賊髡: 論元代文人筆下的番僧形象》,《漢學研究》第 21 卷第 2 期,臺北,2003 年,頁 219—247。

幅 11—14 世紀之西域佛教史的整體圖畫。造成這種欠缺的原因除了歷史資料不足、純粹的佛教文獻很難對建立有準確年代秩序的佛教歷史提供幫助之外,相關學科之間缺乏溝通和整合亦是一個不可忽略的原因。儘管迄今對回鶻文獻、西夏文獻的研究已經取得了令人矚目的成就,但是二者之間缺乏溝通,更沒有將蒙古學、西藏學和佛教學的研究整合到對 11—14 世紀之西域佛教史的研究之中,而後者顯然對於實現我們重構 11—14 世紀之西域佛教史的目標至關重要。

二、重新發現黑水城文書

1. 黑水城文書是俄國探險家柯兹洛夫(Peter Kuz' mich Kozlov, 1863－1935)於 20 世紀初在今內蒙古自治區額濟納旗境內黑水河畔一座西夏、蒙元廢城,特別是城外的一座廢塔中發現的有西夏、回鶻、漢、藏、蒙和亦思替非等多種文字的文書,今藏於俄國科學院東方學研究所聖彼得堡分所內。黑水城文書亦包括繼柯兹洛夫之後斯坦因、內蒙古文物考古研究所等多次發掘所獲文書,今分藏於倫敦大英圖書館和呼和浩特內蒙古文物考古研究所內。黑水城文獻乃中央歐亞地區發現的僅次於敦煌文獻的第二大西域文獻資料庫,對於西域研究的發展和進步之意義不言而喻。黑水城文書爲西夏學的建立,特別是西夏文字的解讀提供了依據,目前西夏學研究所取得的成就多半依靠的是黑水城文書。令人遺憾的是,雖然黑水城文書出土已經有一個世紀,但有幸能接觸、利用黑水城文書的學者寥寥可數,學界對黑水城文書的認識和利用遠遜於敦煌文書,它依然是一個有待挖掘的寶庫。最近,上海古籍出版社陸續影印出版《俄藏黑水城文獻》和《英藏黑水城文獻》,終於使這些珍貴的文獻重見天日,爲有意研究西域宗教、文化、歷史的學者提供了極大的方便。

迄今從事黑水城文書研究的學者多局限於從西夏學和漢學兩個角度切入作語言學、文獻學以及歷史學的研究,忽略了西藏學、突厥(回鶻)學、蒙古學、佛教學等學科的介入,更沒有將西夏王國的歷史文化與其前後的高昌、甘州回鶻和大蒙古國之歷史文化聯繫起來,使得黑水城文書中的大量佛教文獻束之高閣,而黑水城文書之價值因此亦得不到充分的認識。俄國漢學家孟列夫(L. N. Men'shikov)所撰《黑城出土漢文遺書敍錄》(*Description of the Chinese Manuscripts from Khara Khoto*)作爲一部漢學著作頗見功力,[1] 然而他對黑水城漢文佛教文書的價值認識不足,對西夏新譯佛經的真僞提出懷疑,對其中有關佛教的手寫抄本,特別是涉及密宗教法部分,歸諸"本地作品"而一筆

---

〔1〕 孟列夫著,王克孝譯,《黑城出土漢文遺書敍錄》,銀川: 寧夏人民出版社,1994 年。

帶過,没有能够將它們與藏傳佛教聯繫到一起。其他研究西夏文獻和西夏佛教的專家學者亦都没有將黑水城出土文書中的佛教文獻與吐魯番出土的回鶻文文獻即所謂 Turfan Uigurica 作比較,没有將高昌、甘州回鶻、西夏和蒙元時期西域佛教的歷史作爲一個整體來考察。但如果這樣做的話,就不難發現這三個地區之佛教歷史實際上一脈相承。那些被孟列夫稱爲"本地作品"的黑水城佛教抄本的價值其實遠遠超過那些非常大衆化的大乘佛經的各種刻本,它們是我們用來重構 11—14 世紀西域佛教史的最基本的素材。總之,對黑水城文書的發掘和利用有賴於跨學科、多語言的研究方法。

　　2. 筆者專攻西藏佛教史有年,對漢藏佛教交流史尤其關心。因曾關注禪宗於吐蕃傳播的歷史而對敦煌出土漢、藏文禪宗文獻之學術價值深有體會;亦因曾以元代蒙、漢、藏關係爲題做學位論文,故對元代藏傳佛教於蒙古、漢地傳播的歷史一直保持着十分濃厚的興趣。多年來苦於找不到任何具體的宗教和歷史資料,無法將這一課題的研究引向深入。一個十分偶然的機會,筆者接觸到了黑水城出土文書,而隨後的發現則終於能够使筆者開始於二十餘年前的研究躍上一個新的臺階。近三年前,筆者於對勘漢、藏譯《大寶積經·淨居天子會》,或稱《聖説夢大乘經》時,發現見於《大正藏》中的西晉三藏竺法護漢譯本有諸多不盡如人意之處,希望能找到一個更理想的版本。於遍尋各種大藏經刻本與《大正藏》本作比較而無所斬獲的情況下,寄望於敦煌文獻。於是,將晚近影印出版的各種海内外圖書館、博物館所藏敦煌文獻翻過一遍,結果還是一無所獲。絶望之餘見到上海古籍出版社晚近出版的幾册《俄藏黑水城文獻》,結果從中發現重要材料,從此黑水城文書便成爲筆者學術研究工作之中心。首先引起筆者注意的是一篇題爲《夢幻身要門》的西夏抄本文書,雖然它與筆者正在尋找的《聖説夢大乘經》無關,但對漢藏佛教交流史的研究卻意義重大。這部《夢幻身要門》顯然是藏傳佛教所傳《那婁六法》(Nāro chos drug)中的一法,即夢瑜伽或幻身瑜伽的修法儀軌。《那婁六法》是藏傳佛教噶舉派最根本的修法要門(gdams ngag)。噶舉派以金剛持佛爲其始祖,以印度的諦洛巴(Tilopa,988－1069)和那婁巴(Nāropa,1012－1100)爲其最初之法師,然後由西番譯師瑪爾巴(Mar pa Chos kyi blo gros,1002/1012－1097)於印度隨那婁巴求得其法之精要,傳之於米拉日巴(Mi la ras pa,1052－1135),米拉日巴復將其傳之於岡波巴鎖南領真(sGam po pa bSod nams rin chen,1079－1153)。自岡波巴之弟子開始,噶舉派之教法於西藏廣爲流傳,形成所謂四大、八小等許多支派。[1]《夢幻身要門》之漢譯

---

〔1〕　參見土觀·羅桑卻季尼瑪著,劉立千譯注,《土觀宗派源流》,拉薩:西藏人民出版社,1984 年,頁 59—63。

本於黑水城的出現説明《那嘍六法》於西夏地區之党項族、漢族信衆中的流傳幾乎與其在西藏本土流傳同時,這實在是漢藏佛教交流史上的一個重大發現。之前我們甚至找不到任何有關元朝宮廷所修藏傳密教的法本,而現在我們至少可以將藏傳佛教於漢地傳播的歷史上推一個多世紀。

於發現和研究《夢幻身要門》之後,[1] 筆者對已經出版的《俄藏黑水城文獻》作了系統的檢索,其結果令人鼓舞。那些被孟列夫先生稱爲"本地作品"的密教抄本,實際上是整整一個系列的藏傳密教儀軌文書。[2] 這些迄今尚未受人重視的抄本文書不但可以揭開西夏佛教史的內幕,而且亦可還蒙元時代所傳藏傳密法的本來面目,更可以用來重構自 11—14 世紀整個西域地區之佛教歷史。對《俄藏黑水城文獻》中有關藏傳佛教密宗儀軌文書的發現和認定,誇張地説是對整個黑水城文書的重新發現。筆者不才,有幸能有此發現,實拜多年遊學四方、受學諸賢、足涉多種學科之賜,念此遂對往日曾承教之衆師長倍生感恩之情。

三、黑水城漢文佛教文書的主要內容及其價值

俄藏黑水城出土漢文文獻於差可成書的 331 件文書中有 283 件是佛教類文書,其中很大一部分是漢譯佛典名經的刻本。僅《金剛般若波羅蜜經》、《華嚴經》、《妙法蓮花經》三種佛經的各種刻印本就佔了其中的近百件。其他佛經如《金光明最勝王經》、《無量壽經》,以及著名的偽經《佛説報父母恩重經》、《佛説天地八陽神咒經》的刻印本還有近 60 種,再加上屬於論、疏、高僧傳、疑偽經和尚無法確定的佛教文書近 30 種,總計已近 200 種。而此外數量很大的佛教文書則全爲密宗類著作,它們中的絶大多數都是藏傳密教文獻。其中除了《佛説大乘聖無量壽決定光明王如來陀羅尼經》、《首楞嚴經》、《聖妙吉祥真實名經》等少數經典採用的是漢譯外,其中的寫本文獻,大部分直接譯自梵文或藏文。

黑水城漢文佛教文書的價值首先體現在其中包括了多部不見於現存各種漢文《大藏經》中的重要佛經。這些西夏新譯漢文佛經至少包括《佛説聖大乘三歸依經》、《佛説聖佛母般若波羅蜜多心經》、《持誦聖佛母般若多心經要門》、《聖大乘聖意菩薩經》、《聖觀自在大悲心惣持功能依經録》和《勝相頂尊惣持功能依經録》等。根據這些佛經的

---

〔1〕 沈衛榮,《西夏黑水城所見藏傳佛教瑜伽修習儀軌文書研究 I:〈夢幻身要門〉》,《當代西藏學學術研討會論文集》,臺北:"蒙藏委員會",2004 年,頁 382—473。

〔2〕 沈衛榮,《序説有關西夏、元朝所傳藏傳密法之漢文文獻——以黑水城所見漢譯藏傳佛教儀軌文書爲中心》,《歐亞學刊》第 7 輯,北京:中華書局,2007 年,頁 69—79。

序、跋及發願文可知,它們都是西夏仁宗仁孝皇帝(1139—1193)在位年間西夏譯師根據"梵本"翻譯,並大量刻印、流通的西夏新譯佛經。由於在現存漢文大藏經中找不到與這幾部佛經對應的本子,孟列夫難辨其真僞,故將其中的幾部佛經列爲疑僞經。而事實上除了《持誦聖佛母般若多心經要門》之外,與上列其他幾部佛經對應的西藏文譯本均不難找到。其中《佛說聖大乘三歸依經》、《佛說聖佛母般若波羅蜜多心經》、《聖大乘聖意菩薩經》、《聖觀自在大悲心惣持功能依經録》可從現存《西藏文大藏經》中找到,其真實性由此即可得到驗證。而《勝相頂尊惣持功能依經録》儘管不見於《西藏文大藏經》中,但其藏文譯本的殘本與《聖觀自在大悲心惣持功能依經録》之藏譯本的殘本一起見於俄藏黑水城藏文文書 XT67 號中,可見其亦非漢譯僞經。[1] 毫無疑問,這幾部西夏新譯漢文佛經是中國佛教的寶貴財富,理當被納入現存的漢文大藏經中。

當然,黑水城漢文佛教文獻的價值遠不是祇提供了幾部西夏新譯的漢文佛經。黑水城漢文佛教文書中最有價值的部分當是那些尚未受人重視的手寫抄本,它們中的大多數是西夏和元朝時期翻譯、流通的藏傳密教儀軌。它們是迄今所見最早的漢譯藏傳佛教文獻,此前我們完全不知道有此類文書的存在。《大乘要道密集》於 20 世紀 60 年代在臺灣被影印出版以前祇在極少數修藏傳密教的漢族弟子中間秘密流傳,故鮮爲外人所知。與各種著名佛典的刻本相比,這些藏傳密教儀軌的手寫抄本雖然數量遠不及前者,但因其爲指導信徒實修的儀軌,故更能反映西夏、蒙元時代西域地區佛教修習的真實面貌。黑水城漢文藏傳佛教密宗儀軌文書的内容可謂無所不包,但其最主要者有以下三大類:

1. 大量的密咒(mantra)和陀羅尼經(dhāranī),其中最著名的有《聖觀自在大悲心惣持功能依經録》、《勝相頂尊惣持功能依經録》、《佛說金輪佛頂大威德熾盛光如來陀羅尼經》、《佛說大傘蓋惣持陀羅尼經》、《聖一切如來頂髻中出白傘蓋佛母餘無能亂惣持》等幾種刻印本文獻,以及散見於其他儀軌中的種種祈禱頂尊佛、觀音、文殊、大黑天神等佛、菩薩和護法神的密咒和陀羅尼。去年夏天,筆者有幸得見内蒙古考古研究所藏黑水城藏文文獻,發現這些藏品中的絶大多數是佛頂尊陀羅尼的刻印本。可見,佛頂尊陀羅尼經曾於黑水城地區廣爲流傳。於衆多的密咒和陀羅尼中,有不少是專門爲祛災、治病、祈雨、防雹、誅殺敵人等特殊用途而念誦的密咒和陀羅尼,曲折地反映出了當時西

---

〔1〕 對俄藏黑水城藏文文書 XT67 的介紹和研究見 *The Lost Empire of the Silk Road. Buddhist Art from Khara Khoto(X‐XIIIth century)*. Electa, Milan: Thyssen-Bornemisza Foundation, 1993, p.278;白井聰子,《ロシア所藏チベット語袖珍本について(1)》,《京都大學言語學研究》第 23 號,京都大學大學院文學研究科言語學研究室,2004 年,頁 167—190;史金波,《最早的藏文木刻本考略》,《中國藏學》2005 年第 4 期。

域地區特殊的自然和人文景觀。

2. 本尊禪定類文獻。本尊禪定是藏傳密教最典型的特徵之一，其最基本的概念就是行者通過觀想而與其本尊佛或菩薩合二而一，從而擁有其本尊的所有功德和神通，即身成佛。除了觀想以外，本尊禪定的修法還包括讚頌、供養、念誦密咒、陀羅尼和接受灌頂等等。與此相應，黑水城漢文佛教文獻中有大量與本尊禪定有關的修法（grub thabs）、讚頌（bstod pa）、儀軌（cho ga）、陀羅尼（gzungs，惣持）等不同種類的抄本文書。顯而易見，當時最受信徒喜愛的本尊是摩訶葛剌，即大黑天神和金剛亥母。《俄藏黑水城文獻》中有關大黑修法的文書就有《大黑根本命咒》、《吉祥大黑求修並作法》、《慈烏大黑要門》等三種長篇儀軌；內蒙古考古研究所藏黑水城出土漢文抄本文書絕大部分都與求修大黑天有關，其中包括龍樹菩薩所造《吉祥大黑八足讚》。而金剛亥母是僅次於大黑天神的第二位相當流行的護法，她被認爲是密教本尊勝樂輪（'Khor lo bde mchog），或忿怒尊兮嚕迦（Heruka）的空行母，同時爲薩思迦派和噶舉派所尊。《俄藏黑水城文獻》中有一系列修金剛亥母的儀軌，其中有《金剛亥母成就法》、《金剛亥母集輪供養次第錄》、《金剛亥母略施食儀》、《金剛亥母自攝授要門》、《金剛亥母攝授瓶儀》等。此外，觀音、文殊、金剛手、多聞天、勝樂金剛、佛眼母、四字空行母、欲護神等亦都曾爲西域信衆的觀修本尊，相應的儀軌文書有《多聞天陀羅尼儀軌》、《文殊智禪定》、《文殊菩薩修行儀軌》、《親集耳傳觀音供養讚嘆》、《勝樂集輪曼陀羅法事》、《佛眼母儀軌》等。

3. 以《那婁六法》爲主的瑜伽修習類文書。如前所述，《那婁六法》是藏傳佛教噶舉派最根本的修法要門，其六法即修拙火（gtum mo）、幻身（sgyu lus）、夢幻（rmi lam）、光明（'od gsal）、中有（bar do）、奪舍（'pho ba，轉趣）等六法，其要旨在於教導行者於不同的時間和情況下，通過這六種不同的瑜伽修習法認識自身即佛之三身之一，即身成佛。《俄藏黑水城文獻》中所見有關六法修習的文獻有《九事顯發光明義》、《中有身要門》、《夢幻身要門》、《甘露中流中有身要門》、《舍壽要門》、《拙火能照無明——風息執着共行之法》等，它們都應當是西夏時代的抄本。其中的《夢幻身要門》可以確認就是岡波巴大師本人所造《那婁六法》釋論中之《幻身要門》（sGyu lus man ngag）一節的漢譯，[1]這説明《那婁六法》於西夏的傳播幾乎與其於西藏本土的傳播同時。中有法，或

---

〔1〕 參見沈衛榮，《西夏黑水城所見藏傳佛教瑜伽修習儀軌文書研究 I：〈夢幻身要門〉》。《拙火能照無明——風息執着共行之法》一篇曾被見於《大乘要道密集》中的西夏時代譯本，祐國寶塔弘覺國師沙門慧信錄《依吉祥上樂輪方便智慧雙運道玄義卷》所引用，這可證明這些有關《那婁六法》的儀軌文書確實是西夏時代的作品。見元八思巴上師輯著，《大乘要道密集》卷一，臺北：自由出版社，1962 年，頁 8。

稱中陰法,近年因索甲活佛所著《西藏生死書》的流行而廣爲人知,[1]黑水城文書告訴我們,中有法實際上早在西夏時代就已經在漢人中流行了。

四、重構 11—14 世紀的西域佛教史

對 11—14 世紀西域佛教史的重構當從回鶻王國(850—1227)開始。前曾提及,研究回鶻佛教史面臨的一個最大的問題是文獻年代順序的建立。借助黑水城文書,這一對於建構佛教歷史至關重大的年代學問題可以得到極大的改善。若將黑水城漢文、西夏文佛教文獻和吐魯番回鶻佛教文獻作一簡單的比較,我們驚訝地發現這兩種文獻儘管文字不同,發現的地點相差千里,但其内容卻驚人地相似。這表明現存回鶻文佛教文獻中的絶大部分應當與黑水城文書同時代,是 11—14 世紀時期的作品。

與黑水城佛教文獻類似,《金剛經》、《華嚴經》、《妙法蓮花經》、《金光明最勝王經》、《無量壽經》等幾部著名漢譯大乘佛經的回鶻文譯文組成了敦煌、吐魯番回鶻佛教文獻中的大多數,其中甚至亦包括前面提到的那兩部著名僞經《佛説報父母恩重經》和《佛説天地八陽神咒經》。黑水城所見漢文、西夏文佛教文獻和吐魯番所見回鶻文文獻的一致性或許説明西夏和回鶻對漢傳佛教的接受實際上是有所選擇的,並不是照單全收。人們一直猜想曾有一部完整的、譯自漢文的西夏文大藏經,或者一部完整的回鶻文大藏經存在過,[2]現在看來這可能是學者們的一廂情願。

除了上述幾部譯自漢文的著名大乘佛經以外,吐魯番回鶻佛教文獻中的精華部分同樣是譯自西藏文的各種佛教文獻。其中除了聖觀自在、勝相頂尊、大威德、白傘蓋佛母等佛、本尊陀羅尼經外,還有《大乘無量壽經》、《佛説勝軍王所問經》、《聖妙吉祥真實名經》、《聖觀自在大悲心惣持功能依經録》、《聖吉祥勝樂輪本續》等密宗怛特羅,以及有關修勝樂、文殊、觀音本尊和《那婁六法》等瑜伽修習儀軌和對度母、八大靈塔的讚辭等。[3]這些文書中的大部分亦有漢文和西夏文本見於黑水城文書中。研究回鶻佛教文獻的學者通常認爲回鶻文密教文獻的翻譯開始於蒙元時代,如 Zieme 先生認爲回鶻王國"譯自藏文的翻譯潮始自蒙古時代(13—14 世紀)",此説或有待商榷。[4]傳統以

〔1〕 Sogyal Rinpoche, *The Tibetan Book of Living and Dying*, Edited by Patrick Gaffney and Andrew Harvey, San Francisco: Harper San Francisco, 1992;此書之漢譯本有索甲活佛著,鄭振煌譯,《西藏生死書》,臺北:張老師文化事業股份有限公司,1996 年。

〔2〕 例如,據傳藏學泰斗 G. Tucci 先生於 20 世紀三十年代訪問西藏薩迦寺時,寺中僧人告訴他該寺收藏有全套的回鶻文大藏經。然不但 Tucci 先生當時因受時間的限制而未能驗證此説,而且至今亦未曾見任何有關此經下落的準確報道。

〔3〕 參見 Zieme, *Religion und Gesellschaft im Uigurischen Königreich von Qočo*, pp. 40 - 41; Johan Elverskog, *Silk Road Studies I: Uygur Buddhist Literature*, Brepols, Turnhout, 1997, pp. 105 - 125.

〔4〕 參見 Zieme, *Religion und Gesellschaft im Uigurischen Königreich von Qočo*, p. 40.

爲釋智漢譯《聖妙吉祥真實名經》爲元代的作品，然而這部《聖妙吉祥真實名經》，以及《聖吉祥勝樂輪本續》竟出現於晚近於拜寺溝方塔中發現的西夏遺存佛教文獻中，[1]這説明它們应当是西夏時代的作品。是故與其對應的回鶻文、西夏文譯本，亦当是於西夏時代分別從藏文譯成回鶻和西夏文的，特別是回鶻文音寫釋智漢譯《聖妙吉祥真實名經》更可能亦是西夏時代的作品。[2] Zieme 先生曾於吐魯番回鶻文文獻中同定了一部聖觀自在陀羅尼經，雖然無法在漢文大藏經中找到與其對應的漢譯本，但根據此文獻殘卷的跋確定其爲藏文 *'Phags pa spyan ras gzigs dbang phyug thugs rje chen po'i gzugs phan yon mdor bsdus pa zhes bya pa* 的回鶻文譯文。[3] 而這部觀世音陀羅尼經實際上就是前文提到過的《聖觀自在大悲心惣持功能依經録》，其藏文、漢文和西夏文譯本同時出現於黑水城出土文獻中，而且明顯是西夏時代的刻印本。由此我們有理由推測這部回鶻文《聖觀自在大悲心惣持功能依經録》亦應當是西夏時代的作品。除了薩思迦班智達的《上師瑜伽——甚深要道》等明顯是元代才翻譯成回鶻文的以外，[4]其他回鶻文佛經如《聖吉祥真實名經》，以及與《勝樂集輪法事》、《那婁六法》相關的回鶻文藏傳密教儀軌文書的譯成年代皆應當作更過細的研究。顯而易見的事實是，從高昌回鶻到元朝，於中央歐亞地區所傳佛教的內容當是一脈相承的，其中佔主導地位的不是漢傳佛教，而應當是藏傳佛教密法。

　　大概是因爲於吐魯番回鶻文書和黑水城西夏文文書中，漢文佛教文獻的譯文從數量上來説均佔整個文獻總量中的大多數，所以人們習慣於認爲回鶻和西夏的佛教主要受漢傳佛教的影響。Kyčanov 先生甚至明確地指出回鶻和党項"兩個民族首先成了佛

　〔1〕　寧夏文物考古研究所編著，《拜寺溝西夏方塔》，北京：文物出版社，2005 年，頁 180—192、218—258。
　〔2〕　見於漢文大藏經中的釋智譯《聖妙吉祥真實名經》一直被認爲是元代的譯本，然晚近卓鴻澤先生考證出釋智實爲西夏時代人，故《聖妙吉祥真實名經》實爲西夏時代的作品。見 Hoong Teik, Toh, *Tibetan Buddhism in Ming China*, Dissertation, Harvard University, 2004, pp. 23–32. 這一重大發現不但可以佐證寧夏拜寺溝西夏方塔中出現的《聖妙吉祥真實名經》殘本確爲西夏時代的作品，而且還可以説明回鶻文、西夏文文獻中發現的與釋智譯《聖妙吉祥真實名經》基本一致的回鶻文、西夏文《聖妙吉祥真實名經》譯本不是人們通常所認爲的是蒙元時代的作品，而應當是西夏時代的作品。
　〔3〕　Zieme, *Buddhistische Stabreimdichtungen der Uiguren*, pp. 130–131; Elverskog, *Silk Road Studies I: Uygur Buddhist Literature*, pp. 113–114.
　〔4〕　藏文原標題作 *Lam zab mo bla ma'i rnal 'byor*，見於《薩思迦班智達公哥監藏全集》（*Pantita Kun dga' rgyal mtshan gyi bka' 'bum*）第 41 號，頁 339—343。其回鶻文譯文見 Zieme and Kara, *Die uigurischen Übersetzungen des Guruyogas "Tiefer Weg" von Sa-skya Pandita und der Mañjuśrīnāmasamgīti*, pp. 15–80；其漢譯文見於《大乘要道密集》卷二，頁 16—24，標題作《大金剛乘修師觀門》。參見 Shen Weirong, "Tibetan Tantric Buddhism at the Court of the Great Mongol Khans, Sa skya pantita and 'Phags pa's Works in Chinese during the Yuan Period," *Questiones Mongolorum Disputate*, No. 1, Tokyo：Association for International Studies of Mongolian Culture (2005), pp. 74–75.

教徒,並採用了唐代西部中國的漢傳佛教傳統"。[1] 此説恐與事實不盡相符。毋庸置疑,漢傳佛教對高昌回鶻和西夏都曾有過巨大的影響,不僅漢傳的淨土宗曾於這兩個地區流行,而且有資料表明就是漢地的禪宗亦曾在回鶻和西夏流傳過。據傳西夏首位知名帝師賢覺就曾將一部禪宗的的論書翻譯成回鶻和西夏文。此外,像著名偽經《佛説報父母恩重經》和《佛説天地八陽神咒經》等亦同時被譯成回鶻和西夏文流傳,甚至到了元代另一部著名的漢文偽經《佛説北斗七星延命經》同時被翻譯成回鶻、西藏和蒙古文,[2] 這充分表明了漢傳佛教確曾對西域佛教的形成産生過巨大影響。儘管如此,漢傳佛教遠没有於西域佛教中佔據主導地位。相反,11—14 世紀的西域地區事實上依然扮演着其傳統的東西文明之交彙點的角色。當時西域的居民至少包括漢人、回鶻、西夏、蒙古等不同的民族,不同文化和宗教傳統之間的交流乃日常之事。來自天竺,或者迦實彌囉的佛教上師亦時常往來於西域地區,例如與賢覺帝師同時代的"天竺大般彌怛五明顯密國師在家功德司正囔乃將沙門捹也阿難捹"(Jayānanda)就是一位來自迦實彌囉的佛教上師。他曾於西夏傳譯了不少佛教經典,其中有有關中觀哲學的論書,亦有不少密宗儀軌等。[3] 據傳西夏第一位國主元昊曾將前往漢地傳法的印度上師截留於其國内,令其於西夏傳法。於吐魯番出土的回鶻佛教文獻中,亦出現了來自印度的《俱舍論》之梵文原本;一些於西夏時代新譯成西夏文和漢文的佛經如《佛説聖大乘三歸依經》、《佛説聖佛母般若波羅蜜多心經》、《持誦聖佛母般若多心經要門》、《聖大乘聖意菩薩經》等當直接譯自梵文原本。而西夏的佛教上師中亦有西遊求法者,如著名的拶彌譯師相加思葛剌思巴(rTsa mi lotsāba Sangs rgyas grags pa)曾往天竺學法,最後竟然成了印度 Bodhgayā 和那蘭陀寺(Nālandā)的僧伽領袖,以至於來自西藏的學僧亦不得不歸依到他的門下。拶彌譯師是一名卓有成就的大德和譯師,《西藏文大藏經》中有許多經他之手翻譯的有關時輪和求修大黑天神的儀軌;[4] 此外,有可能是回鶻上師的"賢

〔1〕 Evgenij I. Kyčanov, "Turfan und Xixia," Turfan Revisited — The First Century of Research into the Arts and Cultures of the Silk Road, Edited by Desmond Durkin-Meisterernst, Simone-Christiane Raschmann, Jens Wilkens, Marianne Yaldiz, Peter Zieme, Berlin: Dietrich Reimer Verlag, 2004, p.158.

〔2〕 Takashi Matsukawa(松川節), "Some Uighur Elements Surviving in the Mongolian Buddhist Sūtra of the Great Bear," Turfan Revisited, pp.203－207.

〔3〕 Van der Kuijp, L. W. "Jayānanda. A Twelfth Century Guoshi from Kashimir among the Tangut." CAJ37/3－4(1993), pp.188－197.

〔4〕 Elliot Sperling, "rTsa-mi lo-tsā-ba Sangs-rgyas grags-pa and the Tangut Background to Early Mongol-Tibetan Relations," Tibetan Studies: Proceedings of the 6th Seminar of the International Association for Tibetan Studies, Fagernes 1992, Per Kvaerne(ed.), vol 2. Oslo: The Institute for Comparative Research in Human Culture, 1994, pp.801－824.

覺聖光菩薩"擔任西夏之帝師,以及西藏喇嘛最終成爲西夏王國和元朝蒙古皇帝的帝師,蒙元時代著名的譯師多有畏兀兒人和河西唐兀人,即西夏人,這些事實均説明跨民族、跨文化的交流乃11—14世紀西域佛教歷史的一個典型特徵。[1]

儘管如此,於11—14世紀西域各民族之宗教信仰中佔主導地位的既不是漢傳佛教,亦不是印度佛教,而是藏傳密教。許多顯而易見的事實導致這一結論。首先,於吐魯番發現的回鶻佛教文獻和於黑水城發現的西夏文、漢文佛教文獻中雖然從數量上講漢傳佛經佔大多數,但它們中的絶大多數祇是幾部最流行的佛經譯本,而那些譯自藏文、屬於藏傳密教的文獻則多爲實修的儀軌和要門。其次,黑水城發現的西夏文文獻中大概有一半以上可以證實譯自藏文。近年寧夏自治區文物考古研究所於拜寺溝及其鄰近地區的考古發掘所得文書顯示出了同樣的傾向。其所發掘出的佛教文獻中,不管是漢文、還是藏文,藏傳佛教文獻佔大多數。[2] 再次,西夏和蒙古的所有知名帝師除了前述賢覺帝師以外均爲西藏喇嘛。最後,於西域地區發現的佛教寺院建築和佛教藝術品多半顯現出藏傳密教風格。[3] 因此,至少自11世紀開始,藏傳密教對西域各民族之佛教信仰的影響顯然要大於漢傳佛教。

藏傳佛教於西域各民族間的傳播回鶻人厥功居偉,故對11—14世紀的西域佛教史的研究當從840年回鶻西遷開始。自8世紀中至9世紀中,西域的大部分地區爲吐蕃大帝國的一部分。在吐蕃佔領西域及其以後的一個半世紀內,回鶻受吐蕃影響極深。據武內紹人先生的研究,直到11世紀初,西藏語曾是敦煌、河西地區的通用語(lingua Franca),藏語曾被居住於西域地區之漢、于闐、回鶻等民族作爲最重要的第二語言而廣泛使用。[4] 因此,回鶻人通西藏語當爲較普遍的現象。回鶻人中間能熟練運用多種語言者不在少數。至蒙元時代,回鶻人(畏兀兒)通常因擔任譯師,服役於蒙古大汗和西藏喇嘛之間而平步青雲。元代的畏兀兒譯師留下了爲數不少的漢、蒙古、畏兀兒譯藏傳佛教經典。我們有理由推測,於吐蕃統治下的甘州、高昌回鶻人在吐蕃佛僧的影響下已漸漸改信藏傳佛教,並開始在其居住區內發展藏傳密法。吐蕃於西域的統治被推翻

---

〔1〕 參見蕭啓慶,《元代的通事與譯史》,《元史論叢》第6輯,北京:中國社會科學出版社,1996年,頁35—67。最著名的河西譯師要數積寧氏沙囉巴,他不但曾爲元世祖忽必烈和帝師八思巴作譯師,而且翻譯《彰所知論》、《佛説文殊菩薩最勝真實名經》等著名佛教經論。參見陳得芝,《元代內地藏僧事輯》,《蒙元史研究叢稿》,北京:人民出版社,2005年,頁245—248。
〔2〕 《拜寺溝西夏方塔》,頁18—265。
〔3〕 參見謝繼勝,《西夏藏傳繪畫:黑水城出土唐卡研究》,石家莊:河北教育出版社,2002年。
〔4〕 武內紹人,《歸義軍から期西夏時代のチベット語文書とチベット語使用》,《東方學》第104輯,東京,2002年,頁124—106(1—19)。

之後,不少藏人留居西域地區。當藏傳佛教於其本土遭受朗達磨滅佛的劫難,經歷着長達一個多世紀的黑暗時期,卻於其西域信衆之間繼續發展。至 10 世紀末葉,番僧於河西,特別是闊闊諾爾、朵思麻和甘肅走廊的活動明顯增多。敦煌文獻中間或有藏文密教經典,特別是寧瑪派所傳舊譯密法出現當與此有關。[1] 西夏(1038—1227)興起於 11世紀初,並征服了多爲回鶻人居住的甘肅走廊。西夏初興佛教,其首先倚重的當就是回鶻僧人。於來自烏思藏的西藏喇嘛來到西夏王國之前,在西夏傳播藏傳密教的當是回鶻僧人和當地的吐蕃遺民。有鑒於藏史乘中祇記載有極少幾位曾經於西夏王國内傳法的西藏上師,相信他們祇是出現於西夏王國的後期,此前於此傳法的當是回鶻和留居西域的吐蕃僧人。

黑水城漢文藏傳密教文書源出西夏和蒙古兩個時代,這顯示了西夏和蒙古佛教傳統的連貫性。蒙古人接受藏傳佛教當在元朝建立以前,於蒙古人征服世界之前,他們就已經被藏傳佛教徒所包圍,其中回鶻和西夏佛教一定對其有過不可否認的影響。人們通常以爲,“蒙古佛教生自回鶻佛教、而爲藏傳佛教所滋養”(Mongolian Buddhism was born from Uigur Buddhism and nurtured by Tibetan Buddhism),此説不完全準確。對吐魯番回鶻佛教文獻和黑水城西夏、漢文佛教文獻的縱、橫向比較表明,回鶻、西夏和蒙古佛教有着明顯的一致性和歷史關聯。藏傳佛教於回鶻和西夏的流行爲蒙古人接受藏傳佛教打下了基礎,藏傳密法於蒙元時期的流行實際上不過是對西夏舊制的繼承和發展。不但早期的佛經蒙文翻譯顯示出了明顯的畏兀兒成分,而且蒙古人還於許多方面繼承了畏兀兒和西夏傳統。例如,元朝的帝師制度就是在西夏王國帝師制度的基礎上進一步發展和完善的。如前所述,根據漢文文獻的記載,西藏喇嘛於蒙古宮廷所傳密法以“秘密大喜樂法”和“大黑天修法”最爲著名。俄藏黑水城漢、西夏文文書中保存有許多有關求修大黑天神的儀軌文書,亦有一些有關密修喜金剛、勝樂密尊的文書,這表明這兩種教法至少已於西夏時代傳開。傳統以爲,藏傳佛教在蒙古人中間的傳播以蒙元時代爲開始,以後隨着元朝的滅亡而中斷,到明俺答汗時代邀請三世達賴喇嘛弘法而重新開始。黑水城文獻中出現的不同時期的藏傳密教文獻表明,自甘州、高昌回鶻開始藏傳密教的信仰已在中央歐亞地區生根開花,中間不應該有中斷。還有,藏傳佛教在漢人中間的傳播當同樣開始於高昌回鶻時代,而不是在元、明時代才開始的。黑水城漢文藏傳

---

〔1〕 參見 Tanaka Kimiaki(田中公明),"A Comparative Study of Esoteric Buddhist Manuscripts and Icons discovered at Dun-huang," *Tibetan Studies*: Proceedings of the 5th Seminar of the International Association for Tibetan Studies, Narita 1989, Naritasan Shinshoji, 1992, vol. 1, pp. 275 - 280.

密教文獻的出現本身就表明,生活於西域的漢人至少於西夏時代就已經開始修習藏傳佛教。像今日於全世界流行的"中陰救度法"這樣典型的藏傳密法,早在七個世紀以前就已經在漢人信衆中流行了。入元以來,漢族士人對番僧及其所傳教法的激烈批評當起因於宗教外的因素。

五、跨學科、多語言方法處理黑水城 文獻之文獻學意義

綜上所述,俄藏黑水城漢文佛教文獻與現存回鶻文、西夏文佛教文獻的對照表明,這三種文字的文獻於内容上驚人地一致,這爲我們重構11—14世紀西域佛教史提供了前所未有的可能性。然而,對黑水城文獻作跨學科、多語言處理的意義尚不止於此。它亦將對今後敦煌、吐魯番回鶻佛教文獻和黑水城西夏文書之語言學和文獻學研究的成功提供可靠的保障。對藏、漢、回鶻、西夏四種文字之同類文書的比較研究將是今後西域佛教史研究中一個很有意義,且可望獲得重大成果的題目。最近寧夏文物考古所同仁於寧夏拜寺溝西夏方塔中發現了一部西夏文藏傳密教經典《吉祥遍至口合本續》,這是迄今所見有數的幾部完整的西夏文長篇佛教文獻之一,還被認爲是世界上最早的木活字印刷品。[1] 毋庸置疑,對《吉祥遍至口合本續》之藏文原文的同定將爲破譯這部珍貴的西夏文文獻提供極大的幫助。迄今爲止,不少從事西夏研究的學者對這部文獻表現出了濃厚的興趣,然因缺乏與從事西藏學、佛學研究之學者間的交流和合作,至今無法找出其藏文原本,不得不絕望地宣稱其藏文原本已經佚失,此西夏文本已成海内孤本。而其解讀和翻譯業已成爲一項不可完成的使命。作爲一位研究藏傳佛教的學者,筆者實難相信這樣一部長篇、完整的西夏文藏傳密教經典之藏文原本竟然會如此輕易地消失。在寧夏文物考古所孫昌盛先生的幫助下,經過好幾個星期艱苦耐心地查找,筆者終於在卷帙浩繁的《西藏文大藏經》中找到了它的原本,揭示了其真實面目。所謂《吉祥遍至口合本續》實與藏文 dPal kun tu kha sbyor zhes bya ba'i rgyud 相應,儘管與此同名的怛特囉不見於《西藏文大藏經》中,然而其中收有它的一部長篇釋論,題爲《一切怛特囉之因緣和大密吉祥遍至口合本續王廣釋寶鬘》(*rGyud thams cad kyi gleng gzhi dang gsang chen dpal kun tu kha sbyor zhes bya ba'i rgyud kyi rgyal po'i rgya cher bshad pa rin chen phreng ba zhes bya ba*, 德格版第2329號)。這或説明《吉祥遍至口合本續》

---

〔1〕 詳見《拜寺溝西夏方塔》,頁18—143、345—363、425—435。

之西藏文原本,即 dPal kun tu kha sbyor zhes bya ba'i rgyud, 確實存在過。而且,即使與《吉祥遍至口合本續》同名的藏文怛特囉真的已經佚失,但並不説明這部怛特囉本身已經徹底消失。事實上,《吉祥遍至口合本續》藏文原本之異譯本依然存在,它即是藏文 *Yang dag par sbyor ba zhes bya ba'i rgyud chen po*(*Samputa-nāma-mahātantra*,譯言《吉祥真實相應本續》,見於《西藏文大藏經》北京版第 26 號,德格版第 381 號)。這是一部有關喜金剛和勝樂金剛修法的著名密宗經典,元譯《三菩提》,或曰《三菩怛本續》。此怛特囉之内容包括男女雙修等密法,爲薩迦"道果法"(lam 'bras)的根本所依,故特別爲薩思迦派上師所重,於《大乘要道密集》中,它曾被多處引用。[1] 西夏文本《吉祥遍至口合本續》的發現再次清楚地説明關涉喜金剛修法的秘密大喜樂修法於西夏和元朝之間有着明顯的歷史聯繫。值得強調的是,不但《吉祥遍至口合本續》的藏文原本尚未佚失,就是其梵文原本亦尚有多種稿本存在,無疑它們將對西夏文《吉祥遍至口合本續》的解讀和翻譯提供極大的方便。[2] 對梵、藏、西夏文本《吉祥遍至口合本續》的對勘和研究無疑亦將推動西夏語言學研究的進步。

對於運用跨學科、多語言的研究方法來處理黑水城文書的重要性,我們還可舉另一個例子來説明。俄藏黑水城藏文文書迄今尚少爲人重視,然其中的 XT67 號文書卻已經多次成爲各國學者們研究的對象。晚近史金波先生又撰文指出 XT67 號文書是迄今所見最早的木活字藏文印刷品。然而不管是史金波先生,還是此前亦曾研究過這份文書的俄國學者 Lev Savitsky 和日本學者白井聰子,都未能考訂出這份藏文殘卷實際上即是黑水城漢文文獻 TK164、165 號文書,即《聖觀自在大悲心惣持功能依經録》和《勝相頂尊惣持功能依經録》的藏文原本。而這不但對釐清 TK164、165 號漢文文書之本原提供了依據,而且亦反過來對確定 XT67 號藏文文獻的刊刻年代提供了確鑿的證據。如果説史金波先生所言黑水城 XT67 號藏文文書乃最早的藏文木刻本一説屬實的話,那麼我們就可以肯定藏文木刻技術出現於西夏仁宗皇帝在位年間,即 1139—1193 年間。不僅如此,《聖觀自在大悲心惣持功能依經録》和《勝相頂尊惣持功能依經録》的西

---

〔1〕 例如前面提到的薩思迦班智達所造《大金剛乘修師觀門》,以及大薩思嘉知宗巴上師(即薩思迦第三祖 rJe btsun pa Grags pa rgyal mtshan)造《大乘密藏現證本續摩尼樹卷》以及"祐國寶塔弘覺國師沙門慧信録"《依吉祥上樂輪方便智慧雙運道玄義卷》中均曾多次引用《三菩提本續》。見《大乘要道密集》卷一,頁 6;卷二,頁 166;卷三,頁 4、12、15、23—25。

〔2〕 日本大正大學綜合佛教研究所的野口圭也教授乃研究《三菩提本續》的專家,有系列文章傳世。例如《Samputodbhavatantra の基本性格》,《印度學佛教學研究》64(32—2),1984 年,頁 168—169;《Samputodbhavatantra I-i——特に經題を中心として——》,《印度學佛教學研究》68(34—2),1986 年,頁 125—128。

夏文譯本不僅見於俄藏黑水城文獻中,而且亦見於 1991 年於内蒙古自治區額濟納旗緑城新發現的西夏文文獻中。[1] 此外,如前所述《聖觀自在大悲心惣持功能依經録》的回鶻文譯本亦見於吐魯番回鶻文佛教文獻中,對西藏、西夏、回鶻和漢文四種文字的《聖觀自在大悲心惣持功能依經録》和對西藏、西夏和漢文三種文字的《勝相頂尊惣持功能依經録》的對勘,顯然亦是一件非常有意義的工作,特别是由於《勝相頂尊惣持功能依經録》的藏文原本不見於《西藏文大藏經》中,鑒於 XT67 號文書中的殘本或已成海内孤本,我們祇能根據漢文和西夏文譯本來對其復原。

六、結　語

　　笔者從以上以比較黑水城漢、西夏文佛教文獻和敦煌、吐魯番回鶻文佛教文獻入手重構 11—14 世紀之西域佛教史的嘗試中,深切地體會到了跨學科、多語言研究方法的重要意義。毋庸置疑,我們祇有同時利用多種語言的文獻,並從突厥(回鶻)學、西夏學、西藏學、蒙古學和佛教學等不同的學科切入,對黑水城文獻和敦煌、吐魯番回鶻文文獻作跨學科的綜合處理,才能充分地揭露這些文獻的價值。若我們不但解讀了這些用不同的語言文字寫成的文書,而且還將它們貫通起來,那麽一部 11—14 世紀西域佛教史亦就躍然紙上。這無疑是歷史語言學研究的迷人之處。然要充分領略歷史語言學研究的魅力,除了必備的語言工具以外,還必須借助跨學科、多語言的研究方法。它是我們今天努力構築一座西域研究的開放型的"象牙之塔"所必須採用的手段。

(原載《歷史研究》2006 年第 5 期,頁 23—34、189)

---

〔1〕　史金波、翁善珍,《額濟納旗緑城新見西夏文物考》,《文物》1996 年第 10 期。

藏譯《首楞嚴經》對勘導論

　　《首楞嚴經》，全稱《大佛頂如來密因修證了義諸菩薩萬行首楞嚴經》，傳統上被認爲是於 8 世紀初中國從《楞嚴經》、《解深密經》、《瑜伽經》、《唯識論》、《大乘起信論》等經論中採摘文句、意趣編纂而成的一部僞經。對其真僞問題曾於宋明以來漢地佛教學者之間引起過種種激烈的爭論，迄今莫衷一是。除非此經之梵文原典有朝一日會顯露於人世，這場爭論一定還將繼續進行下去。然因爲《首楞嚴經》宣傳了適合漢民族宗教特性的"如來藏"説，故廣得漢傳佛教各派，特別是禪宗學派的重視。雖然亦有證據表明此經曾於漢地以外的地方流傳，例如於古代藏文佛教文獻中，特別是與"頓悟説"有關的藏文佛教文獻中常常見到有引《首楞嚴經》者；[1]於《俄藏黑水城文獻》中我們亦見到了《首楞嚴經》之第十品的殘本，[2]但其影響顯然不大，於現今殘存的西夏文佛典中並沒有見到此經的西夏文譯本。然而清乾隆皇帝卻對其極爲重視，認爲"惟《楞嚴經》者，能仁直指心性之宗旨"。他相信"今所譯之漢經，藏地無不有，而獨無《楞嚴》"。故咨請當時著名的駐京喇嘛章嘉呼圖克圖國師組織譯師，由漢譯蕃，將此經譯成藏文。而章嘉國師則順水推舟，將皇帝之旨意擴大爲一個龐大的譯經工程，同時將《首楞嚴經》翻譯成了滿文、蒙文和藏文。[3] 這部經章嘉國師等西藏高僧於 1759 年至 1762 年間"悉心編校"，乾隆皇帝"親加詳閱更正"而成的藏譯《首楞嚴經》的標題作：

　　　　rGyal pos bsgyur mdzad pa'i de bzhin gshegs pa'i gsang ba bsgrub pa'i don

---

　　〔1〕　例如傳説爲無垢友尊者所造《頓入無分別修習義》(*Cig car 'jug pa rnam par mi rtog pa'i bsgom don*) 中就有引述《首楞嚴經》者。參見沈衛榮，《無垢友尊者及其所造〈頓入無分別修習義〉研究》，《佛學研究中心學報》第 10 期，臺北，2005 年，頁 109；此外，於著名的古藏文禪宗文獻《大瑜伽修習義》(*rNal 'byor chen por bsgom pa'i don*) 中亦有多處引用《首楞嚴經》者。此文書之殘本見於敦煌古藏文文獻中，最近於 Toba 發現的古藏文文獻中又出現了這一重要文書的全本。參見 Bun'ei Otokawa, "New Fragments of the *rNal 'byor chen por bsgom pa'i don* from Tabo," *Tabo Studies II, Manuscripts, Texts, Inscriptions and the Arts*, Edited by C. A. Scherrer-Schaub and E. Steinkellner, Serie Orientale Roma LXXXVII, Roma, 1999, pp. 126－132.

　　〔2〕　《俄藏黑水城文獻》卷五，上海：上海古籍出版社，1998 年，頁 274—287。

　　〔3〕　這部佛經的蒙文譯本今見於《蒙文大藏經》中，見 Vladimir Uspensky, *Catalogue of the Mongolian Manuscripts and Xylographs at St. Petersburg State University Library*, Tokyo：Institute for the Study of Languages and Cultures of Asia and Africa, Tokyo University of Foreign Studies, 1999.

mngon par thob pa'i rgyu / byang chub sems dpa' thams cad kyi spyod pa rgya mtsho ston pa / sangs rgyas kyi gtsug tor dpa' bar 'gro ba zhes bya ba theg pa chen po'i mdo / bam po bcu pa

譯言：皇帝御譯現得如來秘密成就義因……諸菩薩行海師……佛頂勇行大乘經——十卷。

這部新譯《首楞嚴經》因没有被收入《西藏文大藏經》中，故不容易見到。但它依然流傳於世，僅於筆者今日寓居的日本就收藏有好幾部。如於東洋文庫所藏河口慧海攜歸藏文 Collection 目録中就見到有同名的兩部藏本。筆者尚未有機會親眼見到這兩部藏本，輾轉得到了其中一部藏本的影印複製件，然複製質量很不如人意，重影交疊，無法卒讀。所幸日本早期佛學研究者寺本婉雅先生亦曾將兩套新譯《首楞嚴經》從中國帶回日本，現藏於地處京都的大谷大學圖書館中。筆者有緣親眼見到、並利用了被作爲善本珍藏的這兩套藏譯《首楞嚴經》。顯而易見的是，這兩個藏本實際上是同一個本子的兩個拷貝，其中一套完好無損，而另一套則闕首頁，其餘則完全相同。這個刻本長 71.5 厘米、寬 23 厘米，每頁 8 行，用紅色有頭楷書書寫，外觀頗爲莊嚴。令人詫異的是，這個刻本與東洋文庫所藏刻本並不是同一种本子，二者之間有一些細微的差別。首先大谷大學藏本的標題起首僅作 rGyal pos mdzad pa'i，譯言"御製"，而不像東洋文庫藏本作 rGyal pos bsgyur mdzad pa'i，後者多了 bsgyur，譯言"御譯製"；其次，大谷大學藏本前三頁爲《御製楞嚴經序》（*bsgyur byang*），而東洋文庫藏本中没有包括這個序；再次，大谷大學藏本每頁右邊都有漢字《御製楞嚴經》字樣，而東洋文庫藏本中則不見這些字樣；最後，大谷大學藏本之頁碼用漢字數碼加上、下作標記，如"上一"、"下一"等，而東洋文庫藏本中則不見這些標記。如此看來，這部於清乾隆年間譯成的全本藏文版《首楞嚴經》曾被不止一次地刊印過。

曾於上個世紀二三十年代活躍於中國學界、創建漢印研究所（Sino-Indian Institute）、幻想於中國建立起漢印學術研究傳統的愛沙尼亞男爵鋼和泰（Baron A. von StaËl-Holstein）先生，曾對這部被他稱爲大《首楞嚴經》（以與小《首楞嚴經》，即《佛説首楞嚴三昧經》作區別）的經典作過研究。據鋼和泰先生説，當時北京雍和宮中藏有一部漢、滿、蒙、藏四體文、十卷本《首楞嚴經》刻本，長和寬分別爲 $8\frac{1}{2}$ 和 28 英寸，白色厚紙，紅字書寫。此當即爲乾隆二十八年御製本的原刻本。在其作於 1936 年的《乾隆皇帝和大〈首楞嚴經〉》一文中，鋼和泰先生將此四體文刻本的前九頁，即乾隆所撰《御製楞嚴經序》的前半部分,作爲附錄附於文後,從中我們可以得窺原刻本之原貌。[1] 此外,鋼和泰先生還因北京故宮博物院收藏的手抄金字版《甘珠爾》卷首乾隆皇帝作於乾隆三十五年七月二十五日之御序中提到了這部大《首楞嚴經》,故相信這部曾以珠寶莊嚴的金字版《甘珠爾》中一定收有《首楞嚴經》的藏譯本。據説這部金字版《甘珠爾》轉移到了上海銀行的保險櫃中,現不知流落何方。鋼和泰先生自己亦還在北京得到了《首楞嚴經》藏文全譯本的另一個紅字刻本,這個本子現當收藏於哈佛燕京圖書館中。[2]

關於乾隆皇帝組織翻譯《首楞嚴經》之緣起和經過,於乾隆本人所撰的《御製楞嚴經序》中説得相當明白,於此我們不妨先將此序照錄於下:

三藏十二部,皆出自天竺,流通震旦。其自西達東,爲中途承接者,則實烏斯藏。天竺,即所謂厄訥特克;烏斯藏,即所謂圖伯特也。故今所譯之漢經,藏地無不有,而獨無《楞嚴》。其故以藏地有所謂浪達爾瑪罕者,毀滅佛教,焚瘞經典。時是經已散失不全,其後雖高僧輩補苴編葺,以無正本,莫敢妄增。獨補敦祖師曾授記,是經當於後五百年,仍自中國譯至藏地。此語乃章嘉呼圖克圖所頌梵典,炳炳可据。朕於幾政之暇,每愛以國語翻譯經書,如《易》、《書》、《詩》及四子書,無不藏事。因思皇祖時曾以四體翻譯《心經》,皇考時曾鋟而行之,是《楞嚴》亦可從其義例也。咨之章嘉呼圖克圖國師,則如上所陳。且曰:《心經》本藏地所有,而《楞嚴》則藏地所無,若得由漢而譯清,由清而譯蒙古,由蒙古而譯圖伯特,則適合補敦祖師所授記也。雖無似也,而實不敢不勉焉。因請莊親王董其事,集章嘉國師及傅鼐諸人悉心編校,逐卷進呈。朕必親加詳閱更正,有疑則質之章嘉國師。蓋始事則乾隆壬申,而譯成於癸未,莊親王等請敍而行之。朕惟《楞嚴》者,能仁直指心性之宗旨,一落言詮,失之遠矣。而況譯其語,且復序其譯哉。然思今之譯,乃直譯佛語,非若宋明諸僧,義疏會解,曉曉辯論不已之爲。譬諸飢者與之食,渴者與之飲,而非揀其烹調,引導其好嗜也,則或者不失能仁徵心辨見妙諦。俾觀者不致五色之迷目,於以闡明象教,嘉惠後學,庶乎少合皇祖皇考宣揚心經之義例乎。

乾隆二十八年十月十八日。[3]

---

[1] Baron A. von StaËl-Holstein, "The Emperor Ch'ien-Lung and the Larger Śūramgamasūtra", *Harvard Journal of Asiatic Studies*, vol. 1, no. 1, Harvard-Yenching Institute, 1936, pp. 136–146.

[2] 參見鋼和泰先生上揭文,頁138,注6;頁146,注30。

[3] 轉引自《衛藏通志》卷一,拉薩:西藏人民出版社,1982年,頁146—147;引文中之標點因原輯錄者所作多有不妥之處,故引者作了重新調整。

如前所述，這個御序亦有西藏文版存世。因其較爲難得，與漢文版比較亦有一些細微、然頗爲值得注意的不同，茲不妨亦全文照録於下：

rGyal pos mdzad pa'i dpa' bar 'gro ba zhes bya ba theg pa chen po'i mdo'i bsgyur byang / sde snod gsum dang gsung rab yan lag bcu gnyis kyi chos thams cad kyi 'byung khungs ni 'phags pa'i yul nas byung zhing dar ba las rim gyis yul dbus 'dir yongs su dar bar gyur to / thog mar nub phyogs nas shar phyogs su dar ba'i tshe dbus gtsang brgyud nas dar ba yin te / / 'phags pa'i yul ni rgya gar ro / dbus gtsang ni bod do / / de'i phyir da lta'i rgya nag la bsgyur ba'i chos thams cad bod yul du tshang bar yod kyang / dpa' bar 'gro ba zhes bya ba theg pa chen po'i mdo gcig bu ma tshang ngo / de'i rgyu mtshan ci zhe na / bod yul nas skabs shig tu rgyal po glang dar ma'i ring la sangs rgyas kyi bstan pa bshig cing snub nas mdo rgyud kyi glegs bam mer bsreg pa dang / sa 'og tu sbas pas de'i dus su mdo 'di kha 'thor nas ma（一）tshang bar gyur to / / de'i rjes su mkhas pa rnams kyis kha bskang nas tshang bar 'bri snyam yang ma dpe ngos ma med pas rang dgar bsnan nas 'brir mi rung ba'i phyir na snon par ma byas so / / de la bu ston gyis gsung rab 'di lo lnga brgya song ba'i rjes su yul dbus nyid du bsgyur nas bod kyi yul du mngon par dar bar 'ong zhes lung du bstan pa yin zhes rgyal srid kyi slob dpon lcang skya hu thog thus bstan bcos las gsal bar mthong ba nges par yid ches pa'i rtags su bya bar rung ngo / / nged kyis bya ba khri phrag gi bkod pa byed pa'i long skabs rnams su rgyun du gzhung lugs rnams mañju'i skad du bsgyur 'dun che ba'i phyir rtsis kyi gzhung / lugs kyi gzhung / snyan dngags kyi gzhung dang / rgya'i rigs byed bzhi'i gzhung dang bcas pa rdzogs par bsgyur ba yin / yang bsam pa la' mes rgyal po'i ring la shes rab snying po skad rigs bzhis bsgyur zhing 'yab rgyal pos（上二）par brkos te kun la bkram par mdzad par yin / dpa' bar 'gro ba zhes bya ba theg pa chen po'i mdo 'di yang sngar srol bzhin bsgyur e chog ces rgyal srid kyi slob dpon lcang skya hu thog thu la dris par 'di yang snga ma dang 'dra zhing shes rab snying po snga nas bod du yod la / dpa' bar 'gro bzhes bya ba theg pa chen po'i mdo bod du gzhi nas med pas / / gal te rgya nag gi skad nas manju'i skad du dang / manju'i skad nas hor gyi skad du dang hor gyi skad nas bod kyi skad du bsgyur na bu ston gyis lung bstan pa'i gsung dang mthun pa yin no / / ji ltar ji lta ba bzhin du mi 'ong yang mi zhum par nan tan ma bskyed na mi chog par 'dug pas / thob chin wang la don 'di nyid shes su chug ces 'bka' phab te rgyal srid kyi slob dpon lcang skya hu thog thu dang yang hphu na'i sogs kha shas kyis legs par dpyad cing gros bsdur gyis bsgyur nas le tshan le tshan du bris nas gzigs su phul ba rnams（下二）nged kyis phyi bshol med par nan tan gyis bcos／the tshom za ba'i rigs la 'phral du rgyal srid kyi slob dpon lcang skya hu thog thu nas gros bsdur gyis nges par byas te thag bcad pa'o// mdo 'di gnam skyong gi gnam lo chu sprel nas chu lug gi bar du bsgyur te rdzogs par byas so//thob chin wang gis 'di yi bsgyur byang bka' rtsom bka' drin skyong dgos tshul zhus pa la brten nas 'di byas pa yin／nged kyi dgongs pa la dpa' bar 'gro ba zhes bya ba theg pa chen po'i mdo 'di sangs rgyas sakya thub pos rang nyid kyi dgongs pa'i de bzhin nyid zab mo yang dag par bstan pa'i lugs srol mthar thug pa de rang blos tshig gis bkrol na phyin ci log tu 'gro ba'i phyir mi rung na de la bsgyur byang byed pa'i dgos pa ci yod／de lta mod kyi 'dir ni sangs rgyas kyi gsung ji lta ba bzhin du bsgyur ba yin／spyir svung gi rgyal srid dang／mving gi rgyal srid gnyis kyi dus su hwva shang（上三）rnams kyis lugs srol dar bar byas shing don bkral ba'i bstan bcos kyi tshul dang mthun par phan tshun brgal zhing gtugs nas brjod kyis mi langs ba dang mi 'dra'o// dper na bkres pa la zas dang skom pa la btung ba byin pa nyid kyis chog gi sha dang de'i khu ba sogs zas bsod pa byin nas 'dod pa khengs dgos pa min pa bzhin no//tshul 'dis bltas na sangs rgyas sakya thub pas thugs mi rtog par gnas shing lta ba drang por mdzad nas don dam pa'i bden pa nges par ma rtogs pa'i gdul bya rnams kyi blo mig kun rdzob sna tshogs kyi 'ja' tshon kha dog sna lngas bsgribs su med pas 'di las sangs rgyas kyi bstan pa dar zhing rgyas par byas nas rjes 'jug gi slob ma rnams kyis rig par bya ba'i slad du 'mes rgyal po dang／'yab rgyal pos sher[s!]snying bsgyur nas phyogs kun tu dar bar byas pa'i srol dang cung zad mthun pa yin no// gnam skyong gi lo nyer brgyad pa'i zla ba bcu pa'i tshes bco brgyad//（下三）

　　《御製楞嚴經序》首先告訴我們，乾隆皇帝本人和其導師章嘉呼圖克圖確認《御製楞嚴經》不是偽經，而是可與《心經》媲美的一部重要佛典，所謂："朕惟《楞嚴》者，能仁直指心性之宗旨。"於前曾提及的金字版《甘珠爾》御序中，乾隆皇帝還專門對《首楞嚴經》之真偽提出辯解，他説："過去多有外道學者説這部卷帙完整的《佛頂勇行首楞嚴經》的西天原本沒有得到。然其中的佛頂陀羅尼與梵本完全一致，是故，此經實乃真經。既然此經正證大乘道果之身圓滿、明理,則何不將此作爲受尊敬之物呢?"[1]其次它還告訴我們,乾隆皇帝充分相信《首楞嚴經》的西藏文譯本早已在朗達磨滅佛時期,亦即公元 9 世紀末就已經散失,以後不復存在。所以他在五百年之後發心要將其"仍自中國譯至藏地"。

細讀藏文版《御製楞嚴經序》,一個明顯的感覺是儘管乾隆皇帝或有能力直接用藏文作序,但這個序言當不是他直接用藏文寫成,而是別人根據漢文版翻譯而成的。如果沒有漢文原版作參照,藏文版中有些地方礙難理解,或易使讀者產生誤解,這在寺本婉雅先生之藏文版《御製楞嚴經序》的日文翻譯中可以很明顯地看出來。寺本婉雅先生將其翻譯成日文的目的在於説明這部藏譯佛經之由來,[2]他當時帶回日本的藏文版《首楞嚴經》中並沒有漢文版的《御製楞嚴經序》,故他的日文翻譯根據的只是藏文文本。若拿它和漢文原文作比較,即可清楚地看出因漢、藏兩種文本之間本身有一些細微的差別,以至於使寺本先生鬧出了不少誤會。一個特別有趣的差別是,御序中提到了傳爲布敦大師所作之授記,漢文版中説:"是經當於後五百年,仍自中國譯至藏地。"而藏文版中相應的句子作: lo lnga brgya song ba'i rjes su yul dbus nyid du bsgyur nas bod kyi yul du mngon par dar bar 'ong,譯言:"五百年後,將於中國譯出,然後於藏地流行。"藏文版中没有將"中國"按照常例譯作 rgya nag,而是譯成了 yul dbus,意即"中間之國"。同文中只有在表示"漢"時才使用 rgya nag 這個詞,例如譯"漢語"爲 rgya nag gi skad。這顯然是乾隆,或者其御用譯者的僞造,因爲生活於 14 世紀的布敦大師是不可能用 yul dbus,而只會用 rgya nag 來表示中國的。寺本先生不知其中蹊蹺,錯將此句理解爲"自[西藏之]烏斯(dbus)國譯出,然後一定於西藏[全]國傳播"。[3] 在寺本先生看來,布敦大師筆下的 dbus 指的只能是 dbus gtsang 的 dbus,而不可能是乾隆意中的"中國"。故儘管當 yul dbus 一詞在這個御序中第一次出現的時候,寺本先生正確地將它翻譯成

---

[1] "Sangs rgyas kyi gtsug tor chen po dpa' bar 'gro ba'i mdo glegs bam yongs rdzogs bzhugs pa 'di snga phyi'i mkhas pa mang pos nub phyogs kyi dpe ma rnyed zer na'ang/de'i nang gi bde gshegs gtsug tor gyi gzungs rgya gar gyi dpe dang shin tu 'grig pas//mdo 'di tshad ma yin par mnyon//des na mdo 'dis theg pa chen po'i lam 'bras kyi lus yongs su rdzogs pa gsal bar rigs pa yang dag gis bsgrubs pas na// gus par bya ba'i gnas su ci'i phyir mi 'dzin." 轉引自鋼和泰上揭文,頁 138。儘管鋼和泰先生本人不完全同意乾隆皇帝的説法,即將經中出現的佛頂陀羅尼作爲證明《首楞嚴經》通篇非僞經的證據,但他亦認爲《首楞嚴經》中佛頂陀羅尼確實有其梵天淵源,而不是抄録自其他佛經。因爲出現與此陀羅尼相像之陀羅尼的佛經,皆晚出於《首楞嚴經》。所以將《首楞嚴經》作爲完全的僞經恐怕亦難令人信服。

[2] 寺本婉雅,《西藏文大佛頂首楞嚴經に就て》,《佛教研究》第 3 卷第 3 號,頁 73—77,京都: 大谷大學佛教研究會,1925 年。

[3] 寺本先生上揭文,頁 75。

了"中國",而當它第二次出現的時候他不得不將它改譯爲"衛國"（dbus）。這樣一來，意義相反，完全推翻了這部經典一定要從"漢地譯至藏地"的原意。也許是有着要當"普世之君"（universal king）之野心的乾隆皇帝不願意他統治下的大帝國繼續被稱爲rgya nag，而更願意被稱爲 yul dbus，所以不惜擅改古之聖賢的授記，同時還拉上他的老師章嘉國師一起來作僞證，説他"所頌梵典，炳炳可据"。喜歡掉書袋的寺本先生顯然没法理解乾隆皇帝的這份苦心，於是矯枉過正，錯上加錯。

鋼和泰先生亦翻譯了這份《御制首楞嚴經序》，因爲參照了此御序之漢文版，且得到了陳寅恪等先生的幫助，他的英文譯文顯然要比寺本婉雅先生的日文翻譯正確得多，但同樣不無問題。例如，他將上引同一句句子譯成："Bu-ston has prophesied that this scripture [the larger Śūramgama], after having been translated [into Tibetan] in China, will reappear in Tibet five hundred years hence. "鋼和泰先生聲明，"章嘉呼圖克圖顯然相信[或者希望他的同僚們相信]，這部佛經曾經在朗達磨滅佛以前的西藏存在過。所以在這裏我採用了漢文本（仍……至），而不是藏文本（mngon par dar bar 'ong）"。[1]但不管他根據的是漢文本，還是藏文本，他的這段譯文都不够準確。如果根據的是漢文本，則其譯文更當作："Only Bu ston prophesied that this scripture will be once again translated from China into Tibet in five hundred years. "如果根據的是藏文本，則此句或當譯作："After five hundred years have gone, [this scripture] will be translated from the central country and then fully spread in Tibet. "漢、藏兩種版本之意義有細微的差別，漢文本似乎暗示五百年前此經亦是"自漢地譯至藏地"的，而藏文本並没有這一層意思，只是説此經將於五百年後於漢地譯出，然後於藏地流行。

從對漢、藏兩種版本的《御製楞嚴經序》的比較中，我們亦可以明確地體會到作漢、藏佛經對勘之重要意義。寺本先生的譯文中出現了不少的錯誤，而出錯的根源並不在於他對藏文文本本身的理解有問題，而是在於他對這個《御序》背後的具體背景了解不够，亦不熟悉清代漢、藏對譯規則，所以將許多固定的譯法按照一般的藏文詞彙直譯，以至出現了許多令人啼笑皆非的錯誤。例如漢文中的"易、書、詩及四子書"，於藏文中成

---

[1] 鋼和泰上揭文，頁143。此外，鋼和泰先生於此將與漢文"此語乃章嘉呼圖克圖所頌梵典，炳炳可据"一句對應的藏文"rgyal srid kyi slob dpon lcang skya hu thog thus bstan bcos las gsal bar mthong ba nges par yid ches pa'i rtags su bya bar rung ngo"一句譯作："In connection with this matter [a report] certainly found by the state teacher lCang-skya Hu-thog-thu in his leaned books has to be implicitly believed" 有失原意。更準確的翻譯當作："Since the state preceptor lCang skya Hu thog thu sees [Bu ston's prophesy] clearly from philosophical treatises, it can be certainly posited as the reason of belief. "

了 rtsis kyi gzhung／lugs kyi gzhung／snyan dngags kyi gzhung dang／rgya'i rigs byed bzhi'i gzhung，寺本先生將其硬譯作"卦反法、世道法、詩作法、梵語の四種法"，令人不知所云。還有，漢文中的"經書"與藏文中作 gzhung lugs 對應，然寺本先生將後者譯作"宗義"，與原意不相符合；漢文中的《心經》，於藏文中被簡譯作 Shes rab snying po，後者本是《心經》全稱 bCom ldan 'das ma shes rab kyi pha rol tu phyin pa'i snying po 的簡稱，寺本先生不知其故，將其直譯作《智藏》，顯然無法令讀者將其與《心經》聯繫起來。還有像莊親王、傅鼐這樣具體的名字，對於沒有見到過漢文版《御序》的寺本先生來説是不可能將他們正確地還原的。最後，有一些太典型的漢語文表達方式，則很難被很確切地譯成藏語，若將這種譯文再翻譯過來則難免會變味兒。例如這兒漢文中的"雖無似也，而實不敢不勉焉"！到了藏文中這句話成了 ji ltar ji lta ba bzhin du mi 'ong yang mi zhum par nan tan ma bskyed na mi chog par 'dug pas，寺本先生將其返譯作："されば云何に如實に從ひて未來の爲めに熱心に傳播せずんばあるべからずとて。"顯然已經很難讀出漢文本來的味道了。鋼和泰先生坦承不管是其漢文本，還是其藏文本，他都無法理解此句之意義。在陳寅恪先生的幫助下，他將此句正確地譯作："Although I am not as able as［the sages of old］I shall do my best［for the sūtra. Thus spoke the lcang-skya Hu-thog-thu］."因爲陳寅恪先生告訴他，乾隆皇帝永遠不可能用"雖無似也"這樣的説法來指稱自己，所以鋼和泰先生專門附加上了"章嘉呼圖克圖如是説"一句。[1]文本之翻譯、轉換可以引出種種意想不到問題，於此可見一斑。所以，作漢、藏佛經的對勘將是一件十分重要和迫切的工程，需要不同民族、國家之學者之間的通力合作。

寺本婉雅先生於其文章中説，這部新譯《首楞嚴經》雖不見於大谷大學圖書館所藏赤字大版的《西藏文大藏經》，亦即是通常所稱的北京版《西藏文大藏經》中，然而當收録於另一種中形黑體的北京版《西藏文大藏經》中。筆者尚無緣見到他所説的這部中形黑體的北京版《西藏文大藏經》，故對寺本先生的這種説法尚無法確證。然於現今流傳於坊間的幾種北京版和德格版《西藏文大藏經》中，我們都見不到這部全本新譯《首楞嚴經》。所以，人們一般都以爲《西藏文大藏經》中没有《首楞嚴經》。乾隆皇帝以爲《首楞嚴經》之西藏文譯本於朗達磨滅佛之後就不再存在的看法由來已久，早在編成於1285 年的歷史上第一部，亦是唯一的一部漢、藏文大藏經對勘目録——《至元法寶勘同總録》中，這種看法就已經得到了明確的表明。於這部目録中，《大佛頂如來密因修證

---

〔1〕　鋼和泰上揭文，頁144。

了義諸菩薩萬行首楞嚴經》十卷列爲第 621 號,傍注:"蕃疑折辨入藏,蕃本闕。"〔1〕這
説明參與編撰這部目録的元代漢、藏佛學專家們當時就已經肯定無蕃本《首楞嚴經》存
世了。然事實上,元代西藏佛學大師布敦並不認爲藏地没有《首楞嚴經》之譯本,而非
要等到五百年之後才再"自中國譯至藏地"。至少在他的名著《布敦教法源流》(*Bu ston
chos 'byung*,或譯《佛教史大寶藏論》)中,我們没有見到乾隆皇帝《御序》中所説的那
個授記,反之他提到了兩種不同的《首楞嚴經》譯本。對此他是這樣説的:

> 《大佛頂經》是否佛語曾爲疑惑之根,尤以魯梅汪術之説最著;《佛頂經九卷之
> 魔品少分譯出》譯自漢文,古之三種目録都稱其爲經(bCom ldan 'das kyi gtsug tor
> chen po'i mdo 'di bka' yin min the tshom gyi gzhir klu mes dbang phyug grags 'chad/
> gtsug tor bam dgu pa las bdud kyi le'u nyi tshe phyung ba rgya las bsgyur ba 2bp/ 'di
> dkar chag snga ma gsum gar bkar bshad do)〔2〕

而在今日所見的《西藏文大藏經》中都收録了布敦大師所説的這兩種《大佛頂經》
的譯本,其中第一本《大佛頂經》全稱:

> bCom ldan 'das kyi gtsug gtor chen po de bzhin gshegs pa'i gsang ba sgrub pa'i
> don mngon par thob pa'i rgyu byang chub sems dpa' thams cad kyi spyod pa dpa'
> bar 'gro ba'i mdo le'u stong phrag bcu pa las le'u bcu pa

譯言:《現證大佛頂如來修證密義之因、勇行諸菩薩行萬品經之第十品》。這部佛
經現見於《西藏文大藏經》諸經部德格版第 236 號、北京版第 902 號。

而其中的第二本則一如布敦大師所説,全稱:

> gTsug tor chen po'i bam po dgu las bdud kyi le'u nyi tshe 'byung ba

譯言:《大佛頂第九卷之魔品少分(譯)出》。見於《西藏文大藏經》諸經部德格版
第 237 號、北京版第 903 號。

亦一如布敦大師所説,於這兩種《大佛頂經》的譯本中,只有後一種《大佛頂第九卷
之魔品少分(譯)出》均見於西藏三種古代佛經目録之中,而且都明確説明它是從漢文
翻譯的大乘佛經中的一種(Theg pa chen po'i mdo sde rgya las bsgyur ba)。例如,它於

---

〔1〕 參見黃明信,《漢藏大藏經目録異同研究——〈至元法寶勘同總録〉及其藏譯本箋證》,北京:中國藏學
出版社,2003 年,頁 117。
〔2〕 西岡祖秀,《ブトワン佛教史目録部索引 I》,頁 75。黃明信先生對這段話的引述似不够正確,他説:
"《布頓佛教史》:此是大佛頂經第九品《魔品》,係由漢文本譯出,有兩品。三種舊録(按:指 9 世紀初編的丹噶、秦
普、龐塘三目録)均列爲佛語。唯魯梅·自在稱説其是否佛語可疑。"黃明信上揭書,頁 117。顯然,黃先生將兩種
不同的譯本混爲一談了。布頓大師的原意是《大佛頂經》是否佛語受到魯梅的質疑,而其第九卷品之魔品則譯自漢
文,有三種古代目録爲證據。

《龐塘目錄》(*dKar chag 'Phang thang ma*)中列 238 號,兩卷。[1]

然而,令人吃驚的是,今見於《西藏文大藏經》中的《現證大佛頂如來修證密義之因勇行諸菩薩行萬品經之第十品》卻並没有見於上述三種古佛經目錄中。這大概就是後人多有將其當作僞經者的原因,例如,將《至元法寶勘同總錄》翻譯成藏文的工布查布(Gombojab)就認爲此經"雖《甘珠爾》中收入,但是僞屬"。吕澂先生新録 1499 號亦列在譯僞經内。[2] 但事實上,在西藏歷史上最早結集的那塘版《西藏文大藏經》中,《現證大佛頂如來修證密義之因勇行諸菩薩行萬品經之第十品》和《大佛頂第九卷之魔品少分(譯)出》這兩部據傳是《首楞嚴經》的西藏文譯本就都已經被收入,分列爲經部第221、222 號。第一部的標題簡作: *bCom ldan 'das kyi gtsug tor chen po de bzhin gshegs pa'i gsang ba bsgrub pa*, 而其第二部則更簡作 *bDud kyi nyi tshe 'byung ba*。[3] 如前所述,它們亦同時出現在《布敦教法源流》中的佛典目錄中。若説它們中的一種是僞經恐怕難以成立。更令人驚異的是,若與漢文《大佛頂如來密因修證了義諸菩薩萬行首楞嚴經》仔細對照則發現,《現證大佛頂如來修證密義之因勇行諸菩薩行萬品經之第十品》並不如其標題所説得那樣只是《首楞嚴經》第十品的翻譯,而是分成上、下兩個部分,分別與漢文《首楞嚴經》的第九品之部分、第十品之全部對應;仔細閱讀這部《現證大佛頂如來修證密義之因勇行諸菩薩行萬品經之第十品》的另一個發現是,它當是於 9 世紀 20 年代釐定譯語、編成《翻譯名義大集》之前完成的譯作,其中所用譯語多見統一譯語以前的古拙之風。由於《現證大佛頂如來修證密義之因勇行諸菩薩行萬品經之第十品》並不見於藏傳佛教前弘期所編寫的三種古代佛典目錄中,我們不由得想知道它究竟是何時、自什麼文字翻譯成藏文的? 緣何只有其中的第九、第十兩品存世? 其他諸品的譯文是否真的是在朗達磨滅佛時散失的? 前述無垢友之《頓入無分別修習義》和《大瑜伽修習義》中所引《首楞嚴經》之段落似都不見於現見於《西藏文大藏經》中的兩

---

[1] *dKar chag 'Phang thang ma/sGra 'byor bam po gnyis pa*, 北京: 民族出版社,2003 年,頁 19;川越英真,《バンタン目録について》,西藏學會配布資料,2004/11/6,頁 17。同時被列入由漢譯藏的佛經有: 1.《大般涅槃經》(*'Phags pa mya ngan las 'das pa chen po/42bp*),2.《賢愚經》(*'Dzangs blun/12bp*), 3.《金光明經》(*gSer 'od dam pa rgya las bsgyur ba rnying/10bp*), 4.《大善巧方便佛報恩經》(*Sangs rgyas kyi thabs chen po drin lan glan pa/7 1/2*),5.《金剛三昧經》(*rDo rje ting nge 'dzin/6bp*), 6.《佛藏經》(*Sangs rgyas kyi mdzod/5bp*), 7.《大解脱十分廣大經》(*Thar ba chen po phyogs su rgyas pa/3 1/2bp*), 8.《廻輪經》(*bsNgo ba'i 'khor lo/2bp*), 9.《法大母經》(*Chos kyi rgya mo/2bp*,梵網經盧舍那佛説菩薩心地戒品第十卷)等。

[2] 參見黄明信上揭書,頁 117。

[3] *The Brief Catalogues to the Narthang and the Lhasa Kanjurs: A Synoptic Edition of the bKa' 'gyur rin po che'i mtshan tho and the rGyal ba'i bka' 'gyur rin po che'i chos tshan so so'i mtshan byang dkar chag bsdus pa*, Wien: Arbeitskreis fuer Tibetische und Buddhistische Studien, Universitaet Wien, 1998, p. 56.

個藏譯殘本中，那麼，是否曾有《首楞嚴經》之藏譯全本存在過？同樣足以令人驚詫的是，《大佛頂第九卷之魔品少分（譯）出》說是譯自漢文，但實際上與漢文《首楞嚴經》之第九品根本不對應。或曰其出自漢文本第九、十兩品中的某些段落，然筆者至今尚無法確定它到底與漢文《首楞嚴經》的哪一品種的哪些段落相對應？甚至不知道它是否真與漢文《首楞嚴經》有任何關係？如果它並不是《首楞嚴經》的翻譯，那麼它到底是哪一部漢譯佛經的譯本？

　　帶着上述這些問題，我們開始對漢、藏兩种文字的《首楞嚴經》進行對勘。我們將對《首楞嚴經》第九、十兩品的古今兩種譯本同時與漢文本對勘，除了想弄清楚漢、藏本《首楞嚴經》之間的實際關係，推定《現證大佛頂如來修證密義之因勇行諸菩薩行萬品經之第十品》到底是否從漢文翻譯而來以外，亦想通過對勘來檢驗藏譯本的正確程度，並探究西藏譯者是如何理解和解釋這對於漢傳佛教而言極其重要的佛教經典的。通常以爲，乾隆時代所譯的《首楞嚴經》不是直接從漢譯本，而是從漢譯轉譯成滿文，再從滿文轉譯成蒙古文，然後從蒙古文譯本轉譯成西藏文的。這個轉了好幾道手的譯本當然會與吐蕃王朝釐定譯語前的古譯本有很大的差異，而正是這些差異對於我們了解古今西藏人對《首楞嚴經》的理解將會有很大的幫助。退而言之，即使藏文本《首楞嚴經》確實都是從漢文本翻譯過來的，我們作這樣的對勘工作亦不但能釐定西藏文譯本之文本，而且亦將從一種新的視野對《首楞嚴經》本身的研究，特別是對其甚深法義的詮釋提供幫助，因爲每一種新的譯本實際上都提供一種對文本的新的解釋。

（原載《元史及民族与邊疆研究集刊》第 18 輯，上海古籍出版社，2006 年，頁81—89）

再論《彰所知論》與《蒙古源流》

一、問題的提出

從上個世紀 20 年代顧頡剛先生提出的"層累地做成的中國古史",到今天西方史學家們常談的"傳統的創造"(invention of tradition),無不告訴我們這樣一個簡單的道理,即許多被人理所當然地視爲"傳統"的東西,細究起來都不見得真的是歷史的真實,更多的是後人於不同的時間和背景下所作的有意識的創造。這種現象出現於世界所有民族的寫史傳統中,一個非常經典的例子亦見於蒙古族的歷史著作中。自 17 世紀初成書的《黃金史綱》(*Altan Tobči*)開始,蒙古人的祖先孛兒帖赤那(Börte cina)被説成是吐蕃止貢贊普(Gri gum btsan po)的後裔,從此蒙古大汗黃金家族的歷史便與吐蕃贊普王統(rgyal rabs),乃至天竺釋迦王統貫通了起來。無疑這是一個創造出來的傳統,是信仰藏傳佛教的蒙古史家對其祖先歷史的有意識的篡改。

1931 年,陳寅恪先生於其《〈彰所知論〉與〈蒙古源流〉》一文中指出,《蒙古源流》(成書於 17 世紀後半葉)中説蒙古民族起源於天竺、吐蕃,實際上是受了元朝帝師八思巴('Phags pa Blo gros rgyal mtshan, 1235–1280)所造《彰所知論》(*Shes bya rab gsal*)的影響。他認爲"《蒙古源流》於《[蒙古]秘史》所追加之史層上更增建天竺吐蕃二重新建筑",而推究其根源則當訴諸《彰所知論》。因爲八思巴"造論亦取天竺吐蕃事迹,聯接於蒙兀兒史。於是蒙兀兒史遂爲由西藏而上續印度之通史。後來蒙古民族實從此傳受一歷史之新觀念及方法。《蒙古源流》即依此觀念,以此方法,採集材料,而成書者"。[1]《彰所知論》"於佛教之教義固無所發明,然與蒙古民族一歷史之新觀念及方法,其影響至深且久。故《蒙古源流》之作,在元亡之後將三百年,而其書之基本觀念及編製體裁實取之於《彰所知論》"。[2]

---

[1] 陳寅恪,《〈彰所知論〉與〈蒙古源流〉》,收入氏著,《金明館叢稿二編》,上海:上海古籍出版社,1980 年,頁 121—122。

[2] 陳寅恪,《〈彰所知論〉與〈蒙古源流〉》,頁 115。

陳寅恪先生的這種説法曾被後人廣泛接受,[1]直到 1989 年,蒙古族學者蘇魯格先生指出,這個説法"實有乖史實"。其理由是陳文中説:

　　論云：始成吉思從北方多音國如鐵輪王。寅恪案,藏文多爲 Mang-po,音爲 Krol。故以多音爲蒙兀兒之譯名。取其對音相近也。[2]

蘇魯格先生查找陳文上引《彰所知論》中那句話的原文,發現陳先生所引有誤,他對所謂"多音國"的重構乃望文生義。蘇魯格先生説：

　　　　上述引文的藏文以拉丁字母轉寫,即爲 des byang phyogs nas brtsams te skad rigs mi gcig pavi yul khams du ma dbang du byas nas stobs kyis vkhor los sgyur ba lta bur gyur to。意思是："成吉思汗先統一了北方,而後征服了許多不同語種的地方,猶如鐵輪王。"文中根本就没有 mang po 和 krol 二詞。藏文 mang-po 確爲"多"之意,但此段落中並没有用 mang-po 這個詞,而是用了藏文中另一個表示"多"的形容詞 du ma。藏文"音"爲 skad(包括一切有意義和無意義的聲響),krol 並非"音"之意,而且藏文中根本就没有這樣的字。[3] 所謂"多音國",即"由操多種不同語言的人組成的國家",與"征服了許多不同語種的地方"的含義相符,衹不過是沙囉巴(《彰所知論》的漢譯者)翻譯時,文求對仗而已。陳寅恪將"多音國"解釋爲"蒙兀兒",並將原文中"始成吉思從北方王"的"王"去掉,改爲"始成吉思從北方多音國",使橫跨亞歐的蒙古大帝國變成了"北方蒙兀兒"。[4]

毋庸置疑,蘇魯格先生對陳寅恪先生的批評言之有理。陳先生既不是神仙,難免亦會犯常人的錯誤。中國古代漢譯西天、西番佛教經、論時,對各種名字的處理常無定規,有時音譯,有時意譯,有時音譯與意譯混合,令後人很難正確地重構其原樣。陳先生試圖以"多音國"之意來對"蒙兀兒"之音,這樣的想法本身並非匪夷所思,衹是此非其例而已。事實上,根據藏文的語法習慣,"多音"或可復原作 sgra mang po,但不會是 mang po sgra,作爲形容詞的 mang po 通常應當跟在名詞的後面,mang po 的後面可以跟動詞,但很少跟名詞。總之,不管對"多音國"之意如何復原,它亦不可能會出現"蒙兀兒"這樣的音。要是陳先生當時能見到《彰所知論》的藏文原文,那麽,他就一定可以避免

---

〔1〕 參見周清澍,《蒙古源流初探》,原載《民族史論叢》,長春：吉林人民出版社,1980 年;後收入氏著,《元蒙史札》,呼和浩特：內蒙古大學出版社,2001 年,頁 649—683;朱風、賈敬顏譯,《漢譯蒙古黃金史綱》,呼和浩特：內蒙古人民出版社,1985 年,頁 1。

〔2〕 陳寅恪,《〈彰所知論〉與〈蒙古源流〉》,頁 124。

〔3〕 陳先生所引"音"字之原文爲 krol,或當是 sgra 字之誤寫,因爲正如蘇魯格先生所説,藏文中没有 krol 這樣的字。於 Wylie 所用轉寫體例被普遍接受以前,藏文字母之拉丁字轉寫法形形色色,極爲混亂。

〔4〕 〔清〕耶喜巴勒登著,蘇魯格譯注,《蒙古政教史》,北京：民族出版社,1989 年,頁 2—3。

犯這樣有失其水準的錯誤。

蘇魯格先生進而轉引了《彰所知論》中有關蒙古的全部論述,發現它"既未追溯蒙古之族源,也未説'印、藏、蒙同源'。'印、藏、蒙同源'之説,始見於《黃金史綱》,而集大成於《蒙古源流》"。[1] 這樣,蘇魯格先生可以説是全盤否定了陳先生文中的所有主張,而此後人們談到《彰所知論》和《蒙古源流》之關係時,亦都或附和、或進一步支持蘇魯格先生對陳先生所説之否定。[2] 筆者最近重讀了陳先生的這篇短文,讀後覺得陳文中將"多音國"復原爲"蒙兀兒"的確是個硬傷,亦贊同蘇魯格先生的意見,肯定《彰所知論》不是《蒙古源流》所載蒙古王統的直接來源,"印、藏、蒙同源説"並不始於《彰所知論》。但亦覺得蘇先生對陳先生所主張的《蒙古源流》"其書之基本觀念及編製體裁實取之於《彰所知論》"一説之全盤否定似嫌矯枉過正。應該説,陳先生文中的主要觀點,即《蒙古源流》的"基本觀念及編製體裁實取之於《彰所知論》"一説,基本屬實。陳先生以《蒙古源流》和《彰所知論》的關係爲例,説明"逐層向上增建之歷史"這一見於世界各族寫史傳統中的普遍現象,提出"吾人今日治史者之職責,在逐層消除此種後加之虛僞材料,庶幾可略得一近似之真",這對今天的史學研究者無疑依然有啓發和警示作用。有鑒於此,筆者願舊話重提,對《彰所知論》與《蒙古源流》之間是否具有陳先生所説的那種觀念和體裁上的源流關係作進一步的討論。本文將對《彰所知論》所載印度、吐蕃、蒙古王統於藏、蒙寫史傳統中的位置和影響,對《彰所知論》於蒙古地區的流傳及其對《蒙古源流》之影響略作討論。

二、《彰所知論》所記吐蕃、蒙古王統之對勘

應該説造成陳寅恪先生"以多音爲蒙兀兒之譯名"的一個重要原因是,他所依靠的元代河西譯師沙囉巴漢譯《彰所知論》本身有諸多問題。與見於漢文大藏經中的大部分經、論一樣,《彰所知論》的漢譯本存有增、删、譯名混亂、錯字、句義不明等種種不盡人意之處。若不對照藏文原文,漢譯中許多段落難以斷句,或易令讀者産生誤解。例如,同一個句子,陳先生引作"始成吉思從北方多音國如鐵輪王",而蘇魯格先生引作"始成吉思從北方王,多音國如鐵輪王"。實際上兩人的句讀都不正確,正確的句讀當作"始成吉思從北方,王多音國,如鐵輪王"。晚近,有王啓龍先生所作《彰所知論》之對

---

〔1〕 《蒙古政教史》,頁3。
〔2〕 例如,烏力吉巴雅爾先生最近亦著《關於〈彰所知論〉及其他》一文,再次對《彰所知論》與《蒙古源流》之間的必然聯繫提出質疑。參見氏著,《蒙藏文化關係研究》,北京:中國藏學出版社,2004年,頁392—399。

勘、研究問世,該書雖然指出了元代漢譯本的一些問題,卻亦於舊有問題上添加了不少新問題。首先,作者將夾雜沙囉巴之舊譯與他自己改動過之新譯的第三文本與藏文原文作對照,這顯然不是對勘漢、藏佛教經、論應該採取的科學手段。其次,其藏文拉丁轉寫和漢文譯文中都有許多不正確或矯枉過正的地方,需要重新訂正。具體到《彰所知論》之吐蕃、蒙古王統兩個段落,作者對漢譯文之句讀有多處值得商榷。[1] 爲了明示藏、漢文兩種版本間的異同,並爲讀者完整、正確地理解《彰所知論》所載吐蕃、蒙古王統提供方便,茲謹將這兩個段落重新對勘於下。[2]

1. 釋迦王統之後續

[9.4.3] Śākya'i rgyal po'i rigs ni des rdzogs la/rgyal po gzhan gyi rigs las byung ba chos ldan pa dag gis sangs rgyas kyi bstan pa la bya ba byas so// de bzhin gshegs pa mya ngan las 'das nas lo brgya lon pa na/yul dbus su chos rgyal mya ngan med ces bya ba byung nas/dzam bu'i gling phal che ba la mnga' mdzad de/bka' bsdu ba bar pa'i yon bdag mdzad nas bde bar gshegs pa'i bstan pa'ang 'phel bar mdzad do//de nas lo nyis brgya lon pa na dzam bu gling gi nub byang gi phyogs su/rgyal po ka ni ska zhes bya ba byung nas bka' bsdu ba gsum pa'i yon bdag byas te/sangs rgyas kyi bstan pa rgyas par mdzad do//gzhan yang rgya gar dang/kha che dang/li'i yul dang/khu sen dang/bal yul dang/rgya nag dang/'jang gi yul dang/mi nyag gi yul la sogs pa rnams su chos dang ldan pa'i rgyal po rnams kyis rang rang gi yul du chos dar bar byas so//

　　釋迦種族至斯終矣。又別種王依法興教。如來滅度後二百年,中印土國有王,名曰無憂法王,於贍部提王即多分,中結集時而爲施主,興隆佛教。後三百年,贍部西北

　　〔1〕 王啓龍,《八思巴生平與〈彰所知論〉對勘研究》,北京:中國社會科學出版社,1999 年,頁 293—485。此前有 Constance Hoog 之英譯本, *Prince Jiṅ-Gim's Textbook of Tibetan Buddhism*, *The Śes-bya rab-gsal* (*Jñeya-prakāśa*) *by 'Phags-pa Blo-gros rgyal-mtshan dPal-bzaṅ-po of the Sa-skya-pa* (Leiden: E. J. Brill, 1983);筆者之導師、德國波恩大學中亞語言文化研究所教授 Klaus Sagaster 先生,亦曾於上世紀 70 年代將藏文《彰所知論》翻譯成德文,並多次與學生一起研讀,惜其德譯本至今尚未面世。

　　〔2〕 《彰所知論》並沒有被收錄於《西藏文大藏經》中,今見於日本東洋文庫於上個世紀 60 年代出版的 *Sa skya pa'i bka' 'bum* (*The Complete Works of the Great Masters of the Sa skya Sect of the Tibetan Buddhism*, Compiled by bSod nams rgya mtsho, Tokyo: The Toyo Bunko, 1968. 以下簡稱《薩思迦全集》) 之第六卷 *Chos rgyal 'Phags pa'i bka' 'bum* (*The Complete Works of Chos rgyal 'Phags pa*,《八思巴法王全集》) 中,爲該卷之首篇,其中有關印度、吐蕃、蒙古之王統見於該論卷上 "情世界品" 中。《薩思迦全集》卷六,頁 1—18。而沙囉巴漢譯《彰所知論》則爲漢文《大藏經》收錄,見於《大正新修大藏經》(東京:大正一切經刊行會,大正十四年,以下簡稱《大正藏》),第 1645 號,第 32 册,頁 226—237。其中有關吐蕃、蒙古王統的段落見於頁 231.2—231.3。

方，有王名曰割尼尸割，三結集時而爲施主，廣興佛教。梵天竺國、迦濕彌羅國、勒國、龜茲（音丘慈）、捏巴辣國、震旦國、大理國、西夏國等諸法王衆，各於本國興隆佛法。

校案：除了將中結集與三結集的時間從原文的佛滅後“一百年”和“二百年”分別改作佛滅後的“二百年”和“三百年”以外，此段漢譯文與藏文原文完全一致。[1] 王啓龍將“又別種王依法興教”句改譯爲“傳説另外又有王種傳法興教”，不如原譯準確，因原文中没有“傳説”的口氣。隨後“名曰無憂法王，於贍部提王即多分，中結集時而爲施主，興隆佛教”一句，王啓龍錯讀作：“名曰無憂（阿育王），法王於贍婆提王，即多分中結集時而爲施主，興隆佛教。”[2] 事實上，“於贍部提王即多分”一句，與藏文 dzam bu'i gling phal che ba la mnga' mdzod de 對應，原意爲“統治了贍婆洲之大部分地區”。

2. 吐蕃王統

sangs rgyas mya ngan las 'das nas lo stong lhag pa na bod kyi yul du rgyal po'i thog ma gnya' khri btsan po zhes bya ba byung la / de nas rgyal rabs nyi shu rtsa drug 'das pa'i 'og tu rgyal po lha tho tho ri snyan btsan zhes bya ba byung zhing / de'i tshe sangs rgyas kyi bstan pa'i dbu brnyes te / bu mo dri ma med byin lung bstan pa'i mdo las / da yongs su mya ngan las 'das nas lo nyis stong lnga brgya nas gdong dmar can gyi yul du nga yi bstan pa 'byung ngo zhes lung bstan pa bzhin no // de nas rgyal rabs lnga nas rgyal po srong btsan sgam po zhes bya ba byung la / de'i tshe paṇḍita Ānanda dang lo tsā ba thon mi sambho ta zhes bya bas chos bsgyur zhing / lha sa la sogs pa'i gtsug lag khang bzhengs / dam pa'i chos kyi srol btod / de nas rgyal rabs lnga na rgyal po khri srong lde btsan zhes bya ba byung la / de slob dpon zhi ba 'tsho dang / padma 'byung gnas dang / kamalaśīla la sogs pa'i paṇḍita dang grub pa'i skyes bu spyan drengs / Vairocanarakṣita dang / 'khon klu'i dbang po srung ba la sogs pa sad

---

[1] 關於佛滅後其弟子所作佛經之結集，有許多種説法。於西藏最通常的説法是佛滅後次年第一次結集；佛滅後一百一十年第二次結集，阿育王爲施主；佛滅後三百年第三次結集，迦尼色迦王爲施主。參見 sTag tshang rdzong pa dPal 'byor bzang po, *rGya bod kyi yig tshang mkhas pa dga' byed chen mo 'dzam gling gsal ba'i me long*（以下簡稱《漢藏史集》），Chengdu: Mi rigs dpe bkrung khang, 1985 年，頁 67—84；西藏著名史著《西藏王統記》（*rGyal rab gsal ba'i me long*）之原注中曾引述此句，亦説佛滅後百年有阿育王出，可見沙囉巴的改譯當不是由於版本不同而造成的。參見 Per K. Sørensen, *Tibetan Buddhist Historiography: The Mirror illuminating the Royal Genealogies, An annotated translation of the XIV^(th) century Tibetan chronicle: rGyal-rabs gsal-ba'i me long*（Wiesbaden：Harrassowitz Verlag, 1994），p. 57, n. 83；劉立千譯注，《西藏王統記》（《吐蕃王朝世系明鑒》），拉薩：西藏人民出版社，1985 年，頁 6；關於沙囉巴對佛經結集時間的討論見王啓龍，《八思巴生平與〈彰所知論〉對勘研究》，頁 290—292。

[2] 王啓龍，《八思巴生平與〈彰所知論〉對勘研究》，頁 377。

mi mi bdun zhes bya ba lo tsā ba dang／gzhan yang paṇḍita dang lo tsā ba mang pos chos shin tu mang ba bsgyur zhing／sdom pa gsum ka'i srol 'phel bar mdzad do／／de nas rgyal rabs gsum 'das pa na rgyal po ral pa can zhes bya ba byung la／des rgyal srid shin tu yangs pa la mnga' mdzad cing／Jinamitra dang／Śīlendrabodhi la sogs pa'i paṇḍita dang／ska ba dpal brtsegs dang／cog ro klu'i rgyal mtshan la sogs pa'i／lotsvaba rnams kyis sngar 'gyur pa'i chos rnams skad gsar bcad kyis gtan la phab cing／ma 'gyur ba rnams gzhi nas bsgyur te／bstan pa shin tu rgyas par mdzad do／／de nas bod khams spyi la dbang bsgyur ba'i rgyal po ma byung yang／／rgyal phran dang／rgyal rgyud ni da dung yod［10.2］do／／paṇḍita dang lo tsā ba dang dge ba'i gshes gnyen mang du byung bas bde bar gshegs pa'i bstan pa ni da lta'ang ci rigs par gnas so／／

　　如來滅度後千餘年，西番國中，初有王曰呀乞喋贊普。二十六代，有王名曰袷陀朵喋思顏贊，是時佛教始至。[1] 後第五代，有王名曰雙贊思甘普，時班彌達名阿達陀，譯主名曰端美三波羅，翻譯教法，修建袷薩等處精舍，[2]流傳教法。後第五代，有王名曰乞喋雙提贊，是王召請善海大師、蓮華生上師、迦摩羅什羅班彌達、衆成就人等，共毘盧遮那羅佉怛及康龍尊護等七人，翻譯教法。餘班彌達共諸譯主，廣翻教法，三種禁戒興流在國。後第三代，有王名曰乞喋徠巴贍，是王界廣，時有積那彌多，并濕連怛羅菩提班彌達等，共思割幹吉祥積，酌羅龍幢等，[3]已翻校勘，未翻而翻，廣興教法。西番王種，至今有在。班彌達等、翻譯譯主、善知識衆廣多有故，教法由興。[4]

　　〔1〕《西藏王統記》原注中引述了此段，但與此所説不同，其云："《彰所知論》云：佛滅度後二千年時，聶赤贊普出世，二千五百年時拉托托寧協出世。"見 Sørensen, *Tibetan Buddhist Historiography*, p. 154, n. 433;《西藏王統記》，頁38。

　　〔2〕 從陳寅恪到王啓龍都以爲這兒的"袷薩"就是地名"拉薩"的異寫，參見陳寅恪，《〈彰所知論〉與〈蒙古源流〉》，頁123;王啓龍，《八思巴生平與〈彰所知論〉對勘研究》，頁379。事實上，這兒所説的 lha sa，袷薩，指的並不是地名拉薩，而是寺廟名 Ra sa 'phrul snang，即大昭寺之簡稱。地名 lha sa 是從 Ra sa 變化而來的，大昭寺的名稱 Ra sa 'phrul snang 於西藏文文獻中亦常常被簡稱爲 lha sa。同樣的例子亦見於成書於 1283 年的《奈巴班智達教法史》（*Nel pa chos 'byung*）中，見 Helga Uebach, *Nel-pa paṇḍitas chronik Me-tog phreṅ-ba, Handschrift der Library of Tibetan Works and Archives Tibetischer Text in Faksimile, Transkription und Übersetzung*（München: Kommision für Zentralasiatische Studien Bayerische Akademie der Wissenschaften, 1987）, pp. 156—157。

　　〔3〕 王啓龍於此之句讀有誤，他將兩位譯師的名字從中間點斷。參見王啓龍，《八思巴生平與〈彰所知論〉對勘研究》，頁380、425，注94、95。顯然，與 sKa ba dPal brtsegs 對應之譯名當作"思割幹吉祥積"，而與 Cog ro Klu'i rgyal mtshan 對應的譯名當作"酌羅龍幢"。

　　〔4〕 與"教法由興"一句相應之藏文原文作 bde bar gshegs pa'i bstan pa ni da lta'ang ci rigs par gnas so，或可譯作："善逝之法，今復如應而住。"王啓龍譯此句作："至此佛教開始興盛起來"，有失原意。見王啓龍，《八思巴生平與〈彰所知論〉對勘研究》，頁381。

校案：此段譯文有諸多不妥。其一，於"是時佛教始至"與"後第五代有王"之間，沙囉巴漏譯了一個段落，其云："如《無垢施女授記經》[1]所作授記云：'佛般涅槃後二千五百年，吾之教法現於赭面之國。'"[2]其二，述吐蕃王雙贊思甘普，即棄宗弄贊事迹之最後一句"流傳教法"不够達意，其原文作 dam pa'i chos kyi srol btod，譯言"開正法之宗"。其三，述乞㗚雙提贊，即乞黎蘇籠獵贊事迹一段不够精確，或當重譯作："是王召請善海[寂護]大師、蓮華生上師、迦摩羅什羅[蓮花戒]等班彌達與衆成就人等，共毘盧遮那羅佉怛及康龍尊護等所謂'初試七人'等譯主，共其餘諸多班彌達、譯主，廣翻教法，興三律儀之宗。"其四，與"西番王種，至今有在"一句對應的藏文原文作 de nas bod khams spyi la dbang bsgyur ba'i rgyal po ma byung yang // rgyal phran dang / rgyal rgyud ni da dung yod do，當譯作："其後，沒有出現統治整個吐蕃地區之國王，然

---

[1] 這段著名的授記以不同的名稱和内容出現於許多藏文史書中，但至今無法確定其真正的來源。此處原作 bu mo dri ma med byin lung bstan pa'i mdo，於《西藏文大藏經》中找不到一種與此名稱完全相同的經。寶積部有 'Phags pa dri ma med kyis byin pas zhus pa zhes bya ba theg pa chen po'i mdo，譯言《佛説無垢施女大乘經》，同於漢文《大藏經》中的《大寶積經·無垢施菩薩應辯會第三十三》以及《佛説離垢施女經》；寶積部中還有一經名稱與此類似，作 'Phags pa mya ngan med kyis byin pa lung bstan pa zhes bya ba theg pa chen po'i mdo，譯言《佛説無憂施菩授記大乘經》，同於漢文《大藏經》之《大寶積經·無畏菩薩會第三十二》。然以上所説這兩部佛經中都没有見到八思巴帝師上引段落。於 Nyang Nyi ma 'od zer, Chos 'byung me tog snying po sbrang rtsi'i bcud（以下簡稱《娘氏宗教源流》）（Lhasa：Bod ljongs mi dmang dpe skrun khang, 1988），p. 165 中，記載有一則類似的授記，然不但其所引佛經的名稱不一樣，而且其内容亦不一致。其云：《天女無垢光所問經》(lHa mo dri ma med pa'i 'od kyis zhus pa'i mdo) 云：'吾寂滅後二千五百年，或[二千]八百年，於赭面之國，正法將開始、立宗和繁盛，將堅定不移'（'di lha mo dri ma med pa'i 'od kyis zhus pa'i mdo las / nga mya las 'das nas lo nyis stong lnga brgya na 'am / brgyad brgya na gdong dmar gyi yul du dam pa chos kyi dbu brnyes shing srol gtod de dar zhing rgyas par 'gyur / brtan zhing mi g. yo bar 'gyur ro / zhes gsungs pa yin no）。"於《西藏文大藏經》之"經部"有《無垢光所問經》(Dri ma med pa'i 'od kyis zhus pa, Vimalaprabhaparipṛcchā)，（大·168，收入西藏大藏經研究會編輯，《影印北京版西藏大藏經》[東京：西藏大藏經研究會，1957—1961]，第 59 册，Ba. 175b—210b。但於這部佛經中我們亦找不到上引段落。與《彰所知論》所引授記最爲接近的記載見於《奈巴班智達教法史》中，儘管後者並不是在記載裕陀朵喋思顏贊事迹時，而是在最後討論正法存世之年代時提到這段授記的。其云："《天女無垢吉祥所問經》(lHa mo dri ma med pa'i dpal gyis zhus pa'i mdo) 所云：'佛滅後二千五百年，正法將於曰吐蕃赭面羅刹之[赭]面國弘揚。'此即指邏些之時也(lHa mo dri ma med pa'i dpal gyis zhus pa'i mdo las ston pa mya ngan las 'das nas lo nyi stong lnga brgya na bod srin po gdong dmar zer gdong gi yul du dam pa'i chos rgyas par 'gyuro / zhes bya pa ni lha sa'i dus yin la)。" 見 Uebach, Nel-pa paṇḍitas chronik Me-tog phreṅ-ba, pp. 156-157. Uebach 先生正確地指出，此之所謂"邏些之時"當即指棄宗弄贊於邏些建大昭寺之時。Sørensen 認爲此引佛經 Bu mo [lHa mo] Dri ma med pa byin [sic；read: 'od kyis] lung bstan pa'i mdo, i. e. Vimalaprabhāvyākraṇasūtra 或者 Vimaladevāvyākraṇasūtra 大概未被《西藏文大藏經》收録。見 Sørensen, Tibetan Buddhist Historiography, p. 154, n. 433. 於著名的《卜思端教法源流》(Bu ston chos 'byung) 中復有另一種形式的授記，其云："彼贊普於夢中得授記曰：'五世之後，將有人識之。'"（de'i rmi lam na / mi rabs lnga na / 'di shes pa 'byung zhes lung bstan no) János Szerb, Bu ston's History of Buddhism in Tibet（Wien：Verlag der Österreichischen Akademie der Wissenschaften, 1990），p. 6；而《西藏王統記》等許多其他藏文史書中則説，此時天空中傳來授記云："爾後五世，將有一位識其意義的國王出現。"參見 Sørensen, Tibetan Buddhist Historiography, p. 150, n. 409.

[2] 王啓龍發現了這一被漏譯的段落，並根據藏文作了增補，譯作："無垢女妙傳經藏，其滅度二千百年後，赭面國廣傳佛法，謂我所有法。"見王啓龍，《八思巴生平與〈彰所知論〉對勘研究》，頁379。

小邦、王種至今有在。"〔1〕八思巴於此所述吐蕃王統遵循了吐蕃寫史傳統中常見的聖神贊普（sprul pa'i rgyal po）的模式，其云袷陀朵喋思顏贊爲地藏王菩薩之化身，吐蕃始有佛教；棄宗弄贊爲觀世音菩薩之化身，開正法之宗；乞黎蘇籠獵贊爲文殊菩薩之化身，乞喋倈巴贍，即可黎可足，爲金剛手菩薩之化身，於他們在位期間，吐蕃佛教大盛。〔2〕

3. 蒙古王統

sangs rgyas mya ngan las 'das nas lo sum stong nyis brgya lnga bcu lhag 'das pa na／byang phyos hor gyi yul du sngon bsod nams bsags pa'i 'bras bu smin pa jing gir rgyal po zhes bya ba byung la／des byang phyogs nas brtsams te skad rigs mi gcig pa'i yul khams du ma dbang du byas nas stobs kyis 'khor los sgyur ba lta bur gyur to／／de'i sras ni mo go ta zhes bya ba ga gan du yongs su grags pa des rgyal po mdzad cing／rgyal srid ni snga ma bas kyang rgyas par gyur to／／de'i sras ni go yug gan zhes bya ste／de'ang rgyal srid la dbang bsgyur ba'i rgyal por gyur to／／jing gir rgyal po'i sras chung bar gyur pa ni do lo zhes bya ba yin te／des kyang rgyal po'i go 'phang rnam par thob nas rgyal thabs byas pa nyid do／／de'i sras kyi thu bo ni mong go zhes bya ba yin te／des kyang rgyal po'i go 'phang rnam par thob nas／rgyal thabs byas pa nyid do／／de'i gcung ni go pe la zhes grags pa ste／rgyal po nyid du yang mnga' gsol nas／snga ma de dag pas che lhag pa'i rgyal srid du ma la dbang bsgyur zhing／bstan pa rin po che'i sgor zhugs te／rgyal srid chos bzhin du rnam par bskyang nas／ston pa'i bstan pa'ang gsal bar byas pa nyid do／／de'i sras kyi thu bo ni jing gim zhes bya ste／mtho ris kyi dpal 'byor thams cad kyis 'byor zhing chos rin po che'i rgyan gyis kyang mdzes par snang ba'o／／de la ma ga la dang／no mo gan zhes bya ba la sogs pa mched

---

〔1〕 王啓龍，《八思巴生平與〈彰所知論〉對勘研究》，頁380、426，注97，將此句譯作"此後西番傳承的王族世系及小國小邦等王族至今猶在"，不够達意；他將此句照録和轉寫作 rgyal phran deng rgyal rgyud ni da ngud yod do，亦不够正確，應改正爲 rgyal phran dang／rgyal rgyud ni da dung yod do。

〔2〕 這樣的説法於西藏歷史著作中處處可見，較早且較典型的有八思巴同時代人 mKhas pa lD'u 所著，*rGya bod kyi chos 'byung rgyas pa*（以下簡稱《印藏正法源流》），或名 *lD'u chos 'byung rgyas pa*（Lhasa: Bod ljongs mi dmang dpe skrun khang, 1987），p. 183: sprul pa'i rgyal po skad pa／lha tho tho ri gnyan btsan byang chub sems dpa' sa'i snying po'i sprul pa／srong btsan sgam po thugs rje chen po'i sprul pa／khri srong lde btsan 'jam dpal gyi sprul pa／mnga' bdag ral pa can phyag rdor gyi sprul pa／drin can zhes pa de rnams kyi ring la／dang po chos kyi dbu brnyes pa／bar du srol gtod pa／tha mar dar zhing rgyas par mdzad pas drin che ba'o。

zla rnams／rang rang gi yon tan dang ’byor pas ’byor pa zhing／so so’i sras dang brgyud pa／［10.3］dang bcas pa nyid do//de ltar shvakya’i rgyal rgyud nas brtsam te／deng sang gnas pa’i rgyal rgyud kyi bar rnams brjod pa’o//

北蒙古國，先福果熟，生王名曰成吉思。[1] 始成吉思從北方，王多音國，如鐵輪王。[2] 彼子名曰斡果戴，時稱可罕，紹帝王位，疆界益前。有子名曰古偉，紹帝王位。成吉思皇帝次子名朶羅；朶羅長子，名曰蒙哥，亦紹王位。王弟名曰忽必烈，紹帝王位，降諸國土，疆界豐廣，歸佛教，法依化民，佛教倍前光明熾盛。帝有三子，長曰真金，豐足如天，法寶莊嚴。[3] 二曰厖各刺，三曰納麻賀，各具本德，係嗣亦爾。兹是始從釋迦王種，至今王種。

校案：此段落中有兩處漏譯，其一，本段首句 sangs rgyas mya ngan las ’das nas lo

---

〔1〕 王啓龍，《八思巴生平與〈彰所知論〉對勘研究》(頁 381)，將此句讀作“北方蒙古國先積福德，果熟生王，名曰成吉思”。然原文 sngon bsod nams bsags pa’i ’bras bu smin pa，譯言：“過去所積福德之果成熟”，故不宜於中間點斷。

〔2〕 此句爲前述爭議之焦點，而沙囉巴的譯文事實上並無錯誤，祇是其所譯“多音國”一詞從本意“許多語言不一之地域”被陳寅恪先生錯誤地解釋爲“蒙兀兒”之音譯而已。蘇魯格先生將此句大意譯作：“成吉思汗先統一了北方，而後征服了許多不同語種的地方，猶如鐵輪王。”見《蒙古政教史》，頁 2。他的這種譯法亦爲王啓龍所接受，祇是將其中的“鐵輪王”改成了“輪王”。見王啓龍，《八思巴生平與〈彰所知論〉對勘研究》，頁 381。但是，藏文原文中並沒有“先統一北方”一句，與此相應的句子原僅作 des byang phyogs nas brtsams te，譯言：“彼起自北方”，與漢文文獻中常説的“元起朔方”對應，沒有“統一北方”之意。故沙囉巴譯此句作“成吉思從北方”並無錯誤。若逐字翻譯此句，則當作：“彼［成吉思］起自北方，征服許多語種不一之地區，成爲猶如以力轉輪［之聖王］。”此論之英譯者將 skad rigs mi gcig pa’i yul khams 翻譯成“不同的語言和種族”，即將 skad rigs，即“語種”一詞，分成 skad 和 rigs，即“語言”和“種族”，兩個詞來理解。見 Hoog, *Prince Jin-Gim’s Textbook of Tibetan Buddhism*, p. 42；實際上，八思巴於此論中顯然是以 skad rigs 指“語種”，而“種族”則以另一個藏文詞 mi rigs 來表示。論中稱南瞻部洲“有大國十六，小國一千，不同種族三百六十，不同語種七百二十”(gzhan yang yul chen po bcu drug dang／yul phran stong dang／mi rigs mi ’dra ba sum brgya drug cu dang／skad rigs mi ’dra ba bdun brgya nyi shu yod do zhes grag go//)，見《彰所知論》, p. 3.2–3.3。這種説法當被普遍接受，相同的説法亦見於其他藏文文獻中，如《漢藏史集》，頁 11；然另有藏文文獻中告訴我們，“整個瞻婆洲有三百六十個語種不一［的地域］”(’Dzam bu gling na skad rigs mi gcig pa sum brgya drug cu yod pa)，見《印藏正法源流》, p. 192；此外，與漢譯本中的“鐵輪王”對應之藏文爲 stobs kyis skhor lo sgyur ba，意爲“以力轉輪［聖王］”。有學者認爲此之所謂“鐵輪王”有暗示成吉思汗之本名“鐵木真”的含義在内，因爲“鐵木真”於蒙語中意爲“鐵匠”。參見 P. C. Bagchi, “Chang so che lu (Jneya-prakasa-sastra)：An Abhidharma work of Sa skya Paṇḍita of Tibet,” in *Sino-Indian Studies* (Calcauta, Oct. 1946 and Jan. 1947), pp. 136–156。此説或嫌求繫過深。佛經中有關轉輪王的説法衆多，例如有説於印度歷史上共有六位轉無量輪之輪王，有分別轉金、銀、銅、鐵輪之輪王四位，還有一般的轉輪王十位。又有説輪王分金輪王、銀輪王、銅輪王、鐵輪王等四種，分主四洲、三洲、二洲和一洲。鐵輪王主南方一洲，故於此南瞻婆洲的轉輪王應當是鐵輪王。沙囉巴將“成了猶如以力轉輪之聖王”一句簡譯作“鉄輪王”或即起因於此。然八思巴帝師亦曾宣揚忽必烈汗爲“金輪王”，此容後述。

〔3〕 王啓龍將此句讀作：“［善趣］豐足，如天法寶莊嚴。”見王啓龍，《八思巴生平與〈彰所知論〉對勘研究》，頁 382。此句原文作：mtho ris kyi dpal ’byor thams cad kyis ’byor zhing chos rin po che’i rgyan gyis kyang mdzes par snang ba’o，大致可翻譯爲：“顯現出具足善趣之一切富足，亦以大寶佛法之莊嚴作美飾。”因“善趣”亦常被譯作“天界”、“天上”，所以沙囉巴將此句譯作“豐足如天、法寶莊嚴”，可謂傳神；而王啓龍之句讀則表明他未得其意。此外，他將此句藏文原文之最後兩個字讀作 skad pa’o，譯言“號稱”、“所謂”。而於筆者所利用的《八思巴法王全集》版中與此相應處作 snang ba’o，譯言“顯現”。

sum stong nyis brgya lnga bcu lhag 'das pa na,譯言"於佛滅後三千二百五十餘年",在漢譯中闕。其二,於朵羅(即拖雷)條下,原文接有 des kyang rgyal po'i go 'phang rnam par thob nas rgyal thabs byas pa nyid do 一句,譯言:"彼亦紹皇帝之位,親理朝政。"此句亦不見於漢譯文中,疑爲譯者有意删去,因爲拖雷事實上未曾紹帝王之位。此外,漢譯稱朵羅爲成吉思皇帝"次子",然於藏文原文實作"幼子"(sras chung ba)。忽必烈汗條下內容翻譯不够精確,或可改譯作:"王弟以忽必烈稱,亦紹皇帝之位。統治比諸前大得多的疆土,且入大寶佛法之門,如法護國,佛陀之法亦光明熾盛。"還有,本段落最後一句事實上並不完整,與"兹是始從釋迦王種,至今王種"對應之藏文原文作 de ltar Śākya'i rgyal rgyud nas brtsam te / deng sang gnas pa'i rgyal rgyud kyi bar rnams brjod pa'o,更明白易懂的翻譯當如:"如是已説起自釋迦之王種,及至今住世之王種。"此句實至關重要,點明了蒙古與梵天竺國、迦濕彌羅國、勒國、龜兹、捏巴辣國、震旦國、大理國、西夏國等國一樣成爲"依法興教"之國,故其王統亦與上列其他諸國之王統一樣,將成爲西藏文歷史著作的一個常規的組成部分。這大概是陳寅恪先生提出《蒙古源流》"之基本觀念及編製體裁實取之於《彰所知論》"的主要原因。

平心而論,與唐以後許多漢譯佛教經、論相比,沙囉巴所譯《彰所知論》絶不能算是下乘之作。然僅從以上幾個段落的對勘中即可看出,其中問題亦委實不少,文意曖昧,易生歧義之處時有出現。若無藏文原本可資對照,礙難對其作出正確的句讀。此外,論中出現的人名、地名的翻譯均未參照此前漢文獻中的既定譯法,這大概亦是導致陳寅恪先生試圖重構"多音國"的原因之一。漢、藏佛經對勘,特別是借鑑藏譯,爲漢譯作正確的句讀,並糾正漢譯中的錯誤,實在是一件功德無量的好事。然而,就像譯經是非常困難的事情一樣,作漢、藏佛經之對勘,同樣亦不是可以一蹴而就的事情。它不但需要一套嚴格、科學的方法、體例,而且亦需要從事此項工作的人具有認真、細緻的工作態度和堅忍不拔、百折不撓的毅力。[1]

三、《彰所知論》所記印度、吐蕃、蒙古王統源流

從以上的討論中我們可以看出,陳寅恪先生所説八思巴"其造論(《彰所知論》)亦

---

[1] 陳寅恪先生曾如此述説做此類工作之甘苦:"故比勘異同印證文句之際,常因有一字之羡餘,或一言之缺少,亦須竟置此篇,别尋他品。往往掩卷躊躇,廢書嘆息。故即此區區檢閲之機械工作,雖絶難與昔賢翻譯誦讀之勤苦精誠相比並,然此中甘苦,如人飲水,冷暖自知,亦有未易爲外人道者也。"見《斯坦因 Khara-Khoto 所獲西夏文大般若經考》,收入氏著,《金明館叢稿二編》,頁189。

取天竺吐蕃事迹，聯接於蒙兀兒史。於是蒙兀兒史遂爲由西藏而上續印度之通史"這一說法是正確的。《彰所知論》是八思巴應皇太子真金之請而寫的一部佛學便覽，目的在於扼要介紹佛教之世界觀。論中所記印度、吐蕃和蒙古王統非其重點，然於西藏之寫史傳統中卻有特殊的地位。首先作爲多年生活於蒙古宮廷内的首任帝師，八思巴顯然是最有資格寫作蒙古王統記的藏族作者，他的著作是最早出現蒙古王統記的西藏文文獻；其次，《彰所知論》將印度、西藏、蒙古，乃至迦濕彌羅、勒國（于闐）、龜兹、捏巴辣（尼婆羅）、震旦、大理、西夏等國當作佛教國家，將其歷史作爲承繼天竺釋迦王統之佛教國家的歷史來記述的方法於西藏之寫史傳統中留下了深刻的影響。

於西藏的寫史傳統中，最早給後人留下印度、吐蕃王統記的是八思巴的先人。藏文文獻中最早的印度、吐蕃王統見於薩思迦二祖鎖南則末（bSod nams rtse mo, 1142 – 1182）於 1167 年撰寫的、被後人認爲是西藏現存最早的一部《教法源流》（chos 'byung）的《入法之門》（Chos la 'jug pa'i sgo）。[1] 此書的大部分内容是佛陀的傳記，但亦有對印度、吐蕃佛教歷史的簡單敍述。而作爲傑出歷史學家的薩思迦三祖葛剌思巴監藏（Grags pa rgyal mtshan, 1146 – 1216）的《吐蕃王統》（Bod kyi rgyal rabs）[2]和《釋迦王統》（Śākya rnams kyi rgyal rabs）[3]是西藏最早的王統記（rgyal rabs）類作品。[4] 前者詳列自衆敬王（Mang pos bkur ba，或譯摩訶三末多王）開始至佛陀釋迦牟尼之子羅睺羅（sGra gcan 'dzin）爲止的印度王統；後者則敍述自傳説中的吐蕃第一代贊普呀乞嘌贊普（rJe lde gNya' khri btsan po）開始，直到吐蕃末代贊普朗達磨之四世孫輩割據吐蕃各地爲止之王統世系。此外，葛剌思巴監藏還造有一部題爲《天竺、吐蕃部派經》（rGya bod kyi sde pa'i gyes mdo）的史書，簡述印度、吐蕃佛教各部派、宗派的歷史。[5] 八思巴帝師本人則於 1275 年撰寫了一部《吐蕃王統》（Bod kyi rgyal rabs），[6]簡述自棄宗弄贊開始至朗達磨四世孫爲止之吐蕃王統世系，其中對各位贊普之生、卒、在位年代記

---

〔1〕 見於《薩思迦全集》卷二，頁 318. 3. 1— 345. 3；參見 Leonard W. J. van der Kuijp, "Tibetan Historiography," in *Tibetan Literature: Studies in Genre* (Essays in Honor of Geshe Lhundup Sopa), Edited by José Ignacio Cabezón and Roger R. Jackson (Ithaca, New York: Snow Lion, 1994), pp. 39 – 56, especially p. 46.

〔2〕 見於《薩思迦全集》卷四：*Grags pa rgyal mtshan gyi bKa' 'bum*（以下簡稱《葛剌思巴監藏全集》）卷二，頁 291. 1. 6— 296. 4. 2。這一部篇幅短小的《王統記》的英譯文見於 Giuseppe Tucci, "The validity of Tibetan historical tradition," in G. Tucci, *Opera Minora* (Rome: Bardi Editore, 1971), pp. 453 – 466.

〔3〕 《薩思迦全集》卷四：《葛剌思巴監藏全集》卷二，頁 293. 2. 1—295. 1. 5。

〔4〕 參見 van der Kuijp, "Tibetan Historiography," pp. 43 – 44。

〔5〕 《薩思迦全集》卷四：《葛剌思巴監藏全集》卷二，頁 296. 4. 2—298. 3。

〔6〕 見於《薩思迦全集》卷七：*Chos rgyal 'phags pa'i bka' 'bum*（以下簡稱《八思巴法王全集》）卷二，頁 286. 2. 4—286. 4. 4。

載其詳。

　　將《彰所知論》中有關印度、吐蕃王統的記載與上述諸史書中的相關内容作比較，則不難發現其中有關印度釋迦王統的記載與葛剌思巴監藏據《出家經》(*mNgon par 'byung ba'i mdo*, *Abhiniṣkramaṇṇa-sūtra*)寫成之[1]《釋迦王統》中的記載基本一致，它同樣始於衆敬王，終於羅睺羅，當然後者遠比前者具體。這種傳統爲後世普遍接受，像寧瑪派的《娘氏宗教源流》(*Chos 'byung me tog snying po sbrang rtsi'i bcud*)和薩思迦派的《西藏王統記》(*rGyal rabs gsal ba'i me long*)、《漢藏史集》(*rGya bod kyi yig tshang*)等著名藏文史書中出現的有關印度釋迦王統的記載都遵循這一傳統。[2]　而《彰所知論》所載"吐蕃王統"的内容雖然極爲簡單，然其着眼點卻與葛剌思巴監藏和八思巴本人的《吐蕃王統》有明顯不同。葛剌思巴監藏和八思巴所撰《吐蕃王統》均是編年體的吐蕃王朝世系史，主要内容是贊普世系和傳承年代。其中八思巴的《吐蕃王統》不但對各位贊普之生、卒與在位年代的記載更加具體，而且嚴格説來它祇是半部吐蕃王朝史，祇記載了開始於棄宗弄贊時代具有文字記載的吐蕃信史時代的歷史，而忽略了此前吐蕃之傳説時代的歷史。見於《彰所知論》之中的吐蕃王統雖然亦開始於吐蕃第一代贊普呀乞㗿贊普，但它並没有逐個交代歷代贊普世系，祇是對於吐蕃佛教發展史上起過重要作用的四位贊普及其重要事迹作了交代，故它更像是一部簡要的吐蕃王國佛教史。文中出現的那段授記和有關來吐蕃傳法的印度上師與吐蕃譯師們的記載，都不見於葛剌思巴監藏和八思巴的《吐蕃王統》中。

　　《彰所知論》所載蒙古王統雖然祇是簡單地記載了從成吉思汗開始到元世祖忽必烈之間的大汗世系，並附帶提到了忽必烈的三個兒子，但顯然亦有將蒙古王統寫成佛教國史的意趣。從將成吉思汗稱爲"轉輪王"，到説忽必烈汗"歸佛教，法依化民，佛教倍前光明熾盛"，以及真金太子"豐足如天，法寶莊嚴"，其用心顯然是要將蒙古皇帝塑造成上繼釋迦王統而"依法興教"的"别種王"，將忽必烈汗統治下的蒙元帝國與著名的轉輪聖王阿育王和迦膩色迦王統治下的天竺國，以及迦濕彌羅國、勒國、龜兹、捏巴辣國、震旦國、大理國、西夏國等著名的佛教國家等而視之。

　　事實上，八思巴之蒙古王統觀的塑造並非始自成書於 1278 年的《彰所知論》，與此

---

　　〔1〕　《葛剌思巴監藏全集》卷二，頁 294.3.6；《出家經》見於《影印北京版西藏大藏經》，No. 301，卷七二，Sa. 1b—125a。

　　〔2〕　參見《娘氏宗派源流》，頁 119—140；Sørensen, *Tibetan Buddhist Historiography*, pp. 50－52；《漢藏史集》，頁 16—23。

相類似,甚至更爲詳細的蒙古王統亦見於八思巴的其他作品中。例如,於其早在 1265 年寫成的《大汗父子造塔禮贊》(*rGyal po yab sras mchod rten bzhengs pa la bsngags pa'i sde sbyor danda ka bzhugs so*)中,八思巴就以曲折的文學筆調敍説了蒙古之王統,説過去有釋迦之王善以法治國,後復有不少以善行護國之王,皆威力無邊。而霍爾之種乃天種下凡,生爲人主(hor gyi rigs mdzes ma'i rdzing bur lha yi sa bon rnam par btab las mi yi gtso bo'i chu skyes bskrun pa'i rigs kyi rgyud las nye bar 'khrungs)。釋迦牟尼佛示寂三千二百九十餘年之後,[1] 有成吉思汗現世,以帝釋天而被授權爲人主(lha yi dbang pos mi yi dbang por dbang rab bskur ba'i dbang po),征服其他部落,如英勇無畏的獅子;護持國政,如同能滿足衆生之願之大寶;其光輝同日月之光;且以自力製定世間法規,如同開創教規之佛陀。成吉思汗之後,其子窩闊台汗(mChog ga gan,察合台,當爲 'O go ta gan 之誤寫)被全體皇室公推爲汗,平定他部,統馭百姓,如同帝釋;而其兄弟們則皆往別處爲王。後有吉祥女唆魯合敦(dPal mo Zo ro ga ta)攝政,護理朝政,如同皇帝本人一樣。[2] 後有窩闊台汗第二子貴由汗(Go yug gan)繼位;後由也可皇帝與吉祥女所生之長子蒙哥汗(Mo go gan)繼位;其後由其弟忽必烈汗(Go be la)繼位,他與察必皇后(btsun mo cha'u)育有真金(Jim gyim)、忙哥剌(Manga la)、那木罕(No mo gan)等三子。[3] 顯而易見,於這篇比《彰所知論》早十餘年寫成的讚文中,八思巴不但已經記錄下了包括唆魯禾貼尼合敦在內的蒙古王統世系,而且還比《彰所知論》更明確地將蒙古族稱爲"天種",將成吉思汗説成是以帝釋天而爲人主的人間佛陀,十分明確地於蒙古民族與天種,即釋迦之種,以及於蒙古王統與釋迦王統之間建立了聯繫。

八思巴將蒙古王統寫成佛教國史,並將成吉思汗和忽必烈汗等蒙古君王塑造成轉輪聖王的努力並不僅見於《彰所知論》和上引《大汗父子造塔禮贊》中,類似的説法亦多見於其向蒙古宮廷所上吉祥偈(tshigs bcad pa),向蒙古諸王、王妃所説要門(gdams

---

〔1〕 前引《彰所知論》説成吉思汗出於佛滅後三千二百五十年,此亦爲《西藏王統記》等後出史著接受。見《西藏王統記》,頁 14。

〔2〕 此處八思巴帝師所記有明顯的混淆。窩闊台汗死於 1241 年,之後其皇后乃馬真氏脱列哥那(? —1246)稱制攝政,直到 1246 年其子貴由汗爲止。而此處所謂吉祥女唆魯合敦,當指拖雷正妻、蒙哥汗與忽必烈汗之母唆魯禾貼尼別吉(? —1252)。雖然,她曾被後世尊稱爲"別吉太后",但她並沒有稱制攝政。於藏文文獻中,唆魯禾貼尼常被稱爲"Za yin e ka Zo rog ta",Za yin e ka 乃蒙語轉寫,意爲"好母親"。參見《漢藏史集》,頁 255;搽里八公哥朵兒只(Tshal pa Kun dga' rdo rje),*Deb ther dmar po*(以下簡稱《紅史》)(Beijing:Mi rigs dpe skrung khang,1981),頁 29—30。此承業師陳得芝先生提示,於此謹表謝意。

〔3〕《薩思迦全集》卷七:《八思巴法王全集》卷二,頁 284.2—284.4。關於八思巴著作中所見蒙古王統觀的形成過程,參見石濱裕美子,《チベット佛教世界的歷史的研究》,東京:東方書店,2001 年,頁 35—40。

pa），以及其致王室書信（spring yig）、爲諸王書獻佛經時所作導引文（mtshon byed）
中。[1] 他常宣揚的一個基本概念是，佛教將住世五千年，以五百年爲一期，共有十期。
每一期中都有護法聖王出現於南瞻婆洲。其中之第七期，即有成吉思汗出現於瞻婆洲
之北方。如寫於 1273 年的《只必鉄穆爾建〈華嚴〉、〈金光明〉、〈般若〉諸經導引》（*Ji big
de mur gyis phal chen gser 'od stong phrag brgya pa rnams bzhengs pa'i mtshon byed*）中，
八思巴説：

> 佛法住世期間，聖地與東、南、西、北其他地區，均有許多具法、具人之國王出
> 現。其中勢力強大、疆域廣闊者，乃於北方出現的霍爾之王。於佛法住世之第七個
> 五百年間，有名稱成吉思汗者出世。彼自東方之大海開始，統治了瞻婆洲之北方的
> 大部分地區。其子窩闊台（'O go ta）被授權攝政，以合罕皇帝（ga gan rgyal po）著
> 稱，御宇多年。彼子輩得王位者乃貴由汗；其父侄（yab mched）爲蒙哥汗（Mo go
> rgyal po），彼亦善護國政。其弟忽必烈，以二教之門（gtsug lag gnyis kyi sgo
> nas）[2]，得紹帝位，統治廣大帝國。貴由汗之弟闊端，自在、富足，同於近主（nye
> ba'i dbang po）。彼以信仰之力，邀請並承侍三界法王、具智慧、悲心之法主薩思迦
> 班智達。由此加持生王子只必鉄穆爾。[3]

除了於《彰所知論》中稱成吉思汗爲轉輪聖王外，八思巴於其他著作中還曾多次稱
蒙哥汗、忽必烈汗等爲轉輪聖王。例如，寫於 1276 年之《立大寶佛法導引文》（*Chos rin
po che nye bar bzhengs pa'i mtshon byed kyi rab tu byed pa*）中，八思巴重述了他於《只必
鉄穆爾建〈華嚴〉、〈金光明〉、〈般若〉諸經導引》中所記之蒙古王統，不同的是他將蒙哥
和忽必烈稱爲"以力轉輪者（stobs kyi［s］'khor los sgyur 'dra）"和"如轉輪聖王者
（'khor los sgyur rgyal nyid bzhin）"。其云：

> 彼[貴由汗]之父侄蒙哥汗，成似以力轉輪者；其弟名忽必烈，彼悟一切經藏，
> 言説極明，爲正直之法主追隨。以真、善之力，統治所有疆土，乃如轉輪聖
> 王者。[4]

---

[1] 詳見石濱裕美子，《チベット佛教世界の歴史的研究》，頁35—37。
[2] 此譯"二教之門"之"二教"，原意作"兩種經典"，當就是後世所謂"政教二途"（lugs gnyis），或曰"政教
合一"説之雛形。gtsug lag 原意爲"藏"，即經典。如佛經"三藏"之藏文作 gtsug lag gsum。這兒所説的"兩種經典"
或當指"世間之經典"（'jig rten gyi gtsug lag）和"世出之經典"（'jig rten 'das pa'i gtsug lag），就像所謂"兩種制度"
（lugs gnyis）本意亦是指世出與世間兩種制度一樣，祇是"世出之制度"通常亦被稱作 chos lugs，譯言"法之制度"，
或"教之制度"。
[3] 《薩思迦全集》卷七：《八思巴法王全集》卷二，頁 263.1。
[4] 《薩思迦全集》卷七：《八思巴法王全集》卷二，頁 259.3。

另於其與《彰所知論》同年寫成的《造如來佛典作明綴文之美麗莊嚴》(*bDe bar gshegs pa'i gsung rab 'gyur ro 'tshal bzhengs pa'i gsal byed sdeb sbyor gyi rgyan rnam par bkra ba*)中,八思巴又説:

> 其［蒙哥汗］弟名忽必烈,以福蔭、陽光,制服黑暗之他者,令行天下,妙悟諸經,以法治國,以力御土,如轉輪聖王。此佛王[1]之光輝,降服具光曜王,十方稱頌,如受陽光照耀。帝之長子真金,其妃闊闊出。真金如轉輪聖子('khor los sgyur sras),得善趣祥德,有信仰、悲心莊嚴之意,善現法理,衆所周知。[2]

從以上的討論中我們可以清楚地看出,八思巴帝師於《彰所知論》等著作中確實已按佛教史觀對蒙古王統作了精心的塑造。他不但將蒙古人稱爲"天種"(lha yi sa bon),將蒙古可汗稱爲"轉輪聖王",而且亦將蒙古帝國粉飾爲一個上繼天竺、吐蕃的佛教王國。但是,於八思巴帝師的著作中,我們見不到任何直接將蒙古王統與吐蕃王統世系相連接的內容。將蒙古人最早的祖先孛兒帖赤那逕稱爲吐蕃贊普之後裔,顯然不是八思巴帝師的發明。儘管《彰所知論》已爲蒙古史學傳統中的天竺、吐蕃、蒙古同源説的出現提供了教法上的依據,但八思巴帝師本人並沒有親自完成對此蒙古古代歷史之新"傳統"的創造。

四、《彰所知論》於蒙古地區的流傳

按照波蘭華沙大學蒙古學學者 Agata Bareja-Starzyńska 的研究,蒙古文文獻中共有三部著作與《彰所知論》密切相關,但嚴格説來祇有其中一部是《彰所知論》的蒙文譯本,而其他兩部祇是內容相近而已。[3] 被確認爲是《彰所知論》之蒙文譯本者出自 13 世紀,題爲: *Medegdegün-i belgetey-e geyigülügči*。此即是説,它比沙囉巴的漢譯本更早就完成了。令人費解的是,這個古老的蒙文譯本長期以來鮮爲人知,至少直到 16 世紀沒有蒙文史著曾經援引過它。晚近俄國科學院聖彼得堡分院的蒙古學學者 V. L. Uspensky 在聖彼得堡州立大學圖書館所藏清果親王允禮(1697—1738)的藏書中,找到了這個譯本其中一個爲允禮特製的抄本,而其原本則來歷不明,亦未見有關其流通的任

---

〔1〕 原文作 *rgyal dbang*,後世之達賴喇嘛亦享此尊號。

〔2〕 《薩思迦全集》卷七:《八思巴法王全集》卷二,頁 257.3。

〔3〕 Agata Bareja-Starzyńska, "A Brief Study of the Mongolian Transmission of the Buddhist Treatise Śes bya rab gsal by 'Phags pa bla ma Blo gros rgyal mtshan," in *Tractata Tibetica et Mongolica*, *Festschrift fuer Klaus Sagaster zum 65. Geburtstag*, Herausgegeben von Karénina Kollmar-Paulenz und Christian Peter (Wiesbaden: Harrassowitz Verlag, 2002), pp. 13–20.

何信息。這個抄本即將於東京外國語大學亞非研究所正式出版,有興趣者可以對它作深入地研究。

第二種與《彰所知論》有關,一度亦曾被認爲是其譯本的蒙文著作是著名的 *Čiqula kereglegči tegüs udg-atu šastir*,譯言《本義必用經》。此書著成於 1587 年至 1607 年之間,作者錫勒格圖固始綽爾吉(Siregetü güüsi čorji)是一位著名的譯師,曾爲三世達賴喇嘛之弟子。《本義必用經》體例與《彰所知論》類似,是一部簡明的佛教教科書,宣傳佛陀之生平(佛本生、結集、部派)、佛教之世界觀(情、器世界)、佛教國家之王統(印度、吐蕃、蒙古)、佛教之基本概念(必用之義)等。然《本義必用經》的作者於書中根本沒有提到過《彰所知論》及其作者八思巴帝師,反而於敍述佛教宇宙觀時多次直接援引《阿毗達磨俱舍論》作爲依據。而且,《本義必用經》中有關吐蕃王統等段落的内容較《彰所知論》有增有删,其中亦有不少與《彰所知論》相違的記載。書中有關蒙古王統的記載更遠比《彰所知論》豐富,其敍事一直延續到元朝末年爲止。[1] 顯然,《本義必用經》不能算作《彰所知論》的直接譯本。一個值得注意的巧合是,《本義必用經》所見吐蕃王統與沙囉巴漢譯《彰所知論》一樣,少了"如《無垢施女授記經》所作授記云:'佛般涅槃後二千五百年,吾之教法現於赭面之國'"一句,這或説明沙囉巴所利用的《彰所知論》原本中本來就沒有這一句,而《本義必用經》之作者所見到的《彰所知論》則亦與此相同。據此,筆者猜想儘管錫勒格圖固始綽爾吉於其書中隻字不提《彰所知論》和八思巴帝師,但《彰所知論》或當亦曾是其撰寫《本義必用經》時所參照的最重要西藏文原始資料之一。

第三種與《彰所知論》有關的蒙文著作是一部題爲 *Üzeqser tusatai cuxula kereqtü kemekü* 的衛拉特蒙古抄本,它成書於 1650—1661 年間,作者是 17 世紀衛拉特蒙古人中著名的大譯師扎雅班智達南喀嘉措(Za ya paṇḍita Nam mkha' rgya mtsho, 1599 –

---

[1]　參見 Agata Bareja-Starzyńska, "The Essentials of Buddhism in the 'Čiqula kereglegči', the 16th Century Mongolian Buddhist Treatise," in *Aspects of Buddhism. Proceedings of the International Seminar on Buddhist Studies*, Liw, 25 June 1994, ed. by A. Bareja- Starzyńska and M. Mejor (Studia Indologiczne nr. 4, Warszawa 1997), pp. 1 – 30; "A Note on the Chapter on Tibetan History in Čiqula kereglegči," in *Tibetan History and Language* (Wiener Studien zur Tibetologie und Buddhismuskunde, Heft 26), ed. by Ernest Steinkellner (Wien 1991), pp. 1 – 7; 此文對見於《彰所知論》和《本義必用經》中的"吐蕃王統"作了比較研究,以明示其異同。烏力吉巴雅爾先生主張:"《彰所知論》與《本義必用經》是兩本獨立的作品,《本義必用經》不是《彰所知論》的譯文,但是它們的部分資料來源是一致的。"參見烏力吉巴雅爾,《蒙藏文化關係研究》,頁 399。烏蘭提到,"比拉在其《蒙古史學史》中提到有一部藏文書不僅書名而且内容結構都與《本義必用經》十分相近,這部書的藏文書名 Ner mkho mthon ba don yod(本義必用),作者是 Blo bčan bzan po'i dpal,完成於 1383(癸亥)年。兩者之間可能有某種聯繫"。烏蘭,《〈蒙古源流〉研究》,瀋陽:遼寧民族出版社,2000 年,頁 27。筆者無法查證比拉所説的這本藏文史書,但其書名按照通常的轉寫法當爲 *Nyer mkho mthong ba don yod*,意爲《一見得利》,似不見得一定與《本義必用經》有什麼關係。

1662)。扎雅班智達的這部作品與《本義必用經》結構相同,但内容更加豐富,亦有一些不同之處。例如,雖然見於這兩部作品中的蒙古王統都一直敍述到元朝滅亡爲止,與《彰所知論》止於忽必烈諸王子不同,但仔細比較二者的敍述,它們之間亦有細微的差別。[1]

儘管完成於 13 世紀的《彰所知論》之最初蒙文譯本長期以來鮮爲人知,但至《蒙古源流》問世時,《彰所知論》一書,特別是論中内容,對於當時的蒙古佛教學者而言當不陌生。以上三種與《彰所知論》相關的蒙古文著作中,流傳最廣的是《本義必用經》,它對蒙古史學傳統一定産生過相當的影響。《蒙古源流》中雖然没有直接提到過《彰所知論》,但其資料來源之一就是與《彰所知論》密切相關的《本義必用經》。

五、《蒙古源流》與《彰所知論》之關係

《蒙古源流》成書於 1662 年,此時離八思巴造《彰所知論》時的 1278 年已近四百年。於此四百年間,西藏的歷史學經歷了一個空前的發展和繁榮階段,出現了一批著名的藏文史書。不用説,這些史書中有關西藏、蒙古史的内容已遠遠超出了《彰所知論》中那些簡單的記載。與此相應,《蒙古源流》中有關印度、吐蕃、蒙古王統記載之豐富程度也已遠遠超出了《彰所知論》。《蒙古源流》中對吐蕃和蒙古王統的詳細記載當與《彰所知論》没有直接的淵源關係,其源頭或可於後出的其他西藏文史書中找到。《蒙古源流》中將蒙古始祖孛兒帖赤那説成是吐蕃止貢贊普的第三子 Sha khri,説其因父王爲叛臣所殺而逃亡工布(Kong bo),隨後攜妻豁埃·馬闌勒渡過騰吉思海繼續東行,最後到達蒙古地區,被蒙古人尊奉爲王。這個將蒙古汗族與吐蕃王統直接連接起來的故事當然亦不見於《彰所知論》中。有鑒於此,我們的確不能將"《蒙古源流》於秘史所追加之史層上,更增建天竺吐蕃二重新建築"直接溯源於《彰所知論》。事實上,陳寅恪先生亦没有這樣做。他再三強調的是,《彰所知論》"與蒙古民族一歷史之新觀念及方法,其影響至深且久。故《蒙古源流》之作,在元亡之後將三百年,而其書之基本觀念及編製體裁實取之於《彰所知論》"。無疑,陳先生的這個主張並非空穴來風,而是言之有據的。

首先,儘管《彰所知論》不是一部歷史著作,然它將印度、西藏、蒙古的歷史,作爲承繼天竺釋迦王統之佛教國家的歷史來記述的方法,於西藏之寫史傳統中留下了深刻的影響。12 世紀後期至 14 世紀是西藏歷史學得到空前發展、繁榮並走向成熟的時期,西藏著名的史書如《娘氏教法源流》(12 世紀後期)、《弟吴教法源流》(*rGya bod kyi chos*

---

[1] 參見 Bareja-Starzyńska, "A Brief Study of the Mongolian Transmission of the Buddhist Treatise," p. 17.

'*byung rgyas pa*，成書於 1261 年之後)、《奈巴教法史》(*sNgon gyi gtam me tog*，1283 年成書)、《卜思端佛教史》(*Bu ston chos 'byung*，或曰 *bDe bar gshegs pa'i bstan pa'i gsal byed chos kyi 'byung gnas gsung rab rin po che'i mdzod*，成書於 1322 年)、《紅史》(*Deb ther dmar po*，成書於 1346—1363 年間)和《西藏王統記》(成書於 1368 年)、《雅隴王教法源流》(*Yar lung jo bo'i chos 'byung*，成書於 1376 年)等多出自這一時期。[1] 我們大致可以《紅史》作爲一個分水嶺而將它們分成兩種不同類型的史書:《紅史》以前出現的藏文史書，基本上是單一的以敍述佛教歷史爲主的印度和吐蕃王國史。自《紅史》開始，西藏史家所寫史書已不再是單一的吐蕃地方史，而是包羅萬象的世界史，或者更確切地說是佛教世界史。它們通常從佛教之發源地印度寫起，先敍述佛教之宇宙觀、釋迦牟尼佛事迹、印度王統等，然後從佛教之源流和傳播的角度來描述吐蕃民族的起源和歷史，緊接着又敍述漢地、西夏、蒙古，乃至于闐、尼婆羅、香跋剌等地的歷史，特別是其佛教的歷史。這成爲藏文史書一種最基本、固定的體裁，不管這些藏文史書的類型是"王統世系"(*rgyal rabs*)，還是"教法源流"(*chos 'byung*)，或者說是所謂"史册"(*deb ther*)，其最基本的格局沒有什麼大的區別。而促成這一史學傳統改變的原因除了蒙元王朝對西藏近百年的統治，爲西藏喇嘛認識西藏以外的世界提供了極大的便利以外，[2] 八思巴帝師於《彰所知論》等著作中所提出的佛教史觀，對其後藏文史書寫作的影響無疑亦功不可没。從《紅史》開始的藏文史書所通用的這種寫史體裁中，我們分明可以看到八思巴帝師於《彰所知論》中所倡導之佛教史觀和記史方式的影子。而《彰所知論》所述世界之來歷及所載印度王統等内容，亦常爲後世史家照搬，其所記年代更被作爲權威引用，[3] 成書於 1434 年的著名史書《漢藏史集》更將《彰所知論》中的一大半

---

〔1〕 詳見 Dan Martin, *Tibetan Histories, A Bibliography of Tibetan Language Historical Works* (London: Serindia Publications, 1997), pp. 30 – 62.

〔2〕 我們或可以《紅史》爲例說明之。《紅史》的作者搽里八公哥朵兒只(1309—1365)是烏思藏搽里八萬户的萬户長，曾往中原朝觀，接觸到了已經被譯成藏文的漢文史籍和蒙古宮廷文書，爲他寫作漢地和蒙古的歷史創造了條件。公哥朵兒只於敍述唐與吐蕃關係時注明他的根據是宋祁的《新唐書·吐蕃傳》和范祖禹搜集、編纂的《資治通鑑·唐鑑》，他說"這部分漢地與吐蕃的歷史是根據宋太宗時(應爲仁宗)宋祁所著之書，後來由范祖禹搜集、編纂的。漢人譯師 'U gyang dzu 於乙酉年在臨洮翻譯，喇嘛輦真乞剌思國師於乙丑年以藏文付印"。而他對蒙古歷史的記載則根據蒙古宮廷秘籍《忙豁侖鈕察脱卜察安》和《阿勒坦·迭卜帖兒》(*Altan Deb ther*)。要是没有元朝的統一爲西藏喇嘛所創造的這種便利，很難想象此時能出現像《紅史》這樣的西藏文世界歷史。參見周清澍，《藏文古史——〈紅史〉》，原載《中國社會科學》4(1983);後收入氏著，《元蒙史札》，頁 357—366。亦參見 Martin, *Tibetan Histories*, p. 51, 此云:"輦真乞剌思(Rin chen grags)於一三二五年印《漢地古史》(*rGya nag po'i yig tshang*，或曰 *rGya'i deb ther rnying po*)，是爲 'U gyang dzu 所譯漢地王朝古史。"

〔3〕 一個突出的例子是，於喇嘛丹巴·鎖南監藏(Bla ma dam pa bSod names rgyal mtshan)所撰之著名史書《西藏王統記》中，作者常引《彰所知論》爲權威，從其許多地方的敍述中我們亦都能見到《彰所知論》的影子。參見《西藏王統記》，頁 6、38。

內容照録下來,成爲其書中的一章。[1]

《彰所知論》所倡導的佛教史觀和於這種史觀影響下形成的編史體裁,顯然亦於蒙古寫史傳統中留下了深刻的烙印。與西藏文史書不同的是,至少直到《蒙古源流》爲止,蒙古文史書一般都採用先述情、器二世界之生成,即佛教之宇宙觀,然後分三段敍述印度、吐蕃、蒙古王統,而不像西藏文史書中那樣將漢地、西夏、蒙古,乃至于闐、尼婆羅、香跋剌等地的佛教史統統包羅進去,成爲一部佛教世界史。此即是説,蒙古之寫史傳統比較而言更忠實於八思巴帝師於《彰所知論》中定下的規矩。晚於《蒙古秘史》而早於《蒙古源流》的蒙文史書,如《白史》、《黄金史綱》、《大黄史》等,都採用印度、吐蕃和蒙古三段式敍述方式,"由此逐步發展爲印、藏、蒙一統相承的思想和蒙古史書創作的固定模式"。[2] 可見,《彰所知論》對蒙古佛教史觀的形成和蒙文史書體裁的確定,確實有非常大的影響。

其次,《蒙古源流》的史源之一就是《本義必用經》,後者儘管不是《彰所知論》的直接譯本,但從内容到體裁都與《彰所知論》大同小異。這間接説明了《蒙古源流》與《彰所知論》之間確實存在的傳承關係。《蒙古源流》中一共提到了十四種史源文獻,但實際上衹有其跋文中提到的《本義必用經》、《沙爾巴·忽篤士所撰諸汗源流史》、《照亮諸賢心扉之花壇的漢書》、《白史》、《古昔蒙古諸汗源流之大黄史》等幾種文獻,才真的是作者著書時曾參考過的原材料,其他於正文中提到的《金光明經》、薩思迦班智達的《佛曆表》、迦失彌羅班智達的《佛曆表》、《佛説無垢女授記經》、《妙見花蕾書》、《紅册》等文獻,衹用於解釋以阿底峽和薩班爲代表的兩種不同的佛曆推算傳統,[3] 而引智鎧(Shes rab go cha)的《天勝讚廣釋》亦衹是借用了西藏史書中的普遍説法,用作解釋吐蕃王統之印度淵源的證據。[4] 嚴格説來,它們都不應當被算作《蒙古源流》之史源文

---

[1] 《漢藏史集》,頁 586—608。

[2] 參見烏蘭,《〈蒙古源流〉研究》,頁 28。

[3] 關於藏傳佛教中的佛曆推算傳統見 Claus Vogel, "Bu-ston on the date of the Buddha's Nirvana. Translated from his history of the doctrine (chos-'byung)," in *The Dating of the Historical Buddha*, *Die Datierung des historischen Buddha*, part 1 (Symposien zur Buddhismusforschung, IV, 1), Edited by Heinz Bechert (Goettingen: Vandenhoeck & Ruprecht, 1991), pp. 403–414; Per Kvaerne, "The date of Śākyamuni according to Bonpo sources," in Bechert, *The Dating of the Historical Buddha*, pp. 415–422. 阿底峽、薩迦班智達、迦失彌羅班智達釋迦室利跋坦剌等都是藏傳佛教佛曆推算傳統中立一家之説的人物,《佛説無垢女授記經》作爲藏文文獻中討論佛教住世時間時常引的一條授記已見前述,然《蒙古源流》中於此提到的所謂《妙見花蕾書》、《紅史》等文獻則不見於藏文文獻中,尚待考證。

[4] 《蒙古源流》中所引阿闍黎智鎧(Shes rab go cha)造《天勝讚廣釋》中的一段記載爲吐蕃王統源自印度釋迦王統之證據,常見於西藏文史書中。詳見《娘氏宗教源流》,頁 141。《天勝讚廣釋》,藏文作 *Lha las phul du byung bar bstod pa'i rgya cher 'grel pa*,大·2005,收入《影印北京版西藏大藏經》,第 46 册,Ka 51a—70b。

獻,衹是從其他文獻中照録下來的。而在上述這幾種史源文獻中,《本義必用經》無疑是最重要的一種,因爲《白史》、《大黄史》的内容、體裁本身與《本義必用經》一脈相承。若真有如學者所認定的那樣,《沙爾巴·忽篤士所撰諸汗源流史》和《照亮諸賢心扉之花壇的漢書》這兩種書實際上是一種,即漢文寫的《彰所知論》,乃沙囉巴漢譯《彰所知論》的蒙文譯本。[1] 那麽,陳寅恪先生説《蒙古源流》即依《彰所知論》之觀念和思想"採集材料,而成書者"實在是不二之論。至《蒙古源流》爲止的蒙文寫史傳統脈絡,大概是《彰所知論》、《本義必用經》、《白史》、《黄金史綱》、《大黄史》、《蒙古源流》這樣一個連貫的系統。

　　最後,需要再次強調的是,八思巴的《彰所知論》雖然對蒙古人之佛教史觀的形成和蒙文史書體裁的確定具有深遠的影響,但將蒙古人最早的祖先孛兒帖赤那説成是吐蕃止貢贊普之後裔則顯然不是八思巴帝師的發明。蒙文文獻中最早確立印度、吐蕃、蒙古三地王統之間有血緣關係的史書亦不是《蒙古源流》,而是成書於 1604—1627 年間的《黄金史綱》。[2] 這當是蒙古接受藏傳佛教爲其精神依托、藏傳佛教於蒙古地區越來越深入人心的必然後果。蒙古人這一對其古代歷史之新"傳統"的創造,或許亦曾受到其敬仰的西藏佛教史家的影響,後者早於 11 世紀時就已經爲其民族的起源創造了一種新的傳統。藏族的起源本來亦有傳自獼猴和女妖等種種傳説,但至遲到 11 世紀,西藏的歷史經歷了一個徹底的佛教化過程,關於西藏歷史種種新的、單一的傳統相繼被創造出來,最後形成了一種全新的、佛教化的西藏歷史傳統,於是西藏的王室自然而然地成了印度釋迦王族的後裔,而傳爲藏人始祖的那隻猴子亦成了受阿彌陀佛派遣前往雪域救苦救難的觀世音菩薩化身。將吐蕃王統與釋迦王統拉上血緣關係的證據之一,就是亦曾被《蒙古源流》援引之智鎧《天勝讚廣釋》中的那個段落。可以肯定的是,雖然從八思巴開始的西藏喇嘛將佛教史觀傳給了蒙古人,但他們没有直接篡改其蒙古信徒的歷史。於 18 世紀以前的西藏文史書中,我們見不到任何有將蒙古祖先説成是吐蕃贊普後裔,即所謂蒙藏同源説的記載。這樣的説法衹見於《如意寶樹史》(*Chos 'byung dpag bsam ljong bzang*)、《土觀宗派源流》(*Thu'u kvan grub mtha' shel gyi me long*)、《蒙古教法源流》(*Hor chos 'byung*)等成書於 18 世紀以後的西藏文史書中。而這些藏文史書的作者或者長年生活於蒙古地區,或者自己就是蒙古人,他們的著作無疑受到了蒙古寫史

---

〔1〕　參見烏蘭,《〈蒙古源流〉研究》,頁30。
〔2〕　參見朱風、賈敬顔譯,《漢譯蒙古黄金史綱》,頁27。

傳統的影響。[1] 總之,於"《[蒙古]秘史》所追加之史層上,更增建天竺吐蕃二重新建築"的一定是蒙古佛教史家自己,而將佛教史觀這一"歷史之新觀念和方法"傳授給蒙古人的,則無疑就是以八思巴帝師爲首的西藏喇嘛。

參 考 文 獻

(一) 傳統文獻

1. 《西藏王統記(吐蕃王朝世系明鑒)》(*rGyal rab gsal ba'i me long*),劉立千譯注,拉薩:西藏人民出版社,1985 年。

2. 《漢譯蒙古黃金史綱》,朱鳳、賈敬顏譯,呼和浩特:内蒙古人民出版社,1985 年。

3. 八思巴造,《彰所知論》(大·1645),沙囉巴漢譯,收入《大正新修大藏經》,第 32 冊,東京:大正一切經刊行會,1922—1932 年,頁 226—237。

4. 西藏大藏經研究會編輯,《影印北京版西藏大藏經》,東京:西藏大藏經研究會, 1957—1961 年。

5. 耶喜巴勒登著,《蒙古政教史》,蘇魯格譯注,北京:民族出版社,1989 年。

6. mKhas pa lD'u, *rGya bod kyi chos 'byung rgyas pa* (*lD'u chos 'byung rgyas pa*), Lha sa: Bod ljongs mi dmangs dpe skrun khang, 1987. (智者第吳,《印藏正法源流》,拉薩:西藏人民出版社, 1987 年)

7. Grags pa rgyal mtshan, Bod kyi rgyal rabs. *In Grags pa rgyal mtshan gyi bka' 'bum 2.* vol. 4 of Sa skya pa'i bka' 'bum, pp. 291.1.6－296.4.2. (葛剌思巴監藏,《吐蕃王統》,收入《薩思迦全集》,第 4 冊,《葛剌思巴監藏全集》卷二,頁 291.1.6—296.4.2)

8. Grags pa rgyal mtshan, *Śākya rnams kyi rgyal rabs.* In *Grags pa rgyal mthan gyi bka' 'bum 2.* Vol. 4 of *Sa skya pa'i bka' 'bum*, pp. 293.2.1－295.1.5. (葛剌思巴監藏,《釋迦王統》,收入《薩思迦全集》,第 4 冊,《葛剌思巴監藏全集》卷二,頁 293.2.1—295.1.5)

9. Grags pa rgyal mtshan, *rGya bod kyi sde pa'i gyes mdo.* In *Grags pa rgyal mthan gyi bka' 'bum 2.* Vol. 4 of *Sa skya pa'i bka' 'bum*, pp. 296.4.2－298.3. (葛剌思巴監藏,《天竺、吐蕃部派經》,收入《薩思迦全集》,第 4 冊,《葛剌思巴監藏全集》卷二,頁 296.4.2—298.3)

10. mNgon par 'byung ba'i mdo. (《出家經》,收入《影印北京版西藏大藏經》,第 39 冊,No. 967, Shu 1b1－131a1)

11. Nyang Nyi ma 'od zer, *Chos 'byung me tog snying po sbrang rtsi'i bcud.* Lha-sa: Bod ljongs mi dmangs dpe skrun khang, 1988. (娘·尼瑪兀節兒,《娘氏宗教源流》,拉薩:西藏人民出版社,

---

〔1〕 參見石濱裕美子,《モンゴル年代記がチベッド年代記に與えた影響について——《特にモンゴルの祖先説話を中心として》,《日本西藏學會會報》36 (1990):19—24。

1988 年)

12. sTag tshang rdzong pa dPal 'byor bzang po, *rGya bod kyi yig tshang mkhas pa dga' byed chen mo 'dzam gling gsal ba'i me long*, Chengdu: Si khron mi-rigs dpe-skrun khang, 1985.（達倉宗巴·班覺藏布,《漢藏史集》,成都:四川民族出版社,1985 年）

13. 'phags pa Blo gros rgyal mtshan, *Shes bya rab gsal*. In *Chos rgyal 'phags pa'i bka' 'bum* 1. Vol. 6 of *Sa skya pa'i bka' 'bum*, pp. 1 – 18.（八思巴,《彰所知論》,收入《薩思迦全集》,第6冊,《八思巴法王全集》卷一,頁 1—18）

14. 'phags pa Blo gros rgyal mtshan, *Bod kyi rgal rabs*. In *Chos rgyal 'phags pa'i bka' 'bum* 2. Vol. 7 of *Sa skya pa'i bka' 'bum*, pp. 286. 2. 4 – 284. 4. 4.（八思巴,《吐蕃王統》,收入《薩思迦全集》,第7冊,《八思巴法王全集》卷二,頁 286. 2. 4—284. 4. 4）

15. 'phags pa Blo gros rgyal mtshan, *rGyal po yab sras mchod rten bzhengs pa la bsngags pa'i sde sbyor danḍa ka bzhugs so*. In *Chos rgyal 'Phags pa'i bka' 'bum* 2. Vol. 7 of *Sa skya pa'i bka' 'bum*, pp. 284. 2 – 284. 4.（八思巴,《大汗父子造塔禮讚》,收入《薩思迦全集》,第7冊,《八思巴法王全集》卷二,頁 284. 2—284. 4）

16. 'phags pa Blo gros rgyal mtshan, *Ji big de mur gyis phal chen gser 'od stong phrag brgya pa rnams bzhengs pa'i mtshon byed*. In *Chos rgyal 'Phags pa'i bka' 'bum* 2. Vol. 7 of *Sa skya pa'i bka' 'bum*, pp. 263. 3. 1 – 263. 4. 1.（八思巴,《只必鐵穆爾建〈華嚴〉、〈金光明〉、〈般若〉諸經導引》,收入《薩思迦全集》,第7冊,《八思巴法王全集》卷二,頁 263. 3. 1—263. 4. 1）

17. 'phags pa Blo gros rgyal mtshan, *Chos rin po che nye bar bzhengs pa'i mtshon byed kyi rab du byed pa*. In *Chos rgyal 'Phags pa'i bka' 'bum* 2. Vol. 7 of *Sa skya pa'i bka' 'bum*, pp. 259. 2. 2 – 259. 4. 6.（八思巴,《立大寶佛法導引文》,收入《薩思迦全集》,第7冊,《八思巴法王全集》卷二,頁 259. 2. 2—259. 4. 6）

18. 'phags pa Blo gros rgyal mtshan, *bDe bar gshegs pa'i gsung rab 'gyur ro 'tshal bzhengs pa'i gsal byed sdeb sbyor gyi rgyan rnam par bkra ba*. In *Chos rgyal 'Phags pa'i bka' 'bum* 2. Vol. 7 of *Sa skya pa'i bka' 'bum*, pp. 256. 3. 1 – 259. 2. 1.（八思巴,《造如來佛典作明綴文之美麗莊嚴》,收入《薩思迦全集》,第7冊,《八思巴法王全集》卷二,頁 256. 3. 1—259. 2. 1）

19. Tshal pa Kun dga' rdo rje, *Ded ther dmar po*, Beijing: Mi rigs dpe skrun khang, 1981.（搽里八公哥朵兒只,《紅史》,北京:民族出版社,1981 年）

20. *lHa las phul du byung bar bstod pa'i rgya cher 'grel pa*.（《天勝讚廣釋》,收入《影印北京版西藏大藏經》,第 46 冊, No. 2005, Ka 51a5 – 70a4）

21. *Sa skya pa'i bka' 'bum*（*The Complete Works of the Great Masters of the Sa skya Sect of the Tibetan Buddhism*）. Compiled by bSod nams rgya mtsho. Tokyo: The Toyo Bunko, 1968.（《薩思迦全集》,

鎖南監藏編,東京: 東洋文庫,1968 年)

22. bSod nams rtse mo, *Chos la 'jug pa'i sgo. In bSod nams rtse mo' i bka' 'bum.* Vol. 2 of *Sa skya pa'i bka' 'bum*, pp. 318. 3. 1 – 345. 3. (鎖南則末,《入法之門》,收入《薩思迦全集》,第 2 册,《鎖南則末全集》,頁 318. 3. 1—345. 3)

(二) 近人論著

1. 王啓龍

1999　《八思巴生平與〈彰所知論〉對勘研究》,北京: 中國社會科學出版社。

2. 周清澍

1980　《蒙古源流初探》,原載《民族史論叢》,長春: 吉林人民出版社;收入氏著,《元蒙史札》,呼和浩特: 内蒙古大學出版社,2001,頁 469—683。

1983　《藏文古史——〈紅史〉》,原載《中國社會科學》1983 年第 4 期;收入氏著,《元蒙史札》,頁 357—366。

3. 烏力吉巴雅爾

2004　《關於〈彰所知論〉及其他》,收入氏著,《蒙藏文化關係研究》,北京: 中國藏學出版社,頁 392—399。

4. 烏蘭

2000　《〈蒙古源流〉研究》,瀋陽: 遼寧民族出版社。

5. 陳寅恪

1980a　《〈彰所知論〉與〈蒙古源流〉》,收入氏著,《金明館叢稿二編》,上海古籍出版社,頁 115—125。

1980b　《斯坦因 Khara-Khoto 所獲西夏文大般若經考》,收入氏著,《金明館叢稿二編》,頁 188—191。

6. 石濱裕美子

1990　《モンゴル年代記がチベッド年代記に與えた影響について——特にモンルの祖先説話を中心として》,《日本西藏學會會報》,36: 19—24。

2001　《チベット佛教世界の歴史的研究》,東京: 東方書店。

7. Bagchi, P. C.

1946 – 1947　"Chang so che lu (Jnyea-prakasa-sastra): An Abhidharma work of Sa skya Paṇḍita of Tibet." In *Sino-Indian Studies* (Calcauta, Oct. 1946 and Jan. 1947), pp. 136 – 156.

8. Bareja-Starzyńska, Agata

1991　"A Note on the Chapter on Tibetan History in Čiqula kereglegči." In *Tibetan History and Language*(Wiener Sdudien zur Tibetologie und Buddhismuskunde, Heft 26), edit by Ernest

Steinkellner. Wien, pp. 1 – 7.

1997　"The Essentials of Buddhism in the 'Čiqula kereglegči', the 16th Century Mongolian Buddhist Treatise." In *Aspects of Buddhism. Proceedings of the International Sminar on Buddhist Studies*, Liw, 25 June 1994, edit by A. Bareja-Starzyńska and M. Mejor. Studia Indologiczne nr. 4. Warszawa, pp. 1 – 30.

2002　"A Brief Study of the Mongolian Transmission of the Buddhist Treatise Śes bya rab gsal by 'Phags pa bla ma Blo gros rgyal mtshan." In *Tractata Tibetica et Mongolica, Festschrift fuer Klaus Sagaster zum 65. Geburtstag*, Herausgegeben von Karénina Kollmar-Paulenz und Christian Peter. Wiesbaden: Harrassowitz Verlag, pp. 13 – 20.

9. Bechert, Heinz, ed.

1991　*The Dating of the Historical Buddha, Die Datierung des historschen Buddha*, part 1 (Symposien zur Buddhismusforschung, IV, 1). Goettingen: Vandenhoeck & Ruprecht.

10. Hoog, Constance

1983　*Prince Jiṅ-Gim's Textbook of Tibetan Buddhism: The Śes-bya rab – gsal (Jñeya-prakāśa) by 'Phags-pa Blo- gros rgyal-mtshan dPal bzaṅ-po of Sa-skya-pa*. Leiden: E. J. Brill.

11. Kvaerne, Per

1911　"The date of Śākyamuni according to Bonpo sources," in Bechert, *The Dating of the Historical Buddha*, pp. 415 – 422.

12. Martin, Dan

1997　*Tibetan Histories, A Bibliography of Tibetan Language Historical Works*. London: Serindia Publications.

13. Szerb, János

1990　*Bu ston's History of Buddhism in Tibet*. Wien: Verlag der Österreichischen Akademie der Wissenschaften.

14. Sørensen, Per K.

1994　*Tibetan Buddhist Historiography: The Mirror illuminating the Royal Genealogies, An annotated translation of the XIVth century Tibetan chronicle: rGyal-rabs gsal-ba'i me long*. Wiesbaden: Harrassowitz Verlag.

15. Tucci, Giuseppe

1971　"The validity of Tibetan historical tradition," in *Opera Minora* by G. Tucci. Rome: Bardi Editore, pt. 2, pp. 453 – 466.

16. Helga Uebach

1987   *Nel-pa paṇḍitas chronik Me-tog phreṅ-ba*, *Handschrift der Library of Tibetan Works and Archives Tibetischer Text in Faksimile*, *Transkription und Übersetzung*. München: Kommision für Zentralasiatische Studien Bayerische Akademie der Wissenschaften.

17. van der Kuijp, Leonard W. J.

1994   "Tibetan Historiography," in *Tibetan Literature: Studies in Genre*. Essays in Honor of Geshe Lhundup Sopa, Edited by José Ignacio Cabezón and Roger R. Jackson. Ithaca and New York: Snow Lion, pp. 39－56.

18. Vogel, Claus

1991   "Bu-ston on the date of the Buddha's Nirvana. Translated from his history of the doctrine (chos-'byung)." in Bechert, *The Dating of the Historical Buddha*, *Die Datierung des historischen Buddha*, part 1 (Symposien zur Buddhismusforschung, IV, 1), Edited by Heinz Bechert (Goettingen: Vandenhoeck & Ruprecht, 1991), pp. 403－414.

（原載《"中央研究院"歷史語言研究所集刊》第七十七本第四分,2006 年,頁 697—727）

近代西藏宗派融和派大師密彭尊者傳略

密彭絳陽南傑嘉措(Mi pham 'jam dbyangs rnam rgyal rgya mtsho，1846－1912，譯言不敗妙音尊勝海)是 19 世紀西藏最著名的寧瑪派佛學大師之一。在寧瑪派的歷史上，他與絨松班智達(Rong zom pandita，約 11—12 世紀)、龍青繞絳巴(Klong chen rab 'byams pa，1308－1362)齊名，是該派最著名的三大學者之一。於整個西藏之歷史言之，密彭尊者則可與薩思迦班智達、宗喀巴大師等相提並論，被視爲集三世諸佛之智慧於一身的文殊菩薩之化身、正法之大車(shing rta chen po)。他既是一位兼通顯密，尤擅中觀、大圓滿法、講、辯、著作皆不世出的學者；亦是一位無畏的鬥士，不但常挺身而出，爲弘揚、捍衛寧瑪派教法之精義而回擊外派上師詰難，而且致力於打破藏傳佛教各派之間根深蒂固的門户之見，積極參與由其師長率先宣導的宗派融和運動(ris med)；更是一位修行有道、成就不凡的密乘行者，一生清貧，卻顯現了種種不可思議之希有宏化與殊勝密行。然而，一生筆耕不倦的密彭尊者卻並没有留下一部自傳，現存的幾部藏文傳記内容大同小異，未能對尊者一生行迹按年代順序作具體交待。相對於薩思迦班智達、宗喀巴等大師而言，密彭尊者算是近人，迄今爲止華文世界對藏傳佛教之研究尚很少涉及近代，像近代康區之宗派融和運動這樣重要的課題亦尚鮮有研究者問津；寧瑪派傳統以秘密修持爲重，不輕易外傳其密法，故密彭尊者之著作亦很少有被譯成漢文而流布者。[1] 是故，密彭尊者之嘉言懿行雖曾於康區藏人中間膾炙人口，然知其行狀與著作之詳者委實有限。爲表其行持、彰其功德，此略述其生平著述於前，譯注其共通傳記於後，有志於深究密彭尊者之甚深密意者或可以此爲基礎勇猛精進。

---

〔1〕 晚近有邵頌雄先生譯注密彭尊者所造《辨性法性論》之釋論問世，見彌勒菩薩造論，不敗尊者釋論，邵頌雄翻譯，《辨性法性論——不敗釋論》，香港：密乘佛學會，2000 年；筆者亦已將密彭尊者所造《秘密藏續釋論十方除暗之總義光明藏論》(gSang 'grel phyogs bcu'i mun sel gyi spyi don 'od gsal snying po bzhugs so)翻譯成漢文，近期也將由香港密乘佛學會作爲寧瑪派叢書之一種出版。

一、寧瑪派的復興與 19 世紀康區之宗派融和運動

若要理解密彭尊者一生之成就及其於西藏佛教史上的地位,當有必要先對 19 世紀時發生於以德格爲中心之康區、有藏傳佛教各宗派大師參與的宗派融和運動有所了解。不但是密彭尊者服膺的幾位根本上師,皆爲這一運動的主將,而且作爲他們的衣缽傳人,他本人畢生所作學者三事亦基本圍繞這一運動的主題展開,而最終成爲這一運動的傑出代表人物。

宗派融和運動,藏文稱爲 Ris med,字面意義爲"無偏袒"、"不分派"、"公正",西方學者習慣將它翻譯成"eclectic",意爲"綜合、折中的"、"自各處隨意取材的"。實際上,正如國際著名佛學家 Seyfort Ruegg 所指出的那樣,"宗派融和運動並不祇是綜合、折中的,而是普世的(和百科全書式的),Ris med pa(與 ris chad pa 相反)意爲越界離境、包羅萬象、無拘無束,因而也是公平無私的"。[1] 這一運動的中心是康區的德格,全盛時期爲 19 世紀,參與這一運動的有寧瑪、噶舉、薩迦、覺囊、噶當等派之大師,其中最著名的代表人物是噶瑪噶舉派的文殊怙主工珠羅卓塔耶('Jam mgon Kong sprul Blo gros mtha' yas, 1831–1899, 譯言無邊慧)、薩迦派的絳陽欽澤旺布('Jam dbyangs mKhyen rtse dbang po, 1820–1892, 譯言文殊智悲自在)與寧瑪派的巴珠吉美曲結旺布(dPal sprul 'Jigs med chos kyi dbang po, 1808–1887, 譯言無畏法之自在)等;其興起的緣由既是對西藏歷史上屢屢出現、現實中仍然不絶如縷的宗派鬥爭與宗教迫害之反思與發動,亦是各非主流教派聯合起來,抵制格魯派在宗教、政治與經濟各方面的絶對霸權地位的一種表現形式,其中心内容是呼籲各宗派互相尊重與容忍,號召各派學人平等相待、深入認識其他宗派的教理與修持,盡量消除因宗派之爭而引發的政治及經濟上的衝突,將西藏人的宗教生活提升到一個更理性、理想的高度。這場運動的結果雖然没有完全消除寧瑪、薩迦、噶舉、覺囊、噶當等非主流派之間的此疆彼界,但顯然極大地增進了它們之間的相互理解,減少了衝突,達成了宗派間的基本融和。從此形成了近代西藏佛教歷史上壁壘分明的兩大營,即主流的、正統的格魯派與非主流的、激進的融和派。格魯派重學,講究寺院内的嚴格的説法授受與清規戒律;融和派重修,講究個人的成就而不拘形式、教條。人類學家 Geoffrey Samuel 將這兩種傳統形象地總結爲牧師式的

---

[1] Seyfort D. Ruegg, "A Tibetan's Odyssey: A Review Article." *JRAS* 1989, 2: 309.

（clerical）與薩滿式的（shamanic）。[1]

於今日之西方，傳統的西藏社會被理想化爲一個和平的、非暴力的人間淨土，而事實上與世界歷史上任何宗教社會一樣，西藏並非祇是一個慈悲與智慧之化土，藏傳佛教的流行並没有消除現實中的衝突與流血。在西藏的歷史上，不但出現過"朗達磨滅佛"這樣空前的法難，而且藏傳佛教各宗派之間的衝突、排斥、甚至迫害，可謂史不絶書。五世達賴喇嘛開始建立起來的格魯派的至尊地位，本身就是引入蒙古可汗之軍事力量對外派勢力，特別是噶瑪噶舉派，進行迫害與鎮壓的結果。[2] 就是於格魯派内部，俗世的、教法的衝突亦同樣屢見不鮮。達賴喇嘛與班禪喇嘛長時間的水火不容，大寺院内各扎倉之間的壁壘森嚴，[3] 無不說明藏傳佛教内部宗派之爭達到了何等嚴重的程度。藏傳佛教各大宗派都是經歷了"朗達磨滅佛"的劫難之後，於佛教之後弘期星火燎原而形成的。每個教派不僅在教法上各有千秋，而且基本上都有一個强有力的施主家族爲其後盾，各不統屬。因教法上的差異而引起的衝突往往受對俗世利益之爭奪的刺激而變本加厲。因受蒙古君主之器重與利用，薩迦派是藏傳佛教各派中最早獲得了顯赫的特權與豐厚的利益，爲各派之龍頭老大達近百年之久。而曾與之於蒙古可汗前爭寵而敗北的噶瑪噶舉派則成爲明朝皇帝之最愛，受封"大寶法王"之尊號，成爲明封西藏八大法王之首。而於烏思藏本土，則因繼薩迦派之後爲西藏最有實力的帕竹噶舉派地方政權的青睞，由宗喀巴大師及其弟子新創立的格魯派漸漸在前藏坐大，他們先與薩迦派在後藏爭雄，後又與受到取代帕竹派的仁蚌巴勢力支持的噶瑪噶舉派展開了長期的拉

---

〔1〕 西方學者中最早研究"宗派融和運動"的是博學的百科全書派藏學家 Gene E. Smith 先生，他的相關著作有：*Introduction to Rang grol skor gsum and Byang chub kyi sems kun byed rgyal po'I don khrid rin chen gru bo*，*Sources for the Understanding of Rdzogs-chen Meditation by Klong-chen rab-'byams pa 'Dri-med 'od-zer*（Ngagyur Nyingmay Sungrab, vol. 4）. Gangtok: Sonam T. Kazi, 1969；*Preface to The Autobiographical Reminiscences of Ngag-dbang-dpal-bzang*, *Late Abbot of Kah-thog Monastery*. Gangtok: Sonam T. Kazi, 1969；*Introduction to Kongtrul's Encyclopedia of Indo-Tibetan Culture*, ed. Lokesh Chandra. New Delhi: International Academy of India Culture, 1970. 而迄今爲對"宗派融和運動"從宗教學、人類學角度所作之最系統的描述則見於 Geoffrey Samuel, *Civilized Shamans: Buddhism in Tibetan Societies*, Washington and London: Smithsonian Institution Press, 1993, 27. Tibet: Gelugpa Power and the Rimed Synthesis, pp. 525－552. Samuel 先生此書被人認爲是繼 G. Tucci 先生《西藏畫卷》（Tibetan Painted Scrolls. 3 vols. Roma, Libereria dello Stato 1949）之後西方藏學研究的又一座里程碑。它不僅集迄今爲止西方藏學研究之大成，系統地總結了西方對西藏歷史與宗教的研究成果，而且以人類學家獨有的慧眼，將西藏之宗教文明之種種形式總結爲"文明的"與"薩滿的"兩種最典型的特徵，並從這兩大特點出發，深入細緻地分析西藏宗教社會之歷史發展的軌迹。

〔2〕 參見 Elliot Sperling, "'Orientalismus' und Aspekte der Gewalt in der tibetischen Tradition," Mythos Tibet: Wahrnehmungen, Projektionen, Phantasien, Herausgegeben von der Kunst- und Ausstellungshalle der Bundesrepublik Deutschland in Zusammenarbeit mit Thierry Dodin und Heinz Raether, Koeln: Dumont, 1997, pp. 264－273.

〔3〕 P. Jeffrey Hopkins, "Tibetische Klosterkollegien: Die Spannung zwischen Rationalitaet und Gruppenzwang," *Mythos Tibet*, pp. 254－263.

鋸,最終借助蒙古和碩特部頭領固始汗的武力,壓倒了噶瑪噶舉派及其施主家族的反抗,建立了其在衛藏地區的獨尊地位。在藏傳佛教各宗派幾百年間的你爭我鬥中,作爲其中最古老一派的寧瑪派雖然並沒有處在風口浪尖上,但也一直身受其害,長期處於防守的地位。大概是重秘密修行的緣故,寧瑪派教法似一直不得時君之喜歡,於其背後似從未有一個強大的施主家族爲其後盾。早在 10 世紀末、11 世紀初,吐蕃王朝宗室之後、人稱上師菩薩之天喇嘛智光(lHa bla ma Ye shes 'od)就率先對寧瑪派之大圓滿法及其雙修、藥修、屍修、食供、誅殺等特殊修法提出激烈批評,並對寧瑪派之根本大續《秘密藏續》(dPal gsang ba'i snying po de ko ni nyad rnam par nges pa'i rgyud chen po)之真實性提出了懷疑。[1] 直到 13 世紀噶當派上師有壞明劍(bCom ldan rig pa'i rel gri)於桑耶寺發現了《秘密藏續》之梵文原本爲止,寧瑪派必須爲捍衛其所傳教法之真實性而努力不懈。蒙元王朝統治西藏期間,藏傳佛教各派均與朝廷有不同程度的往來,寧瑪派上師亦曾出入宮廷,[2]但終元之世,乃至於繼元而起的明朝,沒有任何寧瑪派的上師得享薩迦、噶瑪噶舉派上師所得之殊榮與利益,亦沒有出現一座規模龐大的寧瑪派寺院。龍青巴大師作爲一名顯密兼通的大學者雖然名重一時,就是格魯派也承認他是"寧瑪派之持法者中間唯一達賢者之極頂者"(rNying ma ba'i bstan 'dzin gyi khrod du mkhas pa'i rtse mor son pa gcig pu),[3]然顯然不爲權貴所喜,與他同時代的西藏最有權勢的人、帕竹派的大司徒絳曲堅贊(Byang chub rgyal mtshan, 譯言菩提勝幢)就公開稱他爲其宿敵"止貢派之上師",毫不掩飾對他的厭惡之情。[4]同樣受到這位大司徒無端非難的寧瑪派上師還有伏藏師烏堅林巴(O rgyan gling pa, 譯言烏堅洲主)等。[5]然而正是這種無所依傍、遭人打擊的惡劣的人文環境,造就了一代代身處逆境而奮發有爲的寧瑪派上師。當 17 世紀中期開始,其他曾經顯要一時的教派在格魯派打壓之下萎靡不振之際,向來寂寞的寧瑪派卻漸漸中興,最終成爲 19 世紀以反抗格魯派霸權爲重

---

〔1〕 參見 Samten G. Karmay, "The Ordinance of lHa Bla ma Ye-shes-'od," *Tibetan Studies in Honour of Hugh Richardson*, *Proceedings of the International Seminar on Tibetan Studies*, Oxford 19079, edited by M. Aris and San suu kyi Aung, Warminster 1979, pp. 150 – 162.

〔2〕 參見 Pema Tsering, "rNyin ma pa Lamas am Yuankaiserhof," *Proceedings of the Csoma de Koeroes Memorial Symposium*, Budapest 1978.

〔3〕 語見土觀·羅桑曲結尼瑪(Thu'u bkvan Blo bzang chos kyi nyi ma, 譯言智慧法日),《土觀宗派源流》(*Thu'u bkvan grub mtha'*),蘭州:甘肅民族出版社,1984 年,頁 67。

〔4〕 參見 Dudjom Rinpoche, Jikdrel Yeshe Dorje, *The Nyingma School of Tibetan Buddhism*. Book Two: History of Nyingma School, Translated and edited by Gyurme Dorje with the collaboration of Matthew Kapstein, p. 592.

〔5〕 參見 Dudjom Rinpoche, *The Nyingma School of Tibetan Buddhism*. Book Two: History of Nyingma School, pp. 777 – 778。

要内容之一的宗派融和運動的主力。

　　儘管寧瑪派是藏傳佛教中最古老的一派,可直到 17 世紀爲止,依然只有一些小廟與秘密修行的所謂山間茅蓬(ri khrod)星星點點的分散於雪域蕃地,從未出現任何與格魯派或噶舉派相類似的大寺院中心。今日所謂寧瑪派六大主寺中,有四座建於 1656 年與 1685 年之間。[1] 1717—1720 年間,敏珠林與多吉扎二寺復於準噶爾之亂中被毀,尋被修復。[2] 1734 年,六大主寺中的最後一座寺院協慶寺建成,從此寧瑪派有了能够維持其教法與僧職傳統的基地,漸漸成爲康區最有影響力的教派。寧瑪派的中興無疑與五世達賴喇嘛與寧瑪派的特殊淵源,以及 18 世紀初期衛藏的世俗領袖頗羅鼐相對厚待寧瑪派有關,而更重要的原因是他們得到了遠離格魯派統治中心的康區德格土司的大力支持。德格土司位於康區西北部,下轄鄧柯、德格、白玉、石渠、同普五縣。傳統爲寧瑪派信徒,13 世紀時接受薩迦派之教法與修行,建德格更慶寺(sDe dge dgon chen dpal lhun grub steng gi chos grva,譯言德格更慶·吉祥天成上經院),並以此爲其治地。自 17 世紀開始,德格土司之勢力漸漸擴大,於 18、19 世紀達到頂峰。在此期間,德格土司採取了相容並蓄的宗教政策,除了薩迦派勢力繼續增長,境内出現了仲薩(rDzong gsar)等其他薩迦派寺院外,其他宗派的發展亦得到了德格土司的寬容與支援。1656 年舊的寧瑪派中心噶陀寺得以重修,其他三座寧瑪派主寺白玉(1665)、竹慶(1685)、協慶(1734)亦相繼在其領地内建立起來。與此同時噶瑪噶舉派於康區的根本道場八蚌寺(dPal spungs)亦於 1727 年於德格建成。這五所寺院被德格土司認定爲其五大家廟。此外,德格境内亦還有本教之中心雜登大寺(rDza steng chen),德格之北部亦還有石渠(Ser shul)等好幾座格魯派寺院。[3] 這種相容並蓄的宗教政策,成了培養藏傳佛教歷史上意義深遠的宗派融和運動的温床,並導致了這一運動於 19 世紀中期的最終爆發。

　　除了這些外在原因之外,寧瑪派的中興亦與其内部傳統中的一些新發明有直接的關聯。17 世紀初,寧瑪派内部出現了一批具有廣泛影響的伏藏師,如德達林巴居美多吉(gTer bdag gling pa 'Gyur med rdo rje,譯言伏藏主洲不動金剛)、持明彩虹藏(Rig 'dzin 'Ja' tshon snying po,1585－1656)、噶瑪洽美(Karma chags med,1613－1678)及其弟子敏珠多吉(sMin grol rdo rje,1645－1668,譯言成熟解脱金剛)等,分別由彩虹藏

---

　　[1]　寧瑪派六大寺爲前藏的敏珠林(sMin grol gling dgon pa,譯言成熟解脱洲寺)、多吉扎寺(rDor rje brag dgon po,譯言金剛岩寺)與康區的噶陀(Kah thog dgon)、竹慶(rDzogs chen dgon)、白玉(dPal yul dgon)、協慶寺(Zhe chen dgon)等。其中噶陀、白玉、敏珠林與竹慶四寺建於 17 世紀中後期。

　　[2]　詳見《土觀宗派源流》,頁 78—79。

　　[3]　參見杜永彬,《德格土司轄區的政教關係及其特點》,《中國藏學》1989 年第 3 期,頁 85—99。

與敏珠多吉上師新發現的伏藏《三寶總攝》(*dKon mchog spyi 'dus*)與《天法》(*Nam chos*)等爲寧瑪派的發展增添了新的活力。新建立起來的寧瑪派寺院中心分別以所謂"南藏"、"北藏"或素爾傳軌等一二種伏藏傳軌爲其修、學之重點,如白玉寺以其《天法》之傳承著稱,噶陀寺則以傳"南藏"爲其重點等。這對寺院内的修、學活動無疑是一大推動,造就了一些傑出的寧瑪派學者,而其中最著名的當數吉美林巴('Jigs med gling pa,1730-1798,譯言無畏洲)。吉美林巴是一位伏藏師,他於淨相中自龍青巴上師處獲得了大量甚深密法,其中最重要的即是《龍青寧提》(*Klong chen snying thig*,一譯《悟境精義》),此伏藏之傳軌成爲近世大圓滿法傳承之基礎。[1] 吉美林巴所傳大圓滿法有兩大特點,一是強調瑜伽行者的自我約束、内在的守戒,而不是寺僧之外在的、強制的持律;二是強調成正等覺之清淨與顯明,超越任何邏輯思維與傳統思想之束縛。這第一個特點使大圓滿法與15、16世紀於西藏噶舉派中出現的外表放浪、内心專一的"癲僧"現象異曲同工;而其第二個特點又使大圓滿法成爲一種所有顯密教法傳統以爲其指歸的終極之法。早在13世紀,噶瑪噶舉派第二代活佛噶瑪八哈失(Karma Pakshi,1204-1283)就已經嘗試整合噶舉派的大手印法與寧瑪派的大圓滿法。這一嘗試復於17世紀爲噶舉派上師赤列納措讓卓('Phrin las sna tschogs rang grol,1608-?)、噶瑪洽美等人發揚光大,最終使舊密大圓滿法與新譯密法合流。噶瑪洽美本人還參與了白玉寺的創建,使該寺所傳之教法從一開始就融和了噶舉派與寧瑪派兩派的教法。[2] 經過吉美林巴與噶瑪洽美等上師的努力,寧瑪派與噶舉派之間已基本達成融和,他們是日後宗派融和運動的先驅。

而真正大張旗鼓地宣導宗派融和運動的是吉美林巴於康區的精神傳人。吉美林巴本人住於衛藏,而其所傳教法精義卻主要在東藏傳承,其融和宗派之精神亦在康區開花結果。吉美林巴的教法於康區得到熱烈的歡迎,其全集於1790—1798年間於德格刻印,其所傳《龍青寧提》教法之主要衣鉢傳人一世朵珠慶活佛吉美赤列沃賽(rDo grub chen rin po che 'Jigs med 'phrin las 'od zer,1745-1821,譯言無畏事業光明)與吉美傑衛紐古('Jigs med rgyal ba'I myu gu,1765-1798,譯言無畏王嗣)皆爲康區之著名上師,前者還是德格土司之母的精神導師。[3] 吉美林巴的三位轉世絳陽欽澤旺布、巴珠

〔1〕 參見 Steven D. Goodman, "Rig-'dzin 'Jigs-med gling-pa and the kLong-chen sNying-Thig," *Tibetan Buddhism: Reason and Revelation*, Ed. By Steven D. Goodman and Ronald M. Davidson, Albany: State University of New York Press, 1992, pp. 133-146.

〔2〕 參見 Geoffrey Samuel, *Civilized Shamans: Buddhism in Tibetan Societes*, pp. 533-536。

〔3〕 關於《龍青寧提》之傳承及其這幾位上師之生平,見 Tulku Thondup, *Masters of Meditation and Miracles: Lives of the Great Buddhist Masters of India and Tibet*, Boston and London: Shambhala, 1999, pp. 118-172.

吉美曲結旺布與朶·欽則意希多吉(rDo mKhyen brtse ye shes dbang po, 1800－1866,
譯言智悲智慧金剛)等則均積極地投入了宗派融和運動,其中絳陽欽則旺布還是其最
初的發起人之一。這場運動的中心是德格的八蚌、白玉、竹慶、協慶與薩迦派的仲薩等
寺,但很快於安多、康區等所謂東藏地區蓬勃發展起來,且波及全藏,其影響甚至深入到
後藏西部的定日等地。

　　如前所述,宗派融和運動的主旨首先要打破各派之間的門户之見,反對厚此薄
彼、惟我獨尊,主張相容並蓄、美美與共。爲此主張宗派融和的各派上師每每身體力
行,今人讀其傳記往往難辨其所宗。例如,絳陽欽澤旺布上師爲薩迦派寺院仲薩寺
主,理當爲薩迦派上師,精確説來,其所宗爲薩迦派支系俄爾派,乃薩迦派内薩欽澤
(gNas gsar mKhyen brtse, 1524－?)與塔孜強巴南喀齊美(Thar rtse Byams pa nam
mkha' 'chi med,譯言仁慈虛空不死)之轉世。然其又被寧瑪派確認爲吉美林巴之佛
身轉世,於前藏寧瑪派主寺敏珠林受近圓戒,復得七種應機(bka' 'babs bdun)、爲《龍
青寧提》等寧瑪派密法之重要傳人、其主要修行又是《龍青寧提》之上師瑜伽,似爲地
道的寧瑪派喇嘛。實際上,絳陽欽澤旺布出家前後十三年間所學之法囊括包括格魯派
教法之内的一切顯密經續,其所從師尊共百五十餘人,圓滿所學者"乃寧瑪經典伏藏、
新舊噶當、薩迦、俄爾、擦爾三支、噶舉噶倉、止貢、達隆、主巴、覺囊、希解、博東等一切保
存完好之舊傳軌之成熟[灌頂]與解脱[指引],以及幻化秘密藏、時輪及勝樂、喜金剛、
密集等密續及其現存之釋論,聽聞總計約達七百卷西藏不分宗派之論典,其中主要有
《大寶甘珠爾佛經》(rGyal ba'i bka' 'gyur rin po che)、《寧瑪十萬續》(rNying ma rgyud
'bum)與現存之《丹珠爾》傳承等"。[1]　其傳記中説:"雪域所傳承之大車共許爲八,
即由師君三尊之恩情所傳之舊譯寧瑪巴、至尊主具吉祥阿底峽之佛語傳軌四尊三藏噶
當巴、大成道者毗如巴之佛意精華具吉祥薩迦師徒所傳之教誡道果之法、四部佛書所傳
教誡瑪爾巴、米拉日巴與達波拉傑三人所傳之四大八小支噶舉巴、賢哲瓊波南覺巴之金
法香巴噶舉、一切密續之王吉祥時輪之圓滿次第著重金剛瑜伽之六支加行、大成道者丹
巴桑結之佛語傳軌妙法斷除[希解]諸苦支分斷域、金剛佛母親賜予大成道者烏堅巴之
三金剛念修等諸不曾間斷、失壞之舊傳軌等,於彼各各[絳陽欽澤旺布尊者]皆以無量
信解,不辭辛勞、勇猛精進,自與各各之源頭相聯之諸經師圓滿無誤地聽聞成熟解脱之
完整次第。"[2]不僅他本人學法時堅持不分宗派、兼融並蓄,他授徒傳道亦同樣堅持有

---

〔1〕　參見 Dudjom Rinpoche, *The Nyingma School of Tibetan Buddhism*. Book Two：History of Nyingma
School, pp. 850－851.
〔2〕　參見 Dudjom Rinpoche, *The Nyingma School of Tibetan Buddhism*. Book Two：History of Nyingma
School, pp. 852－853.

教無類的不分派原則,所以他的弟子亦同樣包括以上各宗派之僧人,甚至亦有本教的持法者。總而言之,經過這一宗派融和運動,至少在康區實際上祇存在格魯派與宗派融和派兩大陣營,各種傳統宗派之間的差別已經變得十分地不明顯,與其説絳陽欽澤旺布上師乃薩迦派或寧瑪派的上師,倒不如説他是一位宗派融和派的上師。當然宗派融和運動並沒有完全消減傳統各教派之間的此疆彼界,它並沒有形成爲一個有其特殊的、固定的教法傳統,或擁有自己獨立的寺院中心的新宗派。迄今爲止,那些維持宗派融和傳統的上師依然來自寧瑪、薩迦、噶舉等不同的派別,在進行一般的宗派融和實踐的同時,繼續維持其所屬寺院之特殊的教法傳承與修習。同樣爲宗派融和運動的宣導者,卻可保留各自不同的教法立場。例如工珠活佛積極贊同覺囊派的"他空"理論,而其弟子密彭尊者卻反對"他空"説,堅持維護應成派中觀學説,[1]而這絲毫不影響他們同爲宗派融和運動的大師。

如前所述,宗派融和運動的興起與各非主流教派試圖聯合起來對抗格魯派於政治與宗教兩方面的霸權地位有直接的關聯。歷史的發展往往有相當的戲劇性,當年宗喀巴大師創立的格魯派的興起,是對薩迦、噶舉、寧瑪等派之喇嘛不守戒律、不事教法授受與研究之反動。據稱當年各舊派之上師:"或以爲顯密二宗若水火不能相容,純淨、誠心的持法戒律遭到詰難;特別是持三藏者,於坐禪之後即耽於酒食,不知厭足,且不爲其行爲感到羞恥。大寺院中的大部分僧人竟然認不出沙門之資具,如打坐用的坐墊與化緣用的缽盂等。他們甚至沒有聽説過上衣與下衣是由小幅的布條拼合而成的。於雪域蕃地佛法祇剩下一個影子。"[2]西藏喇嘛的離經叛道甚至殃及寵信他們的元朝皇帝,他們於元朝宮廷中傳播的所謂"大喜樂法"是導致元朝的驟亡的重要原因之一。於此情形之下,宗喀巴大師宣導宗教改革,提倡嚴守戒律,建立有計劃、有系統的寺院教育與修行方案,欲挽狂瀾於既倒。然而格魯派的發展很快走向了另一個極端,其對寺院内嚴格的守戒與苦行的重視,自然地將俗人與其他教派所重之成佛之道排斥在外,其對講辯、授受經論的過分強調,明顯地忽略、貶低了密宗修行的功德和意義,其寺院内的系統、冗長的學經制度亦漸漸趨於教條和僵化。再加上其政治上的過分得勢,勢必造成教法上對他派的不寬容,甚至壓迫,致使他派的存在空間越來越小,不得不起而反抗。因

---

〔1〕 詳見彌勒菩薩造論,不敗尊者釋論,邵頌雄翻譯,《辨性法性論——不敗釋論》,導論,頁54—66。
〔2〕 語見克珠傑,《宗喀巴傳——信仰津梁》(*mKhas grub rje dGe legs dpal bzang po, rJe btsun bla ma tsong kha pa chen po'i ngo mtshar rmad du byung ba'i rnam par that pa dad pa'i 'jug ngogs zhes bya ba bzhugs so,* Xining: mTsho sngon mi rigs dpe skrun khang 1982, p. 112.)。

此,雖然亦有一些格魯派上師參與了這場宗派融和運動,但總的說來,它是對一枝獨秀的格魯派的反動。

首先,宗派融和運動的上師們並不像格魯派的上師那樣強調出家修行的重要性,理想的宗派融和派行者既可以是出家的苦行僧,亦可以是不曾受戒的瑜伽行者。儘管大部分參與宗派融和運動的上師是出家持律的僧人,但亦有許多重要的宗派融和派大師不是嚴守戒律的苦行僧,不少對這場運動有很大影響的轉世喇嘛亦都擁有明妃(gsang yum),例如十五世噶瑪巴活佛喀伽多吉(mKha' khyab rdo rje,1871－1922,譯言遍空金剛)、十世珠慶喇嘛吉美密彭曲旺(Grub chen 'Jigs med mi pham chos dbang,1884－1930,譯言無畏不敗法自在)等。宗派融和派教法之根本就是不重此抑彼,條條大道通羅馬,出家的僧人能成佛,在家的行者亦能得正覺,祇要目標明確,不同的化機可以任意選擇適合於自己的道路。所以,有如20世紀初著名的宗派融和派上師密彭尊者之弟子釋迦室利(Sakya Sri,1854－1919)者,本人是結了婚的行者,同時精熟大手印與大圓滿法。他隨類教化,根據各弟子之根器與需要,分別教授大圓滿或大手印之法。而其弟子雖然學各有專攻,但各人各以不同的方式獲得成就。當代最早於西方世界傳播藏傳佛教並取得非凡成就的仲巴喇嘛(Chogyam Tsungpa Rinpoche,1940－1987)本人即是宗派融和運動的典型產物,其表面的行爲不謹與不重戒律也典型地反映出了宗派融和運動的特點。[1] 在不像格魯派一樣強調出家持戒之重要性這一點上,早在宗派融和運動興起以前,西藏就曾出現過不少像漢地之濟公和尚一般的瘋僧,他們表面上漠視清規戒律、放浪形骸、恣意妄爲,而實際上就像濟公自我標榜的一樣,所謂"酒肉穿腸過,佛祖心中留",表面的遊戲並沒有妨礙其實現佛之真性,因此藏族百姓習慣於將這類瘋僧直接視爲遊戲人間之佛陀。

於藏傳佛教發展史上,一直存在有兩種不同的傳統,一種是重顯宗(Sutra)、重學、重戒律、重義理的傳統,另一種是重密宗(Tantra)、重修、重密咒、重體驗的傳統,前者以格魯派爲代表,後者則以寧瑪派爲典型。Samuel先生用人類學的語言將這兩種不同的傳統分別歸納爲文明的(civilized)與薩滿式的(samanic)傳統。雖然這種截然的劃分並不見得完全符合西藏佛教各宗派之歷史發展的事實,但若籠統言之,則這兩種不同傳統的存在當是不爭之事實。於寧瑪派歷史上雖亦有像絨素班智達、龍青巴與密彭尊者這

---

〔1〕 有關仲巴活佛之生平詳見其自傳《生於西藏》(Choeyam Trungpa, *Born in Tibet*, Boston and London：Shambhala, 1995, Fourth Edition)；Rick Fields, *How the swans came to the lake：A narrative history of Buddhism in America*, Third Edition, Revised and Updated, Boston and London：Shambhala, pp. 308－338, 359－362.

樣的大學者,然與其他教派相比較,其殊勝之處顯然在修不在學。反之,於格魯派的歷史上亦不乏有大成就的行者,然其過人之處仍在於學而不在於修。到了宗派融和運動時,這兩種傳統的分野開始被打破。因爲這場運動對格魯派的衝擊不僅僅在於否定其堅持的惟有寺院苦行纔是成佛之正途的主張,而且亦對其教條的教學方式與釋義傳統提出了挑戰。宣導宗派融和的大師並不祇是一些重修輕學的成道者,而且也是可與聖地之二勝六莊嚴媲美的大學者。宗派融和運動的主要代表人物如絳陽欽澤旺布、工珠羅卓塔耶、密彭尊者等都享"絳陽"(譯言妙音)或"絳袞"(譯言吉祥怙主)之類的稱號,表明他們都被認爲是三世諸佛之智慧的化身妙吉祥文殊菩薩之轉世,換言之,皆乃傑出的學者。宗派融和運動的興起表明學術傳統於非格魯派諸教派中的復興。自17—19世紀,格魯派的學術傳統日趨教條僵化,其著作鮮有顯示原創和新意者,大部分祇是根據宗喀巴大師及其主要弟子之作品改寫的釋論、概要或者教本(yig cha)。對量學的重視、程式化的辯經制度,以及對密宗修習直接體驗之反對,使得格魯派的教法越來越缺乏活力。寺院内各扎倉提供的供辯經用的手册詳細地規定了本派之立場與辯駁的程式,寺僧祇需要將其背個滾瓜爛熟,就可以成爲一個辯經的高手,至於是否真正理解了經論之甚深密義則另當別論,更不用説去直接研讀、體會印度聖者之原著了。[1] 而宗派融和派之上師們則以回歸印度聖者之原著爲號召,要求他們的弟子直接閱讀原作,而且親自動手爲這些經論作注釋(mchan 'grel)。其目的在於使弟子理解論中所立觀點之意義,而不是隨意地給它們貼上標籤、判定立場。通過回歸原作,使許多幾個世紀以來各派從各自立場出發隨意注疏而引起的諍論得到了解決。工珠活佛與密彭尊者等對如何纔能正確地讀經、釋經亦提出了一個系統的看法。[2]

　　宗派融和運動的一個最明顯的成就是將過去千餘年中於西藏得到發展的種種不同的密宗瑜伽修持傳統結合到一起。絳陽欽則旺布與工珠活佛二人仔細梳理了康區各教派中種種有名的、無名的灌頂儀軌與口傳傳軌,然後由工珠活佛與他的助手們一起編纂了一系列旨在彙總百家學説精華的、百科全書式的經、續、儀軌總集。其中最著名的有彙總噶舉派密續經論之《經傳密咒藏》(*bKa' brgyud sngags mdzod*)、彙總寧瑪派所掘伏

---

　　〔1〕 有關此類辯經手册之詳情參見 Guy Newland, "Debate Manuals (Yig cha) in dGe lugs Monastic Colleges," *Tibetan Literatrure*, *Studies in Genre*, Edited by Jose Ignacio Cabezon and Roger R. Jackson, Ithaca, New York: Snow Lion, pp. 202 - 216.

　　〔2〕 參見 Matthew Kapstein, "Mi-pham's Theory of Interpretation," *Buddhist Hermeneutics*, Edited by Donald S. Lopez, Jr., Honolulu: University of Hawaii Press, 1988, pp. 149 - 174.

藏寶法的《伏藏寶庫》(*Rin chen gter mdzod*)、[1]包羅寧瑪、噶當、格魯、噶舉、香巴噶舉、薩迦與覺囊諸派教法的《教誡藏》(*gDams ngag mdzod*),[2]以及囊括各大教派之儀軌文書的《修法集論》(*sGrub thabs kun btus*)等。此外工珠活佛還著作、發掘有《所知藏》(*Shes bya mdzod*)、[3]《不共秘密藏》(*Thun min gsang ba'i mdzod*)等卷帙浩繁的巨著。這些著作一旦被收集到一起,祇要一個人獲得其灌頂與隨許,它們就可以作爲一個整體而加以播傳。例如,儘管《伏藏寶庫》有 111 卷之巨,但若有人已得其灌頂,則此人即可以修持其中所包羅的成千上萬種修法、儀軌。憑依這種方式,宗派融和派的大師打開了千年來雪域各派大師所積累的所有修持正法之財富。從今往後,每一位修持正法之化機皆可以從中挑選適合自己之根器的修法,實現成佛之目的。這些包羅萬象的作品不僅成了宗派融和派大師之弟子們學法的標準教材,爲推動宗派融和運動作出了巨大貢獻;而且亦因此而使一些當時已行將失傳、日後更經歷無數劫難的教派傳軌和經典仍然能够完整地保存至今。

當然,宗派融和運動亦不僅僅是局限於藏傳佛教界精英分子範圍內的學術運動,它亦有其很強大的羣衆性。該派亦有不少善巧的大師致力於平常百姓中用他們喜聞樂見的形式與通俗易懂的語言來傳播佛法。例如被認定爲吉美林巴的轉世之一的巴珠活佛曾是一位遊方的瑜伽行者,行狀有類於 15 世紀的瘋僧,他曾造《大圓滿龍青寧提前行導引——普賢上師言教》(*rDzogs pa chen po klong chen snying tig gi sngon 'gro khrid yig kun bzang bla ma'i zhal lung*),用通俗的語言解《龍青寧提》之前行,成爲一部解釋大圓

---

〔1〕 *Rin chen gter mdzod.* 111 vols. Stod lung mtshur phu redaction, with supplemental texts from the dPal spungs redaction and other manuscripts. Reproduced at the order of the Ven. Dingo Chhentse Rinpoche. Paro, Bhutan: Ngodrup and Sherab Drimay, 1976. 德國波恩大學中亞語言文化研究所 Peter Schwieger 教授多年來從事對柏林國家圖書館所藏楚蕭寺版《伏藏寶庫》的編目、整理工作,至今已出版有詳細題解的目錄三册: *Tibetische Handschriften und Blockdrucke*, Teil 10, 11, 12, *Die mTshur-phu-Ausgabe der Sammlung Rin-chen gter-mdzod chen-mo, nach dem Exemplar der Orientabteilung*, Staatsbinliothek zu Berlin-Preussischer Kulturbesitz. Beschrieben von Peter Schwieger, Stuttgart: Franz Steiner Verlag, 1990, 1995, 1999.

〔2〕 *Gdams ngag mdzod: A Treasury of Instructions and Teachings for Spiritual Realization.* Compiled by 'Jammgon Kong-sprul Blo-gros-mtha'-yas. Reproduced from a xylographic print from the Dpal-spungs blocks. 12 vols. N. Lungtok and N. Gyaltsan, Delhi, 1971.

〔3〕 亦譯《知識總彙》、《遍及所知》等,全稱爲《乘門普攝經教寶藏三學善説論》(*Theg pa'I sgo kun las btus pa gsung rab rin po che'I mdzod bslab pa gsum legs par ston pa'I bstan bcos shes bya kun khyab*)。著於 1864 年,凡三函,內容含十品四十分之本頌及釋論二部。其十品爲:所化刹土情器世間立因品;能化大師云何興化品;聖教正法建立品;契經、真言、明處弘傳源流品;增上戒三律儀廣辨品;明處乘等聽聞品;思維發起增上慧品;觀修成就增上定理趣品;證受地、道行趣品與究竟解脱果位品等。參見 E. Gene Smith, *Introduction in Kongtrul's Encyclopaedia of Indo-Tibetan Culture*, Parts 1–3, Edited by Lokesh Chandra, pp. 1–87. New Delhi, IAIC.

滿法之甚深密義的普及類經典之作。[1] 其中有一章專論指引於死亡中有者之意識的
"往生"之法,這些原屬於噶舉派所傳之《那若六法》的一部分,經巴珠活佛的闡發,變成
於俗人中普遍流傳的一種修法。巴珠活佛還曾造諸如《始中末善説》、《答阿蒭室利》等
短篇,以簡明、通俗的方式闡發大圓滿法之甚深密義以及宗派融和運動的本質,其中
《始中末善説》以西藏人最基本和普遍的宗教行爲,即念誦六字真言的方式,概述整個
佛氏之大法。宗派融和運動吸引公衆之注意力的另一個方式是充分利用民間資源,即
遊牧民、農民的民間習俗,特別是安多、康區農牧民對格薩爾王史詩的熱衷。通常説來,
格魯派對格薩爾王史詩採取排斥的態度,而噶舉派與寧瑪派則視其爲佛法之乘,將格薩
爾王的故事視爲蓮化生大師之宏化的一種表現形式。早在 17 世紀,就有噶瑪洽美等上
師曾嘗試將當地的民間信仰結合到佛教的信仰體系中去。以後宗教圓融運動的上師們
發揚、光大了這一傳統,力圖以史詩爲弘揚佛法、特別是大圓滿法之方便。朵・欽則意
希多吉上師首次以格薩爾王史詩式的語言與風格,著作了一部解釋大圓滿法的釋論。
在此方面用力最勤的當數密彭尊者,此容後述。其後,當代一些著名的喇嘛、宗派融和
運動的傳人如主巴噶舉派上師八世康珠活佛敦月尼瑪(Khams sprul Don yod nyi ma,
1929 – 1980, 譯言日不空)、噶魯活佛(Kalu Rimpoche, 1906 – 1989)等上師,[2] 依然遵
循這一傳統,著述了不少格薩爾王史詩的新篇章。

二、密彭尊者之生平

密彭尊者於藏曆第十四勝生之火馬年(1864),生於四川德格土司轄下雅礱江畔之
定瓊,當即今石渠縣之雜渠卡地方。此地位於西康之極西北,與荒漠地相連,四時皆雪,六
月成冰,不産五穀,惟恃畜牧。其地遼闊、其人強悍,雖然自然條件極爲嚴酷,卻是出佛
學大師的地方。巴珠活佛的故鄉就在此地,周圍有各派寺院多座。尊者父名局・貢布
達捷('Ju mGon po dar rgyas, 譯言興盛怙主),傳爲望族後裔;母名星瓊瑪(Sing chung
ma, 譯言小妹),亦出身於當地官宦之家。其名諱密彭嘉措(Mi pham rgya mtsho, 譯言

---

〔1〕 書乃巴珠活佛根據吉美林巴最著名的弟子之一、大圓滿法《龍青寧提》之傳人吉美傑威紐古('Jigs med
rgyal ba'I my gu, 1765 – 1843,譯言無畏勝者之芽)之口傳寫成,意在圓融無礙地闡發藏傳佛教四大教派之教法精
義。此書已有一英文全譯本: Patrul Rinpoche, *The Words of My Perfect Teacher*, Translated by the Padmakara
Translation Group, Revised Edition, Boston: Shambhala 1998. 參見 Tulku Thondup The Dzog-chen Preliminary
Practice of the Innermost Essence: The Long-chen Nying-thig Ngon-dro with Original Tibetan Root Text Composed by
the Knowledge-Bearer Jig-me Ling-pa (1729 – 1798). Dharamsala, 1982.
〔2〕 當代於西方影響力最大的西藏喇嘛之一,爲噶瑪噶舉派活佛,被認定爲工珠活佛之轉世。有自傳傳世:
Kalu Rinpoche, H. E. *The Chariot for Traveling the Path to Freedom: The Life Story of Kalu Rinpoche*. Translated by
Kenneth I. Mcleod. San Francisco: Kagyu Dharma, 1985.

不敗海），乃其伯父班瑪達吉（Pad ma dar rgyas，譯言蓮花盛）上師所賜。尊者天生聰穎不凡，六七歲始受正規教育，讀誦《三律儀》等啓蒙經書，且初習陰陽曆算之學。十歲，能讀寫無礙，十二歲於康區寧瑪派六大主寺之一色慶寺之分寺局美霍爾密咒法洲寺出家爲僧，因其博學多才，人稱其爲“小沙彌學者”。年十五，始於局努的山間茅篷靜修十八月之久，主修妙吉祥文殊菩薩語獅子，且作丸藥儀軌，得殊勝祥瑞。據稱曾親見本尊文殊菩薩，故自此以後不管是顯密經續，還是大小五明，皆能過目成誦。自此以後，人習稱其爲絳公密彭，譯言妙吉祥不敗怙主。

19世紀60年代，受所謂瞻對變亂之累，密彭尊者於其十七歲那年隨衆遷往果洛避亂。約於1863/4年，復隨其舅父居桑往衛藏地區朝聖，先於格魯派最著名的大道場甘丹寺住了近一月，然而繼續往山南朝聖。於遍布寧瑪派勝迹之洛扎噶曲朝聖時，受聖地之加持得暖樂之體驗達數日之久，尋常顯現皆轉化爲空樂雙運。據稱尊者自幼即以文殊菩薩爲其本尊，格薩爾王爲其護法，此後十五年間，密彭尊者更對藏族史詩《格薩爾王傳》顯現出了極大的興趣，曾造《格薩爾金剛壽王之經文與口訣》（*Ge sar rdo rje tshe'i rgyal po'i gzhung dang man ngag*）、《召請格薩爾王之財運》（*Ge sar rgyal po'i g. yang 'bod*）、《格薩爾王之禱祀——速成事業》（*Ge sar rgyal po'i gsol mchod phrin las myur 'grub*）、《格薩爾王之禱祀》（*Ge sar rgyal po'i gsol mchod skor*）等多部有關格薩爾王崇拜的儀軌文書。作爲宗派融和運動的代表人物之一，密彭尊者踵迹前賢，試圖復興將格薩爾王作爲戰神來崇拜的傳統，爲此曾親自將一些口傳的格薩爾王史詩記錄成文，並試圖將其標準化。現於海外流行的林蔥版《格薩爾王傳》就是在其主持下編輯、刻印的。[1] 此外，他還用心鑽研過卜卦、曆算、醫方、工巧、欲論、詩學等學問。據稱他自幼對陰陽曆算之學有濃厚的興趣，十五歲時，獲《長音律占星經》之古本，即貫通無餘；自十七歲始，即以通星算勘輿之學而聞名。後復於淨相中獲《普見大長韻律水晶鏡》，亦曾造《時論續》之釋論二卷與其他有關星算之學的短論。他所造《詩鏡釋論妙音喜舞海》（*sNyan ngag me long gi 'grel pa dbyangs can dgyes pa'i rol mtsho*）廣泛引證印度史詩《羅摩衍那》（*Ramayana*）與《大事記》（*Mahabharata*），是理解18世紀與19世紀初詩學於西藏之發展的最好的資料。[2]

---

〔1〕 參見 Geoffrey Samuel, "Gesar of Ling: the Origins and Meaning of the East Tibetan Epic." *Tibetan Studies: Proceedings of the 5th Seminar of the International Association for Tibetan Studies*, Narita, 1989, Ed. By Shoren Ihara and Zuiho Yamaguchi. Narita, Japan: Naritasan Shinshoji, 1992, pp. 711－722.

〔2〕 參見 Gene Smith, *Introduction to Gzhan gyis brtsad pa'I lan mdor bsdus pa rigs lam rab gsal de nyid snang byed*, By Mi-pham rgya-mtsho: An Answer to Blo-bzang-rab-gsal's Refutation of the Author's "Sher le nor bu ke ta ka" and Its Defense, the Brgal lam nyin byed snang ba. Cangtok: Sonam T. Kazi, 1969, p. 7.

　　密彭尊者幼年學法時,康區的宗派融和運動方興未艾。按照他自己的說法,當時"有衆多新、舊密咒之善知識住世,乃一轉法輪之時代"。雖然嚴格説來,密彭尊者是一位寧瑪派的上師,但與同時期康區的大部分學僧一樣,他所接受的訓練是普世的、不分派的。他的幾位根本上師就是名噪一時的宗派融和運動的領袖人物絳陽欽澤旺布、工珠活佛羅卓塔耶、巴珠活佛吉美曲結旺布等。按其傳記的説法,"密彭尊者隨新、舊[譯密咒]之衆多善知識聽聞遠傳至今未曾間斷之一般經續密意疏解,特別是寧瑪派之大多數經典、伏藏,殊勝之《中觀莊嚴》與《辨中邊論》、《辨性法性論》、無垢友尊者之《文殊室利一百八名梵贊釋論》(*Manjusrinamasamgiti*)、《訣竅見鬘》、[修部]八教總別部等一切智上師之近傳不共通之續"。然而或許是現存傳記所載不詳的緣故,密彭尊者所依止的上師似並不很多,與絳陽欽澤旺布曾隨一百五十位上師學法相比,密彭尊者似更是一位無師自通的天才型學者。除了曾去前藏朝聖外,其學法、修法的主要基地不出康區,所隨上師亦都是康區的大德。他曾説過:"本人除於巴珠活佛座前聽聞《入菩薩行》智慧品之經教傳承外,其餘未曾與聞也。其後,端賴上師與本尊之恩情,不曾需要花大力氣,凡經書祇要念誦一過,即通達彼等之難解要義。於初學之時,覺新譯派之經書易懂,而舊譯派之經典難解。然即使不懂,仍深信於此等持明所傳之甚深經典中一定有悟解其義之大要義存焉,於此未曾有須臾之疑惑。是故,自己之智慧遂得完全成熟。以後再讀經書時,則見所有甚深要義惟存於舊譯派諸大寶傳軌所傳之教法傳統中,遂於彼生起殊勝定解。"可見,密彭尊者作爲寧瑪派上師之立場十分明確。

　　儘管如此,密彭尊者之根本上師乃薩迦派的絳陽欽澤旺布,據稱後者"視其爲唯一心傳弟子,先賜以修瑪底系白文殊菩薩之隨許,爲其打開法門。隨後即將衆多共與不共之經論、近傳顯密經續中殊勝之部、大密金剛乘一切經典、伏藏與淨相所傳爲成熟解脱所依之法,一切口訣、修規、直接傳授等悉數賜予,狀如滿瓶傾瀉"。如前所述,絳陽欽則旺布上師是貫通藏傳佛教各派教法精義、獲八種大車之傳承,得七種應機之典型的不分派大師,亦是一位多產的伏藏師與大圓滿法之重要傳人。雖然密彭尊者之傳記中並沒有提供師徒作教法授受之具體細節,故對尊者隨其所學內容不得其詳,可以想見的是,追隨絳陽欽則旺布這樣一位學貫八大傳軌的大師亦就等於同時追隨不同教派的幾十位上師,可以學到藏傳佛教所有教派之殊勝之法。據稱絳陽欽則旺布上師曾選良辰吉日將包括大小五明在內的顯密經續中凡屬流傳不廣而又意義重大者請供於一供桌之上,再於供桌之前置一高座,座上畫有五行曆算圖,請密彭尊者上座,對他説:"是等佛典之教誡,今全託付於爾。從今往後爾當行授受、辯論與著作等智者三事以弘揚之,俾其世代相傳而不失壞。"説畢即爲尊者灌頂,封其爲法主,且以自己的長耳通人冠相贈,確立了密彭尊者爲其衣鉢傳人的地位。如前所述,於宗派融和派之教法授受傳統中,人若一次得到了經論總集之灌頂,便得到了修持、傳播經集中所包羅的所有義理、修法之隨許。是故,密彭尊者隨絳陽欽澤旺布一位上師,就不但已經學到了藏傳佛教中的諸子百家之學,而且也獲得了修持、傳授這些學説、修法之合法許可。亦正因爲如此,儘管密彭尊者之生平事迹與學術見地無不顯示出明顯的寧瑪派色彩,然而卻仍然與其根本上師齊名,被普遍地認爲是一位宗派融和運動的領袖人物。密彭尊者之著名弟子中包括了寧瑪、噶舉、薩迦、格魯等各派之上師。

當然,密彭尊者所依止的上師遠非絳陽欽澤旺布上師一人,他亦曾隨工珠活佛學習旃陀羅波聲明論、西藏醫學著作《洗練水銀傳軌》等共通明處與《妙吉祥文殊》、《壽主》、《似鐵毒鐵》等不共成熟解脱部之經教;隨巴珠活佛聽聞《入菩薩行》之經教,特別是其中的第九品智慧品,巴珠活佛是當時西藏最有名的《入菩薩行》專家,平生曾傳此法上百次,雖無自造《入菩薩行》釋論傳世,然其心傳弟子土登曲結扎巴所造《入菩薩行釋論——佛子功德妙瓶》(sPod 'jug 'grel bshad rgyal sras yon tan bum bzang)被認爲是藏地同類釋論中最殊勝者之一;密彭尊者亦曾隨薩迦俄爾派上師羅泰旺布(Ngor pa dpon slob Blo gter dbang po, 1847–1914,譯言智藏自在)聽聞薩迦班智達所造《量理寶藏》(Tshad ma rigs gter);隨竹慶寺堪布班瑪多吉聽聞《龍青寧提》等大圓滿法與其他顯密經續;隨司膳班瑪聽聞《慈氏五論》、《菩薩地經》等顯乘經教傳承;隨局温·吉美多吉聽聞《集經》之經教傳承、隨本賽格西阿旺瓊肅('Bum gsar dge bshes Ngag dbang 'byung gnas,譯言十萬金格西語自在源)聽聞《入中論》等經教;隨格魯派上師石渠拉然巴格西土登聽聞《俱舍論》之經教等。雖然限於資料,我們無法知道密彭尊者學法之詳細過程,然而可以肯定的是,其所學内容已遠遠超出寧瑪派一家之法。與宗派融和派的其他大師一樣,密彭尊者抛棄門户之見,於各家不厚此薄彼,而是兼融並蓄。其所隨學法之上師中有不少實際上是他的外派弟子,這充分反映了尊者虛懷若谷、從善如流的高尚品德。他的博學得到了時人之肯定,其三位主要上師皆給予極高的評價。絳陽欽澤旺布曾説:"於此時此土,無有比密彭尊者更賢善之人。"博學如工珠活佛者,亦不但稱其爲"摩訶班智達密彭嘉措",而且反過來向密彭尊者求得其所造《釋量論》與《修部八教》釋論之教授傳軌。有人曾問巴珠活佛説:"密彭上師與爾二人孰個更爲善巧?"巴珠活佛答曰:"於顯乘經部我倆不分軒輊,於密乘續部則僅有眼睛開合之差別,密彭上師比我善巧。"三位當時最卓越的上師都如此推重密彭尊者,其中緣由當不祇是出於自謙與對其高足之厚愛而已。青出於藍而勝於藍當是事實。竹慶寺堪布班瑪多吉活佛甚至以爲，若論智慧之力、證悟之功德，教、理之殊勝，則誰亦無法於密彭尊者與一切智法王〔龍青巴〕之間分出高低。於寧瑪派的歷史上，密彭尊者與絨松班智達、龍青巴齊名，是該派的三大學者之一。其賢名顯然蓋過了同時代的所有其他學者。

按照西藏的傳統，評論一位上師是否是一位好學者的標準是要看其如何實踐授受、辯論與著述等所謂智者三事（mkhas pa'i bya ba gsum），即看其是否有嫻練理路的智力、以經義爲教誡之行持，以及擅長辭令的口才。衆所周知，密彭尊者的名著之一就是指導讀者如何成爲一個佛教學者的《智者入門》（mKhas pa'i tshul la 'jug pa'i sgo zhes bya ba'i bstan bcos），當深諳箇中之理，其一生之事業、成就即於雪域樹立了一座理想型學者之豐碑。除了博學多聞、著作等身以外，密彭尊者之口才亦常爲人稱道。其著作雖具鮮明的打破門户、相容百家的宗派融和運動色彩，但於許多關鍵的問題上仍然旗幟鮮明地捍衛寧瑪派的根本大法，爲此亦曾引起不少諍論，特別是與格魯派的激烈對峙。其中最典型的例子是其因造《入菩薩行》第九智慧品之釋論而引發的與格魯派上師的口舌之爭。印度著名佛學大師寂天所造《入菩薩行》闡述如何發菩提心、修六度萬行、以布施、守護、淨化與增長身、財、善根等方式利濟衆生等菩薩行之大乘道次第，共十品，深得藏地學僧喜歡，尤爲格魯派所重。迄今共有十一部藏人所造釋論傳世，其中五部出自格魯派上師之手、包括第十四世達賴喇嘛所造一種，兩部出自薩迦派，三部出自寧瑪諸派，分別出自賢潘塔耶（gZhan phan mtha' yas，1800 -?，譯言利他無邊）、密彭尊者與其弟子貢公桑班丹之手。這些釋論中對前八品的解釋大同小異，主要的宗見差別於第九智慧品中始見分曉。[1] 密彭尊者隨巴珠活佛聽聞《入菩薩行》之第九智慧品，時雖僅五日，然融會貫通一切詞、義之分，於 1878 年 9 月於噶陀寺造《智慧品詞義易明疏——澄水寶珠》（Shes rab kyi le'u'i tshig don go sla rnam par bshad pa nor bu ke ta ka），前後僅花了十一天時間。該論以巴珠活佛所説爲基礎，辯駁内外諸宗之偏執與過失，抉擇開示了中觀應成派究竟了義之善説。其主要特點是將《智慧品》用作教人如何打座修持之基礎，並將它解釋爲"一種對於完全證悟無分別智中獲大圓滿頓悟修法的説明"（an exposition of the Dzogchen methods of immediacy in the total realization of non-conceptulization）。[2] 然當此釋論傳至格魯派諸寺時，卻於信守宗喀巴學説之黄教上

〔1〕 詳見如石，《入菩薩行導論》，臺北：諦聽文化事業有限公司，1997 年。
〔2〕 語見 Gene Smith, 1969, p. 5.

師們中間引起了巨大非議。據傳拉薩三大寺甚至曾集合僧衆，修大威德金剛"六十鐵城"等威猛誅法及"心經回遮"等顯密降伏法，大有必欲置其於死地之勢。這充分反映出教法見地之差別所引起的門户之間的衝突、仇恨可以尖鋭到何等程度。然而，密彭尊者並没有被格魯派之氣勢所嚇倒，面對格魯派上師的口誅筆伐，他堅持己見，沉着應戰，最終贏得了對手們的敬重。首先就此論與密彭尊者唇槍舌戰的是一位名賈巴朶阿（’Ja’ pa mdo sngags）的格魯派學者。他認定尊者所造智慧品釋論多有不合理之處，故央巴珠活佛作中人，於 1878 年至 1880 年之間的某個時間，與密彭尊者大開法諍。辯諍時，雙方各執己見，針鋒相對，然未決勝負。隨後，二人復應巴珠活佛之請，就賈巴朶阿所造《大圓滿智慧總色》（rDzogs chen ye shes spyi yi gzugs）作辯論，這回密彭尊者獲勝。後，復有另一位來自哲蚌寺的格魯派上師哲霍扎嘎活佛羅桑班丹丹增念扎（Tra hor Brag dkar sprul sku Blo bzang dpal ldan bstan ’dzin snyan grags，譯言具智慧吉祥持教譽稱）與密彭尊者重開論諍。[1] 1889 年，密彭尊者收到了扎嘎活佛題爲《説甚深中觀要義——明慧歡喜之語》（Zab mo dbu ma’i gnad brjod pa blo gsal dga’ ba’ i gtam）的書面進攻，密彭尊者馬上造《答辯自作顯現》（brGal lan nying byed snang ba）予以反擊，無異於火上澆油。扎嘎活佛的再次回應題爲《再答密彭南傑之諍論——發邪見之内血之催吐劑》（Mi pham rnam rgyal gyis rtsod pa’i yang lan log lta’i khong khrag ’don pa’i skyug sman），僅從這標題讀者就不難嗅覺其血腥味。以至於密彭尊者不得不退出與其之論戰，改爲與甘青藏區有名的格魯派上師、第十三世達賴喇嘛的副經師羅桑繞賽（Blo bzang rab gsal，1840－1910，亦作dPa’ ris rab gsal，時漢音譯作華鋭熱布薩）進行尖鋭而不失友善的辯論。二人雖以筆爲劍，輪番出擊，見地之差異無法完全消除，[2] 然彼此間已成了心心相印的朋友。羅桑繞賽稱讚密彭尊者爲"大寶佛法，特別是舊譯密法之唯一莊嚴"。另一位曾親見尊者辯經的格魯派格西、來自哲蚌寺的康瑪爾巴（Khang dmar ba）亦對密彭尊者之無礙辯才甚爲佩服，稱其爲"智者之王"、"最勝佛子妙吉祥勇識智慧幻化之化現"，説他理應被請上爲名列聖地六莊嚴的陳那與法稱法師所設的獅子座。顯而易見，雖然密彭尊者之見地並不完全爲格魯派接受，然作爲一名傑出的學者則是世人共贊，有口皆碑。

當然，若祇是一位好的學者還不足以成就爲一名傑出的大師，藏傳佛教之大師必須同時具備賢、正、善三種成就（mkhas btsun bzang gsum），即於爲才識精湛、於一切所知

---

〔1〕　哲霍扎嘎活佛，1866—1929 年，其簡傳見於《西藏歷史人物簡介》，頁 968—970。
〔2〕　參見 Gene Smith，1969.

明處不迷亂的學者的同時,還必須是一位德行謹嚴、於三門之律儀戒清淨的正者[行者],一位心地善良、具利他之清淨增上意樂的善者。由於寧瑪派特別重視修行,認爲僅以聞思而非由實修體會,則難知勝者之究竟密意,是故不僅要學,而且更要修,於以聞思斷除增益後就應當追隨往昔之聖者作解脫之行,祇有學修結合才能造就真正的大師。密彭尊者之所以被稱爲大師,即是因爲他不僅學有所長,而且修有所成。當他年僅十五六歲時,就已經於局努山間茅棚中一次潛修其本尊文殊菩薩儀軌長達十八月之久,得開智慧之門。其後隨上師聽聞學成之後,更於其名爲噶摩達倉(dKar mo stag tshang)之修行處,一次連續潛修達十三年之久,據稱其間之"大部分時間每日祇享用供茶兩回,一心惟以念修爲主課,於無偏無私之唯一空閒處,遠離雜亂散逸與世間八法之戲論,畢生豎起了修行之勝幢"。於其各種長短不一的傳記中,都記載有尊者修行中所顯現之種種不可思議之祥瑞與功德,如因親見本尊而圓通經續要義、修長壽儀軌令壽水夏日不腐、冬日不凍、爲德格公主招魂、令其起死回生、於石渠修阿底瑜伽三年,成無影之身,自由出入牆石之間、修護法儀軌時,格薩爾王現身護住並作供養等等。而其修行所得之最殊勝之功德當爲其意藏之發掘,密彭尊者並没有像他的上師絳陽欽澤旺布、工珠、班珠活佛等一樣,開取衆多地下之伏藏,然而他亦被公認爲是一位傑出的伏藏師,甚至被尊稱爲"伏藏導師之王",祇是他所發掘的不是地下之伏藏,而是心間之意藏。據稱,因修持光明大圓滿本淨立斷(ka dag khregs chos)與任運頓超(lhun grub thod rgal)之究竟,故一切甚深密意,如生起、圓滿、訣竅、事業等以前所無之甚深法要,自然從密彭尊者之意藏中流出,於是不需作大修正、花大力氣即可造一部部殊勝釋論。從這個意義上説,密彭尊者所造大論與龍青巴所造《三安息》、《七大藏》等密意寶藏論典一樣,原本乃伏藏之一種——意藏,其需要與功德殊勝於普通之論典。換言之,密彭尊者所造諸大論本身就是諸佛密意之自然流露,祇不過是借其手筆披露人間而已。據稱他曾告其同門法友曰:"凡我所造之念誦儀軌之類,無一乃隨己意所造而不具有殊勝意義,是故,孰個若念誦之,則定得巨大之功德與加持。"

今日,密彭尊者早已聲名遠揚,其於教法之非凡成就亦常爲人所津津樂道。然於其有生之年,尊者卻始終與清貧爲伍,未曾得享一日之榮華富貴。雖然尊者於世出世法事事留心,亦曾爲德格土司阿旺絳班仁欽(Ngag dbang 'jam dpal rin chen,譯言語自在妙吉祥大寶)等權貴之上師,甚至有《王道論——統治四方之美飾》(*rGyal po lugs kyi bstan bcos sa gzhi skyong ba'i rgyan*)一類的著作傳世,與其他宗派融和運動之領袖人物一樣,於康區的世俗政治,密彭尊者亦有一定的影響力。然而尊者以利益正法、有情爲生命之所歸,於個人則八法一味。據稱尊者生活極爲儉樸,常年身穿一件被煙熏黃的老皮襖,飲食則滿足於糌粑粗茶,一生四處雲遊,居無定所,生活習慣有類於其上師巴珠活佛。他沒有建立屬於自己的寺院,其最固定之居處即是其煉洞噶摩達倉,身邊亦常寂寞,無衆多弟子、眷屬圍繞侍應,還常年受疾病折磨。於其圓寂前幾天,尊者向其弟子透露他是乘願再來的菩薩,本期對正法、有情,特別是舊譯密法作大利益,然而生不逢時,因寧瑪派諸子福分淺薄,故令其遭遇不少障礙,故不敢思想曾作過任何利益。唯一可以告慰自己的是曾造種種釋論,或可利益正法、有情。毫無疑問,密彭尊者於西藏佛教之最大功德莫過於其留下的上千卷著作,它是藏傳佛教千餘年發展之精華所在,是尊者留給後世的最寶貴的精神財富。除此之外,密彭尊者亦是一位有教無類、誨人不倦的上師,生命不止,説法不息。當其寫好遺囑,準備往生淨土之時,見弟子公桑班丹攜噶陀寺新版《時輪續》來訪,當即堅持要爲其傳授時輪續之傳軌,連續八天説法授受,至其圓滿時離其圓寂祇剩有最後四天時間。是故,尊者一生培養弟子無數,當時康區寧瑪、噶舉、薩迦,乃至格魯等各派之大寺院,如噶陀、八蚌、白玉、竹慶、協慶、德格更敦、格芒、仲薩等寺之住持、説法上師,以及多珠、司徒、木若、阿沖徒、古如、噶瑪陽賽等當地著名的轉世活佛等幾乎都曾是其弟子,而這些弟子中的絕大部分秉承尊者宗派融和的主張,繼續其未竟之事業。他無疑是絳陽欽澤旺布、工珠、巴珠活佛等首倡宗派融和運動諸大師之後,承上啓下,踵事增華,爲該運動的進一步深入與發展提供了可靠保證的最重要的大師。

密彭尊者圓寂於藏曆水鼠年 4 月 29 日,公元 1912 年 6 月 14 日。身後至少有三位轉世被認定,他們是密彭尊者之侄孫兒協慶密彭、末代德格土司才旺朵都(Tshe dbang bdud 'dul, 1915－1942,譯言壽自在伏魔),以及瓊波密彭(Khyung po Mi pham)等三人。

三、密彭尊者之著述

如前所述,密彭尊者於西藏佛教之最大功德莫過於其留下的上千卷著作。於藏傳佛教的歷史上,各個教派中都曾出現過很多傑出的學者,他們或翻譯、或著作,留下了成千上萬卷的藏文佛經翻譯與釋論,現存藏文大藏經從數量上僅次於漢文大藏經,是佛學研究的寶庫。而於寧瑪派的傳統中,雖亦曾出現過像絨松班智達、龍青巴這樣的大學者,但總的説來他們不以學、而以修見長,從來沒有形成像薩迦、格魯派這樣嚴格的以寺院爲載體的經院制度。就像格魯派以嚴守寺院戒律與擅長闡發佛教哲學義理聞名,寧瑪派則以金剛密乘之修法,特別是大圓滿法知稱。寧瑪派中修行有術的大成道者層出不窮,而被他派共許之傑出學者卻寥寥無幾。而密彭尊者是個明顯的例外,拜宗派融和運動之賜,他所學所修皆遠遠超出了寧瑪派傳統之局限,他對因明、中觀等顯乘義理之精熟不遜於任何同時代的格魯派學者,他的無礙辯才更是有口皆碑,他所造諸顯密經續之釋論關涉藏傳佛教義理與實踐的每個方面,雖數次引起諍論,然而它們不僅捍衛、發揚了寧瑪派自身的修、學傳統,而且也爲減少與薩迦、噶舉,乃至格魯派在教法精義方面的差異,創造一個各派求同存異、美美與共的宗派融和氣氛作出了極大的貢獻。正因爲有了密彭尊者,寧瑪派的傳統纔獲得了重新界定,它不祇是一個祇重修行、不問義理的山林隱士派,而且也是一個説法、辯經、著述樣樣在行的經院大師派。密彭尊者之後當代著名的寧瑪派大師如敦珠法王、狄郭活佛等亦無不一身兼具山林隱士與經院大師兩種風采。

密彭尊者之著述大致可以分爲如下四大類: 1. 加持入門起信之讚頌、傳記類,如《文殊贊・加持大庫》、《聖八吉祥頌》、《釋迦牟尼本生・白蓮花傳》、《八大菩薩傳》等; 2. 斷除普通所知增益之共通明處類,如《梵藏對照大論》、《醫方四續釋論》、《工巧明・寶匣論》等;3. 解脱道入門之甚深廣大内明類,如《智者入門》、《別解脱經講義》、《三戒一體論》、《俱舍論句疏》、《中觀莊嚴論疏——文殊上師歡喜教言》、《中觀見甚深指引》、《時輪金剛續疏》、《般若攝要頌與現觀莊嚴論合解》、《辨性法性論疏——辨別本智顯現》、《量理寶藏釋論》、《密集五次第釋論——雙運摩尼寶燈》、《八大法行講義》、《訣竅見釋論——摩尼寶藏》、《金剛七句・白蓮花釋論》、《大圓滿見歌・妙音悦聲》等; 4. 正法住世、安樂常遍、任運緣生之回向發願祝福類,如《舊譯密法弘揚願文》、《吉祥山願文——智慧密道》、《極樂願文》、《文殊大圓滿基道果無二之願文》。[1] 其中之精

---

〔1〕 密彭尊者著作之收集與出版於其身後不久就已開始,密彭尊者生前曾指定其弟子、協慶寺攝政班瑪南傑(Zhe chen mchog sprul rGyal tshab Padma rnam rgyal)負責爲其整理文稿。班瑪南於1926年圓寂,其後密彭尊者之另一位弟子、竹慶寺住持公桑班丹開始接手這項巨大工程,不少密彭尊者未完成的著作,如《俱舍論》與《入中論》之釋論等實際是由其弟子們根據其所列綱目補充而成。自1928年開始,密彭尊者的著作於德格印經院刻印,其間幾經周折,它不但得到了德格土司之全力支持,而且亦得到了拉薩政府的資助。至1937年,密彭尊者之全集基本刻印完成。但是迄今爲止實際上並沒有一個完整的《密彭尊者全集》,所出幾種全集版實際上都不完全。1940年,末代德格土司、密彭尊者之轉世之一才旺都度授命刻印1937年德格版《密彭尊者全集》之 cha 函。目前收集最全的當數於上個世紀70年代於海外陸續出版的《吉祥怙主局・密彭嘉措著作全集》(Collected Writings of 'Jam-mgon 'Ju Mi-Pham rgya mtsho, Gangtok: Sonam Topgay Kazi)。晚近狄郭活佛重版了德格版《吉祥怙主局・密彭嘉措著作全集》(Collected Works〔gsungs 'bum〕of 'Jam mgon 'Ju Mi pham rgya mtsho, Ed. Dilgo Khyentse Rinpoche. Kathmandu: Dilgo Khyentse, c. 1990)。此外亦有兩部密彭尊者之著作目錄,一部是絳陽羅卓嘉措哲瑪美巴班('Jam dbyangs blo gros rgya mtsho dri ma med pa'I dpal,譯言妙音慧海無垢吉祥)所造《語獅子不敗十方尊勝著作目錄——稀有寶鏡》(Smra ba'i seng ge mi pham phyogs las rnam rgyal gyi gsung rab rnams kyi bzhugs byang ngo mtshar nor bu'i me long),見於 Materials for a History of Tibetan Literature, Part I,(New Delhi: International Academy of Indian Culture, 1963)與 Sonam Topgay Kazi 版《吉祥怙主局・密彭嘉措著作全集》卷八,頁643—673。這部目錄完成於1937年,即是德格印經院於是年完成之密彭尊者全集刻版的目錄。另一部是公桑班丹所著密彭尊者傳記之一部分,題爲《雪域唯一語獅子妙吉祥怙主密彭嘉措傳記攝要與論典目錄——舊譯正法之具美莊嚴》(Gangs ri'i khrod kyi smra ba'i seng ge gcig pu 'jam mgon mi pham rgya mtsho'i rnam thar snying po bsdus pa dang gsung rab kyi dkar chag snga 'gyur bstan pa'i mdzes rgyan zhes bya ba bzhugs so),見於 Sonam Topgay Kazi 版《吉祥怙主局・密彭嘉措著作全集》卷七,頁665—731;乃公桑班丹根據散見於協慶、竹慶、噶陀、仲薩、阿沖曲噶(A 'dzom chos sgar)、班覺崗(dPal 'byor sgang)、霍爾拉噶(Hor La dkar)等寺院中的密彭尊者之各種著作撰成。

華爲第三解脫道入門之甚深廣大内明類。儘管寧瑪派與格魯派等其他教派相比重修輕學，然而其寺院内學僧所學的内容與其他各派相比實際上並没有很大的區別，都是以二勝六莊嚴等印度佛學大師所造諸大論爲基礎，其不同之點衹不過在於其所用教本之不同。於寧瑪派寺院中，所用教本以本派學者之原著爲主，兼用他派與早期印度學者之釋論，雖亦有辯經，但不經常舉行。而於格魯派寺院中，所用教本皆爲本派上師根據宗喀巴及其主要弟子所造諸論改編，學僧衹需背誦這些教本而不需要學習原著就可以應付日常的辯經，這些教本不但漸漸成爲死板的教條，而且也成爲判定不同寺院間之不同學法傳統的嚴格分野，甚至同一寺院内不同扎倉之間也因爲有這些不同的教本存在而人爲地劃分出此疆彼界。就像寧瑪派以密宗修法、特別是大圓滿法爲其傳統之認同一樣，格魯派即以其教本爲確定其教法與社會認同之基礎。爲了打破這種僵化、教條的學經模式，消除各派因對某種義理之不同解釋而引起的激烈衝突，宗派融和運動的領袖們即以回歸元典爲號召，鼓勵其弟子直接研讀二勝六莊嚴等印度大師之原著，並重造釋論。在這種大背景之下，密彭尊者奮勇精進，筆耕不倦，所造釋論幾乎覆蓋了印度佛學大師們留下的有關大乘佛法的所有重要大論。

關於其造諸論之動機、過程與方法，密彭尊者自己曾給予明確的交代，他説："彼時，怙主持金剛欽澤活佛令我造自宗之論典（bstan bcos），爲完成上師之命，且串習自己之智慧，一心惟以大寶佛法爲念，遂造幾部顯乘等之論典。於彼之時，我强調自宗之主張，略作解釋。他派以此爲能破，故後來出現不少他派對此等釋論之辯論文章。事實上，本人之動機衹爲完成上師之命，復念今日之舊譯密法已成畫中之油燈，模仿他宗之傳軌者多，而有意分別、追究自宗之要義者鮮有其人，故思造此等論典或可有所利益。除此之外，若嫌憎外派、自吹自擂之念頭則於夢中亦未曾生起過。雖於具慧眼者衆目睽睽之下，亦無有羞愧。於此等論辯文章之著述，本人既未得聖人之法，何以能够證悟一切甚深所知，此如所云：論議所依不定故，不遍假有具厭離。然凡合理與不合理，本人皆依止善逝之無垢佛語與彼之密意注疏，即聖地與雪域諸大師之語燈。若自己於合理與不合理之相稍作伺察，雖尚不可説孰個利益於孰個，然亦可於他人有所利益。倘若自己不能證悟，或作邪分別，則必沾染佛語與甚深密意注疏，遮斷自己之解脫道之門不説，還將衆多他人引入歧途，令其永久遭殃，罪惡之大，莫此爲甚。諸具法眼者若與清淨教、理隨順而破斥他見，即乃我之所依，如同醫生一般。若因嫌憎而起破斥，則萬不可作。是故，我以公正之心，發如許議論。"密彭尊者這段話，無疑爲宗派融和運動派上師所號召的重回元典、依止佛語與聖地諸大師所造大論之本意重新解釋佛經，以解決各派之間的諍論提供了一個很好的注腳。華人習慣於以所謂"讀書破萬卷,下筆如有神"來形容讀書與著作的因果關係,衹有孤燈隻影,讀書萬卷,方能文思泉湧,筆走龍蛇。事實上,用這句話來形容西藏傳統中對讀書與寫作之關係的認識則更爲傳神。於西藏佛教學者而言,光讀書萬卷還不足以給其以動筆造論的資格,更重要的是要有神助。衹有在修證時於淨相中親見本尊、獲得造論之許可之後方可伸紙捉筆,亦衹有如此纔能達到"下筆如有神"的境界,因爲此時之作者已與其本尊合二而一,他所充當的角色不過是其本尊神之傳聲筒而已。西藏佛教史上的名篇巨著無一不聲稱是在得神助之後纔隆重推出的,於這一點上,舊派新派概莫能外。例如宗喀巴大師之名著《中觀根本智釋論——正理海疏》就是於文殊菩薩顯聖消釋一切疑難之後纔寫成的。密彭尊者平日手不釋卷,且過目成誦,曾前後七次通讀甘珠爾經,讀書神速,近侍弟子常常來不及爲其搬書,據稱於侍奉一壺茶之功夫,尊者可將一部丹珠爾經逐卷閱過。每次聽聞説法授受之後,即能從頭到尾複述一遍。其造論之經過同樣神速、稀有,據稱其造闡發寧瑪派大圓滿法之名著《決定寶燈》(*Nges shes rin po che'i sgon me*)時,年僅七歲;他造《入菩薩行智慧品釋論》前後僅用了十一天時間。按照他自己的説法,"於彼前後各經卷之殊勝等諸不共甚深要義者,亦於住於不觀經書等念修之時打開明根,復賴上師與本尊之加持自然於心中先起,故惟有造論一途,無法不寫"。其傳記作者稱讚其"具有改救之稀有功德之論典,從不沾染相違、重複、不相關、不圓滿等過失之污垢,聲韻、詞章、綴文等句之所詮皆稱完美,教、理與訣竅之一切甚深要義亦盡善盡美。以瑣小論議之理作長時間思量亦難通達之所詮甚深、堅實、廣大。其所造諸密意大論可與聖地之大阿闍黎二勝六莊嚴等,以及雪域之善言大獅子一切智龍青巴與絨松班智達等所造諸大論媲美。然當其著作之時,則不須觀思他人之作,亦不觀待筆記,造論之速如變魔術,此可明見於其各部大論之跋尾中。此等甚深、敏鋭、廣大、不可思議之智慧與辯才,勿論如今之普通善知識,即便於雪域蕃地迄今爲止實亦未曾出現過孰個可與其比量者"。或曰:"這位聖者所説以三部内續瑜伽爲主之諸大論者,文義並妙、不共圓滿、清淨純熟,其對大覺仙佛所説、開許與加被之正語與彼之密意之甚深釋論,與聖地之二勝六莊嚴以及八大成就持明等所造諸大論於文義之分則無絲毫之不同。"密彭尊者所造諸論所獲評價之高於此可見一斑。

　　密彭尊者的著述於其生前曾引起轟動,至今亦引起了越來越廣泛的注意。自上個世紀 70 年代其全集於海外出版以後,他的不少著作已被西方學者譯解。最早對密彭尊者的著作作研究的西方學者是 Gene E. Smith 先生,他不僅率先注意到了 19 世紀於康區展開的宗派融和運動的意義,而且亦對密彭尊者於此運動中的作用予以特別的關注。他對密彭尊者與羅桑繞賽之間就《入菩薩行智慧品釋論》進行的筆戰作了詳細的介紹與評論。其後,德國藏學家 Dieter Schuh 先生,爲其所收集到的密彭尊者之著作編目,並根據各書之跋尾撰寫了簡短的題解。[1] 密彭尊者的著作亦已開始被翻譯成英文,以供西方學佛弟子修法之參考,例如塔堂活佛翻譯的《淨治心行各各伺察修輪》(*Sems kyi dpyod pa rnam par sbyong ba so sor brtag-pa'i dpyad sgom 'khor lo ma zhes bya ba bzhugs so*)、《中觀見甚深指引》(*dBu ma'i lta khrid zab mo bzhugs so*)等。[2] 美國學者 Steven D. Goodman 以研究密彭尊者之生平著述爲其學位論文主題,發表有專文全面介紹其生平、著述。[3] 在密彭尊者之著作中,較早爲人注意的有《智者入門》,此書是繼薩迦班智達公司監藏(Sa kya Pandita Kun dga' rgyal mtshan, 1182 – 1252, 譯言普喜勝幢)所著《智者入門》(*mKhas pa rnams 'jug pa'i sgo*)之後唯一的一部同類著作,薩班的著作按授受、辯論與著述等所謂智[學]者三事分成三個部分,教導出家的僧人如何學而有成,成爲一名智者。而密彭的著作雖然亦分成三大品,然其所及内容要廣泛得多。其三品分別是:1. 廣説廣大所知十明處之目(rgya che ba mkhas bya'i gnas bcu'i rnam grangs rgyas par bshad pa);2. 如理抉擇甚深大乘四戒之義(zab pa theg pa chen po'i sdom bzhi'i don rigs pas gtan la phab pa);3. 以四正明善持如是各各甚深廣大之法(zab cing rgya che ba'i chos de lta bu so sor yang dag par rig pa bzhi'i sgo nas legs par 'dzin tshul)。早在 1963 年,此書之單行本就已於海外出版,[4]其後又出版了由噶陀寺堪布努丹(mKhan chen Nus ldan, 譯言大堪布具力)所造《智者入門釋論》。[5]不僅 Goodman 曾在其論文中羅列了《智者入門》一書之細目,而且還有 Leslie S. Kawamura 亦於同一論文集中發表文章,詳細分析密彭尊者的《智者入門》一書之内容與結構。[6] 在同一論文集中還收録有 Kennard Lipman 對密彭尊者之《中觀莊嚴論疏》(*dBu ma rgyan gyi rnam bshad*)一書的研究論文,此文之附録爲密彭尊者《入菩薩行智

[1] Dieter Schuh, *Tibetische Handschriften und Blockdrucke sowie Tonbandaufnahmen Tibetischer Erzaehlungen*, Bd. 5, (Wiesbaden: Franz Steiner Verlag, 1973).

[2] *Calm and Clear*, Translated from the Tibetan with commentary by Tarthang Tulku, Dharma Publishing 1973; 還有 Leslie S. Kawamura 翻譯的 *Golden Zephyr*, (Dharma Publishing 1973)等。

[3] Steven D. Goodman, "Mi-pham rgya-mtsho: An account of his life, the printing of his works, and the structure of his treatise entitled m Khas pa'i tshul la 'jug pa'i sgo," *Wind Horse*, Proceedings of the North American Tibetological Society, Vol. One, Ed. Ronald M. Davidson, Berkley 1981, pp. 58 – 78.

[4] *Mkhas-pa'i tshul-la 'jug-pa'i sgo*, Ka-sbug [Kalimpong]: gSung-rab nyams-gso rgyun spel-bar khang, 1963.

[5] MKhan chen Nus ldan, *mKhas-pa'i tshul-la 'jug-pa'i sgo'i mchan-'grel legs-bshad snang-ba'i 'od zer*, Delhi: Lama Jurme Drakpa, 1974.

[6] Leslie S. Kawamura, "An analysis of Mi-pham's mKhas-'jug," *Wind Horse*, pp. 112 – 126.

慧品釋論》第二節的英譯文。[1]《智者入門》之英文全譯本晚近亦已於香港出版。[2] 密彭尊者的《辨性法性論——辨別本智顯現》（*Chos dang chos nyid rnam par 'byed pa'i tshig le'ur byas pa'i 'grel pa ye shes snang pa rnam byed bzhugs*）依寧瑪派"了義大中觀"見地，詮釋彌勒菩薩瑜伽行中觀密義，且着重由實修層次來理解論旨，令《辨性法性論》與密乘修習無間配合。此論不僅是可與世親等上師所造《辨性法性論》之釋論相媲美的一部重要哲學著作，而且亦反映出了宗派融和運動調和、聯結哲學與實修之嘗試。迄今已引起了多位學者的注意與研究，除了上述邵頌雄先生之漢譯詮釋外，亦有 Raymond Robertson 先生之未刊英譯文，[3] 以及德國學者 Klaus-Dieter Mather 的德文譯注本。[4] 除了這些印度聖者所造大論之釋論外，密彭尊者專論寧瑪派根本大法——大圓滿法，及其藏傳佛教中中觀哲學之解釋傳統與大圓滿法之關係的重要著作《決定寶燈》（*Nges shes rin po che'i sgron me*）亦已由美國學者 John Whitney Pettit 翻譯成英文出版，Pettit 先生的著作圍繞密彭尊者之生平、著述以及《決定寶燈》一書，對藏傳佛教傳統與大圓滿法作了全面的描述，對密彭尊者之佛學思想於整個西藏佛教哲學中的地位作了明確的總結。[5] 談錫永上師亦已將《決定寶燈》翻譯成漢文，並從實修角度對此書所述的有關中觀哲學與大圓滿法的各個重要議題作了深入的闡發，不日內將可與讀者見面。筆者受談上師鼓勵，亦鬥膽翻譯了密彭尊者解釋舊譯密咒之根本續《吉祥秘密藏唯一真實大續》（*dPal gsang ba'i snying po de kho na nyid rnam par nges pa'i rgyud chen po*）之著名釋論《秘密藏續釋論十方除暗總義光明藏》（*gSang 'grel phyogs bcu'i mun sel gyi don 'od gsal snying po bzhugs so*），此釋論與絨松班智達的《秘密藏續釋論寶疏》（dKon cog 'grel）、龍青巴尊者的《秘密藏續經義十方除暗》（*gZhugs don phyogs bcu mun pa sel ba*）齊名，爲西藏最著名的三部以阿底瑜伽解釋《秘密藏續》的釋論之一。此論先總說建立基道果三續，然後特別解釋道續之真義。於真義中，宣說了見、等持、行、壇城、灌頂、誓言、修行、供養、事業、手印、密咒等十一續事，對每一續事復從本體、類別、

---

〔1〕 Kennard Lipman，"A Controversial Topic from Mi-pham's Analysis of Santaraksita's Madhyamakalamkara," *Wind Horse*，pp. 40 - 57.

〔2〕 Gateway to Knowledge：*The Treatise entitled the Gate for Entering the Way of a Pandita by Jamgon Mipham Rinpoche*（Vol. I to IV），Hong Kong：Rangjung Yeshe Publication，1997.

〔3〕 Distinguishing Primordial Awareness and Appearance：*A Commentary on the Verse of Discrimination of Thematic Meaning and Realkity-itself*.

〔4〕 Klaus-Dieter Mather，*Unterscheidung der Gegebenheiten von ihrem wahren Wesen*（Dharmadharmtavibhaga），Swisttal-Odendorf：Indica et Tibetica Verlag，1996.

〔5〕 John Whitney Pettit，*Mipham's Beacon of Certainty*，*Illuminating the view of Dzogchen, the Great Perfection*，Boston：Wisdom Publications，1999.

修彼之理、需要等四方面,全面、系統、有序地講述了密咒道之不共學處。

　　密彭尊者之著述是藏傳佛教的一個寶庫,迄今已被開發者尚是九牛一毛,有心入庫探寶者當不畏艱深,勇猛精進!

（原載《民族學報》第 24 期,臺北：政治大學民族學系,2005 年,頁 11—45）

無垢友尊者及其所造《頓入無分別修習義》研究

一、無垢友尊者生平

　　無垢友尊者(Vimalamitra，Dri med bshes gnyen)是吐蕃王朝時應邀入藏傳法的著名印度上師之一，於西藏之聲譽、影響可與蓮花生(Padma 'byung gnas，Padmasambhava)、寂護堪布(Santaraksita，Zhi ba 'tsho)、蓮花戒(Kamalasila)等人相提並論。於後世的教法源流類著作(chos 'byung)中，他常以密法上師的面目出現，是無上密咒，特別是大圓滿法於印度、西藏傳播的重要人物。傳說無上密咒經諸佛密意傳、持明表示傳與常人耳聞傳等三種傳承自印度而入西藏。無垢友與俱生喜金剛(dGa' ba rdo rje)、吉祥獅子(Seng ge dpal)、慧經、蓮花生等齊名，是於南瞻部洲弘傳此無上法門的幾位已得殊勝成就、證持明位者中的一位，以他爲首的五百名印度班智達自佛密(Sangs rgyas gsang ba)處得密法傳承，遂使印度有了無上密咒内、外傳授及全部修行。他亦是將無上密咒傳往西藏的最重要的印度上師，舊密法要於西藏遠傳的經典分爲幻、集、心三部，其中幻部之根本續《幻化網秘密藏續》(gSang ba snying po)就是無垢友偕其弟子瑪譯師寶勝(rMa Rin chen mchog)譯傳開來的，而其心部，亦即寧瑪派要法大圓滿要門，其大部分亦爲其所傳。大圓滿要門復分心、界、要門三部，其中心部有母子十八經，其中十三經爲無垢友所傳，另外五經爲毗羅遮那(Vairocana)所傳。而界部全爲無垢友所傳，乃至號稱極密的大圓滿"寧提"(snying thig)法門者，亦最先由無垢友傳予吐蕃贊普赤松德贊(Khri sronglde btsan)與其大臣孃·定賢(Nyang Ting nge 'dzin bzang po)等人。[1] 可見，無垢友對於大圓滿法於西藏的傳播起了何等重要的作用。

　　迄今我們未見有獨立的無垢友尊者傳，然散見於藏文文獻中有關其生平的記載則

---

[1]　達倉宗巴·班覺藏布(sTag tshang rdzong pa dPal 'byor bzang po)，《漢藏史集》(rGya bod yig tshang)，成都：四川民族出版社，1985 年，頁 443—450。廓譯師軟努班('Gos lo gZhon nu dpal)，《青史》(Deb ther sngon po)，上册，北京：民族出版社，1984 年，頁 139—140、238—239。土觀活佛(Thu'u kwan Blo bzang chos rje nyi ma)，《土觀宗派源流》(Thu'u kwan grub mtha')，藏文版，蘭州：甘肅民族出版社，1985 年，頁 59—57；劉立千漢譯本，拉薩：西藏人民出版社，1985 年，頁 34—38。

比對與他同時代的蓮花戒等人的記載詳細得多。[1] 如西藏著名史書《賢者喜筵》（*mKhas pa'i dga' ston*）有關舊譯密咒源流一章中，即有對無垢友隨吉祥獅子、慧經學無上密法，及往吐蕃傳法的詳細介紹，茲先迻譯如下：

彼時，西印度長者子僧人無垢友與東印度旃陀羅種性僧人慧經兩位得究竟之賢者，住金剛座，人奉其爲五百大學者之主。二人世爲伯仲，過往甚愜。一日同出散悶，金剛薩埵佛現於空中，囑曰："爾等生爲學者，已歷五百世，迄今未得法行。若欲即身成佛，當往漢地菩提樹前佛廟。"無垢友具大精進，即往[漢地]，聞耳傳與內、外、密三種教授，滿願而歸印度。慧經與之遇，念及授記，遂詢以佛之化身現時居處，從速而往。得加持，故日行九月之路。及至[漢地]，見一女子，面貌端美，手持水瓶，作授記曰："當往吉祥萬門[寺]。"及達彼處，空行無行母復作授記曰："當往施涼屍林。"及達彼處，吉祥獅子於頂骨樓中自遍入之座起身，豎起三指，是喻三年內賜教。三年盡爲上師僕役事。後九年間，賜以耳傳與內、外、密三種傳承，於彼想一書之進，即出諸書賜之。[慧經]得意欲去。[吉祥獅子]問曰："意足否？"答曰："意足矣！""然[密法]尚未付汝！"遂知尚有殊勝教授可得，復請賜之。先授以具戲論圓滿灌頂（spros bcas kyidbang rdzogs par bskur），三年間賜以無上秘密教授，且作授記曰："待時機成熟，彼等經書將現汝之前。"得此教授，思當邊修習、邊承侍上師，復得授無戲論圓滿灌頂（spros med kyi dbang rdzogs par bskur pa），一年間得辨有寂所行究竟；復得授甚無戲論圓滿灌頂（shin tu spros med kyi dbang rdzogs bskur ba），生殊勝定解。復於極無戲論圓滿灌頂（rab tu spros med kyi dbang rdzogs pa）得堅固。後十六年間，觀、修上師行爲（mdzad spyod）。時吉祥獅子於禁行中作持風行，以忿怒與黑茹噶之相漫遊屍林，作四大種緣起等不定行。時國王吉祥施（dPal byin）來邀，遂乘七肢白獅而去。後七日，大地搖動，聲、光生起，知吉祥獅子已般涅槃。即作祈禱，有遺教七釘落慧經手，且得授記曰："密訣將自吉祥萬門之柱間出，願往 Ba Sing 屍林。"時積年九百八十又四。復出諸經，往近金剛座東之 Ba Sing 屍林，向諸空行母説法。[2] 時無垢友往行另一屍林，空行母吉祥智勸曰："今有較前更甚深、秘密之寧提教授，當往 Ba Sing 屍林。"刹那間馳奔彼處，見

---

〔1〕 今人義成活佛將散見於藏文文獻中的有關無垢友生平的記載彙編成一部連貫的短傳，見 Tulku Thondup, *Masters of Meditation and Miracles*, *Lives of the Great Buddhist Masters of India and Tibet*, Boston and London：Shambhala, 1999, pp. 68 – 73.

〔2〕 慧經之簡傳見 Tulku Thondup 上揭書，頁 65—67。

慧經住坐於此,即請皈依。慧經眉間白毫放光輝無數,抬眼間,空中現無數報身佛淨土。[無垢友]生起信念,[慧經]以具戲論灌頂爲無垢友開眉間白毫之門,復以無戲論灌頂令其汗毛之門發光,六月間作能辨有寂加行,復以甚無戲論灌頂令其生起殊勝體驗,鼻尖上生起白色 A 字,看似遥遥欲墜;復以極無戲論灌頂,令其直入心性,圓滿一切教授。時兩阿闍黎年各百又三歲。後十年,慧經具漏之身不現而逝。遺物落無垢友手,得與其平等證悟。[1] 時積年九百九十又四。無垢友爲嘎麻如巴(Kāmarūpa)國王[勝獅 Haribhadra]與西印度國王答麻巴儺(Dharmapāla)福田二十年,於極照屍林(Dur khrod rab tu snangba, Prabhāskara)作種種空行力勝之行(mkha' 'gro dbang du sdud pa'i spyod pa),三造最密經書,分藏於烏仗那海域金沙堆成之洲、迦濕彌羅邊地劣種之城金洲(Suvarṇadvīpa)之岩穴,以及於極照屍林中。……彼時,文殊觀音同體莊嚴於吐蕃現爲法王赤松德贊,建桑耶(bSam yas)等寺,翻譯、弘揚正法。時國王知有殊勝密咒法,且有初爲王子侍從,[2] 後出家,名孃·定增藏卜者,入定七年,能以肉眼頓觀四大洲一切世間,以孃·具僧人肉眼者知稱,再三催迎無垢友爲王之福田,遂派嘎[吉祥積](Ka dPal brtsegs)、屬盧[龍幢](Cog ro Klu'i rgyal mtshan)兩位[譯師往迎]。無垢友持最勝教授,攜僕從 Kṣhitigarbha 往吐蕃。時印度之人皆作噩夢,樹尖、花草指向吐蕃,諸空行母盡痛哭失聲,連時計亦皆錯亂。詳詢其故,有空行母曰:"有學者、班智達者,持佛果密咒精華諸經往吐蕃。"故印度人爲令吐蕃人生疑,派神行信使於無垢友之前趕至吐蕃,稱有堪布持魔咒臨[吐蕃]。待無垢友臨桑耶,吐蕃人疑其有詐,國王亦不與見。復作禮拜,手觸佛像頂,像因之粉碎於地,吐蕃人遂疑之尤甚。無垢友復手觸此像粉末之頂,給其戴上佛冠,令其完好如初,且充滿光輝。[3] 蕃人之疑頓時冰釋。復造《六支皈依》,更令人信許。國王禮拜時,三部怙主住於其心間,光彩閃爍,此同爲無垢友與諸餘根器清淨者所見。無垢友口念三字真言,一彈指,成佛像頭頂大寶天冠,現五部佛身,國王等皆見之。於此《青史》(Deb ther sngon po)云:"此前一無垢友者,乃具髮辮瑜伽行者,人疑其爲外道,遂造《[皈依]六支》以釋其疑。"[4]《葉爾巴目録》(Yer pa'i dkar chag)亦云:"無垢友度 lHa lung、Rab 'byor、dByangs

---

〔1〕 參見 Tulku Thondup 上揭書,頁 67、69。
〔2〕 原文作 rgyal bu'i dus kyi sku rdzi,sku rdzi 一詞意義不明。查《青史》頁 573,云其爲"王子年幼時看護的侍從[保姆]"(rgyal bu sku phra ba'i dus su btsa' ba'i bu rdzi)。
〔3〕 詳見《漢藏史集》,頁 188—189。
〔4〕 參見《青史》,頁 238。

spun 三人出家。此等均爲釋君臣之疑,亦爲除神行信使所傳惡言所生疑惑。"時無垢友年已三百,積年千又八十。於彼説般若、中觀時,毗羅遮那住擦瓦絨(Tsha ba rong),捨吐蕃君臣之報應,遣 g. Yu sgra snying po,彼乘阿闍黎[無垢友]出關間歇,於其法座上寫道:"聲聞幼童之法不證覺,烏鴉之金剛步不隔地。"[無垢友]見之,問何人所書? 告乃乞丐所爲。求之,得 g. Yu sgra snying po。見其善巧舊譯心部五續,復示以相應新譯十三續,共許爲心部十八續。[1] 總之,幻化[網續]等許多法乃 gNyags[Jñānakumāra]等所譯,無上密續訣竅部者無人可託,師徒二人遂發誓作利益法,於晨昏間譯成。如此極甚深法,不領會則不能如理修習,爲利益未來具緣化機,師徒二人決意將其巖藏。[2] 無垢友於青浦之葛宮(mChims phu'i dge gong)譯《秘密藏續》部諸續,並將其巖藏於此。而於明點部(thig le'i skor)之續、訣竅之梵文原典,無垢友預見將來或似市中牛乳受沾染而變質,故亦將其校正之底本巖藏起來。如是,於吐蕃住十又三年,時年三百十三,復往漢地。佛法住世一日,其身即不略而住。每百年有其化身現於吐蕃。他曾七次親見俱生喜金剛,未來佛法轉趨他世間時,他將於金剛座以虹身消逝。因 Kṣhitigarbha 於青浦示寂,現殊勝祥瑞;或誤以爲乃無垢友示寂。[3]

二、有關無垢友尊者生平的爭論

上引無垢友生平可謂詳細,然有待澄清者良多。無垢友是印度阿闍黎,還是吐蕃上師?[4] 到底是一位,還是先後有兩位同名的無垢友到過吐蕃? 對此學者們

[1] "舊譯五續"(snga 'gyur lnga)爲毗羅遮那所譯,其他十三續爲無垢友與 g. Yu sgra snying po 兩人合譯。參見田淵淳廣,《禪定目炬(bSam gtan mig sgron)中所見舊譯五續》,《日本西藏學會會報》,第四七號,東京:日本西藏學會,2002 年,頁45—53。

[2] 詳見 Samten Gyaltsen Karmay, *The Great Perfection* (*rdzogs chen*), *A Philosophical and Meditative Teaching in Tibetan Buddhism* (Leiden: E. J. Brill, 1988), pp. 28 - 29.

[3] 巴沃祖拉臣瓦(dPa' bo gtsug lag phreng ba),《賢者喜筵》(*Dam pa'i chos kyi 'khor lo bsgyur ba rnams kyi byung ba gsal bar byed pa mkhas pa'i dga' ston*),上册,北京:民族出版社,1985 年,頁 568—574。通常以爲無垢友於吐蕃傳法十三年,後往五臺山修行。此説有誤以爲他於吐蕃青浦示寂者,這樣的説法不此一家。《禪定目炬》第六品《説大瑜伽論書》中提到,"大阿闍黎無垢友於蕃域示圓寂之相,[實際上]沒有圓寂而住於印度。阿闍黎蓮花生亦仍住世,調伏羅刹(slob dpon chen po byi ma la bod yul du 'da' ba'i tshul bstan nas rgya gar yul nama 'das par bzhugs pa dang/padma 'byung gnas gting srin po 'dul du bzhud pa)"。努·佛智(gNubs chen Sangs rgyas ye shes),《禪定目炬》(*bSam gtan mig sgron, sGom gyi gnad gsal bar phye ba gsam gtan mig sgron, or rNal 'byor mig gi bsam gtan*), Smanrtsis shesig spendzod Series, vol. 74 (Leh 1974), p. 277. 這條信息表明,無垢友或確實圓寂於吐蕃。《禪定目炬》作者努·佛智爲無垢友之再傳弟子,亦是他所傳大圓滿法的直接傳人之一,故此説當不應完全被忽視。

[4] 見戴密微對 G. Tucci, *Minor Buddhist Texts*, vol. 1 - 2 (Rome: IsMEO, 1956)一書的評論,載於《通報》TP46 (3 - 5)(1958), pp. 402 - 408. 亦參見 L. O. Gómez, "The Direct and Gradual Approaches of Zen Master Mahayana: Fragments of the Teachings of Mo-he-yen," *Studies in Ch'an and Hua-yen*, Ed. by Robert Gimello and Peter Gregory, *Studies in East Asian Buddhism*, no. 1, Honolulu: University of Hawaii Press, 1983, pp. 431 - 432, n. 21.

曾有過爭論。[1] 此外,對無垢友於吐蕃活動的時間,以前 Tucci、Gómez 等以爲他直接參預了"吐蕃僧諍",晚近有人則認爲他是"吐蕃僧諍"之後纔來到吐蕃的。對這些迄今尚無定論的問題,兹稍作討論。

按前引《賢者喜宴》的記載,無垢友是赤松德贊在位時來到吐蕃的,類似而更明確的記載見於《巴協》(dBa' bzhed),其云:

> 天子贊普[赤松德贊]曰:"若果如阿闍黎[寂護]所言,則寡人無壽。"[贊普]心常淒淒,爲釋此重負,遂遣使往迎一班智達。阿闍黎無垢友應邀入藏,贊普欲隨其請軌範師蓮花生未傳之法,且作禪習,故以朝政囑予其子牟尼贊普,論尚吾仁受命爲贊普議事。[2]

據此,丹麥學者 Faber 認爲無垢友入藏時間當爲公元 795 年左右,至少是在吐蕃僧諍(794)之後、赤松德贊駕崩(797)前某時遜位之前。[3] 然對照其他藏文文獻的記載,知下這樣的結論恐怕爲時尚早。《漢藏史集》等較早的藏文文獻記載,於蓮花生離開吐蕃之後:

> 贊普赤松德贊復遣五名吐蕃比丘往印度尋求今世獲大手印成就之法,毗盧遮那請回經典。復按[寂護]堪布與孃·定埃增藏卜所作授記,爲一生聽聞佛陀之教法,再遣噶譯師吉祥積、屬盧譯師龍幢與瑪譯師寶勝等往迦濕米羅,請恩扎波底王供養之上師賢者無垢友。……贊普、母后及大臣等均向上師請衆多教法。後復從印度迎請堪布菩提薩埵弟子蓮花戒。[4]

據此無垢友或當早於蓮花戒,即於"吐蕃僧諍"前就已入藏。然同書記載赤松德贊之子赤德松贊歷史時又説,該贊普迎請班智達無垢友、蓮花戒等,並由款譯師龍自在等任譯師,將前自各種語文譯出所有經典,以印度四十一種語文進行校譯,釐定譯經時出現藏文語詞。[5] 如此,無垢友與蓮花戒於赤松德贊之後依然一起於吐蕃活動。《布敦佛教史》(Bu ston chos 'byung)云,於蓮花生返回印度後,印度阿闍黎無垢友、勝友、施戒等,

---

〔1〕 G. Tucci, *Tibetan Painted Scrolls*, Rome: Libreria dello Stato, 1949, pp. 108, 381, n. 3, p. 611, n. 159, p. 257.

〔2〕 Pasang Wangdu and Hildegard Diemberger, *dBa' bzhed, The Royal Narrative Concerning the Bringing of the Buddha's Doctrin to Tibet. Translation and Facsimilie Edition of the Tibetan Text*, Wien: Verlag der Oestrreichischen Akademie derWissenschaften, 2000.

〔3〕 Flemming Faber, "Vimalamitra — One or Two?" *Studies in Central & East Asian Religions*, vol. 2 (Autumn 1989), p. 19.

〔4〕《漢藏史集》,頁 188—189。

〔5〕《漢藏史集》,頁 200。

會同"初試七人"等吐蕃譯師翻譯大量佛經,龍年於丹噶宫中由吉祥積、龍自在等大譯師釐定烏思藏、朵甘思等地所譯法典,編成著名的《丹噶目録》(*lDan dkar dkar chag*)。[1] 這些互相矛盾的記載説明,無垢友與吉祥積、龍幢、龍自在等吐蕃譯師,以及蓮花戒、勝友、施戒等印度上師都是同時代人,他們繼蓮花生、寂護之後同時活動於赤松德贊、赤德松贊等朝代時的吐蕃。

至少自廓譯師的《青史》開始,西藏史著中出現了於赤松德贊與熱巴巾時代先後曾有兩位無垢友上師於吐蕃活動的説法。《青史》中的記載如下:

> 於彼,阿闍黎無垢友者,古文獻有謂自法王赤松德贊至國王熱巴巾時,先後曾出現過兩位無垢友。前者,出於法王赤松德贊時代,不着僧裝而扮作瑜伽士。贊普君臣對其是佛是魔懷有疑慮。復因其禮拜大日如來塑像[而令其破碎],疑之更甚。爲消除疑慮,造《皈依六支》,且稱:君臣不信,遂造此《皈依六支》。他亦曾造《般若波羅蜜多心經廣釋》以及《次第入修習義》與《頓入修習義》等兩部釋論。觀彼等之理,似當稍後於阿闍黎蓮花戒出現。後一位無垢友乃五十卷本《別解脱經廣釋》之作者,當爲出家僧人。前一位無垢友傳"寧提"之教授於贊普與孃·定增藏卜,後往漢地。[2]

對這種説法,後人多持否定態度。寧瑪派著名掘藏師無畏洲('Jigs med gling pa)於其所造《寧瑪十萬續》(*rNying ma rgyud 'bum*)目録中説:

> 或以爲有前、後兩位無垢友者,然此阿闍黎精通如海洋般[廣大]之顯、密教法,故不能遮破《別解脱經廣釋》等論典[非爲無垢友所作]。此豈非欲將大圓滿法打入另册者所起意,實則《般若波羅蜜多心經廣釋》與《次第入修習義》、《頓入修習義》二論等亦均爲此阿闍黎所造,且《葉爾巴目録》中所説作度出家堪布故事等,亦難成立其着何等服裝。總之,十六尊者與至尊阿底峽於道中亦着白衣,待聞吐蕃人以白衣爲在家人裝束,纔改裝前行,故難以裝束判定[僧俗]。如是於吐蕃之域居十又三年,後往漢地之五臺山。[3]

無畏洲所持祇有一位無垢友的説法,於今得到了 Faber 先生的支持。有關後一位無垢

〔1〕 布敦輦真竹(Bu ston Rin chen grub),《布敦佛教史》(*Bu ston Rin chen grub, Bu ston chos 'byung gsung rab rin po che'i mdzod*),北京:中國藏學出版社,1988 年,頁 187;János Szerb, *Bu ston's History of Buddhism in Tibet*, Wien: Verlag der Österreichischen Akademie der Wissenschaften, 1990, pp. 31–33.

〔2〕《青史》,頁 238—239。參見 G. N. Roerich, *The Blue Annals*, Royal Asiatic Society of Bengal Monograph Series, vol. VII, Calcutta, 1949, Part I, pp. 191–192.

〔3〕 見《寧瑪十萬續》卷三四,葉 133–4—134–1。

友的唯一綫索是他所造五十卷《別解脱經廣釋》,此論見於《西藏文大藏經》第5607號,題爲《別解脱經廣釋——律集論》(*So sor thar pa'i mdo rgya cher 'grel ba 'dul ba kun las btus pa*),造論者爲 Dri med bshes gnyen,即無垢友。此論於編成於812年或824年的《丹噶目録》中列第499號,故它應於812年或823年之前所造。故若真有兩位無垢友的話,他們亦當是同時代人。再有,《西藏文大藏經》中共録無垢友所造論著二十六部,其中十九部是歸入"釋續部"(rgyud 'grel)的短論,且多半爲其弟子瑪譯師寶勝、Jñānakumāra 等所譯。此外,於"稀有論部"(ngo mtshar bstan bcos)有一短論;於"中觀部"(dbu ma)有三部釋論,即前述《皈依六支》、《頓入[無分別]修習義》與《次第入修習義》;"般若部"(sher phyin)有兩部釋論,一部未注明譯者,另一部《般若波羅蜜多心經廣釋》則爲無垢友與吐蕃譯者虛空(Nam mkha')、智藏(Ye shes snying po)合譯;[1]而歸入"釋律部"('dul ba'i 'grel pa)的唯一一部釋論即前述之《別解脱經廣釋》,譯者爲勝友、一切智天(Sarvajnanadeve)以及屬盧氏龍幢,他們亦都是早期譯經時代之譯師(translators from the early translation period)。據此,Faber 認爲,"我們不再應該去擔心祇有一位還是有兩位無垢友這樣的問題,就是有兩位,那麼那位所謂的後一位亦完全無足輕重,因爲所有現存的有關無垢友的資料看起來都指的是前一位"。[2]

無疑對廓譯師因有一部五十卷的《別解脱經廣釋》存在而推想有兩位無垢友一説提出質疑是有道理的。僅僅因爲無垢友是著名的密宗瑜伽行者,故推想他不可能造《別解脱經廣釋》這樣專論戒律的釋論,進而演繹出有前後兩位無垢友的故事,這不足以令人信服。然僅據《別解脱經廣釋》的譯者是屬於"早期譯經時代之譯師"來推翻前説,則同樣無法令人信服。對這些譯師們的活動年代,藏文文獻中沒有確定的説法,通常都是上下百餘年,跨越赤松德贊至熱巴巾之間好幾個朝代。我們可以《別解脱經廣釋》譯者之一屬盧氏龍幢爲例來説明確定這些人物之活動年代的困難性。龍幢譯師與吉祥積、智軍(Ye shes sde)齊名,是法王赤松德贊時代最有名的三大譯師之一,合稱噶、屬、尚三譯師,一説乃吐蕃九大譯師中年輕的三位之一。然藏文文獻中有關其具體活動的記載,於年代上有明顯的矛盾之處。龍幢被認爲是蓮花生的弟子,曾與贊普赤松德贊一起請得《甚深法寂忿尊密意自解脱》,故被認爲是14世紀的掘藏師事業洲(gTer ston

---

〔1〕 此論之英譯及研究見 Donald Lopez Jr., *Elaborations on Emptiness*, *Uses of the Heart Sūtra*, Princeton, New Jersey: Princeton University Press, 1996, pp. 47–70.

〔2〕 詳見 Faber 上揭1989年文。

Karma gling pa)的先輩。[1] 他不僅是受遣往印度迎請無垢友的使者之一,而且還曾與噶、尚二位譯師一起,爲蓮花戒、施戒等上師作翻譯,所以説他是赤松德贊時代人當没有疑問。《禪定目炬》第五品"論頓門經論"中還曾直接引用赤松德贊與龍幢之間有關無分別説的對話,此可爲龍幢乃赤松德贊時代人之有力證據。[2] 但他的活動顯然並不局限於赤松德贊一朝,《漢藏史集》引《續部概論》(rGyud sde'i khog dbub)云:

> 國王赤熱巴巾派遣堪布龍自在、屬盧·龍幢、孃蘇·龍自在(Nyang so Klu'i dbang phyug)等人往印度,迎請阿闍黎無垢友,於桑耶寺譯師涅·鳩摩羅譯[無上密咒之]經部與心部,阿闍黎瑪寶勝譯性相部與幻化部。[3]

據此,龍幢於熱巴巾時代當依然健在,且出使請無垢友入藏。我們無法確定他此次邀請的無垢友與他於赤松德贊時代邀請的無垢友是否同一人,但這至少説明我們不能因爲他是《別解脱經廣釋》的譯者之一就下結論説於熱巴巾時代並不存在另一位無垢友。與他齊名的另兩位譯師吉祥積、智軍於熱巴巾朝同樣在世,智軍曾於此時任勝友等印度阿闍黎譯師,譯此前未譯佛經,而吉祥積還於此時修建了噶哇玉那寺(Ka ba yul sna)。[4] 《漢藏史集》於其"無上密咒於印、藏傳播"一章中曾引《法藏明説——太陽之光》(Chos mdzod rnam bshad nyi ma'i 'od zer)所云:

> 國王赤德松贊色那累秦允在位時,請迦濕彌羅[班智達]勝友、Dharmagara、Silendra 等,由主校大譯師噶、屬盧、尚等三人,以及聲譯之譯師旦麻孜莽(lDan ma rtse mangs)等多人,譯密咒身、語、意續之大部,是爲密咒之第六次傳入。於法王赤祖德贊熱巴巾在位時,請無垢友,由稱爲六賢者之譯師,如玉扎·寧波古達(g. Yu sgra sNying po ku mdar)、瞻巴·虛空寶勝(Dran pa Nam mkha' rin chen mchog)、瞻巴·智勝菩提(Dran pa Ye shes rgyal byang)等,將前譯佛經,按印度四十一種語言重譯,前譯不完全者悉數補齊,並釐定新譯語,譯心部、界部、幻化部、經部及教言等衆多大小密續,是爲密咒之第七次傳入。[5]

從這些記載來看,熱巴巾時代確有一位被請入藏的無垢友,但他不是如廓譯師所説的那樣是一位律宗專家,而是一位傳播無上密咒的大師。總之,要確定於吐蕃歷史上有一

---

〔1〕 沈衛榮,《伏藏師事業洲和〈甚深法寂忿尊密意自解脱〉》,《賢者新宴》二,石家莊:河北教育出版社,2000 年,頁 80—86。
〔2〕《禪定目炬》,頁 147—149。
〔3〕《漢藏史集》,頁 449。
〔4〕《漢藏史集》,頁 202—203。
〔5〕《漢藏史集》,頁 445—446。

位、還是有兩位來自印度的無垢友存在,並確定他於吐蕃活動的具體年代尚有待於新資料的發現。可以肯定的是,嚴格區分於赤松德贊朝有一位傳密法的無垢友、於熱巴巾朝復有另一位傳戒律的無垢友是不足以令人信服的。

三、關於《頓入無分別修習義》的研究

從上述無垢友生平來看,儘管他曾造般若波羅蜜多、毗奈耶釋論,但根本說來他是一位於吐蕃傳布密咒,特別是寧瑪派之大圓滿法的印度上師。可是,因爲他有一部題爲《頓入無分別修習義》(*Cig car 'jug pa rnam par mi rtog pa'i bsgom don*)的論書傳世,故他長期被人當作頓門派的代表人物。

迄今爲止,不少學者已對無垢友的《頓入無分別修習義》作過研究。其中,藏學泰斗 G. Tucci 最早注意到了這部著作。於他所撰有關"桑耶僧諍"的長篇導論中,Tucci 提要式地複述了《頓入無分別修習義》的主要内容,並明確地將它當作頓門派的代表作。《頓入無分別修習義》由兩個表面上看起來不相關、甚至矛盾的部分組成,其中引經據典部分佔其篇幅之大半。按其標題所示,它所説的當是頓門之法,然其引文分別出自爲漸門與頓門之經典的兩種截然對立的文獻,即蓮花戒造《修習次第》(*bsgom rim*)與見於伯希和敦煌藏文卷 116 號的著名禪宗文獻《無所得一法論》(*dmyigs su myed pa tshul gcig pa'i gzhung*)。從以無垢友爲頓門派代表人物這一立場出發,Tucci 提出,無垢友這部釋論當被後人笨拙地添加進了不少原本沒有的東西,以令其更符合正統學派之見地。理由是此論本來要爲化機指引頓入無分別、速得一切智之道路,然其前半部分卻是蓮花戒造《修習次第》的提要,與其所論主題毫不相關。因此,祇有其後半部分,即對頓入無分別之優越的建立與其中所含對漸門派的批評,纔是無垢友的原作。[1]

其後,日本學者原田覺對《頓入無分別修習義》與蓮花戒造《修習次第》,以及伯希和敦煌藏文卷第 116 號之間的關係作了仔細的研究,他將《頓入無分別修習義》中所引《修習次第》的所有段落,以及其與伯希和敦煌藏文卷第 116 號中相同的段落一一列出。與 Tucci 相反,原田覺認爲無垢友的《頓入無分別修習義》是吐蕃僧諍之後,在僧諍影響下造的論書,其基礎是蓮花戒《修習次第》第二、三品和伯希和敦煌藏文卷第 116 號,或者同種論書。此論不是從批判漸門派的立場出發,而是從頓門派的立場,即速證

---

〔1〕　Tucci 上揭 1958 年書,頁 114—121。

無分別三昧出發,將《修習次第》有關修止觀的這些段落作爲其中心内容加以吸收的。這或説明,無垢友不採取與漸門派對立的立場,而是採取攝取漸門派之止觀作爲頓門派自己的教義的特殊立場。而那些與伯希和敦煌藏文卷第116號中相同的段落則有可能是後人添加的。[1]

原田覺的這些觀點得到了 Gómez 的挑戰,後者贊同 Tucci 的意見,認爲《頓入無分別修習義》中那些引自《修習次第》的段落根本不可能是無垢友自己如此笨拙地添加進去的,而更應當是後人竄改這一部闡述"頓入"之短論的結果。而下結論説《頓入無分別修習義》中與伯希和敦煌藏文卷第116卷中相同的段落不是無垢友原作的内容雖爲時過早,然或許不無道理,因爲這份敦煌卷子中並没有包含《頓入無分別修習義》第二部分中的所有問答。與其説無垢友是這一部分内容的原作者,倒不如説當時有一個貯積問、答以及有關典故的共同的、流動的庫藏(a common, floating reservoir),無垢友或是爲這個庫藏作了貢獻,或是借用了這個庫藏。[2] 其後,Gómez 還曾再次專門著文回應原田覺上述觀點,堅持反對原田覺提出的《頓入無分別修習義》不是頓門派論書,亦可能不是無垢友所造的觀點,強調此書中與《修習次第》相同的部分是後人添加進去的,而不應該是抄襲,或者説是對漸門派的讓步;《頓入無分別修習義》中與伯希和敦煌藏文卷116號中平行的部分,顯然很重要,但要對它們作評估則爲時過早。[3]

綜上所述,因爲《頓入無分別修習義》之兩大部分内容分别與《修習次第》與《無所得一法論》有明顯的淵源關係,所以人們不祇懷疑,而且近乎肯定或是其前一部分,或是其後一部分一定是後人添加進去的。這兩种觀點的分歧在於如何看待無垢友書中對明顯屬於漸門派教法之止觀修習的内容的吸收,他們都没有否認無垢友是站在頓門派的立場上造這部論書的。《頓入無分別修習義》無疑早已作爲一部獨立的論書存在,於《龐塘目録》(’Phang thang ma dkar chag)中,我們見到一部題爲《大乘頓入》(Theg pa chen po gcig car ’jug pa)的論書,它不僅與《無所得一法論》僅有一目之隔,而且亦與後來録入《西藏文大藏經》中的《頓入無分別修習義》一樣祇有一卷,祇是前者未提造論者之名字。[4] 有鑒於此,儘管無垢友這部論書的内容似乎祇是兩種其他文獻的拼合,但

---

〔1〕 《bSam yas 宗論以後有關頓門派的論書》,《日本西藏學會會報》第12期,東京,1976年, 頁9—10。

〔2〕 Gómez 上揭1983年文,頁430,注21。

〔3〕 Luis O. Gómez, "La doctrina subitista, de Vimalamitra," *Estudios de Asia y Africa del Norte.* 筆者未曾讀到此文之原文,其英文提要見於 Gómez 上揭1983年文, pp. 146 – 147, n. 8。

〔4〕 《布敦佛教史》,頁311;*dKar chag ’phang thang ma*; *sGra sbyor bam po gnyis pa*(旁塘目録;聲明要領二卷),西藏博物館古籍珍本叢書一,北京:民族出版社,2003年,第836號。

它本身卻是一部獨立存在的論書。於承認這一事實之後，Faber 對無垢友尊者的著作權提出進一步的懷疑，認爲《西藏文大藏經》將無垢友與法戒、智軍分別指稱爲這部論書的作者和譯者顯然是不正確的，因爲它不可能是從梵文翻譯過來的，無垢友充當的或許是顧問一類的角色。更可能的是後人將這部論書的著作權加到了無垢友的頭上，因爲一位早期著名的印度上師的名頭一定會給這部論書添加更多的權威性。[1]

晚近，京都大學佛教學博士赤羽律對無垢友的《漸入修習義》(*Rim gyis 'jug pa'i bsgom don*)和《頓入無分別修習義》兩部論書和蓮花戒造《修習次第》(*Bhāvanākrama*)作了系統的對照和比較，得出了如下三點結論：

1. 《漸入修習義》前半部分的主要内容是對《修習次第》第二部中有關止、觀修習内容的逐句引述，如果《修習次第》第一部和第三部中相應的内容比第二部更加詳細的話，則引第一、第三部中的段落。此後，即引用經典，對被認爲是頓門派的四條反論逐條加以反駁。而其反駁最後一條反論時所引一系列經典基本上與寂天(Śāntideva)之《大乘集菩薩學論》(*Śikṣāsamuccaya*, *bsLab pa kun las btus pa*)之第十一章所引經典一致。因爲《漸入修習義》的内容大多依據《修習次第》和《大乘集菩薩學論》，故很難説它出自無垢友之獨立思想，相反它作爲《修習次第》之釋論確實是很有價值的。

2. 因爲《漸入修習義》所引一連串經、論與他所造的另一部釋論《般若波羅蜜多心經廣釋》所引相同，且這兩部論書中都引用了龍樹《正理六十頌》(*Yuktisastikā*)中的兩句不見於此前論書中的偈語，故《漸入修習義》爲無垢友尊者自造的可能性極大。

3. 《頓入無分別修習義》中出現了與當爲無垢友真作之《漸入修習義》相反的内容，且其標題本身就存在問題。按藏語習慣，其標題不當爲 *Cig car 'jug pa rnam par mi rtog pa'i bsgom don*，而更當是 *rNam par mi rtog pa la cig car 'jug pa'i bsgom don*，前者可能是受了漢語語序之影響。亦可能原來的題目衹是 *rNam par mi rtog pa'i bsgom don*，即"無分別修習義"，其前面的 *cig car 'jug pa*，可能是後人所加。因此，很難想象它是無垢友尊者的真作。[2]

赤羽律先生以上這三個觀點無疑皆言之成理，日本佛教學者研究問題之徹底，於此

---

〔1〕 Flemming Faber, "A Tibetan Dunhuang Treatise on Simultaneous Enlightenment: The dMigs su myed pa tshul gcig pa'i gzhung," *Acta Orientalia*, 46 (1986), pp. 49 – 50.

〔2〕 赤羽律，《Vimalamitra のRim gyis 'jug pa'i bsgom don——その特徵と問題ついて》，《日本西藏學會會報》第 50 期，東京，2004 年，頁 49—65。

可見一斑。當然,對《頓入無分別修習義》的研究顯然尚未了結,我們期待赤羽律對此論本身的研究早日面世。值得強調的是,赤羽律以前諸學者均以《頓入無分別修習義》爲頓門派論書作爲其立論的出發點,有先入爲主之嫌。事實上,這部論書兼采頓、漸之法,不重頓、漸的對立關係,具有依頓門而攝漸門之意趣。深入研究此論對於理解"吐蕃僧諍"雙方對於無分別修習之爭論具有不可或缺的意義。

四、《頓入無分別修習義》譯注[1]

爲了便於讀者了解《頓入無分別修習義》這部論書的真實面貌,加深對"頓、漸之爭"的理解,我們或當先翻譯、研讀這部論書:

頂禮妙吉祥童子!

於此能嚴作於實際,[2]既不持我論,亦不破他者,不證涅槃,不捨輪迴,如首不兩斷。我如天盲,不能作明,然恭敬實義,依止經教,略詮如下。

凡欲速得一切智者,當修無分別等持。實則云何?寂止與勝觀也。不住於相者,寂止之等持;隨一不離相者,勝觀之等持。不生相者,寂止;不滅相者,勝觀。實際者,寂止;不墮實際者,勝觀。[3]譬如往高山之巔而觀,明見一切,於此二等持內,顯現一切等持。[4]住於此二[等持]者,如居大寶琉璃屋中之人,明見內外一切。如是能成見一切實際,彼即佛也。准《入楞伽經》[5]云:

事與性相者　　實事不涅槃

回遮分別識　　故乃般涅槃

若不見分別　　隨時不見佛

---

〔1〕 藏文標題 *Cig car 'jug pa rnam par mi rtog pa'i bsgom don*;梵文標題 *Sakrtprāveśikanivikalpapabhavanārtha*;北京版《西藏文大藏經》卷一〇二,第 5306 號,頁 15—18。藏譯者爲 Dharmatāśīla 和智軍(Ye shes sde)。本譯文之初稿曾傳給正在英譯此論書的梅開夢(Carmen Meinert)女士,她對部分譯文的正確性提出了疑問,並以英譯初稿見示,此對提高本譯文的質量有所幫助,茲謹向梅女士致謝。

〔2〕 yang dag pa'i mtha',梵文作 bhavanta,意爲真實之邊,或譯空性。

〔3〕《禪定目炬》,頁 54:"上師無分別者,大乘也。於彼分別義禪定爲勝觀,生自妙觀察慧因。緣真如禪定爲無相寂止。如來禪定者,乃止觀雙運。"

〔4〕《禪定目炬》第五品述頓門之法,開宗明義:"頓門頓入者,亦譬如上妙高山之頂而能見一切,乃見之究竟。所量能量於本來無生之法性中,許全無所作而悟是義。若見彼義,即如上須彌山之頂,不觀羣山,而明白領悟一般。"《禪定目炬》,頁 118。

〔5〕 *'Phags pa Lang kar gshegs pa zhes bya ba theg pa chen po'i mdo*,*Ārya-Laṅkāvatāra-mahāyānasūtra*,元魏時期菩提留支譯漢,共九卷二十八品。吐蕃譯師管法成('Gos Chos grub)復由漢譯藏,見德格版《西藏文大藏經》,第 107 號。

無入乃正覺　見此彼即佛。[1]

准《無垢稱經》[2]云："無分別與無所得者，即菩提。"[3]是故當修此無分別等持。

瑜伽行者當於寂止與勝觀之資糧中愈益堅定。[4] 於彼云何爲寂止之資糧？[5] 謂於易得衣、食，且無不善與有冤讐之人處、於無病之境、有具戒律、見地相應之助伴、晝人稀、夜聲少，於法衣不過分貪執其好、多、得其簡陋者即常知足、完全捨離買賣等惡業，於俗家人與出家人間不分親疏厚薄、捨離行醫、觀測星象等一切事，於二律儀亦不違犯自性與遮戒學處，若因放逸而失壞，亦能迅速如法而作。有云不能改正他勝諸聲聞律儀之罪，然具失悔與具日後不作之心者[則能]。任何心妙觀察於彼業所作之心無自性，或修諸法無自性，則當知彼之戒律唯清淨而已。[6] 復次，當精進於修習，無失悔而作。於諸欲作意成今生與來世之多種過患，故於彼等當捨離分別。若於唯一種相，則不論實有法淨與不淨，彼等一切皆生滅之有法，無常故，必然不能常與之爲伴。若彼等一切與我終將成爲長久無礙分離，則當於我於彼成何耽着？成何瞋癡之想？捨離一切分別。

---

〔1〕 伯希和敦煌藏文卷116號節160中亦引此段，然分成前後兩部分，且與此"若不見分別"相應一句作"若不入分別"。《禪定目炬》第五品頁158中亦引此頌之後半部，然不盡相同，其作："rnam par mi rtog mi 'jug cing/gang tshe sangs rgyas mi mthong la/'jug med sangs rgyas yin par ni/gal te mthong na de 'tshang rgya"。譯言："不入無分別，隨時不見佛，無入即是佛，若見乃證覺。"

〔2〕 *Dri ma med par grags pa'i mdo*，或譯《維摩詰所説經》，六卷十二品，後秦鳩摩羅什漢譯，吐蕃譯師法戒（Chos nyid tshul khrims）譯藏，見德格版《西藏文大藏經》，第177號。藏譯之英譯有 Robert A. F. Thurman, *The Holy Teaching of Vimalakirti*, *A Mahayana Scripture*（Pennsylvania: The Pennsylvania State University Press, 1976）。晚近，日本學者發現了此經之梵文原版。

〔3〕 此處所引與原文有出入，《大正藏》第14冊，頁542b："不觀是菩提，離諸緣故。"

〔4〕 蓮花戒《修習次第》（*bsGom pa'i rim pa*）分上、中、下三篇，見於德格版《西藏文大藏經》，第3915、3916、3917號。其中下篇有宋施護漢譯本，題爲《廣釋菩提心論》，見於《大正藏》，第1664號。此句見於《修習次第》中篇，p. 21 ll. 10—12，原作："於彼，若瑜伽行者凡先一時速得安樂入於止、觀，當愈益依止止、觀之資糧。"

〔5〕 zhi gnas kyi tshogs，止之資糧，指修止應具備的六種事：環境合適、少欲、知足、戒除事多、戒律清淨、戒除貪等尋思（de la zhi gnas kyi tshogs gang zhe na/mthun pa'i yul la gnas pa dang/'dod pa chung ba dang chos shes pa dang/bya ba mang po yongssu spangs pa dang/tshul khrims rnam par dag pa dang 'dod pa la sogs pa'i rnam par rtogs pas yongs su sbangs po'o）。見無垢友，《次第入修習義》（*Rim gyis 'jug pa'i sgom don*），北京版《西藏文大藏經》，第5334號，頁172/5—173/1。

〔6〕 此段引自《修習次第》中篇，pp. 21 ll. 18—23. 16，引文略有出入，原文可譯作："[云何住隨順之地？]易得衣、食，不勞而得故；優美之住處，不温良之人、敵人不住故；優美之地，無病之地故；有好的助伴，具戒律之助伴見地相應故；具善也，白晝不爲衆人充滿，夜間少聲響故。云何少欲？謂不過分貪法衣等之好、多；云何知足？謂法衣等祇要得其簡陋者，即常知足。云何完全捨離多所作？謂完全捨離買賣等惡業；完全捨離以凡彼俗家人與出家人爲至交，亦完全捨離行醫、觀測星象等。云何戒律清淨？謂於二律儀不犯遮自性之罪和遮戒學處；若放逸失壞，速速懺悔，如法而作；於聲聞之律儀。……"（phan pa bcos su mi rung bar gsungs pa gang yin pa de lta yang 'gyod pa dang ldan pa dang/phyis mi bya ba'i sems dang ldan pa dang/sems gang gis las de byas pa'i sems de la ngo bo nyid med par so sor rtog pa'i phyir ram/chos thams cad ngo bo nyid med par goms pa'i phyir de'i tshul khrims rnam par dag pa kho na yin par brjod par bya'o//）

云何爲勝觀之資糧？謂依止真善丈夫、多聞遍求、如理思想。於彼云何依止真善丈夫？謂［依止］凡多聞、句明、具悲心、能忍厭離者也。於彼云何多聞遍求？謂出有壞之十二分教。〔1〕若依止善巧了義與世俗義者，當生三慧。〔2〕云何如理思想？謂無誤修習真實義。若非如是，則如於陌生歧路口徘徊之人，總不能決定一個去處。瑜伽行者，當於一切時捨離魚、肉等，當不［爲］不順，攝受適當飯量。當時時向具體驗之賢者問義，捨離我慢，作無誤利益。如是，積一切菩薩寂止與勝觀之資糧，故當入彼［止觀］修習。〔3〕於彼，瑜伽行者修習時，當先圓滿完成一切事，解完大小便，於無噪音、悦意之地，作如是想：我當安立一切有情於菩提藏。以具欲度衆生之想現證大悲，五體投地，頂禮住於十方諸佛、菩薩。或置佛、菩薩身像、畫像於前，或於他處亦可，於彼盡力供讚，懺悔己過，隨喜一切衆生福德。於十分柔軟、舒適之坐墊上，或作大日如來跏趺，或作半跏趺亦可。雙眼開、合適中，專注於鼻尖，身體既不前傾，亦不後仰，而當挺直，入於念內。肩膀放平，頭高低適中，置於一方而不動，自鼻子至肚臍要放直。舌頭亦放置於牙根，呼吸務不出聲、不過急、不喘氣，當以不受、舒緩、自然的樣子呼氣、吸氣。〔4〕

如是，瑜伽行者當安心於如何見、聞如來像而修寂止。當作如是想：彼像金黃如純金，相好莊嚴，居眷屬之中央，以種種方便利益衆生，連續作意，發心求彼功德，平息昏沉、掉舉，坐於彼［佛像］前，即見光明［彼佛］，當作如是禪定。〔5〕復次，准《佛説三昧王經》〔6〕云："如同金色之佛身，世間怙主普莊嚴，執個住心彼所緣，當

---

〔1〕　bcom ldan 'das kyi gsung rab yan lag bcu gnyis，乃指佛所説全部經教，依文體與含義歸納爲十二部分：契經、應頌、記別、諷誦、自説、因緣、譬喻、本事、本生、方廣、希法、論議等。

〔2〕　shes rab rnam pa gsum，即指聞所成慧（thos pa las byung ba'i shes rab）、思所成慧（bsams pa las byung ba'i shes rab）、修所成慧（bsgoms pa las byung ba'i shes rab）。

〔3〕　此解釋寂止與勝觀之資糧的兩個段落與蓮花戒造《修習次第》中篇，《西藏文大藏經》卷一〇二，北京版，第5311號，頁32（1/5—3/8）之內容大同小異。亦見無垢友，《次第入修習義》，頁173/2—3。

〔4〕　此段與蓮花戒《修習次第》中篇，頁32（4/1—8），以及《修習次第》下篇，頁36（5/8）—37（1/7）之內容幾乎字字相同。亦見於《次第入修習義》，頁173/3—4；參見御牧克己，《頓悟と漸悟——カマラシラの〈修習次第〉》，《講座・大乗佛教》，東京：春秋社，1982年。另外，乙川文英，《〈禪定燈明論〉研究（3）——印度、中國、西藏文獻中所見禪定法》，《佛教史學研究》第三十八卷，第二號，京都，1995年，將三地文獻中所見有關禪定方法的記載作了排列、比較，值得參考。

〔5〕　此段與蓮花戒《修習次第》下篇，頁37（1/7—2/1）完全相同。

〔6〕　'Phags pa ting nge 'dzin gyi rgyal po'i mdo［bzung bar 'gyur ba'i gzungs］，譯言《佛説三摩地王經》。與漢譯《月燈三昧經》相應，藏譯爲 'Phags pa chos thams cad kyi rang bzhin mnyam pa nyid rnam par spros pa ting nge 'dzin gyi rgyal po zhes bya ba theg pa chen po'i mdo，譯者是 Silendrabodhi, Dharmatāśīla，見德格版《西藏文大藏經》，第127號。

稱根本定菩薩。"〔1〕抑或不管實有法有色無色,不管瑜伽行者所緣境爲何,皆當專心於彼樂而修寂止。當專注於心識之境,祇要不成昏沉掉舉,乃至成十分光明,當禪定於彼專注中。准《佛説三昧王經》云:"等持平等地,於止難細見,若壞一切想,是故曰等持。"〔2〕若修持寂止,瑜伽行者當修勝觀。若住於寂止,當普求慧之真實,不唯以寂止爲滿足,作如是想。云何謂真實?謂若於勝義,則補特加羅、五蘊、處、界、佛身、本智以上、地獄有情以下、大海、妙高山、一切假立爲實有法者、假立爲名言者,皆以心詳作分別、抉擇,作無自性空性之想,或作自性清淨,本來即空,超越一切所思、所詮之境,不取涅槃,不捨輪迴,如虛空自性之想,不令心續掉舉。

　　准《佛説淨業障經》〔3〕云:"凡夫執事思抉擇,幻化空虛是空無,此者貪瞋癡亦無,此法一切無性相,不緣根本本來寂,最後無色寂無藏,貪是清淨癡極寂。"〔4〕准《理趣百五十頌》〔5〕云:"諸法虛空之性相,於虛空亦無性相,虛空性相若雙運,是曰遍勝等圓滿。"〔6〕准《佛説文殊師利巡行經》〔7〕云:"真如者,非消退,非增長,有情界亦非消退,亦非增長。諸法均非煩惱,亦非清淨。"〔8〕復云:"分別成輪迴,無分別涅槃。凡識彼自性,彼者稱具智。"〔9〕准《般涅槃經》云:"中道者,名爲佛自性。"准《梵淨普系經》〔10〕云:"請賜修道之教!曰法與非法無分別、離性相者,即稱修道也。"此者,於不緣實事之性,乃[佛之]密意也。如是,當作如是修習想:一切

---

〔1〕 《禪定目炬》第四品,頁77,亦引此段,引文用詞與此略有不同。於那連提耶舍漢譯《月燈三昧經》卷一,《大正藏》第15冊,頁553b,此段作:"得如來身紫金色,一切端妙爲世親,緣於如是心安住,乃名得定之菩薩。"

〔2〕 漢譯作:"平等非險地,微寂難可見,斷除一切想,故名爲三昧",上揭經卷三,《大正藏》第15冊,頁564a。

〔3〕 ’Phags pa las kyi sgrib pa rnam par sbyong ba zhes bya ba theg pa chen po’i mdo, 漢譯《淨業障經》,失譯,《大正藏》第24冊。藏文有 ’Phags pa las kyi sgrib pa thams cad rnam par sbyong ba zhes ba’i gzungs, 譯言《淨除一切業障陀羅尼經》,德格版《西藏文大藏經》,第743、1009號。

〔4〕 漢譯:"凡夫生取著,幻想無堅固,貪瞋癡亦然,諸法常無相,寂靜無根本,無邊不可取,欲性亦如是。"《淨業障經》,《大正藏》第24冊,頁1099b。

〔5〕 ’Phags pa tshul brgya lnga bcu pa, 全稱: ’Phags pa shes rab kyi pha rol tu phyin pa’i tshul brgya lnga bcu pa, 譯言《聖般若波羅蜜多理趣百五十頌》,德格版《西藏文大藏經》,第17、489號;與漢譯《大般若波羅蜜多經》第十會相應。

〔6〕 這段引文不見於《西藏文大藏經》所錄《理趣百五十頌》中。

〔7〕 ’Jam dpal gnas pa’i mdo, 全稱: ’Phags pa ’jam dpal gnas pa zhes bya ba theg pa chen po’i mdo, 百四十頌,印度阿闍黎戒主覺與吐蕃譯師智軍合譯,德格版《西藏文大藏經》,第196號。與菩提流支漢譯《佛説文殊師利巡行經》相應,《大正藏》第14冊,第470號。

〔8〕 此段漢譯作:"真如不減,真如不增,法界不減,法界不增,諸界生界不減不增,不染不淨"。《大正藏》第14冊,頁511c。此有豆那掘多異譯《佛説文殊尸利行經》,頁514a,作:"真實際中無增無減,法界衆生界亦無增減,不受煩惱,不受解脱。"

〔9〕 上揭菩提流支譯,頁511c,譯作:"分別取則縛,不分別則脱,若知如是法,彼人名智者。"

〔10〕 Tshangs pa kun ’dris kyi mdo, 於《西藏文大藏經》中找不到與此相應的佛經。

有爲、無爲法,唯無真實者也。如是,[行者]入於一切假立爲法者唯無[真實者],全乃假立而無他事,是故當自入於作離分別、尋思、無戲論、成一性之意,無造作故,當極明修、住於即彼真實性。若如是安住,則心之相續定不掉舉。[1] 若成如是,即入於無戲論、無分別性,亦乃不住於色等。若以慧作分別,不緣一切實有法體性故,亦乃最勝慧禪定。彼時,見心思極不喜樂,彼時因見等持功德故,當喜樂修彼。[2] 如受昏瞶、睡眠壓迫,流動不明故,見心思昏沉或猶疑於昏沉,彼時作意爲極喜之實有法,如佛像等,或順次緣起,或十二宏化等,遂止息昏瞶,當堅持於真實性。[3] 如諸凡之時,貪於現前之境故,見前後之間心思掉舉,或猶疑於掉舉,彼時當思想無常、今生與來世之過患,不常相伴,何故十分貪戀於此,當止息掉舉。復次,亦當精進以無爲心思入於真實性。[4] 如若諸凡之時,離昏沉、掉舉,故平等住且任運而入,遂於即彼真實性成心續極明生起,彼時入於平等,捨離勤作、釋放。當知彼時[行者]乃已成就寂止與勝觀合一之道者。[5]

復次,瑜伽行者當儘量歡喜,修、住於無爲真實。於一更,或半更,或一小時,或衹要可能,乃至一彈指間,亦當如彼理修、住於[真實]。[6] 若身、心成不饒益,觀現時一切世間,當證其如幻、夢、水月、光影。此亦如《聖入無分別惣持經》所云:"以世出之智觀一切法如虛空,彼之後得者,則見[一切法]如幻化、陽焰、水月。"[7]

復次,亦當修無分別。彼亦若身心成不饒益,則集中心思,想一切世間即如前所説者,清淨發聖、賢行等願,[8] 亦當圓滿諸般若波羅蜜多。若作如是,則[悟]諸法於勝義無生、如幻,乃種種因緣定異際會而成,若不分別,則惟生種種歡愉。若爾,則亦不成斷見,亦不成增益之邊。[9] 如是,若以慧分別,亦無所得。若爾,亦

〔1〕 見《修習次第》中篇,頁34(2/4—5)。

〔2〕 見《修習次第》中篇,頁34(2/6—7)。

〔3〕 《修習次第》下篇,頁38 (1/2—3),亦有此句,然中闕"或順次緣起,或十二宏化"。

〔4〕 相應的段落見《修習次第》第三品,頁38 (1/4—6);後者作:"如若諸凡之時,貪於過去所領受之境(sngon myong ba'i yul)故,見前後之間心思掉舉,或猶疑於掉舉,彼時當以無常等作意於厭離之實有法(skyo ba'i dngos po),以止息掉舉。復次,亦當精進以無爲心思入於真實性。"

〔5〕 見《修習次第》下篇,頁38(1/6—7),二者間文字稍有出入。如於"遂於即彼真實性成心續極明生起"句中,闕"真實性"一詞等。寂止與勝觀結合即爲如來禪定。《禪定目炬》,頁54。

〔6〕 類似的句子亦見於《修習次第》中篇,頁34 (4/2);下篇,頁38 (3/7)。後者句前尚多"瑜伽行者當依此次第……"一句。

〔7〕 《修習次第》中曾兩次引用此段出自《聖入無分別陀羅尼經》中的引文,其下篇,頁38 (3/2—3)中所引與此基本相同;而其中篇,頁34 (3/6—7)中所引則屬於間接引文類,沒有標明所引出處。

〔8〕 《修習次第》上篇,頁28 (3/7);中篇,頁34 (4/8)中皆有"發聖賢行等之大願"('phags pa bzang po spyod pa la sogs pa'i smon lam rgya chen po gdab po)一句。

〔9〕 自"諸法於勝義無生"至"不成增益之邊"一句,亦見於《修習次第》下篇,頁38 (3/7—4/1)。

不成常性與增益邊。亦説於修無分別之中,攝集一切無爲之法與有[無?]爲善法。若謂發菩提心如何攝於無分別大乘之法中? 答曰:准《能斷金剛經》[1]云:"完全捨離一切想,即發無上菩提心。"[2]

若謂於無分別中如何攝大乘[之法]? 答曰:准《金剛三昧經》[3]云:"若無思、慮,則不生瞋恨。如實不動,彼者,謂大乘也。"[4]

若謂於無分別中如何攝道之修行? 答曰:准《般若波羅蜜多經》云:"無所得者,道也;無所得者,果也。"[5]

若謂於無分別中如何攝中道? 答曰:准《入楞伽經》云:"於唯識者無分別,消除外道實有法,回遮種種分別[心],即彼道者即是中。是唯識者無顯現,無顯現故是無生,是爲中者亦此道,乃吾與諸佛所説。"[6]

若謂無分別中如何攝般若波羅蜜多? 答曰:准《[聖説般若波羅蜜多]集[頌]》云:"何時有爲、無爲、白法、黑法、盡[以]智慧懷滅,連微塵亦不存在時,於諸世間以波羅蜜多計數,於虚空亦無少分可得,與彼相同。"[7]

若謂於無分別中如何攝平等性、不動? 答曰:准《智慧現分莊嚴經》[8]云:"凡不緣諸法性相者,即平等性也。凡爲平等性者,即住性也;凡爲住性者,即不動性也。凡爲不動性者,即無分別性也。亦無依止諸法心之住[處]。彼心無住者,

---

〔1〕 *rDo rje gcod pa'i mdo*,全稱 *'Phags pa shes rab kyi pha rol tu phyinpa rdo rje gcod pa zhes bya ba theg pa chen po'i mdo*,梵文簡作 Vajracchedikā,即著名的《金剛經》,亦名《能斷金剛分》。爲《大般若波羅蜜多經》之第九會,第五百七十七卷。印度論師戒主覺與吐蕃譯師智軍由蕃譯藏,德格版《西藏文大藏經》,第 16 號。

〔2〕 義淨漢譯《能斷金剛般若波羅蜜多經》作:"是故應離諸想,發趣無上菩提之心。"《大正藏》第 8 册,頁 773;而鳩摩羅什所譯《金剛般若波羅蜜經》作:"是故須菩提,菩薩應離一切相發阿褥多羅三藐三菩提心。"亦見伯希和敦煌藏文卷 116 號,節 146;英譯見 Faber 上揭 1986 年文,頁 63—64。

〔3〕 *rDo rje'i ting nge 'dzin gyi mdo*,當即 *rDo rje ting nge 'dzin gyi chos kyi yi ge*,譯自漢文《金剛三昧經》,已見於《丹噶目録》之中,北京版《西藏文大藏經》卷三二,第 803 號。此經之真僞曾受到漢地佛教學者質疑。漢失譯《金剛三昧經》,《大正藏》第 9 册,第 273 號。

〔4〕 漢譯爲:"若無思慮,則無生滅,如實不起,諸識安寂,流注不生,得五法淨,是謂大乘。"與無垢友所引有較大的出入。伯希和敦煌藏文卷 116 號節 147 中所引則與其基本相同。故無垢友此處所引或僅是攝義之間接引文,或當時吐蕃尚有此經之梵本存世。此段英譯見 Faber 上揭 1986 年文,頁 64。

〔5〕 亦見於伯希和敦煌藏文卷 116 號節 147—148,然不見於現存藏、漢譯《般若波羅蜜多經》中。參見 Faber 上揭 1986 年文,頁 64。

〔6〕 亦見於伯希和敦煌藏文卷 116 號節 148 中;同於 Laṅkāvatāra,北京版《西藏文大藏經》卷二九,頁 77.3.1。然不見於現存藏、漢譯《般若波羅蜜多經》中。參見 Faber 上揭 1986 年文,頁 64。

〔7〕 *'Phags pa shes rab kyi pha rol tu phyin pa sdud pa tshigs su bcad pa*, *Ārya-Prajñāpāramitā-sañcayagātha*, 譯者 Vidyākarasimha 和吉祥積,德格版《西藏文大藏經》,第 13 號。同漢譯《佛説佛母寶德藏般若波羅蜜經》。

〔8〕 *'Phags pa sangs rgyas thams cad kyi yul la 'jug pa'i ye shes snang ba'i rgyan zhes bya ba theg pa chen po'i mdo*, *Ārya-Sarvabuddhavisayāvatārajñanālokālamkara-nāma-mahāyāsūtra*, 譯者戒主覺和智軍,北京版《西藏文大藏經》卷二八,第 768 號,頁 129.1.5。與漢譯《佛説大乘入諸佛境界智光明莊嚴經》相應。

即成無生。如是,現見之心與自心所生之相者,成不顛倒也。"〔1〕

若謂於無分別中如何攝無上戒律?答曰:准《與象同分經》〔2〕云:"任何分別具戒律,或顛倒分別戒律,二者顛倒說戒律,無二戒律不顛倒。"若謂於無分別中如何攝離相?答曰:准《[聖入]無分別惣持經》云:"或曰如何完全捨離諸相,曰於現前不作意,故捨離。"〔3〕

若謂如何見修無分別心之法性?答曰:准《大乘密嚴經》〔4〕云:"如何上等好金子,金之形色不顯現,勤力精進詳查驗,周遍淨治方顯現。如是阿賴耶之識,復亦連帶七種識,經由等持遍淨治,瑜伽行者如常見。"〔5〕

若謂於無分別中如何攝自證?答曰:准《寶雲經》〔6〕云:"或問何謂唯彼[真實]?答曰:所謂唯彼[真實]者,乃清淨義增上語。此者乃各各自證,不能以詞、文假立。若謂何故,答曰超越一切語言、所詮、分別之境,乃聖者智境,無始以來即如是。"〔7〕

---

〔1〕 僧伽婆羅等漢譯《度一切諸佛境界智嚴經》,《大正藏》第12冊,頁251:"一切諸法悉皆平等,平等故無住,無住故不動,無動故無依,無依故無處,無處故不生,不生故不滅。若能如是見者,心不顛倒。"曇摩流支譯《如來莊嚴智慧光明入一切佛境界經》卷下:"一切法不可得者,是一切法平等。言一切法平等者,是平等住;言平等住者,即是不動;言不動者,是一切法無依止者,彼無心定住,言無心定住者,即是無生;言無生者,即是不生。若如是見,彼心心數法畢竟不顛倒。"此段引文亦見於伯希和敦煌藏文116號節148—149。參見Faber上揭1985文,頁64—65。然與無垢友此所引有多處不同,其作:"凡不緣諸法者,乃平等性;彼凡爲平等性者,即乃住性;彼凡爲住性者,乃不動性;彼凡爲不動性者,乃無依性;於一切法無無分別心之住[處],彼心無住者,成無生。如是,見之心與諸自心所生者,成入無顛倒也。"顯然,它比無垢友所引更接近漢譯。

〔2〕 Glang po dang mtshungs pa'i mdo,於《西藏文大藏經》中找不到與此相應的佛經。

〔3〕 亦見《禪定目炬》,頁168—169,亦同於伯希和敦煌卷子116號節153。三處引文大同小異,似據同一來源,然與見於《西藏文大藏經》中的吉祥積等所譯文有較大出入。參見Faber上揭1986年文,頁66,注78。

〔4〕 stug po bkod pa'i mdo,當即指 'Phags pa rgyan stug po bkod pa zhes bya ba theg pa chen po'i mdo, Ārya-Ghanavyūha-nāma-mahāyānasūtra,即漢譯《大乘密嚴經》,見於北京版《西藏文大藏經》卷二九,第778號,爲勝友、戒主覺、智軍等譯,末尾有關。

〔5〕 地婆訶羅漢譯《大乘密嚴經》卷下,《大正藏》第16冊,頁741,譯此段爲:"如金在礦中,無有能見金,智者善陶煉,其金乃明顯,藏識亦如是,習氣之所纏,三昧淨除已,定者常明見。"另不空譯同名經,《大正藏》第16冊,頁768,此段作:"譬如微妙金,在礦不能見,三摩地淨除,覺者常明見。"亦見於伯希和敦煌藏文卷116號,節153—154(參見Faber上揭1985文,頁66),以及《禪定目炬》,頁65。三種引文互相間均有細微的差異,與見於《西藏文大藏經》之《密嚴經》的相應段落亦有一處明顯的差異,即其第二句作:gser gyi dbyings na mi snang ste,而不是如此處作 gser gyi dbyibs na mi snang ste,這似更接近於漢譯文。見北京版《西藏文大藏經》卷二九,頁778,48b3—4;伯希和敦煌藏文卷116號中與此相應處的提問爲:"若謂於無分別中如何攝因修習而見心之法性?"顯然這更爲明確。引人深思的是,《禪定目炬》乃於其第四品,"說漸門典籍"之一開始引用此段落,欲借此例來說明"成就佛之法身亦當先次修習二諦與止觀,然後漸漸登地"。可見同樣的經文,其解釋可以南轅北轍。

〔6〕 dKon mchog sprin gyi mdo,即 'Phags pa dkon mchog sprin zhes bya ba theg pa chen po'i mdo, Ārya Ratnamegha nāma-mahāyāsūtra,北京版《西藏文大藏經》卷三五,第897號,爲大寶海(Rin chen mtsho)與法性海(Chos nyid tshul khrims)合譯。復傳云乃吞彌桑卜劄創立藏文後最早翻譯的佛經之一。相應的漢譯是《佛說除障菩薩所問經》。

〔7〕 曼陀羅仙、僧伽婆羅漢譯《大乘寶雲經》卷四,《大正藏》第16冊,譯爲:"夫如如者,謂是內所證之法,不可文字之所顯示。所以者何?是法一切言語道斷,文字章句所不能詮,過音聲界離諸口業,絕諸戲論,不增不減、不出不入,不合不散,非所籌度、不可思量;過算數境非心所行處。無礙無想過想界;過諸嬰兒一切境界,一切嬰兒所不行處,過一切魔境界;過一切煩惱境界;過識境界無所住處,無住寂靜、聖智行處。如是如是內所證,無垢無汙無染清淨、微妙第一畢竟最勝,常恒湛然無生滅法。如來出世及不出世,法界常爾。"比較而言,無垢友此處僅摘其要而引之。伯希和敦煌藏文卷116號,節157—158,所引與此雖略有出入,但肯定出自同一來源;參見Faber上揭1986年文,頁68。

　　是故，此入無分別修習義者，與衆經教不相違如是，且與諸賢者之教授亦相應。[1] 阿闍黎龍樹造《緣起藏頌》[2]云："於此無所滅，亦復無所立，如實見實諦，如實見解脱。"[3]阿闍黎造《六十正理論》[4]亦云："諸凡寂離者，動意亦不動，惑蛇攪難忍，超越輪迴海。"[5]阿闍黎聖天造《手量相屬論》[6]亦云："欲捨離染汙，當以妙義求。"一切了義之經、論皆云：不住二邊與相者，乃涅槃之因，住相者，即輪迴之過患。故曰，頓入無分別義者，乃涅槃之最勝道。

　　説於無分別中攝一切法，Shing than wa ga'i mdo 有云："若學、修一法，即一切法得解脱。"《月炬經》[7]云："凡彼親證一法，即圓滿一切功德法。若謂執個[一法]？答曰：若證真如，即於一切法無稱，捨離一切聲。"[8]准《法王經》[9]云："若

---

　　〔1〕　此句亦見於伯希和敦煌藏文卷116號節163中。
　　〔2〕　*rTen 'brel gyi snying po*，即龍樹造 *rTen cing 'brel bar 'byung ba'i snying po'i tshig le'ur byas pa/ slob dpon 'phags pa klu sgrub kyis mdzad pa*，*Pratītyasamutpādahrdayakārikā*，見於北京版《西藏文大藏經》卷一〇三，第5467號，譯者不詳。與漢譯《因緣心論頌》相應。《禪定目炬》第三品中亦引《緣起藏頌》、《月炬經》、《法王經》、《月燈經》，次序基本相同。見《禪定目炬》，頁46—47。它們亦見於伯希和藏文卷116號中，然而次序不太一致。
　　〔3〕　藏文作：'di la[s] bsal ba gang yang med/ gzhag par bya ba ci yang med/ yang dag nyid la yang dag lta/ yang dag mthong nas rnam par grol/。此頌爲《緣起藏頌》之第七頌，亦是《寶性論》（*Ratnagotra-vibhaga*）之第155頌，*Abhisamayalamkara* 之第21頌，*Asvaghosa* 之 *Saundaranandakavya* 中亦見此頌之部分。伯希和敦煌藏文卷116號節164中亦引此頌，參見 Faber 上揭1985年文，頁71—72。此頌之詮釋見談錫永，《寶性論新譯》，香港：密乘佛學會，1996年，頁119—120。《禪定目炬》，頁46—47，亦引此頌，並加評論云："此説亦乃頓門之修習義，説悟見之後，不須守戒而證成菩提（ces brjod pa ni / ston mun gyi bsgom pa'i don yang yin no / lta ba rtogs nas tshul khrims bsrung mi dgos par byang chub 'grub par gsungs te/）。"其意趣與《頓入無分別修習義》、伯希和敦煌藏文卷116號一脈相承。參見 David Seyfort Ruegg, *Buddha-nature*, *Mind and the problem of Gradualism in a Comparative Perspective*, London: School of Oriental and African Studies, 1989, pp. 85–86.
　　〔4〕　*Rigs pa drug cu pa*['i tshig le'ur byas pa zhes bya ba]，亦譯《六十如理論》，六十二頌，爲龍樹造《中觀理聚五論》（*dBu ma rigs tshogs lnga*）之一，譯者曰稱（Nyi ma grags）、Mutitaśrī。見於北京版《西藏文大藏經》卷九五，第5225號，頁12.2.4—5。
　　〔5〕　施護漢譯《六十頌如理論》，《大正藏》第30册，頁255，譯作："極惡煩惱法，若見自性離，即心無動亂，得渡生死海。"
　　〔6〕　*Lag pa'i tshad kyi 'brel ba*，即 *Rab tu byed pa lag pa'i tshad kyi tshig le'ur byas pa*，*Hastavālaprakaranakārika*，譯言《手量論頌》，與漢譯《解捲論》相應，見於北京版《西藏文大藏經》卷九五，第5248號。阿闍黎提婆造，施戒、富藏（dPal 'byor snying po）和吉祥積等譯。
　　〔7〕　['Phags pa] zla ba sgron ma['i mdo]，即是《月燈三昧經》，全稱《廣説諸法自性平等三昧王經》。見前注50。
　　〔8〕　見北京版《西藏文大藏經》卷三一，第795號，頁289,5.5；伯希和敦煌藏文卷116號節121；以及《禪定目炬》，頁139。參見 Faber 上揭1985年文，頁53，注25。三處引文互有出入，無垢友所引似有縮減，伯希和敦煌藏文卷116號節121所作："執個若親證一法，即圓滿一切功德之資糧，彼important迅將證得無上菩提。若謂一法者云何？若於諸法以自性明如真如，則諸法不稱，諸聲捨離。"《禪定目炬》頁139處所引與此敦煌本所引基本相同，唯其最後一句卻作："乃無捨離諸聲"（sgra kun spangs pa med pa yin），其中之"無"字當屬誤植。
　　此外，《禪定目炬》，頁47—48中，亦引此引文中的前一句，且與無垢友所引完全一致。而伯希和敦煌藏文卷116號，節121，以及《禪定目炬》頁139中所引前一句之後半句均作"即圓滿一切功德之資糧"，不是無垢友所引的"即圓滿一切功德之法"。依那連提耶舍漢譯《月燈三昧經》卷三，《大正藏》第15册，頁562，此段作："若菩薩與一法相應，皆悉能獲最勝功德。"據此亦難以以前述兩種不同引文間作取捨。
　　〔9〕　[Dam pa'i] chos kyi rgyal po'i mdo，*Saddharmaraja-sutra*，北京版《西藏文大藏經》卷三六，第909號，頁139、5、1。

能知一法，無一法不知，若不知一法，一法亦不知。"〔1〕准《月燈經》云："幾千世間中，我所説經部，詞衆而義一，不能説一切。若已諳一詞，即諳彼一切。"〔2〕阿闍黎獅子賢（Seng ge bzang po）造《現觀莊嚴論釋》〔3〕云："一法乃諸法性自性，執個悟一法真如，彼即悟諸法真如。"〔4〕

　　此與經教、論典亦不相違，於世俗亦有利益。准《般若經》云："彼者，舍利子！色乃空性，空性是色，色與空性非異者也。如是自受至一切法皆乃空性之性相，不生、不滅、不增、不減。"〔5〕於勝義無自性，於世俗亦唯幻化，顯現爲空、色而成不斷者，意即中觀之論也。准《智相光明經》〔6〕云："説因緣緣起，示次第入者，無明方便説，於彼任運法，何有次第行。於無邊自性，執求微聚想，些須不承許，時心若虛空，與佛一念域。"〔7〕是等所云，意即中觀之論也。准《入楞伽經》云："諸事生世俗，勝義無自性，凡誤無自性，彼許正世俗。"准《華嚴經》〔8〕云："如意寶王者，能圓

<hr>

〔1〕《禪定目炬》，頁48，引《法王經》段衹有前半句，闕後半句。

〔2〕那連提耶舍漢譯《月燈三昧經》卷七，《大正藏》第15冊，頁591，此段作："三千世界中，我時説諸經，義一種種味，彼悉不可説，所有十方佛，顯説無量法，諦思一句義，便則一解。"可見，無垢友所引亦是作了縮減的間接引文。《禪定目炬》，頁48，僅引最後一句，作"若已諳一法，即諳彼一切"，以"chos gcig"取代了"tshig gcig"。對照漢譯則知《禪定目炬》所引不正確。

〔3〕 *mNgon par rtogs pa'i rgyan gyi 'grel*，全稱 *Shes rab kyi pha rol tu phyin pa'i man ngag gi bstan bcos mngon par rtogs pa'i rgyan zhes bya ba'i 'grel pa*，*Abhisamayālamkāra-nāma-prajñāpāramitopadeśaśāstravrtti*，譯者 Vidyākaraprabha 和吉祥積，見德格版《西藏文大藏經》，第3793號。

〔4〕《禪定目炬》曾對頓門觀修之實義、功德作如是概括："若學真實密義——勝義，則不可思議諸法皆可學。同理，若能精通一法，則不可思議諸法皆可精通。若能熟悉真如之義，則即能熟悉十萬禪定之義；若能超越真如之義，則即可信守一切誓言。若能深入無誤之義，即可進入不可思議諸法之門。若能講述真如無誤之義，則即能講述不可思議諸法。若能耳聞此法，即能聽得一切法。若能見真如之面，即能見一切佛面。"《禪定目炬》，頁51。其意趣與無垢友此處所述相同。

〔5〕 顯而易見，無垢友於此引用了《心經》中的段落，令人不解的是，其引文似更接近於略本而不是由其自己翻譯的廣本中的段落，其原引文作：rab kyi pha rol tu phyin pa las/de ni sha ri'i bu gzugs stong pa nyid do/stong pa nyid kyang gzugs so/gzugs dang stong pa nyid tha dad pa ma yin no/de bzhin du tshor ba nas chos thams cad kyi bar du stong pa nyid kyi mtshan nyid de/mi skye mi 'gag mi 'phel mi 'grib bo zhes gsungs pas/ 敦煌本略本《心經》作：'di ni sha ri'I bu gzugs stong pa nyid de/stong pa nyid kyang gzugs so//gzugs dang stong pa nyid tha dad pa yang ma yin/ [stong pa dang] gzugs yang tha myi dad do//gag gzugs pa de stong pa nyid/gag stong pa nyid pa de gzugs te/de bzhin du tshor ba dang/'du shes pa dang/'du byed dang/rnam par shes pa'o//'di ni sha ri'i bu chos thams cad stong pa nyid kyi mtshan ma ste/myi skye myi 'gog/myi gtsang myi btsog/myi 'phel myi 'bri/唐玄奘譯《般若波羅蜜多心經》中相應的段落爲："舍利子！色不異空，空不異色，色即是空，空即是色，受想行識亦復如是。舍利子！是諸法空相，不生不滅，不垢不淨，不增不減。"值得一提的是，略本《心經》之藏譯並不見於《西藏文大藏經》中，而僅見於敦煌本吐蕃文獻中。故我們無法確定它是否曾於吐蕃本土流行。無垢友此處所引與敦煌藏譯本已有明顯的不同，這或説明其所引並非忠於原文，也可能它並非根據藏譯文，而是根據梵本直譯的。

〔6〕 *Ye shes snang ba'i rgyan gyi mdo*，即 *Sangs rgyas thams cad kyi yul la 'jug pa'i ye shes snang ba'i rgyan* (*Sarvabuddhavisayāvatārajñānālokālamkāra*)，北京版《西藏文大藏經》卷二八，第768號，譯者戒主覺和智軍。

〔7〕 此引文不見於《西藏文大藏經》所收《智相光明經》中，然亦見於伯希和敦煌藏文卷116號，節128—129；《禪定目炬》，頁62—63。

〔8〕 [*mDo sde*] *sangs rgyas phal mo che* (*Buddhāvatamsaka*)，全譯《大方廣佛華嚴經》，又譯《耳飾經》。譯者印度班智達勝友、戒主覺、吐蕃譯師智軍等，由大譯師毗羅遮那所訂正。見於北京版《西藏文大藏經》卷二五、二六，第761號。

滿意願,如是佛法性,常圓滿願望,無中邊世間,能引世有情。因彼等之願,諸佛遍十方,即如月東升,無數之影像,水器中升起,然亦無二月。離貪具智者,離貪成證覺,顯現諸刹土,佛者亦無二。"[1]是謂於勝義無二,唯名言不同,彼者,爲中觀之論,世尊已於諸了義經中詳説。《諦品經》云:"文殊!吾未安立聲聞與獨覺之乘。文殊!所云安立乘者,限於世俗也。於勝義則無一乘、二乘。"總之,若嚴守法性之邊,則大瑜伽之道不可言説、思想。雖無論説(gzhung bshad),然爲引導各各下劣衆生入於法性故,以名言門説法。

於彼,若謂凡彼盡乃捨離一切無分別事者,何以捨離一切喜樂心所生業,亦或與供養三寶等相違?於彼如《寶積經》[2]云:"若無佛想、無法想、無僧想,是即正供。"[3]《慧海所問經》[4]亦云:"慧海!彼等三者,即於如來無上恭敬與供養。若謂何者謂三?答曰:發菩提心、持如來正法與於衆生發大悲心也。"或曰:云何當多聞善説?於彼《大佛頂經》[5]云:"聰穎持無邊,邪思終墮落,依然入輪迴。"《月藏經》[6]亦云:"譬如凡火花,不能竭大海,如是世俗諦,不能斷自惑,何須説他衆。"《入楞伽經》云:"如於詞分別,孰若如是修,死後墮地獄,末流説幻化,枉得正慧名,彼即三毒説,破毒爲正性。"復云:"諸説亦迷亂,正性無文字。"復云:"所謂多

---

〔1〕 此引文不見於《西藏文大藏經》所收《華嚴經》中,然亦見於伯希和敦煌藏文卷116 號節162—163 中,於此處乃作爲對"於無分別中,佛陀如何利益有情"一問的部分回答而被援引。兩處引文間照例有些無關緊要的差異。

〔2〕 *dKon mchog bstsegs pa'i mdo*,*Ratnakūta-sūtra*,北京版《西藏文大藏經》卷二二,第760 號。

〔3〕 亦見於伯希和敦煌藏文卷116 號節142。《禪定目炬》,頁140,云:"dKon mchog brtsegs pa las / sangs rgyas kyi 'du shes med / dge 'dun 'du shes na yang dag pa'i mchod pa'o",譯言:"《寶積經》云:'無佛之想,僧伽之想者,即正供也'。"此當爲引者誤植,意義相左。菩提流支等漢譯《大寶積經》卷七一,《大正藏》第11 冊,頁402:"無佛及佛法,亦無餘智衆,顯示第一義,如來如實知。"

〔4〕 *Blo gros rgya mtshos zhus pa'i mdo*,全稱 *'Phags pa blo gros rgya mtshos zhus pa zhes bya ba theg pa chen po'i mdo*,由勝友、施戒、Buddhaprabha 與智軍等合譯,見於北京版《西藏文大藏經》卷三三,第819 號,與漢譯《佛説海龍王經》相應。

〔5〕 *gTsug tor chen po'i mdo*,此當爲《首楞嚴經》的簡稱。《首楞嚴經》通常被認爲是漢人自撰的僞經,於《西藏文大藏經》中存有此經的兩種不同的譯本,均爲殘本。其中的第一部題爲 *bCom ldan 'das kyi gtsug gtor chenpo de bzhin gshegs pa'i gsang ba sgrub pa'i don mngon par thob pa'i rgyu byang chub sems dpa' thams cad kyi spyod pa dpa' bar 'gro ba'i mdo le'u stong phrag bcu pa las le'u bcu pa*,説是《大佛頂如來密因修證了義諸菩薩萬行首嚴經》第十品之藏譯,實際上包括了此經的第九、十兩品。其中的第二部是 *gTsug gtor chen po bam po dgu pa la bdud kyi le'u nyi thse phyung ba*,譯言《自大佛頂經九品中魔品抄出》,但實際上並不是漢文《首楞嚴經》的第九品的藏譯。因於《旁塘目録》和《登迦目録》中均祇有《自大佛頂經九品中魔品抄出》一部,見前引《旁塘目録》,頁19;芳村修基,《デンカルマの研究》,《インド大乘佛教思想研究——カマラシーラの思想》,京都:百華苑,1974 年,頁140。是故,此處無垢友所引當出自《自大佛頂經九品中魔品抄出》。筆者尚無法確定這條引文的出處。這或可作爲無垢友這部論書並非由梵譯藏的一個佐證。

〔6〕 *Zla ba'i snying po'i mdo*,當即爲 *'Phags pa zla ba'i snying po shes rab kyi pha rol tu phyin pa theg pa chen po'i mdo* 的簡稱,譯言《聖月藏般若波羅蜜多大乘經》,見於德格版《西藏文大藏經》般若部,第27 號。

聞者,乃於義善巧,而非於詞善巧也。"[1]《無生經》[2]云:"若不遍知法自性,詞之最上不證覺。"《解深密經》[3]云:"長久以來信受言語,且於言語生妙喜,是故不能分別、比量、信受內道聖者不言之真諦。"《佛說文殊師利巡行經》[4]云:"不分是有爲,還是無所爲,二者皆魔業,賢者如是說。"[5]《虛空藏經》[6]云:"所有言語,盡乃魔業。無言無相,魔何作業。"《梵天普識經》[7]云:"法與非法無分別,且離二相者,即所謂修道也。"《法王經》云:"善男子!若欲得解脫,斷欲之支分,心不思一異,捨離有無心,心性相之理者,空也。心之性相者,亦無去、亦無來、亦無取、亦無捨,此無所有之名者,謂菩提也。"《金光明經》[8]云:"雖以世俗理宣說,然若於正義考量,則非如是,幻詞淨治爲正經之故。"《十萬般若經》[9]云:"若知法界,則亦知一切法之廣略。云現證於義善巧者,乃聞之最勝,若跟從聲,則亦成無分別障礙。"或有云當行六波羅蜜多者,於彼說如《金剛三昧經》[10]云:"若心於空性不動,則已攝六波羅蜜多也。"[11]《梵天殊勝心所問經》[12]云:"不思者施,不住者戒,不分所有差別者忍,無取捨者精進,不貪者定,不二者慧。"《入楞伽經》云:"自心至於

〔1〕 此句亦見於伯希和敦煌藏文卷116號節123。

〔2〕 'Byung ba med pa'i mdo, 全稱 'Phags pa chos thams cad 'byung ba med par bstan pa zhes bya ba theg pa chen po'i mdo, 譯者輦真措(Rin chen mtsho), 北京版《西藏文大藏經》卷三四, 第847號。

〔3〕 dGongs pa nges par 'grel pa, Samdhinirmocana, 北京版《西藏文大藏經》卷二九, 第774號。

〔4〕 'Jam dpal gnas pa['i mdo], 百四十偈, 印度論師戒主覺與吐蕃譯師智軍合譯, 見於北京版《西藏文大藏經》卷三三, 第863號。

〔5〕 北京版《西藏文大藏經》卷三四, 第863號, 頁240.1.1: / 'dus ma byas la gang rtog dang // mya ngan 'das la gang rtog pa / "不分別無爲,不分別涅槃", 而不是 / 'dus byas la ni gang rtog dang / / 'dus ma byas la gang rtog pa /

〔6〕 Nam mkha' mdzod kyi mdo, Gaganaganjapariprccha, 全稱 'Phags pa nam mkha' mdzod kyis zhus pa zhes bya ba theg pa chen po'i mdo, 譯言《虛空藏菩薩所問大乘經》, 八卷, 印度論師 Vijayasila、Silendrabodhi 與吐蕃譯師智軍等合譯, 見於北京版《西藏文大藏經》卷三三, 第815號。

〔7〕 Tshangs pa kun 'dris kyi mdo, 筆者尚無法確定此經爲《西藏文大藏經》中的哪一部經。

〔8〕 gSer 'od dam pa'i mdo, 全稱 'Phags pa gser 'od dam pa mchog tu rnam par rgyal ba'i mdo sde'i rgyal po theg pa chen po'i mdo, 譯言《金光明最勝王經》。此經有三種不同的藏文譯本, 其中的一種乃法成由漢譯藏, 德格版《西藏文大藏經》, 第555號。筆者尚不能確定這段引文之出處。

〔9〕 Shes rab 'bum gyi mdo, 或即當爲 Shes rab kyi pha rol tu phyin pa stong phrag brgya pa, 譯言:《般若波羅蜜多十萬頌》, 與漢譯《大般若波羅蜜多經初會》相應。筆者尚不能確定這段引文之出處。

〔10〕 rDo rje ting nge 'dzin gyi mdo, 漢譯作:"空心不動,具六波羅蜜。"《大正藏》第9冊, 頁367。

〔11〕 同樣的引文見於《禪定目炬》, 頁139。

〔12〕 Tshangs pa khyad par sems kyis zhus pa'i mdo, 此經當即 Tshangs la phan sems kyis 'jam dpal la zhus pa, 即鳩摩羅什所譯《思益梵天所問經》,《大正藏》第15冊, 第586號。藏譯乃根據漢譯轉譯, 斯坦因敦煌藏文卷第709號, 即包括此經自漢譯譯藏的抄本。是故, 木村隆德認爲無垢友所造此論實有後人僞托之可能。見木村隆德,《敦煌西藏語禪文獻目録初稿》,《東京大學文學部文化交流研究設施研究紀要》第四號(東京: 東京大學, 1980年), 頁98—99、114—115。此處所引《思益經》與《金剛三昧經》文亦見於敦煌漢文禪籍《諸經要抄》(擬題,《大正藏》第85冊, 第2819號, 頁1196c), 其行:"思益經云:'世尊,云何具足六波羅蜜? 梵天若不念施,不依戒,不分別忍,不敢精進,不住禪定,不二於惠,是名具足六波羅蜜。'金剛三昧經云:'空心不動具六波羅,此大乘頓教法門。爲一切衆生本來自有佛性,千經萬論,大小乘教,文字言說,祇指衆生本性見成佛道。此法亦名反源,亦名反照,亦名反流,亦名迴向,亦名無生,亦名無漏,亦名不起,亦名法離見聞覺知'。"

入，皆是順世派。唯有施等，於外道亦有，故若隨相，則成不出輪迴之過。"〔1〕或曰：〔作〕經懺與念、誦等無大福報。於此如《三昧王經》云："孰個深信菩提者，厭離有為為衆生，若向寺廟舉七步，彼即福報之最勝。"《大寶髻經》云："於多如塵數之劫誦、讀正法之經，不如於一日或一夜修無漏慧之無量福報大。若謂彼何以故？曰遠離生死故。"〔2〕是故，云作經懺、問經等無大利益。

或曰：於無分別無作利益有情之方便。於彼《般若波羅蜜多經》云："善現！於此菩薩摩訶薩住於三等持，凡彼等行於分別之有情，皆極安立於空性。凡彼等行於相之有情，亦合於相。凡彼等願果之有情，則合於願。善現！如此菩薩摩訶薩行於般若波羅蜜多，且住於三等持，而令有情盡皆成熟也。"是故，無分別性能利益有情，以相之門說法者，乃魔鬼之業、罪惡之伴也。〔3〕《佛藏經》云："不知自法而向他人說法者，則令有情生於地獄。若謂何以故？顛倒說法故也。所云顛倒說法者，乃謂說實有與相也。無所緣而利益有情者，最勝者也。"或曰：於無分別無懺悔罪過也。於彼《大方廣經》云："孰個若欲懺悔自新，當坐直、清淨觀待、正見、正觀正性，則得解脱。此謂懺悔自新之最勝也。"是故，心不動而住者，乃懺悔自新之最。〔4〕至此，已持興論者之答辯，亦已説瑜伽經論，若是，彼欲速得一切智者，當修無分別等持，願此所説頓入無分別，令三界所有一切有情，證悟慧眼得中觀義，速得一切智。大阿闍黎無垢友所造《頓入無分別修習義》圓滿。

印度之堪布法戒（Dharmatāśīla）、主校大譯師智軍翻譯、校定。

五、分別、無分別與漸、頓二教之判定

如前所述，迄今有關《頓入無分別修習義》的所有研究，都對其是否為無垢友本人所造提出了懷疑，並設想了後人如何偽托、添加的種種可能性。無疑，的確有許多理由

---

〔1〕 以上三段引文亦見於敦煌伯希和藏文卷 823 號，II，葉 1—2。參見木村隆德上揭文，頁 114—115。

〔2〕 同樣的引文見《禪定目炬》，頁 139。

〔3〕 亦見於伯希和敦煌藏文卷 116 號，節 131—132，然與此所引有不少出入。按其所引當譯作："復或有言：若住於空性之等持，則不能利益有情。於彼《般若波羅蜜多經》有云：'善現！於此菩薩摩訶薩住於三等持，凡彼行於分別之想之有情，則安立於空性；凡彼行於相之有情，則安立於無相。凡彼行於願之有情，則與無願相合。善現！如此菩薩摩訶薩行於般若波羅蜜多，且住於三等持，而令有情盡皆成熟也。'是故，以甚深法之門顯然能廣作有情之利益，假若以相之門說法，則將會滋長罪過。"參見 Faber 上揭 1985 年文，頁 58。

〔4〕 亦見於伯希和敦煌藏文卷 116 號，節 142，照例與此稍有出入，其最後一句作："不動而修者，顯然乃懺悔自新之最勝也。"參見 Faber 上揭 1985 年文，頁 62。他將最後一句譯作："it is clearly the best apology to meditate on the immovable," 從上下文看，似當譯作："it is clearly the best apology to meditate immovably"《禪定目炬》，頁 134，僅引"正見、正觀正性，則得解脱，此者，謂懺悔自新之最勝也"一句，且謂引自《懺悔經》('gyod tshangs las)。

令我們懷疑它或不是一部無垢友親造的、由梵譯藏的論書。特別是，若先入爲主地將無垢友視爲頓門派的代表，並將其論書看作是捍衛頓門教法、回遮漸門見地的著作，則自然以爲其前半部分有關止、觀的內容一定與其後半部有關大乘頓入無分別法的內容相違，亦就是説這部論書前後兩部分內容的組合違背了文本本身的內在邏輯。然而，若真如 Tucci 所説，此論前半部分是後人有意添加進去的話，那麼無垢友此論之"原本"就應當是伯希和敦煌藏文卷第 116 號的另一個殘本；而若如原田覺所言，此論書中與伯希和敦煌藏文卷第 116 號相同的部分是後人添加的話，那麼無垢友這部論書名不符實，與《頓入無分別修習》没有有機聯繫。無垢友已在他所造的《次第入修習義》中對蓮花戒《修習次第》的內容作了很好的概述和引證，無須再造《頓入無分別修習義》。如果祇是因爲《頓入無分別修習義》中過多引用《修習次第》而懷疑它非無垢友原作的話，我們亦當對《次第入修習義》一書的真僞提出懷疑。而同時有《頓入無分別修習義》和《次第入修習義》兩部論書傳世，這或説明無垢友並没有在漸門與頓門之間作非此即彼的選擇。進而言之，《頓入無分別修習義》祇有同時包括前後兩部分的內容，纔有別於《修習次第》與《無所得一法論》，纔有獨立存在之可能和意義。從這個角度出發，我們更傾向於同意原田覺主張的前半部分，即無垢友造此論的目的或在於將通常被説成是漸門派教法的止觀修習納入通常被認爲是頓門派教法的無分別修習中。其動機既可理解爲作者有意圓融頓、漸雙方互相對立的主張，亦可理解爲作者欲廓清漸門與頓門之主張的異同，從而更清楚地闡明頓門的立場，並通過將止觀修習納入頓門的無分別修習體系來加強其修法之可行性和有效性。

事實上，止觀並非區分頓、漸的標準，止觀修習並非漸門的專利，亦不與頓門之見地相違。不管是修漸門，還是頓門，甚至大瑜伽和大圓滿，凡欲證無分別智、入無分別界之行者，皆當修習止觀。頓門本乃漢地禪法，修止觀理所應當。無垢友這部論書開宗明義："凡彼欲速得一切智者，當修無分別等持。實則云何？乃寂止與勝觀也。"他從《修習次第》中照搬過來的那些段落，先教行者圓滿修止、觀之資糧，即爲修習止觀作好外在的種種準備，然而教行者如何端正坐姿等修習止觀的方法，最後教行者如何克服修習過程中可能出現的諸如昏沉、掉舉等種種障礙，最終成就止觀合一之道而入於無分別。這些內容雖源出《修習次第》，但於此看不出明顯的漸門意趣，亦没有出現"次第修習"一類的字眼。實際上，此類內容於印度、漢地、西藏之佛教文獻中多有出現，所説大同小異，這亦包括《禪定目炬》第五品"説頓門論書"中大段引述的頓門禪法，[1]它們本身並

---

〔1〕 詳見乙川文英上揭 1995 年文。

無明顯的頓、漸之分。因此，僅僅因它們源出於《修習次第》，就過分地強調《頓入無分別修習義》前半部分内容之漸門意趣是不妥當的。

有關止觀修習與西藏佛教之漸、頓、大瑜伽、大圓滿四種傳統的關係，《禪定目炬》前三品中有很詳細的説明。按照它的解釋，行者於完成一切所作之業，亦即圓滿修習止觀之資糧後，入修習義之時，按因乘之傳軌，亦視根器之利、鈍分成漸、頓二支。其中"漸悟説"爲蓮花戒的主張，乃不了義之經、未普遍圓滿之論書；而"頓入説"乃迦葉與菩提達磨多羅所傳。其末傳是和尚摩訶衍，他的頓入論書乃普遍圓滿經論。漸門者乃能得方便、寂止、喜金剛續（任何大煩惱之對治仁慈等），以及易於串習等寂止者。而頓門者則自一開始就於無生勝義無所作，故能得串習諸方便。漸門派之傳軌，以緣起、離一異、破四邊生等，無生勝義之持、見世俗如幻之勝觀之智；頓門證悟一切法於無生界無量，即證悟無所識者正識，無所明者正明，無所觀者正觀，無所觸者大觸之勝觀。因此，區分漸、頓、大瑜伽、大圓滿四種傳統的標準不是修或不修止觀，而是如何入無分別。《禪定目炬》説頓、漸、摩訶瑜伽、阿底瑜伽等四種無分別，譬如梯級，有高低之差別。而分別與無分別是一個極爲複雜的體系，分別有於顯現起分別與於不顯現起分別兩種。於顯現起分別復有於體性起分別、於相起分別、於體性與相無二起分別三種。於體性顯現起分別者，復有於實有法之自性起分別、於對治起分別、於真如起分別、於證得起分別等四種。於相起分別者，乃世俗分別見。於體性與相無二顯現起分別者，乃於勝義起分別見，乃妙觀察智。此外尚有體性分別、世間分別、定入分別、隨念分別等。這些分別與無分別一一如應，唯分別分寂滅之時，無分別分方一一生起。故無分別者，有世間無分別、世出無分別以及上師無分別等三種。世間無分別即四種禪定、四種等至。世出無分別者，乃遮斷聲聞與寂滅獨覺等持，亦稱爲凡夫行靜慮。上師無分別者，乃大乘。於彼分別義禪定爲勝觀，生自妙觀察慧因。緣真如禪定爲無相寂止。如來禪定者，乃止觀雙運。而無分別亦有於顯現無分別與於不顯現無分別兩種。於顯現無分別者復有於爲相之顯現無分別與於爲體相之顯現無分別二種。於爲體相之顯現無分別者復有三種，即於爲有之體相之顯現無分別者，乃於瑜伽行者依他作意之識，唯自他力緣起所生幻化故，乃自續派無分別，亦乃於諸外道徒我作意之識。於爲空性之顯現無分別者，乃瑜伽行者之圓成修習。修習中觀道之識者，乃勝觀，於彼圓滿先前之不可得。較彼殊勝無二無分別者，乃摩訶瑜伽。任運成就大無分別者，乃阿底瑜伽。

若按照這個複雜的分別與無分別體系來判定漸、頓、大瑜伽、大圓滿四門，則漸門乃按四次第漸漸捨離於自性等起分別之相、於對治起分別之相、於真如起分別之相、於證得起分別之相,而入於無分別。彼即如《聖入無分別惣持經》所說欲得大寶如意寶之人於彼巖石下次第掘之而得如意寶,生起圓滿自他一切義,乃次第修行他空性、無相、無願三門,以及修止、觀等。顯然《禪定目炬》以《聖入無分別惣持經》爲漸悟說之依據。而頓入者,要求行者一發心即作意於一切種智,所謂直面真實,捨離證悟,奕然而住,無我無他,凡聖等一,不追隨文字與教法,於真實義平靜無分別,寂靜而無所作。因行者覺性無生,爲無生之義,亦無所爲念,所以是頓入。若以正理爲喻,境色爲白,則生白識,境無所思,則識亦無所思。顯而易見,這說的菩提達磨《二入四行論》中的理入論。而曰內法無分別真如者,乃摩訶瑜伽法門。以諸法爲自證光明,無有二諦。非能作者所作,普遍光明,界智無二。如《集密》所云:"事無修習事,所修無修習,如是事無事,修習無所得。"故無二真如者,返而不求;本智者,不作所緣於界,於彼離捨離種法,自證自明。而大圓滿法,亦即阿底瑜伽、或曰增上瑜伽任運圓滿真如者,謂一切現有法於自然智清淨界中無可遮遣,無始以來自然光明,全不求因果而任運成就,大聖於彼無動,塵名亦無,自證光明,不立、不動、不學、不入,蕩然、朗然,無所修、所念,亦無有、無,有之唯即彼無之義。本來無分別,亦無顯現、斷滅,於彼無分別,遂使無分別本身亦成增言。

於依分別與無分別判定漸、頓、大瑜伽、大圓滿四門之後,《禪定目炬》復分別對這四种要門提出批評。漸門次第入者重的是分別,就如登山要一步一步地往上爬一樣,要證得佛之法身亦須依靠修二諦、止觀等一步一步地登,所謂辛苦精勤於所得而生無所得,以因量事,取中觀之義。雖然其目標是入於無分別,然其修法是要一一遮遣分別,所以是漸入。整個修習的過程有點像是一種精神的遊戲。頓門者,重的是無分別,但因爲太強調無分別,反對分別,而未證悟修行之體驗實際上是由分別與無分別二者組成的。說諸法無生,本身已包含有諸法的概念,即有了分別。故頓門派既說自他諸法無始以來無生,然又希求勝生,實心受雜染,故永遠不見大義,譬如家禽之勇不能撼大海一般。欲無所思而入法性者,准《智相光明經》云:"說因緣緣起,曰次第入者,無明方便說,於此任運法,何有次第修。於無邊自性,何見微聚想,些須不承許,時心若虛空,與佛一念域。"漸門次第入者,乃爲下等根器所說,就如蜣螂怎麼逃逸,亦到不了妙高山之巓一般,乃說具所得之無分別。若以離所作而名之爲頓門,則亦不知無二爲摩訶瑜伽之卓越處。如曰無二[頓門],則同樣承許見全勝義諦無生空性。然彼具輪休者[無生者真實,無生者不真實]觀大瑜伽自性真實無別,爲自見蓋障,就如襟中粟[稻]穀,不見大地,入針眼而上觀,不見虛空一般。空者,不能作任何顯現。密咒真如者,即勸慰眾生利益之寂忿壇城等能隨應轉化之義自所名。大瑜伽、摩訶瑜伽者,乃無二之名;大任運成就、阿底修習者,乃不悟也。摩訶瑜伽者,能比量實有法,以衆多方便串習眞如,且以化身利益有情。無所作之我義、任運圓滿者,無現起,無學,乃一切化身之生地,恒常利生之唯一大智慧,唯彼不見乃我行之義,與前曰中觀相似。亦如自持雙山〔大山〕上,不見須彌山〔無悟山〕頂一般。内道大瑜伽行者,經由種子字與相之法器等有相等持雖亦可獲得應驗,然於任運成就有所得,故不見。如觀太陽之中心,終不見而成黑眼一般。〔1〕

Guenther 先生分析了《禪定目炬》中對漸、頓、大瑜伽、大圓滿等四種修法所作評判後指出,“應該注意的重要點是,修持的問題主要不是(而且從來亦不是)認識論的分析,或是於漸(重於分別)與頓(重於無分別)兩種入法之間的所謂爭議,而是從認識論到本體論的轉變,是從‘我們如何體驗和體驗什麼’這樣的問題到‘諸法是如何形成的和它表明的是什麼’這樣的問題的轉變”。〔2〕 從這個角度出發,尤其繼續於頓漸之爭中糾纏不清,倒不如圓融頓、漸兩派之見地與修法,以達到速證無分別智的目的。無垢友尊者所造的這部《頓入無分別修習義》之出發點或許就是如此。於西藏教法史中,無垢友既不是漸門巴,亦不是頓門巴,而是宣揚寧瑪派大圓滿法的最重要的法師之一。《禪定目炬》第七品,“廣説大圓滿之論”中,列大圓滿法之九種見,而其第一種就是無垢友主張的“離所緣之見”。《禪定目炬》記述了修習大圓滿法的八種禪法,其中的一種復爲無垢友所傳。〔3〕 無垢友無疑是高於頓、漸兩派的大圓滿法的重要代表人物。了解這一點,當是我們正確理解、評價其所造《頓入無分別修習義》的重要前提。至於無垢友有關大圓滿法之見、修的主張於整個大圓滿法體系中的位置與意義,以及它們與頓、漸二門之教法的關係則留待他日作進一步的研究與説明。

附　記

本文是作者在談錫永上師的鼓勵和指導下,與加拿大多倫多大學佛教學博士邵頌雄先生合作對漢、藏譯《聖入無分別惣持經》作對勘、研究的一個副産品。初稿寫成於三年多前,因文中並不能對所討論的問題給出圓滿的結論,對《頓入無分別修習義》所作的文獻學處理亦不够完善,故一直束之高閣,希望今後能有時間和精力對其加工、完善。遺憾的是,三餘年來雖然時常會回到對本文所涉種種問題的思考中來,但終無實質

---

〔1〕 以上有關以分別、無分別而對漸、頓、大瑜伽、大圓滿之評判主要依據《禪定目炬》第三品:“別説入、方便、需要之差別”(’jug thabs dgos ched kyi khyad par bstan pa)的内容綜述。

〔2〕 Herbert V. Guenther, “‘Meditation’ Trends in Early Tibet,” *Early Ch'an in China and Tibet*, pp. 360 – 361.

〔3〕 《禪定目炬》,頁415—416。

性的進展。顯然,窮作者一人之力,亦不可能解決本文想要解決的所有問題。要將對"吐蕃僧諍"所引出的對佛教義理的討論引向深入,必須集思廣益。有鑒於此,作者不揣譾陋,謹將舊稿稍作更新、增刪,獻醜於此,伏望得到方家、同行的批評和指正。本文寫作過程中,曾得談錫永上師諸多指教,邵頌雄博士、梅開夢(Carmen Meinert)博士亦曾提供多方面的幫助,兩位匿名審閱人惠予鼓勵,並提出了相當專業的評議,在此謹向他們一併表示衷心的感謝。

(原載《佛學研究中心學報》2005 年第 10 期,臺北:臺灣大學文學院佛學研究中心,頁 81—117)

西藏文文獻中的和尚摩訶衍及其教法

——一個創造出來的傳統[1]

一、從"背景書籍"和"達賴喇嘛的微笑"談起

Umberto Eco 先生曾經指出,我們人類是帶着一些"背景書籍"(background books)來雲遊和探索這個世界的。這倒不是説我們必須隨身攜帶這些書籍,而是説我們是帶着一種從自己的文化傳統中得來的、先入爲主的對世界的觀念來雲遊世界的。不可思議的是,我們出遊時往往就已經知道我們將要發現的是什麼,因爲這些"背景書籍"告訴我們什麼是我們假定要發現的。這些"背景書籍"的影響是如此之大,不管旅行者實際上所發現的、見到的是什麼,任何東西都將借助它們纔能得到解釋。例如整個中世紀的傳統令歐洲人確信世界上,確切地説是在東方,存在有一種稱爲"獨角獸"(unicorn)的動物和一個"約翰長老的王國"(the Kingdom of Prester John)。於是,連没有讀過幾本書的意大利年輕商人馬可波羅到了東方亦念念於兹,並最終發現了這兩種實屬莫須有的東西。事實上,他於爪哇所見到的不是真的"獨角獸",而是犀牛(rhinoceroses);他書中所説的"約翰長老"則是蒙古部族中信仰聶思脱里教的克烈部落首領王罕。二者皆與馬可波羅實際要尋找的東西風馬牛不相及。[2] 這種從自己文化傳統中的"背景書籍"出發,對他種文化傳統産生誤解、歪曲的現象不但於世界文明交流的歷史上司空見慣,而且就是在全球化成爲不可逆轉之趨勢的今天亦依然屢見不鮮。同一樣東西、同一種文化現象於不同的文化和歷史背景之中會得到完全不同的詮釋。近十年前,筆者

〔1〕 本文寫成於作者作爲日本學術振興會外國人特別研究員於日本京都大學文學研究科作爲期兩年的合作研究期間(2002.9—2004.9)。受日本東方學會邀請,作者於 2004 年 5 月 29 日於該會於京都大谷大學主辦的第四十九回國際東方學者會議關西分會上報告了本文。在此謹對日本學術振興會、日本東方學會的支持和盛情表示衷心的感謝。兩位匿名評議人對本文作了很有深度的專業評議,對此亦於此謹表感謝。

〔2〕 Umberto Eco, "From Marco Polo to Leibniz: Stories of Intercultural Misunderstanding," A lecture presented on December 10, 1996, The Italian Academy for Advanced Studies in America. 關於馬可波羅與約翰長老的故事參見楊志玖,《馬可波羅在中國》,天津:南開大學出版社,1999 年,頁 161—188。

曾於德國法蘭克福機場候機廳内有過一次令我至今難以釋懷的經歷。時有兩位來自中國大陸的知識女性,正於結束了在德國的短期學術訪問後的歸國旅途中。她們利用候機之餘暇,正在交流各自於德國的見聞。其中一位談到了此前不久訪問過德國的達賴喇嘛,最後加上一句評論説:"你看達賴喇嘛的笑有多噁心!"另一位當即應聲附和。坐在一旁滿有興趣地聽她們交談的我,聽到此時不禁驚詫莫名。我想當時在場的德國乘客中若有懂得漢語者,聽得此話一定會覺得這兩位看起來相當文雅的中國婦女是魔鬼,因爲於西方世界,達賴喇嘛的微笑通常被認爲是世界上"最迷人"、"最智慧"、"最慈悲"的微笑。何以這同樣的一種微笑到了中國知識婦女的口中卻是"有多噁心"呢?這個問題令當時的我陷入了長時間的沉思,亦令以後的我孜孜於探索漢、藏間,西方與西藏間之文明遭遇的歷史,當然亦令今天的我選擇了以這樣的一個題目來作今天的這個報告。

毫無疑問,認爲達賴喇嘛之微笑"有多噁心"的那兩位中國知識女性肯定不是魔鬼,她們之所以對達賴喇嘛之微笑有着與西方人截然不同的反應,是因爲她們從自身攜帶的"背景書籍"出發,於今日中國之民族主義的話語(discourse)中,閱讀了"達賴喇嘛的微笑"這一文本。於中國的大衆傳媒中,達賴喇嘛是一位依恃西方世界之支持而謀求西藏獨立的分裂分子,所以出現於西方公共場合中的"達賴喇嘛的微笑"在她們看來顯然是達賴喇嘛爲取悦其西方支持者而作的媚笑,故它是"噁心"的。而於西方某些人而言,西藏是世界上經過現代化掃蕩之後碩果僅存的最後一塊淨土,是所有企求超越物質主義和獲得靈魂解脱者的精神家園,故達賴喇嘛的微笑是世上"最迷人"、"最智慧"、"最慈悲"的了。於解讀了隱藏於這兩種對"達賴喇嘛之微笑"的截然不同的看法背後的各自的"背景書籍"之後,不但這些危言聳聽的説法不是匪夷所思了,而且這兩種看似有天壤之别的觀點亦不是不可調和的了。顯而易見,不管是西方的、還是中國的"背景書籍"中的西藏與達賴喇嘛,實際上都與歷史的、現實的西藏和達賴喇嘛有着極大的差異。説到底,這些"背景書籍",或者説那些被稱爲"文化傳統"的東西,其中有許多不是對歷史和現實的真實反映,而是被人爲地創造出來的。因此,若要理解何以中國人、西方人對"達賴喇嘛的微笑"會有着如此不同的看法,就必須首先對隱藏於這兩種看法背後的兩種不同的"背景書籍",或者説"文化傳統"作仔細的檢討,弄清楚這些今天被我們認爲是"傳統"的東西是如何被創造出來的,並進而找出形成各種文化間之誤解(intercultural misunderstanding)的根源。

漢、藏兩個民族間政治、文化的互動、交流少説亦已經有近一千五百年的歷史了,這種交流無疑推動了漢、藏兩種文明的進步和多樣化。然而,於此千餘年的交流過程中相互間亦都形成了對對方文化的一套"背景書籍",其中充斥了誤解和歪曲,至今仍影響着漢、藏兩個民族、文化間的相互理解和欣賞。而其中最令人注目的一種"背景書籍"就是各自對對方之佛教傳統的誤解和輕蔑。於漢族的文化傳統中,藏傳佛教總是和神通、妖術等相提並論,故不是被稱爲"秘密法"、"鬼教",就是被稱爲"喇嘛教",似乎它並不是大乘佛教的一支,而是一種騙人的把戲。[1] 明代著名大學士張居正(1525—1582)撰於萬曆元年(1573)四月八日的《番經廠碑》是筆者迄今所見最早出現"喇嘛教"這一名稱的漢文文獻,此云,喇嘛教是"達摩目爲旁支曲竇者也"。[2] 令人叫絕的是,於藏族的文化傳統中,菩提達摩所傳之教法,即漢傳之禪宗佛教,亦遭受了與西藏佛教於漢地所受到的同樣的待遇。最近,中國科技大學校長朱清時院士訪問了西藏,並與西藏幾位著名的活佛討論佛法。據他報導:"當我説到漢傳佛教的禪宗,他們就哈哈大笑,説藏傳佛教有一個很知名的故事。大約幾百年以前,内地去了一位非常有名的高僧,他是禪宗的大師,和藏傳佛教大師辯經。後來呢,漢傳佛教敗得一塌糊塗,藏傳佛教就從此看不起漢傳佛教。"[3] 這些西藏活佛提到的那位從内地去的禪宗大師指的一定是於 8 世紀下半葉應邀從敦煌往吐蕃傳法的漢人禪師摩訶衍和尚,而他們提到的那次辯經指的亦肯定是傳説發生於 794 年的著名的"吐蕃僧諍",衹是和和尚摩訶衍辯論的主角實際上並不是藏傳佛教大師,而是來自印度(尼婆羅)的蓮花戒論師。傳説這場僧諍以和尚摩訶衍爲首的頓悟派被以蓮花戒爲首的漸悟派擊敗而告終,從此中觀漸悟派的清淨見行被立爲藏傳佛教之正宗,而漢地的"頓悟説"則被作爲異端邪説而逐出吐蕃。於是,於西藏的文化傳統中,"和尚之教"差不多就是異端邪説的代名詞。這種傳統甚至一直延續到了今天。

---

〔1〕 上個世紀 80 年代末馬健的小説《亮出你的舌苔或空空蕩蕩》,《人民文學》1,北京,1987 年,頁 98—116,曾因引起了西藏人的強烈反感而遭到政府禁毀。這部小説可以説是誇張地、戲劇化地反映了藏傳佛教於漢族文化傳統中的形象。有意思的是,據稱作者是在完成其西藏之旅後寫作這篇小説的。顯然,他於西藏之所見所聞受到了他出發前就已經知道的有關西藏的"背景書籍"的影響。他於小説中所描述的一妻多夫、天葬、男女雙修等故事,皆是漢人有關西藏文化之"背景書籍"中最基本的東西。他的西藏之行看起來只是爲了確認他早已經知道了的東西,他據稱於西藏道聽途説來的一些故事,或許可以爲其小説增加一些聽起來更可信、更直觀、更具體的細節,但其小説中所描述的主要内容當主要來自他的"背景書籍",而不是他從西藏採風所得。事實上,不衹是於漢族文化傳統中,就是於西方的文化傳統中,藏傳佛教亦同樣一直受到歪曲、誤解,甚至不同程度的妖魔化。漢文中的"喇嘛教"與西文中的"Lamaism"這兩個名稱之間不見得一定有必然的相承關係,而更可能是殊途同歸。關於西方文化傳統中的 Lamaism 參見: Donald Lopez Jr. , *Prisoners of Shangri-La*: *Tibetan Buddhism and the West*(Chicago and London: The University of Chicago Press, 1998).

〔2〕《欽定日下舊聞考》卷六,臺北: 廣文書局,1968 年,頁 8a—8b.

〔3〕 www. secretchina. com/news/articles/3/9/5/50178b. html. "中國科技大學校長朱清時院士西藏之行的感悟。"(2003 年 9 月 5 日).

　　顯而易見,這兩種於漢、藏文化傳統中已經定格爲各自對對方之文化傳統之"背景書籍"的東西,事實上皆是對對方文化傳統的誤解。當代西方人類學家將藏傳佛教文化之特徵形象化地總結爲 civilized shamans(文明的薩蠻),[1] 此即是説藏傳佛教確有其神通、秘密的一面,但亦有其博大(rgya chen)、精深(zab mo)的一面,它絶不是蠱惑人心的"方伎"、"幻術"。同樣,漢地的禪宗佛教亦絶不是可以被人隨意嘲笑的對象,藏傳佛教雖高山仰止,但絶無理由可以"看不起漢傳佛教"。殊爲遺憾的是,這兩種根深蒂固的"背景書籍"顯然已經嚴重阻礙了漢、藏兩種文化間的交流。傳説發生於 8 世紀末的那場"吐蕃僧諍"無疑是一場相當有水準的跨文化、跨宗教的對話,然而圍繞着這場僧諍及其結果所形成的"背景書籍"卻使得漢、藏兩種文明之間從此以後再也没有出現過如此高水準的對話。此足見"背景書籍"對兩種文明間的交流的影響是何等之巨?而要排除這些負面影響的唯一途徑就是直接地檢討這些"背景書籍"的來龍去脈。筆者已曾嘗試對漢文化傳統中有關藏傳佛教之"背景書籍"進行揭露和批判,[2] 今則嘗試以西藏文獻中有關和尚摩訶衍及其所傳教法之記載爲中心對西藏文化傳統中有關漢傳佛教的"背景書籍"之形成和影響作一番探索。

二、吐蕃時期的漢、藏文化交流和
有關"吐蕃僧諍"之傳統

　　漢、藏文化間的交流源遠流長。當這兩種文明首次相遇時,漢地正處大唐盛世,乃漢族文明之全盛時期;吐蕃則混沌初開,尚處於"無文字"、"刻木結繩"的前文明時代。史載吐蕃贊普松贊干布得尚大唐文成公主時,曾"嘆大國服飾禮儀之美,俯仰有愧沮之色"。"遂築城邑,立棟宇,以居處焉。"而且"自亦釋氈裘,襲紈綺,漸慕華風。仍遣酋豪子弟,請入國學,以習詩書。又請中國識文之人典其表疏"。[3] 然於往後的百餘年間,吐蕃的發展令人刮目相看。不僅其軍事力量鋭不可當,曾於大唐之西建立起了一個强大的中亞大帝國,而且隨着佛教的傳入,吐蕃作別了文化的蒙昧時代,以大量佛典之藏

　　〔1〕 Geoffrey Samuel, *Civilized Shamans: Buddhism in Tibetan Societies* (London: Smithsonian Institution Press, 1995).
　　〔2〕 沈衛榮,《神通、妖術和賊髡:論元代文人筆下的番僧形象》,《漢學研究》21:2(臺北,2003.3),頁 219—247;沈衛榮,《懷柔遠夷話語中的明代漢、藏政治與文化關係》,東アジアにおける國際秩序と交流の歴史的研究,21 世紀 COE プログラム,京都大學大學院文學研究科,口頭發表於 2004 年 5 月 22 日。相關的著作還有: Isabelle Charleux, "Les lamas vus de Chine: fascination et repulsion," Extrême-Orient, *Extréme-Occident*, *Cahiers de recherches comparatives 24: L'anticléricalisme en Chine*(2002), pp. 133‒152.
　　〔3〕《舊唐書》卷一九六,北京:中華書局,1975 年;《吐蕃傳》,頁 5219、5221—5522。

譯爲標誌的文字文化亦已達到了相當的高度。顯然,於吐蕃最初的文明進程中,對漢族文化的吸收是其快速發展的原動力之一,早期藏族文化中有着明顯的漢文化烙印。漢地的曆法、占卜類文書,相傳於松贊干布之父囊日松贊時代就已經傳入了吐蕃,而文成公主復攜六十種曆算、占卜類文書入藏,[1]松贊干布又再派貴族弟子專門去唐都長安學習、翻譯這些文書。因此,流傳至今之藏文曆法、占卜類文書,與漢地之曆算、占卜傳統一脈相承。還有,漢族儒家文明之經典著作亦曾於吐蕃流傳,松贊干布曾遣酋豪子弟於長安入國學、習詩書,金城公主入藏後亦曾遣使向唐廷請《毛詩》、《禮記》、《左傳》等漢文經典,敦煌出土的吐蕃文書中尚有《尚書》、《春秋後語》(或曰《戰國策》)之藏譯殘本。[2]於《敦煌吐蕃歷史文書》中甚至出現過原見於《史記》中的"毛遂自薦"這樣的典故,可見其作者有相當高的漢文化修養。[3]此外,西藏人樂於修史的傳統恐怕亦與其學習、接納漢族文化之傳統有關。漢族之醫書亦早在文成公主時代就已經傳到了西藏,隨文成公主入藏的還有許多的工匠,漢族之陶瓷工藝,特別是製碗的技術,亦於吐蕃王國時代就已經傳入;傳說文成公主還帶了不少作物的種子入藏,因此不少漢地的作物亦開始在西藏生長,據說漢地的茶葉亦是在吐蕃時代傳入並爲藏人所喜愛的。[4]總而言之,吐蕃時代藏族文化的快速發展與其吸收漢族文化之精華有密切的關聯。

而漢文化傳統對於西藏文明之發展的另一大貢獻是將佛教傳入了西藏,儘管漢地並不是吐蕃佛教之唯一來源。按照西藏之歷史傳統,佛教於西藏之傳播開始於吐蕃王國第一位贊普松贊干布之五世祖拉脱脱日年贊(lHa Tho tho ri gnyan btsan)時期。傳說當其六十歲時,天降寶物於其宮頂,其中有《佛説大乘莊嚴寶王經》(*Za ma to bkod pa*)、《諸佛菩薩名稱經》(*sPang skong phyag brgya pa'i mdo*)等佛經以及金塔等法器。這一看似神話的故事或有其歷史的根據,有藏文古史記載此佛教寶物實非自天而降,而是由受 Li The se、吐火羅譯師 Blo sems mtsho 邀請從印度前往漢地的大班智達 Legs byin

---

〔1〕 sTag tshang rdzong pa dPal 'byor bzang po, *rGya bod kyi yig tshang mkhas pa dga' byed chen mo 'dzam gling gsal ba'i me long*(《漢藏史集》),成都: 四川人民出版社,1985 年;達倉宗巴·班覺桑布著,陳慶英譯,《漢藏史集》,拉薩: 西藏人民出版社,1986 年,頁 99—100;參見王堯,《從"河圖、洛書"、"陰陽五行"、"八卦"在西藏看古代哲學思想的交流》,收入王堯,《水晶寶鬘——藏學文史論集》,高雄: 佛光文化事業有限公司,2000 年,頁 125—164。

〔2〕 王堯,《吐蕃時期藏譯漢籍名著及故事》,收入王堯,《水晶寶鬘》,頁 12—85。

〔3〕 Tsuguhito Takeuchi(武内紹人), "A passage from the Shih Chi in the Old Tibetan Chronicle," *Soundings of Tibetan Civilization*, Edited by Barbara N. Aziz, Matthew T. Kapstein (New Dehli: Manabar, 1985), pp. 135 – 146.

〔4〕 達倉宗巴·班覺桑布著,陳慶英譯,《漢藏史集》,頁 68—102。

（Sudatta，譯言善施）帶入吐蕃的。而這位 Li The se 即有可能是一位漢僧。[1] 唐代有自長安或洛陽經吐蕃、尼婆羅入印度的吐蕃尼婆羅道，是當時出使天竺的大唐使者和入西域求法漢僧入印度的道路之一。例如曾於唐初貞觀、顯慶年間（627—660）三次出使天竺的左驍衛長史王玄策就是經吐蕃尼婆羅道進入印度的，此可以於今西藏自治區吉隆縣境內發現的一通額題爲《大唐天竺使出銘》爲有力證據。[2] 貞觀年間有玄照法師，"到土蕃國，蒙文成公主送往北天"。回程中，復"路次泥波羅國，蒙國王發遣，送至土蕃。重見文成公主，深致禮遇，資給歸唐。於是巡涉西蕃，而至東夏"。[3] 可見，此前有漢僧隨印度高僧途經吐蕃往還漢地是極有可能的。吐蕃有文字記載的文明史開始於松贊干布時代（581—649），傳說佛教亦於此時分別通過其從尼婆羅和唐朝迎娶的兩位公主傳入了吐蕃。歷來最受藏人崇拜、今天仍然見於拉薩大昭寺的那尊如來佛像，相傳就是文成公主從長安帶到雪域的。文成公主自己亦還於邏娑（即今拉薩）建造了小昭寺（Ra mo che'i gtsug lag khang）。據傳當時就已有來自印度、尼婆羅和漢地的僧人與西藏本土的譯師一起翻譯佛經，其中的漢僧名 hva shang Mahā[b]de ba tshe，譯言和尚大樂壽。[4] 而佛教真正於吐蕃得到廣泛傳播是在近一百年之後的赤松德贊（Khri srong lde btsan, 742－797）時代。這個時代不僅是吐蕃王國軍事上的全盛時期，而且亦

---

〔1〕 參見 Helga Uebach, Nel-pa Panditas Chronik Me-tog-phreṅ-ba, Handschrift der Library of Tibetan Works and Archives, Tibetischer Text in Faksimile, Transkription und Übersetzung, Studia Tibetica: Quellen und Studien zur Tibetischen Lexikographie, Band I（Münschen: Kommission für Zentral-und Ostasiatische Studien der Bayerischen Akademie der Wissenschaft, 1987）, pp. 85－87. Uebach 先生認爲 Li The se 這個名字既可能是于闐人名，亦可能是漢人名。

〔2〕 霍巍，《〈大唐天竺出使銘〉及其相關問題的研究》，《東方學報》66，京都，1994 年，頁270—253；參見林梅村，《〈大唐天竺使出銘〉校釋》，《漢唐西域與中國文明》，北京：文物出版社，1998 年，頁420—442。本文的兩位匿名評議人均對此點作了補充，在此謹表謝忱。

〔3〕 義淨原著，王邦維校注，《大唐西域求法高僧傳校注》，北京：中華書局，1988 年，頁9—11、27。

〔4〕 János Szerb, Bu ston's History of Buddhism in Tibet（Wien: Verlag der Österreichischen Akademie der Wissenschaften, 1990）, p. 13. Demiéville 認定這一名字即爲梵文的 Mahādheba[Mahādeva]，譯言"大乘天"，從而將他與玄奘法師認同爲同一人。Paul Demiéville, Le concile de Lhasa. Une controverse sur le quiétisme entre Bouddhistes de linde et de la Chine au VIIIe siéle deière chrétienne I.（Bibliothèque de l'Institut des Hautes Études Chinoises, vol. VII, Paris: Inpreime rie National de Paris, 1952,）, pp. 11－12/n. 4；同書有耿昇譯，《吐蕃僧諍記》，拉薩：西藏人民出版社，2001 年，頁16—18。顯而易見，這位於吐蕃譯經的和尚事實上與玄奘法師風馬牛不相及。吐蕃時代來自唐朝的漢僧被稱爲和尚而於藏文文獻中被提及者有好幾位，dBa' bzhed 中曾提到一位隨金城公主來到吐蕃的老和尚，長住於小昭寺中，當佛教受到迫害而被迫東歸時留下隻履，預言佛教將於吐蕃復興。於藏族史家筆下，這位和尚還是位有神通的人物，曾爲吐蕃大臣 dBa' gSal snang 兩位不幸夭折的子女的轉生作預言。詳見：Pasang Wangdu and Hildegard Diemberger, dBa' bzhed, The Royal Narrative Concerning the Bringing of the Buddha's Doctrine to Tibet, Translation and Facsimile edition of the Tibetan text（Wien: Verlag der Österreichischen Akademie der Wissenschaten, 2000）, pp. 36－38. 東嘎活佛於其身後出版的《西藏學大辭典》中稱：這位和尚於 7 世紀自漢地入藏，不僅弘揚佛法，而且還曾與吐蕃譯師達摩俱舍一起翻譯了醫書《醫術大論》（sMan dpyad chen po）。見東嘎活佛, mKhas dbang dung dkar blo bzang 'phrin las mchog gis mdzad pa'i bod rig pa'i tshig mdzod chen mo shes bya rab gsal zhes bya ba bzhugs so, 北京：中國藏學出版社，2002 年，頁 2002。

是文化上最繁榮的時期。在印度高僧寂護（Śantarakṣita, Zhi ba 'tsho）和蓮花生（Padmasambhava）兩位大師的幫助下，赤松德贊漸漸排除外道，令佛教之顯、密二宗都於吐蕃得到了傳播，確立了佛教作爲國教的地位，並於775年建造了吐蕃第一座佛教寺院桑耶寺（bSam yas），剃度了第一批佛教僧人，即所謂初試七人（sad mi mi bdun），並訓練譯師，組織翻譯了大量佛經。亦就在這一時期，漢地的禪宗開始於吐蕃流行。吐蕃曾於763年佔領了唐首都長安，亦曾多次遣使往漢地求法，其使者曾與著名的新羅禪僧金和尚無相有過接觸。[1] 而當吐蕃於786年攻陷沙州（敦煌），並詔禪師摩訶衍入吐蕃傳法後，禪宗曾一度成爲吐蕃最受歡迎的佛法。許多早期的禪宗典籍被翻譯成藏文流傳，迄今已被從敦煌本藏文文獻中發現的就有菩提達摩的《二入四行論》、[2]《楞伽師資記》、[3]《七祖法寶記》（《歷代法寶記》）、[4]《頓悟真宗金剛般若修行達彼岸法門要決》、[5]《頓悟大乘正理決》[6]等。可就在佛教於吐蕃王國內蓬勃發展之時，佛教內部卻發生了嚴重分裂。吐蕃出現了所謂頓門與漸門兩派之間的激烈衝突。最終導致了於西藏之歷史和文化、於其後西藏之宗教和哲學的發展均有持久影響的"桑耶僧諍"（the

〔1〕 山口瑞鳳，《チベット佛教と新羅の金和尚》，收入金和見、蔡印幻編，《新羅佛教研究》，（東京，1973），頁3—36；Pasang Wangdu and Diemberger, *dBa' bzhed*, pp. 48－52。

〔2〕 即後世於敦煌所發現的、被日本學者習稱爲《二入四行論長卷子》的《菩提達摩論》。此論當於812年以前就被翻譯成藏文而於吐蕃流傳，因爲於 lDen dkar Catalogue 就提到了一部菩提達摩多羅所造的《禪書》（*bSam gtan gyi yi ge*）。而於 *dKar chag 'phang thang ma* 亦提到了一部菩提達摩多羅所造之禪書（*mKhan po bo dhi dha rma tas bshad pa las btus pa*）。雖然這部《二入四行論》之藏文翻譯今已不存，然其片斷仍可見於敦煌藏文禪宗文書中。而《禪定目炬》（*bSam gtan mig sgron*）中則引述了《二入四行論》中的大部分內容。根據這些殘餘於多種藏文文獻中的段落，我們幾乎可以復原《二入四行論》之藏文譯本。參見沖本克己，《チベット譯〈二入四行論〉について》，《印度學佛教學研究》24：2（東京，1976），頁992—999；Jeffrey L. Broughton, *The Bodhidharma Anthology*, *The Earliest Records of Zen*（Berkeley：University of California Press, 1999）；Weirong Shen, "Bodhidharma and his treatise in Tibetan literature"（forthcoming）。

〔3〕 上山大峻，《チベット譯〈楞伽師資記〉について》，《佛教文獻の研究》（京都，1968），頁191—209。

〔4〕 小畠宏允根據敦煌藏文文獻 P. 116、P. 121、P. 813 等文獻中出現的一些段落明顯與《歷代法寶記》中的相關段落相同爲由，得出了《歷代法寶記》曾被翻譯成藏文的結論。參見小畠宏允，《チベットの禪宗と〈歷代法寶記〉》，《禪文化研究所紀要》6（京都，1974），頁139—176。然近年有中國學者於北京國家圖書館收藏的敦煌遺書中發現了一部題爲《七祖法寶記》的殘卷，從其殘存內容來看，其前一部分與同爲敦煌遺書殘卷而被錄入《大正藏》No. 2819 的《諸經要抄》相同，而其後一部分內容則與《歷代法寶記》中的相關段落相同。見華方田（整理），《七祖法寶記下卷》，收入方廣錩主編，《藏外佛教文獻》2，北京：宗教文化出版社，1996年，頁133—165。亦參見沖本克己，《禪思想形成史の研究》，《研究報告》第5冊，京都：花園大學國際禪學研究所，1997年，頁232—277。因 P. t. 121 和 P. t. 813 中所見與《歷代法寶記》相應之段落乃分別引自 *mKhan po bdun rgyud [kyi nang]* 與 *mKhan po bdun rgyud kyi bsam gtan gyi mdo*，譯言《七祖傳承禪定經》，是故與其說是《歷代法寶記》被譯成了藏文，倒不如說是《七祖法寶記》被譯成了藏文更有可能。至於何謂"七祖"，尚無定論，P. t. 116 和 P. t. 821 中僅稱"七祖之首爲菩提達摩"。近有程正，《〈七祖法寶記〉に關する一考察——特にその成立について》，《駒澤大學大學院佛教學研究會年報》，37（東京，2004.5），頁17—31。

〔5〕 上山大峻，《チベット譯頓悟真宗要決の研究》，《禪文化研究所紀要》8（京都，1976），頁33—103。

〔6〕 Yoshiro Imaeda（今枝由郎），"Documnts tibétains de Touen-Houang Concernant le Concile du Tibét," *JA*（1975），pp. 125－146；上山大峻，《敦煌佛教の研究》（京都：法藏館，1990），頁299—304、598—602。

Great Debate of bSam yas),或稱"吐蕃僧諍"(the Great Debate of Tibet)。

於西藏之歷史和宗教傳統中,這場僧諍的過程大致如下:和尚摩訶衍自漢地入吐蕃教授禪宗頓悟之説,主張行者當不思、不觀、全不作意而頓入無分別智,即頓悟成佛。他的教法深得吐蕃廣大信衆之歡迎;然與信奉寂護所傳中觀瑜伽行的漸門派所説背道而馳,後者主張行者當行六波羅蜜,依妙觀察智次第修行,最終證入無分別智。兩派之間於見地上的差別漸漸演化爲包括使用暴力在内的嚴重衝突。赤松德贊不得不從尼婆羅請來了寂護的弟子蓮花戒(Kamalaśīla)上師,令其與和尚摩訶衍互説真宗,論議是非,以決正理。其結果和尚摩訶衍敗北且被逐出吐蕃,而蓮花戒倡導的中觀瑜伽次第修習論則被吐蕃贊普詔立爲今後佛教發展之正宗。

那麼這種於西藏之歷史與教法傳統中已作爲"吐蕃僧諍"這一事件之傳統而被廣泛接受了的東西是不是就反映了歷史的真實了呢?恐怕並不見得。依據敦煌藏、漢文文獻對"吐蕃僧諍"這一事件的重構已經表明,實際的故事與後世的表述(representation)之間存在着較大的差異。今天,人們甚至對究竟有没有發生過這樣的僧諍都有懷疑,因爲很難想象和尚摩訶衍和蓮花戒真的可以像後世藏文歷史文獻中所表述的那樣,就如此深妙的佛法精義作面對面的辯論。對辯論的結果,藏、漢文文獻亦各執一是。於藏文文獻中和尚摩訶衍是輸家,然於漢文文獻中,摩訶衍是贏家。《頓悟大乘正理決》中稱:"至戌年正月十五日,大宣詔命曰:'摩訶衍所開禪義,究暢經文,一無差錯。從今以後,任道俗依法修習。'"[1]儘管"吐蕃僧諍"已經結束了一千二百餘年了,可是有關它的爭論卻尚未結束。與這一事件於西藏歷史上之重要性相應,對它的研究亦是國際西藏學研究史上最重要、最多彩的一章。自上個世紀30年代以來,世界各國許多著名的學者都曾致力於對"吐蕃僧諍"的研究,他們的著作極大地豐富了我們對於這一事件的知識和其對於西藏之歷史與宗教之意義的理解。[2]然而正如 D. Seyfort Ruegg 先生所指出的那樣,"西藏學家們應當不僅僅衹關心試圖重構於所謂的"桑耶僧諍"中實際發生了些什麼,而且亦應當關心西藏之史學與教法傳統認爲什麼東西是這一事件及其 topos 之重要性,此即是説,亦要關心這一事件對於西藏

---

〔1〕 引自上山大峻,《敦煌佛教の研究》,頁541。

〔2〕 自上個世紀30年代《布頓佛教史》的英譯者 E. Obermiller 首開其端以來,全世界幾乎所有著名的西藏學家,包括不少著名的漢學家都曾或多或少地關心過對吐蕃僧諍的研究。其中對此有專門論著的主要有西方學者 Marcelle Lalou、Paul Demiéville、Giuseppe Tucci、Rolf Stein、L. Gómez、Samten Gyaltsen Karmay,日本學者上山大峻、山口瑞鳳、今枝由郎、沖本克己、木村隆德、小畠宏允、原田覺,中國學者饒宗頤等。

文明之意義"。[1] 於吐蕃僧諍這一事件,我們當同時注意兩種不同層次的歷史的研究,第一種是諸如 Demiéville、Tucci 和上山大峻等所作的研究,即對吐蕃僧諍這一事件本身的重構和對頓、漸雙方所持教義的分析和研究,而第二種當是對這一事件於西藏之歷史與教法類著作中的表述的研究,因爲每一種歷史的表述並不祇是爲了記載這一事件的歷史真實,而是更多地反映了史家對當務的關心。[2] 顯而易見,迄今爲止有關吐蕃僧諍的研究大多數屬於上述之第一種研究,而較少注意第二種研究。[3] 今天我們對"傳統的創造"(invention of tradition)這一概念已經不再陌生,知道於世界任何文明傳統中都曾出現過這樣的現象,即今天被人作爲傳統接受的東西,實際上或多或少是後世的、人爲的創造。這種現象亦常常出現於西藏之歷史、文化傳統中。例如作爲佛教之"他者"的苯教形象,即苯教作爲西藏的原始宗教,與佛教先對立、對抗,後趨同、融和的歷史十有八九是後世史家的有意創造,西方學者幾十年來對苯教歷史的研究成果表明,苯教根本就是大乘佛教的一支,祇是其傳入的途徑、時間與正統的西藏佛教傳統不同,但根本不是什麼帶有薩蠻教色彩的原始宗教。[4] 西藏古代歷史中的許多重要內容,例如松贊干布的歷史,特別是有關他與佛教於西藏之傳播、觀音崇拜的關係等歷史內容,顯然也都是西藏佛教化以後的重構,無法作爲信史來讀。[5] 而西藏歷史、宗教傳統中有關"吐蕃僧諍"之敍述顯然又是"傳統的創造"的一個典型例子。於西藏佛教之"前弘期"(snga dar, 結束於 9 世紀中)與"後弘期"(phyi dar, 開始於 10 世紀末葉)之

---

〔1〕 "The Tibetologist has then to concern himself not only with trying to reconstruct what actually occurred at the so-called 'Great Debate' of bSam yas but with what the Tibetan historiographical and doxographical traditions considered to be the importance of this event and *topos*, that is, with its meaning for Tibetan civilization." D. Seyfort Ruegg, "On the Tibetan Historiography and Doxography of the 'Great Debate of bSam yas'," *Tibetan Studies: Proceedings of the 5th Seminar of the International Association for Tibetan Studies, Narita 1989*, vol. 1, *Buddhist Philosophy and Literature*, edited by Ihara Shōren and Yamaguchi Zuihō (Naritasan Shinshoji, 1992), p. 244.

〔2〕 Roger Jackson, "Sa skya pandita's account of the bSam yas debate: history as polemic," *The Journal of the International Association of Buddhist Studies* 5 (1982), pp. 89 – 99, especially p. 90.

〔3〕 Roger Jackson 上揭文可以説是這類研究之首篇專題論文,儘管他文中所提出的觀點後來受到了 David Jackson 的尖鋭批評(詳見後文),但他所作的這種嘗試無疑是很有意義的。繼續這種研究而作出了傑出貢獻的是 Ruegg 先生,其代表作是,*Buddha-nature, Mind and the Problem of Gradualism in a Comparative Perspective. Jordan Lectures, 1987* (London: School of Oriental and African Studies, University of London, 1989).

〔4〕 Per Kvaerne, "The Bon Religion of Tibet: A Survey of Research." *The Buddhist Forum*, 3 (1991 – 1993), Papers in honour and appreciation of Professor David Seyfort Ruegg's Contribution to Indological, Buddhist and Tibetan Studies, ed. by Tadeusz Skorupsky, Ulrich Pagel (London: School of Oriental and African Studies, University of London, 1994), pp. 131 – 142.

〔5〕 Matthew T. Kapstein, "Remarks on the Mani bKa'-'bum and the Cult of Avalokitesvara," *Tibetan Buddhism: Reason and Revelation*, ed. by S. Goodman and K. Davidson (Albany: SUNY, 1981), pp. 79 – 94; Peter Schwieger, "Geschichte als Mythos- Zur Aneignung von Vergangenheit in der Tibetischen Kultur, Ein Kulturwissenschaftlicher Essay," *Asiatische Studien, Zeitschrift der Schweizerischen Asiengesellschaft* (Bern: Peter Lang, 2000), pp. 945 – 974.

間有一個多世紀斯文掃地的黑暗時期,可供後弘期學者利用的有關古代歷史的資料所存無幾,重構西藏古代歷史幾乎是一項不可完成的使命。他們所能做的祇能是或者重新發現其歷史,或者建構一種傳統,或者二者兼而有之。其結果是,吐蕃僧諍於後弘期之藏文歷史文獻中看起來不像是一個真實的歷史事件,而更像是一個半歷史的 topos,和尚摩訶衍已成了一個非歷史的、具有象徵意義的人物,而吐蕃僧諍本身成了一個歷史與神話交雜的東西,或者説是一個"記憶之場"(locus of memory)。[1]

三、《禪定目炬》中所見和尚摩訶衍之頓門派教法

《禪定目炬》(*bSam gtan mig sgron*,日本學者通常譯作《禪定燈明論》),或稱《瑜伽目之禪定》(*rNal 'byor mig gi bsam gtan*),乃藏傳佛教寧瑪派早期著名法師努氏佛智(gNubs chen Sangs rgyas ye shes)所造的一部有類於漢地判教類作品的論書。[2] 作者將佛教依據證悟無分別智之修習途徑由低及高分成四類,即以印度中觀瑜伽學説爲主的漸門漸入派(rim gyis pa/tsen min)、以漢地禪學爲主要内容的頓門頓入派(cig car ba/ston mun)、西藏密乘之摩訶瑜伽派(Mahāyoga/rNal 'byor chen po)和大圓滿法(rdzogs pa chen po/Atiyoga)等四大流派,[3] 專章分述各派之見(lta ba)、修(sgom pa)、行(spyod)、果('bras bu),並比較、判定各派見、修、行、果之優劣,以最終確立藏傳佛教寧瑪派所傳大圓滿法之至高無上的地位。漸門派與頓門派於該論書中不但各佔了一章,即第四章"説漸門派經論"(Tsen man rim gyis 'jug pa'i gzhung bstan pa'i le'u)和第五章説"頓門派之傳軌"(sTon mun cig car 'jug pa'i lugs),[4] 而且其基本學説亦於該書之第二、三兩章中得到了介紹和比較。按照寧瑪派的傳統,努氏佛智生於 772 年,是赤松德贊贊普的同時代人,名列蓮花生大師於吐蕃之二十五位弟子之一。若此説屬實,他當親歷了"吐蕃僧諍"。然亦有人認爲他是熱巴巾(Ral pa can)時代生人,且一直

〔1〕 Ruegg, "On the Tibetan Historiography and Doxography of the 'Great Debate of bSam yas'," p. 240.

〔2〕 gNubs-chen Sangs-rgyas ye-ses, *rNal 'byor mig gi gsam gtan or bSam gtan mig sgron*, *A treatise on bhāvanā and dhyāna and relationships between the various approaches to Buddhist contemplative practice*(後引用時簡稱《禪定目炬》), Reproduced from a manuscript made presumably from an Eastern Tibetan print by 'Khor-gdon Gter-sprul 'Chi-med-rig-'dzin(Leh 1974).

〔3〕 參見 Herbert V. Guenther, "'Meditation' trends in early Tibet," *Early Ch'an in China and Tibet*, edited by Lewis Lancaster and Whalen Lai(Berkley: University of California Press, 1983), pp. 351－356.

〔4〕 漸門派章見於《禪定目炬》之 65.1—118.4,而頓門派章則見於 118.5—186.4 中。這兩章之解題分別見:宮崎泉,《〈禪定燈明論〉漸門派章について》,《日本西藏學會會報》48(東京,2002.10),頁 43—50;乙川文英,《〈禪定燈明論〉研究(2)——第五章(頓門派章)の構成》,《印度學佛教學研究》43:2(東京,1995),頁 214—216。

生活至吐蕃王國解體後的 Khri bKra shis brtsegs pa dpal 時代。[1] 而據 Samten Karmay 先生考證,《禪定目炬》或當成書於 10 世紀。[2] 細究其論述頓門派一章所用資料,其絕大多數已不見於後弘期所存之藏文文獻中,而僅見於殘留於後世發現的敦煌藏文禪宗文獻中。因此,儘管《禪定目炬》直到 1974 年纔重現人世,它無疑是藏文文獻中迄今所見最早的、亦是唯一的一種如此詳細地討論頓、漸兩派教法的論書,彌足珍貴。曾爲 Tucci 高度重視的寧瑪派著名伏藏文獻《五部遺教》(*bKa' thang sde lnga*)中所見有關討論頓、漸兩派教法的內容,實際上絕大部分抄自《禪定目炬》。

細讀《禪定目炬》中有關漸、頓兩派的內容,首先引人注目的有兩點:一,於這部離"吐蕃僧諍"時間最近、且詳論頓、漸兩派教法的論書中,竟然隻字未提這一對西藏之歷史和宗教具有頭等重大意義的事件。雖然,它確實分別以蓮化戒和摩訶衍爲漸悟與頓悟兩派各自的代表人物,但全書無一處提到他們之間有過的衝突。[3] 二,《禪定目炬》判定漸悟、頓悟、摩訶瑜伽和大圓滿法是像梯級一樣由低及高、層層遞進的四種成佛途徑。[4] 這即是說,在努氏佛智看來,傳說爲"吐蕃僧諍"之贏家的漸門派所傳印度中觀次第修習法乃四種成佛途徑中最低級的一種,而傳說輸掉了"吐蕃僧諍",且被逐出了吐蕃的頓門派所傳的禪宗頓悟說卻是高於漸悟說的一種禪修方法。對此,《禪定目炬》第二章開示所作得方便、依止同品與功[德]、過[患](Thabs thob par bya ba dang mthun pa bsten pa dang skyon yon bstan pa),開宗明義,直陳兩派之高低:

> 如是結束一切所作之業後[按:指於完成禪修之一切準備工作之後],亦即入
> 義之時,按因乘之傳軌,亦視根器利、鈍之差別分成二支,即漸悟與頓悟。於彼,漸

[1] 'Gos gZhon nu dpal, *The Blue Annals*. Translated by George N. Roerich (Calcutta: Royal Asiatic Society of Bengal, 1949), p. 108.

[2] Samten Karmay, *The Great Perfection*, *A Philosophical and Meditative Teaching of Tibetan Buddhism* (Leiden: E. J. Brill, 1988), pp. 99 - 101.

[3] 《禪定目炬》第一品"開示處所、誓言、前行、捨貪、解憂之義"(gnas dang dam bca' ba dang sngon du bya ba dang chags pa spang ba dang skyo ba bsang ba'i don bstan)中有一處曾同時提到了和尚摩訶衍和蓮花戒,意義不甚明確,大意是說這兩派的教法都已消亡。其云:"所聞者,一切因果之乘皆同,而義[見、修、行、果]者則不同,除彼[總說]之外,當得殊勝之教誡、耳傳之口訣。於彼因乘,世尊臨涅槃時傳教誡於迦葉,其後自[菩提]達摩多羅等傳至漢地七傳之末和尚摩訶衍,其後亦爲吐蕃贊普和僧衆所有者,已滅[朗達磨在位年間,尊者 Ye shes dbang po 遭難,故法相之阿闍黎傳承被滅]。以現有彼等主張之諸書與蓮花戒所造之《次第修習》等可消除疑惑。後來則阿闍黎則不追隨,於內密咒師[摩訶瑜伽],則有《方便大貪慾等持口訣》、《教誡明點》等,及上下門之口訣,於增上瑜伽師者[阿底瑜伽],則有《全無所作之口訣》,可自耳傳得之。"《禪定目炬》,頁 14—15。此段話看起來是說,自菩提達摩傳至和尚摩訶衍之教法,雖曾傳至吐蕃,但今已不傳。然其所提到的尊者 Ye shes dbang po 乃漸門派的代表人物,而且所謂"法相之阿闍黎"似乎更應該是指阿闍黎寂護,或阿闍黎 Ye shes dbang po,所以指的當是漸門派。更有可能的是,這兒所說的意思是,至作者造此論時,不管是頓門派,還是漸門派之傳承皆已失傳,當時所能得而聞者,祇有摩訶瑜伽和阿底瑜伽之傳承了。

[4] 《禪定目炬》,頁 61。

悟者，爲印度阿闍黎蓮花戒之主張('dod gzhung)，乃不了義之經(drang ba don gyi mdo sde)、未普遍圓滿之論書(yongs su ma rdzogs pa'i gzhung)。頓入者(cig car 'jug pa)，乃迦葉與阿闍黎[菩提]達摩所傳者。——彼[上師]所傳之末、和尚摩訶衍之頓入論書者，乃普遍圓滿之經論。[1]

不僅如此，《禪定目炬》中還説，漸門派之次第修行以證法身，就像一步一步地往上攀登，最後登上山頂一樣('dir yang dper/ri bo che la 'jog pa'ang gom gcig gom gnyis phyin pas/rdol ba dang 'dra bar/rgyal ba'i chos kyi sku bsgrub pa yang)；而頓門派之頓入無分別智就像一步登上了須彌山之巔，其他小山即使不見，亦已瞭然於胸(ri'i rgyal po ri rab kyi rtser phyin na/ri bran ma bltas gsal ba bzhin go bar bzhed do)。[2] 孰高孰低，一目瞭然。於詳述了漸門與頓門兩派之見、修、行、果之後，努氏佛智最後判定頓門派較之漸門派有方便(thabs)、入軌('jug lugs)、行(spyod pa)、等持(ting nge 'dzin)、改正分別(rnam rtog bcos pa)、除障(sgrib pa sbyong ba)、修(bsgrub pa)、資糧(tshogs)、證悟(rtogs pa)、利他('gro don)等十大殊勝之處(khyad par bcu 'phags)。具體而言，漸門有所作、有所爲，而頓門無所作，是爲方便之殊勝；漸門有所緣，頓門無所緣，故知無入，是爲入軌之殊勝；漸門説依聞、思、修三慧而修(sgom gsum)，多有所作，頓門説四行(spyod pa bzhi，即菩提達摩《二入四行論》中之"四行")，無所作，是爲行之殊勝；漸門説專緣一境，頓門説自證無生、自明、不觀，是爲等持之殊勝；漸門以對治改正分別，頓門安立分別自生自息，是爲改正分別之殊勝；漸門爲除障而不明，頓門説由因生果，是爲除障之殊勝；[漸門有自心而悟，]頓門無自心而悟，是爲修之殊勝；漸門爲福德而積資糧，頓門圓滿等持二資糧，是爲資糧之殊勝；漸門以修習二諦而得證悟，頓門證悟完全無生、無學、無自他，是爲證悟之殊勝；漸門以身、語之所作利他，頓門以等持多作利他，是爲利他之殊勝。[3]

《禪定目炬》如此明確地判定頓悟乃高於漸悟之修法途徑，至少説明及至其成書之時西藏尚無形成後世有關"吐蕃僧諍"之傳統，否則作者此論難免驚世駭俗。正因爲没有既定傳統之限制，作者纔可以直書他自己對頓悟説的了解和認識。而他筆下的和尚

---

〔1〕《禪定目炬》，頁24—25。"普遍圓滿之經論"原文作"yongs su rdzogs pa'i mdo sde'i gzhung"，Karmay 以爲所謂"頓入普遍圓滿"實際上就是指"普遍圓滿了義經"(nges pa'i don gyi mdo sde yongs su rdzogs pa)，與前述漸悟派之"不了義未普遍圓滿之經論"相對。參見 Karmay, *The Great Perfection, A Philosophical and Meditative Teaching of Tibetan Buddhism*, p.55, n.55.

〔2〕《禪定目炬》，頁65、118。

〔3〕《禪定目炬》，頁185—186。

摩訶衍之頓悟説亦與後弘期藏文文獻中的和尚摩訶衍及其頓悟説形成了強烈的對比。首先,努氏確認頓悟説自釋迦牟尼佛、迦葉和菩提達摩傳出,最後纔傳到了和尚摩訶衍。[1] 故和尚摩訶衍於吐蕃所傳之頓悟經論,是禪學之正宗,乃普遍圓滿之了義經,絶非如後世所認爲的那樣是異端邪説。而且,教人頓悟並不是説不需要依持上師和了義經,相反頓悟之説是依上師之語録與了義經爲根據的。[2] 作者以見、修、行、果四目詳述頓悟之理論與實踐,其文主要是對上師語録與佛經之引述,祗附以極少的評議。而其引文則主要來自傳説爲禪宗始祖菩提達摩親傳的早期禪宗文獻《二入四行論》、王錫所撰詳録和尚摩訶衍與婆羅門僧對決經義之過程的《頓悟大乘正理決》和今散見於衆多敦煌藏文禪宗文書中的禪師語録以及《般若波羅蜜多經》、《大寶積經》、《楞伽經》、《金剛經》、《佛頂經》、《大般涅槃經》、《維摩經》、《佛藏經》等多種佛經;而那些出自佛經的引文亦往往與《頓悟大乘正理訣》、《七祖法寶記》以及各種敦煌藏文禪宗文獻和無垢友尊者所造《頓入無分別修習義》等論書中所引述的内容相同。毫無疑問,作者是在詳細研究了當時他所能見到的所有已譯成藏文的與漢地禪宗有關的文獻之後纔寫下這篇他對禪宗頓悟説之見、修、行、果之總結的。值得一提的是,這裏除了引述和尚摩訶衍之語録外,作者還引述了許多著名的吐蕃大學者 sNa nam Ye shes dpal、La gsum rGyal ba byang chub、bZhi mchog gu rgyan、Le'u gZhon nu snying po、Mang bran dPal gyi rgyal mtshan、Lang 'gro dKon mchog 'byung gnas、Ka ba dPal brtsegs、Cog ro Klu'i rgyal mtshan 等人的語録,甚至 Klu'i rgyal mtshan 之語録還是其向贊普赤松德贊所説之法。如果説這些赫赫有名的吐蕃學者都曾是頓門派弟子的話,此不但説明吐蕃信仰禪宗頓悟説者確實爲數衆多,而且他們當並没有因受到“吐蕃僧諍”之牽累而受到打壓。這不由得讓人懷疑西藏文歷史傳統中所説“吐蕃僧諍”之結局的真實性。

與後世將頓悟派之學説簡單化爲不思不觀、全不作意不同,努氏佛智按見、修、行、果四目,對摩訶衍所傳禪宗頓悟説作了十分詳細、系統的分析。作者認爲頓悟説之“見”,最根本的内容就是菩提達摩所説“二入四行”中的“理入”,即是説:“理入者,謂藉教悟宗,深信含生凡聖同一真性,但爲客塵妄覆,不能顯了。若也捨妄歸真,凝注壁

---

　　〔1〕　這樣的説法至少延續到 12 世紀時,於噶當派僧人 lHa 'Bri sgang pa 所造的一部有關 Rog Dol pa dmar zur ba Shes rab rgya mtsho（1059－1131）之《藍色手册》(Be'u bum sngon po) 的釋論中,我們見到了完全相同的説法。參見 Helmut Eimer, "Eine frühe Quelle zur literarischen Tradition über die 'Debatte von bSam yas'," *Tibetan History and Language: Studies Dedicated to Ury Geza on his Seventieth Birthday.* Ed., E Steinkellner (Wien: Wiener Studien zur Tibetologie und Buddhismuskunde, vol. 26), 1991, pp. 163－172.

　　〔2〕　《禪定目炬》,頁 118—119。

觀,自他凡聖等一,堅住不移,更不隨於文教,此即與理冥符,無有分別,寂然無爲,名之理入。"[1]菩提達摩之"二入"是指入菩提道的兩種方法,"理入"是悟理,是見道,而"行入"是修行、是修道。[2] 努氏佛智分別將菩提達摩之"理入"和"行入"作爲頓悟派之"見"與"行"的根本内容顯然契合菩提達摩所傳"二入四行論"之本意。爲了具體説明頓悟派之"見",作者大量引用了禪師之語録和佛經中的相關段落。其中禪師語録中包括了《二入四行論長卷子》中的大部分内容,以及今見於敦煌遺書中的《諸禪師語録》,其中包括多段和尚摩訶衍語録。這些語録中祇有一條非漢地禪師,而是吐蕃著名大譯師 Ka ba dPal brtsegs 所説。作者最後總結頓悟之"見"有不求無生勝義,此即是真實、不求他果、於勝生普攝衆波羅蜜多、無始以來離諸邊、於法界離見與所見之境等種種功德。行者祇有先依教(lung)、理(rigs pa)之門,妙悟此等功德,亦即"理入"之後,纔可開始修行。[3]

頓悟之"修",即是修無分別(ma rtogs〔rnam par mi rtog pa!〕bsgom pa),作者先説禪坐與安心之方法(lus kyis 'dug thabs dang sems kyi bzhag thabs)。[4] 其中禪坐,即所謂身之坐姿部分,引述了吉祥智(Ye shes dpal)、摩訶衍和 Lu 禪師之語録,其中摩訶衍語録云出自《小論》(lung chung)者即出自《頓悟大乘正理決》,其云出自《修習論》(sgom lung)者,與敦煌藏文遺書 S. t. 468 相同。[5] 其中心内容即爲獨坐看心,即《頓悟大乘正理決》中所説之"返照心源看心"。而所謂安心法,即不思不觀,捨離一切分別,除得妄想及習氣。其中心内容亦如《頓悟大乘正理決》中所説,"想、若動、有無、淨不淨、空不空等,盡皆不思不觀。""妄想起不覺,名生死;覺竟,不隨妄想作業,不取不住,念念即是解脱。"於引述衆禪師之語録後,作者復引諸佛經之相關段落爲佐證,然後得出如下結論:頓悟之禪坐與安心修法,全無所緣、不思、不持空與無生之義、自覺、不須像漸門派那樣一一安立,故被稱爲"安心"。而這樣的修法比供養一切佛陀、度一切有情的福德還要大。[6] 隨後,作者説頓悟之具體修法,即止觀雙運(zhi gnas lhag

---

〔1〕 柳田聖山,《達摩の語録》,東京:筑摩書房,1969 年,頁 31—32;《禪定目炬》中兩次引用此"理入説"以説明頓悟説之"見",見《禪定目炬》,頁 57—58、129。

〔2〕 參見印順,《中國禪宗史》,南昌:江西人民出版社,1999 年,頁 9。

〔3〕 《禪定目炬》,頁 143—144。

〔4〕 參見乙川文英,《〈禪定燈明論〉研究(3)——インド.チベットの文獻に見られる禪定法をめぐって》,《佛教史研究》38:2(京都,1995),頁 1—30。

〔5〕 參見御牧克己,《頓悟と漸悟:カマラシーラの〈修習次第〉》,收入梶山雄一、平川彰等編,《講座:大乘佛教 7:中觀思想》,東京,1982 年,頁 230—231。

〔6〕 《禪定目炬》,頁 158—159。

mthong zung du 'brel），而修習止觀之本質則是認識凡顯現者即本覺、無生、自然光明，不持無生空義而光明是"觀"，不動不散是"止"，此二義同時光明而修習之本性亦被稱爲"心——境"。[1] 修習止觀不但可以利益衆生，而且還可以斷減妄想（分別），得證菩提。

頓悟之"行"，説的是行者於出定之後的行爲舉止。對此，《禪定目炬》全文引述了菩提達摩"二入四行論"中的"四行"，即所謂報怨行、隨緣行、無所求行和稱法行等，以此"四行"作爲頓悟派所主張之"行"的主要内容。[2] 顯然，作者並非如後世普遍認爲的那樣，説頓門派的主張是虛無的、絶對的"全無所作"，而是認爲頓悟派亦要求行者於悟入諦理、修習止觀之餘，還要本着悟入的見地，從實際生活中，從實際事行上去融冶，以消除無始以來之積習，得證菩提。具體而言，行者要本着自悟的境地，無怨憎，不驕奢，不貪著，不違世俗，恆順衆生，從克己中去利他，從利他中去消融自己的妄想習氣，以此真正自利、利他，莊嚴無上菩提。[3] 作者強調，雖然行者於修習等持時因修習空性所得之覺性即已經圓滿福德、智慧二資糧，故已無持、無貪，無需再作任何修行，亦無需特意作善業，就已經能够證成圓滿佛身了。然而行、住、坐、卧等一切行止實際上皆與等持不可分離，都是菩提之位。而出定之時，行者知諸法如幻，故能棄惡具悲，作利他之行。所以，行者於出禪定之後作不捨善業之行，是與修習無分別相應不悖的。

頓悟派所説之"果"，亦即如此長期修、行之功德者，謂行者即使不吃不睡，亦依然根器敏鋭，於一切均無貪嗔等。行者若長時間入定，有時眼前會出現衆多的佛或菩薩，有時會出現他心通等五種神通，有時亦會見到大蓮花之光等種種稀有，此一切皆是行於分別，是一時之魔，於此一切當無思、無貪。即使見到黃金佛身，相好莊嚴，與住世之佛完全一樣，亦不必頂禮，心中坦然。因爲諸法無來無往，本性空寂，如來之身，即是解脱。故正法者不見不聞，如是想時，自見諸佛。如是見佛，心亦坦然，即使生十八種魔之所行境等，於彼亦不生喜。依此效驗，於利他不管行黑白之業，亦無所緣，不説爲蓋障。衹要善巧方便，則即使行於所受一切煩惱亦皆無過。如是即能頓時淨治蓋障，以不緣之力，證得普光地之果。

綜上所述，《禪定目炬》中對禪宗之頓悟説的分析是相當正面、理性的。一位生活於9、10世紀之吐蕃高僧已能如此系統地分析、總結漢地禪宗佛學之見、修、行、果，這實在令人嘆爲觀止。這充分表明漢藏兩族於佛教文化、思想的交流曾經達到過相當的高

---

〔1〕《禪定目炬》，頁159—160。
〔2〕《禪定目炬》，頁173—176。
〔3〕 印順，《中國禪宗史》，頁10。

度。殊爲遺憾的是,《禪定目炬》中這些對禪宗頓悟説的正面描述完全被後人遺忘,或視而不見,[1]没有成爲西藏有關和尚摩訶衍所傳頓悟説之傳統。於吐蕃佛教發展之後弘期,一方面再也没有出現過像努氏佛智這樣對漢地禪學真有研究的西藏高僧,而另一方面和尚摩訶衍及其所傳教法於西藏之形象卻日趨惡劣。

四、*sBa' / dBa' bzhed* 和有關
"吐蕃僧諍"之傳統之形成

聽起來頗爲令人吃驚的是,西藏文化中有關"吐蕃僧諍"之傳統於被今人列爲第一部西藏語歷史著作的 *sBa / dBa' bzhed*[2]中就已基本底定,後出種種文獻中有關"吐蕃僧諍"之敍述(narrative)事實上都不過是它的不同的翻版而已。然而,這並不説明 *sBa bzhed* 中所説的這個故事就一定是歷史學家們苦苦尋求的"歷史真實"。至少於 *sBa / dBa' bzhed* 中被指爲和尚摩訶衍所説的唯一的一段話,亦幾乎是後弘期藏人對和尚摩訶衍之頓悟説的全部理解,根本就不是摩訶衍之原話,而是其論辯對手蓮花戒於其《修習次第》中對頓悟派之觀點的再述。

迄今所知, *sBa / dBa' bzhed* 有許多不同的名稱,如 *dBa' bzhed*、*rBa bzhed*、*Bla bzhed*、*rGyal bzhed*、*dPa' bzhed* 等,有時亦被稱爲《桑耶寺志》(*bSam yas dkar chag chen mo*)、《桑耶遺教》(*bSam yas bka' thang*)、《盟誓之書》(*bKa' gtsigs kyi yi ge*)、《華翰之書》(*bKa' mchid kyi yi ge*)等。其内容主要是敍述佛教如何傳入吐蕃的歷史,體例則有類於後世之"教法源流"(chos 'byung),但比後者更重編年。其中尤以對赤松德贊在位時寂護、蓮花生兩位來自印度的大師於吐蕃傳法的經過、桑耶寺的建立以及"桑耶僧諍"的記載最爲詳細。據稱此書乃吐蕃王朝著名貴族 'Ba / dBa' 氏家族之 gSal snang 所傳,此人乃赤松德贊朝之名臣,亦是"桑耶僧諍"之直接參加者,由他親傳的這部 *sBa / dBa' bzhed* 是後弘期學者們可以找到的唯一的一部珍本古史。然説其古,其實亦祇是相對而言。就像它有種種不同的名稱一樣,它亦有種種不同的版本,既有詳、中、略三個本子(rgyas bsdus 'bring gsum),又有正本(khungs ma)、淨本(gtsang ma)、雜本(lhad

---

[1] 儘管《禪定目炬》直到 1974 年纔被刊印而廣泛流傳於世,然其存在當早爲西藏學者們所知。'Gos lotsāba gZhon nu dpal (1392 – 1481) 的《青史》(*Deb ther sngon po*, 1476 – 1478) 中,就曾提到過它。George N. Roerich, et al., tr., *The Blue Annals* (Delhi 1976), pp. 137、145.

[2] Dan Martin, *Tibetan Histories*, A bibliography of Tibetan-Language Historical Works (London: Serindia Publication, 1997), p. 23. 作者將 *sBa' bzhed* 之成書年代定爲"late 700's and following centuries",故爲第一部藏文史書,而第二部藏文史書則出現於"1000's"。亦見 A. I. Vostrikov, *Tibetan Historical Literature*. Sovjet Indology Series No. 4. Indian Studies (Calcutta, 1970 [1936]), pp. 24 – 26.

ma）和附録本（zhabs btags ma）等各種版本。現在傳世的三個本子嚴格説來都不能算是古本，因爲最早的一種亦祗是 11 世紀的産品，次早的則出自 12 世紀，而最後的更是於 14 世紀纔成書的。顯然，dBa' gSal snang 不可能是此書的唯一作者，sBa / dBa' bzhed 的原型或當形成於 10 世紀中期，其後則常被人增减，故至今無一定本傳世。[1] 儘管如此，sBa / dBa' bzhed 於西藏史書編撰學（historiography）上有極爲重要的意義，後世對吐蕃王朝歷史的重建基本上都以它爲依據。著名的西藏史書《賢者喜筵》（mKhas pa'i dga' ston）更是將整本 sBa / dBa' bzhed 都轉録到了他自己的書中，這等於説是完整地保留了 sBa / dBa' bzhed 的一個特殊的版本。[2]

儘管最早是因爲《布頓教法源流》（Bu ston chos 'byung）中的有關記載引起了現代學者對"吐蕃僧諍"的注意，但 sBa / dBa' bzhed 中對於"吐蕃僧諍"之記載無疑是包括《布頓教法源流》在内的所有後弘期藏文史書中同類記載的母本。顯而易見，今天已爲研究西藏佛教之學者們所熟悉的敦煌藏文禪宗文獻並不爲後弘期之藏族學者所知，因此他們祗能將他們對和尚摩訶衍之頓悟説的理解構築於 sBa / dBa' bzhed 中對於"吐蕃僧諍"的記載之上。據 Faber 先生早年的研究，sBa / dBa' bzhed 幾種版本中對"吐蕃僧諍"的記載，特別是它對和尚摩訶衍之教法的表述基本相同。[3] 晚近發現於拉薩、經巴桑旺堆（Pasang Wangdu）和 Diemberger 合譯成英文而爲世人所知的 dBa' bzhed 是迄今所見各種本子中成書最早的一種，它對"吐蕃僧諍"的記載當可被認爲是最原始的一種。其中所述故事如下：和尚摩訶衍從中原來到吐蕃，其所傳教法雖然得到了廣大吐蕃僧衆的歡迎，但因其與先前寂護所傳教法有異，引起了僧人間的爭議。贊普多方設法，卻無法解決爭端。和尚弟子中有名 Myang Sha mi、gNyags Bi ma la、gNyags Rin po chen、rGya 者不惜以死抗爭。還有其他弟子持刀脅逼贊普，揚言要殺盡漸門派弟子，並於王宮前與其同歸於盡。贊普無奈，設法請回 dBa' Ye shes dbang po，以商討對策。後者以寂護臨終前所作授記爲依據，建議贊普遣使往尼婆羅迎請寂護之弟子蓮花戒來吐

---

〔1〕 參見 Per Sørensen, "dBa' / sBa bzhed: The dBa'[s]/sBa [clan] Testimony including the Royal Edict (bka' gtsigs) and the Royal Narratives(bka' mchid) concerning the bSam yas vihāra," Pasang Wangdu and Diemberger, dBa' bzhed, preface, pp. IX-XV; introduction, pp. 1 – 21.

〔2〕 dPa' bo gTsug lag phreng ba, Dam pa'i chos kyi 'khor lo bsgyur ba rnams kyi byung ba gsal bar byed pa mkhas pa'i dga' ston（《賢者喜筵》）, stod cha（Beijing: Mi rigs dpe skrun khang, 1986）, pp. 390 – 405。

〔3〕 sBa / dBa' bzhed 中有關"吐蕃僧諍"的記載迄今已有兩種英文譯文可供參考，即 G. W. Houston, Sources for a History of the bSam yas Debate（Sankt Augustin: VGH Wissenschaftsverlag, 1980）, pp. 57 – 87; Pasang Wangdu and Diemberger, dBa' bzhed, pp. 76 – 89。而對 sBa / dBa' bzhed 中有關"吐蕃僧諍"的記載的比較研究見 Flemming Faber, "The council of Tibet according to the sBa bzhed," Acta Orientalia 47 (1986), pp. 33 – 61.

蕃解決教法之爭端。於是,贊普立即遣使往迎蓮花戒。與此同時,頓門派師徒於桑耶寺的禪定洲院(bSam gtan gling)內閉門二月,研究《十萬頌般若婆羅密多經》,爲僧諍作準備。一待蓮花戒到達,贊普便於桑耶寺之菩提洲(Byang chub gling)內主持了這場僧諍。贊普居中,和尚、蓮花戒分坐於其右、左兩方之獅子座上。其後排,亦分別由頓、漸兩派弟子坐定。其中頓門派弟子甚多,而漸門派祇有 dBa' dPal dbyangs 和 dBa' Rad na 等數人而已。贊普先陳述此次辯論之緣起,並賜和尚和蓮花戒花鬘各一枝,令其開辯,並令拙於理論者(gtan tshigs ngan pa)將花鬘獻給善於理論者(gtan tshigs bzang po)。辯論以和尚摩訶衍陳述頓門派觀點開始,緊接着由蓮花戒反詰,然後贊普令雙方弟子各抒己見,頓門派中無人應答,漸門派則有 'Ba' Sang shi 和 dBa' dPal dbyangs 二人長篇大論。頓門無以言對,遂獻花鬘認輸。最後贊普宣布頓門之説有害於十法行,既令心識掉舉,又不積資糧,將有礙他人修心,使正法遭難,故當禁止。今後,當隨龍樹之見,依聞、修、思三慧而修止觀。換言之,今後吐蕃之佛教當隨 Ye shes dbang po 和寂護所定的漸門派傳統。[1] 至遲於 12 世紀時,這一種有關"吐蕃僧諍"的記載已是西藏人對於這一事件的共識。不管是寧瑪派,還是噶當派,他們對"吐蕃僧諍"的記載都與此基本一致。[2] 而此後所出之西藏文文獻中的相關記載亦都以此爲基調。

因爲 sBa / dBa' bzhed 是迄今所見最早出現有關"吐蕃僧諍"之記載的藏文文獻,故從藏文文獻學的角度很難推到它所建立起來的這一有關"吐蕃僧諍"的傳統。可以從歷史學的角度質疑 sBa / dBa' bzhed 中的説法的祇有遠早於其成書的敦煌本漢文文書《頓悟大乘正理决》。後者對"吐蕃僧諍"的經過是這樣描述的:

首自申年,我大師(摩訶衍)忽奉明詔,曰婆羅門僧等奏言:漢僧所教授,頓悟禪宗,並非金口所説。請即停廢。……於是[摩訶衍]奏曰:伏請聖上於婆羅門僧責其問目,對相詰難。校勘經義,須有指歸,少似差違,便請停廢。帝曰:俞。婆羅門僧等以月繫年,搜索經義,屢奏問目,務掞瑕疵。我大師乃心湛真筌,隨問便答。

〔1〕 Pasang Wangdu and Diemberger, *dBa' bzhed*, pp. 76–88.

〔2〕 參見 Faber, "The council of Tibet according to the *sBa bzhed*;" Eimer, "Eine frühe Quelle zur literarischen Tradition über die 'Debatte von bSam yas'." 亦參見: L. van der Kuijp, "Miscellanea to a Recent Contribution on/to the Bsam-yas Debate," *Kailash*, 11/3–4 (1984), pp. 149–184. Eimer 先生的研究顯示,分別見於噶當派上師 Lha 'Bri sgang pa 所造之《藍色手冊釋論》(*bKa' gdams kyi man ngag Be'u bum sngon po'i 'grel pa*)、寧瑪派上師 Nyang Nyi ma 'od zer 所造《教法源流——華藏》(*Chos 'byung me tog snying po*)和 *Sba bzhed* 中的三種有關"吐蕃僧諍"的記載完全一致,當出於同一根源,而且這三種著作當皆是 12 世紀時的作品。不過,Lha 'Bri sgang pa 書中提到"頓門派之傳軌乃聖者迦葉傳予阿闍黎菩提達摩多羅,達摩多羅將此頓門之傳軌從外海之邊廣傳到了漢地。後來漢地之和尚摩訶衍來到了桑耶,[又將此法傳到了吐蕃]"。這樣的記載不見於《禪定目炬》、《五部遺教》以外的其他文獻中,故作者有可能曾利用過 *Sba bzhed* 以外的文獻。

若清風之卷霧，豁覩遥天。喻寶鏡以臨軒，明分衆像。婆羅門等隨言理屈，約義詞窮，分已摧鋒，猶思拒轍。遂復眩惑大臣，謀結朋黨。有吐蕃僧乞奢彌屍、毗磨羅等二人，知身聚沫，深契禪枝，爲法捐軀，何曾顧己？或頭染熾火，或身解霜刀，曰吾不忍見朋黨相結，毀謗禪法，遂而死矣。又有吐蕃僧三十餘人，皆深悟真理，同詞而奏曰：若禪法不行，吾等請盡脱袈裟，委命溝壑。婆羅門等乃瞠目捲舌，破膽驚魂，顧影修墻，懷慚戰股。既小乘轍亂，豈復能軍。看大義旗揚，猶然賈勇。至戌年正月十五日，大宣詔命曰："摩訶衍所開禪義，究暢經文，一無差錯。從今以後，任道俗依法修習。"[1]

顯然，《頓悟大乘正理決》中所記載的僧諍之結局和過程都與 sBa／dBa' bzhed 中的記載完全不同。鑒於作者之頓門派立場，我們無法據此而全盤推翻 sBa／dBa' bzhed 的記載，但觀察這兩種記載間的異同，有助於我們對這一事件之真相的認識。《頓悟大乘正理決》所説的僧諍，實際上不是面對面的論爭，而是雙方紙上談兵。雖然，它亦詳細地記録了和尚摩訶衍的幾位吐蕃弟子以自殘等行爲作抗爭的故事，但它們聽起來更像是捍衛勝利，反擊朋黨相結、毀謗禪法的英勇行爲，而不像 sBa／dBa' bzhed 中所記載的那樣，像是被擊敗後出於絕望而孤注一擲。可見，同一件事情於不同的背景下可以得到完全不同的詮釋。

值得注意的是，sBa／dBa' bzhed 中對僧諍之實際内容的記録顯然比例失調。作爲僧諍雙方之主角的和尚摩訶衍和蓮花戒，並沒有説很多話，而作爲代表漸門派參與辯論之配角的 'Ba' Sang shi 和 dBa' dPal dbyangs 反而留下了長篇大論。然令人吃驚的是，sBa／dBa' bzhed 中記録下的據稱是和尚摩訶衍於僧諍時所説的寥寥數語，竟然幾乎就是後世藏人對和尚之學的全部了解。後人提到和尚之學時往往祇是轉引這幾句話，或對此稍加增減。這幾句話是：

和尚曰：諸法生自心之妄想（分別），有情因善業與惡業而受善趣與惡趣之果，流轉於輪回之中。孰個若無所思、無所作，則將完全脱離輪回。是故，當無所思。施等十法行者，乃爲無福、少智之凡夫、鈍根所説。於宿昔已淨治者、利根，則善業、惡業，皆是蓋障，即如不管白雲、黑雲，皆遮蔽太陽一樣。是故，若無所思，無分別，無所行，則能不觀而頓入，與十地同。[2]

---

[1] 轉引自上山大峻，《敦煌佛教の研究》，頁541，句讀標點爲引者所加。

[2] 參見 Pasang Wangdu and Diemberger, *dBa' bzhed*, pp. 80 – 81；Faber, "The council of Tibet according to the *sBa bzhed*," pp. 45 – 46.

與《禪定目炬》中以見、修、行、果四目對和尚摩訶衍之教法所作的系統分析相比，這一段話顯然不足以概括和尚摩訶衍於吐蕃所傳禪法的主要內容。具有諷刺意義的是，我們無法於《頓悟大乘正理決》等歸之於和尚摩訶衍的著作中找出上引這一段話的原本來，然而卻在據稱是蓮花戒應贊普之請專門爲批判和尚之誤見而造的第三部《修習次第》(*sGom pa'i rim pa tha ma*)中找到了幾乎一模一樣的段落。[1] 更有甚者，*sBa/ dBa' bzhed* 中所記錄的蓮花戒、'Ba' Sang shi 和 dBa' dPal dbyangs 破斥摩訶衍的那些話，竟亦都能在《修習次第》中找到。[2] 且不說用辯論一方對另一方之觀點的再述作爲對方之原話引述是否恰當，更不禁令人懷疑的是：*sBa/ dBa' bzhed* 中所記錄的那場面對面的辯論是否整個就是作者以《修習次第》爲根據虛構、演繹出來的呢？顯然，我們有理由推測，*sBa/ dBa' bzhed* 中有關"吐蕃僧諍"的說法很可能整個就是一個創造出來的傳統。

而且，這一傳統的創造顯然還不是一次完成的。如前所述，*sBa/ dBa' bzhed* 有多種成書於不同時間的不同的版本。其中有一種本子是上個世紀80年代於中國出版的，通常以爲成書於12世紀。[3] 其中出現了據稱是根據另一種傳軌(或版本 yang lugs gcig la)記錄的另一種有關"吐蕃僧諍"的傳統。其云：

> 時有一位漢地的僧人，他說：句者無義，依名言之法不能成佛。若悟心，即是萬應靈丹(dkar po chig thub)，[4]有此足矣！其造有《禪定臥輪》(*bSam gtan nyal ba'i 'khor lo*)、《禪定論》(*bSam gtan gyi lon*)、《禪定再論》(*yang lon*)、《見之面》(*lTa ba'i rgyab sha*)和《八十種真經》(*mDo sde brgyad bcu khungs*)等五論作爲其法軌之論書。從此，漢地之法軌即此萬應靈丹者，傳遍所有吐蕃之地。

隨後，當蓮花戒向和尚摩訶衍發問，請教何謂漢地之法軌時，摩訶衍答道：

> 依爾等之法軌，當先皈依、發菩提心，就像是猴子爬樹，循序上升一樣。然依我等之法軌，依所作、能作之法不能成佛。祇有修無分別、悟心，方可成佛，就像是金翅鳥自天空降落於樹頂上一樣，乃上降之法，[5]亦即萬應靈丹也。

---

〔1〕《西藏文大藏經》卷一○二，京都，1932年北京版，第5312號，頁38/5.7—39/1.1。

〔2〕 參見 Faber, "The council of Tibet according to the sBa bzhed," pp. 48–49; Houston, *Sources for a History of the Sam yas Debate*, p. 62.

〔3〕 *sBa bzhed ces bya ba las sBa gsal snang gi bzhed pa bzhugs*, edited by mGon po rgyal mtshan (Beijing: Mi rigs dpe skrun khang, 1980); 參見 Pasang Wangdu and Diemberger, dBa' bzhed, p. 1.

〔4〕 "dkar po chig thub" 或譯 "唯一白法"，英譯有 "the one key to realization"、"the white panacea"、"enlightenment by a single means"。

〔5〕 參見 David Jackson, "Birds in the Egg and Newborn Lion Cubs: Metaphors for the Potentialities and Limitations of 'All-at-one' Enlightenment," *Tibetan Studies, Proceedings of the 5th Seminar of the International Association for Tibetan Studies, Narita 1989*, vol. 1 (Naritasan Shinshoji, 1992), pp. 95–114, especially, p. 96.

緊接着,蓮花戒破斥了摩訶衍所説的兩個比喻以及修無分别和悟心之説,令後者無言以對。贊普令其將花鬘獻給蓮花戒,並請求後者寬恕。還規定從今以後行者當修習符合教、理的印度佛法,廢止"萬應靈丹"之法,若有修此法者,將受到懲罰。於是,漢文書籍被搜羅起來,作爲"伏藏"藏於桑耶寺中。而和尚本人被趕回原地,走的時候還留下了一隻鞋子,預言正法行將毁滅之際,他的教法將捲土重來。後來的善知識們説這位漢地的和尚雖不懂正法,但對相術卻略知一二。今日有人將真實可信之法抛在一邊,卻希求悟心成佛,走上了求"萬應靈丹"之路。此或當就是應驗了和尚之預言。[1] 於此,和尚摩訶衍所傳之禪法又一變而爲"萬應靈丹"了,這顯然又是一個新創造出來的傳統。這兒提到了"後來的善知識們",説明這些内容顯然是後人添加的,而他們所作的評論亦顯然是含沙射影,另有所指。"萬應靈丹"是藏傳佛教噶舉派所傳大手印法的一個别稱,其他教派或有不喜大手印法者,如薩迦班智達等,即將和尚摩訶衍之頓悟説亦説成了"萬應靈丹",將這一已經被認定爲錯誤的東西與噶舉派的"萬應靈丹"劃上等號,以此作爲攻擊噶舉派的一個有力工具。

五、薩迦班智達對"桑耶僧諍"之記載
——作爲辯論文章的歷史

1982 年,Roger Jackson 發表了一篇題爲《薩迦班智達對"桑耶僧諍"之記載——作爲辯論文章的歷史》的文章,引起了同行的尖鋭批評和激烈爭論。Jackson 於其文中介紹了薩迦班智達公哥監藏(Sa skya pandita Kun dga' rgyal mtshan, 1182－1251)於其名著《能仁密義明論》(*Thub pa'i dgongs pa rab gsal*)中對"桑耶僧諍"的表述,和他於另一部名著《三律儀差别論》(*sDom gsum rab dbye*)中將和尚摩訶衍之"萬應靈丹"説與噶舉派的大手印法和寧瑪派的大圓滿法相提並論的説法,提出:"薩迦班智達將和尚於'桑耶僧諍'中所開示之教法體系説成是'萬應靈丹'純粹是爭辯式的年代錯置之一例(simply a case of polemical anachronism),是一種將與班智達同時代的敵手和一個早已聲名狼藉的歷史人物相提並論以敗壞前者名聲的嘗試。他的理由是:一,没有其他文獻提到過'桑耶僧諍'中的漢傳頓悟派[學説]是'萬應靈丹';二,没有證據説明有任何

---

[1] *sBa bzhed ces bya ba las sBa gsal snang gi bzhed pa bzhugs*, p. 73. 參見 Faber, "The ouncil of Tibet according to the *sBa bzhed*," pp. 54－57. 值得一提的是,*sBa bzhed* 並不是唯一一種將摩訶衍之頓悟説解釋爲"萬應靈丹"的早期藏文文獻。同樣的記載亦已經出現於 Nyang Nyi ma 'od zer 所造《教法源流——華藏》,這説明至遲於 12 世紀早期,這種説法就已經流傳開了。

漢傳佛教學派被稱爲'萬應靈丹';三,没有其他迹象表明,'萬應靈丹'説早已存在於8世紀時。所有證據表明,'萬應靈丹'是噶舉派傳統内的教法,而這個傳統主要可溯源於8世紀以後的印度;四,薩迦班智達對'萬應靈丹'和其他大手印教法的激烈反對給其以敗壞他們名聲的動機。"[1]然而,他的四條論據,特別是其中的第一和第四條,受到了其他學者的挑戰和批評。[2] 從文獻學的角度來看,Roger Jackson 的文章顯然有很多的漏洞,因爲薩迦班智達確實不是第一位,亦不是唯一的一位西藏大德將和尚摩訶衍之學説説成是"萬應靈丹",並將它與噶舉派的大手印法、寧瑪派的大圓滿法相提並論的。薩班於《能仁密義明論》中那段對"桑耶僧諍"的記載不是他的原創,而是原文抄録了上文引述的 *sBa / dBa' bzhed* 中據稱是根據另一種傳軌(或版本)記録的另一種有關"吐蕃僧諍"的傳統。[3] 而他在其《致善士書牘》(*sKyes bu dam pa rnams la springs pa'i yi ge*)中的那段有關和尚摩訶衍之教法的記述又完全抄自 Nyang Nyi ma 'od zer 的《教法源流——華藏》。[4] 此即是説,薩班這兒所跟隨的實際上是在他之前一個世紀就已經確定了的一種傳統。而且將噶舉派的大手印法、寧瑪派的大圓滿法與和尚摩訶衍之頓悟教法,或者説"萬應靈丹"法拉上關係,肯定亦不是從薩班開始的。除了前引 *sBa / dBa' bzhed* 文中就已提到有"後來的善知識們"批評,"今日有人將真實可信之法抛在一邊,卻希求悟心成佛,走上了求'萬應靈丹'之路。'《禪定目炬》於其專論頓門教法一章結束時還特意説明'因頓門與大圓滿法相似,因[有人]有疑亂,故作詳細安立"。[5] 這或可説明,早在《禪定目炬》成書時的10世紀,或更早的時候,就已經有人對禪宗頓悟説與寧瑪派的大圓滿法之間是否存在淵源關係提出了疑問。

---

[1] Roger Jackson. "Sa skya pandita's account of the bSam yas debate: history as polemic," p. 96. 與其類似的論文還有 M. Broido, "Sa skya Pandita, the White Panacea and the Hva-shang Doctrine," *The Journal of the International Association of Buddhist Studies*, 10(1987), pp. 27 – 68.

[2] David Jackson 不但先著長文予以反擊,而且最後還著專書詳論其事。參見 David Jackson, "Sa-skya Pandita the 'Polemicist': Ancient Debates and Modern Interpretations," *Journal of the International Association of Buddhist Studies*, 13: 2 (1990), pp. 17 – 116; David Jackson, *Enlightenment by a Single Means* (Wien: Verlag der Österreichischen Akademie der Wissenschaften, 1994). 參與這場論戰的還有 L. van der Kuijp, "On the sources for Sa-skya Pandita's Notes on the bSam-yas Debate," *Journal of the International Association of Buddhist Studies*, 9 (1986), pp. 147 – 153.

[3] 原文見於: *The Complete Works of Pandita Kun-dGa'-rGyal-mTshan*, *compiled by bSod-nams-rGya-mTsho*; Vol. 5 of *The Complete Works of the Great Masters of the Sa-skya Sect of Tibetan Buddhism*, *Bibliotheca Tibetica* 1 – 5 (Tokyo: The Toyo Bunko, 1968), pp. 24 / 4 / 3 – 26 / 1 / 4. 其英文譯文見於 Roger Jackson, "Sa skya pandita's account of the bSam yas debate: history as polemic," pp. 91 – 93; David Jackson, *Enlightenment by a Single Means*, pp. 177 – 185.

[4] 參見 Faber, "The council of Tibet according to the *sBa bzhed*," pp. 53 – 54; David Jackson, *Enlightenment by a Single Means*, pp. 169 – 175.

[5] "ston mun dang rdzogs chen cha 'dra bas gol du dogs pa'i phyir rgyas par bkod do," 《禪定目炬》,頁186。

　　儘管如此,我們無法否認包括薩班在內的西藏後弘期高僧確有借古諷今、以歷史服務於現實的教派之爭的傾向,將已被西藏傳統否定了的和尚摩訶衍的教法作爲否定大手印或大圓滿法的工具。從薩班著作中有關"桑耶僧諍"的描述不是抄録自 *sBa/dBa' bzhed*,就是轉引 Nyang Nyi ma 'od zer 的《教法源流——華藏》這一事實說明,後弘期的學者因失去了與前弘期曾經存在過的種種藏譯禪宗文獻的聯繫,而缺乏對禪宗頓悟説的全面、正確的了解和認識。對他們説來,傳説於"桑耶僧諍"中落敗的和尚摩訶衍及其教法已經成了一種固定的符號,是錯誤和異端的象徵,所以將它與其現實教派之爭中的對手相提並論就一定會起到貶損後者的實際效果。當然,要在曾經於 8 世紀於吐蕃流傳、但據稱很快被驅除出西藏的和尚摩訶衍之頓悟説和主要於 12 世紀纔於西藏發展起來的噶舉派的大手印法之間建立一種可信的歷史聯繫顯然不是一件容易的事情。由於前弘期藏譯禪宗文獻之喪失,使得通過文獻依據來建立兩者間的聯繫亦同樣不可能。爲此西藏史家巧妙地設計了一種非歷史的,但符合西藏文化傳統的聯繫。前述 *sBa/dBa' bzhed* 另一種傳軌中出現了這樣的記載,説和尚摩訶衍於其被驅逐出吐蕃以前不但留下了一隻鞋子,而且還將漢文經書搜羅起來,將它們作爲"伏藏"(gter ma)隱藏於桑耶寺中。而這些"伏藏",後來通過"密意藏"(dgongs gter)的形式傳給了後世的上師。於是,和尚摩訶衍之教法便於後弘期一些教派所傳的教法中得到復活,漢傳禪法與大手印法之間的一種特殊的聯繫就這樣被人爲地建立了起來。儘管這樣的故事並不見於 *sBa/dBa' bzhed* 之較早的本子中,後人亦有對這種説法提出質疑的,因爲 *sBa/dBa' bzhed* 中明明記載於被驅趕回去前曾留下一隻鞋子,並聲稱他的教法將於吐蕃再度輝煌的那位和尚並不是和尚摩訶衍,而是隨金城公主入藏、常居小昭寺的另一位早於摩訶衍來到吐蕃的老和尚。[1] 但是爲了於頓悟派與大手印派之間建立起某種特殊的聯繫,西藏史家不惜再次將年代錯置。有意思的是,雖然薩班清楚地知道於其他《遺教之書》(*bKa' chems kyi yi ge*)的記載中不是和尚摩訶衍,而是另一位和尚留下了一隻鞋,並作了此等預言,[2]但他依然不懷疑和尚摩訶衍與大手印法之間存在有特殊的關係,所以纔如此肯定地説:"今日之大手印法和漢傳之大圓滿法,除了將兩個名稱從漸悟與頓悟

---

〔1〕　參見 Pasang Wangdu and Diemberger, *dBa' bzhed*, pp. 37－37. 藏文史書中多有對這一張冠李戴的現象提出批評的,如廓譯師軟奴班('Gos lo gZhon nu dpal),《青史》(*Deb ther sngon po*),上冊,成都:四川民族出版社,1984 年,頁 66。事實上,這只鞋子本來是菩提達摩留在漢地的,這個母題(motiv)顯然來自漢文禪宗文獻中著名的菩提達摩"隻履西歸"的故事,此容後述。

〔2〕　語出《能仁密意明論》,見 David Jackson, *Enlightenment by a Single Means*, p. 184.

改成了上降與下升之外,於實質上沒有什麼不同。"〔1〕

　　需要強調的是,除了這種人爲地製造出來的聯繫之外,迄今爲止沒有人找出任何綫索,説明由達波噶舉派之創始人 sGom po pa(1079－1153)率先提出,後由其弟子喇嘛 Zhang Tshal pa(1123－1193)、sGom pa Tshul khrims snying po(1116－1169)等人推廣的所謂"萬應靈丹"法,到底與和尚摩訶衍所傳教法有什麼實際的聯繫。不管是於漢文、還是藏文禪宗文獻中,我們都沒有見到過將摩訶衍之教法稱爲"萬應靈丹",或者類似的稱呼。前引 sBa/dBa' bzhed 中和尚所説的那句話,即"句者無義,依名言之法不能成佛。若悟心即是萬應靈丹,有此足矣",顯然不是摩訶衍之原話。唯一可與"萬應靈丹"説扯上關係的是《頓悟大乘正理决》中的一段問答,其云:

　　問:萬一或有人言《十二部經》中説云:三毒煩惱合治。准用無心想,離三毒煩惱不可得。《寶積經》中説,療貪病用不淨觀藥醫治,療嗔病用慈悲藥醫治,療愚癡病須因若不用對治緣和合藥醫治。如是應病與藥,以對治爲藥,各以方藥治,則三毒煩惱始除得根本。又喻有一囚,被枷鎖縛等,開鎖要鑰匙,脱枷須出釘鑷,解縛須解結,獄中拔出須索稱上,過大磧須與糧食,具足如是,方得解脱。開鑷喻解脱貪著,出釘喻解脱嗔恚,結喻解脱愚癡,獄中稱上喻拔出三惡道,糧食喻度脱輪回大苦煩惱,具足如是等,則得煩惱除盡。若枷鷑不脱,獄中不拔出,不與糧食,若枷鷑等,以衣裳覆之,雖目下不見枷鷑,其人終不得解脱。既知如此,准修無心想,擬除煩惱者,暫時不見,不能得除根本。有如是説,將何對?

　　答:《准涅槃經》云:有藥名阿伽陀,若有衆生服者,能治一切病。藥喻無思無觀,三毒煩惱妄想,皆從思惟分別變化。所言縛者,一切衆生無始以來,皆是三毒煩惱妄想習氣繫縛,非是鐵鷑繩索繫縛。在獄須得繩索糧食等,此則是第二重邪見妄想,請除卻。是故惣不思惟,一切三毒煩惱妄想習氣,一時惣得解脱。〔2〕

儘管這兒被摩訶衍比作無思、無觀、能除一切病的阿伽陀樂或確與噶舉派所説的"萬應靈丹"有異曲同工之妙,但是,據此我們顯然無法肯定這二者就是一回事。同樣無法肯定的是,和尚摩訶衍所傳的禪法是否確曾於 8 世紀的吐蕃就已經被稱爲"萬應靈丹"或者説"阿伽陀藥"了。本來禪宗的有些教法或確與噶舉派的大手印法有相同之處,如

---

〔1〕　"da lta'i phyag rgya chen po dang//rgya nag lugs kyi rdzogs chen la//yas 'bab dang ni mas 'dzegs gnyis//rim gyis pa dang cig char bar//ming 'dogs bsgyur ba ma gtogs pa//don la khyad par dbye ba med." 語見薩迦班智達,《三律儀差別論》,*The Complete Works of Pandita Kun-dGa'-rGyal-mTshan*, p. 309/2/5－6.
〔2〕　上山大峻,《敦煌佛教の研究》,頁553。

《六祖壇經》中説“法無頓漸、人有利鈍，迷人漸契，悟人頓修”。而於噶舉派祖師那若巴（Nā ro pa, 956－1040）的一部題爲《佛語正量——空行母口訣》（*bKa' yang dag pa'i tshad ma zhes bya ba mkha' 'gro ma'i man ngag*）的短論中，我們亦讀到了幾乎相同的句子，其云：“人以智之差別，分漸門派與頓門派。此漸門派之大藥，乃頓門派之大毒；此頓門派之大藥，乃漸門派之大毒。是故，於宿昔已淨治者，當開示頓門派［教法］，於初業有情，則當開示漸門派［教法］。”〔1〕印度、漢地兩種佛學傳統於此殊途同歸，本來是完全可能的事情。非要於於吐蕃早已失傳了的和尚摩訶衍所傳禪法與當時方興未艾的大手印法之間製造出一種源流關係，可謂苦心孤詣。筆者以爲將和尚摩訶衍所傳之法稱爲“萬應靈丹”多半是後世的創造，其目的亦當不排除是爲了借和尚之醜名來貶損當時頗爲盛行的大手印法。前曾提及，於 *sBa / dBa' bzhed* 較早的版本中記錄的寂護之臨終授記祇是説其示寂後於吐蕃將不再有外道出現，但佛教内部將會出現兩派，引發糾紛，屆時當請其弟子蓮花戒來平定紛爭。然而，同樣的授記到了 *sBa / dBa' bzhed* 中記錄的所謂另一種傳軌中則變成了“於我示寂之後，將有一位漢地之上師出現。彼將衰損智慧與方便，説所謂‘萬應靈丹’，祇要悟心便能成佛。……倘若他的法軌流行，則整個佛法都將受到損害”。〔2〕 而於薩班的《三律儀差別論》中則曰：“於其示寂之後，將有漢地之僧人出現，開示稱爲‘萬應靈丹’的頓門派之道。”〔3〕這不但表明將和尚摩訶衍所傳之法説成是“萬應靈丹”確實是後人的創造，而且還曲折地反映出了這種傳統逐漸形成的過程。

六、傳統之進一步發展和妖魔化了的和尚

儘管西藏文化中有關“吐蕃僧諍”之傳統的基調早已於 *sBa / dBa' bzhed* 中就已經底定，後世西藏文文獻中有關“吐蕃僧諍”的表述多半轉録自它的這個或者那個版本，然而亦有一些進一步發展。而其發展的方向是使和尚摩訶衍及其教法於西藏文化傳統

〔1〕 “gang zag blo yi khyad par gyis/rim gyis pa dang cig car ba/rim gyis pa yi sman chen 'di/cig car ba yi dug chen yin/cig car ba yi sman chen 'di/rim gyis pa yi dug tu 'gyur/de na sbyangs pa'i 'phro can la/cig car ba ni bstan par bya/sems can dang po'i las can la/rim gyis pa 'di bstan par bya/” 見：Fabrizio Torricelli, “The Tanjur Text of the Ājñāsamyakpramāna-nāma-dākinyupadeśa,” *East and West* 47, Nos. 1－4(1997)，pp. 252－253. 關於噶舉派對漸悟與頓悟之看法亦可參見：土觀·羅桑卻季尼瑪著，劉立千譯，《土觀宗派源流》，拉薩：西藏人民出版社，1999 年，頁76—77。

〔2〕 dPa' bo gTsug lag phreng ba, *Dam pa'i chos kyi 'khor lo bsgyur ba rnams kyi byung ba gsal bar byed pa mkhas pa'i dga' ston* (《賢者喜筵》)，p. 393.

〔3〕 “de yang thog mar nga 'das nas//rgya nag dge slong byung nas ni//dkar po chig thub ces bya ba//cig char pa yi lam ston 'gyur//.” *The Complete Works of Pandita Kun-dGa'-rGyal-mTshan*, p. 309/3/2.

中的形象愈來愈壞,並最終與苯教一起成爲異端邪説的象徵,是西藏佛教的兩大敵人。

《布頓教法源流》(*bDe bar gshegs pa'i bstan pa'i gsal byed chos kyi 'byung gnas gsung rab rin po che'i mdzad*,或譯作《佛教史大寶藏論》)是西藏最有影響的一部"教法源流",成書於 1322 年,作者是西藏中世紀著名大學者、夏魯派上師布頓(Bu ston Rin chen grub, 1290 – 1364)。此書中對"吐蕃僧諍"之表述基本上抄自 *sBa / dBa' bzhed*,但有一個值得注意的變化。*sBa / dBa' bzhed* 中説,"蓮花戒乃於睡眠中爲於夜間潛入譯師館的外道所派劊子手搓捏其腎而殺害"。[1] 而於《布頓教法源流》中説"後來,和尚之四名漢地劊子手以搓捏其腎而殺害了阿闍黎蓮花戒"。[2] 這樣和尚摩訶衍成了殺害蓮花戒的元兇,這莫須有的殘殺異己的罪名,無疑使得和尚摩訶衍於西藏的形象更似魔鬼。

噶瑪噶舉派上師 dPa' bo gTsug lag phreng ba(1504 – 1566)寫於 1545—1564 年間的《賢者喜筵》是古代西藏最著名的一部歷史著作。如前所述,它對"吐蕃僧諍"的表述完全是對各種版本的 *sBa / dBa' bzhed* 中的相關資料的轉錄。但間或亦插入作者自己的一些評論,其中有一段對和尚與其弟子們於"吐蕃僧諍"前後所表現出來的種種過激行爲提出了措辭極爲嚴厲的批評,甚至因此而否認和尚之教乃佛教正法。其云:

> 一般説來,若於佛教説法和非法,凡爲非法者,因嗔心嚴重而作忿怒、爭鬥之事,並攜帶武器以設法殺害對手。而凡爲法者,則不管對手如何挑釁、忿怒,總是廣布慈悲和忍讓。若時機成熟,則以具教、理之話從容應對,努力回遮對手之邪分別。殺生和搶劫財物者,雖他人所爲,亦當制止,更不用説自己爲之。是故,不管於當今,還是未來之時,依此既可知誰住於法之一方,誰住於非法之一方。非法之一族者,其見與宗輪就像是爲釣魚而在鐵鈎尖上放的誘餌一樣看起來似法,實際上祇爲欺騙眾生,祇要其一説話,則已窮盡。凡其承許之見、行,亦非其自己之地。譬如和尚和其隨從雖説全無所念、全無所思、且不作善惡二業爲其自己之見、修,然當漸門派説"如是不合理"時,則馬上作忿怒、怨心本惑、隨惑等一切念,且持刀,心中充滿欲殺之大不善,亦不知返回,自己之見、修即毀於一旦。而如法之見和宗輪者,非如

---

〔1〕 "ka ma la śī la mu stegs kyis gshed ma btang nas nub mo sgra bsgyur gyi khang par gzims mal du mkhal ma mnyes nas bkrongs so zhes byung ngo." Houston, *Sources for a History of the bSam yas Debate*, p. 26.

〔2〕 "dus phyis hwa shang gi rgya'i bshan pa mi bzhis / slob dpon ka ma la śī la'i mkhal ma mnyes te bkrongs so." Szerb, *Bu ston's History of Buddhism in Tibet*, p. 42.

是也。若遇損害等強烈之逆緣,即如盔甲不害自心,如利器能伏煩惱一樣,彼二業由此見一起成就,即如火中添柴,乃見之一療法也。此乃引申之義也。[1]

顯然作者已經忘記了寂護臨終所説今後吐蕃祇有佛教内部的爭議,而再無外道的授記,寧願將和尚及其教法從佛教正法中開除出去。

當然藏文文獻中不僅有從和尚弟子之行爲入手,批判和尚摩訶衍之教法的,而且亦有直接從和尚摩訶衍的教法本身入手,批判和否定其教法的。例如格魯派教主宗喀巴(Tsong kha pa)於其《菩提道次第廣論》(*Lam rim chen po*)中就兩次對和尚之教法提出了尖鋭的批評。先在其闡述上士道學菩薩行時,於引述了歸於和尚摩訶衍的那段著名的話之後説:

和尚於此引八十種讚嘆無分別經根據成立,此説一切方便之品,皆非真實成佛之道,譏謗世俗破佛教之心臟,破觀察慧思擇無我真實義故。故亦遠離勝義道理,任何勝進終唯攝於奢摩他品,於此住心執爲勝道,是倒見中最下品者。[2]

其後,於其闡述上士道修觀之法時,宗喀巴再次對蓮花戒《修習次第》中轉述的那段和尚摩訶衍的話提出了激烈的批評。他説:

彼乃譏謗一切大乘,大乘既是一切乘本,由謗彼故謗一切乘。言不思維,謗觀察慧,審觀察慧是正智本,謗彼即謗出世間慧,斷其本故。言不應修施等善行,畢竟謗施等方便。總其智慧方便,是名大乘。……故謗大乘作大業障。[3]

同爲格魯派上師的土觀活佛(Thu'u bkwan Blo bzang chos kyi nyi ma, 1732-1802)於其成書於1802年的《土觀宗派源流》(*Grub mtha' shel gyi me long*)中,將漢傳佛教分成律宗、密宗、廣行宗(法相宗)、深觀宗(法性宗)、心要宗(禪宗)五派述其歷史和法要。於其心要宗一節中,作者於簡述禪宗之歷史後説:

心要派,漢人呼爲宗門,就其實義與噶舉已相同,即大手印的表示傳承。至於來到藏地的和尚摩訶衍,雖是宗門,但他的言論和宗門共同所主張的見地,略有不同。宗門説凡出離心與菩提心所未攝持的善惡業,雖各別能施苦樂之果,但不能成爲一切種智之因,所以他們是無有差別的,比如白雲黑雲,雖現顏色不同,但能障虛空這點也是無有差別的。和尚摩訶衍乃於此語不加鑒別,倡説一切善分別及惡分

---

[1] dPa' bo gTsug lag phreng ba, *Dam pa'i chos kyi 'khor lo bsgyur ba rnams kyi byung ba gsal bar byed pa mkhas pa'i dga' ston*(《賢者喜筵》), pp. 392—393.

[2] 宗喀巴著,法尊法師譯,《菩提道次第廣論》,西寧:青海人民出版社,1998年,頁158。

[3] 宗喀巴著,法尊法師譯,《菩提道次第廣論》,頁343;參見立花孝全,《*Lam-rim chen-po*に見られるbSam-yasの宗論について》,《印度學佛教學研究》15:1(東京,1966),頁366—370。

別皆是能作系縛。又宗門修見法的口訣,雖有全無所作、全無所思之語,這是就已現證實相的補特迦羅而說的。和尚摩訶衍是說從初業行人起若能全不作意,便可解脫。因此,不可祇就一和尚所言有誤,便認爲一切和尚之見皆是邪計。[1]

土觀上師於此將和尚摩訶衍的教法從漢地的禪宗和藏地噶舉派的大手印法中分離了出來,於是和尚之教甚至亦成了禪宗中的異端,大手印法中即使有與禪宗相同之處,亦當與和尚之教法無關。到了土觀上師生活的時代,輕易地將漢地的禪宗和噶舉派的大手印法當成純粹的異端而拒絕顯然已經不合時宜了,然而和尚摩訶衍的教法依然是應當擯棄的邪說。

顯而易見,後弘期之西藏史家不但對和尚摩訶衍的教法不甚了了,而且對其生平亦所知無幾。藏文史書中對先後出現的多位和尚的事迹經常不分彼此,張冠李戴,似乎凡是漢地來的和尚都叫摩訶衍。15 世紀的西藏史家富賢(sTag tshang rdzong pa dPal 'byor bzang po)於其名著《漢藏史集》中將和尚摩訶衍(rGya khri Mahāyāna)說成是一位曆算、星相大師。稱早於吐蕃贊普松贊干布時,就有四位聰慧的藏人受遣入漢地隨摩訶衍一年又七月,學習曆算、卜卦,受賜《續照明燈火》(rGyud snang gsal sgron me)、《無上印卦》(sPang rgya bla ma)、《天地尋蹤》(gNam sa rjes gcod),以及《紙繩卦書》(Phyag shog 'breng bu'i gab rtse)等卦書。後來,這些書籍被譯成了藏文,摩訶衍的曆算之學亦隨之傳入吐蕃。又說《松贊干布遺教》中有云,他“從漢地迎請了阿闍黎和尚摩訶衍,由公主與喇礱金剛吉祥一起作其翻譯,翻譯了衆多曆算、醫藥之書”。[2] 前述有藏族史家指出有關摩訶衍臨回漢地時留下一隻鞋子的故事實際上是將比摩訶衍稍前來到吐蕃的另一位和尚的故事張冠李戴到了和尚摩訶衍的頭上,其實這個故事的母題來自菩提達摩“隻履西歸”的故事。這個故事於前弘期時當通過《歷代法寶記》等早期禪宗文獻的藏文譯本而曾爲吐蕃僧衆所知,於《禪定目炬》中我們見到了菩提達摩的一個簡傳,其中就包括“隻履西歸”的故事。[3] 後弘期之史家或已不知此故事的來歷,但這個典故卻被搬用到同爲禪師的和尚摩訶衍和其他漢地來的和尚們頭上了。祇是“隻履西歸”事實上已變成了“隻履東歸”了。

和尚摩訶衍及其教法於西藏文化中已經定格爲一切異端邪說的代名詞這一事實,

〔1〕 土觀·羅桑卻季尼瑪著,劉立千譯,《土觀宗派源流》,頁 214。

〔2〕 “rGya nag nas / slob dpon ha shang ma ha ya na spyan drangs te / de'i lo tsva ba lha gcig rgya ba kong jo dang / lha lung rdo rje dpal gyis byas nas / nag rtsis dang sman spyad la sogs mang po bsgyur bar byed do”,見《漢藏史集》,成都: 四川人民出版社,1985 年,頁 164。

〔3〕 《禪定目炬》,頁 23—24。

亦可從《漢藏史集》的作者甚至將漢地道教的教法亦說成是和尚的頓悟說這一故事中得到證明。作者於記載八思巴(1235—1280)帝師參與忽必烈(1215—1294)汗主持的佛道僧諍時說:"漢地之和尚執着於頓悟之見地,追隨太上老君,仿正法之例改作經論,遂以清淨之知辯敗十七名持賢者之我慢的狂傲道士,令其轉依佛門。"[1]一直到近代,據說於西藏寺院裏舉行 Tsam 儀軌時,依然將和尚作爲被擊敗了的教法的代表而扮成奇形怪狀的樣子,來嚇唬孩童。而在同一個儀軌中,另一個被擊敗了的教法的代表是苯教的黑帽咒師。[2] 和尚的這種妖魔化形象顯然一直持續到了今天,所以今天的西藏活佛還會告訴中國的大學校長"藏傳佛教看不起漢傳佛教"。

七、結　　論

通過上述研究,我們基本可以肯定西藏文化中有關"吐蕃僧諍",特別是有關和尚摩訶衍及其教法之傳統多半是一種由西藏佛教後弘期的學者們人爲地創造出來的傳統。隨着 9 世紀中吐蕃王朝的崩潰,大量古代歷史文獻隨之失落,致使 10 世紀以後之西藏學者要重構其祖先的歷史變得十分困難。迄今我們所見有關"吐蕃僧諍"的最早的藏文記載來自 *sBa / dBa' bzhed*,而它對這一歷史事件的表述,特別是其對和尚摩訶衍之主張的表述,顯然主要是依靠蓮花戒所造《修習次第》中的記載建構起來的。而晚出的西藏文獻中對和尚摩訶衍之教法的表述則千篇一律地照搬 *sBa / dBa' bzhed*,這足以說明後弘期的西藏學者限於資料的短缺並沒有可能全面、正確地把握和尚摩訶衍於吐蕃所傳頓悟教法之精義。而成書於 10 世紀的《禪定目炬》中作者依靠其尚能見到的大量藏譯早期漢文禪宗文獻,而對和尚摩訶衍所傳頓悟法之見、修、行、果所作的如此全面、深入的分析,不免令人對吐蕃王朝時期漢、藏佛學交流之深入產生由衷的欽佩和緬懷。隨着和尚摩訶衍及其教法於西藏文化傳統中定格爲一種代表異端邪說的符號和象徵,漢、藏間佛學交流的管道從此阻斷。雖然,漢地佛教亦曾是西藏佛教之兩大源頭之一,然而於藏傳佛教往後的發展過程中,印度佛教之傳統對其所產生的影響要遠遠超過漢傳佛教傳統卻是一個不爭的事實。一個被妖魔化了的和尚摩訶衍顯然亦是造成這種局面的一個重要因素。於西藏佛教之後弘期,漢、藏佛學間像前弘期時這樣深入的交流

---

〔1〕　"rgya'i ha shang／chig char ba'i lta ba la zhen pa dang／tha'o shang la'o ba gin bya ba'i rjes 'brang／chos ltar bcos pa'i gzhung lugs la／mkhas pa'i nga rgyal gyi dregs pa bcu bdun yang dag pa'i rig pas pham par mdzad nas／bstan pa'i sgor bcud." 見《漢藏史集》,成都:四川人民出版社,1985 年,頁 327。

〔2〕　參見 Helmut Hoffmann, *The religions of Tibet* (London: Allen & Unwin, 1961), p. 78.

從未出現過。相反,於漢、藏兩個民族各自有關其對方之宗教文化的"背景書籍"中卻積累了越來越多的跨文化、跨宗教的誤解,這種誤解至今嚴重地影響着兩個民族間文化、宗教的相互理解和欣賞。揭示西藏人有關和尚摩訶衍及其教法之傳統原本就是人爲地創造出來的這一事實,即希冀有朝一日西藏人將擯棄他們對漢傳佛教之根深蒂固的誤解,重開互相學習、交流之大門。

補記二則:

一、本文兩位匿名評議人中的一位提供了一條對本文極爲重要而筆者尚未注意到的綫索,兹謹録其原文如下:

瑞士籍法國學者戴密微(P. Demiéville)寫過一篇劄記,名《達摩多羅附記》(*Appendice sur* 〈*DAMODUOLO*〉),刊載於饒宗頤《敦煌白畫》(巴黎,1978)第一分册,第43—49頁。戴氏這篇文章爲了考證敦煌出土的一些"行腳僧"圖,詳細考察了達摩多羅的名字的錯訛演變。文章提到了沙畹與烈維合撰的《十六羅漢考》(*Journal Asiatique*, tome VIII, 1916, pp. 275－291. 參馮承鈞譯文)證明印度地區原來流傳十六羅漢;而 L. A. Waddel《西藏的佛教或喇嘛教》(1985,1934 第二版)頁 377—378 和 J. Lowry《Essai sur l'art du Tibet》(巴黎,1977)圖版 A 5 和 A 40 都涉及藏地流傳十八羅漢,增加的兩位羅漢是菩提達摩[多羅]和"吐蕃僧諍"中的和尚摩訶衍,見戴氏《達摩多羅附記》一文頁 45 右、頁 49 左。戴氏也引用到了《歷代法寶紀》,論述漢地和藏地的十八羅漢的形成過程。如果情況屬實,則文獻學資料之外,圖像學的資料也似乎表明,漢地和藏地添加的第十七位羅漢是菩提達摩[多羅],第十八位是和尚摩訶衍。和尚摩訶衍本人曾經被尊崇爲十八羅漢之一,由此可見,儘管他所傳教法在後弘期被逐漸"妖魔化",他本人在前弘期曾是十八羅漢之一的地位在圖像上未能全被抹煞。作者研究的這個問題的確是一重大問題。

從前弘期被尊爲十八羅漢之一,到後弘期被貶爲異端邪説的代表,和尚摩訶衍於西藏之地位和形象可謂一落千丈。而造成這種變化的原因顯然不在於和尚摩訶衍本身,而是西藏後弘期史家有意創造傳統的結果。

二、本文寫成、投出之後,筆者不無驚訝和欣喜地發現中外已有兩篇論文關涉本文所論主題,雖然其側重點和視角與本文不同,但其出發點與本文類似,内容上可與本文互相補充。它們是:

1. 黄敏浩、劉宇光,《桑耶論諍中的"大乘和尚見"——"頓入説"的考察》,《佛學研究中心學報》6(臺北,2001.7),頁151—1180。

2. Sven Bretfeld, "The 'Great Debate' of bSam yas: Construction and Deconstruction of a Tibetan Buddhist Myth," *Asiatische Studien / Etudes Asiatiques: Zeitschrift der Schweizerischen Asiengesellschaft*, LVIII‑1(2004), pp. 15‑56.

（原載《新史學》第16卷第1期,臺北：新史學杂志社,2005年,頁1—50;後收錄於金雅聲、束錫紅、才讓主編,《敦煌古藏文文獻論文集》下册,上海古籍出版社,2007年,頁600—627）

一世達賴喇嘛傳略

今天當人們談起西藏歷史上的達賴喇嘛時，首先想到的常常是三世達賴索南嘉措（bSod nams rgya mtsho），或者是被稱爲"偉大的五世"的阿旺羅桑嘉措（Ngag dbang blo bzang rgya mtsho）。而第一世達賴喇嘛根敦珠巴班桑波（dGe 'dun grub pa dpal bzang po，1391－1474）卻並不時常被人提起。其原因大概是享有達賴喇嘛這個稱號實際上並不是從根敦珠開始的，它最早是蒙古土默特部可汗俺答汗於 1578 年贈給根敦珠之第二輩轉世，亦即日後被稱爲三世達賴喇嘛的索南嘉措的封號。所以嚴格説來一世和二世達賴實際上名不符實，他們的達賴喇嘛稱號是日後追贈的。與此相應，他們在西藏歷史上的重要性似乎也就自然而然地被打了折扣。儘管今天達賴喇嘛早已成了家喻戶曉的人物，但對於他的先世，特別是一世、二世達賴喇嘛的生平則所知甚少。可是，若我們對達賴喇嘛的歷史稍稍深究一下，則不難發現達賴喇嘛這個西藏最重要的活佛轉世系列實際上確確實實是從根敦珠，而不是從索南嘉措開始的，衹不過在索南嘉措獲贈達賴喇嘛稱號前，這個系列的活佛被稱爲一世聖識一切（Thams cad mkhyen pa dang po），或二世、三世聖識一切而已。俺答汗並没有新創立一個活佛轉世系列，而衹是在索南嘉措原有的稱號後又加上了"瓦吉喇答喇達賴喇嘛"的尊號。衹是達賴喇嘛這個響亮的稱號日後漸漸代替"聖識一切"，成了這支活佛轉世系列衆多尊稱中最廣爲人知的一個。而不變的事實是，是根敦珠，而不是索南嘉措衍傳出了達賴喇嘛這一活佛轉世系列。僅僅因爲他生前没有擁有達賴喇嘛這一在今天尤其落地有聲的名號而不給他在西藏歷史上的地位作充分的肯定，則無疑是對根敦珠的不公，也是對西藏歷史的不公。

匪夷所思的是，自上個世紀末開始在西方就一直流傳着這樣一種説法，説根敦珠不但是西藏宗教改革家宗喀巴大師的弟子，而且更是他的侄兒。[1] 雖然在西藏歷史上一個家族中出現數位大師，甚至同一家庭中出了幾個活佛這樣的事情也並不鮮見。以根敦珠的同時代人爲例，甘丹寺第三任住持克珠傑和第六任住持巴蘇法主曲結堅贊

---

〔1〕 參見 Kutcher，1979，Introduction。

（Baso chos rje Chos kyi rgyal mtshan）就是同胞兄弟；宗喀巴大師真正的侄兒羅桑尼瑪（Blo bzang nyi ma）以後也當上了甘丹寺的第九任住持。本來舉賢不避親，這樣的事情沒有任何值得詬病的地方，它們在藏族史家筆下均是美談。可若拿今天西方人的眼光來看待西藏古代歷史上的這種襟帶關係，尤其是在對其個人品質毫無述及，而首先醒目地亮出根敦珠爲宗喀巴之侄兒的身份的情況下，這層子虛烏有的親戚關係顯然將根敦珠本身的靈光沖淡了不少。

根敦珠無辜，何以竟在中外蒙此二層"不白之冤"。可不管如何，對於今天的宗教史家來説，根敦珠仍然是西藏政教史上一位十分難得的重要人物。在達賴喇嘛成爲世界大衆傳播媒介之寵兒的今天，當今天的達賴喇嘛常常向他的信徒透露，他時常可在入定時和他的先輩對話時，大概不少的人都會向他提出這樣的問題：達賴喇嘛的先輩到底是何等樣的一位人物？ 他是人是神、何聖何能，竟然成了達賴喇嘛，且能一再化現人間？ 回答這些問題，還根敦珠以歷史人物的本來面目成了刻下宗教史家義不容辭的歷史責任。筆者不器，雖治藏史多年，但對佛學奧義知之甚少，故此僅能從史學、確切地説從教法史的角度出發，對根敦珠一生所作所爲儘可能地作一清楚的描述，而更深入地從教法經義這一角度研究根敦珠的作爲則期盼來賢。[1]

一、出生和童年時代

根敦珠於藏曆陰鐵羊年，公曆 1391 年，出生於屬今日後藏日喀則地區和巴南倫珠縣以南、薩迦寺附近一個被喚作賽（Srad）的地方的一個牧民家庭中。當時該地爲薩迦派，特別是鄂爾派（Ngor pa）的勢力範圍，根敦珠父母所屬社區被稱爲"Gur ma ba"或"Gur ma ru pa"，意爲替薩迦寺護法寶帳怙主（Gur Mahākāla）貢獻神燈者。這個地區的居民多半是遊牧民，源自康區，與仲敦巴傑微迥乃（Brom ston pa rGyal ba'i 'byung gnas）的祖先是同鄉。在 Gur ma ru ba 之下又分爲 ngar tsho、Mi sprug pa'i tsho、Tshon sprul pa'i tsho 和 bSags tsho 四個家族，根敦珠屬其中的 ngar tsho 家族，與仲敦巴同宗。西方藏學家一口咬定根敦珠爲其師尊宗喀巴的侄兒，其根源很可能是誤解了根敦珠藏文傳記中的這段記載。實際上，即使是根敦珠與仲敦巴五百年前是一家的説法本來也

　〔1〕　本文主要資料來源是分別由根敦珠的親傳弟子在其圓寂後二十餘年間寫成的兩部藏文傳記《稀有珠鏈》和《十二宏化》。本文中若有不標明具體出處者則均本於此二部傳記。

· 266 ·

很牽強,仲敦巴的出生地在前藏北部的堆壠地區,[1]與根敦珠的故鄉相距千里。其傳記作者對此用力渲染不過是想讓人相信,根敦珠確是仲敦巴,也即觀音菩薩的轉世。除此之外,找不出任何蛛絲馬迹表明出生於後藏的根敦珠與來源於安多宗喀的宗喀巴之間除了師徒關係之外還有什麼血緣上的親屬關係。或許是這些藏學前輩張冠李戴,將根敦珠與仲敦巴之間的這層遠房親戚關係,誤解到根敦珠和宗喀巴的頭上。總而言之,師徒間有没有血緣親屬關係原本無足輕重,重要的是宗教道統上的衣鉢相傳。真正與根敦珠同鄉同宗的是喜饒僧格(Shes rab seng ge),他也是宗喀巴的八大弟子之一,與根敦珠亦師亦友,情同手足。[2] 後來,喜饒僧格在他的故鄉建立了格魯派的第一座密宗修院,即史稱之所謂賽居巴扎倉(Srad rgyud pa grwa tshang),於是賽地這一原本是薩迦派的地盤變成了格魯派的聖地。

根敦珠的父親名貢布多結(mGon po rdo rje),母親名覺姆南傑(Jo mo Nam skyid),又名瑜伽女孫哲(rNal 'byor ma Sun khres)。他們共有五個孩子,根敦珠排行老三,乳名班瑪多結(Padma rdo rje)。在他出生的那天晚上,就發生了匪夷所思的事情:村上的牧民遭暴徒襲擊,匆忙間他的母親將新生的嬰兒藏在巖縫中間便自顧逃命去了。待她回來見她的兒子竟完好無損,原來是一隻巨大的禿鷲保護了他,使他免遭成爲野獸口中美餐的厄運。據説這隻禿鷲是四面大黑天神的化身,乃根敦珠的本尊護法。

由於其父母遭此劫難之後一貧如洗,班瑪多結自小就得自謀生路。他曾爲鄰人牧羊,輾轉於臨近各村落之間。七歲時喪父,遂投依後藏噶當派重鎮那塘寺(sNar thang)僧伽。隨該寺十四輩住持、被認爲是藥王佛之化身的珠巴喜饒(Grub pa shes rab)受居士戒,學習誦讀和書寫。他對書法有特殊天賦,精通藏文、梵文和蒙文的各種字體。據稱他當時習書用的手本都成了後人學習書法的字帖,日後扎什倫布寺的大多數題匾、聯額也大都出自他的手筆。

二、出家和受近圓戒

陰木雞年(1405)三月二十一日,根敦珠依止珠巴喜饒爲親教師、羅丹巴(Blo ldan pa)爲軌範師,在那塘寺受沙彌戒(dGe-tshul),正式出家爲僧,時年十五,得法名根敦珠巴班(dGe 'dun grub pa dpal)。其名字的最後部分"桑波"(bzang po)據傳爲其自己

[1]　dBurúibyang gi phyogs Lha chen thang lhái zhol／stod lung gi phu rtsa skyemói sáicha.《青史》,頁251;《道次師承傳》,頁181.
[2]　《道次師承傳》,頁732,載喜饒僧格出生地爲: gTsang gi sa'i cha srad gur ma。

所加。

　　陽鐵虎年(1410)二月十一日,根敦珠在那塘寺隨與受沙彌戒時相同的親教師和軌範師及扎巴喜饒(Grags pa shes rab)爲屏教師(Rahonuśāsaka),受近圓戒,時年二十整。

三、學　　法

　　按照藏傳佛教的傳統,學法包含聞、思、修三大部分。學法者初當廣學多聞,通達顯密,獲得經教功德(lung gi yon tan),然後通過觀修獲證驗之功德(nyams rtogs kyi yon tan)。對三藏經教,由聞、思修、三門逐次燻修,由三學道,[1]方能證得解脫和一切智。格魯派的教規,是要聞思經藏,引生無誤了知諸法性相的智慧,以修習慧學獲得親證。尤其是大乘佛教所説的大菩提心、十地、六度廣行,以及粗細無我之理的無邊法門等等,是聞思修的主要内容。[2]簡言之,按格魯派的傳統,學法的内容大致分以下三個部分:一,廣求多聞,精通五明;二,由思通達一切經論皆爲教授;三,修得證驗,親見本尊。根敦珠雖源出那塘寺,且被同時代人視爲那塘寺,亦即噶當派的大學者。[3]但他的學法歷程則顯然與以上所述格魯派傳統並無兩樣。格魯派常被稱爲新噶當派(bKa' gdmas gsar ba),其宗風以噶當派先德事迹爲基礎,其上加以中觀和密咒,實際亦不超出噶當範圍。[4]

　　根敦珠福大壽高,享年八十有四,活到老,學到老,終生以學法、傳法爲第一要務。從七歲至二十五歲,他在那塘寺受基礎佛法訓練,直至精熟阿底峽大師所傳的幾乎所有的教法。自1415年至1426年的十二年中,根敦珠在前藏隨宗喀巴及其知名弟子習律學和量學。從1426年至1438年,根敦珠與喜饒僧格一起在後藏傳法。其後,根敦珠再度赴前藏深造,主修大乘修心學説兩年,至此他已基本完成了四十餘年的學法階段。1440年他重回後藏,從此他專心投入説法授受、著述和修造身、語、意三門佛寶,間或仍抽空隨某位有特殊成就的法師學某種特殊的教法,或聽聞某部特別重要的經論傳軌。

　　根敦珠先後曾隨全藏近六十位高僧學法,得不同教派之經教(bka' lung)、教授

─────────────

〔1〕 所謂三學道(bslab pa gsum)是指: 1)Lhag pa'i tshul khrims(Adhisilam), 2)Lhag pa'i sems(Adhiśīittam), 3)Lhag pa'i shes rab(Adhiprajñā)。

〔2〕《土觀宗派源流》,頁353。本文中所引此書資料常參考劉立千先生之漢譯本。

〔3〕《青史》的作者軟奴班('Gos gZhon nu dpal)説:"They(dGe 'dun grub and Shes rab seng ge)became known by the name of Ri-bo dGe-ldan. In truth, both of them, teacher and disciple, had been the true scholars of sNar thang."《青史》,頁339。

〔4〕《土觀宗派源流》,頁90—91。

(bak' gdams)、指引('khrid)、善説(bshes pa)、儀軌及要門(man ngag, Upadeṣa)，精通三藏顯密二宗經論。[1] 在他依止的這些上師中絶大部分是噶當派和格魯派的喇嘛。他的學法生涯主要在後藏的那塘寺，前藏的甘丹寺、桑普寺(gSang phu)、卓薩寺(Gro sa)、伽喀寺('Chad kha)和湯卜且寺(Thang po che)中度過。其中除了甘丹寺外，其餘全爲著名的噶當派寺院。在根敦珠的上師中，最多的是格魯派喇嘛，宗喀巴和他的主要大弟子都曾是他的授業上師，儘管根敦珠自己也被列爲宗喀巴的七大弟子之一。[2] 引人注目的是，不少著名的薩迦派上師的名字如絨敦曼微僧格(Rong ston sMra ba'i seng ge)、博東班欽曲列南傑(Bo dong paṇ chen Phyogs las nams rgyal)及其弟子也都赫然列於他的上師名單中。這一方面表明根敦珠唯正法是求，對其他教派不持門户之見。另一方面也爲他日後在後藏，特別是後藏西部地區這塊薩迦派勢力最强的地方傳播宗喀巴的教法破除了路障。

在根敦珠衆多的上師中，珠巴喜饒、宗喀巴和喜饒僧格是他的三大恩師(bka' drin che ba)。珠巴喜饒剃度其出家，並授以噶當派幾乎所有的法輪，培育他長達二十年之久。宗喀巴傳授給他格魯派的大部分教法，並作授記預言根敦珠將在後藏廣傳量學和律學教法。喜饒僧格和根敦珠同宗同郷，又是珠巴喜饒麾下的同門弟兄，還同時得宗喀巴賞識，獲派往後藏傳播顯密教法，宗喀巴之學説在後藏的推行，當給他們記頭功。

（一）習大乘顯教

如前所述，根敦珠的學法生涯始於那塘寺，在這兒他受到了極好的基礎教育。除了誦讀、書寫外，他還隨大譯師桑哥室利(Samghaśrī)等學習了許多文法和聲明類著作，如《詩鏡》(*sNyan ngag me long, kāvyādarśa*)、《甘露藏》(*'Chi med mdzod, Amarakośa*)和《聲明五種》(*sGram' tshams sbyor lnga pa, pañcaskandha-prakaraṇa*)等。1444 年和

---

〔1〕《十二宏化》，葉 3v。"Tibetans practice Tantra when they have been given empowerment (wang), textual transmission (lung), formal teaching (tr'id), and additional advice (man-ngag) for a particular practice, and not simply through reading the books, which are in any case difficult to make much sense of without detailed oral explanation of the terms involved." Samuel, 1993, 頁 226。

〔2〕 宗喀巴的七大心傳弟子(thus sras bdun)是：兩位上首大弟子(sras kyi thu bo)持律扎巴堅贊('Dul 'dzin pa Grags pa rgyal mtshan)和賈曹達瑪仁欽(rGyal tshab Dar ma rin chen)；一位内心傳弟子(nang thugs kyi sras)克珠格勒班桑(mKhas grub dGe legs dpal bzang)；以及四大寺院的創建者，即哲蚌寺的創建者絳陽扎西班丹('Jam dbyang bkra shis dpal ldan)，色拉寺的創建者大慈法王釋迦也失(Byams chen chos rje sākya ye shes)，下密院的創建者喜饒僧格和扎什倫布寺的建立者根敦珠。《隆多喇嘛全集》II，頁 364—365。

1445 年,根敦珠再隨大譯師脱傑班(Thugs rje dpal)學屬梵文聲明學三派之一的集分派經典《集分派聲明經》(*sDeb sbyor rin chen 'byung gnas*)。[1] 彼此通聲明,且有著作傳世。

在完成最基本的基礎訓練之後,根敦珠隨珠巴喜饒學習噶當派教法,其中最重要者即所謂噶當派的六大教典(bka' gdams gzhung drug)。它們是: 1)《菩薩地論》(*Bodhisattvabhūmi*), 2)《大乘莊嚴經論》(*Mahāyānasūtralankāra*), 3)《集菩薩學論》(*Siksasammuccaya*), 4)《入菩薩行論》(*Bodhisatt-vavatāra*), 5)《本生論》(*Jātakmālā*), 6)《集法句論》(*Udānavarga*)。此六典是噶當教典派的要籍,重在説明菩薩大行(byang chub sems dpa'i spyod pa)。[2] 那塘寺的創建者童敦羅卓扎(gTum ston blo gros grags)爲博東哇著名弟子香夏若哇(Zhang Sha ra ba)的弟子,故該寺傳承的正是噶當教典派的傳統。[3]

衆所周知,宗喀巴實行宗教改革的重要步驟之一就是要改變當時藏中一般學人重密輕顯,並把顯密二乘看成如水火相違,樂顯乘者不重密乘,喜密法者不齒顯教的傾向,主張先顯而密,顯密並重,空性正見與秘密咒乘二者雙運。爲使有緣化機不盲目觀修,誤入歧途,宗喀巴特別重視廣求多聞,通達顯乘經教。他曾説:"彌勒、二勝和瞻部洲六莊嚴的所有著名論典都要詳盡學習,不能滿於一分或僅得粗略。"[4] 在顯乘類經論中最爲格魯派所重者即所謂"五部大論",它們是: 1)《釋量論》(*Pramāṇavārtika*), 2)《現觀莊嚴論》(*Abhisamayālaṃkāra*), 3)《入中論》(*Madhyamakavatāra*), 4)《阿毗達磨俱舍論》(*Abhidharmakośa*)和 5)《律論》(*Vinayasūtra*)。[5]

根敦珠隨薩迦派大師絨敦曼微僧格亦名釋迦堅贊(Sākya rgyal mtshan)學《現觀莊嚴論》。絨敦曼微僧格被人視爲彌勒之化身,乃顯乘大師,更是當時《現觀莊嚴論》之絶對權威。[6] 1415 年,根敦珠隨絨敦於前藏噶當派舊寺湯卜且學般若波羅密多達一個

---

〔1〕《稀有珠鏈》,葉 24r、25r。

〔2〕 噶當派分成噶當教典派(bka' gdams gzhung pa)、噶當教授派(bka' gdams gdams ngag pa)和噶當要門派(bka' gdams man ngag pa)。由博東哇仁欽賽(Bo dong ba Rin chen gsal, 1027 – 1105)衍傳出的法統被稱爲噶當教典派。《紅史》,頁 63。

〔3〕《紅史》,頁 62—63。

〔4〕《土觀宗派源流》,頁 240,瞻部洲六莊嚴是: 1)龍樹(Nāgārjuna), 2)聖天(Āryadeva, 'phags pa lha), 3)無著(Asaṅga, Thogs med), 4)世親(Vasubandhu, dByig gnyen), 5)陳那(Dignāga, phyogs glang), 6)法稱(Dharmakī rti)。二勝是: 1)釋迦光(Sākyaprabha, Sākya 'od)和 2)功德光(Guṇaprabha, Yon tan 'od)。

〔5〕 Newland, 1996, 頁 206—207: The dGe lugs pa Curriculum。

〔6〕《土觀宗派源流》,頁 187; Jackson, 1989。《現觀莊嚴論》是 " a systematic exposition in verse of the Mahāyāna path of deliverance based on the doctrines of the prajñāpāramitā sutras"。Schoening, 1996, pp. 115 – 116。

半月之久。1416 年和 1430 年,根敦珠又先後隨賈曹達瑪仁欽(rGyal tshab Dar ma rin chen)在哲蚌寺學般若波羅蜜多和彌勒的後期論著,在乃寧寺(gNas rnying)學《現觀莊嚴論》。賈曹傑是西藏歷史上第一位噶久巴(dKa' bcu pa),初爲薩迦派喇嘛,是名重一時的薩迦派高僧仁達瑪(Red mda' ma)的弟子,後歸依宗喀巴,並成爲後者最著名的兩大弟子之一,爲後者培養了大批弟子。根敦珠隨其攻讀大量顯乘經典,如四難論、[1]《慈氏五論》[2]和中觀七論。[3]

　　根敦珠最初於 1416 年在甘丹寺隨爲宗喀巴上師之兩大上首弟子之一的持律扎巴堅贊('Dul 'dzin Grags pa rgyal mtshan, 1374 – 1434)學律學。扎巴堅贊是格魯派早期有名的持律大師,有多部律學著作傳世,如《毗奈耶根本經大疏》('Dul tvika)、《律三事儀軌》('Dul ba bzhi gsum cho ga)、《十萬洲》(Gling 'bum)和《三學處》(bsLab bya)等等。根敦珠主要隨其學《了不了義注》(Drang nges rnam 'byed)和許多其他律學經教。隨後不久,根敦珠在宗喀巴和喜饒僧格的分別推薦下來到位於彭域('Phan yul)的噶當派舊寺卓薩寺隨瑪敦巴班丹仁欽巴(dMar ston pa dpal ldan rin chen pa)和嘉措仁欽巴(rGyam tsho rin chen pa)叔侄學律學兩年。卓薩寺是博東哇的三傳弟子南覺絳僧(rNal 'byor byang seng)建立的,被人視爲律學之發源地。這兩位瑪敦是當時中藏著名的律學教師。[4] 有關律學的主要經典是印度論師功德光(Guṇaprabha)的《毗那耶根本經》(Vinayasūtra, 'dul ba mdo do rtsa ba)和其自疏、小乘的《四分律》(Lung sde bzhi)、釋迦光(Sākyaprabha)的《沙彌三百頌》及其自疏(Sor thar sum brgya pa rtsa 'grel)等。根敦珠隨二位瑪敦聽講這些經典及其注疏支分,微言大義無不罄解無餘,對律學所定三事戒律(dgag-sgrub-gnang-gsum)瞭然於胸。與此同時,他還隨二位上師修習世親的《阿毗達磨俱舍論》,兩位師尊對他贊賞有加,認爲他是他們所收的來自後藏的弟子中最優秀的二位中的一位,另一位則是當時著名的薩迦派喇嘛軟奴堅喬(gZhon nu rgyal mchog)。他們熱忱地鼓勵他將他在前藏學到的律學經教在後藏廣爲傳播。

---

〔1〕　四難論指 Maitreyanatha 的《現觀莊嚴論》、月稱(Candrakīrti)的《中論》(Madhyamakavatāra)、世親的《阿毗達磨俱舍論》和法稱的《釋量論》,他們是格魯派傳統中論典文獻(Sāstra Literature)中的精華部分。

〔2〕　《慈氏五論》指: Abhisamayālaṃkāra、Mahāyānasūtralaṃkāra、Madhyāntavibhanga、Dharmadharmatāvibhanga 和 Uttaratantra。它們由彌勒菩薩宣喻印度學者無著,由無著記錄成文,他們在西藏的經院學術傳統中具有重要意義。

〔3〕　《十二宏化》,葉 5v,關於中觀類文獻參見 Ruegg, 1981。

〔4〕　"In this Central Tibet (dbUs) also the teaching of the Vinaya was continued for a long time at Zul-phul, sKyor-mo-lun, dGa'-ba-gdon and Gro-sa. At Gro-sa (in 'phan-yul) especially dMar-ston the Great, uncle and nephew, acted as supporters of great Tripiṭakadhāras (sde-snod 'dzin-pa), who were studying the Vinaya ('Dul-ba don-du gn(y)er-ba)."《青史》I,頁 83。

　　宗喀巴大師將佛教因明，即所謂量學（Prama，tshad ma），提高到抉擇現法性的唯一法門，勉勵其弟子對量論經典之難解處下苦功鑽研。在他看來，藏中對七部量論之疏解或與原著不符，或無甚精義。[1] 這種令人遺憾的局面很快被其弟子，特別是賈曹傑、克珠傑和根敦珠三人改變。早在 1410 年，根敦珠就在那塘寺隨 Abhayakīrti 大師首次學習法稱的《釋量論》（*Pramāṇavārtika*，*Tshad ma rnam par 'grel pa*）。他親手全文抄錄《釋量論》和論師聶本（mKhas pa'i dbang po Nya dpon）之注疏，並以聶本的注疏爲依據在那塘寺立宗辯論。1415 年，他又在昌珠寺（Khra 'brug）隨宗喀巴的著名弟子貢噶桑波（Kun dga' bzang po）重讀《釋量論》。貢噶桑波專精量學、中觀和密法，根敦珠聽其詳爲抉擇《釋量論》之難解處，闡述論師原文之究竟意趣。此後不久，根敦珠與宗喀巴首次相會於扎西多卡（bKa shis do kha），聽聞大師開講法稱量學七論中的另一部重要著作《量抉擇論》（*Pramāṇavini ścaya*）和法勝（Dharmattara，Chos mchog）造的疏解，並作了筆錄。

　　當初宗喀巴學量學時曾對《量抉擇論》花了不少功夫，對法稱的《量抉擇論自釋》和法勝造的疏解及《理滴論釋》（*Rigs thigs kyi 'grel ba*）尤其重視。在宗喀巴之前，量學被普遍當作理解事物表相的工具，祇能外斷知解之障，對內實修則用它不着。宗喀巴在萊普貢薩（*lHas phu dgong sar*）寺爲衆多三藏法師講《釋量論》之主要意義，配合實修按《道次第論》之義講授，並由賈曹傑大師筆錄，從此《釋量論》成了指示實修的論典。[2] 和宗喀巴一樣，賈曹傑主要隨薩迦派大師仁達瓦（Red mda' ba）學量學，留下一批論述量學的著作，如《量抉擇論大疏》（*bsTan bcos tshad ma rnam nges kyi tvika chen dgongs pa rab gsal*）、《理滴論疏善説心藏》（*Tshad ma rigs thigs kyi 'grel pa legs bshad snying po'i gter*）和《釋量論字品疏解》（*Tshad ma rnam 'grel gyi tshig le'ur byas pa'i rnam bshad thar lam phyin cima log par gsal bar byed pa*）。[3] 根敦珠於 1416 年在哲蚌寺聽賈曹傑説解量學，得益甚多。他的另一位量學導師是喜饒僧格，1415 年根敦珠在宗喀巴大師的支持下，往桑普寺（gSang phu）師從喜饒僧格習量學。儘管喜饒僧格乃名重一時的密法大師，但對量學也有獨到的研究，曾著書疏解《釋量論》，由根敦珠筆錄。經過這段在桑普寺的學習，根敦珠專擅量學之聲譽鵲起。[4]

---

〔1〕《土觀宗派源流》，頁 244。
〔2〕《土觀宗派源流》，頁 285。
〔3〕《道次師承傳》，頁 389。
〔4〕《道次師承傳》，頁 734。

　　中觀哲學雖然早已由印度學者 Santaraksita（725—790）和 Kamalasila （740—795）傳入西藏，但直到仁達瓦時仍不甚普及。仁達瓦自稱在他求學時祇聽説過《中論》一書，但無人重視。他以自己的慧力觀察，通達應成派中觀最細、最扼要之處，並以此教誨後學，使人人都知道中論之重要。宗喀巴隨仁達瓦學月稱的《入中論》（*Madhyamakavatāra*, *Bu ma la 'jug pa*），得其親傳。而龍樹的《理聚六論》（*dBu ma rigs tshogs drug*），如《中觀根本智》（*dBu ma rtsa shes*）等當時尚未在雪域廣泛傳開，宗喀巴雖曾隨那塘寺堪布貢噶堅贊（Kun dga' rgyal mtshan）和德瓦巾寺（bDe ba can）上師絳陽仁欽巴（'Jam rin pa）聽得諸理聚論的傳經，但對其師徒而言覺領受傳經已非易事，更不用説講解了。宗喀巴隨讀龍樹及其月稱、佛護、清辯等論師關於中觀的論著，與其弟子論説諸論字句文義，自得其精髓。後又廣泛宣講《理聚六論》、《四百論》、《入行論》等，發揮精義了無餘蘊。並著《中觀根本智正理海疏》（*dBu ma rtsa ba shes rab kyi rnam bshad rigs pa'i rgya mtsho*）和《辯了不了義善説藏論》（*Drang nges rnam par 'byed pa'i bstan bcos legs bshad snying pa*）等大論。土觀上師以爲宗喀巴在中觀學方面的成就甚至在博聞經教的大師俄譯師、薩班和布敦等人之上。[1] 宗喀巴之後，賈曹傑也著有《中觀寶蔓疏》（*dBu ma rin chen phreng ba'i rnam bshad snying po'i don gsal*）和《中觀四百論善説藏》（*dBu ma bzhi brgya pa'i rnam bshad legs bshad snying pa*）。[2] 根敦珠首次在前藏深造時（1415— 1426）就隨宗喀巴和賈曹傑二位師尊學《中觀根本智》（*Mūla-prajñā-madhyamaka-karikaśāstra*, *dBu ma'i rtsa ba*）、《入中論》（*Madhyamakavatāra*）和《辯了不了義》（*Paramarthasamvrtisatyanirdesa*, *Drang nges rnam par 'byed pa*），對甚深見（zab mo blta）和中觀應成派之見解（Prasaṅgika, thal 'gyur pa）所得最深。

（二）學道次第論、得直傳要門

　　作爲一個噶當派喇嘛，更確切地説是格魯派喇嘛，根敦珠還修學一門特殊的課程，即道次第論（Lam rim）。通過修次第論，他從其上師們那兒獲得了許多直傳教規之要門。所謂道次第者，乃尊者阿底峽彙集深觀和廣行兩大派要門成爲一體，成最完備的修持教授，名爲見行雙重之教授。[3] 噶當派次第論之最重要的典籍即是阿底峽的《菩提道燈論》（*Byang chub lam gyi sgron ma*）。阿底峽將此論之教授傳給仲敦巴，由仲敦巴

---

〔1〕《土觀宗派源流》，頁 294—295；Thurman, 1991.
〔2〕《道次師承傳》，頁 388—389；《隆多喇嘛全集》II，頁 519。參見 van der Kuigp, 1985。
〔3〕《土觀宗派源流》，頁 100；Geshe Kelsang Gyatso, 1995，頁 5—16。

始有兩派傳承：由仲敦巴傳博東瓦（Bo dong ba）、博東瓦傳夏瓦巴（Shar ba pa）者被稱爲噶當教典派傳承；由阿底峽傳弟子格西貢巴瓦（dGe bshes dGon pa ba）並再傳於乃烏素巴（sNe'u zur pa），和由仲敦巴傳格西京俄瓦（dGe bshes sPyan snga ba）並再傳於甲域瓦（Bya yul ba）者，被稱爲噶當要門派（bka' gdams man ngag pa）。根敦珠隨那塘寺住持珠巴喜饒獲教典派傳軌，並由 1438 年在前藏噶當派古寺傑波頂寺（rGyal po sding）從讓侍寺主傑登巴京俄仁欽培（rGyal steng pa sPyan snga Rin chen 'phel）得要門派傳軌。

道次第的另一支傳軌是大乘修心之教授（theg chen blo sbyong gi gdams pa）。這教授重在明行，具體説來重在心中生起愛他勝己的勝菩提心，凡對此心未生起的，令其生起，已生的令其增長，由此等門而依次升登地道。修心要門是由金洲大師（gSer gling pa）傳阿底峽，阿底峽傳仲敦巴，仲敦巴傳三法友，即博東瓦、普窮瓦（Phu chung ba）和京俄瓦（sPyan snga）。博東瓦又傳朗塘瓦（Glang thang ba）、夏瓦巴，夏瓦巴傳伽喀瓦（'Chad kha ba）。伽喀瓦在哲普寺（'Grel phu）公開宣講，並攝其根本寫成文字，此即爲著名的《修心七義》（*Blo sbyong don bdun ma*）。[1] 根敦珠在第二次赴前藏深造時（1438—1440）在伽喀寺隨拉宋康巴索南倫珠（lHa zung khang pa bSod nams lhun grub）學大乘修心之要門。伽喀寺由伽喀巴意希多吉（'Chad kha pa ye shes rdo rje, 1101 – 1175）創建，修心之傳軌，特別是《修心七義》在此被作爲傳統得到流傳。拉宋康巴索南倫珠當爲曾任伽喀寺住持拉宋康巴旺秋意希（lHa zung khang pa dByang phyug ye shes, 1277 – 1337）的衣鉢傳人。

噶當派的道次第傳統爲宗喀巴繼承和發展。他的《三士道次第廣論》（*sKyes bu gsum gyi lam gyi rim pa chen mo*）和《道次第略論》（*Lam rim chung ngu*）"普攝一切經論的密意和疏解，作爲一補特伽羅列成佛之助緣，道體圓滿，數量決定，次序井然。其觀修次第，於現在相續心中即可得到驗證。此道的總綱和各支分，過去藏土從未有人道及。對此不共殊勝無上之理趣，若以無謬正智，善爲觀察，則必能生起定解"。[2] 根敦珠不僅隨宗喀巴，而且也隨買曹傑、克珠傑和喜饒僧格等人學習這兩部聖典。宗喀巴認爲噶當派要門心髓的自他相換菩提心修法教授，尤其是《七義修心》之教授殊勝，廣爲弟子講述，講其實修次第，提綱挈領，要而不煩；講勝義菩提心，以文殊要門而爲莊嚴。其口

---

〔1〕《土觀宗派源流》，頁 98。
〔2〕《土觀宗派源流》，頁 293。

傳由其弟子、甘丹寺絳則扎倉（Byang rtse）的創建者霍敦南喀班（Hor ston Nam mkha' dpal）筆録成書，題爲《修心日光論》（Blo sbyong nyi ma'i 'od zer）。[1] 根敦珠直接從霍敦那兒得到這一道次第之傳軌。

（三）密宗部之修習

如前所述，格魯派初起時，西藏一般學僧多以爲顯密二乘相違，形同水火。樂顯乘者不重密法，喜密法者不齒顯教。宗喀巴倡導改革，廣宏空性正見和秘密咒乘二者雙運的妙道，爲有緣化機樹立善巧用顯密相互爲助的規範。在格魯派的教法傳統中，密乘、或曰密咒（gsang sngags）與顯教一樣得到重視。與噶當派一樣，格魯派視集密（Guhyasamāja, gsang 'dus）和勝樂（Cakra śamvara, bde mchog）爲密乘之主，分稱爲父續和母續。此外時輪（kālacakra）也具有特殊地位。宗喀巴自幼發心要將全盤續部通曉無餘，及長廣學一切來源清淨的金剛密乘上下續部灌頂、傳經、教授、講規等，達到究竟。後造能顯明四續部圓滿道體的聖典《金剛持道次第廣論》（rDo rje 'chang gi lam rim chen po），爲格魯派之密法修持定下了規則。在宗喀巴衆多的弟子中，修持密法卓有成就者當推喜饒僧格和克珠傑爲最。喜饒僧格直接從宗喀巴那兒得到集密的口旨傳授，掌握了大師的集密和勝樂輪無餘要門，遂在全藏廣泛傳播宗喀巴的密法遺教，先後分別在前後藏建立了兩所密乘修院，即後藏的賽居巴扎倉（Srad rgyud pa grwa tshang）和拉薩的下密院（rGyud smad pa grwa tshang），建立起了格魯派的密法修學傳統。[2] 克珠傑則通過撰述大量關於集密、時輪、喜金剛和大威德金剛的著作，傳播其先師之密法授受，尤其是他對時輪之闡述，獨步學林。[3]

根敦珠是喜饒僧格最親近的大弟子，二人長年在一起説法授徒，故根敦珠學密法的條件得天獨厚。例如，根敦珠從喜饒僧格得到集密之完整傳軌。此外，他還隨持律扎巴堅贊學集密之法輪和《金剛持道次第廣論》。1415 年，根敦珠從湯卜且寺住持尼瑪堅贊（Nyi ma rgyal mtshan）得集密之灌頂和教授，並隨其聽聞許多密法教授，如《具吉祥集密不動佛》（dpal gsang ba 'dus pa mi bskyod ba）、《大威德金剛十三尊》（rDo rje 'jigs byed bcu gsum ma）、《勝樂十三尊》（gShed dmar bcu gsum ma）和《勝樂五尊》（gShed dmar lha lnga ma）。1419 年，根敦珠分別在哲蚌和色拉先後兩次隨宗喀巴聽聞集密之

〔1〕《土觀宗派源流》，頁 98—99，285。
〔2〕《道次師承傳》，頁 731—740；《土觀宗派源流》，頁 334—341。
〔3〕 有關克珠傑的密法著作見《道次師承傳》，頁 435—436；參見 Lessing und Wayman, 1968。

教授。1444 年,根敦珠再次隨喜饒僧格得《集密五次第直觀引導》和時輪學説,前者是喜饒僧格常講的著名的八大引導之首。關於勝樂輪(Cakraś ambara)之法輪,根敦珠主要得自宗喀巴大師本人,他首次於 1416 年在甘丹寺,第二次於 1419 年在色拉曲頂(Se ra chos sding)聽聞大師説《勝樂輪本續》('khor lo bde mchog gi rtsa rgyud kyi bshad pa)。

根敦珠一直有意親隨克珠傑大師學時輪法。後者是時輪法的權威,就是喜饒僧格也曾拜他爲師專學時輪法。[1] 根敦珠於 1438 年放棄出任那塘寺住持的機會,再次踏上往前藏的長途,在很大程度上就是爲了實現隨克珠傑學時輪法的宿願。祇可惜在他到達格佩寺(Ri bo sge 'phel)時就獲悉,克珠傑已於是年一月二十一日在甘丹寺圓寂。於是,根敦珠改往由鴉德班欽尊卓達(g. Yag sde Paṇ chen brTson 'grus dar, 1299 – 1378)創建的薩迦派寺院卓厄旺寺(Grog E-vaṃ),隨該寺上師絳陽仁欽堅贊('Jam dbyangs rin chen rgyal mtshan)習時輪教法,特別是《時輪六加行引導》('Grol byed sbyor ba yan lag drug gi 'khrid)、《時輪本續》(Dus 'khor rtsa rgyud)、《時輪大疏》(rGyud 'grel gyi bshad pa rgyas pa)和"lNga bsdus kyi ri mo"、"Dus 'khor gyi sa dris"等。[2]

除了噶當派和格魯派教法以外,根敦珠對薩迦派和噶舉派,特別是香巴噶舉派(Shangs pa bka' brgyud pa)的教法也相當熟悉。1431 年,他隨博東班欽曲列南傑(Bo dong paṇ chen phyogs las rnam rgyal)學二十一度母法。1458 年,他自薩迦派上師僧格堅贊處得屬於不出寺牆的十三種金法之一的薩迦三類大紅法(Sa skya pa'i dmar po skor gsum)。同年,他在絳欽寺(Byang chen)隨香巴噶舉派上師貢噶班丹(Kun dga' dpal ldan)獲完整的妮谷法傳軌,並受怙主如意寶(mGon po Yid bzhin nor bu)之灌頂。妮谷六法作爲香巴噶舉派的重要教法之一遂爲格魯派吸收。

簡言之,誠如其傳記作者所言,根敦珠學貫三藏,精通五明。[3] 早在 1431 年,他的博學多聞就已得到了時有大學者美譽的博東班欽曲列南傑的稱許,後者給其以"一切智"(thams cad mkhyen pa)的美稱。至此,根敦珠實現了聞思修之兩大目的之一,即證得一切智。

(四) 親見本尊

在博東瓦的語録《青色小册》(Be'u bum sngon po)中有話道:"有聽聞上師要門,觀

---

[1] 《稀有珠鏈》,葉 17v。
[2] 《稀有珠鏈》,葉 21v—22r;關於 E-vam 寺及絳陽仁欽堅贊見《青史》,頁 532—536、731。
[3] 《十二宏化》,葉 4v。

修中親見本尊,精熟大小五明,纔能顯明得解脱之道。"〔1〕格魯派將親見本尊作爲顯明正法之三項根本中之至要者。人們祇有通過修持纔能獲得證驗(nyams rtogs),在淨相中親見本尊,達到不可思量之境界。故而觀修本尊,了達一切經論皆是教授乃學法的一個極爲重要的組成部分。

根敦珠第二次在前藏深造、廣求多聞之後,有意捨去一切,去工布、擦日(rTsa-ri)、或安多、康區的邊遠地區遁世靜修,獲得證驗。但在其上師和弟子的勸説下,他最終還是放棄了這個念頭,決定以教法授受作爲其宏法利生的首要手段。儘管如此,根敦珠也時常觀修、閉關,思發菩提心和甚深妙見,證驗生、圓二次第(skyes rim und rdzogs rim)。他時常在白日觀修時、夜間或清晨睡夢中見淨相,親見諸佛本尊及護法之聖容,例如出有壞釋迦牟尼(Bhagavāt Sākyamuni)、無量光佛(Amitābha)、Cintamāṇicakra、度母(Tārās)、文殊菩薩(Mañjughoṣa)和閻羅王(Yamāntaka)等本尊,Mahākāla kartaridhāra、寶帳怙主(Gur Mahākāla)、Sadbhuja Mahākāla、Dam can chod rje、sTobs 'phrog nag po、Beg ce lcam bral 和欲界自在 'Dod khams dbang phyug Re ma ti rang byung rgya ma 等護法,得聞許多經教妙義,從根本上切斷疑惑之網。〔2〕

在衆多本尊中,四面大黑天神是根敦珠的特殊護法本尊。從他出生那天起,四面怙主就充當了他的保護神的角色。另外,他與許多度母,特別是白、緑度母和退敵咒母(dMag zor rgyal mo)也有很密切的聯繫,他曾撰寫許多頌辭,贊美這些度母。他還依侍 rNying ma bka' gter zung 'jug 之護法 rTa mgrin yang gsang 和博東派傳軌中二十八度母之至尊 Re ma ti 爲他的護法。這二位本尊神日後也變成了格魯派的主要護法。〔3〕

1440 年,他在絳欽寺連續修持白度母長壽儀軌,長達九個月之久。通過這次修持不僅他的生命得到圓滿,而且他的智慧也得到增長。由於他精進於本尊之生起次第和修持六支瑜伽,在淨相中得見諸多本尊之聖容,並得證圓滿次第。據稱至其結束這次修持時,根敦珠已達到如此境界:祇要願望在其意識中出現,字句就已冒出嘴邊。於是,他撰寫了許多贊美本尊和上師的頌辭。〔4〕

---

〔1〕《十二宏化》,葉 15;《青色小册》乃噶當大德所造道次第之著述中最有名者之一,由兊巴協饒嘉措編著,拉止崗巴爲之作釋。宗喀巴大師曾説:"若當格西,須讀《青色小册》。"參見《土觀宗派源流》,頁 101。

〔2〕《十二宏化》,葉 15v—16r。

〔3〕《黄琉璃》,頁 68。

〔4〕《十二宏化》,葉 9v;《稀有珠鏈》,葉 23r—23v。

四、根敦珠的功德和成就

一部藏傳佛教高僧的傳記不外乎是記載傳主一生中利益正法和有情衆生之種種行狀。傳主的成就主要通過對其作爲賢者（mkhas pa）、正者（btsun pa）和善者（bzang po）之功德（yon tan）的描述表達出來。[1] 作爲賢者，或者説學者，必須精通大小五明，才識精湛。作爲正者，則須德行謹嚴、嚴守三戒戒律。作爲善者，則須心地善良，精進於利他事業。[2] 若要評價一位高僧大德之功德和事業，就首先需要從這三個方面來考察其生平。

（一）作爲賢者的根敦珠

一個藏傳佛教徒往往盡其畢生之力用於讀經學法，其目的就在於使自己精通一切內、外明，成爲一名賢者。賢者的質量是：聞思不偏狹，經論達教授，善説正理道。[3] 他必須具備説、辯和著作三個方面的能力，要有嫻練理路的智力，以經義爲教誡的行持和擅長辭令的口才。正如 Tucci 所述，一位賢者的能力就是"講論聖法、以辯駁外道之謬論來討論它們，並在著述中自立體系"。[4] 簡言之，他必須廣轉法輪，辯才無礙，著作等身。賢者中之殊勝者即所謂"一切智"或"聖識一切"，他常達到如此境界：當他説法時仿佛能仁佛王再世，當他論辯時，即使文殊菩薩在場也不免戰戰兢兢，當他撰述時則全智全識，下筆有神。[5] 根敦珠享有如"一切智"、"班欽"（Paṇ chen）和"噶久巴"（dka' bcu pa）等美號，這些稱號無一不表示他是一位傑出的賢者。

説法授受 早在根敦珠在那塘寺學法時，他已開始作教法授受。在他剛剛受戒出家之後，他就已經受命輔導寺內初學誦讀和書寫的幼僧，被其弟子們稱爲"dpon yig dge 'dun grub"。他正式作教法授受（'chad nyan）是在桑普寺，當時他被任命爲該寺林堆通

---

〔1〕 例如其美若傑（'Chi med rab rgyas）就將其所著宗喀巴傳命名爲"賢、正、善三門贊"（mKhas btsun bzang gsum gyi bstod pa）。參見 Kaschewsky, 1971, S. 65。

〔2〕 "mKhas btsun bzang gsum/shes bya rig pa'i gnas la ma rmongs pa dang/sgo gsum gyi nyes spyodsdom pa'i tshul khrims gtsang ba dang/gzhan phan gyi lhag bsam rnam par dag pa ste gsum//."《藏漢大辭典》，上册，頁304—305。

〔3〕 "Thos bsam phyogs su ma song zhing/gzhung lugs gdams par shar ba yis/mnyan 'os rigs pa'i lam smra ba/de nyid la ni mkhas pa zer//."《土觀宗派源流》，頁349。

〔4〕 "to explain the sacred doctrines, to discuss them refuting the antagonist's thesis, to put his own system in writing." Tucci, 1949, I, p. 96.

〔5〕 "'Chad par gyur na thub pa'i dbang po bzhin/rtsod na/jam pa'i dbyangs kyang 'dar ba 'dra/rstom la kun mkhyen chags med."《後藏志》，頁71。

門扎倉(Gling stod mthong smon)的住持。[1] 以後直到其圓寂的五十年間,他的主要事業就是教法授受。在這些年中,他馬不停蹄地在後藏地區説法、授徒。從 1426 年到 1438 年的十二年間,他主要和喜饒僧格一起在那塘、絳欽和日庫等寺,以及拉堆南北地區諸寺内作教法授受。從 1438 年至 1440 年,他再度在前藏深造。根據香巴噶舉派上師頓月巴(Don yod pa)所作授記,若根敦珠從此歸隱潛修,則可得享七十高壽,若他祇作教法授受,則恐怕活不過一個甲子。[2] 但爲了在後藏傳播宗喀巴的教法,他完全不顧個人生命之長短,在結束在前藏的第二次深造之後,毅然決定大擊三藏四續之法鼓,將其餘生主要貢獻給顯密教法之授受。[3] 從此他從不間斷地作教法授受。值得一提的是,自 1449 至 1474 年,儘管他年已古稀,但仍然不辭辛勞地從一個寺廟到另一個寺廟來回奔波,廣傳法輪,傳播宗喀巴大師之能成智者之喜的妙論。1450 年,德高望重的根敦珠被推爲繼甘丹寺住持位的候選人,甘丹寺派出盛大的迎請使團來到扎什倫布寺。面對作宗喀巴大師的傳人、格魯派的教宗這樣的殊榮,根敦珠竟不爲所動,固辭不從。在他八風不動的意念中没有個人榮辱的位置,有的祇是如何將他新建的扎什倫布寺建設成後藏的甘丹寺,使宗喀巴的教法在後藏生根、開花、結果。

從根本上來説,根敦珠是一位顯宗上師,尤擅量學和律學。當他首次從前藏學成歸來時,他與喜饒僧格一起在後藏作教法授受,其弟子多隨根敦珠學顯宗經論(mtshan nyid kyi skor),而隨喜饒僧格學密法本續(gsang sngags kyi skor)。[4] 在已於扎什倫布寺建立起夏孜(Shar rtse)、吉康(dKyil khang)和托桑林(thos bsam gling)三個法相宗扎倉之後,根敦珠也曾經嘗試建立密宗授受經院(rgyud kyi bshad nyan)。爲此他曾派出桑波扎西(bZang po bkra shis)、班丹桑波(dPal ldan bzang po)和意希孜摩(Ye shes rtse mo)等幾位著名弟子往前藏學密,欲讓其日後在扎什倫布寺建立密宗扎倉。但其願望並未實現,直到四世班禪羅桑曲結堅贊時,扎什倫布寺的密宗扎倉纔正式建立起來。[5] 而根敦珠自己最常宣講的是所謂"四大難論"(dka' chen bzhi),即《釋量論》(pramāṇavārtika)、《現觀莊嚴論》(Prajñapāramitā)、《律論》

---

〔1〕 《稀有珠鏈》並没有告訴我們根敦珠與扎西南傑(bKra shis rnam rgyal)一起被任命爲通門扎倉住持的具體時間,祇説他們在此作説法授受多年。從上下文來看,此事當發生於宗喀巴圓寂時的 1419 年和根敦珠回後藏時的 1426 年之間。《稀有珠鏈》,葉 14v—15r。而在《十二宏化》中則明確提到,他於木蛇年(1425)在桑普寺作説法授受,時年三十有五。

〔2〕 《稀有珠鏈》,葉 18v;《十二宏化》,葉 13v。

〔3〕 《稀有珠鏈》,葉 22r—22v。

〔4〕 《土觀宗派源流》,頁 336。

〔5〕 《黄琉璃》,頁 243。

（*vinaya sūtra*）和《俱舍論》（*Abhidharmakośa*），[1]除此之外，根敦珠常講的經論還有龍樹的《中觀理聚六論》（*dBu ma rigs tshogs drug*），特別是《中觀根本論》（*dBu ma rtsa ba*）和《入中論》（*dBu ma la 'jug pa*）、《慈氏五論》和《噶當六典》。值得一提的是，根敦珠對噶當派阿底峽師徒的秘密法《噶當經卷》（*bKa' gdams glegs bam*）的弘傳有特殊貢獻。《噶當經卷》屬噶當要門派，原是師徒單傳，根敦珠從大譯師脫傑班處得其傳軌，並將其廣弘於衛藏。[2]

據《十二宏化》的記載，"每當他說法時，他總是神采奕奕。他的聲音優雅、柔和，遠近可聞。他語調緩和，抑揚頓挫，經論之微言大義通過生動形象的譬喻傳入弟子之心。通過對經典劃分明確的段落使其易於理解"。[3] 可見根敦珠是一位稱職、優秀的上師。

辯經 辯經是藏傳佛教之最具典型意義的特徵之一，它既是一種教學方法，同時又是一種考試方式，甚至上師說法授受也常常以辯經的方式進行。作爲衡量一位喇嘛之質量的一個尺度和作爲賢者的一個必備的優點，口才在藏文高僧傳記中得到明顯的重視。作爲一名量學大師，根敦珠當然辯才無礙。1410 年，根敦珠首次在那塘寺立宗辯論，辯論的經典就是量學名著《釋量論》。其後，他在許多不同的寺院內常常就四大難論立宗辯論。傳說當他在 1416 年隨喜饒僧格在桑普寺學量學後，他就已經成爲雄辯大師。對他的辯才，《十二宏化》作了如下描述："當他與論敵辯論時總是聲如洪鐘，面帶微笑，無所畏懼，顯得信心百倍。他總能迅速地抓住對方字、義兩方的錯誤，使其張口結舌，失卻還手之力。自他在桑普寺學量學時開始，不管他和論敵辯論時間多長，他從不自亂陣腳，總能將雙方的論點辯析得一清二楚。"[4]

著作 按藏人的說法，在說法授受、辯經和著作這三項賢者的能力中，著作是最難的一項。假如一個人不能同時專擅這三項能力的話，那麼最起碼他應該能作說法授受。辯經難於說法，但著述更難於辯經。人若不善說法和辯經，他將無法將他自己的真實意圖表達出來。而著述則難度最高，必須在措辭行文（tshig sbyor）、字義（brjod don）和正理經傳（rigs pa'i gzhung lugs）等所有方面都當有相當的水準繞行。因此，精說法授受

---

〔1〕 《十二宏化》，葉 7r—7v。關於四難論有多種不同的說法，例如有時會將 mNgon pa kun btus 代替《現觀莊嚴論》列爲四難論之一。

〔2〕 《噶當教法史》，葉 396r—396v；《土觀宗派源流》，頁 101—102。

〔3〕 《十二宏化》，葉 6v。

〔4〕 《十二宏化》，葉 6v—7r。

和辯經者爲數不少,但精著述者則鳳毛麟角。[1] 著書立説要有以下三個前提:當親見本尊;[2]精通五明;得真傳要門。根敦珠全備這三大前提,是一位多産作家。[3] 他的全集有六卷,是宗喀巴及其二位大弟子賈曹傑和克珠傑的全集之外格魯派早期最重要的宗教文獻。

在根敦珠的全集中,首先是衆多對顯宗經論的注疏,如對《律論》、《量論》、《阿毗達磨俱舍論》、《現觀莊嚴論》和《中觀論》等經典的注疏。另外還有一些論述大乘修心學的論疏、指導修持本尊之教授、儀軌文書、禱文和衆多的贊辭。根敦珠最早開始著書立説是 1430 年在那塘寺撰寫的《入中論注密意明鏡》(*dBu ma la ’jug pa’i bstan bcos kyi dgong pa rab tu gsal ba’i me long*),時年屆不惑。如前所述,中觀學説,特別是應成派的學説,是由宗喀巴在全藏廣爲宏傳的,他自己是從仁達瑪那兒得到《入中論》之傳軌的,而且也留下了一部詳注。[4] 根敦珠直接隨宗喀巴聽聞《入中論》之傳軌,得其親自點撥。1433 年,他著作《中觀根本智語義善説寶蔓》(*dBu ma rtsa ba shes rab kyi ngag don bshad pa rin po chen ’phreng ba*),此書是對龍樹《中觀根本智論》(*Mūlamadhyamakakārika*)的疏解,其基礎即是宗喀巴的名著《正理海疏》(*Rigs pa rgya mtsho*)。

1431 年,根敦珠在協噶寺(Shel dkar)撰寫了長達 200 葉的《釋量論》注疏。此書分四卷,分別對《釋量論》的四個章節,即自利品(Svarthan umana, rang don rjes su dpag pa)、立量品(Pramāṇasiddhi, tshad ma grub pa)、現量品(Pratyakśa, mNgon sum)和利他品(Pararthnumana, gZhan don rjes dpag)作了詳細的注釋。在宗喀巴熟讀所有關於量論的著作之後,深以藏地對《釋量論》之注疏多無精義(snying po med pa)爲憾。[5] 但他本人也並没有留下關於量學的重要著作,在他的全集中我們祇見到一部由賈曹傑記録的對《釋量論》現量品的注疏。[6] 在宗喀巴衆多的弟子中,賈曹傑和根敦珠二人繼承了宗喀巴關於《釋量論》之傳軌,前者重釋義,後者重釋文,互相補充,加深和發展了

---

〔1〕《紅史》,頁 382,注 362。

〔2〕 按藏傳佛教傳統,人不能隨便造論,而首先應該在淨相中親見本尊或大成道者之容顏,從他們那兒得到可靠的信號,表明造此論能利益正法和有情衆生,方可動手。這方面最好的例證見於宗喀巴的傳記中。宗喀巴幾乎所有的大論都是在他親見本尊,並從他們那兒獲得了必要的鼓勵之後纔動手寫作的。例如當他在色拉寺欲造《中觀根本智論疏》時,就先祈禱文殊菩薩,得其策勉,消除疑難之後纔正式開始,造《正理海疏》。《土觀宗派源流》,頁 294、298。

〔3〕《十二宏化》,葉 16v。

〔4〕 “dBu ma la ’jug pa’i rgya cher bshad pa dgongs pa rab gsal.” 它見於《宗喀巴全集》,Ca 函,葉 1—271。

〔5〕《土觀宗派源流》,頁 244。

〔6〕 “Tshad ma mngon sum le’u’i brjes byang chen mo rgyal tshab rje dkod pa ‘ und ’ Tshad ma mngon sum le’u’i tika rje yi gsung bzhin dkod pa.” 《隆多喇嘛全集》,頁 516。

藏地之量學傳統。早在根敦珠隨喜饒僧格在桑普寺學法時，他就爲喜饒僧格撰寫《釋量論注疏》時充任筆録。[1] 1437 年，根敦珠在賽居巴扎倉的大乘殿（Theg chen pho brang）寫下了他的另一部量學名著《量學廣説正理莊嚴》（Tshad ma'i bstan bcos chen po rigs pa'i rgyan）。這部著作的基礎是根敦珠當年在扎西朵喀（bKra shis do khar）聽宗喀巴説《釋量論》時所作的筆録，以及他從賈曹傑、貢噶桑波和喜饒僧格那兒聽聞的口傳，所以説他的這部作品堪稱格魯派大師論説量學的集大成之作。從此以後，根敦珠自己一直以此爲藍本，講説量學，教授弟子。[2] 1449 年，根敦珠再次閱讀了大量印度論師和藏地學者們討論量學的著作，例如 Devendrabuddhi 的《釋量論疏》、克珠傑的《正理海》（Rigs pa'i rgya mtsho）等等。他以 Devendrabuddhi 和他的弟子 Sakyabuddhi 傳軌爲準繩，批評藏地諸家注疏。他和宗喀巴所見略同，以爲藏地的量學傳統當重新檢討。[3] 據稱，他的弟子很可能就是達敦絳曲班（'Dar ston Byang chub dpal）曾根據他在扎什倫布寺就《釋量論》所作的講説，記録成書，祇是已不見於今天所存的根敦珠全集中。[4]

1440 年，根敦珠在那塘寺著長篇大論《大毗奈耶因緣經注》（Dul ba'i gleng 'bum chen po）、《善説正法毗奈耶集四分根本經寶藏》（Legs par gsungs pa'i chos 'dul ba'i gleng gzhi dang rtogs pa brjod pa lung sde bzhi kun las btus pa rin po che'i mdzod）和對《別解脱經》（Pratimokṣasūtra, so thar）的注疏《經義亮日》（So so thar pa'i mdo'i rnam bshad gzhung don gsal ba'i nyi ma）。這第一部著作與持律扎巴堅贊的《大毗奈耶因緣經注取捨明釋》（'Dul ba'i gleng 'bum blang dor gsal byed）是藏地改經最有名的注釋本。他的另一部律學著作是對功德光（Guṇaprabha）之《律經》（Vinayasūra）的注釋，題爲《善説正法一切毗奈耶心義善説寶蔓》（Legs par gsungs pa'i dam pa'i chos 'dul ba mtsh' dag gi snying po'i don legs par bshad pa rin po che'i phreng ba）。根據宗喀巴作的授記和瑪敦的鼓勵，根敦珠不遺餘力地在後藏授受律學，推行宗喀巴的改革教旨，使正教復歸清淨。爲了使律儀之門保持清淨，根敦珠於 1443 年在絳欽寺撰寫了一部題爲《大清規戒律》（bSlab khrims kyi bca' yig chen mo）的律儀專著，書中對三事儀軌（gzhi gsum cho ga），即 gSo sbyong、夏安居（dByar gnas）和解制（dGag dbye）作了明確的解釋和規定。

---

〔1〕《道次師承傳》，頁 734。
〔2〕《稀有珠鏈》，葉 10r、17r;《噶當教法史》，葉 387v。
〔3〕《十二宏化》，葉 7r。
〔4〕《稀有珠鏈》，葉 31r。

這部《大清規戒律》首先爲扎什倫布寺的僧伽所執行。

在般若波羅蜜多這個領域内,根敦珠也曾造一部《現觀莊嚴論》的注疏,它是對宗喀巴的名著《金蔓疏》(*Phar phyin 'grel ba legs bshad gser gyi 'phreng ba*)的進一步補充。根敦珠以賈曹傑對宗喀巴關於《現觀莊嚴論》之妙論的筆録《現觀莊嚴論注疏心要莊嚴》(*Phar phyin ti kar nam bshad snying po rgyan*)爲基礎,對書中的一些難點闡述了他個人的見解。

關於《阿毗達磨俱舍論》,根敦珠主要依止琛南喀扎(mChims nam mkha' grags),也即絳班陽('Jam dpal dbyangs)著名注疏《正法俱舍論字品注疏莊嚴》(*Dhos mngon mdzod kyi tshig le'ur byas pa'i 'grel pa mngon pa'i rgyan*)。他曾造《正法俱舍論注明解脱道》(*Dam pa'i chos mngon pa'i mdzod kyi rnam par bshad pa thar lam gsal byed*),該書長達 227 葉。[1] 在格魯派的傳統中,琛南喀扎的注釋是學習《阿毗達磨俱舍論》的標準教科書,而根敦珠的注釋本則常被用作替補本。[2] 在根敦珠的著作中特别值得一提的是兩部關於大乘修心學的論著,即《大乘修心之教誡》(*Theg pa chen po'i blo sbyong gi gdams pa*)和《大乘修心略説》(*Theg chen blo sbyong chung zed bsdus pa*)。他們均爲對伽喀瓦之《修心七義》的注釋,前者長 47 葉,分三個部分,一述大乘修心之傳承系統;二論大乘修心之傳統的偉大;三給以實修指導。[3] 根敦珠分別從珠巴喜饒、京俄索南倫珠(sPyan snga bSod nams lhun grub)、大譯師脱傑班和霍敦南喀班丹四位上師處得到大乘修心論的四種傳軌。在他的這部注疏中,就是按這四種傳軌分別來闡述大乘修心學的。[4] 後一部注疏長僅 26 葉,是他講論《修心七義》的記録稿,故内容不豐,形式不拘,由其弟子達敦絳曲班筆録成書。[5]

根敦珠當不祇是一位高産作家,而且還是一位優秀作家。他的傳記作者如此贊美他的著作:"他以優雅的措辭和文筆使學者們心生歡喜。不管是注釋字句,還是注釋經文中的難解之點,總是縷次清晰,有條有理。言簡而意賅,義深欲易懂,即使劣慧者,也能領會無誤。"[6]

---

〔1〕 此注疏爲一記録稿,由達敦絳曲班筆録。其英譯見 David Patt, "Elucidating the path to Liberation": A Study of the Commentary on the "Abhidharmakosa" by the first Dalai Lama, Dissertation of the University of Wisconsin-Madison, 1993。

〔2〕 Patt, 1993, I, p.63.

〔3〕 Mullin, 1991, p.39. 此書之英譯見於 Mullin 書中。

〔4〕 Mullin, 1991, p.41. 關於大乘修心類文獻參見 Sweet, 1996。

〔5〕《道次師承傳》,頁 755;Mullin, 1991, p.35;其英譯見於 Mullin, 1981, pp.37-93。

〔6〕《十二宏化》,葉 7r。

（二）正者根敦珠

據稱，佛曾説過，何時如來内藏的律學圓滿住世，其時如來的聖教住於世間。若律不能住世，則聖教也不能住。因而若想利益聖教，就必須首先保持戒律清淨。爲此格魯派視守持三戒律儀爲一切功德之根本（yon tan thams cad kyi gzhi ma），宗喀巴曾説："一切功德之根本在於自己所承認守持的戒律該當清淨。"他所倡導宗教改革的首要任務便是復興佛教根本別解脱律儀。[1] 如前所述，一位藏族大德的第二項標準就是他必須是一位正者，而正者的功德就是通過清淨守持三戒律儀（sdom gsum gyi bcas pa'i mtshams las mi 'da 'ba）表現出來的。人一旦皈依佛門，最起碼的要求就是要守持身、語、意三門之清淨，不犯墮罪。而正者則更當實現戒、定、慧三學（lhag pa'i bslab pa gsum, Trisiksa），兼具信、戒、聞、捨、慚、愧和慧等七聖財（'phags nor）。出家人既已寄意空靈，就應品行端方、清淨自修，既堪爲世人楷模，也可即身成道。成道的標志是"堪足拔煩惱，能調自他心，見修決無誤"。[2]

根敦珠之正者行持（mdzad spyod） 萊欽貢噶堅贊（Las chen Kun dga' rgyal mtshan）曾在《噶當教法史》中對相繼應化世間之聖者（skyes bu dam pa）的正者行持作了很好的總結。他説："圓滿具足德行之人，從格西仲敦巴一脈相承的法嗣，其性情都是賢善而堅貞，平等而寬宏。其所持宗派和所有事迹無不與他派隨順，然不混淆。雜於凡衆之中，甚少沾染。對諸有情總思饒益。循序漸進，見地極高。苦而無怨，樂而能生厭離。一切修心，雖少外露，而進程頗大。以簡陋的生活作爲美好的享受而心不涣散。出言簡易而内藴玄奥。和易近人，無有驕慢。輕視外榮而重内分。多依法言，少用藻飾。抉擇正理，不尚諍論空談。善令別人起解，而無戲謔諷刺。雖不紊雜一切經教，而又能顯示無相違義。以三藏作爲要門依靠。於要門中思維四加行道：不説人過，不説法過，不聽惡友之言，不誦多種咒言要門，而求通達一切所知。對於寺宇無彼此門户之見，而皆發歡喜心，具誠信心。侍奉上師視同真佛，對於法侶作清淨觀。愛人惜物而少有貪著。常作觀察，遇事討究，自處謙卑。作佛教主人，捨世間惡事，圓滿學習三藏。以上所説諸大德，皆是如此。具足如是嘉言懿行，號稱爲覺阿噶當巴，也名爲具足七寶師，亦名爲大金仙的教敕傳承者。故應隨行於如是等人的德範懿行之後，虔心仿

---

〔1〕《土觀宗派源流》，頁349—350。

〔2〕 "Nyon mongs dbal ni chog pa dang／rang dang gzhan rgyud 'dul bar nus／lta sgom 'khrul bral gdengs ldan pa／de nyid la ni grub pa zer//."《土觀宗派源流》，頁349。

效之。"〔1〕

　　根敦珠自許爲噶當派喇嘛，又被公認爲是仲敦巴的轉世。在《十二宏化》和《噶當教法史》中，萊欽貢噶堅贊時常將根敦珠的生平與仲敦巴的作比較。根敦珠之正者行持在《十二宏化》中有專章描述，即第七宏化："一如仲敦巴不爲世間八風所動。"所謂世間八風是指塵世的利、衰、毀、譽、稱、譏、苦、樂。根敦珠自在那塘寺出家之後，即安住三種律儀，勤修三士道及二次第瑜伽，像保護自己的眼珠一樣，守持正法戒律。〔2〕萊欽貢噶堅贊對他尊師具模範意義的品格和行持是如此描繪的："我之上師除非事關正法和衆生，則從不着意於一己之榮辱得失。手下弟子若非興法隨順，則不喜其多。若其改換門庭，皈依別的上師，他也絕不像有些上師一樣對他們惡語相加，視爲異己。若有他派弟子投歸自己門下，則也不對其另眼相看。對別的寺院、教派不存門戶之見，對人對物均不妄加臧否。不以強淩弱，或妄自尊大、輕慢同行。嚴以律己，寬以待人，保持身、語、意三門清淨，從不違犯戒律，從不放逸自縱。除了念誦、祈禱三寶外，口中從不無事叨叨，對他人說三道四。心如海洋，性若磐石，不爲羣小妖言所惑。說法授受從不逾時，若潮漲潮落，起伏有時。若爲利益有情則聞聲即起，身輕如柳絮。雖身如太陽光彩照人，欲心平似鏡，不求聞達，但慕仙道，志在山林，厭棄塵世間的喧鬧。不持賢者、正者之美譽，不酸文假醋，更不涕淚零落，作可憐兮兮狀。不知仇恨和嫉妒爲何物，不揭人之短、揚己之長。衣食無好壞精粗之分，能遮體果腹即可。不鬻人弟子、施主，不區分親疏，不循私情。不貪求教授、業蘊，信持三藏、勤修三士道，遠離貪、瞋、癡，一如善女、導師。日常時光均以作法事佛度過。"〔3〕若將上述噶當派大士的品格行持與根敦珠的第七宏化作個比較的話，則不難發現根敦珠即是一位噶當派大士，是一位名副其實的正者。

　　根敦珠一生爲律學衛士，是宗喀巴宗教改革的積極倡導者。他的一生堪當藏傳佛教高僧大德之楷模。爲了使宗喀巴的教法在後藏生根，他放棄個人修持之成就，而以教法授受爲其第一要務；並兩次放棄出任甘丹寺住持、穩坐格魯派教宗寶座的機會，而獨自全心全意地經營後藏，使由他篳路藍縷草創的扎什倫布寺，足可與甘丹寺難分軒輊，若非正者高風亮節，恐難達到此等境界。按照藏人說法，智不壞成就，成就不壞智，正教成利益，是可名爲大聖（skyes bu dam pa chen po）。〔4〕根敦珠一生行持可圈可點，是當

〔1〕《土觀宗派源流》，頁105—106。
〔2〕《十二宏化》，葉4r。
〔3〕《十二宏化》，葉8r—8v；《道次師承傳》，頁755—756。
〔4〕"mKhas pas grub pa ma bcom zhing/grub pas mkhas pa ma bcom par/bstan la phan pa sgrub pa la/skyes bu dam pa zhes kyang zer//."《土觀宗派源流》，頁349。

之無愧的大聖。雖然他主要是一位不知疲倦的説法獅子,但他仍然獲得了最高悉地。他常常入定,了悟甚深妙見,勤修生圓二次第瑜伽,獲殊勝證悟,應驗了智不壞成就,成就不壞智的説法。[1]

(三) 善者根敦珠

按大乘佛教的理念,人當不以自身的解脱爲滿足,而當精進於利益正法和有情衆生。利他是人生之意義所在,同時也是人生所追求的最高目標。與此相應,一位持法僧人(bsTan 'dzin gyi skyes bu)當具足賢、正、善三門(mkhas btsun bzang gsum 'dzom pa),而其善行當通過他一生作爲賢者、正者,或成道者在利益正法和有情衆生方面的作爲('phrin las)表現出來。例如培養賢、正的弟子,建身、語、意三門佛寶和敬奉佛、法、僧三寶等均屬善行範疇。

當根敦珠十五歲那年受沙彌戒,得法名根敦珠巴班時,他便在師傅們給他起的名字之後自己加上了"桑波"(bzang po)兩字,意爲"善者"。這一不平常的舉動表明,根敦珠自少年時代起就素著利他之心。他不僅是一位名滿雪域的賢者,一位超凡出世的正者,而且也是一位大有作爲的善者。正如 Mullin 所説:"一世達賴是西藏僧侶集團,特別是噶當派和新噶當派之機動性的最典範的例子之一。"[2]萊欽貢噶堅贊將根敦珠的生平事迹與噶當派之所謂三法友(sku mched gsum),即博多瓦仁欽賽(Po to ba Rin chen gsal, 1031? 1027 - 1105)、普窮瓦軟奴堅贊(Phu chung ba gZhon nu rgyal mtshan, 1031 - 1106)和京俄瓦措稱巴(sPyan snga ba Tshul khrims 'bar, 1038 - 1103)之生平作比較。這三位法友均爲仲敦巴的弟子,其行持則各有側重。[3] 普窮瓦一生以修持和敬奉三寶爲主要内容;京俄瓦全力以赴創建寺院,建設身、語、意三門佛寶。[4] 而博多瓦則主要精進於教法授受,扶持僧伽。[5] 由阿底峽創始、仲敦巴建立宗規(srol phyes)

---

[1] 德人 Hoffman 在其《西藏宗教發展史》(*Die Religion Tibets in Ihrer Geschichtlichen Entwicklung*)中提到, "1438 年,改革家(指宗喀巴)的侄兒根敦珠巴繼克珠傑之後掌握了教派的領導權。在他身上,我們見識到一位異常精明,但也很姦詐(intrigant)、統治欲極強(herrschsuechtig)的人物,爲了確立黃教的僧侶統治制度,他不擇一切手段。"Hoffman, 1956, pp. 166 - 167. 此話實在不知從何説起,或祇可理解爲他一時信口開河。同一段内容中,還有不少明顯的錯誤,例如他説根敦珠於 1447 年在後藏的日喀則建扎什倫布寺,並任命被認爲是克珠傑之轉世的索南曲朗(bSod nams phyogs glang)爲該寺住持。事實是扎什倫布寺建成後,根敦珠一直自任住持,直到他於 1474 年圓寂後纔由其弟子桑波扎西(bZang po bkra shis)繼承。而索南曲朗則從未出任扎什倫布寺住持。

[2] Mullin, 1981, p. 9.

[3] 《紅史》,頁 61;《青史》,頁 263—264;《道次師承傳》,頁 202。

[4] 其傳記見於《道次師承傳》,頁 272—279。

[5] 其傳記見於《道次師承傳》,頁 224—246。

的噶當派獨特宗風(lugs srol)是經這三法友的努力纔在藏地弘揚流傳開來。[1]《青史》作者郭譯師軟奴班('Gos log Zhon nu dpal)曾説:"晚近藏中出現的諸善知識和成就瑜伽士,觀其事迹,大都是參禮過一、二噶當派善知識的。即仲敦巴的佛教事業廣大而綿永者亦本於此。"[2]根敦珠集三人之功德於一身,由三善巧之門培育了衆多弟子,創建了扎什倫布寺,終生勤於供養佛、法、僧三寶。他對格魯派之貢獻足可比三法友對噶當派之貢獻。

培育和增廣具賢緣弟子 由於一個宗教團體、派別最初都是從師徒間的衣鉢傳承關係發展而來的,所以培育弟子對於一個教派的形成和發展有舉足輕重的意義。對於一位高僧大德來説,作教法授受、培育弟子是其基本的職責。據稱博多瓦一生有弟子二千八百人,幾可與有賢人七十、弟子三千的孔老夫子媲美。[3] 根敦珠以他爲榜樣,"從三十五至八十四歲間教授正法。其精進於賢、正、善和瑜伽的有緣化機在整個雪域蕃地處處可見。至於那些因見其顔、聞其音、觸其足塵而獲解脱種子者,就連勝者自己也難勝數"。[4] 確切點説,"當時各大寺院,如前藏的甘丹、桑普、哲蚌等,後藏的那塘、夏魯、乃寧(gNas rnying)、博東(Bo dong)、昂仁(Ngam rin)和協噶(Shel dkar)等寺的住持,以及其他大、小寺院的住持均爲上師之弟子。此外,當今在阿里、衛藏和康區三地説法授受的持法大師也大部分是上師之弟子。特別是有許多大持法堅持以扎什倫布寺爲根本道場作説法授受,守住上師創立的説法傳統"。[5]

根敦珠的弟子絶大部分是噶當派和格魯派的弟子,也有部分屬薩迦派。他的傳記成書於15世紀末,説當時前、後藏大部分著名的噶當派和格魯派寺院及後藏西部地區的薩迦派寺院的住持均爲其弟子,且當時全藏三大區大部分的説法上師(slob dpon)均爲其弟子,這當非溢美之辭。根敦珠有名有姓的弟子就有六十餘位,其中最著名的兩位弟子是兩位大持律者(Vinayadhara),即白持律羅卓班巴('Dul 'dzin nag po Blo gros dpal pa)和黑持律班丹桑波(dpal ldan bzang po)。羅卓班巴是根敦珠最早的弟子,他

---

〔1〕《土觀宗派源流》,頁82。

〔2〕《土觀宗派源流》,頁90。

〔3〕 "Po-to ba Rin-chen gsal:After the death of 'Brom, he practiced meditation till the age of 50. From the age of 51 he laboured for the benefit of others (i. e. preached the Doctrine). He resided temporarily at mKhan-grags ('Phan-yul), the sGrol-lag monastery, at mThar-thog ('Phan yul), sTag-lung (situated north of 'phan yul) and other monasteries. He had more than a thousand disciples who constantly followed him."《青史》,頁268。

〔4〕《十二宏化》,葉17r。此有根敦珠弟子名單,共列五十三名。而按《黃琉璃》的説法,根敦珠有弟子六十一名,前期二十一名、中期十八名和晚期二十二名。見《黃琉璃》,頁239—240。

〔5〕《稀有珠鏈》,葉52r。

也是根敦珠的同門,同在那塘寺隨珠巴喜饒出家。他在甘丹寺與喜饒僧格和根敦珠師徒相遇,並在此隨買曹傑受近圓戒。此後則主要隨喜饒僧格和根敦珠學法。他曾六次隨根敦珠,一次隨後藏的另一個律學大師、薩迦派上師軟奴堅喬聽聞《律經》,成了一位持律上師。從喜饒僧格和根敦珠在日庫寺說法,至根敦珠於扎什倫布寺圓寂爲止,羅卓班巴常常代根敦珠扶持僧伽,其弟子和施主將其視爲根敦珠本人。[1] 黑持律班丹桑波也是喜饒僧格和根敦珠兩人共同的弟子,是當時喜饒僧格以外最著名的密法大師之一,他與喜饒僧格一起創建了格魯派第一座密宗寺院賽居巴扎倉甘丹頗章,並繼喜饒僧格之後爲該寺第二任住持。以後他又擔任那塘寺第十八任住持,被認爲是郭譯師('Gos lo tsa ba)的轉世。[2]

在根敦珠衆多的弟子中有兩人曾爲甘丹寺住持,他們是默蘭班勒巴羅卓(sMon lam dpal legs pa'i blo gros)和羅桑尼瑪。前者自 1480 年至 1490 年爲第八任甘丹赤巴(dGe ldan khri pa)。他在去前藏色拉寺以前主要在扎什倫布寺隨根敦珠學法,根敦珠曾作授記,預言他將出任甘丹寺主持。1480 年他被推爲甘丹赤巴,次年又被扶上哲蚌寺法座之高位,同時在格魯派最大的兩所寺院中作說法授受,爲格魯派教主達十年之久。[3] 他的後繼者羅桑尼瑪自 1490 年至 1492 年在甘丹寺住持位。他來自安多,是宗喀巴大師的侄兒,曾隨根敦珠在扎什倫布寺學法,也曾爲桑普寺林美扎倉的住持和哲蚌寺的第四任住持。[4] 此外,格魯派在拉薩的兩所著名的密宗院上密院(rgyud stod grwa tshang)和下密院(rgyud smad)當時都無一例外地由根敦珠的弟子主持。喜饒僧格在下密院的繼承人是金巴班(sByin pa dpal),他的後繼人是扎巴桑波(Grags pa bzang po)。他們均爲根敦珠之著名弟子,先後主持下密院達二十二年之久。[5] 此外,下密院的第五任住持噶居巴喜饒班(dKa' bcu pa Shes rab dpal)和第六任住持噶居巴楚稱桑波(dKa' bcu pa Tshul khrims bzang po)也是根敦珠的弟子。[6] 上密院是居欽貢噶頓珠(rGyud chen Kun dga' don grub)於 1474 年創建的。他來自乃寧,在那塘寺出家,並在此隨喜饒僧格和根敦珠學法。[7] 儘管根敦珠自己放棄了出任甘丹寺住持的機會,

〔1〕《道次師承傳》,頁 760—766。
〔2〕《稀有珠鏈》,葉 52r—52v;《道次師承傳》,頁 737;《土觀宗派源流》,頁 337。
〔3〕《噶當教法史》,葉 372r—372v;《黄琉璃》,頁 78—79;《稀有珠鏈》,葉 49r。
〔4〕《噶當教法史》,葉 372v—373v;《黄琉璃》,頁 78—79、106—107。
〔5〕《四大寺志》,頁 99。
〔6〕《噶當教法史》,葉 380r。
〔7〕《四大寺志》,頁 100—102。

但實際上當時前藏大部分格魯派寺院是由他的弟子們主持的。還有當時噶當派重鎮桑普寺林堆和林美扎倉的住持也都是根敦珠的弟子。

根敦珠在後藏説法授受達五十年之久。在他於 1447 年建立扎什倫布寺之前,他主要在那塘和絳欽兩座寺院内説法授徒,以後則主要以扎什倫布寺爲根據地傳播宗喀巴的教法。其弟子是格魯派在後藏的主力軍,15 世紀末前後藏格魯派和噶當派寺院中幾乎所有重要的位置都是由他們擔任的。例如根敦珠自己的三位後繼者桑波扎西、隆日嘉措(Lung rigs rgya mtsho)和意希孜摩(Ye shes rtse mo)都是他的弟子。桑波扎西自己還在後藏創建了一座格魯派寺院崗堅曲佩(Gangs can chos 'phel)。[1] 扎什倫布寺的幾個扎倉中的説法教師('Chad nyan slob dpon)也都是根敦珠的弟子。根敦珠曾於 1438 年放棄了出任那塘寺住持的機會,但他的三位弟子索巴班珠(bZod pa dpal grub)、喜饒堅贊(Shes rab rgyal mtshan)和班丹桑波先後出任那塘寺住持。[2] 乃寧寺是一所著名的噶當派舊寺,宗喀巴和其兩大弟子都曾在此説法。根敦珠更是時常來此説法,並最終將該寺改宗格魯派。時任住持的扎巴堅贊(Grags pa rgyal mtshan)和其弟貢噶德勒仁欽堅贊班桑波(Kun dga' bde legs rin chen rgyal mtshan dpal bzang po)是根敦珠的弟子,特別是後者是根敦珠最重要的弟子之一,二世達賴喇嘛根敦嘉措(dGe 'dun rgya mtsho)受其剃度出家。[3]

除了上述有名的弟子外,根敦珠還有一些不甚有名的弟子,但他們對在後藏傳播宗喀巴之教法的貢獻卻不容忽視。其中有些人自己建立了寺廟,如陽康巴克尊貢波堅(g. Yang khang pa mKhas btsun mGon po rgyal mtshan)在喔域('Og yug)建扎噶(Brag dkar)寺。東噶瓦桑結班仁巴(gDong dkar ba Sangs rgyas dpal rin pa)在希孜庫(gZhis rtse khul)建東噶日沃當堅寺(gDong dkar Rib o mdangs can)。那塘巴僧格日瓦(sNar thang pa Seng gha ri ba)在謝通門建仲普寺('Brong phu)。巴南巴塔巴堅贊(Pa snam pa Thar pa rgyal mtshan)建羅普寺(Glo spugs),或稱桑珠格佩寺(bSam grub dge 'phel)。這些人都是根敦珠的親炙弟子(zhal slob, slob ma),他們奉其授記和指示修建了這些寺廟。[4] 此外,根據根敦珠的願望,扎宗巴南喀曲堅(bKras 'dzom pa Nam mkha' chos rgyal)修建了南喀曲佐寺(Nam mkha' chos mdzod)。[5] 謝康仁巴多吉仁

---

〔1〕《黄琉璃》,頁 24。
〔2〕《青史》,頁 283;《黄琉璃》,頁 259。
〔3〕《黄琉璃》,頁 247—248。
〔4〕《黄琉璃》,頁 250、254、256、257。
〔5〕《黄琉璃》,頁 262。

欽（bZhad kham ring pa rDo rje rin chen）根據根敦珠的指示在俄摩宗（sNgon mo rdzong）建立了一座度母退敵咒母（dPal ldan lha mo dMag zor ma）的護法神殿（mgon khang）。[1] 南喀曲堅和多吉仁欽當也是根敦珠的弟子。

　　格魯派的歷史充分表明，緊密的師徒傳承關係對於宗喀巴教法的傳播和格魯派僧伽組織的建立具有何等重要的意義。當我們閲讀格魯派早期諸上師的傳記時，我們發現在這些上師之間有一張異常緊密、複雜的師徒關係網。例如，宗喀巴和他的兩位上首弟子買曹傑和克珠傑之間也有師徒關係，他們通常也被合稱父子（yab sras）。克珠傑稱買曹傑爲"slob dpon dka' bcu pa"。[2] 更進一步説，這師徒三尊又都曾是薩迦派大師仁達瑪的弟子。在宗喀巴不可勝數的弟子中，又有很多同時也是買曹傑、克珠傑和持律扎巴堅贊的弟子。特別是買曹傑扶持所有被宗喀巴剃度的學僧，在宗喀巴在世時，其大部分弟子就同時追隨買曹傑，恭敬侍奉一如對宗喀巴本人。[3] 正因爲格魯派上師互相之間有如此緊密的師徒傳承關係，所以他們很容易抱成一團，互相援手，團結一致地推行宗喀巴的改革意圖。就像買曹傑和克珠傑一樣，喜饒僧格和根敦珠也合稱父子，根敦珠被列爲喜饒僧格的第一大弟子。但實際上他們又是同門的師兄弟，同時爲宗喀巴的八大弟子之一，甚至也同爲買曹傑和克珠傑的弟子。而喜饒僧格的大部分弟子同時也是根敦珠的弟子，根敦珠的兩位上首弟子原先也都還是珠巴喜饒的弟子，他們也和其師傅一樣是在那塘寺受珠巴喜饒剃度出家的。通過這些互爲師徒的小集團成員的緊密合作，格魯派在後藏也有了堅固的地盤。

　　修建寺院及身、語、意三門佛寶　　名列噶當派三法友之一的京俄南覺旺秋（sPyan-snga rNal-'byor-dbang phyug）視寺院爲維持正法住世的基礎，故一生精進於修建寺院和寺内佛塔、佛像和佛經等所謂身、語、意三門佛寶。[4] 根敦珠踵繼前賢，爲紹隆宗喀巴的法脈，建造了格魯派在後藏的第一重鎮——扎什倫布寺，並造寺内佛寶無數。

　　1426 年，根敦珠和喜饒僧格師徒一起返回後藏，然後在那塘、絳欽、達那日庫等寺説法授受達五六年之久。此時已有七十餘位弟子隨侍根敦珠之左右，由於他們常居後

---

〔1〕《黄琉璃》，頁 260。

〔2〕《起信津梁》，頁 75。

〔3〕《道次師承傳》，頁 388。

〔4〕 "He erected many caityas made of jewels, similar in style to the Padspungs caityas（i. e. in the style of one of the eight famous caityas of India）of the Master. It is said, that if one were to collected in one spot all the votive offerings（sa-tsa）made by him, they would appear like a hill."《青史》，頁 285。

藏西部、藏布江之南岸,故其僧伽被稱爲"河南大扎倉"(chu lho kha'i grva tshang chen po)。[1] 儘管正如《四大寺志》作者普覺阿旺絳巴(Phur lcog Ngag dbang byams pa)所言,這個"河南大扎倉"就是日後扎什倫布寺之基礎,[2]可從此時至扎什倫布寺的建立還經過了很長一段時間。在根敦珠完成其一生中最偉大的作品之前,他就已經從事了多項寺廟建築工程。早在 1432 年,他就已在一位可能是來自江孜法王家族的女施主絳賽薩措瑪(Byang sems Sa mtsho ma)的支持下,在寧瑪派寺院江奔摩切(rGyang 'bum mo che)的附近爲跟隨他的僧伽建造了供其學法、修持的根據地。這座寺廟連同以後班禪喇嘛的夏宮一直到 Tucci 先生進藏時依然存在。[3] 次年,根敦珠被推爲日庫寺住持,在此他修造了一尊彌勒佛的殊勝寶像,並更換了廟門,在寺廟内鋪設了磚石路,還舉辦了祈願大法會,[4]使這座前弘期的古寺老樹新花,成了一座有勃勃生機的格魯派新寺。

1436 年,根敦珠在那塘寺内建起了他個人的醒康(gzims khang),名爲"大乘殿"(Theg chen pho brang)。隨着根敦珠説法、著述,聲譽日隆,跟隨他的弟子也越聚越多,建一座專供其個人説法授受和修持用的醒康已是十分必要的事。於是,在屬江孜法王家族的女施主釋迦班(Sa kya dpal)的慷慨支持下,根敦珠建立了這座大乘殿。他在此一住多年,除了從不間斷地作説法授受外,還完成了他的名著《量論廣説正理莊嚴》(*Tshad ma'i bstan bcos chen po rigs pa'i rgyan*)和獻給檀木度母的贊辭,親見白、綠度母,大威德、六臂大黑天和四面大黑天等本尊。第悉桑結嘉措稱大乘殿在當時是一座無與倫比的阿蘭若(dben gnas 'gran zla dang bral ba)。[5] 在扎什倫布寺建立以前,大乘殿爲根敦珠的主要道場。

根敦珠一生豐功偉績之標幟無疑是扎什倫布寺。1440 年,他結束了第二次前藏之行回到後藏,時年五十。此時的根敦珠年富力强、名滿雪域,正思大有爲於天下。最初,他仍一如既往地在那塘和絳欽寺説法、著作,也時不時地往後藏西部諸寺説法。自 1446 年始,則將其全部精力集中於扎什倫布寺的修建和建設,至其於 1474 年圓寂止,他最後三十年的生活内容離不開扎什倫布寺。扎什倫布寺是他一生利他事業的豐碑。

---

〔1〕《噶當教法史》,葉 387r。
〔2〕《四大寺志》,頁 96。
〔3〕《稀有珠鏈》,葉 17r—17v; Tucci, 1949, I, s. 180。
〔4〕《稀有珠鏈》,葉 17v—18r;《黄琉璃》,頁 257—258。
〔5〕《黄琉璃》,頁 261。

在後藏建立一座像甘丹寺一樣的寺院一直是根敦珠的宏願。對此他的本尊和上師作過許多授記。例如,當他於 1438 年在格佩(dGe 'phel)寺修持時,宗喀巴曾入其夢中,爲他作授記,預言他將在其夢中所見聖地,即日後扎什倫布寺之後山,弘傳量學。[1] 1445 年,博東佛母在其夢中作授記説,根敦珠將建立一座名爲 Mu kyud can 的寺院。[2] 此外,早先喜饒僧格有一次經過日後建扎什倫布寺的地方時,曾指着此地説,他常常在淨相中見到白髮蒼蒼的根敦珠蹣跚着步子在此説法布道。[3] 這些授記無非説明,在後藏建一座格魯派大寺肯定早已在運籌帷幄之中。而其直接的起因,按根敦珠自己的説法,則是爲了紀念喜饒僧格。爲了報答於 1445 年圓寂的喜饒僧格的恩情,根敦珠欲同時在法界和塵世作出成就,即繼續不間斷地大轉法輪和修建一座寺院。

根敦珠的這項計劃從開始起就並非一帆風順。首先,他爲找到一塊供建寺用的合適的地皮就頗費周折。最初,他想在那塘寺附近,或在僧格孜(Seng ge rtse)或者囊賽傑丹(sNang gsal gyi ldan)找到一塊地皮建寺。不料,他的要求多次遭人拒絕,原因是一些其他教派的寺院從中作梗。他們企圖説動其施主出面阻礙根敦珠在當地的建寺計劃。例如,當時極有名的薩迦派上師鄂欽貢噶桑波(Ngor chen Kun dga' bzang po)就曾企圖説服其施主、當時最有權勢的地方權貴仁蚌巴諾布桑波(Ngor chen Kun dga' bzang po)出面阻止根敦珠建寺。[4] 貢噶桑波自己曾於 1429 年在離那塘寺祇有半日路程之遙的地方建立了鄂艾旺(Ngor E-waṃ chos sde)寺。不言而喻,貢噶桑波不願意看到在他的眼皮底下突然冒出一座別的教派的寺院來。與其情況相差無幾的還有在此周圍的其他薩迦派寺院,如達那吐譚(rTa nag thub bstan)寺和賽朵堅(gSer mdog can)寺。據稱根敦珠在拒絕出任甘丹寺住持之請時曾説:"敵寨要建在敵土上,欲使扎什倫布寺與甘丹寺媲美。"這説明在薩迦巴和根敦珠中間一定發生過激烈的衝突,否則像根敦珠這樣八風不動的大德是不會出此驚人之語的。[5] 根敦珠的這項建寺計劃肯定也遭到了來自香巴噶舉派的抵制。根敦珠在西部藏區的順利滲透,一定會引起以達那爲據點的香巴噶舉派僧人的嫉妒。香巴噶舉派的傳奇人物唐東傑波(Thang stong rgyal po, 1385－1509)大師,曾多次公開向根敦珠挑釁,並也曾多次嘗試阻止扎什倫布寺的建造。[6]

---

〔1〕《稀有珠鏈》,葉 20v;《十二宏化》,葉 14r。
〔2〕《稀有珠鏈》,葉 24 v;《十二宏化》,葉 14v。
〔3〕《稀有珠鏈》,葉 26v。
〔4〕《新紅史》,頁 87—88。
〔5〕《土觀宗派源流》,頁 326。
〔6〕《噶當教法史》,葉 390r—390v, 398v;《稀有珠鏈》,葉 38r。

　　儘管根敦珠遭到了來自薩迦派和香巴噶舉派的強力抵制,但他仍然不改初衷,堅定不移地要實現他的夙願。1447 年夏,根敦珠在桑珠孜(bSam grub rtse),即今之日喀孜的扎瑪喇章(Brag dmar bla brang,意爲紅巖宮)修造一尊高達 25mzho 的能仁佛像,由此揭開了建立扎什倫布寺的序幕。根敦珠的成功很大程度上取決於當時桑珠孜宗本霍爾窮結孜瓦(Hor 'Phyong rgyas rtse ba)家族的持久支持。窮結孜瓦霍爾班覺桑布('Phyong rgyas rtse ba Hor dpal 'byor bzang po)和他的弟弟桑結伽(Sangs rgyas skyabs)先後爲桑珠孜宗本(rDzong dpon)。[1] 和他的主子帕木竹巴一樣,窮結孜瓦是格魯派的信徒,在根敦珠和喜饒僧格於 1426 年首次完成在前藏的深造回到後藏時,窮結孜瓦兄弟倆就曾多次充當他們的施主,助其在後藏廣轉法輪。霍爾班覺桑布曾將桑珠孜的一座舊寺廟扎瑪喇章供施給喜饒僧格,鼓勵他與根敦珠在此傳播顯密教法。[2] 這座舊寺廟後來也就成了根敦珠建扎什倫布寺的基礎。1440 年,當根敦珠結束他在前藏的第二次深造,何去何從猶豫不決的時候,又是桑珠孜瓦,即窮結孜瓦將支持他在後藏作教法授受的承諾促使他義無反顧地返回後藏。根敦珠在那塘、僧格孜和囊賽結丹受挫之後,自然又轉向桑珠孜瓦尋求支持,並決定就在桑珠孜建寺。他至少從桑結伽那兒獲得了建扎什倫布寺的部分地皮,[3] 這位桑珠孜的當任第巴(sDe pa),即宗本,幫助根敦珠積聚建寺所需的財物。[4]

　　五世達賴十分固執地堅持説,當時任桑珠孜宗本的窮結巴霍爾班覺桑布是根敦珠建扎什倫布寺時的主要施主。[5] 可他的這個説法實在經不起推敲。《稀有珠鏈》明確記載,在根敦珠於 1447 年正式動手建寺之前,桑珠孜之政權已易手,仁蚌巴取代了窮結巴掌握了後藏之要津桑珠孜宗。[6] 而且就如五世達賴自己所説,霍爾班覺桑布是由才希賽瑪瓦扎巴絳曲(Tshe bzhi gsar ma ba Grags pa byang chub)任命爲桑珠孜宗本的。[7] 扎巴絳曲生於 1356 年,死於 1386 年。[8] 若五世達賴的説法成立,則很難想象班覺桑布直到 1447 年時仍在桑珠孜宗本位,因爲這等於説他在位時間至少有六十年之久。事實上,根敦珠正式建寺時任桑珠孜宗本的是仁蚌巴諾爾布桑波。如仁蚌巴自己所

〔1〕　關於窮結霍爾家族見陳慶英,1993。
〔2〕　《道次師承傳》,頁 736。
〔3〕　《新紅史》,頁 96。
〔4〕　《稀有珠鏈》,葉 27r。
〔5〕　《西藏王臣記》,頁 160。
〔6〕　《稀有珠鏈》,葉 27v。
〔7〕　《西藏王臣記》,頁 167。
〔8〕　《新紅史》,頁 77v。

説,他對根敦珠的建寺計劃未予支持,但也没有聽從鄂欽貢噶桑波之言而予以阻撓。[1]

扎什倫布寺建寺時,根敦珠的真正大施主名達結巴索南班桑波(Dar rgyas pa bSod nams dpal bzang po),此人不僅將他自己的莊園獻出作建寺的地基,而且還布施了金子、房屋、木材等用於寺廟的建築。[2] 在寺院建成之後,他又將其莊園土地的租金和人頭税的收入布施給寺院,用作寺院的日常開支,同時他還每年負擔寺院舉辦夏季法會所需的費用。[3] 關於這位達結巴索南班桑波,筆者找不到任何其他資料。極有可能他就是那位和其妻子釋迦班一起常常充當喜饒僧格和根敦珠之施主的司徒索南班。他是江孜法王家族的成員,爲大司徒帕巴班桑波(Ta'i si tu 'Phags pa dpal bzang po)的第二個兒子。與他的父親一樣,他效忠於薩迦巴,爲薩迦管理許多莊園,並統治僧格孜、謝通門和博東等地區。明朝皇帝賜其"大司徒"封號,給銀印和封誥。[4] 在索南班的長兄貢噶帕(Kun dga 'phags)建江孜城堡後,其家族開始分裂。索南班被稱爲"rTse nub ba",掌江孜西區;而他的侄子,當時前藏最有勢力的諸侯之一江孜法王若丹貢桑帕巴(Rab brtan kun bzang 'phags pa)被稱爲"rTse shar pa",掌江孜東區。[5] 儘管索南班的勢力比不上他的侄兒,但他無疑是當時在東部的江孜法王和西部的拉堆絳萬户南結扎桑(La stod byang khri dpon rNam rgyal brags bzang)之間最有權勢的人物。他肯定是薩迦派的信徒,但明顯對格魯派情有獨鍾。特別是他的妻子釋迦班是喜饒僧格和根敦珠長期的施主之一。宗喀巴曾預言在後藏有位羅刹女會支持他在後藏傳法,這位羅刹女指的就是釋迦班。[6] 除了這位達結巴以外,還有許多其他地方小貴族,如嘉巴瓦(rGya bar ba)、朵仁巴(rDo rings pa)和章才巴(Drang tshal pa)等也給根敦珠以支持。

扎什倫布寺於 1447 年 9 月奠基,隨後開始了大規模的修建工程。寺廟的主要建築有居中的六柱後殿(gTsang khang chen mo)、四十八柱的大經堂('Du khang)、居左側的十二柱彌勒佛殿(Byams khang)、右側的六柱度母神殿(Grol ma lha khang)、二柱的依怙神殿(Glo 'bor gyi mGon khang)、二十四柱的住持法殿喇章堅贊通波(bLa brang rGyal mtshan mthon po)、一層的僧房和作爲門房的四大天王神殿。寺院的修建工程和寺内佛寶的建造、收集一直持續到根敦珠圓寂。在後殿中安放的主神就是前面提到的

---

〔1〕《新紅史》,頁 99r—100v。

〔2〕《噶當教法史》,葉 395r。

〔3〕《稀有珠鏈》,葉 31r。

〔4〕《西藏王臣記》,頁 382—384。

〔5〕《新紅史》,頁 56r、80v—81r。

〔6〕《土觀宗派源流》,頁 337。

大能仁佛像,其左右分別是藥王佛和無量壽佛像,周圍由八大佛子像環繞。在能仁佛像前是觀音菩薩金像。扎什倫布寺内最殊勝的佛像是高達26.5米的彌勒佛像,它由純粹的金和銅製成。爲了建造這尊佛像,根敦珠向四面八方派出弟子募集信財,歷時五年纔最後建成。[1] 在度母神殿中竪立有佛母如意輪(Jo mo Yid bzhin 'khor lo)的金像,左右分別是綠度母和度母如意珠(Tārā Yid bzhin nor bu)的像。此外,根敦珠還主持建造了許多佛寶,如白、綠度母之金像,彌勒佛鑄像、集密五部佛像、釋迦牟尼緞像和度母緞像等。寺院内的大部分壁畫也都是在根敦珠生前完成的。造像和繪畫的藝術家大部分是尼泊爾人,但當時最有名的西藏本地藝術家如曼塘巴頓珠嘉措(sMan thang pa Don grub rgya mtsho)和萊烏瓊巴(Sle'u chung pa)也在寺内留下了不少傑作。

根敦珠在世時,他已在扎什倫布寺建立起了三個顯宗經院,即夏孜扎倉(Shar rtse grva tshang)、吉康扎倉(dKyil khang grva tshang)和通桑林扎倉(Thos bsam gling gi grva tshang)。在這三個扎倉中共有二十六個米村(Mi tshan),其中夏孜扎倉有六個,吉康扎倉和通桑林扎倉各有十個。[2] 雖然如前所述密宗經院是在四世班禪羅桑曲結堅贊時纔建立的,但密法授受則早在根敦珠時就已經在寺内展開了。[3] 1449年,根敦珠在南賽林(rNam sras gling)完成夏安居之後率弟子遷往扎什倫布寺定居,此爲扎什倫布寺最初的僧伽組織,共有一百一十位僧人。至根敦珠圓寂時,扎什倫布寺内已有僧衆達一千五百人。[4] 1464年,根敦珠召集當地許多擅長文書者,造《大藏經》續部經集(thug dam gyi bka' 'gyur)。次年,則又造顯部經集。至此,根敦珠基本完成了寺院内身、語、意三門佛寶的建設。於是格魯派的第四大寺,也是後藏的第一大寺"具吉祥扎什倫布大寺——全勝之洲"(bKra shis lhun pod pal gyi sde chen thams cad las rnam par rgyal ba'i gling)正式建成。

供奉三寶 據《青史》的記載,普窮瓦軟奴堅贊常常説:"人當自食羊屍。"此話的意思是説,人當自己修持正法,而不必向人鼓吹。所以他身邊不曾擁有多少弟子,而主要精進於供奉三寶和内心的修持。[5] 根敦珠雖然一輩子都在説法授受,培育弟子,但他見賢思齊,同樣也以普窮瓦的生平爲榜樣。他牢記《地藏王經》(*Dasacakraksitigarbha-Sūtra*)中三界一切利樂均來自供養三寶的教誡,自少年時代起就精進於供奉三寶。當他還是孩童

---

〔1〕 關於扎什倫布寺的建築參見rDzong rtse,1991;宿白,1992。
〔2〕 《黄琉璃》,頁241—242;恰白,1990,中册,頁408。
〔3〕 《黄琉璃》,頁242—243。
〔4〕 《道次師承傳》,頁759;恰白,1990,中册,頁408。
〔5〕 《青史》,頁267—268。

時,他就常常在巖石上刻寫六字真言、三字真言和幡、幢等供物圖案。當其父親辭世時,他親手抄錄了《藥師經》(*Bhaisaiyagurusūtra*),爲其父除障,當時他纔七歲。[1] 在他出家之後,則畢生爲利樂有情衆生而不辭辛勞。除了從不間斷的說法收受,以及建寺、造像外,他供奉三寶不遺餘力。在扎什倫布寺建成,寺內身、語、意三門佛寶配備齊整之後,根敦珠將所有剩餘的絲質材料製成各種祭祀三寶的供品,如經幡、幢和華蓋等,獻給大、小昭寺,甘丹、那塘、卓普(Khro phu)、乃寧和博東等寺院。[2] 同時他又將寺內剩餘的金屬材料製成圓形壇城、酥油銀燈和金屬鑄像等祭祀三寶的供品。[3]

根敦珠七歲時就已經依止那塘寺僧伽,故他一生尤其重視供奉三寶之一的寺院僧伽。從1426年始,他就至少操持70餘人之僧伽組織。在他基本完成扎什倫布寺的建設之後,則更是專意於扶持僧伽。凡到他手中的衣食財物,他都毫無保留地貢獻給寺院僧伽。1452年,他在扎什倫布寺設立專門負責寺院僧伽供給的機構——大公上(sPyi bsod)。[4] 他時常關心僧人之飲食質量,常以其個人所獲信財作布施。例如在1473年第二次冬季法會時,他就自己充當施主,爲參加法會的1 600名僧人提供了餐飲和酬金。[5] 1474年的大祈願法會,根敦珠的法殿堅贊波喇章再度充當施主,不僅提供了所有獻給三寶的供品,而且也爲與會的1 600名僧人提供了十二天早中兩餐的食品。[6]

爲了紀念釋迦牟尼佛於大神變月的一日至十五日在Saimait城大施神威,調伏六外道這一稀有宏化,聖地的法王們在每年的這個時間舉辦盛大的法會,以無數稀有祭品供奉三寶。與會衆生通過供奉三寶和祈願未來佛彌勒早日降臨塵世而得無上利樂。[7] 1409年,宗喀巴在拉薩首次舉辦大祈願法會,開創在藏地舉辦祈願法會之先河。[8] 根敦珠繼其先師之衣鉢,在後藏舉辦了數次祈願法會。1433年,根敦珠擴建日庫寺,建造了一座殊勝彌勒佛像,並以此爲契機舉辦了祈願法會。[9] 1448年,根敦珠又在卓普絳欽寺(Khro phu Byams chen chos sde)的彌勒佛像前舉辦了一次爲期十六天的大祈願法會。他向彌勒佛像貢獻了大量供品,如哈達、經幡和華蓋等,爲正法普傳、增勝而祈

---

〔1〕《稀有珠鏈》,葉6v—7r。
〔2〕《稀有珠鏈》,葉47v。
〔3〕《稀有珠鏈》,葉49v。
〔4〕《稀有珠鏈》,葉32r。李蘇·晉美旺秋,1991,頁52。
〔5〕《稀有珠鏈》,葉49r。
〔6〕《稀有珠鏈》,葉50r—50v。
〔7〕參見《因緣賢愚經》卷六。
〔8〕Kaschewsky, 1971, I, p. 216; Gyatsho Tshering, 1972, vol. II, pp. 1 – 5.
〔9〕《稀有珠鏈》,葉18r。

禱。[1] 1463 年,根敦珠借扎什倫布寺彌勒佛像開光之機,舉辦了爲期七天的祈願法會,獻給三寶的供品之多匪夷所思。[2] 1474 年正月,已經是八十四歲高齡的根敦珠老驥伏櫪,壯心不已,他要在桑珠孜舉辦一次堪與宗喀巴大師於 1409 年在拉薩舉辦的大祈願法會媲美的盛會,爲此他派出弟子,四處募捐,得到大量信財。他共邀請了周圍 1600 位僧人,往扎什倫布寺參加此次持續十二天之久的大祈願法會。會上除了普通的供品外,根敦珠還特別貢獻了無數的酥油神燈。躬逢盛舉的僧俗百姓達萬人之多,皆身心俱到,日夜不分地磕頭、祈禱、轉經。且從善如流,慈悲爲懷,不見口角糾紛,更無肢體衝突,仿佛當年宗喀巴大師在拉薩主辦的大祈願法會今天又重新在桑珠孜操練了一次。[3] 當年拉薩的大祈願法會首次檢閱了新興的格魯派在前藏的陣容,而今這一次則是對在後藏的格魯派勢力作了一次檢閱。它的成功舉辦標誌着格魯派在後藏已牢牢地站穩了腳跟。根敦珠爲正法和有情的一生也在這次大祈願法會時達到了輝煌的頂峰。

五、根敦珠的歷史地位和人生意義

藏曆木馬年(1474)十二月八日淩晨,根敦珠於扎什倫布寺堅贊通布殿中圓寂,證得一切空性光明勝義諦。1475 年正月,扎什倫布寺舉行了規模盛大的祈願法會,追悼這位圓滿得證法身的一代宗師。两千多名僧人參加了法會,齊心祈禱這位衆生怙主早日再次化現人間。按照根敦珠生前願望在堅贊通布的度母殿中建造了一座銀質靈塔,將其靈骨供奉其中,作爲修持者觀想的目標。1478 年的八供日(brgyad mchod),他的靈骨在其繼承人桑波扎西的主持下行毗茶禮,得舍利無數,遂在扎什倫布寺建銀舍利塔。至此,根敦珠利樂正法和衆生的一生功德圓滿。作爲一名轉世菩薩,根敦珠之宏化和功德稀有、無量,非我輩野狐禪所能妄測。但作爲一位生活於 14、15 世紀之西藏佛教社會中的歷史人物,他的品格、作爲理應放在當時的歷史環境下評説。根敦珠所處的時代是一個宗教改革時代。按佛教理論,正法的發展不是直綫,而是曲綫型的。在佛陀釋迦牟尼住世、佛法興盛之後,緊接着的是佛法每况愈下的頽變時期。可每當頽勢畢現,敗落至不可收拾的地步時,總會有一位佛陀或菩薩示現,實施宗教改革,挽狂瀾於既倒。這類改革家幾百年出一個,其中最著名的在印度有建立大乘之規的龍樹菩薩,在雪域有

---

[1] 《稀有珠鏈》,葉 28r。
[2] 《稀有珠鏈》,葉 39v—40r;《十二宏化》,葉 9r。
[3] 《稀有珠鏈》,葉 49r—50v。

噶當派和新噶當派,即格魯派的創建者阿底峽和宗喀巴。他們都被稱爲佛陀第二,意思是説雖然他們生於佛陀釋迦牟尼之後,但其功德、作爲則與佛陀本人不分軒輊。克珠傑在其所著宗喀巴傳記《起信津梁》中對其先師作爲宗教改革家的貢獻作了如下總結:"今時學人雖勤求聞思,但很難作到珍重律儀,特別是住持三藏修持較佳者,亦很難做到能把飲酒、非時食等放任不節之行,作爲可恥之事。過去諸大叢林出家僧衆,也多有不知坐具、缽具等沙門資生衆具爲何物,至於上衣、下衣、重複衣等則更是聞所未聞了。現在西自迦什米爾,東至漢地之間,一切出家僧衆皆成清淨沙門形相,戒酒及非時食,下至授受、作淨、夜不多眠等雖細微學處,皆知如法防護,具足沙門之行,這些都是吉祥大師宗喀巴之賜,試想若不是他則依止誰人又能達到如此呢?"[1]若翻閲《阿底峽傳》的話,則可知雖然他與宗喀巴所處的時代相差了好幾百年,但他面臨的頹勢和成就的事業卻大同小異。

有意思的是,當意希孜摩爲其先師根敦珠作傳總結他的一生成就時,竟然幾乎原封不動地抄録了上述這段話,祇是將宗喀巴的名字改成了根敦珠。[2]雖然意希孜摩著根敦珠傳《稀有珠鏈》時卻以克珠傑的《起信津梁》爲藍本,不僅結構類似,而且許多語句和段落也是照抄照搬。但很難想象博學多識似意希孜摩者對如此重要的段落會不假思索地信手拈來,爲了給他自己的上師臉上貼金,不惜將其教祖的功績記到其先師的功勞簿上。更合理的解釋或許應該是,意希孜摩確信無疑其先師根敦珠和其教祖宗喀巴雖然是愛徒與恩師的關係,但他們對發展雪域正法的貢獻則如出一轍,他們倆的不同祇是時間上的先後。在筆者今天看來,意希孜摩這樣稱頌其先師實在也不能算是過分地溢美。宗喀巴是宗教改革的倡導者,他的改革事業不是由他一人,而是由他的衆多弟子同心協力完成的。對於每一個處在那個改革時代的人來説,要評價他的歷史貢獻和歷史地位,首先要看他對這場改革運動作出了何等樣的貢獻。

根敦珠的歷史貢獻主要在於他在後藏地區貫徹執行了宗喀巴的宗教改革方案,爲格魯派打下了後藏半壁江山。宗喀巴創立的格魯派在其在世時主要是在以拉薩爲中心的前藏地區發展。由於他得到了當時能號令全藏,特別是前藏的帕木竹巴及其追隨者的大力支持,格魯派一下子脱穎而出,發展之迅速爲其他老牌教派所望塵莫及。而後藏的形勢則大不同於前藏。後藏,特別是後藏的西部地區是政治上新敗於帕木竹巴的薩

---

[1]《起信津梁》,頁112。
[2]《稀有珠鏈》,葉52v—53r。

迦派的勢力範圍。後藏的大部分地方貴族勢力如當時後藏最有勢力的貴族江孜法王家族、拉堆絳萬戶和後來的仁蚌巴等都是薩迦派的信徒和積極支持者。所以雖然薩迦派對全藏的統治隨着蒙元王朝的垮臺而崩潰，但作爲一個教派仍足以與任何其他教派抗衡。宗喀巴生前立足前藏，雖也曾到後藏的乃寧等寺宣説教法，但離在此建立根據地還相差甚遠。宗喀巴的八大弟子絕大部分與宗喀巴一起在前藏創業，或鞏固已成事業。賈曹傑和克珠傑都來自後藏，也有意在後藏發展，他們曾聯袂在乃寧説法。但賈曹傑很快回前藏繼承宗喀巴衣鉢，經營甘丹寺。而克珠傑則由於他的施主江孜法王更鍾情於薩迦派，施供雙方失和，不得不在由他參與籌劃的白居寺尚未最後竣工時就被迫離開。在後藏爲格魯派開闢地盤最力的是喜饒僧格和根敦珠二人，其中尤以根敦珠貢獻最大。喜饒僧格出生於後藏，在那塘寺出家受業，又是當時最負盛名的薩迦派上師雅措桑結班（g. Yag phrug pa Sangs rgyas dpal）的弟子，在後藏有很好的基礎，自 1426 年至 1433 年，他曾和根敦珠一起在後藏弘法，並創建格魯派的第一座密宗修院賽居巴扎倉。在根敦珠於 1440 年再次回到後藏傳法時，喜饒僧格又和他一起在那塘、絳欽，特別是在桑珠孜弘法。與根敦珠一心一意經營後藏不同，喜饒僧格的事業有一大半是在前藏。他曾應帕木竹巴的第悉扎巴堅贊（Grags pa rgyal mtshan）之邀，在乃東整理、編輯宗喀巴全集；以後又在拉薩創建了密宗修院下密院，不遺餘力地宣揚宗喀巴的密法教旨，建立格魯派自己的密法學、修體系。應該説格魯派教法在後藏傳播的基礎是由喜饒僧格和根敦珠師徒共同打下的，但其發展、壯大則主要是喜饒僧格之後的事，當給根敦珠記頭功。根敦珠前後兩次赴前藏，其目的祇是學法深造，他的事業根基始終在後藏。當他於 1440 年結束第二次前藏之行時，他就已被其師尊選中爲甘丹寺絳孜扎倉的住持候選人。以後又兩次受邀出任甘丹寺住持，但他始終不爲所動，單槍匹馬爲格魯派開闢新的地盤，並終於以他個人的形象以及他所建立的扎什倫布寺爲格魯派在後藏樹起了一面高高的旗幟。宗喀巴曾賜給根敦珠他自己穿過的下衣，派他跟專擅律學的瑪爾敦叔侄學律學，並作授記預言根敦珠將在後藏弘揚律法，將遭僧伽輕視的清淨律儀重新釐定、推行。根敦珠不負先師厚望，不遺餘力地在後藏宣説律學教法，製定清淨儀規，勸導僧衆遵行律中哪怕是最微細的戒律，並排除來自其他教派的各種阻力，牢固地樹立起格魯派的根據地，使後藏也成了格魯派的全勝之洲。主巴噶舉派大師班瑪噶波（Padma dkar po）在其教法史中直言不諱地説："甘丹派均以賈曹和克珠二人爲宗喀巴之大弟子，但以我之觀察，應是根敦珠。"此話雖被土觀上師批評爲無稽之談，但若論起對推行宗喀巴宗教改革的成就來，筆者以爲班瑪噶波的説法實在是很有根據的。

當然,根敦珠爲正法和有情衆生的一生的意義還遠不僅僅止於他爲格魯派打下了後藏半壁江山,而更重要的是他以賢、正、善的品格和非凡的作爲在西藏佛教社會中爲出家人樹立了一個理想的典型(ideal type),堪爲萬世師表。土觀上師曾説:"自宗喀巴大師應化世間至今,所出學識淵博、嚴持戒律、心地賢善三者具足的住持正教大德多如大地的塵數。諸大德所作佛的事業,也難一一盡説。歸總起來,一類大德,在諸大道場,對具有識見的衆會之中,由講説教導之門,將宗喀巴大師所闡明的南瞻二勝六莊嚴所有論典的意趣,代代相傳,不使法脈中斷。即在一座修持,也要把總攝全部佛法精要之《菩提道次第》的文傳、直傳和面領等,凡有師承的要門,由講説宣揚之門來開展佛業。一類大德,將續部之王《吉祥集密》及《勝樂輪》二部爲主之一切大本續經的講規,毫無雜染地講述。或將灌頂、引導、要門等法統,由傳授門使大師密教日趨發展而不衰落。一類大德,引據教理,將他派對於大師論典作敵難者,悉破除之。或清除自宗不能善達大師意旨之惡説,一如大師所承許,由毫無謬誤而爲講授之門,使正教遠離垢障。一類大德,爲後來學者將大師諸著作的意旨,使劣慧人易於了知,隨其所應,由著作各種論解著述之門,使大師教法縱至末劫亦不衰退。一類大德,對於大師宗派的顯密妙道,由清淨實修不染八法垢障之門,攝持和發展自他相續,使大師實修傳承相繼不致中斷。又有一類,見到佛法的弘揚唯僧伽是賴。於是將舊有之講院修院繼續護持,並增立新院之門,而發展正教。又有一類欲使邦土首領折服,歸心佛法,使不信佛的邊地衆生,運用善巧方便,將其轉入佛門,光大正教。又有一類瑜伽行者,對錯誤地憎恨大師教法、心懷惡毒之人,若難調伏者,則運用續部中所説諸法以摧伏之,使正教實遠離魔障。也有一類已成聖者(skyes bu dam pa),對於上面所説諸佛事而由其一人完成的。"[1]宗喀巴諸大弟子中多專擅一項或數項者,而根敦珠則正是這樣一位全能的已成聖者。如意希孜摩所言,總而言之,吾輩之尊師此生在嚴守戒律,從不違犯三事律儀的前提下,作一切佛之事業,從不間斷,如説法授受、修建寺院和三門佛寶、供奉三寶和著作善説經論等。綜觀雪域蕃地,其生平事迹可與此相埒者迄今未見一人。[2]這大概就是爲什麽根敦珠至少在其圓寂後不久就被認爲是繼松贊干布和仲敦巴之後西藏的第三位觀世音菩薩的轉世,成爲格魯派的歷史上第一位身後即有轉世活佛示現,並衍傳出西藏第一大活佛轉世系列的大德的原因所在。

---

〔1〕《土觀宗派源流》,頁246—248。
〔2〕《稀有珠鏈》,葉51v。

　　按照藏傳佛教的説法，觀世音菩薩多以法王，更確切地説以贊普或大臣的面目轉世，如松贊干布，他們以俗世強力護住三寶，一如聖地輪王阿育王。而無量光佛，即阿彌陀佛則多轉世爲宗教大師，如蓮花生、阿底峽等，他們以妙法、德行利益衆生，仿佛釋迦能仁和龍樹菩薩。可實際上自後弘期始，西藏社會政教就已難以分家，藏人理想中如松贊干布一般的轉輪聖王再未顯世。於是不管是觀世音菩薩，還是阿彌陀佛的轉世，都變成了高僧大德。西藏最重要的兩個活佛轉世系統達賴和班禪分別被認爲是觀世音菩薩和阿彌陀佛的轉世，欲同爲藏傳佛教格魯派的精神領袖，他們在教派中所扮演的角色從本質上來説並没有明確的不同。與這種政教合一社會形態相應，西藏的每一位轉世活佛，特別是觀世音菩薩和阿彌陀佛的轉世，儘管都以超凡脱俗的僧人面目示世，但應當兼具轉輪聖王和宗教大師的品質，從政、教兩方面來作護法、利他事業。根敦珠一生不僅得證兼具，而且成就非凡，故他被其同時代人認爲是觀世音菩薩的轉世，或者説是松贊干布和仲敦巴的轉世當是情理中事。

　　在今日之西方，達賴喇嘛有時被人尊稱爲西藏的宗教和政治領袖。較之歷史和現實，這種説法或失之過譽。自吐蕃帝國分崩離析之後，西藏再没有成爲一個統一的政治實體，宗教上更是百花齊放、百家爭鳴，故達賴喇嘛的政、教至尊地位常常似空中樓閣。但作爲觀世音菩薩的轉世，達賴喇嘛於西藏的政教事業確負特殊使命。西藏是觀世音菩薩的化土，觀世音菩薩是雪域的怙主。受阿彌陀佛的遣使，觀世音菩薩離開西方極樂世界，偕白、綠二位度母在雪域蕃地這塊連世尊釋迦牟尼都未曾涉足的蠻荒之地化現出世，利濟衆生。在西藏歷史上最早被認爲是觀世音菩薩的化現的是雄才大略的吐蕃贊普松贊干布和八風不動的噶當派鼻祖仲敦巴。根敦珠緊隨其後，被其同時代人視爲雪域的第三位觀世音菩薩轉世，僅此即可見人們對他的功德和作爲的評價是如何之高。[1] 值得一提的是，在西藏難以勝數的活佛轉世系列中不僅僅祇是達賴喇嘛系列推觀世音菩薩爲其本源，如噶瑪噶舉派的黑帽系活佛等也同樣自稱爲觀世音菩薩的轉世。祇是根敦珠的後輩轉世達賴喇嘛作爲藏傳佛教最大教派格魯派的領袖，其實際的地位和影響是其他知名的或不知名的觀世音菩薩的轉世者們所望塵莫及的。

---

　　〔1〕　自五世達賴始，藏人喜給每個轉世活佛系列排出一個很長的前輩名單，時間越後，名單越長。如隆多喇嘛就列根敦珠前輩達五十位之多，見《隆多喇嘛全集》卷二，頁390—393。但在根敦珠時代，通常被格魯派認爲是觀世音菩薩轉世者僅有松贊干布和仲敦巴二人。

參 考 文 獻

（一）藏文史料

1.《新紅史》

Pan chen bSod nams grags pa（1478－1554）*rGyal rabs 'phrul gyi lde mig gam deb ther dmar po 'am deb gsar ma zhes bya ba bzhugs so*（1538），西藏人民出版社（Bod ljong mi dmangs dpe skrun khang），Lhasa, 1982.

2.《宗喀巴傳——信仰之津梁》

mKhas grub rje dGe legs dpal bzang po, *rJe btsun bla ma tsong kha pa chen po'i ngo mtshar rmad du byung ba'i rnam par thar pa dad pa'i 'jug ngogs zhes' bya ba bzhugs so*，青海民族出版社（mTsho sngon mi rigs dpe skrun khang），Xining, 1982, S. 1－140.

3.《一世班禅传》

Svasti, *mKhas grub thams cad mkhyen pa'i rnam thar mkhas pa'i yid 'phrog ces bya ba bzhugs su*, Folio. 1r－14r, 宗喀巴師徒全集（rJe, yab sras kyi gsung 'bum），Seminar fur Sprachund Kulturwissenschaft Zentralasiens, Bonn.

4.《西藏王臣記》

Ngag dbang blo bzang rgya mtsho（Dalai Lama V）*Deb ther rjogs ldan gzhon nu'i dga' ston dpyid kyi rgyal mo'i glu dbyangs*, Beijing, 1981.

5.《紅史》

Tshal pa Kun dga' rdo rje（1309－1364），*Deb ther dmar po*（recte：*Hu Ian deb ther*, 1346－1363），hrsg. and kommt. von Dun dkar blo bzan 'phrin las, Beijing, 1981.

6.《隆多喇嘛全集》

Klong rdol Ngag dbang blo bzang gi gsung 'bum, I, II, Bod ljongs bod yig dpe rnying dpe skrun khang, Lhasa, 1991.

7.《後藏志》

Jo nang Taranatha Kun dga' snying po（1575－c－"），*Myang yul stud smad bar gsum gyi ngo mtshar gtam gyi legs bshad mkhas pa'i 'jug ngogs thes bya ba bzhugs so*, Bod ljongs mi dmangs bpe skrun khang, Lhasa, 1983.

8.《一世達賴傳——稀有珠鏈》

Pan chen Ye shis rtse mo, *rJe thams cad mkhyen pa dge 'dun grub pa dpal bzang po'i rnam thar ngor mtshar rmang byung nor bu'i phreng ba bzhugs so*, *rGyal ba dge 'dun grub pa kyi gsum 'bum*.

9.《一世達賴傳——十二宏化》

Bla ma thams cad mkhyen pa'i rnam thar ngo mtshar mdzad pa bcu gnyis bzhugs so, rGyal ba dge 'dun grub pa kyi gsum 'bum.

10. 《道次第上師傳承傳》

Yongs 'dzin Ye shes rgyal mtshan, *Lam rim bla ma brgyud pa'i ream thar bzhugs*, Bod ljongs mi dmangs dpe skrun khang, Xining, 1990.

11. 《四大寺志》

Phur lcog Ngag dbang bjyams pa, *Grva sa chen po bzhi dang rgyud pa stod smad chags tshul pad dkar 'phreng ba bzhugs so*, S. 1 - 104, Bod ljongs mi dmangs dpe skrun khang, Lhasa, 1989.

12. 《土觀宗派源流》

Thu'u kwan Blo bzang chos kyi nyi ma, *Thu'u kwan grub mtha' Shel gyi me lon*, 甘肅民族出版社（Kan su mi rigs dpe sgrun khang）, Lanzhou, 1985.

13. 《黃琉璃》

sDe srid Sangs rgyas rgya mtsho, *dGa' ldan chos 'byun Vaidurya ser po* (1692 - 1698), 中國藏學出版社, Beijing, 1989.

14. 《扎什倫布寺源流史》

rDzong rtse Byams pa thub bstan, *Chos grva chen po bkra shis lhun po dpal gyi sde chen phyogs thams cad las rnam par rgyal ba'i gling gi chos 'byung ngo mtshar dad pa'i sgo 'byed ces bya ba bzhugs su*, Bod kyi dpe mdzod khang, S. 1 - 730, Delhi, 1991.

15. 《西藏簡史》

恰白·次旦平措 Chab spel Tshe brtan phun tshogs and Nor brang O rgyan, *Bod kyi lo rgyus rags rim g. yo yi phreng ba*, I, II, U1, Bod ljong bod yig dpe rnying dpe skrun khang, Lhasa, 1990.

16. 《青史》

Gos lo tsā ba gzhon nu dpal, *Deb ther sngon po*, Chengdu：Sichuan Minorities Publishing House, 1984（藏文本）

G. N. Roerich (tr.), *The Blue Annals. Deb ther sngon po by gZhon nu dpal*, Delhi：Motilal Banarsidass Publishers, repr. 1976(1949)edition(英譯本)

（二）西文論著

1. David P. Jackson, 1989, *The early abbots of 'Phan - po Na - lendra ：The vicissitudes of a great Tibetan monastery in the 15th century*, Wiener Studien zur Tibetologie und Buddhismuskunde, Heft 23, Wien.

2. David P. Jackson, 1989, "Sources on the Chronology and Succession of the Abbots of Ngor E - wam - chos - ldan", in *Berliner Indologische Studien*；Band 4/5, Reinbek.

3. Joan Carole Kutcher, 1979, *The Biography of the first Dalai Lama, Entitled "rje thams cad mkhyan pa dge 'dun grub dpal bzan po'i mam thar no mtshar rmad byun nor bu'i phren ba"*: *A Translation and Analysis*, University of Pennsylvania, Ph. D. , 1979. S. 1 – 359.

4. Leonard W. J. van der Kuijp, 1985, "Studies in the Life and Thought of mKhas grub rje I, mKhas grub rje's Epistemological Oeuvre and his philogical Remarks on Dignaga's Pramanasamuccaya I", in *Berliner Indologische Studien*, *1*, S. 75 – 105.

5. Lessing and Wayman, 1968, *mKhas-grub-rje's Fundamental of the Buddhist Tantras*, The Hague.

6. Glenn Mullin, 1981, *Bridging the Sutras and Tantras*, *A collection of ten minor works by Gyalwa Gendun Drub the First Dalai Lama (1371 – 1474)*. S. 1 – 176 + New Delhi.

7. Glenn Mullin, 1991, *The Practice of Kalachakra*. Ithaca, NY : Snow Lion Press.

8. David Patt, 1993, "*Elucidation the path to liberation*": *A Study of the commentary on the "Abhidharmakosa" by the first Dalai Lama*, Dissertation of the University of Wisconsin-Madison, 1993. I, S. 1 – 432 II, S. 433 – 1022.

9. Guiseppe Tucci, 1949, *Tibetan Painted Scrolls*, I – III, Roma

10. Sweet, Michael J. ,1996, "Mental Purification (*Blo sbyong*): A Native Tibetan Genre of Religious Literature. " In *Tibetan Literature; Studies in Genre*. Eds. José Ignacio Cabezon and Roger R. Jackson. Ithaca, N. Y. : Snow Lion.

11. Geoffrey Samuel, 1993, *Civilized Shamans: Buddhism in Tibetan Societies*, Washington and London: Smithsonian Institution Press.

12. Guy Martin Newland, 1996, "The Debate Manual (*yig cha*) in Tibetan Monastic Education" by Guy Newland. In *Tibetan Literature: Studies in Genre*. Eds. José Ignacio Cabezon and Roger R. Jackson. Ithaca, N. Y. : Snow Lion.

13. Jeffery D. Schoening, 1995, "The Salistamba sutra and its Indian commentaries. Volume I : translation with annotation", *Arbeitskreis fur Tibetische und Buddhistische Studien*. Wien, Austria: Universitaet Wien.

14. Robert Thurman, 1991, *The Central Philosophy of Tibet: A Study and Translation of Jey Tsong Khapa's "Essence of True Eloquence "*, Princeton Library of Asian Translations, Princeton University Press.

15. Rudolf Kaschewsky, 1971, *Das Leben des lamaistischen Heiligen Tsongkhapa Blo-Bzan-Grags-Pa (1357 – 1419) I*. Wiesbaden: Harrassowitz.

16. Helmut Hoffmann, 1956, "*Die Religion Tibets in Ihrer Geschichtlichen Entwicklung*", Freiburg.

17. Geshe Kelsang Gyatso, 1995, *Joyful Path of Good Fortune: The Complete Buddhist Path to*

Enlightenment, Tharpa Publications（2nd. ed.，1995）.

（三）漢文論著

1. 陳慶英,《西藏山南瓊結家族》,與馬林合寫,《政大民族學報》第 20 期,臺北:台灣政治大學,1993 年。

2. 宿白,《藏传佛教寺院考古》,北京:文物出版社,1992 年。

3. 《藏漢大辭典》,張怡蓀主編,北京:民族出版社,1985 年。

（原載《佛教與中國傳統文化》,北京: 宗教文化出版社,1997 年,頁 808—878）

扎什倫布寺建寺施主考

一、問題的提出

扎什倫布寺(bkra shis lhun po)是被後世追認爲第一世達賴喇嘛的根敦珠巴班藏卜(dGe 'dun grub pa dpal bzang po, 1391－1474)於 1447 年建立的。它是新興的格魯派繼甘丹(1409)、哲蚌(1416)和色拉(1419)三大寺之後興建的第四座大寺院,也是在後藏的第一座大寺院。它不僅在當時對格魯巴在後藏的發展具有重大意義,而且日後成了班禪大師的首要叢林,是格魯巴的一大重鎮。

人所共知,格魯巴在前藏迅速興起,與他們得到了當時西藏的實際統治者伯木古魯派的支持是密不可分的。宗喀巴及其弟子們在前藏建三大寺,并廣做佛事,其主要施主便是伯木古魯派的第五代第悉(sde srid)葛剌思巴監藏(Grags pa rgyal mtshan, 1374－1432)和其首要大臣乃烏宗宗本南喀藏卜(Sne'u rdzong rdzong dpon Nam mkha' bzang po)。[1] 時前藏乃伯木古魯派的一統天下。與此相反,伯木古魯巴在後藏卻從未達到過唯我獨尊的地步,薩思迦巴的影響仍舉足輕重,其追隨者拉堆絳、江孜、達那宗巴和南傑林巴也相對獨立於伯木古魯的統治之外。特別是當根敦珠巴在後藏要地桑珠孜(bSam grub rtse,明譯三竹節,即今日喀則)建寺時,伯木古魯派經所謂"虎年之亂"或"內訌之年"(1434)已漸趨式微,其在前藏的地位尚岌岌可危,對後藏則更鞭長莫及。[2] 原爲其封臣的仁蚌巴則躍躍欲試,思取而代之。顯然,根敦珠巴建扎什倫布寺是不可能得到伯木古魯派的直接支持的。於是弄清是誰支持根敦珠巴在遠離伯木古魯派的統治中心,遠離格魯巴勢力所及之後藏建寺? 誰充當了扎什倫布寺建寺施主? 這

---

〔1〕 詳見 R. Kaschewsky, Das Leben des Lamaistichen Heiligen Tsongkhapa' Blo bzang grags pa 1357－1419, dargestellt und erläutet anhand seiner Vita "Quellort allen Glückes", in: *Asiatische Forschungen* 32, 2 Bände, Otto Harrassowitz, Wiesbaden, 1971.

〔2〕 關於"虎年之亂"見《新紅史》(*Deb ther dmar po gsar ma*),藏文版,拉薩: 西藏人民出版社,1982 年,頁 87—88;黃顯漢譯本,拉薩: 西藏人民出版社,1984 年,頁 90—91。參見佐藤長,《帕竹巴王朝的衰頹過程》,鄧鋭齡譯,原載《田村博士頌壽東洋史論叢》,1968 年;譯文載《民族史譯文集》14,北京,1986 年。

個問題就變得格外有意義。

一個最普遍的説法是：時任桑珠孜宗本之霍爾·窮結巴·班覺藏布（Hor 'phyong rgyas pa dpal 'byor bzang po）充當了根敦珠巴建扎什倫布寺的施主。例如第五世達賴喇嘛阿旺羅桑嘉措（1617—1682）對此便深信不疑，認爲根敦珠巴和班覺藏布締結了所謂"施供關係"（mechod yon）。[1]

可是，《新紅史》（1538）的作者班禪·鎖南葛剌思巴（Pan chen bSod nams grags pa）卻認爲班覺藏布與宗喀巴（1357—1419）建立了施供關係，是他的弟弟桑兒結伽巴（Sangs rgyas skyabs pa）貢獻了建扎什倫布寺之地圖（sa khra，地基）。[2] 此外，他在敍述仁蚌巴歷史時，載録了一個就本文論題而言極有意義的故事：

[仁蚌]諾藏巴建絳欽寺（Byams chen gyi gtsug lag khang），完成佛寶等其餘一切需作之事。[3] 信受薩思迦和噶舉巴之教，對甘丹巴亦顯淨相。值其向法王鄂爾巴（Ngor pa）求教誡時，這位上師對他説"若成我三個心願，則施以教誡"。他回答説："若我能辦成，則將照此辦理。"待施以教誡，上師説："需使你治下之甘丹巴改宗薩思迦；需制止噶久巴（bka 'bcu pa）根敦珠巴建寺之建築工程；需向鄂爾新寺貢獻衆多女尼、僕從。"對此諾藏回答説："一般而言，誰都不宜強使人改宗別教，特別是我與法王傑察巴（rGyal tshab pa）結有法緣，[4] 故須守信於他們甘丹巴。對噶久哇建寺，我未予幫助，若再加以阻止，恐他人將對我第巴惡言相加，故我不敢造次阻止。……"[5]

據此，則根敦珠巴在桑珠孜建寺時，不是窮結巴·班覺藏布，而是仁蚌巴諾藏巴爲這個地區的第巴（即宗本）。但這個故事被五世達賴斥爲"據不確實的道聽途説記載下來的

---

〔1〕 五世達賴阿旺羅桑嘉措，《西藏王臣記》（*dPyid kyi rgyal mo'i glu dbyangs*），藏文版，北京：民族出版社，1981 年，頁 167；郭和卿漢譯本，北京：民族出版社，1983 年，頁 154。以下凡見引《西藏王臣記》文，皆筆者據藏文原文，參照郭氏漢譯文重譯。

〔2〕 《新紅史》，藏文版，頁 103；黃顥漢譯本，頁 108。

〔3〕 絳欽寺，又稱絨·絳林（Rong Byams gling）。關於此寺詳見《西藏王臣記》，藏文版，頁 159；郭和卿漢譯本，頁 148；第悉·桑結嘉措（Sde srid Sangs rgyas rgya mtsho），《黃琉璃》（*Vaidurya ser po*），藏文版，北京：中國藏學出版社，1991 年，頁 230。據《黃琉璃》載，該寺是由仁蚌巴諾爾布藏卜和宗喀巴之弟子大菩薩薩軟奴監喬（gZhon nu rgyal mchog）於第六勝生之羊年，即公元 1367 年建造的。這肯定是個錯誤。諾爾布藏卜死於 1466 年，他不可能在此 100 年之前建立寺廟。軟奴監喬既是宗喀巴的弟子，則也不可能生活在 1367 年，此時宗喀巴本人也剛滿十歲而已，故絳欽寺建寺之年代更可能是第七勝生之火羊年，即公元 1427 年。同樣的錯誤也見於《藏漢大辭典》（下）的《歷史年表》中，北京：民族出版社，1986 年，頁 3421。絳欽寺內有七個扎倉，原有四個薩思迦派扎倉，後合併爲兩個，兩個博東扎倉和一個格魯巴扎倉，各持其教，各有其自己的阿闍黎（slob dpon）。

〔4〕 即指宗喀巴的頭號大弟子、甘丹寺的第二任法台傑察巴達瑪輦真（rGyal tshab Dar ma rin chen，1346－1431）。他的生平見《黃琉璃》，頁 73—75；參見 Kaschewsky 上揭書，頁 216。

〔5〕 《新紅史》，藏文版，頁 105—106；黃顥漢譯本，頁 111—112。

無稽之談"。因爲"名符其實的班禪(大學者)"強巴林巴鎖南南巴堅哇(Byams pa gling pa bSod nams pa rgyal ba)所著之《雅伽世系史》(Yar rgyab gdung rabs)中明確記載:"一切智根敦珠建扎什倫布寺時,窮結巴·霍爾·班覺藏布爲桑珠孜宗本,正是他充當了根敦珠巴的主要施主(sByin bdag gi mthil)。"[1]言下之意,鎖南葛剌思巴實在是徒有虛名,算不上是一名真正的大學者。

那麼,五世達賴喇嘛所引《雅伽世系史》中的這句話是否就是本文論題的蓋館之論了呢?顯然不是。今人Wylie就沒有固懾於五世達賴至高無上的權威而信其所言,相反大膽地把它頂了回去。他説:"儘管五世達賴喇嘛如是説,但本文接受這樣的事實,即仁蚌巴之多吉頓珠於1435年奪取了日喀則,所以當十三年之後扎什倫布建寺時,日喀則宗本早已不再是窮結的霍爾·班覺藏布了。"[2]但是,頓珠多吉於1435年奪取了桑珠孜一説是否能作爲事實來接受呢?Wylie自己就不是百分之百地肯定,事實上也大可懷疑,此容后述。

還有,若霍爾·班覺藏布不是扎寺建寺的施主,那麼到底誰是施主呢?Wylie在其文中曾提及:"在別的原始材料中(指第悉桑結嘉措的《黃琉璃》和羅桑楚臣的《宗喀巴傳》——引者),這位建寺的施主被確認爲是達吉巴之長官鎖南班藏(Dar rgyas pa dpon bSod nams dpal bzang)。不幸的是,在迄今所見之史料中沒有提供任何別的有關這位施主的資料。"[3]

至此,到底誰是扎什倫布寺建寺之施主這一問題并沒有得到完全解決。今筆者欲以意希孜摩(Ye shis rtse mo)於1494年撰寫的《一切智根敦珠巴班藏卜傳——稀有神奇寶鬘》一書爲根據來了斷這段公案。[4]這部傳記被圖齊貶爲"包含極少年代和歷史性資料",[5]可就扎寺建寺而言,卻爲我們提供了準確的日期和豐富的資料。撰者意

---

〔1〕《西藏王臣記》,藏文版,頁160;郭和卿漢譯本,頁148。《雅伽世系史》已有Leo W. J. van der Kuijp的英譯: Apropos of the History of the House of Yar rgyab from the Thirteenth of the Fifteenth Century, 此書將作爲《維也納藏學和佛學研究叢書》(Wiener Studien zur Tibetologie und Buddhismus Kunde)之一出版,惜迄今尚未面世,故筆者無緣寓目。

〔2〕 Turrell V. Wylie, "Monastic patronage in 15th century Tibet," Acta orientalia Acdemiae Scientiarum Hung. Tomus XXXIV(1-3), pp. 319-328(1980).

〔3〕 Wylie上揭文,頁323;《黃琉璃》,頁237;Kaschewsky上揭書,卷二,Tafel 583, IX, 312;Tafel 584, IX, 312;在仲孜(yDzong rtse)活佛強巴土登(Byams pa thub bstan)著《扎什倫布寺教法源流》(Chos grva chen po bkra shis lhun po dpal gyi sde chen phyogs thams cad las nampar rgyal ba'i gling gi chos' byung Ngo mthar dad pa'i sgo, byed ces byaba bzhugs so)中亦持此説,見其書,頁45—46,Delhi, 1991。

〔4〕 Ye shis rtse mo, rJe thams cad mkhyen pa dGe 'dun grub pa dpal bzang po'i rnam thar ngo mtshar rmad byung nor bu'i phreng ba bzhugs so, 收於《第一世達賴喇嘛根敦珠巴全集》第五函,共63頁。

〔5〕 G. Tucci, Tibetan Painted Scrolls, I, P. 162, Rome, 1949.

希孜摩是根敦珠巴的親傳弟子、扎什倫布寺的第四任住持,親歷了該寺院的建立過程,[1]故其所記當是迄今所見最第一手的資料。根據這些資料,我們大致可使本文論題水落石出。

二、1435 年仁蚌巴奪取桑珠孜説質疑

藏曆第七勝生木兔年,即公元 1435 年,被後世藏族史家認爲是西藏歷史上劃時代的一年,它標誌着伯木古魯巴時代的終結和仁蚌巴時代的開始。或曰:"自土牛年(1349)至木兔年(1435)的八十七年間,烏思藏之大部分重要地區在伯木古魯巴的統治之下,祇有[拉堆]絳、江喀孜和其他一些地區由他們自己的頭領統治。在木兔年,仁蚌的諾藏奪取了桑珠孜。從那時開始,藏地大部分地區在仁蚌巴統治之下。"[2]或曰:"大司徒賞竺監藏於第六勝生之土牛年(1349)征服烏思大部分地區,其後於木馬年(1354)又征服藏地。其後,過了八十餘年,藏地仁蚌之大臣反叛。自第七勝生之木兔年(1435)始,仁蚌諾桑的一個兒子名公藏者奪取了仁蚌之封地,另一子頓珠多吉奪取了桑珠孜,這二人控制了藏地。"[3]

這種説法雖被普遍接受,[4]但卻並不十分經得起推敲。一個明顯的漏洞是,到底是諾藏,還是他的兒子頓珠多吉於 1435 年佔領了桑珠孜? 有人如夏喀巴者沒有注意到這個漏洞,故一方面認爲諾爾布藏卜(Nor bu bzang po)於 1435 年成了桑珠孜宗本,可另一方面卻在其書的同一頁上又説,其子頓珠多吉奪取了桑珠孜宗本一職。既然乃父已任此職,其子又何須再去搶奪。這一點已被 Wylie 指了出來。[5]

關於仁蚌巴,筆者所見資料以《新紅史》和《西藏王臣記》爲限,其中又以後者爲詳。據其記載仁蚌巴的發迹始於南喀監藏(Nam mkha' rgyal mtshan)。他"承侍貢瑪第悉王

[1] 關於意希孜摩之生平,見仲孜活佛上揭書,頁 207—209;在《黃琉璃》載録的第二世藏族達賴喇嘛根敦嘉措(dGe 'dun rgya mtsho, 1475－1542)《全集》的目録中有《意希孜摩傳》,但此書已不見於流傳至今的《根敦嘉措全集》中,見《黃琉璃》,頁 211;二世達賴《全集》目録見 A Catalogue of The Tohoku University Collection of Tibetan Works on Buddhism, pp. 173－216, Sendai,昭和 28 年。

[2] 《正法源流》(Dam pa'i chos kyi byung tshul)166a,轉引自 Tucci 上揭書,II,p. 651。

[3] 松巴堪布班覺桑布(Sum-pa mkhan po dpal byor bzang po),《如意寶樹史》(dPag bsam ljon bzang),'Satapitaka, vol. 8, lokesh chandra 編,New Delhi, 1959;參見 Tucci 上揭書,II,p. 654。

[4] 如 Tucci 據此便認爲:"從 1436(?)年以來,後藏的許多地方已經脱離了内鄔棟而聚集仁蚌巴麾下,聽命於仁蚌巴。1436 年頓珠多吉取得桑珠孜,同年仁蚌巴即移首府於此地。"Tucci 上揭書,I, P. 30。《藏漢大辭典》(下)歷史年表 1435 年條:"仁蚌巴諾爾布藏卜反叛帕竹派,將谿卡桑珠孜等大部分地區置於自己的統治之下,從此帕竹政權開始崩潰。"《藏漢大辭典》,頁 3247。

[5] Tsepon W. D. shakabpa, Bod kyi srid don rgyal rabs: An Advanced political History of Tibet I, p. 352, Delhi, 1976;Wylie 上揭文,p. 323, n. 25。

葛剌思巴監藏，受任爲谿卡仁蚌之宗本，出密萬户長和具吉祥薩思迦大寺本欽。其子南喀監波（Nam mkha' rgyal po）自幼具善識政教兩途之眼。其子諾爾布藏卜承侍貢瑪，受賜父祖之萬户長和宗堆誥命，領兵收服達維宗和以鐵索纏頭著名之諸多小邦。任娘麥桑珠孜宗本。……其後建絨・絳欽寺（Rong Byams chen gyi chos sde），布施僧衆夏、秋、春季法令之資糧等豐厚順緣。建造了許多身、語、意三門法寶，并由班禪那吉輦真（Nags gri rin chen）散花開光。又在扎瑪舊寺（Brag dmar chos sde rnying pa）附近建茅篷百餘座，及建照理作聞、思修之學院。簡言之，他對一切宗論無有偏私，恭敬承侍，無以復加，實屬高貴。……仁蚌・諾藏巴有子烏巴西噶（U pa si ka）、公都藏卜（Kun tu bzang po）、頓珠多吉（Don grub rdo rje）、措結多吉（mTsho skyes rdo rje）和釋迦監藏（Šakya rgyal mtshan）等五人。長子天折，公藏巴承侍王吉剌思巴永耐（Grags pa byung gnas）兄弟，受賜父祖之誥命與職事，任仁蚌之宗本。……頓珠多吉取谿卡桑珠孜宗本之職事"。[1]

由此可知，仁蚌巴之首任桑珠孜宗本當是諾藏，其後才是其子頓珠多吉。只是這兒没有提供他們任此職時的確切時間。但據《新紅史》可知，諾藏在葛剌思巴監藏在世時已在仁蚌宗本位。後者去世後，他在擁立吉剌思巴永耐監藏巴藏卜（1414—1445）爲第六任伯木古魯派貢瑪時曾起過一定作用。他與其兄弟班輦（dpal rin）的名字出現在後者治下之主要大臣的名單中。[2] 在吉剌思巴永耐死後，其父桑兒結藏巴藏卜（Sangs rgras rgyal mtshan）借襲闡化王時，乃至其弟公葛列思巴中奈領占堅參巴兒藏卜（Kun dga' legs pa, 1432–1483）嗣位之後，諾藏巴依然在位。當公葛列思巴巡視藏地時，曾對他的舉止頗爲不滿。諾藏巴最後死於火狗年（1466）。[3] 可見直到1466年在後藏政治中扮演了重要角色的仁蚌巴應主要是諾爾布藏卜。

關於公都藏卜、頓珠多吉兄弟之生活年代未見有確切的記載。只説公都藏卜在吉剌思巴永耐兄弟時已經任職。按藏文史書記載，葛剌思巴永耐於水鼠年（1432）赴乃東繼位，年方十九。可按漢文文獻記載，則他是在正統五年（1440）才被明廷詔封爲闡化王，入掌伯木古魯派之政權的。[4]《新紅史》則明確地將公都藏卜兄弟劃爲公葛列思

---

〔1〕《西藏王臣記》，藏文版，頁159—160；郭和卿漢譯本，頁148。

〔2〕《新紅史》，藏文版，頁87—88、89—90；黄顥漢譯本，頁91、93。

〔3〕《新紅史》，藏文版，頁91—92；黄顥漢譯本，頁94—95。

〔4〕《明實録・英宗》卷六六，正統五年四月壬午條："遣禪師葛藏、昆令爲正副使，封伯木竹巴灌頂國師吉剌思巴永耐監藏巴藏卜嗣，其世父爲闡化王，賜之誥命。錦綺、梵器、僧服等物，并賜葛藏導道里費。"

巴治下之重要代本，[1]後者至少要在其兄弟吉剌思巴永耐於1445年死後才繼位，而且更可能是在1457年，其父桑兒結藏巴藏卜死後纔正式嗣位，桑兒結藏巴藏卜於明正統十一年(1446)借襲闡化王位。[2] 而公葛列思巴本人則要到明成化五年(1469)纔由明廷賜封嗣闡化王位。[3]

綜上所述，我們很難設想公都藏卜和頓珠多吉兄弟有可能在1435年就已經分別搶奪了仁蚌宗本和桑珠孜宗本之職，更接近事實的是他們分別承襲了其父親的這兩個職位。雖說襲其父職不一定要等到其父過世(1466)之後，但恐也不會提前三十年。其時諸藏巴本人正年富力強，何以會如此早早地將這兩個重要的職務輕易地轉讓給他的兒子們呢？前引《新紅史》說根敦珠巴在桑珠孜建寺時，諸藏巴爲第巴當是事實。而頓珠多吉於1435年奪取桑珠孜一說則難以置信，而且事實上就是諸藏巴佔據桑珠孜的時間，也不是在1435年，而是在1477年。這在《根敦珠巴傳》中可以找到明確的證據，此傳中有云："陰火兔年(1477)冬季法會，[根敦珠巴]赴乃寧(gnas rnying)首期冬季法會居阿彌月(Amiyol)。……其後赴那塘(sNar thang)，舉辦第二屆冬季法會。法會後，當他在此間一座稀有彌勒佛像前祝禱正法普傳時，得到消息說：'桑珠孜落入了仁蚌巴之手。'"[4]桑珠孜政權易手正好發生在根敦珠巴緊鑼密鼓地籌建扎什倫布寺之時，此容後述。

筆者認爲仁蚌巴頓珠多吉於1435年奪取桑珠孜一說係後人附會，原因不在於仁蚌巴確於是年發難，反叛其昔日主子，用武力奪取了後藏要地桑珠孜；而是此時在伯木古魯派內部發生了所謂"虎年之亂"或"內訌之年"。虎年(1434)，伯木古魯巴之宗教領袖京俄·鎖南監藏圓寂。此時，因京俄支持其子吉剌思巴永耐，而未曾登上伯木古魯第悉之位的桑兒結藏巴藏卜窺伺王位，乘機發難，引發了一場內亂。雖然吉剌思巴永耐於翌年(木兔年，1435)將其父趕往雅伽，而大致平息了這場內亂，但從此以後伯木古魯巴一蹶不振，走上了衰亡之路。所以，後世史家習慣於將此年當成伯木古魯巴和仁蚌巴兩個統治時代的分界綫。而事實上，此年只是仁蚌巴勢力高漲的開始，他正式取伯木古魯巴而代之是遠在此年之後發生的。仁蚌巴從窮結巴奪取桑珠孜，並取代伯木古魯巴統治

〔1〕《新紅史》，藏文版，頁92；黃顯漢譯本，頁95。
〔2〕《明實錄·英宗》卷一四二，正統十一年六月庚子條："故闡化王吉剌思巴永耐監藏巴藏卜父桑兒結藏巴藏卜借襲闡化王，命禮部遣官賫敕及采幣等物用來使綽思恭巴等，往給賜之。"
〔3〕《明實錄·英宗》卷六二，成化五年正月辛巳條："命灌頂國師闡化王桑兒結堅參叭兒藏卜男公葛列思巴中奈領占堅參巴藏卜……襲其父王爵。"
〔4〕《根敦珠巴傳》，葉27下。

藏地大部分地區是在 1447 年,此時的桑珠孜宗本當是諾藏巴,而不是其子頓珠多吉。而仁蚌巴頓月多吉(Don yod rdo rje,諾藏巴之子)最後奪取乃東,並統治烏思地區更是在鐵鼠年,即 1480 年發生的。如果一如後世藏族史家將仁蚌巴奪取桑珠孜作爲西藏歷史上的一個分水嶺來劃分伯木古魯時代和仁蚌時代的話,那麼伯木古魯統治西藏的時間將不是八十餘年,而是將近一百年。

三、施主與福田:霍爾·班覺藏布和根敦珠巴

在否定了仁蚌巴於 1435 年佔領桑珠孜一說之後,Wylie 反駁五世達賴所持班覺藏布爲扎什倫布寺建寺施主一說的理由也就不成立了。但是,五世達賴的這一說法是否就是正確的呢?回答同樣是否定的。從《根敦珠巴傳》的記載中可知窮結巴確與根敦珠巴建立了施供關係,但他們不是扎什倫布建寺的直接施主。

陽土馬年(1438),已以"一切智"名滿烏思藏的根敦珠巴再次來到烏思諸寺遊學。他曾在甘丹寺隨強孜哇法主南喀班哇(Byang rtse ba Chos rje nam mkha' dpal ba)和切喀巴鎖南倫珠巴('Chad kha pa bSod nams lhun grub pa)學法,時達一年有餘。其後,他萌生了前往工布雜日或朵思麻擇地靜修的念頭,而強孜哇和切喀巴則有意立他爲甘丹寺兩大扎倉之一的強孜扎倉的住持,故設法挽留他。恰好在這個時候,從藏地派來迎請他回後藏的使者來到了甘丹寺。據《根敦珠巴傳》載:

> 迎請使者懇切請求[根敦珠巴]師徒一同前往藏地,且云:"若他們在藏地講授顯密經典,則桑珠孜哇也會充當施主,故務請前往。"於是,他便應邀於陽鐵猴年(1440)就道赴藏地。[1]

由此可見,是桑珠孜哇有可能對他在藏地傳播格魯巴教法予以支持的承諾促使根敦珠巴放棄去工布、雜日或朵思麻擇地靜修的夙願,並婉言謝絕其師長的美意,去擔任強孜扎倉的住持,而毅然決然地走上了返回藏地的道路。而桑珠孜哇也並未食言,確曾予其以有力的支持。《根敦珠巴傳》中記載,他離開甘丹寺後,

> 到達那塘,在那塘和強欽(Byang chen)二寺廣弘佛法。特別是在那塘著《毗奈耶經廣因緣集注》和《別解脫經注》。其後,桑珠孜哇迎請法主師徒二人[指根敦珠巴與其師尊喜饒僧格(She rab seng ge)——譯者],並依次爲其講授顯密經典提供

---

[1] 《根敦珠巴傳》,葉 22 上、下。

吉祥順緣。[1]

幾年之後,至陽火虎年(1446),根敦珠巴有意在後藏建造一座格魯巴寺院。

在那塘,法主告其近侍大弟子名頓珠葛剌思巴(Don grub grags pa)者曰:"我此生受法主喜饒僧格恩情最大。爲報答其恩情,在教法方面,我將講授經典,作出成就;而在這紛亂世界之物質享用方面,我欲建造一座寺院,以成一凸顯之成就,而這一座寺廟的住地則望在那塘或其周圍任一佛燈常流不息之地。此乃吾之心願,務望玉成。"對此頓珠葛剌思巴答曰:"你等大德需要一具大力之施主。我實無供物可施,故以此間爲寺廟之住地不妥。"對此法主極爲沮喪。他轉而又向僧格孜(Seng ge rtse)爲此寺院求一經地,曰:"在班頂或在雪域任一合適的地方均可。"但因別的寺院出於貪嗔而從中加以阻攔,又未成功。轉而,他又欲在囊賽吉丹(sNang gsal gyi ldan)附近建此寺院,但又因別的寺院從中作梗而沒有成功。"這下可如何是好?"法主思忖:"按當初法王宗喀巴顯示的授記和以後博東布佛母(Bo dong bu cha mo)顯示的授記,此寺院當在此地存在。特別是當初法主喜饒僧格自桑珠孜去那塘時,曾以手指(扎什倫布)這塊地方,並再三重申,他時時見到一個淨相的白髮蒼蒼的根敦珠巴在此講授經典。據此,此地當是建寺的好地方。"於是他立意在此建寺。一般而言,往昔上師和佛母曾作爲此預言,法主自己對此也深信不疑,故便如此暗中行事。其後思建造内寶(Nang rten),集手中所有的資産,得金十四錢。法主思忖,憑一己之力,恐不能建成此大寺,時郭日堪布(sGo rim khan po)和仲索達巴(Drung gsol dag pa)兩人懇切地説:"若此乃符合大寶法主(rJe rin po che,指宗喀巴——譯者)之意,則何不請第巴備茶、酒和飯菜請桑珠孜之諸貴族,法主自己屆時賜其以淨善和富號召力的教誡。"法主應曰:"那就照此辦理。"於是,他作爲施主、僧衆和弟子們廣作淨善而又富於鼓動性之教誡;一日間便得青稞上千克(藏斗)和大量金銅等布施,其中主要有達吉巴(Dar rgyas pa)的一個鑲嵌有許多珍寶的金馬鞍和一個金打火器,朵仁巴(rDo rings pa)的一金,壯察哇(Brang tshal ba)的一金和傑巴爾巴(rGyal bar pa)的一金等,他將這些布施和其後漸次得到的資具放在桑珠孜。[2]

緊接着,他暫且放棄立刻建寺的念頭,而於陰火兔年(1447)冬季法會趕往乃寧,當

[1] 《根敦珠巴傳》,葉22下。
[2] 《根敦珠巴傳》,葉26上、27上。

他在那塘做完是年第二期冬季法會時,得到消息説桑珠孜落入了仁蚌巴之手。由此可知,在 1447 年桑珠孜被仁蚌巴佔據以前,確有一位不具名的桑珠孜哇與根敦珠巴結成了施供關係。他促成了根敦珠巴於 1440 年返回後藏,并支持其以後在後藏傳教,對根敦珠巴最後決計在桑珠孜建寺也起了重要的作用。這位不具名的桑珠孜哇很可能就是窮結巴·霍爾·班覺藏布,至少也是來自窮結霍爾家族的成員。

儘管桑珠孜宗的名字已經出現在伯木古魯派大司徒賞竺監藏(1302—1364)首建烏思藏十三宗的名單之内,但明確見於史乘記載的桑珠孜宗本(或稱第巴)在仁蚌巴之前,卻只有乃烏巴·班丹曲袞(sNe'u ba chos skyong)和窮結巴·霍爾·班覺藏布二人。班丹曲袞是著名的乃烏宗本、宗喀巴的主要施主之一南喀藏卜的同父異母兄弟。據五世達賴記載他曾一度(thog cig)擔任娘麥、桑珠孜宗本。[1] 但其家族在仁蚌巴奪取政權以前一直世襲乃烏宗本職。他任桑珠孜宗本時間當不會太長。任職時間或許在班覺藏布之先。班覺藏布出身於來自窮結、傳説源於古印度的薩霍爾(Zar Hor)家族,是五世達賴喇嘛的同族前輩。這個家族的軟奴藏卜(gZhou nu bzang po)是賞竺監藏之重臣,爲後者與薩思迦巴搶奪天下立下了汗馬功勞。從此這個家族便成了伯木古魯時期最重要的封臣之一。

關於班覺藏布,最詳細的記載見於《西藏王臣記》,其云:

> 班覺藏布承侍才喜薩瑪(Tshes bzhi gsar ma),被任命爲娘麥桑珠孜宗本;以後又被任命爲軍事長官,不遺餘力地報血仇,有羅刹見之也要發抖的勇武之志。與一切智根敦珠巴建立了施供關係,得到了對二世佛陀宗喀巴之宗義的信解。他將一部存於桑珠孜,擁有一切智之手迹和手印的甘珠爾經迎往青哇達孜(Phying bar stag rtse,窮結宗之全稱,原爲吐蕃王朝早期官寨名——譯者)。[2]

這兒提供的唯一年代綫索是班覺藏布於才喜薩瑪時就已供職於伯木古魯派。才喜薩瑪名葛刺思巴賞竺(Grags pa byang chub),生於火猴年(1356),長宗喀巴一歲,曾爲後者之上師,十六歲時任鄧薩替(gDan sa thil)寺之京俄,十九歲坐乃東孜之法臺,死於火虎年(1386),時年三十又一。[3] 若如五世達賴所説,班覺藏布於才喜薩瑪時已就任桑珠孜宗本之職,則《新紅史》所載他與宗喀巴建立了施供關係是完全有可能的,因爲他們

〔1〕《西藏王臣記》,藏文版,頁 173;郭和卿漢譯本,頁 160。
〔2〕關於窮結霍爾家族見陳慶英、馬林《西藏山南窮結家族》,臺灣"國立政治大學"《民族學報》1993 年第 20 期,頁 85—105。關於班覺藏布見《西藏王臣記》,藏文版,頁 167;郭和卿漢譯本,頁 154。
〔3〕《新紅史》,藏文版,頁 83;黃顯漢譯本,頁 85。

正好應該是同時代人。而相反若説他與根敦珠巴之間建立了施供關係,甚至充當了扎什倫布寺建寺之施主,雖不是毫無可能,但這種可能性實在不大。因爲即使班覺藏布是在才喜薩瑪去世時的 1386 年才被任命爲桑珠孜宗本,那麼至建造扎什倫布寺的 1447 年,中間也已相隔了六十餘年。

前引《新紅史》稱:窮結巴桑兒結伽巴哇貢獻了建扎什倫布寺之地圖(基)。這位桑兒結伽巴哇當是班覺藏布之弟。[1]《根敦珠巴傳》中對誰貢獻了扎什倫布寺之住地語焉不詳。只説根敦珠巴在到處碰壁之後,便根據宗喀巴和博東佛母及喜饒僧格的預示,決定在扎什倫布這塊地方建寺。實際上,扎什倫布直接在桑珠孜宗的眼皮底下,若没有桑珠孜宗本的許可,恐怕根敦珠巴是不可能在此建寺的。所以,如《新紅史》所載,這塊地皮的施主是桑兒結伽巴哇當更近事實。他的名字出現在吉剌思巴永耐統治時期之主要第本(sde dpon)的名單中,與仁蚌巴諾藏是同時代人。[2] 有可能他繼承了其兄桑珠孜宗的本職。

至此我們可以肯定,五世達賴喇嘛所堅持的根敦珠巴建扎什倫布寺時的桑珠孜宗本仍是窮結巴·霍爾·班覺藏布一説是靠不住的。桑珠孜恰好是在扎什倫布建寺前夕落入仁蚌巴手中的。另外,五世達賴提出的班覺藏布與根敦珠巴之間結有施供關係一説雖不無可能,但從時間上來看,更可能是他的弟弟桑兒結伽巴哇支持了根敦珠巴在桑珠孜建扎什倫布寺。

四、誰是扎寺建寺的真正施主

即使霍爾·班覺藏布有可能與根敦珠巴建立過施主與福田的關係,甚至扎什倫布寺這塊地皮也可能是窮結巴貢獻的,但他們不可能是扎寺建寺的真正施主,因爲在根敦珠巴於 1447 年夏動工興建扎寺,桑珠孜宗就已從他們手中轉移到了仁蚌巴手中。隨後,他們當離開了桑珠孜,《根敦珠巴傳》中再也没有出現過桑珠孜哇的名字。班覺藏布本人似無子嗣,其弟公喬輦真(dKon cog rin chen)之子霍爾·多吉才旦(Hor rDo rje tshe brtan)承侍王吉剌思巴永耐昆仲,任執法大臣。後在青哇達孜之形如大象的山上建日窩德欽寺(Ri bo bde chen gyi gtsug lag khang)和寺中之身、語、意三門法寶。[3] 顯

---

〔1〕《西藏王臣記》,藏文版,頁 167;郭和卿漢譯本,頁 154。黃顥將其誤認作班覺藏布之三子,見《新紅史》黃顥漢譯本,頁 279,注 432。"地圖"藏文原文作 sa khra,此詞或可作 sa cha 一詞理解,意爲一塊地方、地基;或可理解爲用圖標明四至的一塊地基,否則"貢獻地圖"一句無法理解。

〔2〕《新紅史》,藏文版,頁 89—90;黃顥漢譯本,頁 92—93。

〔3〕《西藏王臣記》,藏文版,頁 167—168;郭和卿漢譯本,頁 155。

然,班覺藏布之後裔的活動範圍不再是桑珠孜,而是烏思地區,更精確地説是轉到了其根本之地——窮結。

據《根敦珠巴傳》的記載,扎寺建寺之真正施主應是桑珠孜的一些地方貴族,其中又以達吉巴頭領鎖南班藏卜(bSod nams dpal bzang po)爲主。《黄琉璃》與《宗喀巴傳》中所收《根敦珠巴簡傳》中的那條相同的記載當即本於此。如前所述,在扎什倫布寺的建築正式破土動工之前,達吉巴、朵仁巴和傑巴爾巴等就已布施給根敦珠巴上千克青稞和大量金、銅。此後,又是在他們的堅持和贊助下,扎什倫布寺才得以在桑珠孜建成。

根敦珠巴在得知桑珠孜落入仁蚌巴之手后不久又回到了桑珠孜。從此年夏天開始在桑珠孜的扎瑪拉章(Brag dmar bla brang)建寺。翌年,即藏曆龍年(1448)三月,一座高25米的佛像建成。此時,就究竟在哪兒建寺一事,又出現了反覆。《根敦珠巴傳》中對此有下列記載:

> 其後,法主思忖將此佛像迎請至上方(yar phyogs)賜達吉巴甲、冑、刀等三件禮物,遂興起議論。朵仁巴之長官曰:"法主,您自己是能向三寶祈願之人,請求告三寶,作一授記預示此像置於何處將最有易於有情衆生和正法。在上、下方之分別沒有決定以前,請就將它安放在這裏。"達吉巴則説:"不管此像安放於何處,我將爲此寺廟善作服務。故請施主與福田不要互相分隔甚遠。"於是,聚集桑珠孜許多居家和遊方之僧人,祝禱度母,遂現授記曰:"此像應安放在這裏。"[1]

從這一故事中或可見到桑珠孜政權易手對扎什倫布寺之建造所造成的一些影響,否則根敦珠巴既早已決定在此地建寺,何以在大佛像建成之後,又再起何處建寺的議論呢?而在其施主、桑珠孜地方貴族們的堅持之下,根敦珠巴才得以不改初衷,繼續在此地建寺。《根敦珠巴傳》接着説:

> 其後,爲此廟奠基。達吉巴長官鎖南班藏卜擔任主要施主(dNgos kyi sbyin bdag)。於名勝生之陰火兔年(1447)九月上弦吉日,法主和施主一起來到此地,廣祐擁地,拋撒朵馬於當方土地神等法事,議定建廟宇、拉章和章康之具體地點。爲廟宇和中心内殿奠基,建具吉祥扎什倫布大寺——超越萬丈之洲。[2]

> 待扎什倫布寺最後建成之後,"達吉巴内官鎖南班藏哇又將其莊園之租税和

---

〔1〕 《根敦珠巴傳》,葉28 上、下。
〔2〕 《根敦珠巴傳》,葉28 下。

其屬民所交税收（sde chags）等收入作爲此寺院之根本之需（gzhi zten）獻給根敦珠巴，並布施每年夏季法會之俸給（gsol phogs）"。[1]

至此，本文的論題實際已經水落石出。扎寺建寺之施主應是達吉巴内官鎖南班藏哇。可惜，筆者找不到有關這位施主及這個家族的進一步的資料。在今西藏自治區日喀則縣境内有達吉公社，古稱 Dar rgyas，今稱 mTha' rgras，或許就是當時達吉家族的封地。另外當時有一名司徒鎖南班者，與其妻釋迦班一起，曾作喜饒僧格的施主，在倫布孜寺講授密教，釋迦班則在扎寺建寺以前，也曾多次充當過根敦珠巴的施主，這位司徒鎖南班或許就是達吉巴鎖南班。[2] Wylie 認爲："在此人得到進一步確認之前，我們只能假設他是一位與日喀則的仁蚌統治者有些聯繫的官員，後者在扎什倫布寺建寺時，至少在形式上仍支持伯木古魯派之貢瑪。"[3]但從《根敦珠巴傳》中所提供的資料來看，這位達吉巴，以及朵仁巴、壯哇、傑巴爾等不應該是仁蚌巴統治下的地方官員，而是當時桑珠孜的地方貴族（mi drag pa）；他們不直接隸屬於仁蚌巴的統治，這可從他們的桑珠孜政權易手之後仍一如既往地支持根敦珠巴在桑珠孜建寺這一點中看出，從他們這一例子中也可以看出，在當時的西藏社會中，除了以往薩思迦時代相對政教合一的大貴族，如烏思的牙里藏不、必里公、伯木古魯、擦里八和藏的拉堆絳、江孜、沙魯、出密等，和伯木古魯時代的家臣貴族，如窮結巴、仁蚌巴、乃烏巴等以外，還存在於一些地方小貴族，他們也擁有自己的莊園和居民，坐收利税，有較強的經濟實力，在政治上也處於相對獨立的地位。在這些貴族中，有些一直延續到近代，這兒提到的朵仁巴就是其中之一。朵仁巴，又名噶希（dGa' bzhi pa），是西藏最有名的幾個屬於第本（sde dpon）類貴族的家族之一，直到近代，這類貴族的政治重要性和家族利益仍是純地方性的，他們從不在中央政府内任職，朵仁巴的莊園位於江孜的北部。[4]

在弄清了仁蚌巴何時佔據桑珠孜和誰是扎寺建寺的真正施主這兩個問題之後，我們不妨再回過頭來看看班禪·鎖南葛剌思巴載録的那個被五世達賴斥爲"無稽之談"

---

〔1〕 《根敦珠巴傳》，葉31上。
〔2〕 關於司徒鎖南班見《黄琉璃》，頁99、249；釋迦班曾多次當過根敦珠巴在後藏傳法時的施主，特別是他充當了根敦珠巴在强欽寺（Byang chen）建德欽宫（theg chen pho brang）的施主。詳見《根敦珠巴傳》，葉19下；《黄琉璃》，頁261。司徒鎖南班和其妻釋迦班似乎是格魯巴在後藏最大的施主。他們支持喜饒僧格在薩思迦巴的腹地——倫布孜和賽地（srad）傳法，建立格魯巴的教法傳統。
〔3〕 Whlie 上揭文，頁323。
〔4〕 關於朵仁巴家族參見 L. Petech, *Aristocracy and Government in Tibet*, 1728－1959, p. 50, Rome, 1973；也參見 C. Bell, *The people of Tibet*, pp. 92－93,98, Oxford, 1928。

的故事。從《根敦珠巴傳》中透出的信息來看,桑珠孜政權的易手雖未對扎寺的建立造成很大的消極因素,但確也産生過明顯的波折,這個波折正好印證了鎖南葛剌思巴筆下的那個故事。一方面它至少反映出仁蚌巴不像其前任窮結巴那樣熱心支持根敦珠巴在此建寺,但另一方面又證明他也確實未予以阻止。要是仁蚌巴激烈反對的話,那麼根敦珠巴即使得到達吉巴、朵仁巴等地方貴族的支持,恐怕也不可能如願在桑珠孜建寺。因爲此時的仁蚌巴正如日中天,其權勢是那些地方貴族們根本無法比擬的。在《新紅史》的那個故事中,仁蚌巴諾藏聲稱,他未對根敦珠巴建寺予以資助,這在《根敦珠巴傳》中也得到了證明。除了記載這次政權易手的消息以外,此傳中再也沒有出現過仁蚌巴的名字。

　　至於薩思迦喇嘛法主鄂爾巴建議仁蚌巴阻止根敦珠巴建寺一事,恐也絶非空穴來風。這位法主鄂爾欽巴當即是薩思迦巴最主要的分支之一,於 15 世紀前半期建成的鄂爾巴派的創立者鄂爾欽公哥藏卜(Ngor chen Kun-dga'-bzang-po,1382－1456)。他在1429 年建立了此派主寺鄂爾埃旺寺(Ngor E-wam-chos-sde),此寺位於那塘寺和薩迦寺之間,離那塘只有步行半天的路程,所以若根敦珠巴在此建一格魯巴的大寺院,受到這位鄂爾欽的阻止也當是情理中事,儘管在他和根敦珠巴之間也曾有師主之誼。[1] 薩思迦雖經元之影響,其在西藏的統治地位早已被伯木古魯巴取代,但他們在後藏仍舉足輕重。根敦珠巴有意建寺的地方,如僧格孜(今薩迦縣申格則公社)等,直接在薩思迦巴的眼皮底下;故他受到薩思迦巴寺院的阻止是不難理解的。從前引《根敦珠巴傳》中,我們可以看到在根敦珠巴醞釀建寺時,確因別的寺院阻撓而到處碰壁。只是撰者意希孜摩德行高深,有意隱去了這些寺院的名字。饒有興趣的是,他點了香巴噶舉巴大師、西藏歷史上的傳奇人物唐東傑波(Thang stong rgyal po,1385－1509)的大名,此公曾阻止造像的工匠前往桑珠孜爲根敦珠巴服務。[2]

　　綜上所述,就本文論題而言,班禪·鎖南葛剌思巴的記載當符合當時的歷史事實,

　　〔1〕 關於鄂爾巴見 David P. Jackson, Sources on the chronology and succession of the Abbot of Ngor E-wam-chos-tdan, *Berliner Indologische Studien*, Band 4/5, pp.49－94, Reinbek, 1989; A Ferrari, *Mkhyen-brtses Guide to the Holy Places of Central Tibet* P. No.468、469、470, Roma, 1958.《根敦珠巴傳》載,當他初次到達烏思時,曾作爲大菩薩公藏哇(Sems dpa' chen po kun bzang ba)的僕從前往扎西朵喀(bkra shis do kha)聽宗喀巴説法。見《根敦珠巴傳》,葉 12 下。

　　〔2〕 《根敦珠巴傳》,葉 38 上。關於唐東傑波見 Cyrus Stearns, *The life and Teachings of the Tibetan Saint. Thang-Stong rGyal-Po. " King of the Empty Plain"*, University of Washington, 1980. Janet Gyatso, *The literary Transmission of the Traditions of Thang-Stong rGyal-Po: A study of visionary Buddhism in Tibet*, ph. D. diss., University of California at Berkeley; 以及 Janet Gyatso 的另一篇文章: *Genre, Authorship, and Tranmission in visionary Buddhism*; *The literary Traditions of Thang-stong rGyal-Po*.

他確是一名當之無愧的大學者。五世達賴對他們的批評實有失之公允。實際上就本文所及內容而言，犯錯誤的不是鎖南葛剌思巴而是達賴自己武斷地堅持霍爾·班覺藏布是扎寺建寺之施主。

（原載《內陸亞洲歷史文化研究——韓儒林先生紀念文集》，南京大學出版社，1996年，頁525—543）

漢藏文版《聖觀自在大悲心惣持功能依經錄》之比較研究

——以俄藏黑水城漢文 TK164、165 號，藏文 X67 號文書爲中心

一、引　言

　　於黑水城出土的漢文佛教文獻中，有許多西夏時代新譯的漢文佛經。這些漢譯佛經從未被收錄入現有的各種版本的漢文大藏經中，故不但至今未被人重視和研究過，而且還曾被人疑爲僞經。於晚近出版的《俄藏黑水城文獻》中，至少有下列六部佛經屬西夏新譯而未被漢文大藏經收錄者，它們是：

　　1.《佛説聖大乘三歸依經》（TK121）

　　2.《佛説聖佛母般若波羅蜜多心經》（TK128）

　　3.《持誦聖佛母般若多心經要門》（TK128）

　　4.《聖觀自在大悲心惣持功能依經錄》（TK164、165）

　　5.《勝相頂尊惣持功能依經錄》（TK164、165）

　　6.《聖大乘聖意菩薩經》（TK145）

　　這幾部佛經都爲西夏仁宗時代（1139—1193）於蘭山寺翻譯、刊刻，且都有同時代的西夏文譯本傳世。雖然它們被指稱爲直接譯自梵文，參與譯事的有"天竺大般彌怛五明顯密國師在家功德司正囔乃將沙門拶也阿難捺"，但與其對應的梵本全本已不易找見，祇有與其對應的藏文譯本的存在可以證明它們確實是西夏新譯的真經。[1]　於上列六種佛經中，祇有與《持誦聖佛母般若多心經要門》對應的藏文譯本尚無法確定，其他五種佛經的藏文本都不難找見，可確證其非僞經。毫無疑問，這幾部西夏新譯佛經不但可補漢文佛教經典之不足，理應被增收到漢文大藏經之中，而且亦應該受到佛教學

────────────────

〔1〕　參見孟列夫著，王克孝譯，《黑城出土漢文遺書敍錄》，銀川：寧夏人民出版社，1994 年，頁 152—158；沈衛榮，《序説有關西夏、元朝所傳藏傳密法之漢文文獻——以黑水城所見漢譯藏傳佛教儀軌文書爲中心》，《歐亞學刊》第 7 輯，《古代內陸歐亞與中國文化國際學術研討會論文集》（下），北京：中華書局，2007 年，頁 159—167。

者的重視和研究,令其於西夏佛教研究,乃至對整個佛學研究之價值得到充分的認識。

筆者有意對這幾部佛經逐一作漢、藏譯之比較研究,本文擬先對其中的《聖觀自在大悲心惣持功能依經録》之漢、藏兩種譯本作對勘、比較。希望通過對這部陀羅尼經的研究增進我們對西夏時代佛教於党項、回鶻、西藏和漢民族間的流傳的了解。

二、漢譯《聖觀自在大悲心惣持功能依經録》

漢譯《聖觀自在大悲心惣持功能依經録》與《勝相頂尊惣持功能依經録》及《御製後序發願文》合爲一卷宗,西夏刻本。於俄藏黑水城文獻中現存有同一刻本的兩個印本,分別爲 TK164 和 TK165 號。蝴蝶裝,白口,版心題"大悲"、"尊勝"、"後序",下有頁碼。TK164 文前冠佛畫三幅,分別爲《佛陀坐蓮臺説法像》、《四面八手觀自在菩薩坐像》和《千面千手觀自在菩薩坐像》。《聖觀自在大悲心惣持功能依經録》長十頁,TK164 和 TK165 都有不同程度的殘闕,若將二者相合,則可幸得其完璧。[1] 兹先照録其原文如下:

梵言:摩訶引葛哴禰葛捺没阿

阿幹浪雞帝説吟嗦吟禰阿寧

薩分怛須引嘚囉引二合三仡哩分怛[2]

此云聖觀自在大悲心惣持功能依經録

詮教法師番漢三學院兼偏袒提點嚷卧耶沙門鮮卑

寶源奉　　　　　　　　敕譯

天竺大般彌怛五明顯密國師在家功德司正嚷乃將沙門嘮

也阿難捺　　　　　　傳

敬禮聖大悲心觀自在

　　　　大悲　　　　　　　　一

如是我聞,一時佛在波怛嚇山聖觀自

在官,與無量無數大菩薩俱。

爾時聖觀自在菩薩於大衆中起,合

---

〔1〕 參見孟列夫上揭書,頁152—154;原版影印見《俄藏黑水城文獻》卷四,上海:上海古籍出版社,1997年,頁41—51。

〔2〕 即 *mahākārunika-nāma-āryāvalokiteśvaradhāraṇi-anuśaṃsāhitasūtrat saṃgṛhīta*。

掌恭敬。白世尊言：我有大悲心惣持，
爲諸有情令滅重罪、不善、魔、障，一切
怖畏，令滿一切所求，故願許聽説。
佛言：善男子！汝以大悲欲説呪者，今正
是時，宜應速説。我與諸佛，皆作隨
喜。聖觀自在菩薩白世尊言：若有
蒭苾蒭尼優婆塞優婆夷童男童女
受持讀誦者，於諸有情，應起悲心。先須
如是發誓願言：

敬禮大悲觀自在　　願我速達一切法
敬禮大悲觀自在　　願我速得智慧眼
敬禮大悲觀自在　　願我速能度有情
敬禮大悲觀自在　　願我速得善方便
敬禮大悲觀自在　　願我速乘智慧船
敬禮大悲觀自在　　願我速得越苦海

　　　　大悲　　　　　　　　二

敬禮大悲觀自在　　願我速得戒足道
敬禮大悲觀自在　　願我早登涅盤山
敬禮大悲觀自在　　願我速入無爲宮
敬禮大悲觀自在　　願我速同法性身

　　我若向刀山　　刀山自摧折
　　我若遇沸湯　　沸湯自清涼
　　我若向地獄　　地獄自枯竭
　　我若向餓鬼　　餓鬼自飽滿
　　我若向非天　　惡心自消滅
　　我若向傍生　　自得大智慧

如是發願已，志心稱念我之名字，
亦應專念我導師無量光如來。然後
應誦惣持一遍或七遍者，即能超滅百
千億劫生死重罪。若有誦持大悲呪

者,臨命終時十方諸佛皆來授手,隨

願往生諸淨土中。又白佛言,若有衆生,

誦大悲呪,墮惡趣者,我誓不取

正覺。若誦此呪,不能剋獲無量等

　　　大悲　　　　　　三

持及辯才者,我誓不取正覺。若誦

此呪,一切所求不成就者,不得名爲

大悲心呪。唯除不善、心不專者。若

有女人厭女求男,誦大悲呪不成男

子者,我誓不取正覺。若少疑惑,願

必不果。說是語已,於大衆中端坐合

掌,於諸衆生起大悲心,熙怡歡悦,說

此廣大圓滿無礙大悲心微妙惣持章

句曰:

其心呪曰:

唵　　　麻祢　　　鉢呢二合銘吽

其惣持曰:

唵　捺麼　囉嘚捺　嘚囉二合夜引耶捺

麼　　　　啊引吟夜二合啞引幹邏雞帝説囉引

也磨㜀薩咄引也　麻訶薩咄也麻訶

引葛嚕祢葛引也怛寧達引唵薩

嚩末嗦捺齊呢捺　葛囉引也薩嚩

巴引鉢薩麼呢囉二合嗚趣折捺葛囉

　　　　大悲　　　　　　　　四

引也薩嚩月引㜀不囉二合舍麻捺葛

囉引也　薩嚩咪帝　嗚巴呢囉二合幹

覺捺折捺葛囉引也　薩嚩　末英商

嘚囉二合引捺引也　怛星　捺麻　厮屹冷

二合膽嗢嗦合口啞引吟夜二合啊幹邏難

矴説囉怛幹祢嚩干嗬緊捺麻呢哩

二合嗉剡　啞斡吟二合怛英折引銘薩嚩

啊吟二合　達薩嗉捺　熟末　精怛　捺薩

嚩薩咄喃引巴引鉢麻冷二合遏覺带

嗉葛怛寧達引　啊斡邏雞　邏葛麻帝

邏葛遏帝　嗌形兮麻訶引磨殱薩

咄形磨殱薩咄　形麻訶引磨殱薩咄

形不吟二合也磨殱薩咄形葛嚕你葛斯

麻二合囉嗞哩二合嗉剡嗌形兮啊吟夜二合

啊斡邏雞帝説囉引鉢囉麻眛引㘔哩

二合即怛　葛嚕你葛　光哴光哴葛吟

二合嚅薩引嗉也薩引嗉也　覺涅　合口　寧兮

寧兮　銘　啊囉　上腭　吃嚅　吃麻　覺吭

　　　　　　　　大悲　　　　　　　　　五

吃麻　西嗉　養雞説囉　餎護餎護委

吟二合闍矴　麻訶　委吟二合闍矴　嗉囉嗉

囉　嗉囉你説囉喔莘喔莘　覺麻莘

啊麻莘　麼吟二合帝　啊吟夜二合　啊斡邏

雞帝説囉　屹哩二合實捺　啊嘴捺嘮怛

引麻孤怛　啊蘭屹吟二合怛　舍哩引囉

攬末　不囉二合攬末　覺攬末　麻訶引

西嗺　須嗉引嗉囉　末莘末莘　麻訶

末莘　麻莘麻莘　麻訶麻莘　喔莘

喔莘　麻訶喔莘　屹吟二合實捺二合鉢屹

折　屹吟二合實捺斡吟二合能屹吟二合

實捺二合　鉢舍你吟二合遏引怛捺形鉢

嗺麻二合訶斯怛二合嘮也葛囉你舍引捹

吟説囉　屹吟二合實能二合薩吟二合鉢　屹

吟二合怛也　吃濃鉢委引怛　嗌形嗌形

斡囉引訶　麼渴嗐吟二合波囉捺訶你

説囉　捺引囉引也能　末莘嚕鉢委

　　　　　　　　·324·

舍嚇引吟兮　你鋅干達兮麻訶引訶
　　　　　　大悲　　　　　　六
鋅引訶嚇引　永舍你吟二合嘴怛　　邏
葛星　囉吃永舍捺引舍捺緻切身
舍永舍捺引　舍捺　麼訶永舍捺
舍捺　你吟二合　麼屹折捺　和羅和羅
麼拶麼拶麼和羅麼和羅　訶引鋅
訶引嚇麻訶引鉢嗯麻二合捺引沒緊
薩囉薩囉　西吟西吟　桑喨桑喨
目涅目涅　目嚇也目嚇也　目嚇也引弥
怛幹你鋅干達　哝形哝形你鋅干達
哝形哝形幹引麻斯定二合怛鐵訶麼
渴訶薩訶薩　麼拶麼拶　麻訶啊怛
噚訶引斯　你吟二合捺寧你　哝形哝形
磨磨　麻訶星嗯　養宜說囉　末嚇
末嚇　幹引拶合口哈薩引捺也　薩引嚇也
永涅哈　斯麻二合囉斯麻二合囉　端合口兮
末遏剟邏葛引　啊幹邏雞　斯端合口
怛達引遏怛　嚇嚇形弥　嚇吟舍喃不
囉二合薩嚇也弥莎訶　星嚇引也　莎訶麻
　　　　　　大悲　　　　　　七
訶星嚇引也　莎訶　星嚇養宜說囉引
也　莎訶　你鋅干達也莎訶　幹囉訶
麼渴也　莎訶　纖訶麼渴也　莎訶麻
訶引捺吟纖訶　麼渴也莎訶　西嚇
永涅引嚇囉引也　莎訶　鉢嗯麻二合訶
斯怛引也　莎訶　引麻訶引鉢能麻訶斯
怛也莎訶末唧囉二合訶斯怛引也　莎訶
麻訶引末唧囉二合訶斯怛引也　莎訶　屹
吟二合實捺二合薩吟二合鉢屹吟二合怛也吃

濃二合鉢委怛也　莎訶　麻訶引葛莘

麻光喝捺囉引也　莎訶　捝屹囉二合養

嘕嘕囉引也　莎訶　蟾渴奢没

嘕二合你吟二合噤引噤捺葛囉引也　莎

訶目噤捺葛囉引也　莎訶　幹引麻

廝干噤泥舍廝定二合怛　屹吟二合實

捺二合啊嘴捺引也　莎訶　幹引麻訶

廝怛月引吃吟二合捹吟二合麻你幹薩

捺也　莎訶　囉雞説囉引也　莎訶　麻

　　　　大悲　　　　　　　八

訶囉雞説囉引也　莎訶　薩嚩西

殯説囉引也　莎訶　囉屹折囉屹折

啗　莎訶　孤嚕囉屹折麼吟引二合帝喃

莎訶　捺麼　末遏幹帝　啊吟也二合啊

幹囉雞帝　説囉引也　磨殯薩咄也

麻訶薩咄也　麻訶葛嚕你葛也星涅

合口當名滿喝囉二合鉢噤引你莎訶

爾時,聖觀自在菩薩説惣持已,爲受
持者令除災害及諸魔故,説清净
偈曰:

　　　若行山谷曠野中　　或逢虎狼諸惡獸
　　　蚖虵蝮蝎鬼魅等　　聞此惣持不敢害
　　　若人乘舡入海中　　暴風毒龍摩竭獸
　　　施礙羅叉魚鼈等　　聞此惣持皆馳散
　　　若逢軍陣冤敵遶　　諸惡羣賊欲劫財
　　　一心若誦大悲呪　　彼等咸捨悩害心
　　　若人王法所收録　　囚禁杻械及枷鏁
　　　一心誦此大悲呪　　王起慈心得解脱

　　　　大悲　　　　　　　九
　　　若入鬼神行毒家　　授以毒食欲相害

一心稱誦大悲呪　變其毒食成甘露

女人臨難産厄時　諸魔所惱苦難忍

一心稱誦大悲呪　魔鬼散去得安逸

或中暴惡毒龍氣　熱病侵身受極苦

一心稱誦大悲呪　得除惹患壽延長

龍鬼熱惱而流腫　惡瘡癰癤澍膿血

一心稱誦大悲呪　三唾塗之尋自滅

有情不善濁所動　冤呪鬼神所逼惱

一心稱誦大悲呪　行災鬼神自歸伏

五濁重罪法滅時　癡心顛倒欲火燒

夫婦相背貪外染　晝夜三時無暫停

一心稱誦大悲呪　婬欲火滅除倒心

我若廣説惣持力　於一劫中無窮盡

若有誦持大悲呪者，若入流水或大海

中而沐浴者，於其水中，所有衆生身，

霑浴水諸所呵責一切重罪皆得消

滅。往生浄土，蓮花化生，再不復受濕

卵胎生，況受持者哉！受持讀誦此

惣持者，若行路中，大風觸身毛髮

及衣，若餘有情，過於風下，吹其身

者，所有一切重業罪障，消盡無餘。

更不復受三惡趣報，常生佛前。當

知受持大悲呪者，所獲福報，不可思議。

聖觀自在大悲心惣持功能依經錄

　　《聖觀自在大悲心惣持功能依經錄》不見於現存各種版本的漢文大藏經中，若將上錄文與見於漢文大藏經中的多部觀世音菩薩陀羅尼經對照，則不難發現，此經與唐西天竺沙門伽梵達摩（Bhagavadharma）譯《千手千眼觀世音菩薩廣大圓滿無礙大悲心陀羅尼經》之內容有諸多類同之處，但比後者簡短，遣詞造句亦多有不同之處。二者之間最大的區別則在於所列陀羅尼完全不同，見於《聖觀自在大悲心惣持功能依經錄》中的陀羅尼反而與大唐贈開府儀同三司諡大弘教三藏沙門金剛智所譯《千手千眼觀自在菩薩廣大圓滿無礙大悲心陀羅尼咒本》一致。

譯、傳《聖觀自在大悲心惣持功能依經録》的"詮教法師番漢三學院兼偏袒提點曩臥耶沙門鮮卑寶源"和"天竺大般彌怛五明顯密國師在家功德司正曩乃將沙門拶也阿難捺"乃西夏佛教史上的名人,後者是一位有名的天竺迦濕彌羅上師。20 世紀 80 年代於北京房山雲居寺發現的藏、漢合璧的西夏仁宗仁孝(1140—1193)年間所譯、明正統十二年(1147)重刊本《聖勝慧到彼岸功德寶集偈》亦是由他們譯、傳的。[1] 二者屬於同一時期、同一種類的作品。事實上,除了這兩部佛經以外,文首提到的《佛説聖大乘三歸依經》、《佛説聖佛母般若波羅蜜多心經》、《持誦聖佛母般若多心經要門》、《聖大乘聖意菩薩經》等幾部佛經儘管譯者各不相同,但都是由"奉天顯道、耀武宣文、神謀睿智、制義去邪、惇睦懿恭皇帝""詳定"、"重勘"的,即是説,它們都是在西夏仁宗皇帝的支持、贊助下譯傳、刊刻的。西夏仁宗皇帝時代顯然是西夏佛教史上的黃金時代。而那位天竺國師拶也阿難捺,即 Jayānanda,往西夏之前曾在西藏活動,約於 12 世紀中期,他曾於前藏桑浦乃烏陀寺(gSang phu ne'u thog)與時任該寺住持的西藏最著名應成中觀説的反對者之一喬巴溯思結桑哥(Phya pa Chos kyi seng ge,1109 – 1169)進行公開辯論,結果敗北,遂離開西藏而轉往五臺山。[2] 於《西藏文大藏經》中存有他的兩部著作,即説因明和中觀思想的短偈《思擇槌頌》(*Tarkamudgarakārikā-nāma*,*rTog ge tho ba'i tshig le'ur byas pa zhes bya ba*)和他對月稱(Candrakīrti)所造《入中觀疏》(*Madhyamakāvatārabhālya-nāma*)的釋論《入中觀注疏》(*Madhyamakāvatāra Ṭīkā-nāma*,*dBu ma la 'jug pa'i 'grel bshad ces bya ba*)。[3]

---

[1] 羅炤,《藏漢合璧〈聖勝慧到彼岸功德寶集偈〉考略》,《世界宗教研究》1983 年第 4 期,頁 4—36。

[2] Leonard W. J. van der Kuijp, "Jayānanda. A Twelfth Century Guoshi from Kashmir Among Tangut," *CAJ* 37/3 – 4 (1993), pp. 188 – 197.

[3] 《西藏文大藏經》,德格板,第 3869、3870 號。北京版《入中觀注疏》跋云,拶也阿難捺的這部釋論寫成於西夏(mi nyag)黃河之濱、五臺山之側之一座名爲"殊勝堡像"(Khyad par mkhar sku)的大寺院中。這兒所提到的五臺山指的不是山西的五臺山,而是寧夏的賀蘭山,或稱蘭山。賀蘭山中有五臺寺,今人疑即爲最近出土了許多西夏文、漢文藏傳佛教經典的拜寺溝。參見寧夏文物考古研究所,《拜寺溝西夏方塔》,北京:文物出版社,2005 年,頁 342—344。可爲此説提供佐證的是,北京版《入中觀注疏》跋後還有一段難以解讀的話,云:"'phags pa 'bum gsal ba ...? rdzogs pa zhes bya ba'i gtsug lag khang chen po'i 'dabs su / gnas brtan chen po ..? su ra ..? ma pa hyen gyon ..? da / di ..? shi'i phyag dpe la bris nas / sākya'i dge slong ..? smon ..? lam rgyal bas spyan drangs pa'o." 見 van der Kuijp 上揭文,頁 192;此段話或可譯作:"於稱爲 'Phags pa 'bum gsal ba rdzogs pa 的大寺院之側,大德沙門 hyen gyon 帝師手抄,釋僧願勝(sMon lam rgyal ba)迎請。"van der Kuijp 先生學風謹嚴,未對其中出現的寺名、人名加以推測。筆者於此不妨大膽推測,以求勝解。此云"'Phags pa 'bum gsal rdzogs pa"大寺,譯言:"聖十萬明滿大寺",即是拜寺溝寺的原名,"拜寺"或爲藏文"'bum gsal"的音譯;而此處所謂"Hyen gyon"帝師,或即指著名的"賢覺帝師"聖光菩薩。而賢覺帝師與拶也阿難捺爲同時代人則早已在他們共同參與《聖勝慧到彼岸功德寶集偈》之流傳一事中得到證實。

三、藏文版《聖觀自在大悲心惣持功能依經録》

　　儘管《聖觀自在大悲心惣持功能依經録》的内容與《千手千眼觀世音菩薩廣大圓滿無礙大悲心陀羅尼經》大同小異,但顯然不是同一來源,前者當爲西夏時新譯之佛經。從其題首專列梵文標題之音譯,又有天竺大般彌怛捄也阿難捺的介入,此經或有可能直接譯自梵文原典。然此梵典之全本今已不存,可以用來證明此經既非僞作,亦非根據其他同類經典改寫而成者,唯有與之對應的藏文文本。[1] 所幸此新譯佛經之藏文本很容易找到,它即是見於《西藏文大藏經》續部德格版第 723 號、北京版第 380 號的 *'Phags pa spyan ras gzigs dbang phyug thugs rje chen po'i gzungs phan yon mdor bsdus pa zhes bya ba*,日譯:《聖觀自在大悲尊陀羅尼なる利益經よりの攝》。此經的藏譯者是大名鼎鼎的卓彌大譯師釋智('Brog mi Śākya ye shes, 992/993－1043? /1072?),他是許多著名密宗經典,包括最近出土的西夏文譯本《吉祥遍至口和本續》之藏文原典《吉祥真實相應大本續》(*dPal yang dag par sbyor pa'i rgyud chen po*),亦即《三菩提本續》(或譯《三菩怛本續》, *Sa ~ pu Ýodbhavatantra*)的譯者。從其藏文標題來看,所謂"依經録",實意爲"於經中所集"或曰"集自諸經"(mdor bsdus),是故其内容與漢文大藏經中的《千手千眼觀世音菩薩廣大圓滿無礙大悲心陀羅尼經》和《千手千眼觀自在菩薩廣大圓滿無礙大悲心陀羅尼咒本》類同本當不足爲奇。於現存梵語文獻中有一部觀音菩薩陀羅尼經,其陀羅尼咒部分與《聖觀自在大悲心惣持功能依經録》中相應的部分完全一致,但全文則有很大的差異。[2]

　　兹謹將北京版《西藏文大藏經》中所見之《聖觀自在大悲心惣持功能依經録》照録於下,以作對照:[3]

---

　　〔1〕　於拙文行將提交付印之前,筆者於臺北"故宮博物院""數位博物館——佛經圖繪詳説"網站中,不無驚訝地發現,拙文討論的這部《聖觀自在大悲心陀羅尼惣持功能依經録》竟然亦見於該院收藏的於明永樂九、十年(1412—1413)結集的四卷本《大乘經咒》中。據稱,這部《大乘經咒》乃"集漢地民間流傳經咒,以及元代藏傳梵本所傳譯的咒語而成"。其中"卷二爲流行於漢地民間的咒語,如:無量壽佛真言、大悲觀自在菩薩惣持經咒、佛頂尊勝惣持經咒等",見 www. npm. gov. tw/dm/buddhist/b/b. htm. 。而事實上,其中的《大悲觀自在菩薩惣持經咒》和《佛頂尊勝惣持經咒》就是見於《俄藏黑水城文獻》TK164、165 號中的《聖觀自在大悲心陀羅尼惣持功能依經録》和《勝相頂尊惣持功能依經録》。可見這兩部西夏時代翻譯的漢譯陀羅尼經至少直到明朝初年依然流傳於漢地,以至被後人誤認爲是"流行於漢地民間的咒語"。對於《大乘經咒》中所見的西夏、元代藏傳佛教傳譯密咒,以及它們與俄藏黑水城出土文書的關係,筆者日後將著另文詳作討論。

　　〔2〕　參見塚本啓祥、松長有慶、磯田熙文編著,《梵語佛典の研究》IV,《密教經典篇》,京都:平樂寺書店,1989 年,頁 133—144。作者錯將藏文本《聖觀自在大悲心惣持功能依經録》與唐金剛智漢譯《千手千眼觀自在菩薩廣大圓滿無礙大悲心陀羅尼咒本》同定。

　　〔3〕　《影印北京版西藏大藏經》,東京-京都:鈴木學術財團,1951—1961 年,第 380 號,tsa 39b7－43a6。

39b7 rGya gar skad du / mahākārunika-nāma-āryāvalokiteśvaradhārani-anuśa ~ sāhitasūtrat saṃgṛhīta/bod skad du/'phags pa spyan ras gzigs dbang phyug thugs rje chen po'i gzungs phan yon mdor bsdus pa zhes bya ba/〔1〕 'phags pa spyan ras gzigs dbang phyug thugs rje chen po la phyag 'tshal lo//'di skad bdag gis thos pa dus gcig na/ bcom ldan 40a 'das ri bo po ta la spyan ras gzigs dbang phyug gi gnas na〔2〕 byang chub sems dpa' grangs med dpag tu med pa'i 'khor gyis bskor nas/de'i tshe 'phags pa spyan ras gzigs dbang phyug stan las langs nas thal mo sbyar zhing bcom ldan 'das la 'di skad ces gsol to//nga la 'di lta bu'i gzungs yod ming ni thugs rje chen po zhes zer sems can kun gyi mi dge ba'i sdig pa shin tu lci ba'i sgrib pa bdud dang sgrib pa 'jigs pa thams cad zhi bar byed pa〔3〕 'dod pa thams cad rab tu tshim par byed pa'i phyir ngas bshad do//bcom ldan 'das la bshad pa'i gnang pa zhus nas de nas bcom ldan 'das kyis rigs kyi bu khyod kyis thugs rje chen po'i sgo nas bzungs〔4〕 bshad bar 'dod pa'i dus la bab po//myur bar bshad du gsol//nga dang sangs rgyas thams cad kyis kyang rjes su yi rang ngo // byang chub sems dpa' 'phags pa spyan ras gzigs dbang phyug gis bcom ldan 'das la 'di skad ces gsol to// gal te dge slong ngam/dge slong ma 'am/dge bsnyen nam/dge bsnyen ma 'am/khye'u 'am bu mo 'don pa dang/'chang bar 'don bas sems can thams cad kyi ched du thugs rje chen po'i sgo nas thog mar 'di lta bu yi sems bskyed par bya'o〔5〕// spyan ras gzigs dbang phyug thugs rje che la phyag 'tshal lo//bdag gis chos rnams thams cad myur tu rtogs par shog/ spyan ras gzigs dbang thugs rje che la phyag 'tshal lo/〔6〕 bdag gis ye shes mig ni myur du thob par shog/spyan ras gzigs dbang thugs rje che la phyag 'tshal lo/bdag gis sems can thams cad myur du sgrol bar shog/spyan ras gzigs dbang thugs rje che la phyag 'tshal lo/ bdag gis thabs mkhas pa dag myur du thob par shog/spyan ras gzigs dbang thugs rje che la phyag 'tshal lo/bdag ni myur du shes rab gru yis sgrol bar 40b shog/spyan ras gzigs dbang thugs rje che la phyag 'tshal lo / bdag ni myur du sdug bsngal mtsho las 'da' bar shog/

---

〔1〕 phan yon 當爲 phan yod 和 yon tan 的縮寫,意爲"利益"和"功德",漢文本以"功能"與之對應。

〔2〕 與此句對應的漢文作:"一時佛在波怛𡧃山聖觀自在官",可知最後一字"官"實當爲"宫",與藏文 gnas 對應。

〔3〕 與此句對應的漢文作:"爲諸有情消除重罪、不善、魔、障、一切畏怖",而藏文的原意作:"能爲諸有情消除不善之重罪魔障、一切障、畏怖。"

〔4〕 德格版作 gzungs,與漢文"陀羅尼"相應。

〔5〕 此句或可譯作:"以大悲心先發如是之心。"漢譯作:"應起悲心,先須如是發誓願言。"

〔6〕 或許是文求對仗的緣故,以下 spyan ras gzigs dbang phyug 均簡寫作 spyan ras gzigs dbang。

spyan ras gzigs dbang thugs rje che la phyag 'tshal lo/bdag ni myur du tshul khrims rkang

gi lam thob shog/spyan ras gzigs dbang thugs rje che la phyag 'tshal lo/bdag ni myur du

myang na 'da' ba'i ri 'dzog shog/spyan ras gzigs dbang thugs rje che la phyag 'tshal lo/

bdag ni myur du 'dus ma byas kyi khyim phyin shog/spyan ras gzigs dbang thugs rje che

la phyag 'tshal lo/bdag ni myur du chos nyid sku dang mtshungs par shog/bdag ni ral gri'i

'dzog na/ral gri'i ri na ring snyil shog/bdag ni chu tshan 'phrad gyur na/chu tshan me

mur rang zhir shog/sems can dmyal bar bdag song na/sems can dmyal ba rang skams

shog/bdag ni yi dags gnas song na/bkres skom dag ni 'grangs par shog/bdag ni lha min

gnas song na/ngan sems rang nyid dul bar shog/bdag ni dud 'gro gnas song na/rang nyid

shes rab che thob shog/de skad du smon lam btab nas/sems rtse gcig du bdag gi ming nas

'don cing rjes su dran bar bgyi'o//gzhan yang bdag gi ston pa de bzhin gshegs pa 'od dpag

med kyi mtshan 'don cing/de nas gzungs lan cig gam lan bdun gyi bar du bton na//bskal

ba 'bum phrag brgya stong ji snyed 'khor bar 'gyur ba'i kha na ma tho ba'i lci ba rnams

bsal cing 'byung bar 'gyur lags so//gal te thugs rje chen po 'di 'don cing 'chang na/'chi

ba'i dus kyi tshe/phyogs bcu'i de bzhin gshegs pa rnams der gshegs nas phyag rkyong bar

'gyur bas bsams pa bzhin du sangs rgyas kyi zhing gang dang gang du skye bar 'gyur lags

so//bcom ldan 'das la 'di skyad ces gsol to//bcom ldan 'das sems can gang 41a la la zhig

thugs rje chen po'i rig sngags 'di 'don cing yongs su 'dzin pa dag gal te ngan song gsum

po dag tu ltung bar gyur na bdag nam yang mngon par rdzogs par sangs rgya bar mi

bgyi'o//thugs rje chen po'i rig sngags 'di 'don cing yongs su 'dzin pa dag gal te ting nge

'dzin dang spobs ba tshad med pa de snyed thob par ma gyur na bdag nam yang mngon bar

rdzogs par 'tshang rgya bar mi bgyi'o/thugs rje chen po'i rig sngags 'di 'don cing yongs su

'dzin pa dag gal te tshe 'di nyid la smon pa thams cad ci ltar smon pa bzhin du grub par ma

gyur na[1] thugs rje chen po'i sems kyi gzungs zhes mi bgyi lags te/mi dge ba rnams dang

sems rtse gcig du ma bgyis pa ni ma gtogs lags so//bud med gang la la zhig bud med kyi

lus las yongs su skyo nas skyes pa'i lus thob par 'tshal ba gang lags pa des thugs rje chen

po'i sems kyi gzungs kyi tshig 'di 'don cing yongs su bzung bas gal te bud med kyi lus las

---

〔1〕　此句意爲："若此生一切所願不能如願成就"，漢譯闕"此生"兩字。

yongs su gyur te skyes pa'i lus thob par gyur na/[1] bdag nam yang mngon par rdzogs par 'tshang rgya bar mi bgyi'o// the tsom gyi bsam pa cung zad cig bskyed par gyur na gdon mi za bar gang smon ba'i 'bras bu de mngon par 'grub par mi 'gyur lags so//[2] de skad ces smras nas 'khor 'dus pa'i mdun du thal mo sbyor te / drang por 'dug nas sems can rnams la thugs rje chen po'i sems bskyed de 'dzum pa'i mdangs kyis thogs pa mi mnga' ba'i thugs rje chen po'i sems rgya cher yongs su rdzogs pa zhes bya ba'i gzungs gya nom pa 'di dag[3] smras so// snying bo ni / Om ma ṇi pad me hum/ gzungs ni / na mo rad na tra yā ya/ nama ārya avalokiteśvarā ya/ bodhisatvā ya/41b ma hā sa tvā ya/ ma hā kā ru ni kā ya/ tanyatā / om sarba ban dhana/ cche da na ka rā yā/ sarba pā pa sa mu tra utstsho śa ṇa ka rā ya/ sarba bya dhī pra śa ma na ka rā ya/ sarba I tyu apatra va bin śa naka rā ya/ sarba bha ye śā tra tā ya/ ta syu na ma skṛ tva i dam ārya a va lo ki te śva ra ta va nī la ka ṇa tha nā ma hṛ da om a va ra ta i śya mi sarba artha sādha na śu bha ci tte na/ sarba tva nām bā bam rga vi śu dva kaṃ ta dya thā oṃ ā lo ke ā lo ka ma ti lo kā ti kraṃ te e hye hi ma hā bo dhi sa trā he bo dhi satvā he ma hā bo dhi sa trā/ he pri ya bo dhi sa tvā/ he kā ru ṇI kā smrara hri day a/ e hye he āryāvalokiteśvara pa ra ma me tri dzi tti kā ru ṇa ka/ ku ru ku ru/ karma sādha ya swu dha ya/ bi doṃ de hi de hi me/ ardga moṃ gam/ bi ho ~ gam hā sid dha yo gi śā ra/ du hu duh u/ bi ra yan te/ ma hā bi ra yan te/ dha ra dha ra/ dha ra ṇI shwa ra/ dzwa la dzwa la/ bi ma la a ma la/ mu rti ārya avalokite shwa ra kri shna a dzi na/ dza ṭa ma ku ṭa/ a loṃ kraṃ ta sha rwa re/ a loṃ dha pra loṃ dha li loṃ ba/ ma hā sid dha shu dha dha ra/ pa la ba la/ mahā ba la/ ma la ma la/ ma hā ma la/ dzwa la dzwa la/ mahā dzwa la/ kri shna ksha va rna Krishna shwa sha/ ṇI thā tan/ he pad ma ha sta/ dza ya ka ra ni śā tsa ri śā ra/ kri shna sa rba kri ta ya dznyo ba vī ta/ o hu he bi ra ha mu ba tri pu ra/ da ha nī shwa ra na rā ya/ ṇa ba la du pa be sha dha ri/ ha nī la ka na tha/ hem hā ha lā ha la/ bi sha ni ra dzi te lo ka sya/ rā ga bi sha nā sha na/ dwe sha bi sha nā sha na/ mo hā bi sha nā sha na/ ni ra mo ksha ṇa/ hu lu hu lu/ mu nya tsa mu nya tsa/ mu hu lu/ mu hu lu/ hā la hā la/ ma hā pad ma na bwa/ sa ra sa ra/ si ri si ri/ su ru su ru/ bud dhya bud dhya bo dha ya bo dha ya/ bo dha ya/ mi ta ba nwi la kaṇ tha e hye hi/ nwi la kaṇ tha e hye hi/ pa ma sthi ta/ sing ha mu kha/ ha sa ha sa/ mu nya tsa mu nya tsa/ ma hā a ttwa

---

〔1〕 此句意爲："若全成女子身,得男子身",與漢譯"不成男子者"意義相反。

〔2〕 與此句對應的漢譯作："若少疑惑,願必不果。"此易引起誤解,原意當作："若稍生疑惑之心,則必不成所願之果。"

〔3〕 與 gyo nom pa 'di dag 對應的漢譯作："微妙章句。"

tta ha sa ni ra nā di ni／e hye hi／bho bho 42a ma hā sid dha yo gi shwa ra／ban dha ban

dha wa tsom／sā dha ya sā dha ya／bi dyom sma ra sma ra twoṃ he bha ga van／lo ka bi lo

ka sdwom／ta thā ga tā dā dā hi me dar shnom／pra sā dha ya mi swā hā／／sid dhā ya mi

swā hā／ma hā sid dwā ya swā ya swā hā／sid dhā yo gi shwa rā ya swā hā／nī la kaṇ tha ya

swā ha／ba ra ha mu khā ya swā hā／sing ha mu khā ya swā hā／tsa kra a yu dha dha rā ya

swā ha／shaṃ kha sha ba da ni ra nā da ni ka rā ya swā hā／／bo dha na ka rā ya swā hā／bā

ma ska ṇa shā sshri ta kri te sṇa a dzā nā ya swā hā／／bā ma ha sta byā gha tsa ra na ni va

sa na ya swā hā／ma hā kā la mu ku ta dha rā ya swā hā／tsa kra a yu dha dha rā ya swā

hā／shoṃ kha sha ba da ni ra nā da ni ka rā ya swā hā／／bo dha na ka rā ya swā hā／bā ma

ska na shā de sha sshri ta kri shna a dzā nā ya swā hā／bā ma ha sta byā gha tsa ra ma ni va

sa nā ya swā hā／lo ki shwa rā ya swā hā／ma hā lo ki shwa rā ya swā hā／sarba sid dhi

shwa rā swā hā／raksha raksha moṃ swā hā／ku ru raksha mu ra ti noṃ swā hā／na mo bha

ga va te／ārya ava lo ki te swa ra ya／bodhi satvā ya／ma hā satvā ya／ma hā kā ru ṇī kā ya／

sid dhyan du me man tra ba dā ni swā hā／[1] de nas byang chub sems dpa’ spyan ras

gzigs dbang phyug gis gzungs ’di bstan zin nas／gzungs ’di ’don cing yongs su ’dzin pa dag

---

〔1〕 於大唐贈開府儀同三司諡大弘教三藏沙門金剛智所譯《千手千眼觀自在菩薩廣大圓滿無礙大悲心陀羅
尼咒本》中，此陀羅尼作：[113a02] [1]na mo rā nta tra yā ya na maḥ ā ryā va lo ki te śva rā ya bo dhi sa tvā ya ma hā
sa tvā ya ma hā kā ru ṇi kā ya sa rva va nva na cche da na ka rā ya sa rva bha va sa mu draṃ su kṣa ṇa ka rā ya sa rva vya
dhi pra śa ma na ka rā ya sa rve ti tyu bha ndra va vi nā śa na ka rā ya sa rva bha ye śyo tra ṇa ka rā ya ta smai na ma skṛ
tvā i na mā ryā va lo ki te śva ra bha ṣi taṃ ni ra kaṃ ṭa bhe nā ma hṛ da ya ma vra ta i cchya mi sa rvā tha sa dha kaṃ śu
vaṃ a ji yaṃ sa rva bhū ta naṃ bha va ma rga vi śu dva kaṃ ta dya thā oṃ ā lo ke ā lo ka ma ti lo kā ti kraṃ te he ha re ā
ryā va lo ki te śva ra ma hā bo dhi sa tva he bo dhi sa tva he ma hā vo dhi sa tva he vi rya bo dhi sa tva he ma hā kā ru ṇi
kā smī ra hṛ da yaṃ hi hi ha re ā ryā va lo ki te śva ra ma he śva ra pa ra ma tra ci tta ma hā kā ru ṇi kā ku ru ku ru ka
rmaḥ sa dha ya sa dha ya vi dvyaṃ ṇi he ṇi he ta va raṃ ka maḥ ga ma vi ga ma si dva yu ge śva ra dhu ru dhu ru vi ya
ni ma hā vi ya ni dha ra dha ra dha re i ndre śva ra ca la ca la vi ma la ma ra ā ryā va lo ki te śva ra ji na kṛ ṣ ṇi ja ṭā ma
ku ṭa va raṃ ma pra raṃ ma vi raṃ ma ma hā si dva vi dya dha ra va ra va ra ma hā va ta va la va la ma hā va la ca ra ca
ra ma hā ca ra kṛ ṣ ṇi vṛ ṇa dī rgha kṛ ṣ ṇi pa kṣa dī rgha ta na he pa dma ha sti ca ra ca ra di śa ca le śva ra kṛ ṣ ṇi sa ra pa
kṛ ta ja jye pa vi ta e hye he ma hā va ra ha mu kha tri pū ra da ha ne śva ra na ra ya ṇa va ru pa va ra ma rga a ri he ni ra
kaṃ ṭa he ma hā kā ra ha ra ha ra vi ṣa ni rji ta lo ka sya rā ga vi ṣa vi nā śa na dvi ṣa vi ṣa vi nā śa na mu ha vi ṣa vi nā śa
na hu lu hu lu ma ra hu lu ha le ma hā pa dma nā bha sa ra sa ra si ri si ri su ru su ru mu ru mu ru vu dvya vu dvya vo
dva ya vo dva ya mai te ni ra kaṃ ṭa e hye he ma ma sthi ta syiṃ ha mu kha ha sa ha sa muṃ ca muṃ ca ma hā ṭā ṭa ha
saṃ e hye he paṃ ma hā si dva yu ge śva ra sa ṇa sa ṇa vā ce sa dha ya sa dha ya vi dvyaṃ smī ra smi ra śaṃ bha ga vaṃ
taṃ lo ki ta vi lo ki taṃ lo ke śva raṃ ta thā ga taṃ da dā he me da rśa na ka ma sya da rśa naṃ pra kra da ya ma na svā
hā si dvā ya svā hā ma hā si dvā ya svā hā si dvā yo ge śva ra ya svā hā ni ra kaṃ ṭa ya svā hā va rā ha mu khā ya svā hā
ma hā da ra syiṃ ha mu kha ya svā hā si dva vi dvya dha ra ya svā hā pa dma ha sta ya svā hā kṛ ṣ ṇi sa rpa kṛ dhya ya
jye pa vi ta ya svā hā ma hā la kṛ ṣa dha rā ya svā hā ca kra yu dha ya svā hā śa ṅkha śa vda ni vo dva nā ya svā hā ma ma
ska ndra vi ṣa sthi ta kṛ ṣ ṇi ji nā ya svā hā vyā ghra ca ma ni va sa nā ya svā hā lo ke śva rā ya svā hā sa rva si dve śva ra
ya svā hā na mo bha ga va te ā ryā va lo ki te śva rā ya bo dhi sa tvā ya ma hā sa tvā ya ma hā kā ro ṇi kā ya si dvya ntu
me va ntra pa dā ya svā hā.

gi ched du／gnod pa dang／bgegs yongs su bsal ba'i phyir／shin tu dang ba'i tshigs su bcad

pa 'di dag smras so／gang zhig ri dang 'phrug dgon song ba las／／stag dang spyang ki gcan

zan gtum po dang／rtsangs pa sbrul dang 'dre srin phrad gyur kyang／／gzungs 'di 'don pa

thos nas gnod mi nus／gang zhig chu bo rgya mtshor zhugs pa las／／gdug pa'i klu dang chu

srin ma rungs dang／／gnod sbyin srin po nya dang ru sbal dag gzungs 'di 'don cing thos nas

so sor 'byer par 'gyur／／gang zhig g. yul sprad dgra yis bskor ba'am／chom rkun ma rungs

nor ni 'phrog pa'i tshe／／rtse gcig thugs rje chen po'i gzungs bzlas na／de dag 42b brtse

sems skyes nas ldog par 'gyur／／gang zhig rgyal po'i gyod la thogs pa dang／lcags sgrog

khong sgril btson rar chud pa'i tshe／／rtse gcig thugs rje chen po'i gzungs bzlas na／／rgyal

po brtse sems kyis ni gtong bar 'gyur／／gang zhig byad stem dug mi'i khyim zhugs te／／zas

skom dug can kyis ni gsod pa'i tshe／／rtse gcig thugs rje chen po'i gzungs bzlas na／／dug ni

zil dngar zas skom nyid du 'gyur／／bud med sbrum ma bu ni btsa' ba'i tshe／／bdud kyis

bgegs byas sdug bsngal mi bzod tshe／／rtse gcig thugs rje chen po'i gzungs bzlas na／／'dre

gdon byer nas bde bar btsa' bar 'gyur／／klu gdon gtum pos gdug pa'i dbugs btang bas／／

tsha ba'i nad kyis nyen nas 'chir nye tshe／／rtse gcig thugs rje chen po'i gzungs bzlas na／／

rims nad bsal nas tshe ni ring bar gyur／／klu gdon rgyu bas gtses te skrangs pa dang／／shu

'bras mi bzad rnag khrag 'dzag pa'i tshe／／rtse gcig thugs rje chen po'i gzungs bzlas na／

mchil ma lan gsum byugs pas skrangs pa zhi／／sems can rnyog pa mi dge skyod pas na／／

byad stem sngags dang dgras ni gtses pa'i tshe／／rtse gcig thugs rje chen po'i gzungs bzlas

na／／byad stem gdon de gtong ba'i mi la 'dud／sdig 'phel snyigs ma dam chos 'jig pa'i

tshe／／'dod pa'i me mched sems ni rmongs log pas／／khyo shug so sor gzhan la 'dod zhen

nas／／nyin mtshan log bsam rgyun ni mi 'chad tshe／／gang zhig thugs rje chen po'i gzungs

bzlas na／／'dod pa'i me zhi log pa'i sems bsal 'gyur／bdag gi gzungs 'di mthu stobs rgyas

brjod na／／skal par brjod kyang mthar thug yid mi 'gyur／／gal te thugs rje chen po'i gzungs

'di 'don cing yongs su 'dzin pa de dag chu klung dam rgya mtshor zhugs te khrus byas pa

las／／de na gnas pa'i sems can de dang de dag gi lus dkrus pa'i chus lus la reg par gyur na

sdig pa'i las dang／kha na ma tho ba'i lci ba thams cad yongs su byang nas zhing yongs su

dag pa gzhan dag du pad ma la rdzus te skye bar 'gyur bas mngal dang／dro dag sher dang／

sgo nga las skyes pa'i lus len par mi 'gyur na／kha ton du 'don pa dang 'chad ba la lta smos

kyang ci dgos／gzungs 'di 'don cing yongs su 'dzin pa de dag lam du zhugs nas 'gro ba'i tshe rlung chen po langs te gang zag de'i lus dang/spu dang skra dang gos la bus pa'i rlung

gang yin pa de'i phyogs su song ba'i sems can gzhan gyi lus la reg bar gyur na/de dag gi

sgrib pa dang/sdig pa'i las lci ba thams cad ma lus par yongs su 'byang bar 'gyur pas yang

ngan 'gro gsum po dag gi rnam par smin pa myong bar mi 'gyur zhing rtag par sangs rgyas

kyi spyan sngar skye bar 'gyur pas na 'don pa dang/yongs su 'dzin pa de dag gis thob pa'i

phan yon ni bsam gyis mi khyab par rig par bya'o////'phags pa spyan ras gzigs dbang phyug

thugs rje chen po'i gzungs phan yon dang bcas pa zhes bya ba'i mdo las btus pa rdzogs

sho// //dge slong śākya ye shes kyis bsgyur ba'o//

四、黑水城藏文文書 XT – 67 與《聖觀自在大悲心惣持功能依經錄》

　　黑水城出土文書包括有漢、西夏、西藏、蒙古、回鶻和亦思替非等多種文字的文獻，然由於迄今爲止祇有其中的漢、西夏兩種文字的部分文書被影印出版，而其他類文字的文書則難得一見。有關俄藏黑水城文書中的藏文文書的概況至今祇有通過 Margarita I. Vorobyova-Desyatovskaya 發表於 1995 年的一篇文章中略知一二。[1] 與此同時，日本神戶外國語大學的武內紹人先生對黑水城藏文文書中的一張借麥契約作了研究，並表示將要與 Vorobyova-Desyatovskaya 一起整理黑水城藏文文書的目錄。[2] 然而，這份目錄至今尚未問世。據悉這項工作現正由武內先生的弟子、日本大谷大學博士生井內真帆小姐從事。井內小姐不但正在整理俄藏黑水城藏文文書，而且亦已將整理英藏斯坦因所集黑水城藏文文書列入計劃，現已完成了大部分文書的輸入工作，我們衷心期待她所編黑水城藏文文書的目錄早日問世。

　　儘管迄今爲止有幸接觸過黑水城出土藏文文書的學者寥寥可數，但其中有一件文書顯然已經引起了不少人的注目。這件文書的編號爲 XT – 67，最早的介紹見於 Michail Piotrovsky 主編的《絲路上消失的王國——西夏黑水城的佛教藝術》中。[3] 該

---

　　[1] "Tibetan manuscripts of the 8 – 11th centuries A. D. in the manuscript collection of the St. Petersburg Branch of the Institute of Oriental Studies," *Manuscripta Orientalia* 1.1, pp.46 – 48.

　　[2] Tsuguhito Takeuchi, "Kh. Tib. 4 (XT – 4): Contracts for the borrowing of barley," *Manuscripta Orientalia* 1.1, 1995, pp.49 – 52.

　　[3] *Lost Empire of the Silk Road — Buddhist Art from Khara Khoto (X-XIIth Century)*, Milan: Elcta, 1993. 該書的中文版由許洋主翻譯，臺北"國立"歷史博物館 1996 年出版。其中 Lev Savitsky 撰寫的《俄羅斯科學院東方研究所所收藏的黑水城出土的 11、12 世紀古藏文文獻》(*Ancient Tibetan documents of the 11th – 12th centuries from Khara Khoto in the collection of the Institute of Oriental Studies of the Russian Academy of Science*, St. Petersburg) 一章中，對這份文書作了詳細的介紹。

文書被正確地確定爲 12 世紀的刻本,蝴蝶裝,綫訂,23 頁,長、寬各爲 13、17.5 厘米,首尾、中間皆有闕頁。採用特殊的雙面橫寫連讀方式,兩面之間有版心,中有漢字頁碼。因爲缺葉太多,Savitsky 没有能够確定這份文書的具體内容,而祇是籠統地説明這大概是兩部佛經的概要,其中的一部與頂髻尊勝佛母崇拜有關,大概是該文書的所有者個人日常所用的經書。[1]其後日本學者白井聰子對該文書作了詳細的研究,認爲這件文書實際上包括了三部佛經,而其中的第一部,起自第二頁的右半,終於第二十七頁的左半,當是聖觀自在菩薩青頸陀羅尼(Nīlakaṇṭha)的一種, 與《西藏文大藏經》中的 *'Phags pa spyan ras gzigs dbang phyug thugs rje chen po'i gzungs phan yon mdor bsdus pa zhes bya ba* 對應,亦與漢文大藏經中的《千手千眼觀世音菩薩廣大圓滿無礙大悲心陀羅尼經》的簡本(an abbreviated version)對應。[2] 今年夏天筆者有幸於北京參訪著名西夏學研究者、中國社會科學院民族研究所研究員史金波先生,蒙其以俄藏黑水城藏文文書的全套複印件見示,大開了眼界。史先生復賜以未刊新作《最早的藏文木刻本考略》,讀後方知此文亦以俄藏黑水城藏文文書 XT－67 號文書爲主題。史先生認爲這份文書不但是迄今所見最早的藏文木刻本,而且還創造了蝴蝶裝的橫寫方式。他在文中指出:"XT－67 號首尾皆殘,据内容看可能包含多種藏傳佛教儀軌。其中的第 19 頁有經名《頂髻尊勝佛母陀羅尼功德依經攝略》。"蒙史先生好意,筆者得到了這份珍貴文書的複印件。稍作瀏覽,筆者便驚奇地發現,這份藏文文書實際上就是俄藏黑水城漢文文書 TK164、165 號的藏文版。白井聰子所説此文書包括三部佛經有誤,儘管它確由三個部分組成,但實際上它包括的即是《聖觀自在大悲心惣持功能依經録》、《勝相頂尊惣持功能依經録》兩部佛經和篇後的《御製後序發願文》。所以,與被白井聰子稱爲 XT－67a 相應的漢文佛經不應該是《千手千眼觀世音菩薩廣大圓滿無礙大悲心陀羅尼經》的簡本,而是俄藏黑水城文書 TK164、165 號中的《聖觀自在大悲心惣持功能依經録》。

爲了開展對俄藏黑水城藏文文書的研究,了解此類文書的性質和特點,兹亦不妨將 XT－67 號文書中與漢文文書 TK164、165 號中的《聖觀自在大悲心惣持功能依經録》相應的部分照録於下,以作對照:

2:1 [　　　　　　　　　]- spyan ras gzigs dbang phyug gi

2:2 [　　　　　　　　　]- grangs myed dpag tu myed pa'i

---

〔1〕 見 Piotrovsky 上揭書,頁 278。
〔2〕 白井聰子,《ロシア所藏チベット語袖珍本について》,《京都大學言語學研究》卷二三,2004 年,頁167—190。

2：3 [   ]- tshe 'phags pa spyan ras gzigs

2：4 [   ]- nas thal mo sbyar zhing bcom

2：5 [   ]- gsol to// nga la 'di lta bu

2：6 [   ]- chen po zhes zer/ sems

3：1 can kun kyis[1] mi dge ba'i sdig pa shin tu lci ba'i sgrib pa bdud

3：2 dang sgrib pa 'jigs pa thams cad zhi bar byed pa 'dod pa thams cad

3：3 [2] tshim par byed pa'i phyir ngas bshad do// bcom

3：4 ldan 'das la bshad pa'i gnang pa zhus nas de

3：5 nas bcom ldan 'das kyis rigs kyi bu khyod kyis thugs

3：6 rje chen po'i sgo nas gzungs bshad bar 'dod pa'i dus la

4：1 bab po// myur bar bshad du gsol// nga dang sangs rgyas

4：2 thams cad kyis kyang rjes su yid rang ngo[3]// byang chub sems dpa'

4：3 'phags pa spyan ras gzigs kyi[4] dbang phyug[5] bcom ldan

4：4 'das la 'di skad ces gsol to// gal te dge slong 'am/ dge

4：5 slong ma 'am/ dge bsnyen 'am/ dge bsnyen ma 'am/ khye'u 'am bu mo

4：6 gdon pa[6] dang/ 'chang bar 'don bas sems can thams cad kyi ched

5：1 du thugs rje chen po'i sgo nas thog mar 'di lta bu yi sems bskyed

5：2 par bya'o//// spyan ras gzigs dbang thugs rje che la phyag 'tshal

5：3 lo// bdag gis chos rnams thams cad myur tu rtogs par shog

5：4 spyan ras gzigs dbang thugs rje che la phyag 'tshal lo

5：5 bdag gis ye shes myig ni myur du thob par shog/ spyan ras

5：6 gzigs dbang thugs rje che la phyag 'tshal lo/ bdag gis

6：1 sems can thams cad myur du- [   ]

6：2 gzigs dbang thugs rje che la- [   ]

6：3 thabs mkhas pa dag myur du thob- [   ]

---

〔1〕 北京版此作 gyi。
〔2〕 北京版此前多 rab tu。
〔3〕 北京版此作 yi rang ngo，此之 yid 當爲 yi 之誤，"喜"於藏文中作 yi rang ba，或者 yi rangs pa。
〔4〕 北京版此闕 kyi。
〔5〕 北京版此多 gis。
〔6〕 北京版此作 'don pa。

6：4 dbang phyug thugs rje che la phyag- [　　　　　　　　　　] [1]

6：5 shes rab gru yis sgrol bar- [　　　　　　　　　]

6：6 dbang thugs rje che la phyag 'tshal- [　　　　　　　]

9：1 [　　　　　　　　　]- ngan sems rang nyid dul bar

9：2 [　　　　　　　　　]- phyin nas [2] / rang nyid shes rab che

9：3 [　　　　　　　　　]- btab nas / sems rtse gcig du

9：4 [　　　　　　　　　]- rjes su dran bar bgyi'o //

9：5 [　　　]- de bzhin gshegs pa 'od dpag

9：6 [　　　　　　　　]- gzungs lan cig gam lan

10：1 bdun gyi bar du bton na // bskal ba 'bum phrag brgya stong snyed du [3]

10：2 'khor bar 'gyur ba'i kha na ma tho ba'i [4] lci ba rnams bsal cing

10：3 'byung bar 'gyur [5] lags so // gal te thugs rje chen po 'di

10：4 'don cing 'chang na / 'chi ba'i dus kyi tshe / phyogs bcu'i de

10：5 bzhin gshegs pa rnams der gshegs nas phyag rkyong bar

10：6 'gyur bas / bsams pa bzhin du sangs rgyas kyi zhing

11：1 gang dang gang du skye bar 'gyur lags so // bcom ldan 'das la yang [6]

11：2 'di skad ces gsol to / bcom ldan 'das sems can gang la

11：3 la zhig thugs rje chen po'i rigs sngags [7] 'di 'don cing yongs su

11：4 'dzin pa dag / gal te ngan 'gro [8] gsum po dag tu ltung bar gyur

11：5 na / bdag nam yang mngon par rdzogs par sangs rgya bar myi

11：6 bgyi'o // thugs rje chen po'i rigs sngags [9] 'di 'don cing

12：1 yongs su 'dzin pa dag gal te ting nge 'dzin dang [10] spobs pa tshad

---

〔1〕 北京版此闕 phyug。

〔2〕 北京版此作 song na。

〔3〕 北京版此作 ji snyed。

〔4〕 白井聰子文中錯錄作 kha na mtho ba'i，kha na ma tho ba 意爲"罪"、"罪過"。

〔5〕 北京版此作 'byung bar 'gyur，對照漢文相應處作"超越［生死重罪］"，則知此當作 'byang bar 'gyur，意爲"除淨"。

〔6〕 北京版此闕 yang。

〔7〕 北京版此作 rig sngags，與 thugs rje chen po'i rig sngags 對應的漢文作"大悲咒"，故此應當作 rig sngags，意爲"明咒"。

〔8〕 北京版此作 ngan song。

〔9〕 同前注。

〔10〕 北京版此作 dang，漢文本此作"等持及辯才"，故知此之 dag 當改正爲 dang。

12：2 myed pa de snyed thob par ma gyur na bdag nam yang mngon bar rdzogs

12：3 par 'tshang rgya bar myi bgyi'o／—／thugs rje chen po'i rigs sngags[1]

12：4 'di 'don cing yongs su 'dzin pa dag／gal te tshe 'di nyid la

12：5 smon pa thams cad ji[2] ltar smon pa bzhin du grub par ma gyur na

12：6 thugs rje chen po'i sems kyi gzungs zhes mi bgyid[3] lags

13：1 ste／mi dge ba rnams dang／sems- [   ]

13：2 gtogs lags so／／bud myed gang- [   ]

13：3 su skyo nas skyes pa'i lus thob- [   ]

13：4 thugs rje chen po'i sems kyis[4]- [   ]

13：5 yongs su bzung bas gal te- [   ]

13：6 gyur te skyes pa'i lus thob par- [   ]

23：1 [   ]- gzungs 'di 'don cing[5] yongs su

23：2 [   ]- pa dang／bgregs[6] yongs su bsal

23：3 [   ]- su bcad pa 'di dag smras so／／

23：4 [   ]- ba las／／stag dang spyang ki

23：5 [   ]- pa sbrul dang 'dre srin 'phrad[7]

23：6 [   ]- pa thos nas gnod myi nus／／

24：1 gang zhig chu bo rgya mtsho[8] zhugs pa las／／gdug pa'i klu dang chu srin

24：2 ma rungs dang／／gnod sbyin srin po nya dang ru sbal dag／／gzungs

24：3 'di[9] thos nas so sor 'byer par 'gyur／／gang zhig g.yul sprad

24：4 dgra yis bskor ba'am／chom rkun ma rungs nor ni 'phrog pa'i

24：5 tshe／／rtse gcig thugs rje chen po'i[10] gzungs bzlas na／de dag rtse

---

〔1〕　北京版此作 dang，漢文本此作"等持及辯才"，故知此之 dag 當改正爲 dang。

〔2〕　北京版此作 ci。

〔3〕　北京版此作 bgyi。

〔4〕　北京版此作 kyi。

〔5〕　北京版此作 zhing。

〔6〕　北京版此作 bgegs。與此句相應的漢文作"令除災害及諸魔故"，故此處當作 bgegs，意爲"魔鬼"。

〔7〕　北京版此作 phrad，與此相應的漢文詞作"逢"，故應當爲 'phrad。

〔8〕　北京版此作 rgya mtshor。

〔9〕　北京版此後多 'don cing，與此相對應的漢文句子僅作"聞此惣持皆馳散"，故 'don cing 實屬多餘。

〔10〕　北京版此作 chen po。

24：6 sems[1] skyes nas ldog par 'gyur// gang zhig rgyal po'i gyod la thogs

25：1 pa dang/ lcags sgrog khong sgril btson rar chud pa'i tshe// rtse gcig

25：2 thugs rje chen po'i gzungs bzlas na// rgyal po brtse sems kyis ni

25：3 gtong bar 'gyur// gang zhig byad stem dug mi[2] khyim zhugs te/

25：4 zas skom dug can gis[3] ni gsod pa'i tshe// rtse gcig thugs rje

25：5 chen po[4] gzungs bzlas na// dug ni zas skom zil dngar nyid du[5]

25：6 'gyur// bud myed sbrum ma bu ni btsa' ba'i tshe// bdud kyis bgegs[6]

26：1 byas sdug bsngal myi bzod tshe// rtse gcig thugs rje chen po'i gzungs

26：2 bzlas na// 'dre gdon byer nas bde bar btsa' bar 'gyur// klu

26：3 gdon gtum pos gdug pa'i dbugs btang bas// tsha ba'i nad kyis nyen

26：4 nas 'chir nye tshe// rtse gcig thugs rje chen po'i gzungs bzlas

26：5 na// rims nad bsal nas tshe ni ring bar 'gyur// klu gdon rgyu

26：6 bas gtses te skrangs pa dang// shu 'bras myi bzad rnag khrag 'dzag

27：1 pa'i tshe// rtse gcig thugs rje- [   ]

27：2 ma lan gsum byugs pas skrangs- [   ]

27：3 bskyod pas[7] na// byad stem sngags- [   ]

27：4 gcig thugs rje chen po gzungs- [   ]

27：5 gdon de myi la 'dud/ sdig- [   ]

27：6 pa'i tshe/ 'dod pa'i mye mched sems - [   ]

　　從以上的對照可以看出,見於俄藏黑水城藏文文書 XT－67 號中《聖觀自在大悲心惣持功能依經録》與見於《西藏文大藏經》中的同名佛經祇有很少幾處細微的差別,可以肯定它們是同一譯本的不同刻本。值得注意的是,俄藏黑水城藏文文書 XT－67 號第 51 頁左半,我們可讀到下列文字:

51：1 rig pa'i gnas lnga la mkhas- [   ]

---

[1]　北京版此作 brtse sems,與"悲心"相應。此之 rtse sems 當爲 brtse sems 之誤。

[2]　北京版此作 mi'i。

[3]　北京版此作 kyis。

[4]　北京版此作 chen po'i。

[5]　此句北京版作 dug ni zil dngar zas skom nyid du,而與此句對應的漢文作"變其毒食成甘露",可見北京版録文有誤,當依此爲準。

[6]　bgregs 當改正爲 bgegs。

[7]　北京版此作 skyod。

51：2 bghe ne ga dzi dzha ya anan ta-［　　　　　　　　　　　　　　　　］

51：3 //　　　// sgyur byed kyi lo tsa ba-［　　　　　　　　　　　　　　］

51：4 gseb lbu / 'gang-［　　　　　　　　　　　　　　］

51：5 spya nga lung gis bsgyur-［　　　　　　　　　　　　　］

雖然由於殘缺不全我們無法對這段話作出肯定的解讀,但它極有可能就是見於TK164、165號漢文文書中的題記,即"詮教法師番漢三學院兼偏袒提點囔卧耶沙門鮮卑寶源奉敕譯,天竺大般彌怛五明顯密國師在家功德司正囔乃將沙門捴也阿難捺傳"的藏文翻譯。而事實上,這部《聖觀自在大悲心惣持功能依經錄》的藏譯者不可能是捴也阿難捺和寶源,而是卓彌譯師釋智。實際上同樣的情形亦見於藏漢合璧本《聖勝慧到彼岸功德寶集偈》,該經的題記中明確說明其漢譯本是鮮卑寶源譯、捴也阿難捺執梵本證義、賢覺帝師和仁宗皇帝詳勘,而其藏譯文卻與見於《西藏文大藏經》中的由天竺堪布慧明獅子和吐蕃著名譯師吉祥積所譯文幾乎完全一致。[1]

儘管《聖觀自在大悲心惣持功能依經錄》實際上與漢文《千手千眼觀世音菩薩廣大圓滿無礙大悲心陀羅尼經》在內容上有許多相同之處,所謂"依經錄"即是"集自諸經"之意。但卓彌譯師釋智所譯的這部《聖觀自在大悲心惣持功能依經錄》與法成法師從漢文《千手千眼觀世音菩薩廣大圓滿無礙大悲心陀羅尼經》轉譯成西藏文的 *'Phags pa byang chub sems dpa' spyan ras gzigs dbang phyug phyag stong spyan stong dang ldan pa thogs pa mi mnga' ba'i thugs rje chen po'i sems rgya cher yongs su rdzogs pa zhes bya ba'i gzungs* 在文字上有明顯的不同,從中可以看出卓彌譯師釋智所譯《聖觀自在大悲心惣持功能依經錄》根據的是與《千手千眼觀世音菩薩廣大圓滿無礙大悲心陀羅尼經》不同的梵文原本。與此相應,見於黑水城出土文獻的這部漢譯《聖觀自在大悲心惣持功能依經錄》亦是獨立於《千手千眼觀世音菩薩廣大圓滿無礙大悲心陀羅尼經》的一部新譯佛經。茲不妨對兩部佛經中內容相同部分列出一段,以說明其譯文之相異。[2]

《聖觀自在大悲心惣持功能依經錄》:

敬禮大悲觀自在　　願我速達一切法

敬禮大悲觀自在　　願我速得智慧眼

敬禮大悲觀自在　　願我速能度有情

---

〔1〕　羅炤上揭文,頁9。

〔2〕　法成譯本見於《西藏文大藏經》,德格版第691號,北京版第369號。參見 Helmut Eimer, "Tibetische Parallen zu zwei Uigurischen Fragmenten," *ZAS*, 1977, pp. 473–489.

敬禮大悲觀自在　願我速得善方便
敬禮大悲觀自在　願我速乘智慧船
敬禮大悲觀自在　願我速得越苦海
敬禮大悲觀自在　願我速得戒足道
敬禮大悲觀自在　願我早登涅槃山
敬禮大悲觀自在　願我速入無爲宮
敬禮大悲觀自在　願我速同法性身

spyan ras gzigs dbang phyug thugs rje che la phyag 'tshal lo

bdag gis chos rnams thams cad myur tu rtogs par shog

spyan ras gzigs dbang thugs rje che la phyag 'tshal lo

bdag gis ye shes mig ni myur du thob par shog

spyan ras gzigs dbang thugs rje che la phyag 'tshal lo

bdag gis sems can thams cad myur du sgrol bar shog

spyan ras gzigs dbang thugs rje che la phyag 'tshal lo

bdag gis thabs mkhas pa dag myur du thob par shog

spyan ras gzigs dbang thugs rje che la phyag 'tshal lo

bdag ni myur du shes rab gru yis sgrol bar shog

spyan ras gzigs dbang thugs rje che la phyag 'tshal lo

bdag ni myur du sdug bsngal mtsho las 'da' bar shog

spyan ras gzigs dbang thugs rje che la phyag 'tshal lo

bdag ni myur du tshul khrims rkang gi lam thob shog

spyan ras gzigs dbang thugs rje che la phyag 'tshal lo

bdag ni myur du myang na 'da' ba'i ri 'dzog shog

spyan ras gzigs dbang thugs rje che la phyag 'tshal lo

bdag ni myur du 'dus ma byas kyi khyim phyin shog

spyan ras gzigs dbang thugs rje che la phyag 'tshal lo

bdag ni myur du chos nyid sku dang mtshungs par shog／

《千手千眼觀世音菩薩廣大圓滿無礙大悲心陀羅尼經》：
南無大悲觀世音　願我速知一切法

南無大悲觀世音　　願我早得智慧眼

南無大悲觀世音　　願我速度一切衆

南無大悲觀世音　　願我早得善方便

南無大悲觀世音　　願我速乘般若船

南無大悲觀世音　　願我早得越苦海

南無大悲觀世音　　願我速得戒定道

南無大悲觀世音　　願我早登涅槃山

南無大悲觀世音　　願我速會無爲舍

南無大悲觀世音　　願我早同法性身[1]

thugs rje chen po spyan ras gzigs la phyag 'tshal lo

bdag gis chos nyid kun tu myur du chud gyur cig

thugs rje chen po spyan ras gzigs la phyag 'tshal lo

bdag gis shes rab spyan ni myur du thob gyur cig

thugs rje chen po spyan ras gzigs la phyag 'tshal lo

bdag gis sems can thams cad myur du sgrol bar gyur cig

thugs rje chen po spyan ras gzigs la phyag 'tshal lo

bdag gis thabs mkhas pa myur du thob par gyur cig

thugs rje chen po spyan ras gzigs la phyag 'tshal lo

bdag ni shes rab grur ni myur du zhugs gyur cig

thugs rje chen po spyan ras gzigs la phyag 'tshal lo

bdag gis sdug bsngal mtsho las myur du rgal gyur cig

thugs rje chen po spyan ras gzigs la phyag 'tshal lo

bdag gis tshul khrims lam la myur du rdzogs gyur cig

thugs rje chen po spyan ras gzigs la phyag 'tshal lo

bdag gis myang na 'das kyi ri la myur du 'dzog gyur cig

thugs rje chen po spyan ras gzigs la phyag 'tshal lo

bdag gis 'dus ma byas kyi khang bar myur du 'dus 'gyur cig

thugs rje chen po spyan ras gzigs la phyag 'tshal lo

---

〔1〕《大正新修大藏經》第 20 册，No. 1061－1064。

bdag gis myur du chos nyid sku dang 'thun gyur cig[1]

五、於西夏、回鶻流行的觀世音菩薩崇拜

《聖觀自在大悲心惣持功能依經錄》顯然是西夏時代比較流行的一部陀羅尼經。如前所示，俄藏黑水城文獻中同時出現了《聖觀自在大悲心惣持功能依經錄》漢文本的全本和藏文本的殘本。不僅如此，《聖觀自在大悲心惣持功能依經錄》亦有西夏文本傳世，題爲《聖觀自在大悲心惣持功德經韻集》，亦見於俄藏黑水城西夏文文獻中，列爲369 號。[2] 於西夏文本中，《聖觀自在大悲心惣持功能依經錄》單獨成書，似並沒有與《勝相頂尊惣持功能依經錄》一起刻印，後者指西夏文標題爲《頂尊相勝惣持功德韻集》，有多種刻印本存世。[3] 而且，這兩部佛經的西夏文本亦發現於今内蒙古額濟納旗的綠城。[4]

事實上，觀音菩薩崇拜於西夏的流行大概與其受與其緊鄰的回鶻佛教的影響有關。如前所述，白井聰子將見於黑水城藏文文書 XT－67 號中的《聖觀自在大悲心惣持功能依經錄》與漢譯《千手千眼觀世音菩薩廣大圓滿無礙大悲心陀羅尼經》同定，其原因即是因爲後者的回鶻文譯本出現於吐魯番出土的回鶻文獻中是學者們早已熟知的事實。於漢文大藏經中，有多部觀音菩薩陀羅尼經，其中即以唐代伽梵達摩譯《千手千眼觀世音菩薩廣大圓滿無礙大悲心陀羅尼經》最爲著名。而它不僅被法成譯爲西藏語，而且亦被著名的回鶻譯師勝［聖！］光譯成回鶻文於高昌回鶻王國内流傳。回鶻文《千手千眼觀世音菩薩廣大圓滿無礙大悲心陀羅尼經》的殘卷早已在吐魯番回鶻文獻中發現，並引起了各國學者的高度重視。[5] 就是法成由漢譯藏的《千手千眼觀世音菩薩廣

---

〔1〕 影印北京版《西藏文大藏經》，續部，Ma，265a—b。顯而易見的是，法成的藏譯文非常忠實於漢譯原文，如將"大悲觀世音"譯作 thugs rje chen po spyan ras gzigs，而釋智的譯文作 spyan ras gzigs dbang phyug thugs rje che 顯然更合乎藏文的習慣。還有他將"願我速會無爲舍"一句譯作 bdag gis 'dus ma byas kyi khang bar myur du 'dus 'gyur cig，而釋智的譯文作 bdag ni myur du 'dus ma byas kyi khyim phyin shog，相應的漢譯文作"願我速入無爲宮"。事實上，漢文中的"會"字此處或當意謂"到達"、"相會"，而不是如法成所譯的 'dus pa，即"聚集"、"聚會"之意。

〔2〕 Evgenij Ivanovich Kychanov, *Catalogue of Tangut Buddhist Texts*, Kyoto University, 1999, pp. 480－481、720.

〔3〕 參見 Kychanov 上揭書，頁 580—581。

〔4〕 史金波、翁善珍，《額濟納旗綠城新出西夏文物考》，《文物》1996 年第 10 期。

〔5〕 Klaus Röhrborn, Fragmente der uigurischen Version des "Dhāraṇī-Sūtra der Grossen Barmherzigkeit," *Zeitschrift der Deutschen Morgenländischen Gesellschaft*, Band 126, Heft 1, 1976, pp. 87－100；莊垣内正弘，《ロシア所藏ウイグル語文獻の研究——ウイグル文字表記漢文とウイグル語佛典テキスト——》，京都：京都大學大學院文學研究科，2003 年，頁 180—200。

大圓滿無礙大悲心陀羅尼經》的藏文刻本的殘本亦見於吐魯番回鶻文文獻中。[1] 此外,漢文《大藏經》中的其他多種觀音陀羅尼經諸如《千眼千手觀世音菩薩陀羅尼神咒經》、《觀世音菩薩秘密藏如意輪陀羅尼神咒經》等亦早已被翻譯成回鶻文。[2] 可見,觀音菩薩崇拜於回鶻王國曾經十分流行。而回鶻僧人於佛教在西夏的傳播起了極大的作用,回鶻文《千手千眼觀世音菩薩廣大圓滿無礙大悲心陀羅尼經》的譯者勝光法師極有可能就是西夏著名的帝師賢覺聖光菩薩。而後者曾在西夏傳《聖觀自在大悲心依燒施法事》、《聖觀自在大悲心依淨瓶攝受順》等與觀音崇拜有關的佛教儀軌。[3] 而於黑水城出土的西夏文文獻中,與觀音崇拜有關的經典還有《聖觀自在大仁心求順》、《聖觀自在之二十七種要論爲事》、《聖觀自在之因大供養淨會爲順》、《聖觀自主意隨輪要論手彎定次》、《番言聖觀自在主千眼千手供順》、《佛頂心世音觀菩薩經》、《佛頂心世音觀菩薩病治生法經》、《佛頂心世音觀菩薩大陀羅尼經》等等。[4] 足見觀音菩薩崇拜亦曾廣泛流行於西夏王國内。迄今爲人忽略的是,回鶻文本《聖觀自在大悲心惣持功能依經録》實際上亦出現於敦煌吐魯番回鶻文佛教文獻中,其殘片收藏於柏林吐魯番文獻中心,編號爲 U5880(TIIIM219.505)、U5461(TID609)。惜此二殘片尚未得到學術整理,故鮮爲人知。這兩件殘片的發現和同定不但更明確地説明西夏和回鶻之觀音崇拜間的淵源關係,而且亦可對敦煌吐魯番回鶻佛教文獻的斷代提供新的綫索,至少它們不是元朝的譯本,而應該是西夏時代的作品。[5]

黑水城出土的這部《聖觀自在大悲心惣持功能依經録》儘管從其内容來看不過是《千手千眼觀世音菩薩廣大圓滿無礙大悲心陀羅尼經》的一個簡縮本,但它不見於漢文大藏經,乃西夏時代新譯的一部觀音菩薩陀羅尼經。它的原本有可能是梵本,亦有可能是藏文本。它在西夏廣泛流傳這一事實,或可説明西藏佛教曾對西夏佛教有過巨大的影響。從對黑水城出土的與藏傳佛教有關的漢文文獻的分析中可以看出,於西夏以及其後的蒙元時代所傳藏傳密教文獻主要集中於秘密咒、本尊瑜伽和《那若六法》等三大

　〔1〕　György Kara,"An old Tibetan fragment on healing from the Sutra of the Thousand-Eyed and Thousand-Handed Great Compassionate Bodhisattva Avalokiteśvara in the Berlin Turfan Collection," *Turfan revisited: the first century of research into the arts and cultures of the Silk Road*, edited by Desmond Durkin-Meisterernst et al. Berlin:Dietrich Reimer,2004,pp.141 – 146.

　〔2〕　參見莊垣内正弘上揭書,頁180—189、196—199。

　〔3〕　史金波,《西夏的藏傳佛教》,《中國藏學》2002 年第 1 期,頁40。

　〔4〕　Kychanov 上揭書,頁720—726。

　〔5〕　牛汝極,《回鶻佛教文獻——佛典總論及巴黎所藏敦煌回鶻文佛教文獻》,烏魯木齊:新疆大學出版社,2000 年,頁112—113。於此牛汝極先生將此經的標題譯作《大乘大悲南無聖觀音陀羅尼聚誦經》。亦參見 Johan Elverskog,*Uygur Buddhist Literature*,Brepols,Turnhout,1997,pp.113 – 114.

種類。其中秘密咒類包括各種密咒和陀羅尼經，最著名的就是《聖觀音自在大悲心惣持功能依經録》、《勝相頂尊惣持功能依經録》、《佛説金輪佛頂大威德熾盛光如來陀羅尼經》、《佛説大傘蓋惣持陀羅尼經》、《聖一切如來頂髻中出白傘蓋佛母餘無能亂惣持》、《大黑根本命咒》，以及《佛説大乘聖無量壽决定光明王如來陀羅尼經》和《聖妙吉祥真實名經》等，其中大部分是西夏或蒙古時代從藏文翻譯過來的。當然，西夏流行的觀世音菩薩崇拜並不祇限於觀音菩薩陀羅尼經的流傳。衆所周知，觀音菩薩於藏傳佛教中常常被作爲密修本尊禪定中的主尊而成爲行者觀想、認同的對象。[1] 而這種本尊禪定顯然亦受到了西夏佛教徒的喜愛，於《俄藏黑水城文獻》中筆者發現了一部題爲《親集耳傳觀音供養讚嘆》的漢譯藏傳佛教密宗儀軌文書。此書譯成於西夏皇建元年（1210），首尾完整，乃引導行者如何禮讚、召請、供養、觀想觀音本尊，並依修持此法所得加持力作勾召亡魂、施財安位、通念五夫、攝授衆生等功德的一部完整的修法儀軌（sādhana）。總而言之，與觀音菩薩備受漢地信衆喜愛一樣，觀音菩薩崇拜不但同樣亦在西夏等漢地周邊諸民族中間流行，而且對其崇拜的方式，乃至所用的經典都有漢地不具備的新内容。

（原載黃繹勛等編，《第五屆中華國際佛學會議中文論文集——觀世音菩薩與現代社會》，臺北：法鼓文化，2007 年，頁 307—347）

---

〔1〕 關於觀音菩薩本尊禪定修法之法意與實踐參見 Janet Gyatso, "An Avalokiteśvara Sādhana," *Religions of Tibet in Practice*, Edited by Donald S. Lopez, Jr. Princeton, New Jersey: Princeton University Press, 1997, pp. 266 – 270.

《大乘要道密集》與西夏、元朝所傳西藏密法

——《大乘要道密集》系列研究導論

一、引 言

在注意到見於《俄藏黑水城文獻》中的那些漢譯藏傳佛教文獻之前,我們唯一知道的一種元代所傳西藏密法的漢文文獻是傳爲元朝帝師八思巴('Phags pa Blo gros rgyal mtshan, 1235－1280)編集的《大乘要道密集》。這部藏傳密乘佛典主要由屬於"道果法"與"大手印法"的長短不一的八十三篇儀軌文書組成,它不但是元以來漢地藏傳佛教行者珍藏的唯一秘典,而且至今仍是港臺藏密行者常用的法本。[1] 殊爲遺憾的是,儘管六十餘年前,中國近代佛學研究的優秀學者呂澂先生曾對《大乘要道密集》作過精湛的研究,對其於研究元代藏傳佛教史的意義作了明確的說明。可是迄今爲止,中外學術界對《大乘要道密集》的研究寥寥可數。呂澂先生於 1942 年出版了一部題爲《漢藏佛教關係史料集》(華西協合大學中國文化研究所專刊乙種第一册,成都)的小册子,其中的前一部分《漢譯藏密三書》對《大乘要道密集》之結構及其主要内容作了介紹,然後挑選集中所録三部經典,即《解釋道果金剛句》、《大手印金瓔珞要門》和《成就八十五師禱祝》作漢、藏譯對勘,並略加詮釋,以示其源流和優劣。呂澂先生於此書的導言中說:"元代百餘年間,帝王篤信西藏之密教,其典籍學說之傳播機會極多,顧今日大藏經中所受元譯密典不過寥寥數種,且皆爲尋常經軌,無一涉及當時西藏傳習之學說,是誠事之難解者。十年前,北方學密之風頗盛,北平某氏舊藏鈔本《大乘要道密集》因以方便影印,流布於信徒間。集中皆元代所譯西藏密典,不避猥褻,盡量宣揚,與唐宋剪裁之制迴異。此不僅可以窺見當時輸入藏密之真相,並可以了解譯而不傳之緣由;積歲疑情爲

---

〔1〕 現在最常見的印本有兩種,都是在臺灣出版的。一種是元發思巴上師輯著,《大乘要道密集》上、下,臺北:自由出版社,1962 年;另一種是經陳健民上師修訂過的《薩迦道果新編》,臺北:慧海書齋,1992 年。

之冰釋,至足快也。"〔1〕可是吕澂先生開創的事業幾十年來無人爲繼,究其原因,實不難理解。對於西方治西藏佛教的學者來說,能讀漢文的本來就不多,能處理像《大乘要道密集》這樣的漢文舊譯藏傳密教文獻的人更是鳳毛麟角。因此儘管美國學者 Christopher Beckwith 早在 20 世紀 80 年代初就注意到了這部寶貴的文獻,並對其内容作了簡單的介紹,但在此之後從未見到有人對此作進一步的研究;〔2〕對於中國學者來說,儘管自 80 年代開始,中國藏學研究的發展舉世矚目,但迄今爲止於從事西藏學研究的學者中間研究西藏歷史者居多,從事藏傳佛教研究的學者很少,而能像吕澂先生這樣有能力對藏文佛教文獻,特別是藏傳密教儀軌文書作深入研究的佛教學者更是屈指可數,所以吕澂先生於六十餘年前開始的研究工作長期以來無人繼續。90 年代中期,王堯先生曾撰文再次提醒讀者《大乘要道密集》中所録密教文書當與元朝宫廷中番僧所傳西藏秘密法有關聯,可應者寥寥。〔3〕 直到最近,繞有中國新生代優秀藏學家陳慶英先生對《大乘要道密集》作了進一步的研究,終於引起了中國學者對這部珍貴的漢譯藏傳佛教文獻的高度重視。陳先生不但對全書的内容作了全面地介紹,對文獻傳、譯者的身份作了不少很有説服力的考據,而且非常正確地指出《大乘要道密集》不全是元代所譯,其中所録諸種密教文獻當是西夏時代所譯,它們與西夏王朝所傳藏傳密法有很大的關聯。〔4〕

　　二十餘年前,當筆者剛剛開始學習西藏語文,並從事元代西藏歷史研究的時候,就有幸拜讀了吕澂和 Beckwith 兩位先生的文章,對《大乘要道密集》一書可謂神往已久。

---

　　〔1〕 筆者今日於俄藏黑水城文獻中發現大量藏傳佛教文獻後所得之喜悦堪與吕澂先生當年發現《大乘要道密集》之心情相比擬。所以蹤迹前賢,將吕澂先生開始後六十年來很少有人問津的研究繼續下去乃吾人責無旁貸的使命。吕澂先生的這部小書産生於烽火連天的戰爭年代,印製、紙張都極爲簡陋。然其行文、注釋、索引無不中規中矩,符合國際學術規範。遺憾的是,這樣的漢文佛學、藏學著作,於中國大陸出版的學術著作中幾乎已成絶唱。吕澂先生這種用"原文對照校訂,或彙輯佚文,或釐正次序,一一印行"的著作,很難在今日大陸的絶大部分學術刊物上刊登。因爲它不祇没有提出什麼新的理論、範式,而且還涉及許多原始的文字資料,不便於編輯和印刷。普遍説來,吕澂先生這一代學者不管是否曾經留洋都努力嚴格遵守學術規範,就西藏學研究而言,于道泉先生於出國深造前所撰寫的論文和翻譯的情歌等就都非常符合當時流行的國際學術規範。是故,對於今日從事歷史語言學、文獻學的學者來說,如果我們能夠回歸、恢復當年王國維、陳垣、陳寅恪、傅斯年等先生所倡導和建立起來的學術傳統和規範,中國的學術就一定不會像今天一樣難以和國際學術接軌,連篇累牘地製造出貽笑於大方之家而自己還沾沾自喜的學術垃圾。

　　〔2〕 Beckwith, Christopher, "A Hitherto Unnoticed Yüan-Period Collection Attributed to 'Phags pa," *Tibetan and Buddhist Studies commemorating the 200th Anniversary of the Birth of Alexander Csoma de Cörös*, edited by Louis Ligeti, I, Budapest: Akadémiai Kiadó, 1984, pp. 9–16. Beckwith 先生撰寫此文時,未能參考吕澂先生的著作,他對《大乘要道密集》的介紹遠不及吕澂先生的文章全面和深入,僅列出了一個目録,並在 János Szerb 先生的幫助下,同定了其中所包括的八思巴的兩部作品,即《觀師要門》和《彌勒菩薩求修》。

　　〔3〕 王堯,《元廷所傳西藏秘法考敍》,南京大學元史研究室編,《内陸亞洲歷史文化研究——韓儒林先生紀念文集》,南京大學出版社,1996 年,頁 510—524。

　　〔4〕 陳慶英,《〈大乘要道密集〉與西夏王朝的藏傳佛教》,《賢者新宴》三,石家莊:河北教育出版社,2003年,頁 49—64。

1992 年，筆者首次有機會赴臺北參加西藏學學術會議，會後的一大收穫就是終於在一家佛教書店中找到了 Beckwith 先生介紹過的 1963 年自由出版社印行的《大乘要道密集》。欣喜之情，難以言表。可粗粗翻過之後，又深感失望和沮喪。那時筆者主要以西藏歷史爲專業，對藏傳佛教所知無幾。而《大乘要道密集》是一部純粹的密教儀軌文書，其中很少有一般意義上的歷史資料，故讀來無異天書。無奈之下，祇能將其束之高閣。以後的十年間，筆者漸漸從一位純粹的西藏史家轉而成爲一位西藏佛教史家。於發現黑水城文書中的漢譯藏傳佛教儀軌文書之後，[1]筆者自然而然地想起了這部《大乘要道密集》。於是，將它拿出來重新翻檢。可幸光陰未曾虛度，此番讀來雖然依舊費力，但至少不再覺得它是一部天書了。密法精義甚深、廣大，憑筆者今日之學養依然不足以完全理解《大乘要道密集》中包羅的各種密法儀軌，並給以圓滿地解釋，但自覺可以步呂澂先生後塵，從文獻學的角度對《大乘要道密集》作進一步的整理和研究。[2]

二、《大乘要道密集》內容解題

《大乘要道密集》影印本共四卷，原無目錄。今人陳健民上師認爲原書編排順序極不合理，曾造《道果探討》一文，按理趣、實修深淺次第，對此書重新剪裁排列，編成《薩迦道果新編》一書重新出版。由於陳上師未對《大乘要道密集》一書中的任何一篇獨立的文書作過任何文獻學的研究，他對此書結構的重新排列多出於主觀臆斷。他將全書內容全部概括進薩思迦派的道果法亦不盡合理，因爲書中至少有三分之一的內容説的是大手印法。[3] 雖説其中亦當包括薩思迦派的傳軌，但大手印法畢竟更主要是噶舉派的傳家密法。此外，《大乘要道密集》中還另有一些諸如造像、塔儀軌等不直接屬於薩思迦派道果法，或者説非薩思迦派上師所造的文書，所以將它逕稱爲《薩迦道果新編》似不太妥當。爲了令讀者了解此書之原貌，兹依然循其原書內容次第，編目如下。各篇內容均於題下略作提要式的介紹，凡能同定藏文原本的亦在解題中予以説明。

---

[1] 參見沈衛榮，《重構十一至十四世紀西域佛教史——基於俄藏黑水城文書的探討》，《歷史研究》2006 年第 5 期，頁 23—34。

[2] 此前筆者已經同定了收錄於《大乘要道密集》中的屬於蒙元時代的薩思迦班智達公哥監藏（Sa skya pandita Kun dga' rgyal mtshan）、八思巴和卜思端（Bu ston Rin chen grub）三位大師的作品的藏文原本，並對它們作了初步研究。參見拙著《元代漢譯卜思端大師造〈大菩提塔樣尺寸法〉之對勘、研究》，謝繼勝、沈衛榮、廖暘主編，《漢藏佛教藝術研究——第二屆西藏考古與藝術國際學術研論會論文集》，北京：中國藏學出版社，2006 年，頁 77—108；Shen Weirong, "Tibetan Tantric Buddhism at the Court of the Great Mongol Khans: Sa skya pandita and 'Phags pa's works in Chinese during the Yuan Period," *Quaestiones Mongolorum Disputatae* 1, Tokyo: Association for International Studies of Mongolian Culture, 2005, pp. 61–89.

[3] 參見陳健民，《道果探討》，《薩迦道果新編》，附編，頁 437—497。

《大乘要道密集》[1]

第一卷

（一）《道果延暉集》，持咒沙門莎南屹囉集譯　（1—23）

　　此爲薩思迦派所傳道果法（lam 'bras）之根本所依《道果根本金剛句》（*Lam 'bras bu dang bcas pa'i rtsa ba rdo rje'i tshig rkang*）的一部釋論，惜首尾有闕。《道果根本金剛句》傳爲印度成道者密哩斡巴（Virūpa）根據《喜金剛本續》（*Hevajra Tantra*）之後分和《三菩怛本續》（*Saṃpuṭā Tantra*），即所謂《吉祥遍至口合本續》等怛特囉續，經無我母（bDag med ma）之指授而作成。經印度譯師伽耶達囉（Ghayadhara）和吐蕃譯師卓彌釋迦也失（'Brog mi Śākya ye shes，譯言釋智）二人傳之入藏。薩思迦初祖公哥寧卜（Kun dga' snying po，譯言普喜藏，1092—1158）輾轉受之。其先但口耳傳承，不著文字。後來隨學者所請而作講疏，得十一種。[2]這部《道果延暉集》與薩思迦初祖公哥寧卜所造十一部《道果根本金剛句疏》的關係有待考證。筆者尚無緣得見前引於印度 Dehra Dun 出版的 *Lam 'bras rnam 'grel bcu gcig*，故一時無法同定其原文。極有可能它就是這十一部釋論中某一部的一個組成部分。由於其內容很不完整，看似僅爲一部長篇釋論中的開始部分，要同定其藏文原本恐非易事。《道果延暉集》起始部分解釋何謂"殊勝上師"，大概是對藏文 bla ma dam pa la phyag 'tshal lo，譯言"敬禮最妙上師"一句的解釋。接着細分上師爲"斷外增綺金剛師"、"明內自生智上師"、"明密同生智上師"和"明究竟如諸法最淨師"等四種。即下來的內容似爲《道果根本金剛句》之科判，總分道、果，道復有廣、中、略道和深、中、淺道，而廣道之初輪復分爲七，即三相道（snang ba gsum bstan pa'i lam）、三續道（rgyud gsum bstan pa'i lam）、四量道、六要道、四耳承道、五緣生道、滯方惠護法（thabs shes rab kyi phyogs so lhung ba'i rnal 'byor pa'i lam gyi bar chad srung ba）等；而中道復有第一世間道（'jig rten pa'i lam）、第二出世間道

---

〔1〕　爲表明此題解是筆者所加入的解釋，題解內文以仿宋體呈現。

〔2〕　參見呂澂，《漢藏佛教關係史料集》，頁7；Cyrus Stearns, *Luminous Life, The Story of the Early Masters of the Lam 'bras in Tibet*, Boston: Wisdom Publication, 2002, p. 51. 公哥寧卜所造十一種《道果根本金剛句疏》今有多種不同的版本流傳，最普遍的一種版本是 *Lam 'bras rnam 'grel bcu gcig*, Dehra Dun, Sa skya Center, 1985。晚近，民族出版社和青海民族出版社聯合出版了《具吉祥薩思迦派經典》（*dPal ldan sa skya pa'i gsung rab*），其中的第20種上、下兩冊《道果卷》（*Lam 'bras*），收錄了公哥寧卜所造兩部《道果根本金剛句釋論》，第一部爲《金剛句釋論——瑜伽自在大吉祥薩思迦巴爲子知宗巴兄弟而造》（*gZhung rdo rje'i tshig rkang gi 'grel pa rnal 'byor dbang phyug dpal sa skya pa chen pos sras rje btsun sku mched kyi don du mdzad pa bzhugs so*），第二部是《道果釋論——應阿僧馬所請而造》（*Lam 'bras gzhung bshad a seng ma bzhugs so*），北京：民族出版社，青海民族出版社，2004 年。

（'jig rten las 'das pa'i lam）、第三議輪道、第四轉輪道、第五暖相道、第六驗相道、第七智進退道、第八妄進退道、第九見時、第十宗趣。而"果者即是該徹一切諸道第十三地五種元成始覺身果"。即著《道果延暉集》又解釋清淨相、不清淨相和覺受相等三相，瓶灌、密灌、惠灌、辭灌等四種灌頂，含藏因續、身方便續、大手印果續等三續道，對依手印道實修，包括四種灌頂、中有、雙修等法都有很詳細的解釋。《道果延暉集》原本當是一部《道果根本金剛句》的長篇釋論，但是收錄於《大乘要道密集》中的實際上祇是其中的一小部分，即對三相道和三續道的解釋部分，最後一段則僅對四量道作了簡單的解釋。

（二）《依吉祥上樂輪方便智慧雙運道玄義卷》，祐國寶塔弘覺國師沙門慧信錄（1—29）

此篇乃《吉祥上樂輪修法》（dPal bde mchog 'khor lo'i sgrub thabs）之一種。儘管我們尚無法同定其藏文原本，但可以肯定它是薩思迦派的修法，與道果法直接相關。如前所說，道果法主要的根據即是《喜金剛續》和《勝樂本續》的結合，是故薩思迦派特別重視兼容這兩種本續的《三菩怛本續》。與此相應，勝樂（bde mchog），即此所謂上樂，亦是薩思迦派最主要的密教本尊之一。本卷實際上是一系列修法要門的結集，其中首篇《修欲樂定要門》中所述方便、智慧雙運，即男女雙修之法與前篇《道果延暉集》中所說基本一致。儘管《道果延暉集》爲元代著名譯師莎南屹囉（bSod nams grags），而《依吉祥上樂輪方便智慧雙運道玄義卷》當爲西夏時代的作品。而其中有關修拙火、夢幻、中有等屬於《捺囉六法》（Nā ro chos drug）的要門似與噶舉派所傳不完全一致，故疑其爲薩思迦派所傳修法。卷中提到"修不壞護持"時亦云"在道果第四內可知"，可見其確爲薩思迦派的作品。[1] 本卷亦應當是修習上樂輪的一部長篇釋論中的一個部分，因爲不但其卷首云："夫修習人依憑行印修習而有五門，一先須清淨明母如前廣明；"而且其直接以《幻身定玄義》結尾，顯然不是整卷內容的結尾。

1.《欲樂定》 （1—9）

本篇爲《依吉祥上樂輪方便智慧雙運道玄義卷》中最重要的一篇要門，主要內容爲"方便智慧雙運道"，亦即"男女雙修法"。它不但是一部指導密宗行人如何"依憑行印修習"的絕妙儀軌，而且亦是幫助普通讀者了解、理解密法修行之一般程序和甚深意義的一部通俗易懂的教科書。本篇所述修法與《道果延暉集》所云

---

[1] 見《大乘要道密集》卷一，頁4。

略同,但更加完整。其述"依憑行印修習"之法分爲五門,即一,清淨明母;二,身語齊等;三,猛母互相攝受官密;四,樂欲齊等;五,以要門要義任持。而第五任持復分令降明點、任持、返回、遍身和護持等五門。此關涉密修,茲不多予引述。而於交待如何修欲樂定之後,本篇對密法修習之義理作了許多説明,值得一讀。首先,作者明確説明修欲樂定並不祇是"唯托行手印而修",即不是非要與女性印母一起實修不可。手印有四種,除了"行手印"外,還有記句手印、法手印和大手印。後三種手印的修法與普通的以觀想爲主的本尊禪定和以修脈道爲主的瑜伽修行類似,儘管其最終的結果都是經生四喜,"入空樂不二定"。而且,"今依密教,在家人依行手印入欲樂定,若出家者依餘三印入欲樂定,契於空樂無二之理也"。此即是説,祇有在家的俗人可以實修男女雙修這樣的密法,而出家的僧人必須以記句手印、法手印和大手印等三種手印來取代"行手印"修法,而同樣達到"契於空樂無二之理"。

《修欲樂定要門》中對"大手印"的修法作如此定義:

> 若依大手印入欲樂定者,然欲樂定中所生覺受要須歸於空樂不二之理,故今依大手印止息一切妄念,無有纖毫憂喜,不思不慮,凝然湛寂,本有空樂無二之理而得相應,即是大手印入欲樂定,歸空樂不二之理也。[1]

這段話很容易讓我們想起菩提達摩《二入四行論》中所説的"理入"論,即:

> 理入者,謂藉教悟宗,深信含生凡聖同一真性,但爲客塵妄覆,不能顯了。若也捨妄歸真,凝住壁觀,[無]自[無]他,凡聖等一,堅住不移,更不隨於文教,此即與理冥符,無有分別,寂然無爲,名之理入。[2]

薩思迦班智達曾經激烈地批判噶舉派所傳之大手印法包含漢地和尚摩訶衍所傳教法之殘餘。從這篇要門中對大手印修法的定義來看,薩思迦派所傳教法同樣也受到了被其批判的和尚之法的影響。[3]《修欲樂定要門》中還對爲何要修"智慧方便雙運道"作了義理上的説明,此可幫助我們理解密乘修法之合理性以及密續(怛特囉,Tantra)之定義。其云:

---

[1] 見《大乘要道密集》卷一,頁6。
[2] 梁·菩提達摩説,《菩提達摩大師略辨大乘入道四行觀》,《卍新纂大日本續藏經》(《卍續藏》),第63册,第1217經,東京:國書刊行會,頁1,上欄。
[3] 參見沈衞榮,《西藏文文獻中的和尚摩訶衍及其教法:一個創造出來的傳統》,《新史學》16/1,臺北,2005年,頁1—50。

問婬聲敗德，智者所不行；欲想迷神，聖神之所遠離；近障生天，遠妨聖道，經論共演，不可具陳。今於密乘何以此法化人之捷徑，作入理之要真耶？答：如來設教，隨機不同，通則皆成妙藥，執則無非瘡疣。各隨所儀，不可執己非彼。又此密乘是轉位道，即以五害煩惱爲正而成正覺。[1]

《欲樂定》要門隨後又援引《上樂根本續》、《出現上樂本續》、《大幻化本續》、《密集本續》、《金剛四座本續》、《喜金剛帳本續》、《三菩怛本續》、《喜金剛本續》等所説以證明以上道理。復言"倘若傍依此門，非理而作，罪大不少"。故《能照無明要門》云：

> 不依正理妄修行，如是之人壞正法，不曉加行湛融人，不用同席而共居。此乃是爲凡俗境，無有功能成過患。由此諸修秘密者，失方便意成謬作。[2]

此處所引《能照無明要門》並非常見著作，《大乘要道密集》中亦僅提到這一次，要找出其來源本來幾乎是一項不可完成的使命。可事有湊巧，於筆者正在用心研究的俄藏黑水城漢文藏傳佛教文獻中正好有一篇題爲《拙火能照無明——風息執着共行之法》，爲西夏時代寫本，與《夢幻身要門》、《中有身要門》、《捨壽要門》、《甘露中流中有身要門》等屬同一系列，乃噶舉派所傳《捺囉六法》的修行儀軌。而上述這段引文則正好見於這篇《拙火能照無明》中，祇是中間少引了好幾句，個別用字亦有不同。後者原作：

> 不依正理妄修作，如是之人壞正法[行]，不曉加行湛融人，不用同蓆而共居。不與覺女共依止，決意與彼依止者，此乃是爲凡俗境，無有功能成過患。能依加行方便者，一二之人所達境，非是衆人所到處。由是諸修秘密者，失方便成意謬作。[3]

這段引文的認定可引出不少有意義的推論，首先它可證明這部由"祐國寶塔弘覺國師沙門慧信録"的《依吉祥上樂輪方便智慧雙運道玄義卷》當不是元朝，而是西夏時代的作品。其次，即使像《拙火能照無明》這樣僅有抄本傳世的藏密儀軌，於西夏時代亦已有相當廣泛的流傳，黑水城文書中所發現的這一篇抄本不可能祇是

---

〔1〕　見《大乘要道密集》卷一，頁6。
〔2〕　見《大乘要道密集》卷一，頁8。
〔3〕　俄羅斯科學院東方研究所聖彼得堡分所、中國社會科學院民族研究所、上海古籍出版社合編，《俄羅斯科學院東方研究所聖彼得堡分所藏黑水城文獻》(簡稱《俄藏黑水城文書》)卷五，A18，上海古籍出版社，1996—1998年，頁255。

一個孤本,因爲至少慧信在録《依吉祥上樂輪方便智慧雙運道玄義卷》時參照了《拙火能照無明》的這個譯本。當然,很有可能當時有一個專門譯、傳藏密儀軌的團體,互相之間緊密合作,能援引各自所譯經、續之譯文。而當時流傳的各種要門當遠不止我們今天於俄藏黑水城文獻中所能見到的那些,慧信在援引《能照無明要門》之後還引用了《令明體性要門》、《伏忘要門》等,而這些要門均不見於今天所存的黑水城文獻中。最後,慧信所録的這篇要門或許並不是某位西番上師所傳要門的直接譯文,而是慧信自己採集各家的説法,獨立撰寫的一部修法要門。這樣的例子恐怕並不祇是慧信的這一部文書而已,這無疑將給我們同定這些文書的藏文原本造成巨大的困難。然而,對這些文書的研究無疑可以揭露西夏藏傳佛教學者所達到的水準。

2.《拙火定》 (9—19)

此爲一長篇拙火定修習儀軌,爲秘密道修習[瑜伽]本續之勝惠本續——《大喜樂金剛本續》之修法,"是捺囉呱(即 Nāropa)法師求修要門之所宗也"。"夫修習人以嗔恚爲道者,須修拙火定也。"《大喜樂金剛本續》之修法有增長和究竟兩種次第,亦即通常所説的生起(bskyes rim)和圓滿次第(rdzogs rim),拙火定屬於究竟次第中的依脈修法。

3.《九周拙火劑門》 (19—20)

此爲一短篇拙火定特殊修法儀軌。九周拙火亦名修整身儀拙火,又名以強發暖拙火,又名治風脈定拙火。乃專爲調身、治寒水和其他風冷等種種疾病而設置的一種拙火定修法。

4.《治風劑門》 (20—22)

此爲教導行者如何依止禪定自己治療各種疾病的一部短篇儀軌。所謂"劑門"當與"要門"同義,乃藏文 man ngag 的意譯,即實修指南,漢文通常譯作"訣竅"、"口訣"、"教授"等,或者按其梵文音譯作"優婆提舍"。

5.《對治禪定劑門》 (22—23)

此爲指導行者如何對治禪定中出現的四種不生因定,以及顯現不相應相、顯現相應相等兩種現禪定相的儀軌。

6.《除定障礙劑門》 (23—25)

此爲指導行者於禪定中如何通過修風、脈、明點等消除可能出現的各種障礙,且治諸病及消惑業圓滿福慧的儀軌。

7.《十六種要儀》 (26)

十六種要儀,或稱十六種要門,指身、脈、脈根、識等四藏;安樂、分明、遣厭離、不著等四緣;成脈功能相、成風功能相、成身功能相、成心功能相等四相;以及脈得自在果、心得自在果、識得自在果、風得自在果等四果。實際上,這部短篇儀軌僅列十六種要儀之名相,並没有實修要門。

8.《光明定玄義》(26—27)

此篇《光明定玄義》與緊接的《夢幻定》和《幻身定玄義》組成一個系列,分别爲《捺囉六法》中光明（'od gsal）、幻身（sgyu lus）和夢（rmi lam）瑜伽。這三種瑜伽修習緊密相關,特別是夢與幻身瑜伽之修習常常合二而一,成爲夢幻身瑜伽。而這兒的光明定事實上説的是"睡眠定",亦即夢瑜伽,乃"以愚痴返为道者"的修習法。其要旨爲"睡眠是愚痴,以睡眠中斷除愚痴,令心歸真,生無分别智,於現身獲大手印成就"。捺囉巴上師説此睡眠定的依據是《大幻化網本續》。於這篇短篇儀軌中,我們讀到了一段對佛教顯、密二宗的區别所作的極爲簡明的解釋,其云:"若棄捨煩惱而修道者,是顯教道;不捨煩惱而修道者,是密教道。今修密教之人,貪嗔痴等一切煩惱返爲道者,是大善巧方便也。"前述修拙火定是返嗔恚爲道,此云修睡眠（光明）定是返愚痴爲道,後曰修幻身定要返無明而爲道者,所以捺囉六法是密教最典型的轉煩惱爲道用（lam 'khyer）的修法。

9.《夢幻定》(27)

此爲指導行者依增長儀觀,即生起次第,修夢幻定之短篇儀軌。

10.《幻身定玄義》(27—29)

此爲一篇比較完整的修習夢幻身瑜伽儀軌,雖與俄藏黑水城文獻中所見到的一篇《夢幻身要門》有一些類似的地方,如亦説"以五種義成幻身定,一者求請夢境,二者識認夢境,三者增盛夢境,四者潔淨夢境,五者睡眠",但其具體修法與爲噶舉派所傳的夢幻身瑜伽修法有諸多不同,由此可以肯定其爲薩思迦派的六法傳承。

第二卷
(三)《密哩斡巴上師道果卷》(上)[1]

---

〔1〕《密哩斡巴上師道果卷》顯然祇是編者根據内容添加的一個總目,其内容由分别爲薩思迦三祖葛剌思巴監藏（Grgas pa rgyal mtshan,華言名稱幢）、四祖公哥監藏（Kun dga' rgyal mtshan,華言普喜幢）、五祖八思巴（'Phags pa Blo gros rgyal mtshan）等造短篇儀軌組成,其内容皆圍繞密哩斡巴（Virūpa）上師所傳道果法展開。北京國家圖書館藏善本書目中有《密哩斡巴上師道果卷》,"元釋莎南屹囉譯",爲明抄本,一册。

1.《引上中下三機儀》,大瑜伽士名稱幢師述 （1—5）[1]

《引上中下三機儀》乃根據密哩斡巴大師所述意趣,説人種姓有方便、勝惠、融通三種行人,故隨機而作引導,説各種不同的修行方式。實際上,此亦是《道果語録金剛句》之釋論的一部分,解釋的是"三十偏滯方便擁護道"中的"偏方便邊擁護儀"和"偏智惠邊擁護儀"。於《葛剌思巴監藏［名稱幢］全集》(*Grags pa rgyal mtshan gyi bka' 'bum*) 中,我們尚無法找到這部儀軌的原本,然於薩思迦初祖公哥寧卜的著作目録中卻列有一部與此同名的著作,題爲 *dBang po rab 'bring gsum gyis dkri ba*。[2]

2.《授修習敕軌》,大瑜伽士普喜幢述 （5—9）

此之"大瑜伽士普喜幢師"即著名的薩思迦班智達公哥監藏 (Sa skya paṇḍita Kun dga' rgyal mtshan),《授修習敕軌》的藏文原本爲 *sgrub pa lung sbyin*,見於《薩思迦班智達公哥監藏全集》(*Paṇḍita Kun dga' rgyal mtshan gyi bka' 'bum*) 第44號。[3] 其跋尾中説:"爲他將此甚深義,吉祥白地大法席,志誠頂受名稱幢,淨蓮足塵余敬書。由此金剛句甚幽,曾無有人述明文。應他勸緣普喜幢,敍訖願上垂忍受。"而與"吉祥白地大法席"一句相對應的藏文原句作 dpal ldan sa skya'i dben gnas dam pa ru,譯言:"具吉祥薩思迦聖妙阿蘭若。"因爲元朝文獻中普遍將 Sa skya 音譯作"薩思迦",而此處卻將其意譯爲"白地",疑爲元以前之譯文。《授修習敕軌》"總集諸道授修習敕,大分爲三:初集福資糧,令喜空行衆;二授修習敕,内外緣得扣;三啓誓,奉行大持金剛教。"整個修行儀軌乃圍繞"稽首五輪敬仰乞,焰動堅固差别理,命懃消滅亦復然,大樂法身如虛空"一頌的解釋而展開。[4]

3.《攝受承不絶授灌記文》,大瑜伽士名稱幢師述 （9—11）

亦名《攝受承不絶手作記文》,爲資徒攝受甚深灌頂儀軌之記文。作者爲薩思

---

[1] "大瑜伽士名稱幢"當爲藏文 rNal 'byor chen po Grags pa rgyal mtshan 的漢文意譯,指的是薩思迦第三祖葛剌思巴監藏。Beckwith 將"名稱幢"意譯作"the Master named 幢 T'ung［=（Kun dgā）rgyal mtshan］",這樣他便把這位"大瑜伽士名稱幢"復原爲薩思迦班智達普喜幢了。這顯然是一個錯誤,因爲此處之所謂"名稱"不是一個動詞,而是一個人名詞的一部分,與藏文 grags pa 對應。"名稱幢"的原意是人名 Grags pa rgyal mtshan,正好是薩思迦三祖,即薩思迦班智達之叔父的名字。《大乘要道密集》中署名爲"名稱幢"的著作有九部之多。

[2] 見 'Jam mgon A myes zhabs Ngag dbang kun dga' bsod nams, *'Dzam gling byang phyogs kyi thub pa'i rgyal tshab chen po dpal ldan sa skya pa'i gdung rabs rin po che ji ltar byon pa'i tshul gyi rnam par thar pa ngo mtshar rin po che'i bang mdzod dgos 'dod kun 'byung, A History of the 'Khon Lineage of Prince-abbots of Sa skya* （以下簡稱《薩思迦世系史》）, Reproduced from a rare print by Tashi Dorji, Dolanji: Tibetan Bonpo Monastic Centre, 1975, p. 47.

[3] 《薩思迦全集》(*Sa skya pa'i bka' 'bum*) 卷五,東京:東洋文庫,1968 年,頁 345—347。

[4] 參見 Shen Weirong, "Tibetan Tantric Buddhism at the Court of the Great Mongol Khans: Sa skya *pandita* and 'Phags pa's works in Chinese during the Yuan Period."

迦三祖名稱幢,即葛刺思巴監藏,其藏文原本見於《葛刺思巴監藏全集》第 18 號。[1] 其藏文本原標題作 *Byin rlabs kyi brgyud pa ma nyams pa'i lag len gyi tho yig*,按今日習慣或可譯作《不違神力傳承實修記文》。似爲對道果法四耳承道的解釋,其跋尾中云:

> 從耳傳耳甚深要門,不應立字。爲不違資志誠勸請,今立文字。仰惟金剛上師惟願勇猛空行母衆不垂重責,哀愍攝受。承此善力,普願法界一切有情,皆證最上大印成就,諸修道者永無間斷者矣。[2]

4.《五緣生道》,大薩思嘉班帝怛普喜幢師述 (12—16)

原標題作 *rTen 'brel lnga rdzogs*,譯言《圓滿五緣》,見於《薩思迦班智達公哥監藏全集》第 45 號。乃對《道果金剛句》初道之五緣生道的釋論,對外、内、密、真如、究竟等五種緣於因、道、果三種不同緣會中的意義詳作解釋。[3]

5.《大金剛乘修師觀門》,大薩思嘉班帝怛著哩哲斡上師述,持咒沙門莎南屹囉譯 (16—24)

此之所謂"大薩思嘉班帝怛著哩哲斡上師"即薩思迦班智達公哥監藏,"著哩哲斡"當爲藏文 chos rje ba 的音譯,意爲"法主"。這部《大金剛乘修師觀門》的原標題實爲 *Lam zab mo bla ma'i rnal 'byor bzhugs so*,譯言《甚深道上師瑜伽》。見於《薩思迦班智達公哥監藏全集》第 41 號。[4]《大金剛乘修師觀門》亦是對《道果金剛根本句》之釋論的一部分,後者結尾處謂"甚深道者師"。"上師瑜伽"於藏傳密教修習中佔有突出地位,薩思迦之道果法尤重此道,所謂"夫依法得密教灌頂,師處虔誠讚祝,於現世中證持金剛。是故一切時中懃修師觀"。薩思迦諸位祖師均有上師瑜伽之釋論傳世,今接此篇的八思巴帝師所造《觀師要門》亦是同類著作。顯然,上師瑜伽亦曾流行於元朝,除了這部漢譯文以外,《大金剛乘修師觀門》亦有回鶻文譯本傳世。[5]

6.《觀師要門》,大元帝師發思巴集,持咒沙門莎南屹囉譯 (24—26)

[1]《薩思迦全集》卷三,頁 226-4-1—228-2-4。

[2] 見《大乘要道密集》卷二,頁 11。

[3]《薩思迦全集》卷五,頁 347-1-3—3491-1-1。參見 Shen Weirong, "Tibetan Tantric Buddhism at the Court of the Great Mongol Khans."

[4]《薩思迦全集》卷五,頁 339-3-1—342-2。

[5] 參見 G. Kara, Peter Zieme, *Die uigurischen Übersetzungen des Guruyogas "Tiefer Weg" von Sa-skya Pandita und der Mañjuśrīnāmasaṃgīti* (BT VIII) (Berlin, 1977).

此即八思巴帝師所造《上師瑜伽》(*Bla ma'i rnal 'byor*)，原文見於《八思巴法王全集》(*Chos rgyal 'Phags pa'i bka' 'bum*) 第一卷。[1] 其跋尾中説："觀師要門發思巴謹按著哩哲斡上師幽旨而述。"此之"著哩哲斡上師"，亦即前述"大薩思嘉班帝怛著哩哲斡上師"，即八思巴帝師之叔父薩思迦班智達。所以，八思巴的《觀師要門》實際上是薩思迦班智達《大金剛乘修師觀門》的簡寫本。

（四）《密哩斡巴上師道果卷》（下）[2]

1. 《含藏因續記文》，大瑜伽士名稱幢師述，持咒沙門莎南屹囉譯　（1—3）

"含藏"乃元代譯法，西夏時代譯作"總位"，與藏文 kun gzhi 對應，即所謂"阿賴耶識"。《含藏因續記文》按字面意義還原成藏文當作 *Kun gzhi rgyu rgyud kyi tho yig*，然於《葛剌思巴監藏全集》中我們找不到與此同名的著作。葛剌思巴監藏有一部題爲《含藏因續宿緣有寂無別見根本》(*Kun gzhi rgyu rgyud las 'phros nas 'khor 'das dbyer med kyi lta ba'i rtsa ba*)，見於《薩思迦道果文獻叢書》，[3] 惜尚無緣寓目，不知此文與此《含藏因續記文》是否爲同一種文書。含藏因續爲道果法初道之共同道中的三續道之一，《含藏因續記文》分七分解釋含藏，"初陳所依，而標指含藏，三依所依儀，四能所屬，五判成因續，六判成本續，七配動靜法"。

2. 《座等略文》，大瑜伽士名稱幢師述　（3—5）

此文解釋於灌頂以及中圍中所見各種座及其象徵意義，分兩品："初約瓶灌頂具足三座中圍相，二修後三灌具足三座之中圍内得灌儀。"[4]

---

〔1〕　《薩思迦全集》卷六，頁 30 - 1 - 1—31 - 1 - 1。

〔2〕　儘管此所謂《密哩斡巴上師道果卷》當乃記錄者添加的標題，而且其中多種文書署名爲"大瑜伽師名稱幢師"的作品，但將這些文書排列在一起成一系列顯然有其内在邏輯。於《薩思迦世系史》(*Sa skya gdung rabs*) 所見薩思迦初祖公哥寧卜 (Kun dga' snying po，譯言普喜藏) 傳中，有其所造有關道果法之論疏目録，其次序之排列幾乎與此卷所列完全一致。其云："上師阿僧於斷道果源後請曰：你自己所有大寶語訣過去亦未曾説過，此回請説一次，且造一詳細文書。於彼入於密法，集其所請之法，上師念結善緣，遂向上師阿僧説一回法，且造《道果攝義》(*Lam 'bras don bsdud ma*) 賜之。爾後，復次第於各求法者之前造 sGa theng ma、Zhu byas ma、Klo skya ma 等十一部釋論，其中於善友涅 (dGe bshes sNyag) 之前所造者，思以言簡意賅，迄今爲樣本 (phyag dpe)。作爲彼等前後間輔助之書 (de dag gi bar skabs kyi gsal byed yi ge)，復造《含藏因續》(*Kun gzhi rgyu rgyud*)、《座等身中圍》(*gDan sogs lus dkyil*)、《辨死相》(*'Chi ltas brtag pa*)、《贖命觀》(*'Chi bslu*)、《轉相臨終要門》(*'Da' kha ma'i gdams ngag*)、《明點觀》(*Thig le'i rnal 'byor*)、《手印性相》(*Phyag rgya'i mtshan nyid*，《辨手印母相》)、《以文字遮門要門》(*Yi ges sgo dgag pa'i man ngag*)、《四中有》(*Bar do bzhi*，《四灌遷神旨》)、《道時受灌儀》(*Lam dus kyi dbang*)、《四量記文》(*Tshad ma bzhi*)、《六要記文》(*gDams ngag drug*)、《顯五緣生道》(*rTen 'brel lnga*)、《金剛空行燒施儀》(*rDo rje mkha' 'gro'i sbyin sreg*，《略燒施儀》)、《沐浴除影法》(*Grib ma khrus kyis sel ba*，《除影瓶法》)、《截截除影法》(*Tsha tshas sel ba*) 等種種文書。"見《薩思迦世系史》，頁 45—46。將這一目録與此《密哩斡巴道果卷》卷下所列諸目對照，則不難發現二者幾乎一一對應。遺憾的是，於現存《公哥寧卜全集》中我們找不到這些文書。

〔3〕　*Sa skya lam 'bras literature series*　(Dehra Dun, Sakya Center, 1983)，卷 II，頁 191—194。

〔4〕　其藏文原本尚無法於《葛剌思巴監藏全集》中找到。於薩思迦初祖《公哥寧卜全集》(*Kun dga' snying po'i bka' 'bum*)，《薩思迦全集》卷一，頁 387 - 4 - 4—388 - 3 - 3 中，有《座之清淨》一篇，但與《座等略文》不同。

3.《身中圍事相觀》（5—7）

乃修觀修身中圍（lus kyi dkyil 'khor），或身壇城之儀軌，即行者將自身觀想爲其本尊之壇城而證佛身的一種修法。其藏文原本尚待同定，於《葛剌思巴監藏全集》和《法王八思巴全集》中都見有觀修身中圍之儀軌，其中以修上樂金剛鈴杵身壇城者居多，其内容都與此《身中圍事相觀》不同。

4—5.《辨死相》（三章同題）（7—10）

與"辨死相"相應的藏文或當爲 'Chi ltas brtag pa，米拉日巴的著名弟子 Ras chung pa rDo rje grags pa（1085—1161）有一與此同名的作品傳世，惜尚無緣寓目。但此處所説"死相"與中陰救度法中所説臨終中有之説有關，但不盡相同。寧瑪派之"臨終中有導引"將"死相"分成外、内、密、遠、近及零星等六種。[1]《辨死相》由三個短篇組成，第一篇説"與遷神旨相屬死相"，即"棄捨禪定、厭身、語、意三行之一、遍憎處所、厭嫌知友和改隨常儀"等"定死之相"，並敍大自在二贖儀，即以風贖和飲空贖，爲"求修無死勝要"；第二篇説以各種夢境來辨"不定死相"，或曰"外死相"；第三篇説以左右鼻風息來辨"廣死相"。

6.《贖命觀》，大瑜伽士名稱幢師述（10—11）

贖命法爲臨終中陰修法的一個組成部分，於辨死相之後當求具證量傳承上師指導修贖命和遷識之法。此處將贖命法分成内外兩種，外贖命法爲設放施食和印建截截求生命兩種；内贖命法則分共與不共兩種，亦即前述以風贖和飲空贖兩種修法。尚無法於《葛剌思巴監藏全集》中同定其藏文原本。

7.《轉相臨終要門》（11—12）

臨終中有修法，分轉變相旨、光蘊遷旨、音聲遷旨三種，要旨在於臨終時刻四大消融，光明生起之時，體認佛性光明，故不現中有之相，證持明等覺。

8.《明點觀》（12—13）

觀修心間日月合、臍間唯勇猛、密處樂明點、眉際白髮種等四種明點儀軌，以分別達到明點遍增盛、發寂、生樂和令身健等目的。

9.《辨母相》（13）

此儀軌簡述"爲[道果法]第四灌依及修道依"之瑜伽女，或曰修行母之種類，

---

〔1〕 參見談錫永翻譯，《六中有自解脱導引》（寧瑪派叢書，修部四），香港：密乘佛學會，1999 年，頁134—150。

如獸形母、螺具母、象形母、紋道母、衆相母等。

10—11.《四灌遷神旨》(二章同題) (13—17)

即"往生"('pho ba,即遷識)和奪舍(grong 'jug,或譯射識)儀軌。有兩篇,首篇述當行者至決死時有四種往生、遷識之法,即合安樂處、合他身處(奪舍遷識之法)、合他淨土和合大手印等;其第二篇則述瓶灌、密灌、惠灌和辭灌等四種中有灌頂。二者從修道順序上前後相接,即當行者"修臨終旨既不能遷,遂成中有幻身之時,須中有旨"。薩思迦派以爲"上根機士現身證宗,中根機人以臨終旨爲緣而證,下根機人以中有旨爲緣而證,最極下者乃是尊適三昧灌頂禁戒,行人經七勝等方證宗趣"。所以此四種灌頂中有實爲下根機人所説。

12.《道時受灌儀》,大瑜伽士名稱幢師述 (17—19)

此儀軌之藏文原本尚無法於《葛剌思巴監藏全集》中找到,然於《法王八思巴全集》中我們見到了一部題爲《廣修道時受灌儀》(*Lam dus kyi dbang rgyas pa blang pa'i lag len*)的短篇儀軌。[1] 二者顯然有類同之處,內容皆爲憑道果金剛句説道時受灌儀,亦即道果法第四密灌儀軌,但二者所説修法不完全一致。八思巴帝師的這部儀軌乃應女施主闆闆真(dPon mo Go go tsan)勸請造於陽木狗年(1274)十月二十七日。

13.《四量記文》,大瑜伽士名稱幢師述 (19—21)

乃對《道果根本金剛句》中"以四正量論定果已"(tshad ma bzhis 'bras bu gtan la phab nas)一句之釋論。前述《道果延暉集》中對《金剛句》的解釋到四正量爲止,而此篇《四量記文》則正好可與其相接。所謂四量者即聖教量、傳記量、師量、覺受量,此記文以"初煩惱六趣因,二因成六趣果"兩個方面來解釋四量之意義。

14.《六要記文》 (21—22)

即對道果法初道之六要道的解釋,其首云:"夫該於果一切要門皆六要,攝其總有二,初共通諸家六要,二唯大自在六要。且初六者一除毒、二受甘[露]、三決斷、四遣愛、五策悶、六收散;二唯大自在六要者,即見之三種及定之三,六種是也。"此記文即從見、定兩個方面來解釋六要。

15.《顯五緣生道》 (22—23)

以"明緣會體"、"明緣會際"、"正陳緣會"、"四種道中屬何道"、"四種量中屬

---

[1] 見於《薩思迦全集》卷六,頁130–2–1—130–4–4。

何量"、"依此緣會修證之軌"和"明幾緣會圓滿道"等七門來解釋"五緣生道",與前述薩思迦班智達所造《五緣生道》互爲補充,形成對五緣生道的全面解釋。

16.《略施燒儀》 （23—24）

"燒施",或曰"施燒",即"護摩",與其對應的藏文詞作 sbyin sreg。乃薩思迦派常修的一種令行者消除業障、不墮惡趣的儀軌。薩思迦歷代祖師文集中均收有各種燒施儀軌,内容大同小異。與此之《施燒略儀》對應的藏文原本見於《葛剌思巴監藏全集》卷二,標題爲《除障[影]施燒略儀》（*Grib sel gyi spyin sreg bsdus pa'i yi ge*）。[1]

17.《除影瓶法》,大瑜伽士名稱幢師述 （25）

乃集供養、灌頂、觀想、念咒於一體的消除影障儀軌。

18.《截截除影法》,大瑜伽士名稱幢師述 （25）

乃建截截祈願以除犯三昧愆影障儀軌。其藏文標題當作 *Grib ma tsha tshas sel ba*,原文尚待考定。燒施儀、除影瓶法和截截除影法當流行於西夏時代,見於黑水城文書中的西夏新譯佛經《聖大乘三歸依經》之御製後序中説:"朕適逢本命之年,特發利生之願。懇命國師、法師、禪師暨副判、提點承旨、僧録、座主、衆僧等,遂乃燒施、結壇、攝瓶、誦咒,作廣大供養,放千種施食,讀誦大藏等尊經,講演上乘等妙法。亦致打截截,作懺悔,放生命,喂[饘]囚徒,飰僧設貧,諸多法事。"[2]由此可見,西夏佛教當已深受薩思迦派的影響。截截乃藏文 tsha tsha 之音譯,今譯"察察"。

第三卷

（五）《解釋道果語録金剛句記》,西番中國法師禪巴集,中國大乘玄密帝師傳,北山大清涼寺沙門慧忠譯 （1—19）

此篇是《道果語録金剛句》（*Lam 'bras gzhung rdo rje'i tshig rkang*,或曰 *Lam 'bras gsungs mdo bzhugs so*）的釋論,内容不完整。此釋論至少分"各不分別世出世間總明通輪廻圓寂道"和"集輪緣世間道"兩大部分,各分七段。然而此起首即從

---

[1] 《薩思迦全集》卷四,頁 311 - 4 - 5 - 312 - 1 - 6。

[2] 見《俄藏黑水城文獻》卷三,TK121、122,頁 56。於拜寺溝西夏方塔中出土了大量截截,其中塔形截截 5 000 個,佛形截截 1 100 個,打截截儀軌於西夏時代的流行於此亦可見一斑。見寧夏文物考古所,《拜寺溝西夏方塔》,北京: 文物出版社,2005 年,頁 302。

"五密義相續不絕處令獲成就及生諸功德故,以四耳傳教示道者"開始,前面當闕"總明通輪廻圓寂道"中自一至四四段。而第二部分"集輪緣世間道"七段之中亦僅説"三引導儀"和"二進道儀",似亦不完整。《解釋道果語録金剛句記》先從因、道、果三位解釋"四耳承道",即"一主戒江河不絕,二攝受相續不絕、三師要繩墨了不誤謬、四以敬信力充足自心"。接着詮釋"六依殊勝緣起和合出生正覺受故,以五緣起教示道者",即解釋"五緣生道",其内容正好包括了前述薩思迦班智達所造《五緣生道》和《密哩斡巴道果卷》中《顯五緣生道》兩篇中的全部内容。接着解釋"七從初學人至十二地半凡於方便勝惠偏墮行人須憑護衛故,以遮護留礙教示道者",此爲本篇釋論之最重要的部分,詳解"墮方便邊護儀八、墮智惠邊護儀八、共同護儀十四"等"世間道總有三十種護儀"。接着解釋以界[風]引導、以界甘露引導和以脉字引導等三引導儀和依五位進道和依三十七菩提進道等二進道儀。儘管《解釋道果語録金剛句記》應當是西夏時代的作品,其傳者"中國大乘玄密帝師"是西夏時代著名的帝師之一,然而從内容上看卻與元代翻譯的《道果延暉集》前後相接。《道果延暉集》對《道果金剛句》的解釋止於"四量道",而《解釋道果語録金剛句記》開始於"四耳承道",二者合起來正好是對《道果語録金剛句》的一部完整的釋論,中間唯闕對"六要道"的解釋,而對"六要道"的釋文已見於前述《密哩斡巴道果卷》中的《六要記文》。看來《大乘要道密集》的編集並非完全隨意,而是有一定的取捨的。

(六)《解釋道果逐難記》,甘泉大覺圓寂寺沙門寶昌傳譯　　(1—24)

　　其起首記其緣起云:"依兩部番本,寶昌譯成漢本,勘會一處。此記有兩部,劉掌厮囉所説者略中難,吟迦法師不傳。此記者大禪巴師所集也。文廣易解,是此記也。"而大禪巴法師之"自師㖿法師"乃"㖿薩悉結瓦者乃極善真心師之易名也",此即 'Khon Sa skya ba Kun dga' snying po 之譯名,指的是薩思迦初祖公哥寧卜,即普喜藏法師。'Khon,此譯"㖿",而元時譯作"款",稱"薩思迦款氏"。[1]　由是觀之,大禪巴師當是薩思迦初祖公哥寧卜[普喜藏]的親傳弟子,所以薩思迦派的道果法亦當通過這位大禪巴法師等於西夏傳播。查《薩思迦世系史》所録公哥寧卜傳記可知,其造釋論之親傳弟子(gzhung bshad mdzad pa'i dngos slob)中即有一位來自

---

〔1〕　參見陳慶英,《〈大乘要道密集〉與西夏王朝的藏傳佛教》,頁62。

彌藥的智綱(Mi nyag Prajñālāla)。[1] 可見，西夏佛教徒與薩思迦派的交往已於薩思迦初祖公哥寧卜時就已經開始了。此部釋論是甘泉大覺圓寂寺沙門寶昌根據大禪巴法師所集根據至少兩種"番本"，即藏文原本傳譯，文中常引述"唅迦法師"和"成法師"所説。與《道果延暉集》和《解釋道果語録金剛句記》一樣，這部《解釋道果逐難記》亦是對薩思迦派所傳道果法的詳細解釋。然與前兩部釋論不同的是，此篇不是按照原文次序從頭到尾對各金剛句逐一作解釋，而是對道果法中的重要義理和修法，亦即所謂"難點"加以解釋。此即與藏文注疏中的一種文體"釋難"(dka' 'grel)對應。

《解釋道果逐難記》引述了《聖吉祥真實名經》中的一個段落，云："問曰：若如是則一切諸佛所説法中唯釋迦牟尼佛之外，餘佛者爲無也。答曰：餘佛不説者，爲人間不説也，天上決説。是故文殊真實名中過去正覺等已説，此等佛者亦説密教證果之儀也。"雖然這個段落亦見於薩思迦二祖索南孜摩(bSod nams rtse mo)所造《續部總釋》(rGyud sde spyi'i rnam par gzhag pa)中，[2] 但《解釋道果逐難記》並不是薩思迦二祖所造《續部總釋》的譯文。

(七)《大乘密藏現證本續摩尼樹卷》，大薩思嘉知宗巴上師造，持咒沙門莎南屹囉譯 (1—31)

這是《大乘要道密集》所録所有文書中篇幅最長的一部，其作者所謂"大薩思嘉知宗巴上師"理應是指 Sa skya bla ma rJe btsun chen pa，而這個稱呼恰恰常常是指薩思迦三祖葛剌思巴監藏。因其譯者是莎南屹囉，所以是元代的譯作。查《葛剌思巴監藏上師全集》，我們不難發現其全集之首篇即題爲 rGyud kyi mngon par rtogs pa'i rin po che'i ljon shing，譯言《本續現證如意寶樹》，似正好與此所謂《大乘密藏現證本續摩尼樹卷》相合。《本續現證如意寶樹》，亦稱 Kye rdor rgyud kyi mngon par rtogs pa'i rin po che'i ljon shing，譯言《喜金剛本續現證如意寶樹》，顧名思義，此乃《喜金剛本續》的一部釋論，但實際上是主要根據《喜金剛本續》(Kye'i rdo rje zhes bya ba'i rgyud kyi rgyal po)、《金剛帳本續》('Phags pa mkha' 'gro ma rdo rje gur zhes bya ba'i rgyud kyi rgyal po'i brtag pa)和《三菩怛本續》(dPal kun tu kha sbyor zhes bya ba'i rgyud kyi rgyal po)等三部怛特囉而對薩思迦派之各種修法

---

〔1〕　見《薩思迦世系史》，頁57。
〔2〕　*The Complete Works of the Great Masters of the Sa skya Sect of Tibetan Buddhism*, edited by bSod nams rgya mtsho, Tokyo：The Toyo Bunko, 1968, vol. 2, p. 27. 3. 2.

儀軌所作的詳細的詮釋。《本續現證如意寶樹》無疑是葛剌思巴監藏上師最重要的長篇著作之一,今見於《葛剌思巴監藏全集》卷一。[1] 然而,初步核對漢、藏兩個本子,發現藏文《本續現證如意寶樹》之篇幅遠遠超過漢文《大乘密藏現證本續摩尼樹卷》,故後者似不可能是前者的譯本。再經耐心核對,則發現《大乘密藏現證本續摩尼樹卷》確實是《本續現證如意寶樹》中的一個部分的翻譯。與其相應的藏文原文始自頁41-1-5,止於頁55-3-2。不知莎南屹囉僅僅翻譯了《本續現證如意寶樹》中直接與密乘實修有關的部分,還是《大乘要道密集》一書的編者從其全譯本中挑選了這一部分內容。值得一提的是,見於《大乘要道密集》中的《大乘密藏現證本續摩尼樹卷》不但時常出現或增或減與其藏文原本不盡一致的地方,而且還竟然出現了頁碼顛倒的失誤,其中第15頁內容當與第17頁相接,而第16頁的內容當緊接第17頁之後。由此可見,根據藏文原本對《大乘要道密集》作整理和訂正確實是一件很有必要、亦很有意義的事情。

第四卷

(八) 咒軌雜集(上)

1.《五方佛真言》 (1—2)

由毘盧遮那佛心咒根本咒、不動佛心咒根本咒、寶生佛心咒根本咒、阿彌陀佛心咒根本咒、不空成就佛心咒根本咒組成。

2.《擁護壇場真言》 (3)

3.《敬禮正覺如來修習要門》 (4—5)

乃本尊禪定修習要門,憑藉壇城[曼吒辣]觀想釋迦牟尼和八大菩薩儀軌。

4.《阿彌陀佛臨終要門》,持咒沙門莎南屹囉譯 (1—2)

此爲本尊阿彌陀佛禪定修法,然與夢瑜伽修法類似,即通過平生修夢瑜伽而於臨終中有時"面見彼佛阿彌陀,即得往生安樂剎"。此儀軌本身雖短,篇末卻詳列其傳承系統,云:"此師傳者,文殊菩薩傳於勝一切冤接怛哩上師(dGra las rnam par rgyal ba Jetāri pa),此師傳於大金剛座師(rDo rje gdan pa chen po),此師傳與小金剛座師(rDo rje gdan chung ba Don yod rdo rje),此師傳與八哩囉撥斡師(Ba ri lotsāba Rin chen grags,1040-1112),此師傳與大薩思加斡師(Sa skya chen po

---

[1]《薩思迦全集》卷三,頁1—70(1—139a)。

[Kun dga' snying po]），此師傳與大哲尊巴師（rJe btsun pa chen po [Grags pa rgyal mtshan]），此師傳與薩思加班弟怛師（Sa skya *paṇḍita* [Kun dga' rgyal mtshan]），此師傳與思納哩探斡師也。"按理這師傳之最後一位上師當是這篇儀軌的作者，可我們一時尚無法確定其身份。Beckwith 先生疑此所謂"思納哩探斡"即 sNar thang ba 的音譯。[1] 然陳慶英先生提出其當可與薩思迦班智達之弟子 Se na rig ldan pa。[2] 筆者傾向於贊成 Beckwith 先生的看法，因爲"思納哩探斡"顯然更可能是 sNar thang ba 的音譯。《明實錄·太祖實錄》卷九四，洪武七年十一月乙丑條下稱"烏思藏土酋思納兒黨瓦勘卜遣僧搠南巴爾加瓦等七人來朝"，此之所謂"思納兒黨瓦勘卜"亦顯然是 sNar thang ba mkhan po 的音譯。查薩思迦班智達之著名弟子中似無稱爲 sNar thang ba 者，然其重要弟子 dMar ston Chos rje rgyal po（1198—1259）卻確實有一位名 sNar thang sGang ston Shes rab bla ma 或者 sGang ston Sher 'bum 的弟子。據傳 dMar ston 所傳"道果法"即是通過這位 sNar thang ba sGang ston 傳開的。[3] 雖然這篇儀軌的藏文原本既無法於薩思迦班智達的文集中找到，亦不知這位 sNar thang sGang ston 是否有著作存世。不過於八思巴帝師的全集中，我們見到一部題爲《以阿彌陀佛淨治罪過修法》（'Od dpag med kyi sgo nas sdig pa sbyong ba'i thabs）。雖然此儀軌與於此所見《阿彌陀佛臨終要》不完全相同，但二者之内容顯然一脈相承。

5.《修習自在密哩斡巴讚嘆》，洛拶斡貢葛兒二合監藏班藏布於薩思嘉集（1—2）[4]

《修習自在密哩斡巴讚嘆》的藏文原本見於《薩思迦班智達公哥監藏全集》第 27 號。[5] 原標題作 *Birwa ba la bstod pa*，譯言《密哩斡巴讚》。然與《修習自在密哩斡巴讚嘆》之跋"修習自在密哩斡巴禱祝洛拶斡貢葛兒二合監藏班藏布於薩思加集"相應的藏文原文作 rNal 'byor gyi dbang phyug birwa pa la gsol 'debs pa / *paṇḍita* kun dga' rgyal mtshan dpal bzang pos/ dpal sa skya'i gtsug lag khang du kha ton du bgyis pa'o//，二者的差異之處僅在於後者稱作者爲"班智達"，而非"洛拶

〔1〕 見 Beckwith, "A Hitherto Unnoticed Yüan-Period Collection Attributed to 'Phags pa," p. 14.
〔2〕 見陳慶英,《〈大乘要道密集〉與西夏王朝的藏傳佛教》,頁 59。
〔3〕 參見 Stearns, *Luminous Life*, *The Story of the Early Masters of the Lam 'bras in Tibet*, pp. 71、198.
〔4〕 Beckwith 先生認爲這位"洛拶斡貢葛兒二合監藏班藏布"指的是元朝帝師貢葛兒監藏班藏布（1310—1358），其實不然,他應當就是薩思迦班智達公哥監藏。
〔5〕《薩思迦全集》卷五,頁 322 - 1—323 - 2。

吪"。密哩吪巴是將"道果法"傳入吐蕃的印度成就八十五師之一,故深受薩思迦派的推崇。對密哩吪巴的讚嘆亦多見於薩思迦其他祖師的著作中,例如薩思迦始祖公哥寧卜全集的首篇就是《具吉祥密哩吪巴讚》(*dPal ldan birwa pa la bstod pa*)。密哩吪巴亦是印度八十五成就師之一,《大乘要到密集》所錄《成就八十五師禱祝》中略記其事曰:"善能逆流大江河,飲酒能指紅日輪,其名號爲密哩二合吪巴,上師尊處我敬禮!"

6.《彌勒菩薩求修》,發思巴辣麻集　(3—4)

此爲八思巴帝師所傳衆多本尊禪定儀軌中的一個,原文見於《八思巴法王全集》第 142 號。[1] 原標題作 *Byams pa'i sgrub thabs bzhugs*。其跋云:"聖彌勒菩薩求修作法,按巴哩洛搂吪要門、尊德薩思加巴語訣",與此相應的藏文原文作 'Phags pa byams pa'i chos skor yan lag dang bcas pa rdzogs so / bla ma ba ri lo tsā ba'i gdams ngags sa skya pa'i zhal gdams yi ger bkod pa'o,此僅説"薩思加巴語訣",而没有提到"尊德",即 rje btsun。

7.《上師二十五位滿吒辣》　(1—2)

傳譯者不明,題首注明:"此滿吒辣皆共通供養都用的。"乃修上師壇城儀軌,列二十五位上師名號,及禱祝念百字咒。於《八思巴法王全集》中至少有三篇儀軌在内容上與此《上師二十五位滿吒辣》甚爲相似。它們是第 26 號 *Bla ma maṇḍala 'bul zhing gsol ba 'debs*,譯言《向上師獻滿吒辣並禱祝》;[2] 第 40 號 *Yig brgya bzla ba'i man ngag*,譯言《頌百字要門》;[3] 第 41 號 *Bla ma la maṇḍala dbul zhing gsol ba gdab pa'i man ngag*,譯言《向上師獻滿吒辣並禱祝要門》。[4] 借助八思巴帝師的這三篇儀軌,我們或即可以復原這篇失譯《上師二十五位滿吒辣》的藏文原本。

8.《修習自在擁護要門》,發思巴集　(1—2)

這是《大乘要道密集》中所錄署名爲帝師八思巴的四部著作中唯一一部一時尚無法同定其藏文原本的作品,乃"修習必哩吪巴觀想次第"並作擁護儀軌。其跋云:"修習自在密哩吪巴付與大薩思加巴七十二本續勑時,傳此甚深要也。"復云:"修習自在擁護要門最極明顯發思巴集竟。"

---

〔1〕《薩思迦全集》卷七,頁 72－4—73－3。
〔2〕《薩思迦全集》卷六,頁 29－2—30－1。
〔3〕《薩思迦全集》卷六,頁 96－3—97－1。
〔4〕《薩思迦全集》卷六,頁 97－1－3。

9.《修習自在攝受記》 （1—2）

上師付與、資徒授受、共同修習自在要門。傳譯者不詳。

10.《成就八十五師禱祝》,金剛座師造 （1—7）

譯自藏文 *Grub thob brgyad bcu rtsa bzhi'i gsol 'debs*,譯言《成就八十四師禱祝》,原文見於各版《西藏文大藏經》中,作者爲金剛座師（rDo rje gdan pa）,藏譯者是毘嚧遮那（Vairocana）和搠思吉葛剌思巴（Chos kyi grags pa,譯言法稱）。據呂澂先生考證,"金剛座 rdo rje gdan pa 嘗因舊説,選得道者八十四家,製頌讚揚,以備通習,兩宗（指薩思迦派和噶舉派——引者）皆遵用之。——北京奈塘兩版皆名實相符,本文止有八十四家;惟德格版本於薩辣巴 Sarapa 後增入薩辣素 Sarasu（漢譯本作巴辣素 Parasu）,即成八十五師。今漢譯本並出兩薩辣,又以普喜幢易金剛杵,亦改名八十五師"。[1] 成就八十四師被認爲是傳大手印法的上師,除了這部《成就八十四師禱祝》外,《西藏文大藏經》中尚有《成就八十四師史》（*Grub thob brgyad cu rtsa bzhi'i lo rgyus*）、《成就八十四師證藏金剛歌》（*Grub cu rtsa bzhi'i rtogs pa snying po rdo rje'i glu*）和《成就八十四師傳奇道歌釋》（*Grub thob brgyad cu rtsa bzhi'i rtogs rjod do ha 'grel bcas*）等,然其中所列八十四師的名字和次序常常不盡一致。有意思的是,《成就八十四師史》和《成就八十四師傳奇道歌釋》的譯者都是彌藥僧人 sMon grub shes rab,譯言如願慧者。《成就八十四師史》的英譯者 Keith Dowman 先生認爲這位彌藥如願慧或與同樣來自彌藥的拶彌譯師相加思葛剌思巴（rTsa mi lotsāba Sangs rgyas grags pa,譯言覺稱）是同一人。《成就八十四師史》的敘述者是印度最後的班智達之一吉祥畏施（Abhayadattaśrī,或名 Abhayākara）。[2] 有關拶彌譯師相加思葛剌思巴的藏文傳記資料中明確表明,他與 Abhayākara 和 Vāgīśvara 有師生關係。拶彌譯師相加思葛剌思巴與 Abhayākara 一起翻譯了多部摩訶葛剌修法等密乘儀軌。[3] 總之,將《成就八十四師史》和《成就八十四師傳奇道歌釋》譯成西藏文的是西夏僧人,所以《成就八十五師禱祝》或亦是於西夏時代譯成漢文的。

---

〔1〕 參見呂澂,《漢藏佛教關係史料集》,頁14。其藏、漢譯對照則見於同書,頁1—20。

〔2〕 參見 Keith Dowman, *Masters of Mahamudra, Songs and Histories of the Eighty-Four Buddhist Siddhas*（Albani：State University of New York Press, 1985）, pp. 384 –386.

〔3〕 參見 Elliot Sperling, "rTsa mi lo-tsā-ba Sangs-rgyas grags-pa and the Tangut Background to Early Mongol-Tibetan Relations," in *Tibetan Studies*, *Proceedings of the 6th Seminar of the International Association for Tibetan Studies*, *Fagernes 1992*（Oslo：The Institute for Comparative Research in Human Culture, 1994）, vol. 2, pp. 801 –824.

（九）《咒軌雜集》（下）

11.《無生上師出現感應功德頌》，馬蹄山修行僧拶巴座主依梵本略集 （1—3）

陳慶英先生認爲這篇功德頌當即是西夏知名帝師大乘玄密帝師的偈頌體傳記。[1] 此頌跋云："上來偈頌所解文義依無先金剛上師行記內廣明知之。"此即是說，這篇偈頌確實是根據無先[生]金剛上師之行記改寫而成的。然而，這位無先，或無生金剛上師是否就是大乘玄密帝師，尚待有進一步的資料來確證。從這份功德頌本身來看，似無法肯定無生上師即是玄密帝師，因爲"玄密"不過是此頌作者加在無生上師名前的衆多譽稱之一。其中可助於最終判定這位無生上師之身份的線索僅有兩條，一是他曾於印度"將出寒林又遇拶巴師，受得耳傳再修六年令"，不知這位"拶巴師"是否就是本頌作者"馬蹄山修行僧拶巴座主"？二是於本頌中無生上師被稱作"大乘辣馬渴師"，所謂"渴"者，或當爲無生上師之家族名。

12.《苦樂爲道要門》 （1—2）

其相應的藏文標題或當作 *sKyid sdug lam 'khyer gyi man ngag*，然一時尚無法同定其藏文原本。其跋記"此師傳者，世上無比釋迦室哩二合班的達（Kha chen Śākyaśrībhadra）、枯嚕布洛拶呬（Khro bo lotsāba [Byams pa'i dpal]）、看纏洛不囉二合巴（mKhan chen lHo brag pa [Byang chub dpal]）、看纏爹呬班（mKhan chen bDe ba dpal, 1231－1297）、看纏屹囉二合思巴孺奴（mKhan chen Grags pa gzhon nu, 1257－1315）、看纏莎南屹囉（mKhan chen bSod nams grags pa, 1280－1358）、法尊莎南監藏（Bla ma dam pa bSod nams rgyal mtshan, 1312－1375）"。呂澂先生已根據"五世達賴喇嘛聞法録 lNga pa'i gsan yig"勘定各家藏文原名。[2] 值得注意的是，這個師傳系統的最後一位上師"法尊莎南監藏"乃 14 世紀下半葉著名的薩思迦派大師，著名史著《西藏王統記》（*rGyal rabs gsal ba'i me long*）的作者。如此説來，這部《苦樂爲道要門》於漢地的流傳最早亦應該是元末明初的事了。

13.《北俱盧洲延壽儀》 （1—2）

與《北俱盧洲延壽儀》相對應的藏文標題或當作 *sGra mi snyan gyi tshe sgrub kyi cho ga*，藏文文獻中有許多部同名的儀軌，但皆較晚成書，無法與此漢譯文同定。此儀軌中詳列其師傳，其始傳者"號無死羅漢，其師傳與曷吳贊得囉，壽五百

---

[1] 參見陳慶英，《〈大乘要道密集〉與西夏王朝的藏傳佛教》。
[2] 見呂澂，《漢藏佛教關係史料集》，頁6。

歲;其師傳與答耳麻屹囉,壽二百歲;時傳與俄哩思巴(mNga' ris pa)咒師,此師六十歲時傳得此要,壽至一百八十,身力不弱;次傳與也哩加,壽三百歲,皆稱成就,次傳與攝辣屹囉(Shes rab grags);次傳牙捺悉帝;次傳與擦思結師,壽八十三歲;次傳與養節兒吟纏星吉('Od zer rin chen seng ge),壽八十歲;次傳看纏卜思端巴(mKhan chen Bu ston pa);次傳與辣馬瞻哈巴等己上師"。因無對應藏文原本爲依據,一時無法勘定上列所有上師的藏文原名。然因其末傳爲卜思端大師之弟子,則可以肯定此儀軌之成書年代不應該早於元朝末年。

14.《護持菩提要門》(1—2)

以多有觀門、密引定觀門,以及旋輪、藥物等護持菩提要門,傳譯者不詳。

15.《菩提心戒儀》,公葛朋上師錄,持咒沙門莎南屹囉譯 (1—4)

與《菩提心戒儀》對應的西藏文標題當爲 *Byang chub sems kyi sdom pa'i cho ga*,亦有可能作 *Byang chub sems dpa'i sdom pa'i cho ga*,譯言《菩薩戒儀》,或者 *Byang chub tu sems bskyed pa'i cho ga*,譯言《發菩提心儀軌》。此儀軌中説,此法乃"文殊親傳薩思加頂受",然於《薩思迦全集》中找不到與標題完全相同的原本。公哥朋或即 Kun dga' 'bum 的音譯,他當是一位薩思迦派的上師。

16.《服石[甘露]要門》(1—3)

以辨石、取石、攝受、服石、記句、除障、功德和出石處所等八要修服石甘露儀軌,以棄捨輪廻、修善法要門。傳譯者不詳。

17.《大菩提塔樣尺寸法》(《造塔儀軌名爲攝受最勝》),卜思端集 (1—4)

此乃元代西藏沙魯派(Zha lu pa)佛教大師卜思端輦真竺(Bu ston Rin chen sgrub, 1290－1364)所造 *Byang chub chen po'i mchod rten gyi tshad bzhugs so* 的漢譯,此儀軌又名 *mchod rten sgrub pa'i cho ga byin rlabs dpal 'bar zhes bya ba*,譯言《造塔儀軌名爲攝受最勝》。[1] 根據卜思端大師之傳記的記載,"他於六十三歲時的陽水龍年(1352)譯《具吉祥米聚塔尺寸》(dPal ldan 'bras spungs kyi chag tshad)、造《大菩提塔尺寸無垢釋》(*Byang chub chen po'i chag tshad dri med 'grel pa*)"。[2] 這部儀軌文書大致可以分成兩大部分,前一部分總説造塔之緣起及其各種佛塔之

---

〔1〕 這部《大菩提塔樣尺寸法》之藏文原文見於 Lokesh Chandra 於 1969 年編輯出版的《卜思端輦真竺全集》(*Collected Works of Bu ston Rin chen grub*)第十四卷,葉551—557頁。

〔2〕 見 dGe slong sGra tshad pa 造,《法主一切智卜思端譯師傳———掬花》(*Chos rje thams cad mkhyen pa bu ston lo tsā ba'i rnam par thar pa snyim pa'i me tog ces bya ba bzhugs so*),見於《卜思端教法源流》(*Bu ston chos 'byung*),附錄,北京:中國藏學出版社,1988 年,頁355。

造型和特點;後一部分則爲建造大菩提塔的儀軌,詳説大菩提塔之各組成部分的樣式、尺寸和顏色。而這兩個部分亦各有其不同的經典依據,前一部分的根據是整部佛經中最早提到造塔及各種佛塔之樣式的《律小事》（*'Dul ba phran tshegs kyi gzhi*）。而其第二大部分的來源則是《無垢頂髻疏文》,藏文作 *gTsug tor dri med kyi 'grel pa*,全名《照普門入光明頂髻無垢觀一切如來心髓與三摩耶陀羅尼疏》（*Kun nas sgor 'jug pa'i 'od zer gtsug tor dri ma med par snang ba de bzhin gshes pa thams cad kyi snying po dang dam tshig la rnam par blta ba zhes bya ba'i gzungs kyi rnam par bshad pa*）,作者爲 Lhan cig skyes pa'i rol pa（Sahajavilāsa）,譯言俱生莊嚴,譯者爲 Jayadeva、Tshul khrims brtsegs,譯言戒積。此疏見於《丹珠爾》經的"續部"中,是迄今所見《西藏文大藏經》中最詳細地討論佛塔、特別是菩提塔之種類、樣式、尺寸,以及建塔之地點、用料和相應之儀軌的文書。卜思端大師顯然是一位精通造塔儀軌的權威人士,除了這部《大菩提塔樣尺寸法》之外,我們還在他的全集中見到另一部題爲《供養佛塔之功德》（*mChod rten la mchod pa byas pa'i phan yon bzhugs so*）的論書,細説建造、供養佛塔以及繞塔轉經之不可思議的功德。另外,Klong rdol 喇嘛所造的一部造塔儀軌亦是根據卜思端之傳軌而造的,其標題作 *dPal ldan 'bras spungs kyi mchod rten gyi bkod pa bu lugs ltar bris pa*,譯言《具吉祥米聚塔莊嚴——依卜思端傳軌而造》,據稱即抄録自寫於一幅顯現沙魯派大師卜思端之口示的卷軸畫之下方的［文字］（*zhva lu bu ston gyi zhal bkod snang ba'i sku thang gi sham du bris pa las zhal shus so*）。再有,於卓尼版《西藏文大藏經》中還見有卜思端翻譯的一部題爲《説佛塔之性相》（*mChod rten gyi mtshan nyid ston pa*）的經書。可見,卜思端對造塔儀軌着意甚深,所以後世所出之造塔儀軌類文獻通常都將他的傳軌作爲權威來引用。而《大菩提塔樣尺寸法》出現於《大乘要道密集》這一事實説明,它當於其寫成後不久即被譯成漢文。隨着藏傳佛教於漢地的傳播,元代中原地區已出現了不少藏式佛塔,如元大都（即今北京）的妙應寺白塔等,翻譯卜思端的這部《大菩提塔樣尺寸法》於當時當有其現實的需要和實用的價值。[1]

18.《聖像內置惣持略軌》,天竺勝諸冤敵節怛哩巴上師述,持咒沙門莎南屹囉譯 （1—4）

所謂"勝諸冤敵節怛哩巴"即是 dGra las rnam par rgyal ba Jetāri pa 的音譯,他

---

〔1〕 參見沈衛榮,《元代漢譯卜思端大師造〈大菩提塔樣尺寸法〉之對勘、研究》。

是印度八十四[五]成道師之一。《成就八十五師禱祝》中記其事云:"講論得勝於他衆,班葛辢國得成就,其名號爲節怛哩,上師尊處我敬禮。"[1]《聖像內置愡持略軌》與前述卜思端造《大菩提塔樣尺寸法》以及隨後將要提到的八思巴帝師造《略勝住法儀》似爲一個專述造塔的獨立的系列。此篇略軌述"欲造大菩提塔或尊勝塔等八塔之時,其內所安愡持神咒應如是書",對塔之每個部位應當書寫何種愡持、神咒、如何書寫作了詳細地説明。遺憾的是,筆者無法找到這部略軌的藏文原本。於迄今所見研究西藏塔藏的著作中亦未見有人引用過這部儀軌,或許這部由元代番僧莎南屹囉翻譯的印度上師所傳儀軌早已成了海内孤本。[2]

19.《略勝住法儀》,大元帝師發思巴述,持咒沙門莎南屹囉譯　(1—3)

此略儀之原本當爲八思巴帝師造 *Rab tu gnas pa'i phyag len mdor bsdus*,今見於《法王八思巴全集》第二卷第 120 號。[3] 所謂"勝住",藏文作 rab tu gnas pa,即今譯之"開光",乃指佛塔、像、經作成以後,作壇城爲其灌頂、迎神安住的儀軌。有意思的是,rab tu gnas pa 此譯"勝住",而於前述同樣是莎南屹囉所譯的《大乘密藏現證本續摩尼樹卷》中,它卻被譯成"慶讚"。[4] 仔細對照藏、漢兩種本子,發現莎南屹囉所翻譯的《略勝住法儀》比藏文原本要簡略得多。查藏文本跋可知,這部法儀當曾有兩個不同的本子傳世,最早八思巴帝師是應畏兀兒僧人 Sam gha mitra(譯言僧伽友)之請於陰木兔年(1255)撰寫的,其後復因枯嚕布上師(Bla ma Khro phu ba)之請,作了如應增補。此録莎南屹囉之譯本根據的當是增補前的本子。[5]

20.《總釋教門禱祝》,法尊最妙上師之僕攝囉監燦班藏布書　(1—4)

根據漢文標題《總釋教門禱祝》筆者嘗試復原其藏文原名,不意導引出一個重大的發現。原來這篇祝禱文乃西藏覺囊派大師、"他空見"之鼻祖 Dol po pa Shes rab rgyal mtshan dpal bzang po(1292—1361),亦即此文書中所説的"法尊最妙上師之僕攝囉監燦班藏布"者所作。《總釋教門禱祝》之藏文原名爲 *bsTan pa spyi 'grel zhes bya ba'i gsol 'debs*。[6]以前人們普遍相信,流行於西夏和蒙元時期中國

〔1〕《大乘要道密集》卷四,頁3。

〔2〕關於塔、像內置愡持、舍利的研究,參見 Yael Bentor, "On the Indian Origin of the Tibetan Practice of Depositing Relics and Dhāraṇīs in Stūpa and Images," *Journal of American Oriental Society*. 115.2, pp. 248 - 261.

〔3〕《薩思迦全集》卷七,頁 36 - 2 - 4 - 38 - 2 - 6。

〔4〕見《大乘要道密集》卷三,頁 28—29。

〔5〕詳見 Shen Weirong, "Tibetan Tantric Buddhism at the Court of the Great Mongol Khans," pp. 79 - 81.

〔6〕見於其名著《總釋教門——意之明燈》(*bsTan pa spyi 'grel yid kyi mun sel /* Nya bdon kun dga' dpal 'Bar khams: rNga ba khul par khang, 1996), pp. 6 - 18。

的藏傳密法主要是薩思迦和噶舉派的教法,而這個發現説明實際上就是像覺囊派(Jo nang pa)這樣當時正在形成中的小教派的教法亦曾流傳於中國。當然,攝囉監燦的這部《總釋教門禱祝》出現於《大乘要道密集》中有可能是由於他本人與薩思迦派聯繫密切的緣故。他於三十歲之前依止薩思迦派,三十歲以後纔改宗覺囊派,倡"他空見"。[1]

(十)《大手印要門》

1.《新譯大手印不共義配教要門》,大巴彌怛銘得哩斡集,果海密嚴寺玄照國師沙門惠賢傳,果海密嚴寺沙門惠幢譯　(1—12)

銘得哩斡當爲 Maitri pa 的音譯,乃與阿底峽同時代的印度密教上師,大手印法的主要祖師之一。[2] 按照普通的説法,大手印法於印度的傳承次第如下:金剛持佛傳與薩囉曷 Saraha,薩囉曷傳與龍樹,龍樹傳與薩斡哩巴(Śrī Śavarīśvara),薩斡哩巴傳與銘得哩斡。[3] 於《西藏文大藏經》中存有兩種銘得哩斡上師所傳大手印法的文書,其中之一是隨後於本集中出現的《新譯大手印金瓔珞要門》,而另一種題爲《大手印修法要門起道次第》(Phyag rgya chen po'i sgrub mtha'i man ngag lam du bslong ba'i rim pa),列北京版《西藏文大藏經》第 5081 號。但此《新譯大手印不共義配教要門》大概不是銘得哩斡自己的作品,因爲文中出現"是以銘得哩斡師欲令行人了解淺深及優劣,故爲上根人引於教證,令人修習甚深之道而得解脱也"。或曰"銘得哩瓦師隨有情機,漸之與頓,俱許修習"等語,或當爲他人根據銘得哩斡上師所傳演繹成書者。本篇解説佛"以真心義爲利上根堪解脱者演説不共大手印無比要門"源流,偏重大手印法義理的詮釋。"其正体分五,一即應揀辨所依之師,二所修善法識其優劣,三了解見宗安住禪定,四捨失定因住寂靜處,五定用無盡陞最上道。"

〔1〕　關於其生平和教法參見阿旺洛追扎巴著,許得存譯,《覺囊派教法史》,拉薩:西藏人民出版社,1992 年,頁 32;Cyrus Stearns, "Dol-po-pa Shes rab rgyal-mtshan and the genesis of the *Gzhan-stong* Position in Tibet." *Asiatische Studien/Études Asiatiques* 44/4 (1995), pp. 829–852;同氏, *The Buddha from Dolpa* (Albany: State University of New York Press, 1999); Matthew T. Kapstein, "From Kun-mkhyen Dol-po-pa to 'Ba'-mda' Dge-legs: Three Jo-nang-pa Masters on the Interpretation of the *Prajñāpāramitā*." *Reason's Traces, Identity and Interpretation in Indian and Tibetan Buddhist Thought* (Boston: Wisdom Publications, 2001), pp. 301–316.

〔2〕　參見多羅那它著,張建木譯,《印度佛教史》,成都:四川民族出版社,1988 年,頁 231—232;吕澂,《漢藏佛教關係史料集》,頁 10—12。

〔3〕　參見 Takpo Tashi Namgyal, *Mahāmudrā, The Quintessence of Mind and Meditation*, Translated and Annotated by Lobsang P. Lhalungpa, Forwarded by Chogyam Trungpa (Delhi: Motilal Banarsidass Publishers, 2001), pp. 116–118.

2.《十種真性》（12）

本篇有目而無細文。

3.《水則配時要門》（12—13）

本篇爲打造銅器，以水漏計時，與時相配而修風息要門。

（十一）《大手印要门》（下）

1.《新譯大手印頓入要門》，果海密嚴寺玄照國師沙門惠賢傳，果海密嚴寺沙門惠幢譯 （1—2）

此要門大分三段，初見解宗本，分三分，即初法及法性，次心及心性，後虛空自性；次依宗修行分二，初加行方便，後禪定正體；後所生覺受。

2.《大手印赤引定要門》 （2—8）

此要門起首云："然此引定亦名大手印赤引導，亦名大手印無文字理，亦名傳理要門，亦名大手印一種主，亦名大手印金剛無比主，斯則心未安者，令得安息；已安息者，令得堅固；堅固者，令得增盛。故又身之坐儀、止息心儀、生覺受儀三種之法，唯斯是矣。"遺憾的是，筆者尚無法同定其藏文原本。本要門説大手印頓入止觀修法，而《西藏文大藏經》中有蓮花戒傳《真性大手印無字要門》(*De go na nyid phyag rgya chen po yi ge med pa'i man ngag*)，然非此要門之所依。文中有引"捺浪巴師云"，即 Nāro pa 師所説者，故當爲 11 世紀時的作品。北京國家圖書館館藏善本書目中有《大手印無字要一卷》，"元釋莎南屹囉譯，清初錢氏述古堂抄本，與端必瓦成就同生要因得囉菩提手引道要合一冊，十行十八字黑格白口左右雙邊"。[1] 在《薩思迦道果法全集》目録中有薩思迦三祖葛剌思巴監藏造《大手印無字要門》。[2] 筆者尚無機緣將此所録《大手印赤引定要門》與前述兩種漢、藏文本作比較。

3.《大手印伽陀支要門》(8 文缺)

4.《大手印漸入、頓入要門》 （9—10）

此要門起首列師承次第云："然此要門師承次第者，真實究竟明滿傳與菩提勇識大寶意解脱師，此師傳與薩囉曷師，此師傳與薩囉巴師，此師傳與啞斡諾帝，此師傳與辣麻馬巴，此師傳與銘移粹囉悉巴，此師傳與粹麻粹征，此師傳與玄密帝師，此

---

[1] 《北京圖書館古籍善本書目》，頁 1604、1620。

[2] *A Complete Catalogue of Sakya lam 'bras Literatures*, compiled by Lama Choedak T. Yuthok, Title No. 59. ff. 406–419.

師傳與太寶上師,此師傳於玄照國師。"呂澂先生同定此傳承次第爲:"金剛持 rDo rje 'chang——寶意 Blo gros rin chen——薩囉巴(小薩囉巴即薩斡哩巴)——啞斡諾帝(即銘得哩斡)——馬巴 Mar pa——銘移斡囉悉巴 Mi la ras pa——斡麻斡征 Bla ma blo chen——玄密帝師——大寶上師——玄照,是則'大手印'之通傳。斡征嘗紹發思巴 'Phags pa 之學,三傳而及卜思端。今玄照亦爲斡征後三輩,則其年代與卜思端並,不出元順帝時矣。"[1]如前所述,由於呂澂先生根本不可能考慮到《大乘要道密集》中收錄有西夏時翻譯的文書,所以作此錯誤對勘。玄照乃西夏國師,故不可能是卜思端的同時代人。傳曾爲八思巴弟子的 Bla ma blo chen 不可能就是這兒提到的斡麻斡征。銘移斡囉悉巴之弟子中似無稱作 Blo chen 者,而他的傳人絕無可能同時亦爲八思巴帝師之弟子。銘移斡囉悉巴最有名的弟子是 sGam po pa bSod nams rin chen 和 Ras chung rDo rje grags pa,而前者常被稱爲 Dwags po lha rje,此之所謂斡征或可能就是 lha rje 的音譯。而玄密帝師爲 sGam po pa 之弟子,則可知西藏密法於西夏之傳播何以如此迅捷的原因了。此《大手印入儀》主要説漸入,分加行、正體、結歸三個階段而修,其中正體復分爲離於忻厭、意不修整、無緣之界、無念之体、不亂而住等五個階段。而所謂頓入者,即"入者想念正體五種之理,而不修於加行、結皈,此名頓入也"。

5.《大手印靜慮八法》 (10—11)

大手印靜慮八法爲:豬懷胎、積柳絮、燕歸巢、秤金衡、鳳凰飛、船放鳥、無雲空、寬博如海等。

6.《大手印九喻九法要門》 (11)

將大手印分爲因、道、果三種,然後因復有三、道則有四,果分爲二,共九種不同的大手印,分別如貪女伏藏、身與面、稻苗、劫火、初月、日有虧、燈明、海與星、如意珠等。

7.《大手印除遣增益損減要門》 (12)

此要門簡説"大手印決斷增益、除遣損減,總有十一種義"。

8.《大手印十二種失道要門》 (12)

此要門簡説"大手印十二種失道",細分爲見解失道三、定之失道三、行之失道三、果之失道三等。

---

〔1〕 見呂澂,《漢藏佛教關係史料集》,頁12。

9.《大手印湛定鑒慧覺受要門》（13）

此要門簡說大手印湛定、鑒慧、定慧、覺受。湛定、鑒慧各分內外,湛定、鑒慧無分別覺受爲定慧,有六種。

10.《大手印八鏡要門》（13）

此要門簡說大手印八鏡,分別爲:見色眼之明鏡、聽聲耳之明鏡、聞香鼻之明鏡、了味舌之明鏡、澀滑觸之明鏡、有念意之明鏡、無念界之明鏡、無生法身明鏡等。

11.《大手印九種光明要門》（14）

此要門簡說大手印九種光明,云:"如來真心遍於有情,一切有情本具光明而不了解,籍托九時,方了光明。一嬰孩時光明,二調習時光明,三風入啞斡諾帝時光明,四受主時光明,五喜樂刹那光明,六眠寢時光明,七臨終時光明,八大醉時光明,九悶絕時光明。斯等非是得道,正因依師要門,應須了知。"〔1〕

12.《大手印十三種法喻》（14—15）

大手印十三種法喻爲:"一如虛空高顯,二如虛空寬博,三如日月光明,四如風不可屬當,五如塵極細,六如虹霓之衆色,七如大海底深,八如須彌山堅固,九如蓮花塵不染,十如金無遷變,十一如利劍能斷,十二如玉清淨,十三如如意珠能遂所求。"〔2〕

13.《大手印修習人九法》（15—16）

大手印修習人九法爲:無遷變之信心、正鎧甲之精進、無倫比之妙師、無饜足之要門、無方分之悲心、離邊際之見解、修光明之禪定、行無增減之行、法爾所成之果。

14.《大手印三種法喻》（16）

大手印三種法喻爲:因大手印如至金洲、道大手印如芥出油、果大手印如如意珠。

15.《大手印修習行人九種留難》（16—17）

大手印修習行人九種留難分別爲:國土、官室、知友、飲食、見解、禪定、覺受、行、果等。

16.《大手印頓入真智一決要門》（17）

---

〔1〕 見《大乘要道密集》卷四,頁14—15。
〔2〕 見《大乘要道密集》卷四,頁15。

此要門簡説頓入法身、大手印、大智和俱生真智禪定要門。

17.《大手印頓入要門》 （17—18）

此要門簡説"了自性之理"頓入要門。

18.《大手印四種收心》 （18）

大手印四種收心爲於世事、輪廻、小乘和於一切有體執着而收其心。

19.《心印要門》 （18—19）

乃修大手印定[止觀]要門。此要門雖短,可有一個不短的跋,云:"昔有大師號風捲輪廻,於天竺國諸勝住處成就師等聽受要門,皆依此宗修習。又大寒林及金剛座南吉祥山成就佛等亦依此宗修習。西番中國布當拶巴等處殊勝師等亦依此宗修習。又康斡隆迎所説師等亦依此宗修習。是故師資相承,以心印心正謂此也。"惜其中所見人名、地名一時皆難勘定。若能卻知"布當拶巴"之地望,那麼有關"西番中國"之指謂可得確證。

20.《新譯大手印金瓔珞要門》,路拶訛辣麻光薩譯 （20—23）

於《西藏文大藏經》中有銘得哩斡巴大師的《大手印金瓔珞》(*Phyag rgya chen po gser phreng zhes bya ba*),爲瑪爾巴譯師和搠思吉羅古羅思(Chos kyi blo gros,譯言法智)所譯。然其與此所録《新譯大手印金瓔珞要門》並不一致。呂澂先生考證出此之《金瓔珞要門》實際上是同樣見於《西藏文大藏經》中的題爲《金剛歌作法要門明點金瓔珞》(*rDo rje'i mgur bzhengs ba nyams kyi man ngag thig le gser gyi phreng ba zhes bya ba*)的要門的翻譯。此要門全名《吉祥烏氏衍那處修集會輪時四十成就瑜伽行者所唱金剛曲觀想要門明點金瓔珞》(*dPal Udiyanar tshogs 'khor byas pa'i dus su rnal 'byor pa grub pa thob pa bzhi bcus rdo rje bzhengs pa nyams kyi man ngag thig le gser gyi phreng ba*),署名作者爲四十成道者(Grub pa thob pa bzhi bcu),見於各種版本的《西藏文大藏經》中。呂澂先生於其書中將此要門之西藏文原文和漢譯文同時列出,以資對照。[1] 對照結果發現,漢譯文實際上很不完整,其中許多段落被略去。而其文首所云其師承次第,則反而不見於藏文原著中。

21.《師承等處奉集輪儀》 （23—25）

此乃觀想向傳大手印法次第相承上師奉獻集輪作供養儀軌。其所列師承上師爲大師薩斡哩巴、大師銘得哩斡、大師金剛手、巴波無生、末則囉二合孤嚕、大師粹麻

---

〔1〕 見呂澂,《漢藏佛教關係史料集》,頁1—7。

瞻、大師智金剛等,這個師承系列似將見於《大手印漸入頓入要門》和《金瓔珞要門》中的兩個師承次第作了綜合,中間所闕者爲玄密帝師,而其所謂粹麻瞻者或當即是指粹麻粹征。

22.《大手印纂集心之義類要門》(25—26)

此要門大分五段,一了達見解宗本,二禪定覺受繫屬,三行行味均周備,四捨離決定過失,五要門相續傳受。

23.《那彌真心四句要門》(26)

此要門文分四段,一心之本體,二心之自性,三心之記句,四心之迷惑。

三、《大乘要道密集》的成書年代

《大乘要道密集》被指稱爲"元發思巴上師輯著",其編印者蕭天石先生説,藏密"又在元朝有忽必烈大帝之聖師發思巴傳入中國,攝取大乘奧秘修法,廣爲宏化;其所選輯著録、用爲傳法教本之《大乘要道密集》一書,歷明清兩代以迄於今,均被尊爲'密宗聖典'"。然"此希世聖典,則自元以來,仍被私家庋藏者,視同天書,守爲至寶,不肯輕易示人!不但學人尋求不得,即學密乘已有根柢者,亦百難一見。罔言予人參究也"。[1]所以後人對《大乘要道密集》的來歷事實上並不清楚,説其是元朝帝師八思巴"輯録"不過是臆測,或借其名頭而已。從前文對密集内容的介紹來看,真正屬於八思巴帝師個人的作品祇有四個短篇而已,於全集中所佔比重甚小。密集中所收文書的作者中有著名的沙魯派大學者卜思端輦真竺和《西藏王臣記》的作者、薩思迦班智達之後最著名的薩思迦派大學者法尊莎南監藏等上師,他們都是在八思巴圓寂以後纔出生的。所以,八思巴帝師絶不可能是《大乘要道密集》的"輯録者"。

吕澂先生當年尚不知有黑水城漢文藏傳佛教文書的存在,故不可能考慮到《大乘要道密集》中的那些法本有的可能是西夏時代的譯本。他提出"《大乘要道密集》中各種譯本皆無年代題記。今從譯文譯師考之,大約出於元代大德至正之際,其證有三:一,密集卷三寶昌傳譯《解釋道果逐難記》引《文殊真實名經》云.'過去正覺等已説',又卷四惠幢譯《大手印配教要門》引《文殊真實名經》云,'決定出於三乘者,住在於彼一乘果',皆用元代釋智所譯《聖妙吉祥真實名》之譯文。釋智譯本在大德十一年以前即已收入弘法寺大藏。其後,至大初,沙囉巴不愜釋智之譯,又重出《文殊最勝真實名義

---

〔1〕 語見蕭天石,"影刊大乘要道密集例言",《大乘要道密集》,頁1。

經》,參酌梵籍,改正名句,頗雅訓可誦。寶昌惠幢引眞實名經譯文不用沙囉巴所翻者,當是時代在前未及見之也,故寶昌惠幢二家之譯,最遲亦應在大德年間。二,密集中莎南屹囉所譯之籍獨多",而他"卒於元順帝至正十七年(1357)。其資莎南監藏生於元仁宗皇慶元年,卒於明太祖洪武八年(1312—1375)。故沙南屹囉之翻譯傳授,當在至正年間。三,密集卷四有大菩提塔樣尺寸法一種,爲卜思端所著。"而此書之作"在卜思端六十三歲壬辰年,即至正十二年(1352),故兩書之譯最早亦應在至正十二年以後"。[1]毫無疑問,呂澂先生上述分析很有道理,《大乘要道密集》的成書不可能早於元末,其中的一些諸如卜思端和覺囊派大師攝囉監燦班藏布所造文書還極有可能是元以後翻譯的,否則它們當一經寫成就馬上於漢地傳譯了。但是,寶昌傳譯《解釋道果逐難記》和惠幢譯《大手印配教要門》不可能是元代大德、至正年間所譯,而應當是西夏時代的作品。兩譯引《眞實名經》用釋智譯文一條不足以證明它們是元代譯作。最近,卓鴻澤先生提出釋智[慧]所譯《文殊最勝眞實名義經》實際上是西夏時代的作品,而且其根據的原本不是梵文本,而是西藏文本。[2]他的這個説法爲我們解決了一個晚近處理新發現西夏時代文獻時遇到的一個難題。於銀川郊外拜寺溝西夏方塔中所獲得漢文文獻中有一部殘破的佛教文書,編號爲F036。因首尾不全,無明確標題,故録者暫將其定名爲《初輪功德十二偈》。後有專家考證"此經未爲歷代經録所記載,也不爲歷代大藏經所收,是研究西夏佛教和我國佛教的新資料"。[3]事實上,這部所謂的《初輪功德十二偈》即是釋智所譯《聖妙吉祥眞實名經》的殘本。如果按通常所認爲的那樣,釋智爲元人,那麼經各科專家認眞認定的拜寺溝方塔爲西夏時代方塔就不見得是事實了。至少其內藏的文獻應該是元代東西。但若如卓博士所言,釋智是西夏時代人,那麼拜寺溝西夏方塔的眞實性反而可以因爲其中出現了他所譯的《聖妙吉祥眞實名經》而獲得肯定了。事實上,《大手印不共義配教要門》中不止一次引《眞實名經》,其另一處引文作"准眞實名云:了解見宗無迷惑,一切錯謬皆棄捨",而這一句於釋智的譯本中作:"成就究竟無錯謬,一切謬解皆捨離",二者顯然不相一致。此外,《大乘要道密集》之《新譯大手印頓入要門》中亦引"《文殊眞實名》云:即以刹那大勝慧,覺了任持一切法,現前了解一切法,牟尼實際最上義,不動極善淨自體。又云:若能了解内心体性,一念得証究竟

---

〔1〕 參見呂澂,《漢藏佛教關係史料集》,頁5—7。
〔2〕 **Hoong Teik Toh**, *Tibetan Buddhism in Ming China* (Dissertation, Harvard University, 2004), pp. 23‒33.
〔3〕 參見《拜寺溝西夏方塔》,頁180—193。

明滿"。[1] 與此相應的段落於釋智的譯本中作:"廣大智慧剎那中,解持諸法無遺餘,現解一切諸法者,勝持寂默真實際,殊勝不動自性淨",以及"彼諸剎那現了解,亦解剎那諸有義"。這兩處引文不但與釋智所譯不同,而且亦與今見於漢文大藏經中的其他三種漢譯文不同,它們應當是譯者根據藏文原本自行翻譯的。可見,我們沒有理由因此而將《新譯大手印頓入要門》和《大手印不共義配教要門》的譯成年代確定在元大德、至正之際。還有,《大乘要道密集》之《依吉祥上樂輪方便智慧雙運道玄義卷》中引"《文殊真實名[經]》云:大供養者是大痴,以愚癡心如愚痴",同一句子於釋智所譯《聖妙吉祥真實名經》中作"大供養者是大痴,亦愚癡心除愚痴"。雖然二者或爲同一來源,但其第二句中有"以"或"亦"兩個字的不同。有意思的是,於拜寺溝西夏方塔中發現的《聖妙吉祥真實名經》殘本中此句作:"大供養者是大痴,亦……",與見於漢文《大藏經》中釋智所譯《聖妙吉祥真實名經》中的文字完全一致,儘管其中的"亦"字從文意來看似不如"以"字來得妥當。這大概可以用來證明見於西夏方塔中的《聖吉祥真實名經》殘本確實就是釋智的譯本,而後者不是元代、而是西夏時代的作品。

不管《大乘要道密集》是否編集成書於元代,集中所録文書至少有一半應當是西夏時代的譯文。其中有關"道果法"的幾個長篇如《依吉祥上樂輪方便智慧雙運道玄義卷》、《解釋道果語録金剛句記》都應當是西夏時代的作品,因爲其傳譯者都可確定爲西夏時代的人,玄密帝師是迄今所知有數幾位西夏帝師中的一位。而在黑水城出土西夏文文獻中亦有一部《道果語録金剛句之解具記》,當即是《解釋道果語録金剛句記》的西夏文譯本,漢譯和西夏文譯本當於同時代完成。[2] 集中另一個長篇《解釋道果逐難記》爲"甘泉大覺圓寂寺沙門寶昌傳譯"、大禪巴師所集。而大禪巴乃康法師,即康薩悉結瓦極喜真心師,即款氏薩思迦瓦公哥寧卜('Khon Sa skya ba Kun dga' snying po,1092–1158)的弟子。從年代來看,作爲這位薩思迦初祖的弟子,大禪巴師祇可能是西夏時代的人,而不可能是元代的人。薩思迦瓦公哥寧卜曾造有十一部解釋《道果語録金剛句》的釋文,其弟子於西夏傳譯《解釋道果語録金剛句記》和《解釋道果逐難記》當不難解釋。除此之外,《大乘要道密集》中的《無生上師出現感應功德頌》(馬蹄山修行僧拶巴座主依梵本略集)[3]和一系列有關"大手印法"的短篇儀軌文書亦可以確定爲

---

[1] 《大乘要道密集》卷四,《新譯大手印頓入要門》,頁3。

[2] 西田龍雄,《西夏文華嚴經》,京都:京都大學文學部,1977年,No. 76,頁24;*Tibetan Tripitaka*. No. 2284, *Lam 'bras bu dang bcas pa'i rtsa ba rdo rje'i tshig rkang.*

[3] 《聖妙吉祥真實名經》的譯者釋智亦來自馬蹄山。

西夏時代的作品,例如《新譯大手印不共義配教要門》、《新譯大手印頓入要門》、《大手印引定》(大手印赤引導、大手印赤引定要門)、《大手印伽陁支要門》、《大手印靜慮八法》、《大手印九喻九法要門》、《大手印除遺增益損減要門》、《於大手印十二種失道門》、《大手印湛定鑒慧覺受要門》、《大手印八鏡要門》、《大手印九种光明要門》、《大手印十三種法喻》、《大手印修習人九法》、《大手印三種法喻》、《大手印修習人九種留難》、《大手印頓入真智一決要門》、《大手印頓入要門、心印要門》、《新譯大手印金瓔珞等四種要門》等。其中《大手印三種法喻》、《大手印定引導略文》之西夏文譯本亦見於黑水城出土西夏文文獻中,故可爲説明其爲西夏時代譯本之佐證。[1]《大手印伽陁支要門》中記其傳承系統如下:"此要門師承次第者,真實究竟明滿傳與菩提勇識大寶意解脱師,此師傳與薩囉曷師,此師傳與薩囉巴師,此師傳與啞幹諾帝,此師傳與辣麻馬巴,此師傳與銘移辣囉悉巴,此師傳與辣麻辣征,此師傳與玄密帝師,此師傳與太寶上師,此師傳與玄照國師。"[2]《新譯大手印金纓絡等四種要門》中亦記其傳承如下:"其師承者,薩幹哩巴師(Sāvāripa)傳與銘得哩幹師(Maitri pa),此師傳與巴彼[波!]無生(Bal pa skye med)師,此師傳與末則囉二合孤嚕師(Vajraguru,金剛上師),此師傳與玄密帝師,此師傳與智金剛(Ye shes rdo rje)師,此師傳與玄照國師。"玄密帝師、智金剛、玄照國師等都是西夏時代著名的僧人,故亦可以確定這些簡短的大手印修習要門都出於西夏時代。[3]

《大乘要道密集》中的另一半文獻當確實是元代的譯本,其中有持咒沙門莎南屹囉所譯九篇文書,均屬薩思迦派之道果法。我們對這位譯師的來歷不甚了了,按照元代音譯慣例,莎南屹囉可還原爲 bSod nams grags。《大乘要道密集》卷四《苦樂爲道要門》載此法之傳承如下:"此師傳者,世上無比釋迦室哩二合班的達,枯嚕布洛拶呬、看纏洛不囉二合巴、看纏爹呬班、看纏屹囉二合思巴孺奴、看纏莎南屹囉、法尊莎南監藏。"[4]吕澂先生據此認爲:"按《苦樂爲道要門》屬於百八通軌,故五代達賴喇嘛《聞法録》lnga pa'i gsan yig 亦嘗記其傳承,與《密集》所載大同,今據以勘定各家藏文原名如次:Kha che pan chen [Śakyasrībhadra]、Khro lo、lHo brog pa、Grags pa gzhon nu、bSod nams grags pa、Bla ma dam pa bsod nams rgyal mtshan。復檢嘉木樣《西藏佛教年表》*bstan rtsis re*

---

[1] 西田龍雄,《西夏文華嚴經》,No. 55、56,頁21。
[2] 《大乘要道密集》卷四,《大手印伽陁支要門》,頁9。
[3] 參見陳慶英,《大乘玄密帝師考》,《佛學研究》2000年第9期,頁138—151。
[4] 《大乘要道密集》卷四,《苦樂爲道要門》,頁2。

mig,莎南屹囉(福稱)卒於元順帝至正十七年(1357)。其資莎南監藏生於元仁宗皇慶
元年,卒於明太祖洪武八年(1312—1375)。故莎南屹囉之翻譯傳授,當在至正年
間。"[1]而陳慶英先生認爲這個傳承系列當就是迦什彌羅班智達之教法傳承中的曲龍
部,歷任法師爲 mKhan chen Byang chub dpal、bDe ba dpal(1235–1297)、Grgas pa
gzhon nu(1257–1315)、bSod nams grags pa。[2] 呂、陳二位先生所列的這兩個傳承系
列互相之間並不完全一致,但顯然都與《苦樂爲道要門》中所載的那個傳承系列有關。
然他們認定元代的那位著名譯師莎南屹囉就是這兒提到的這位同名上師,則尚缺乏證
據。從這兩個傳承系列來看,其中的莎南屹囉曾是卜思端輦真竺和《西藏王臣記》的作
者、薩思迦派大學者法尊莎南監藏二人的上師,[3]除了和元代的這位譯師同名之外,
我們没有其他證據可以確定他們就是同一個人。如果真能證明這麼重要的一位西藏佛
學大師同時亦是一位精通漢文、曾於漢地傳播藏傳密法的大譯師的話,那實在是漢藏佛
教文化交流史上值得大書特書的一件事了。莎南屹囉對於藏傳佛教於漢地傳播所作貢
獻實在可以和吐蕃時代漢藏兼通的大譯師法成相媲美。值得注意的是,莎南屹囉翻譯
的藏傳密教文書顯然還不止於收録進《大乘要道密集》中的這些文獻。現藏於臺北"故
宮博物院"的明代正統四年泥金寫本長篇藏密儀軌《如來頂髻尊勝佛母現證儀》和《吉
祥喜金剛集輪甘露泉》亦都是莎南屹囉的作品,前者署名"大元帝師發思巴述、持咒沙
門莎南屹囉譯",而後者則僅署"持咒沙門莎南屹囉二合集譯"。[4] 於北京國家圖書館
的善本書目中,我們亦見到了他翻譯的《端必瓦成就同生要》、《因得囉菩提手印道要》、
《大手印無字要》、《喜金剛中圍内自受灌儀》等多種藏傳密教儀軌文書。[5] 這説明莎
南屹囉的譯作至少還曾於明初宫廷中流傳。北京圖書館中收藏的元代藏傳佛教文獻還
有同樣亦見於《大乘要道密集》中的莎南屹囉譯《密哩斡巴上師道果卷》,以及釋雲等譯
《新譯吉祥飲血壬集輪無比修習母一切中最勝上樂集本續顯釋記》、失譯《吉祥喜金剛
本續王後分注疏》、《修習法門》等。這些密教文獻多半爲明抄本,有些還是清初錢氏述

〔1〕 呂澂,《漢藏佛教關係史料集》,頁6。
〔2〕 陳慶英,《〈大乘要道密集〉與西夏王朝的藏傳佛教》,頁59—60。
〔3〕 有關法尊莎南監藏的生平參見 Per K. Sørensen, *Tibetan Buddhist Historiography*, *The Mirror illuminating the Royal Genealogies*, *Annotated Translation of the XIV th Century Tibetan Chronicle: rGyal-rabs gsal-ba'i me-long* (Wiesbaden: Harrassowitz Verlag, 1994), pp. 28–34。
〔4〕 參見《大汗的世紀:蒙元時代的多元文化與藝術》,臺北:"故宫博物院",2001 年,頁 112—114;亦見葛婉章,《輻射與迴向:蒙元時代的藏傳佛教藝術》,《大汗的世紀:蒙元時代的多元文化與藝術》,頁 249。
〔5〕 《北京圖書館善本書目》,北京,1987 年,頁 1604。

古堂抄本。[1] 這表明元代所傳藏傳密法並没有因爲元朝被推翻而中止,而曾繼續於明、清兩代的宮廷中傳播。此外,臺北"故宮博物院"現藏佛經中除了上述《如來頂髻尊勝佛母現證儀》和《吉祥喜金剛集輪甘露泉》爲元朝所譯藏傳佛教文書外,還有一部題名爲《大乘經咒》,共有四卷的文書,彙録了多種不常見的經咒。其中的《大悲觀自在菩薩惣持經咒》和《佛頂尊勝惣持經咒》不見於現存的漢文大藏經中,它們竟然就是現僅見於俄藏黑水城出土文獻 TK164、165 號中的西夏新譯佛經《聖觀自在大悲心惣持功能依經録》和《勝相頂尊惣持功能依經録》。見於《大乘經咒》中的這兩部經咒雖然標題與黑水城出土文書中的兩部西夏新譯佛經不同,但内容完全一致。正文前還分别附有永樂十年所製"御序"。[2] 這充分説明西夏、蒙元時代所譯的藏傳密教文獻曾多見於明初宮廷之中,並得到了明初皇帝的重視和推廣。於是觀之,《大乘要道密集》於明代成書的可能性實在不可排除。而見於《大乘要道密集》中的文書《苦樂爲道要門》所列傳承序列中出現了卒於明洪武八年的法尊莎南監藏的名字,這或表明《大乘要道密集》中的譯文不見得都是在元亡以前譯成的,有的甚至可能是在明代譯成的。同樣的情況亦出現於緊接着《苦樂爲道要門》的另一個短篇儀軌《北俱盧洲延壽儀》中,其中所列傳承一直到卜思端大師之弟子辣麻瞻吟巴爲止。[3] 這表明它亦可能譯成於元以後。要完全確定《大乘要道密集》成於何時、出於何人之手恐怕是没有可能了,但説其爲西夏、元代所傳藏傳密法之結集則大致不錯。

四、《大乘要道密集》所傳藏傳密法内容略評

南懷瑾先生於《影印大乘要道密集跋》中説:"夫《大乘要道密集》者……揀擇歷來修持要義,分付學者,彙其修證見聞,總爲斯集。其法以修習氣脈、明點、三昧真火,爲證入禪定般若之基本要務,所謂即五方佛性之本然,爲身心不二之法門也。唯其中修法,雜有雙融之欲樂大定,偏重於藏傳原始密教之上樂金剛、喜金剛等爲主,終以解脱般若、直指見性,以證得大手印爲依歸。若以明代以後,宗喀巴大師所創之黄教知見視之,則形同冰炭。然衡之各種大圓滿、各種大手印,以及大圓勝慧、六種成就、中觀正見等法,則無一而不入此範圍。他如修加行道之四灌頂、四無量心、護摩、遷識(頗哇)往生、菩提心戒、念誦瑜伽等,亦無一不提玄鈎要,闡演無遺。但深究此集,即得密乘諸宗寶鑰,

---

〔1〕 《北京圖書館善本書目》,頁 1604、1620。
〔2〕 詳見臺北"故宮博物院"網頁 www.npm.gov.tw/dm/buddhist/b/b.htm.
〔3〕 《大乘要道密集》卷四,《北俱盧洲延壽儀》,頁 2。

於以上種種修法,可以暸然其本原矣。至於文辭簡潔,迻譯精明,雖非如鳩摩羅什、玄奘大師之作述,而較之近世譯筆,顛倒難通者,何啻雲泥之別。集中如《道果延暉集》、《吉祥上樂輪方便智慧雙運道》、《密哩幹巴上師道果集》等,皆爲修習喜樂金剛,成就氣脈明點身通等大法之惣持。如《修習自在擁護要門》、《修習自在擁護攝受記》,則爲修六成就者之綱維。如《大手印頓入要門》等,實乃晚近所出大手印諸法本之淵源。其他所彙加行方便之道,亦是鉤提精要,殊勝難得。”先生雖非藏傳佛教史家,但他對《大乘要道密集》所作上述評價可謂妥當。《大乘要道密集》確實是一部不可多得的珍本藏傳密教文獻,它不但是修藏傳密法之行者難得的修法指南,而且亦可幫助研究藏傳佛教史的學者去除西夏、蒙元時代藏傳佛教於内地傳播之歷史的一頭霧水。

從前面所作各篇内容解題來看,《大乘要道密集》最集中、最重要的内容是薩思迦派的道果法,所以陳健民上師將其重新定名爲《薩迦道果新編》亦未嘗不可。但集中四卷的排列事實上並非如陳上師所説得那樣雜亂無章,而有其内在的邏輯。集中之前三卷實際上全部是有關道果法的修法儀軌,儘管它們中有的直接是對《道果金剛根本句》的釋論,而有的是對《喜金剛本續》、《勝樂金剛本續》的釋論,而且它們出自不同的法師之手,翻譯的年代亦有先有後。集中的第四卷則由各種包括沙魯派、覺囊派法師所造雜法和噶舉派的大手印法儀軌組成。前三卷中這些關涉道果法的文書當皆爲薩思迦前五祖及其弟子之著作的傳譯文,儘管我們目前能確認的尚祇有薩思迦第三、四、五三位祖師的作品。其中復以薩思迦第三祖“大瑜伽士名稱幢”,即葛剌思巴監藏的作品最多,共有十篇之多。它們是:《密哩幹巴上師道果卷》:1.《引上中下三機儀》;2.《攝受承不絕授灌記文》;3.《含藏因續記文》;4.《座等略文》;5.《贖命觀》;6.《道時受灌儀》;7.《四量記文》;8.《除影瓶法》;9.《截截除影法》;10.《大乘密藏現證本續摩尼樹卷》。其中除了第十種乃《喜金剛本續》的長篇釋文外,[1]其餘全是短篇儀軌。我們有幸在《法尊葛剌思巴監藏[名稱幢]全集》中找到了與上列十種文書中分量最大的兩種文書,即《大乘密藏現證本續牟尼樹卷》和《攝受承不絕授灌記文》對應的藏文原本。其他的幾種文書或當爲其全集中某長篇文書中的一個部分,或者見於其未被收入其全集的作品中,尚待同定。史金波先生提出名稱幢的這幾篇文書有可能是西夏時期的譯文,因爲“在俄藏黑水城文獻中發現有西夏文藏傳佛教經典《吉有惡趣令淨本續之干》中,其集、譯者題款爲‘羌中國大默有者幢名稱師集,瑞雲山慧淨國師沙門法慧譯’”。

---

〔1〕《大乘要道密集》卷三,《大乘密藏現證本續摩尼樹卷》,頁1—30。

而這位幢名稱師即當是《大乘要道密集》中的名稱幢師。[1] 毫無疑問,西夏文文獻中的幢名稱師確實應當就是《大乘要道密集》中的名稱幢師,即薩思迦第三祖葛剌思巴監藏。史先生提到的這部西夏文的《吉有惡趣令淨本續之干》當是藏文 *dPal ldan ngan song sbyong rgyud kyi spyi don* 之翻譯,漢譯當作《淨治惡趣續總義》,現見於《法尊名稱幢全集》第96號。[2] 這不但證明薩思迦三祖的作品早已於西夏流傳,而且還說明於西夏流傳的名稱幢的作品大概有許多已經失傳,至少沒有被輯錄進《大乘要道密集》之中。當然我們亦不能據此就說見於《大乘要道密集》中的所有名稱幢師的著作都是西夏時代翻譯的,因爲其中有好幾篇標明爲持咒沙門莎南屹囉所譯,故應當是元代的作品。

　　《大乘要道密集》中收録的八思巴帝師本人的作品共有四篇,它們是《觀師要門》、《彌勒菩薩求修》、《略勝住法儀》、《修習自在擁護要門——[最極明顯]》,都是短篇的修習儀軌。除了最後一篇《修習自在擁護要門》外,其他三篇的藏文原本都已經在《八思巴法王全集》中找到。屬於八思巴帝師叔父薩思迦班智達的作品亦有四篇,它們是:《授修習敕軌》、《五緣生道》、《大金剛乘修師觀門》、《修習自在密哩吨巴讚嘆》。這四篇譯文的藏文原本亦都已經在《薩思迦班智達貢葛監藏全集》中找到。[3] 不難發現,這些被翻譯成漢文的八思巴和薩思迦班智達的著作顯然均不能算是這兩位大師的主要作品。《薩思迦班智達全集》共收録一百一十四種著作,其中祇有十七篇是達到或超過十葉的長篇,但其中沒有一篇被譯成漢文。作爲西藏歷史上最偉大的學者之一,薩思迦班智達的主要貢獻在於他對印度佛學思想、義理的系統詮釋和對因明等佛學工具的精深研究,他的五部最著名的作品都是有關哲學和因明的著作,[4]其中沒有一部見於《大乘要道密集》之中。八思巴帝師的著作中已被譯成漢文而廣爲人知的是他爲真金皇太子所造佛法便覽《彰所知論》(*Shes bya rab gsal*),它没有被收入《大乘要道密集》

　　〔1〕　見史金波,《西夏的藏傳佛教》,《中國藏學》2002年第1期,頁48—49。
　　〔2〕　《吉有惡趣令淨本續之干》之題款爲"羌中國大默有者幢名稱師集",譯成標準的漢語當作:"西番中國大瑜伽士名稱幢師。"這或可爲解決西夏時代文獻中多次出現的"西番中國"或"中國"之指屬的爭論提供線索。史金波先生提出此之所謂"中國"指的是吐蕃,著、譯者名前冠有"中國"者皆吐蕃人;陳慶英先生則提出"中國"是西夏人的自稱;而孫昌盛先生認爲這兩種觀點都有不妥之處,"中國"二字不應指一個具體的地方,而是代表一個理想的王國或者說是佛教聖地。見史金波,《西夏的藏傳佛教》,頁40;陳昌英,《〈大乘要道密集〉與西夏王朝的藏傳佛教》,頁60—61;孫昌盛,《西夏文佛經〈吉祥遍至口合本續〉題記譯考》,《西藏研究》2004年第2期,頁67—68。從"西番中國大瑜伽士名稱幢師"這個例子來看,"西番中國"指的無疑就是西藏,或"西番"、"吐蕃",這裏的"中國"有可能就是藏文 dbus yul,即"中國"的對譯。
　　〔3〕　對《大乘要道密集》中所録八思巴、薩思迦班智達著作的勘同和解釋見 Shen Weirong, "Tibetan Tantric Buddhism at the Court of the Great Mongol Khans."
　　〔4〕　參見 David P. Jackson, *The Entrance Gate for the Wise* (Section Ⅲ): *Sa-skya Pandita on Indian and Tibetan Traditions of Pramana and Philosophical Debate* (Wien: Arbeitskreis für Tibetische und Buddhistische Studien Universität Wien, 1987), vol. 1, pp. 57 – 58。

之中。此外,今見於《大正藏》中署名爲"元帝師苾芻拔合思巴集"的作品還有《根本説一切有部出家授近圓羯磨儀範》和《根本説一切有部苾芻習學略法》兩種,它們亦都不見於《大乘要道密集》中。見於集中的薩班和八思巴叔侄的這幾部文書都祇是短篇儀軌,且都直接與薩思迦派的道果法的具體修習相關。他們二人的作品中當時被譯成漢文的很有可能不止這些,如前述臺北"故宮博物院"藏明代正統四年泥金寫本《如來頂髻尊勝佛母現證儀》和《吉祥喜金剛集輪甘露泉》亦都是八思巴的作品。見於北京國家圖書館的善本書目中的《喜金剛中圍内自受灌儀》亦署名爲"元釋發思巴集,釋莎南屹囉譯"。《大乘要道密集》的收集者大概是僅將八思巴作品中與道果修習直接有關的儀軌搜集了進來。不管是西夏人,還是蒙古人以及畏兀兒人,他們均偏愛藏傳密教,他們最樂於接受和修習的無疑都應當是見於《大乘要道密集》中的那些儀軌,而不會是薩班的那些有關佛學義理和因明的東西。於元代被譯成漢文的藏傳佛教儀軌文書中有的亦同時被譯成回鶻語,例如薩班的《大金剛乘修師觀門》一書的回鶻語譯本至今猶存。[1]

　　從以前所掌握的資料看,曾經於西夏傳法的西藏喇嘛主要是噶舉派(bKa' brgyud pa)的上師,我們迄今知道的幾位帝師如 gTsang po pa dKon mchog seng ge、'Ba' rom pa Ras pa Sangs rgyas ras chen、[2]賢覺帝師、[3]大乘玄密帝師等,[4]似均爲噶舉派上師。從《大乘要道密集》透出的信息來看,薩思迦派上師顯然亦曾活躍於西夏王朝内。如《解釋道果語録金剛句記》和《解釋道果逐難記》的"集者"大禪巴本人就是薩思迦初祖公哥寧卜的弟子。而薩思迦三祖葛剌思巴監藏的一位弟子名 gCung po ba Jo 'bum 亦曾當過西夏國王的上師(mi nyag rgyal rgod kyi bla mchod)。[5] 這位 gCung po ba 被人稱爲國師 Guk shi Jo 'bum ma,曾是薩班的上師,薩班還曾特別爲他造《上師瑜伽》。[6] 薩班本人亦與西夏王室有過交往,他受蒙古王子闊端之邀前來漢地後的主要活動地區涼州(今甘肅武威)於當時就屬西夏地區,在他的全集中我們見到了他寫給西

---

　　〔1〕　Kara and Zieme, *Die uigurischen Übersetzungen des Guruyogas "Tiefer Weg" von Sa-skya Pandita und der Mañjuśrināmasamgīti*.

　　〔2〕　參見 Sperling, "Lama to the King of Hsia," *The Journal of Tibet Society* 7 (1987), pp. 31 – 50;idem, "Further remarks apropos of the 'Ba'-rom-pa and the Tanguts," *Acta Orientalia Academiae Scientiarum Hung.* vol. 57 (1),(2004), pp. 1 – 26;劉國威,《巴絨噶舉以及它在青海的發展》,《當代西藏學術研討會論文集》,臺北:"蒙藏委員會",2004 年,頁 620—654。

　　〔3〕　Sperling, "Lama to the King of Hsia," *The Journal of Tibet Society* 7 (1987), pp. 31 – 50;Dunnell, Ruth. "The Hsia Origins of the Yuan Institution of Imperial Preceptor." *Asia Major* 5 (1992), pp. 85 – 111.

　　〔4〕　陳慶英,《大乘玄密帝師考》。

　　〔5〕　《薩思迦世系史》,葉 41b。

　　〔6〕　*Bla ma'i rnal 'byor gug shi jo 'bum ma*,見於《薩思迦班智達全集》,No. 42,葉 343 – 4 – 1—345 – 1 – 4;其跋作:bla ma'i rnal 'byor sa skya pandi tas gug shi jo 'bum gyi don du sbyar ba'o.

夏名爲"具吉祥大樂天成"（dPal sde chen lHun gyis grub pa gtsug lag khang）之寺院的一封信。[1] 再有，西夏王室的一支於西夏王國滅亡後徙居鄰近薩思迦的後藏拉堆羌（La stod byang）地區，很快成爲受薩思迦帝師倚重的烏思藏十三万户之一。這些史實均説明，薩思迦派於蒙元時期最得蒙古皇帝寵信並非偶然，他們早已和西夏王室之間有過密切的關係，其上師於西夏傳播藏傳密法的歷史中曾扮演過重要的角色。

薩思迦派之教法於西夏時代已廣爲傳播之事實亦可從拜寺溝西夏方塔中出土的西夏、漢文佛教文獻中得到證明。於該塔中出土的最重要的西夏文佛教文獻是《吉祥遍至口和本續》及其多種釋文。而《吉祥遍至口和本續》即西藏文 *dPal kun tu kha sbyor zhe bya ba'i rgyud* 的譯文，元譯《三菩怛續》，乃薩思迦道果法所依賴的最重要的幾部怛特囉之一，所以《大乘要道密集》所集幾部有關道果修法的釋論中它常常被援引。薩思迦派歷輩祖師都極爲重視《三菩怛本續》，於他們的著作中都包括有對這部本續的釋論。顯而易見，《吉祥遍至口和本續》被翻譯成西夏文當與薩思迦派傳播的道果法有直接的關聯。而方塔中出土的兩部漢文寫本文書則均與喜金剛和上樂金剛之修習有關，它們同樣亦應當是屬於薩思迦派的文獻。其中編號爲 F041、擬名爲《修持儀軌》的抄本當是薩思迦所修喜金剛本續本尊形嚕割（Heruka）金剛修法，而編號爲 F042、擬名爲《吉祥上樂輪略文等虛空本續》者，實當不是其本續之原文，而是此本續的一部釋論。《吉祥上樂輪略文等虛空本續》見於《西藏文大藏經》，原標題作 *dPal bde mchog nam mkha' dang mnyam pa'i rgyud kyi rgyal po zhes bya ba*，譯者是 Jñanavajra。[2] Jñanavajra 大概亦就是漢文譯本中所説的"國師知金剛"。[3] 從其文中所用譯語來看，它與《大乘要道密集》中所録諸道果法文書如《依吉祥上樂輪方便智慧雙運道玄義卷》等完全一致，所以它當亦是薩思迦派所傳文書。

值得一提的是，儘管薩思迦派的大師如薩思迦班智達乃以擅長佛教義理和因明著稱的顯教大師，但薩思迦派所傳"道果法"是爲不同根器之行者設計的一套複雜的修行系統，其中亦包括男女雙修等秘密修法。薩思迦派説依"行手印"、"記句手印"（dam tshig phyag rgya）、"法手印"和"大手印"等四種手印修欲樂定，强調"在家人依行手印入欲樂定（指男女雙修），若出家者依餘三印入欲樂定"。《大乘要道密集》中的兩部有

_____

〔1〕 *Mi nyag gi rgyal khams su gnang ba'i yi ge*，見於《薩思迦班智達全集》，No. 42，葉 337 – 2 – 1—338 – 1 – 2.

〔2〕 見於《西藏文大藏經》，德格版，第 416 號，十萬怛特囉部，Ga. 261b2 – 263a7。

〔3〕 《拜寺溝西夏方塔》，頁 243。知金剛，藏文名字作 Ye shes rdo rje，印度法師，生平時代較阿底峽稍後。參見《印度佛教史》，頁 237。

關"道果法"的長篇文書，即《解釋道果金剛句記》和《解釋道果逐難記》都是對被薩思迦派視爲根本大續、亦是"道果法"之根本所依的《喜金剛本續[王]》（*Kye'i rdo rje zhes bya ba rgyud kyi rgyal po*）的解釋。於這兩部解釋《道果金剛句》（*Lam 'bras bu dang bcas pa'i rtsa ba rdo rje'i tshig rkang*）的作品中，以及於另一部元譯同類作品《道果延暉集》中，都曾論及以男女雙修爲内容的欲樂定修法。由此推測，番僧於元代宫廷中所傳的"秘密大喜樂法"當與薩思迦派所傳"喜金剛續"，即 *Hevajra Tantra*，有直接的關係。《元史·釋老傳》中説："歇白咱剌，華言大喜樂。"[1]而"歇白咱剌"顯然就是 Hevajra 之元代漢語音譯。薩思迦派所傳道果法所依持的《喜金剛本續》、《吉祥勝樂本續》（*bDe mchog 'byung ba zhes bya ba'i rgyud kyi rgyal po chen po*）和《三菩怛本續》、《四座本續》等都傳男女雙修之欲樂定。《大乘要道密集》中的《依吉祥上樂輪方便智慧雙運道玄義卷》詳細解釋上樂，即勝樂本續之方便、智慧雙運，即男女雙修法，文中對密乘之修法，特別是男女雙修法，從宗教意義、修法程式、功德、與其他修法之關係等各種角度作了詳細而明確的闡述，是一部不可多得的密宗修法簡明教科書。從這些文書有的傳譯自西夏時期這一事實可知，包括男女雙修在内的秘密修法不是從元末宫廷開始傳播的，而是早在西夏時代就已經開始流傳了。若要還被妖魔化了的元末宫廷番僧所傳"秘密大喜樂法"的本來面目，我們就有必要對《大乘要道密集》中所述道果法中有關修欲樂定的内容追根究底，查它個水落石出。

《大乘要道密集》中所録文書除了"道果法"以外，另一大類即是"大手印法"。儘管其篇目繁多，但實際上分量不大。藏傳佛教各派各有其特殊的傳世要門（man ngag），例如薩思迦派的要門即是"道果法"，寧瑪派的要門是"大圓滿法"，而噶舉派的傳世要門就是"大手印法"。故説到"大手印法"，一般都把它歸入噶舉派所傳的教法。然而，由於薩思迦派的前期祖師同樣亦曾隨噶舉派祖師瑪爾巴譯師等學、修大手印法，故薩思迦派的修法中亦夾雜有許多大手印法的成分。例如見於《大乘要道密集》中的多篇有關修《捺攞六法》的短篇儀軌，就不像是噶舉派的傳軌，而更應當是薩思迦派所傳。《捺攞六法》乃以 11 世紀印度密法大師捺攞巴（Nāropa, 1012－1100）命名，經瑪爾巴譯師（Mar pa Chos kyi blo gros, 1002/1012－1097）、米拉日巴（Mi la ras pa, 1052－1135）等噶舉派祖師於西藏傳開的一個密法修行系統，是噶舉派所傳大手印法的基礎。通常以爲，"捺攞六法"指的是拙火（gtum mo）、夢（rmi lam）、幻身（rgyu lus）、光明（'od gsal）、

---

〔1〕《元史》卷二二一，《釋老傳》。

往生（'pho ba，或譯遷識）和中有（bar do）等。亦有將夢、幻身修法合二而一，代之以奪舍（grong 'jug）者。《大乘要道密集》中一系列短篇儀軌皆爲修《捺攞六法》之要門，例如《十六種要儀》、《拙火定》、《九周拙火》、《光明定》、《夢幻定》、《幻身定》、《辨死相》、《轉相臨終要門》、《遷識配三根四中有》、《遷識所合法》、《贖命法》、《彌陀臨終要門》等等。這些修法要門有許多見於《依吉祥上樂輪方便智慧雙運道玄義卷》中，而有些則署名爲薩思迦三祖葛剌思巴監藏上師所傳，故當是薩思迦派上師所傳，已成薩思迦派道果法的不可分割的組成部分，其修法與噶舉派所傳不盡相同。例如，其於《夢幻定》和《幻身定》中提到的一些修夢幻瑜伽的方法就不見於噶舉派的傳統中。[1] 但是凡見於集中第四卷內的有關大手印法的文書其大部分似爲噶舉派所傳儀軌，其内容均爲大手印止觀修習，與前述薩思迦道果法中所述包括男女雙修之在内的行手印修法在内的各種手印修法不同。讀這些有關大手印止觀修習的文書，令筆者自然想起吐蕃僧諍中的頓、漸之爭，大手印止觀亦分頓、漸，其修法當既有蓮花戒所傳漸門的影響，又有和尚摩訶衍所倡導的頓門派的影子。大手印止觀修習之頓和漸和吐蕃時代頓、漸之爭的關係是一個值得進一步深究的課題。

《大乘要道密集》中所録除了“道果法”和“大手印法”的文書外，還收録了不少如作灌頂、燒施、延壽、開光、打截截[懺罪]、供養、服石等各種儀軌，以及觀想如來、菩薩、上師等種種本尊和觀想壇城、明點的修法等，體現了藏傳密教修法之各個重要方面。而像燒施、打截截等儀軌在西夏時代就已成爲日常佛事的一個組成部分。《大乘要道密集》第四卷中還收録有一些無法歸於這兩種教法内的雜法，其中復以卜思端大師的《大菩提塔樣尺寸法——造塔儀軌名爲攝受最勝》、天竺勝諸冤敵節怛哩巴上師述《聖像内置惣持略軌》和帝師八思巴述《略勝住法儀》三種文書最爲重要，它們組成了一個有關造塔、像儀軌的系列。[2] 它們同時於元代被譯成漢文，或對當時於北京等地修造藏式佛塔有實用價值。而於《大乘要道密集》中發現覺囊派大師攝囉監燦班藏布所造《總釋教門禱祝》一文，則更揭示了藏傳佛教曾經如何深入元代中國這樣一個事實。以前我們對薩思迦派、噶瑪噶舉派以及寧瑪派教法於元廷的傳播耳熟能詳，而事實上除了這些大的教派以外，就連沙魯派、覺囊派這樣的小教派亦曾對元朝中國的佛教有所影響。

---

〔1〕 沈衛榮，《西夏黑水城所見藏傳佛教瑜伽修習儀軌文書研究 I：〈夢幻身要門〉》，《當代西藏學學術研討會論文集》，臺北：“蒙藏委員會”，2004 年，頁 382—473。

〔2〕 參見沈衛榮，《元代漢譯卜思端大師造〈大菩提塔樣尺寸法〉之對勘、研究》。

參 考 文 獻

（一）佛教典籍

梁・菩提達摩說，《菩提達摩大師略辨大乘入道四行觀》，《卍新纂大日本續藏經》（《卍續藏》），第 63 冊，第 1217 經，東京：國書刊行會。

（二）中、日文著作

1. 王堯，《元廷所傳西藏秘法考敍》，南京大學元史研究室編，《內陸亞洲歷史文化研究——韓儒林先生紀念文集》，南京：南京大學出版社，1996 年。

2. 石守謙、葛婉章主編，《大汗的世紀：蒙元時代的多元文化與藝術》，臺北：“故宮博物院”，2001 年。

3. 史金波，《西夏的藏傳佛教》，《中國藏學》1（總第 57 期），北京：中國藏學出版社，2002 年。

4. 北京圖書館編，《北京圖書館善本書目》，北京：北京圖書館，1987 年。

5. 西田龍雄，《西夏文華嚴經》，京都：京都大學文學部，1977 年。

6. 呂澂，《漢藏佛教關係史料集》，四川：華西協合大學，1942 年。

7. 沈衛榮，《西藏文文獻中的和尚摩訶衍及其教法：一個創造出來的傳統》，《新史學》16/1，臺北：新史學雜誌社，2005 年。

8. 沈衛榮，《重構十一至十四世紀西域佛教史——基於俄藏黑水城文書的探討》，《歷史研究》2006 年第 5 期。

9. 沈衛榮，《元代漢譯卜思端大師造〈大菩提塔樣尺寸法〉之對勘、研究》，謝繼勝、沈衛榮、廖暘主編，《漢藏佛教藝術研究——第二屆西藏考古與藝術國際學術研討會論文集》，北京：中國藏學出版社，2006 年。

10. 東洋文庫編，《薩思迦全集》（Sa skya pa'i bka' 'bum），東京：東洋文庫，1968 年。

11. 俄羅斯科學院東方研究所聖彼得堡分所、中國社會科學院民族研究所、上海古籍出版社合編，《俄羅斯科學院東方研究所聖彼得堡分所藏黑水城文獻》，上海：上海古籍出版社，1996—1998 年。

12. 孫昌盛，《西夏文佛經〈吉祥遍至口和本續〉題記譯考》，《西藏研究》2，2004 年。

13. 陳健民上師修訂，《薩迦道果新編》，臺北：慧海書齋，1992 年。

14. 陳慶英，《大乘玄密帝師考》，《佛學研究》9，北京：中國佛教文化研究所，2000 年。

15. 陳慶英，《〈大乘要道密集〉與西夏王朝的藏傳佛教》，《賢者新宴》第 3 期，石家莊：河北教育出版社，2003 年。

16. ［元］發思巴上師輯著，《大乘要道密集》上、下，臺北：自由出版社，1962 年。

17. 寧夏文物考古研究所編著，《拜寺溝西夏方塔》，北京：文物出版社，2005 年。

18. 談錫永翻譯，《六中有自解脫導引》，寧瑪派叢書，修部 4，香港：密乘佛學會，1999 年。

19. 劉國威，《巴絨噶舉以及它在青海的發展》，《當代西藏學學術研討會論文集》，臺北：“蒙藏委員會",2004 年。

20. 臺北"故宮博物院"網頁：www. npm. gov. tw/dm/buddhist/b/b. htm.

（三）藏文典籍

1. Tibetan Tripitaka. No. 2284. Lam 'bras bu dang bcas pa'i rtsa ba rdo rje'i tshig rkang.

2. dGe slong sGra tshad pa 造,Chos rje thams cad mkhyen pa Bu ston lo tsā ba'i rnam par thar pa snyim pa'i me tog ces bya ba bzhugs so,(《法主一切智卜思端譯師傳————一掬花》),中國藏學出版社編, Bu ston chos 'byung(《卜思端教法源流》),附録,北京：中國藏學出版社,1988 年。

3. Bla ma'i rnal 'byor gug shi jo 'bum ma,見於《薩思迦班智達全集》,No. 42,頁 343 － 4 － 1—345 － 1 － 4;其跋作：Bla ma'i rnal 'byor sa skya pandi tas gug shi jo 'bum gyi don du sbyar ba'o.

4. 'Jam mgon A myes zhabs Ngag dbang kun dga' bsod nams. 1975. 'Dzam gling byang phyogs kyi thub pa'i rgyal tshab chen po dpal ldan sa skya pa'i gdung rabs rin po che ji ltar byon pa'i tshul gyi rnam par thar pa ngo mtshar rin po che'i bang mdzod dgos 'dod kun 'byung. A History of the 'Khon Lineage of Prince-abbots of Sa skya(《薩思迦世系史》). Reproduced from a rare print by Tashi Dorji. Dolanji：Tibetan Bonpo Monastic Centre.

（四）西文著作

1. Beckwith, Christopher. 1984. "A Hitherto Unnoticed Yüan-Period Collection Attributed to 'Phags pa." *Tibetan and Buddhist Studies commemorating the 200th Anniversary of the Birth of Alexander Csoma de Cörös*, I. Edited by Louis Ligeti, Budapest：Akadémiai Kiadó.

2. Dowman, Keith. 1985. Masters of Mahamudra. *Songs and Histories of the Eighty-Four Buddhist Siddhas*. Albani：State University of New York Press.

3. Dunnell, Ruth. 1992. "The Hsia Origins of the Yuan Institution of Imperial Preceptor." Asia Major 5.

4. Hoong, Teik Toh. 2004. "Tibetan Buddhism in Ming China." Dissertation for Harvard University.

5. Jackson, David P. 1987. *The Entrance Gate for the Wise (Section III): Sa-skya Pandita on Indian and Tibetan Traditions of Pramana and Philosophical Debate*. Wien：Arbeitskreis für Tibetische und Buddhistische Studien Universität Wien, vol. 1.

6. Kara, G. and Peter Zieme. 1977. *Die uigurischen Übersetzungen des Guruyogas "Tiefer Weg" von Sa-skya Pandita und der Mañjuśrināmasamgīti* (BT VIII). Berlin：AKADEMIE VERLAG.

7. Shen, Weirong. 2005. "Tibetan Tantric Buddhism at the Court of the Great Mongol Khans：Sa skya pandita and 'Phags pa's works in Chinese during the Yuan Period", *Quaestiones Mongolorum Disputatae* 1. Tokyo：Association for International Studies of Mongolian Culture.

8. Sørensen, Per K. 1994. *Tibetan Buddhist Historiography*, *The Mirror illuminating the Royal*

   Genealogies, *Annotated Translation of the* ⅩⅣ*th Century Tibetan Chronicle: rGyal-rabs gsal-ba'i me-long*. Wiesbaden: Harrassowitz Verlag.

9. Sperling, Elliot. 2004. "Further remarks apropos of the 'Ba'-rom-pa and the Tanguts," *Acta Orientalia Academiae Scientiarum Hung*. Volume 57(1).

10. Sperling, Elliot. 1994. "rTsa mi lo-tsā-ba Sangs-rgyas grags-pa and the Tangut Background to Early Mongol-Tibetan Relations", In *Tibetan Studies*, *Proceedings of the 6th Seminar of the International Association for Tibetan Studies*, *Fagernes 1992*. Oslo: The Institute for Comparative Research in Human Culture.

11. Stearns, Cyrus. 2001. *Luminous Life*, *The Story of the Early Masters of the Lam 'bras in Tibet*. Boston: Wisdom Publication.

（原載《中華佛學學報》第 20 期,2007 年,頁 251—303）

初探蒙古接受藏傳佛教的西夏背景

一

成書於大蒙古國初年的《黑韃事略》曾記載如下一則故事:

> 某向隨成吉思攻西夏,西夏國俗自其主以下皆敬事國師,凡有女子,必先以薦
> 國師而後敢適人。成吉思既滅其國,先孿國師。國師者,比邱僧也。[1]

頗具諷刺意味的是,一代天驕不喜的"西夏國俗"並沒有在他和他的子孫們所建立的
蒙古帝國中消失。元代的蒙古君主們甚愛番僧所傳密法,其臣下乃至百姓亦紛紛效
法,終使"華夏一變而爲夷狄,夷狄一變而爲禽獸",堂堂大元,竟然成了一個壽不足
百年的短命王朝。莫非是成吉思汗曾"既滅其國,先孿國師"的緣故,後人似乎很少
注意到蒙古人的藏傳佛教信仰與上述"西夏國俗"之間或有某種歷史聯繫。除了認
可西夏和蒙元皆曾任用西番僧爲"帝師"這一事實以外,[2]至今尚少有人對西夏和
蒙元傳播密法之番僧間的淵源,[3]以及所傳密法的内容作過比較,以進而構建這兩
段歷史之間有可能存在的歷史聯繫。史家習慣於將薩思迦班智達(Sa skya *paṇḍita*
Kun dga' rgyal mtshan, 1182–1251)率領八思巴('Phags pa Blo gros rgyal mtshan,
1235–1280)和恰那朵兒只(Phyag na rdo rje)兩位侄子歸降蒙古闊端汗和噶瑪噶舉
派第二世活佛哈立麻巴哈失(Karma bakshi)投歸蒙哥汗作爲蒙古人接受藏傳佛教之
歷史的開始,忽略了藏傳佛教於西夏王國内的流行有可能對蒙古人接受藏傳佛教所
產生的歷史影響。

近年來,陸續有西夏時代關涉藏傳佛教的漢文、西夏文文獻出土,在晚近影印出版

---

〔1〕 王國維箋證,《蒙韃備録、黑韃事略箋證》,北京:文殿閣書莊,1936 年,頁 108。

〔2〕 最近聶鴻音先生提出"西夏在中國歷史上率先創立了'帝師'封號,但是沒有正式建立像元朝那樣完
整的帝師制度"。見聶鴻音,《西夏帝師考辨》,《文史》2005 年第 4 輯,頁 205—217。

〔3〕 唯一的例外大概是陳慶英先生的《〈大乘要道密集〉與西夏王朝的藏傳佛教》,《中國藏學》2003 年第
3 期,頁 94—106。

的俄藏黑水城文書中,我们亦發現了一系列漢譯藏傳佛教文獻,[1]這不但使藏傳佛教於西夏時代傳播的歷史面目漸漸變得清晰起來,而且亦使人們對西夏王國和蒙元王朝所傳藏傳密法之間的歷史聯繫有所覺察,激起了人們對探究元代蒙古人接受、信仰藏傳佛教之西夏背景的濃厚興趣。筆者前此對黑水城出土有關藏傳佛教之漢文文獻和對自元朝宮廷傳出的藏傳密法儀軌彙集《大乘要道密集》作了系統的梳理,披露了西夏和蒙元時代所傳藏傳密法的主要内容,初步揭示了西夏和蒙元這兩個時代所傳密法之間的前後聯繫。[2] 本文試圖通過追索活躍於西夏和蒙元時代的番僧的淵源,對比這兩個時代所傳密法的具體内容,來進一步揭示和細化元代蒙古人接受、信仰藏傳佛教的西夏背景。

二

雖然藏傳佛教曾廣泛流行於蒙元帝國像是一個不爭的事實,然而元代漢文歷史文獻中對此並沒有留下多少可靠的記載。對這段歷史的重構,我們必須更多地依賴藏文文獻。迄今可以肯定的是,不管是薩思迦(Sa skya)、噶舉(bKa' brgyud)、噶當(bKa' gdams)和寧瑪(rNying ma)等大教派,[3]還是諸如沙魯(Zha lu)和覺囊(Jo nang)等小教派,它們都曾對蒙古之藏傳佛教信仰的形成産生過影響。[4] 其中對元朝皇帝最有影響力的番僧於元朝前期無疑是薩思迦派的上師,到了元朝後期則是噶瑪噶舉派的上師。藏文史學傳統以薩思迦派的第四、第五代祖師薩思迦班智達和八思巴帝師,以及噶瑪噶舉派第二世活佛哈立麻巴哈失爲最早在蒙古人中間傳播藏傳密法的西藏喇嘛,其中尤以薩思迦派上師的影響爲大,而哈立麻巴哈失則因在忽必烈和阿里不哥兄弟爭奪汗位繼承權的鬥爭中站在失敗者一邊而遭放逐。八思巴帝師不但位居總制院使高位,

---

〔1〕 沈衛榮,《序説有關西夏、元朝所傳藏傳密法之漢文文獻——以黑水城所見漢譯藏傳佛教儀軌文書爲中心》,《歐亞學刊》第7輯,北京:中華書局,2007年,頁159—179。

〔2〕 沈衛榮,《〈大乘要道密集〉與西夏、元朝所傳藏傳密法——〈大乘要道密集〉系列研究導論》,《中華佛學學報》第20期,臺北,2007年,頁251—301。

〔3〕 有關薩思迦和噶舉派,特別是噶瑪噶舉派上師於元朝宮廷内活動的論著所見甚多,兹不贅述。

〔4〕 沙魯派祖師卜思端(Bu ston Rin chen grub)和覺囊派祖師攝囉監燦班藏布(Dol po pa Shes rab rgyal mtshan dpal bzang po,1292-1361)都曾受到元廷專使往迎入朝的禮遇,但大概是時近元朝末年的緣故,他們均借故拒絕入朝。對此請分別參見David S. Ruegg, *The Life of Bu ston Rin chen grub*, Rome, 1966;Ngag dbang blo gros grags pa, *Jo nang chos 'byung zla ba'i sgron me*, 北京:中國藏學出版社,1992年,頁28。儘管如此,他們並非對藏傳密法於元廷的傳播毫無影響。他們的著作在元朝就有被譯成漢文而行於世者,於《大乘要道密集》中我們就見到了卜思端的《大菩提塔樣尺寸法》和攝囉監燦班藏布的《總釋教門禱祝》。參見沈衛榮,《〈大乘要道密集〉與西夏、元朝所傳藏傳密法——〈大乘要道密集〉系列研究導論》;同作者,《元代漢譯卜思端大師造〈大菩提塔樣尺寸法〉之對勘、研究——〈大乘要道密集〉系列研究(一)》,謝繼勝、沈衛榮、廖暘編,《漢藏佛教藝術研究——第二屆西藏考古與藝術國際學術討論會文集》,北京:中國藏學出版社,2006年,頁77—108。

領天下釋教,而且主持釋、道辯論,三次爲元世祖忽必烈汗及其皇后等授"喜金剛灌頂",對蒙古藏傳佛教信仰的確立產生過十分重大的影響。與八思巴帝師同時代的另一位薩思迦派上師膽巴國師則是於元朝前、中期傳授摩訶葛剌(即大黑天神)修法的最主要的西番上師,對於擴大藏傳佛教於蒙古人中間的影響同樣亦起過不可小覷的作用。[1]

衆所周知,藏、漢兩地的史學傳統均以薩思迦班智達的蒙古之旅爲鑿空之旅。從政治、外交的角度來看,薩思迦班智達審時度勢,以一己之智勇,令雪域幸免再遭蒙古兵燹之災;從宗教的角度來看,他以妙手回春的醫術,引闊端汗皈依藏傳密法,首開藏傳佛教於蒙古人中間傳播之先河。[2] 事實上,薩思迦派與西番以外諸民族的交往並不是從薩思迦班智達開始的。儘管後世蒙古史家津津樂道的成吉思汗與薩思迦初祖公哥寧卜(Kun dga' snying po, 1092 – 1158)、窩闊台汗與薩思迦三祖葛剌思巴監藏(Grags pa rgyal mtshan)之間的往來純屬空穴來風,[3]但薩思迦派弟子們的影響顯然早已經到達西夏等雪域以外的地方了,可惜我們對此知之甚少。人們之所以迄今沒有追究藏傳佛教於西夏的傳播和流行對於日後蒙古人接受藏傳佛教的影響,多半是因爲我們對薩思迦班智達伯侄三人投奔蒙古闊端汗以前薩思迦派上師於西夏王國曾經有過的影響一無所知。

從現有的資料來看,儘管已知的幾位西夏帝師如 gTsang po pa dKon mchog seng ge、'Ba' rom pa Ras pa Sangs rgyas ras chen、[4]賢覺帝師波囉顯勝、[5]大乘玄密帝師[慧稱]等,[6]或多爲噶舉派的上師,但在活躍於西夏王朝內的番僧中顯然亦有薩思迦派的上師。《大乘要道密集》中輯錄有兩部重要的解釋薩思迦派之"道果法"(lam 'bras)的文書,即《解釋道果語錄金剛句記》和《解釋道果逐難記》。這兩部文書的"集

〔1〕 沈衛榮,《神通、妖術和賊髡: 論元代文人筆下的番僧形象》,《漢學研究》第 21 卷第 2 期,臺北,2003 年,頁 219—247。

〔2〕 周清澍,《庫騰汗——蒙藏關係最早的溝通者》,原載《內蒙古大學學報》(蒙古史專號)1963 年第 1 期,此據修訂本,見作者《元蒙史劄》,呼和浩特: 內蒙古大學出版社,2001 年,頁 339—356。

〔3〕 岡田英弘,《蒙古史料に見える初期蒙藏關係》,《東方學》第 23 輯,1962 年,頁 95—108。

〔4〕 參見 Sperling, "Lama to the King of Hsia," *The Journal of Tibet Society* 7, 1987, pp. 31 – 50; "Further remarks apropos of the 'Ba'-rom-pa and the Tanguts," *Acta Orientalia Academiae Scientiarum Hung.* Volume 57(1), 2004, pp. 1 – 26. ;劉國威,《巴絨噶舉以及它在青海的發展》,《當代西藏學學術研討會論文集》,臺北:"蒙藏委員會",2004 年,頁 620—654。

〔5〕 Sperling, "Lama to the King of Hsia;" Dunnell, "The Hsia Origins of the Yuan Institution of Imperial Preceptor," *Asia Major* 5. 1,1992,pp. 85 – 111.

〔6〕 陳慶英,《大乘玄密帝師考》,《佛學研究》2000 年第 9 期,頁 138—151。

者"名大禪巴,他的師傅是"嗛法師",或曰"嗛薩悉結瓦者,乃極善真心師之易名也"。[1] 所謂"嗛薩悉結瓦者"當即 'Khon Sa skya ba,'Khon,此譯"嗛",而元時譯作"款","嗛薩悉結瓦"即《元史》中所説的"薩思迦款氏"。而所謂"極善真心師"者,或當指 Kun dga' snying po(公哥寧卜,譯言普喜藏,1092—1158),即薩思迦初祖普喜藏法師。因此大禪巴師當是薩思迦初祖公哥寧卜的親傳弟子。雖然我們無法肯定這位大禪巴法師是否曾親往西夏傳法,但從有西夏漢譯本《解釋道果語録金剛句記》和《解釋道果逐難記》存世這一事實出發,我們至少可以肯定薩思迦派的根本大法——"道果法"確實已經在西夏傳播開來了。

關於西夏時代曾有薩思迦派上師在西夏傳法這一事實,我們還可以從其他途徑得到證實。從《薩思迦世系史》所録公哥寧卜傳記中可知,傳主之造釋論親傳弟子(gzhung bshad mdzad pa'i dngos slob)中即有一位來自彌藥的智網(Mi nyag Prajñālāla)法師。[2] 這説明西夏佛教徒與薩思迦派的交往或已在薩思迦初祖公哥寧卜時就開始了。而薩思迦三祖葛剌思巴監藏(Grags pa rgyal mtshan,譯言名稱幢,1147—1216)的一位弟子名 gCung po ba Jo 'bum 者則曾當過西夏國王的上師(mi nyag rgyal rgod kyi bla mchod)。[3] 這位 gCung po ba 於藏文文獻中還被稱爲國師 Guk shi Jo 'bum ma,當過薩思迦班智達的老師,後者曾特別爲他造《上師瑜伽》。[4] 從這些淵源來看,薩思迦班智達出使蒙古對於與西夏王室素有交往的薩思迦派高僧來説實在算不上是什麼鑿空之旅。事實上,薩思迦班智達本人或當亦曾與西夏僧團有過直接的交往,在他的全集中我們見到了他寫給西夏吉祥大樂天成寺(dPal sde chen lHum gyis grub pa gtsug lag khang)的一封信。[5] 他受蒙古王子闊端之邀前來中原後的主要活動地區涼州亦乃西夏故地,這大概亦與薩思迦派和西夏素有淵源不無關係。此外,西夏王室的一支在西夏

〔1〕 元發思巴上師輯著,蕭天石編,《大乘要道密集》,下册,卷三,《解釋道果逐難記》,臺北:自由出版社,1962 年,頁 1。

〔2〕 'Jam mgon A myes zhabs Ngag dbang kun dga' bsod names, 'Dzam gling byang phyogs kyi thub pa'i rgyal tshab chen po dpal ldan sa skya pa'i gdung rabs rin po che ji ltar byon pa'i tshul gyi rnam par thar pa ngo mtshar rin po che'i bang mdzod dgos 'dod kun 'byung, A History of the 'Khon Lineage of Pronce-abbots of Sa skya(以下簡稱《薩思迦世系史》), Reproduced from a rare print by Tashi Dorji, Dolanji: Tibetan Bonpo Monastic Centre, 1975, fol. 47.

〔3〕 《薩思迦世系史》,fol. 41b。

〔4〕 Kun dga' rgyal mtshan, Bla ma'i rnal 'byor gug shi jo 'bum ma, 見於《薩思迦班智達全集》,Sa skya pa'i bka' 'bum (The complete works of Pandita Kun dga' rgyal mtshan,《薩思迦班智達全集》),No. 42, Sa skya pa'i bka' 'bum, vol. 5, pp. 343 - 4 - 1—345 - 1 - 4;其跋作:bla ma'i rnal 'byor sa skya pandi tas gug shi jo 'bum gyi don du sbyar ba'o,譯言:"薩思迦班智達爲國師 Jo 'bum 而作《上師瑜伽》"。

〔5〕 Mi nyag gi rgyal khams su gnang ba'i yi ge, 見於《薩思迦班智達全集》,No. 42, 頁 343 - 4 - 1—345 - 1 - 4。

王國滅亡後徙居鄰近薩思迦的後藏拉堆羌(La stod byang)地區,並很快成爲受薩思迦帝師倚重的地方豪強,且被元廷封爲烏思藏十三万户之一,這充分説明薩思迦派和西夏王室之間確曾有過密切的關係。總而言之,當薩思迦班智達應闊端汗之邀,前往涼州訪問時,薩思迦派的勢力早已深入西夏地區。藏文史册《紅史》(Deb ther dmar po)中對薩思迦班智達應邀出使蒙古一事曾作如下記載:

> 北方皇子闊端來召時,即應往日尊者葛剌思巴[監藏](rJe btsun Grags pa [rgyal mtshan])之豫言,謂"日後有北方語言、人種不同,戴飛鷹帽、穿豬鼻靴的人來召,即將弘布佛法"。[1]

這一則授記或曲折地反映出薩思迦班智達的叔父葛剌思巴監藏對於比鄰西夏党項民族的蒙古人的崛起早已有所耳聞,所以將教化蒙古人的大任托付給了他的侄子薩思迦班智達。

薩思迦派的上師曾活躍於西夏,其教法亦曾於西夏得到廣泛傳播這一事实,我們還可以從薩思迦派上師的著作於西夏時代被同時翻譯成漢文和西夏文這一現象中得到證明。俄藏黑水城文獻中有一部題爲《吉有惡趣淨令本斷綱》(或譯《吉有惡趣令淨本續之干》)的西夏文藏傳佛教經典,其集、譯者題款爲"羌中國大默有者幢名稱師集,瑞雲山慧淨國師沙門法慧譯"。[2]這位幢名稱師無疑就是薩思迦第三祖葛剌思巴監藏,即名稱幢大師。而這部西夏文《吉有惡趣令淨本續之干》的原本或即藏文 dPal ldan ngan song sbyong rgyud kyi spyi don,華言《具吉祥淨治惡趣續總義》,現見於《法尊名稱幢全集》第94號。[3]此外,《大乘要道密集》除了收録了上述《解釋道果語録金剛句記》和《解釋道果逐難記》兩部有關薩思迦派"道果法"的長篇法本外,還另有一篇題爲《依吉祥上樂輪方便智慧雙運道玄義卷》的長篇儀軌,同樣亦是指導修"道果法"的經典。這三部儀軌的傳譯者都可確定爲西夏時代的人,其中《依吉祥上樂輪方便智慧雙運道玄義卷》爲"祐國寶塔弘覺國師沙門慧信録",《解釋道果語録金剛句記》爲"北山大清涼寺沙門慧中譯、中國大乘玄密帝師傳、西番中國法師禪巴集",而《解釋道果逐難記》則爲

---

[1] 搽里巴公司朵兒只('Tshal pa Kun dga' rdo rje),《紅史》(Deb ther dmar po),北京:民族出版社,1981年,頁47。

[2] E Kychanov, The Catalogue of Tangut Buddhist Texts, Kyoto: Faculty of Letters, Kyoto University, 1999, p.598;參見史金波,《西夏的藏傳佛教》,《中國藏學》2002年第1期,頁48—49。

[3] Grags pa rgyal mtshan, rJe brtsun grags pa rgyal mtshan gyi bka' 'bum, vol.1, No.94, Sa skya pa'i bka' 'bum, or The Complete works of the great masters of the Sa skya pa sect of the Tibetan Buddhism, vol.3, compiled by bSod nams rgya mtsho, Tokyo: The Toyo Bunko, 1968.

"甘泉大覺圓寂寺沙門寶昌傳譯",其中的玄密帝師乃迄今所知有數幾位西夏帝師中的一位。[1] 此外,在黑水城出土西夏文文獻中亦有一部題爲《道果語録金剛句之解具記》的文書,它或當即《解釋道果語録金剛句記》的西夏文譯本。[2] 這爲證實這部漢譯《解釋道果語録金剛句記》確爲西夏時代的作品,從而説明薩思迦派的教法確曾於西夏廣泛傳播這一事實提供了有利的佐證。

三

在俄藏黑水城文獻中有關藏傳密教的漢文文獻和《大乘要道密集》得到發現和初步整理以前,我們對番僧在元朝所傳密法的真實內容知之甚少。元代漢文文獻中祇提到了番僧於元朝宮廷中傳播的所謂"演揲兒法"和"秘密大喜樂禪定",以及曾在元代朝野相當流行的摩訶葛剌,即大黑天崇拜。這些零星且帶有文化偏見的記載,一方面給漢族士人日後妖魔化番僧、番教提供了誘人的佐料,而另一方面卻亦難倒了後世諸碩學鴻儒,要在漢字對音的障幕下確切地解讀"胡語"、詮釋"番教"實在不是一件容易的事情。祇有俄藏黑水城文獻中有關藏傳密教的漢文文獻和《大乘要道密集》的發現,纔給揭開元朝宮廷修習藏傳密法的真實內幕提供了可能。最近,卓鴻澤先生對"能使人身之氣或消或脹,或伸或縮"的"運氣術",即"演揲兒"法的來歷作出了頗令人信服的解釋。他

---

〔1〕 聶鴻音先生對大乘玄密帝師是否真是西夏時代人提出了質疑,因爲大乘玄密帝師的名字應該叫"慧稱",即梵語"般若吃哩底"(Prajñākīrti),或藏語"喜饒扎巴"(Shes rab grags pa),是吐蕃佛教"後弘期"的著名譯師,從現存西藏佛教史籍中看不出他與西夏有什麼關係,所以肯定亦不是真正意義上的西夏帝師。參見聶鴻音,《西夏帝師考辨》,頁209—210。對聶先生此説筆者不敢苟同,僅憑"慧稱"這一名字就確定"大乘玄密帝師"即是後弘期的一位著名譯師有失牽強。《大乘要道密集》所録《大手印漸入、頓入要門》起首列師承次第云:"然此要門師承次第者,真是究竟明滿傳與菩提勇識大寶意解脱師,此師傳與薩囉曷師,此師傳與薩囉巴師,此師傳與啞幹諾帝,此師傳與辣麻馬巴,此師傳與銘移辢囉悉巴,此師傳與辢麻辢征,此師傳與玄密帝師,此師傳與太寶上師,此師傳於玄照國師。"呂澂先生同定此傳承次第爲:"金剛持 rDo je 'chang——寶意 Blo gros rin chen——薩囉巴(小薩囉巴即薩幹哩巴)——啞幹諾帝(即銘得哩幹)——馬巴 Mar pa——銘移辢囉悉巴 Mi la ras pa——辢麻辢征 Bla ma blo chen——玄密帝師——大寶上師——玄照,是則'大手印'之通傳。辢征嘗紹發思巴 'Phags pa 之學,三傳而及卜思端。今玄照亦爲辢征後三輩,則其年代與卜思端並,不出元順帝時矣。"參見呂澂,《漢藏佛教關係史料集》,頁12。由於呂澂先生當時不可能考慮到《大乘要道密集》中收録有西夏時翻譯的文書,所以作出了這種錯誤的對勘,將"辢麻辢征"同定爲八思巴弟子 Bla ma blo chen。揆諸常理,銘移辢囉悉巴的傳人絕不可能是八思巴的弟子,玄照乃西夏國師,亦絕不可能是卜思端的同時代人。所以,傳爲八思巴弟子的 Bla ma blo chen 不可能就是這兒提到的辢麻辢征。銘移辢囉悉巴之弟子中似無稱作 Blo chen 者,他最有名的弟子是 sGam po pa bSod nams rin chen 和 Ras chung rDo rje grags pa,而前者常被稱爲 Dwags po lha rje,此之所謂辢征或可能就是 lha rje 的音譯。所以,大乘玄密帝師或當爲 Dwags po lha rje sGam po pa bSod nams rin chen 的弟子。前曾提及,《解釋道果語録金剛句記》的集者"西番中國法師禪巴"是薩思迦初祖公哥寧卜的弟子,正如聶先生所説,一個文本的"集"當在"傳"之前,所以"傳"《解釋道果語録金剛句記》的大乘玄密帝師祇可能是生活在"西番中國法師禪巴"之後的法師,所以從年代來看,他不但可能,而且完全應當是西夏的帝師。

〔2〕 西田龍雄,《西夏文華嚴經》卷三,京都,京都大學文學部,1977年,No.076。*Tibetan Tripitaka*. No.2284: *Lam 'bras bu dang bcas pa'i rtsa ba rdo rje'i tshig rkang*。

指出元廷所修的"運氣術"即是噶舉派根本大法《那婁六法》(*Nāro chos drug*)中的"拙火"(gtum mo'i me)，或曰"忿怒母火"修法，而"演揲兒"乃回鶻文 yantïr，即梵文 yantra（譯言"機關、關捩"）之回鶻文形式的漢譯對音。[1] 至於最爲後人詬病的所謂"秘密大喜樂禪定"，或曰"多修法"、"雙修法"，筆者以爲它應當與八思巴帝師曾給忽必烈汗及其皇后所授的"喜金剛灌頂"有關。《元史》卷二〇二《釋老傳》中稱，"歇白咱剌，華言大喜樂也"。[2] "歇白咱剌"當爲梵文 Hevajra 的藏化形式 he badzra 的漢文音譯，華言"喜金剛"，亦譯"喜樂金剛"。《大乘要道密集》所録諸"道果法"儀軌中，凡引《喜金剛本續》處，多有逕稱《喜樂金剛本續》，或者《大喜樂本續》者，[3]可見，在西夏和元朝時代，"喜金剛"通常與"大喜樂"混爲一談，元末宮廷中所修的"大喜樂法"即與"喜金剛"修法有關。當然，有涉"雙修法"的密宗修法不祇喜金剛修法一種，像《大乘要道密集》所録《依吉祥上樂輪方便智慧雙運道玄義卷》乃《吉祥上樂輪修法》(*dPal bde mchog 'khor lo'i sgrub thabs*)的一種，主要内容即是所謂"方便智慧雙運道"，亦即"男女雙修"之法，乃指導密宗行人如何"依憑行印修習"的絶妙儀軌。此外，按元代漢文文獻中的説法，元朝的摩訶葛剌崇拜或始於元世祖忽必烈時代，如有人稱："至於世祖皇帝綏華糾戎，卒成伐功，常隆事摩訶葛剌神，以其爲國護賴，故又號大護神，列諸六祠，禱輒響應。"[4]值得指出的是，對薩思迦派最爲推崇的本尊護法摩訶葛剌，或曰"大黑天神"的崇拜本身實際上亦是"喜金剛"修法的一個重要組成部分。[5] 所以，當八思巴帝師向忽必烈汗等傳授"喜金剛灌頂"時，亦一定同時傳授了奉獻、修持"大黑天兄妹"的儀軌。

毫無疑問，元朝蒙古人密修的藏傳密法"大喜樂法"，即"喜金剛"修法，以及摩訶葛剌崇拜等，遵循的是薩思迦派的修法傳統。雖然，"演揲兒"法或即指噶舉派所傳《那婁六法》中的"拙火定"，但就是"拙火定"和其他屬於《那婁六法》的瑜伽修習法事實上亦並非噶舉派一家的獨家修法。在《依吉祥上樂輪方便智慧雙運道玄義卷》這一部顯然

---

〔1〕 卓鴻澤，《"演揲兒"爲回鶻語考辨——兼論番教、回教與元、明大内秘術》（發表於"元代佛教文化國際學術討論會"，河南嵩山少林寺，2006 年 10 月 12—14 日），見《西域歷史語言研究集刊》第 1 輯，北京：科學出版社，2007 年。

〔2〕 《元史》卷二〇二，北京：中華書局，1976 年，頁 4522。

〔3〕 《大乘要道密集》，上册，卷一，《依吉祥上樂輪方便智慧雙運島玄義卷》，頁 16。參見沈衛榮，《西夏黑水城所見藏傳佛教瑜伽修習儀軌文書研究 I:〈夢幻身要門〉》，《當代西藏學學術研討會論文集》，臺北："蒙藏委員會"，2004 年，頁 382—473。

〔4〕 柳貫，《護國寺碑》，《柳待制文集》卷九：1，《影印文淵閣四庫全書》1210，集部，臺灣：商務印書館，1986 年，頁 318。

〔5〕 從收藏於臺北"故宮博物院"的元譯、明刻傳爲八思巴帝師所造藏傳密法儀軌《吉祥喜金剛集輪甘露泉》中可知，"奉獻吉祥大黑兄妹"實爲"吉祥喜金剛集輪"修法的重要組成部分，此儀軌中用了很大的篇幅來描述大黑天、母的形象，並傳授召請大黑天、母護法之種種惣持，以及讚嘆大黑天、母的長篇偈頌。

屬於薩思迦派的儀軌中，我們同樣見到了有關修習"拙火定"、"九周拙火"、"治風"、"光明定"、"夢幻定"、"幻身定"等與《那婁六法》直接相關的修習"風"、"脈"、"明點"的要門，其中尤以"拙火定"修法最詳。此外，那婁巴所傳"拙火定"修法的依據本來亦就是《喜樂金剛本續》，所以，於《庚申外史》中所記載的元廷所修密法"拙火定"與"大喜樂"之間確實有緊密的聯繫。《依吉祥上樂輪方便智慧雙運道玄義卷》中之"拙火定"一節中，對"拙火定"修法作了如下定義：

> 夫修習人以嗔恚返爲道者，須修拙火定也。聖教中説：欲成就正覺者有二種，一依般若道，二依秘密道。今拙火定是依秘密道也。然秘密中有所作、所行、修習、大修習四種本續，今是第四大修習本續。於中復有方便、勝惠二種本續，今拙火定是勝惠本續中《大喜樂金剛本續》所是也。此上是捺囉吭法師（即指那婁巴法師——引者）求修要門之所宗也。[1]

可見，儘管"拙火定"是那婁巴上師所傳，但其根據亦是被薩思迦派奉爲至尊的《大喜樂金剛本續》，其修習亦絕不僅限於噶舉派一派内。所以，即使是元朝宮廷中所修的"演揲兒"法，亦可能是薩思迦派的傳軌。總而言之，蒙古人皈依藏傳佛教當首先是因爲他們接受了以薩思迦班智達、八思巴帝師和膽巴國師爲首的薩思迦派上師所傳的密修教法。

衆所周知，正如噶舉派以"大手印法"、寧瑪派以"大圓滿法"作爲其立教的根本大法一樣，薩思迦派以"道果法"爲其根本大法。對於"道果法"的來歷，呂澂先生曾經指出：

> 當時印度密教既歷經變遷，由真言宗 Mantrayāna 而秘密乘 Guhyayāna，而金剛乘 Vajrayāna，而俱生乘 Sahajanāya，藉顯教學説以自飾其宗，已全非佛教原來之面目。道果説即從俱生乘而出，集密典精華，釐爲修行次第，慾以實現其理想境界。蓋以爲樂空雙融得俱生喜，始達究竟。徵諸實際，則用手印母同修而共證耳。此種教學，創自密哩斡巴 Virvapa（即毗魯波 Virūpa）。相傳密哩斡巴據喜金剛 Hevajra-tantra 後分，及三菩怛 Samputa-tantra 等本典，經無我母之指授，乃成其説。譯師伽耶陀囉 Gayadhara 及牧者釋智 'Brog-mi Šākya ye-shes 二家，傳之入藏，薩思嘉初祖普喜藏 Sa chen Kun dga' snying po 輾轉受之。其先但耳口相承。不著文字，後來

---

〔1〕《大乘要道密集》，上册，卷一，《依吉祥上樂輪方便智慧雙運道玄義卷》，頁9—10。

　　隨學者之所請別作講疏，得十一種。[1]

此即是説，"道果法"的創始人爲"善能逆流大江河，飲酒指住紅日輪"的印度成就八十五師之一密哩斡巴上師。密哩斡巴善喜金剛之學，以欲樂定而證聖果。他創立的"道果法"根據的是《喜金剛本續》後分和《三菩怛本續》。其中《喜金剛本續》暢闡大喜樂之義，以四喜爲經緯，與《吉祥上樂本續》密典殊途同歸。"道果法"兼收顯教之説，次第三乘四宗，以爲密學階梯，則啓發後來顯、密雙修之端緒。"道果法"的根本所依是《道果根本金剛句》（*Lam 'bras bu dang bcas pa'i rtsa ba rdo rje'i tshig rkang*），其法將"道"分成廣、中、略道和深、中、淺道三種，而廣道之初輪，或稱共同道，復分爲七，即三相道（snang ba gsum bstan pa'i lam）、三續道（rgyud gsum bstan pa'i lam）、四量道、六要道、四耳承道、五緣生道、滯方惠護法（thabs shes rab kyi phyogs so lhung ba'i rnal 'byor pa'i lam gyi bar chad srung ba）等；而中道，亦曰世間道，復有第一世間道（'jig rten pa'i lam）、第二出世間道（'jig rten las 'das pa'i lam）、第三議輪道、第四轉輪道、第五煖相道、第六驗相道、第七智進退道、第八妄進退道、第九見時、第十宗趣。而"果者即是該徹一切諸道第十三地五種元成始覺身果"。[2] 從元朝宮廷中流出的《大乘要道密集》所録文書中最重要的部分就是"道果法"的修法儀軌，由此可見，元朝宮廷中最流行的藏傳密法當即薩思迦派的"道果法"。

四

　　既然元代蒙古人修習的藏傳密法主要是薩思迦派的"道果法"，那麼，若要揭示蒙古人信仰藏傳密教的西夏背景，我們首先必須考察薩思迦派的"道果法"是否已經在西夏時代流行？ 其實，我們已經在前面提到過，《大乘要道密集》中可以斷定爲西夏時代之譯本的三部長篇儀軌，即《解釋道果語録金剛句記》、《解釋道果逐難記》和《依吉祥上樂輪方便智慧雙運道玄義卷》等，實際上都是指導如何實修薩思迦派之"道果法"的經典，所以，我們據此已經可以肯定"道果法"曾流行於西夏時代這一事實。而晚近陸續出土的西夏時代的西夏文、漢文文獻，則又爲我們提供了不少有力的佐證。

　　〔1〕　呂澂，《漢藏佛教關係史料集》，頁7。参見 Cyrus Stearns, *Taking the Result as the Path: Core Teaching of the Sakya Lamdre Tradition* (Library of Tibetan Classics), Boston：Wisdom Publications, 2006; Ronald M. Davidson, "Reframing Sahaja：Genre, Representation, Ritual and Lineage", *Journal of Indian Philosophy*, vol. 30, No. 1, Feb. 2002, pp. 45 – 83.

　　〔2〕　参見《大乘要道密集》，上册，卷一，《道果延暉集》，頁3—4。關於"道果法"的傳承和《道果金剛根本句》亦参見 Ronald M. Davidson, *Tibetan Renaissance: Tantric Buddhism in the Rebirth of Tibetan Culture*, New York：Columbia University Press, 2004, pp. 478 – 488.

　　一個強有力的佐證是 20 世紀 90 年代初在宁夏拜寺溝方塔出土的西夏文佛經《吉祥遍至口合本續》。[1] 這部篇幅甚大、且相當完整的西夏文佛經及其釋論的出土曾引起了众多西夏學者的关注,但对它原本的同定曾是一個令西夏學者望而卻步的难題。在寧夏自治區文物考古研究所孙昌盛先生的帮助下,笔者有幸查證出這部西夏文佛經的原本當是藏文續部密典 *rGyud thams cad kyi gleng gzhi dang gsang chen dpal kun tu kha sbyor zhes bya ba'i rgyud kyi rgyal po*,譯言:《一切本續之導語及大密生於吉祥遍至口合之本續王》。西夏文《吉祥遍至口合本续》原題記稱,該經乃"西天班智達伽耶達羅師(Gayadhara)之面前,中土大寶勝路贊訛庫巴弄贊('Gos lotsāba Khug pa lhas btsas)藏譯"。[2] 然在現存《西藏文大藏經》中,我們找不到這兩位譯師所翻譯的這部佛乘密典。多位西夏學者猜測這部西夏文佛典已成海内孤本,但事實並非如此,見於《西藏文大藏經》中的 *Yang dag par sbyor ba shes bya ba'i rgyud chen po*,譯言《真實相應大本續》(*Saṃputi-nāma-mahātantra*)者,[3] 就是與其相應之藏文原本的一個異譯本。《真實相應大本續》的譯者是伽耶達羅師和卓彌路贊訛釋智('Brog mi lotsāba Śākya ye shes),與伽耶達羅師和路贊訛庫巴弄贊的藏譯《一切本續之導語及大密生於吉祥遍至口合之本續王》出於同一個時代,二位譯者中的一位又同是西天班智達伽耶達羅師。卓彌路贊訛釋智曾經暗示有些吐蕃译師將別人翻譯的作品稍作改動,便將原译者的名字去掉而加上自己的名字。[4] 据稱被卓彌路贊訛釋智指責剽窃他人作品的吐蕃譯師中就包括路贊訛庫巴弄贊,后者在卓彌路贊訛之后與伽耶達羅師合作翻译續典,为了讨好他後来的施主,路贊訛庫巴弄贊曾經將伽耶達羅師早先與卓彌路贊訛合作翻譯的作品據爲己有。[5] 很可能被用作西夏文《吉祥遍至口合本续》之原本的藏譯本就是路贊訛庫巴弄贊根據伽耶達羅師和卓彌路贊訛釋智的原作改譯的作品,所以後來没有被收入《西藏文大藏經》中。今見於《西藏文大藏經》中的《真實相應大本續》曾經 14 世紀西藏著名佛學大師卜思端(Bu ston Rin chen grub,1290－1364)之手修訂過,[6] 所以它不

---

〔1〕 寧夏自治區文物考古所編,《拜寺溝西夏方塔》,北京:文物出版社,2005 年,頁 18—143。

〔2〕 孫昌盛,《西夏文佛經〈吉祥遍至口合本續〉題記譯考》,《西藏研究》2004 年第 2 期,頁 66—72。

〔3〕 《西藏文大藏經》,北京版第 26 號,德格版第 381 號。

〔4〕 "bod kyi lo tstsha ba gzhan rnams gzhan gyis bsgyur kha la zur mi 'dra bar bcos nas rang gi ming bcug cing gzhan gyi ming 'phye ba," 語見卓彌路贊訛釋智譯《大本續王吉祥真實相應明點》(*rGyud kyi rgyal po chen pod pal yang dag par sbyor ba'I thig le zhes bya ba*),《西藏文大藏經》,北京版,續部第 27 號,Ga. 357a,頁 291－1－1/4。

〔5〕 Davidson, *Tibetan Renaissance*, pp. 204－205.

〔6〕 據《真實相應大本續》譯跋中稱,"後來聖識一切卜思端曾親自根據梵文本本續和釋論對原譯做了訂補和改正(slad kyi thams cad mkhyen pa bus ton zhabs kyis rgya dpe rtsa 'grel dang bstun nas hor kong bsab bas shing 'gyur bcos legs par mdzad pa las bris ba'o)"。《西藏文大藏經》,北京版續部第 26 号,Ga. 330a,頁 280－2－4/5。

是西夏文《吉祥遍至口合本续》的原本。儘管如此,藏譯《真實相應大本續》與西夏文《吉祥遍至口合本續》應該沒有多大的差別,因爲據稱路贊訛庫巴弄贊衹是对原譯作了一些無關緊要的修改。無疑西藏文《真實相應大本續》將對西夏文《吉祥遍至口合本續》的解讀提供極大的方便。可喜的是,不仅與西夏文《吉祥遍至口合本續》相應的藏文譯本依然存在,而且就是它的梵文原本 *Sarvatantranidānarahasyāt Šrīsa ṃpu ṭodbhava nāma mahātantrarāja* 亦依然有多種本子殘存於世,[1] 梵文本的標題與藏譯《一切本續之導語及大密生於吉祥遍至口合之本續王》相應。《西藏文大藏經》中有對多種印度上師所造對這部密典之釋論的藏譯,衆多西藏法師,特別是薩思迦派的上師,亦曾留下了許多部釋論。藏譯《真實相應大本續》共分十一卷(kalpa),除了第十一卷以外,其餘各卷各分四品(prakarana),復將前十卷稱爲《根本續》(rtsa ba'i rgyud, mïlatantra),將第十一卷稱爲《後續》(rgyud phyi ma, uttaratantra)。

　　這部西夏文藏傳佛教密典《吉祥遍至口合本續》的發現和解讀,對於我們了解藏傳密教於西夏傳播的歷史具有非常重要的意義。首先,西夏文《吉祥遍至口合本續》的出現表明西藏佛教於西夏的傳播不僅開始早,而且速度快。《吉祥口合本續》譯成西藏文的時間大致是 11 世紀中期,因爲其譯者之一卓彌路贊訛釋智的生活年代爲 992/993—1042/1072;雖然我們難以確定《吉祥口合本續》譯成西夏文的確切時間,但是我們知道西夏翻譯藏傳密教典籍的全盛時期當爲西夏仁宗時期,即 12 世紀中、後期,故西夏文《吉祥遍至口合本續》的翻譯時間亦當不晚於這一時期。其次,作爲解釋"喜金剛"、"勝樂金剛"的一部著名密續,《吉祥遍至口合本續》具有綜合、折中諸種密續、集諸密典精華的基本特點。[2] 事實上,所謂《吉祥遍至口合本續》,或者《真實相應本續》實際上就是《大乘要道密集》中多次被引用的《三菩提》或者《三菩怛》,因爲這部密典於藏文文獻中常常被簡稱爲 *Saṃpuṭa tantra*,或者 *Saṃpuṭi tantra*。[3] 如前所述,《三菩怛》與《喜金剛本續》之後分一起,乃薩思迦派所傳"道果法"的根本所依。所以,西夏文《吉祥遍至口合本續》的發現進一步證明薩思迦派的"道果法"早在西夏時代就已經在党項、

---

　　〔1〕 塚本啓祥、松長有慶、磯田熙文編著,《梵語佛典の研究》Ⅳ,《密教經典篇》,京都: 平樂寺書店,1989年,頁 259—261。

　　〔2〕 野口圭也,《Sa～puÝodbhavatantraの基本的性格》,《印仏研》32—2,1984 年(昭和 59 年),頁 168—169。

　　〔3〕 最近在賀蘭山山嘴溝石窟出土西夏文文獻中,有一件編號爲 K2: 145 的西夏文密教儀軌,其中提到了《三菩怛》本續。雖然這一儀軌因殘破過甚,無法確定其本源,但亦可能與薩思迦派的"道果法"修習有關。參見孫昌盛,《賀蘭山山嘴溝石窟出土西夏文獻初步研究》,發表於"黑水城人文與環境國際學術討論會",2006 年 9 月15—19 日,内蒙古額濟納旗;收入沈衛榮、中尾正義、史金波主編《黑水城人文與環境研究——黑水城人文與環境國際學術討論會文集》,北京: 中國人民大學出版社,2007 年,頁 571—603。

乃至漢族信衆中得到流傳。

拜寺溝方塔中與西夏文《吉祥遍至口合本續》同時出土的還有兩種漢譯藏傳密教修持儀軌的殘本,其中的第一種編號爲 F041,著録者無法給其定名,祇説"是《上樂根本續》的部分内容"。從其内容來看,應爲修持"吉祥勝樂集輪"儀軌,乃修持"吉祥形嚕割"、"金剛亥母"等佛本尊和修習母之要門。其中的第二種,編號爲 F042,著録者定其名爲《吉祥上樂輪略文等虚空本續》,實際上它更像是《吉祥上樂輪略文等虚空本續》,梵語 *Śrīcakrasaṃvarakhasamatantra nāma* 的一部釋論。按其題款,此論乃"國師智金剛傳"、"沙門提點海照譯"。這部釋論亦説修"吉祥形嚕割"、"金剛亥母"要門,通過修"風"、"脈"、"明點"、"六輪",以及"雙融",亦即"雙修"等法,獲證"大樂身"。[1] 如前所述,"吉祥勝樂金剛"與"喜金剛"是修持薩思迦"道果法"之行人修持的最主要的本尊,拜寺溝方塔中出土的這兩份漢譯"吉祥勝樂輪"儀軌與《大乘要道密集》中出現的《依吉祥上樂輪方便智慧雙運道玄義卷》這一部專述"依憑行印修習",即男女雙修的儀軌呼應,説明"勝樂"修法,或曰"上樂輪"修法亦早已在西夏時代流行。進而言之,以後於蒙元宮廷内流傳的包含有男女雙修等内容的"喜金剛"和"勝樂輪"等修法儀軌實際上都不是從元代纔開始在中原流傳的,它們早已在西夏時代就已經由薩思迦派弟子的傳習而在西夏和漢族信衆中間流傳開來了。薩思迦派上師與蒙古大汗在政治和宗教上的結盟有其深厚的西夏背景。

<h1 style="text-align:center">五</h1>

毋庸置疑,俄藏黑水城文書中保留了最豐富的西夏時代漢譯藏傳密教文獻。迄今爲止,筆者更多地注意了其中屬於噶舉派所傳《那婁六法》之修法的文書,這一系列文書的發現爲我們了解噶舉派所傳瑜伽修習法於西夏的傳播提供了可能。[2] 同樣,俄藏黑水城文書中亦有不少屬於薩思迦派的儀軌文書,對它們的發掘和利用可以使我們更清楚地了解薩思迦派於西夏傳播的真實面貌。如前所述,我們在俄藏黑水城西夏文文書中發現了一部題爲《道果語録金剛句之解具記》的文書,它當即《大乘要道密集》中的《解釋道果語録金剛句記》的西夏文譯本。我們在俄藏黑水城西夏文文獻中還見到了有關薩思迦"道果法"的另外兩部儀軌,分別題爲《菩提勇識學所道及果與一順顯釋

---

〔1〕《拜寺溝西夏方塔》,頁 234—258。
〔2〕參見沈衛榮,《序説有關西夏、元朝所傳藏傳密法之漢文文獻》;《西夏黑水城所見藏傳佛教瑜伽修習儀軌文書研究 I:〈夢幻身要門〉》。

寶炬》和《菩提勇識學所道及果與一順上法》,其中的前一種有近三十個殘卷,列《俄藏黑水城西夏文獻》第 458 至 486 號,[1]可見其曾廣泛流傳於西夏。除了上述直接與"道果法"有關的這幾部文書以外,我們還在俄藏黑水城西夏文文獻中見到了下列與薩思迦派所傳教法有關的佛教文書。

首先是一系列與"喜金剛"或"勝樂金剛"修法相關的儀軌,條列如下:

No. 354、344	《呼金剛王本續之記》
No. 384	《聚輪供養作次第》
No. 386、387	《道果語錄金剛王句之解具記》
No. 537	《吉祥上樂輪隨中有身定入順要論之要方解釋順》
No. 555	《吉祥上樂輪隨獅子臥以定正修順要論》
No. 556、557	《吉祥上樂輪隨耶稀鳩稀字咒以前尊習爲識過定入順要論》
No. 593、594	《欲樂圓混令順要論》
No. 672—674	《吉祥上樂輪隨中有身定入順次》
No. 682	《呼王九佛中繞隨主承順次》。[2]

在俄藏黑水城漢文文書中,我們見到了一部題爲《大集編》的長篇儀軌。蘇州戒幢佛學研究所宗舜法師提出此文書爲藏密所傳上樂金剛修法法本。筆者完全同意他的説法。然而,《俄藏黑水城文獻》的編者將這部儀軌的標題定作《大集編》似嫌草率,筆者疑其或爲《大集輪》之誤,其原本或爲藏文 *Tshogs kyi 'khor lo chen po*,譯言"大聚輪"(今通譯爲"聚輪"),或曰"大會供輪"。此文書之跋尾云:"吉祥上樂中圍者,造作供養次第儀",據此推想此文書之原本或當題作《吉祥上樂中圍供養次第儀》,其相應的藏文標題即是 *dPal bde mchog gyi dkyil 'khor gyi mchod pa'i rim pa'i cho ga*。"上樂"即"勝樂","中圍"今譯"壇城"。這部《吉祥上樂中圍供養次第儀》顯然與《大乘要道密集》中的《依吉祥上樂輪方便智慧雙運道玄義卷》,以及在拜寺溝方塔中發現的兩部修持"吉祥勝樂集輪"的儀軌一樣,屬於薩思迦派的傳軌。俄藏黑水城文書中見到的修持"集輪"的儀軌至少還有《金剛亥母集輪供養次第録》和《集輪法事》兩種,它們亦都屬於修持"勝樂"類的文獻。

此外,在俄藏黑水城文書中,我們還見到了一系列源出西夏時代的修持金剛亥母的

---

[1] 參見 Kychanov 上揭書,pp. 513 – 520。
[2] 參見 Kychanov 上揭書,pp. 35 – 44。

儀軌。俄藏黑水城西夏文文獻中至少有十六種文書與金剛亥母修習儀軌相關,它們是:

No. 523	《金剛王亥母之燃施法事》
No. 528	《壞有出金剛王亥母之禮拜》
No. 541	《金剛王亥母隨淨瓶以親誦作順》
No. 575、576	《金剛王亥母隨日夜願發教求順要論》
No. 577	《金剛王亥母隨集了定順要論》
No. 578	《金剛王亥母隨食飲受承順要論》
No. 579	《金剛王亥母隨睡眠作順要論》
No. 580	《金剛王亥母隨略護摩作順要論》
No. 581、582	《金剛王亥母隨食施奉順要論》
No. 583	《金剛王亥母隨面手等洗澡順要論》
No. 584	《金剛王亥母於皆悉罪懺論》
No. 631	《三身亥母之略記》
No. 652	《亥母耳傳記文》
No. 679	《五佛亥母隨略供養作次》
No. 692、693	《五佛亥母隨略供養根》
No. 710	《亥母供養根一部》。

而在俄藏黑水城漢文文書中,除了前述《金剛亥母集輪供養次第録》外,還有《金剛亥母禪定》、《金剛亥母修習儀》、《金剛亥母略施食儀》、《金剛亥母自攝授要門》、《金剛修習母究竟儀》、《金剛修習母攝授瓶儀》等六部。另外還有一部題爲《四字空行母記文卷上》的西夏寫本實際上亦是一部完整的修持金剛亥母的儀軌,其文中自稱,此爲《[金剛]亥母耳傳求修劑門》,或曰梵言室哩末曬養機你西底,即 *Śrī-vajrayoginīsādhana*,華言吉祥修習母求修,相應的藏文當爲 *dPal rdo rje rnal 'byor ma'i sgrub thabs*。如此衆多的修持金剛亥母儀軌的出現,充分説明"上樂輪"修法在西夏時代曾相當流行。[1]

值得注意的是,在俄藏黑水城漢文文書中,我們亦發現了多部修持摩訶葛剌的儀軌,這表明蒙元時代極爲流行的大黑天崇拜實際上同樣亦肇始於西夏時代。俄藏黑水城文書中所見有關大黑天崇拜的西夏寫本有《大黑根本命咒》、《大黑讚》、《黑色天母求

〔1〕 有关金刚修习母崇拜参见 Elizabeth English, *Vajrayoginī*, *Her Visualizations*, *Ritual and Forms*, *A Atudy of the Cult of Vajrayoginī*, Studies in Indian and Tibetan Buddhism, Boston:Wisdom Publications, 2002.

修次第儀》等三種,其中的《黑色天母求修次第儀》是一部相當完整的修持大黑天母的儀軌。這部儀軌或即《俄藏黑水城西夏文文獻》中的《色黑軒母求順次説記》。[1] Sperling 先生曾經指出,著名的西夏學僧挱彌路贊訛佛智(rTsa mi lo tsā ba Sangs rgyas grags pa)曾經翻譯了一系列有關修持大黑天的儀軌,[2] 這一事實加上俄藏黑水城文獻中出現的漢譯求修大黑天儀軌,或足以證明大黑天崇拜確實曾在西夏時代流行過。日後蒙古人如此熱衷於大黑天神或許受到了西夏人的影響。

<h2 style="text-align:center">六</h2>

綜上所述,我們大致可以確定蒙古如此迅速地接受藏傳佛教有其深刻的西夏背景。薩思迦派的上師及其所傳教法之所以受到蒙古君主特別的青睞應該與薩思迦派上師早已在西夏王國廣泛地傳播其特有的"道果"密法有關。從俄藏黑水城西夏文文獻以及晚近出土的西夏佛教文獻中,我們可以清楚地看出,元代流傳最爲廣泛的藏傳密法,即主要爲薩思迦派所傳"道果法"相關的"喜金剛"、"勝樂"、"大黑天神"和"金剛亥母"等修法,均早已在西夏時代就普遍流傳了。

(原載《西域歷史語言研究集刊》第 1 輯,北京:科學出版社,2007 年,頁 273—286)

---

〔1〕 Kychanov 上揭書,p. 575。

〔2〕 "rTsa-mi lo-tsā-ba Sangs-rgyas grags-pa and the Tangut Background to Early Mongol-Tibetan Relations." Per Kvaerne(ed.), *Tibetan Studies: Proceedings of the 6th Seminar of the International Association for Tibetan Studies*, *Fagernes*, 1992, vol. 2. Oslo:The Institute for Comparative Research in Human Culture, 1994, pp. 801–824.

西夏文藏傳續典《吉祥遍至口
合本續》源流、密意考述（上）

一、引 論

　　1991 年 8 月至 9 月，寧夏文物考古研究所的考古學家們在位於宁夏自治區首府銀川市附近賀蘭山區拜寺溝深處的西夏方塔廢墟中，發掘出土了三十餘種珍貴的西夏文、漢文文獻。其中篇幅最大、保存最完整的一部是被西夏學者們定名爲《吉祥遍至口合本續》，或曰《吉祥遍至口和本續》的西夏文譯藏傳佛教密宗續典。與它同時出土的還有這部續典的多種釋論，即《吉祥遍至口合本續之要文》、《吉祥遍至口合本續之廣義文》、《吉祥遍至口合本續之解生喜解疏》等。《吉祥遍至口合本续》的出土曾引起了學術和社會各界的廣泛关注，有報導稱它"是唯一經國家鑑定的西夏時期、也是宋遼金時期的木活字版印本。具有重要的文物、文獻價值"。[1] 專家們鑑定它"是西夏文佛經中的海内外孤本"、"是國内僅見的印本蝴蝶裝西夏文佛經"、"是藏傳佛教密典最早的印本"、"是世界上現存最早的木活字版印本實物"等等。[2]

　　可是，儘管《吉祥遍至口合本續》已被正確地認定爲一部"譯自藏文的藏傳佛教密宗經典"，多位西夏學者也已經從解讀題記、譯釋密咒着手嘗試解讀這部密典，但在有意翻譯、解讀這部西夏文佛典的西夏學專家們面前卻有一只難以驅趕走的攔路虎，即對《吉祥遍至口合本續》之藏文原本的同定。[3] 負責整理這部西夏文文獻的專家們在遍閱各種西藏文大藏經目録，遍訪海内外藏學、佛學專家而未獲得滿意的結果的情況下，

---

　　〔1〕 寧夏文物考古研究所編，《拜寺溝西夏方塔》，北京：文物出版社，2005 年，頁 349。《吉祥遍至口合本續》及其諸釋文的原文影印見於《拜寺溝西夏方塔》，頁 18—151。

　　〔2〕 牛達生，《我國最早的木活字印本——西夏文佛經〈吉祥遍至口合本續〉》，《中國印刷》1994 年第 2 期；《拜寺溝西夏方塔》，頁 349—359。《吉祥遍至口合本續》爲木活字印本的説法最近受到了印刷史權威學者的挑戰，參見張秀民著，韓琦增訂，《插圖珍藏增訂版中國印刷史》，杭州：浙江古籍出版社，2006 年，頁 541—542。

　　〔3〕 聶鴻音，《賀蘭山拜寺溝方塔所出〈吉祥遍至口合本續〉的譯傳者》，《寧夏社會科學》2004 年第 1 期；同氏，《西夏文〈吉祥遍至口合本續〉密咒釋例》，《拜寺溝西夏方塔》，頁 425—435；孫昌盛，《西夏文佛經〈吉祥遍至口合本續〉題記譯考》，《西藏研究》2004 年第 2 期。

不得不絶望地宣布"《[吉祥遍至口合]本續》也可能是藏密經典中此經的唯一傳本"，"《本續》的藏文本，可能在布敦以前就已經失傳"。[1] 若《吉祥遍至口合本續》的藏文原本果真如人們猜想的那樣"早就亡佚了"的話，那麼對這部傳譯自藏文的西夏文佛經的全文解讀不説不可能，至少也將是一件十分困難的事情。正如聶鴻音先生所指出的那樣，"因爲學界始終没有既精通西夏文又精通藏文的專業人才，所以我們至今無法確定藏式佛經中的大多數西夏語詞和藏語詞的對應關係"。[2] 此即是説，如果我們没有辦法同定《吉祥遍至口合本續》的藏文原本，那麼我們就很難將這部西夏文佛典正確地解讀、翻譯出來。即使有精通西夏文的專家勉力將它硬譯出來，我們亦很難根據一種生硬的譯文來正確理解其甚深密意，以推導它的源流，揭示它的真實面目，進而推動西藏、西夏佛教史研究的進步。換句話説，如果我們能夠同定《吉祥遍至口合本續》的藏文原本，那麼我們不但可以爲破譯這一部長篇西夏文佛典提供可靠的依據，而且更可以爲"確定藏式佛經中的大多數西夏語詞和藏語詞的對應關係"提供豐富的資料，爲我們今後解讀其他數量衆多的藏式西夏文佛典提供極大的幫助，推動西夏語言學、佛學研究的進步。

筆者近年來對黑水城出土漢譯藏傳密教文獻，及其藏傳佛教於西夏傳播的歷史頗爲用心，[3] 自然亦對西夏時代的西夏文佛教文獻相當關心。對西夏文續典《吉祥遍至口合本續》的發現，筆者作爲一位西藏佛教學者，雖然隔岸觀火，卻也與西夏佛教史家們一樣感到歡欣鼓舞。然其藏文原本無法被同定這一事實卻亦令我心急火燎，躍躍然不知如何纔可以助西夏學的同行們以一臂之力。2005 年夏，筆者訪學於神往已久的寧夏首府，不但有幸見到了收藏於寧夏文物考古所内的西夏文《吉祥遍至口合本續》的原件，而且亦見到了正在解讀、翻譯《吉祥遍至口合本續》，並將以此爲申請南京大學歷史學博士學位論文的孫昌盛先生。蒙孫先生厚意，以他正在翻譯中的《吉祥遍至口合本續》第四卷部分漢譯稿見示。通過這份尚不完整的譯稿，筆者不但對孫先生在缺乏藏文原典作對照的情況下竟然能如此勝任地解讀西夏文藏傳續典的能力留下了極爲深刻的印象，而且亦對這部西夏文佛教文獻的具體内容有了一個基本的了解。從一位西藏

---

〔1〕 寧夏文物考古研究所編，《拜寺溝西夏方塔》，頁 352、425。

〔2〕 同上書，頁 425。

〔3〕 沈衛榮，《重構十一至十四世紀的西域佛教史——基於俄藏黑水城漢文佛教文書的探討》，《歷史研究》2006 年第 5 期，頁 23—34。《西夏黑水城所見藏傳佛教瑜伽修習儀軌文書研究 I：〈夢幻身要門〉》，《當代藏學學術研討會論文集》，臺北："蒙藏委員會"，2004 年，頁 382—473。同氏，《序説有關西夏、元朝所傳藏傳密法之漢文文獻——以黑水城所見漢譯藏傳佛教儀軌文書爲中心》，《歐亞學刊》第 7 輯，2007 年。

佛教史家的直覺出發,筆者確定《吉祥遍至口合本續》這部續典當與藏傳密教中的"上樂輪"和"喜金剛"修法有關。這兩種密教本尊修法曾廣泛流行於西夏和蒙元時代,在黑水城出土文獻和其他西夏、蒙元時代的西夏文、漢文佛教文獻中,我們亦早已經見到過許多種有關修持"上樂輪"和"喜金剛"本尊的文書。[1] 蒙孙先生慨允,笔者將他所譯《吉祥遍至口合本續》的部分段落帶回當時筆者寓居的日本古城京都,開始在卷帙浩繁的西藏文佛教文獻中查證這部西夏文佛經的原本。由於從孫先生的漢譯文中筆者已經得出這部西夏文佛典或與"上樂輪"和"喜金剛"修法有關的印象,所以筆者的查找並非無的放矢、大海撈針。拜京都大學文學部圖書館所藏藏文文獻和佛學參考著作極爲豐富之便利,經過大約兩個星期的查找、比定,筆者終於能夠確定這部已被人認爲是"海內孤本"的西夏文佛教文獻實際上並不"是藏密經典中此經的唯一傳本",與它對應的藏文譯本依然存在。

若按照西夏文標題的字面意義逐一復原,那麼與西夏文《吉祥遍至口合本續》對應的藏文原典或應該稱作 *dPal kun tu kha sbyor zhes bya ba'i rgyud*。果然可以肯定的是,確曾有一部佛教續部密典題爲 *dPal kun tu kha sbyor zhes bya ba'i rgyud*,按字面逐字直譯即如西夏文所譯《吉祥遍至口合本續》,意譯則爲《吉祥遍合本續》,[2] 然而在現存《西藏文大藏經》的各種不同的版本中事實上我們確實見不到這部題爲《吉祥遍至口合本續》的藏文續典。我們確定它的曾經存在實際上是因爲在北京版《西藏文大藏經》中尚有一部對這部同名續典的長篇釋論,題爲 *rGyud thams cad kyi gleng gzhi dang gsang chen dpal kun tu kha sbyor zhes bya ba'i rgyud kyi rgyal po'i rgya cher bshad pa rin chen phreng ba zhes bya ba* (*sarvatantrasyanidānamahāguhyaśrīsamputa nāma tantrarāja tīkā ratnamala nāma*),[3] 譯言:《一切本續序品及大密吉祥遍至口合本續王廣釋──寶

---

〔1〕 參見沈衛榮,《初探蒙古接受藏傳密教的西夏背景》,口頭發表於 2006 年 11 月 1 日至 4 日於聖彼得堡召開的首屆聖彼得堡國際西夏學研究討論會上,揭載於《西域歷史語言研究集刊》第 1 輯,北京:科學出版社。

〔2〕 西夏文《吉祥遍至口合本續》是藏文 *dPal kun tu kha sbyor zhes bya ba'i rgyud* 的十分準確,但不免有點生硬的直譯。與"口合"相應的藏文詞彙是 kha sbyor,字面即"口合",或有"接吻"之意,但其引申義爲"和合"、"相應"。

〔3〕 作者勇識金剛(dPa' bo rdo rje, Vīravajra),見於《西藏文大藏經》,北京版,釋續部第 2329 號,*rgyud 'grel*,wa 1b1－121a8(vol. 55,p. 251);德格版,第 1199 號,ja 1－111a2。茲録標題據北京版,藏文與梵文互相完全一致。見《西藏文大藏經》,北京版,卷五五,wa,1b1－5,頁 251。這部篇幅巨大的釋論並沒有一個交待著,譯者身份的跋,故無法知道這部釋論之翻譯與其原典之翻譯間的關係。勇識金剛是薩思迦道果法的一位重要傳人,乃道果法祖師密哩斡巴(Virūpa)第三代傳人,其師尊 Durjayacandra 乃密哩斡巴親傳弟子 Ḍombiheruka 的弟子。而將道果法傳入西藏的卓彌譯師釋迦也失('Brog mi lotsāba Śākya ye shes)即是勇識金剛的弟子,隨後者聽聞喜金剛三續(Kye rdor rgyud gsum)諸密咒以及《無本道果》(*rtsa med las 'bras*)等秘密法。參見 Ronald M. Davidson, *Tibetan Renaissance: Tantric Buddhism in the Rebirth of Tibetan Culture*, New York: Columbia University Press, 2004, p. 163.

鬘》。西夏文《吉祥遍至口合本續》中所給這部續典的全稱或可硬譯爲："本續皆皆之語序及大密吉祥皆至口合於生中",[1]似與藏文標題略有不同。然而此部釋論於德格版《西藏文大藏經》中的標題卻與前引北京版的標題略有不同,前者作 *rGyud thams cad kyi gleng gzhi dang gsang chen dpal kun tu kha sbyor las 'byung ba zhes bya ba'i rgyud kyi rgyal po*,譯言《一切本續序品〔緣起〕及大密吉祥遍至口合所出之本續王》,[2]正好與前引西夏文標題的詞序完全一致,可以肯定二者説的一定是同一部續典。既然在《西藏文大藏經》和其他藏文文獻中尚有對這部續典的多種釋論存在,那麼不言而喻其原典起碼曾經存在過。

既然確實有一部題爲《吉祥遍至口合本續》的續典存在過,而且還被翻譯成了西夏文,何以今日它又找不見了呢? 莫非它果真已經佚失? 這委實令人困惑。筆者祇好繼續從《一切本續序品及大密吉祥遍至口合本續王廣釋——寶鬘》這部釋論着手對《吉祥遍至口合本續》之藏文原典的去處作進一步的探尋。從這部釋論的梵文標題我們即可知道,它所要解釋的原典名稱 *Saṃpuṭa Tantra*。據《卜思端佛教史》可知,金剛乘智慧續(shes rab kyi rgyud)之喜金剛部(kyee rdo rje'i skor)就有一部釋續被稱爲 *dPal Saṃpuṭa rgyud* 者。[3] 至此可以肯定,《吉祥遍至口合本續》應該是密乘喜金剛部的一部續典。於是,再從《西藏文大藏經》之"十萬怛特羅"(rgyud 'bum)部中查找這部密尊喜金剛部的釋續,終於發現了這部藏譯 *Saṃpuṭa Tantra*。與《吉祥遍至口合本續》的名稱略有不同,這部被收録入《西藏文大藏經》的藏譯 *Saṃpuṭa Tantra* 標題作 *Yang dag par sbyor ba zhes bya ba'i rgyud chen po*,譯言《真實相應大本續》,或曰《正相合大怛特羅》,與其相應的梵文標題作 *Saṃpuṭa nāma mahātantra*。[4] 毫無疑問,這部《真實相應大本續》就是我們要查找的 *Saṃpuṭa Tantra*,也應該與《吉祥遍至口合本續》是同一部續典,即 *Saṃpuṭa Tantra* 的藏文譯本。實際上,與所謂"真實相應"或"正相合"對應的藏文語詞 yang dag par sbyor ba 和與所謂"遍至口合"對應的藏文語詞 kun tu kha sbyor 之間並沒有多少差別,前者作"正合",後者爲"遍合",乃梵文語詞 Saṃpuṭa 的不同譯法,

---

〔1〕　參見孫昌盛,《西夏文〈吉祥遍至口合本續〉第四卷研究》,南京大學博士學位論文,2006 年 4 月,頁196—197。

〔2〕　見東北帝國大學法文學部編,《西藏大藏經總目録》,仙臺:東北帝國大學,1934 年,頁 196。事實上北京版中的那個本子結尾處所給出的標題亦與其文前所給標題不一致,然和德格版中的本子的標題完全一致。見《西藏文大藏經》,北京版,卷五五,wa, 121a7 – 8。

〔3〕　卜思端寶成(Bu ston Rin chen grub),《卜思端佛教史》(*Bu ston chos 'byung*),北京:中國藏學出版社,1988 年,頁 264。

〔4〕　《西藏文大藏經》,北京版,續部,Ga 244a – 330a;德格版,十萬怛特羅部,No. 381, Ga. 73b1 – 158b7。

意義一致。而梵文詞彙 Saṃpuṭa,或曰 Saṃpuṭi,本身意爲"半球形的鉢",或曰"椀器",或指"合",[1]還指"兩個合在一起的盤子間的空間"。所以不管從梵文詞彙 Saṃpuṭa 或 Saṃpuṭi,還是從其藏文譯文 yang dag par sbyor ba 或 kun tu kha sbyor 中,我們都很難推演出"遍合"(perfect union)或者"口合"("秘合",mystic embrace)以外的其他意義。[2] 將孫昌盛先生所譯《吉祥遍至口合本續》第四卷譯文和藏文《真實相應本續》稍作對照,即知二者内容基本對應。至此,我們可以肯定地説,西夏文《吉祥遍至口合本續》並不"是藏密經典中此經的唯一傳本",與它對應的藏文譯本依然存在。

毋庸置疑,筆者有幸能夠同定《吉祥遍至口合本續》的藏文原本首先要感謝孫昌盛先生,没有他爲筆者提供此續典的部分漢譯文,筆者不可能作此同定。日前孫先生已經成功地完成了題爲《西夏文〈吉祥遍至口合本續〉第四卷研究》的博士學位論文,目前正繼續譯解、研究《吉祥遍至口合本續》的其他各卷,筆者對此續典之藏文原本的同定業已對他的研究工作提供了不小的幫助,亦期待孫昌盛先生譯解的《吉祥遍至口合本續》全本早日面世。筆者於同定《吉祥遍至口合本續》的藏文原本之後,復對《吉祥遍至口合本續》這部續典的内容和它於整個藏傳密教體系中的位置作了進一步的摸索,且陸續發現了日本和西方學者對這部續典已經作過的多種研究。筆者深信對這部續典的研究對於了解藏傳密教在西夏和蒙元時代於中央歐亞和中國的傳播具有非常重要的意義。爲了使孫先生等西夏學者對《吉祥遍至口合本續》這部續典之甚深密意,以及它於藏傳佛教中的位置有一個更全面、深入的了解,兹謹先從文獻學的角度,對《吉祥遍至口合本續》這部續典自印度傳至西藏、再從西藏傳到西夏的源流作一番交待,然後再從藏學、佛學研究的角度,對這部續典所傳教法之大義,以及它與藏傳佛教於西夏、蒙元時代之傳播的意義作一番説明,希望拙文的發表能有助於藏學和西夏學研究學者之間今後開展更廣泛的交流和合作。

二、《吉祥遍至口合本續》譯傳者

拜寺溝方塔中出土的西夏文《吉祥遍至口合本續》並非完好無缺,原本五卷,現存僅三、四、五三卷,其中第三卷爲殘本。有關其傳譯者的信息惟有見於各卷卷首的相同

---

[1] 荻原雲來編纂,《漢譯對照梵和大辭典》,下册,臺北:新文豐出版公司,1979 年,頁 1431。
[2] "a hemispherical bowl or anything so shaped," "the space between two bowls," "a round covered case or box or casket." M. Monier-Williams, *A Sanskrit English Dictionary*, Delhi: Motilal Banarsidass Publishers, 2005, p. 1173; Tadeusz Skorupski, "The Saṃpuṭa-tantra, Sanskrit and Tibetan versions of Chapter one," *The Buddhist Forum*, Volume IV, School of Oriental and African Studies, University of London, 1996, p. 192.

的題款,其漢譯文作:

西天大班智達迦耶達囉師之　　　　座前

中國大寶桂路拶哇枯巴拉拶　　　　蕃譯

報恩利民寺院副使毗菩提福　　　　番譯

　　對這個題記孫昌盛和聶鴻音兩位先生都已作過闡述,他們考定此處提到的西天大班智達迦耶達囉師和中國大寶桂路拶哇枯巴拉拶兩位將《吉祥遍至口合本續》從梵文譯成藏文的大譯師分別就是來自迦溼彌囉的天竺上師 Gayādhara 和西藏後弘期知名譯師 'Gos Khug pa lhas btsas。[1] 迦耶達囉和桂路拶哇枯巴拉拶二人都是西藏佛教後弘期有名的大譯師,對於印度密教傳入西藏和藏傳密教傳統的形成作過重要的貢獻。迦耶達囉是一位帶有傳奇色彩、又頗具爭議的一位印度上師。他先後曾與五位西藏著名的譯師合作,分別將喜金剛(Hevajra)、密集(Guhyasamāja)、時輪(Kālacakra)和四座(Caturpiṭha)等四部最重要的密續根本續及其釋論譯成西藏文,僅此即可見他對印度密教傳入西藏作出了何等卓越的貢獻。有關他的生平事迹的記載事實上祇見於藏文文獻中。於敍述薩思迦道果法傳承的歷史文獻中,對他的記載相當詳細,因爲迦耶達囉被認爲是將道果法傳入西藏的關鍵人物。道果法來源於密宗女性本尊無我母(Nairātmyā),無我母將其傳給印度成道者密哩斡巴,密哩斡巴將道果法的根本教法總結成《道果金剛偈》(Lam 'bras rdo rje tshig rkang),將它傳給其弟子黑足上師(Kahna),黑足上師將道果法傳給了 Ḍamarupa, Ḍamarupa 復傳給 Avadhūti,而 Avadhūti 將它傳給了其弟子迦耶達囉。迦耶達囉將道果法分別傳給了卓彌釋迦也失和 Gyi jo Zla ba'i 'od zer 兩位西藏上師,使道果法於西藏得到傳播,並最終成爲西藏佛教後弘期興起的藏傳佛教四大教派之一的薩思迦派的根本大法,成爲藏傳密法的一個重要組成部分。[2]

　　迦耶達囉的傳奇性首先在於他的年齡,傳說他生於公元 753 年,卒於 1103 年,共在世 350 年。其長壽的原因是由於他專擅"往生"('pho ba)和奪舍(grong 'jug)之術,於將死未死之際他總是可以將他的意識轉移到另一個年輕的肉身中去。其次,儘管迦耶達囉學富五車,但他終生祇是一位居家的密宗行者,而且爲人多欲,養育有衆多子女,對聚斂錢財頗爲熱衷。有關他入藏前的事迹,我們所知不多,僅知迦耶達囉出身於在印度

---

　　〔1〕 孫昌盛,《西夏文〈吉祥遍至口合本續〉第四卷研究》,頁 5—7。與"西天大班智達迦耶達囉師之座前,中國大寶桂路拶哇枯巴拉拶蕃譯"相應的的藏文原句當如:"rgya gar gyi paṇḍita (mkhan po) kāyasthāpa gayadhara'i zhal snga nas dang bod kyi lo tstsha ba dge slong 'gos khug pa lhas btsas kyis bsgyur [cing zhus te gtan la phab pa'o]"。

　　〔2〕 Cyrus Stearns, *Luminous Lives: The Story of the Early Masters of the Lam 'Bras Tradition in Tibet*. Studies in Indian and Tibetan Buddhism, Boston: Wisdom Publications, 2001, pp. 47–48.

並不太受歡迎的"書字者"(*Kāyastapa*)种姓,曾爲東方孟加拉國國王 Rupacaṇḍakṣa 的
"書字官"。後被道果法傳人 Avadhūti 收爲弟子,賜喜金剛等密法灌頂,並傳以完整的
道果法。此後,迦耶達囉傳説亦曾隨捺囉呱法師(Nāropa)、銘得哩斡巴(Maitrīpa)修
法,從印度婆羅門 Śrīdhara 得大密宗成道者蓮花金剛(Padmavajra)所傳《如燈火之頂教
誡》(*Mar me'i rtse mo lta bu'i gdams ngag*),Kṛṣṇacaryā 所傳《拙火圓滿道》(*gTum mo
lam rdzogs*),和 Kṛṣṇa U tsi ṭa 'chi ba med 所傳《正邪》(*Yon po bsrang ba*)等教法,這三
部秘法爲"九部道"(lam 'khor dgu)中的三部,後迦耶達囉將它們傳與卓彌譯師,並和
後者合作將它們譯成藏文。迦耶達囉亦曾從錫蘭瑜伽女 Candramāla 處獲得 Arali 三
續,並和卓彌譯師合作譯成藏文。總之,迦耶達囉修學兼擅,既是一位著名的班智達,又
是一位有成就的瑜伽行者,傳説不但可以將其金剛、鈴杵等法器置於半空中,而且他自
己亦能趺跏坐於半空之中。

　　迦耶達囉曾多次入藏傳法,但由於他經常變換名字,每次以不同身份在西藏傳法,
所以他入藏的次數成了後人爭論的一個題目。他的名字已知的有"紅足班智達"
(Paṇḍita dmar po zhabs)、"紅阿闍黎"(Ātsa ra dmar po)、"紅衣"(Lwa ba dmar po)、La
ba'i na bza' can、"紅衣班智達"(Paṇḍita Lwa ba dmar po can)和 Spring gyi shugs can 等
等。較普通的説法是,迦耶達囉曾三次入藏,第一次入藏居藏五年,主要是和卓彌譯師
合作。卓彌譯師供養了迦耶達囉五百兩黃金,換得全套道果法的傳承和迦耶達囉往後
不再將道果法傳給其他西藏法師的承諾。他們二人合作翻譯了《喜金剛三續》,於藏傳
佛教傳統中通常將喜金剛密法於西藏的傳播歸功於他們二人。[1] 迦耶達囉第二次入
藏乃應桂路拯哇枯巴拉拯的邀請,據稱桂路拯哇枯巴拉拯爲了和他先前的老師卓彌譯
師爭勝,故往西天欲邀請著名的銘得哩斡巴大師入藏傳法。行至尼泊爾,得遇迦耶達
囉,後者謊稱自己即是銘得哩斡巴大師,於是隨枯巴拉拯入藏傳法。迦耶達囉傳枯巴拉
拯以"道果法"以外的其他許多密法,二人亦合作翻譯了諸多密宗經典,其中以密集和
四座部密典爲主。藏傳佛教傳統通常將密集部續典於西藏傳播的功德歸之於迦耶達囉
和枯巴拉拯二人。迦耶達囉第三次入藏傳法乃應西藏譯師 Gyi jo Zla ba'i 'od zer 的邀
請,他們二人合作完成了許多密宗續典及其釋論的翻譯。迦耶達囉還打破了曾對卓彌
譯師許下的承諾,亦將全套的道果法傳給了 Gyi jo Zla ba'i 'od zer,後者復將《道果金剛

---

　　〔1〕　Ronald M. Davidson, *Tibetan Renaissance*, *Tantric Buddhism in the Rebirth of Tibetan Culture*, pp.
166－168.

偈》翻譯成藏文,與其弟子作授受,其傳人還曾造多部釋論,解釋《道果金剛偈》。1103年,迦耶達囉圓寂於西藏。[1]

桂路拶哇枯巴拉拶同樣亦是藏傳佛教後弘期的一位著名譯師,與迦耶達囉一樣,他亦是一位頗受爭議的人物。首先,桂路拶哇枯巴拉拶的出身就曾是一個引人爭議的題目,從他的名字來看,他應當是一位望族子弟。'Gos,此譯"桂",或譯"管"氏,自吐蕃王國時代就是一個顯赫的貴族世家,家族中此前曾出現過像管法成('Gos Chos grub)這樣可與漢地玄奘相媲美的翻譯大師,此後復出現過像《青史》(*Deb ther sngon po*)的作者管譯師軟奴班('Gos gZhon nu dpal)這樣的著名學者。桂路拶哇枯巴拉拶的名字有多種不同的寫法,如 Khug pa lhas btsas、Khu pa lha btsan、Khug pa lhas rtse 等等,每一種不同的寫法實際上代表了一種對他的出身的不同的説法。一種最通常的説法稱他爲管氏家族内一對兄妹亂倫所生,大概是爲了遮羞,枯巴拉拶出生於牲畜的欄圈内(lhas ra),所以被稱作"拉拶"(lhas btsas)。然而管譯師軟奴班爲同族尊者諱,堅決反對這種説法,主張"拉拶"的意思是"神助"。[2] 枯巴拉拶先隨寧瑪派上師大索爾釋迦沖納思(Zur po che Śākya 'byung gnas, 1002–1062)學法,不得要領。遂轉投卓彌譯師,儘管學費昂貴,但卻依然没有學得多少密法,二人從此結下芥蒂。於是,枯巴拉拶轉往印度和尼泊爾求法,得遇迦耶達囉上師,後者假扮銘得哩幹巴騙得枯巴拉拶的信任,獲邀入藏傳法。二人合作了兩年,翻譯了衆多的密續,其中尤以密集本尊部的秘法爲主。將龍樹所傳密集本尊傳軌悉數譯成藏文。枯巴拉拶顯然是一個慣於爭強好勝,十分有鋒芒的上師,先後與曾受學過的兩位西藏師尊反目成仇。雖曾隨寧瑪派上師大索爾釋迦沖納思學法,但日後卻不遺餘力地批判寧瑪派的教法,力主寧瑪派的根本續《秘密藏續》(*gSang ba'i snying po*)是寧瑪派的僞撰。他與卓彌譯師從師徒轉爲競爭的對手,常常對後者提出公開的批評和挑戰,他去印度求法的最初動機就是爲了要戰勝卓彌譯師。他還曾與 Rwa lotsāba rDo rje grags 公開鬥法,互施黑色魔術,導致達納村三百多村民羣毆,最後不敵 Rwa 譯師而落敗。[3]

三、《吉祥遍至口合本續》的兩個藏文譯本

顯然,西夏文《吉祥遍至口合本續》所根據的藏文原本應該是由"西天大班智達

[1]　Stearns, *Luminous Lives*, pp. 47–55;Davidson, *Tibetan Renaissance*, pp. 166–168.

[2]　*Blue Annals*, vol. 1, p. 360.

[3]　Davidson, *Tibetan Renaissance*, pp. 139–140;Stearns, *Luminous Lives*, p. 218, n. 56.

迦耶達囉師和中國大寶桂路拶哇枯巴拉拶"二人合譯的本子。可是如前所述,這個
譯本今已不見於現存的《西藏文大藏經》中。現存的藏文本《吉祥遍至口合本續》,或
者説《真實相應本續》是迦耶達囉師和卓彌譯師釋迦也失二人合譯的本子。那麼,迦
耶達囉師和桂路拶哇枯巴拉拶爲何在迦耶達囉師和卓彌譯師釋迦也失二人已經合譯
了《真實相應本續》之後又要重譯這部續典? 他們二人合譯的本子後來何以就消失
了呢? 它和迦耶達囉師、卓彌譯師釋迦也失二人合譯的本子之間又是一種什麼樣的
關係呢?

　　帶着這些問題,我們不妨先來看看《卜思端佛教史》中對於卓彌、桂兩位譯師的記
載,其云:

　　　　卓彌釋迦也失曾迎請班智達迦耶達囉,獻黃金五佰兩,翻譯喜金剛、[金剛]
　　帳、三菩怛、四[勝樂]Ra li 和 A ra li 等母續修法傳軌及要門。桂路拶哇枯巴拉拶
　　曾三次往印度,向七十二位班智達和成道者求法,特別是依止 Zhi ba bzang po 和
　　sGra gcan 'dzin bznag po,翻譯了密集聖者龍樹傳軌、勝樂金剛空行、四座、大幻化
　　以及《喜金剛三續》等。[1]

這段記載告訴我們,實際上卓彌釋迦也失和桂路拶哇枯巴拉拶二人確實都曾翻譯過
《吉祥遍至口合本續》。其中卓彌釋迦也失翻譯的所謂 Saṃpu ṭa,《三菩怛》,即指《真實
相應本續》;而桂路拶哇枯巴拉拶翻譯的《喜金剛三續》中亦應當包括《吉祥遍至口合本
續》。

　　我們再來看一看《卜思端佛教史》中所列譯經目錄中的另一段記載,其云:

　　　　二智慧續者,於喜金剛部,根本續《二品續》、釋續《不共通空行母金剛帳續》、
　　衆續之釋續《共通吉祥三菩怛續》及其後續品等,釋迦也失譯。[2]

這段記載首先告訴我們所謂《喜金剛三續》實際上指的就是《二品續》(即《喜金剛本
續》)、《空行母金剛帳續》和《吉祥三菩怛續》。如此説來,桂路拶哇枯巴拉拶確實翻譯
了《吉祥三菩怛續》,即《吉祥遍至口合本續》;然而被卜思端列入《西藏文大藏經》的

---

　　〔1〕《卜思端佛教史》,頁203:'Brog mi śākya ye shes kyis kyang paṇḍita ga ya dha ra spyan drangs te/ gser
srang lnga brgya phul te/kye rdo rje gur sampu ṭa dang ra li bzhi dang a ra li la sogs pa ma rgyud kyi sgrub skor man
ngag dang bcas pa bsgyur ro//'Gos khug pa lhas btsas kyis kyang rgya kar du lan gsum du byon paṇḍita grub pa bsnyes
pa bdun cu don gnyis la chos zhus/khyad par du zhi ba bzang po dang sgra gcan 'dzinbzang po la sogs pa bsten te sang
'dus 'phags skor/ bde mchog rdo rje mkha' gro/gdan bzhi/mahāmāyā/kye rdo rje'i rgyud gsum la sogs pa bsgyur ro//.

　　〔2〕《卜思端佛教史》,頁264:gnyis pa shes rab kyi rgyud ni/kyai rdo rje'i skor la/rtsa ba'i rgyud brtag pa
gnyis pa/bshad pa'i rgyud thun mong ma yin pa mkha' 'gro ma rdo rje gur/rgyud mang po'i bshad rgyud thun mong ba
dpal saṃpu ta rgyud phyi ma dang bcas pa rnams śākya ye shes kyi 'gyur//.

《喜金剛三續》則用的是卓彌釋迦也失所譯的本子。換句話説，儘管桂路拶哇枯巴拉拶亦翻譯了《喜金剛三續》，但它們没有被卜思端大師編目、選定《西藏文大藏經》時録用。

那麽，何以卜思端大師（Bu ston Rin chen grub，1290－1364）在編定《西藏文大藏經》目録時捨棄桂路拶哇枯巴拉拶所譯而選擇了卓彌釋迦也失所譯的本子呢？其中的原因恐怕不止一個。首先被後人稱爲"中藏譯師之元老"（The Doyen of Central Tibetan Translators）的卓彌釋迦也失不僅年長於桂路拶哇枯巴拉拶，而且於西藏譯經史上的地位亦高於後者；其次，確實是卓彌釋迦也失首先和迦耶達囉合作翻譯喜金剛部諸本續及其修法要門，所以西藏佛教史學傳統習慣於將喜金剛部諸續於西藏的傳播歸功於卓彌釋迦也失和迦耶達囉；還有，現見於《西藏文大藏經》中的那個卓彌釋迦也失和迦耶達囉合譯的《真實相應本續》曾經卜思端大師之手釐定，所以它被作爲最權威的定本録入並不奇怪。但是除了以上這些可能的原因之外，桂路拶哇枯巴拉拶所譯的《喜金剛三續》被卜思端大師捨棄，並從此銷聲匿迹恐怕還與一段難爲外人道的"學術公案"有關。

如前所述，桂路拶哇枯巴拉拶先曾師從卓彌釋迦也失，然後反目成仇，交惡日久。桂路拶哇枯巴拉拶曾對卓彌釋迦也失及其合作者伽耶達羅大加攻擊。當然這種攻擊並不是單方面的，卓彌路贊訛釋迦也失顯然不是一個可以任人欺負的好好先生。他曾以獨特的方式對桂路拶哇枯巴拉拶作出了強有力的還擊。卓彌路贊訛在其所譯《大本續王吉祥真實相應明點》（*rGyud kyi rgyal po chen po dpal yang dag par sbyor ba'i thig le zhes bya ba*）的跋尾中暗示有些吐蕃譯師將別人翻譯的作品稍作改動，便將原譯者的名字去掉而加上自己的名字。[1] 而據後人考證，被卓彌路贊訛指責剽竊他人作品的吐蕃譯師中就包括有桂路拶哇枯巴拉拶，後者在卓彌路贊訛之後與伽耶達羅師合作翻譯續典，爲了討好他後來的施主，他曾經將迦耶達羅師早先與卓彌路贊訛合作翻譯的作品據爲己有。而揭穿這個秘密的實際上是薩思迦班智達於1198年所造的《本續王三菩怛與具吉祥薩思迦班智達夾注》（*rGyud kyi rgyal po chen po saṃpu ṭa zhe bya ba dpal ldan sa skya paṇḍi ta'i mtshan dang bcas pa*）。[2] 由此可見，在卜思端大師編選《西藏文大藏經》之前很久，枯巴拉拶剽竊卓彌路贊訛所譯密續的事實就已經廣爲人知，所以枯巴拉拶所譯《吉祥遍至口和本續》遭卜思端大師捨棄亦在情理之中。與此相反，卓彌路贊訛所譯《真實相應本續》在卜思端大師釐定前的原譯稿還依然存在，見於《Phug brag 抄

---

〔1〕 "bod kyi lo tstsha ba gzhan rnams gzhan gyis bsgyur kha la zur mi 'dra bar bcos nas rang gi ming bcug cing gzhan gyi ming 'phye ba"，《西藏文大藏經》，北京版，續部第27號，Ga. 357a，頁291－1－3/4。

〔2〕 Davidson, *Tibetan Renaissance*, pp. 204－205.

本甘珠爾目錄》中，其真實性無懈可擊。[1] 耐人尋味的是，儘管桂路拶哇枯巴拉拶所譯《吉祥遍至口和本續》很可能確實是根據迦耶達羅師和卓彌路贊訛原作改譯而成，所以它在西藏本土被漸漸捨棄，但這並沒有影響它在西藏以外地區的傳播。西夏文《吉祥遍至口和本續》所根據的藏文原譯本無疑就是今天確實已經失傳了的桂路拶哇枯巴拉拶所譯《吉祥遍至口和本續》，而它傳入西夏的時間一定早於薩思迦班智達揭穿它實際上是一部剽竊之作的 1198 年。

值得指出的是，卜思端大師編選《西藏文大藏經》時並沒有一概排斥枯巴拉拶所譯密宗經典，相反枯巴拉拶的大量翻譯作品都被選錄入他的《西藏文大藏經》目錄中。除了多部龍樹所傳方便續《吉祥密集本續》傳軌、《四座本續》及釋論等重要譯作以外，枯巴拉拶所譯有關喜金剛、勝樂本尊修法的大量譯作，特別是其所譯大黑師所傳儀軌的作品均見於卜思端所編目錄中。[2]

（原載《西夏學》第 2 輯，銀川：寧夏人民出版社，2007 年，頁 92—98）

〔1〕 Jampa Samten, *A Catalogue of the Phug-brag Manuscript Kanjur*. Daramsala：Library of Tibetan Works & Archives, 1992, no. 461, p. 168.

〔2〕 詳見《卜思端佛教史》，頁 262—314。

西夏、蒙元時代的大黑天神崇拜與黑水城文獻
——以漢譯龍樹聖師造《吉祥大黑八足讚》爲中心

一、蒙元時代之大黑天神崇拜

元人柳貫(1270—1324)於《護國寺碑》中曾説:"初太祖皇帝肇基龍朔,至於世祖皇帝綏華糾戎,卒成伐功,常隆事摩訶葛剌神,以其爲國護賴,故又號大護神,列諸大祠,禱輒響應。而西域聖師(指薩思迦班智達——引者)太弟子膽巴亦以其法來國中,爲上祈祠,日請立廟於都城之南涿州。祠既日嚴,而神益以尊。"[1]柳貫此處所説的摩訶葛剌神,即 Mahākāla,或稱大黑天神。對摩訶葛剌神的崇拜,大概是除了所謂"秘密大喜樂法"之外,元代士人耳熟能詳的唯一的一種藏傳佛教密法。前人對摩訶葛剌崇拜於蒙元時代、乃至以後滿清時代的流行,已經有了不少的研究。[2] 大致説來,大黑天神據傳曾在蒙古滅宋和元朝與西北諸王海都的戰爭中大顯神威,故被視爲"國之護神"。元朝從京師到地方都曾修建過專門祭祀大黑天神的神廟,連宮廷內亦有大黑天神的塑像。而於蒙元時代傳播大黑天崇拜的番僧中最著名的就是薩思迦派上師八思巴帝師和金剛上師膽巴國師。[3]

從前引《護國寺碑》可見,柳貫顯然將號稱金剛上師的膽巴國師視爲將摩訶葛剌護法最早介紹給蒙古皇帝之西藏上師。《佛祖歷代通載》所録膽巴國師傳的記載亦與此略同,其云:"乙亥(至元十二年),師具以聞,有旨建神廟於涿之陽。結構橫麗,神像威

〔1〕 柳貫,《柳待制文集》卷九,《護國寺碑》。
〔2〕 參見吳世昌,《密宗塑像説略》,《羅音室學術論著》第 3 卷,《文史雜著》,北京: 中國文藝聯合出版公司,1984 年,頁 421—456;宿白,《元代杭州的藏傳密教及其有關遺迹》,《文物》1990 年第 10 期, 頁 55—71;王堯,《摩訶葛剌(Mahākāla)崇拜在北京》,《慶祝王鐘翰先生八十壽誕學術論文集》,瀋陽: 遼寧大學出版社,1993 年,頁 441—449;那木吉拉,《論元代蒙古人摩訶葛剌神崇拜及其文學作品》,《中央民族大學學報》第 27 卷第 4 期,2000 年,頁 91—99;Martin Gimm, "Zum mongolischen Mahākāla-Kult und zum Beginn der *Qing*-Dynastie — die Inschrift *Shisheng beiji* von 1638 –," OE 42(2000/01), pp. 69 - 103。
〔3〕 參見沈衛榮,《神通、妖術和賊髡: 論元代文人筆下的番僧形象》,《漢學研究》第 21 卷第 2 期,臺北,2003 年,頁 219—247。

嚴,凡水旱蝗疫,民禱響應。"[1]然而,首先於蒙古人中間傳播摩訶葛剌法的事實上是八思巴帝師,涿州之摩訶葛剌神廟是由八思巴上師倡議,元代著名的尼泊爾工匠阿尼哥修建的。膽巴國師經八思巴帝師舉薦而出任該寺住持。據程鉅夫撰《涼國敏慧公神道碑》記載,阿尼哥於"[至元]十一年(1274)建乾元寺於上都,制與仁王寺等"。"十三年建寺於涿州,如乾元制。"[2]而按《漢藏史集》的記載,當忽必烈準備派伯顏丞相(1236—1295)舉兵滅宋之時,曾向八思巴上師問卜吉凶。八思巴認爲伯顏堪當重任,並爲其運籌成功方略,"令尼婆羅神匠阿尼哥於涿州建神廟,塑護法摩訶葛剌主從之像,親自爲神廟開光。此怙主像面向蠻子(南宋)方向,阿闍黎膽巴公司爲此神廟護法"。[3]伯顏最終於至元十三年正月攻克宋都臨安(今浙江杭州),三月南宋幼主出降,隨後與太皇太后北上。路過涿州時,有人示以涿州之摩訶葛剌護法神廟,他們見後驚奇地説:"於吾等之地,曾見軍中出現黑人與其隨從,彼等原來就在這裏。"[4]

當然,膽巴國師無疑是在元廷傳授摩訶葛剌法術之最關鍵的西番上師。[5]膽巴國師於"至元七年(1270)與帝師八思巴俱至中國。帝師者,乃聖師之昆弟子也。帝師告歸西番,以教門之事屬之於師。始於五臺山建道場,行秘密咒法,作諸佛事,祠祭摩訶伽剌。持戒甚嚴,晝夜不懈,屢彰神異,赫然流聞,自是德業隆盛,人天歸敬"。[6]元代史乘中有許多有關膽巴上師以祈禱摩訶葛剌護法幫助蒙古軍隊攻城掠地、無堅不摧的故事。而這些故事的傳播亦使番僧於漢文文獻中留下了神通廣大的神僧形象。據膽巴國師傳記載,"初天兵南下,襄城居民禱真武,降筆云:有大黑神,領兵西北方來,吾亦當避。於是列城望風款附,兵不血刃。至於破常州,多見黑神出入其家,民罔知故,實乃摩訶葛剌神也。此云大黑,蓋師祖父七世事神甚謹,隨禱而應,此助國之驗也"。[7]柳貫《護國寺碑》詳記其事云:"方王師南下,有神降均州武當山,曰:'今大黑神領兵西北來,吾當謹避之。'及渡江,人往往有見之者。武當山神即世所傳玄武神,其知之矣。然則大黑者,於方爲北,於行爲水,凝爲精氣,降爲明靈,以翼相我國家億萬斯年之興運。若

〔1〕《佛祖歷代通載》卷二二,頁726。

〔2〕程鉅夫,《程雪樓文集》卷七,《涼國敏慧公神道碑》,元代珍本文籍彙刊,臺北:"國立中央圖書館",1977年,頁316。

〔3〕達倉宗巴·班覺藏卜(sTag tshang rdzong pa dPal 'byor bzang po),《漢藏史集》(rGya bod yig tshang),成都:四川民族出版社,1985年,頁281—282。

〔4〕《漢藏史集》,頁287。

〔5〕參見王堯,《摩訶葛剌(Mahākāla)崇拜在北京》,頁441—449。

〔6〕趙孟頫延祐三年作《大元敕賜龍興寺大覺普慈廣照無上帝師之碑》,《元趙孟頫書膽巴碑》,北京:文物出版社,1982年。

〔7〕《佛祖歷代通載》卷二二,頁726。

商之辰星,晉之參星,耿耿祉哉,焉可誣也。"〔1〕襄樊之戰曾是宋蒙之間具有決定意義的一次大戰,南宋襄陽六年之守,一旦而失,從此一蹶不振;而蒙古軍由於襄陽的勝利令長江中下游門户洞開,於是順流長驅,平宋祇是時間的問題了。而常州之戰則是元軍三路直下南宋首都臨安之前歷時數月的硬戰。〔2〕膽巴國師禱引大黑天神,陰助王師,使蒙古軍隊攻克南宋固守長江天險之最後堡壘,最終統一天下,所以大黑天神被目爲"爲國護賴",番僧被目爲元朝立國之功臣。〔3〕

摩訶葛剌護法之靈驗不僅僅局限在襄城、常州兩大戰役中。史載膽巴國師曾因得罪其往昔之門人、元初著名權臣桑哥而流寓潮州,時"有樞使月的迷失,奉旨南行。初不知佛,其妻得奇疾,醫禱無驗。聞師之道,禮請至再,師臨其家,盡取其巫覡繪像焚之,以所持數珠加患者身,驚泣乃蘇,且曰:夢中見一黑惡形人,釋我而去。使軍中得報,喜甚,遂能勝敵。由是傾心佛化"。又例如,"帝[忽必烈]御北征,護神顯身陣前,怨敵自退"。〔4〕膽巴國師還曾禱引摩訶葛剌護法幫助元朝軍隊戰勝來犯的西北諸王海都(1235—1301)的入侵。元貞乙未(1295),元成宗遣使召師問曰:"海都軍馬犯西番界,師於佛事中能退降否?"奏曰:"但禱摩訶葛剌自然有驗。"復問曰:"於何處建壇?"對曰:"高梁河西北甕山有寺,僻靜可習禪觀。敕省府供給嚴護……。於是建曼拏羅依法作觀,未幾捷報至,上大悦。"〔5〕經由這些神異的故事,對摩訶葛剌的崇拜成了元代自上至下相當普遍的信仰。皇帝即位時,"先受佛戒九次方正大寶",而戒壇前即有摩訶葛剌佛像。〔6〕甚至大内也有摩訶葛剌像,史載元英宗至治三年十二月,"塑馬哈吃剌佛像於延春閣之徽清亭"。〔7〕祠祭摩訶葛剌的神廟不僅見於五臺山、涿州等佛教聖地或京畿之地,而且也見於國内其他地方。"延祐五年歲在戊午,皇姊魯國大長公主新作護國寺於全寧路之西南八里直,大永慶寺之正,以爲摩訶葛剌神專祠。"〔8〕浙江杭州也有摩訶葛剌神崇拜遺迹,吴山寶成寺石壁上曾刻摩訶葛剌像,覆之以屋,爲元至治二年(1322)驃騎將軍左衛親軍都指揮使伯家奴所鑿。〔9〕至於京城内外、全國各地所建之

---

〔1〕　柳貫,《柳待制文集》卷九,《護國寺碑》。
〔2〕　參見胡昭曦、鄒重華主編,《宋蒙(元)關係史》,成都:四川大學出版社,1992 年,頁 300—343。
〔3〕　《佛祖歷代通載》卷二二,頁 722:"帝(忽必烈)命伯顏丞相攻取江南不克,遂問膽巴師父云:'護神云何不出氣力?' 奏云:'人不使不去,佛不請不説。'帝遂求請,不日而宋降。"
〔4〕　《佛祖歷代通載》卷二二,頁 723。
〔5〕　同上書,頁 726。
〔6〕　《南村輟耕録》卷二,頁 20。
〔7〕　《元史》卷二九,《泰定帝本紀》一,頁 642。
〔8〕　柳貫,《柳待制文集》卷九,《護國寺碑》。
〔9〕　厲鶚(1692—1752),《樊榭山房集》卷五,《麻曷葛剌佛並序》;參見宿白,1990 年。

摩訶葛剌佛像之多,則真可謂不勝枚舉。[1]

摩訶葛剌神崇拜不僅一直在蒙古人中間流行,而且亦爲滿清繼承。《大清太宗皇帝實錄》卷四三記載了清太宗討元順帝直系子孫察哈爾部林丹汗時,得元初八思巴帝師所鑄摩訶葛剌像,遂命造寺供養的故事:

> [崇德三年(1638)八月]壬寅,實勝寺工成。先是,上征察哈爾國時,察哈爾汗懼,出奔圖白忒部落,至打草灘而卒。其國人咸來歸順。有墨爾根喇嘛載古帕斯八喇嘛所供嘛哈噶喇佛至。上命於盛京城西三里外建寺供之,至是告成,賜名實勝寺。……東西建石碑二,東一碑前鐫滿洲字,後鐫漢字。西一碑前鐫蒙古文,後鐫圖白忒字。碑文云:……至大元世祖時,有喇嘛帕斯八,用千金鑄護法嘛哈噶喇,奉祀於五臺山,後請移於沙漠。又有喇嘛沙爾巴胡土克圖復移於大元裔察哈爾林丹汗國祀之。我大清寬温仁聖皇帝征破其國,人民咸歸,時有喇嘛墨爾根載佛像而來。上聞之,乃命召喇嘛往迎,以禮昇之盛京西郊。因曰:有護法不可無大聖,猶之乎有大聖不可無護法也。乃命公部卜地建寺於城西三里許,構大殿五楹,裝塑西方佛像三尊……東西廡各三楹,東藏如來一百八龕、託生畫像並諸品經卷;西供嘛哈噶喇。……營於崇德元年(1636)丙子歲孟秋,至崇德三年戊寅告成,名曰蓮華淨土實勝寺。[2]

從這段記載中,我們可以清楚地看出摩訶葛剌崇拜從蒙元到滿清時代的連續性。然而儘管在元以後之蒙古文文獻中出現過一些有關摩訶葛剌神的文字,特別是頌揚摩訶葛剌護法的讚辭,[3]但是在元與元以後的漢文文獻中,我們並沒有見到任何有關求修大黑天神的修法、儀軌類文獻。凡有提到摩訶葛剌者,亦皆是對其的嘲諷與批評,凸顯出漢族士人對這種外來神祇,特別是其極爲怪異的形象的極度反感。例如,元代詩人張昱《輦下曲》中有詩曰:

> 北方九眼大黑煞,幻形梵名麻紇剌,
>
> 頭帶骷髏踏魔女,用人以祭惑中華。[4]

而清江南文人厲鶚的《麻曷葛剌佛並序》則云:

> 元時最敬西僧,此其像設獰惡可怖,志乘不載,觀者多昧其所自,故詩以著之。

---

[1] 詳見吳世昌,1984年。
[2] 參見 Gimm,2000/01。
[3] 參見那木吉拉,2000年。
[4] 《張光弼詩集》卷三,四部叢刊續編,集部。

寺古釋迦院,青滑石如飴,何年施斧鑿,幻作梵相奇。五彩與涂飾,黯慘猶淋漓。一軀儼箕踞,怒目雪兩眉,赤腳踏魔女,二婢相挾侍,玉顱捧在手,豈是飲月支。有來左右侍,騎白象青獅,獅背非錦韉,薦坐用人皮,髑髏亂系頸,珠貫何累累,其餘不盡者,復置戟與鈹。旁紀至治歲,喜捨莊嚴資,求福不唐捐,宰官多佞辭。我聞劉元塑,妙比元伽兒,搏換入紫闈,秘密無人知。此像琢山骨,要使千年垂,遍翻諸佛名,難解姚秦師。遊人迹罕至,破殿蟲網絲,來觀盡毛戴,香火誰其尸。陰苔久凝立,想見初成時,高昌畏吾族,奔走傾城姿,施以觀音鈔,百定鴉青披,題以朴樕筆,譯寫蟠蚪螭,照以駝酥燈,深碗明流離,供以刲羊心,潔於大祀犧,紅兜交膜拜,白傘紛葳蕤,琅琅組鈴語,逄逄扇鼓馳,到今數百禩,眩惑生淒其。但受孔子戒,漫書膽巴碑,訪古爲此作,聊釋怪諜異。[1]

除了字裏行間尚透露出作者將對曾發宋陵寢,並肆意凌辱漢族士人的番僧的仇恨轉嫁到了其信仰的護法神摩訶葛剌的頭上,這篇文字實不失爲一篇有關摩訶葛剌之造像和求修儀軌的好文章,它亦是我們在發現黑水城文書以前所知的唯一的一篇有關摩訶葛剌神像的漢文文獻。

二、俄藏黑水城文獻中所見有關大黑天求修儀軌寫本

於重新發現黑水城出土文獻以前,我們沒有見到過任何有關求修大黑天神的漢文文獻,因此我們儘管知道大黑天崇拜曾經在蒙古人中間廣泛流行,但對求修大黑天的具體修法則一無所知。Elliot Sperling 先生曾正確地猜想元朝流行的大黑天神崇拜或當肇始於西夏時代,苦於找不到直接的文獻證據,祇能不無牽強地從西夏著名藏傳佛教上師拶米譯師相加思葛剌思巴(rTsa mi lotsāba Sangs rgyas grags pa)所譯求修大黑天儀軌中有一篇教人如何通過修持摩訶葛剌護法來奪取王位的儀軌説明西夏王族確曾求修大黑天神。[2] 事實上,可有力地證實 Sperling 先生之猜想的直接證據見於黑水城出土文書中。於《俄藏黑水城文獻》中,至少有四篇與大黑天修法有關的寫本文書,其中出於西夏時代的長篇寫本《大黑根本命咒》以及與此相聯接的《大黑讚》即可證明 Sperling 先生提出的摩訶葛剌崇拜始於西夏的猜想。此外,《俄藏黑水城文獻》中還有爲元代寫

---

〔1〕 厲鶚,《樊榭山房集》卷五。

〔2〕 Elliot Sperling, "rTsa-mi lo-tsā-ba Sangs-rgyas grags-pa and the Tangut Background to Early Mongol-Tibetan Relations," *Tibetan Studies: Proceedings of the 6th Seminar of the International Association for Tibetan Studies*, Fagernes 1992, Per Kvaerne (ed.), vol. 2. Oslo: The Institute for Comparative Research in Human Culture, 1994, pp. 801 – 824.

本的《慈烏大黑要門》和《大黑求修並作法》兩部修習大黑天神的長篇儀軌,以及與此相關的《黑色天母求修次第儀》殘本。而於《黑城出土文書》中見到的佛教寫本則絶大部分是有關念、修大黑天神的咒語和修法儀軌,這充分表明大黑天神崇拜於元代確實曾經是相當的流行。當然,上述這幾篇文獻的價值遠不止祇是可以用來證明大黑天神崇拜曾廣泛流行於西夏和蒙元時代,更重要的是它們爲我們了解西夏、蒙元時代流傳於党項、蒙古和漢民族間的大黑天神修法之具體内容提供了第一手的資料。毫無疑問,整理和研究這些見於黑水城出土文書中的漢譯大黑天神儀軌是研究西藏佛教史,特別是藏傳佛教於党項、蒙古和漢民族間傳播之歷史的一項值得用力的重要工作。兹先對這幾篇文獻作一簡單的介紹。

被認爲是西夏寫本的《大黑根本命咒》和《大黑讚》[1]實際上是一篇修持、觀想大黑天神的儀軌文書,儘管其内容主要是各種行者於修持中當念誦的咒語以及讚辭。與大部分本尊禪定儀軌一樣,求修大黑天神包括身、語、意三門修法,即觀想自身即本尊大黑天神,以與大黑天合二而一;念誦各種可以求得大黑天顯現種種靈異的咒語,以及專注一境,變大黑天神之意念爲自己之意念等。《大黑根本命咒》中除了所謂根本命咒以外,還有空行母咒、擁護母咒、柔善母咒、勾攝母咒、勇猛母咒、殺害母咒等,接着是讚嘆偈。其中最主要的咒語,即所謂大黑長咒者,於《大黑根本咒》中被音寫作如下:

唵 麻訶葛辢也 舌薩捺 阿八葛哩依 唉捺 阿八廝賚麻訶葛辢也 依擔囉捺 唕囉巴 阿巴葛哩喃 拽帝不囉帝捇你 廝麻囉廝喃 形 帝室達 薩唕囉 渴渴渴兮兮 馬囉馬囉 吃哩捺捺 鞿捺捺 曷捺捺 捺曷曷 巴捹捹 溺捺咩涼捺 薩末帝室達 馬囉野 吽[吽發怛]

這個咒語不但亦出現於《慈烏大黑要門》中,[2]而且亦於《黑城出土文書》中出現了兩次,[3]可見它曾經是修持摩訶葛刺護法之行者恆常念誦的咒語。這個咒語於藏文文獻中通常被轉寫作:

Oṃ śrī mahākālā ya/ shā sa na u pa hā ri &i/e kā pa śtsʄ ma hā kā lo ya mi ti ra tna trā ya a pa kā ri &aṃ/ya di pra ti dznyā sma ra si ta da/i dam du íÝva kha kha khā hi khā hi/ma ra ma ra/gri h&a h&a baṃdha baṃdha ha na ha na/da ha da ha/pa

〔1〕 俄羅斯科學院東方研究所聖彼得堡分所、中國社會科學院民族研究所、上海古籍出版社合編,《俄羅斯科學院東方研究所聖彼得堡分所藏黑水城文獻》卷四,上海古籍出版社,1996—1998年,頁330—335。

〔2〕《俄藏黑水城文獻》卷五,頁182:"唵磨訶割羅 折薩辢 阿巴割令欲我捹捹喝捹喝捹廝併囉折咃咃 麻囉麻囉 割囉囉囉 吽吽帝廝麻曼布車布咃吃捺麻囉囉囉薩訶吽吽罷。"

〔3〕《黑城出土文書》,頁218,佛教抄本第23、24號。

tsa pa tsa∕dī &a me ke na mā ra ya hūm phaÝ phaÝ[1]

《大黑根本命咒》以一長篇的"讚嘆偈"結尾,而這一篇讚辭的異譯本亦見於元代寫本《大黑求修並作法》中。兹不妨録其文如下:

廣大寒林墓地中	怖畏熾盛如劫火
彼中大黑烏眼處	吽字中出於大黑
其身肥矬而驗肚	誦喝喝聲施怖畏
身上庄嚴於毒虵	椒朴具有三目熾
右手熾盛而執釰	能喫不善之人心
左手執持於法桄	青色金剛食心血
赤黄髮髻熾盛竪	新人頭鬘而庄嚴
伴遶排於六箇母	各各張口而飲血
擁護修習具獠牙	恒常愛樂於血肉
冤人命脈而飲之	虎皮三粘庄嚴繫
猶億日月於光明	無記句人恒念殺
語誦吽發大吼聲	黑龍圍遶於大黑
腳振地時大海混	其水波濤懷爲塵
汝之化身滿虛空	烏嘴大黑做法行
其嘴尖利手赤色	遍滿身上涂抹血
喫於冤人之上接	兼喫腹臟及腎等
手執法桄盛滿血	以此喫飲而吐之
伴遶十方食肉者	各各張口而飲血
彼彼今皆圍遶之	過去未來現在時
諸佛妙法我護住	汝大力者願執持
專心抱持金剛橛	口中火盛大海乾
雷聲黑云而積聚	一切毒龍皆哮吼
閃電至極如熾火	面向黑云執天鐵

---

[1] 見 *dPal mgon po nag po bsgrub pa'i thabs*(《吉祥大黑怙主修法》),影印北京版《西藏文大藏經》卷五九,頁 161∕2‒7—3∕1。亦參見 'Phags pa Blo gros rgyal mtshan(八思巴), *mGon po'i sgrub yig*(《怙主修法》),p. 140, 3∕6‒4∕1:"Oṃ śrī mahākālā ya∕shā sa na u pa hā ri &i∕e íā a pa shtsī ma kā lo∕a yam i dam ra tna tra ā ya∕a pa kā ri &am∕ya di pra ti dznyva sma ra si ta dā∕i dam du íÝvam kha kha khā hi khā hi∕ma ra ma ra∕gri h&a h&a bandha bandha ha na ha na∕pa tsa pa tsa∕dī na me ke na mā ra ya hūm phaÝ hūm"。

以金剛火而降雹　　　　　　　不敬上師毀秘密

食肉喫飲破戒血　　　　　　　毀滅正竟妙法人

大黑作法而作之　　　　　　　自作自受而令服[1]

　　緊接着《大黑根本命咒》的西夏寫本《大黑讚》亦是一篇頌揚大黑天神的典型讚辭，乃描寫大黑天形象的絕好的造像學文獻。此文書基本完整，其文如下：

大黑讚

吽自性中而出生　　　　　　　具慈烏名大尊者

衆色蓮花日輪上　　　　　　　勇猛而坐稱讚禮

如黑訶捹利開色　　　　　　　一面四臂窈窕相

頭髮赤黃散覷上　　　　　　　開口咬牙稱讚禮

睒射威猛眉毛竪　　　　　　　虵及大寶而庄嚴

旬穿骷髏作頭冠　　　　　　　呵呵喜聲稱讚禮

口中流血生恐怖　　　　　　　眉毛眼接鬚黃色

三眼視毒皆通赤　　　　　　　作善悦相稱讚禮

五欲樂菓右持劍　　　　　　　滿血法挽左執叉

以人頭中作數珠　　　　　　　大拙朴處稱讚禮

身肢圓滿並依多　　　　　　　虎皮粘衣勇猛相

俞如大劫熾火光　　　　　　　蜜主忿怒稱讚禮

身語意中而出現　　　　　　　汝以自然羅叉身

化出無量忿怒相　　　　　　　斷除我慢稱讚禮

爾時允許護正法　　　　　　　修者用時剎那王

速疾施與勝成就　　　　　　　於大黑處稱讚禮

摩訶割粹飲血王　　　　　　　千種大黑而圍遶

十方食肉爲侍從　　　　　　　百萬摩訶而[亦]圍遶[2]

　　這份《大黑讚》亦見於元代寫本《大黑求修作法》中，後者題爲《大黑八足讚嘆》。實際上，它亦與《黑城出土文書》中的《智尊大黑八道讚》相同，它們當是同一原本的異譯。然被認爲是西夏寫本的《大黑讚》較後二者完整，可補其之明顯不足。若《大黑讚》和

---

〔1〕《俄藏黑水城文獻》卷五，頁332；同文異譯亦見於《大黑求修並作法》，《俄藏黑水城文獻》卷六，頁48。

〔2〕《俄藏黑水城文書》卷四，頁335。

《大黑求修作法》、《智尊大黑八道讚》果真可以如此明確地被區分爲西夏和元代寫本的話,那麼西夏和元代流行大黑天神崇拜的前後聯繫則於此亦可見一斑了。

被認爲是元代寫本的《慈烏大黑要門》[1]亦是一篇求修大黑天神的儀軌文書,除了提供一般修持、觀想大黑天的要門以外,它還列出與修持相關的大黑根本咒、隨意咒、親心咒、共施食咒、五供養真言、四面咒等密咒。接着還對修習人於惱害時、不歸敬時等場合,如何滅除敵手,成就所願的特殊修法作了具體的指導。與《慈烏大黑要門》相應的藏文標題當爲 Nag po chen po bya rog cad gyi man ngag,惜迄今尚無法同定其原本。該儀軌開篇先列"師傳次第"如下:"囉麻尚師傳囉麻沒隆,囉麻□□傳囉麻着𠺕。"然而這些上師的名字一時亦難確定。

《大黑求修並作法》是黑水城出土漢文文書中所見有關大黑天神修法中篇幅最長的一部儀軌文書,共有三十六頁。這是一部教導行者實修的要門,或稱劑門,即藏文之man ngag。文中明列其傳承次第如下:"彼劑門相襲次第者,鈴杵法師傳賢覺師,彼師傳金剛座法師,彼師傳阿滅葛囉蕁八恒草頭路替[贊]訛,彼師傳大吉祥,彼師傳阿師,彼師傳浪布師,彼師傳阿浪座主,彼師處傳梵上師,彼師處淨信弟子授得此法,無信人無傳者矣。自攝受劑門也。"[2]《大黑求修並作法》由一系列求修儀軌和密咒、讚辭組成,其中一處列作者名作"覺昌師造"。復有一處云:"西番路贊斡金剛覺圓譯本,付與顏鉢[當除切身]及嘭[狼]吟等奉持,各得大切驗。此自心內如兩鐵裏中間收藏,復將彼裏鑄合一肢,如大寶[?]奉以持,勿使人知也。此者一切求修。"[3]可惜的是,這些造、譯此求修儀軌的上師一時皆難認定,因此無法完全確定這個儀軌是哪個教派所傳。但因文中每個段落起始常常出現"敬禮微妙上師"或"敬禮吉祥形嚕葛"等句子,我們或可肯定它爲薩思迦派的作品。"敬禮微妙上師"一句,當即爲藏文 bla ma dam pa la phyag 'tshal lo 一句的漢譯。而這句話每每出現於薩思迦派上師所造的各種求法要門中。而所謂"形嚕葛"指的就是爲薩思迦派所推崇的密修本尊佛 Heruka。薩思迦派上師所造類似的求修大黑天儀軌爲數甚多,例如在八思巴帝師的全集中,我們就見到一組有關修持大黑天的儀軌,其中有《怙主修法》(mGon po'i sgrub yig bzhugs)、《五甘露供養》(bDud rtsi lnga mchod bzhugs)、《怙主讚》(mGon po'i bstod pa bzhugs)、《姊妹施食儀》(lCam dral gyi gtor chog bzhugs)、《懺悔文》(bShags pa bzhugs)等,內容多與此處《大黑

---

[1] 《俄藏黑水城文書》卷五,頁180—189。
[2] 《俄藏黑水城文獻》卷六,頁43。
[3] 《俄藏黑水城文獻》卷六,頁58。

求修並作法》中所説類似者,但顯然不盡一致。[1]

《大黑求修並作法》内容及其龐雜,當已涉及求修大黑天神的所有儀軌。或當是行者根據上師所傳作實修時留下的記録,所謂“上師所傳法,恐妄故書寫”。[2] 其中所收儀軌内容前後多有重複,顯然是將不同法師所傳儀軌混合在一起。編者對文本的排列前後恐亦有錯誤,有時不能連貫起來。總的説來,《大黑求修並作法》共有八種儀軌,它們是親念儀、法行儀、大求修儀、燒施儀、埋伏儀、令生癲魔儀、絕他語儀、施食儀等。此外,還有作法行儀、聚集咒儀、施食咒儀、神供儀、緊行儀、遣除鬼神儀、冤人生怖畏儀、求吉凶夢儀、迴改行儀、擁護法儀、柔軟法行儀、勾攝法儀、一切行隨意所成法儀等各種名目繁多的儀軌。最後,《大黑求修並作法》還收録了“根本咒”、“心咒”、“命咒”、“大黑八足讚嘆”、“空行母咒”、“擁護母咒”、“柔善母咒”、“勾攝母咒”、“勇猛母咒”、“殺害母咒”等與大黑求修法相關的密咒和讚辭。其中的《大黑八足讚嘆》乃西夏寫本《大黑讚》的同本異譯。

俄藏黑水城漢文文獻中另一篇與大黑天神崇拜有關的文書是《黑色天母求修次第儀》,此儀軌是對形噜割説大黑色天母本續的釋文,梵文名當爲 *Mahākāladevisādhanakrama*。因此本續“文廣義深,衆生難入解,故此賢懷諸魔法師略集造此本也。此師傳與斜噜上師——彼傳與阿嘟師,次第相傳也”。此求修儀軌本分四大科,惜已殘破,僅存第一科起發緣由、第二科釋題目之全部和第三科正釋本文的一小部分。[3] 然而僅其第一科“發起緣由”部分就極有價值,其中不但對大黑色天母的來歷作了明確的介紹,[4]而且亦對此法之傳承作了説明,爲讀者日後同定此本之原文提供了可能。

《黑城出土文書》中的佛經抄本部分以編號爲 F191:W103 的長篇文書爲主,這份文書從形制到内容均與前述《大黑求修並作法》極爲類似,亦是求修摩訶葛剌神的一份綜合性的儀軌文書。其内容有所謂三水偈、敬禮偈、安坐偈、奉五供養、召請偈、智尊大黑八道讚、吉祥大黑八足讚、十方護神讚、大黑長咒等。其中的智尊八道讚和大黑長咒

---

[1] 《八思巴法王全集》('Phags pa Blo gros rgyal mtshan, *Chos rgyal 'phags pa'i bka' 'bum*, or *The Complete Works of Chos rgyal 'Phags pa*, In *Sa skya pa'i bka' 'bum*, Compiled by bSod names rgya mtsho, Tokyo: Toyo Bunko, 1968), Vol. 6, pp. 138–147.

[2] 《俄藏黑水城文獻》卷六,頁49。

[3] 《俄藏黑水城文獻》卷六,頁127。

[4] 黑色天母原是西天刹帝利種姓女,嫁侍於一般刹帝利種人,爲夫憎嫌,故與野外放豬郎野合受孕。因不堪忍受丈夫拷打,遂騎驢持劍,離家出走。欲投江中自盡,途中飢餓,其子降生,竟然剝其皮、食其肉、飲其血。即投江而死,發誓轉生爲羅刹女,要食、飲五百人馬之血肉,危害世間有情。後爲吉祥形噜割降伏,成大黑色天母,護住正法。《俄藏黑水城文獻》卷六,頁127。

在内容上分别與西夏寫本《大黑讚》和見於《大黑根本咒》中的"大黑長咒"相同,但在文字上有較大的差異。而其中的《吉祥八足讚》注明爲"西天竺國龍樹聖師造",它亦果然與見於《西藏文大藏經》中的龍樹聲時所造同名讚辭對應,此容後述。總而言之,《黑城出土文書》F191∶W103 號文書或是某位西番上師採擇各種經典的相關内容編撰而成的一部求修大黑天儀軌的漢譯,或是某位求修大黑天神的行者採集的有關求修大黑天之儀軌(cho ga)、要門(man ngag)、密咒(sngags)之漢譯文的合編。我們可以其中的第21 個段落爲例以説明之。這個段落讀作∶

所有魔衆一切間斷等	願摧一切悉如微塵
吽以羅叉相調暴惡[1]	決斷菩提勇識故
摧壞三層大官城	掇朴汝處稱讚禮
身短黑色大威雄	決斷暴惡右勾刀
左掌暴惡血滿器	具頭鬘處我讚禮[2]
嗔怒足踏地振動	怖畏哮吼摧須彌
能取觸犯記句心	具護記句我讚禮

而除了第一句以外,其他部分與見於《西藏文大藏經》中的上師婆羅流志(mChog sred, Vararuci)所造《吉祥大黑讚》(*dPal nag po chen po la bstod pa*)的起始部分完全一致。這份讚辭篇幅不長,兹不妨將其全文轉寫、翻譯如下∶

rGya gar skad du／śrī mahākālastotra／bod skad du dpal nag po chen po la bstod pa／

dpal nag po chen po la phyag 'tshal lo//

Hūm srin po'i gzugs kyis gdug pa can//tshar gcod byang chub sems dpa' ste//

grong khyer sum brtsegs 'jig byed pa'i//　gtum po khyod la bdag bstod do//

mdog nag gzugs thung gzi brjid che//　gdug pa tshar gcod gri gug g. yas//

g. yon pa gdug pa'i khrag bkang snod//　thod phreng can la bdag bstod do//

khros pas zhabs brdabs sa gzhi g. yo//　'jigs pa'i gad mos ri rab bsgyel//

dam tshig nyams pa'i snying 'byin pa//　dam tshig can la bdag bstod do

Hūm zhal gcig pa la phyag gnyis pa//　gri gug thod pa lag na 'dzin//

---

〔1〕《黑城出土文書》,頁 218 中將"羅叉"錯録作"羅義",此根據原件照片改正。"羅叉"即"羅刹"。

〔2〕《黑城出土文書》,頁 218 中將"頭鬘"錯録作"頭髮"。

ral pa kham nag gyen du 'khyil// spyan gsum me yi mdog 'dra ba//

mche ba zla ba tshes pa 'dra// thod pa'i phreng bas do shal byas//

gsus khyim che la 'phyang ba po// mi thung khros ba'i gzugs 'dra ba//

'das dang ma byon da ltar gyi// bstan pa bsrung bar zhal bzhes pa//

nag po khyod ni yin pa ste// gdug pa tshar gcod 'jigs pa'i **gzugs**//

dbu skra kham nag gyen brdzes pa// steng gi lha tshogs 'jigs pa byed//

spyan bgrad mche gtsigs ljags 'dril bas// bar gyi gdon tshogs bsdigs par **byed**//

g. yas na gri gug bsnams pa ni// dgra bgegs 'dud zhing mdud mgo **gcod**//

g. yon pa thod pa bsnams pa ni// gnod sems can gyi khrag rkang **gsol**//

khros pa'i zhal gnyis brdab pa yis// gnod sems can gyi lus la nyed//

khyod kyis thub pa'i bstan pa srungs// rnal 'byor pa yi bar chad srung**s**//

chos dang dpal 'byor rgyas par mdzod// lus dang grib ma bzhin du 'gro**gs**//

dpal nag po chen po la bstod pa slob dpon bram ze mtshog sred kyis **mdzad pa**

rdzogs so//〔1〕

譯文：

梵語云：*Śrī mahākālastotra*

藏語云：《吉祥大黑讚》

敬禮吉祥大黑！

吽！菩提勇識羅叉相 制服具嗔暴惡者

能壞三層大官城 掇朴汝處我讚禮

黑色短身大威雄 制服暴惡右勾刀

左掌暴惡血滿器 具頭鬘處我讚禮〔2〕

嗔怒足踏地振動 怖畏哮吼摧須彌

能取觸犯記句心 具記句者我讚禮

吽！〔大黑〕一面又二臂 勾刀頭顱手中持

深赭長髮往上旋 三眼如火赤紅色

口中獠牙似新月 頭鬘作成環瓔珞

---

〔1〕 德格版《西藏文大藏經》，第1774號，sha 269。

〔2〕 《黑城出土文書》，頁218中將"頭鬘"錯錄作"頭髮"。

大腹便便往下垂	猶如忿怒短人相
過去現在未來時	護住正法許諾言
你是我尊大黑天	制服暴惡怖畏相
頭髮深赭往上豎	上之天衆能作怖
睜目齜牙卷舌頭	能脅中間邪魔衆
右手執持勾刀者	調伏冤敵斷魔頭
左手執持頭顱者	盛滿具嗔心者血
忿怒二面齊抖擻	搓擦具嗔心者身
能仁妙法你護住	亦護行者之習氣
法與富饒增廣大	如影隨形相伴遠

阿闍黎梵志婆羅流志造《吉祥大黑讚》圓滿！

顯而易見，見於《黑城出土文書》中的求修大黑天儀軌引用了婆羅流志造《吉祥大黑讚》的前半部分。同樣的段落亦爲前述八思巴帝師所造求修大黑天儀軌所引用，[1]祇是文字略有不同而已。西藏上師所造修法儀軌、釋論，多借助印度經、論之原典，故祇要肯下功夫，其所傳教法之源流當不難搞清。對上述黑水城所見各種有關求修大黑天儀軌文書的研究需要我們做的第一步工作就是不厭其煩地尋找出這些文獻的西藏、印度源頭。

三、漢藏譯龍樹聖師造《吉祥大黑八足讚》對勘

《黑城出土文書》所録佛教抄本中唯一一份標明作者的文書是“西天竺國龍樹聖師造”《吉祥大黑八足讚》。衆所周知，龍樹是大乘佛學中觀學説的創始人，他對於建立大乘佛教傳軌所作的貢獻無與倫比。顯然，龍樹菩薩是一位顯、密兼重的聖師，於其著作中有大量的密教修行儀軌，元代漢譯的這份《吉祥大黑八足讚》就是其中之一。於《西藏文大藏經》中，我們不但見到有三種標明爲龍樹聖師所造的《吉祥大黑求修法》（*dPal nag po chen po'i sgrub thabs*），此外還有一部題爲《吉祥大黑具母求修法》（*dPal nag po chen po yum can gyi sgrub thabs*）的儀軌。[2] 而且亦見到三部藏文標題均作《吉祥大黑八足讚》（*dPal nag po chen po'i bstod pa rkang pa brgyad pa*）的大黑天讚辭，其中有兩

---

[1] 'Phags pa Blo gros rgyal mtshan, *mGon po'i sgrub yig*, *Chos rje 'phags pa'i bka' 'bum*, 2, *Sa skya pa'i bka' 'bum* 7, pp. 139 - 4 - 3—139 - 4 - 5.

[2] 三部《吉祥大黑求修法》分別爲《西藏文大藏經》北京版，第 2628、2630、4902 號，德格版，第 1759、1761 號；《吉祥大黑具母求修法》見於北京版，第 2627 號；德格版，第 1758 號。

種内容完全一致,乃同本異譯,與漢譯《吉祥大黑八足讚》之内容亦相對應。而另一種則與其他兩種同名的讚辭有較大的差別,儘管内容基本相同,但各偈前後次序則多有不同,或當爲另一個本子。此外,還有另一種題爲《金剛大黑八足讚》(*rDo rje nag po chen po'i bstod pa brgyad pa*)的讚辭,亦是龍樹所造,題目不一致,但内容亦多有雷同。毋庸置疑,龍樹菩薩所造的大黑天求修法和讚辭對於大黑天神崇拜的形成和流行具有重要的意義。

如前所述,《吉祥大黑八足讚》乃《黑城出土文書》F191:W103 號文書的一個組成部分,分布於編號爲 m 至 r 的七片紙上。全文基本完整,其中祇有紙片 n 和 p 略有殘破。但觀其譯文,其質量顯然不高,有待改進之處甚多。兹謹將其與見於《西藏文大藏經》中的三种藏文譯本對勘,並重作一完整的漢文新譯。

　　　吉祥大黑八足讚三合　　　　　　西天竺國龍樹聖師造

rgya gar skad du Śrī mahākāla syāṣṭakastotra-nāma[1]

bod skad du dpal nag po chen po'i bstod pa rkang pa brgyad pa zhes bya ba

dpal nag po chen po la phyag 'tshal lo[2]/

Om grub par gyur cig/[3]

［舊譯］闕

［新譯］

　　［梵語云:《吉祥大黑八足讚》

　　藏語云:《吉祥大黑八足讚》

　　頂禮吉祥大黑!

　　願得成就!］

hūm hūm pha ṭa ces drag po'i sgra yis srid pa gsum gyi khong[4]ni ma lus 'gengs nus pa'i/

　　hā hā ṭa ṭa[5] zhes bzhad[6] gang zhig dus kun du ni shin tu 'jigs mdzad pa/

---

　　〔1〕 下録龍樹造《吉祥大黑天八足讚》見於《西藏文大藏經》卷五九,第 2644 號,頁 167—168(298a5—299a6)。與見於北京版第 2639 號的同名文書相異之處將注釋中標出。
　　〔2〕 P. 2639 omits lo. 漢譯中無與此句相應者。
　　〔3〕 漢譯中亦無與此句相應者。
　　〔4〕 P. 2639: kongs.
　　〔5〕 P. 2639: ṭata.
　　〔6〕 P. 2639: brjod pa.

吽吽發怛緊行之聲	即能遍滿於三界
曷曷怛怛喜笑之聲	悉皆最極今振恐[1]

吽吽發怛緊行聲	能遍一切三有界
凡說曷曷怛怛時	即令衆者極振恐

kam kam kam zhes thod pa'i[2] phreng bas dbu la spras shing nag po'i mchu dang mtshungs pa'i sku/

bhum bhum bhum zhes khros pa'i mchog gi khro gnyer 'jigs mdzad 'jigs pa kha gdangs sha za zhing/

干干聲響人頭瓔珞	嚴額黑色觜[3]形相
没隆没隆之聲嗔皺	最極怖畏暴惡烏食肉

干干干聲頭瓔珞	嚴頂黑觜相應身
没隆没隆最忿怒	怒紋作怖口吃肉

dbu skra[4] dang ni rmar[5] che ser nye bar spyod pa'i zhing skyong khyod kyis bsrung bar mdzod/

ram ram ram zhes spyan dmar 'khrug[6] cing sgyur mdzad krum krum krum zhes rab sgrogs spyan gyis gzigs/

髮髮眉黄而親行行	大守人者護十方
羅羅聲振洞目旋轉	嗔視孤孤而窈窕

頭髮大黄眉親行	刹土神你請護住
羅羅羅紅目旋轉	孤孤聲響目嗔視

smin ma ser zhing mche gtsigs ro yi gdan la dgyes pa'i zhing skyong khyod kyis zhing

---

〔1〕 "今振恐"之"今"當爲"令"字之誤,與藏文 mdzad 字相應。下録漢文見於《黑城出土文書》,頁217—218,然該録文中有許多明顯的錯誤,兹復根據筆者於 2005 年夏天於内蒙古自治區考古研究所所内所攝原件照片加以訂正。在此謹對内蒙古考古所惠允照相表示衷心的感謝。

〔2〕 P.2639: pod pa'i. 相應漢譯作"人頭",故當作 thod pa。

〔3〕《黑城出土文書》中將"觜"字錯録作"此"字。與此字相應的藏文字作 mchu,意謂"嘴唇"。

〔4〕 P.2639: dbu sgra. 此處相應之漢譯作"髮",故正確的寫法當爲"dbu skra"。

〔5〕 P.2639: smar. 相應之漢譯作"眉黄",故此處正確的寫法當作 smin ma。

〔6〕 P.2639: 'khyug.

skyong mdzod/

　　ha ha hūm dang kī li kī li zhes sgrogs phyag g. yon kha ṭām gar[1]bcas thod pa bsnams/

咬牙安住死屍座上	以歡喜心護世間
曷曷吽音吃嚓吃嚓	左手渴單[2]持頭器

黃眉獠牙屍座上	你作歡喜刹土神
曷曷吽吃嚓吃嚓	左手天杖持頭器

　　ru ru ru zhes khrag rgyun 'bab pa phyag gis bsnams shing gsol de[3]'thung ba la dgyes shing/

　　kham kham kham zhes gtum pa'i phyag g. yas gri gug ral gri bgegs rnams la ni rol mdzad pa/

嚕嚕響亮口中流血	執持食飲生歡喜
渴渴聲□拙樸右手	腕□釰等而遊戲

嚕嚕嚕聲血長流	手持口飲生歡喜
渴渴聲拙樸右手	刀釰魔等作遊戲

　　ôam ôam ôam zhes ôa ma ru can 'di yis 'dul mdzad 'khor bcas zhing skyong khyod kyis srungs/

　　rab tu rngam zhing mgo bo rnams kyi phreng bas gshin rje dang mtshungs 'jigs pa'i sku brgyan cing[4]/

旦旦聲中動捺麻嚕	所役半繞覆護汝
具極嗔意嚴首瓔珞	獄帝形相畏怖身

旦旦旦聲鼙鼓響	調伏眷屬汝護住
以此極嗔頭之鬘	莊嚴獄帝畏怖身

　　kśam kśam kśam zhes bzod pa'i[5]gzugs can ca co sgogs par byed pa'i gdug pa

---

〔1〕　漢譯"天杖",乃本尊手中所持杖,上端有三重骷髏,上有三個鐵尖的一種標幟。
〔2〕　《黑城出土文書》中將"渴"字錯録作"謁"字,與其相應的藏文詞作 kha ṭām,故當爲"渴單"。
〔3〕　P. 2639：gsol ba.
〔4〕　P. 2639 闕 cing。
〔5〕　P. 2639 闕 bzod pa'i。

rnams bzung ste/

gcig pus snogs bsnan cing bsnan nas[1]ka ha ka ha brjod mdzad char sprin sngon po'i mdog/

吃浪吃浪聲出具忍辱心	實能護持嗔亂者
鎮服異類葛曷葛曷	聲振如同雲雨色

吃浪吃浪具忍相	持能喧嘩衆暴惡
以一服衆作聲響	葛曷葛曷雲雨青

sku la mi yi sha dang rgyu ma sbrel ba'i phreng bas[2]kun nas brgyan cing zhal du gsol/

drag shul phyag gis 'dod pa'i gzugs dang mi sdug[3]gzugs can gyi ni 'byung po ro langs chags[4]/

自身莊嚴人皮瓔珞	就中食喫任腸胃
緊行手中取部多心	遊戲遍歷諸方所

人肉與腸結瓔珞	全身莊嚴且食之
具欲色與不淨色	一切魔鬼起尸衆

ma lus gzung nas myur du bsad pa rnams kyi mgo po[5]khrag rgyun 'bab pa rab tu gsol/

hrīm kśim śrīm gi sngags kyi gsungs can pa tsa pa tsa'i sngags kyis bgegs rnams rab tu bsreg/

悉皆擒捉速疾殺害	餐飲血肉怖畏
紇葛韶音巴捘巴捘	咒中焚燒諸魔類

---

〔1〕 P. 2639：gcig pus sna tshogs mnan nas.

〔2〕 P. 2639：rgyu mas 'brel bas.

〔3〕 P. 2639：gdug. Mi sdug 意謂"不淨"，而 mi gdug 則不成其意。

〔4〕 P. 2639：tshogs. 於 P. 2644 中，其首句作 'Byung po ro langs tshogs rnams ha ha hūm dang ki li ki zhes myur ni// sku la rgyu ma'i phreng bas kun nas klubs shing zhal du mi sha ni gsol mdzad cing// 'dod pa'i gzugs dang mi sdug gzugs can kha tvām gar bcas phyag bcas phyag g. yon mi yi thod pa bsnams//，譯言："衆魔鬼起屍葛曷吽與吃嚟吃，全身莊嚴腸鬘即刻喫人肉，具欲色與不淨色[右]手持天杖左手持人頭。"

〔5〕 P. 2639：mgo pa'i.

猛手擒來速殺害　　　　　　　頭中血流正好飲

具紇葛韶之咒聲　　　　　　　巴捹巴捹咒燒魔

rol pas rol pa sel cing mi yis gang ba'i sa[1] la zhing skyong khyod kyis bsrung bar mdzod/

phem phem phags ces sgrogs pas so sor bskyod pa'i me dpung chen po'i dbus su gzhugs nas su/

行遊戲行人間至極親近　　　　無遺而擁護

嘣嘣聲中斷各生長之根　　　　住大火焰中

遊戲遮遊戲人滿地　　　　　　刹土神祇你護住

發嘣嘣啪聲各搖曳　　　　　　大火焰中你入住[2]

rigs gyi lus can skrod par mdzad cing sgrub po[3] rnams kyis zhing rnams nges par zhing skyong mdzod/[4]

phyugs rnams kyis[5] ni nyin re bzhin du bgegs dang sdig[6] 'joms dri med mnyes pa chu nyi bzhin/[7]

具持種身能行遠離　　　　　　資助行人之福祿

與諸行人每日時中　　　　　　摧魔與沐清淨水

行者驅逐具種身　　　　　　　諸土定作刹土神

日日摧滅魔與罪　　　　　　　富人喜淨如日水

tsam tsam tsam zhes gtum po'i shugs kyis rab g. yos[8] rmad byung 'od kyis 'jig rten snang mdzad pa

---

〔1〕 P. 2639：mtsho.

〔2〕 於 P. 2644 中有與此類似的句子作 phem phem phem zhes sgrogs par byed cing so sor skyed pa me dpung chen po'i dbus na，譯言："能發嘣嘣嘣聲響，各各生大火焰中。"

〔3〕 P. 2639：bsgrub pa.

〔4〕 於 P. 2644 中，與此句相應的句子作 bgegs rnams rab tu bskrad pa ni mdzod cig sgrub po rnams kyi zhing gnas nges par zhing skyong mdzod，譯言："敬請盡逐衆魔鬼，行者淨土定作刹土神。"

〔5〕 Phyugs 意爲"家畜"，而 phyug 意爲"富有"。

〔6〕 P. 2639：sdigs.

〔7〕 於 P. 2644 中與此句相應的句子作 phyug rnams kyis ni sdig dang dgeg 'jig nyi ma re re dri med mnyes pa chu 'dzin mdog，譯言："衆富人者滅罪魔，日日喜淨持水色。"其中 dgeg 字當改正爲 bgegs 字方纔有意。

〔8〕 P. 2639：rab dbye.

kram kram kram[1] zhes gshegs pas dgra bo nyon mongs pa rnams nges par nyon

mongs 'joms mdzad cing

挴挴聲裹拙樸振動	奇特光中照世間
吃令吃令音聲遊戲	破他煩惱真實皆消滅

挴挴挴聲拙樸力振動	希有之光顯現照世間[2]
吃令吃令吃令聲來到	諸敵煩惱一定滅煩惱[3]

sam sam sam zhes tshogs pa'i bdag nyid dam tshig thos 'dzin zhing skyong gang yin

khyod kyis skyongs/

bam bam bam zhes gshin rje ltar khro[4] dri ma med pa'i sna tshogs chu bzhin gzigs

mdzad cing//

薩薩聲中親自聞已	憶念記句而親護
巴巴聲中如獄帝遊此	觀無垢衆色蓮

薩薩薩聲衆中之主宰	持聞記句你護所有刹土神[5]
巴巴巴聲行走如獄帝	作觀無垢衆色如水[蓮][6]

yam yam yam zhes rlung gi shugs kyis myur du rgyu zhing nyon mongs 'jig rten gnod

byed mkyen/

klom klom klom[7] zhes gdug pa'i gzugs kyis srid gsum nyin mtshan dus kun nyon

mongs gyur pa gang//

養養聲中出如風	迅疾遊歷世間破或惱
辣連丁六聲顯邪士身	日夜破於三有界

---

[1] P. 2639: krim krim krim.

[2] 於 P. 2644 中，與此句相應的句子作 tsam tsam tsam zhes sdum pa'i shugs kyis rab g. yo rmad byung ba'i 'jig rten snang mdzad cing，譯言："挴挴挴聲和力甚振動，能照稀有之世間。"

[3] 於 P. 2644 中，與此句相應的句子作 kri kri kru zhes mnan pas dgra bo nyon mongs pa rnams nges par nyon mongs par mdzod cig，譯言："吃令吃令吃嚕聲壓住，諸敵煩惱一定作煩惱。"

[4] P. 2639: 'gro.

[5] 於 P. 2644 中，與此句相應的句子作 sam sam sam zhes 'tshogs pa'i bdag gi dgra thos 'dzin zhing skyong gang yin khyod kyis skyongs，譯言："薩薩薩聲聚集之我敵，一切持聞刹土神你護住。"

[6] 於 P. 2644 中，與此句相應的句子作 yam yam yam zhes snod gshin rje ltar 'gro dri med pa'i chu bzhin gzigs mdzad cing，譯言："養養養聲行走如獄帝，作觀如無垢之水。"

[7] P. 2639: kli kli kla.

養養養聲依風之力迅疾遊　　　　　智能毀壞煩惱界

隆隆隆聲暴惡身　　　　　　　　　三有晝夜一切時成煩惱[1]

kśam kśam kśam zhes phan par mdzad cing gnod pa skad cig gis sel zhing skyong khyod kyis skyongs/[2]

闕

賞賞賞聲作利益　　　　　　　　　剎那除害剎土神你護住

pam pam pam zhes thugs rje'i zhags pas byol song rnams 'dzin phyag gis gdul bya rnams skyong ba//

sngags bdag sngags kyi lus can thugs kyis[3] sngags pa rnams la blo gros 'bras bu[4] mtshungs med ster//

巴巴巴聲慈悲羂索　　　　　　　　擒伏異類手中調

具有密咒金剛之身　　　　　　　　令彼咒士界無此

巴巴巴聲悲心之羂索　　　　　　　擒伏旁生手護衆化機

密主具密咒身以悲心　　　　　　　施衆咒士無比智慧果

zhing rnams skyong par mdzad pa khyod kyis 'gro pa'i lus rnams ma lus yun ring[5] bskyang du gsol//

sgrub pa po'i slob dpon gang zhig[6] dam tshig[7] thos 'dzin gang zhig blo ldan gyur pa dag/

能護諸田遍諸有情　　　　　　　　悉皆恆常而護持

若諸行人或諸上師　　　　　　　　聞持記句有智人

你護諸田諸有情身　　　　　　　　悉皆恆常而護持

---

〔1〕 於 P.2644 中，與此相應的句子作 klom klom klum zhes gdug pa'i gzugs kyi srid gsum nyin mtshan dus kun nyon mongs par mdzad gang，譯言：「隆隆嚕聲暴惡身三有，晝夜一切時作煩惱。」

〔2〕 此整句不見於 P.2639 中，漢譯中亦無與此句相應者。然而同樣的句子見於 P.2644 中。

〔3〕 P.2639：kyi.

〔4〕 P.2639：'bras bu blo gros.

〔5〕 P.2639 闕 yun ring。

〔6〕 P.2639：'ga' zhig.

〔7〕 P.2639 闕 dam tshig。

　　凡彼行者之上師　　　　　　　　持聞記句有智人

thun gsum du ni sngags rnams brgyad po klog byed de ni bsod nams ldan par 'gyur ba dang/

tshe dang dpal dang grags dang mthu stabs[1] 'byor pa 'dzin dang gzi brjid[2] rgyas pa mtshungs med ster[3] /

sa steng dang ni mtho ris su yang[4] de yi bgegs kyi tshogs rnams rtag tu nyams par 'gyur//

　　每三時中誦持八足神咒之者助成福
　　延壽無病吉祥名稱威德勢行皆圓滿
　　地上及與空界所居魔類恆常能敵者

　　三時間能誦持八足咒者將得福報
　　施與無比壽德名威德財富與威儀
　　人世天界之魔衆亦將恒常變坏滅

dpal nag po chen po la bstod pa rkang pa brgyad pa zhes bya ba / slob dpon chen po 'phags pa klu sgrub kyi zhal snga nas mdzad pa'o[5] /

rgya gar gyi mkhan po go sa la'i rnal 'byor Śrīvairocanavajra dang bod kyi lo tsā ba paṇḍita ding ri chos grags kyis bsgyur cing zhus te gtan la pab pa'o//[6]

闕

　　《吉祥大黑八足讚》者,乃大阿闍黎聖師龍樹親造。
　　天竺上師位行者室利毗囉遮那伐折囉與西番譯師班智達定日法稱譯定。

　　通過以上對勘,我們不難看出這份元代所譯的《吉祥大黑八足讚》文字極爲粗糙,譯者的漢、藏文水平均極有限,許多地方譯者根本沒有領會文本之原意,因此祗能生搬

---

　　〔1〕　P. 2639 闕 mthu stabs。
　　〔2〕　P. 2639 闕 brjid。
　　〔3〕　P. 2639：dang.
　　〔4〕　P. 2639：su'ang.
　　〔5〕　P. 2639：slob dpon 'phags pa sgrub kyi mdzad pa rdzogs so.
　　〔6〕　P. 2639 闕跋尾。

硬套，無法正確傳達佛法之微言大義。行者若根據這樣的法本求修大黑天神，要得靈驗恐怕亦難。毫無疑問，找出這些西夏、元朝漢譯藏傳密教文獻的藏文原本，以其爲根據來糾正、改定這些漢譯文獻，於佛法之傳播、於學術之發展均是很具意義的一件工作，值得我們花力氣來做。

（原載《賢者新宴》第 5 輯，上海古籍出版社，2007 年，頁 153—167）

序説有關西夏、元朝所傳藏傳密法之漢文文獻

——以黑水城所見漢譯藏傳佛教儀軌文書爲中心

　　儘管藏傳佛教曾流行於西夏和蒙元王朝是一個早已爲人所知的事實，但除了對番僧於元末宮廷中傳播的所謂"秘密大喜樂法"耳熟能詳外，世人對當時所傳密法的具體內容幾乎一無所知。治西夏學者多半將其研究重點放在對語言和名物、制度的考證上面，很少涉及佛法，特別是藏傳密法。即使治西夏佛教史者，亦多半從歷史學的角度研究西夏時代與佛教有關的人物、事件和制度，或者整理和研究一些與漢傳佛教有關的西夏文文獻。從西田龍雄先生發表於 1977 年的《西夏譯佛典目錄》中可以看出，於黑水城出土的三百餘種西夏文佛典中接近半數譯自藏文，其中有大量的藏傳佛教儀軌。[1]然迄今很少有人有足夠的能力來利用、研究這些珍貴的文獻，因爲這不但要求研究者同時精通西夏和西藏兩种文字，而且還要求他們對藏傳密法本身有足夠的了解。筆者研究藏傳佛教，但不懂西夏文，面對晚近越來越容易見到的西夏文文獻痛感有心無力。令人喜出望外的是，於上海古籍出版社近年影印出版的《俄藏黑水城文獻》中，我讀到了爲數甚多的出自西夏或蒙元時代的漢譯藏傳佛教文獻。這些文獻迄今尚少引人注意，更未被人用心研究過，[2]但它們對於揭露西夏和蒙元王朝所傳藏傳密法之真實面目，具有與其同時代、同類型的西夏文文獻同樣重要的意義。它們的發現激發了筆者對研究西夏和蒙古時代所傳藏傳佛教的興趣，有意對它們進行系統的整理和研究，盡力找出其藏文原本，弄清其於西藏、西夏和蒙古傳承的歷史，進而闡說其法義，冀藉此能對藏傳佛教於西夏、蒙古傳播的歷史有一個清楚的說明，並對藏傳佛教本身的研究亦有所推動。本篇序說迄今筆者所知有關西夏、元朝所傳藏傳密法之漢文文獻，重點是黑水城出土文獻。

---

　　〔1〕　西田龍雄,1977 年,頁 13—60。更詳細的目錄見 Kychanov, 1999 年, 頁 695—729。
　　〔2〕　孟列夫,《黑城出土漢文遺書敍錄》中對這些密宗文書作過簡單的介紹,但並没有將它們和藏傳佛教聯繫起來。孟列夫,1984 年,頁 161—173。

一、《大乘要道密集》

在注意到《俄藏黑水城文獻》中這些漢譯藏傳佛教文獻之前，我們唯一知道的一種有關元代所傳藏傳密法的漢文文獻是傳爲元朝帝師八思巴編集的《大乘要道密集》。這部藏傳佛典由屬於"道果法"和"大手印法"的長短不同的八十三篇儀軌文書組成，它不但是元以來漢地藏傳佛教徒珍藏的唯一的一部秘典，而且至今仍是港臺藏密行者常用的法本。[1] 然細究起來，《大乘要道密集》實際上並不成書於元代，書中至少有一半内容當是西夏時代的譯文。[2] 其中有關"道果法"的幾個長篇如《依吉祥上樂輪方便智慧雙運道玄義卷》爲"祐國寶塔弘覺國師沙門慧信録"；《解釋道果語録金剛句記》爲"北山大清涼寺沙門慧中譯、中國大乘玄密帝師傳、西番中國法師禪巴集"，其傳譯者當可確定爲西夏時代的人，玄密帝師是迄今所知有數幾位西夏帝師中的一位。而在黑水城出土西夏文文獻中亦有一部《道果語録金剛句之解具記》，當即是《解釋道果語録金剛句記》的西夏文譯本。[3] 書中另一個長篇《解釋道果逐難記》爲"甘泉大覺圓寂寺沙門寶昌傳譯"，文首云：這部釋文"依兩部番本，寶昌譯成漢本，勘會一處。此記有兩部，劉掌廐羅所説者略，中難吟迦法師不傳。此記者，大禪巴師所集也，文廣義解，是此記也"。[4] 稍後復云："此敬禮詞者，是大禪巴於自師康法師處而敬禮也。康薩悉結瓦者，乃極喜真心師之易名也。"[5] 而此之所謂"康法師"、"康薩悉結瓦極喜真心"者指的應該就是款·薩思迦瓦公哥寧卜（'Khon Sa skya ba Kun dga' snying po，1092－1158）。作爲這位薩思迦二祖的弟子，大禪巴師一定是西夏時代的人。薩思迦瓦公哥寧卜曾造有十一部解釋《道果語録金剛句》（*lam 'bras gzhung rdo rje'I tshig rkang*）

---

[1] 現在最常見的印本有兩种，都是在臺灣出版的。一种是元發思巴上師輯著，《大乘要道密集》，上、下册，臺北：自由出版社，1962年；另一种是經陳建民上師修訂過的《薩迦道果新編》，臺北：慧海書齋，1992年。參見 Beckwith，1984年；王堯，1996年；陳慶英，2000年；陳慶英，2003年。

[2] 吕澂先生曾提出此書"大約出於元代大德、至正之際"，其理由之一是該書《解釋道果逐難記》、《大手印配教要門》中兩處引《文殊真實名經》，皆用元代釋智所譯《聖妙吉祥真實名》之譯文，而釋智譯本在大德十一年以前即已收入弘法寺大藏。其後，至大初，沙羅巴不愜釋智所譯，又重出《文殊最勝真實名義經》。此處二种文書之譯者不用沙羅巴所譯，當是時代在前，未及見之。參見吕澂，1942年。事實上，《解釋道果逐難記》中只引了《文殊真實名經》中的一句話，而《大手印配教要門》中前後引了四次，其中只有吕澂先生見到的那一處與元釋智之譯文相同，其餘三處均不同於《大正藏》所收四种不同的《文殊真實名經》譯本中的相應段落。可見，這些引文或當是譯者根據藏文原文自譯，並不見得參考了釋智之漢譯本，故沒有理由將其成書年代確定在元大德、至正之際。

[3] 西田龍雄，1977年，No. 076，頁24；*Tibetan Tripitaka. No. 2284, Lam 'bras bu dang bcas pa'i rtsa ba rdo rje'i tshig rkang.*

[4] 《大乘要道密集》卷三，《解釋道果逐難記》，頁1。

[5] 同上。

的釋文,故其弟子於西夏傳譯《解釋道果語録金剛句記》和《解釋道果逐難記》當不難解釋。

　　除此之外,《大乘要道密集》中的《無生上師出現感應功德頌》(馬蹄山修行僧拶巴座主依梵本略集)和一系列有關"大手印法"的短篇儀軌文書亦可以確定爲西夏時代的作品,例如《新譯大手印不共義配教要門》(大巴彌怛銘得哩幹師集、果海密嚴寺玄照國師沙門慧賢傳、果海密嚴寺沙門慧幢譯)、[1]《新譯大手印頓入要門》(果海密嚴寺玄照國師沙門慧賢傳、果海密嚴寺沙門慧幢譯)、《大手印引定》(大手印赤引導、大手印赤引定要門)、《大手印伽陁支要門》、《大手印靜慮八法》、《大手印九喻九法要門》、《大手印除遣增益損減要門》、《於大手印十二種失道要門》、《大手印湛定鋻慧覺受要門》、《大手印八鏡要門》、《大手印九种光明要門》、《大手印十三種法喻》、《大手印修習人九法》、《大手印三種法喻》、《大手印修習人九種留難》、《大手印頓入真智一決要門》、《大手印頓入要門、心印要門》、《新譯大手印金纓絡等四種要門》(路贊訛辣麻光薩譯西番金纓絡要門竟)等等。其中《大手印三種法喻》、《大手印定引導略文》之西夏文譯本亦見於黑水城出土西夏文文獻中,故可爲説明其爲西夏時代譯本之佐證。[2]《大手印伽陁支要門》中記其傳承系統如下:"此要門師承次第者,真實究竟明滿傳與菩提勇識大寶意解脱師,此師傳與薩囉曷師,此師傳與薩囉巴師,此師傳與啞幹諾帝,此師傳與辣麻馬巴,此師傳與銘移辣囉悉巴,此師傳與辣麻辣征,此師傳與玄密帝師,此師傳與太寶上師,此師傳與玄照國師。"[3]《新譯大手印金纓絡等四種要門》中亦記其傳承如下:"其師承者,薩幹哩巴師傳與銘得哩幹師,此師傳與巴彼[波!]無生師,此師傳與末則囉二合孤嚕師(Vajraguru,金剛上師),此師傳與玄密帝師,此師傳與智金剛師,此師傳與玄照國師。"玄密帝師、智金剛、玄照國師等都是西夏時代著名的僧人,故亦可以確定這些簡短的大手引修習要門都出於西夏時代。[4]

　　《大乘要道密集》中的另一半文獻當確實是元代的譯本,其中有持咒沙門莎南屹囉所譯九篇文書,均屬薩思迦派之道果法。我們對這位譯師的來歷不甚了了,按照元代音

---

　　〔1〕　此文書中引述了《文殊真實名經》中的幾段偈語,如云:"《文殊真實名》云:即以刹那大勝慧,覺了任何一切法,現前了解一切法,牟尼實際最上意,不動極善淨自体。"又云:"若能了解内心體性,一念得證究竟明滿。"《大乘要道密集》卷四,《新譯大手印不共義配教要門》,頁3;其譯文均不同於見於漢文大藏經中的元代譯師釋智、沙囉巴的兩种譯本中的相應段落,可知此文書不見得一定是元代的譯本。

　　〔2〕　西田龍雄,1977年,No.55、56,頁21。

　　〔3〕　《大乘要道密集》卷四,《大手印伽陁支要門》,頁9。

　　〔4〕　參見陳慶英,2000年。

譯慣例，莎南屹囉可還原爲 bSod nams grags。《大乘要道密集》卷四《苦樂爲道要門》載此法之傳承如下：“此師傳者，世上無比釋迦室哩二合班的達，枯嚕布洛拶呔、看纏洛不囉二合巴、看纏多呔班、看纏屹囉二合思巴孺奴、看纏莎南屹囉、法尊莎南監藏。”[1] 呂澂先生據此認爲：“按《苦樂爲道要門》屬於百八通軌，故五世達賴喇嘛《聞法録》(lnga pa'i gsan yig) 亦嘗記其傳承，與《密集》所載大同，今据以勘定各家藏文原名如次：Kha che pan chen［Śākyasrībhadra］、Khro lo、lHo brag pa、Grags pa gzhon nu、bSod nams grags pa、Bla ma dam pa bsod nams rgyal mtshan。復檢校嘉木樣《西藏佛教年表》(bstan rtsis re mig) 莎南屹囉(福稱)卒於元順帝至正十七年(1357)。其資莎南監藏生於元仁宗皇慶元年，卒於明太祖洪武八年(1312—1375)。故莎南屹囉之翻譯傳授，當在至正年間。”[2] 而陳慶英先生認爲這個傳承系列當就是迦什彌羅班智達之教法傳承中的曲龍部，歷任法師爲 mKhan chen Byang chub dpal、bDe ba dpal (1235—1297)、Grgas pa gzhon nu (1257—1315)、bSod nams grags pa。[3] 呂、陳二位先生所列的這兩個傳承系列互相之間並不完全一致，但顯然都與《苦樂爲道要門》中所載的那個傳承系列有關。然他們認定元代的那位著名譯師莎南屹囉就是這兒提到的這位同名上師，則尚缺乏證據。從這兩個傳承系列來看，其中的莎南屹囉曾是著名的《卜思端教法源流》(Bu ston chos 'byung) 的作者、沙魯派大學者卜思端輦真竺 (Bu ston Rin chen grub, 1290–1364) 和《西藏王臣記》(rGyal rabs gsal ba'i me long) 的作者、薩思迦班智達之後最著名的薩思迦派大學者法尊莎南監藏二人的上師，[4] 除了和元代的這位譯師同名之外，我們没有其他證據可以確定他們就是同一個人。然值得注意的是，《苦樂爲道要門》傳承中出現了卒於明洪武八年的法尊莎南監藏的名字，這或表明《大乘要道密集》中的譯文不見得都是在元亡以前譯成的，有的甚至可能是在明代譯成的。同樣的情況亦出現於緊接着《苦樂爲道要門》的另一個短篇儀軌文書《北俱盧洲延壽儀》中，其中所列傳承一直到卜思端大師之弟子辣麻瞻吟巴爲止。[5] 這表明它亦可能譯成於元以後。總而言之，於 1280 年圓寂的八思巴帝師絕不可能是此書的“輯著”者。

實際上，《大乘要道密集》中收録的已知爲八思巴帝師本人的作品只有四篇，它們是《觀師要門》(大元帝師發思巴集、持咒沙門莎南屹囉譯)、《彌勒菩薩求修》(發思巴

---

〔1〕 《大乘要道密集》卷四，《苦樂爲道要門》，頁2。
〔2〕 呂澂，1942 年。
〔3〕 陳慶英，2003 年，頁 59—60。
〔4〕 有關法尊莎南監藏的生平參見 Sørensen，1994 年，頁 28—34。
〔5〕 《大乘要道密集》卷四，《北俱盧洲延壽儀》，頁 2。

辣麻集)、《略勝住法儀》(大元帝師發思巴述,持咒沙門莎南屹囉譯)、《修習自在擁護要門[最極明顯]》(發思巴集),都是短篇的修習儀軌,在全書中所佔分量很小。這四篇中除了最後一篇《修習自在擁護要門》外,其他三篇的藏文原本都可以在《八思巴法王全集》(*Chos rgyal 'phags pa'i bka' 'bum*)中找到。而屬於其叔父薩思迦班智達的作品亦有四篇,它們是:《授修習敕軌》(大瑜伽士普喜幢師述)、《五緣生道》(大薩思嘉班帝怛普喜幢師述)、《大金剛乘修師觀門》(大薩思嘉班帝怛著哩哲幹上師述、持咒沙門沙南屹囉譯)、《修習自在密哩呱巴讚嘆》(洛捺呱貢葛兒二合監藏班藏布於薩思加集)。這四篇譯文的藏文原本亦都可以在《薩思迦班智達貢葛監藏全集》(*Pandita kun dga' rgyal mtshan gyi bka' 'bum*)中找到。[1] 這些被翻譯成漢文的八思巴和薩思迦班智達的著作顯然均不是這兩位大師的主要作品。《薩思迦班智達全集》共收錄114種著作,其中只有十七篇是達到或超過十葉的長篇,其中沒有一篇被譯成漢文。作爲西藏歷史上最偉大的學者之一,薩思迦班智達的主要貢獻在於他對印度佛學思想、義理的系統詮釋和對因明等佛學工具的精深研究,他的五部最著名的作品都是有關哲學和因明的著作,[2]其中沒有一部被譯成漢文。而被譯成漢文的這幾部文書都是短篇儀軌文書,這明確地反映出了蒙古人對藏傳密教的偏好。值得一提的是,這些於元代被譯成漢文的藏傳佛教儀軌文書有的亦同時被譯成畏兀爾語,例如薩班的《大金剛乘修師觀門》一書的畏兀兒語譯本至今猶存,這是一部修上師瑜伽的儀軌。[3]

除了薩班和八思巴的著作外,《大乘要道密集》中所錄有關"道果法"的文書多爲薩思迦第三祖大瑜伽士名稱幢(Grags pa rgyal mtshan, 1147－1216,音譯當作葛剌思巴監藏)的作品,它們是:1.《密哩幹巴上師道果卷:引上中下三機儀》;2.《攝受承不絕授灌記文》;3.《含藏因續記文》(持咒沙門莎南屹囉譯);4.《座等略文》;5.《贖命法》;6.《金剛句説道時受灌儀》;7.《四量記文》;8.《除影瓶法》;9.《截截除影法》;10.《大乘密藏現證本續摩尼樹卷》(大薩思嘉知宗巴上師造,持咒沙門莎南屹囉譯)。其中除了第十种乃《喜金剛本續》的長篇釋文外,[4]其餘全是短篇儀軌。令人費解的是,在《法尊名稱幢全集》(*rJe brtsun Grags pa rgyal mtshan gyi bka' 'bum*)中,我們竟

---

〔1〕　對《大乘要道密集》中所錄八思巴、薩思迦班智達著作的勘同和解釋見沈衛榮,2005 年。
〔2〕　參見 Jackson,1987 年,頁 1—2、57—58。
〔3〕　Kara, Zieme, 1977 年。
〔4〕　《大乘要道密集》卷三,《大乘密藏現證本續摩尼樹卷》,頁 1—30。

然完全找不到與上列十種文書對應的藏文原本。[1] 除了這三位薩思迦派大師的著作外,《大乘要道密集》中所録的重要文書還有卜思端大師的《大菩提塔樣尺寸法——造塔儀軌名爲攝受最勝》等,此文是今見於《卜思端全集》(*Collected Works of Bu ston rin chen grub*)中的 *Byang chub chen po'i mchod rten gyi tshad bzhugs so* 一文的完整翻譯,它與同書中收録的《聖像内置惣持略軌》(天竺勝諸冤敵節怛哩巴上師述,持咒沙門莎南屹羅譯)和《略勝住法儀》(大元帝師八思巴述,持咒沙門莎南屹羅譯)組成一個有關造塔、像儀軌的系列。[2] 它們同時於元代被譯成漢文,或對於當時北京等地修造藏式佛塔有實用價值。

二、《俄藏黑水城文獻》

由俄國探險家科兹洛夫(1863—1935)於上個世紀初發現、現藏俄羅斯科學院東方研究所聖彼得堡分所的黑水城出土文獻是西夏學研究的最基本的資料。然近一個世紀内,這些寶貴的資料僅爲極少數的專家所利用。故正如史金波先生所言,上海古籍出版社出版《俄藏黑水城文獻》"實在是功德無量",它"將會大大推進西夏學的發展,並將使漢學研究的某些領域因獲得新的資料而得到促進"。[3] 不僅如此,它亦將對西藏學的研究產生極大的推動。克恰諾夫先生堅信:"當由藏文轉爲西夏文的譯著成爲學術界的財富時,藏族文化和藏傳佛教研究者對西夏文獻的興趣也會大增。"[4] 毫無疑問,《俄藏黑水城文獻》是有待治藏傳佛教史者發掘的一個寶庫,而僅僅依靠其中的漢譯藏傳佛教文獻或就足以改變藏傳佛教史研究的面貌。

---

　　〔1〕　史金波先生提出名稱幢的這九篇文書有可能是西夏時期的譯文,因爲"在俄藏黑水城文獻中發現有西夏文藏傳佛教經典《吉有惡趣令淨本續之干》中,其集、譯者題款爲'羌中國大默有者幢名稱師集,瑞雲山慧淨國師沙門法慧譯'。而這位幢名稱師即當是《大乘要道密集》中的名稱幢師"。見史金波,2004 年,頁48—49。西夏文文獻中的幢名稱師無疑就是《大乘要道密集》中的名稱幢師,即薩思迦第三祖葛剌思巴監藏。史先生提到的這部西夏文的《吉有惡趣令淨本續之干》當是藏文 *dPal ldan ngan song sbyong rgyud kyi spyi don* 之翻譯,漢譯當作《淨治惡趣續惣義》,現見於《法尊名稱幢全集》第 94 號。但我們不能據此説明見於《大乘要道密集》中的所有九篇名稱幢師的著都是西夏時代翻譯,因爲除了没有指明譯者外,其他均標爲持咒沙門莎南屹囉所譯,故是元代的作品。值得一提的是,《吉有惡趣令淨本續之干》之題款爲"羌中國大默有者幢名稱師",譯成標準的漢語當作:"西番中國大瑜伽士名稱幢師。"這或可爲解決西夏時代文獻中多次出現的"西番中國"或"中國"之指屬的爭論提供綫索。史金波先生提出此之所謂"中國"指的是吐蕃,著,譯者名前冠有"中國"者皆吐蕃人;陳慶英先生則提出"中國"是西夏人的自稱;而孫昌盛先生認爲這兩種觀點都有不妥之處,"中國"二字不應指一個具體的地方,而是代表一個理想的王國或者説是佛教聖地。見史金波,2004 年,頁40;陳慶英,2003 年,頁 60—61;孫昌盛,2004 年,頁 67—68。從"西番中國大瑜伽士名稱幢師"這個例子來看,"西番中國"指的無疑就是西藏,或"西番"、"吐蕃",這裏的"中國"有可能就是藏文 dbus gtsang,即"烏思藏"、"衛藏"的對譯。

　　〔2〕　參見沈衛榮,《元代漢譯卜思端大師造〈大菩提塔樣尺寸法〉之對勘、研究》。

　　〔3〕　史金波,1996 年,頁 10、11。

　　〔4〕　克恰諾夫,1996 年,頁 14。

《俄藏黑水城文獻》出版之前,我們從孟列夫先生《黑城出土漢文遺書敍録》一書中了解到,俄藏黑水城出土漢文文獻中的絶大多數是佛教類文獻。差可成書的 331 件文書中竟有 283 件是佛教類作品,其中很大一部分是漢譯著名佛典的刊本和較罕見的抄本。[1] 僅《金剛般若波羅蜜經》、《華嚴經》、《妙法蓮花經》三种佛經的各種刊本就佔了其中的近百件,其他佛經的刊本還有近 60 种,再加上屬於論、疏、高僧傳、疑偽經和尚無法確定的佛教文書近 30 种,總計已近 200 种。而此外數量很大的佛教文書則全被孟列夫歸類爲密宗佛教著作,分成密宗經文(11 件見於漢文《大藏經》、另有 6 种 11 件不見於《大藏經》中)、密宗著作彙編、儀軌(19 件)、陀羅尼咒語(10 件)和祈禱文(4 件,6本)等五類。孟列夫先生認爲這些密宗類文獻,特別是其中的儀軌文書,"大概都是本地的作品",[2]事實上它們中的絶大多數都是藏傳密教文獻,除了其中的《佛説大乘聖無量壽決定光明王如來陀羅尼經》、《首楞嚴經》、《聖妙吉祥真實名經》等少數經典採用的是漢譯外,相信其大部分,特別是其中的寫本文獻,都是直接譯自藏文。爲了便於讀者了解黑水城出土漢文藏傳密教文獻的全貌,兹先將其目録羅列如下:

《俄藏黑水城文獻》2

1. TK74《大集編[輪!]□□□聲頌一本》,西夏寫本,頁 108—147(1—79)。[3]

2. TK75《文殊菩薩修行儀軌》,西夏寫本,頁 147—157(1—20)。

《俄藏黑水城文獻》3

1. TK121、122《佛説聖大乘三歸依經》,[4]西夏刻本,頁 49—56(1—7)。

2. TK128《佛説聖佛母般若波羅蜜多心經》、《持誦聖佛母般若波羅多心經要門》,[5]

---

〔1〕 孟列夫,1984 年,頁 3。

〔2〕 孟列夫,1984 年,頁 9—12、161—173。

〔3〕 據蘇州戒幢佛學研究所宗舜先生研究,此爲藏密所傳上樂金剛修法法本。筆者完全同意他的説法。此之《大集編》疑爲《大集輪》之誤,即 Tshogs kyi 'khor lo chen po,今譯"大聚輪"、"大會供輪"等。同類文獻於黑水城之漢、西夏文獻中都有發現。此文書之最後有云:"吉祥上樂中圍者,造作供養次第儀",據此推想此文書原本題爲《吉祥上樂中圍供養次第儀》,其相應的藏文標題即是 dPal bde mchog gyi dkyil 'khor gyi mchod pa'i rim pa'i cho ga。"上樂"即"勝樂","中圍"今譯"壇城"。它當與後文將提到的 A14《金剛亥母集輪供養次第録》、B14《集輪法事》等屬於同一種類的文獻。

〔4〕 孟列夫先生將此經同時列入疑似經和西夏新譯經典部。其題首云:"蘭山智昭國師沙門德慧奉詔譯/奉天顯道耀武宣文神謀睿智制義去邪惇睦懿恭皇帝(仁宗)詳定。"故知其確爲西夏新譯,但非疑經。與其相應的藏文原本爲 'Phags pa gsum la skyabs su 'gro ba zhes bya ba theg pa chen po'i mdo,見於德格版《西藏文大藏經》,諸經部,第 225 號;此經亦有西夏文譯本,見西田龍雄,1977 年,No.200,頁 42。

〔5〕 孟列夫先生將此經列入西夏新譯經典部,因其與前述《佛説聖大乘三歸依經》一樣,首題:"蘭山智昭國師沙門德慧奉詔譯/奉天顯道耀武宣文神謀睿智制義去邪惇睦懿恭皇帝(仁宗)詳定。"這部《心經》與所有見於《大正藏》中的各種譯本均不相同,故當是根據藏譯本 bCom ldan 'das ma shes rab kyi pha rol tu phyin pa'i snying po(德格版《西藏文大藏經》續部,第 531 號)重譯;《持誦聖佛母般若般若多心經要門》之原本一時無法確定,待考。此《心經》與《要門》亦當同時被德慧譯成了西夏文,現存於俄藏黑水城西夏文文獻中,標號爲 Tang. 68,詳細的介紹見 Kychanov,pp. 382－383。

西夏刻本,頁 73—77(1—9)。

3. TK129《佛説金輪佛頂大威德熾盛光如來陀羅尼經》,西夏刻本,頁 77—81(1—5)。

4. TK145《聖大乘聖意菩薩經》,[1]西夏刻本,頁 235—237(1—5)。

《俄藏黑水城文獻》4

1. TK163《密教儀軌》,西夏刻本,頁 28(1—2)。

2. TK164《聖觀自在大悲心惣持功能依經録》,[2]頁 30—35;《勝相頂尊惣持功能依經録》,[3]西夏刻本,頁 35—40(1—24)。

3. TK165《聖觀自在大悲心惣持功能依經録》,頁 41—46;《勝相頂尊惣持功能依經録》,西夏刻本,頁 46—51(1—20)。

4. TK191《密教雜咒經》,元寫本,頁 193(1)。

5. TK259《密教儀軌》,西夏寫本,頁 326—328(1—5)。

6. TK262《大黑根本命咒》、《大黑讚》,西夏寫本,頁 330—335(1—11)。

7. TK266《密教儀軌》,元寫本,頁 350(1—2)。

8. TK284《禮佛儀軌》,元寫本,頁 373(1)。

---

〔1〕 孟列夫先生亦將此經同時列入疑似經和西夏新譯經典部。此經題記殘缺,但可確定即:"蘭山智昭國師沙門德慧奉詔譯/奉天顯道耀武宣文神謀睿智制義去邪惇睦懿恭皇帝(仁宗)詳定。"當非疑經,是藏文 *'Phags pa rgyal ba'i blo gros zhes bya ba theg pa chen po'i mdo*(德格版《西藏文大藏經》經部,第 194 號)之翻譯;亦有西夏文譯本,題爲《聖大乘勝意菩薩經典》。見西田龍雄,1977 年,No. 251,p. 49,262.

〔2〕 首題:"詮教法師番漢三學院兼偏袒提點嚷卧耶沙門鮮卑/寶源奉敕譯/天竺大般彌怛五明顯密國師在家功德司正嚷乃將沙門/抄/也阿難捺傳",此處之傳譯者顯然與前曾在學術界引起轟動的於北京房山雲居寺發現的《聖勝慧到彼岸功德寶集偈》相同,當爲西夏仁宗時代的作品。參見史金波,1987 年,頁 137—140;Dunnell,1992 年;是故,孟列夫先生將其列爲西夏新譯佛經。其原本當爲 *'Phags pa spyan ras gzigs dbang phyug thugs rje chen po'i gzungs phan yon mdor bsdus pa zhes bya ba*,見於德格版《西藏文大藏經》續部,第 723 號;西夏文本題爲《聖觀自主大悲心惣持功德經韻集》,西田龍雄,1977 年,No. 270,頁 53。

〔3〕 亦有西夏文本,題爲《頂尊相勝惣持功德經韻集》,西田龍雄先生以爲此經譯自漢文,見西田龍雄,1977 年,No. 77,頁 24。然而,這兒所見的西夏刻本《頂尊相勝惣持功依經録》卻與漢文《大藏經》中所録諸種《佛説佛頂尊勝陀羅尼經》都不相同,故當爲西夏新譯佛經。据其首題,其傳譯者同於前述《聖觀自在大悲心惣持功能依經録》,故其或亦當譯自藏文。其首題云:"梵言烏實襧覺抄夜捺麻囉襧啊寧六切身薩蟾薩薩兮怛須引嘚囉二合引怛三仡哩兮怛,此云勝相頂尊惣持功能依經録。"據此當可還原作:*uṣnīsavijaya-nāma-dhāranī-anusaṃsāhitasūtrāt saṃgṛhīta*,藏文或當作 *gTsug tor rnam par rgyal ba zhes bya ba'i gzungs phan yon mdor bsdus pa zhes bya ba*,然於《西藏文大藏經》中我們找不到與此完全對應的佛經。與其最接近的是 *'Phags pa ngan 'gro thams cad yongs so sbyong ba gtsug tor rnam par rgyal ba zhes bya ba'i gzungs*,見於德格版《西藏文大藏經》續部,第 597 號。蒙史金波先生好意,筆者有幸見到了俄藏黑水城藏文文獻中之部分文獻的複印件。其中編號爲 **XT67** 的文獻,被史先生考定爲迄今所見最早的藏文木刻本。參見史金波,《最早的藏文木刻本考略》,《中國藏學》2005 年第 4 期。而這一難得的蝴蝶裝殘刻本竟然就是《聖觀自在大悲心惣持功能依經録》和《勝相頂尊惣持功能依經録》這兩部佛經之藏文原本的殘本。筆者將另文專門對這兩部佛經之漢、藏譯本進行勘對,在此謹對史金波先生的慷慨和熱情表示衷心的感謝。

9. TK284V《七佛供養儀》，[1]元寫本，頁 373(1)。

10. TK285《九事顯發光明義》，[2]西夏寫本，頁 374(1)。

11. TK286《密教儀軌》，西夏寫本，頁 374(1)。

12. TK287《金剛劑門》，西夏寫本，頁 375—376(1—4)。

13. TK292《文殊智禪定》，西夏頁本，頁 381(1)。

《俄藏黑水城文獻》5

1. TK 321《密教儀軌》，元寫本，[3]頁 14—34(1—41)。

2. TK 322《鐵髮遷頭慾護神求修續》，元寫本，頁 82(1)。[4]

3. TK327《中有身要門》，西夏寫本，頁 106—111(1—12)。[5]

4. TK328《顯密十二因緣慶讚中圍法事儀軌》，[6]西夏寫本，頁 112—115(1—7)。

5. TK329《四字空行母記文卷上》，[7]西夏寫本，頁 116—120(1—9)。

6. A3 密教咒語，西夏寫本，[8]頁 123—126(1—7)。

7. A5《念一切如來百字懺悔劑門儀軌》、[9]《求佛眼母儀軌》，[10]西夏寫本，頁

---

〔1〕 按其題目或可還原作 Sangs rgyas bdun pa'i mchod pa'i cho ga，待考。

〔2〕 孟列夫先生將其歸入論疏部，其實不然，它當與 TK327《中有身要門》、A15《夢幻身要門》、A16《甘露中流中有身要門》、A17《捨壽要門》等同屬一個系列，不僅形款、字迹、紙質皆相似，而且內容均爲《那若六法》(Na ro chos drug)之修法要門(man ngag)，此文書爲修"光明"('od gsal)法要門之殘本。

〔3〕 題首小字注明："西天得大手印成就班麻薩鉢瓦造"，乃欲護神之求修。"班麻薩鉢瓦"疑爲 Padmasambhava 的音譯，意爲"蓮花生"。

〔4〕 TK322 由長篇的《六十四卦圖詞》和許多零星的散片組成。《鐵髮亥頭慾護神求修序》僅爲一散片，除此標題外，復記："添釋沙門智深述。"此所謂"鐵髮亥頭慾護神"或當爲金剛亥母的一種，《鐵髮亥頭慾護神求修》亦有可能即是 TK321 文書之標題。

〔5〕 小字表明：籠麻藥上師傳，嵩廓當譯；與 TK285《九事顯發光明義》、A15《夢幻身要門》、A16《甘露中流中有身要門》、A17《捨壽要門》等同屬一個系列，乃《那若六法》中之"中有"(bar do)修法之要門；西夏文本題爲《中有身要論》，西田龍雄，1977 年，No. 117，頁 30。孟列夫等將其列爲西夏新譯佛經中的一種，不妥，因爲它只是一種修法要門(man ngag)。

〔6〕 按此題目或可還原爲：rTen 'brel bcu gnyis la bstod pa dkyil 'khor kyi cho ga，待考。

〔7〕 按其文中自稱，此爲《[金剛]亥母耳傳求修劑門》，或曰梵言室哩末曜養機你西底，即 Śrī-vajrayoginīsādhana，華言吉祥修習母求修，相應的藏文當爲 dPal rdo rje rnal 'byor ma'i sgrub thabs。黑水城出土文獻中有許多金剛亥母求修儀軌，此爲其中較完整者。

〔8〕 此文書中復分惣持、如來百咒、文殊智真言三個段落。

〔9〕 西夏文文獻中有《如來一切之百字要論》和《百字咒誦順要論》兩种與此本題類似，然西田先生以爲這兩种文書都是從漢文轉譯的。見西田龍雄，1977 年，No. 257，286，頁 35、55。但從其形款和內容來看，它更當譯自藏文。其首題云："西天金剛座大五明傳，上師李法海譯"，這位"西天金剛座大五明"或當就是前面已經提到過的"天竺大般彌怛五明顯密國師在家功德司正嚷乃將沙門/拶/也阿難捺"。拶也阿難捺，Jayānanda，是一位迦什彌羅上師，擅中觀法，於 12 世紀中期自西藏來到西夏。參見 van der Kuijp，1994 年文。於《西藏文大藏經》中觀部中有 De bzhin gshegs pa'i snying po yi ge brgya pa'i bsrung ba dang sdig pa bshags pa'i cho ga，譯言《如來心百字守護助伴罪過懺悔儀軌》。

〔10〕 同爲"西天金剛座大五明傳，上師李法海譯"。佛眼母爲構成《幻化網續》壇城之五佛、四明妃、四金剛女等中的四明妃之一。這四位明妃、或稱佛母分別是：佛眼(spyan)、摩摩枳(Mā ma ki)、白衣(Gos dkar can)和天女度母(lHa mo sgrol ma)。

134—139（1—11）。

8. A7《慈烏大黑要門》，[1]元寫本，頁180—189（1—18）。

9. A9《本尊禪定》，[2]元寫本，頁207—214（1—18）。

10. A11《密教念誦集》，西夏寫本，頁215—231（1—34）。

11. A13《佛眼母儀軌》，[3]西夏寫本，頁236—240（1—8）。

12. A14《金剛亥母集輪供養次第録》，[4]西夏寫本，頁241—244（1—7）。

13. A15《夢幻身要門》，西夏寫本，[5]頁244—246（1—5）。

14. A16《甘露中流中有身要門》，[6]西夏寫本，頁247—250（1—6）。

15. A17《捨壽要門》，[7]西夏寫本，頁251（1—2）。

16. A18《拙火能照無明——風息執着共行之法》，[8]西夏寫本，頁252—256（1—8）。

17. A19《金剛亥母禪定》，[9]西夏寫本，頁257—258（1—4）。

18. A21《吉祥金剛手燒壇儀》、《修青衣金剛手法事》、《供養陀羅尼》、《三寶三尊四菩薩讚嘆》、《除毒咒召請咒執火咒施食咒》、《陀羅尼》，[10]元寫本，頁293—301。

19. A22、24《圓融懺悔法門》，西夏寫本，頁301—305（1—8）。

俄藏黑水城文獻6

1. B59《大黑求修並作法》，[11]元寫本，頁42—59（1—36）。

---

〔1〕乃修大黑天神磨訶割羅之儀軌，相應的藏文標題當爲 Nag po chen po bya rog can gyi sgrub thabs。文中有大黑根本咒、隨意咒、親心咒、共施食咒、五供養真言、四面咒等。

〔2〕題首注明爲“天竺上師□□傳”，內容爲修吉祥形魯葛、金剛亥母儀軌，中述增長禪定、究竟禪定，本佛親心咒、金剛亥母親心咒、亥母合字咒等，當爲薩思迦派之求法儀軌。

〔3〕與 A5 中的《求佛眼母儀軌》爲同一儀軌的不同抄本。

〔4〕西夏文文書中有《聚輪供養作次第》，見西田龍雄，1977年，No.98、247，頁27、49；藏文原本爲 Tshogs kyi 'khor lo'i mchod pa'i rim pa，見北京版《西藏文大藏經》，No.1258。

〔5〕與 TK327《中有身要門》、A17《捨壽要門》形款、紙質、字迹相同。此爲達波噶舉派之創始人岡波巴鎖南輦真（sGam po pa bSod names rin chen, 1079-1153）所造《那若六法釋論》（rJe dwags po lha rje'i gsung dmar khrid gsang chen bar do'i dmar khrid 'pho ba'i dmar khrid zhal gdams bcas pa bzhus su）中的一節《幻身要門》（sGyu lus kyi man ngag）的譯文。參見沈衛榮，2004年。

〔6〕與 A14《金剛亥母集輪供養次第録》之形款、紙質、字迹相似。題首云：“少黑法師傳”，不完整。

〔7〕與 TK327《中有身要門》、A15《夢幻身要門》之形款、紙質、字迹相似。

〔8〕乃《那若六法》之一法“拙火”（gtum mo）之修法，文末云“後賢當念上師恩，囉廝二合吧上師之境味”。

〔9〕題首云：“那悉多法師傳。”按其題名，相應的藏文名當作 rDo rje phag mo'i bsam gtan，待考。

〔10〕《吉祥金剛手燒壇儀》當即 Phyag na rdo rje'i sbyin sreg gi cho ga，或者 Phyag na rdo rje dkyil 'khor gyi cho ga；《修青衣金剛手法事》則當爲 Phyag na rdo rje gos sngon po can gyi sbyin sreg gi cho ga。

〔11〕此爲一完整的修摩訶葛剌的儀軌文書，其中包括了其修法（sgrub thabs）、傳承（brgyud pa）、要門（man ngag）、讚誦（bstod pa）、咒語（gzungs，惣持），以及法行、燒施、埋伏、令生癲魔、施食、絕語等儀軌。可惜前後有部分殘缺，實在是一份難得的大黑天神修法儀軌。文中說，此儀軌乃“西番路贊幹金剛覺圓譯本，付與顏鉢當切除身及狼吟等奉持，各得大切驗”。《俄藏黑水城文獻》卷六，頁58。“金剛覺圓”或可還原爲 rDo rje sangs rgyas phun thsogs，同文頁45還提到過“覺昌師造”，這位“覺昌”或與“金剛覺圓”指的是同一人，都是 Sangs rgyas phun tshogs 的意譯。

2. B64《集輪法事》、《金剛乘八不共犯墮》,[1]西夏寫本, 頁66—68(1—6)。

3. Q214《親誦儀》,[2]西夏寫本, 頁70—72(1—5)。

4. Q221V、Q226V、Q228V《八種籠重犯墮》、《常所作儀軌八種不共》,[3]西夏寫本, 頁80—83(1—8)。

5. Q234《多聞天陀羅尼儀軌》,[4]西夏寫本, 頁104—105(1—3)。

6. Q249、Q327《金剛亥母修習儀》,[5]西夏寫本, 頁106—108(1—5)。

7. Q311《親集耳傳觀音供養讚嘆》,[6]西夏寫本, 頁110—126(1—33)。

8. Q315《黑色天母求修次第儀》,[7]西夏寫本, 頁127(1)。

9. No.272《密教儀軌》,[8]西夏寫本, 頁273—274(1—4)。

10. No.274《金剛亥母略施食儀》[9]西夏寫本, 頁275(1—2、8/1—8/2)。

11. No.274《寢定儀》,西夏寫本, 頁275(8—2)。

12. No.274《金剛亥母自攝授要門》,[10]西夏寫本, 頁276(1—2、8/3—8/4)。

13. No.274《金剛修習母究竟儀》,[11]西夏寫本, 頁277(1、8/5)。

14. No.274《壽定儀》,[12]西夏寫本, 頁277(1、8/6)。

15. No.274《金剛修習母攝授瓶儀》,[13]西夏寫本, 頁278(1—2、8/7—8/8)。

---

〔1〕 《集輪法事》當即是 *Tshogs kyi 'khor lo'i cho ga*,《金剛乘八不共犯墮》或可還原爲 *rDo rje theg pa'i rtsa ba brgyad pa'i ltung ba'i las kyi cho ga*。它與前述 A14《金剛亥母集輪供養次第錄》爲同一系統,講述行者在修習吉祥集輪儀軌時應當去除的八種違犯記句(dam tshig,今譯誓言)的墮罪。

〔2〕 乃修多聞天王施食儀軌,當與《西藏文大藏經》中的 *rNam thos sras rjes su 'brang ba'i gtor ma'i cho ga zhes bya ba* 有關,其中復分奉廣大施儀、奉略施食儀,天慶丙辰三年十二月廿五日寫(1197.1.15)。

〔3〕 《八種籠重犯墮》題首云"馬鳴菩薩造",《常所作儀軌八種不共》題首云"吉祥形魯葛造",内容與前述 B64《金剛乘八不共犯墮》類似。

〔4〕 誠如宗舜法師所言,此文書之標題當改爲《多聞天施食儀》。宗舜,2005 年。

〔5〕 此當即爲衆多《金剛亥母修法》(*rDo rje phag mo'i sgrub thabs*)中的一種,首尾完整。

〔6〕 此文書"皇建元年十二月十五日(1211.1.1)門資宗密、沙門本明依修剗門攝授中集畢","皇建二年六月二十五日重依觀行對勘定畢,永爲真本"。此文書首尾完整,乃引導行者如何禮贊、召請、供養、觀想觀音本尊,並依修持此法所得加持力作勾召亡魂、施財安位、通念五夫、攝授衆生等功德的一部完整的修法儀軌。

〔7〕 與此相應的藏文標題當爲 *dPal ldan lha mo nag mo'i sgrub thabs kyi rim pa*,待考。

〔8〕 此與前述 TK259《密教儀軌》之形款、字迹完全一樣,當是同一件文書的不同殘片,二者可合二而一。

〔9〕 與其相應的藏文標題當作 *rDo rje phag mo'i mdor bsdus pa'i gtor ma'i cho ga*, 待考。西夏文文獻中有《金剛亥母隨食飮受承順要論》,西田龍雄,1977 年,No.23,頁 16。這個儀軌與下列同一件中的其他文書均爲"籠麻謁法師傳",這位法師亦是前述 TK327《中有身要門》的作者。

〔10〕 西夏文文獻中有《自入順略要論》,西田龍雄,1977 年,No.31,頁 17。

〔11〕 與此相應的藏文標題當爲 *rDo rje rnal 'byor ma'i sngags kyi de kho na nyid kyis byin gyis brlabs pa'i rim pa*, 待考。

〔12〕 題首云"那悉多傳",與前述 A19《金剛亥母禪定》一樣。西夏文文獻中有《壽增定次主承次要論》,西田龍雄,1977 年,No.133,頁 32。

〔13〕 西夏文文獻中有《金剛亥母隨淨瓶·以作順要論》,西田龍雄,1977 年,No.17,頁 15。

三、《黑城出土文書》

1983 年和 1984 年,内蒙古文物考古研究所又兩次對黑城作了勘查和發掘,所得文書近 3 000 件,其中漢文文書數量最多,有 2 200 餘件,其他依次爲西夏文、畏兀兒体蒙古文、八思巴字、藏文、亦思替非字、古阿拉伯文等各種民族文字文書。2 200 件漢文文書中,約 1 500 餘件只有數行文字,是不能上下貫通文意的紙屑,餘下的 760 件則刊印於李逸友先生編著的《黑城出土文書》一書中。這批文書主要出自元代以及北元時代,與《俄藏黑水城文獻》不同的是,佛教文書並不是這批文書的主要内容。本書的編者將它們分成卷宗、人事、民籍、禮儀等十九類,佛教類文書是其最後一種。而佛教類文書復被分成佛徒習學本、佛經抄本和佛經印本三种,其中一、三兩种與藏傳密教無關,而其第二种,即抄本部分,則基本上都是藏密儀軌文書,其中大部分是大黑天之修法儀軌,有些與見於《俄藏黑水城文獻》中同類文書相同。

1. F191:W103《吉祥大黑修法》[1]:三水偈、敬禮偈、安坐偈、奉五供養、召請偈,《智尊大黑八道讚》、[2]《吉祥大黑八足讚》(西天竺國龍樹聖師造)、[3]《十方護神讚》、《大黑長咒》,[4] 頁 216—219。

2. F13:W12《九尊頂滅惡趨燒施儀》,[5] 殘本,頁 219。

3. F19:W5《吉祥持大輪寶蓮花瓶修習儀軌》,殘本,頁 219—200。

4. F13:W2《大持金剛稱讚禮》,殘本,頁 220。

5. F13:W11《密宗修法——獲救法》,殘本,頁 220—221。

6. F9:W13《密宗修法》,殘本,頁 221。

7. F209:W9《密宗咒語——祈雨》,殘本,頁 221。

8. F9:W36《密宗咒語》,殘本,頁 221。

9. F20:W3《采糖密[蜜]乳咒》,殘本,頁 221。

---

〔1〕 此爲《黑城出土文書》中所見佛教抄本中最完整、最重要的一件文書,長達 27 頁,内容爲大黑天制修法儀軌。

〔2〕 相應的藏文標題當爲 *dPal nag po chen po la bstod pa rkang pa brgyad pa*,待考。TK262《大黑讚》之内容與此相同,爲同一原本之異譯,然更爲完整。見《俄藏黑水城文獻》卷四,頁 335。

〔3〕 此讚即 Klu sgrub(Nāgārjuna)所造 *dPal nag po chen po'i bstod pa rkang pa brgyad pa*, *Śrīmahākālastamantra-stotra-nāma*,見於德格版《西藏文大藏經》,第 1778 號。

〔4〕 此之《大黑長咒》亦見於 TK《大黑根本命咒》中,文字略有不同。見《俄藏黑水城文獻》卷四,頁 331 上。另於 A7《慈烏大黑要門》中亦有《大黑根本咒》,文字略短。見《俄藏黑水城文獻》卷五,頁 182 上。

〔5〕 與其相應的藏文標題當爲 *gTsug tor dgu ngan song sbyong ba'i sbyin sreg gi cho ga*,待考。

10. F13：W15《佛說大傘蓋惣持陀羅尼經》、《聖一切如來頂髻中出白傘蓋佛母餘無能亂惣持》，[1]長篇，頁 221—223。

四、《大乘要道密集》、黑水城文獻中
所見藏傳密法簡說

在對上列文獻逐一作認真、仔細的研究之前，我們不應該過早地對西夏、元朝所傳藏傳密教的歷史下最後的結論。不過，從對這些文獻的初步整理中，我們已對當時所傳藏傳佛教的基本情況有了粗略的了解。一個顯而易見的事實是，不管是見於《大乘要道密集》，還是見於《俄藏黑水城文獻》中的所有有關藏傳佛教的文獻，都屬於密宗類（rgyud，續部）文書，特別是有關實修的儀軌。人們通常以壇城（Mandala，舊譯中圍）、手印（Mūdra）和密咒（Mantra）爲佛教密乘之核心內容，而黑水城所見藏傳佛教文獻基本上都與這三個核心相關。換句話說，曾經於西夏和元朝所傳的藏傳佛教當全部屬於密教範疇。即使像薩思迦班智達這樣對藏傳佛教於蒙古、漢地傳播起了關鍵作用，且是專擅中觀、因明學說的一位顯宗大師，其作品被譯成漢語、今見於《大乘要道密集》者，亦全都是密宗類作品，他的有關佛教義理的名著卻沒有一部被譯成漢語。[2]《俄藏黑水城文獻》中有關藏傳佛教的文書除了《佛說聖大乘三歸依經》、《佛說聖佛母般若波羅蜜多心經》、《持誦聖佛母般若般若多心經要門》、《聖觀自在大悲心惣持功能依經錄》、《勝相頂尊惣持功能依經錄》、《聖大乘聖意菩薩經》等有數的幾個刻本乃西夏時代根據藏譯本新譯的續部佛典外，其餘全爲寫本，而所有寫本均爲密法儀軌，其種類不外乎修法（sgrub thabs）、儀軌（cho ga）、要門（man ngag，或包括 gdams pa）、惣持（gzungs，陀羅尼）、讚禮（bstod pa）、祝禱（'debs gsol）、密咒（sangs ngags）等等。可見，不管是西夏，還是蒙古時代，其信徒對藏傳佛教的興趣多半與佛教哲學、義理無關，而都集中在有實用價值的密法修行上面。不管是《俄藏黑水城文獻》，還是《黑城出土文書》中的佛教文

---

〔1〕 事實上在 F13：W15 這一卷號下，包含有兩种不同文書的殘卷，其中 F13：W1—9 以及 W11 爲同一種文書的殘卷，即元天竺俊辯大師唧㘕銘得哩連得囉磨寧及譯主僧真智等譯《佛說大白傘蓋惣持陀羅尼經》的殘卷，見於《大正藏》，No. 977，而《黑城出土文書》錄文排列次序前後有誤。而 F13：W15—10 則自成一體，字體、尺寸均與前者略有區別，乃《聖一切如來頂髻中出白傘蓋佛母餘無能惣持》的殘片，與其相應的藏文標題當爲 'Phags pa de bzhin gshegs pa'i gtsug tor nas byung ba'i gdugs dkar can gzhan gyis mi thub pa zhes bya ba'i gzungs，見於德格版《西藏文大藏經》第 592，593 號；其云："梵言啞吟耶怛達遏哆哆嗚室禰折西怛怛鉢嘚哩捺麻啞末囉唧怛捺囉禰"，即 Ārya-Tathātosnīsasitāpatrāparājita-nāma-dhāranī 的音寫。西夏文文獻中有《大蓋白母之惣持誦順要論》，西田龍雄，1977 年，No. 49，頁 20；以及《聖如來一切之頂髻中出傘白佛母他者無大還轉明咒大蔭王惣持》，西田龍雄，1977 年，No. 261，頁 51。

〔2〕 沈衛榮，2005 年。

獻,他們的共同特點就是凡刻本多爲漢傳佛教常見的經、論,凡寫本、抄本則多爲藏傳密教儀軌文書。這或説明當時生活於黑水城地區之佛教行者多半爲重修行的藏傳密教信徒。

從現有的資料來看,曾經於西夏傳法的西藏喇嘛當主要是噶舉派(bKa' brgyud pa)和薩思迦派的上師。我們現在已經知道的西夏幾位帝師如 gTsang po pa dKon mchog seng ge、'Ba' rom pa Ras pa Sangs rgyas ras chen、[1]賢覺帝師、[2]大乘玄密帝師等,[3]均爲噶舉派上師。但薩思迦派上師顯然亦曾活躍於西夏王朝內。前述《大乘要道密集》中兩部重要的解釋薩思迦派之"道果法"的文書,《解釋道果語録金剛句記》和《解釋道果逐難記》的"集者"大禪巴就是薩思迦二祖公哥寧卜(Kun dga' snying po,1092-1158)的弟子。而薩思迦三祖名稱幢的一位弟子名 gCung po ba Jo 'bum 亦曾當過西夏國王的上師(mi nyag rgyal rgod kyi bla mchod)。[4] 這位 gCung po ba 被人稱爲國師 Guk shi Jo 'bum ma,曾是薩班的上師,薩班還曾特別爲他造《上師瑜伽》。[5]薩班本人亦與西夏王室有過交往,他受蒙古王子闊端之邀前來漢地後的主要活動地區涼州當時就屬西夏地區,在他的全集中我們見到了他寫給西夏名爲"具吉祥大樂天成"(dPal sde chen lHum gyis grub pa gtsug lag khang)之寺院的一封信。[6] 再有,西夏王室的一支於西夏王國滅亡後徙居鄰近薩思迦的後藏拉堆羌(La stod byang)地區,很快成爲受薩思迦帝師倚重的烏思藏十三萬戶之一,這説明薩思迦派和西夏王室之間曾經有過密切的關係。總之,曾於西夏傳播的藏傳密法以薩思迦和噶舉兩派所傳爲主。

《大乘要道密集》中所録文書主要由"道果法"和"大手印法"兩大類組成,其中有關"道果法"的文書無疑均出自薩思迦派之手,但其中有關"大手印法"的文書或當傳自薩思迦派和噶舉派兩种傳承。衆所周知,藏傳佛教各派各有其特殊的傳世要門(man ngag),例如薩思迦派的要門即是"道果法",寧瑪派的要門是"大圓滿法",而噶舉派的傳世要門就是"大手印法"。故説到"大手印法",一般都把它歸入噶舉派所傳的教法。然而,由於薩思迦派的前期祖師同樣亦曾隨噶舉派祖師瑪爾巴譯師等學、修"大手印

〔1〕 參見 Sperling, 1987, 2004;劉國威,2004 年。
〔2〕 Sperling, 1987; Dunnell, 1992.
〔3〕 陳慶英,2000 年。
〔4〕 *Sa skya gdung rabs*, fol. 41b.
〔5〕 *Bla ma'i rnal 'byor gug shi jo 'bum ma*, 見於《薩思迦班智達全集》,No. 42, 葉 343-4-1—345-1-4;其跋作: bla ma'i rnal 'byor sa skya pandi tas gug shi jo 'bum gyi don du sbyar ba'o。
〔6〕 *Mi nyag gi rgyal khams su gnang ba'i yi ge*, 見於《薩思迦班智達全集》,No. 37, 葉 337-2-1—338-1-2。

法”，故薩思迦派的修法中亦夾雜有許多“大手印法”的成分。“道果法”本身就是薩思迦派爲不同根器之行者設計的一套複雜的修行系統，其中包括了以《那若六法》(*Nā ro chos drug*)爲主的許多屬於“大手印”的修法。薩思迦派說依“行手印”、“記句手印”(dam tshig phyag rgya)、“法手印”和“大手印”等四種手印修欲樂定，強調“在家人依行手印入欲樂定(指男女雙修)，若出家者依餘三印入欲樂定”。而其中“大手印”修法的原則爲：“今依大手印止息一切妄念，無有纖毫憂喜，不思不慮，凝然湛寂，本有空樂無二之理而得相應，即是大手印入欲樂定，歸空樂不二之理也。”〔1〕《大乘要道密集》中一系列修大手印法的要門基本上都是遵照這個原則展開的，故它們很有可能爲薩思迦派所傳。

由於見於《大乘要道密集》中的兩部有關“道果法”的長篇文書，即《解釋道果金剛句記》和《解釋道果逐難記》都可以被肯定是西夏時代的作品，這說明“道果法”於西夏時代就已經開始流行。這兩部文書都是對被薩思迦派視爲根本大續、亦是“道果法”之根本所依的《喜金剛本[王]續》(*Kye’i rdo rje zhes bya ba rgyud kyi rgyal po*)的解釋。值得注意的是，這兩部解釋《道果金剛句》(*Lam ’bras bu dang bcas pa’i rtsa ba rdo rje’i tshig rkang*)的作品中，以及另一部元譯同類作品《道果延暉集》中，都曾論及以男女雙修爲内容的欲樂定修法。由此推測，番僧於元代宮廷中所傳的“秘密大喜樂法”當與薩思迦派所傳“喜金剛續”，即 Hevajra Tantra，有直接的關係。《元史·釋老傳》中說：“歇白咱剌，華言大喜樂。”〔2〕而“歇白咱剌”顯然就是 Hevajra 之元代漢語音譯。當然，以男女雙修爲内容的“大喜樂法”並不是如元代漢文文獻中所描述的那樣純粹是一種追求現世享受的淫戲。它亦不是以《喜金剛本續》爲根據的“道果法”的獨家修法，而是藏傳密教許多本尊修法中共有的一種密修方法。例如《吉祥勝樂本續》(*bDe mchog ’byung ba shes bya ba’i rgyud kyi rgyal po chen po*)之修法同樣亦重男女雙修。《大乘要道密集》中的另一篇出於西夏時代的重要文獻《依吉祥上樂輪方便智慧雙運道玄義卷》即是詳細解釋上樂，即勝樂本續之方便、智慧雙運，即男女雙修法的一部修法儀軌，文中對密乘之修法，特別是男女雙修法，從宗教意義、修法程式、功德、與其他修法之關係等各種角度作了詳細而明確的闡述，是一部不可多得的密宗修法簡明教科書。

除了“道果法”以外，《大乘要道密集》所錄文書中最多的“大手印法”儀軌，特別是有關修《那若六法》的短篇儀軌。《那若六法》是以 11 世紀印度密法大師那若巴

---

〔1〕 《大乘要道密集》卷一，《依吉祥上樂輪方便智慧雙運道玄義卷》，頁6。
〔2〕 《元史》卷二二一，《釋老傳》。

（Nāropa, 1012－1100）命名的,經瑪爾巴譯師（Mar pa Chos kyi blo gros, 1002/1012－1097）、米拉日巴（Mi la ras pa, 1052－1135）等噶舉派祖師於西藏傳開的一個密法修行系統,是噶舉派所傳"大手印法"的基礎。通常以爲,"那若六法"指的是拙火（gtum mo）、夢（rmi lam）、幻身（rgyu lus）、光明（'od gsal）、往生（'pho ba,或譯遷識）和中有（bar do）等。亦有將夢、幻身修法合二而一,代之以奪舍（grong 'jug）者。《大乘要道密集》中有一系列短篇儀軌爲修《那若六法》之要門,例如《十六種要儀》、《拙火定》、《九周拙火》、《光明定》、《夢幻定》、《幻身定》、《辨死相》、《轉相臨終要門》、《遷識配三根四中有》、《遷識所合法》、《贖命法》、《彌陀臨終要門》等等。這些修法要門有許多歸入《依吉祥上樂輪方便智慧雙運道玄義卷》中,而有些則署名爲薩思迦三祖名稱幢上師所傳,故當是薩思迦派上師所傳,其内容與噶舉派所傳不盡相同。例如,其於《夢幻定》和《幻身定》中提到的一些修夢幻瑜伽的方法就不見於噶舉派的傳統中。[1] 除此之外,《大乘要道密集》中亦還收録了不少如作灌頂、燒施（sbyin sreg,護摩）、延壽、開光、懺罪、供養、服石等各種儀軌的要門,以及觀想如來、菩薩、上師等種種本尊和觀想壇城、明點的修法等。總之,《大乘要道密集》中所録文書包羅萬象,體現了藏傳密教修法之各個重要方面。

　　與《大乘要道密集》相比,《俄藏黑水城文獻》和《黑城出土文書》中見到的藏傳密教文書則相對集中於修法（sādhana）類文書,其中尤以金剛亥母和大黑天神的修法最爲引人注目。藏傳密教的一項重要特徵就是本尊修法,或曰本尊禪定,即通過供養、念誦、受灌、觀想、求修等各種手段,使自己與本尊合二而一,即身成佛。而金剛亥母是藏傳密教,特別是噶舉派特別推崇的一位女性本尊,乃與密乘本尊兮茹葛配對之佛母。在黑水城文獻中,我們不但見到了好幾种不同的《金剛亥母成就法》,而且同時還見到了《金剛亥母集輪供養次第録》、《金剛亥母略施食儀》、《金剛亥母自攝授要門》、《金剛亥母攝授瓶儀》等多種與此相關的儀軌。這清楚地説明,金剛亥母的修法於西夏時代曾相當的流行。而大黑天神,即摩訶葛剌之崇拜,大概是除了所謂"秘密大喜樂法"之外,元代士人所知的唯一一種藏傳佛教密法。據傳,大黑天神曾在蒙古滅宋和元朝與西北諸王海都的戰爭中大顯神威,被稱爲"國之護神"。元朝從京師到地方修建了許多專門祭祀大黑天神的神廟,連宮廷内亦有大黑天神的塑像。元廷傳播大黑天崇拜的番僧中最著名者是幾乎可與八思巴帝師齊名的金剛上師丹巴國師,據傳他多次禱引大黑天神,或助蒙古軍隊克敵制勝,或爲蒙古貴族袪病消災。番僧於漢文文獻中所得之神僧形象的形成

---

〔1〕 沈衛榮,2004 年。

與丹巴上師和摩訶葛剌崇拜有相當大的關係。[1] 但是,在黑水城出土文獻以前,我們没有見到過任何有關求修大黑天神的漢文文獻。Sperling 先生曾猜想元朝流行的大黑天神崇拜或當肇始於西夏時代,苦於找不到文獻證據。[2] 而見於《俄藏黑水城文獻》中的西夏長篇寫本《大黑根本命咒》則完全證明了 Sperling 先生的這個猜想。值得注意的是,《黑城出土文書》中見到的佛教抄本絶大部分是有關念、修大黑天神的咒語和修法儀軌,《俄藏黑水城文獻》中見到的爲數不多的元代寫本中亦有《慈烏大黑要門》和《大黑求修並作法》兩部修習大黑天神的長篇儀軌,這進一步説明大黑天神崇拜在元代曾是何等的流行。求修摩訶葛剌之所以如此流行,或當與信徒祈雨、治病、祛災等實際的需求有關。除了金剛亥母和大黑天神之外,黑水城出土文獻中還見有修習文殊、觀音、多聞天、金剛手、上樂金剛、佛眼母、四字空行母、黑色天母、欲護神等本尊的儀軌。

　　黑水城出土藏傳密教文獻中的一個重要組成部分是屬同一系列的多種《那若六法》求修要門,它們是:《九事顯發光明義》、《中有身要門》、《夢幻身要門》、《甘露中流中有身要門》、《捨壽要門》、《拙火能照無明——風息執着共行之法》。這些文書均爲西夏寫本,形款、字迹、紙質亦都相似。可以肯定這一系列六法修習要門乃噶舉派上師所傳,因爲其中的《夢幻身要門》已確定是達波噶舉派之祖師岡波巴鎖南輦真所造《那若六法釋論》中《幻身要門》一節的漢譯。[3] 而其中的《中有身要門》乃一位名叫龐麻藥的上師所傳,這位上師亦是傳《金剛亥母略施食儀》的法師,這兩種儀軌當都屬於噶舉派傳統。從前述已知西夏帝師均爲噶舉派上師這一事實出發,我們不難理解何以《那若六法》和金剛亥母之修習會於西夏得到廣泛傳播。而薩思迦派和噶舉派兩种不同的求修《那若六法》傳軌曾同時於西夏傳播這一事實説明了藏傳佛教於此地的深入程度。除此之外,黑水城出土藏傳佛教文獻中有許多或完整、或殘缺的咒語、誦偈、讚禮、誦儀、供養儀、燒施儀、陀羅尼等不同類型的文書,它們對於了解藏傳佛教於西夏和蒙元時代傳播的全貌同樣具有十分重要的意義,值得下功夫找出其原本,並對它們作深入的研究。

　　此外,人們早就懷疑曾於元代宮廷流行的"秘密大喜樂法"當自西夏時代就已經傳入,因爲不但元人馬祖常於《河西歌》中説:"賀蘭山下河西地,女郎十八梳高髻,茜根染衣光如霞,卻召瞿曇作夫婿。"[4] 而且於大蒙古國初年成書的《黑韃事略》中亦記載了

---

〔1〕　參見沈衛榮,2003 年。

〔2〕　Sperling, 1994.

〔3〕　詳見沈衛榮,2004 年。

〔4〕　《河西歌効長吉體》,《元詩選》,初集卷二一,《四庫全書》集部,總集類。

如下一則故事："某向隨成吉思攻西夏,西夏國俗自其主以下皆敬事國師,凡有女子,必先以薦國師而後敢適人。成吉思既滅其國,先臠國師。國師者,比邱僧也。"〔1〕因擔任西夏王室之"國師"、"帝師"者,多半是來自西藏的喇嘛,故這些記載或間接説明與"雙修"相關的藏傳密法或早已於西夏傳開。於《俄藏黑水城文獻》中我們見到了 TK74《大集輪》、A14《金剛亥母集輪供養次第録》、B64《集輪法事》等多種與"集輪儀軌"(tshog kyi 'khor lo'i cho ga)相關的文書,同樣的文書亦見於黑水城出土西夏文文獻中。而"集輪",或譯"聚論",是母續喜金剛和勝樂金剛相結合的儀軌,以通過歌舞、飲食和雙修等得大喜樂(成就)爲主要内容。〔2〕這些有關"集輪儀軌"文書的發現證實西夏時代當確實已經出現了與"秘密大喜樂法"類似之密法修行。

　　總之,黑水城出土有關藏傳佛教文書是個有待發掘的寶庫,隨着對它的一步步的挖掘,藏傳密教於西夏和元代傳播、發展的歷史面貌將越來越清楚地呈現在我們的面前,而我們對藏傳佛教的了解和理解亦將隨之一步步加深。

參 考 文 獻

(一) 原始資料

俄羅斯科學院東方研究所聖彼得堡分所、中國社會科學院民族研究所、上海古籍出版社合編,《俄羅斯科學院東方研究所聖彼得堡分所藏黑水城文獻》(2、3、4、5、6,漢文部分),上海古籍出版社,1996—1998 年。

李逸友編著,《黑城出土文書》(漢文文書卷,内蒙古額濟納旗黑城考古報告之一),北京:科學出版社,1991 年。

元發思巴上師輯著,蕭天石編,《大乘要道密集》,臺北:自由出版社,1962 年。

Kun dga' rgyal mtshan, Sa skya pandita, *Pandita kun dga' rgyal mtshan gyi bka' 'bum*(《薩思迦班智達全集》), or *The complete works of Pandita kun dga' rgyal mtshan*, In *Sa skya pa'i bka' 'bum*, or *The Complete works of the great masters of the Sa skya pa sect of the Tibetan Buddhism*, vol. 5, Compiled by bSod nams rgya mtsho, Tokyo: The Toyo Bunko, 1968.

(二) 研究著作

Beckwith, Christopher I 1984. "A Hitherto Unnoticed Yüan-Period Collection Attributed to 'Phagspa," *Tibetan and Buddhist Studies commemorating the 200th Anniversary of the Birth of Alexander*

---

〔1〕　王國維箋證,《蒙韃備録、黑韃事略箋證》,北京:文殿閣書莊,1936 年,頁108。
〔2〕　靜春樹,1998 年。

Csoma de Cörös, edited by Louis Ligeti, I. Budapest: Akadémiai Kiadó, 9 - 16.

Beckwith, Christopher I. "Tibetan Science at the Court of the Freat Khans." *The Journal of the Tibet Society* 7: 5 - 11.

陳慶英,《大乘玄密帝師考》,《佛學研究》2000 年第 9 期,頁 138—151。

陈庆英,《〈大乘要道密集〉與西夏王朝的藏傳佛教》,《賢者新宴》3,石家莊:河北教育出版社,2003 年,頁 49—64。

Dunnell, Ruth. "The Hsia Origins of the Yuan Institution of Imperial Preceptor." *Asia Major* 5. 1: 85 - 111, 1992.

Jackson, David P. *The Entrance Gate for the Wise* (Section III): *Sa-skya Pandita on Indian and Tibetan Traditions of Pramana and Philosophical Debate.* vol. 1, Wien: Arbeitskreis für Tibetische und Buddhistische Studien Universität Wien, 1987.

靜春樹,《〈聚論儀軌 Gaõacakravodhi〉考:藏文テキスト校訂と和譯》,《密教文化》199/200,1998 年,頁 20—50。

Kara, Georg and Zieme, Peter. *Dir uigurischen Übersetzungen des Guruyogas "Tiefer Weg" von Sakya Pandita und der Mangjusrinamasamgiti*, Berlin: Akademie Verlag, 1977.

Kychanov, Evgenij Ivanovich(克恰諾夫),《俄藏黑水城文獻》前言,《俄藏黑水城文獻》卷一,上海古籍出版社,1996 年,頁 1—17。

The Catalogue of Tangut Buddhist Texts, Kyoto: Faculty of Letters, Kyoto University, 1999(原文爲俄文).

劉國威,《巴絨噶舉以及它在青海的發展》,《當代西藏學學術研討會論文集》,臺北:"蒙藏委員會",2004 年,頁 620—654。

呂澂,《漢藏佛教關係史料集·導言》,《華西協和大學中國文化研究所專刊》28,第 1 冊,成都,1942 年。

孟列夫著,王克孝譯,《黑城出土漢文遺書敍録》,銀川:寧夏人民出版社,1994 年。

孟列夫、蔣維崧、白濱,《〈俄藏黑水城文獻〉敍録》,《俄藏黑水城文獻》卷六,頁 1—66。

Ngag dbang kun dga' bsod nams, 'Jam mgon A myes zhabs, *'Dzam gling byang phyogs kyi thub pa'i rgyal tshab chen po dpal ldan sa skya pa'i gdung rabs rin po che ji ltar byon pa'I tshul gyi rnam par thar pa ngo mtshar rin po che'i bang mdzod dgos 'dod kun 'byung: A history of the 'Khon lineage of prince-abbots of Sa skya.* Reproduced from a rare print by Tashi Dorji, Dolanji: Tibetan Bonpo Monastic Center, 1975.

西田龍雄,《西夏文華嚴經》3,京都:京都大學文學部,1977 年。

Sechin Jagchid, "Why the Mongolian Khans Adopted Tibetan Buddhism as Their Faith." *Essays in*

Mongolian Studies, Provo, 1988.

沈衛榮,《神通、妖術與賊髠：論元代文人筆下的番僧形象》,《漢學研究》第 21 卷第 2 號,臺北：佛學研究中心,2003 年,頁 219—247。

沈衛榮,《西夏黑水城所見藏傳佛教瑜伽修習儀軌文書研究 I：〈夢幻身要門〉》,《當代西藏學學術研討會論文集》,臺北："蒙藏委員會",2004 年,頁 382—473。

Shen Weirong, "Tibetan Tantric Buddhism at the Court of the Great Mongol Khans" — Sa skya panita and 'Phags pa's works in Chinese during the Yuan Period, Quaestiones Mongolorum Disputatae：*Journal of Association for International Studies of Mongolian Culture.* No. 1, Eds. By H. Futaki and B. Oyunbilig, Tokyo, 2005, pp. 61–89.

沈衛榮,《元代漢譯卜思端大師造〈大菩提塔樣尺寸法〉之對勘、研究》,《漢藏佛教藝術研究——第二屆西藏考古與藝術國際學術研討會論文集》,北京：中國藏學出版社,2006 年。

史金波,《西夏佛教史略》,銀川：寧夏人民出版社,1988 年。

史金波,《〈俄藏黑水城文獻〉前言》,《俄藏黑水城文獻》卷一,頁 1—12。

史金波,《西夏的藏傳佛教》,《中國藏學》2002 年第 1 期,頁 33—49。

Sperling, Elliot, "Lama to the King of Hsia." *The Journal of Tibet Society* 7：31–50, 1987.

Sperling, Elliot, "rTsa-mi lo-tsā-ba Sangs-rgyas grags-pa and the Tangut Background to Early Mongol-Tibetan Relations." *Tibetan Studies:* Proceedings of the 6th Seminar of the International Association for Tibetan Studies, Fagernes 1992, Per Kvaerne (ed.), vol. 2. Oslo：The Institute for Comparative Research in Human Culture, 1994, 801–824.

Sperling, Elliot, "Further remarks apropos of the 'Ba'-rom-pa and the Tanguts," *Acta Orientalia Academiae Scientiarum Hung.* vol. 57(1), 2004, pp. 1–26.

Sørensen, Per K. *Tibetan Buddhist Historiography*, *The Mirror illuminating the Royal Genealogies*, *Annotated Translation of the XIVth Century Tibetan Chronicle: rGyal-rabs gsal-ba'i me-long.* Wiesbaden：Harrassowitz Verlag, 1994.

孫昌盛,《西夏文佛經〈吉祥遍至口和本續〉題記譯考》,《西藏研究》2004 年第 2 期,頁 66—72。

van der Kuijp, L. W. "Jayānanda. A Twelfth Century *Guoshi* from Kashimir among the Tangut." CAJ37/3–4, 1993, pp. 188–197.

王堯,《元廷所傳西藏秘法考敍》,南京大學元史研究室編,《內陸亞洲歷史文化研究——韓儒林先生紀念文集》,南京：南京大學出版社,1996 年,頁 510—524。

宗舜,《〈俄藏黑水城文獻〉之漢文佛教文獻續考》,見於蘇州戒幢佛學研究所戒幢教育網揭載《宗舜法師文集》,2005 年。

（原載《歐亞學刊》第 7 輯,北京：中華書局,2007 年,頁 159—167）

西夏黑水城所見藏傳佛教瑜伽修習儀軌
文書研究 I:《夢幻身要門》

前　　言

　　於晚近上海古籍出版社出版的《俄藏黑水城文獻》之第五、六兩卷中,筆者意外地見到了好幾種疑爲漢譯藏傳佛教密宗瑜伽修習,特別是與中陰救度之修法有關的儀軌文書。它們是《夢幻身要門》、《甘露中流中有身要門》、《中有身要門》、《捨壽要門》以及其他多種有關修習金剛亥母之儀軌文書。[1] 這些迄今未曾引起人們重視的文書,事實上意義不凡。首先,它們當是迄今所知最早的藏傳佛教密宗修習儀軌文書的漢譯文。儘管漢藏佛教之交流,早已開始於唐朝與吐蕃王朝時期,當時曾有法成('Gos Chos grub,活躍於 9 世紀中期)這樣的大譯師,兼通番漢文字與教法精義,曾將不少漢文經典翻譯成藏文,亦將一些漢文中闕失的藏文經典譯成漢文。[2] 然而,漢藏間佛教的交流自吐蕃末代贊普朗達磨滅佛(838)以後,已趨停頓,直到元代(1260—1368)纔又有番僧入中原傳法。迄今所知最早的,亦是唯一的一種藏傳佛教密宗儀軌文書的漢譯文,是通常被認爲是元代帝師八思巴('Phags pa Blo gros rgyal mtshan, 1235 - 1280)所傳,薩思迦派譯師莎南屹囉(bSod nams grags)、名稱幢(Grags pa rgyal mtshan)等人所翻譯的《大乘要道密集》。此集中主要收錄了修習薩思迦派之道果法、噶舉派之大手印法的八十餘種儀軌文書,以及一些有關造像、塔的文書。[3] 晚近,陳慶英先生指出該書所錄

---

〔1〕 俄羅斯科學院東方研究所聖彼得堡分所、中國社會科學院民族研究所、上海古籍出版社編,《俄藏黑水城文獻》,上海古籍出版社,1999 年。

〔2〕　上山大峻,《敦煌佛教の研究》,京都:法藏館,1990 年,頁84—246。

〔3〕　元朝發思巴國師輯著,《大乘要道密集》,上、下册,臺北:自由出版社,1962 年。元朝發思巴國師譯集,民國陳建民上師整編,賴仲奎等纂集,《薩迦道果新編》,臺北:慧海书齋,1992 年。参見 Chirstopher I. Beckwith, "A hitherto unnoticed Yüan period collection attributed to 'Phags pa," *Tibetan and Buddhist Studies commemorating the 200th Anniversary of the Birth of Alexander Csoma de Cörös*, vol. 1, ed., Louis Ligeti, Budapest: Akadémiai Kiadó, 1984, pp. 9 - 16;王堯,《元廷所傳西藏秘法考敍》,載於南京大學元史研究室編,《内陆亚洲歷史文化研究——韓儒林先生紀念文集》,南京大學出版社,1996 年,頁 510—524。

· 460 ·

儀軌文書中至少有一部分當不是元代，而是西夏時大乘玄密帝師等上師所傳譯的，藏傳佛教於内地傳播的歷史當始於西夏王朝時期。[1] 黑水城自 14 世紀 40 年代末開始，就因戰爭堵斷水道和沙漠的侵蝕而漸漸淪爲荒城，並最終毀於 1374 年的明、蒙戰爭中。[2] 因此，雖然我們無法確切地知道這些文書的傳譯年代，但大致可以斷定它們當不會晚出於《大乘要道密集》中的大部分文書。由於在黑水城所發現的這些密宗儀軌文書似不屬於薩思迦派之道果法，或當爲噶舉派上師所傳，故其傳譯年代當更可能是元以前的西夏王朝（1032—1227）。因此，它們當是迄今所知最早的漢譯藏傳佛教儀軌文書。其次，儘管西藏與西夏不僅地域相連，而且於種族、文化上亦有千絲萬縷的聯繫。西夏被蒙古滅亡之後，其餘部中有不少直接移居藏族居住區，於朵甘思（mDo khams）及藏（gTsang）均有名稱“彌藥”（mi nyag）的唐古特部落居住。後藏的彌藥部落更成爲元封烏思藏十三萬户之一的拉堆羌（La stod byang）萬户，是後藏舉足輕重的地方勢力。[3] 入元之後，河西僧於漢人眼中亦與西番僧無異，如元代著名的惡僧江南釋教總統楊璉真迦原是河西僧，卻往往被人認爲是“西番僧”或“西僧”。然而，雖然藏傳佛教曾於西夏廣泛傳播已是衆所周知的事實，然對所傳教法的具體内容所知甚少。[4] 這些漢譯儀軌文書的發現和研究，將幫助我們了解藏傳佛教於西夏傳播的真相。最後，傳統以爲，中有救度之修法乃於寧瑪派著名掘藏師噶瑪嶺巴（gter ston Karma gling pa）於 14 世紀中期發掘出著名的中有度亡觀修法典《寂忿尊密意自解脱》（Zhi khro dgongs pa rang grol）之後，纔漸漸於西藏流行。儘管自 1927 年 Walter Evans-Wentz 出版了將《寂忿尊密意自解脱》中有關《中有聞解脱》（Bar do thos grol chen po）的部分内容改頭換面而成的《西藏死亡書》（The Tibetan Book of the Dead）之後，中有之法早已名聞世界，然於漢文化圈中於幾年前索甲活佛的《西藏生死書》流行以前尚鮮爲人知。[5] 這些於黑水城發現的儀軌文書的出現表明，中有救度法之修習和流行當早於噶瑪嶺巴發現《寂靜忿怒密意自解脱》（14 世紀中葉）。這不但促使我們要對中有救度法的來歷，以

〔1〕 詳見陳慶英，《大乘玄密帝師考》，《佛學研究》2000 年第 9 期，頁 138—151；陳慶英，《〈大乘要道密集〉與西夏王朝的藏傳佛教》，《中國藏學》2004 年第 1 期。

〔2〕 詳見史金波，《俄藏黑水城文獻》卷一，導言，上海古籍出版社。

〔3〕 黄顥，《藏文史書中的彌藥（西夏）》，《青海民族學院學報》1984 年第 4 期；陳慶英，《簡論藏文史籍中關於西夏的記載》，《中國藏學》1996 年第 1 期，頁 49—57。

〔4〕 參見史金波，《西夏佛教史略》，銀川：寧夏人民出版社，1988 年，頁 50—57、103—105、137—150。

〔5〕 關於《西藏死亡書》於西方流傳的歷史及其批評，見 Donald S. Lopez, Jr., *Prisoners of Shangri-La, Tibetan Buddhism and the West*（Chicago and London：The University of Chicago Press, 1998），Chapter two：The Book，pp. 46—87；沈衛榮，《幻想與現實：〈西藏死亡書〉在西方世界》，許明銀譯，《中有大聞解脱》，香港：密乘佛學會，2000 年，頁 174—239。

及其最初於西藏傳播的歷史作重新思考,[1]而且更將其於漢族文化圈内傳播的歷史提前了整整六個世紀。[2]

鑒於上述考量,筆者有意對俄藏黑水城文獻中所見的幾種藏傳佛教儀軌文書作一番系統的研究。首先試圖找出這些漢譯文書的藏文原本,以便對兩种文本進行比照、對勘,補正漢譯文書之闕失。然後弄清這些文書於藏傳佛教中之係屬及其傳承的歷史,以説明於西夏所傳藏傳佛教中有教法之番僧的來歷以及其所傳教法的具體內容。最後結合其他藏文文獻對這些文書所傳教法的內容作進一步的闡發。作爲這一系列研究的開始,筆者首先將眼光投注到了《夢幻身要門》之上。衆所周知,於漢文佛教語境中,夢不是一個陌生的字眼,漢文大藏經中有不少佛經與夢相關。爲人熟知的有《舍衛國王夢見十事經》和《佛説夢大乘經》(即《大寶積經》第十五卷《淨居天子會》,以及見於《俱舍論》、《大品般若經》、《般舟三昧經》、《善見律毘婆沙》、《摩訶僧祇律》、《瑜伽師地論》等中的一些段落。但究其內容大致有三:一是以如夢喻諸法無常;二是以夢爲授記;三是以夢中所見景象示行者入菩提道之地位。[3] 然如《夢幻身要門》所説以夢爲門,依幻身修習,經識夢、淨治夢境而證佛果者,則不見於漢傳佛教傳統之中。毫無疑問,這篇教人如何修習夢幻瑜伽的要門當源出於藏傳佛教。漢傳佛教與藏傳佛教,或者説佛教之顯乘與密乘之間的一個重大區別就在於行者能否將貪、嗔、痴等負面的因素改變爲佛法修習之方便,即謂能否轉愚痴爲道用。修法之人若以愚痴爲毒而思捨離,此爲顯宗修習之境地;若能將愚痴返爲道用,則是密乘修習之境地。具體到夢幻修習,若僅識夢爲夢,知諸法無常而捨離夢幻,是爲顯宗之境界。然人生不能無夢,無夢而眠者,心雖歸真,然衆生不能識認,也就不知道諸法無常的道理。若依靠睡眠、夢幻或愚痴、無明,並借助上師所傳修夢幻瑜伽之要門,認得夢寐、睡眠實爲無常,令心歸於真如,則其愚痴、無明、睡眠即成爲修法之道。所以説若棄捨煩惱而修道者,是顯教之道;不捨煩惱而修道者,是密教之道。修密教之人,可將貪、嗔、痴等一切煩惱返爲道用,故是所謂大善巧方便。噶

---

[1] 對此相關的研究已有 Henk Blezer, *Kar gling Zhi khro: A Tantric Buddhist Concept* (Leiden: Research School CNWS, 1997); Bryan Cuevas, *The Hidden History of the Tibetan Book of the Dead* (Oxford University Press, 2003)。

[2] 迄今尚未引起人們注意的是,事實上《大乘要道密集》中已經收録有好幾種與中有修法有關的文書,如見於《十六種要儀》中的《光明定玄義》、《夢幻定》、《幻身定玄義》,《大乘要道密集》卷一,頁 26—29;以及見於《密哩幹巴上師道果卷》中的《辨死相》、《轉相臨終要門》、《遷識三根四中有》等,《大乘要道密集》卷二,頁 7—17。弄清這些文書的來歷同樣亦將有助於我們重新認識中有教法於西藏及其漢地傳習的歷史。

[3] 參見光川豐藝,《夢と菩薩の行——特に寶積經淨居天子會を中心に》,《龍谷紀要》第四卷,1982 年,第 1 號,頁 121—147。

舉派之大手印法要門中，即有教導行者如何轉煩惱爲道用，具體而言乃轉妄念爲道用、轉煩惱爲道用、轉疾病爲道用、轉鬼神爲道用、轉痛苦爲道用、轉死亡爲道用者。這篇於俄藏黑水城文獻中所發現的《夢幻身要門》無獨有偶，於《大乘要道密集》中亦有四篇内容與《夢幻身要門》頗爲相似的儀軌文書，它們分别是：《光明定玄義》、《夢幻定》、《幻身定玄義》與《阿彌陀佛臨終要》等。[1]　其中心内容亦是於夢識夢，了知諸法如夢如幻，了知現境與夢境乃至中有身圓融、無二、無異，生無分别智，並於現身得證大手印成就。這充分説明，作爲與藏傳佛教之中有修法直接相關的一種重要的瑜伽修法，夢觀瑜伽曾於西夏和蒙元時代於中原漢文化區傳播，這激發了筆者首先對其之來龍去脈作一番探討的濃厚興趣。

黑水城所見《夢幻身要門》研究

1.1　俄藏黑水城文獻所見漢譯《夢幻身要門》

　　《夢幻身要門》列爲俄藏黑水城文獻編目 A15 號，原件之影印重刊於上海古籍出版社出版的《俄藏黑水城文獻》第五卷第 244—246 頁中，原件首頁之彩色照片亦見於上引書卷首之圖版中。該文獻長共五頁，中分五段，首尾完整。原件當爲對開之書版形式（book form），正、背兩面書寫。上引書第 247 頁上半部分之所謂 A15V 雜寫，顯然是《夢幻身要門》首頁之背面。本文書中無題、跋類内容，没有提供有關其作者、譯者及其翻譯年代的任何信息。

　　兹先轉録本文書原文如下，録文行列一如原樣，標點則爲録者所加。

夢幻身要門

夫行人以夢爲門者，要證佛果者，須
依幻身修習。修習之法，五種不同。一、无[2]
睡令睡；二、先求勝夢；三、要識其夢；四、
令夢增長；五、調習於夢。初，无睡令睡，
有二：初結身印，枕右穩卧，無令此身有
所困乏。復想境印，自已喉中四葉蓮花

---

[1]　《大乘要道密集》卷一，頁 26—29。
[2]　文中交替使用"無"與"无"繁簡兩种不同的寫法。

一

日ト[1]輪上，從正右布阿侶怛羅四字，

花蠆上唵字，依此寢寐。初專阿字，執境

稍昧；復緣侶字，執境多昧；細執不

生，復專怛字；欲擬入睡，緊專羅字；

若將正睡，方專唵字，一向睡之。又或

眉間只緣一箇白色明點，寢之亦得。

二、先求勝夢者，將臨正睡，發大願云：

如或睡着，願作好夢，夢見種種諸佛

刹土，騰空自在，身上出水火[2]，身下出水，

現於奇通。現此夢時，願識是夢，

以專切心，恆發此願。三、要識其夢

者，由前願力卜功，纔睡着時，便作好

夢，正緣夢時，無執實心，由是識夢，故

名爲識夢同頂位。既識知已，就上審觀

二

而明識之。四、令夢增長者，夢境所現

人、狡等類，俾令增長，滿三千界。

五、調習於夢者，所夢人、狡，變作无主

母及出世空行母，大小眷屬，前後圍

遶，悉皆嚴持骨骸、瓔珞、曲刀、法梡，

轉變無量，此夢境相，悉如幻夢、水

月、虹蜺及影像解。或觀此境，如巳[3]本

尊之相，或二尊狡參，亦得一一復作

無量想。若能依此勤修不怠，功行

---

〔1〕 原文"日"字之右方有類似"卜"字之記號，似表示此爲抄寫時誤添之衍字，下同。

〔2〕 小號字者，似爲抄寫者所加，下同。

〔3〕 此之"巳"字當爲"己"字之誤寫。

日深者，得見水月、正覺之面。及自
得覺圓滿之樂，忽然失笑無已，寤
聞音聲，在夢音聲，無有別異。夢
中喫飲，寤時喫飲，亦无別異。或感前
聖衆以梵行卜天語與自説法，初令身、

三

語爲宗而修行，後時審諦無失心
善爲宗令修行。或於彼聖，自求要
門，由此修習、攝授力故，無漏法樂，自
然顯發，此是自攝授夢幻身觀也。
復次，睡覺出定之時，作自攝授者，觀
諸有法與夢、定同。復觀諸法幻化、水
月，無別異者，發生大慧。又復睡覺，

應作是觀，用一明鏡，照自身形，鏡中
影現，審視端的；去鏡緣影，於意憶熟，
令其顯現，方乃讚言卜譽平生德業，
影像不喜。復以毀辱要劣過慝，亦
不生嗔。何以故？即是幻影無實躰故。
久久之間，毀譽不動，攝影入身，自与
幻影亦無別異。如前毀譽，无嗔无

四

喜，審的不動。復出影像，如前毀譽，
終而復始而調習者，決悟自身猶如
幻化、水月，無有別異。若悟心境同化
幻[1]者，所有情執，定不再生。於諸人
物，改換多端，變化自在，睡夢与寤，
同一幻化。若如是者，方得名爲住無

───────────────

〔1〕 "化幻"當爲"幻化"之誤寫。

分別性也。最上成就,於此生中而自

證得矣。或於如前夢幻定中,無如上自

在者,日久不癈,於夢識夢,必認中

有幻夢之身。不假多功,亦獲最上

成就,更不重受後有身也。然上正文

出《大幻化密意樂本續》,[1][後]彼云湛融

具足清淨睡。[2] 又《耶末曇》云,休

捨睡也。[3] 此爲明證。

　　五

夢幻要門竟

阿侶怛羅唵

1.2 《夢幻身要門》之藏文原本及其校勘、漢譯

藏傳佛教各大教派各有其特殊的傳世要門(man ngag, āmnāya)或教授(gdams ngag, upadeśa),例如寧瑪派的要門以大圓滿法(rdzogs chen)爲主,薩迦派的要門即以《喜金剛續》爲基礎的道果法(lam 'bras)爲主,格魯派之要門以修心法(blo sbyong)爲主,而瑪爾巴噶舉派(Mar pa bKa' brgyud pa)的要門則是以《那若六法》爲基礎的大手印法(phyag rgya chen po)爲主。[4] 於這些要門傳統中,涉及夢幻身修習的主要有寧瑪派的中有修法和噶舉派的《那若六法》。寧瑪派之中有教授説六種中有,其第二種即爲夢幻中有,教導行者藉無動心性,修習證悟夢境或迷亂境,並令其轉爲清淨光明境界而得到解脱。而噶舉派傳承的《那若六法》中有修習夢觀與幻身成就法,稱於此二法之力得究竟自在後,就能於中有時成就圓滿報身佛。由於寧瑪派之中有法典《寂忿尊密意自解脱》是伏藏師噶瑪嶺巴於 14 世紀中期纔發現的,因此,黑水城所見的這些有關中

---

〔1〕 此所謂《大幻化密意本續》當乃藏文 *sGyu ma chen po gsang ba yid bde ba'i rgyud* 之正確的譯文,它實際上當即指著名的《大幻化本續》(*Mahāmāyā-tantra-nāma*),《西藏文大藏經》收有此續,題名 *sGyu 'phrul chen po'i rgyud*. TTP, No. 64, pp. 63 – 65。

〔2〕 與此句相應之藏文爲 "rnal 'byor gnyid dang yang dag ldan"。

〔3〕 對照藏文本,可知此之所謂耶末曇當是 He-vajra 的音譯,所以它即是指著名的《大喜樂本續》。與此句引文對應的藏文即是 gnyid ni spang par mi bya ste。稍後將對此兩句引文作詳細的討論。

〔4〕 Matthew Kapstein, "gDams ngag: Tibetan Technologies of the Self," *Tibetan Literature*, *Studies in Genre*, ed. by Jose Ignacio Cabezon and Roger R. Jackson (Ithaca: Snow Lion, 1996), pp. 275 – 289.

有密法的文書的根據當不可能是寧瑪派所傳之中有法，而更可能是根據噶舉派《那若六法》所作之授受。

噶舉派以金剛持佛爲其始祖，以印度的諦洛巴（Tilopa，988－1069）和那若巴（Nāropa，1012－1100）爲其最初之傳法大師，然後由西藏譯師瑪爾巴（Mar pa Chos kyi blo gros, 1002/1012－1097）於印度隨那若巴求得其法之精要，傳之於米拉日巴（Mi la ras pa, 1052－1135），米拉日巴復將其傳之於岡波巴鎖南領真（sGam po pa bSod nams rin chen, 1079－1153）。自岡波巴之弟子開始，噶舉派之教法於西藏廣爲流傳，形成所謂四大、八小等許多支派。於及至岡波巴之早期噶舉派大師的著述中，或多或少皆有涉及夢觀與幻身修法的内容，但未見有同上引《夢幻身要門》相應之法本。於岡波巴大師的著述中，有多種有關夢幻修習的論説，例如，《以夢治失》（*rMi lam gyis 'byams sel*）、《夢之要門》（*rMi lam gyi man ngag*）、《六法金剛偈釋論》（*Chos drug rdo rje'i tshig rkang rnam par bshad pa*）等。[1] 而其對《那若六法》所作之釋論中最詳細的一部叫作《尊者達波拉傑之佛語：大密直授、中有直授、遷識直授等教授總匯》（*rJe dwags po lha rje'i gsung dmar khrid gsang chen bar do'i dmar khrid 'pho ba'i dmar khrid zhal gdams dang bcas pa bzhus so*），其中有《觀修大樂之要門》（*bDe ba bsgom pa'i man ngag*）、《觀修幻身之要門》（*sGyu lus bsgom pa'i man ngag*）、《觀修光明之要門》（*'Od gsal bsgom pa'i man ngag*）、《秘密修證要門》（*Thugs dam gsang ba'i man ngag*）、《遷識之要門》（*'Pho ba'i man ngag*）、《中有瀕死之要門》（*Bar do 'chi ka ma'i man ngag*）、《三中有之教授》（*Bar do gsum gyi gdams pa*）等種種要門。而其中的《幻身要門》則當就是上録黑水城文獻中所見《夢幻身要門》之根據。此先録藏文原文於下，並根據同書之另一版本略作校勘，[2] 再將其轉譯成漢文，以明示二者之異同。

〔1〕 分別見於《岡波巴鎖南領真全集》（*Collected works［gsung 'bum］of Sgam-po-pa Bsod-nams-rin-chen. Reproduced from a manuscript from the Bkra- śis-chos-rdzoṅ Monastery in Miyar Nala Lahoul by Khasdub Gyatso Shashin* (Dehli, 1975), vol. 2, pp. 349－352, 468－469, 443－452. 參見 Antonella Crescenzi and Fabrizio Torriceli, "Tibetan literature an Dreams: Materials for a bibliography," *The Tibet Journal*, vol. XXII (1997), No. 1, pp. 58－82.

〔2〕 迄今有兩種不同版本的《岡波巴全集》傳世，一種是上注所引的德里 1975 年版，而另一種是大吉嶺 1982 年版，即 *Collected Works（Gsung-'bum）of Sgam-po-pa Bsod-nams-rin-chen*（Darjeeling, West Bengal: Kargyud Sungrab Nyamso Khang 1982）。這兩种版本中所收録岡波巴上師的論著篇目有很大的不同，所幸的是，他的這部《那若六法》的釋論均被收録。於德里 1975 年版中，此釋論見於第二卷，葉 32—58；於大吉嶺 1982 年版中，則見於第二卷，葉 162—228 中。下引《幻身要門》全文録自大吉嶺 1982 年版，卷二，葉 186.6—194.1。經本論文回應人臺灣佛光人文社會科學院劉國威教授指出，這個文本於兩個不同版本中有諸多不同之處，故此亦將德里 1975 年版所收文本找出（卷二，葉 46.1—50.6），加以對照，以示其異同。對劉教授之指正，在此謹表感謝。

1.2.1　藏文原文

sGyu lus kyi man ngag

〔22. b〕Bla ma rnams la phyag 'tshal lo

sGyu lus kyi man ngag ni/dang po gnyid mi 'ong ba/'ong bar bya ba dang/rmi lam gyi 'du shes/〔23. a〕sngon du btang ba dang/rmi lam de la der ngo shes par bya ba dang/rmi lam de bogs dbyung ba dang/rmi rgyud brtag pa gnyis pa las/ye shes chen pos ros gang ba gnyid ni yang bar mi bya'o//ces pa dang/ma hva ya nas/rdo rje gnyid dang yang dag ldan//zhes gsungs so//〔1〕lam sbyang ba dang lnga'o//yang na/rmi lam dang/gnyid gnyis lam cig tu khyer na/bogs dbyung ba de la〔2〕'od gsal du zhug pa'o//

de la 'dir dang po rmi lam bsgom pa ni/lus bcos par bya ba'i gnad ni/ngal zhing dub pa bya ba dang glo g. yas pa phab ste ci bder nyal lo/dang po snang ba 'di thams cad/sgyu ma la sogs pa yin snyam du mdun pa drag tu bya/de nas sngon du 'gro ba gsum byas nas bzlas pa dang gtor ma/de nas dngos gzhi gcig po bya/rmi lam dus su bzlas bsgom bya'o/〔3〕der padma 'dab ma bzhi la mdun gyi Avmm g. yas su nu/rgyab tu ta/g. yon du ra/dbus su Aom bsams ste/de nas dang por gnyid nyal nas/tha mal shes pa mdun du Avmm la sems bzung ngo/de nas rtog pa〔4〕rags pa 'gags dus su/nu la sems bzung ngo/de nas rtog pa phra ba 'gags dus su/ta la sems〔23. b〕bzung ngo/de'i rjes la rtog par phra bar 'dus nas/gnyid log la khad pa nas/ra la sems bzung ngo/de nas dbus kyi Aom la sems lhan bzung nas gnyid log par bya'o/yang na smin phrag tu thig le dkar la leb〔5〕cig bsams ste/der sems bsdus la nyal lo/de ni gnyid mi 'ong ba/'ong bar bya'i thabs so/

---

〔1〕　自 rmi rgyud 至 zhes gsungs so 中間的這兩段引文不見於德里版中。
〔2〕　德里版闕 la 字。
〔3〕　德里版闕自 dang po snang ba 至 rmi lam dus su bzlas bsgom bya'o 一段。
〔4〕　德里版作 rtogs pa。
〔5〕　德里版作 leb pa。

de nas rmi lam gyi 'du shes sngon tu btang ba ni／dang po gnyid log dkar[1] bdag gi rmi lam[2] rmi bar bya／snyam pa'i 'dun pa sngon tu btang ste／de yang sangs rgyas thams cad kyi zhing khams mthong ba dang／nam mkha' la 'gro ba dang／lus la me 'bar ba la sogs pa'i rdzu 'phrul dang ldan pa'i ngo mtshar can gyi rmi lam rmi bar bya／snyam pa'i 'dun pa drag tu bya'o／

de nas rmi lam la rmi lam du ngo shes par bya ba ni／rmi lam de rmi lam yin par ngo shes par bya／snyam pa'i 'dun pa btang nas gnyid log pa dang／sngar gyi 'dun pa'i stobs kyi rmi lam 'byung la／　　　de byung ma thag tu rmi lam de la yang dag tu 'dzin pa'i shes pa mi 'byung ste／rmi lam yin sgyu ma yin snyam pa 'ong／／

de yang rmi lam du bud med dang／khyi la sogs pa byung yang de ngo shes par bya ste／'di rmi lam gyi bud med [24. a] dam khyi yin zhes ba 'byung la／bsgom yang bsgom mo／

de nas bogs dbyung ba ni／bud med dam／khyi de nyid stong gsum tsam du spros[3] te bsgom mo／

de nas rmi lam sbyang ba ni／bud med dam／khyi de rnams bdag med pa la sogs pa／'jig rten las 'das pa'i mkha' 'gro ma'i tshogs dpag tu med par bsgyur te bsgoms pas／thams cad rus pa'i rgyan can／? phyag na gri gug dang／thod pa can du bsgom mo／de thams cad kyang sgyu ma'am／chu zla'am／'ja' tshon gyi lus ltar bsgom mo／yang na rang gi yi dam gang byed kyi lha tshogs／rdul gyi grangs dang mnyam bar gong bzhin bsgom mo／de ltar bsgom pas chu zla lta bu'i de bzhin gshegs pa rnams kyi zhal mngon sum du mthong la／de rnams la dngos su chos nyan cing gdam ngag zhus pas chog[4] ste／de'i byin rlabs kyis／／rang la zag med kyi bde ba phril phril nges par mi 'byung mi srid do／dngos sum nyams su

---

[1] 德里版作 kar。
[2] 德里版闕 rmi lam。
[3] 德里版作 sgros。
[4] 德里版作 chos。

myong ba de 'dra ba 'byung gsung ngo／de ni bdag byin rlabs pa[1] yin te／rmi lam sgyu lus kyi bsgom pa'o／

de nas gnyid sad pa'i rjes thob la／bdag byin gyis brlabs te／snang ba thams cad mnyam bzhag rmi lam gyi dus su snang ba bzhin[2] [24.b] thams cad sgyu ma'am／chu zla lta bur byas cing bsgom mo／de bzhin du bsgoms pas／nges par yid ches[3] 'cha'o／gzhan yang／gnyid sad pa'i rjes thob la 'di ltar bsgom ste／rang tha mal pa'i lus me long la gsal por brtan la／me long nang du gsal ba de／mdun du rang la brtan[4] nas／yid yul shin du gsal zhing bsgom mo／de nas rang lus me long la gsal ba de gsal por bstan nas de la yon tan bgrang[5] zhing bstod pa byas pas／de la dga' ba'i sems mi 'byung ste／sgyu lus yin pas[6]／yang de la[7] ngan gyi bye brag mang po bgrang ste／bgrang kyang de la mi dga' ba mi 'ong／de ltar lan mang du bsgoms nas shin du brtan pa dang／slang de nyid rang gi lus la zhugs cing／rang nyid sgyu ma'i lus la bstod par dga' ba med／smad pas mi dga' ba med pa'i lus su bsgom mo／de gsal du ma 'dod na／mdun du sngar ltar bsgom[8] la／lus la bzhug cing bsgom／de ni nges par lus sgyu ma'am／chu zla lta bu'i lus su mthong ba 'ong pas／rang lus kyi mngon zhen log nas／snang ba thams cad kyi zhen pa ldog pa la tshegs med do／thams cad kyang sgyu ma'i rnam par longs spyod par 'gyur te／tha mal ba'i rnam rtog [25.a] ye mi 'byung ngo／de ltar byung dus na rang dang snang ba thams cad sgyu ma bzhin du／bden par ma grub pa yin／de ni ji ltar myur 'dod de／gnyid kyi dus dang／sad pa'i dus dbyer med du phril phril gnas pa ni／gnyid log ma log dbyer med ces bya'o／de yang dang po gnyid zin du ma btud na rlung bsgom par bya ste／nyal ba'i sngon du rlung sbyangs la／de nas rlung bum ba can du bcug ste／de'i 'phro la nyal bas／rlung gi nang gi 'byung ba dkugs te rmi lam 'byung bar 'gyur ro／

---

〔1〕 德里版作 byin gyis brlab pa。
〔2〕 德里版此多 du 字。
〔3〕 德里版作 ye shes。
〔4〕 德里版作 stan。
〔5〕 德里版作 bzang。
〔6〕 德里版此後多 so 字。
〔7〕 德里版作 yang til，似不成義。
〔8〕 德里版作 bsgoms。

de nas rmi lam zin la / mnyam rjes gnyis la khyad par med med par[1] sgyu mar
mthong ba 'ong / rmi lam bsgoms nas / 'bras bu thob par 'dod pas de ltar bsgom mo / de ni
nges par tshe 'di la mchog gi dngos grub thob nas / lus len mi srid gsung ngo / gal te rmi
lam gyi dus de ltar sems ma zin na yang / rmi lam de rmi lam du ngo shes pa tsam gyis /
'chi khar bar do zin par bya snyam pas / bar dor sgyu lus zin par 'gyur la / des mchog gi
dngos grub thob ste / lus len mi srid gsung ngo / de ni rmi lam yin no / gal te rmi lam dang
gnyid gnyis dril bas mal cig tu byed na / dang po gnyid 'ong par [25. b] bya ba dang / rmi
lam gyi 'du shes sngon du btang ba dang / de bogs dbyung ba dang / sbyangs pa dang /
sbyad par[2] bya ste / de nas sgyu lus bogs dbyung / de 'od gsal du 'phor bzhug pa ni / sems
rims kyi hvum la thim pa'i dus su / bde ba'i ngang du gnyid thum gyi log pas / shes pa 'od
gsal du zhugs de / bde stong gnyis kyi nyams 'char ro / de'i dus drung du mi gcig gzhag la /
gti mug gi gnyid du song srid pas / yang[3] sngar bzhin nyal te / 'dir rmi lam 'gal rkyen yin
par 'dod do / shes pa bde stong dang du nyal lo / de'i nub thun gsum 'am bzhi la sogs pa
bya'o / de nas gnas skabs su gnyid glod du bcug la / thun ci rig par[4] sems bcos shing bde
stong du nyal lo / de nas gnyid sgyu lus 'od gsal du 'pho shes nas / 'chi khar sgyu lus 'od
gsal du 'jug pa la tshegs med do / de yang ji ltar 'jug na / 'chi dus su[5] glo[6] g. yas pa
phab ste / gong bzhin shes pa bsdus nas nyal bas / dang por rtog pa rags pa 'gags nas snang
par zhugs pa 'ong ste / de nas rtogs pa phra ba 'gags nas / snang ba mched par zhugs pa
'ong / de nas rtog pa shin du phra ba 'gags nas / snang ba thob par zhugs pa 'ong ste / de
nyid [26. a] stong gsum gyi ngo bor gnas la / de nas rang rig lha'i sku sgyu mas lus len no /
de nas 'od gsal bde stong du gnas te chos sku thob bo / 'chi khar gal te 'od gsal du 'pho ma
nus na yang / 'chi khar bar do zin par bya snyam pa'i mdun pa sngon du btang nas / [7] bar
do yin par ngo shes pa bdun tshigs kyis shi zer ba'i kha them bzhag na / bar do yin par ngo
shes par 'ong la / bar dor sgyu lus ngo shes nas / sgyu lus de la chags sdang zhen pa log ste /

---

〔1〕　此處的兩個否定詞 med 中，當有一個爲衍字；德里版中祇有一個 med 字。
〔2〕　德里版作 sbyang。
〔3〕　德里版少 yang 字。
〔4〕　德里版作 rigs pa。
〔5〕　德里版少 su 字。
〔6〕　德里版作 blo。
〔7〕　此句似當改作：'dun pa sngon du btang nas；令人費解的是，此文之兩個版本中，以及岡波巴的其他相關
的文獻中經常出現 mdun pa sngon du btang nas 這樣的句子。

pha ma'i lus la chags sdang mi skye zhing／mngal du mi 'jug go／des mtho ris su skye bar 'gyur ro／nva ro chen po'i sgyu lus sgom pa'i man ngag snying khu yin no／／rin chen thugs dam yin no／

de yang nva ro pa'i bla ma tee lo pas yin／[1]byang chub sems dpa' phyag na rdo rje[2]dngos su gsan no／phyag na rdo rje ni／rdo rje 'chang gi 'khor ro／nva ro pa'i spyan sngar／bla ma lho brag bas／lo mang du bzhugs te zhus pas／bla ma lho brag pa dang／rdo rje 'chang gi bar na brgyud pa ni／phyag na rdo rje／tee lo pa／nva ro pa gsum las med do／sku drin zla bo[3]med bla ma de rnams kyis／zhal nas zhal du brgyud pa'i gdams pa 'di／bla ma'i dus mtha' brten pa 'ga' tsam las／gzhan [26.b]gyis thos pa'i skal pa mi ldan te／dam tshig nyams nas dmyal bar ltung nyen che'o／

1.2.2　漢譯

敬禮諸上師！

幻身之要門者,有五,[一]、初無睡令睡;[二]、先作夢之想;[三]、要識其夢;[四]、令夢增長;《夢[幻喜金剛]二品續》云:"修習睡眠勿捨棄";[4]《大幻化本續》云:

---

〔1〕　德里版此後多 dee lo pas。

〔2〕　德里版此後多 la 字。

〔3〕　德里版作 'khor。通過對這兩种文本的比較,可見除了首段所引《喜金剛本續》與《大幻化本續》中的兩段引文不見於德里版中這一差異較大外,其他的不同之處均爲細小的文字差異。比較而言,大吉嶺版似更爲準確一些。然而黑水城文書中所見的《夢幻身要門》則更接近於德里版,文本起首兩段中見於大吉嶺版而不見於德里版中的内容,同樣亦不見於漢文本中。

〔4〕　這一段引文引自"rmi rgyud brtag pa gnyis pa",此當爲於宗喀巴《那若六法釋論》和二世達賴《妮谷六法廣釋》中亦常常引用的所謂《二品續》,或《二分續》(brTag gnyis gyi rgyud),亦即《喜金剛本續王》(Kye'i rdo rje zhes bya ba rgyud kyi rgyal po),漢譯作《佛説大悲空智金剛大教王儀軌經》。此本續前後分成兩大品(brtag pa),前一品復分十品(le'u),後一品復分十一品,故常常被簡稱爲《二品續》。然這段引文原作:"ye shes chen pos ros gang ba gnyid ni yang bar mi bya'o",頗爲費解,亦不見《喜金剛續》中。岡波巴同書《光明要門》('od gsal gyi man ngag)一章中,曾引《喜金剛續》第六品(Kye'i rdo rje le'u drug pa)中的一句偈語,作:"gnyid ni spang bar mi bya ste",當可譯作:"睡眠者,勿捨棄!"岡波巴上揭書,頁197。是故,此處這段引文當相應地改正爲:"ye shes chen pos ros gang ba gnyid ni spang bar mi bya'o。"同樣的引文亦見於《大乘要道密集》中的《幻身定玄義》中,此處作:"又大喜樂本續云,修習睡眠勿捨棄。"見《大乘要道密集》卷一,頁28。不過,這段引文並不見於《喜金剛本續王》之第六品,而是見於該續後品續之第三品中。其前後之原文作:"bcom ldan 'das kyis bka' stsal pa／bza' btung ji ltar rnyer pa dang／bgrod dang bgrod min mi spang zhing／khrus dang gtsang sbra mi bya ste／／grong gi chos ni rab tu spang／blo ldan sngags nyid mi zla zhing／bsam gtan nyid ni dmigs mi bya／gnyid ni spang par mi bya ste／dbang po rnams ni mi dgag go。"北京版《西藏文大藏經》卷一,No.10,頁217/4—5。

“正具金剛睡”；〔1〕五、調習[於夢]。抑或，若令夢與睡二者轉爲道用，則於彼增長入於光明。

於彼，於此修習夢者，初調整身之姿勢，令[此身]有所困乏，〔2〕枕右穩臥。初當猛作意樂，〔3〕念此一切顯現悉皆如幻。復次，先作三加行，後念佛，施食子。復次，當作唯一正行，於夢時念佛、修行。於此於四葉蓮花上，前阿字，右侶字，後怛字，左羅字，中唵字。復次，初寢寐，平常識者專意於前之阿字。復於回遮粗識之時，心緣侶字；復於回遮細識之時，專意於怛字；於彼之後，攝集細識，欲擬入睡，緊專羅字。復次，俱專意於中之唵字，一向睡之。又或只緣眉間一箇白色明點，如是亦攝心而得寐。彼者，乃無睡令睡之方便也。

二、先作夢之想者，初將臨正睡，先發意樂，思想：我當作夢。於彼作見種種諸佛刹土，行於虛空，身上火熾燃等神通之希有之夢。當猛發此意樂。

三、復次，於夢識夢者，因發意樂，思想：當識彼夢者，乃夢也。故纔睡着時，由前願力故，便作夢。正緣夢時，無執實心，遂生起是乃夢、幻之念。

四、於彼夢境所現婦人、犬等類，亦當識之，此乃夢中之婦人也，或曰此乃夢中之犬也！於彼再三修習。令夢增長者，修習俾令即彼婦人或犬者增長，滿三千界。

五、復此，調習於夢者，所夢婦人、狗等，變作無我[瑜伽母]〔4〕等無數出世空行母之衆，[於彼等]作觀修，彼等悉皆嚴持骨骸之莊嚴、瓔珞、曲刀、具頂等，[於彼等]作觀

---

〔1〕 此處原文所引續名 mahāyana 當爲 Mahāmāyā-taṇtra-nāma 之略寫，藏文作 *sGyu 'phrul chen po'i rgyud ces bya ba*，乃著名的《大幻化本續》。此續之藏譯文見於北京版《西藏文大藏經》卷三，No. 64，頁 63—65。然查該續之原文，並不見此處所引之“rdo rje gnyid dang yang dag ldan”一句，所見相近似者僅有“rnal 'byor gnyid dang yang dag ldan”，見於該本續，頁 64/3。其前後之原文作：“gang phyir sangs rgyas rnams kyis mkhyen// rnal 'byor gnyid dang yang dag ldan/ gong bur song ba'i yid de yis/ gzugs gcig tu ni bsgom pa byed。”《夢幻身要門》中所引《大幻化密意樂本續》“湛融具足清淨睡”一句意即與此相同。此外，《幻身定玄義》於引《大喜樂本續》前亦引“《大幻化本續》云：修習睡眠即是定”一句，或當爲同一句原文之異譯。

〔2〕 原文作 ngal zhing dub par bya ba dang，意爲“令有所困乏”，與漢譯文意義正好相左。

〔3〕 mdun pa drag tu bya 當改爲 'dun pa drag tu bya。'dun pa 意作“欲”、“意樂”，故整句意爲“發願”、“作意樂”；而 mdun pa 意作“前面”、“近旁”，整句不成義。此段下復有 'dun pa drag tu bya 一句，可爲證據。

〔4〕 bdag med pa，當即爲 bdag med rnal 'byor ma，乃本尊喜金剛之佛母（Kye rdo rje gyi yum）。

修,觀修一切如幻化、水月、虹身。或乃凡所得已之本尊之衆尊,與化機之數目相等,亦得如前觀修。若能依此勤修不怠,得親見如水月之諸正覺之面。或可於彼聖等親聆正法,自求要門。由此攝授力故,無漏法樂,一定自然顯發。或曰生如是之實際體驗,彼乃自攝授[自身加持]者也,此是夢幻身之修習也。

復次,於睡覺出定之時,作自攝授者,觀諸顯現[有法]與夢時之顯現同。復觀諸[顯現]與幻化、水月無別異者。如是修習者,定生大慧。又復於睡覺出定之時,應作如是觀。用一明鏡,照自凡人之身形,於鏡中影現之前,審視端的;於意境中憶熟、觀修。復次,明顯自身於鏡中之影現,對彼讚譽平生德業,影像不生喜悅之心,乃幻身之故也。復對彼歷數衆多種種劣迹,彼亦不生嗔。如是修習多次,久久之間,[毀譽]不動。遂復令即彼影現入自身而觀修,觀自身與幻身亦無別異。對之毀譽,彼亦無嗔無喜。若欲衆多影現,則於[鏡]前如前修習,復令影像入身而觀修,彼者,定會見自身乃如幻化、水月之身,遂厭棄自身,亦不難回遮對一切顯現之貪戀。一切幻化之形色皆成受用,定不生凡人之分別。

若於如是觀修之時,不能真實得證己與一切顯現皆如幻化,彼者,欲如何速證?曰睡時覺時,無有別異,住於法樂;睡夢與寤,亦無別異。彼亦,若彼初未入睡,亦當修習風息。入睡之前,當練習風息。然後令風息入於瓶風,若於彼之餘入睡,風息之中四大調和,故將作夢。復次,作夢之後,將見根本與後得[修定之中與出定之後]兩者無別異,皆是幻化。修習幻夢,而欲得果者,當如是修習。彼者,定於此生證得最上成就,不再受生。設若於睡夢之時,不能如是專心執受,唯以識彼夢爲夢,想望當執受臨死中有者,將執受中有幻化身,得最上成就,不再受生。彼者,乃夢幻也!設若夢與睡二者相合,而作睡眠,初[無睡]令睡,先作睡夢之想,令夢增長,調習於夢。

復次,幻身增長,彼轉趨於光明者,心沉没於疫厲之 Hūṃ 字之時,於喜樂之性入睡,故入智慧光明,生起樂空雙運之體驗。彼時,於近前立一人,亦得入痴睡,故如前入臥,許於彼乃夢幻違緣,遂與智慧樂空俱而入臥,彼夜當入夢三或四回等。復次,於此分位,側臥而睡,隨應時辰而改變心識,安睡於樂空[雙運]中。復次,既識令睡夢幻身轉趨於光明,故令臨死幻身轉趨於光明亦不難矣。或曰彼亦如何入耶? 答曰: 死時右肋側臥,如前攝識而入睡。初阻止粗分別而得入於顯現[明];復次,阻止細分別而得入於明增勝解[增相顯現];復次,阻止極細分別而得入明得勝解,[1]即彼住於三千世界之真性,復次,受自證本尊身幻身。復次,住光明樂空之中,而得法身。設若臨死時不能轉趨於光明,先發願,思想當執受臨死中有,遂識是乃中有,以七期而入所謂死之門檻,則將識得是乃中有,故識中有幻身。於彼幻身捨離愛憎貪戀,於父母之身亦不生愛憎,故不入胎也。復次,將會轉生善趣[人天世界]。此乃那若大師幻身修習之要門精粹也,乃大寶修證。

彼亦,那若巴之上師乃諦洛巴,彼乃隨金剛手菩薩親聆者也。金剛手菩薩者,乃金剛持之眷屬。於那若巴尊前,上師洛札瓦居住多年,隨時請益。故上師洛札瓦與金剛持之間之傳承者,唯金剛手、諦洛巴與那若巴三人。[2] 此由具無比大德之諸上師口耳親傳之教誡者,除少數幾位上師之末期能依者外,旁人不具聽聞之緣,若懷誓言,則墮地獄,害莫大也!

---

〔1〕 對於明、明增、明得三种信解及其入明之次第,岡波巴上師於《光明之要門》中作了明確的解釋:"gsum pa snang thim pa'i rim pa ni/de nas rnam par shes pa snang ba la thim pa'i tshe/phyi rtags zla shar lta bu/nang shes pa'i snang du ba lta bu snang ba lang long du 'cha'o/de'i dus zhe sdang las gyur pa'i rtog pa sum bcu gsum 'gag go/snang ba mched pa la thim pa'i tshe/phyi rtags nyi ma shar ba lta bu /nang du shes pa la srin bu me khyer lta bu dmar skyem pa cig 'byung/de'i dus/'dod chags las gyur pa'i rtogs pa bzhi bcu 'gag go/mched pa thob ba la thim pa'i tshe/phyi rtags mun pa ltar nag thibs pa cig 'byung/nang rtags shes pa mar me ltar gsal lhag pa cig 'byung ste/de'i dus gti mug las gyur pa'i rtog pa bdun 'gag go/de ltar na/gti mug gi bdun/zhe sdang gi sum bcu rtsa gsum/'dod chags kyi bzhi bcu ste/rang bzhin brgyad bcu'i rtog pa ma lus bar 'gags pa yin no/三、入明之次第者,復次,於融入識明之時,外相如日升起,內識之明如煙之顯現滾滾而起。是時,因嗔而生起之三十三種分別得以遮止;於融入明增之時,外相如太陽升起,內識粉紅如螢火蟲,是時自貪而生之四十種分別得以遮止;於融入明得之時,外相漆黑一團,內識明亮如燈,是時,因痴而生之七種分別得以遮止。如是,七種痴、三十三種嗔、四十種貪、八十種自性分別均得以遮止。"岡波巴上揭書,大吉嶺版,頁200—201。宗喀巴以明、增、得三定爲成立幻身教授之根本。依龍樹之《密集》傳承,行者於命力未能入、住、融於中脈時,心寂之明、增、得三定不生。行者唯有從生圓滿心寂性相之風、心中,纔能證成幻身。"明,其相猶如月光充滿無韻虛空;次名,增上,其相如同月光充滿虛空;第三,近得,如黎明前,空中日、月全無,一片黑暗。於此三者顯現後,即由最細心位之微細風心生起光明赫之幻身。"見宗喀巴造,《甚深道那若六法之門導引次第——具三信解》(*zab lam nva ro'i chos drug gi sgo nas 'khrid pa'i rim pa yid ches gsum ldan zhes bya ba*),《西藏文大藏經》卷一六一,頁1.5/5—2.1/6。參見宗喀巴大師造,丹增善慧法日譯,《深道那洛六法導引次第論——具三信念》,香港:佛教慈慧服務中心,2000年,頁73—74。

〔2〕 噶舉派中分瑪爾巴傳承與穹波傳承兩大系統,因從金剛持到諦洛巴、那若巴之間所有的要門、教授,祇有瑪爾巴一人全部得到,所以繼承這個法統的就名爲噶舉派。據傳諦洛巴所領受之法有四大要門,一由金剛持依次傳授於因陀羅菩提王、龍所變化的瑜伽母、地神毗蘇迦瓦、薩羅訶、龍樹足與諦洛巴。其法有《集密》、《四座》、《六法幻身》、《遷識》等四大要門;一由金剛持傳智慧空行母、卓古古熱巴、咱熱耶巴、諦洛巴,其法有《大幻化》《六法修夢》等要門;一由金剛持守傳金剛手、無支分金剛、蓮花金剛、善緣空行母及至諦洛巴,其法有《喜金剛》及《六法》之拙火要門。見土觀羅桑卻吉尼瑪著,劉立千譯,《土觀宗派源流》,拉薩:西藏人民出版社,1999年,頁58。按此說法,《那若六法》之幻身要門、夢之要門與光明之要門分屬三種不同的傳軌,其中幻身要門之傳承中實際上沒有金剛手菩薩其人。

1.2.3 《夢幻身要門》與《幻身要門》之對勘

比較黑水城文書中的《夢幻身要門》與岡波巴《幻身要門》，不難發現，雖然前者較後者於結尾處省去了一個大段落，二者於具體行文上亦有許多細微的差異，但二者結構相同，所述内容一致，淵源關係十分明確。或許前者所根據的是岡波巴大師同一著作的另一種今已不傳之版本，或者是某位於西夏傳法的西藏噶舉派喇嘛自己根據岡波巴大師之論書所作的傳授（'chad nyan），經其漢人弟子翻譯整理而成，以爲修夢、幻身法之指南。其起首所云"夫行人以夢爲門者，要證佛果者，須以幻身修習"一句，不見於岡波巴之原著中，顯然爲傳譯者所加，讀來更像是單獨成篇之修法要門，儘管事實上它只是岡波巴《那若六法釋論》中的一個部分而已。

《夢幻身要門》與《幻身要門》二者之間的不同之處，有些顯然純粹是因爲兩种文字風格不同而於傳譯過程中所作的變化，無關宏旨。但亦有一些當爲傳譯者有意地改變或增删，於兹或當略作討論。首先引人注目的是，二者的標題實際上並不一致。岡波巴的標題爲《幻身要門》（sGyu lus kyi man ngag），而黑水城文書爲《夢幻身要門》，於幻身前多了一個"夢"字。佛教常說諸法如夢如幻，於漢、藏語佛教語境中，夢與幻通常是被相提並論的（chos rnams rmi lam sgyu mar mthong）。通常以爲，《那若六法》之六法分別爲臍火（gtum mo，或譯拙火）、幻身（sgyu ma）、光明（'od gsal）、往生（'pho ba，或譯遷識）、奪舍（grong 'jug，或譯射識）和中有（bar do），而夢瑜伽與中有瑜伽常常被看作是幻身瑜伽之分支，故夢瑜伽與幻身瑜伽之修習亦常常是結合在一起的。而且，睡光明瑜伽亦歸入幻身之教授中。[1] 然亦有將夢取代奪舍而單獨列爲那若六法之一法的，例如噶瑪噶舉派上師班覺頓珠（dPal 'byor don grub, 15 世紀時人）與主巴噶舉派著名上師班瑪噶波（'Brug pa Padma dkar po, 1527－1592）就如此認爲。[2] 被認爲與《那若六法》相應的《妮谷六法》（ni gu'i chos drug）亦將夢之觀修單獨列爲一法。[3] 按密宗

---

[1] nva ro'i chos drug tu byed tshul ni gtum mo dang sgyu lus dang 'od gsal dang 'pho ba dang grong 'jug dang bar do'i gdams ngag drug tu byed do//de la rmi lam dang bar do ni sgyu lus kyi yan lag re yin zhing/宗喀巴，《具三信解》，《西藏文大藏經》卷一六〇，頁 214/5。

[2] 班覺藏卜，《那若六法釋論——修習明燈》（mDo sngas thams cad kyi rgyal po rgyud sde bzhi'i rtsa ba ma rgyud thams cad kyi snying po bskyed rim lhan cig skyes ma rdzogs rim rlung sems gnyis med gsal bar ston pa dpal na ro pa chen po'i chos drug nyams len gsal ba'i sgron me zhes bya ba bzhugs so），《藏密氣功》（rTsa rlung 'phrul 'khor），成都：四川民族出版社，1995 年，頁 187－450；班瑪噶波，《攝六法筆記》（chos drug bsdus pa'i zin bris bzhugs so），《藏密氣功》，頁 451。值得一提的是，W. Y. Evans-Wentz 之 Tibetan Yoga and Secret Doctrines（Longdon：Oxford University Press, 1935）一書中的第三部分："知識道：六法之瑜伽"（The path of knowledge：the Yoga of the six doctrines）實際上就是班瑪噶波此書之翻譯。

[3] 參見二世達賴喇嘛根敦嘉措（dGe 'dun rgya mtsho）造，《妮谷六法廣釋》（Ni gu chos drug rgyas pa khrid yig）；Glenn H. Mullin, Selected Works of the Dalai Lama II: The Tantric Yogas of Sister Niguma（Ithca：Snow Lion Publications, 1985），pp. 109－110。

夢幻瑜伽修習之傳統，睡時升起之光明與法身相應，而夢時、醒時之光明則分別與報身和化身相應，是故睡夢瑜伽被視爲幻身瑜伽之分支，夢與幻身之修習二者密不可分。[1] 宗喀巴亦明確指出睡位的光明瑜伽、夢位的夢瑜伽與中有位的中有瑜伽皆攝於幻身瑜伽之內。[2] 幻身復有清淨幻身（dag pa'i sgyu lus）、不清淨幻身（ma dag pa'i sgyu lus）之分，而幻身之修法則有顯現幻修法（snang ba sgyu ma bsgom tshul）、夢幻修法（rmi lam gyi sgyu ma bsgom tshul）和中有幻修法（bar do sgyu ma bsgom tshul）等三種。[3] 故相應亦有顯現幻身、夢幻身、中有幻身之説法。《夢幻身要門》中所説實際上已經包括了夢與幻身兩種修法的主要內容，岡波巴之本意似亦爲將幻身與夢之修法結合在一起修習。雖然，岡波巴上師還另有兩個指導行者如何修夢瑜伽的短篇要門傳世，此容後述，但於此釋論中除此修習幻身之要門外並没有另列修習夢瑜伽之要門。後出種種《那若六法》之釋論，若以夢與幻身各爲單獨一修法者，皆將岡波巴此處所説歸屬於夢之修法，而不是幻身修法。因此，此書之傳譯者將其改名爲《夢幻身要門》確實名至實歸。前述《大乘要道密集》中録有《十六種要儀》一部中有《幻身定玄義》一篇，云：“問：云何是幻身定耶？答：依寂妙上師濟門，於睡夢中認得夢境，將此現境與彼夢境了知圓融、無二、無異，是名幻身定也。於此現境乃至中有身，了知圓融、無二、無異者，是名幻身定也，亦名夢幻定。若了知一切諸法如夢、如幻，決定印證，是名幻身定純熟堅固也。”[4] 這段話所説與岡波巴此要門之內容吻合，當屬於同一傳軌，它基本上概括了夢幻身修法的主要內容，亦明確説明了夢與幻身之修習之密不可分的關係。噶瑪嶺巴《六中有自解脱導引》之《夢中有導引》亦即以幻身、睡夢與光明爲三大綱要，將夢中有之修法分成三種，即“晝修幻身，明相自解脱；夜修夢，迷誤自解脱；後修光明，虛妄自解脱”。可見，所謂幻身定、夢幻定與光明定實際上都祇是修夢幻瑜伽的一個組成部分，三者密不可分。而這兒所説的修習幻身的五種修法，實際上指的祇是夜修夢幻的方法。

《夢幻身要門》首段説修習幻身之法有五種，即“一、無睡令睡；二、先求勝夢；三、要識其夢；四、令夢增長；五、調習於夢”。這與岡波巴《幻身要門》所説完全一致。值得注意的文字性差別是，與“先求勝夢”對應之藏文原文作“rmi lam gyi 'du shes sngon du btang ba”，意爲“先作夢之想”，並無“勝”意。而所謂“調習”者，與藏文語詞

---

〔1〕　Mullin 上揭書，頁 134。
〔2〕　宗喀巴，《具三信解》，漢譯本，頁 43、45—46。
〔3〕　宗喀巴上揭書，《西藏文大藏經》卷一六一，頁 3.1。
〔4〕　《大乘要道密集》卷一，頁 28。

"sbyang ba"對應,本意爲"淨治"。二者不同的是,《幻身要門》之大吉嶺版中於第四"令夢增長"與第五"調習於夢"之間插入的兩段分別源出於《喜金剛本續》與《大幻化本續》的引文。這兩段引文雖不見於《夢幻身要門》起首與《幻身要門》此處相應之處,然亦見於其結尾之處。其云:"然上正文出《大幻化密意樂本續》,彼云湛融具足清淨睡。又《耶末曇》云,休捨睡也。此爲明證。"此處之所謂《大幻化密意樂本續》當是藏文 *sGyu ma chen po gsang ba yid bde ba'i rgyud* 之正確譯文,岡波巴上師於同書《光明之要門》一節中曾提到此書。[1] 此處之引文"湛融具足清淨睡"或可還原爲"rnal 'byor gnyid dang yang dag ldan",與《幻身要門》中所引之"rdo rje gnyid dang yang dag ldan"類似,而與《大幻化本續》中的原文"rnal 'byor gnyid dang yang dag ldan"完全相同。而所謂"耶末曇"或當爲《喜金剛本續》之梵文名 *He-vajra-tantrarāja-nāma* 起始部分 He-vajra 之漢文音譯。此處所引之"休捨睡也"一句,與前述《幻身要門》所引"修習睡眠勿棄捨"一句相同。但不管這兩段引文出現於文首還是文末,其意義實際都一樣,無非是點明此《夢幻身要門》之依據便是《喜金剛本續》與《大幻化本續》。《大乘要道密集》中所見《幻身定玄義》中亦説:"問捺浪鉢法師依何本續傳此幻身也? 答:於《大幻化母本續》、《大喜樂本續》。《大幻化本續》云:'修習睡眠即是定。'又《大喜樂本續》云:'修習睡眠勿棄捨。'是故依憑吉祥兮嚕葛親説本續傳此幻身定,故真佛語也。"[2]此處之所謂"捺浪鉢"無疑就是 Nāropa 之漢文音譯,故其所説與此處完全相同,即曰那若巴六法中所説幻身修法的依據就是上述兩部著名的本續,所傳乃具吉祥尊 Heruka 的教法。[3] 然按噶舉派的傳統,《那若六法》等密法的根本所依應當是屬於父續的《密集本續》(*Guhyasamāja-tantra*),而不是屬於母續的《大幻化本續》。父續以得幻身爲其重點,而母續以識光明爲其重點。而夢與中有皆屬於幻身瑜伽的一個組成部分,故其所依據的本續當即爲如此所説的《密集本續》。[4] 按照宗喀巴的説法,《喜金剛本續》乃"内法拙火瑜伽"與"外法事業手印"之根據,而瑪爾巴上師所領受之"幻身"與"光明"之傳承乃

---

〔1〕 岡波巴上揭書,頁 197。

〔2〕 《大乘要道密集》卷一,頁 28。

〔3〕 同上書,卷一,頁 26—27 中所録《光明定玄義》中亦云:"問捺浪鉢法師依何本續傳此睡眠定耶? 答依於大幻化網本續文殊真實名。故大幻化網本續文殊真實名云:'大供養者是大痴,以愚痴心如愚痴。'是故睡眠是愚痴,以睡眠中斷除愚痴,令心歸真,生無分別智,於現受上獲大手印成就。故真如睡眠定者,甚極微妙,大不可思議。"此似將《大幻化本續》與《大幻化網本續》等而視之了。

〔4〕 Geshe Kelsang Gyatso, *Tantric Grounds and Paths* (London: Tharpa Publication, 1994), p. 49; Martin J. Boord and Losang Norbu Tsonawa, *Overview of Buddhist Tantra: General Presentation of the Classes of Tantra, Captivating the Minds of the Fortunate Ones by Panchen Sonam Dragpa* (Dharamsala: Library of Tibetan Works and Archies, 1996), pp. 46 – 54.

源自父續《密集》之五次第教授,及其由龍樹、聖天、月稱菩薩口授之傳軌。[1] 而於諦洛巴上師所造《六法之要門》(*chos drug gi man ngag*)中則明確指出,幻身與光明之要門來自龍樹,而夢之要門則出自辣幹鉢(La wa ba)。[2] 而據稱辣幹鉢以專注於母續著稱,是他將諸母續,特別是《喜金剛本續》,從明妃之國烏仗那帶到了東部印度。[3] 看起來《夢幻身要門》稱夢幻身瑜伽之依據是《喜金剛本續》與《大幻化本續》亦有確其所据。此或當於以後詳究。

對照《夢幻身要門》與《幻身要門》中有關第一种修法"無睡令睡"的内容,可知二者有三處明顯的差異。首先於前者爲"無令此身有所困乏"一句,於後者卻爲"令其困乏",意義相左;按常理,若欲令入睡,當令身困乏。班瑪噶波於解釋如何識夢時提到,"醒失者,甫執受夢,且思當淨治之,即便醒覺。於彼當依有營養之食物,令身困乏,而入於酣睡。由彼即可除[醒失]"。[4] 由此看來,《夢幻身要門》中"無令此身有所困乏"句中之"無"字當爲衍字。其次,前者顯然少了"初當猛作意樂,念此一切顯現悉皆如幻。復次,先作三加行,後念佛,施食子。復次,當作唯一正行,於夢時念佛、修行"一段,而這一段同樣亦不見於該文的德里版中。修幻身之三加行,或當指回遮對輪廻之執着,思維生死無常而生厭離心以及信仰三寶之功德而皈依之。[5] 最後,前者較後者多了"復想境印,自己喉中……"一句,而這一句似不可或缺。噶瑪嶺巴《六中有自解脫導引》中説夜修夢幻導引迷誤自解脫,其中執持夢境而識夢的方法有執持意、本尊、種子字、明點等四种,而"復想境印",即觀想自身爲本尊就是所謂執持本尊而識夢的具體作法。而且不管是本尊,還是表現種子字之四瓣蓮花都應顯現於喉間。[6] 而宗喀巴在

---

[1]　Sgyu lus dang 'od gsal gyi skor rnams gsang 'dus la brten pa yin zhes 'byung zhing / de yang gsang 'dus 'phags skor gyi gdams ngag tu snang la". 宗喀巴上揭書,頁1/5。宗喀巴於同書另一處詳述道:"瑪爾巴復云'於西方之 Lakseha 城中,頂禮吉祥智藏上師,得聞父續《密集》,得幻身、光明之教授,隨學五道次第要義'。故除隨那若巴聽聞依止四殊勝本續之四殊勝教授外,尚有依止父續之五次第教授,他隨那若巴與吉祥智藏二人聽聞五次第,集爲幻身、光明之教授。"宗喀巴上揭書,頁214/5。

[2]　北京版《西藏文大藏經》卷八二,頁34.4—5。

[3]　Keith Dowman, *Masters of Mahamudra, Songs and Histories of the Eighty-Four Buddhist Siddhas*(Albany: State University of New York Press, 1985), p.183.

[4]　見《藏密氣功》,頁471: sad 'byams ni / rmi lam zin kyang sbyang dgos bsam pa dang / 'phral du sad pa'o // de la zas bcud can bsten / lus ngal dub kyi las byas pas gnyid che bar 'gyur ro // des sel lo //. 參見 Evans-Wentz 上揭書,頁218。

[5]　drung kun spang pa'i gsung las / de la dang po sngon 'gro sgyu ma'i grogs gsum bsgom pa ni / 'khor ba la zhen pa bzlog pa dang / 'chi ba mi rtag pa bsgom pas yid rab skyo ba dang / dkon mchog gi yon tan la yid ches pa'i dad pas skyabs su 'gro ba'o //. 語見班覺頓珠上揭書,《藏密氣功》,頁286。

[6]　參見談錫永譯釋,《六中有自解脫導引》,香港:密乘佛學會,1999 年,頁 110—111;B. Alan Wallace, *Natural Liberation: Padmasambhava's Teachings on the Six Bardos*(Boston:Wisdom Publications, 1998), pp.150 - 154.

解釋幻身修習時對此説得更加明白："夜修以強力執持［夢幻］之要門有三。首先當專緣於喉間種子字，於臨睡之際，觀想自己成了本尊，並向於自己之頭頂作觀想的上師再三祝禱，説其喉間一紅色四辦蓮花之中央有一個紅色的'阿'字或'唵'字，思其爲金剛本性，專識於彼，心無旁騖，以持心之態而入睡。"[1]可見，不管是觀修本尊，還是觀修蓮花上的種子字，它們都應該是位於行者之喉間的。

　　夢幻身瑜伽之第二种修法於《夢幻身要門》中稱作"先求勝夢"，而於《幻身要門》中稱作"先作夢之想"，雖然名稱略有不同，然其内容基本一致。唯與漢譯本中"身上出水火，身下出水"一句相對應的藏文句子爲"lus la me 'bar ba"，意爲"身上火正燃燒"。是故，漢譯本中的兩個"水"字或當均爲"火"字之誤寫。不過，班瑪噶波於其所説夢幻身修法之第三種"學幻"（sgyu ma bslab pa）中，提到了所謂顛倒對治（go zlog gi gnyen po），説若夢見火，即幻變爲水；若夢見小，即幻變爲大等等。[2]所以，這兒所説之"身上出火、身下出水"，亦可能説的就是這種顛倒對治，以幻變來淨治夢境。

　　對於夢幻身瑜伽之第三种修法"要識其夢"，漢譯與藏文原本没有什麼大的區別，祇是前者於最後多了"既識知已，就上審觀而明識之"一句。有意思的事，漢譯者，或者是此譯文之抄録者，於"識夢"之後用小字加"同頂位"之釋文。頂位者，乃煖位、頂位、忍位與世間第一法位等所謂四加行位中之第二位。無著菩薩所造《大乘莊嚴經論》中解釋道："偈曰：爲長法明故，堅固精進起，法明增長已，通達唯心住。釋曰：此中菩薩爲增長法明故，起堅固精進，住是法明，通達唯心。此通達即是菩薩頂位。"[3]是故，識夢、無執實心（yang dag tu 'dzin pa'i shes pa mi 'byung），即是住法明、通達諸法唯心。

　　對於夢幻身瑜伽之第四种修習法"令夢增長"，漢譯與藏文原作之區別在於於前者夢中所現爲"人、狡"者，於後者則爲"婦人、犬"。這種差異亦見於第五種修習法"調習於夢"中。與人、狡相對應的藏文詞彙應是 mi dang dud 'gro，而婦人或犬則爲 bud med dam khyi。這兩种修法的主要内容是令行者將夢中所見一切有情均觀想爲自己的本尊，並令其增長至與化機之數目相等，以達到淨治夢境的目的。所以，夢中之顯現不管

---

　　〔１〕　宗喀巴上揭書，卷一六一，頁 4.3，mtshon mo man ngag btsan thabs kyis bzung ba la gsum las／dang po mgrin par yi ge la dmigs pa gtod pa ni／gnyid du 'go khar rang yi dam gyi lhar sgom／sbyir bor bla ma bsgoms la gsol ba mang dug dab／mgrin par pad ma dmar po 'dab ma bzhi pa cig gi lte ba'i dh'u t'i'i nang du a'am／om dmar po cig gsung rdo rje'i ngi bor bsam zhing de la shes pa gtad de gzhan du mi 'phro bar byas la／sems bzung ba'i ngang nas gnyid du 'gro bar bya'o//.
　　〔２〕　班瑪噶波上揭書，頁 472—473；參見 Evans-Wentz 上揭書，頁 221。
　　〔３〕　《大正藏》卷三一，瑜伽部，頁 625.1。

是特指的婦人與犬,還是泛指的人與狨,實際上没有什麽根本的區别。是故,於噶瑪嶺巴書中夢中所現爲"妖魔、靈猴、人犬等",[1]而於宗喀巴筆下則爲人、狨,甚至柱子、瓶等。[2]

　　於第五种修習法"調習於夢",兩者的差異較大。《夢幻身要門》中明顯比《幻身要門》多出"大小眷屬,前後圍繞"一句,以及"及自得覺圓滿之樂。……爲宗令修行"一大段落。此段所説内容,聽起來像是傳法者所作的即興發揮,而其大意後者稍後實亦曾提及,即所謂"睡時覺時,無有别異,住於法樂;睡夢與寤,亦無别異"。與漢文佛經翻譯中每每出現插入印度法師傳法時即興增加的詮釋性内容一樣,這些漢譯藏傳佛教儀軌文書恐亦是師徒教法授受之産物。[3]

　　接下來説睡覺出定之後,行者復觀諸法與夢中之顯現一樣如幻如化,再借助明鏡觀自身亦如幻如化。比較這一段的内容,可見二者之間僅有一些細微的文字差别,基本内容完全一致。然《夢幻身要門》即止於此,以爲行者衹要識睡夢與寤同一幻化,即爲住無分别性,即可於此生中自證得最上成就;或者説若能於夢識夢,就必定認得中有幻夢之身,獲最上成就,更不重受後有身。而《幻身要門》則並没有就此打住,不但復導入以修習風息而令行者入睡、作夢,見修定之中與出定之後所見諸法無異,皆是幻化,然後證得最上成就之法。而且還加上一段教導行者如何令夢幻身增長,轉趨於光明,以最終能識認臨終中有幻身,令其轉趨光明,證成法身,或捨棄幻身,轉生善趣的方法。最後,還對此夢幻身修習要門之傳承作了交代。

　　綜上所述,黑水城文獻中所見的這部《夢幻身要門》看起來像是岡波巴大師這部《幻身要門》的一個不夠完整、忠實的翻譯本。然兩者之間的差異顯然不能完全歸因於漢文傳譯者的疏漏,因爲漢文本中不但出現了一整段不見於藏文原本中的内容,而且其與原本間的有些差異顯然不是錯誤,而是另有所据。被其省略掉的最後一段,直接點明了修夢幻瑜伽與修中有幻身的關係,至爲重要。因爲藏傳佛教所傳夢幻瑜伽修法的主要目的不但是要行者通過修夢、識夢而使夢境或迷亂境轉爲清淨、光明之境界,識得諸法唯心,如夢如幻的道理,更重要的是要通過修夢幻中有而使行者於臨終中有到來之時早有準備,自然識得中有幻身而得到解脱或救度。不過,若僅從修夢幻身瑜伽而言,

---

〔1〕　談錫永上揭書,頁112—113。
〔2〕　宗喀巴,《具三信解》卷一六一,頁4.3。
〔3〕　參見船山徹,《漢譯と中國撰述の間——漢文佛典に特有な形態をめぐって》,《佛教史學研究》,No. 45, 2002, pp. 1 - 28。

《夢幻身要門》首尾完整,堪爲行者修習之指南;而被它省去的那一段實際上已可以被認爲是修光明之要門。岡波巴上師同論中《光明之要門》('od gsal gyi man ngag) 之内容與此基本相同。[1]

（原載《當代藏學學術研討會論文集》,臺北:"蒙藏委員會",2003 年,頁 383—473）

---

[1]　參見岡波巴上揭書,頁 194—197。

元明兩代朵甘思靈藏王族歷史考證[*]

一、引　言

　　明朝初年於西藏地區有著名的"八大教王"之封,實際上則有大寶、大乘、大慈三位法王和闡化、闡教、輔教、贊善、護教等五位教王,其中贊善與護教兩位教王源出朵甘思(mDo khams),即今之所謂康區(Khams),其他六位則全來自烏思藏(dBus gtsang),即西方人之所謂中藏(Central Tibet),大致與今西藏自治區所轄地域相當。這八位法王、教王之封賞及其與明廷交往之歷史對於理解明代漢藏關係意義之重大自不待言,故受到了研究西藏歷史者的高度重視。日本學者佐藤長先生的長文《明朝册封的八大教王考》,[1]對《明實録》所見有關西藏史料與當時所能見到的幾種藏文史書中的相應記載作對照研究,使八大教王的歷史面目獲得基本澄清,是研究明代漢藏關係史的經典之作。其後,因有新的藏文史料被發掘,故明代漢藏關係史的研究,包括對八大教王的研究有所進步。例如有關靈藏贊善王的研究,晚近有美國學者 E. Sperling 氏之《明成祖與靈藏與館覺之僧官》[2]與海外西藏學者 Tashi Tsering 氏之《康區靈藏王國史初探》[3]兩篇文章面世。前文翻譯了《明史》所見贊善王與護教王簡傳,結合永樂朝《明實録》中有關贊善、護教二王與明廷往還的記載,以及藏文明封大寶法王哈立麻傳所見有關史實,提出靈藏、館覺兩位教王與明廷的關係主要集中在明成祖時期,他們的受封

　　[*]　本文爲筆者所作研究課題《明代漢藏關係與中原之藏傳佛教》(*Sino-Tibetan Relationships and Tibetan Buddhism in China during the Ming Period*(*1368 - 1644*))系列成果之首篇,該課題獲藍毗尼國際研究院(Lumbini International Research Institute, Nepal)資助。

　　[1]　佐藤長,《明朝册立的八大教王考》,《東洋史研究》第21卷第3號,第22卷第2號、第4號,昭和三十七至三十八年;亦見佐藤長,《西藏中世紀史研究》,京都:同朋舍,1986年,頁173—248。
　　[2]　Elliot Sperling, "Ming Ch'eng-Tsu and the monk officials of Gling-Tshang and Gon-Gyo," Lawrence Epstein (ed.), *Reflections on Tibetan Culture*, Lewiston 1989, pp. 75 - 90.
　　[3]　Tashi Tsering, "Gling tshang rgyal rabs snying bsdus sngon 'gro'i lam ston zhes bya ba dge (History of the Gling-tshang Principality of Khams: A Preliminary Study)," Ihara Shoren and Yamaguchi Zuiho (ed.), *Tibetan Studies*, *Proceedings of the 5th Seminar of the International Association for Tibetan Studies*, Narita 1989, Naritasan Shinshoji 1992, vol. 2, pp. 793 - 822.

實仰仗大寶法王哈立麻的推薦,明成祖封其爲王的目的在於令其重建烏思藏與朵甘思間之驛站,以保證漢藏驛路之暢通,並定期貢馬。而後文則彙集了散見於各種藏文史料中有關靈藏王的零星記載,大致勾勒了其自古至今的歷史。該文分三個部分,第一部分討論靈藏王祖先與格薩爾王之關係;第二部分回顧靈藏於薩思迦與帕木竹巴專政時期的歷史情況;第三部分則據不同的藏文史料的記載,拼合出一份按年代順序排列的歷代靈藏國師贊善王的名單。由於藏文史料中所見有關靈藏的記載極爲零散,遠不足以令人整理出一部系統的靈藏歷史,故許多問題懸而未決。Tashi Tsering 先生希望於有朝一日能於歷代薩思迦王與本禪(dPon chen)、歷代乃東王(sNe gdung)、西藏政府甘丹頗章(dGa ldan pho brang)、歷代蒙古、清朝皇帝所頒賜之詔令文誥中見到有關靈藏的詳實史料,以解未決之疑。[1] 這裏,他獨獨没有提到至今留存的明代有關西藏之檔案文獻。事實上,至少有四通有關明朝與靈藏往還的漢、藏雙語文誥已爲人所知。[2] 此外,《明實錄》中還照錄有正統六年、十年明廷敕諭靈藏贊善王喃葛監藏(Nam mhka' rgyal mtshan)與班丹監剉(dPal ldan rgyal mtshan)之詔令。《明實錄》中有關靈藏贊善王及來自靈藏的其他番僧與土官的記載,從明初洪武朝至明末天啓年間都有所見,對它們的發掘和利用無疑可彌補 Tashi Tsering 先生文中之部分缺憾,豐富我們對靈藏歷史的了解。拙文即意在充分發掘《明實錄》有關靈藏之資料,以其與 Tashi Tsering 文中所提及之藏文史料進行比較,以澄清一些僅僅依靠藏文史料尚無法解決的疑問,亦改正一些對本身殘缺不全之史料偏聽偏信而產生的誤解。

二、靈藏之地望與簡史

靈藏,藏文作 Gling tshang,其名不見於元代漢文文獻,明譯作靈藏,清代譯作靈蔥,或林蔥。《明史》謂"其地在四川徼外,視烏思藏爲近"。[3] 實際上,其地當在元時朵甘思之旦麻,即今四川德格之鄧柯('Dan khog,或譯鄧科、登科)境内,是故藏文文獻中亦

---

[1] Tashi Tsering, "Gling tshang rgyal rabs snying bsdus sngon 'gro'i lam ston zhes bya ba dge," *Tibetan Studies*, *Proceedings of the 5th Seminar of the International Association for Tibetan Studies*, vol. 2, p. 802.

[2] 西田龍雄,《西番館譯語的研究》(Tatsuo Nishida, *A Study of the Tibetan-Chinese 'ocabulary His-Fan-Küan I-Yu*, *An Introduction to Tibetan Linguistics*, 1970)一書中錄有明代西番館呈靈藏贊善王來文二通,頁146—147:西番館來文第24號,贊善王臣遠丹藏葡謹奏;頁149—150:西番館來文第27號,靈藏贊善王下喇麻臣端竹也舍謹奏。另有明宣德五年(1430),明"皇帝敕諭朵甘衛行都指揮使司星吉兒監藏"書,見任乃強、澤旺奪吉,《"朵甘思"考略》,《中國藏學》1989年第1期,頁141;明嘉靖三十四年六月二十九日賜靈藏贊善王下灌頂國師管着堅名之誥命,見 Peter Schwieger, "A Document of Chinese Diplomatic Relations with East Tibet during the Ming Dynasty,"待刊稿。

[3] 張廷玉,《明史》卷三三一,《西域傳》三,烏思藏,北京:中華書局,1987年。

有稱其爲"德格之靈藏"（sDe dge'i gling tshang），或爲"旦麻之靈藏"（lDan gling）者。
或曰靈藏地處朶甘思六崗之一的"色莫崗"（Zal mo'i sgang）境内。[1] "色莫崗"又稱
"珠扎色莫崗"（'Bru rdza zal mo sgang），"珠"乃"珠曲"（'Bru chu）的簡稱，即指金沙
江，"扎"即指"扎曲"（rDza chu），乃指雅礱江之上游，故"色莫崗"即金沙江上游與雅礱
江上游之間的廣大地區，包括青海玉樹、四川甘孜、新龍、石渠、德格、白玉等地。[2] 而
清代林蔥土司所轄之地則位於德格之北、蒙葛結之南、鄧科之西，其故治位於今德格縣
之俄兹。按《鄧科縣志略》的説法，靈藏爲其境内三大土司之一，地處其東，該縣道路東
路，出其縣治金沙江東山之洛穹村"東南行越布達拉土山，四十里朗吉領，四十里至靈
蔥"。[3] 然元明間靈藏家族所轄範圍當遠不止此，靈藏佔據青、康、藏古代交通之樞紐
位置。

　　靈藏之歷史爲人所知者大略如下：蒙元—薩思迦時代，靈藏番僧曾被封爲朶思麻
本禪（mDo smad dpon chen）；明永樂五年（1407）則被封爲灌頂國師、贊善王，自此至明
末，靈藏家族世襲王號，朝貢不絶。至清代四川布政司所屬大土司中有林蔥安撫使司之
名，[4] 或全稱爲"四川建昌道打箭爐廳靈蔥安撫司"。清末宣統元年（1909）平定德格，
以鄧科、高日、春科、靈蔥四土司之地歸併置爲鄧科府，至民國元年（1912）改爲鄧科
縣。[5] 當時，林蔥土司僅爲白利土司轄下之一土百户，宣統二年（1910）五月與白利、
東科、倬倭等土司一起申請改土歸流。[6] "宣統三年（1911）春，民政部奏准改流，各省
土司咨行辦理。夏五月，署川督趙爾豐會同代理邊務大臣傅嵩㶥，檄令靈蔥土司繳印改
流，將地歸併鄧科府。"[7] 林蔥土司"改爲把總世襲，每月俸禄六兩，一年共七十二兩，
均由糧税項下按年發給"。[8] 曾直接參與改土歸流之事的傅嵩㶥（1869—1929）於其
所撰《西康建省記》"靈蔥改流記"一節中稱，"靈蔥土司，在德格疆域之中，人民數百户，
地僅數村"。[9] 靈蔥土司汪青登曾曲甲（dBang phyug bstan 'dzin chos rgyal）於其申請

　　〔1〕 R. A. Stein, *Les Tribus Anciennes des Marches Sino-Tibetaines*, *Legendes*, *Classifications et Histoire*,
Paris：Presses Universitaires de France, 1961, p. 47.
　　〔2〕 格勒，《論藏族文化的起源形成與周圍民族的關係》，廣州：中山大學出版社，1988年，頁29—30。
　　〔3〕 劉贊廷，《鄧科縣志略》，西藏社會科學院西藏學漢文文獻編輯室編輯，《西藏地方志資料集成》第三集，
北京：中國藏學出版社，2001年，頁167—168。
　　〔4〕 《四川通志》卷九七、九八。
　　〔5〕 吳豐培編，《趙爾豐川邊奏牘》，成都：四川民族出版社，1984年，頁320—321。
　　〔6〕 同上書，頁260—261。
　　〔7〕 傅嵩㶥撰，《西康建省記》卷上，《中國藏學史料叢刊》第一輯，北京：中國藏學出版社，1988年，頁15。
　　〔8〕 吳豐培編，《趙爾豐川邊奏牘》，頁261。
　　〔9〕 傅嵩㶥撰，《西康建省記》卷上，頁15。

改土歸流的呈文中自稱，"小的現有官寨三座，一名八噶，一名谷四，一名松噶，小的願將八噶、谷四兩寨呈繳歸公，惟松噶一寨，及徂拉納仲傢俱同原有之地格撒翁斯東空等地方，懇恩賞與小的耕居納糧，以資過活"。他的請求獲得了清政府的批准。[1]

靈藏由元明時之輝煌，至清代的中落，其景況可謂每況愈下，其中之原因有待深究。明代於西藏地區實行的"多封衆建"政策無疑曾是導致靈藏家族內部分裂、勢力減弱的一個重要原因，此容後述。然其地土、勢力之流失，當亦與其強鄰如德格土司等之崛起不無關係。清末西康"改土歸流"之主事者趙爾豐曾對原係靈葱土司屬地的朗吉嶺四村爲德格土司家廟的八邦寺強佔，遂致連年兵事，最終被判歸公有，由漢官管理一事記載甚詳。其中提到八邦寺串連德格土司，詿誘乃德格土司女兒的靈藏土司祖母書立字據，遂達到佔領朗吉嶺四村的目的。此無疑不失爲解釋靈藏何以衰敗如此的一個很好的例證。[2] 前引鄧科縣內道路，其東路從郎吉嶺至靈葱相距四十里，可見靈葱僅此一回就失去了很大一片地土。當然，儘管靈藏土司於清末已不再是舉足輕重的地方豪強，但所謂靈藏王（Gling tshang rgyal po, gling gyi rgyal po），或稱靈藏國師法王（Gling [tshang] 'gu zi chos rgyal）者，作爲朵甘思地區具有悠久歷史的地方土司，依然"帳幕林立，牛羊成羣"。鄧科縣有官話小學三所，其中一所就在靈藏。靈藏之寧瑪派（紅教）寺院塞木寺，亦是該縣最大的一所寺院，有寺僧250餘人。[3]

三、"西蕃三道宣慰司"與 bod kyi chol kha gsum

靈藏之歷史似以明封灌頂國師、贊善王最知名，然靈藏王或林葱土司之發迹實始於蒙元時代。[4] 雖然元代漢文文獻中並沒有直接提到靈藏，藏文文獻中亦祇有寥寥幾處提及靈藏，然僅從這點滴資訊中，我們不難推想出靈藏昔日之輝煌，從而弄明白何以靈藏竟被明廷封爲教王的原因。

藏文文獻中提到靈藏的最關鍵的一條史料見於成書於 15 世紀末的著名藏文史書《漢藏史集》，該書有關薩思迦歷史的章節中，在羅列二十七任烏思藏本禪（dBus gtsang

---

〔1〕《西藏地方志資料集成》第三集，頁 177。

〔2〕同上書，頁 178—180。

〔3〕同上書，頁 169。

〔4〕吐蕃王朝贊普赤都松（Khri 'Dus srong，即 'Dus srong mang po rje rlung nam, 676–704）時，曾於靈地建一座名爲赤孜（Khri rtse）的寺廟，贊普本人亦曾於 701—703 年間駐於此地。此爲 7 世紀末吐蕃已有佛教傳播之證據之一。但除此以外，沒有更多有關靈藏的消息。參見 Pasang Wangdu and Hildegard Diemberger, *dBa' bzhed*, *The Royal Narrati'e Concerning the Bringing of the Buddha's Doctrine to Tibet*, *Translation and Facsimile Edition of the Tibetan Text*, Wien: 'erlag der Oesterreichen Akademie der Wissenschaften, 2000, n. 53, p. 33.

dpon chen）之名，隨後作者附言道："其［二十七任本禪］依照上師之法旨與皇帝之詔令，護住［政教］兩法，令國土安寧，教法顯揚。與彼相應，朵甘思館覺、朵思麻靈藏者，各道（Chol kha）各有其本禪。"[1] Tashi Tsering 文中提到了這條史料，但未作進一步的説明，而它恰好是能夠幫助我們查明靈藏之身份的一條最重要的綫索。

理解這段話的關鍵在於弄清何謂 chol kha？何謂"本禪"（dpon chen）？對此，我們不妨先從《漢藏史集》的説明入手，其云："曰本禪者，乃藏人爲上師之近侍專門取的名字，而所謂 chol kha 者，乃爲蒙古皇帝接受灌頂時作爲供養獻給上師之朵甘思、朵思麻、烏思藏等地所取之名。"[2] 此之所謂上師即指元朝的第一位帝師八思巴上師，蒙古皇帝則指元世祖忽必烈。傳説八思巴帝師曾三次向忽必烈皇帝及其皇后、王子等傳授薩思迦派之密法及喜金剛三續之大灌頂，忽必烈汗亦分別賜以烏思藏十三萬户、吐蕃三 chol kha 等供養作爲回報。[3] 對吐蕃三 chol kha 之地望，《漢藏史集》中亦有明確的界定，其云："自迦域納里貢塘以下［東］，至索克喇迦兀以上［西］，爲［烏思藏］正法之 chol kha；自索克喇迦兀以下，至黄河河曲以上，爲［朵甘思］黔首人之 chol kha；自黄河河曲以下，至漢白塔以上，爲［朵思麻］旁生馬之 chol kha。人、馬、法三［chol kha］之朝貢按例而行，各個 chol kha 各有一名本禪，由皇帝施供雙方協議任命。"[4]

由於後出之藏文文獻中，吐蕃三 chol kha 的説法相當流行，人們已習慣於將 chol kha 當作一個一般的地理單位名稱，而不去注意其本來的意義。然按照其傳統地理區劃，西藏通常被分爲納里速三圍（mNga' ris skor gsum）、烏思藏四茹（dBus gtsang ru bzhi）、朵甘思六崗（mDo khams sgang drug），與此所説吐蕃三 chol kha 有明顯的不同。可見，chol kha 當不是西藏固有的地理概念，而是蒙元時代引入的一個新名字。是故，

---

〔1〕 "nyi shu rtsa bdun dbus gtsang dpon chen gyis／bla ma'i bka' dang rgyal po'i lung bzhin du／khrims gnyis bskyang nas rgyal khams bde ba dang／bstan pa'i gsal byed gyur pa'ng byung bar gnang／de mthun mdo stod gon gyo［go 'jo］mdo smad gling chang［tshang］ste／chol kha re re la dpon chen re yod lo."達倉宗巴・班覺桑布（sTag tshang rdzong pa dPal 'byor bzang po），《漢藏史集》（rGya bod kyi yig tshang mkhas pa dga' byed chen mo 'dzam gling gsal ba'i me long），成都：四川民族出版社，1985 年，頁 320。

〔2〕《漢藏史集》，頁 272。"dpon chen zhes pa ni, bla ma'i nye gnas la／bod kyis／che ming btags par 'dug cing／chol kha zhes pa dang／hor rgyal pos／bla ma la／dbang yon du phul ba'i mdo stod smad／dbus gtsang dang bcas pa la ming btags par bdu／."

〔3〕《漢藏史集》，頁 277—279。

〔4〕《漢藏史集》，頁 278。"dBang yon bar ma la／chol kha gsum phul ba'i ja yul mnga' ris gung thang man sog la skya bo de／dam pa chos kyi chol kha／sog la skya bo man／rma chu gug［khug］pa yan／mgo nag mi'i chol kha／rma chu khug pa man／rgya mchod rten dkar po yan／dud 'gro rta'i chol kha dang gsum po de／mi rta chos gsum gyi 'bul ba'i lugs su byas nas／phul bar 'dug cing／chol kha re re la／dpon chen re re／rgyal po yon mchod bka' gros su bstun nas bskos mdzad 'dug."

弄清此詞於蒙元語境中之本來意義,將幫助我們正確理解所謂吐蕃三 chol kha 的實際涵義。

事實上,早在七十餘年前,伯希和(P. Pelliot)就已經指出,藏文中的 chol kha 一詞乃一蒙古語借詞,它的原型是蒙古語詞 cŏlga。而 cŏlga 在蒙文文獻中就是漢字"路"的對譯。此詞連同其"路"的訓義,以 chol kha 的寫法移植到了西藏語中。[1] 伯希和的這種解釋無疑是正確的,然而若將吐蕃三 chol kha 直接訓義作"吐蕃三路"則易生歧義,因爲元代並没有設立名爲"吐蕃三路"之行政區劃,而烏思藏納里速古魯孫等三路宣慰使司都元帥府中的三路指的是烏思、藏、納里速古魯孫等三路,與吐蕃三 chol kha 所指顯然不同,它祇是吐蕃三 chol kha 中的烏思藏法之 chol kha。

對照上述吐蕃三 chol kha 之地理劃分,我們不難將它們分別與元代於西藏地區所設之吐蕃等處宣慰使司都元帥府[簡稱朵思麻宣慰司]、吐蕃等路宣慰使司都元帥府[簡稱朵甘思宣慰司]與烏思藏納里速古魯孫等三路宣慰使司都元帥府[簡稱烏思藏宣慰司]等同起來。雖然於元代漢文文獻中亦曾出現"烏思藏、朵甘思、朵思麻三路"這樣的説法,[2]然而更正確的譯法當爲"西蕃三道宣慰司",[3]因爲元代宣慰使司一級地方機構,在行政區劃上亦被稱爲"道"。所以,"bod kyi chol kha gsum"之最準確的譯法當爲"西蕃三道宣慰司"。[4] 比照藏文史料中關於 chol kha、dpon chen 的記載與漢文資料中有關"西蕃三道宣慰司"的記載,不難確定藏文史籍中之所謂"chol kha"實際上指的就是宣慰司,而其所謂"dpon chen"當即是宣慰司之長官宣慰使都元帥。

查元朝管理西藏的行政機構,中央一級的是宣政院,"秩從一品,掌釋教僧徒及吐蕃之境而隸治之。遇吐蕃有事,則爲分院往鎮,亦別有印。如大征伐,則會樞府議。其用人則自爲選。其爲選則軍民通攝,僧俗並用"。[5] 名義上,宣政院由帝師統領,實際權力則掌握在院使手中。按元人自己的説法,"國家混一區宇,而西域之地尤廣,其土風悍勁,民俗尚武,法制有不能禁者。惟事佛爲謹,且依其教焉。以故自河以西直抵土蕃西天竺諸國邑,其軍旅、選格、刑賞、金谷之司,悉隸宣政院屬,所以控制邊陲、屏翰畿甸也"。[6] 宣政院之下則分設吐蕃等處[朵思麻]、吐蕃等路[朵甘思]與烏思藏納里速

---

〔1〕 P. Pelliot, Notes sur le "Turkestan" de M. W. Barthold, T'oung Pao, Vol. XXVII, 1930, pp. 18 – 20.
〔2〕 《永樂大典》卷一九四二一,《經世大典・站赤》。
〔3〕 《元史》卷三〇,《泰定帝本紀二》。
〔4〕 詳見沈衛榮,《元朝中央地方對西藏的統治》,《歷史研究》1988 年第 3 期,頁 144—145。
〔5〕 《元史》卷八七,《百官志三》。
〔6〕 朱德閏,《行宣政院副使送行詩序》,《存復齋文集》卷四。

古魯孫等三路宣慰使司,管理整個大西藏地區。按元朝制度,"宣慰司,掌軍民之務,分道以總郡縣,行省有政令則佈於下,郡縣有請則爲達於省"。[1] 它是元朝中央政府於邊疆地區設立的行政特區。元代西藏地區之朵思麻、朵甘思、烏思藏等三個宣慰使司不隸屬於行省,而直屬宣政院管轄。按藏人自己的説法,宣政院下轄之三個宣慰司之地雖不足一個行省,然因爲是帝師所居之佛法興盛之地,故亦大致相當於一個行省。[2] 吐蕃三宣慰司之奏請由宣政院轉呈皇上,朝廷對西藏的詔令則通過宣政院下達各宣慰司執行。宣慰使司都元帥府,秩從二品,設宣慰使五員、四員不等,下屬則有軍民萬户府、總管府、招討使司、軍民安撫使司等機構。如烏思、藏、納里速古魯孫等三路宣慰使司都元帥府下屬主要機構即是著名的烏思藏十三萬户。[3]

由於藏文歷史文獻之記載不夠完整,儘管我們可以確定藏文文獻中的所謂吐蕃三chol kha 當就是漢文文獻中所説的西番三道宣慰司,但仍然有不少問題有待解決。據漢文文獻記載,西番各宣慰司之宣慰使分別有四名、五名不等,[4] 而藏文文獻中卻説各個 chol kha 各衹有一位本禪。事實上,身爲朵甘思[館覺]本禪的敦楚(sTon tshul) 似乎位居時任吐蕃宣慰使、都元帥的畏兀兒人葉仙鼐之下。[5] 尤其令人困惑的是,《漢藏史集》既稱"於朵思端(mDo stod)之館覺、朵思麻之靈藏各有一個 chol kha,各個 chol kha 各有一個本禪"。復按其所述吐蕃三 chol kha 之地理劃分,朵思麻與朵甘思兩個 chol kha 間以黃河河曲爲界,故靈藏與館覺二地當皆在朵甘思境內。漢文文獻中亦稱"突甘思旦麻",故靈藏當屬朵甘思之地。《元史·百官志》中對西番三道宣慰司之治地都未有明確交代,一般以河州(今甘肅臨夏)爲朵思麻宣慰司之治地,薩思迦爲烏思藏宣慰司之治地,而朵甘思宣慰司之治地則不知其詳,或有以旦麻爲其治地者。[6] 明太

---

〔1〕《元史》卷九一,《百官志七》。

〔2〕《漢藏史集》,頁 271。Bod chol kha[m!] gsum gyis zhing cig ma longs nas, bla ma'i bzhugs gnas dang／sangs rgyas kyi bstan pa dar ba'i sa phyogs yin pas／zhing gcig tu bgrangs pas bcu gcig yin zer ro.

〔3〕 關於吐蕃三道宣慰司與其下屬機構之設置參見《元史》卷八七,《百官志三》。參見陳得芝,《元代烏思藏宣慰司的設置年代》,《元史及北方民族史研究集刊》1984 年第 8 期,頁 1—8。

〔4〕《元史》卷八七,《百官志三》。

〔5〕 參見 L. Petech, "sTon-tshul: The Rise of Sa-skya Paramountcy in Khams," Ernst Steinkellner (ed.), *Tibetan History and Language*, *Studies dedicated to Uray Geza on his seventieth birthday*, Wien: Arbeitskreis fuer Tibetische und Buddhistische Studien Uni'ersitaet Wien, 1991, pp. 419－420。關於葉仙鼐的生平見 Herbert Franke, "Qubilai Khans Militaerbefehlshaber in Osttibet: Bemerkungen zur Biographie on Yeh-hsien-nai", Ernst Steinkellner (ed.), *Tibetan History and Language*, *Studies dedicated to Uray Geza on his seventieth birthday*, Wien: Arbeitskreis fuer Tibetische und Buddhistische Studien Universität Wien, 1991, pp. 173－184.

〔6〕 參見陳得芝上揭文;仁慶扎西,《元代經營甘青藏區概述》,《仁慶扎西藏學研究文集》,天津: 天津古籍出版社,1989 年,頁 63—73。

祖洪武年間先設西安行都指揮使司於河州,統轄河州、朵甘、烏思藏三衛,後復陞甘、烏思藏衛爲行都指揮使司,設治於西安的行都指揮使司之職掌大致與元代之朵思麻宣慰司同,故確定元代朵思麻宣慰司設治於河州似合情理。説同處於朵甘思地,且相距不遠的靈藏與館覺曾分別是朵思麻與朵甘思兩個宣慰司之治地是不可想象的。更可能的解釋是,靈藏與館覺作爲朵甘思地方的兩個貴族,因受八思巴帝師之親信與薦舉而分別出任了朵思麻與朵甘思兩個宣慰司之長官,以至於後人竟徑稱"朵甘思館覺、朵思麻靈藏者,各道(chol kha)各有其本禪"。

至於對西番三道宣慰司之治地的確定,《漢藏史集》中的一段記載或可爲我們提供新的契機。該書中有一章節專述忽必烈汗遣大臣答失蠻往吐蕃建立驛傳系統,其云:"答失蠻獲賜所需諸上師法旨與皇上詔誥,率衆多侍從,攜帶往來所需物品,以及自大小内庫所得給西番僧俗、長老、權貴之優良賞品等西行。先達正法後弘之源頭、朵思麻地丹底水晶佛殿(Dan tig shel gyi lha khang)、後次第往朵甘思之呰多桑古魯寺(gTso mdo bsam 'grub)、藏之具吉祥薩思迦等地集聚民衆,如應分發賞品、宣讀詔誥。"[1]很顯然這裏提到的這三座寺院,有可能分別爲西番三道宣慰司之治地。元時吐蕃地方多政教合一,或者由一地方貴族與一宗教派別聯手,或者同一家族内細分二支,分掌政、教。是故,具有濃重地方自治色彩的西番三道宣慰司分別以三座寺院爲其治地,或當合乎情理。薩思迦爲烏思藏宣慰司之治地當無問題,薩思迦本是帝師八思巴所領薩思迦派之根本之地,薩思迦本禪亦稱烏思藏本禪,首任薩思迦本禪釋迦藏卜(Śākya bzang po)被封爲[烏思藏納里速古魯孫]等三路軍民萬户,以後歷輩本禪多有得享宣慰使、都元帥之稱號者,烏思藏納里速古魯孫之行政中心顯然就在薩思迦。丹底寺,位於今青海省化隆回族自治縣境内,寺處循化縣城黄河北岸十餘公里的小積石山中,乃藏傳佛教後弘期的發祥之地,一直是各派教徒嚮往的聖地,從吐蕃往内地朝貢的番僧多往此寺朝聖。[2]《秦邊紀略》云:"河州東有臨洮之倚,北有蘭、莊之軛,南有洮州之塞,西有西寧之環。"[3]顯然丹底寺地處河州境内,故籠統地説元朵思麻宣慰司之治地爲河州不錯,而更確切的地點或當是丹底寺。至於猜測呰多桑古魯寺即元朵甘思宣慰司之治地,亦有不少佐證。《漢藏史集》中曾多次提到朵甘思呰多桑古魯寺,除了前述答失蠻出使吐蕃於此號令分賞外,還曾提到八思巴上師曾於陽火龍年自漢地返回吐蕃時路經朵甘思

---

〔1〕《漢藏史集》,頁275。

〔2〕參見浦文成主編,《甘青藏傳佛教寺院》,西寧:青海人民出版社,1990年,頁110—112。

〔3〕[清]梁份著,趙盛世、王子貞、陳希夷校注,《秦邊紀略》,西寧:青海人民出版社,1987年,頁34。

朵多新寺（mDo khams rtsob do gnas gsar），於一日内受大近侍頓楚（nye gnas chen po ston tshul）爲首之衆獻千五百卷大寶經書，以及土地、寺院、屬民、財寶等大量供品。[1] 同書有關南監鄰巴家族歷史（rNam rgyal gling pa'i lo rgyus）的章節中，復提到曾任出密萬户、薩思迦内臣的大近侍公伯伽（Nye gnas chen po mgon po skyabs）之子端竹監藏（Don grub rgyal mtshan）曾追隨帝師公哥羅古羅思，遂於朵甘思爲第二大寺朵多桑古魯寺之大近侍（gDan sa bar pa gtso mdo bsam grub kyi nye gnas chen po），持印理事。[2] 於此，朵多桑古魯寺被稱爲第二大寺，此或指該寺乃薩思迦寺以外屬於薩思迦派的第二大寺。同書載八思巴上師之侄子答喇麻八喇伽答（bDag nyid chen po Dharmapalarakista）曾於朵甘思作住持七年（'Dis gdan sa lo bdun mdzad），並圓寂於朵甘思。[3] 他於此間所住持之寺院或當即是薩思迦的第二大寺朵多桑古魯寺。而那位曾任朵多桑古魯寺之大近侍的南監鄰巴家族的開山鼻祖端竹監藏復被稱爲"宣慰司之大長官"（Son wi'i mi dpon chen po），[4] 此等種種資訊令我們不由自主地推測朵多桑古魯寺或當爲朵甘思宣慰司之行政中心、朵甘思宣慰司之治地。這種推測復可從《明實録》的記載中得到支持，《明實録》太祖洪武七年七月己卯條云："朵甘烏思藏僧答力麻八喇（Dharmapala）及故元帝師八思巴之後公哥監藏巴藏卜（Kun dga' rgyal mtshan dpal bzang po）遣使來朝請師號，詔以答力麻八喇爲灌頂國師，賜玉印海獸紐，俾居朵多桑古魯寺，給護持十五道。"[5] 可見，明初之朵多桑古魯寺仍是朵甘思之重地。至於此寺之地望，Petech 先生認爲它當位於南部安多，即是麻兒勘（sMar khams）的朵多，或稱 Tsom mdo，Tsom mdo gnas gsar，居黄河下游右岸，東經 101 度 30 分、北緯 32 度 30 分處。它與以噶爾托爲中心的著名的麻兒勘不是同一個地方，後者要比前者往南低 2 度。[6] 朵多桑古魯寺當去館覺不遠，曾於此地向八思巴上師獻大量供品的大近侍頓楚即來自館覺，被稱爲"朵甘思館覺之霍爾禪頓楚"（mDo stod gyon ni hor chen ston tshul）。[7]

---

〔1〕《漢藏史集》，頁 328。

〔2〕 同上書，頁 421。

〔3〕 同上書，頁 433。

〔4〕 同上書，頁 423。

〔5〕《明實録》四，《太祖實録》卷九一，頁 3—4（1595—6），中研院歷史語言研究所校印本。

〔6〕 L Petech, *Central Tibet and the Mongols*, *The Yuan Sa sky period of Tibetan History*, Rome：Istituto Italiano per il Medio de Estremo Oriente, 1990, p. 14, n. 33；p. 63, n. 104.

〔7〕《漢藏史集》，頁 401。

四、元代的靈藏本禪

按前引《漢藏史集》之記載，靈藏乃 mDo smad chol kha 之 dpon chen，mDo smad chol kha 當即爲朵思麻宣慰司，全稱吐蕃等處宣慰使司都元帥府，其之"本禪"亦當爲藏人對該宣慰使司都元帥府之頭目宣慰使、都元帥之稱呼。所以靈藏頭目之實際身份當是朵思麻宣慰使司之宣慰使、都元帥，藏文文獻中有稱其爲"靈[藏]之本禪都元帥"（Gling gi dpon chen du dben sha）者，即是其印證。[1] 與之相應，館覺之頭目即是朵甘思宣慰司之宣慰使、都元帥，他們都是元代所封的從二品高官。

限於所見史料，我們對靈藏於蒙元時代的歷史所知不多，對吐蕃等處宣慰司的了解亦有待深入。從現有藏文文獻中的一些零星記載來看，靈藏家族之發迹當與元朝帝師薩思迦上師八思巴有直接的關係。據前引《漢藏史集》的說法，"所謂本禪者，乃藏人爲上師之近侍專門取的名字"。雖然宣慰司之本禪，即宣慰使、都元帥乃朝廷之二品命官，然因元朝於吐蕃之行政管理的特殊性，薩思迦帝師於吐蕃之地位舉足輕重。所謂"元起朔方，故已崇尚釋教。及得西域，世祖以其地廣而險遠，民獷而好鬭，思有因其俗而柔其人，乃郡縣土番之地，設官分職，而領之於帝師。乃立宣政院，其爲使位居第二者，必以僧爲之，出帝師所辟舉，而總其政於內外者，帥臣以下，亦必僧俗並用，而軍民通攝。於是帝師之命，與詔敕並行於西土"。[2] 所以，說元朝出任本禪者皆爲薩思迦之近侍、親信當符合當時之事實。烏思藏本禪亦稱薩思迦本禪，其中有不少是由薩思迦之內臣（Nang chen）陞任，或者由薩思迦親信之萬戶長陞任，總之皆爲帝師辟舉而得朝廷之認可。而朵思麻、朵甘思之本禪的封任，理亦循此例。傳說八思巴上師路過朵甘思地時，亦曾訪問過靈藏國，並得到後者的熱情接待。[3] 然筆者迄今未曾見到有關八思巴上師與靈藏僧俗往還之直接記載，故無法弄清靈藏得寵於薩思迦派之因緣。

《漢藏史集》關於《達那宗巴歷史》一章中，曾開宗明義地提到："於衆生頂飾具吉祥薩思迦派統治吐蕃三道宣慰司時，出現過建立功業的本禪、上師、格西、學者等。於彼等

---

〔1〕 四世哈立麻活佛汝必朵兒只（Rol pa'i rdo rje）於 1358 年途經旦礱塘（'Dan klong thang）時，與靈藏之本禪都元帥 Cha'o tha'o 相遇。事見司徒班禪搠思監沖納思（Si tu pan chen chos kyi 'byung gnas），《歷輩哈立麻活佛傳》（sGrub karma kam tshang brgyud pa rin po che'i rnam par thar pa rab 'byams nor bu zla ba chu shel gyi phreng ba），New Delhi，1972，p. 178. 這位所謂 Cha'o tha'o 即乃元末之薩思迦本禪 dpal bum。參見 Petech, Central Tibet and the Mongols, The Yuan sa skya Period of Tibetan History, p. 133, n. 189。Cha'o tha'o 當不是人名，而是漢文官名"招討"的音譯。Dpal 'bum 於出任靈藏本禪，或薩思迦本禪以前曾出任招討。
〔2〕 《元史》卷二○二，《釋老傳》。參見仁慶扎西，《元朝帝師制度述略》，頁 5—34。
〔3〕 格勒，《甘孜藏族自治州史話》，成都：四川民族出版社，1984 年，頁 68、78、83。

無數賢哲偉人中，最早對薩思迦立有大功的三人，乃仲巴薩思迦本禪釋迦藏卜、東方朵思麻宗喀地方的格西亦鄰真尊珠（Rin chen brtson 'grus）、朵甘思館覺之大寶敦楚（Rin po chen sTon tshul）等三人。[1] 傳説這三人因薩思迦與必里公派的爭鬥而往上都向朝廷爲薩思迦派尋求支持，結果如願以償，遂成爲薩思迦手下最有權勢的功臣。有鑒於釋迦藏卜是第一任薩思迦本禪，敦楚也於 1274 年前後受八思巴上師推薦而被任命爲朵甘思六崗之總管（spyi'i bdag po），即也可能就是朵甘思之本禪。[2] 我們或可推測，這位來自東方朵思麻宗喀地方的格西亦鄰真尊珠有可能是朵思麻道宣慰司的第一位本禪，儘管他與其後裔最終成爲薩思迦治下之後藏地區的一個舉足輕重的地方勢力。迄今尚無資料可以説明格西亦鄰真尊珠與靈藏本禪或靈藏家族有何關係，然而靈藏於藏文資料中亦被稱爲夏喀靈藏（Shar kha Gling tshang），[3] 此所謂夏喀當可能即是"東方朵思麻宗喀"（Shar mdo smad tsong kha）的簡稱，故二者之間當不無關係。

如果説確定夏喀靈藏與來自東方朵思麻宗喀地方的格西亦鄰真尊珠之間的淵源關係尚嫌證據不足的話，要説明靈藏與江孜法王（rGyal rtse chos rgyal）家族，以及元代蒙古朝廷內地位近次於八思巴上師的另一位西藏喇嘛膽巴國師的關係則要容易得多。在藏文史籍中的零星記載中，我們不難發現八思巴上師與朵甘思旦麻地區有特殊的淵源。按漢文史書的記載，西番國師膽巴來自"西蕃突甘思旦麻"，曾爲薩思迦班智達公司監藏之弟子，後受八思巴帝師之推薦而得寵於朝廷，帝師"告歸西蕃，以教門之事屬之於[膽巴國]師"。[4] 膽巴國師供職於世祖、成宗兩朝，因擅禱大黑天神陰助王業，且善應對、有口才而名稱一時。[5] 按照藏文史書的記載，膽巴國師即來自旦麻之噶巴之地，故人稱其爲噶·阿尼膽巴（lGa Ang snyen dam pa）。1267 年，八思巴帝師回藏途中到達此地，聚集僧俗信衆萬餘人，舉行盛大法會，此地遂被稱爲稱多（Khri 'du，意爲萬人聚會）。於此，八思巴帝師授命膽巴國師建尕藏寺（sKar bzang dpal 'byor dgon pa），並賜以金銀汁書寫之《大藏經》等法寶，使該寺很快成爲朵甘思的一座薩思迦派大寺，寺僧

---

〔1〕《漢藏史集》，頁 400—401。

〔2〕 Ta'i si tu Byang chub rgyal mtshan,《朗氏家族》（rLangs kyi po ti bse ru）, eds. by Chab spel Tshe brtan, 拉薩：西藏人民出版社，1986 年，頁 357；有關 Rin po che sTon tshul 參見 L. Petech 上揭 1991 年文，頁 417—422。

〔3〕 五世哈立麻活佛之傳記與《賢者喜宴》中都曾提到"夏喀靈[藏]之本禪措兀監藏"（Shar kha'i gling gi dpon chen khro bo rgyal mtshan）。參見 Tashi Tsering 上揭文，頁 805—806。

〔4〕 仁慶扎西，《膽巴碑與膽巴》，頁 112—124；Herbert Franke, "Tan-pa, a Tibetan Lama at the court of the Great Khans," *Orientalia* Venetiana, Volume in onore di Lionello Lanciotti, ed. Mario Sabattini. Firenze: Leo S. Olschki Editore, 1984, pp. 157‑180.

〔5〕 沈衛榮，《神通、妖術與賊髡：論元代文人筆下的番僧形象》，《漢學研究》第 2 卷第 2 號，臺北：2003 年。

多時達 1900 人。[1] 值得注意的是,這位著名的元朝國師還竟然是藏地著名的江孜法王的先人。《漢藏史集》中有記載説:"於旦麻噶[巴]之地,出有一位名噶·阿尼膽巴、富有而信仰善品者,即彼於噶、旦、折兀之地,建具飛簷漢式屋頂之佛殿一百零八座,各佛殿中立稀有法寶[佛像]及整套甘珠爾藏經,其前有明妃眷屬[像],以五供持續供養,作是等善業等圓滿儀軌之大事業。彼之賢侄之傳人旦麻温卜、藏卜監藏父子及侍從等,往烏思藏清淨之地,尤其是具吉祥薩思迦巴之尊前。"[2] 而這些人的後裔就是後來因追隨薩思迦派而於藏地發迹的鼎鼎大名的江孜法王家族。江孜法王家族名稱來自東方旦麻之夏喀瓦(Shar phyogs ldan ma las skyes shar kha ba),而如前所述,靈藏贊善王家族亦屬於夏喀瓦家族。雖然尚無資料足以確認靈藏家族與江孜法王同宗同源,當他們同屬夏喀瓦家族這一事實説明二者之間關係緊密。傳説靈藏王族乃格薩爾王之兄長之後裔,而江孜法王家族則稱乃爲格薩爾王女婿之後裔,[3] 此亦可以認爲是二者出於同一家族的佐證。而既然靈藏與夏喀瓦家族,或者説與膽巴國師關係緊密,其爲薩思迦派所重用亦就不足爲奇了。

此外,靈藏與館覺的緊密關係亦顯然是靈藏於蒙元時期成爲朵思麻本禪的重要原因之一。《司徒遺教》中記載,敦楚被任命爲朵甘思六崗之主(mDo khams sgang [drug] gi bdag po)之後,不分親疏、遠近,遵皇上施供之旨意,自爲總主(sPyi'i bdag po),然於其本土館覺不曾任命一人爲宣慰使、萬户長、千户長等,而任用靈藏之頭目,於靈[藏]任命萬户長與千户長。[4] 同書中還於其關於朵思麻的記述中提到有靈藏本禪釋迦監藏(Gling tshang pa'i dpon chen Śākya rgyal mtshan),並説靈藏與怕木古魯派(phag mo

---

〔1〕 浦文成主編,《甘青藏傳佛教寺院》,西寧: 青海人民出版社,1990 年,頁 327—330。

〔2〕 《漢藏史集》,頁 375。"lDan stod lga'i yul du/lga ang snyen dam pa zer ba'i 'byor ldan/dkar phyogs la mos pa gcig byung pa de nyid kyi/lga ldan tre bo'i sa khongs su/lha khang rgya phigs khyung mgo can brgya brtsa brgyad/lha khang re'i nang du/rten ngo mtshor can dang/bka' 'gyur ro cog cha tshang ma re bzhengs pa'i drung du/dkar mo khor yug/mchod pa rnam lnga'i rgyun ma chad pa'i dge rgyun btsugs pa la sogs cho 'phreng phun sum tshogs pa'i 'phrin las rgya chen por mdzad 'dug/de'i dbon sras kyi brgyud pa/ldan ma dbon po/bzang po rgyal mtshan/yab sras/'khor bcas 'ga' zung gis/dbus gtsang dag pa'i zhing khams dang/khyad par dpal ldan sa skya pa'i spyan sngar /'byon bzhed nas/."

〔3〕 'Jigs med grags pa,《江孜法王傳》(rGyal rtse chos rgyal gyi rnam par thar pa dad pa'i lo thog dngos grub kyi char 'bebs zhes bya ba bzhugs so), Lhasa: Bod ljongs mi dmang dpe skrun khang, 1987, p.4: "De yang sngon mdo khams stod du dgra rgod 'dong btsan zhes pa stag lpags brgya'i thul ba gyon zhing/dred la sbar 'dzin byed pa'i khrom ge sar rgyal po'i mag pa byas pa'i bu tsha brgyud/.

〔4〕 Se chen rgyal po dang/bla ma 'phags pas bdag mdzad pa la brten nas/mdo khams sgang go bdag por gyur dus/rang gi nye ring dang phyogs cha ma byas/gong ma yon mchod kyi dgongs pa bzhin spyi'i bdag po byas/khong rang gi gon gyo (jo) la/srwon wi si dang/khri dpon stong dpon tsam yang ma bskos par/gling tshang gi mgon bton nas/gling la khri dpon dang stong dpon bskos/. 見《司徒遺教》(T'a si tu byang chub rgyal mtshan gyi bka' chems mthong ba don ldan),《朗氏家族》(rLangs kyi po ti bse ru rgyas pa)。

gru pa）關係緊密，於其中心鄧薩提寺（gDan sa thel）有十位來自靈藏的人。[1]

《江孜法王傳》中亦曾提到薩思迦派於朵甘思所設官職有館覺、靈藏、夏喀、旦麻等四所。[2] 它們之間不僅地域相接，而且亦當有極爲緊密的家族血緣淵源，前述靈藏與夏喀之關係就是例證。而靈藏與館覺之間亦是如此，爲館覺之頭目者有出自靈藏家族者，此容後述。正因爲如此，顯然這幾個家族於朵甘思地區互相接應，已成爲當地之顯要，八思巴上師往返漢藏途經朵甘思時當獲其熱情相待，故皆爲其親信、倚重，而委以重任。[3]

必須承認的是，在元代靈藏，或者朵思麻宣慰司的歷史上，尚有許多沒有解決的疑問。例如對地處朵甘思的靈藏何以被稱爲"朵思麻之靈藏"這樣的提問，我們尚無令人滿意的答復。明代朵思麻河州下屬二十四族熟番中有靈藏族，[4]《明實錄》中曾兩次提到河州熟番靈藏。如萬曆十年（1582）十二月甲午條下載，"陝西弘化寺、靈藏族番僧領真俄竹（Rin chen dngos grub）等進貢至，賜宴賞如例"。[5] 然而，這個看來與明封大慈法王、格魯派大德釋迦也失（Shakya ye shes）創建的弘化寺關係相近的河州靈藏族與地處"突甘思旦麻"的靈藏贊善王家族是何關係，我們不知其詳。要回答諸如此類的問題，尚期待有新資料的出現。[6]

五、明朝封靈藏爲贊善王之原因

弄清了靈藏、館覺兩個家族於蒙元時代的實際地位，我們亦就不難理解他們何以於

---

[1] 《朗氏家族》，頁 359—360。

[2] 'Jigs med grags pa，《江孜法王傳》，頁7；參見 Tashi Tsering，"Gling tshang rgyal rabs snying bsdus sngon 'gro'i lam ston zhes bya ba dge, *Tibetan Studies*, *Proceedings of the 5th Seminar of the International Association for Tibetan Studies*, vol. 2, p. 803。

[3] 格勒先生提出："德格、鄧柯一帶最大的勢力集團是傳說中的嶺國（Gling）。嶺國是吐蕃王朝崩潰後崛起的部落集團。它首先消滅了居於道孚的舍王國，進而佔據北路大部，其宮寨設在鄧柯嶺蔥地方，自稱'嶺班波'，實際爲一個部落集團。後來衛藏地區的薩迦法王八思巴應元朝皇帝之詔路過嶺國，嶺國給以熱情接待，所以其部落酋長受封爲'嶺甲爾布'。它既是'白嶺國'之後裔，又是藏化之古白蘭羌。"見格勒上揭書，頁 394—395；亦參見該書，頁 391—398。格勒先生書中提到有《嶺蔥土司世系》（*gling tshang gi rgyal rabs*）一書，但未注明具體出處。筆者曾去函查詢，獲告已不知其所終。

[4] 《河州志》卷二；《秦邊紀略》，頁 39。

[5] 《明實錄》一〇二，《神宗實錄》卷一三一，頁 5（2349）。《明史稿》卷一一七，《番部僧官》，亦云靈藏族及靈藏族禪師初隸河州，後屬循化。

[6] 《明實錄》正統五年（1440）三月乙卯條稱，"敕鎮守河州衛都指揮同知劉永曰：得奏言烏思藏等處番使已遣人護送回還，至西寧箚木地方，散於丹地寺等族寄住。內靈藏指揮軟奴巴［當即爲前述朵甘思故指揮使阿奴子若奴八］先居河州時嘗娶妻本衛，因懷眷戀，窺黃河水凍，復潛逃北，又誘溫速裏民王搔兒言往陝西都司告給俸糧。慮其糾合諸番，將爲邊患。敕至，爾等即用心體覆。若番使乃在彼處安分守己，聽其暫住。俟道通即遣之回。並審軟奴巴若止因戀妻逃來，亦可就彼安插。彼處不可即同其妻差人送京。如有窒礙，亦量度事情，計議停當，具奏處置"。從這個故事來看，兩個同名的家族似有些淵源。

明代分別受封爲灌頂國師贊善王與護教王了。明成祖永樂皇帝封他們爲王的原因,不可能如 Sperling 氏所說的那樣,祇是因爲受到五世哈立麻活佛的影響,是爲了確保烏思藏與中原驛路的暢通,爲哈立麻入朝提供便利。[1] 明代初年於西藏地區之施政,重於對故元於西藏之種種設置的接收與改編,早在明太祖洪武洪武四年(1371),明廷就已將吐蕃等處宣慰司改編爲河州衛,以元故宣慰使何鎖南普爲河州衛指揮同知。[2] 洪武六年(1373)二月,“詔置烏思藏、朶甘衛指揮使司宣慰司二、元帥府一、招討司四、萬戶府十三、千戶所四。以故元國公南哥思丹八亦監藏等爲指揮同知、簽事、宣慰使同知、副使、元帥、招討、萬戶等官凡六十人”,[3] 基本上維持了元代治藏機構之原樣。至洪武七年七月(1374),元代之朶思麻、朶甘思、烏思藏等三個宣慰司被正式改編成西安[河州]、朶甘、烏思藏三個行都指揮使司,[4] 元朝所封之大小官員凡來朝進貢者,均可獲得明朝廷之確認與續封。就是明朝不存在的官號,祇要有元朝之先例在,亦同樣可以獲得確認。[5] 是故,靈藏與館覺之頭目作爲元朝的二品舊官被明廷重新敍用,當是順理成章之事。據《明實錄》記載,靈藏家族之“喇兀監藏洪武中率先朝貢,授朶甘衛都指揮使”。以後,永樂四年(1406),明廷復“授[靈藏]箚思木頭目撤[撒]力加監藏(Sangs rgyas rgyal mtshan)爲朶甘衛行都司都指揮使”。元、明兩朝於西藏政策上的演變過程由此可見一斑。是故,稍後明成祖封喇兀監藏之弟着思巴兒監藏爲贊善王本不需要其他特殊的理由。與他們同時受封爲教王者有怕木竹巴頭目闡化王、必里公頭目闡教王、思達藏頭目輔教王等,其中怕木竹巴與必里公於元朝時分別是烏思藏十三萬戶之一,正三品,地位要低於靈藏與館覺之本禪。而維持中原與西藏之驛路的暢通,本來就是烏思藏、朶甘思、朶思麻三道宣慰使司及其下屬諸萬戶的重要職責,蒙元統治邊地之最重要的内容首先就是括戶、分封和置驛,並於此基礎之上進而設官分職,建立統一的地方行政機構。元朝曾兩次於西藏地區進行全面的户口調查,建立大驛站二十八處,並具體規

〔1〕 見 Sperling, “Some remarks on sGa A gnyan Dam pa and the origins of the Hor pa lineage of the dKar mdzes Region,” *Tibetan history and language: Studies dedicated to Uray Geza on his seventieth birthday*, p. 80。

〔2〕 《明實錄》三,《太祖實錄》卷六〇,頁 4(1173)。

〔3〕 《明實錄》四,《太祖實錄》卷七九,頁 1(1595)。

〔4〕 《明實錄》太祖實錄洪武七年己卯條:“……兹命立西安行都指揮使司於河州,其朶甘、烏思藏亦陞爲行都指揮使司,頒授銀印,仍賜各官衣物。”《明代西藏史料:明實錄鈔》,頁 12。

〔5〕 如明朝職官制度中本無司徒之封號,然於永樂十一年二月,卻循元朝故例,“授鎖巴頭目喇荅肖、掌巴頭目扎巴、八兒土官鎖南巴、仰思都巴頭目公葛巴等俱爲司徒”。參見沈衛榮,《明封司徒鎖巴頭目喇荅肖考》,《故宫學術季刊》第 17 卷第 1 期,1999 年,頁 103—136。

定各萬户支應驛站、提供鋪馬、首思之辦法。[1] 而作爲地方行政之最高長官的宣慰使、都元帥的重要職責之一,亦爲確保驛路之暢通,例如元烏思藏宣慰使、拉堆洛萬户軟奴旺術(gZhon nu dbang phyug)在任期間就曾主持烏思藏地區之户口調查,並因"賑其管内兵站飢户",而受到朝廷賞賜。[2] 元朝曾於朵思麻設七大驛站,於朵甘思設九大驛站,保障了漢藏兩地之間的交通、與往還於漢藏兩地之西藏喇嘛與蒙古使者的安全。設於朵思麻的驛站則對蒙古軍隊征服雲南亦有功德,設於朵甘思之噶若(Ga re)與高必(Go dpe)兩個驛站則對與烏思藏的交通有特殊意義。[3] 如前所述,靈藏所在之鄧柯歷來是青、康、藏之交通樞紐,文成公主入藏時就曾於此停留,[4] 元代與元代以後由康區入藏多由甘孜絨壩岔沿雅礱江而上,於浪多渡江,經德格協慶寺、三岔河,沿俄溝而上,於鄧柯西渡金沙江入藏。[5] 據《漢藏史集》記載,"於北方之蒙古與土番交界處之附近,有一塊形似犛牛之大磐石,牛嘴朝東,牛背後流出一河,名稱搽結藏卜(Tshe skye gtsang po),流向西方。牛前面流出一河,名稱必里曲河[即通天河],流入東方之旦麻地區。河之北續爲旦陽,河之南續爲旦陰。近彼大河之下半結堵(sKyed stubs)之地,有一條漢蒙之大驛道從中間穿過,其西部爲上旦[麻],有名稱噶巴之地(lGa pa'i yul)者。旦麻河流之谷地,有稱爲折兀之地(Tre bo'i yul)者,成統治噶、旦[麻]、折兀三地(dGa' ldan tre bo gsum)之王族"。[6] 顯然旦麻即長江與瀾滄江上游兩江並流的地區,包括今青海玉樹之東部與四川甘孜北部地方,確是元代漢藏間的交通樞紐之地。[7] 是故,歷代入朝之西藏上師大都經由此地入藏,Sperling、Tashi Tsering 文中所引諸哈立麻活佛傳記有關其傳主於入朝途中經靈藏而與靈藏王往還之記載亦即是其證明。礙於史籍闕載,我們無法確定元代於旦麻所設之驛站是否就在靈藏,然靈藏所處之地理位置對於當時漢藏交通之重要則勿庸置疑。儘管如此,這仍不足以説明明朝廷祇是爲了重新開通

---

　　[1] 　詳見《漢藏史集》,頁296—304;亦參見 Luciano Petech, *Central Tibet and the Mongols.* Rome: IsMEO, 1990, pp. 61－68.《漢藏史集》稱烏思藏、朵思麻、朵甘思三地共有驛站二十七處,而《經世大典・站赤》記載"烏思藏等除小站七所勿論,其大站二十八處"。雖然藏、漢文的記載有一站之差,然而《經世大典》中所列後藏四大驛站的名稱卻與《漢藏史集》(頁275—276)中所列一一對應。參見陳慶英、祝啓源,《元代西藏地方驛站考釋》,《西藏民族學院學報》1985 年第 4 期。

　　[2] 　《元史》卷一五,《世祖本紀》。參見沈衛榮上揭文,頁111。

　　[3] 　詳見《漢藏史集》,頁276—277。

　　[4] 　鎖南監藏(bSod nams rgyal mtshan),《西藏王統記》(*rGyal rabs gsal ba'i me long*),北京:民族出版社,1981 年,頁 122:"De'i bar la rgya mo bza' la sogs pa'i bod blon rnams kyis ldan ma brag rtsar phebs nas/brag la byams pa khru bdun pa gcig dang/bzang spyod gnyis brkos mar bzhengs."

　　[5] 　任乃强、澤旺奪吉,《"朵甘思"考略》,《中國藏學》1995 年第 1 期,頁 136—146,尤其是頁 141。

　　[6] 　《漢藏史集》,頁 372。

　　[7] 　參見陳慶英,《元朝帝師八思巴》,北京:中國藏學出版社,1992 年,頁 103。

一度中斷的漢藏驛路繞封靈藏頭目爲贊善王，也並不能因爲歷代哈立麻活佛入朝途經此地時與靈藏王有所往還就斷言明成祖是受其所寵愛的哈立麻活佛的影響繞封靈藏爲贊善王的。

六、《明實録》所載靈藏贊善王及
其他靈藏家族事迹

《明實録》永樂五年（1407）三月丁卯條記載，明廷“命館覺頭目喃葛監藏爲朵甘行都指揮使司都指揮使”。復云：“喃葛監藏者，喇兀監藏之子也。喇兀監藏洪武中率先朝貢，授朵甘衞都指揮使。及其卒，以弟着思巴兒監藏（Grags pa rgal mtshan）暫領其職”。而着思巴兒監藏即是明廷封授的第一位靈藏贊善王，喃葛監藏則承其叔父之後爲第二位靈藏贊善王。由此可見，明代靈藏與明廷的交通並非 Sperling 氏所言始於永樂朝（1403—1424），而是開始於洪武朝（1368—1398）中期。Sperling 氏文中引述了司徒搠思監沖納思（*Si tu* Chos kyi ’byung gnas）所撰《哈立麻派活佛傳》中五世哈立麻活佛大寶法王（De bzhin gshegs pa, 1384‒1415）傳中的一段記載，事涉幼年之大寶法王於 1392 年至 1394 年間遊歷朵甘思地區之經歷，其云：“受夏爾喀靈［藏］之本禪措兀監藏（Shar kha’i gling gi dpon chen Khro bo rgyal mtshan）所邀，賜本禪、萬户長、達魯花赤等受職之地方頭目爲首之本波等人衆近住等戒，且以各自信受之法令其饜足。此後，受館覺之本禪斡即南哥巴之邀，於狗年三月上弦日序駕臨［館覺］。”[1]此處之狗年，當爲陽木狗年，即西元 1394 年。[2] Sperling 氏認爲此處提到的靈藏本禪 Khro bo rgyal mtshan 即是《明實録》中提到的第一位贊善王着思巴兒監藏，然這位靈藏本禪 Khro bo rgyal mtshan 顯然更應當是指洪武中期率先朝貢而被封授爲朵甘衞都指揮使的喇兀監藏，他是着思巴兒監藏之兄長。漢音譯名喇兀監藏較之着思巴兒監藏顯然更可能是 Khro bo rgyal mtshan 之對譯；1394 年，爲明洪武二十七年，於“洪武中率先朝貢”之喇兀

---

〔1〕 “Shar kha’i gling gi dpon chen khro bo rgyal mtshan pas gdan drangs / dpon chen / khri dpon / da ra kha che ste las ka ’dzin pa’i sde bdag rnams kyis thog drangs bon po la sogs pa’i skye bo du ma la bsnyen gnas la sogs pa’i sdom pa gnang zhing rang rang gi mos pa’i chos kyi tshim par mdzad nas / go ’jo’i dpon chen ’od zer nam mkha’ pas gdan grangs nas khyi lo zla ba gsum pa’i yar tshes la phyag phebs.” 轉引自 Tashi Tsering, “Gling tshang rgyal rabs snying bsdus sngon ’gro’i lam ston zhes bya ba dge,” *Tibetan Studies*, *Proceedings of the 5*[th] *Seminar of the International Association for Tibetan Studies*, vol. 2, p. 805。類似的記載亦見於 dPa’ bo gtsug lag phreng ba,《賢者喜筵》（*Dam pa’i chos kyi ’khor lo bsgyur ba rnams kyi byung ba gsal bar byed pa mkhas pa’i dga’ ston*），下册，北京：民族出版社，1986 年，頁 1000—1001。

〔2〕 Tashi Tsering 正確地將狗年勘定爲陽木狗年，而復標明是年爲 1374 年，此當爲 1394 年之誤植，因爲大寶法王生於 1384 年。

監藏或仍在位。其弟着思巴兒監藏於何時"暫領其職",史無明證,而其受封"靈藏灌頂國師"則發生於永樂四年。此外,Sperling 氏將着思巴兒監藏一名還原爲藏文 Chos dpal rgyal mtshan,事實不然,正確的還原應當是 Grags pa rgyal mtshan。《明實錄》永樂八年(1410)正月、二十年(1422)三月、二十一年(1423)二月條下都記載靈藏贊善王之名爲吉喇思巴監藏巴里藏卜,[1]是故,後者乃 Grags pa rgyal mtshan dpal bzang po 於明代漢文文獻中常見的規範的音譯。

正如藏文史料中將靈藏家族分成大、中、小三支(Gling che 'bring chung gsum),或稱上、中、下三支(Gling khri gong 'og bar gsum)一樣,[2]《明實錄》有關靈藏贊善王及其靈藏其他僧俗頭領之記載同樣表明,與明朝廷往來的靈藏家族亦非祇有贊善王一支。而且,靈藏贊善王一支顯而易見與後來所謂靈藏王或者林蔥土司並不是同一支。如前所述,明封首位贊善王着思巴兒監藏於永樂四年(1406)二月受封爲靈藏灌頂國師,五年(1407)三月陞爲贊善王。於此之前,曾代其兄喇兀監藏暫領朶甘衛都指揮使職。靈藏贊善王家族似與薩思迦派一樣採用"叔侄相承"的繼承制度。着思巴兒監藏的贊善王位由其侄兒喃葛監藏巴藏卜(Nam mkha' rgyal mtshan dpal bzang po)繼承,後者先於永樂五年三月前者受封爲贊善王時襲其職,獲封爲朶甘衛都指揮使,後於洪熙元年(1425)初襲封贊善王爵。[3] 耐人尋味的是喃葛監藏於《明實錄》中亦被稱爲"館覺頭目",可見,靈藏與館覺兩個家族之間的聯繫依舊極爲緊密。正統六年(1441),喃葛監藏遣使奏稱年老,"欲令長子班丹監剉[dPal ldan rgyal mtshan]嗣封贊善王,次子巴思恭藏('Phags kun[!]bzang po)爲都指揮"。朝廷分授班丹監剉、巴思恭藏卜爲都指揮、指揮僉事。正統十年(1445)六月庚申,明廷敕諭班丹監剉襲其叔父喃葛監藏巴藏卜位,爲靈藏灌頂國師贊善王。然而,至少於弘治九年,靈藏王喃葛堅藏巴藏卜(1496)依然在世,卒年不詳。"弘治十六年(1503)九月辛卯,西番故靈藏寺贊善王[喃葛堅粲巴藏卜]之弟端竹堅耷(Don grub rgyal mtshan)遣番僧阿完等貢,因請襲職,從之。"[4]"正

〔1〕《明實錄》一二,《太宗實錄》卷一〇〇,頁3(1307);《明實錄》一四,《太宗實錄》卷二四七,頁1—2(2311—2);卷二五六,頁1(2369)。

〔2〕 參見 Tashi Tsering Tashi Tsering, "Gling tshang rgyal rabs snying bsdus sngon 'gro'i lam ston zhes bya ba dge," *Tibetan Studies*, *Proceedings of the 5th Seminar of the International Association for Tibetan Studies*, vol. 2, pp. 798、811。

〔3〕《明史》卷三三一,《西域傳》三,烏思藏,稱着思巴兒監藏死於洪熙元年,由其侄兒喃葛堅藏襲爵爲贊善王。而《明實錄》中則於宣德二年首次提到贊善王喃葛監藏,見《明實錄》一七,《宣宗實錄》卷二七,頁2(702)。

〔4〕《明實錄》五九,《孝宗實錄》卷二〇三,頁8(3785)。

德二年（1507）閏正月癸酉，故靈藏贊善王喃葛堅粲巴藏卜之弟端竹堅昝乞襲兄爵，許之。"[1] 端竹堅昝死於嘉靖二十二年（1543）十二月庚寅，其侄端嶽堅昝（Don yod rgyal mtshan）遣使奏乞襲職，獲朝廷許可。[2] 直至天啓六年（1626）七月丁酉，贊善王端嶽堅昝依然遣使進貢方物，賞賚如例。[3]

《明史》卷三三一《西域三》贊善王條下所載，基本上是轉抄了《明實錄》中的相關資料，然而引述時添加了許多明顯的錯誤。首先，其稱"洪熙元年（1425），[贊善王着思巴兒監藏]王卒，從子喃葛監藏襲"。而據《明實錄》所載，喃葛監藏爲着思巴兒監藏之兄喇兀監藏之子，故乃贊善王之侄兒，而非從子。着思巴兒監藏之子當是鎖南監藏（Bsod nams rgyal mtshan），他曾於宣德元年（1426）三月遣使入貢，同年冬十月獲賜朵甘都司都指揮使誥命。[4] 其次，引述成化十八年（1482）禮官所言入貢則例後，復稱"遂封喃葛堅粲巴藏卜爲贊善王"。查《明實錄》成化十八年二月甲寅條，《明史》所引禮官所言與《明實錄》所記禮部所奏内容基本相同，然並不見再封喃葛堅藏巴藏卜爲贊善王的記載。[5] 《明史》提到正統五年（1440），喃葛堅藏"奏稱年老，請以長子班丹監剉代。帝不從其請，而授其子爲都指揮使"。此當爲正統六年（1441）發生之事。《明實錄》正統六年四月辛卯條下，全文引述敕諭靈藏灌頂國師贊善王喃葛監藏及朵甘衛都指揮使司大小頭目人等之詔書，其内容與此《明史》所載相符。[6] 《明實錄》正統十年（1445）六月庚申條下，復引敕諭靈藏灌頂國師贊善王喃葛監藏巴藏卜侄班丹監剉之詔書全文，詳述准班丹堅剉代其叔父喃葛監藏爲靈藏灌頂国師贊善王之事。[7] 《明實錄》正統六年四月與正統十年六月前後兩條記載分別記班丹堅剉爲喃葛監藏之長子、親侄，自相矛盾。[8] 按明廷受封爲法王、教王者均爲番僧之事實及靈藏家族"叔侄相承"之慣例，班丹堅剉不應當是喃葛監藏之長子，而更當爲喃葛監藏之親侄。然而，雖然《明實錄》正統十年六月庚申條載敕諭靈藏灌頂国師贊善王喃葛監藏巴藏卜侄班丹監剉詔書中稱班丹監剉"克承梵教，恪守毘奈"，獲賜禮品中亦有"僧帽、袈裟、法器等件"，似表明班丹監

---

〔1〕 《明實錄》六二，《武宗實錄》卷二二，頁 11—12（628—9）。

〔2〕 《明實錄》八三，《世宗實錄》卷二八一，《明實錄校勘記》一八《世宗實錄校勘記》，頁 1637。

〔3〕 《明實錄》一三二，《熹宗實錄》卷七四，頁 16（3650）。

〔4〕 《明實錄》一六，《宣宗實錄》卷一五，頁 3（395）；《明實錄》一七，《宣宗實錄》卷二二，頁 5（679）。

〔5〕 《明實錄》四八，《憲宗實錄》卷二二四，頁 12—13（3851—2）。

〔6〕 《明實錄》二五，《英宗實錄》卷七八，頁 8—9（1545—6）。

〔7〕 《明實錄》二八，《英宗實錄》卷一二〇，頁 4—5（2588—9）。

〔8〕 《明實錄》二五，《英宗實錄》卷七八，頁 8—9（1545—6）；《明實錄》二八，《英宗實錄》卷一二〇，頁 4—5（2588—9）。

剉當以僧人身份襲贊善王位。然而顯而易見的是,明封贊善王絕非均是僧人,他們中確有子嗣且獲封朶甘衛都指揮使者。前述贊善王着思巴兒監藏子鎖喃監藏爲朶甘都司都指揮使就是一例。是故班丹監剉確有可能爲喃葛監剉之子。不管班丹堅剉是喃葛監藏的兒子、還是侄子,總之,他已於正統十年取代喃葛監藏爲贊善王,《明實錄》正統十三年(1448)、景泰三年(1452)、五年(1454)、成化十二年(1476)條下,都有贊善王班丹堅剉遣使入貢的明確記載。耐人尋味的是,靈藏贊善王喃葛堅藏巴藏卜之名復出現於《明實錄》弘治七年(1494)二月癸亥條下,他至遲死於弘治十六年(1503),正德二年(1507)襲其職爲贊善王者又爲其弟端竹堅昝,而不再是班丹堅剉之侄兒。[1] 贊善王班丹堅剉一支的繼承權又回到了其叔父一支手中。更有甚者,《明實錄》成化三年(1467)七月丁亥條下記載,“命靈藏僧塔兒巴堅粲(Thar pa rgyal mtshan)襲封爲贊善王”。[2] 這位塔兒巴堅藏顯然與喃葛監藏、班丹堅剉叔侄兩位贊善王都沒有直接的親屬關係,他屬於靈藏家族的另一支,即靈藏王,或稱林蔥土司家族,此容後述。事實上,於塔兒巴監藏在世爲贊善王時,於朶甘思地面顯然同時有兩位,甚至三位贊善王存在。《明實錄》成化十二年(1476)八月戊寅條下有烏思藏贊善王班丹堅剉遣使入貢的記載,[3]所以,塔兒巴堅藏爲贊善王之後近十年,班丹堅剉亦仍是贊善王。而《明實錄》弘治九年(1496)六月甲申條下稱,“西番贊善王遣番僧箚掛星吉、靈藏贊善王遣番僧端竹等來貢,賜宴並綵段衣服等物如例”。[4] 這裏的西番贊善王當指塔兒巴監藏,靈藏贊善王則當不再是班丹堅剉,而是喃葛監藏了。因爲此前兩年,《明實錄》中出現了“靈藏贊善王喃葛堅參巴藏卜”遣使入貢的記載。出現這種幾位贊善王並存局面的原因,當是贊善王班丹堅剉與明廷構惡所致。《明實錄》景泰五年(1454)七月壬寅條下載,灌頂國師贊善王班丹堅剉因“累遣使臣入貢,求食茶坐船廩給,未蒙允賜”,而以“邊民爲惡,臣難以禁阻”要脅朝廷。景泰七年(1456)二月壬寅條下復載,“贊善王班丹堅剉等私造軍器,交通虜寇,陰謀未測”。[5] 出於對贊善王班丹堅剉的不滿與防範,明朝廷又使出了“多封衆建”的慣伎,不但重新請出早已年老告退的贊善王喃葛監藏再度出山,而且又封屬靈藏家族另一支系的塔兒巴堅藏同爲贊善王,以分化、瓦解贊善王班丹堅剉之勢力。

〔1〕《明實錄》六二,《武宗實錄》卷二二,頁11—12(628-9)。
〔2〕《明實錄》四一,《憲宗實錄》卷四四,頁11(918)。
〔3〕《明實錄》四五,《憲宗實錄》卷一五六,頁2(2845)。
〔4〕《明實錄》五五,《孝宗實錄》卷一一四,頁2(2062)。
〔5〕《明實錄》三五,《英宗實錄》卷二五六,頁8—9(5524-5)。

　　Tashi Tsering 文中所列靈藏王統(Gling gi rgyal rabs)，顯然就是後世所謂林蔥土司家族之世系，前文所提到的各位贊善王，除了塔兒巴堅藏外，都不見於這一王統世系中。可見，實際上它們與贊善王並非屬於同一支。晚近仍藏於鄧柯之林蔥土司家的明宣德五年敕諭朵甘衛行都指揮使司星吉兒監藏誥命表明，所謂靈藏王，或林蔥土司乃明代朵甘衛行都司都指揮使家族及其後裔，[1]其於明代之世系傳承亦詳見於《明實録》。Tashi Tsering 文中所列第五十代靈藏王 *Du si* Sangs rgyas rgyal mtshan 顯然即是於明永樂四年二月受封爲朵甘衛行都司都指揮使的所謂简思木頭目撒[撒]力加監藏，亦稱桑結爾監藏者。直到宣德五年五月庚戌，撒力加監藏奏稱年老乞致仕，朝廷許以其子星吉兒監藏代之。明廷於是年賜星吉兒監藏誥命，令其"替職爲朵甘行都指揮使司指揮使"。星吉兒監藏，即藏文 Seng ge rgyal mtshan 之音譯，亦即 Tashi Tsering 文中所列桑結兒監藏之子，第五十一代靈藏王都[指揮]使 *Du si* Seng ge rgyal mtshan。星吉兒監藏有子四人，分別爲第五十二代靈藏王都[指揮]使丹增亦攝思(*Du si* bsTan 'dzin ye shis)、Chen po bdag drung、贊善王塔兒巴監藏(Tsan shing 'ang wang Thar pa rgyal mtshan)、萬戶長幹色兒監藏(*khri dpon* 'Od zer rgyal mtshan)等四人。其中塔兒巴堅藏於成化三年"襲封爲贊善王"，事實上，塔兒巴堅藏並非"襲封"，而是靈藏王家族受封爲贊善王者僅塔兒巴堅藏一人而已。按 Tashi Tsering 文中所列靈藏世系，都指揮使丹增亦攝思之子噶里麻堅藏(Karma rgyal mtshan)，以及後者之子、第五十三輩靈藏土司次仁扎思(Tshe ring bkra shing [shis])亦都擁有都[指揮]使的稱號，然而他們的名字不見於《明實録》中。

　　靈藏家族於明代所擔任的職位中最重要的一定是朵甘行都指揮使，後者無疑是朵甘衛之最高行政長官，其地位大致與元代的朵甘思宣慰使都元帥相同。按明代職官制度，行都指揮使是朝廷二品官，"都司掌一方之軍政，各率其衛所以隸於五府，而聽於兵部"。行都指揮使司設官與都指揮使司同，設行都指揮使一人，正二品，都指揮同知二人，從二品，都指揮僉事四人，正三品。[2]烏思藏、朵甘衛指揮使司首置於洪武六年二月，洪武七年七月因"慮彼方地廣民稠，不立重鎮治之，何以宣布恩威"，故"命立西安行

---

　　[1]　鄧柯之林蔥土司家藏明宣德五年誥命全文曰："皇帝敕諭朵甘衛行都指揮使司星吉兒監藏：昔朕太宗文皇帝臨御之日，爾父撒力加監藏敬順天道，輸誠來歸。朝廷設立衙門，授以官職，亦既有年。朕統天位，悉遵皇祖成憲。今爾父年老，轉令爾替職爲朵甘行都指揮使司指揮使，管束軍民，安定邊陲。爾宜益順天心，永堅臣節，俾子子孫孫世居本土，打圍放牧，咸膺福澤，同享太平。故諭。"見任乃強、澤旺奪吉，《"朵甘思"考略》，《中國藏學》1995年第1期。

　　[2]　《明史》卷七六，《職官》五。

都指揮使司於河州,其朵甘、烏思藏亦陞爲行都指揮使司,頒授銀印"。[1] 此西安、朵甘、烏思藏等三個行都指揮使司之職能、地位顯然與元代所設西番三道宣慰使司大致相仿,不同的是,元代吐蕃三道宣慰司直接受制於中央的宣政院,而明代朵甘、烏思藏二衛行都指揮使司實際上受西安行都指揮使司,亦即陝西都司節制,這表明明代吐蕃地區作爲特別行政區的地位較之元代有了進一步的削弱。假如說元代吐蕃三道宣慰司尚可認爲與一行省之地位相當的話,明代的三衛行都指揮使司則更多地被認爲是陝西、四川都司[行省]下轄領土的一部分,《明實錄》中常見諸如"陝西河州"、"四川烏思藏"一類的提法就是例證。與此相應,靈藏贊善王亦被稱爲"烏思藏靈藏贊善王"、"陝西洮州靈藏贊善王"、"陝西外夷靈藏贊善王"、"西番贊善王"等等,不一而足。

與贊善王一職並非爲靈藏家族中的一支獨佔,且同時存在幾位來自不同支系的贊善王一樣,朵甘衛行都指揮使一職亦不祇爲林蔥土司家族專任,亦出現有同時有好幾位來自靈藏家族不同支系的成員出任該職的現象。朵甘衛初設時,僅以鎖南兀即爾(Bsod nams 'od zer)爲指揮同知,未見有都指揮使之設。《明實錄》中提到的最早的朵甘衛都指揮使即是首位靈藏贊善王着思巴兒監藏之兄喇兀監藏,他於洪武中率先朝貢而得授朵甘衛都指揮使之職。其後,其弟着思巴兒監藏暫代其職。永樂四年二月壬寅,於着思巴兒監藏受封爲靈藏灌頂國師的同時,授箚思木頭目,即靈藏王撤[撒]力加監藏爲朵甘衛行都司都指揮使。次年,又命喇兀監藏之子、館覺頭目喃葛監藏以及阿屑領占俱爲朵甘行都指揮使司都指揮使,阿卓南葛領占及靈藏頭目鎖南幹屑爲都指揮僉事。是時撒力加監藏亦當仍在都指揮使位。撒力加監藏之子星吉兒監藏於宣德五年襲朵甘衛都指揮使位,而當正統六年贊善王喃葛監藏以年老請以其子襲位時,明廷復分別授其二子爲都指揮與都指揮僉事職。而即於宣德、正統年間,靈藏家族的另一支亦有阿努、軟努巴父子相繼爲朵甘衛都指揮者。《明實錄》宣德五年(1430)八月辛巳條提到朵甘衛故指揮使阿奴與其子軟努巴;而於正統五年三月乙卯條下又提到靈藏指揮軟奴巴。可見,朵甘衛都指揮一職亦於這一家族中世襲。按明代常例,行都指揮使司祇設都指揮使一人,而且"又以都衛節制方面,關係甚重,從朝廷選擇陞調,不許世襲"。故"凡都司並流官,或得世官,歲撫、按察其賢否,五歲考選軍政而廢置之"。然而,於朵甘衛行都指揮使司不但同時出現有好幾位都指揮使,而且行都指揮使一職亦曾於靈藏王家族之不同支系中世襲。前述明宣德五年皇帝敕諭朵甘衛行都指揮使司星吉兒監藏襲其父職

---

[1] 《明實錄》四,《太祖實錄》卷九一,頁2—3(1595－6)。

爲都指揮誥命,以及阿努與軟努巴父子相繼爲都指揮就是例證。此皆有違明制常例,看來朵甘衛都指揮使司與元朝的三道宣慰司一樣享有許多惟有特區所有的特權。朵甘衛行都指揮司下轄朵甘思一個宣慰司、朵甘思、朵甘隴答、朵甘丹、朵甘倉溏、朵甘川、磨兒勘等六個招討司,沙兒可、乃竹、羅思端、列思麻等四個萬户府以及十七個千户所等,[1] 其作爲明代朵甘思最高地方行政長官的地位是無可懷疑的。

七、餘　論

明代所封法王、教王、國師、西天佛子等號,雖"悉給以印誥,許之世襲,且令歲一朝貢",然而它們絶大部分祗是封給諸衛番僧、土官之尊號,並没有正式列入明代的職官制度,嚴格説來他們並非朝廷命官。然而顯而易見的是,這些法王、教王及灌頂大國師等往往享有朝廷命官所無法企及的地位與權力。具體到贊善王而言,其實際地位亦顯然要高於正二品的朵甘衛行都指揮使。事實上,頭二位贊善王着思巴兒監藏與喃葛監藏均是以朵甘行都指揮使陞任贊善王位,前述喃葛監藏欲令其長子襲王爵而遭明廷拒絶,然准封其子爲都指揮。明廷下詔亦稱"敕諭靈藏灌頂國師贊善王喃葛監藏及朵甘衛都指揮使司大小頭目人等",《明實録》弘治七年二月癸亥條下有稱"贊善王下都指揮公哈堅參巴藏卜"(Kun dga' rgyal mtshan dpal bzang po)等[2],這都説明贊善王之地位要高於朵甘衛行都指揮使。贊善王可爲其治内番僧、土官向朝廷奏請、官號、封賞等。贊善王與朵甘衛行都指揮使分別直接遣使定期向明廷進貢,此外,靈藏家族其他支系之番僧、頭領亦可直接向明廷進貢,單獨獲得明廷之封賞。靈藏贊善王下之番僧獲得國師之稱號者就有不少,明廷亦分賜以誥命。例如正統十三年(1448)五月丁酉,禮部奏烏思藏灌頂國師贊善王遣人奏保番僧綽吉堅粲(Chos kyi rgyal mtshan)爲灌頂弘慈妙覺大國師;[3] 成化十年(1474)十二月乙酉,陞靈藏贊善王所遣進貢禪師桑兒結藏卜 [Sangs rgyas bzang po]爲國師,並給誥命印信。[4] 嘉靖三十四年(1555)六月二十九日有番僧管着堅咎(dKon mchog rgyal mtshan)爲靈藏贊善王下已故灌頂國師結瓦藏 (rGyal ba bzang)之侄受誥命,命襲乃叔灌頂淨修廣慧國師之職。[5] 衆所周知,明廷於

---

[1]《明史》卷三三一,《西域傳》三。
[2]《明實録》五四,《孝宗實録》卷八五,頁1—2(1586-7)。
[3]《明實録》二九,《英宗實録》卷一六六,頁3(3212)。
[4]《明實録》四五,《憲宗實録》卷一三六,頁1(2544)。
[5] Peter Schwieger,"*A Document of Chinese Diplomatic Relations with East Tibet during the Ming Dynasty*".
(未刊稿)

西藏採取"多封衆建"政策,"初,太祖以西番地廣,人獷悍,欲分其勢而殺其力,使不爲邊患,故來者輒授官"。當時西番族種"大者數千人,少者數百,亦許歲一奉貢,優以宴齎"。而其結果必然是,"西番之勢益分,其力益弱,西陲之患益寡"。"迨成祖,益封法王及大國師、西天佛子等,俾轉相化導,以共尊中國,以故西陲宴然,終明世無番寇之患"。按明代治藏慣例,"國家撫有西番,因習俗分其族屬,官其渠魁,給以金牌,而又選土官才能者,授以重職以鎮撫之。是以數十年間番夷效順,西陲晏然"。[1] 具體至靈藏家族,贊善王一支當是該族之"渠魁",故而受封爲王,而朶甘衞都指揮使一支則是獲選的"土官才能者",《明實録》中稱朶甘衞都指揮使撒力加監藏爲箚思木頭目。由於這種"多封衆建"政策,那些原本强盛的西番族種漸遭分化、支解而漸失其力,最終成爲無足輕重的小土司。前述至清末改土歸流時,林蔥土司也就是明代朶甘衞都指揮使家族,已淪落至僅爲白利土司轄下之一土百户,追究其衰敗的歷史或當即起源於明代的這種"多封衆建"政策。至於靈藏贊善王一支於明以後之去向則有待查察。

今論明代漢藏關係史者通常以爲明代漢藏間的往來主要發生於明代早期,特別是永樂時期。事實上,明代中後期漢藏間的交通較之前期有增無減。就明代漢藏交通之大項朝貢而言,明代中後期來朝入貢番僧之數目就遠遠超出明初。《明實録》成化元年(1465)九月戊辰條下載:"禮部奏:宣德(1426—1435)、正統(1436—1449)間番僧入貢不過三四十餘人,景泰(1450—1457)間起數漸多,然亦不過三百人。天順(1457—1464)間遂至二三千人,及今前後絡繹不絶,賞賜不貲,而後來者又不可量。"[2] 通覽《明實録》中有關靈藏贊善王及靈藏家族其他支系與明朝廷往還的記載,可知靈藏與明朝廷的來往始於洪武中,終於天啓六年(1626),幾乎與明王朝相始終。二者往來的内容亦主要是朝貢與封賞,不僅靈藏家族各支系持續不斷地遣使者往朝廷進貢,請求封授、賞賜,朝廷亦時常遣使臣往靈藏撫諭給賜。由於明廷對來朝入貢者每每予以十分豐厚的賞賜,番王累遣使臣入朝,致使國家財政入不敷出。不得不規定"烏思藏贊善、闡教、闡化、輔教四王三年一貢,每王遣使百人,不過百五十人"。然而諸法王、教王往往不遵守朝廷的規定,例如《明實録》成化十八年二月甲寅條下載,"禮部奏烏思藏番王進貢,定期必以三年,定數僧不過一百五十進。贊善王連二次已差僧四百一十三人,今又以請封請襲,差一千五百五十七人,俱非例,宜盡阻回",[3] 遣使數目之巨令人吃驚。

---

〔1〕《明實録》四〇,《憲宗實録》卷二九,頁8(580)。
〔2〕《明實録》四〇,《憲宗實録》卷二一,頁4—5(420-1)。
〔3〕《明實録》四八,《憲宗實録》卷二二四,頁2—3(3851-2)。

有明一代,靈藏與明廷關係相當密切,然亦曾於景泰年間贊善王班丹堅剉時出現危機,有言班丹堅剉等"私造軍器,交通虜寇,陰謀未測",而其緣由即乃"累遣使臣入貢,求食茶坐船癉給,未蒙允賜"之故。明廷一方面"移文陝西、四川鎮守以兵等官,務要整飭邊備,防其奸宄",另一方面則"仍賜敕開諭禍福,俾其安守禮法,毋聽小人誘惑爲非",且另封靈藏家族另一支系之成員爲贊善王,以分其力。是故,終明之世,靈藏未成邊患。[1] 明廷對番王如此慷慨的封賞、賞賜當然不是出於樂善好施之本性,而有其明顯的政治目的,即希望這些獲得封賞的番王能守邊護方,所謂"廣宣佛教,化導羣迷,俾爾一方之人,咸起爲善之心,永享太平之福"。受封之番王除了要"敬修臣職,撫化番夷,以圖報稱"外,亦有必要爲朝廷提供服務,例如"復置驛站,以通西域之使",且爲往還道途之朝廷使團"給道里費,且遣人防護"等。靈藏家族之所以受封爲贊善王不是因爲明朝要依靠其力量來重建漢藏間之驛路,然而,靈藏贊善王及朵甘衞都指揮使等確有義務爲站赤提供支應,保障驛路之暢通。

(原載《中國藏學》2006 年第 2 期,頁 144—159)

---

[1] 《明實錄》三五,《英宗實錄》卷二五六,頁 8—9(5524－5)。

神通、妖術和賊髡：論元代文人筆下的番僧形象

一、前　言

近年來，有些西方學者開始反思西方人在過去幾百年中接觸、認識西藏和西藏佛教的過程，探討不同時期西方文獻中出現的截然不同的西藏形象與西方各個不同發展階段的社會、文化本身的關係，寫出了對理解今日彌漫於西方的西藏熱很有啓發意義的著作。其中較著名的有 Peter Bishop 的《香格里拉的神話：西藏、遊記和西方對聖地的創造》[1]和《力量之夢：西藏佛教和西方的想象》；[2]美國密歇根大學東亞系教授 Donald Lopez Jr. 的《香格里拉的囚徒》；[3]以及於 1996 年 5 月 10 日至 12 日在德國波恩召開的"神話西藏"國際討論會（Mythos Tibet International Symposium）的論文結集《神話西藏：接受、設計和幻想》；[4]美國加州大學伯克萊校區新聞學院院長 Orville Schell 教授的《似是而非的西藏：從喜瑪拉雅到好萊塢尋找香格里拉》等。[5] 受這些著作的啓發，筆者有心對中國歷代文人有關西藏和西藏佛教的記載作一番檢討，勾畫歷代漢族文人筆下之西藏形象，進而對形成這類形象的歷史原因加以説明，冀爲認識歷史上漢藏兩族間的政治、文化關係提供一條新的途徑。

本篇以元代漢族文人筆下之番僧形象爲論述對象，主要資料來源於元代文人筆記、佛教志乘中的零星記載，輔以官方正史如《元史》中的相關内容。筆者之着眼點不在於對某個特殊人物、事件的交代，而在於對元代漢族士人著作中所見番僧形象的總體把握。

---

〔1〕　Peter Bishop, *The Myth of Shangri-La: Tibet, Travel Writing, and the Western Creation of Sacred Landscape* (London: Athlone, 1989).

〔2〕　Peter Bishop, *Dreams of Power: Tibetan Buddhism & the Western Imagination* (London: Athlone, 1993).

〔3〕　Donald S. Lopez Jr., *Prisoners of Shangri-La: Tibetan Buddhism and the West* (Chicago and London: The University of Chicago Press, 1998).

〔4〕　*Mythos Tibet: Wahrnehmungen, Projektionen, Phantasien* (Koeln: Dumont, 1997).

〔5〕　Orville Schell, *Virtual Tibet, Searching for Shangri-La from the Himalayas to Hollywood* (New York: Metropolitan Books, 2000).

二、元廷優禮番僧事實

在中國歷史上，元朝是個短命的王朝，而它對整個中國歷史發展的影響卻並不和它存在時間的長短成正比。[1] 其中元朝對西藏近百年的統治對其以後的發展的影響，就是一個很有説服力的例證。[2] 經過元朝近百年的經略，西藏和西藏喇嘛不僅從此在政治上與中央政府結下了不解之緣，而且也作爲一種顯眼的文化因素進入了以儒家文明爲代表的漢族文化圈中，進入了漢族知識分子的視野。

有元一代，番僧在蒙古朝廷中所享受的地位和榮耀乃同時代任何其他民族之士宦、僧人都無法企及的。此或可以元朝帝師、西藏佛教薩思迦派上師八思巴在朝廷的地位爲典型例證。元末明初浙江著名學者葉子奇曾記載説："元西域胡僧八思麻，知緯候，佐世祖定天下，製蒙古字書，以七音爲本，特定一代之文。封爲帝師，詔尊之曰：一人之下，萬人之上，西方佛子，大元帝師。卒葬於京，其墓上天雨寶花。令天下郡國皆立帝師殿，其制一同文廟。嗚呼謬哉！"[3] 另據《佛祖歷代通載》記載："有河西僧高沙剌巴，[4] 建言於朝，以爲孔子以修述文教之功，世享廟祀。而光帝師德俟將聖師表一人，製字書以資文治之用，迪聖慮以致於變之化，其功大且遠矣。而封號未追，廟享不及，豈國家崇德報功之道哉？大臣以聞，詔郡國建祠宇，歲時致享。"[5]《元史》亦記載，"至治間，特詔郡縣建廟通祀。泰定元年，又以繪像十一，頒各行省，爲之塑像云"。[6] 至治三年（1323）二月，"作上都華嚴寺、八思巴帝師寺及拜住第，役軍六千二百人"。[7] 八思巴作爲來自西番的"胡僧"，竟然享受與漢族文化祖師孔老夫子同等的榮耀，且"其制視孔子廟有加"，[8] 這是中國歷史上獨一無二的特例。

---

〔1〕 參見韓儒林，《元史綱要結語》，《元史論叢》1，北京：中華書局，1983 年，頁3—11。

〔2〕 對此意大利藏學家 L. Petech 曾經作過相當精闢的總結，參見 Petech, *Central Tibet and the Mongols: The Yuan-Sa-skya Period of Tibetan History*（Rome：Instito Italiano per il Medio ed Estremo Oriente, 1990），pp. 139—142；參見沈衛榮，《元朝統治西藏對後代的影響》，《西藏與中原關係國際學術研討論文集》，臺北："蒙藏委員會"，1992 年，頁79—101。

〔3〕 葉子奇，《草木子》卷三下，《雜制篇》，北京：中華書局，1988 年，頁65。

〔4〕 沙剌巴當即元代著名譯師沙羅巴，其傳記見於釋念常，《佛祖歷代通載》卷二二，《大正藏》卷四九，頁729—730；亦參見傅海博（Herbert Franke），《沙羅巴1259—1314：元代中國西夏佛僧》（"Sha-lo-pa（1259－1314），A Tangut Buddhist monk in Yüan China," G. in Naundorf, K. -H. Pohl, H. -H. Schmidt eds. *Religion und Philosophie in Ostasien, Festschrift für Hans Steininger zum 65. Geburtstag*（Würzburg：Königshausen & Neumann, 1985），pp. 201－222。

〔5〕《佛祖歷代通載》卷二二，頁723。

〔6〕 宋濂等，《元史》卷二〇二，《釋老傳》，北京：中華書局，1976 年，頁4518。

〔7〕《元史》卷二八，《英宗紀》二，頁628。

〔8〕《元史》卷二七，《英宗紀》一，頁607。

據葉子奇的觀察，雖"歷代多崇徽號褒美，多至十餘言以上"。獨"元朝此等皆絶而不爲，及死而始爲之諡，亦止於一二字而已。初不掩其行之善惡是非，此亦可以爲法也"。元朝末代皇帝庚申曾爲褒嘉"以私錢十萬錠，濟怯憐口站户之乏"的元末著名權臣秦王太師伯顏，"下詔加以美稱凡十四字"，即被葉子奇稱爲"此又古之大臣所未有也。此又殆九錫之漸者乎"！[1] 而據元末明初另一位知名學者陶宗儀（1316—1402）的記載，"巴思八帝師法號曰：皇天之下，一人之上，開教宣文，輔治大聖，至德普覺真智祐國，如意大寶法王西天佛子，大元帝師板的達巴思八八合失"。[2] 此封號長達四十餘字，當是元朝封諡制度中的一個特例，足見八思巴於元朝所享受的地位是何等的崇高。[3]

除此之外，對帝師在元廷所受到的特殊待遇在《元史》中也有更具體的描述：

> 百年之間，朝廷所以敬禮而尊信之者，無所不用其至。雖帝后妃主，皆因受戒而爲之膜拜。正衙朝會，百官班列，而帝師亦或專席於坐隅。且每帝即位之始，降詔褒護，必敕章佩監絡珠爲字以賜，蓋其重之如此。[4] 其未至而迎之，則中書大臣馳驛累百騎以往，所過供億送迎。比至京師，則敕大府假法駕半仗，以爲前導，詔省、臺、院官以及百司庶府，並服銀鼠質孫。用每歲二月八日迎佛，威儀往迓，且命禮部尚書、郎中專督迎接。及其卒而歸葬舍利，又命百官出郭祭餞。……其弟子之號司空、司徒、國公，佩金玉印章者，前後相望。[5]

何以以八思巴帝師爲代表的番僧會受到蒙古皇帝如此的禮遇？這無疑是一個值得人深思的問題。

三、施供關係論之新視角

蒙古皇帝與番僧的關係是蒙元王朝與西藏之關係的重要內容和典型的表現形式，因

---

〔1〕《草木子》卷三下，《雜制篇》，頁59—60。

〔2〕 陶宗儀，《南村輟耕録》卷一二，北京：中華書局，1997年，頁154。亦見於《佛祖歷代通載》卷二二，頁732。

〔3〕 元代的這一特例到了明代便成了司空見慣的慣例，受封爲法王、教王或國師的番僧的封號都是那麼長長的一串，內容則大同小異。

〔4〕《南村輟耕録》卷二，頁25："累朝皇帝於踐祚之始，必布告天下，使咸知之。惟詔西番者，以粉書詔文於青繒，而繡以白絨，綱以真珠。至御寶處，則用珊瑚，遣使齎至彼國，張於帝師所居處。"陶宗儀這條記載顯然是照録自楊瑀（1285—1361）之《山居新話》，同樣的內容見於該書，卷二，《欽定四庫全書》，子部一二；參見《山居新話》之德文譯本 Herbert Franke, *Beiträge zur Kulturgeschichte Chinas unter der Mongolenherrschaft, Das Shan-kü sin-hua des Yang Yü, Abhandlungen für die Kunde des Morgenlandes* XXXII, 2（Wiesbaden：Kommissionsverlag Franz Steiner GMBH, 1956），pp. 59 - 60；此外，基本相同的記載亦見於李翀，《日聞録》，《欽定四庫全書》，子部《庶齋老學叢談及其他二種》（上海：商務印書館，《叢書集成初編》）。

〔5〕《元史》卷二〇二，《釋老傳》，頁4520—4521。

此對這種關係的理解直接影響到對整個元朝與西藏之關係的理解。眼下最流行的一種解釋來自西藏喇嘛自己，其中心點就是著名的“施供關係論”，即是説蒙古皇帝與番僧之間的關係是施主與福田的關係，施主（yon bdag）爲其福田（mchod gnas）提供必要的軍事力量，以實現他們的世俗願望，而福田則專心爲施主念佛祝禱，以滿足其宗教上的需求。施主與福田相輔相成，各得其所，他們之間的關係是一種平等互利的關係，假如説帝師的地位不在隆師重道的蒙古皇帝之上的話。[1] 在後出的藏文史著中，我們經常能讀到皇帝雖貴爲天子，卻嚴持師禮以待上師，帝師與皇帝在宫中平起平坐、禮尚往來的故事，也經常能讀到皇帝在享受其上師的宗教服務之後以世俗利益回賜上師，喇嘛在其施主—弟子的支持下獲得各種政治特權的故事。[2] 近年來，爲了減輕蒙元王朝與西藏地方關係中的政治成分，這種“施供關係論”得到了不斷地鼓吹、神化。

關於蒙古時代西藏歷史的真相，中外都曾有有成就的學者用心研究過，人們衹需閲讀意大利著名西藏學家 Luciano Petech 先生的著作《蒙古與中藏》一書便可知梗概，[3] 關於“施供關係”的哲學、社會學的討論亦有當代研究印度、西藏佛學的權威學者 D. Ruegg 先生的大作可以參考，[4] 皆無須筆者於此多加置喙。惟對蒙古皇帝何以會屈萬乘之尊，對番僧盡師敬之節一事尚欲於此略作討論。持蒙元王朝與西藏關係爲施主與福田之關係論者，乃從後世西藏喇嘛的視角和觀念出發對蒙元統治者與番僧之間政、教兩方面的錯綜複雜的關係所作的判斷。[5] 在將“施供關係”作爲對這段歷史的權威解釋而全盤接受之前，我們顯然有必要將當事雙方中的另一方對這種關係的看法考慮進去。不無遺憾的是，蒙古皇帝及其王室成員自己就此問題並沒有文字記録傳世，他們留下的片言只語僅見於漢文記載中。漢族士人的記載是否正確地傳達了其蒙古主子的意

---

〔1〕 《南村輟耕録》卷二，頁20，記載有一則蒙古皇帝尊師的故事：“文定王沙剌班，今上（元順帝——引者）之師也。爲學士時嘗在上左右。一日體少倦，遂於便殿之側假卧，因而就寐。上以藉坐方褥，國語所謂朶兒别真者，親扶其首而枕之。後嘗患癰額上，上於合軆中取拂手膏躬與貼之。上之隆師重道可謂至矣盡矣。”亦見《山居新話》卷二，Franke 上揭譯本，頁66。

〔2〕 最典型的例子當數八思巴帝師爲元世祖忽必烈前後作三次灌頂，而後者分别以烏思藏十三萬户、土番三道和漢地之 Yur ma chen mo 作爲回賜。詳見達倉宗巴・班覺藏卜（sTag tshang rdzong pa dpal 'byor bzang po），《漢藏史集》（rGya bod yig tshang），成都：四川民族出版社，1985 年，頁277—278。有關這些宗教活動之政治意義參見沈衛榮，《元朝中央政府對西藏的統治》，《歷史研究》1988 年第 3 期，頁136—148；Janos Szerb, "Glosses on the oeuvre of bla-ma 'Phags: III. The 'Patron-Patronized' Relationship," Soundings of Tibetan Civilization (New Dehli 1985), pp. 164‒173.

〔3〕 參見 Petech 上揭書。

〔4〕 David Seyfort Ruegg, Ordre Spirituel et Ordre Temporel dans la pensée Bouddhique de l'Inde et du Tibet, Quatre conférences au Collège de France (Paris, Dépositaire exclusif: édition-Diffusion de Boccard, 1995).

〔5〕 儘管後出的西藏編年史常常將大蒙古皇帝和他的西藏喇嘛之間的關係描寫爲一種平等的關係，但他們之間無疑是主臣關係，這是連八思巴上師自己都曾經承認的事實。參見 Szerb 上揭文，頁165，注 2。

願，或當有所保留。不過元朝並非祇是蒙古人的朝廷，當時的漢族士人對西藏及西藏喇嘛的看法至少代表了受蒙古人統治的佔人口總數之絕大多數的漢人的看法，故同樣應該受到重視。

與西藏史家淡化西藏與蒙元王朝關係中的政治成分、儘量突出其宗教内容形成鮮明對照，漢族作家多半從政治的角度來看待蒙古皇帝尊崇番僧這一事實。元廷崇佛、禮遇番僧常常成爲漢族士人尖銳批評的對象，而士人中的有識之士則往往從這種表面現象背後看透其實質。例如，《元史·釋老傳》中説：“元起朔方，固已崇尚佛教。及得西域，世祖以其地廣而險遠，民獷而好鬥，思有以因其俗而柔其人，乃郡縣土番之地，設官分職，而領之於帝師。乃立宣政院，其爲使位居第二者，必以僧爲之，出帝師所辟舉，而總其政於内外者，帥臣以下，亦必僧俗並用，而軍民通攝。於是帝師之命，與詔敕並行於西土。”〔1〕此爲明初史臣對其前朝之土番政策的總結，同類的説法在元代文人的著作中也常可見到。例如歐陽玄在《（云南姚安）妙光寺記》中説：“世祖自征氏羌歸，乃表異釋氏，隆其師資，至於宮室服御，副於乘輿，蓋有以察其風俗之宜，因以爲制遠之術焉，顧世之人不足以喻此也。”〔2〕此謂忽必烈征云南時，路經土番地區，即了解欲得其地，必須利用佛教，自此形成其尊崇西藏佛教的政策。而元代另一位士人朱德閏則説得更加明白：“國家混一區宇，而西域之地尤廣，其土風悍勁，民俗尚武，法制有不能禁者。惟事佛爲謹，且依其教焉。以故自河以西直抵土蕃西天竺諸國邑，其軍旅、選格、刑賞、金穀之司，悉隸宣政院屬。所以控制邊陲，屏翰畿甸也。”〔3〕

明革元命，然歷朝同樣敬禮番僧，爲此亦曾招來漢族士人的激烈批評。然亦有“有識之士”爲統治者的優禮番僧政策作出了較元人更直露的解釋。其云：“胡僧有名法王若國師者，朝廷優禮供給甚盛，言官每及之。蓋西番之俗，一有叛亂仇殺，一時未能遥制，彼以其法戒諭之，則磨金餂劍，頂經説誓，守信惟謹。蓋以馭夷之機在此，故供給雖云過侈，然不煩兵甲芻糧之費，而陰屈羣醜，所得多矣。新進多不知此，而朝廷又不欲明言其事，故言輒不報，此蓋前朝制馭遠夷之術耳。非果神之也。”〔4〕

饒有興味的是，我們在《草木子》中讀到這樣的一則故事：“初，大元世祖命劉太保築元京城。及開基得一巨穴，内有紅頭蟲，不知其幾萬。世祖以問劉曰：‘此何祥也？’

〔1〕《元史》卷二〇二，《釋老傳》，頁4520—4521。
〔2〕歐陽玄，《妙光寺記》，《寰宇通志》卷一一三，南京：中央圖書館1947年影印明初刻本。
〔3〕朱德閏，《存復齋文集》卷四，《行宣政院副使送行詩序》，《四部叢刊續編》集部二五。
〔4〕陸容，《菽園雜記》卷四，北京：中華書局，1997年，頁42。

劉曰：'異日亡天下者，乃此物也。'世祖既定天下，從容問劉太保曰：'天下無不敗之家，無不亡之國。朕之天下，後當誰得之。'劉曰：'西方之人得之。'世祖以八思麻帝師有功，佐平天下，意其類當代有天下，思爲子孫長久計，欲陰損其福，而泄其氣。於是尊其爵至於一人之下、萬民之上，豐其養至於東南數十郡之財不足以資之，隆其禮至於王公妃主皆拜伏如奴隸。甚而爲授記，藉地以髮，摩頂以足，代馬凳子以脊，極其卑賤。及其既死，復於西方再請一人以襲其位，事之一遵其制。其所以待之如此者，蓋所以虛隆其至貴之禮，極陰消其天下之福，以延其國家之命。豈知歷數不可以虛邀，福祿爲彼之妄得，改歆爲秀，徒禍其身，豈其然哉！"[1]這段故事雖幾近小說家言，卻也十分形象地説明了元朝皇帝優待番僧的政治用意。

不可否認，漢族士人將蒙古皇帝優禮西藏喇嘛這一現象賦予鮮明的政治意義，與藏人所持的"施供關係論"一樣有其片面之處。蒙古朝廷如此尊崇番僧或亦當有政治以外的宗教、文化因素在起作用。一個顯而易見的事實是，對蒙古人而言，西藏文化遠比漢族文化來得容易接受。蒙元早期諸君，包括世祖忽必烈，皆不能以漢語達意，與漢人交流須通事從中傳達言語；中後期諸君雖受雙語教育，應通華言，[2]然其多數難通漢文經義。元代著名文人虞集（1271—1348）一生經歷了九個蒙古君主的統治，爲其服務達四十年之久。1325 年，出任泰定帝也孫鐵木兒之經筵官，爲其講論儒家經義。據《元史·虞集傳》記載："自是歲嘗在行經筵之制，取經史中切於心德治道者，用國語（蒙古語——引者）、漢文兩進讀，潤譯之際，患夫陳聖學者未易於盡其要，指時務者尤難於極其情，每選一時精於其學者爲之，猶數日乃成一篇，集爲反覆古今名物之辨以通之，然後得其無忤，其辭之所達，萬不及一，則未嘗不退而竊嘆焉。"[3]可見，讓蒙古人接受漢文化是如何艱難的一件事。與此相反，對於蒙古人來説接受西藏文化顯然要比接受漢文化來得容易得多。我們可以元朝末代皇太子愛猷識理達臘（1338—1378）的故事爲例而説明之。《南村輟耕録》記載了如下一則故事，云："今上皇太子之正位東宮也，設諭德，置端本堂，以處太子講讀。忽一日，帝師來啓太子母后曰：向者太子學佛法，頓覺開悟，今迺受孔子之教，恐損太子真性。母后曰：我雖居於深宮，不知道德，嘗聞自古及

〔1〕 《草木子》卷四下，《雜俎篇》，頁83—84。

〔2〕 參見傅海博，《元朝皇帝能否讀寫漢語文？》（Herbert Franke, "Could the Mongol Emperors read and write Chinese?" *Asia Major*, *A British Journal of Far Eastern Studies*, ed. B Schindler, New Series 3（London：Taylor's Foreign Press, 1953）, pp. 28 – 41）；蕭啓慶，《元代的通事與譯史——多元民族國家中的溝通人物》，《元史論叢》6，北京：中國社會科學出版社，1996 年，頁35—67。

〔3〕 《元史》卷一八一，《虞集傳》，頁 4176—4177。

今,治天下者,須用孔子之道,捨此他求,即爲異端。佛法雖好,乃餘事耳。不可以治天下,安可使太子不讀書? 帝師赧服而退。"[1]可就是這位被人稱爲"聰明天授,銳志聖學",曾"與師保之臣講誦不輟,性雅好翰墨",可以説有相當高漢文化修養的皇太子,[2]卻依然更熱衷於番僧所傳授的佛法。《庚申外史》中記載了這樣一個故事:"壬寅,至正二十二年(1362),太子酷好佛法,於清寧殿置龍牀中坐,東西壁布長席,西番僧、高麗僧,列坐滿長席。太子嘗謂左右曰:李[好問]先生教我讀儒書許多年,我不省書中何言,西番僧告我佛法,我一夕便曉。"[3]蒙藏兩族之間宗教文化上的親和關係顯然也是造成蒙元朝廷如此優禮番僧的一個重要因素。[4]

需要強調的是,將蒙古皇帝優禮番僧、沉溺於藏傳佛教修行之事實賦予政治意義,或許是蒙古皇帝們自找的藉口,亦可能是漢族士大夫爲其君主之弊政所找的開脱。但這種話語卻亦一直爲元以後明、清兩代的君主們所津津樂道,明代皇帝雖知元之速亡與其崇信番教有關,但並不都能以此爲戒,明帝室對番僧、番教的推崇較之元代可謂有過之而無不及,而所謂政治利用説常常成爲其用來抵擋言官批評的最好武器。而清代皇帝如乾隆者好番教到了入迷的地步,然於其著名的《喇嘛説》中依然將其"習番經"與統治西藏的政治策略相提並論。

四、摩訶葛剌崇拜與神僧形象

於元代文人筆下,番僧與蒙元王朝的關係稱得上是同生共死的關係。蒙古的興起,特別是它能最後消滅南宋王朝,一統天下,得益於番僧的神助,故番僧是元朝建國的功臣;而元朝的迅速滅亡,又起因於番僧在元帝室宮闈中傳授"秘密大喜樂禪定"、"雙修"等密法,致使"堂堂人主,爲禽獸行",最後失其天下於明。所以,番僧又是元朝失國的禍首。元朝與番僧的關係,一言以蔽之,真可謂成也蕭何,敗也蕭何。憑藉佐元朝立國之功,番僧爲自己樹立了神通廣大的神僧形象,復又因釀成元朝驟亡之禍,番僧從此在

〔1〕《南村輟耕録》卷二,頁21。

〔2〕李士瞻,《經濟文集》卷六,《爲福建監憲恩德卿作詩序》,《欽定四庫全書》集部五。關於蒙古皇帝及其太子學習漢文化的努力和成果,特別是在書法方面的成果參見傅海博上揭1953年文,其中皇太子愛猷識理達臘學漢語文的故事,見該文頁40—41。

〔3〕權衡,《庚申外史》(國學文庫卷四八,據學津討原本重印),頁42;任崇嶽,《庚申外史箋證》,鄭州:中州古籍出版社,1991年,頁114—115;《元史》卷四六,《順帝本紀》九,頁962。

〔4〕參見札奇斯欽,《蒙古與西藏歷史關係之研究》,臺北:正中書局,1978年,"第一章:緒論——蒙古可汗何以信奉了土番的佛教",頁1—12。Sechin Jagchid, "Why the Mongolian Khans adopted Tibetan Buddhism as their faith," In Sechin Jagchid, *Essays in Mogolian Studies* (Provo: Brigham Young University 1988), pp. 90–91.

漢人中間留下了以妖術肇禍的妖僧形象。

漢文史乘有云："世祖以八思麻帝師有功,佐平天下。"對此元人的解釋是："世祖皇帝潛龍時,出征西國,好生爲任,迷徑遇僧,開徒授記,由是光宅天下,統御萬邦,大弘密乘,尊隆三寶。"[1]無疑這兒所提到的八思巴帝師的"佐平天下"之功,當主要指以薩思迦班智達與八思巴帝師叔侄爲首的薩思迦派上師幫助蒙古人以相對和平的手段置當時内部四分五裂、但獨立於中原王朝統治之外的整個西藏地區於大蒙古國的統治之下。有意思的是,八思巴帝師在漢族士人筆下是一個集文章、道德於一身的聖人,他的形象與漢族士人中謙謙君子的形象幾乎没有什麽差別,故並不是有典型意義的番僧形象。例如,元英宗至治元年(1321)詔立《帝師殿碑》中稱,能爲君天下者之師者,"以其知足以圖國,言足以興邦,德足以範世,道足以参天地、贊化育,故尊而事之,非以方伎而然也。皇元啓運北天,奄荒區夏,世祖皇帝,奮神武之威,至混一之績,思所以去殺勝殘,躋生民於仁壽者,莫大[於]釋氏。故崇其教以敦其化本。以帝師拔思發有聖人之道,屈萬乘之尊,盡師敬之節。諮諏至道之要,以施於仁政。是以德加於四海,澤洽於無外,窮島絶嶼之國、卉服魋結之氓,莫不草靡於化風,駿奔而效命。白雉來遠夷之貢,火浣獻殊域之琛,豈若前代直羈縻之而已焉。其政治之隆而仁覆之遠,固元首之明、股肱之良,有以致之。然而啓沃天衷、克弘王度,寔賴帝師之助焉"。"帝師製字書以資文治之用,迪聖慮以致於變之化,其功大且遠矣。"[2]這些聽起來冠冕堂皇的話,實際上可以把它們加到每一位匡佐蒙元皇帝建立文治的儒臣頭上。儘管八思巴曾爲蒙古朝廷創製了蒙古新字,但要説番僧於元朝興國之功當主要不在道德、文治。

與八思巴帝師之君子形象形成鮮明對比的是,漢族士人對與他差不多同時代的另一位西藏國師、薩思迦班智達之弟子膽巴功嘉葛剌思的記載卻形象生動,引人入勝,頗具典型意義。[3] 從膽巴在元廷的一些活動中,我們得知,番僧,特別是薩思迦派上師在朝廷的得寵與他們引進摩訶葛剌護法,陰助蒙古軍隊消滅南宋,統一天下,及日後平

〔1〕 語出《弘教集》,見《佛祖歷代通載》卷二二,頁 722。類似的話也常見於藏文史書中,例如《漢藏史集》,頁 287,云:"[世祖]皇帝向[八思巴]上師求法自不待言,就是世間之諸大事亦皆與上師商議而定,上師向皇上説與法隨順而善作世間之事等。"

〔2〕《佛祖歷代通載》卷二二,頁 732—733。

〔3〕 關於膽巴國師生平參見 Herbert Franke, "Tan-pa, a Tibetan Lama at the court of the Great Khans," *Orientalia Venetiana*, *Volume in onore di Lionello Lanciotti*, Mario Sabattini ed. (Firenze: Leo S. Olschki Editore, 1984), pp. 157 – 180;沈衛榮,《元朝國師膽巴非噶瑪巴考》,《元史及北方民族史研究集刊》第 12—13 輯,1990 年,頁 70—74;陳慶英、周生文,《元代藏族名僧膽巴國師考》,《中國藏學》1990 年第 1 期,頁 58—67;Elliot Sperling, "Some remarks on sGa A gnyan Dam pa and the origins of the Hor-pa lineage of the dKar-mdzes Region," In *Tibetan history and language: Studies dedicated to Uray Geza on his seventieth birthday* (Wien 1991), pp. 455 – 456.

定西北諸王叛亂有密不可分的關係。元人柳貫（1270—1324）於《護國寺碑》中曾説：
"初太祖皇帝肇基龍朔，至於世祖皇帝綏華糾戎，卒成伐功，常隆事摩訶葛剌神，以其爲
國護賴，故又號大護神，列諸大祠，禱輒響應。而西域聖師（指薩思迦班智達——引者）
太弟子膽巴亦以其法來國中，爲上祈祠，日請立廟於都城之南涿州。祠既日嚴，而神益
以尊。"〔1〕顯然，柳貫將號稱金剛上師的膽巴國師視爲將摩訶葛剌護法介紹給蒙古皇
帝之西藏上師。《佛祖歷代通載》所録膽巴國師傳的記載，亦與此略同，其云："乙亥（至
元十二年），師具以聞，有旨建神廟於涿之陽。結構横麗，神像威嚴，凡水旱蝗疫，民禱
響應。"〔2〕事實上，首先於蒙古朝廷傳播摩訶葛剌法的首先應該是八思巴帝師本人，涿
州之摩訶葛剌神廟乃由八思巴上師倡議，元代著名的尼泊爾工匠阿尼哥修建，膽巴國師
爲該寺住持。據程鉅夫撰《涼國敏慧公神道碑》記載，阿尼哥於"［至元］十一年（1274）
建乾元寺於上都，制與仁王寺等"。"十三年建寺於涿州，如乾元制。"〔3〕而按《漢藏史
集》的記載，當忽必烈準備派丞相伯顏（1236—1295）舉兵滅宋之時，曾向八思巴上師問
計以預卜吉凶。八思巴認爲伯顏堪當此重任，並爲其運籌成功方略，"令尼婆羅神匠阿
尼哥於涿州建神廟，塑護法摩訶葛剌主從之像，親自爲神廟開光。此怙主像面向蠻子
（南宋）方向，阿闍黎膽巴公哥爲此神廟護法"。〔4〕伯顏最終於至元十三年正月攻克宋
都臨安（今浙江杭州），三月南宋幼主出降，隨後與太皇太后北上。路過涿州時，有人示
以涿州之摩訶葛剌護法神廟，他們見後驚奇地説："於吾等之地，曾見軍中出現黑人與
其隨從，彼等原來就在這裏。"〔5〕

　　膽巴國師以祈禱摩訶葛剌護法幫助蒙古軍隊攻城掠地、無堅不摧的故事遠不僅僅
這一個。據膽巴國師的傳記記載，"初天兵南下，襄城居民禱真武，降筆云：有大黑神，
領兵西北方來，吾亦當避。於是列城望風款附，兵不血刃。至於破常州，多見黑神出入
其家，民罔知故，實乃摩訶葛剌神也。此云大黑，蓋師祖父七世事神甚謹，隨禱而應，此
助國之驗也"。〔6〕類似而更詳細的記載亦見於柳貫的《護國寺碑》中，此云："方王師南
下，有神降均州武當山，曰：'今大黑神領兵西北來，吾當謹避之。'及渡江，人往往有見

〔1〕　柳貫，《柳待制文集》卷九，《護國寺碑》。
〔2〕　《佛祖歷代通載》卷二二，頁726。
〔3〕　程鉅夫，《程雪樓文集》卷七，《涼國敏慧公神道碑》（元代珍本文籍匯刊），臺北："國立中央圖書館"，
1977年，頁316。
〔4〕　《漢藏史集》，頁281—282。
〔5〕　《漢藏史集》，頁287。
〔6〕　《佛祖歷代通載》卷二二，頁726。

之者。武當山神即世所傳玄武神,其知之矣。然則大黑者,於方爲北,於行爲水,凝爲精氣,降爲明靈,以翼相我國家億萬斯年之興運。若商之辰星,晉之參星,耿耿祉哉,焉可誣也。"[1]治宋蒙戰爭史者告訴我們,襄樊之戰是宋蒙之間具有決定意義的一次大戰。對宋而言,襄陽六年之守,一旦而失,從此一蹶不振;而對於元朝而言,襄陽的勝利令長江中下游門户洞開,蒙古軍可順流長驅,平宋祇是時間的問題了。而常州之戰則是元軍三路直下南宋首都臨安之前歷時數月的硬戰。[2] 膽巴國師禱引大黑天神,陰助王師,使蒙古軍隊攻克南宋固守長江天險之最後堡壘,最終統一天下,所以大黑天神被目爲"爲國護賴",番僧被目爲元朝立國之功臣。雖然元廷刻意標榜帝師於朝廷之功德,"非以方伎而然也",但實際上不打自招,番僧於元朝立國的所謂功德確賴其祖傳的神通。[3]

膽巴國師於"至元七年(1270)與帝師八思巴俱至中國。帝師者,乃聖師之昆弟子也。帝師告歸西番,以教門之事屬之於師。始於五臺山建道場,行秘密咒法,作諸佛事,祠祭摩訶伽剌。持戒甚嚴,晝夜不懈,屢彰神異,赫然流聞,自是德業隆盛,人天歸敬"。[4] 他無疑是在元廷傳授摩訶葛剌法術之最關鍵的西番上師。[5] 摩訶葛剌護法之靈驗不僅僅局限在襄城、常州兩大戰役中。史載膽巴國師曾因得罪其往昔之門人、元初著名權臣桑哥而流寓潮州,時"有樞使月的迷失,奉旨南行。初不知佛,其妻得奇疾,醫禱無驗。聞師之道,禮請至再,師臨其家,盡取其巫覡繪像焚之,以所持數珠加患者身,驚泣乃甦,且曰:夢中見一黑惡形人,釋我而去。使軍中得報,喜甚,遂能勝敵。由是傾心佛化"。又例如,"帝[忽必烈]御北征,護神顯身陣前,怨敵自退"。[6] 膽巴國師還曾禱引摩訶葛剌護法幫助元朝軍隊戰勝來犯的西北諸王海都(1235—1301)的入侵。元貞乙未(1295),元成宗遺使召師問曰:"'海都軍馬犯西番界,師於佛事中能退降否?'奏曰:'但禱摩訶葛剌自然有驗。'復問曰:'於何處建壇?'對曰:'高梁河西北甕山有寺,僻静可習禪觀。'敕省府供給嚴護……。於是建曼拏羅依法作觀,未幾捷報至,上大悦。"[7]經由這些神異的故事,對摩訶葛剌的崇拜成了元代自上至下相當普遍的信仰。皇帝即位時,

〔1〕 柳貫,《柳待制文集》卷九,《護國寺碑》。
〔2〕 參見胡昭曦、鄒重華主編,《宋蒙(元)關係史》,成都:四川大學出版社,1992年,頁300—343。
〔3〕 《佛祖歷代通載》卷二二,頁722:"帝(忽必烈)命伯顏丞相攻取江南不克,遂問膽巴師父云:'護神云何不出氣力?'奏云:'人不使不去,佛不請不説。'帝遂求請,不日而宋降。"
〔4〕 趙孟頫延祐三年作《大元敕賜龍興寺大覺普慈廣照無上帝師之碑》,《元趙孟頫書膽巴碑》,北京:文物出版社。
〔5〕 參見王堯,《摩訶葛剌(Mahākāla)崇拜在北京》,《慶祝王鐘翰先生八十壽誕學術論文集》,瀋陽:遼寧大學出版社,1993年,頁441—449。
〔6〕 《佛祖歷代通載》卷二二,頁723。
〔7〕 同上書,頁726。

"先受佛戒九次方正大寶"，而戒壇前即有摩訶葛剌佛像。[1] 甚至大内也有摩訶葛剌像，史載元英宗至治三年十二月，"塑馬哈吃剌佛像於延春閣之徽清亭"。[2] 祠祭摩訶葛剌的神廟不僅見於五臺山、涿州等佛教聖地或京畿之地，而且也見於國内其他地方。"延祐五年歲在戊午，皇姊魯國大長公主新作護國寺於全寧路之西南八里直，大永慶寺之正，以爲摩訶葛剌神專祠。"[3] 浙江杭州也有摩訶葛剌神崇拜遺迹，吴山寶成寺石壁上曾刻摩訶葛剌像，覆之以屋，爲元至治二年（1322）驍騎將軍左衛親軍都指揮使伯家奴所鑿。[4] 至於京城内外、全國各地所建之摩訶葛剌佛像之多，則委實不勝枚舉。[5] 而摩訶葛剌神的崇拜顯然也引起了漢族士人的反感，元代詩人張昱《輦下曲》中有詩曰："北方九眼大黑煞，幻形梵名麻紇剌，頭帶骷髏踏魔女，用人以祭惑中華。"[6]

膽巴上師的神通還不止於令摩訶葛剌護法隨禱隨應一項，他亦是一位能妙手回春的神醫，還能預知天事、呼風喚雨。膽巴國師傳中記載説：師謂門人曰："潮乃大顛韓子論道之處，宜建刹利生。因得城南淨樂寺故基，將求材，未知其計。寺先有河，斷流既久。庚寅五月，大雨傾注，河流暴溢，適有良材泛集充斥，見者驚詫，咸謂鬼施神運焉。""癸巳夏五，上患股，召師於内殿建觀音獅子吼道場，七日而愈。""壬寅春二月，帝幸柳林遘疾，遣使召云：師如想朕，願師一來。師至幸所就行殿修觀法七晝夜，聖體乃瘳。""三月二十四日，大駕北巡，命師象輿行駕前，道過雲州龍門，師謂從衆曰：'此地龍物所都，或興風雨，恐驚乘輿，汝等密持神咒以待之。'至暮雷電果作，四野震怖，獨行殿一境無虞。至上都，近臣咸謝曰：'龍門之恐，賴師以安。'"[7] 這類故事的内容神秘離奇，各

---

[1] 《南村輟耕録》卷二，頁20。

[2] 《元史》卷二九，《泰定帝本紀》一，頁642。

[3] 柳貫，《柳待制文集》卷九，《護國寺碑》。

[4] 厲鶚（1692—1752），《樊樹山房集》卷五，《麻曷葛剌佛並序》，頁372—373；參見宿白，《元代杭州的藏傳密教及其有關遺迹》，《文物》1990年第10期，頁55—71。

[5] 詳見吴世昌，《密宗塑像説略》，《羅音室學術論著》第3卷：《文史雜著》，北京：中國文藝聯合出版公司，1984年，頁421—456。

[6] 《張光弼詩集》卷三，《四部叢刊續編》集部。

[7] 《佛祖歷代通載》卷二二，頁726。於《馬可波羅行紀》中亦記載了如下一則軼事："有一異事，前此遺忘，今須爲君等述之者。大汗每年居留此地[上都]之三月中，有時天時不正，則有隨從之巫師星者，諳練巫術，足以驅除宫上之一切暴風雨。此類巫師名稱脱字惕（Tebet）及客失木兒（Quesimour），是爲兩種不同之人，並是偶像教徒。蓋其所爲者盡屬魔法，乃此輩誑人謂是神功。"馮承鈞譯，《馬可波羅行紀》，上海：上海書店出版社，2000年，頁173。Marco Polo（1254—1323?），*The Travels of Marco Polo*，The Complete Yule-Cordier Edition（New York：Dover Publications，1992），vol. 1，p. 301. 儘管膽巴國師的這個故事發生於1302年，是時距馬可波羅離開中國已有十餘年，但馬可波羅所述西藏巫師之軼事顯然與膽巴國師的故事有神似之處。而且，馬可波羅於其書中亦稱這些來自西番與迦什彌羅的巫師爲"巴哈失"，與藏漢文史料之記載相同，故可確定他所説的故事一定是指番僧的神迹。有關馬可波羅遊記所載番僧事迹，參見乙阪智子，《馬可波羅著作中所描述的藏傳佛教》，《元史論叢》8，南昌：江西人民出版社，2001年，頁62—69。

不相同,可表達的主題卻是同一個:膽巴國師是一位有神通的番僧。神通廣大是漢族士人筆下之西番僧的典型形象,而這種神僧形象的典型當就是這位金剛上師膽巴國師。

在元、明間漢族人之間曾流傳着關於膽巴國師如何有口才、善應對的同一個故事:"大德間僧膽巴者,一時朝貴咸敬之。德壽太子病癡癃,不魯罕皇后遣人問曰:'我夫婦崇信佛法,以師事汝,止有一子,寧不能延其壽邪?'答曰:'佛法譬猶燈籠,風雨至乃可蔽,若燭盡則無如之何矣。'此語即吾儒死生有命之意,異端中得此,亦可謂有口才者矣!"[1]《佛祖歷代通載》亦載:"阿合麻丞相奏,天下僧尼頗多混濫,精通佛法可允爲僧,無知無聞宜令例俗。膽巴師父奏云:'多人祝壽好,多人生怒好?'帝云:'多人祝壽好。'其事乃止。"[2]這類故事尚有不少,此不免令人想起曾於貞觀十五年來唐廷朝覲,因善於應對、進對合旨而深得唐太宗喜歡,且最終不辱使命爲其贊普請得大唐公主的吐蕃大相禄東贊。[3] 機警、善應對遂成爲西藏人留給漢族士人的典型形象之一。

五、秘密大喜樂法與妖僧形象

《草木子》曾記載如下一則佚事,云:"元京未陷,先一年,當午有紅雲一朵,宛然如一西番塔,雖刻畫莫能及,凝然至晚方散。後帝師以國事不振,奔還其國。其教遂廢,蓋其物象見詳也。"[4]這一神異的物象被時人視爲元朝失國的先兆。而使元朝命不過百年的罪魁禍首則被認爲是在宮廷內興妖作怪的番僧。忽必烈爲防止西藏人"代有天下",可謂處心積慮,豈知元朝的江山最終還是失之於曾爲其立國功臣的番僧之手。[5]

權衡在其專述元朝末代皇帝順帝庚申君史事的《庚申外史》中,對元順帝失國的經過總結說:"[順帝]始曾留意政事,終無卓越之志,自惑溺於倚納、大喜樂事,耽嗜酒色,盡變前所爲。又好聽讒佞,輕殺大臣,致使帝舅之尊,帝弟之親,男女猱雜,何殊聚麀!

---

〔1〕 《山居新話》卷一;Franke 上揭譯本,頁 56—57;《南村輟耕録》卷五,頁 56;明人田藝衡,《留青日劄》卷二七(瓜蒂庵藏明清掌故叢刊),上海:上海古籍出版社,1985 年,《瞿曇膽巴》,記載有相同的故事,並如按語云:"正所謂藥醫不死病,佛度有緣人也。惑世愚民,可笑可笑。"實際上,這個流傳廣泛的故事肯定有張冠李戴、穿鑿附會的成分,因爲德壽太子死於 1306 年,而膽巴國師死於 1303 年,比德壽太子還先逝三年。參見 Franke 上揭 1984 年文,頁 177。

〔2〕 《佛祖歷代通載》卷二二,頁 725。

〔3〕 參見蘇晉仁、蕭鍊子,《〈册府元龜〉吐蕃史料校證》,成都:四川民族出版社,1981 年,頁 24;蘇晉仁,《通鑒吐蕃史料》,拉薩:西藏人民出版社,1982 年,頁 6。

〔4〕 《草木子》卷三上,《克謹篇》,頁 49。事實上,這個故事更具象徵和預言性質,而並不與歷史事實完全一致。在元都陷落前一年根本就沒有帝師在京城中。

〔5〕 不管是古代的漢族史官,還是近代的西方史家都曾將元朝速亡的原因歸之於帝室之崇佛與寵信番僧,參見傅海博," Tibetans in Yuan China," In John D. Langlois, Jr. ed., *China under Mongol rule*(Princeton:Princeton University Press, 1987),pp. 296 - 328。

其後，忌祁后諫己，強其子使學佛法。文公有云：中國一變爲夷狄，夷狄一變爲禽獸。堂堂人主，爲禽獸行，人紀滅亡，天下失矣。"〔1〕顯然，權衡將元朝失國主要歸咎於元順帝對番僧於宮廷中傳播的所謂"秘密大喜樂禪定"或曰"雙修法"的熱衷。這當曾是當時漢族士人的共識，因此奪取了元朝江山的明太祖朱元璋亦將此引以爲前車之鑒，下令嚴宮閫之政。史載："上（太祖）以元末之君不能嚴宮閫之政，至宮嬪女謁私通外臣，而納其賄賂，或施金帛於僧道，或番僧入宮中攝持受戒，而大臣命婦，亦往來禁掖，淫瀆邪亂，禮法蕩然，以至於亡。"〔2〕於當時之漢族士人看來，番僧助蒙古人使"中國一變爲夷狄"，最後又以秘密大喜樂法使"夷狄一變爲禽獸"，其罪孽之深實在是亘古無雙。

關於番僧在元朝宮廷傳授修法的記載詳見《元史》和《庚申外史》中，大致經過是："初，哈麻嘗陰進西天僧以運氣術媚帝，帝習爲之，號演揲兒法。演揲兒，華言大喜樂也。哈麻之妹婿集賢學士禿魯帖木兒，故有寵於帝，與老的沙、八郎、答剌馬吉的、波迪哇兒禂等十人，俱號倚納。禿魯帖木兒性姦狡，帝愛之，言聽計從，亦薦西蕃僧伽璘真於帝。其僧善秘密法，謂帝曰：'陛下雖尊居萬乘，富有四海，不過保有見世而已。人生能幾何，當受此秘密大喜樂禪定。'帝又習之，其法亦名雙修法，曰演揲兒，曰秘密，皆房中術也。帝乃詔以西天僧爲司徒，西蕃僧爲大元國師。其徒皆取良家女，或四人、或三人奉之，謂之供養。於是帝日從事於其法，廣取女婦，惟淫戲是樂。又選采女爲十六天魔舞。八郎者，帝諸弟，與其所謂倚納者，皆在帝前，相與褻狎，甚至男女裸處，號所處室曰皆即兀該，華言事事無礙也。君臣宣淫，而羣僧出入禁中，無所禁止，醜聲穢行，著聞於外，雖市井之人，亦惡聞之。"〔3〕但元順帝君臣卻樂此不疲，當江山烽煙四起，各路義軍直逼帝京時，元宮內仍然鶯歌燕舞，"而帝方與倚納十人行大喜樂法，帽帶金玉佛，手執數珠，以宮女十六人，首垂髮數辮，戴象牙冠，身披瓔珞大紅銷金長短裙襖雲裾合袖天衣綬帶鞋襪。常金紫荊，舞雁兒舞，名十六天魔舞。又有美女百人，以皆衣瓔珞，各執加己刺般之器，內一人執鈴杵奏樂。又宮女十一人練捶髻，勒帕，常服，或用唐帽、窄衫。

---

〔1〕《庚申外史》，頁38；任崇嶽上揭書，頁156。

〔2〕余繼登，《典故紀聞》卷二，北京：中華書局，1997年，頁32；谷應泰，《明史紀事本末》卷一四，《開國規模》，北京：中華書局，頁19。

〔3〕《元史》卷二○五，《哈麻傳》；《庚申外史》，頁17—28；任崇嶽上揭書，頁70—71。荷蘭學者高羅佩（R. H. van Gulik）於其名著《中國古代房內考》（*Sexual Life in Ancient China, A preliminary survey of Chinese sex and society from ca. 1500 B. C. till 1644 A. D*, Leiden: E. J. Brill, 1974）一書中翻譯了《元史》中這段有關大喜樂法的記載，由於他未能正確斷句，故錯將人名八郎理解爲八郎之字面意義——八個男人，更進而作出十六天魔舞爲一郎配二女組對而舞的解釋。參見該書，頁260，注2；西方漢學者長於探幽發微，但有時亦免不了求鑿過深，牽強附會，以致鬧出笑話。鼎鼎大名如高羅佩者，竟亦莫能例外。

所奏樂器，用龍笛、頭管、小鼓、箏、秦[奏]、琵琶、笙、胡琴、響板、拍板，以宦者長安[迭]不花領之。每遇宮中讚佛，則按舞奏樂，宦官非受秘密戒者不得預”。[1] 爲了滿足其肆意淫樂的目的，元順帝可謂挖空心思，無所不用其極。他“建清寧殿，外爲百花宮，繞殿一市。帝以舊例五日一移宮，不厭其所欲，又酷嗜天魔舞女，恐宰臣以舊例言，乃掘地道，盛飾其中，從地道數往就天魔舞女，以夜作晝，外人初不知也”。[2] 他自己溺於此法不算，竟然亦將太子引入歧途。“帝嘗謂倚納曰：太子不曉秘密佛法，秘密佛法可以益壽延年，乃令禿魯帖木兒教太子以佛法。未幾，太子亦惑溺於邪道矣。”[3]

元帝宮廷中的穢行也延及宮外，致使民風大壞。《庚申外史》載：“倚納輩用高麗姬爲耳目，刺探公卿貴人之命婦、市井臣庶之麗配，擇其善悅男事者，媒入宮中，數日乃出。庶人之家，喜得金帛，貴人之家，私竊喜曰：夫君隸選，可以無窒滯矣。上都穆清閣成，連延數百間，千門萬户，取婦女實之，爲大喜樂故也。”[4]《草木子》也載：“都下受戒，自妃子以下至大臣妻室，時時延帝師堂下戒師，於帳中受戒，誦咒作法。凡受戒時，其夫自外歸，聞娘子受戒，則至房不入。妃主之寡者，間數日則親自赴堂受戒，恣其淫泆。名曰大布施，又曰以身布施。其流風之行，中原河北，僧皆有妻。公然居佛殿兩廡。赴齊稱師娘，病則於佛前首鞫，許披袈裟三日，殆與常人無異，特無髮耳。”[5] 對此現象也曾有漢族士人作詩諷刺，如張昱之《輦下曲》中有云：“似將慧日破愚昏，白晝如常下釣軒，男女傾城求受戒，法中秘密不能言。”[6] 而堂堂大元也就在這種君臣宣淫的糜爛氣息中失去了江山。

儘管曾在元朝宮廷內外流行一時的秘密戒法如此爲漢族士人所不齒，甚至就連將大喜樂法引進宮廷的禍首、曾爲宣政院使，後任丞相的蒙古人哈麻，也自以前所進番僧爲恥而圖掩蓋之。史載“丙申，至正十六年（1356），哈麻既得相位，醜前所薦西天僧所爲，恐爲當世及後人所非議，乃以他事杖西天僧一百七，流於甘州，僞若初未嘗薦之者。又私念以爲前薦西天僧所爲秘密，惟妹婿禿魯帖木兒知之，莫若並去之以滅其口”。[7]

---

〔1〕 《庚申外史》，頁 20—21。類似的記載亦見於《元史》卷四三，《順帝本紀》六，頁 918—919。此云舞十六天魔舞者，“首垂髮數辮，戴象牙佛冠，身披瓔[纓]珞，大紅銷金長短裙、金雜襖、雲肩、合袖天衣、綬帶鞋襪，各執加巴剌般之器，內一人執鈴杵奏樂”。下同《庚申外史》所載。《草木子》卷三下，《雜制篇》，頁 65，有云：“其俗有十六天魔舞，蓋以朱纓盛飾美女十六人，爲佛菩薩相而舞。”

〔2〕 《庚申外史》，頁 23；任崇嶽上揭書，頁 103—104。

〔3〕 《庚申外史》，頁 22；任崇嶽上揭書，頁 96。

〔4〕 《庚申外史》，頁 17；任崇嶽上揭書，頁 96。

〔5〕 《草木子》卷四下，《雜俎篇》，頁 84。

〔6〕 《張光弼詩集》卷三《輦下曲》。

〔7〕 任崇嶽上揭書，頁 84；《元史》卷二〇五，《哈麻傳》，頁 4584—4585。

但這種秘密大喜樂法並沒有因爲元亡而在中國内地絶迹，修此類密法者，代有傳人。明代宮中依然有番僧出入，歡喜佛像甚至被用來爲太子啓蒙男女情事的工具，雙修之法也顯然曾在漢人中流行，有人將當時代人夫婦雙修法之禍因歸結爲元末之番僧亂宮。[1]直到民國初年，北方修密的風氣依然濃厚，元代番僧譯進御覽的密法專集《大乘要道密集》，曾爲漢人修密法的主要依據。[2]

值得注意的是，今天當我們翻讀《大乘要道密集》時，不難發現這是一部由西夏譯師玄密帝師、元代譯師莎南屹囉等漢譯的，主要解釋薩思迦派道果法的經典，書中雖有涉及雙修一類秘密修行的内容，但從根本説來它是一部嚴肅的藏傳佛教典籍，而絶非專教人修煉房中術的淫書。[3]可見當時在元廷内外流行的這些秘密戒法或當非如當時漢族士人所描述的那樣，是借宗教之名，行淫亂之實。漢族士人對番僧於元廷内外所作所爲之刻意渲染和猛烈抨擊，直至把元朝驟亡的罪責也全部加到幾個在京城内爲信徒授戒傳法的番僧頭上，顯然部分是出於孔孟之徒對明顯更受時君喜歡的佛教、特別是藏傳佛教的反感和厭惡，和在異族統治下再受番僧欺凌所引發的民族情緒。時過境遷，今日之史家早已可以理智地從不同的方面來探討元朝迅速滅亡的原因，而不是把一盆髒水全都潑在幾個番僧的頭上。可是，自元朝開始，西藏喇嘛之妖僧形象卻作爲一種典型的文學形象永久地留在了漢族文學作品中。在明、清小説中，讀者經常可以遇到以妖術惑衆、欺世盜名，或販賣春藥，或以妖術播弄房中之術的“番僧”或“胡僧”。[4]十餘年前，馬健的小説《亮出你的舌苔或空空蕩蕩》因過分和不恰當地渲染了藏傳佛教密法修習中帶有的兩性相合的成分，在藏人中引起了強烈的反感，被視爲對其神聖的藏傳佛教的肆意污辱。實際上，在漢族的文學作品中，番僧的妖僧形象、藏傳佛教的妖術形象實在已經是由來已久了，馬健的小説不過是這種妖僧形象的現代翻版而已。[5]

六、掘墓盜賊與兇狠跋扈的惡僧形象

元代文人給後人留下的另一個典型的番僧形象是一種兇狠跋扈、狡詐貪婪、不知厭

〔1〕　田藝衡，《留青日劄》卷二七，《佛牙》，頁881—882；卷二七，《念佛婆》，頁884；卷二八，《雙修法》，頁924。

〔2〕　參見王堯，《元廷所傳西藏秘法考敍》，載於南京大學元史研究室編，《内陸亞洲歷史文化研究——韓儒林先生紀念文集》，南京：南京大學出版社，1996年，頁510—524；《大乘要道密集》今有臺灣金剛乘學會影印本流通，臺北：慧海書齋，1992年，書名改作《薩迦道果新編》。

〔3〕　參見Christopher Beckwith上揭文。

〔4〕　參見王堯，《〈金瓶梅〉與明代藏傳佛教》，《水晶寶鬘》，高雄：佛光出版社，2000年，頁269—300。

〔5〕　馬健，《亮出你的舌苔或空空蕩蕩》，《人民文學》1987年第1期，頁98—116；Sabina Kojima, *Bilder und Zerrbilder des Fremden. Tibet in einer Erzaehlung Ma Jians*（《異類之形象與漫畫：馬健小説中的西藏》），（Bochum：Brockmeyer, 1994）。

足的惡僧形象。元代來內地的番僧依仗元帝室的寵信,驕橫霸道,不可一世,深爲漢族士人痛恨,故對其之詬病亦至深至切。《佛祖歷代通載》中記載:"時國家尊寵西僧,其徒甚盛,出入騎從,擬迹王公。其人赤毳峨冠岸然自居。諸名德輩莫不爲之致禮。或磬折而前,摳衣接足丐其按頂,謂之攝受。"偶然有五臺山大普寧寺弘教大師了性講主這樣的大德,路遇番僧,"公獨長揖而已",即有人指其爲傲。[1] 同樣的故事亦發生在著名學者字朮魯翀(1279—1338)身上,據載:"帝師至京師,有旨朝臣一品以下,皆乘白馬郊迎,大臣俯伏進觴,帝師不爲動。惟翀舉觴立進曰:'帝師,釋迦之徒,天下僧人師也。余,孔子之徒,天下儒人師也。請各不爲禮。'帝師笑而起,舉觴卒飲,衆爲之慄然。"[2]

元代西番僧的跋扈,或可推元初著名的三位理財權臣之一桑哥及與其表裏爲奸的江南釋教都總統永福楊大師璉真珈爲典型,其中尤以楊璉真珈發宋陵寢最爲漢族士人所不齒。直到 20 世紀 80 年代爲止,桑哥一直被視爲畏兀爾人。Petech 先生於《漢藏史集》中找出了桑哥的一份傳記,纔還其番僧的本來面目。[3] 桑哥無疑是元代藏人中地位最高的行政官員,在其政治生涯的巔峰時,"以開府儀同三司、尚書右丞相,兼宣政院使,領功德使司事",可謂權傾一世。於藏族史家筆下,桑哥因識漢、蒙、藏、畏兀爾等多種語言而爲譯史,復因得八思巴帝師賞識而步步高陞。他推奉佛法、整頓吐蕃站赤,減免站民負擔,又整肅元代財政,打擊受賄貪官,健全俸祿制度,是一位有智慧、有才幹,於西藏、於元朝均有大功德之良臣。對他最終因受蒙古怯薛的嫉妒而受迫害致死一事,藏族史家亦給予無限同情。然而於漢族史家筆下,桑哥卻是一位禍國殃民的奸臣,其傳記即被列入《元史》的《奸臣傳》中。其云:他曾爲"膽巴國師之弟子也。能通諸國言語,故嘗爲西蕃譯史。爲人狡黠豪橫,好言財利事,世祖喜之。及後貴幸,乃諱言師事膽巴而背之"。得專政後,肆行鉤考、理算,暴斂無藝,人稱其"壅蔽聰明,紊亂政事,有言者即誣以他罪而殺之"。甚至"以刑爵爲貨而販之,咸走其門,入貴價以買所欲。貴價入,則當刑者脫,求爵者得,綱紀大壞,人心駭愕"。直至"百姓失業,盜賊蜂起,召亂在旦夕"。[4] 最後在近臣徹里、不忽木等彈劾下,忽必烈命御史臺勘驗辯論,桑哥伏罪

---

〔1〕《佛祖歷代通載》卷二二,頁 733。參見野上俊靜,《有關元代佛教的一個問題——喇嘛教與漢人佛教》,《〈元史·釋老傳〉研究》,野上博士頌壽紀念刊行復,1978 年,頁 285—297。

〔2〕《元史》卷一八三,《字朮魯翀傳》,頁 4222。

〔3〕 Herbert Franke, "Sen-ge. Das Leben eines uigurischen Staatsbeamten zur Zeit Chubilai's," dargestellt nach Kapitel 205 der Yuan-Annalen." *Sinica* 17 (1942), pp. 90–113; Luciano Petech, "Sang-ko, A Tibetan Statesman in Yuan Dynasty," *Acta Orientalia*, 34(1980), pp. 193–208;沈衛榮,《〈漢藏史集〉所載〈桑哥傳〉譯注》,《元史及北方民族史研究集刊》1985 年第 9 期,頁 89—93。

〔4〕《元史》卷二〇五,《奸臣傳》。

被誅。

桑哥遭漢人痛恨的一個很重要的原因是他卷入了楊璉真珈發宋陵寢的惡行中。雖然楊璉真珈實際上是河西唐兀人，但因與其背景相仿之權臣桑哥結爲黨羽，又擔任江南釋教都總統，故時人目其爲“西僧”、“番僧”或“胡僧”，[1]楊璉真珈依仗桑哥於朝中的支持，於其出任江南釋教都總統時，無惡不作。[2] 其中最傷天害理者，莫過於發掘南宋諸帝攢宮。據宋濂《書穆陵遺骼》所記，楊氏發陵的經過大致如是：“初，至元二十一年甲申，僧嗣古妙高上言，欲毁宋會稽諸陵。江南總攝楊輦真伽與丞相桑哥，相表裏爲姦。明年乙酉正月，奏請如二僧言，發諸陵寶器，以諸帝遺骨，建浮圖塔於杭之故宫。截理宗頂，以爲飲器。”[3]另據《南村輟耕録》記載：“歲戊寅，有總江南浮屠者楊璉真珈，怙恩橫肆，勢欸爍人，窮饕極淫，不可具狀。十二月十有二日，帥徒役頓蕭山，發趙氏諸陵寢，至斷殘支體，攫珠襦玉柙，焚其骴，棄骨草莽間。”“越七日，總浮屠下令裒陵骨，雜置牛馬枯骼中，築一塔壓之，名曰鎮南。杭民悲戚，不忍仰視。”[4]當時有義士唐玉潛聞之痛恨，遂毁室捐貲，仗義集儔，邀里中少年若干收遺骸葬別山中，植冬青爲識，遇寒食則密祭之。復有宋太學生林德陽故爲杭丐，以銀兩賄賂西番僧，得宋高宗、孝宗兩朝遺骨，爲兩函貯之，歸葬於東嘉。[5]

可想而知，楊璉真珈對宋陵所採取的這種墨毒殘骨、鞭屍刵骸的惡行，對當時正處在異族統治下的漢族士人的民族自尊心之傷害是何等之巨，所謂“嗟乎！談宋事而至楊[西!]浮屠，尚忍言哉？當其發諸陵，盜珍寶，珠襦玉匣，零落草莽間，真慘心奇禍，雖唐、林兩義士易骨潛瘞，而神魄垢辱，徹於九幽，莫可雪滌已”。[6] 正如顧炎武所稱：

〔1〕 關於其族屬，詳見陳高華，《論楊璉真珈和楊暗普父子》，《西北民族研究》1986 年第 1 期，頁 55—63。

〔2〕《元史》卷九，頁 188，至元十四年（1277）二月丁亥，“詔以僧亢吉祥、怜真加加瓦並爲江南總攝，掌釋教”，傅海博據此正確地認爲楊璉真珈於杭州陷落後的第二年就任命爲江南釋教都總統，事在桑哥專權之前，但他無法確定亢吉祥是另一個人的名字，還是楊璉真珈之名字的一部分。陳高華未曾注意到《元史》中的這條記載，故無法確定楊璉真珈初任江南總攝的時間，然其所引日本學者小川貫戈於普寧藏《華嚴經》識語中提到“江淮釋教都總攝永福大師楊璉真加”及其位於其上之“江淮諸路都總攝扶宗弘教大師行吉祥”，不但能爲傅海博先生釋疑，而且也證實了他所引《元史》中的這條記載。

〔3〕《明文衡》卷五〇，《欽定四庫全書》集部八。此亦可於《元史》卷一三，《世祖本紀》一〇，頁 271—273，中得到印證，此云：“[至元]二十二年春正月戊寅，桑哥言：‘楊輦真加云，會稽有泰寧寺，宋毁之以建寧宗等攢宫，錢塘有龍華寺，宋毁之以爲南郊。皆勝地也，宜復爲寺，以爲皇上、東宫祈壽。’時寧宗等攢宫已毁建寺，敕毁郊天臺，亦建寺焉。”參見野上俊靜，《桑哥與楊璉真珈》，《〈元史·釋老傳〉研究》，頁 240—266。

〔4〕《南村輟耕録》卷四，《發宋陵寢》，頁 43。參見戴密微，《南宋的皇陵》（Paul Demieville, "Les tombeaux des Song Meridionaux," Bulletin de L'Ecole Francaise d'Extreme-Orient, 25（1925）, pp. 458－567；閻簡弼，《南宋六陵遺事正名暨諸攢宫發毁年代考》，《燕京學報》1946 年第 30 期，頁 27—50。

〔5〕《南村輟耕録》卷四，頁 43—49。

〔6〕 田汝成，《西湖遊覽志餘》卷六，《板蕩凄涼》，北京：中華書局，1965 年，頁 116。

"此自古所無之大變也。"〔1〕有宋文丞相軍門諮議參軍謝翱爲托叟詞,作《冬青樹引》,後代忠臣義士讀之無不同聲相應。〔2〕清朝乾隆時代文人蔣士奇甚至將圍繞楊氏發陵所發生的種種傳奇故事演繹成一出頗有民族主義情緒的歷史劇,題爲《冬青樹》。〔3〕

楊璉真珈挖人祖墳的行爲引發了漢族士人的切齒痛恨。《南村輟耕錄》載軼事一則,謂"杭瑪瑙寺僧溫日觀,能書,所畫蒲萄,須梗枝葉皆草書法也。性嗜酒,然楊總統飲以酒,則不一沾唇。見輒罵曰掘墳賊掘墳賊云"。〔4〕這種痛恨甚至於幾百年之後亦無稍減。嘉靖二十二年(1543),杭州知府陳仁賢"擊楊璉真伽等三髠像於飛來峰,梟之靈隱山下"。時傳杭州"飛來峰有石人三,元之總浮屠楊璉真伽、閩僧聞、刴僧澤像也。蓋其生時,刻畫諸佛像於石壁,而以己像雜之,到今三百年,莫爲掊擊。至是,陳侯見而叱曰:'髠賊,髠賊!胡爲遺惡迹以蔑我名山哉?'命斬之,身首異處,聞者莫不雪然稱快"。〔5〕清初著名文人張岱遊靈隱,也是一面走,一面口口罵楊髠。"見一波斯胡坐龍像,蠻女四五獻花果,皆裸形,勒石誌之,乃真伽像也。余椎落其首,並碎諸蠻女,置溺溲處,以報之。"〔6〕雖然被他們推倒、打碎的並不見得真的就是楊璉真珈的塑像,可他們對楊璉真珈痛恨之深,於此則表現得淋漓盡致。

楊璉真珈的惡行不祇發宋陵一項,他是一個窮奢極欲、貪得無厭的惡僧。發宋陵的動機除了是秉承其蒙古主子的旨意對南宋亡靈採取的壓勝之法外,〔7〕也是出於他對財富不知厭足的貪欲。對此《元史·釋老傳》中有相當具體的記載,其云:番僧"爲其[指帝師]徒者,怙勢恣睢,日新月盛,氣焰熏灼,延於四方,爲害不可勝言。有楊璉真加者,世祖用爲江南釋教總統,發掘故宋趙氏諸陵之在錢唐、紹興者及其大臣塚墓凡一百一所;戕殺平民四人,受人獻美女寶物無算;且攘奪盜取財物,計金一千七百兩、銀六千八百兩、玉帶九、玉器大小百一十有一、雜寶貝百五十有二、大珠五十兩、鈔一十一萬六千二百錠、田二萬三千畝;私庇平民不輸公賦者二萬三千戶。他所藏匿未露者不論也"。〔8〕此外,楊璉真珈還肆意毀壞漢族文化傳統,擴展番教勢力。至元二十八年

〔1〕《日知錄》卷一五,《前代陵墓》,《國學基本叢書》,臺北:商務印書館,1940年,頁11。
〔2〕《欽定四庫全書》一一八八,《冬青樹引注》,頁361—363。
〔3〕參見野上俊靜,《桑哥與楊璉真珈》,《〈元史·釋老傳〉研究》,頁252。
〔4〕《南村輟耕錄》卷五,《掘墳賊》,頁66。
〔5〕《日知錄》卷一五,《前代陵墓》。
〔6〕張岱,《陶庵夢憶》卷二,《岣嶁山房》,《陶庵夢憶·西湖夢尋》,上海:上海古籍出版社,1982年,頁29。
〔7〕參見陳高華上揭文,頁58。
〔8〕《元史》卷二〇二,《釋老傳》,頁4521。類似記載見於《元史》卷一七,《世祖本紀》一四,頁362,此云:"初,璉真加重賄桑哥,擅發宋諸陵,取其寶玉,凡發塚一百有一所,戕人命四,攘盜詐掠諸贓爲鈔十一萬六千二百錠,田二萬三千畝,金銀、珠玉、寶器稱是。"

（1291），江淮行省榜文中稱："楊總攝等倚恃權勢，肆行豪橫，將各處宮觀、廟宇、學舍、書院、民户、房屋、田土、山林、池蕩，及係官業産，十餘年間，盡爲僧人等爭奪佔據。既得之後，不爲修理愛護，拆毁聖像，餵養頭疋，宰殺豕羊，恣行蹂踐。加之男女嘈雜，緇素不分。蔑視行省、行臺，欺虐官民良善，致使業主無所告訴。又民間金玉、良家子女，皆以高價贖買，以其貲財有餘，奢淫無所不至。由此南方風俗，皆爲此曹壞亂。"[1] 貪財似也不祇是楊璉真珈的個人行爲，而更是番僧之通病。史載"必蘭納識里[以畏兀兒人而爲帝師之徒者]之誅也，有司籍之，得其人畜土田、金銀貨貝錢幣、邸舍、書畫器玩，以及婦人七寶裝具，價直鉅萬萬云"[2]。還有：元延祐年間，"僧徒貪利無已，營結近侍，欺昧奏請，布施莽齋，所需非一，幾費千萬，較之大德，不知幾倍"[3]。

楊璉真珈通常被稱爲楊髡、賊髡，是古今第一號的西番惡僧。[4] 若説膽巴國師曾是神僧形象的原型，那麽，楊璉真珈無疑是漢族士人筆下西藏惡僧形象的最佳典型。然而楊璉真珈顯然不是唯一的惡僧，兇狠跋扈是元代文人筆下番僧之共同特徵。關於番僧的兇狠跋扈，《元史·釋老傳》中還列舉了許多其他的故事。例如：

又至大元年，上都開元寺西僧强市民薪，民訴諸留守李璧。璧方詢問其由，僧已率其党持白梃突入公府，隔案引璧髪，捽諸地，捶撲交下，拽之以歸，閉諸空室，久乃得脱，奔訴於朝，遇赦以免。二年，復有僧龔柯等十八人，與諸王合兒八剌妃忽禿赤的斤爭道，拉妃墮車毆之，且有犯上等語，事聞，詔釋不問。而宣政院臣方奏取旨：凡民毆西僧者，截其手；詈之者，斷其舌。時仁宗居東宮，聞之，亟奏寢其令。

泰定二年，西臺御史李昌言："嘗經平涼府、靜、會、定西等州，見西番僧佩金字圓符，絡繹道途，馳騎累百，傳舍至不能容，則假館民舍，因迫逐男子，奸污女婦。奉元一路，自正月至七月，往返者百八十五次，用馬至八百四十餘匹，較之諸王、行省之使，十多六七。驛户無所控訴，臺察莫得誰何。且國家之製圓符，本爲邊防警報之虞，僧人何事而輒佩之？乞更正僧人給驛法，且令臺憲得以糾察。"不報。[5]

元代番僧常爲人詬病者還有其干預詞訟、無限度地釋放重囚一項。有關西僧假祈

----

[1]　《廟學典禮》卷三，《欽定四庫全書》史部一三。
[2]　《元史》卷二〇二，《釋老傳》，頁4522；必蘭納識里者，北庭感木魯國人，爲帝師弟子，代帝出家，是當時有名的譯師和通事。其簡傳見同書，頁4519—4520。
[3]　《元史》卷二〇二，《釋老傳》，頁4523。
[4]　蒙哈佛大學印度梵文系卓鴻澤先生賜知，詹安泰先生曾著鴻文《楊髡發陵考》，詳議漢人文學作品中有關楊璉真珈發掘宋陵一事之記載及其批評。詹先生此文收於其著作《花外集箋注》一書中，筆者僻居胡地，遍尋此書而不得，一時無法領略詹先生之宏論，不勝遺憾之至。
[5]　《元史》卷二〇二，《釋老傳》，頁4521—4522。

福以釋囚的記載,屢見於《元史》中,如云:"西僧爲佛事,請釋罪人祈福,謂之秃魯麻。豪民犯法者,皆賄賂之以求免。有殺主、殺夫者,西僧請被以帝后御服,乘黃犢出宮門釋之,云可得福。"[1]或云:"西僧以作佛事之故,累釋重囚,外任之官,身犯刑憲,輒營求内旨以免罪。"[2]復有云:"又每歲必因好事奏釋輕重囚徒,以爲福利,雖大臣如阿里、閫帥如别沙兒等,莫不假是以逭其誅。宣政院參議李良弼,受賕鬻官,直以帝師之言縱之。其餘殺人之盜、作奸之徒,黌緣幸免者多。至或取空名宣敕以爲布施,而任其人,可謂濫矣。凡此皆有關乎一代之治體者,故今備著焉。"[3]這樣的事情屢屢發生,所以也被穆斯林作家記載了下來。拉施特著《史集》中記載道:在鐵穆兒合罕時,朝廷許多著名的異密和宰相、平章(包括答失蠻、脱因納、撒兒班、亦黑迷失、帖可平章)等在向商人們購買寶石和裝飾品時發生了受賄舞弊的行爲。此事被人告發,這些大臣們被投入監牢,並且有旨全部處死。他們的妻子和親友前往闊闊真哈敦處[請求]講情。她們竭力營救他們而未遂。在此之後,他們請求膽巴·巴黑失保護。恰好前幾天出現了"掃帚星",以此之故,膽巴·巴黑失派人去請合罕來,要求祈禱掃帚星。合罕來到了,巴黑失説,應當釋放四十個囚犯,接着他又説,應當再寬恕一百個囚犯,他們就因這件事而獲釋。[4]

於番僧而言,這類免囚活動或可理解爲以慈悲爲懷之善舉,藏文史書中也有提及元朝皇帝如何接受西藏上師之勸解而用忍戒殺之事迹,並以此作爲修佛之功德而加以標榜。然於漢族士人而言,如是有乖政典之釋囚行爲分明又是番僧在元帝室姑息、縱容之下胡作非爲的又一例證。它不僅爲當時人詬病,元代歷朝皆有建言請罷此弊政者,而且也被明初史臣總結爲元朝刑法制度之主要缺點,所謂:"而兇頑不法之徒,又數以赦宥獲免。至於西僧歲作佛事,或恣意縱囚,以售其奸宄。俾善良者喑啞而飲恨。識者病之。"[5]

七、結　論

儘管元朝中央政府曾"郡縣土番之地,設官分職",並在此修驛站、括户口、徵賦税,

---

〔1〕《元史》卷一三○,《不忽木傳》,頁3171。
〔2〕《元史》卷二四,《仁宗本紀》,頁556。
〔3〕《元史》卷二○二,《釋老傳》,頁4523—4524。
〔4〕拉施特主編,余大鈞、周達奇譯,《史集》卷二,北京:商務印書館,1985年,頁387—388。
〔5〕《元史》卷一○二,《刑法志》,頁2604;參見野上俊靜,《元代佛徒的免囚運動》,《大谷學報》38:4(1959),頁1—12。

蒙古大軍也曾幾次深入土番之境,鎮壓諸如薩思迦第二任本禪釋迦藏卜叛亂、必里公叛亂與蒙古西北諸王,即藏文史著中之所謂"上部蒙古"(stod hor)所引發的叛亂等,但真正深入吐蕃之地的漢族士人恐怕不會太多。因此,在元代漢族士人的作品中,很少見到有關西藏政教形勢的具體記載,他們對西藏的認識祇是停留在"其地廣而險遠,民獷而好鬥",或"西域之地尤廣,其土風悍勁,民俗尚武,法制有不禁者,惟事佛爲謹,且依其教焉"等相當籠統的説法。[1] 吐蕃常常被稱爲"西夷"或"西鄙",於漢族士人眼裏無非是地處西陲的蠻荒之地。正因爲如此,吐蕃成了元朝政府放逐重要犯人的地方,有不少著名的政治犯被流放到此地,如宋朝的末代皇帝少帝瀛國公受元世祖命,"往西土討究大乘明即佛理",居後藏薩思迦寺習法經年。[2] 高麗國忠宣王也因得罪於楊璉真珈之子楊暗普而被陷害、放逐至薩思迦。[3] 元末著名丞相脱脱受政敵哈麻陷害,"詔復使西行,鴆死於吐蕃境上"。[4] 官員調任吐蕃被視爲貶謫,乃朝内排斥異己的一種手段。[5]

　　與漢族士人視入藏爲畏途的情形形成鮮明對比的是,大批的番僧湧入中原漢地,史載"見西番僧佩金字圓符,絡繹道途,馳騎累百,傳舍至不能容",當非純屬誇張不實之辭。因此,番僧在内地的活動是蒙藏及漢藏關係史上極其重要的内容。漢族士人對番僧在朝廷内外各種言行的記述,特別是對番僧在元朝宫廷内外傳播的秘密戒法的抨擊,無疑有出自文化偏見的成分,也帶着已經處於異族統治之下的漢族士人對遭受來自另一個異族的政治和文化上的壓迫、打擊所激起的強烈的民族情緒。番僧在朝廷中的得志、番僧所傳秘密戒法在朝中的流行,在很大程度上即意味着漢族士人從文化上進行反征服、變夷狄統治爲孔孟之治,將異族所建立的征服王朝最終納入華夏正朔的艱苦嘗試的失敗。[6] 是故,漢族士人對番僧的行爲及其所傳教法的評價顯然有失偏頗,特別是

---

〔1〕《元史》卷六〇,《地理志》三,頁1434,"禮店文州蒙古漢兒軍民元帥府"條下稱:"自河州以下至此多闕,其餘如朶甘思、烏思藏、積石州之類尚多,載籍疏略,莫能詳録也。"
　　〔2〕見王堯,《南宋少帝趙顯遺事考辨》,《西藏研究》創刊號,1981年,頁65—76;任崇嶽上揭書,頁31—32。參見傅海博,《元代中國之西藏人》。
　　〔3〕金文京,《李齊賢在元事迹考》(其の一),吉田宏志,《朝鮮儒林文化の形成と展開に関する総合的研究》,京都府立大學文學部,2003年,頁246—252。
　　〔4〕《庚申外史》卷上;任崇嶽上揭書,頁77。
　　〔5〕《元史》卷一八六,《陳祖仁傳》,頁4274:"時宦者資正使朴不花與宣政使橐驩,内恃皇太子,外結丞相搠思監,驕恣不法,監察御使傅公讓上章暴其過,忤皇太子意,左遷吐蕃宣慰司經歷。"此亦見載於《庚申外史》卷下;任崇嶽上揭書,頁119。
　　〔6〕參見John D. Langlois Jr., "Yü Chi and his Mongol Sovereign：The Scholar as Apologist," *The Journal of Asian Studies*, Vol. XXXVIII, No.1 (1978), pp.99–116。該文有桑珠漢譯文,蘭得彰,《虞集和他的蒙古主子——辯護士式的學者》,載於元史研究會編,《中國元史研究通訊》1986年第1期,頁19—28。

將番僧所傳秘密戒法完全視爲禍國殃民之妖術,將元朝驟亡的禍根全推到幾個番僧的頭上,當有失公允。遺憾的是,漢族士人爲番僧留下的這種妖僧與惡僧形象不但通過穆斯林作家拉施特的《史集》和《馬可波羅遊記》等書傳到了中國以外的地區,而且亦一直在元以後的漢族文學作品中得到進一步的戲劇化和形象化,其流風餘緒直到今天恐也未被徹底消除。

（原載《漢學研究》第 21 卷第 2 號,臺北,2003 年,頁 219—247）

論元代烏思藏十三萬户的建立

　　吐蕃王朝時期（644—842）烏思藏地區的軍事區劃爲"茹"（ru）和"東岱"（stong sde）兩級，整個烏思藏被劃分成"五茹六十一東岱"。東岱意爲"千户"或"千人部"；而茹按定制由十個東岱組成，但並非"萬户"。在斯坦因 2735 號卷子等敦煌文書中，雖出現過"乞力岱"（khri sde）一詞，意爲"萬户"或"萬人部"，但這是吐蕃將吐谷渾、羊同等部撫服後，編入軍旅而組成的萬人部落。這些萬人部落的首領官，唐代譯爲"乞利本"（khri dpon）或"萬人將"。[1] 而在吐蕃本土並没有出現過"乞力岱"組織。

　　"萬户"作爲一級行政區劃出現於烏思藏地區，是在蒙古人進入西藏以後。因此，弄清烏思藏十三萬户建立的時間、考察其建立的過程，對於闡明蒙古國和元朝經略烏思藏的方針、確定十三萬户的性質及其職能都是非常重要的。

一、關於十三萬户建立的時間

　　國内外學者對於烏思藏十三萬户建立的時間意見不一，主要有以下四種：

　　（一）法國藏學家石泰安認爲："此事發生在 1253 年或 1260 年。"在忽必烈登基稱帝的時候，他"成了薩思迦派的保護人，並且册封他們統治吐蕃所有的十三萬户"。[2]

　　（二）意大利藏學家圖齊認爲，劃分烏思藏十三萬户是在"八思巴被忽必烈封爲帝師之時進行的"。[3] 根據王磐《八思巴行狀》記載："時至元七年，詔製大元國字，師獨運摹畫，作成，稱旨。即頒行朝省郡縣遵用，迄爲一代典章，陞號帝師、大寶法王。"[4]至元七年爲公元 1270 年，即圖齊認爲十三萬户的劃分是在 1270 年進行的。

---

　　〔1〕　王堯、陳踐，《敦煌本吐蕃歷史文書》，北京：民族出版社，1980 年，頁 268—272；《吐蕃簡牘綜録》，北京：文物出版社，1986 年，頁 38。

　　〔2〕　石泰安（R. Stein），《西藏的文明》（*La civilization tibetaine*），巴黎，1962 年；轉引自耿昇漢譯本，西藏社會科學院西藏學漢文文獻編輯室編印，1985 年，頁 73。

　　〔3〕　圖齊（G. Tucci），《西藏畫卷》（*The Tibetan painted scrolls*）I，羅馬，1949 年，頁 13。

　　〔4〕　王磐，《八思巴行狀》，見《佛祖歷代通載》，《大正新修大藏經》卷四九，史傳部一（三）。

（三）我國藏族學者東嘎·洛桑赤烈（Dung dkar blo bzang vphrin las）認爲十三萬戶建立的時間還要晚一些。他説：“第五勝生之土龍年（1268），元朝皇帝忽必烈薛禪汗派出金字使者阿衮（A kon）和彌林（Mi ling）二人來到西藏，在烏思藏進行户口調查，此後五年，即第五勝生之水猴年（1272）在烏思藏按前述之户口劃分成十三個萬户。”[1]

（四）比較通行的一種意見則認爲烏思藏十三萬户建於1268年。美國藏學家魏里在《蒙古初次征服西藏史實再釋》一文中説：“萬户作爲一個地理政治管轄單位，是1268年調查户口的結果。”[2]後來，他在另一篇文章中又重申：“蒙古人於1268年括户之後，在烏思藏劃分了十三萬户。”[3]我國學者王輔仁、索文清在《藏族史要》一書中亦説：“在這次清查以後（指1268年蒙古在西藏的括户——引者），由元朝授權薩思迦本欽釋迦桑布，任命了十三個萬户的萬户長，確定了每個萬户應該繳納的貢物品種及數量。”[4]

以上各家的説法都有一定的依據。筆者擬在前人研究的基礎上，再作一些考察。

在《漢藏史集》、《西藏王臣記》、《薩思迦世系史》等藏文史籍中，都出現了内容基本相同的記載：

> （忽必烈）皇帝三次享用金剛乘密法之甘露喜宴（三傳密法）。初用時，獻吐蕃十三萬户；二用時，獻吐蕃三曲喀（chol kha gsum）；三用時，獻漢地玉佛（又以爲係漢地一大地區）及未生怨王所有之如來佛骨舍利。[5]

這段記載中顯然有以宗教行爲比附世俗政事的成分，而且，它並沒有直接告訴我們忽必烈第一次接受八思巴之密法傳授的時間，但它卻爲人們推斷烏思藏十三萬户建立的時間提供了綫索。陳慶英、史衛民在《蒙哥汗時期的蒙藏關係》一文中從忽必烈賜給八思巴的《優禮僧人詔書》中找到了有關忽必烈第一次接受灌頂的記載。[6] 此詔書中

[1] 搽里八·公哥朵兒只（Tshal pa Kun dgav rdo rje），《紅史》（Deb ther dmar po），東嘎·洛桑赤烈校注本，北京：民族出版社，1981年，頁438，注557。

[2] 魏里（T. V. Wylie），《蒙古初次征服西藏史實再釋》（"The First Mongol Conquest of Tibet Reinterpreted"），《哈佛亞洲研究雜志》（Harvard Journal of Asiatic Studies），1977年，頁37。

[3] 魏里，《活佛轉世：西藏佛教的一項政治改革》（"Reincarnation：A Political Innovational Tibetan Buddhism"），《匈牙利東方文叢》（Biliotheca orientalis Hungraica）卷XXIII，《紀念喬瑪國際會議文集》（Proceedings of the Csoma De Körös Memorial symposium）。

[4] 王輔仁、索文清，《藏族史要》，成都：四川民族出版社，1982年，頁76。

[5] 五世達賴喇嘛（rGyal dbang Lnga pa chen mo），《西藏王臣記》（dpyid kyi rgyal movi glu dbyangs），藏文版，北京：民族出版社，1981年，頁96。

[6] 陳慶英、史衛民，《蒙哥汗時期的蒙藏關係》，《蒙古史研究》第1輯，1985年。

說:"勸其功德、聖業、教法,吾與察必合敦已生起信仰。此前已任教法及僧伽之主,現今復由法主薩思迦巴及上師八思巴處獲得信仰,皈依佛法,於陰水牛年接受灌頂,聽受教法甚多,更以爲當任教法及僧伽之主。爲此,特賜給上師八思巴此項褒護藏地三寶之所依處及僧伽不受侵害之詔書,作爲對教派之貢獻。"[1]

　　陰水牛年,即公元 1253 年。這一年夏天,忽必烈駐六盤山,齊集諸軍、準備糧餉器械,以期於秋天取道吐蕃向大理進軍。而八思巴於 1252 年 8 月在涼州爲薩思迦班智達的靈塔舉行開光儀式後,欲回薩思迦,隨伍由巴(Vu yug pa)大師受比丘戒。在他離開涼州前往朵甘思途中得到了伍由巴大師已經圓寂的消息,便改變了回薩思迦的計劃。正在此時,他得到了忽必烈的傳令,便與闊端之子蒙哥都一起投歸忽必烈之潛邸,在六盤山與忽必烈會晤,並給忽必烈及其察必合敦等人授薩思迦特有的喜金剛灌頂。在這一點上漢文史料與藏文史料的記載完全一致。《八思巴行狀》也說:"癸丑,師年十五,世祖皇帝龍德淵潛,師知真命有歸,馳驛詣王府。世祖宮闈、東宮,皆受戒法,特加尊禮。"[2]另外,在嘉木樣謝貝多吉('Jam dbyangs bzhad pavi rdo rje)所著的《佛曆表》(bsTan rtsis revu mig)中亦記載:"癸丑年,八思巴任蒙古之上師,忽必烈等對薩班死後出現的舍利表示信仰,遂請八思巴爲之灌頂。"[3]癸丑年亦即藏曆陰水牛年(1253),正是忽必烈與八思巴第一次會晤的那一年,因而發生在這一年的灌頂也肯定是第一次。前述藏文史籍都記載:"汗王爲第一次灌頂所獻的供養是十三萬户。"[4]那麼,在 1253年時就有烏思藏十三萬户了。石泰安將十三萬户的建立時間定在 1253 年似即根據這種推理。

　　但許多學者都不同意這種看法,陳得芝認爲:"且不論此時忽必烈戎馬倥傯,又係初次見面,相知甚淺,不可能有如此重大的封賞,即使八思巴已經很受尊崇,而忽必烈這時還是諸王,他也沒有權力擅自把吐蕃之地授予八思巴。"[5]陳慶英、史衛民也斷定,

　　〔1〕 此詔書書寫於藏曆第四勝生之陽木虎年,即公元 1254 年,見於《薩思迦世系史》(Sa skya gdung rabs),德格木刻版,頁 97。
　　〔2〕 同前引王磐,《八思巴行狀》。另外在《漢藏史集》(rGya bod yig tshang)中亦有很詳細的記載:"蒙古薛禪皇帝旨曰:'在涼州有稱作薩思迦上師之誦習殊勝教法者,須任爲朕之上師。'綽瓦哲哩(chos rje)已逝,不能前往,上師八思巴與涼州之王子蒙哥都一起急速趕往漢地。時薛禪皇帝忽必烈居六盤山,與之會見。"見《漢藏史集》,成都:四川民族出版社,1985 年,頁 326。
　　〔3〕 嘉木樣謝貝多吉,《佛曆表》,黃顥譯,載於中國社會科學院民族研究所歷史室、西藏自治區歷史檔案館編,《藏文史料譯文集》,1985 年,頁 110。
　　〔4〕 五世達賴喇嘛,《西藏王臣記》,藏文版,頁 96。
　　〔5〕 陳得芝,《元代烏思藏宣慰司的設置年代》,《元史及北方民族史研究集刊》第 8 輯,1984 年。

忽必烈"未向八思巴'奉獻烏思藏十三萬户',忽必烈當時没有這個權力"。[1] 這是極爲精闢的見解。從前述《薩思迦世系史》中照録的那份《優禮僧人詔書》來看,忽必烈第一次接受灌頂時並没有向八思巴奉獻十三萬户,而僅僅是給其"褒護藏地三寶之所依處及僧伽不受侵害"的權利,以及一些法器和金銀賜物。這是比較符合史實的。烏思藏十三萬户不可能建於 1253 年。

意大利藏學家畢達克同樣也否定忽必烈於 1253 年將十三萬户賜封給八思巴一説,但他推測此事可能發生在八思巴第一次返回薩思迦時的 1265 年。[2] 他的這個推測尚缺乏史料依據。藏文史料關於此事的記載是比較混亂的,但並非祇是純粹的附會。祇要我們仔細考察一下這些記載的前後聯繫,那麼不難看出藏文史料中忽必烈"三次享用金剛乘密法"的時間是作了明確限定的。例如《西藏王臣記》就記載"後,(八思巴)復還王都,獻蒙古新字,皇帝賜以大力僧詔符",接着纔是"帝三次享用金剛乘密法之甘露喜宴"。[3] 同樣,《漢藏史集》的記載也很明確:"八思巴年二十一時的陰木兔年五月十一日於漢地河州附近……受具足戒。嗣後,前往大都頗章,薛禪皇帝與其妻子一起接受三續,於是賜其帝師封號,並將烏思藏十三萬户以及作爲接受灌頂的報酬,一並賜予八思巴。蒙古與薩思迦遂結成施供關係,而西藏地區置於忽必烈統治之下的美譽則廣爲傳布。"[4] 這兩段記載都表明,"帝三次享用金剛乘之甘露喜宴"或"接受三續"的時間是在八思巴復回王朝,獻蒙古新字,並被賜封爲帝師的時候。八思巴與其弟恰那朵兒只(Phag na rdo rje)一起於 1265 年首次返回薩思迦。1269 年重返大都,獻以蒙古新字。翌年,"陞號帝師、大寶法王"。因此,忽必烈與察必皇后等人接受八思巴"灌三續"一事無疑就發生在 1270 年。《薩思迦世系史》的記載與此完全一致,它記載這一年八思巴再次給忽必烈傳授密宗灌頂,忽必烈將西夏王的玉印改製爲六棱玉印賜之,並賜封八思巴爲:"皇天之下、大地之上、梵天佛子、化身佛陀、創製文字、護持國政、五明班智達八思巴帝師。"[5] 筆者認爲忽必烈接受三次灌頂並獻以三種供養是指從八思巴接受具足戒、回到大都以後所作的灌頂,而並不是指 1253 年的那次灌頂。所謂三次灌頂實際上很可能就是据 1270 年的"灌三續"一事推演而成的。至 1270 年,忽必烈已是御宇多年

〔1〕 陳慶英、史衛民,《蒙哥汗時期的蒙藏關係》。

〔2〕 畢達克(L. Petech),《吐蕃與宋蒙關係》("Tibetan Relations with Sung China and with the Mongols"),載於《10—14 世紀中原王朝及其四鄰》(*China among Equal*,*The Middle Kingdom and its Neighbors*,$10^{th} - 14^{th}$ *Centuries*),羅莎比(M. Rossabi)編,加利福尼亞大學出版社,1981 年,頁 173—203。

〔3〕 五世達賴喇嘛,《西藏王臣記》,頁 96。

〔4〕 《漢藏史集》,頁 326—327。

〔5〕 《薩思迦世系史》,頁 128;參見陳慶英,《元帝師八思巴年譜》,《世界宗教研究》1985 年第 4 期。

的皇帝,蒙古在烏思藏的統治亦趨穩固,揆諸情理,若於此時忽必烈接受三續而獻以十三萬户作爲對其福田的供養,當然要比1253年來得可信。圖齊和東嘎·洛桑赤烈將烏思藏十三萬户建立的時間定在"八思巴受封帝師的時候"和1272年恐怕即源本於此。但需要指出的是,十三萬户的建立與賜封十三萬户並不是同一件事,兩者是不同的概念,在時間上也應有先後之分,將忽必烈賜封十三萬户的時間理解成十三萬户建立的時間,看來並不十分妥當,詳見後述。

至於將烏思藏十三萬户建立的時間定在1268年的學者,一般都以十三萬户的劃分,作爲1268年蒙古在西藏括户的產物。從史料記載來看,烏思藏十三萬户的名稱似即是在這次括户後出現的,各萬户的户口也是通過這次調查獲取的。《新紅史》記載説:"爲了易於傳達詔令和徵集差税,又進行了户口調查,並設十三萬户。"[1]管主倫朱(dKon mchog lhun grub)和相加思彭錯(Sangs rgyas phun tshogs)合著的《正法源流》也明確記載:"八思巴年三十四歲的時候爲戊辰年(即1268年),薩思迦本禪釋迦桑波任命了十三個萬户長。"[2]因此,將十三萬户建立的時間定在1268年確有一定的道理。

但我們並不能因此而將萬户的劃分看成是1268年括户的必然產物。"括户"是蒙古人在其征服地區建置官吏、徵收賦税、攤派兵役的重要依據,也是有效地佔領、統治這一地區的必要措施。幾乎每一次大規模的括户之後,接踵而至的不是相當規模的諸王分封,就是在此基礎上設官分職,建立系統的統治秩序。1268年,元世祖忽必烈派出了阿袞、彌林(阿兒渾薩里?)前往烏思藏。他們在薩思迦本禪釋迦藏卜的合作下,對烏思藏納里速古魯孫地區作了一次規模最大、範圍最廣的户口調查。這次調查的結果在《漢藏史集》中有很詳細的記載,除了絳卓萬户外,其他各萬户的户口均有精確的記載。蒙哥在烏思藏進行的這次大規模括户的目的並不是在烏思藏分封諸王,而祇是驗明户口,絳烏思藏百姓變成元朝的編户齊民,並爲徵收賦税、攤派兵差提供依據。由於烏思藏十三萬户並不是嚴格地按户口組成的萬户,而是那些類似漢地詔封的萬户,是蒙古人對納土歸降者,按其勢力和戰功宣授的蒙古官職。因此,在括户和劃分萬户之間並不存在直接的因果關係。換句話説,劃分萬户並不是這次括户的必然產物,而相反它的出現應比括户更早。

---

〔1〕 班禪·鎖南葛刺思巴(Pa chen bSod nams grags pa),《新紅史》(*Deb ther dmar po gsar ma*),黃顥譯注本,拉薩:西藏人民出版社,1985年,頁55。

〔2〕 轉引自王森,《關於西藏佛教的十篇資料》,中國科學院民族研究所少數民族社會歷史研究室編印,1965年,頁292—293。

由於受現有文獻資料的限制,尚無法確定每個萬户建立的準確時間,但至少可以肯定在 1268 年括户以前,烏思藏地區就已經有若干萬户存在。據《漢藏史集》記載,1265 年八思巴自朝廷返回薩思迦途中行至拉薩,薩思迦本禪釋迦藏卜至拉薩迎接,請建薩思迦大殿,得到八思巴認可。釋迦藏卜即傳令烏思藏各萬户及千户所,調集人工,於當年爲薩思迦大殿奠基。[1] 可見,在 1265 年,烏思藏地區就已經有萬户存在。而根據現有史料分析,可以確定在 1268 年以前業已建立的萬户有伯木古魯、必里公和沙魯三個。

關於伯木古魯萬户建立的時間,我們可從以下兩段史料中得出結論。《漢藏史集》"伯木古魯萬户長世系"載:

> 初,必里公、丹薩替(vbri gdan)二寺合二而一,由必里公巴之恭巴夏輦(sGom pa shag rin)擔任總管。由其近侍弟子丹瑪貢尊(lDan ma bsgom brtson)在宋都思查卡(Tshong vdus brag khar)建造萬户府。最初由京俄輦卜闍(sPyan snga rin po che)的一位侍寢官擔任萬户長,名堪布輦監(mKhan po rin rgyal)。這時朶甘思一位出身朗拉細族(glang lha gzigs)的品行高尚的人,名朶兒只班(rDo rje dpal)。他來到京俄跟前,被派往漢地,深得皇帝施供雙方賞識,賜給他歷代伯木古魯萬户所持的封誥和印章等。朶兒只班返回後,即建造雅瓏南木監萬户府(khri khang Yar lungs rnam rgyal)和乃東(sNe gdong),時值木虎年。朶兒只班任萬户長十三年。[2]

《如意寶樹史》也記載:

> 當京俄桑結伽和監哇輦卜闍脱都(rGyal bar in po che thog rdung)相繼在位時,正是蒙古人詔授的萬户長丹瑪貢尊不按善規經營之時,他挑選了崗細人(rKang bzhi)之長官朶兒只班爲萬户。[3]

在這兩項史料中,唯一的一個年代是朶兒只班建造萬户府雅瓏南木監的時間,即陽木虎年。據東嘎·洛桑赤烈考證:此木虎年乃藏曆第四勝生之木虎年,亦即公元 1254 年。[4] 這説明早在 1254 年伯木古魯萬户就已建立,並得到了蒙古大汗的册封。當然這兩項史料中關於在朶兒只班以前就已有伯木古魯萬户存在的記載是靠不住的。《漢藏史集》"伯木古魯萬户長世系"一節的最后特作説明:"丹瑪貢尊與堪布輦監不屬於萬

---

[1] 《漢藏史集》,頁 357—358。
[2] 《漢藏史集》,頁 545。
[3] 松巴堪布(Sum pa mkhan po),《如意寶樹史》(dPag bsam ljon bzang),轉引自圖齊,《西藏畫卷》II,頁 653。
[4] 《紅史》,頁 437。

户長之列,朗拉細之長官世系首爲萬户長者是本朵兒只班。"[1]《紅史》亦説:"京俄的時候,必里公之貢巴夏輦爲總管(spyivi kha ta),京俄之近侍貢尊以腳投降蒙古人。其後,自朵甘思來的一個年輕人、拉細家族的本朵兒只班爲侍從,被派往漢地,取得伯木古魯萬户和虎頭符,長期爲萬户長,建造了乃東。"[2]可見,貢尊時,伯木古魯已經投降了蒙古人,但尚未受封萬户,朵兒只班是第一任伯木古魯萬户長。

假如我們將此與《西藏王臣記》、《朗氏宗譜》的記載聯繫起來看的話,那麼這個問題就更加清楚了。《西藏王臣記》説:"京俄大師之前數代雖無皇帝詔書,然於此時隸屬於旭烈兀者以皇帝之詔文雖奉丹瑪貢尊爲共同長官(spyi dpon),但期間並無聯繫。本朵兒只班正任牧夫長,監哇輦卜闍召之還,用爲萬户長。"[3]《朗氏宗譜》也記載:"本朵兒只班先任牧夫長,同時任果芒寺(sGong mngas)住持。後獲萬户之封誥,繼之又賜以萬户長印及詔書,替代了原任共同長官的貢尊。"[4]很顯然這些史料記載是完全一致的。丹瑪貢尊的實際地位是共同長官,即掌管伯木古魯地方世俗事務的行政長官,他沒有被封爲萬户。在丹瑪貢尊爲共同長官時,伯木古魯歸附了蒙古諸王旭烈兀。繼丹瑪貢尊之後,朵兒只班掌管伯木古魯之俗務,他前往朝廷覲見了蒙古大汗,獲得了萬户的封誥和虎符。册封伯木古魯萬户的時間應在1254年,抑或更前一年。

關於必里公萬户建立的時間,藏文史籍的記載亦很明確。《如意寶樹史》在敍述必里公歷史時説:"自扎布吉丹袞巴(skyabs pa vJig rten mgon pa)掌管必里公替(vbri gun thel)寺開始,必里公巴打下了他們的基礎,但有四代上師,他們並沒有得到官人的爵位。是時扎布吉丹袞巴的叔父恭輦(dKon rin)有個兒子名阿美葛剌思八監(A me grags rgyal),後者的兒子名朵兒只葛剌思(rDo rje grags,底利巴的化身)從蒙哥可汗那兒得到了萬户的詔敕。"[5]同樣的記載亦見於《西藏王臣記》:"阿美葛剌思八監藏第三子瓊輦卜闍朵兒只葛剌思八(gCung rin po che rdo rje grags pa),乃瓊輦卜闍底利巴的化身,此時(必里公)之貢巴已經獲得了萬户長的詔敕。"[6]不僅如此,《賢者喜宴》中有一條很有意思的記載説明必里公萬户長朵兒只葛剌思八亦曾朝覲蒙哥大汗。1259年蒙哥可汗死後,在忽必烈和其弟阿里不哥之間爲爭奪汗位繼承權而展開了激烈的鬥爭。是

---

[1]《漢藏史集》,頁552。
[2]《紅史》,頁123。
[3]《西藏王臣記》,頁125。
[4]《朗氏宗譜》,民族研究所手抄本,頁254。轉引自《新紅史》,頁260。
[5]轉引自《西藏畫卷》II,頁652。
[6]《西藏王臣記》,頁110。

時，大多數吐蕃寺院與薩思迦本禪釋迦藏卜一樣站在忽必烈一邊，而必里公萬户長朶兒只班卻在朝覲蒙哥可汗時，成了阿里不哥的黨羽，他與忽必烈作了面對面的爭論，對待忽必烈的態度極不恭敬。[1] 此處的必里公萬户長朶兒只班顯然是朶兒只葛剌思八之誤。這段記載不僅可以用來佐證《如意寶樹史》的記載，説明必里公萬户確實是在蒙哥可汗時册封的。而且從中亦可看出，必里公派與忽必烈及薩思迦派長期失歡就是在此時播下的種子。

另一個可從史料記載中大致推斷出建立年代的萬户是藏地的沙魯萬户。關於沙魯萬户的建立，《漢藏史集》的記載比較混亂，引人注目的一段記載説：“上師答剌麻八剌吉塔前往朝廷，與霍爾完者篤皇帝晤面時説：‘在烏思藏地方，有我的舅氏沙魯萬户長，請允准賜其賢良詔書。’皇帝旨曰：‘上師之舅氏即朕之舅氏，賜其萬千和世世代代爲萬户的純正詔書，恭敬事之。皇帝施供雙方供養的金銀製作的三寶和建造寺廟的一百五十八錠銀子，一並賞賜了。’”[2]答剌麻八剌吉塔是恰那朶兒只和沙魯女子瑪久開珠崩（Ma gcig mkhav vgro vbum）的兒子。有人根據這段史料就斷定沙魯萬户是元成宗完者篤皇帝賜封的。事實上，這並不可能。這段記載本身就有明顯的錯誤。據《紅史》記載，答剌麻八剌吉塔生於陽土龍年（1268），上師八思巴圓寂後來到漢地，時年十四歲，以在家人身份住持上師之根本道場。皇帝賜以王子只必帖木兒的公主班丹（dPal ldan），其後又返回蕃地。二十一歲時，陽土鷄年於哲明達地方圓寂。[3] 陽土鷄年即公元1287年，是年爲元世祖至元二十四年，離元成宗繼位尚有七年，而且答剌麻八剌吉塔在此以前早已離開了元廷。因而，他不可能從完者篤手中取得詔封沙魯萬户人的純正詔書。他所見到的這位施主祇能是忽必烈。因而這段記載不能用來證明……是在完者篤時册封的，相反，它卻告訴我們在答剌麻八剌吉塔前往朝廷以前就已經有沙魯萬户存在了。

《漢藏史集》中的另一段記載則將沙魯萬户建立的時間推前了一大步。它説：“沙魯女子瑪久開珠崩与衆生怙主恰那朶兒只成婚，生子達尼欽波答剌麻八剌吉塔的時候，沙魯萬户出於對他的敬仰，爲他修建了欣康拉章（Shing khang bla brang）和沙魯康賽（Zhal lu khang gsar）。”[4]可見在答剌麻八剌吉塔出生的時候沙魯萬户已經建立。答剌麻八剌吉塔是恰那朶兒只的遺腹子，恰那朶兒只死於1267年（火兔年），答剌麻八剌

〔1〕 見畢達克，《吐蕃與宋蒙關係》，頁184。
〔2〕 《漢藏史集》，頁370—371。
〔3〕 《紅史》，頁48。
〔4〕 《漢藏史集》，頁370。

吉塔生於恰那朵兒只死後六個月,即陽土龍年正月(1268),因而在1268年以前沙魯萬户就已出現。另外,在《沙魯世系史》中記載:"瑪久開珠崩成了吉祥之薩思迦派的恰那朵兒只的妻子。作爲代價,後者送給阿美欽波(A mes chen po,開珠崩的父親)六十匹馬,阿美欽波給了出密人三十匹,出密人將夏卜格定(Shab dge lding)之百户給了阿美欽波。"[1]顯然此時在出密已有"百户"存在。同時在《沙魯世系史》和《卜思端致賞竺監藏書》中都有阿美欽波曾被封爲墨竹(sMon vgro)千户的記載,[2]因而一般認爲其兒子相加思額扎(Sangs rgyas snga sgra)時晉封爲萬户。總之,儘管關於烏思藏十三萬户的建立時間由於載籍疏略,莫之能詳,但在1268年括户以前烏思藏已經有若干萬户存在似乎是不成問題的。

因此,若將烏思藏十三萬户建立的時間簡單地確定在1268年括户之後顯然是不符合史實的。與其説是1268年括户之後,蒙古人在烏思藏建立了十三萬户,倒不如説1268年的括户主要是調查烏思藏各萬户的户口。這在《漢藏史集》中説得很清楚:"具吉祥之薩思迦治下有許多大萬户,爲了準備大國之供養,自上位延請上師後十六年的陽土龍年,朝廷派出了金字使者阿袞和彌林二人,以大蒙古的名義,對户口、土地一並作了調查。"[3]當然,我們亦不能因此而肯定在1268年以前烏思藏十三萬户都已建立。也有史料表明有些萬户是在1268年以後建立的,例如,絳卓萬户就是在此"以後纔出現的"。[4]我們更不能排除存在這樣一種可能性,即有些萬户恰好就是在1268年括户的時候建立的,很可能正是通過這一次括户,纔得以查明烏思藏各萬户的具體情況,從此,十三萬户這一名稱就被正式確定下來了。

通過以上分析,筆者以爲烏思藏十三萬户並不是一蹴而就的。很顯然它的建立有一個過程,這個過程與蒙古佔領並逐漸有效地統治烏思藏地區的過程同時並行。烏思藏十三萬户是隨着蒙古對烏思藏地區統治的逐步穩定和鞏固而漸次建立起來的。因此,我們要弄清烏思藏十三萬户的建立過程,就必須將其與烏思藏當時的社會面貌以及大蒙古國和元初蒙古人在烏思藏的經略過程聯繫起來考察。

二、十三萬户建立的背景和過程

要考察十三萬户的建立過程,首先要了解蒙古佔領以前烏思藏地區的社會政治

---

〔1〕《沙魯世系史》,轉引自《西藏畫卷》II,頁658。
〔2〕《卜思端(Bu ston)致賞竺監藏(Byang chu rgyal mtshan)書》,《西藏畫卷》II,頁673。
〔3〕《漢藏史集》,頁298。
〔4〕《漢藏史集》,頁299。

面貌。

人所共知,自公元 842 年,吐蕃贊普朗達磨(Glang dar ma)被刺以後,西藏歷史進入了一個黑暗時期。國中無主,民無寧日。吐蕃王朝境内奴隷、屬民起義此起彼落,"猶如一鳥飛騰,百鳥飛從",吐蕃奴隷制政權土崩瓦解。自此往後,贊普後裔失怙,王族扶植幹悉弄(vod-srungs)、官族支持雲丹(Yum brtan),連年混戰,已没有恢復統一的可能。[1] 各部舊貴族各據一隅,自營地盤。吐蕃地區基本上又回到了松贊干布統一前的那種分裂、割據的狀態中。史載:"吐蕃本土歷經彼此火併内訌,日趨支離破碎。於是境内各處每每分割爲二,諸如大政權與小政權,衆多部與微弱部,金枝與玉葉,肉食者與穀食者,各自爲政,不相統屬。"[2] 這種分裂割據的局面又因缺乏一種統一的思想和信仰而愈演愈烈。原來得到王室支持在西藏取得優勢的佛教在朗達磨滅佛中遭到了滅頂之災。"僧户或作屠户或還俗,違忤者處死。"[3] 除了大昭寺、桑耶寺未被徹底摧毀以外,"其餘大小神殿均被拆毀,一切佛教經典,有的被抛入水中,有的焚於火中,或者埋到地下"。[4] 本想在朗達磨滅佛時漁利的原始苯教也未能如願以償。因爲它畢竟祇是一種較爲落後的原始宗教,缺乏獨特的政治見解和號召力,因而始終未能形成一股強大的力量,最終推動西藏歷史走出黑暗時期的是佛教的復興。自松贊干布時期就開始點燃的佛法之火種並没有因朗達磨滅佛而死滅,僅僅一個世紀有餘以後,佛教就漸漸在烏思藏死灰復燃。經過佛法的"上路弘傳"和"下路弘傳"[5] 以及摩揭陀超岩寺上座高僧阿底峽(Atisha)的顯靈布道,烏思藏地區又重新開始建寺度僧,佛教勢力很快得到發展。星星之火,成燎原之勢。當然,正如圖齊所説:"規模巨大的寺院,以其寬敞的廟堂,庇養大批喇嘛,一部分喇嘛做佛事,舉行種種儀式,一部分管理寺院財産,另一部分閑着没事幹,有時準備拿起武器來打仗。這樣的寺院是經歷了幾個世紀的發展纔形成的。"[6]

11 世紀以後,烏思藏地區開始形成了一個個宗教派别,其中著名的有寧瑪派、薩思

---

〔1〕 詳見薩迦·索南監藏(Sa skya gSod nams rgyal mtshan),《王統世系明鑒》(rGyal rabs gsal ba me long),陳慶英、仁慶扎西譯注,瀋陽:遼寧人民出版社,1985 年,頁 193。

〔2〕 巴俄祖拉(dPav-bog Tsug-lag),《賢者喜宴》(mKhas-pavi-dgav-ston),第七品,頁 140。

〔3〕 《王統世系明鑒》,頁 190。

〔4〕 《王統世系明鑒》,頁 190。

〔5〕 公元 10 世紀後期,桑耶寺主也攝思監藏寺授徒,史稱"下路弘傳"(sMad brgyud kyi vdul ba)。在"下路弘傳"的同時,古格首領拉德(lHa lde),其父曾出家爲僧,並曾資助多人赴迦濕彌羅學經,其中有輦真藏卜(Rin chen bzang po)等學成歸里,於古格之托丁寺主持翻譯顯密經典,史稱"上路弘傳"(sTod brgyud kyi vdul ba)。

〔6〕 《西藏畫卷》I,頁 5。參見李有義、鄧鋭齡漢譯《西藏中世紀史》,中國社會科學院民族研究所,1980 年,頁 4。

迦派、噶當派、噶舉派等。噶舉派中又有許多支派，著名的有香巴噶舉、噶哩麻巴噶舉、伯木古魯噶舉，以及從伯木古魯噶舉中遊離出去的必里公派、思答籠派、牙里不藏思八派、布魯克巴派等等。這些教派散布在烏思藏各地，紛紛度僧授徒，興建寺廟，勢力日隆。他們積極與當地割據勢力相交通，主動投靠某個有勢力的顯貴家族以覓取政治上和經濟上的支持。正如《西藏中世紀史》所說："到 12 世紀，宗教掌握人心到如此程度，貴族們不得不披上僧侶的外衣來追求自己新的威望。"同時，那些地方貴族亦樂於充當施主，蓄意扶植某個宗教派別。而後者的發展又反過來增強了前者的力量，並擴大了它的影響。宗教與世俗權力相結合則自然形成了許多割據一方的地方勢力。

13 世紀初的烏思藏正處於封建割據局面愈演愈烈和藏傳佛教各宗派日趨壯大的階段。各個教派相伴以某個顯貴家族，以一個有名的寺院爲中心，組成了一個獨立、封閉的勢力範圍，一大批寺院相繼建立。[1] 但在這些割據勢力中還沒有一個強大到擁有足以取得霸權或最高統治權的力量。整個烏思藏地區教派林立、互不統屬，處於分裂、割據狀態之中。

在此同時，蒙古人卻以神變莫測的力量崛起於北方草原，東征西討，所嚮披靡。在《蒙古源流》、《黃金史》等蒙文史籍中有關蒙古人最早與西藏的交往，亦即成吉思汗時期之蒙藏關係的記載不少，[2] 說法很多。儘管其中不乏可信之處，但許多人物、事件的混亂和年代學上的錯誤亦是顯而易見的，可作爲信史資料者不多。[3] 從現有資料來看，在1240 年以前蒙古與西藏的接觸最多不過是在納里速和漢藏邊境的朵甘思、朵

---

[1] 爲了具體說明這一點，茲將在這一階段所建立的寺院、建寺時間及其他所附屬的家族列成下表：

寺院名稱	建寺時間	所屬教派		寺院名稱	建寺時間	所屬教派	
熱振	1056	噶當派		必里公	1170	必里公噶舉	久熱氏
薩思迦	1073	薩思迦派	款 氏	思達籠	1180	思達籠噶舉	
簇爾卜	1187	噶哩麻噶舉		布魯克巴	1193	布魯克巴噶舉	
伯木古魯	1158	伯木古魯噶舉	朗 氏	牙里不藏思八	1206	牙里不藏噶舉	
拔戎	1160	拔戎		沙魯	1087	沙魯派	傑 氏
搽里八貢塘	1175	搽里八噶舉	噶爾氏	加麻瓦		噶當派	結爾氏

[2] 關於蒙文史料中有關蒙古最初與西藏接觸的記載在札奇斯欽《蒙古與西藏歷史關係之研究》（臺灣：正中書局，1980 年）一書中的第二章"蒙古帝國時代，蒙古與土番之關係"中搜羅最詳，並作了詳細的說明。

[3] 參見日本學者岡田英弘，《蒙古史料中的早期蒙藏關係》一文，該文對蒙文文獻中有關早期蒙藏關係的記載作了詳細的勘比。此文載於《東方學》1962 年第 23 輯。

思麻地區,蒙古人尚未進入過烏思藏。

蒙古人最早進入烏思藏是在 1240 年。這一年,蒙古王子闊端派遣將領道爾達(Dorta)率軍征烏思藏。這支軍隊最南僅到達彭域(vPhan yul)。彭域在拉薩的北邊,思答籠剌的南面,在烏思之伍茹。蒙古人第一次進入烏思藏的活動局限於彭域以東、以北地區。道爾達率領的這支軍隊摧毀了熱振寺(Rwa sgreng)和傑拉康(rGyal lha khang),殺害了 500 名僧人。[1] 而與其比鄰的思答籠剌和必里公寺則倖免於難。札奇斯欽以爲:"因土番没有統一的政權,找不出一個作戰的中心目標。蒙古軍人數不多,對於廣大的土番,無法切實地佔領。對於那些散在的諸侯和許多寺院,也無法建立起一個統一的制度實行統治,可能因此特別着重那兵鋒未到而聲勢日隆的薩思迦大法主。希望用政治的手法,達成統治土番的目的。"[2]換句話説,蒙古人已停止了軍事征服,轉而採用"政治的手法",即聘請薩思迦班智達前往漢地稱臣的辦法。但這一解釋事實上很難成立。因爲蒙古人並没有停止軍事征服。據《西藏王臣記》記載,在邀請薩思迦班智達去涼州以前,"吐蕃所有木門人家已歸降,東自工布(Kong po)、西至尼泊爾(Bal po)、南到門域(Mon),所有堅固的堡壘都被攻破,按上位皇帝的詔旨,收歸在嚴厲的國法之下,並向大頗章派遣使者"。[3] 工布在必里公以東、孃曲河(Nyan chu)以南,是西藏的東南邊境,門域在雅隴之南、洛扎的東南方,是西藏的南部邊境。[4] 尼泊爾則是西藏的西南邊境。若五世達賴的記載不謬,那麽在闊端經略西藏時期,儘管談不上長期的佔領和統治,但蒙古人征服、抄掠的範圍幾乎已遍及整個烏思藏地區。當然這段史料未必信實,筆者尚未找到其他可供佐證的記載;而且也並非蒙古人一定要到達藏地纔有可能邀請薩班。但若蒙古人祇是局限於在烏思藏的彭域一帶活動,而完全没有深入藏地的話,那麽他們邀請地處後藏的薩思迦寺的住持薩思迦班智達(Sa skya paṇḍita)前往漢地朝觀,並委任薩思迦人爲金字使者、達魯花赤等"去調查各地官員姓名、部衆數字、貢物之量"等等做法同樣是難以想象的。[5] 應該説,蒙古人邀請薩思迦班智達並不祇是道聽途説了薩班的榮譽、資望,抑或聽信了搽里八和必里公巴上師的推薦,而更重要的是蒙古人已親歷藏地、約略了解了薩班的地位和勢力以後作出的抉擇。薩思迦班智

〔1〕 列里赫(G. N. Roerich)譯,《青史》(The Blue Annals)I,加爾各答,1949 年,頁91。
〔2〕 見札奇斯欽上揭書,頁30。
〔3〕 《西藏王臣記》,頁90。
〔4〕 魏里,《〈贍部洲志〉所見西藏地理》(The Geography of Tibet According to the vDzam Gling-rGyas-bShad),羅馬東方叢書(Serie Orientale Roma)XXV,羅馬,1962 年,頁55。
〔5〕 王堯譯,《薩迦班智達公哥監藏致蕃人書》,《元史及北方民族史研究集刊》第 3 輯,1978 年。

達則是在蒙古人兵臨城下的形勢下被迫就範的。蒙古人邀請薩班所寓的政治目的也是昭然若揭的,即薩班必須代表整個烏思藏僧俗百姓向蒙古人納貢稱臣。薩班伯侄三人的涼州之行,"弘揚佛教"是名,"體念衆生,更顧念操蕃語之衆不致生靈塗炭"[1]是實。

儘管闊端經營西藏時,蒙古軍隊有可能曾深入到整個烏思藏地區,但顯然闊端派出的祇是一支帶有偵探性質的小部隊,他們並沒有在烏思藏建立有效的統治,他們在延請薩班伯侄後,即返回了漢地。試圖在烏思藏建立切實的統治秩序、確立蒙古人在烏思藏的統治地位是蒙哥汗在位期間開始的。漢文史料對蒙哥時期在西藏的經略祇存在寥寥數語,但結合藏文史料的記載,仍可窺見大概。

1251 年蒙哥即汗位。同年,薩思迦班智達與闊端同逝於涼州。蒙哥即位伊始就"以和里觓統土蕃等處蒙古、漢軍,皆仍前征進"。[2] 關於這次軍事行動,在藏文史籍《賢者喜宴》(*mkhas-pavi-dgav-ston*)記載甚詳。這支軍隊在烏思藏殺害了一位名叫加搽覺必爾(rGya-tsha Jo-ber)的法師。他們的進攻阻止了加瓦陽衮巴(rGyal ba Yang dgon pa)與楚浦(Khro pu)譯師的會見。這支軍隊深入至達木(vdam),"屠殺、掠奪、燒毀房屋、摧毀寺院、傷害僧侶"。由於和里觓的入侵,加瓦陽衮巴不得不建議拉堆(La stod)之王同意蒙古人的要求。[3] 和里觓在烏思藏的軍事行動持續了兩年,引起了嚴重的後果。從上述記載來看,和里觓這次征服已迫使拉堆之王歸降。拉堆是藏與納里速的交界地區,蒙古人至此已佔領整個烏思藏,是毋庸置疑的。史料記載伯木古魯等前藏教派都是在此時投降蒙古人的。當然蒙古人在佔領烏思藏過程中也遭到了一些抵抗,如在進攻扎由瓦(Bya yul ba)時,"扎由瓦之輦真(Rin chen)在拉加里、聶、扎由瓦、達波、羅若等地按門抽丁,擊退了蒙古軍"。[4] 但總的説來,整個佔領進程確是相當迅捷的。

1252 年(壬子年)初,與中原括戶的時間相同,蒙哥可汗亦"差金字使者前往吐蕃各處清查戶口,劃定地界"。[5] 緊接着壬子年括戶之後,蒙哥在烏思藏推行了諸王分封制度。藏文史籍載:"蒙哥汗以必里公派、薛禪皇帝以搽里八派、旭烈兀以伯木古魯派

〔1〕 王堯譯,《薩迦班智達公哥監藏致蕃人書》,《元史及北方民族史研究集刊》第 3 輯,1978 年。
〔2〕 《元史》卷三,《憲宗本紀》,中華書局,1976 年,頁 45。
〔3〕 《賢者喜宴》,頁 796,轉引自畢達克上揭文。畢達克認爲藏文中的 Hurta 和《元史·憲宗本紀》中的和里觓是同一個人。
〔4〕 《西藏王臣記》,頁 180。
〔5〕 詳見陳慶英,《與八思巴有關的幾份藏文文獻》,《西南民族學院學報》1985 年第 1 期。

作爲福田。整個蕃地由蒙古諸王爲各教派之主人並佔有領地。"[1]這種所謂的施供關係事實上都有其實際内容。我們從《西藏王臣記》中關於旭烈兀在烏思藏的封地的記載中即可看出這種施供關係的實質就是蒙哥遵照"取天下了呵,各分地土,共享富貴"的舊例,將新得的烏思藏地區在蒙古宗王貴戚中分封。其文云:

> 自門羅噶丹(Mon lug mgo steng)始、轟思兑、轟思麻(gNal stod smad)、古魯雪(Gru shul)、羅若噶那(Lo ro dkar nag)、加爾波(Byar po)、拉加里之埃窮(E chung)、湯卜赤(Thang po che)、窮結(vPhyong rgyas)、窮(vPhyos)、門喀爾(Mon mkhar)、喀達多瓦(mKhar ltag do bo)、賽丹(Sregs lte)、溫那(Von sna)、南夏額(Nam zhal lnga)、桑耶夏喀冬(bSam yas shar sgo gdong)以下,洛扎(lHo brag)以東,卻丹(mChod sde)、巴辛(Bazhi)農牧二區,自納里速至葛絨朵(Ko ron mdo)以上,普仁(sPu rig)山根以下等地皆爲旭烈兀王的封地,這些地方亦在伯木古魯派的統轄之下。情同此理,必里公與搽里八亦有相同的界限。牙里不藏四八雖然名列萬户,實際上亦控制在伯木古魯手中。[2]

從這段記載來看,旭烈兀的領地幾乎包括了雅魯藏布江以南直到門域的整個山南地區,這是一塊相當大的地方。依此類推,拖雷系的其他幾個親王在烏思地方亦各有一塊領地,可見蒙古人已明確地將西藏劃入其統治範圍了。而這種分封還必須相伴以一定的管理秩序纔能談得上有效地佔領這些地區。但當時蒙哥可汗的戰略重心並不在西藏,而在於進攻大理及南宋。蒙古人並没有集中很多的力量來經營路途遥遠、條件險惡的烏思藏。而且,自1253年始,在烏思藏享有很大權益的旭烈兀王子已揮戈西征,不可能再顧及他在烏思藏的封地。因此,蒙古人此時要在烏思藏建立一套完備的統治制度是不可能的。

從藏文史料來看,蒙古諸王在其領地内祇設置了一種"守土官"(yul bsrungs pa),直至元朝末年,諸王派置的這種守土官的後裔依然在當地仍擁有一定的權威。《漢藏史集》記載,當伯木古魯萬户長軟奴雲丹(g Zhon nu yon tan)因耽於酒色,未能持律守戒而被撤職時,"由薩思迦之斷事官輦真扎什(Rin chen bkra shis)、京俄之近侍尊珠班(brTson vgrus dpal)、軟奴雲丹之下屬葛剌思巴翰節兒(Grags pa vod zer)、過去旭烈兀任命的守土官闊闊出(Go go chu)的兒子朵兒只(rDo rje)、雅隴主人葛剌思巴連(Grags

---

〔1〕《西藏王臣記》,頁105。
〔2〕《西藏王臣記》,頁105。

rin)等聯合管理萬户事務"。[1] 即是一例。這種"守土官"無疑即是蒙古宗王在他領地内設置的達魯花赤。由於烏思藏遠離蒙古統治中心,若僅僅依靠設一個祇負責宗王領地内事務的守土官來保證其統治顯然是遠遠不够的,蒙古人要實施其對烏思藏的有效統治還必須利用當地的地方勢力。正因爲如此,蒙古諸王的領地纔多以某個教派的勢力範圍爲主。蒙古諸王與各教派結成施供關係的實質就是要依靠各教派、或者説是各個正在成長壯大中的地方割據勢力來幫助他們統治這份領地。這與大蒙古國在其征服地區習慣推行的因地制宜的政策是一致的。筆者認爲,烏思藏地區最初出現的那些萬户就是在這時候册封的。如前所述,必里公萬户是從蒙哥汗手中取得册封其爲萬户的詔敕的。伯木古魯萬户長本朵兒只班從朝廷取得萬户封誥回到烏思藏的時間是1254年,也正好在這一時期。蒙哥汗時期經略烏思藏的中心是烏思,因而此時出現的萬户祇可能是前藏的萬户。蒙哥汗通過詔封前藏地方勢力的首領爲萬户,使其成爲朝廷欽命的行政長官的辦法,確立了對這一地區的統治。

　　蒙哥可汗的主要貢獻在於他確立了蒙古人在前藏的統治地位,而最終在包括納里速古魯孫和烏思藏在内的整個西藏地區建立了一整套管理制度,將西藏真正統一到蒙元王朝統治體制中的是元朝的建立者世祖忽必烈皇帝。早在1253年,忽必烈就在六盤山會晤了八思巴。差不多同時,他還與搽里八派建立了施供關係。但此時忽必烈作爲蒙古親王正忙於攻打大理,不可能過多地顧及西藏。而且,忽必烈最初也並没有特別重視年幼的八思巴而是和噶哩麻八哈失(Karma pakshi)等其他番僧同樣看待。祇是由於後者對他的粗暴態度,以及在他與其弟阿里不哥爭位中的表現,纔促使他決意扶植忠誠地隨侍他左右的八思巴。1264年忽必烈結束了與其弟阿里不哥的汗位之爭以後,便開始注意對烏思藏的經略。大概就在這個時候,忽必烈派遣了一位名叫答失蠻(das sman)的官員進入薩思迦,沿途清查人口、物産、道路等情况,並設置驛站。關於答失蠻出使西藏的時間,學術界有不同的看法。畢達克認爲在1268—1269年之間;洛桑羣覺、陳慶英則認爲在1260—1265年之間。[2] 筆者認爲應在1264年左右。理由是:忽必烈詔諭答失蠻入藏設置驛站的目的之一是"使上師八思巴前往吐蕃之時,一路平安順利",因而,它應在1265年八思巴回烏思藏之前;另外,《漢藏史集》關於設立驛站的記載也在1268年括户以前。1268年括户之後,祇是確定各萬户承擔的驛站支應,而驛站

[1]　《漢藏史集》,頁547。
[2]　洛桑羣覺、陳慶英,《元代在藏族地區設置的驛站》,《西北史地》1984年第3期。

建立本身應在此之前。

關於忽必烈派遣答失蠻的經過和答失蠻在烏思藏的活動,《漢藏史集》記載甚詳。兹照録如下:

霍爾薛禪皇帝親令大臣答失蠻曰:"答失蠻聽旨,吐蕃之地人民強悍,以前吐蕃之主統治時,在唐太宗皇帝時期,吐蕃軍曾到五臺山 bha ding 府地方,留下了稱爲噶瑪洛(bkav ma log)的駐軍。當今吐蕃無主,憑依成吉思汗皇帝福德,廣大地面俱收歸(我朝)統治,薩思迦上師亦接受召請擔任我們的上師。上師八思巴伯侄,本是一方之主,其學識在我等之上,如今也在我們治下。答失蠻,你品行良善,速往薩思迦,使我聽到人們傳頌強悍之吐蕃已入於我薛禪忽必烈治下,大臣答失蠻已到達薩思迦的消息。"答失蠻啓奏曰:"臣謹遵陛下之命前往。然吐蕃者,其民兇猛,彼等毁壞自己之法度,又不遵漢地、蒙古之法度,又不立邊哨巡守。我等來回所需之經費,以及大事如何完成,請頒明示。"皇帝又下令説:"你等如能使朕聽到強悍之吐蕃已入治下的讚頌即可。路上所需各種物品,俱由御庫撥給。直到薩思迦以下,可根據地方貧富,道路險易,人口多寡,仿照漢地設置驛站之例,揀擇適於建立大小驛站之地,設立驛站。使上師八思巴前往吐蕃之時,一路平安順利。另一方面,你任宣政院之職,可細查吐蕃地方之情勢,如能了解,對掌管吐蕃之大事以及對衆人必有利益,請你前往。"

答失蠻接受了上師之法旨和皇帝的詔敕,帶領許多隨從,攜帶來往路上所需物品,以及從大小御庫領出的對藏區各級首領賞賜所需的物品,前來吐蕃。首先,他到了吐蕃地方佛教再弘的發源地——朵思麻的丹底水晶殿(dan tig shel gyi lha khang),依次經過朵思兒的咎多桑古魯寺(gTso mdo bsom vgrub),最后到了藏地具吉祥之薩思迦寺。途中在各地召集民衆,分發堆積如山的賞賜品,宣讀詔書和法旨。從漢藏交界之處起,直至薩思迦,共設置了二十七個大驛站。[1]

答失蠻出使烏思藏標誌着蒙古對西藏的統治進入了一個新的歷史時期。以此爲序幕,緊接着蒙古人便在西藏建立起完整的驛傳系統、進行大規模的括户,調查十三萬户的户口並規定其負擔站赤支應等義務。通過這一系列措施的實施,蒙古人纔真正在西藏確立了牢固的統治地位。答失蠻出使的主要建樹是設置驛站,而他所做的工作首先是對整個烏思藏作了一次全面的調查,它的重心則集中在以薩思迦爲中心的後藏地區,後藏

---

〔1〕《漢藏史集》,頁273—276。

諸萬户的建立即在答失蠻進藏至 1268 年括户之間。據《薩思迦世系史》記載,八思巴於 1264 年返回西藏,1267 年即動身重返朝廷。在他逗留薩思迦期間的主要活動是委任本禪釋迦藏卜。釋迦藏卜"督促建立了烏思藏十三萬户,並與本禪公哥藏卜(Kun dgav bzang po)一起圓滿地完成了這件工作"。[1]

1264 年八思巴與其弟恰那朵兒只一起返回西藏,協助答失蠻爲首的蒙古人在烏思藏推行蒙古的統治政策。八思巴兄弟離開西藏時年方幼沖,近二十年後重返故地時卻已經是元朝皇帝的欽差大臣,成了蒙古統治者強加給西藏的政治領袖。他們必須代表西藏人來接受蒙古人的統治,替蒙古人效勞。從當時的實際情形來看,薩思迦派並没有特殊的宗教權威和世俗力量能夠號召或左右整個烏思藏的地方勢力。薩思迦派祗是衆多教派中較顯赫的一派,而"其他教派也都各自從同樣值得尊敬的大師傳承下來,並且亦以出名的神聖的顯靈而獲得的啓示,自詡於世。薩思迦巴的政治權力既和它作爲教派的首領分不開,這就必然引起其他教派的敵視和嫉妒"。[2] 很快必里公派即起而抗拒薩思迦和蒙古人。1267 年恰那朵兒只仙逝,八思巴便退避至達木(即今當雄)。同年,忽必烈派出了以 Kher khe ta 爲首的蒙古軍進入烏思藏,摧毀了這類抵抗力量,爲在烏思藏建立完整的行政體系夷平了道路。[3] 這充分表明僅依靠薩思迦的力量來管理烏思藏是遠遠不夠的。要有效地統治烏思藏,除了蒙古人的直接干預和配置薩思迦的權威以外,還必須依靠其他宗教派別和地方勢力的影響。因此循蒙哥汗之先例,繼續分封萬户是最合適不過的辦法,後藏的一些萬户大多數就是在這個時候分封的。

1268 年是蒙元經略西藏史上極爲重要的一年。它不但全面地清查了烏思藏納里速古魯孫地區的户口情況,爲進一步的施政提供了依據;而且作爲元朝在烏思藏設置的基層行政組織——十三萬户亦最終成立於這一年。儘管元代烏思藏十三萬户並不是一成不變的,隨着各萬户勢力的消長,十三萬户的組成也有相應的變化。《新紅史》明確記載拉堆絳和拉堆洛兩個萬户"曾聯結成一個萬户"。[4]《西藏王臣記》也有記載可以佐證此説,其文云:"(拉堆絳萬户長)公哥列思巴(Kun dgav legs pa)時統治了全部絳、洛(byang lho)。"[5] 此絳即拉堆絳、洛即拉堆洛。但十三萬户這個名稱一經確定即被

---

〔1〕《薩思迦世系史》Ka 函,頁 84 上。轉引自《新紅史》,頁 231。
〔2〕《西藏中世紀史》,頁 29。
〔3〕參見畢達克上揭文。
〔4〕《新紅史》,頁 62。
〔5〕《西藏王臣記》,頁 115—116。

長期沿用。明初,朱元璋於洪武六年二月詔置"萬户府十三"。[1] 直到 17 世紀中葉,蒙古固始汗還效法忽必烈故事,將許多禮物和十三萬户封贈給達賴喇嘛,[2] 十三萬户成了烏思藏的一個代稱。

三、十三萬户的組成情況

從烏思藏十三萬户的建立過程中,我們可以看到,蒙古統治者在烏思藏詔封萬户的目的是要利用這些地方割據勢力爲其有效地統治烏思藏地區服務。而祇要對這十三萬户當時在烏思藏的實際地位略加説明,我們可以清楚地認識到的另一點是:蒙古統治者詔封十三萬户是針對當時烏思藏實際存在的分裂割據局面而因地制宜地採用的一項明智而策略的政治措施。劃分萬户的依據即是那些散處在烏思藏地區的地方勢力所擁有的實際力量。因此,蒙古大汗詔封十三萬户實際上是對當時烏思藏之客觀形勢的承認。這十三萬户不過是受蒙古統治者詔命而成爲朝廷命官、並爲蒙古人管理烏思藏的十三個很有影響的地方勢力而已。

先説烏思。當時在烏思勢力最盛的應首推伯木古魯。伯木古魯的宗教勢力自不必説,前藏其他的教派如必里公、牙里不藏思八、思答籠等都是從伯木古魯噶舉中分離出去的,都屬於伯木古魯派的分支。就其世俗力量而言,伯木古魯在前藏亦是首屈一指。伯木古魯派與自稱爲吐蕃王朝時期的大貴族的後裔——朗拉細(rGlangs lha gzigs)家族結合在一起,相得益彰。當時住持丹薩替寺的葛剌思巴沖納思(Grags pa vbyung gnas)本人就屬於朗拉細家族。伯木古魯派掌握的地盤亦很大,旭烈兀王的封地大部分是伯木古魯的勢力範圍,而且伯木古魯還與旭烈兀結成了施供關係,因而伯木古魯被賜封萬户當然是順理成章的。

在前藏勢力僅次於伯木古魯的是必里公,儘管它是從伯木古魯派中分離出去的一個小支,但其自成派系較早,發展很快。必里公的地理位置對其發展亦極爲有利,它所控制的地區不但十分富庶,農牧皆宜,而且還處在交通孔道上。再加上蒙哥可汗本人就是必里公派的施主,旭烈兀也曾支持必里公派,送給必里公住持許多禮品。所以必里公也是最早受封授的萬户之一。

除此之外,前藏的搽里八、牙里不藏思八、加麻瓦、扎由瓦等萬户也同樣是稱雄一方

---

〔1〕 《明實録》卷七九,《太祖實録》,頁1437,"中央研究院"歷史語言研究所校印本。
〔2〕 《西藏中世紀史》,頁119。

的領主。搽里八自其始祖尚輦卜闍（Zhang rin po che）開始就已經和自稱爲禄東贊的後裔噶爾家族結成了施供關係，1187 年建立貢塘寺。以後又兼並了吉曲河下游（sKyi smad）地區，轄地有"四部八支"（Sring mo bzhi bu brgyad）。有學者認爲："桑結額朱（Sangs rgyas dngos grub）繼任搽里八寺和貢塘寺的寺主時，正是忽必烈派人到西藏分封十三萬户的時候，當時搽里八受封爲一個萬户，萬户長就是桑結額朱。"[1] 在《西藏王臣記》中記載這個桑結額朱爲"dpon"，這個"dpon"就是"khri dpon"，即萬户長的簡稱看來是不成問題的。饒有興味的是，在《西藏王臣記》"搽里八世系"一節中出現的第一個"dpon"並不是桑結額朱，在他之前沖納思尊珠（vByung gnas brtsan vgrus）已經是搽里八之"dpon"了。[2] 由此可見，在忽必烈汗以前搽里八萬户就已存在，它很可能是與必里公、伯木古魯萬户差不多同時建立的。

據《西藏王臣記》記載："牙里不藏思八儘管記入烏思六萬户中，但它仍處在伯木古魯萬户轄區內。"[3] 事實並非盡然。牙里不藏思八"法王挪思門蘭巴（Chos smon lam pa）於火虎年建牙里不藏思八寺，他在東西雅隴、上下聶地、措那卓墟（mTsho sna gro shul）以及恰爾（Byar）等地廣傳佛法，以此功德業績，致使其弟子獲得萬户長封誥"。[4]《朗氏宗譜》中亦説，它是"以其優勢又得到（元朝的）封文"。[5] 1268 年括户時統計牙里不藏思八萬户共有 3 000 户，這個數字超過了伯木古魯萬户的户口。另外，史料記載牙里不藏思八屢屢興兵，與伯木古魯萬户抗衡，這本身就足以證明牙里不藏思八的勢力不可小覷。

前藏的加麻瓦和扎由瓦兩個萬户的情況由於受資料的限制無法詳述。位於拉薩東北的加麻瓦萬户就其宗教而言屬噶當派，也稱"噶當教授派"（bkav gdams gdams ngag pavi brgyud pa）。從加麻至彭域均爲其轄地，其户口達 2 950 户。加麻瓦在明代仍爲萬户，今天在拉薩布達拉宮內仍可見到明代洪武年間詔封加麻萬户之詔敕的全文。[6] 扎由瓦是以雅隴以下之瑪域宗（Ma yul rdzongs）爲中心發展起來的一個地方勢力，它曾

---

〔1〕 王輔仁，《西藏佛教史略》，西寧：青海人民出版社，1982 年，頁 159。
〔2〕《西藏王臣記》，頁 106。
〔3〕《西藏王臣記》，頁 105。
〔4〕《新紅史》，頁 64。
〔5〕《朗氏宗譜》，民族研究所手抄本，頁 261—262。轉引自《新紅史》，頁 248。
〔6〕 在近拉薩布達拉宮"南根"藏有明洪武帝賜給加麻萬户長端竹監藏的詔誥，全文如下："皇帝制曰：朕君天下，凡四方慕義之士，皆授以官，且俾世襲其職焉。惟爾端竹監藏，昔爾祖父世守西土，爾能聞朕聲教，悉心效順，朕其嘉焉。今授爾信武將軍加麻萬户府萬户。俾爾子孫世襲。爾其招徠遠人，綏靖邊疆，永爲捍禦之臣，保成功於不怠，爾惟懋哉！洪武十二年二月二十六日。"轉引自宋伯胤，《明朝中央政權致西藏地方詔敕》，《藏學研究文集》，北京：民族出版社，1985 年。

組織力量擊退蒙古軍,被衆人推爲長官(dpon)。扎由瓦萬户的户口與加麻瓦一樣,共有2 950 户。

再説藏地。與前藏諸萬户相比,後藏的萬户有一個明顯的特點,即其中大多數都與薩思迦派關係密切。但這些萬户也都擁有一定的教法和世俗力量,詔封後藏諸萬户的主要依據同樣也是他們本身所擁有的實際力量。如沙魯萬户的施主是所謂傑尊(bse rtsad)家族。傑尊家族是朗達磨的兒子赤德斡悉弄(Khri sde vod bsrung)的後代。[1]他們控制了以沙魯爲中心的娘思兑、娘思麻(Nyang smad stod)的一些地方,約當於孃曲河流域的中段。《卜思端致賞竺監藏書》中説:"在赤松德贊時,當邪惡的大臣反對宗教活動時,傑尊家族的傑蒙退日奴達(lCe sMon te re nu mdav Jnanasiddhi)得到了贊普的賞識,他被派去迎請寂護大師(Bodhisattva)和蓮花生(Pad ma vbyung gnas)大師。由於他成了吐蕃贊普的主要合作者,因而被授予娘若(Nyang ro)地區的領有權。在前、後弘期之間,儘管有許多盛衰起伏,但這家族並没有做任何錯事。在後弘期,這個地區被發現,並建立了寺廟。它是一百座佛堂的母本。諸如那塘(sNar thang)一類的大寺則僅由這個家族的教旨傳播,並由它的上師相繼住持。在第二時期,當蒙古人成爲薩思迦派的怙主時,(它的成員)成了薩思迦和薛禪可汗的官員。……它是一個領地主,受帝國任命的二品官、獲得虎符。它有一個優良的世系並是一個官員。"[2]沙魯人引以爲驕傲的一是種性純正,乃贊普之後;二是所謂孤尚(sku zhang),乃薩思迦的舅氏。有好幾位沙魯女子嫁給了薩思迦人。沙魯轄有3 892 户,居十三萬户之首。《漢藏史集》中説:"在烏思藏地方,統治萬千且力大譽美的地方長官(sde dpon)有很多,其中種純身近、爲十三萬户之殊勝者即爲沙魯孤尚。"[3]沙魯受封萬户乃勢所必然。

藏地另一個記載較詳的萬户是拉堆絳萬户。拉堆絳地區的領主是西夏人的後裔,據《西藏王臣記》記載:"福德圓滿的東方皇帝以天之詔誥任命的(拉堆絳)萬户乃彌藥司烏王(Mi nyag sivu)的後代。……彌藥司烏王傳承至第七輩爲彌藥監袞(Mi nyag rgyal rgod),復由彌藥監袞次第傳給彌藥桑哥達爾(Seng kha dar),桑哥達爾的兒子朵爾只班爲尊者葛剌思巴監藏(Grags pa rgyal mtshan)的侍者,始與薩思迦巴建立聯繫。[4]朵爾只班的兒子袞卻(dKon cog)有三個兒子,奔丹(vBum sde)篤信且敬重法

---

〔1〕《漢藏史集》,頁364。
〔2〕《西藏畫卷》II,頁673。
〔3〕《漢藏史集》,頁364。
〔4〕 尊者葛剌思巴監藏生於第三勝生之火兔年(1147),卒於第四勝生之火雞年(1216),是尊者鎖南孜莫(gSod nams rtse mo)的弟弟,其父即是薩欽公哥寧波(Kun dgav snying po),見《紅史》,注266。

王薩班。奔丹有六個兒子,其中葛剌思巴達爾按照上位薛禪可汗的令旨取得了輦卜闍的印信和司徒的職事,建立了絳昂仁之大事。"[1] 儘管史料記載直到他孫子南喀丹巴(rNam mkhav brtan pa)時纔"去了漢地,賜其三寶虎符和國公之水晶印信。後又得到了大元國師的封號和水晶印信"。[2] 但從實際情形看,葛剌思巴達爾應是拉堆絳的第一任萬戸長。忽必烈賜給其"輦卜闍之印信和司徒的職事",這表明葛剌思巴達爾是拉堆絳地方政教合一的統治者。葛剌思巴達爾別名雲尊(Yon btsun),是薩思迦本禪之一,他曾兩次出任本禪。據《紅史》記載:"本雲尊葛剌思巴達爾由聖旨欽命,給以司徒之印信,再次任其爲本禪。"[3]《西藏王臣記》還記載葛剌思巴達爾的兒子"朵爾只袞布(rDo rje mgon po)依父祖之例,持薩思迦本禪之職事"。[4] 但不見於《紅史》中的本禪世系。

《新紅史》有關拉堆絳萬戸的建立與《西藏王臣記》的記載不同,其文云:"絳巴曾有一總管(zhal ngo)任八思巴侍者前往内地,因成薛禪汗之上師,遂被稱爲葛剌思巴斡節兒。……他曾得到由皇帝聖旨所頒賜的封文,即封其爲掌管嘉爾加至謝通門以上之拉堆絳地區的萬戸長。"[5] 葛剌思巴斡節兒屬八思巴與薩思迦班智達之弟子中的康賽(Khang gsar)世系,父名松巴葛剌思巴監(Sum pa grags pa rgyal),先爲八思巴之管家長老,後作爲大師答剌麻八剌的隨從前往漢地,薛禪皇帝時爲帝師,年五十八圓寂於漢地。[6] 據《元史》記載"授吃剌思八斡節兒爲帝師,統領諸國僧尼釋教事"[7]的時間是至元十八年十二月,元成宗時仍爲帝師,卒於大德七年(1303)。[8] 因而,葛剌思巴斡節兒受封萬戸應在其離開西藏之前。在《黃琉璃》中也記載,"西夏王後裔公哥羅古羅思曾任帝師和本禪"。[9] 考之史籍,元代帝師無一名公哥羅古羅思。拉堆絳萬戸本是西夏王的後裔,又成了元朝的帝師和烏思藏宣慰使,其地位在後藏是舉足輕重的。

關於後藏的出密、拉堆絳、拉堆洛、香、納里速宗卡之下的珞、達、洛三宗一萬戸的建立及其具體情況,史料記載闕如,因而我們無法一一説明。但從這幾個萬戸所處的地理

---

〔1〕《西藏王臣記》,頁113。
〔2〕 同上。
〔3〕《紅史》,頁54。
〔4〕《西藏王臣記》,頁113。
〔5〕《新紅史》,頁62。
〔6〕《紅史》,頁52。
〔7〕《元史》卷一六,《世祖本紀》。
〔8〕《元史》卷二〇二,《釋老傳》。
〔9〕 轉引自《新紅史》,頁200。

位置和户口來看,他們也都屬於後藏較大的地方勢力。香萬户轄地爲香和烏宇二地,範圍很廣。此地又是香巴噶舉的根本道場所在地,瓊保家族在此經營已久,因而自然形成了一個割據勢力。出密萬户儘管地域不大,但從括户時所得的户口來看,出密萬户下轄3003 户,規模並不小。出密仁摩寺是烏思藏地區最大的一個噶當派寺院。況且他與薩思迦在地域上很近,關係頗爲密切,八思巴曾在這兒舉行過盛大的法會。而在烏思和藏地之間的俺卜羅萬户,不但其地理位置比較特殊,轄區亦很大,自俺卜羅至洛扎、羊卓雍湖周圍的大片地方都屬其管轄,其萬户長就是因平定必里公之亂而威震蕃地的薩思迦本禪阿格倫(Ang len)。

　　蒙古詔封萬户是以各地方的實際力量爲依據。這一點還可從噶哩麻巴噶舉派没有被封爲萬户這一反面例子中得到證明。噶哩麻巴噶舉是噶舉派的一個重要分支,創始人名都松欽巴(Dus gsum mkhyen pa)。1147 年都松欽巴在朶甘思之類烏齊(Ri bo che)一個名叫噶哩麻(Karma)的地方修建了一座噶哩麻丹薩寺(Karma gdan sa,意爲噶哩麻之根本道場),噶哩麻噶舉因此而得名。1187 年都松欽巴又在拉薩西面的堆壠(sTod lung)修簇爾卜寺(mTshur phur)。噶哩麻巴以其修"拙火定"、"大印"法等得來的神通在藏族地區影響極大。但噶哩麻巴的宗教領袖喜於四出遊説、傳道,並以接納諸侯、投靠王室來擴大自己的影響。在西夏王室中就有噶哩麻巴派的人被封爲國師。[1]噶哩麻巴的主要活動範圍在朶甘思地區,許多噶哩麻巴大師都出自這個地區,而且噶哩麻巴的寺院亦以朶甘思地區爲最多。因而儘管它在烏思亦建造了簇爾卜寺作爲其根本道場,但並没有在烏思藏形成一個較大的地方勢力。以前人們習常認爲噶哩麻巴没有被封爲萬户是因爲噶哩麻巴上師噶哩麻巴哈失(Karma pakshi)失歡於元世祖忽必烈,這是不足爲據的。噶哩麻巴哈失之所以不得忽必烈之歡心,祇是因爲他不願隨侍左右,而投奔了蒙哥可汗。要是噶哩麻巴在烏思藏確有萬户規模,那麼其着意投靠的蒙哥汗早應該封其爲萬户了,而事實上卻並没有。與此相反,位列十三萬户之一的必里公派對待忽必烈可汗的侮慢和抗拒較之噶哩麻巴派有過之而無不及。在忽必烈和阿里不哥爭位時,必里公派站在阿里不哥一邊;1264 年八思巴等返回西藏時,必里公派又起而反抗。若僅以忽必烈可汗之好惡來決定萬户的分封的話,那麼至 1268 年必里公派依然是一個萬户是不可想象的。正因爲萬户的劃分是按實際力量而定,因此必里公派繞有可

---

　　[1] 據《賢者喜宴》記載,西藏喇嘛教噶舉派之噶哩麻巴派,一直在西夏宫廷里充任教師,封爲國師,專門傳授西藏密法經義和軌儀,很受寵愛。詳見王堯,《三通古藏文碑文考釋》,載於《藏族研究文集》第二集,中央民族學院藏族研究所編。

能丕列萬户,而噶哩麻巴派卻被排斥在十三萬户之外。蒙古統治者關心的是如何有效地統治烏思藏,它並不排斥,相反是利用了各個教派之間的門户之見和勢力角逐,借助這些分裂割據勢力來管理烏思藏軍民大事。既令其各自爲政,又必須直接聽命於蒙古大汗。

四、幾 點 結 論

1. 烏思藏十三萬户的建立並不是一次完成的。各萬户的建立在時間上有先有後,從最早於 1254 年出現的伯木古魯萬户始,至 1268 年最終確定烏思藏十三萬户這一名稱之間有一個過程。

2. 烏思藏十三萬户的建立過程與蒙古佔領並漸次牢固地統治烏思藏地區的進程基本一致。它可分爲兩個階段:第一階段是蒙哥汗經略烏思藏時期,中心在烏思,因而烏思六萬户大概就在這個階段建立;第二階段是忽必烈可汗經略烏思藏時期,中心在藏。藏地六萬户和俺卜羅萬户可能就建立於此時。1268 年的户口調查最終確定了烏思和藏地的十三個萬户,是烏思藏十三萬户正式建立的標誌。

3. 烏思藏十三萬户的劃分實際上即是對當時烏思藏地區實際存在的分裂割據局面的承認。蒙古統治者劃分萬户的依據是那些散處在烏思藏地區的地方勢力的實際力量,而並不是某位大汗的個人意志。十三萬户是接受蒙古統治者詔封的十三個地方勢力。

(原載中國元史研究會編,《元史論叢》第 5 輯,北京:中國社會科學出版社,1993年,頁 76—96)

元代烏思藏十三萬户考

一、題　　解

　　盡人所知,元代在烏思藏地區設置了十三個萬户(khri skor bcu gsum)。但這十三萬户究竟是哪些? 卻是衆説紛紜,莫衷一是。這個問題對於了解元代中央政府如何統治烏思藏具有重要意義,然而漢文史料除了《元史·百官志》"宣政院"條下列舉了十一個萬户的名稱外,再没有任何哪怕是間接述及的史料。即使在藏文史籍中,有關烏思藏十三萬户的記載亦衹是零星散見,由於這些藏文史籍的年代不一,作者的傾向性各有不同,因而各種記載互相牴牾者亦有不少。據不完全統計,僅十三萬户的名稱就有近十種之多。要從這些數量不多而又極爲凌亂的資料中理出頭緒,確定烏思藏十三萬户就是指哪些萬户,卻非一件易事。

　　迄今爲止,大多數研究過烏思藏十三萬户的學者都是試圖根據藏、漢文史料記載的異同進行辨别、勘同,以確定這十三萬户。他們各依一經,各持一説,因而有關十三萬户之組成的説法亦不下十種。早在 1949 年,意大利著名藏學家圖齊(G. Tucci)就在其巨著《西藏畫卷》(*The Tibetan Painted Scrolls*)中涉及元代烏思藏十三萬户問題。他排列了《西藏王臣記》、《隆多喇嘛全集》、《正法源流》等藏文文獻和《元史·百官志》中出現的有關十三萬户名稱的記載,但他並没有對這些不同的記載作比較研究。[1]

　　我國著名史學家韓儒林先生在《元朝中央政府是怎樣管理西藏地方的》一文中,"拿《元史·百官志》'宣政院'條與語自在妙善書(即《西藏王臣記》——引者)互相比較",以"用藏文古史與漢文舊記對校"來互相訂正。經韓先生之手所勘同的萬户"還衹是少數幾個"。[2]

---

〔1〕〔意〕圖齊(G. Tucci),《西藏畫卷》(*The Tibetan Painted Scrolls*)Ⅱ,羅馬,1949 年,頁 681。
〔2〕韓儒林,《元朝中央政府是怎樣管理西藏地方的》,《穹廬集》,上海:上海人民出版社,1982 年,頁 425—434。

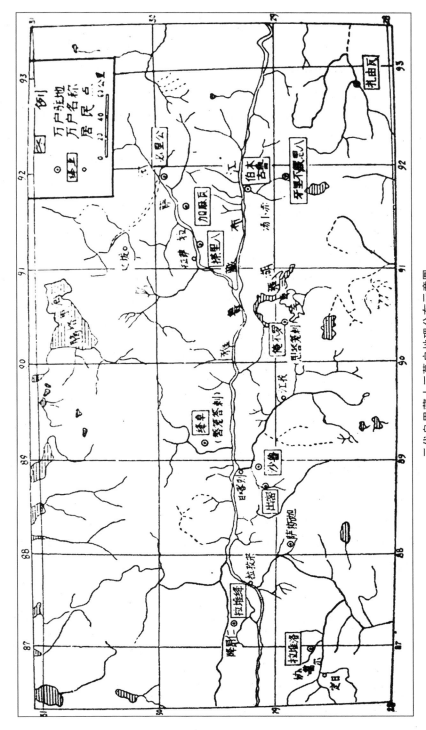

元代烏思藏十三萬戶地理分布示意圖

注：“納里速萬戶”地望不詳，估計在今西藏自治區吉隆縣宗嘎公鄉以東、以南地區。

1963 年,日本藏學家佐藤長在《元末明初西藏的形勢》一文中,將"成書最接近於《元史》的《新紅史》"中列舉的十三個萬户名稱與《元史》所載萬户名稱作了比照。他的貢獻在於將藏、漢文記載中明顯一致的幾個萬户作了勘同,並對伯木古魯萬户在元末明初的活動作了詳細的考察。[1]

對元代烏思藏十三萬户作了最爲系統、深入研究的是我國著名的藏學前輩王森先生。王森先生的研究成果集中於他的力作《關於西藏佛教史的十篇資料》的第九篇"元朝任命薩思迦領袖管轄衛藏十三萬户"中。他排比了《松巴堪布佛教史》[即《如意寶樹史》(*dPag bsam ljon bzang*)——引者]、《乃寧寺頌》、《西藏王臣記》、《隆多喇嘛全集》、《土觀宗派源流》、《多任班第達傳》等藏文史籍中有關十三萬户名稱的記載,並比照《元史》所記萬户名稱逐一作了考訂。爲了便於對照比較和進一步討論,兹將王森先生書中所列舉諸漢文史籍中有關十三萬户組成的記載列成下表。

王森先生認爲漢文史料"與藏文記載相符者共有九個萬户(即薩思迦、沙魯、出密、必里公、牙里不藏思八、伯木古魯、搽里八、思答籠剌、加麻瓦、扎由瓦——引者);外加各種藏文資料一致載有、而《元史·百官志》失載的四個萬户(拉堆洛、拉堆絳、絳卓、羊卓),共爲十三個萬户"。[2] 王森先生利用他對西藏史地的淵博知識所作的考證每每爲國内學者所接受,例如王輔仁、索文清在《藏族史要》一書中就採用了王森先生的這個結論。[3] 除此之外,在一些學者的著述中亦有提及十三萬户的,例如札奇斯欽在《蒙古與西藏歷史關係之研究》一書中採納了佐藤長的意見,認爲烏思藏十三萬户的名稱應以《新紅史》的記載爲準。[4] 楊仁山在《昔日萬户府,今日在何方》一文中儘管没有對元代烏思藏十三萬户究竟是哪十三個萬户提出明確的看法,但作者對史書中出現的每個萬户的地望和古今名稱都加了簡單的説明。[5] 在新近出版的黄奮生教授的《藏族史略》一書中則認爲:"在衛藏地區内有十三個萬户,即屬於藏的拉堆絳、拉堆洛、孤漠、曲彌、綁、霞爐六萬户;屬於衛的甲馬、止貢、刹巴、塘波齊、帕摩主、亞桑六萬户;屬於衛藏中間地帶的羊卓一萬户,共十三萬户。"[6]

〔1〕 [日]佐藤長,《元末明初西藏的形勢》,原載《明代滿蒙史研究》,京都大學文學部,1963 年,頁 485—585。轉引自鄧銳齡漢譯文,載於《民族史譯文集》九,中國社會科學院民族研究所歷史研究室資料組編譯,1981 年。

〔2〕 王森,《關於西藏佛教史的十篇資料》,中國科學院民族研究所少數民族社會歷史研究室編印,1965 年,頁 291。

〔3〕 王輔仁、索文清,《藏族史要》,成都:四川民族出版社,1982 年,頁 77。

〔4〕 札奇斯欽,《蒙古與西藏之歷史關係研究》,正中書局,1980 年,頁 260—261。

〔5〕 楊仁山,《昔日萬户府,今地在何方》,載於《西藏研究》1985 年第 3 期。

〔6〕 黄奮生,《藏族史略》,北京:民族出版社,1985 年,頁 180。

《元史》(1370)	《新紅史》(1538)	《多任班第達傳》(18世紀中)	《土觀宗派源流》(1801)	《正法源流》(18世紀中)	《隆多喇嘛全集》(1719—1805)	《西藏王臣記》(1643)	《乃寧寺頌》(?)	《如意寶樹史》(1748)	萬戶名 （成書年代）
迷兒軍	必里公	必里公	必里公	必里公	必里公	必里公	必里公	必里公 vbri gung	
伯木古魯	伯木古魯	伯木古魯	伯木古魯	伯木古魯	伯木古魯	伯木古魯		伯木古魯 phag mo gru	
加麻瓦	加麻瓦	加麻瓦	加麻瓦	加麻瓦	加麻瓦	加麻瓦		加麻瓦 rgya ma ba	
牙里不藏思八	牙里不藏思八	牙里不藏思八	牙里不藏思八	牙里不藏思八	牙里不藏思八	牙里不藏思八		牙里不藏思八 g.yav bzang pa	
搽里八	搽里八	搽里八	搽里八	搽里八	搽里八	搽里八	搽里八	搽里八 tshal pa	
扎由瓦	湯卜赤	拉、扎、布魯克 lha bya vbang	思答籠	思答籠 stag lung	扎由瓦 bya yul ba	湯卜赤 thang po che		扎由瓦、拉、布魯克 bya yul lha vbrug	
烏思藏	古爾摩	納里速	拉	拉 lha	思答籠、拉、布魯克 stag lung lha vbrldg	古爾摩 gur mo	納里速	納里速 mngav ris	
拉堆洛	拉堆洛	拉堆洛	拉堆洛	拉堆洛	拉堆洛	拉堆洛	拉堆洛	拉堆洛 la stod lho	
拉堆絳	拉堆絳	拉堆絳	拉堆絳	拉堆絳	拉堆絳	拉堆絳	拉堆絳	拉堆絳 la stod byang	
出密	出密	出密	出密	出密	出密	出密	出密	出密 chu mig	
沙魯	沙魯	沙魯	扎 bya	沙魯	沙魯	沙魯	沙魯	沙魯 zhal lu	
磘籠答剌	香	香	香	香	絳卓	香 shang	瓊 khyung	絳卓 byang vbrog	
思答籠答剌	俺卜羅	俺卜羅	俺卜羅	俺卜羅	俺卜羅	俺卜羅	扎倍兒 sdra ber	俺卜羅 yar vbrog	

　　造成學者們對此問題無法統一的原因主要是藏文史料記載的混亂。這種混亂除了作者本身的原因外,某些萬戶因治所變更相應地出現名稱變化,甚至有些萬戶爲另一些新的萬戶所取代等,也是導致這種混亂的原因。筆者試圖能在吸收王森先生等藏學前輩優秀成果的基礎上,爲推進這一課題研究作一點努力。值得慶幸的是筆者讀到了近年來纔爲國内學者所利用的一部珍貴的藏文史籍——《漢藏史集》。

　　《漢藏史集》(*rGya bod yig tshang*)是後藏學僧達倉宗巴·班覺藏卜(sTag tshang rdzong pa dPal vbyor bzang po)於公元 1434 年寫成的,這是迄今所知最早出現烏思藏十三個萬戶名稱記載的藏文文獻。而佐藤長認爲"成書年代最接近於《元史》"的《新紅史》卻是 1538 年(明嘉靖十七年)的作品,距元朝滅亡已長達一百七十年之久。其他諸如《如意寶樹史》、《西藏王臣記》、《土觀宗派源流》等藏文文獻的成書年代則更晚。從史料學的角度來看,《漢藏史集》的記載理應是最爲珍貴的。《漢藏史集》中有關蒙元期間西藏的史料一部分採自第一任薩思迦本禪釋迦藏卜(Shakya bzang po)的卷紙簿記和薩思迦囊欽、都元帥軟奴袞(gZhon nu mgon)寫成的文書;另一部分則是源於已佚的元代政書——《大元通制》的記載,可以說它保留了漢、藏文史料之精華。[1]《漢藏史集》一書的史料價值近年來已在國内外學者對元代藏族宰相桑哥和元朝在西藏的括戶以及驛站設置等課題的研究中得到證實。[2]《漢藏史集》中有關烏思藏十三萬戶的記載不僅其豐富程度使後出之諸種史籍無法望其項背,而且書中有關十三萬戶的名稱、戶口及其差役等記載正好源出於參與括戶和編定賦役的本禪釋迦藏卜的卷紙簿記和成書於 1323 年的《大元通制》。因此,儘管元代烏思藏十三萬戶前後可能出現變動,但《漢藏史集》的記載至少反映了始封時期、甚至在 1323 年以前烏思藏十三萬戶的組成情況。所以,有關十三萬戶的記載無疑應以《漢藏史集》爲準。

二、考　　證

　　《漢藏史集》關於烏思藏十三萬戶名稱的記載如下:

---

〔1〕　達倉宗巴·班覺藏卜(sTag tshang rdzong pa dPal vbyor bzang po),《漢藏史集》(*rGya bod yig tshang*),藏文本,成都: 四川民族出版社,1985 年,頁 270。關於此書的成書、作者、内容及其流傳情況可參見拙作《一部珍貴的藏文史籍——〈漢藏史集〉》,《中國元史研究會通訊》1985 年第 1 期。

〔2〕　意大利著名藏學家畢達克(L. Petech)晚近主要利用從《漢藏史集》中發掘的新史料對元代的藏族宰相桑哥和元朝蒙古人在西藏的括戶作了研究,先後發表了《桑哥——元朝的藏族宰相》(Sang ko, a Tibetan statesman in the yuan Dynasty),載於《匈牙利東方學報》AOH, 34, 1980 年;《蒙古在西藏的括戶》(The mongol census in Tibet),載於愛里斯(M Aris)編,《紀念黎吉生西藏研究文集》,瓦爾明斯特,1980 年,引起了國内外學者的注意。陳慶英、祝啓源則對《漢藏史集》中有關蒙古人在西藏設置驛站的史料作了研究,發表了《元代西藏地方驛站考釋》,載於《西藏民族學院學報》1985 年第 3 期。

烏思藏十三萬户（dBus gtshang gi khři skor bcu gsum）即：納里速宗卡以下之
珞、達、洛三宗爲一萬户（mngav ris rdzong khavi vog gi blo da lo rdzong gsum khri
bskor gcig）、拉堆洛（lHo）、絳（Byang）、出（Chu，即出密 Chu mig）、沙（Zhal，即沙
魯 Zhal lu）各爲萬户共四萬户；斯卜剌（sBra）、貝爾（Ber）、瓊（Khyung）三地爲一
萬户。俺卜羅（Yar vbrog）、搽里八（mTshal pa）系二個萬户；加（rGya，即加麻瓦
rGya ma ba）、必里（vbri，即必里公 vbri gung）、牙里（g. Yav，即牙里不藏思八
g. Yav bzang pa）、伯（Phag，即伯木古魯 Phag mo gro）爲四萬户；附帶集聚而成的
有一個，即恰域（Ja yul）有 1 000 霍爾都（Hor dud）、布魯克巴（vBrug pa）900 霍爾
都，總計爲 1 900 霍爾都組成一個萬户，是爲十三萬户。[1]

以上所列十三萬户中，拉堆洛、拉堆絳、沙魯、出密、俺卜羅、搽里八、伯木古魯、加麻
瓦、必里公、牙里不藏思八等十個萬户亦見於其他藏文史籍中，而且其中有七個（沙魯、
出密、搽里八、加麻瓦、必里公、牙里不藏思八、伯木古魯）見《元史·百官志》，因此這十
個萬户位列烏思藏十三萬户是没有問題的。各種記載不盡一致，至今尚無定論的萬户
在藏地有"納里速宗卡之下珞、達、洛三宗一萬户"、"斯卜剌、貝爾、瓊三地一萬户"和
"古爾摩萬户"三個，在烏思地區的有"湯卜赤"、"扎由瓦"兩個。另外，《元史》中出現
的思答籠剌萬户和督籠答剌的勘同問題亦未解決。以下對上述存有疑問的六個萬户逐
個加以考證。

1. 納里速宗卡之下珞、達、洛三宗一萬户

《漢藏史集》中記載的所謂"納里速宗卡之下珞、達、洛三宗一萬户"不見於《新紅
史》、《西藏王臣記》、《土觀宗派源流》等書所列的烏思藏十三萬户中，但在松巴堪布的
《如意寶樹史》、《乃寧寺頌》、《多任班第達傳》等文獻所列的後藏六萬户中卻有"納里
速萬户"。[2]《如意寶樹史》特加説明，它所記載的這些材料來源於"古之 yig tshang"，
從它記載的十三萬户名稱基本上與《漢藏史集》相吻合這一點來看，這個"古之 yig
tshang"很可能就是"rGya bod yig tshang"，即《漢藏史集》。由於烏思藏十三萬户祇是
在烏思和藏兩個地區內劃分，納里速古魯孫不在十三萬户之中，因而"納里速"不可能
是烏思藏十三萬户中的一個。王森先生認爲："這個'阿里'（納里速之今譯）不是阿里
三圍，因爲阿里三圍根本没設置萬户。'阿里三圍'是阿里地區，這裏的這個'阿里'，自

---

〔1〕《漢藏史集》，頁 277—278。
〔2〕 轉引自王森先生上揭書，頁 280—282。

然也不是指阿里地區。換句話説,這個'阿里'不是一個地區的名字,而是用的這兩個字的本意,'阿里'(mNgav-ris)是所屬土地人民的意思。由於薩迦所屬土地人民就是帝師所有的土地人民,所以稱它爲'阿里',意思是指薩思迦直屬的土地人民。"[1] 由此王森先生得出了所謂"阿里"萬户即是薩思迦萬户,亦即是《元史・百官志》中的"烏思藏田地里管民萬户"的結論。這一觀點長期以來爲國内許多學者所接受。王輔仁在其《西藏佛教史略》一書中説:"薩迦是元朝在西藏劃分的十三萬户之一,其他十二個萬户並不是從屬於薩迦的。"[2] 祝啓源、陳慶英在《元代西藏地方驛站考釋》一文中亦重申了王森先生的這一觀點。[3] 王森先生提出"阿里萬户"即爲薩思迦萬户,亦即"烏思藏田地里管民萬户"的主要依據是:"我們知道薩迦昆氏家族有他自己的屬民土地,據達斯(S. C. Das)在敍述 1268 年那次調查各萬户的户口時,他給了薩迦所屬的屬民户口是 3 630 户,這一數字應該是一個萬户的規模。薩迦第一任本欽釋迦桑卜曾由忽必烈加封賜印,印文是'烏思藏三路軍民萬户之印'(dBus gtsang gi zam lu gun min dbang huvi dam kha),這個印祇見於《紅史》和《青史》,《五世達賴傳》裏也提到'三路軍民萬户'這一官銜,看起來第一任本欽曾封萬户是可信的。印文前面冠有烏思藏字樣,正與《元史》這一條稱'烏思藏田地里'相同。薩迦地方是帝師的直屬領地,同時又是帝師的家鄉和節制衛藏十幾個萬户的薩迦本欽的駐地,可以説當時的薩迦地方是衛藏地區的首府。正如清朝稱拉薩爲前藏一樣,元朝稱薩迦爲烏思藏也是有可能的。因此在藏文資料記載元朝封給釋迦桑卜的這個印文中用了烏思藏字樣。同樣,在《百官志》中講薩迦萬户的時候亦用了烏思藏字樣。"[4] 王森先生這兩個依據似皆難成立。第一,"薩思迦所屬的屬民户口是 3 630 户"一説可能出於達斯的《十三世紀中國韃靼皇帝統治下的西藏》一文,[5] 儘管此文中的藏文人名、地名都被達斯用歐式拉丁字母轉寫所代替,並且把史料的内容在一定程度上按不同的秩序重新作了組合,但細心的意大利藏學家畢達克(D. L. Petech)仍考證出達斯所根據的即是《漢藏史集》一書,"達斯的這篇文章僅是《漢藏史集》中有關元代西藏部分記載的譯文而已"。[6] 筆者仔細地查閲了《漢藏史

---

〔1〕 見王森先生上揭書,頁 283—284。
〔2〕 王輔仁,《西藏佛教史略》,西寧:青海人民出版社,1982 年,頁 125。
〔3〕 祝啓源、陳慶英,《元代西藏地方驛站考釋》。
〔4〕 見王森先生上揭書,頁 283。
〔5〕 達斯(S. C. Das),《十三世紀中國韃靼皇帝統治下的西藏》,載於《皇家亞洲學會孟加拉分會雜誌》,JRSB, L XXIII/1,1904 年。
〔6〕 見畢達克,《蒙古在西藏的括户》一文。

集》中有關蒙古在西藏括户的章節,卻根本見不到所謂"薩迦所屬的屬民户口是3 630户"的記載。同樣在《西藏王臣記》和《五世達賴傳》中敍述烏思藏各萬户所屬户口的記載中亦見不到薩思迦所屬户口,因爲這些記載與《漢藏史集》一樣同源於釋迦藏卜的卷紙簿記。可見達斯文中所記載的薩思迦屬民户口純係烏有。第二,"烏思藏三路軍民萬户"與"烏思藏田地里管民萬户"二者不能混爲一談。"烏思藏三路軍民萬户"是經元世祖忽必烈與帝師八思巴雙方協商詔命的第一任薩思本禪釋迦藏卜的封號。據《漢藏史集》記載,元代將西藏劃分成三個曲喀(Chol kha),曲喀之下有路、萬户、千户、百户等,"依次任命的職事有十户長、五十户長、百户長、千户長、萬户長、路達魯花赤,統轄三路者則爲三路軍民萬户,賜以水晶印。在吐蕃賜給了本禪釋迦藏卜"。[1] 可見,三路軍民萬户是高於萬户長的地方行政官員。所謂三路即是指烏思、藏、納里速古魯孫等三路。因爲本禪即是吐蕃三曲喀的長官,烏思藏、朵思兒、朵思麻三個曲喀各有本禪。而藏文史料中出現的所謂三曲喀即是指元朝在吐蕃地區設置的三個宣慰使司。[2] 因而薩思迦本禪實際上就是烏思藏宣慰司的首席長官。當然,在第一任本禪釋迦藏卜任職時,烏思藏宣慰司尚未成立,[3]因此,釋迦藏卜還不是烏思藏宣慰使。筆者認爲,在烏思藏宣慰使司建立以前,元朝在烏思藏地區建立了一個名爲烏思藏三路軍民萬户府的機構,管理烏思、藏、納里速古魯孫三路,其首席長官即是釋迦藏卜,故其賜封爲"烏思藏三路軍民萬户"。總之,"三路軍民萬户"不可能是指一般意義上的萬户。

我們在藏文史料中見不到任何有關"烏思藏萬户"的記載,而經常能見到薩思迦本禪節制烏思藏十三萬户,調動十三萬户的人力從事寺廟建築和軍事行動的記載。這與本禪作爲烏思藏三路軍民萬户府的長官,或以後演變爲烏思藏宣慰使司的宣慰使的身份是相稱的。總之,沒有任何記載表明薩思迦本禪釋迦藏卜曾被封爲薩思迦萬户長,而且也沒有任何材料足以證明節制十三萬户的薩思迦本禪本身又是萬户長之一。薩思迦是烏思藏宣慰使司的治所,是烏思藏地區的權力中心,它淩駕於烏思藏十三萬户之上,而其本身並不是一個萬户。

那麼怎樣解釋《如意寶樹史》等藏文文獻中出現的"納里速萬户"呢? 筆者以爲所謂"納里速萬户"之納里速既不是指"阿里三圍",亦不是指薩思迦,而是《漢藏史集》中出現的"納里速宗卡之下的琫、達、洛三宗爲一萬户"的訛誤。納里速宗卡位於納里速

---

[1] 《漢藏史集》,頁271。
[2] 參見拙作《淺釋吐蕃三路 Chol-kha》,載於《甘肅民族研究》1985 年第3、4 期。
[3] 參見陳得芝,《元代烏思藏宣慰司的設置年代》,載於《元史及北方民族史研究集刊》第8 輯,1984 年。

古魯孫與烏思藏的交界處,在阿里貢塘山口附近。據《贍部洲志》(*vDzam gling rgyas bshad*)記載,"自納里速宗卡往東便是烏思藏四茹地方",納里速宗卡東邊當時有許多宗,[1]珞、達、洛三宗很可能即在納里速宗卡以東與拉堆洛萬戶相鄰地區。珞、達、洛三宗的確切地望尚難確定,在今定日縣境內,有洛洛公社和洛洛河,或是這一萬戶之舊地的一部分。

"納里速宗卡之下珞、達、洛三宗爲一萬戶"在《漢藏史集》的其他章節中亦可得到證明。首先可從有關蒙古在西藏括戶的記載中找到依據。1268 年,忽必烈可汗派遣金字使者阿袞(A kon)和彌林(Mi gling)二人到西藏括戶,目的主要是調查十三萬戶的戶口。這次調查的結果在《漢藏史集》中有較爲詳細的記載,各萬戶的戶口都有具體的數目。這段記載一開始就說:"上部納里速古魯孫(sTod kyi mngav ris skor gsum):布讓雪圍(pu rangs gangs ris skor ba)、古格岩圍(gu ge gogav yi bskor)、芒域水圍(mang yul chu yis yongs bskor ba),此三圍總計共有根本民戶(rTsa dud)2 635 戶,均置於統治之下。納里速方面(mNgav ris phyogs)之俗部(mi sde)有 767 戶。"[2]很顯然,在納里速古魯孫之外,還有一個獨立的"納里速方面"。鑒於此句以下記載的都是藏地各萬戶的戶口,因而我們將此"納里速方面之俗部 767 戶"看作是"納里速宗卡之下珞、達、洛三宗爲一萬戶"之戶口是十分自然的。

同樣,《漢藏史集》中有關驛站的段落亦可以爲我們提供這類證據。緊接着 1268 年戶口調查以後元朝在烏思藏推行的一個很重要的行政措施就是具體規定在烏思藏地區設置的每個驛站都由各個萬戶負責支應供差。《漢藏史集》亦詳列了這一措施的具體內容,它說:"藏和納里速一起負擔四大驛站,每站設一百夫長(mgo brgya),在這些驛站中洛(lho)、絳(byang)、納里速(mngav ris)一起負擔的有具吉祥之薩思迦一大站。另外,由洛巴負擔瑪拉塘(mar la thang)一小站,納里速俗部負擔夏普卡爾(zhab khar)一小站。"[3]負擔薩思迦大站的洛即拉堆洛萬戶、絳即拉堆絳萬戶,而納里速當即爲"納里速宗卡以下之珞、達、洛三宗一萬戶"。有學者認爲:"從實際的地理位置、距離來看,從相隔近兩千里地的今阿里地區支應薩迦大站,人伕、馱畜行動不便,於驛站所承擔的傳遞軍政事務來說,也是不利的。所以這裏所指的'阿里'應是薩迦本身。"[4]誠然

〔1〕 魏里(T. V. Wylie),《〈贍部洲志〉所見西藏地理》(*The Geography of Tibet according to the vDzam-gling-rgyas-bshad*),羅馬東方叢書(Serie orientale Roma),XXV,羅馬,1962 年。

〔2〕 《漢藏史集》,頁 298—299。

〔3〕 《漢藏史集》,頁 302。

〔4〕 見祝啓源、陳慶英上揭文。

從今阿里地區派人伕、馱畜支應薩思迦大站確實不方便,亦不可能。但若由"納里速宗卡之下珞、達、洛三宗爲一萬户"與拉堆洛萬户、拉堆絳萬户一起支應薩思迦大站是完全可能的。烏思地區的加麻瓦、搽里八等萬户與其支應的藏北之索克(sog)、噶熱(gara)等地的驛站之間的距離亦並不一定比納里速宗卡之下珞、達、洛三宗爲一萬户與薩思迦之間的距離短。

2. 古爾摩萬户

《新紅史》和《西藏王臣記》二書所列之烏思藏十三萬户中都没有"納里速宗卡以下之珞、達、洛三宗爲一萬户",但在藏地六萬户中卻出現了"古爾摩(gur mo)萬户"。持古爾摩爲萬户一説者很多。黄奮生在《藏族史略》中所説的"孤謨"萬户即指古爾摩萬户。[1] 楊仁山也説:"固莫萬户府,在西藏自治區日喀則地區崗巴縣塔傑區(1962年以前歸定結縣管轄)苦瑪公社址。"[2]剛出版的《藏漢大辭典》在"gur mo"條下注:"固莫别譯古麻。定結縣屬地名,爲13世紀八思巴建立的十三萬户之一。"[3]佐藤長對《新紅史》所載古爾摩萬户未表示任何異議。[4] 魏里(T. V. Wylie)在《〈贍部洲志〉所見西藏地理》一書中亦將古爾摩列爲十三萬户之一。[5] 實際上記載古爾摩爲萬户的史籍僅有《西藏王臣記》和《新紅史》二種,其他藏文史書都没有將古爾摩列爲萬户,就是《王臣記》和《新紅史》也都没有提供有關古爾摩萬户的更多的材料。古爾摩亦稱古爾摩宋都思(Gur mo tshong vdus,宋都思今譯蔥都思,意爲貿易市場),克什米爾班智達(Kha che pan chen)進入西藏時曾經過古爾摩到達卓蒲(Khro phu)和簇爾卜(mTshur pu)。據黄顥考證,宋都思古爾摩"地在曲彌(Chu mig)附近",《漢藏史集》記載沙魯傑(lce)家族的轄地就包括宋都思古爾摩,稱爲"藏地宋都思古爾摩(gTshong tshang vdus mgur mo)"。[6] 東嘎·洛桑赤烈(Dung dkar blo bzang vphrin las)活佛認爲宋都思古爾摩在尼木縣(snye mo)境内,早在10世紀中因開商市而始有此地名,初稱"藏古爾摩熱甫卡(gTsang vgur mo rab kha)"。[7] 元代古爾摩宋都思是在西藏著名的貿易市場,

〔1〕 見黄奮生上揭書,頁180。

〔2〕 見楊仁山上揭文。

〔3〕 張怡蓀等編,《藏漢大辭典》上册,北京:民族出版社,1985年,頁361。

〔4〕 見佐藤長上揭文。

〔5〕 費拉麗(A Ferrari),《欽則的衛藏聖迹指南》(mKhyen brTsels guide to the holy places of Central Tibet),羅馬東方叢書,XVI,羅馬,1958年。

〔6〕 班禪·鎖南噶剌思巴(Pan chen bSod nams grags pa),《新紅史》(Deb ther dmar po gsar ma),黄顥譯注本,拉薩:西藏人民出版社,1985年,頁257—258;《漢藏史集》,頁366。

〔7〕 搽里八·公哥朵兒只(Tshal pa Kun dgav rdo rje),《紅史》(Deb ther dmar po),東嘎·洛桑赤烈校注本,北京:民族出版社,1981年,頁457—458。

並曾在此設立了驛站,亦即漢文史籍中的"宋都思站",它是元代在藏地設立的四大驛站之一。

據《漢藏史集》記載:"沙魯3 892戶,其中除去甲若倉(bya rogs tshang)之832戶,尚有3 060戶支應宋都思站。"[1]宋都思古爾摩離沙魯不遠,宋都思站由沙魯萬户提供支應,這表明很有可能當時的古爾摩地區屬沙魯萬户管轄,至少説古爾摩本身並不是一個萬户。如果在藏地確有一個古爾摩萬户的話,那麼毫無疑問宋都思站應由古爾摩萬户提供支應。既然在《漢藏史集》中既没有將古爾摩列爲萬户,又明確規定由沙魯萬户支應宋都思站,而且在有關括户的段落中,古爾摩一地的户口數目也同樣付之闕如,那麼毋庸置疑,在元代根本不存在古爾摩萬户。

3. 斯卜剌、貝爾、瓊三地爲一萬户

《漢藏史集》所列藏地六萬户中有"斯卜剌、貝爾、瓊三地爲一萬户"。關於這一萬户的名稱,《漢藏史集》的記載前後不盡一致,而正是這種不一致,給我們以啓發,使我們可以斷定這個萬户即是通常所説的香(shang)萬户。

《漢藏史集》在最先記載十三萬户之名稱時,將其記作"sbra ber khyung三地爲一萬户",但在敍述十三萬户之户口時,此萬户的名稱相應地變成了"絳卓(byang vbrog)"。再往後記載各萬户承擔驛站供應時,絳卓萬户又變成了"香之丘曲(shang kyi chu phyugs,意爲香地之水邊)有十一個馬頭(rTa mgo)[2]管理亦思答(sTag)地方之驛站"。[3]可見所謂斯卜剌、貝爾、瓊三地爲一萬户實際上就是絳卓或香萬户,這三種不同的稱呼指的是同一個萬户。

據《瞻部洲志》記載:"自扎什倫布北邊之藏絨(gTsang rong)再往北,在藏布江的北岸即是香和烏宇(U yug)地區。"[4]香這一地名得自香曲河(Shang chu),即指今天的南木林(rNam gling)地區。絳卓,藏文意爲北方牧區。楊仁山認爲絳卓是獨立於香萬户之外的一個萬户,他説:"若按元朝清查户口記録記載中還可以看出在雅卓萬户之前,還有一個絳卓萬户。雖然不知道具體的萬户府位置,但從藏語來看,絳音同羌,即藏北之意,'卓'即牧民之意,顯然是指藏北牧區還有一個萬户府。"[5]這顯然是一種誤

---

〔1〕《漢藏史集》,頁302。

〔2〕 馬頭(rTa mgo)是蒙古人在西藏括户和徵派賦役時用的一個計量單位,五十户爲一個馬頭,可能即是元代在農村普遍推行的社制。

〔3〕《漢藏史集》,頁303。

〔4〕 見魏里上揭書,頁71。

〔5〕 見楊仁山上揭文。

解,絳卓即是指香。王森先生早已考定:"絳卓在後藏日喀則東北香曲河北地帶,那一地區也叫做'香'。"[1] 這與《漢藏史集》中的有關記載所反映的事實是完全一致的。《衛藏聖迹志》(*dBus gtsang gnas yig*)的記載與王森先生所言亦並無二致,它說:"香曲河下游地區稱作香,它在日喀則下方與藏布江之北端交會。"[2]

在王森先生所列的七種藏文文獻中,除了《乃寧寺頌》外,不是將這個萬戶記作香,就是記作絳卓,可見"絳卓和香是用了不同的名字指同一地區"。[3] 絳卓或香爲元代烏思藏十三萬戶之一是不成問題的。儘管《漢藏史集》中也沒有記載絳卓萬戶的戶口,但這是因爲它"係後來出現的萬戶"(byang vbrog khri bskor rting la byung)。[4] 至於《乃寧寺頌》中所列的萬戶祇是將《漢藏史集》中記載的"斯卜剌、貝爾、瓊三地爲一萬戶"分列成瓊和斯卜剌、貝爾二個萬戶而已,實質上,它與《漢族史集》的記載完全一致。

斯卜剌、貝爾、瓊三個地名的確切地理位置還有待考證,這三個地名無疑應該分別表示香地的某個地區。瓊一地很可能指香巴噶舉的創始人瓊波南覺(Khyung po rnam vbyor)的根本道場香尚朵爾只丹(Shangs zhang rdo rje gdan,意爲金剛道場)一帶,它位於香地之中心。[5] 另有一說認爲斯卜剌、貝爾、瓊不是地名,分別意爲犛牛毛布帳篷、犛牛畜羣、犛牛毛布大氅,皆指以放牧犛牛爲生的牧民。[6]

4. 湯卜赤萬戶

在烏思的六萬戶中,藏文史書記載比較一致,且亦見於《元史·百官志》記載的有五個,它們是必里公、伯木古魯、加麻瓦、搽里八、牙里不思藏八。有關這五個萬戶的戶口、負責支應的驛站等情況在《漢藏史集》中記載得也很詳細。問題是確定這第六個萬戶是哪一個則頗費爭議。《新紅史》、《西藏王臣記》中載有"湯卜赤萬戶"(Thang po che)。《元史·百官志》中也有"湯卜赤八千戶四員"。[7] 佐藤長認爲:"《元史》列記萬戶中,祇有此作'千戶',應是'萬戶'之訛。"[8] 但這僅是推測,佐藤長並沒有提供任何論據。從王森先生所列七種藏文文獻來看,將湯卜赤列爲萬戶者僅有《西藏王臣記》、《新紅史》二種,大多數藏文文獻記載的烏思藏十三萬戶都沒有湯卜赤萬戶。

---

〔1〕 見王森先生上揭書,頁290。
〔2〕 見費拉麗上揭書,頁159、168。
〔3〕 見王森先生上揭書,頁290。
〔4〕 《西藏畫卷》II,頁681。
〔5〕 見費拉麗上揭書,頁69。
〔6〕 此承中國社會科學院民族研究所祝啓源同志示知,謹此致謝。
〔7〕 《元史》卷八七《百官志》。
〔8〕 見佐藤長上揭文。

湯卜赤位於山南雅隴河谷地區,因雅隴湯卜赤寺(Yar lung thang po che)而得名。湯卜赤寺建於 1017 年,它在雅隴河(Yar lung chu)和窮結河(vPhyongs rgyas chu)西邊一個叫作雪(Shu)的地區內。[1] 在元代,湯卜赤地區屬於伯木古魯萬户管轄,伯木古魯萬户長本朵兒只班(dPon rdo rje dpal)建立的十二個吉卡(gzhis ka)中就有湯卜赤林梅(Thang po che gling smad, 意為湯卜赤下院)。[2]《西藏王臣記》中明確記載,湯卜赤地區在蒙古宗王旭烈兀的投下封地範圍內,因而亦屬於伯木古魯萬户之勢力範圍。[3] 它不可能是一個獨立的萬户。另外,從《漢藏史集》記載的户口來看,"湯卜赤之基本民户有 150 户",[4]這與一個萬户的規模相差甚遠。若説元朝在湯卜赤一帶設置了四員千户尚可相信,若硬説其為一萬户則未免有點牽強。《元史·百官志》記載的"湯卜赤八千户四員"不可能是萬户之訛。

5. 扎由瓦萬户

《如意寶樹史》、《隆多喇嘛全集》、《多任班第達傳》、《土觀宗派源流》等藏文史籍都將扎由瓦(Bya yul ba)列為十三萬户之一。《元史·百官志》宣政院條亦載有:"扎由瓦萬户一員。"[5]藏、漢文史料的記載完全一致,確定扎由瓦為烏思藏十三萬户之一似應不成問題。但王森先生認為:"五世達賴所著《西藏王臣記》中講到甲域的那一段,在元朝時一直沒有提到他家(甲族)曾受封為萬户,一直到明永樂年間,纔提到他家受闡化王扎巴堅贊封為萬户。"因而斷言"這個萬户自然不在元朝十三萬户之內"。[6] 不過我們仔細分析一下《漢藏史集》的記載,則不免要對《西藏王臣記》的這段記載產生懷疑。

《漢藏史集》所列烏思六萬户中,除了搽里八、必里公、牙里不藏思八、伯木古魯和加麻瓦五個萬户外,還有"附帶集聚而成者一個,即恰域(Ja yul)有 1 000 個霍爾都、布魯克巴(vBrug pa)霍爾都 900,總計為 1 900,遂成一萬户"。[7] 而在記載烏思藏十三萬户的户口時,卻並沒有出現恰域和布魯克巴,而代之以扎由瓦,文云:"加麻瓦與扎由

---

〔1〕 見魏里上揭書,頁 90。

〔2〕 五世達賴喇嘛(rGyal dbang lnga pa chen mo),《西藏王臣記》(dPyid kyi rgyal movi glu dbyangs),藏文本,北京:民族出版社,1981 年,頁 125。

〔3〕 同上書,頁 105。

〔4〕《漢藏史集》,頁 301。

〔5〕《元史》卷八七《百官志》,頁 2200。

〔6〕《西藏王臣記》有一節專門敍述扎由瓦一支的情況,題為"甲巴萬户長"(Bya pa khri dpon),《西藏王臣記》一書的漢譯者郭和卿先生將其譯為"北道一些傑出人物事記",見《西藏王臣記》漢譯本,北京:民族出版社,1982 年,頁 110—113。

〔7〕《漢藏史集》,頁 278。

瓦共有 5 900 户,二者各佔一半。"〔1〕再往後關於萬户支應驛站那一段中則説:"扎由瓦的 2 650 户,再加上搽里八的 400 户,共爲 3 000 户,管理嘎若(ga ra)驛站。"〔2〕很顯然烏思第六個萬户應是扎由瓦萬户。Ja yul ba 即是 Bya yul ba 之訛。《如意寶樹史》、《多任班第達傳》載前藏有扎由、布魯克、拉(bya yul lha vbrug)萬户,〔3〕這與《漢藏史集》的記載基本上是一致的。扎由瓦萬户除了扎由瓦本身以外,還包括布魯克巴。布魯克巴即主巴噶舉派所在的地方,亦即今之不丹。《漢藏史集》所記載布魯克巴的户口前後不一致。開始在記述十三萬户名稱時稱布魯克巴有 900 霍爾都,但在户口調查記録中布魯克巴卻祇有民户 225 户。至於拉巴,確切地望不詳。據《漢藏史集》記載,在俺卜羅東南地區有思達籠巴 500 户和拉巴 600 户。〔4〕可見思達籠巴 500 户和拉巴 600 户原先確屬扎由瓦萬户,前述之布魯克巴 900 户即包括布魯克巴 225 户和拉巴 600 户。祇是到後來拉巴 600 户纔劃入了伯木古魯萬户的勢力範圍中。

6. 思答籠剌萬户

根據前面的考證,烏思六萬户和藏地六萬户都各有定屬,再加上處於烏思和藏地之間的俺卜羅(Ya vbrog)萬户則正好十三個萬户,所謂思答籠剌(sTag lung)萬户似屬多餘。但在《隆多喇嘛全集》、《正法源流》、《土觀宗派源流》等書中都將思答籠剌列爲一個萬户。《元史·百官志》宣政院條下亦有"思答籠剌萬户一員"赫然在列。王森先生對這一萬户作了一些考證,苦於資料的缺少和混亂,尚未能得到滿意的結果,因而"這一萬户究竟在什麼地方,是怎麼一回事有待於進一步考證"。〔5〕

達隴(sTag lung)這一地理名稱在西藏有好多個,而比較著名的有兩個。一是拉薩以北達隴噶舉之根本道場達隴寺所在之達隴;一是在前藏山南地區,羊卓雍湖西南的達隴。達隴噶舉是伯木古魯噶舉的一支,創始人是思答籠塘巴扎什班(sTag lung thang pa bkra shis dpal),屬扎斯征波(dbrag zi vbring po)家族的魯格支系(klu dge),這是當時一個很有勢力的家族。1180 年建達隴寺。儘管達隴法王在蒙古與西藏最初交涉時頗負盛名,1240 年奉闊端之命率軍遠征西藏的蒙古將領道爾達返回涼州後報告闊端説:"在西藏地方僧伽團體以甘丹派爲大,善顧情面以達隴法王爲智。"〔6〕但在元朝統治西藏

---

〔1〕《漢藏史集》,頁 300。
〔2〕《漢藏史集》,頁 303。
〔3〕《如意寶樹史》(dPag bsam ljon bzang),松巴堪布全集版,頁 102—103;《多任班第達傳》(rDo ring pandita rnam thar)抄本,頁 4。分別轉引自王森先生上揭書,頁 280、281。
〔4〕《漢藏史集》,頁 300。
〔5〕語見王森先生上揭書,頁 286。
〔6〕《西藏王臣記》,頁 90。

時期,達隴噶舉似祇擁有較大的宗教勢力,而未見有其任何涉及世俗政治活動的記載。王森先生説:"在我們現在所看到的關於達隴噶舉的藏文資料里,没有提到這一派有什麼人曾經受封過萬户。"[1]不僅如此,《新紅史》還明確記載:"思達籠巴不屬於十三萬户,蒙元之際亦未獲任何職事。"[2]佐藤長引用了這段史料,稱"《新紅史》与《元史》記載相矛盾,今尚不能確定何者爲是"。[3] 顯然他是將《元史》中的思答籠剌看作即是達隴噶舉之達隴了。

楊仁山在其文章中寫道:"思答籠剌萬户府,在西藏自治區拉薩市林周縣旁多區達隴公社址。"按其確定的地理位置來看,他顯然亦將《元史》中的思達籠剌看成達隴噶舉之達隴了。楊文接下來又説:"公之 1268 年元朝派官員到西藏清查户口時記載達隴 500 户。"[4]這個説法根據的是《漢藏史集》,但若仔細考察《漢藏史集》的有關記載,那麼不難看出有 500 户的那個達隴在山南,即是指羊卓雍湖西南的達隴。楊仁山文中這段話没有區分拉薩以北之達隴和羊卓雍湖西南的達隴,將二者看作同一個地方了。

既然拉薩以北那個達隴不是萬户,那麼羊卓雍湖西南的達隴是否萬户呢？回答亦是否定的,主要依據見諸《漢藏史集》。第一,《漢藏史集》所列十三萬户中並没有思答籠剌萬户。第二,《漢藏史集》明確記載思答籠剌祇有 500 户,這不足一個萬户的規模。第三,《漢藏史集》兩次記載思答籠剌 500 户與拉巴 600 户一起計入伯木古魯萬户中,與伯木古魯之 2 438 户共同組成伯木古魯萬户,聯合負擔孜巴爾(rTsi dbar)驛站的供應。[5] 因此,按照《漢藏史集》的記載,思答籠剌在元代並不是一個獨立的萬户。

《元史·百官志》中出現的"思答籠剌萬户"究竟是指哪個萬户呢？黄顥在《新紅史》譯注本中提出所謂思答籠剌萬户即是指俺卜羅萬户。他説:"(俺卜羅萬户)即所謂達隴萬户,《元史》所稱之思答籠剌萬户亦指此地。這種不同的稱謂,可能由於達隴與羊卓二個地名爲當時人同時通常採用的稱呼,所以在稱萬户的時候,在史家筆下就完全一致了。"[6]這種推測頗有道理,也給人以啓發。我們可以作這樣的理解:所謂羊卓

---

[1] 見王森先生上揭書,頁 286。
[2] 《新紅史》,頁 72。
[3] 見佐藤長上揭文。
[4] 見楊仁山上揭文。
[5] 《漢藏史集》,頁 303。
[6] 《新紅史》,頁 247,黄顥注[238]。

（Yar vbrog）亦即古之俺卜羅，衹是一個泛稱的地理概念，它是指今羊卓雍湖的周圍地區，介於烏思和藏地之間。俺卜羅並不是指特定的某一地點。俺卜羅萬户的治地起始設在羊卓雍湖以西的浪卡子巴，因而在許多藏文文獻中俺卜羅萬户亦被稱爲浪卡子巴萬户。正如浪卡子巴屬於俺卜羅地區一樣，思答籠刺亦在俺卜羅地區内，這在《瞻部洲志》中説得很清楚："在俺卜羅地區有許多不同教派的寺院，其中有俺卜羅思答籠巴（ya vbrog stag lung pa）。"[1]思答籠寺位於羊卓雍湖（ya vbrog mtsho）和桑定的西南岸，達斯（S. C. Das）曾到過此地，並記載説此地是一個從小馬而著名的村落。[2] 而桑定離浪卡子宗纔五里許。在一些藏文史集中將此思答籠直接稱爲"俺卜羅思答籠巴"，前述之《瞻部洲志》中的"俺卜羅思答籠巴"就是一例。另外在《紅史》中亦出現"俺卜羅思答籠"一名，東嘎·洛桑赤烈活佛注曰："過去元代俺卜羅思答籠屬一萬户，有萬户長，薩思迦本禪阿格倫就是俺卜羅萬户長。"[3]可見東嘎活佛認爲所謂俺卜羅萬户就是俺卜羅思答籠萬户。《西藏王臣記》亦記載："在第巴丹津巴（sDe pa bstan vdzin pa）時候建造了俺卜羅思答籠之堅固堡壘（yar vbrog stag lung gi btsan rdzong）。"[4]很有可能在元代後期甚至更晚些時候，俺卜羅萬户的治所從浪卡子巴（sNa dkar rtse pa）移至思答籠地方，因而成書較晚的藏文史籍和《元史》都將俺卜羅萬户記作思答籠刺萬户。總之，在元代前期烏思藏劃分十三萬户時，思答籠刺並不是一個獨立的萬户，如果説它是一個萬户的話，那麽即是指介於烏思和藏地之間的俺卜羅萬户。

7. 嵠籠答刺萬户

《元史·百官志》宣政院條下有"嵠籠答剌萬户一員"，但迄今爲止尚未在有關藏文史籍中找到與它對應的藏文名稱。楊仁山認爲"嵠籠答剌萬户"即指拉堆絳萬户。[5] 而祝啓源、陳慶英則認爲它是指絳萬户，"駐地在今南木林縣東之達拉"。[6]可見，他們所説的絳萬户即是指絳卓萬户，亦即香萬户。持這種觀點的還有劉立千先生。[7]

由於缺乏史料記載，因此，我們要肯定《元史》中的"嵠籠答剌萬户"就是藏文史

---

〔1〕 見魏里上揭書，頁73、144。

〔2〕 同上。

〔3〕 《紅史》，頁451，東嘎·洛桑赤烈活佛注[617]。

〔4〕 《西藏王臣記》，頁112。

〔5〕 見楊仁山上揭文。

〔6〕 見祝啓源、陳慶英上揭文。

〔7〕 劉立千，《衛藏道場聖迹志》譯注本，《藏文史料譯文集》，頁29。

料中的哪一個萬户尚有困難。而將它視爲絳卓萬户的一個别稱則或許是一個很有見地的推測。在南木林地區有稱爲 ngor lung 的地方，它指螯曲（ngor chu）河谷地區，當地的人被稱爲螯巴（ngor pa），它是薩思迦派的一個分支。著名的螯巴有螯·塔孜輦卜赤（ngor thar rtse rin po che）。[1] 此螯籠即爲 ngor lung 的音譯。而答剌即指今西藏自治區日喀則地區、南木林縣的達拉（sTag sna），達拉位於螯曲河的南岸，疑即爲此萬户的治地。[2] 所以"螯籠答剌"可能是藏文 ngor lung stag sna 的音譯，爲絳卓萬户的别稱。

三、結　論

以上考證離最終確定元代烏思藏十三萬户由哪些萬户組成還相差甚遠，這個問題的最後解決更有待於新的、有價值的史料的問世，可以極大地豐富我們的西藏史地知識。但根據上述考證，我們基本可以肯定組成元代烏思藏十三萬户的就是《漢藏史集》所記載的那十三個萬户。它們是藏地的納里速宗卡之下珞、達、洛三宗一萬户，拉堆絳萬户、拉堆洛萬户、沙魯萬户、出密萬户和香萬户，屬於烏思的有必里公萬户、伯木古魯萬户、扎由瓦萬户、搽里八萬户、牙里不藏思八萬户、加麻瓦萬户、介於烏思和藏地之間的俺卜羅萬户。兹根據史料記載將各萬户的名稱、地望、轄區和户口逐個略述如下。

1. 納里速宗卡之珞、達、洛三宗一萬户，地望不詳，估計在阿里與後藏交界處芒域貢塘山口和宗卡以東地區，户口共 760 户。

2. 拉堆洛（la stod lho）萬户，據《贍部洲志》記載："自芒域之納里速宗嘎往南便是藏地之拉堆。"[3]拉堆以雅魯藏布江爲界分成南北兩部分。拉堆洛即爲拉堆的南部，在今西藏自治區日喀則地區定日縣境内協嘎爾區址，拉堆洛萬户"掌自雅卧拉（g. yav vo la）至昌波（brang po）以上地區"。[4] 拉堆洛萬户共有户口 1 089 户。

3. 拉堆絳（la stod byang）萬户，府治在今西藏自治區日喀則地區昂仁縣境内。拉堆絳萬户有户口 2 250 户，其統治地區"自嘉爾切（skyar skya）至謝（vjad）"，嘉爾加即是指昂仁西部在薩噶附近，謝乃指謝通門（vJad mthon smon）一帶。[5]

4. 出密（chu mig）萬户，《元史·百官志》宣政院條下有"出密萬户一員"，府治在

---

〔1〕　此承中央民族大學王堯先生示知，特此致謝；亦見費拉麗上揭書，頁141。
〔2〕　此承祝啓源同志示知，特此致謝。
〔3〕　見魏里上揭書，頁64。
〔4〕　《新紅史》，頁61。
〔5〕　同上書，頁62、247。

今西藏自治區日喀則縣曲美區址。出密萬户轄 3 003 户。關於此萬户的記載很少,從其户口來看亦是一個不小的萬户。出密仁摩(Chu mig ring mo)是當時最大的噶當派寺院,帝師八思巴曾在這兒舉行過由烏思、藏、納里速三地七萬餘比丘參加的大法會。[1]

5. 沙魯(zhal lu)萬户,《元史·百官志》宣政院條有:"沙魯田地里管民萬户一員。"沙魯萬户府治地在今西藏自治區日喀則地區日喀則縣甲措區夏魯公社址。沙魯萬户共有霍爾都 3 892 户,是藏地最大的一個萬户。沙魯萬户的統治家族是傳承自朗達瑪贊普的兒子赤德沃松的後代,即所謂傑家族的孤尚(sku zhang)支系。沙魯萬户控制上、下聶地,即聶思堆(nyang stod)和聶思麻(nyang smad)地區,相當於孃曲河流域的中游地段。

6. 香萬户(shang),即絳卓萬户,亦即"斯卜刺、貝爾、瓊"三地一萬户。香萬户府治地在今西藏自治區日喀則地區南木林縣址。香萬户府管轄南木林、烏宇等地。因爲香萬户是"後來出現的",因而《漢藏史集》没有明確記載其户口,但在述及各萬户承擔驛站供應時,又載:"香之丘曲"有十一個馬頭(rTa mgo),一個馬頭爲 50 户,十一馬頭則爲 550 户。

7. 必里公(vbri gung)萬户,此即《元史·百官志》宣政院條中的"迷兒軍萬户府"。"vb"音與"m"音相旁轉的現象在古藏文對音中很多。例如將 vbro 譯作"没廬氏",vbring 譯作"没凌氏"。必里公萬户府治地在今西藏自治區拉薩市墨竹工卡縣直孔區。必里公萬户管轄範圍包括"恰爾(byar)和達(dwags)在内"。[2] 恰爾在雅隴山背後的洛卡(lHo kha)地區内,恰爾即是恰曲(byar chu)河流域地區,分爲恰思堆(Byar stod)和恰思麥(Byar smad)二部分。[3] 達可能是指達布(dwags po),位於藏布江的南面、澤當(rTse thang)的東面。必里公萬户有農牧兩種民户計 3 630 户。

8. 伯木古魯萬户(phag mo gru),《元史·百官志》宣政院條下有"伯木古魯萬户一員"。伯木古魯萬户位於今西藏自治區山南地區乃東縣乃東公社境内。《漢藏史集》載伯木古魯萬户長本朵兒只班(dPon rdo rje dpal)於陽木虎年建萬户府雅隴南監(Khri khang yar lungs rnam rgyal)和乃東孜(sNe gdong rtse)。[4] 伯木古魯萬户在元代勢力

---

[1] 關於 1277 年八思巴在曲彌仁摩召開大法會的情況詳見《漢藏史集》,頁 328—329。

[2] 《新紅史》,頁 67。

[3] 欽則旺布(mKhyen brtse dbang po),《衛藏道場聖迹志》,頁 16,劉立千譯注,載於《藏文史料譯文集》,中國社會科學院民族研究所歷史室,西藏自治區歷史檔案館,1985 年;亦見費拉麗上揭書,頁 51、127。

[4] 《漢藏史集》,頁 545。

最盛,它是旭烈兀的供養福田,旭烈兀的封地山南洛扎(lho brag)、上下列麥(gnyal stod smad)、拉加里(e che ba)、湯卜赤、窮結(vphyong rgyas)等地都在伯木古魯萬户的轄區内。[1] 伯木古魯萬户下轄 2 438 户,另外還有思答籠刺 500 户、拉巴 600 户亦屬於伯木古魯萬户。

9. 搽里八萬户(tshal pa),《元史・百官志》宣政院條中有"搽里八田地里管民萬户一員"。此萬户府治在今拉薩市東郊的蔡公堂。搽里八萬户的轄地主要是上下吉雪(sKyid shod stod smad)[2]地區。吉雪即指吉曲河(skyid chu)流域。搽里八萬户下轄 3 702 户。

10. 牙里不藏思八(g. yav bzang pa)萬户即《元史・百官志》宣政院條中的"牙里不藏思八萬户府,達魯花赤一員,萬户一員"。此萬户在今西藏自治區山南地區乃東縣亞堆區亞桑公社内,雅拉香波山腳下今存雅桑寺,或即是其萬户府統治。牙里不藏思八萬户的管轄區即在旭烈兀封地内的東西雅隴(yar klungs shar nub)、上下磊地、措那卓墟(mtsho sna gro shul)以及恰爾(byar)等地,亦在伯木古魯萬户之統治區内。[3] 牙里不藏思八萬户下轄 3 000 户。

11. 加麻瓦萬户(rgya ma ba),《元史・百官志》宣政院條下有"加麻瓦萬户一員"。加麻瓦萬户府即在今西藏自治區拉薩市墨竹工卡區甲馬公社尺崗村,[4]甲馬尺崗即是 rGya ma khri khang 的音譯,意爲加麻瓦萬户府。加麻瓦萬户府統轄加麻(rgya ma)和彭域(phan yul)二地。《漢藏史集》記載:"加麻瓦與扎由瓦共有 5 900 户,其間二者各佔一半。"[5]也就是説加麻瓦萬户下轄 2 950 户。

12. 扎由瓦萬户(bya yul ba),《元史・百官志》宣政院條有"扎由瓦萬户一員"。扎由瓦萬户在今西藏自治區山南地區隆子縣加玉區。它主要管轄拉加里、扎由瓦、雅隴下部之瑪域宗(ma yul)附近、布魯克巴等地方。扎由瓦萬户轄有 2 950 户。

13. 俺卜羅萬户(yar vbrog),《元史・百官志》宣政院條下記作:"思答籠刺萬户一員。"俺卜羅萬户在今西藏自治區山南地區,浪卡子縣境内。萬户府治先在浪卡子,可能後來移至今達隴區達隴公社。俺卜羅萬户"曾得到皇帝欽賜掌管俺卜羅至洛扎(lho

---

〔1〕《西藏王臣記》,頁 105。
〔2〕《新紅史》,頁 65。
〔3〕《新紅史》,頁 64;《西藏王臣記》,頁 106。
〔4〕《墨竹工卡宗甲馬封建莊園調查報告》,中國科學院民族研究所西藏少數民族社會歷史調查組編,1964年,頁 1。
〔5〕《漢藏史集》,頁 300。

brag）地區之萬户長封誥"。[1]《漢藏史集》記載，俺卜羅萬户得户口，共有十六個"蕾卜"（leb）。"蕾卜"表示多少户尚待考證。

（原載《歷史地理》第 7 輯，上海人民出版社，1990 年，頁 112—125）

---

[1]《新紅史》，頁 63。

元朝中央政府對西藏的統治

　　二十九年前,韓儒林先生曾著《元朝中央政府是怎樣管理西藏地方的》一文,[1] 以確鑿的歷史事實證明西藏是元朝版圖的一部分。此后,雖然中外學者大多接受了此文所揭示的史實和結論,但也仍有一些人對元朝在何種程度上統治了西藏,甚至對元朝中央政府有没有切實地統治過西藏,持懷疑態度。如夏喀巴就將元朝與西藏的關係歸結爲蒙古皇帝與西藏喇嘛之間的"施供關係",[2] 否認他們之間實際存在的統屬關係。近年來,一些學者從大量藏文歷史文獻中發掘了許多珍貴的新史料,它一方面豐富了元代西藏史的内容,解決了不少在漢文史料中找不到答案的問題;另一方面也出現了一些對藏文史料中記載的制度名稱的不同理解,如"薩思迦本禪"(Sa-skya-dpon-chen)、"吐蕃三曲喀"(Bod-gyi-chol-kha-gsum)等。有人對這些制度名稱没有細加考察,便得出了元代西藏是二元統治的結論,即是説元代西藏存在着兩種統治制度,一種是"元朝在吐蕃所推行的",另一種是"吐蕃自己的政治制度"。[3] 上述兩種觀點,前者可稱之爲元朝中央政府未統治西藏論,後者爲二元統治論,都與韓先生文中的結論大相徑庭。

　　本文將在韓先生論文的基礎上,對蒙古在西藏建立統治權的過程,元朝在西藏的行政建設,以及薩思迦本禪和吐蕃三曲喀的實際涵義等作些考述,以求進一步論證元朝中央政府確已在西藏實行了有效統治這一歷史事實。

一、大蒙古國和元初在西藏的經略

　　一般説來,在强有力的軍事征服之後,蒙古人首先要遵循成吉思汗初建大蒙古國時與其兄弟們商定的"取天下了呵,各分地土,共享富貴"[4] 的原則,裂土分民,分封子弟、貴戚。在此前後,必須調查户口,設置驛站,進而設官分職,建立健全的地方行政機

　　[1]　韓儒林,《元朝中央政府是怎樣管理西藏地方的》,《歷史研究》1959 年第 7 期。
　　[2]　rTsis-dpon Zhav sgab pa: *Tibet, A Political History*, Yale University Press, 1967, p. 61.
　　[3]　札奇斯欽,《蒙古與西藏歷史關係之研究》,正中書局,1978 年,頁 241。
　　[4]　《元典章》卷九,《吏部》三,《改正投下達魯花赤》。

構。括户是蒙古人在其征服地區徵派賦役、設置官吏的重要依據;立驛傳則是爲了"通達邊情,布宣號令",[1]並方便諸王貴戚的朝會、使臣的往來、文書的傳遞和軍隊的調動。蒙元統治者初期在西藏的經略,也不外乎括户、分封、置驛三大内容。

蒙古在西藏建立統治權的歷史,始於闊端部下道爾達率軍遠征烏思藏時的 1240 年。這支軍隊在拉薩北邊的彭域(vPhan-yul)四出抄掠,摧毁了熱振寺和傑拉康寺,殺害了 500 名僧人。此后,蒙古人又深入藏地,據《西藏王臣記》記載,在闊端邀請薩思迦班智達去涼州以前,蒙古人即已使"所有木門人家歸降;東自工布,西至尼泊爾,南到門域,所有堅固的堡壘都被攻破"。[2]《新紅史》也記載:"兩位蒙軍將領經過以四種大軍威懾之後,即將西藏疆土征服,並置於[蒙古]統治之下。"[3]1244 年,闊端邀請薩思迦班智達前往涼州,並委派薩思迦人爲金字使者、達魯花赤,前往烏思藏"調查各地官員姓名、部衆數字、貢物之量"[4]等,以圖進一步建立在西藏的統治地位。不久,闊端於涼州逝世,未能實現在烏思藏建立有效統治的計劃。

1251 年,蒙哥即位伊始,便"以和里觷統土番等處蒙古、漢軍,皆仍前征進"。[5] 和里觷的軍事行動持續了二年,據《賢者喜宴》記載,這次軍事征服已迫使拉堆(La-stod)王歸順了蒙古人。[6] 拉堆是藏與納里速(今阿里)的交界地區,此地既已爲蒙古人佔領,可想而知,蒙古人此時已佔領了整個烏思藏地區。與軍事行動同時,蒙哥汗又採取了一系列措施,先是於壬子年(1252)初,"差金字使者前往吐蕃各處清查户口、劃定地界"。[7] 接着又在烏思裂土分民。由於缺乏有關蒙哥汗在西藏分封諸王的直接記載,因此,有學者認爲"土番是直隸於可汗朝廷的一塊領土,而不封給宗王們作分地"。[8] 此説似不確。按照蒙古遊牧貴族的傳統,所得土地、百姓必須在親屬中進行分配,西藏也不例外。許多藏文史籍中都記載,有幾位蒙古諸王與烏思藏的某個教派結成了施供(Yon-mchod)關係,"蒙哥汗以必里公派、薛禪皇帝(即忽必烈)以搽里八派、旭烈兀以伯木古魯派作爲福田"。所謂施供關係,從一般意義上説,指的是提供財物布施的施

---

[1]《元史》卷一〇一,《兵志四·站赤》。

[2] 五世達賴阿旺羅桑嘉措(rGyal dbang lnga pa chen po),《西藏王臣記》(Bod kyi deb ther dpyid kyi rgyal mo'i glu dbyangs),北京:民族出版社,1981 年,頁 90。

[3] 黃顥譯注本,拉薩:西藏人民出版社,1985 年,頁 52。

[4] 王堯譯注,《薩迦班智達公哥監藏致蕃人書》,《元史及北方民族史研究集刊》第 3 輯。

[5]《元史》卷三,《憲宗本紀》。

[6] 轉引自 L. Petech, "Tibetan Relations with Sun China and with The Mongols," *China Among Equal*, *The Middle Kingdom and its Neighbors*, 10*th*–14*th* *Centuries*. California University Press, 1981, pp. 173–203.

[7] 詳見陳慶英、施衛民,《蒙哥汗時期的蒙藏關係》,《蒙古史研究》第 1 輯。

[8]《蒙古與西藏歷史關係之研究》,頁 181。

主,與接受施與並爲施主奉佛、超度的僧衆之間的關係。但蒙古諸王與西藏各教派之間的所謂施供關係,顯然有其特殊的政治涵義。史載當時"整個蕃地由蒙古諸王爲各教派之主人,並各有其供養地"。以史料記載比較明確的旭烈兀供養地爲例,它包括聶思兌、聶思麻、拉加里、湯卜赤、窮結、洛扎等地,幾乎囊括了整個山南地區。除了伯木古魯派以外,牙里不藏思八的大部分地區也在它的供養地之内。[1] 必里公與搽里八的情形與此同,分屬於蒙哥與忽必烈。忽必烈的供養地除了必里公以外,還包括浪卡子巴,即俺卜羅萬户所轄地區。藏文史料還告訴我們,旭烈兀在其供養地内設置了一種"守土官"(Yul-bsrung-pa),儘管旭烈兀的勢力早已西去,但他留下的守土官在當地的影響仍舉足輕重。元朝末年,伯木古魯萬户長軟奴雲丹耽於酒色被撤職,萬户的事務由當地幾位頭面人物共同處理,其中就有守土官闍闍出的兒子朵兒只。這種守土官在西藏以往的歷史上未曾有過,它很容易使我們想起蒙古諸王通常在其投下領地設置的、代表諸王管理封地的最高長官——達魯花赤。由此可見,蒙古諸王在西藏的供養地,事實上就是投下封地,他們與各教派建立施供關係的實際内容,就是裂土分民、並長期有效地統治所分得的土地和人民。

　　蒙古皇帝、諸王與西藏喇嘛之間的所謂施供關係,絕非僅僅是簡單的宗教關係,它不衹是"世俗權威以現世的支持來換取宗教權威的精神支持",[2] 或者"施主提供軍事力量以加強上師的世俗特權,而上師則全力爲施主的宗教需要而奉獻自己"。[3] 它實質上是一種統屬關係。蒙哥汗時期,蒙古諸王與西藏各教派之間的關係是封主和屬民的關係,就是最受人稱道的忽必烈和帝師八思巴之間的施供關係,實際上也不過是皇上與他任命的一位特殊官員之間的關係。正如匈牙利學者史爾弼所説:"儘管後出的編年史家,描述了大蒙古皇帝和他的上師之間的平等權威,但他們之間的關係,毫無疑問仍是主子和扈從之間的關係,這是就連八思巴自己也承認的一個事實。"[4]

　　蒙哥汗在烏思推行的分封制,並没有推及藏和納里速地區。忽必烈繼位後,没有擴大這種分封,而是以西平王奥魯赤出鎮西藏地區替代了分封。忽必烈在西藏的經略最終確立了蒙古在烏思藏、納里速古魯孫(阿里三圍)地區的統治權。這一時期最有影響

---

〔1〕 達倉宗巴·班覺藏卜,《漢藏史集》,成都:四川民族出版社,1985 年,頁 547。

〔2〕 *Tibet, A Politicl History*, p. 71.

〔3〕 T. V. Wylie, "The First Mongol Conquest of Tibet Reinterpreted," *Harvard Journal of Asiatic Studies* 37 (1977) p. 119.

〔4〕 Jànos Szerb, "Glosses on the Oeuvre of bla-ma 'Phags pa: III. The 'Patron-Patronized' Relationship," *Soundings of Tibetan Civilization*, New Dehli, 1985.

的兩件大事是蒙古在西藏的括户和置驛。

先説括户。忽必烈時期在西藏進行了大規模的括户,並留下了詳盡的記載。約在 1264 年,忽必烈便派總制院使答失蠻前往薩思迦,沿途清查人口、物産、道路等情況。1268 年,忽必烈又派阿袞和彌林兩位金字使者前往烏思藏括户,這次括户面廣量大,整個烏思藏納里速地區都在清查範圍以内。括户的計數單位爲"霍爾都"(Hor-dud),這是一個蒙古語借詞,原型是蒙古語詞 ordu,即斡爾朶,意爲帳篷、營帳。[1] 一個霍爾都包括以下内容:一片可播 12 霍爾松(Hor-son)種籽的土地,僕役、妻子男女共 6 人,3 條公牛、4 隻綿羊、2 隻山羊等。[2] 不難看出,所謂霍爾都實際上即爲中國北方少數民族習用的户口計量單位——"帳"。這次調查的結果在《漢藏史集》中有詳細的記載,納里速古魯孫和烏思藏四茹共有户口 36 453 帳,其中納里速和藏地爲 15 690 帳,烏思爲 20 763帳,另外還有俺卜羅地區的 800 帳。按一帳 6 人計算,則烏思藏和納里速古魯孫地區共計有人口約略 223 000 人,其中似還不包括遊牧人口和寺院屬民在内。一個霍爾都祇相當於一個耕種國家或自己土地的中等農户。這一次括户後二十二年,即 1287 年,忽必烈又派和索、阿奴干去西藏,在本禪軟奴汪朮的協助下再次調查户口,元順帝即位後,也於 1334 年或 1335 年派欽察歹平章和脱雪阿奴干去西藏主持户口調查。[3] 蒙古在西藏的括户留下了有史以來西藏地方最確切、最詳細的人口統計數字,這對於研究西藏人口發展史和人口的地理分布,都是極爲珍貴的。

再説驛站。早在吐蕃王朝時期,西藏就有了稱爲"飛鳥使"的驛傳系統。吐蕃王朝崩潰後的幾個世紀内,烏思藏地區相繼出現了一個個以寺院爲中心的相對獨立和封閉的割據勢力。不消説,原先的驛道經過長達四個世紀的紛亂已不復存在。蒙古佔領烏思藏後,即開始重建驛站。答失蠻出使烏思藏時,忽必烈交代他的使命之一,便是"根據地方貧富、道路險易、人口多寡,仿照漢地驛站之例,揀擇適於建立大小驛站之地,設立驛站"。[4] 烏思藏驛站建成的時間,大致就在 1268 年前後。

關於元朝在西藏地區建立驛站的數量,漢、藏文史籍的記載略有出入。《經世大典・站赤》記載:"烏思藏等除小站七所勿論,其大站二十八處。"[5] 這二十八處站名没

---

〔1〕 Bertold Laufer, Loan-words in Tibetan, *T'oung Pao* 17, 1916.

〔2〕 《漢藏史集》,頁 271。

〔3〕 《漢藏史集》,頁 298—302。參見 L. Petech, "The Mongol Census in Tibet," *Tibetan Studies in Honour of Hugh Richardson*, Oxford, 1979.

〔4〕 《漢藏史集》,頁 274。

〔5〕 《永樂大典》卷一九四二一。

有一一詳列，而僅留下的撒思加、答籠、宋都思、亦思答，卻正好與《漢藏史集》中記載的藏地四大驛站：Grom-mdav、[1]Dar-lung、Tshong-vdus、sTag ——對應。《漢藏史集》稱烏思藏、朵思麻、朵甘思三地共有驛站二十七處，比《經世大典》的記載少了一處。這大概是因爲《漢藏史集》記載的是初設驛站時的情況，而《經世大典》是根據延祐元年（1314）的一個文件，中間有半個多世紀的時間差。在這段時間内，驛站有增設一處的變動，當在情理之中。元朝爲維持西藏驛道的暢通作了很多努力，在建立站赤的同時，便在此驛站所在的萬户内，簽發一定數量的站户承當站役，爲過往使臣提供鋪馬，供應首思。由於元代西藏驛道給驛過濫，當地站户不堪負擔，元代中央政府常予賑濟，動輒給鈔万錠；甚至還將進藏的蒙古軍隊留下駐站給役，以保證驛道的暢通。通過這條驛道，元朝中央政府加強了與西藏地方之間的政治、經濟和文化往來，並能採取一次次直接的軍事行動，牢牢地控制西藏的局勢。

特別值得一提的是，當時在山勢險峻、地廣人稀的納里速地區也建立了瑪法木、古格兩個小站，[2]表明蒙古勢力已深入到了這一地區。對這一點，《漢藏史集》關於蒙古在納里速括户的記載也是極好的證明："上部納里速古魯孫：普蘭雪圍、古格岩圍、瑪域水圍，共計有 2 635 帳，均在（蒙古）統治之下。"[3]意大利藏學家畢達克認爲："納里速在作爲中國蒙古皇帝之代理人薩思迦住持所直接管轄的領土之外，它確實没有經受蒙古人於 1268 年和 1288 年在西藏進行的兩次括户。"[4]這是缺乏根據的。蒙古建立在納里速地區的控制權有一個過程，在闊端派兵遠征烏思藏時，"吐蕃上部（stod，即指上部納里速）未遭兵燹"，但不久，薩班"歸附既有效驗、於是納里速及烏思藏皆附爲屬"。[5] 至忽必烈時期，蒙古統治者在西藏的每一項重大施政都遠屆納里速地區。元朝設立了烏思藏、納里速古魯孫等三路宣慰使司都元帥府，專門管理烏思藏地區，而納里速作爲三路之一，當然在其管轄範圍之内。蒙元統治者還專門設立了納里速古魯孫元帥府，設元帥二員，管理這一地區的軍政要務。可見，將納里速地區劃出元朝統治範圍之外，是没有理由的。

蒙古統治者在西藏的經略，特別是分封諸王、括户、置驛等，爲進而在西藏設官分職、建立完整的行政管理制度打下了基礎。

---

〔1〕 Grom-mdav，意爲仲曲河谷，薩思迦即位於此地，藏文文獻中常以此稱薩思迦，又譯撒思加。
〔2〕 參見祝啓源、陳慶英，《元代西藏地方驛站考釋》，《西藏民族學院學報》1985 年第 4 期。
〔3〕 《漢藏史集》，頁 298—299。
〔4〕 L. Petech, *The Kingdom of Ladakh C. 950 – 1842 AD.* Rome, 1977, p. 22.
〔5〕 《薩迦班智達公哥監藏致蕃人書》。

二、蒙元王朝在西藏的行政建設

　　蒙元統治者在其征服地區的行政建設,前後有較大的變化。前期重在籠絡和利用地方勢力,保持對該地區的間接統治;忽必烈即位以後,逐步設官分職,確立中央集權的封建統治體系,建立起完整的中央和地方行政機構。作爲封建官僚統治制度的一個補充,蒙元統治者還建立了宗王出鎮制度,宗王統兵代表皇帝鎮戍一方,控制邊徼襟喉之地。元朝中央政府對西藏地方的統治也基本上按照這樣的原則。在西藏推行的每一項重要制度,大體上就是在中原實行的各項管理制度的一個翻版。

　　蒙古在統一西藏的過程中,最早建立的是烏思藏十三萬户。我們知道,吐蕃王朝時期,西藏並不存在萬户一級的地方行政機構,在西藏建萬户是蒙古人的創舉,它是蒙古統治者針對當時烏思藏分裂、割據的客觀形勢,因地制宜地採用的一項頗爲策略的政治措施。十三萬户的建立有一個過程,伯木古魯、必里公等烏思地區的萬户是蒙哥汗於1254 年左右詔封的,而藏地的萬户則是忽必烈於 1268 年以前或 1268 年建立的。雖然被封爲萬户者都是左右一方的豪族,但其實際地位已發生了質的變化,萬户既不是西藏原有的行政區劃,也不是嚴格地按人口組合起來的軍事單位,而是蒙古人對納土歸降者按其原有勢力和功勞宣授的蒙古官職,是由蒙古人劃定、按地域形成的行政單位,類似於蒙古人在漢地詔封的萬户。萬户長必須得到蒙古皇帝頒賜的證券和虎符,對萬户的封賞削奪,皆由皇上欽定。萬户的組織與蒙古傳統的十進制結構相同,其品級也與内地萬户相同,藏文史籍中經常出現皇帝賜給烏思藏各萬户長以"三珠虎頭符"的記載,這與元朝在全國推行的牌符制度是完全一致的。

　　十三萬户的建立,對於蒙古在西藏統治權的確立有很重要的意義。首先,各萬户直接代表其所屬百姓接受了蒙古的統治。這些百姓從此不再是某個寺院或家族的私有屬民,而是受蒙古統治的大元編民。其次,蒙古在烏思藏建立十三萬户本身,已排除了這些地方勢力成爲獨立於蒙古統治之外的行政實體的可能性。蒙古人利用這些地方勢力,讓其在接受蒙古統治的前提下分而治之,他們自己則成了這些萬户之間不可缺少的一種平衡力量,有效地統治着這些地區。這種分而治之的政策對後來的西藏社會產生了巨大的影響,明朝統治者充分吸收和發揮了這個政策,取得了極好的效果。

　　烏思藏十三萬户究竟是哪十三個? 據《漢藏史集》提供的新資料,我們基本可以肯定,它們即是藏地的納里速宗卡之下珞、達、洛三宗一萬户,拉堆絳、拉堆洛、出密、沙魯和香等六萬户;烏思的必里公、伯木古魯、搽里八、牙里不藏思八、扎由瓦、加麻瓦等六萬户,以及介於烏思和藏地之間的俺卜羅萬户。[1] 當然這十三個萬户並非固定不變的,隨着各萬户勢力的消長,前後可能會出現一些變化,特別是在元末社會大動蕩時,萬户之間可能發生互相兼併的現象,例如拉堆絳和拉堆洛兩個萬户就曾合二而一。[2]

按《元史》記載,烏思藏諸萬户是烏思藏宣慰司的"屬附"。換言之,烏思藏十三萬户屬烏思藏宣慰司管轄,這是毋庸置疑的。但是,十三萬户至遲在至元五年(1268)就已經建立,而烏思藏宣慰使司大約要到至元二十年(1283)以前纔設立,[3]在此以前當另有機構統領十三萬户。《漢藏史集》載,西藏有"十户長、百户長、千户長、萬户長、路達魯花赤,統治三路者爲三路軍民萬户,賜水晶印,在西藏,(此印)賜給了本禪釋迦藏卜。"[4]釋迦藏卜是第一任薩思迦本禪,也是當時烏思藏地區的最高行政長官。由於他任本禪時,烏思藏宣慰司尚未設立,他的正式官銜又是烏思藏地區三路軍民萬户,可見,在烏思藏宣慰司建立以前,蒙古統治者曾在此地建立過一個軍民統攝的臨時性機構——烏思藏納里速古魯孫等三路軍民萬户府,它是烏思藏宣慰司的前身,其職能大致與後者相同,最先統領十三萬户的便是這個機構。

烏思藏宣慰使的設立是元朝在西藏推行統一的地方行政建制的結果,它一經成立,便成爲直接管理烏思藏地區的最高地方行政機構。宣慰使司是元朝中央政府在邊疆地區設立的行政特區機構,"宣慰司,掌軍民之務,分道以總郡縣,行省有政令則布於下,郡縣有請則爲達於省"。[5] 烏思藏宣慰使司與普通的宣慰司略有不同,它不屬於某個行省,而是直屬於中央的宣政院。宣慰司的奏請由宣政院使轉呈皇上,皇上對西藏的詔令通過宣政院下達至烏思藏宣慰司,由宣慰使具體執行。

元代管理西藏的中央機構是宣政院。宣政院初名總制院,建於至元元年(1264),至元二十五年(1288)改名宣政院,"秩從一品,掌釋教僧徒及吐蕃之境而隸治之"。[6]名義上,它由帝師統領,實際權力掌握在院使手中。第一任宣政院使便是元朝著名的斂財權臣、藏族宰相桑哥。元人朱德閏説:"國家混一區宇,而西域之地尤廣,其土風悍勁,民俗尚武,法制有不能禁者。惟事佛爲謹,且依其教焉。以故自河以西直抵土蕃西

---

[1] 《漢藏史集》,頁277—278。
[2] 《新紅史》,頁62。
[3] 陳得芝,《元代烏思藏宣慰司的設置年代》,《元史及北方民族史研究集刊》第8輯。
[4] 《漢藏史集》,頁272。
[5] 《元史》卷九一,《百官志》七。
[6] 《元史》卷八七,《百官志》三。

天竺諸國邑,其軍旅、選格、刑賞、金穀之司,悉隸宣政院屬,所以控制邊陲屏翰畿甸也。"[1]這是對宣政院職司的最好説明。西藏地區凡有重大事變,宣政院必派員前往處理,或專設行宣政院往鎮。至元年間,薩思迦本禪公哥藏卜與八思巴失歡,忽必烈便派桑哥入藏平叛,殺公哥藏卜,並在烏思藏整頓驛站,大行布施。

宣政院轄下的朵甘思、朵思麻和烏思藏三個宣慰司,作爲一個大行政區,從地域上看相當於一個行省,許多藏文史籍也直接將它們稱爲一個行省。但由於西藏的宗教、地理以及統治基礎都比較特殊,元朝並没有正式將其劃爲一個行省,而是建立一個專門的中央機構——宣政院來處理有關西藏和與西藏關係至爲密切的佛教事務,它的地位略高於一個行省,由此足見元朝中央政府對西藏地方的行政管理是十分重視的。

蒙元統治者除先後設立中央的宣政院和地方的烏思藏宣慰使司、十三萬户,以有效地統治西藏外,還使西平王奥魯赤出鎮西藏。韓儒林先生在其論文中,根據《元史》、《明史》和穆斯林史料的記載,得出元代西藏爲西平王封地的結論,此説不盡妥當。忽必烈針對蒙古宗室内訌,西北諸王叛亂迭起的局面,開始削弱藩王,建立宗王出鎮制度。出鎮的宗王"將兵鎮邊微襟喉之地",封藩不治藩,要在統兵鎮戍,與行省、行院分權而治。這些宗王也享有領地和食邑,但其性質和範圍都不可與鎮戍區相提並論。西平王與西藏的關係也是出鎮的宗王與鎮戍區之間的關係,而不是封主和封地的關係。西平王的王府設在"朵哥麻思地之算木多城"(今青海省互助縣松多),[2]他的軍隊平日就駐紮在朵思麻地區,他的采邑也在此地,祇是在烏思藏出現騷亂時,西平王纔舉兵入藏,盡其鎮戍之職責。這在《漢藏史集》中説得非常明白:"薛禪可汗之小贊蒙的兒子奥魯赤知西方,居住在漢藏邊境,曾去過烏思藏,鎮壓過多次叛亂。他的兒子鐵木兒不花也做了不少對大寺院的供養和法律有益的善舉;他的兒子老的襲父職,也多次去烏思藏。其偏妃的兒子搠思班,賜名靖王,在監結孜曰噶曉打敗了西蒙古軍,使必里公之貢巴伏法。"[3]搠思班還曾率一百名蒙古人前往藏地的沙魯寺,請著名佛學大師卜思端爲他們灌頂授戒。[4]

自至元六年(1270)開始,蒙古統治者爲了發展農業生產、穩定社會秩序,在全國各地普遍推行社制,令各地以自然村爲單位編社,凡五十家立爲一社,諸色人等並行入社。

---

〔1〕《行宣政院副使送行詩序》,《存復齋文集》卷四。

〔2〕《元史》卷一〇,《世祖本紀》七;仁欽扎西,《西平王府今地考》,《青海社會科學》1986年第6期。

〔3〕《漢藏史集》,頁266—267。

〔4〕 D. S. Ruegg, *The Life of Bu-ston Rin po che*, Rome, 1966, p. 139.

饒有興味的是,在遠離元朝統治中心的西藏,竟然也出現了與社制相類似的組織。藏文史籍中記載有一種稱爲"馬頭"(rTa-mgo)的組織,一個馬頭由五十霍爾都組成。這種組織不見於吐蕃王朝時期的軍政編制,與十進制的萬户組織也無關。從史料記載來看,馬頭不是軍事編制,而是一種社會組織。元朝在烏思藏徵收驛站支應時,就是以馬頭爲基本徵收單位的。儘管元朝推行社制的主要目的在於勸農,但是社作爲普遍推行的社會基層組織,也被當作徵調賦役的最低層單位。[1] 元朝在西藏以馬頭爲徵税單位正好説明,馬頭這一組織就是元代普遍推行的"社"。據説在今四川康定地區仍保留有"馬頭"這一組織的遺存,[2]可見它曾在西藏普遍推行過。元朝中央政府對西藏地方的統治已深入到西藏社會的最底層細胞。

以上種種事實,歸根到底説明一點,元朝的各項封建行政管理制度,已在西藏得到普遍的貫徹和執行,西藏已完全納入了元朝的行政管理區域之中。

三、薩思迦本禪和吐蕃三曲喀

按藏文史料的記載,元代烏思藏地區最爲活躍的行政長官是薩思迦本禪(dpon-chen,意爲大官),蒙古人西藏括户、置驛,以及發動較大的軍事行動,都得到了本禪的配合。本禪有權節制十三萬户,仲裁他們之間的糾紛,甚至還可以傳審、囚禁萬户長,是一個舉足輕重的角色。

關於薩思迦本禪的實際地位,史學界有兩種截然不同的看法:一種意見認爲,薩思迦本禪是烏思藏宣慰使的俗稱,自烏思藏宣慰司設置後,歷任本禪就是宣慰使;[3]另一種意見認爲,由本禪出任宣慰使,"不過是偶然,而非必然",元朝設立的宣慰使與吐蕃自己制度中的本禪没有必然的聯繫。[4] 這兩種看法,導引出兩種相反的結論。按前一種觀點,則本禪的統治就是宣慰使的統治,元朝中央政府的統治與西藏地方的統治已合二而一;按後一種觀點,則得出了元代西藏是二元統治的結論,即是説,除了代表中央政府的宣慰使的統治外,還有一種代表薩思迦地方政權的本禪的統治。弄清這個問題,對於正確估計元朝中央政府對西藏的統治程度是十分重要的。

筆者認爲,解決這個問題的關鍵,在於弄清"吐蕃三曲喀"的實際涵義。因爲《漢藏

---

〔1〕 參見楊訥,《元代農村社制研究》,《歷史研究》1965 年第 4 期。
〔2〕 此承中央民族學院王堯教授示知,謹致謝忱。
〔3〕 見陳得芝上揭文。
〔4〕 《蒙古與西藏歷史關係之研究》,頁 252。

史集》明確記載,本禪是吐蕃三曲喀的長官,每一個曲喀各有一個本禪。除了薩思迦以外,在朵思兑的館覺(gon-gyo)和朵思麻的靈藏(gling-chang)也各有一個本禪。[1] 因此,祇要弄清曲喀的實際涵義,本禪的問題也就迎刃而解了。

所謂吐蕃三曲喀指的是:烏思藏法之曲喀,朵思兑人之曲喀,朵思麻馬之曲喀。曲喀是一個蒙古語借詞,它的原型是蒙古語詞čölgel,而čölge 在蒙文文獻中就是漢字"路"的對譯,這是伯希和在五十餘年前就已經提出的。[2] 但問題並没有得到根本的解決。若按伯希和"此字連同'路'的訓義曾以čhol-kha 的寫法,移植於西藏語中"的説法,那麼,吐蕃三曲喀應訓作吐蕃三路。實際上元代並没有設立吐蕃三路,而祇有烏思藏納里速古魯孫等三路宣慰使司都元帥府中的三路,它指的是烏思、藏、納里速古魯孫等三路,這與吐蕃三曲喀所指的地理範圍完全不同。《漢藏史集》中對各個曲喀的地域範圍作了明確的限定:"自納里速貢塘以下、索格拉伽哇以上爲神聖法之曲喀;索格拉伽哇以下、黄河河曲以上爲黔首人之曲喀;黄河河曲以下、漢地之白塔以上爲旁生馬之曲喀。"[3] 這種地理劃分與元朝在西藏地區設置的三個宣慰司的轄地大致相同。烏思藏宣慰司管轄烏思、藏、納里速古魯孫等三路,正好與烏思藏法之曲喀所包括的地區相同。納里速貢塘位於今西藏和尼泊爾邊境地區,索格拉伽哇在今西藏自治區黑水縣境内。這兩地之間,差不多包括了整個烏思藏和納里速地區。吐蕃等路宣慰使司都元帥府,又稱朵甘思宣慰司,所轄爲朵甘思、磽門、魚通、黎、雅、長河西、寧遠等地,與朵思兑人之曲喀的地理範圍也相符合。古之所謂朵甘思(mDo-khams)地區,以黄河河曲爲界,分爲朵思兑、朵思麻(mDo-stod-smad,意爲上朵和下朵)兩大部分,朵思兑有時仍習稱爲朵甘思,朵思麻則演變爲後來的安多。吐蕃等處宣慰使司都元帥府,也稱朵思麻宣慰司,其轄區大體上相當於今甘肅、青海二省和四川阿壩境内的藏族聚居地區,即朵思麻馬之曲喀所指的地區。因此,與其説吐蕃三曲喀應訓爲吐蕃三路,倒不如説它是指三個宣慰使司更爲確切。伯希和簡單地將"Čhol-kha"訓爲"路",是不正確的。不過,元代宣慰使司一級地方機構,在行政區劃上也被稱爲"道"。西藏地區的三個宣慰使司有時也被簡稱爲"西番三道宣慰司",[4] 甚至有時還將它們逕稱爲"三路"。[5] 從這個意義

---

[1] 《漢藏史集》,頁362。

[2] P. Pelliot, Notes sur le "Turkestan" de M. W. Barthold, *T'oung Pao*, Vol. XXVIII, 1930.

[3] 《漢藏史集》,頁278。

[4] 《元史》卷三〇,《泰定帝本紀二》。

[5] 《經世大典·站赤》言:"皇慶二年(1313)十二月,搠思班武靖王令旨,言於宣政院,謂烏思藏、朵甘思、朵思麻三路站赤……"見《永樂大典》卷一九四二一。

上説,伯希和的意見仍有其合理的成分。在藏文文獻中,與Ĉhol-kha對稱的或許可以説是"道"或"路",但其實際涵義是宣慰司,而真要表達"路"或"三路"時,一般祇簡單地用 glu、klu 或 Zam-glu 等直接的音譯來表示。

既然曲喀指的是宣慰司,那麼本禪必定是宣慰使無疑了。儘管藏文史籍中稱三個曲喀各有其本禪,但見於記載的僅有薩思迦本禪。《漢藏史集》記載:"薛禪皇帝詔封(釋迦藏卜)爲三路軍民萬户,賜以印信,任命他爲烏思藏本禪。""而其他大部分本禪,稱爲等三路宣慰使司都元帥。"[1]這可以説明兩點:一,薩思迦本禪實爲烏思藏本禪,他們不祇是薩思迦的長官,而且是整個烏思藏的長官;二,釋迦藏卜以外的歷任本禪即是烏思藏納里速古魯孫等三路宣慰使司都元帥府的長官,即烏思藏宣慰使。顯而易見,前述第一種觀點是正確的。

弄清了薩思迦本禪的本來面目,那麼,元朝中央政府在西藏實行了一元統治這一事實也就不言而喻了。除此以外,我們還應該注意到元朝中央政府對西藏的統治有一些區別於内地統治的特殊性。元朝帝師在西藏具有極大的影響,帝師法旨與皇帝詔敕在西藏起同樣的作用。薩思迦本禪儘管不都是薩思迦人,如著名的阿格倫原是俺卜羅萬户長,云準是拉堆絳的頭人,但他們大多爲薩思迦的親信;而且萬户長、本禪全由土官擔任,土官的統治畢竟要比中央直接派流官統治鬆散些。特別是萬户,其轄區本身就是某一教派或豪族的領地,在行政管理上享有較大的獨立性。還有,儘管萬户長不都是直系親屬世襲,但多半不出同一家族這個範圍,萬户的統治很容易轉變成某個家族的統治。可是這種特殊情形是由西藏的地理環境和當時特定的社會條件所決定的,並不能因此而否定元朝中央政府直接管理了西藏這一地方的事實。本禪也好,萬户也好,他們都是朝廷命官,是在代表中央政府行使其行政管理權,而不是實行某個家族、教派的統治。萬户若得不到皇帝賜予的虎符,就不被承認。就是元朝末年,伯木古魯萬户長賞竺監藏打垮薩思迦勢力,佔領了烏思藏大部分地區之後,仍不得不派人前往朝廷,訴説是非曲直,獲取萬户所必需的銀印和封誥。元朝統治西藏的一個顯著特點,就是成功地利用了地方勢力,變地方豪強爲朝廷命官,以實現中央政府的直接統治。絶不能將地方官員本身具備的雙重性格,錯誤地理解成二元統治。元朝中央政府的統治與各地方勢力的統治在西藏已合爲一體了。持二元論者的一個最大缺陷,就是没有辨清元朝統治西藏的這一重要特徵。

---

[1] 《漢藏史集》,頁357、272。

四、關於薩思迦地方政權

有不少論者認爲,元代烏思藏地區存在着一個薩思迦地方政權,這個政權作爲蒙古統治者的代理人,統治着烏思藏地區。[1] 這種觀點影響極大。那麼,事實上是否存在這樣一個地方政權呢? 回答是否定的。有元一代,薩思迦派確實享有其他教派所無可比擬的特殊尊榮,它作爲烏思藏宣慰司的治地,理所當然成了烏思藏地區的行政中心。但薩思迦頭目依然不過是蒙古統治者扶植的地方官員而已,他們並没有組織一個獨立的或半獨立性質的薩思迦地方政權。

薩思迦人中地位最高的莫過於首任帝師八思巴。許多藏文史籍中都有忽必烈分别將十三萬户和吐蕃三曲喀,作爲接受第一、第二次灌頂的供養賜給八思巴的記載。有人據此便認爲十三萬户和三曲喀是八思巴的封地,受八思巴的統治,這顯然是錯誤的。如前所述,十三萬户和三曲喀都是元朝中央政府在西藏建立的地方行政機構,萬户長和本禪都是朝廷命官,服膺元朝皇帝的統治。忽必烈最多不過是將十三萬户和三曲喀的名義上的統領權交給了帝師八思巴,而不可能將它們作爲封地賜給八思巴。而且,忽必烈確曾賜給八思巴一塊地盤,不過它不在烏思藏,而在朵思麻地區。"自朵思麻開始算起,河曲灘頭地區屬於内府的谿卡和強卡孜、拉哇卡,在其下有稱爲臺木康谿等地方,就是按聖旨賜給上師八思巴的一塊土地。……據説有 500 霍爾鬆的地方。"[2] 一個霍爾鬆究竟包括多大地盤無法確定,若按前述一個霍爾都擁有 12 個霍爾鬆土地的話,那麼,500 霍爾鬆僅僅相當於 40 餘帳百姓所佔有的土地。若説其爲一塊領地未免太小了點,它不過是忽必烈賜給八思巴的私人田宅。元朝廷賜給官僚大臣的私人田宅,不僅面積不可與諸王封地同日而語,而且其性質也與世襲罔替的投下封地迥然不同,它衹是皇帝恩賞的一般性賜田。八思巴作爲元朝廷的臣下可以得到一塊私人田宅,但無權受賜世襲領地。

談到一個政權或王朝,總要有一套比較完備的行政組織,設置各種官員,以便分别處理各種軍政、外交事務,而顯然在薩思迦並不存在這樣的政府行政組織。八思巴手下有十三種官員,它們是索本(司飲食)、森本(司起居)、卻本(司教儀)、嘉本(司賓客)、仲譯(司文書)、塔本(司廚具)、哲本(司引見)、卓本(司錢庫)、丹本(司營帳)、噶本(司

---

[1] "薩思迦政權"、"薩思迦王朝"、"薩思迦僧侣政權"、"薩思迦座主政權"等提法,在中外學者的論著中屢見不鮮,兹不一一引述。

[2] 《漢藏史集》,頁 277。

鞍具)、達本(司馬)、佐本(司牛)、其本(司狗)。[1] 從名稱上就可看出,他們祇是八思巴的私人侍從,而不是地方政府中的行政官員。這大概是八思巴於 1277 年自薩思迦返回大都時,仿照蒙古宮廷的怯薛組織建立的侍從機構。

足以説明帝師不可能組織薩思迦地方政權的另一個重要依據是,帝師作爲蒙古皇帝的精神導師,必須常年居住在遠離薩思迦的宮廷禁闥之中,爲皇帝本人和皇室成員灌頂授戒,主持名目繁多的佛事儀式,很少有機會親履薩思迦,主持西藏行政。他們最多不過是以宣政院最高長官的身份名義上管領西藏,而不可能作主西藏的地方領袖。再説,按薩思迦的傳統,主持權伯侄相繼,兄出家爲僧,住持薩思迦寺,負責宗教事務。作爲出家人的帝師,更多關心的應是宗教事業,而不是地方行政。

管理薩思迦地方行政的按理應該是白蘭王的一支。第一任白蘭王是八思巴的弟弟恰那朵爾只。忽必烈曾賜給恰那朵爾只白蘭王的名稱和金印,同知左右法衙,令其爲西藏的總管(spyivi-steng),[2]但其後不過年餘,恰那朵爾只便去世了,恐還來不及組織起所謂的薩思迦地方政權。第二任白蘭王是在元英宗至治元年(1321)十二月受封的唆南藏卜,[3]與前任白蘭王之間已相隔了五十餘年。這位白蘭王受封後不久又出家爲僧,後再還俗;至泰定三年(1326)五月,重"領西番三道宣慰司事。尚公主,錫王爵"。[4] 美國已故藏學家魏里在《忽必烈可汗的第一任西藏總督》一文中説:"(白蘭)這一地理劃分,假如不包括西藏全部的話,至少亦包括西藏的部分,因此賜封給恰那朵爾只的白蘭王,或更確切地説乃'西藏王'這個稱號,與作爲忽必烈可汗宣授的西藏總督這個政治角色是完全相應的。"[5]這未免將白蘭王的政治地位擡得過高了些。就目前所能掌握得藏文史料來看,還没有出現白蘭王干預西藏行政的記載;恰那朵爾只在西藏無甚作爲,而唆南藏卜壓根兒就没到過薩思迦。他們之所以被封爲白蘭王不過因爲他們都是元宗室的駙馬。"元興,宗室駙馬,通稱諸王,歲賜之頒,分地之入,所以盡夫展親之義者,亦優且渥。"[6]這種以宗室駙馬資格稱王者大多没有大片的封地。忽必烈即位以後,就是親生兒子,也不過讓其鎮守一方,更何況異姓諸王。白蘭王不可能就是真正的西藏王,他與薩思迦的行政没有什麼干係。

〔1〕 《薩思迦世系史》,德格木刻版,葉103b。

〔2〕 《漢藏史集》,頁 330—331。

〔3〕 《元史》卷二七,《英宗本紀》一。

〔4〕 《元史》卷三〇,《泰定帝本紀》二。

〔5〕 T. V. Wylje, Khubilai, Khaghan's First viceroy of Tibet, *Tibetan and Buddhist Studies*, Budapest, 1984, pp. 391 – 404.

〔6〕 《元史》卷一〇八,《諸王表》。

　　除了帝師、白蘭王之外,最有資格在所謂的薩思迦地方政權中唱主角的大概要數薩思迦本禪了。但前已詳述,本禪並非薩思迦的私屬行政官,而是朝廷的三品命官,他們直接受元朝中央政府的領導,按宣政院的指示辦事。此外,薩思迦寺本身確有一個獨立的管理系統,其長官被稱爲囊禪(Nang-chen),但他們祇負責管理薩思迦寺内部的事情,與整個烏思藏地區的行政管理無關,稱不上什麼地方政權。

　　總而言之,元代管理西藏地區的並非什麼"薩思迦地方政權",而是中央的宣政院和地方的烏思藏宣慰司、烏思藏十三萬户,它們分别代表三個不同的層次,共同構成了元朝有效地統治西藏地方的一個完整的行政體系。元朝中央政府對西藏地方的統治,儘管由於地理、宗教、統治基礎等特殊因素的影響,具有一些獨特的辦法,但大體上與元朝統治者在全國推行的各項行政制度同出一轍。元代西藏並不存在一個獨立於中央政府統治之外的地方統治系統,元朝確已對西藏實行了有效的統治。

(原載《歷史研究》1988 年第 3 期,頁 136—148)

"懷柔遠夷"話語中的明代漢藏
政治與文化關係 *

一、引　言

　　明朝是一個於推翻了外族征服王朝之後建立起來的以漢人爲主體的王朝,在結束了百餘年所謂"冠履倒置"的胡人統治之後,明朝廷常以"式我前王之道"作標榜,以恢復、重建華夏王朝之統治秩序爲己任。雖然明朝制度承襲元朝舊制者居多,但也有一些根本性的改變。其中非常重要的一項改變就是重建曾被蒙古人打破了的"夷夏之辨",樹立明朝作爲"華夏之治"的資格和認同。從這一認同出發,明朝廷重拾漢族王朝傳統的"懷柔遠夷"政策,並以此爲其與周邊民族交往的基本準則。這不但改變了其前朝天下一家(大元兀魯斯)的統治格局,而且亦使明中央王朝與其周邊民族間的關係發生了巨大的變化。本文試圖從"懷柔遠夷"這一話語(discourse)出發,來分析明朝與西藏間的政治、文化關係。[1]

二、懷柔遠夷與嚴夷夏之辨

　　明朝興起時曾以"驅除韃虜,恢復中華"爲號召,然其立國卻多承前朝餘蔭。元朝偌大的江山,於蒙古人手中不足百年便破敗了下來,然對於其後繼者來説卻是一份不可多得的寶貴遺産。蒙古人之興起依靠的是摧枯拉朽的軍事力量,而明朝消滅羣雄、平定海内,時勢、謀略功不可没,其用兵則時常捉襟見肘。納入明朝版圖内的許多邊疆地區,

　　* 本文寫成於筆者獲日本學術振興會資助於京都大學文學研究科佛教學專業作爲期兩年的合作研究期間(2002.9—2004.9),曾於 2004 年 5 月 22 日於東洋史學教授夫馬進先生主持的京都大學大學院文學研究科 21 世紀 COEプログラム《東アジアにおける國際秩序と交流の歷史的研究》的會議上作口頭發表。在此謹對日本學術振興會的經濟支持和夫馬先生於兩年間給予我的亦師亦友式的關照表示感謝。
　　〔1〕　明代西藏包括西蕃(相當於元代的朵思麻 mDo smad)、朵甘思(mDo khams)、烏思藏(dBus gtsang)三大地區。明人文獻中亦常以西番泛指上述三個地區,亦即整個西藏,儘管西番本來衹是指朵思麻地區;與此相應,來自這三個地區的僧人通常被泛稱爲西番僧。本文所指西番多取其廣義。

都因對方"慕義來廷"、"望風款附"、"不勞師旅之征"而得。倘若没有元朝打下的基礎，很難想象明朝會有那麽大的力量和雄心去經營像西藏這樣廣大的邊疆地區。明太祖朱元璋曾於洪武七年(1374)七月的一封詔諭中説：

> 朕自布衣，開創鴻業，荷天地眷祐，將士宣勞，不數年間削平羣雄，混一海宇。惟爾西蕃、朵甘、烏思藏各族部屬，聞我聲教，委身納款。已嘗頒賞授職，建立武衛，俾安軍民。邇使者還，言各官公勤乃職，軍民樂業。朕甚嘉焉！尚慮彼方地廣民稠，不立重鎮治之，何以宣布恩威？兹命立西安行都指揮使司於河州，其朵甘、烏思藏亦陞爲行都指揮使司，頒授銀印，仍賜各官衣物。[1]

可見，明朝不但以和平的方式建立起了其對西藏地區的統治，而且其於西藏地區的經營實際上祇是對元朝於該地區之統治秩序的接管和改編。它所建立的西安(河州)、朵甘、烏思藏三個行都指揮使司，與元代的吐蕃等路、吐蕃等處和烏思藏納里速古魯孫等三路宣慰使都元帥府等三個宣慰司一脈相承。此即是説，從行政制度而言，西藏分別先後以三個宣慰司、或三個行都指揮使司的形式加入到了元、明兩代統一的行政體系中。蒙元王朝於西藏近百年的經略，爲明朝中央政府繼續於西藏地方行使主權打下了有利的基礎。然而，比較元、明兩代統治西藏之理念與實際，亦不難發現這二者之間的明顯差別：元朝是一個"野蠻民族"入主中原而建立起來的征服王朝，它對西藏地區與對包括漢族地區在内的其他民族地區的征服和統治一樣，秉承其先"裂土分民"，然後括户、置驛、駐兵、徵收差税、入貢與設官分職的一貫原則，將西藏置於其直接的統治之下。[2]而明朝卻重又將其與西藏的關係置之於傳統的"懷柔遠夷"的話語[框架]之中。

與强盛時的元朝相比，明朝實在算不上是什麽"天朝大國"，然其詔諭西番土酋的口吻，則儼然是盛唐再現：

> 我皇上受天明命，以九有之師，東征西伐，不勞餘力。四海豪傑，授首歸心，已三十年矣。至如遠者，莫若烏思藏、西天尼八剌國，亦三年一朝，不敢後時。其故何哉？正以君臣之分不可不謹，事上之心不可不誠，征伐之師不可不懼也。是以朝覲之日，錫之以金帛，勞之以宴禮。比其還國，則一國之人同榮之。……夫堂堂天朝，視爾土酋大海一粟耳。伐之何難？取之何難？盡戮其人何難？然而姑容而不

---

〔1〕《明實録》四，《太祖實録》卷九一("中央研究院"歷史語言研究所校印本)，葉三(頁1595)。
〔2〕Luciano Petech, *Central Tibet and the Mongols*, *the Yüan-Sa-skya Period of Tibetan History*, Rome：Instito Italiano per il Medio ed Estremo Oriente, 1990.

爾較者,皇上天地好生之心也。今遣使諭爾酋長:爾其思君臣大義,以時來朝,則福汝、生汝,獲利爲無窮矣!其或不悛,命大將將三十万衆入爾境、問爾罪,爾其審哉![1]

而其確定對西番採用"懷柔遠夷"政策,則可於洪武六年(1373)二月給朵甘烏思藏等處的一份詔諭中,看得很明白。其曰:

我國家受天明命,統馭萬方,恩撫善良,武威不服。凡在幅員之内,咸推一視之仁。近者懾帝師喃加巴藏卜以所舉烏思藏、朵甘思地面故元國公、司徒,各宣慰司、招討司、元帥府、萬戶、千戶等官,自遠來朝,陳請職名,以安各族。朕嘉其識達天命,慕義來庭,不勞師旅之征,俱效職方之貢,宜從所請,以綏遠人。[2]

西番於明代爲"八夷"之一,當時"四夷館,舉東西南北而言之也。其名有八,曰西,曰韃靼,曰回回,曰女直,曰高昌,曰西番,曰緬甸,曰百夷,成祖所立"。[3] 儘管明初朝廷曾三番五次派中官出使西番,但未見有關西番形勢之詳細報告傳世。明人對於西番,特別是烏思藏的了解委實有限,故不但朝廷以其爲化外遠夷,就是於一般士人筆下亦完全是普通番夷之邦的形象。如有人説:"烏思藏遠在西域,山川險阻,人迹少通。谿谷叢篁之間,多蝮蛇猛獸瘴癘山嵐之氣,觸之者無不死亡。"[4]亦有人説:"烏思藏本吐蕃羌戎地,迨唐貞觀始通中國。山川險阻,地里遼逖。"[5]與此相應,對待西番即與其他化外遠夷一樣,"待以殊禮,封以顯號,特假此以撫其種類,不爲邊患"。[6] 或曰:"烏思藏遠在西方,性極頑獷,雖設四王撫化,而其來貢必爲之節制,務令各安其所,不爲邊患而已。"[7]祇要這些番王、番僧能恭事朝廷,敬修臣職,朝廷可以巧立名目,賜以種種顯赫的名號,以滿足其政治上的虛榮;亦可以不惜國庫空竭,大肆封賞,以滿足其物質上的貪慾。祇有在番王不服從朝廷之命,守護邊方時,朝廷纔會以軍事懲罰相威脅。例如,明廷曾如此詔諭列爲西番八大教王之一的贊善王班丹堅藏(dPal ldan rgyal mtshan):

班丹堅剉本以蕞爾小夷,僻處遐壤,過蒙朝廷厚恩,封以王號,正宜敬修臣職,撫允番夷,以圖報稱。今乃蔑棄禮法,大肆狂言,欲結連醜虜,以開邊釁。請移文陝

---

〔1〕 《明實録》八,《太祖實録》卷二五一,葉二(頁3631—3632)。
〔2〕 《明實録》三,《太祖實録》卷七九,葉一(頁1438)。
〔3〕 田藝衡,《留青日劄》,上海:上海古籍出版社,1992年,頁57。
〔4〕 《明實録》六七,《武宗實録》卷一三二,葉二(頁2619—2620)。
〔5〕 《明實録》六七,《武宗實録》卷一三二,葉五(頁2625)。
〔6〕 《明實録》四四,《憲宗實録》卷一二六,葉七(頁2410)。
〔7〕 《明實録》六六,《武宗實録》卷一二一,葉三(頁2423)。

西、四川鎮守總兵等官,務要整飭邊備,防其奸宄。仍賜敕開諭禍福,俾其安守禮法,毋聽小人誘惑爲非。從之。[1]

從中,大致可見明代對西番所實行的這種懷柔遠夷政策的實質。[2]

明代士人對待西藏的態度凸顯了漢族對待外族之一貫的保守態度,順則撫之,逆則拒之,缺乏開化被其視爲化外遠夷的諸西番部族之雄心,僅以保持對方稱臣納貢,"夷不亂華"爲滿足。以"懷柔遠夷"作爲與周邊"野蠻民族"交往的出發點,於歷史上或曾幫助漢族建立其對其周邊民族於民族心理與文化上的優勢,然而於明朝,這種文化優勢的建立卻是以淡化其對周邊民族的制度化的統治爲代價的。明朝將其與西藏的關係置於"懷柔遠夷"這一話語之中,帶來了三個明顯的後果:一,"懷柔遠夷"的前提是"嚴夷夏之辨",所謂:"先王盛時,内外有截,所以嚴夷夏之辨,猶天冠地履,不可易置也。來者不拒,去者不追,安用建官以領護之哉!"[3]基於這一理念,明朝統治者多以對方入朝進貢和"不爲邊患"爲其與西番各族交往之主要内容和最高目標,相反於洪武年間就已經建立起來的以三大行都指揮使司爲主的直接的行政管理機構卻形同虛設,將西番作爲"化外遠夷"對待,實際上是將從行政體制上已經成了明朝之"編户齊民"的番人又從它的直接的統治圈内劃出去。於元朝,番僧朝貢祇是蒙(漢)藏關係中的一項,而到了明代,它幾乎成了漢藏關係的唯一内容。《明實録》中所載有關明朝中央政府與西藏地方的往來,十有八九是有關西番使團來京朝貢的記録。二,明朝從"懷柔遠夷"政策出發,僅滿足於制馭夷狄,不爲邊患,於政治上、文化上皆採取消極、保守的防範政策,限制漢、藏間的多元交流,嚴防"以彼蠻夷淫穢之俗,亂我華夏淳美之風"。觀察中國歷史上漢族文明與其周邊其他民族間文化交流的歷史,則不難發現,除了像大唐盛世這樣的少數幾個漢族文明的輝煌時期,漢族士人有足夠的自信願以其聲教,化育百夷,欲致"混一車書,文軌大同"、"中外無隔,夷夏混齊"之理想境界外,大部分時期都没有要開化其周邊之野蠻民族的雄心,而是"嚴夷夏之辨,免致夷狄雜處中華",以保持漢民族國家的安全和其文化上的優越感。他們信奉"裔不謀夏,夷不亂華"的原則,堅持"國之利器不可以示人",[4]"故絶聖棄知,大盜乃止"。[5] 祇有在其處於被征服的狀態下,漢

---

[1] 《明實録》三五,《英宗實録》卷二五六,葉九(頁5525)。
[2] 關於元、明兩代之朝貢制度,參見乙坂智子《蠻夷の王、胡羯の僧:元、明皇帝權力は朝鮮チベット入朝者に何を託したか》,科學研究費補助金(特別研究員獎勵費)報告書,横濱市立大學,1998年。
[3] 錢時,《兩漢筆記》卷九。
[4] 語出老子《道德經》,《微明》第三十六。
[5] 語出《莊子》卷四。

族士人纔會認真考慮進行文化上的反征服,漢化統治他們的野蠻民族,以減輕受異民族統治之痛苦。三,既然西番乃化外遠夷,其宗教、文化自然不足爲道,故儘管番僧、番教頗爲朝野所好,卻多受漢族士人之醜化、歧視和排斥。

與對入貢番王、番僧之物質上的慷慨賜予形成強烈對比的是,明代朝野對於西番文化於漢地的滲透卻常懷"以西番腥膻之徒,污我中華禮儀之教"之憂,設法予以防範。其措施之一就是禁止漢人學番語、習番教。朝廷以漢族子弟因習番語而作通事,假冒番僧進貢爲由,嚴格限制漢人學習番語之人數,對私習番語者處以重刑。史載景泰四年,鑒於邊民見其進貢得利,故將子孫學其言語,投作番僧通事,混同進貢。請勅都察院禁約,"今後私通番僧貿易茶貨銅錢磁錫器物,及將子孫投作番僧通事者,俱發口外充軍,四鄰不首,坐以違制之罪"。[1] "天順間,禮部侍郎鄒幹等奏:永樂間,翰林院譯寫番字,俱於國子監選取監生習用。近年以來,官員、軍民、匠作、廚役弟子,投托教師,私自習學,濫求進用。況番字文書,多關邊務,教習既濫,不免透露夷情。乞敕翰林院,今後各館有缺,仍照永樂間例,選取年幼俊秀監生送館習學。其教師不許擅留各家子弟私習,乃徇私舉報。英宗命今後敢有私自教習,走漏夷情者,皆重罪不宥。"[2] "成化初,四夷館譯字官生見有一百五十四員名,而教師馬銘又違例私收子弟一百三十六名,爲禮部所劾。憲廟命禮部會官考選,精通者量留,餘送禮部改用,子弟俱遣寧家,後有私自教習者,必罪不赦。"[3] 對漢人習番教,朝廷更是嚴加禁止。成化四年(1468)九月有六科給事中魏元等向朝廷進言,曰:"又況其間有中國之人習爲番教,以圖寵貴。設真是番僧,尚無益於治道,況此欺詐之徒哉?宜令所司查審,果係番僧,資遣還國。若係中國者,追其成命,使供稅役,庶不蠹食吾民,而異端斥矣。"[4] 同年十月,朝廷即下詔曰:"中國人先習番經,有度牒者已之,無度牒者清出。今後中國人不許習番教。"[5]

與此同時,漢人對漢文化向邊疆地區的輸出亦表現出異常的吝嗇。他們對將漢族的經典之輸出依然心存疑慮,朝廷亦對地方官員"設學校以訓邊民"的建議置若罔聞。明成化二年(1466),巡撫甘肅右僉都御史徐廷章奏邊方事宜,謂一選才能以撫番夷,一設學校以訓邊民,一決功賞以激人心。其中第一條"選才能以撫番夷"中說:"國家撫有西番,因習俗分其族屬,官其渠魁,給以金牌,而又選土官才能者,授以重職,以鎮撫之。

〔1〕《明實録》三四,《英宗實録》卷二三二,葉七(頁 5079—5080)。
〔2〕 余繼登,《典故紀聞》,北京:中華書局,1981 年,頁 235。
〔3〕《典故紀聞》,頁 255—256。
〔4〕《明實録》四一,《憲宗實録》卷五八,葉五(頁 1180)。
〔5〕《明實録》四二,《憲宗實録》卷五九,葉六(頁 1210)。

是以數十年間,番夷効順,西陲晏然。"這當是朝廷推行懷柔遠夷政策所能達到的最理想的境界,所以對其任智勇,"使邊軍樂業,地方無虞"的建議,朝廷即令"所司亟行之"。而其第二條的具體建議是:

> 肅州衛所俗雜羌夷,人性悍梗,往往動觸憲綱,蓋由未設學校以教之故也。請如三丹等衛例,開設儒學,除授教官,就於軍中選其俊秀,餘丁以充生員,及各官弟男子姪,俱令送學讀書,果有成效,許令科貢出身,其餘縱不能一一成材,然亦足以變其性習。不數年間,禮讓興行,風俗淳美矣。[1]

這當是以漢文化開化邊民的好事,然朝廷對此卻置之不理。[2] 明成化三年(1467),四川土司董卜向四川巡撫李匡"求御製《大誥》、《周易》、《尚書》、《毛詩》、《小學》、《方輿勝覽》、《成都記》諸書。匡聞之於朝,因言唐時吐番求《毛詩》、《春秋》。于休烈謂予之以書,使知權謀,愈生變詐,非中國之利。裴光庭謂,吐番久叛新服,因其有請,賜以詩、書,俾漸陶聲教,化流無外,休烈徒知書有權略變詐,不知忠信禮義皆從書出。明皇從之。今茲所求,臣以爲予之便。不然彼因貢使市之書肆,甚不爲難。惟《方輿勝覽》、《成都記》,形勝關茲所求,不可概予。帝如其言"。[3]

Umberto Eco 先生曾經提出,於兩种不同的文化相遇時,大致會出現以下三種情況:一,征服:即甲文化的成員不承認乙文化的成員爲正常的人類(反之亦然),而將他們定義爲"野蠻人",然後或者令其開化(即將乙方的成員改變成甲方成員之可以接受的複製),或者消滅他們,或者兩者兼而有之;二,文化掠奪(Cultural pillage),即甲文化的成員承認乙文化的成員是一種未知智慧的持有者,一方面對其作政治與軍事上的征服,但另一方面卻尊敬他們富有異國情調的文化,並試圖理解它,將它的文化成分轉譯到自己的文化中去。古希臘對埃及的態度就是如此;三,交換,即是兩种文化之間的互相影響和尊敬。如古代的中國與歐洲之間的關係就是如此。[4] 而中國歷史上漢文明與周邊民族的關係或可代表上列三種模式之外的第四種模式,即自認爲先進的民族對野蠻人既不加以開化,又不加以消滅,而是任其野蠻,以保持自己的先進和安全。

---

〔1〕 《明實錄》四〇,《憲宗實錄》卷二九,葉九(頁581)。

〔2〕 於20世紀初,即清朝統治的最後幾年,滿清政府迫於英國殖民勢力於西番地區的滲透,繞於川邊藏區進行改土歸流並興辦學堂。參見王笛,《清末川邊興學概述》,《西藏研究》1986年第2期,頁55—61。

〔3〕 《明史》卷三三一,《西域傳》三;關於吐蕃金城公主請《毛詩》、《禮記》、《左傳》各一部,于休烈上疏諫言不可,而裴光庭上奏諫從其情之故事,見《册府元龜》卷九七九,《外臣部和親》二,頁9,11502上;卷三二〇,《宰輔部識量》,頁14,3787下。

〔4〕 Umberto Eco, "From Marco Polo to Leibniz: Stories of Intercultual Misunderstanding," A lecture presented by Umberto Eco, December 10, 1996, The Italian Academy for Advanced Studies in America.

三、廣招番僧與分而治之

番僧曾因於元末宮廷中傳播秘密大喜樂法而被認爲是元朝失國之罪魁禍首，故明朝的皇帝們曾口口聲聲説要引此爲前車之鑒。[1] 頗具諷刺意義的是，他們説的是一套，做的卻又是另外一套。他們不但没有將番僧視爲洪水猛獸，拒之於千里之外，相反卻開門招納，來者不拒。明代入朝和於内地活動的番僧顯然遠遠多於前朝。《明實録》正統元年（1436）五月丁丑條下記"減在京諸寺番僧"時稱：

> 上[即位]之初，勅凡事皆從減省。禮部尚書胡濙等議已減去六百九十一人，相繼回還本處，其餘未去者，命在正統元年再奏。至是濙等備疏，慈恩、隆善、能仁、寶慶四寺番僧當減去者四百五十人以聞。上命大慈法王、西天佛子二等不動，其餘願回者聽，不願回者，其酒饌廩饋令光禄寺定數與之。[2]

兩次就減去在京番僧近一千一百四十餘人，然而到正統六年（1441），大慈恩等寺仍有公住國師、禪師、剌麻阿木葛等三百四十四人。[3] 而成化二十一年（1485）春正月己丑條下稱："大慈恩寺、大能仁寺、大隆善護國三寺番僧千餘，法王七人，國師、禪師多至數十。"[4] 成化二十三年（1487）十月丁卯條下復稱："禮部疏上傳陞大慈恩等寺法王、佛子、國師等職四百三十七人，及剌麻人等共七百八十九人。"[5] 僅這三四座寺院内就有番僧上千人，而當時京内與番僧有關的寺院有二十餘座，[6] 京内番僧之多於此可見一斑。而往來於道途作爲貢使之番僧的數目則更加巨大，成化元年（1465）九月：

> 禮部奏：宣德（1426—1435）、正統間（1436—1449）番僧入貢不過三四十人，景泰間（1450—1456）起數漸多，然亦不過三百人，天順間（1457—1464）遂至二三千人。及今前後絡繹不絶，賞賜不貲，而後來者又不可量。[7]

這當祇是指一次入貢使團之番僧的數量。成化六年（1470）有言官"議請烏思藏贊善、闡教、闡化、輔教四王三年一貢，每王遣使百人，多不過百五十人，由四川路入，國師以下

〔1〕 《典故紀聞》卷二，頁32；高士奇，《金鰲退食筆記》卷上，北京：北京古籍出版社，1980年，頁132。
〔2〕 《明實録》二二，《英宗實録》卷一七，葉五（頁333—334）。
〔3〕 《明實録》二五，《英宗實録》卷七九，葉九（頁1571）。
〔4〕 《明實録》，《憲宗實録》卷二六〇；見《明代西藏史料——明實録抄》，《明代滿蒙史料——明實録抄》，《蒙古篇》十：西藏史料，京都：京都大學文學部，1959年，頁200。
〔5〕 《明實録》五一，《孝宗實録》卷四，葉一（頁56）；沈德符，《萬曆野獲編》，下册，北京：中華書局，1959年，頁684—685。
〔6〕 參見黄顥，《在北京的藏族文物》，北京：民族出版社，1993年。
〔7〕 《明實録》四〇，《憲宗實録》卷二一，葉四一五（頁420—421）。

不許貢"。〔1〕 但這些番王時常違例,《明實録》成化十八年(1482)二月甲寅條中稱:

> 禮部奏:烏思藏番王進貢定期必以三年,定數僧不過一百五十。近賛善王連二次已差僧四百一十三人,今又以請封請襲差一千五百五十七人,俱非例,宜盡阻回。但念化外遠夷,乞量准其請。〔2〕

後人習慣於將明代大規模封賞番僧的做法總結爲"多封衆建,分而治之"的政策,實際上這種多封衆建之局面的形成説穿了祇不過是朝廷"懷柔遠夷"政策的必然後果。〔3〕明朝從初建,一直到宣德年間,朝廷不但對從西番來歸之元朝故官舊吏凡有憑信者一律予以承認和封賞,而且還曾三番五次地派遣中官深入西番、乃至西天尼八剌地,廣泛詔諭,招徠番王、番僧入貢。〔4〕 對來朝入貢的番僧皆封以顯赫的名號,給以可觀的賞賜,〔5〕並放任其從事私茶貿易等商業活動。是故,雖然亦曾有像格魯派的創建者宗喀巴(Tsong kha pa)上師這樣的高僧不爲利誘,斷然拒絕明廷來朝之邀請,〔6〕但總的趨勢是番僧前後絡繹,蜂擁來朝。《明史》中説:

> 初,太祖招徠番僧,本藉以化愚俗、彌邊患,授國師、大國師者不過四五人。至成祖兼崇其教,自闡化等五王及二法王外,授西天佛子者二,灌頂大國師者九,灌頂國師者十有八,其他禪師、僧官不可悉數。其徒交錯於道,外擾郵傳,內耗大官,公私騷然,帝不恤也。然至者猶即遣還。乃宣宗時則久留京師,耗費益甚。〔7〕

而實際的情形恐怕有過之而無不及。明代番僧中最著名的是八大教王,即大寶、大乘、

---

〔1〕《明實録》四二,《憲宗實録》卷七八,葉四(頁1516)。

〔2〕《明實録》四八,《憲宗實録》卷二二四,葉三(頁3851—3852)。

〔3〕 Elliot Sperling 曾撰文否定佐藤長先生提出的明朝政府於西藏實行了"分而治之"政策的説法,認爲這種説法出自清初官修《明史》的史官,與其説是對明朝西藏政策的總結,倒不如説對理解滿清初年西藏政策更具重要意義。明初的西藏政策偏離了儒家傳統的統馭外夷的理想規範,而更多地受到了商業和經濟因素的影響,明朝對西藏貢馬的依賴是促使其於西藏廣封諸地方豪強的主要原因。明朝實際上沒有直接干預西藏事務的實力,一旦明朝對西藏之經濟和宗教的利益減弱,它與西藏之外交關係亦就急劇下落。參見 Sperling 氏,"Did the early Ming emperors attempt to implement a 'Divide and Rule' policy in Tibet," *Contribution on Tibetan Language, History and Culture*, Wien 1983, pp. 339–356. 筆者不同意他的這種説法,僅因爲明朝沒有在西藏採取過重大的軍事行動,和其派往西藏的使團曾多次遭受藏人的襲擊,就否定明朝對西藏的統治顯然失之簡率。明朝或許並沒有自覺地於西藏推行"分而治之"之政策,但它對西藏之施政正是以漢族王朝對待其周邊民族的傳統的"懷柔遠夷"政策爲出發點的,而這一政策的推行直接導致了明朝於西藏"分而治之"的局面的形成。

〔4〕 鄧鋭齡,《明朝初年出使西域僧人宗泐事迹補考》,《歷史地理》第十輯,頁228—238;鄧鋭齡,《明初使藏僧人克新事迹考》,《中國藏學》1992年第1期;鄧鋭齡,《明西天佛子大國師智光事迹考》,《中國藏學》1994年第4期;陳楠,《宗泐事迹考》,《賢者新宴》3,2003年,頁75—87;李亞,《明代中官使藏考》,《賢者新宴》3,頁225—250。

〔5〕 對進貢番僧賞賜之常例,詳見《古今圖書集成·方輿彙編邊裔典》卷八四,《番僧部》。

〔6〕 于道泉,《譯注明成祖遣使召宗喀巴紀事及宗喀巴復成祖書》,《慶祝蔡元培先生六十五歲論文集》,《國立中央研究院歷史語言研究所集刊外編》,上册,北平,1935年,頁936—966;亦參見沈衛榮,《明烏斯藏大慈法王釋迦也失事迹考述》,《兩岸蒙古學藏學學術研討會論文集》,臺北:"蒙藏委員會",1995年,頁247—289。

〔7〕《明史》卷三三一,《西域傳》三。

大慈三大法王和闡化、闡教、輔教、贊善、護教等五位教王。其中除了大慈法王是宣德年間授封的以外,其餘七位教王都受封於永樂年間(1403—1424)。他們是分屬於薩思迦(Sa skya pa)、噶舉(bKa' brgyud)派之伯木古魯(Pha mo gru pa)、必里公('Bri gun pa)、哈立麻(Karma pa),以及格魯(dGe lugs pa)等教派的地方實力派人物,故最早受到了朝廷的重視。[1] 除此之外,西藏其他有影響的地方勢力,從薩思迦時代的重要地方勢力如拉堆絳(La stod byang)、拉堆洛(La stod lho)、江孜(rGyal rtse,或曰仰思多 Nyang stod)、[2]俺卜羅(Yar 'brog)、牙里藏卜(Yab bzangs)等,到伯木古魯派時代的重臣領思奔(Rin spungs)、牛兒寨(sNe'u rdzong)、三竹節(bSam grub rtse)等皆或曾被明朝封授以司徒、灌頂國師等顯號、或被授以行都指揮使司之指揮使、都綱等要職。而烏思藏許多著名的寺院亦都曾與明廷發生過直接的關係,例如後藏兩座著名的噶當派(bKa' gdams pa)寺院思納兒黨瓦寺(sNar thang,那塘)和乃寧寺(gNas rnying)的住持就都曾受封國師稱號。[3] 而曾遣使入明廷朝貢的西藏大寺院則更是不勝枚舉了,雖然我們尚無法一一認定《明實錄》中所提到的所有遣使朝貢之西番寺院,但可以肯定的是烏思藏幾乎所有有名的寺院都曾因遣使者入貢而被提到過。老牌的名寺如那塘、桑僕(gSang phu)、自當(rTse thang)、桑思加(Sa skya)等寺院自不待言,就連剛剛建立不久的格魯派之四大寺院麥思奔('Bras spungs,今譯哲蚌)、哩斡革爾丹(Ri bo dGa' ldan,甘丹)、些臘(Se ra,色拉)、劄失倫卜(bKra shis lhun po,扎什倫布)等亦無一例外地多次遣使入朝進貢。明廷越到後期對番僧之封賜就越是泛濫。到宣德朝爲止,真正受封爲法王者不過三人而已,而成化以後便越發不可收拾,僅大慈恩、大能仁、大隆善護國三座寺院內就有七位法王,其中大慈恩寺內就有法王三位,加上西天佛子、灌頂大國師、國師等職四百三十七人及剌麻人等共七百八十九人。[4] 大慈法王釋迦也失(Śākya ye shis)本乃宗喀巴弟子之一,入中原之前於烏思藏本土無很大影響,然其代師出使的朝貢之旅卻完全改變了他的命運。他不但憑藉其明封大慈法王的影響和所得賞賜之經濟力量於西藏本土建立起了格魯派的第二所大寺院色拉寺,而且還在北京經營

〔1〕 佐藤長,《明朝册立の八大教王について》,《東洋史研究》第21卷第3號;第22卷第2號、同卷第4號。佐藤長,《中世紀チベット史研究》,京都:同朋舍,1986年,頁173—248。

〔2〕 參見沈衛榮,《明封司徒鎖巴頭目剌咎肖考》,《故宮學術季刊》第17卷第1號,1999年,頁103—136。

〔3〕 王毅,《西藏文物見聞記》,《文物》1963年第1期;宋伯胤,《明朝中央政權致西藏地方詔敕》,《藏學研究文集》,北京:民族出版社,1985年,頁85—99。

〔4〕 《明實錄》四九,《憲宗實錄》卷二五八,葉一(頁4353—4354);《明實錄》五一,《孝宗實錄》卷四,葉一(頁56);參見黃顯上揭書,頁20—21。

了當時最重要的藏傳佛教寺院大慈恩寺。這座寺院往後一直由其弟子經營,乃番僧、番教於北京的一個重要據點。而同樣由其弟子經營的河州弘化寺亦成了該地區最重要的一個政治、宗教乃至軍事中心。[1] 這種因一位法王之寵遇而使其屬下、弟子雞犬陞天的例子並不祇是大慈法王一家,法王、教王爲其弟子請灌頂國師、國師之稱號的事例司空見慣。以被列爲八大教王之一的贊善王爲例,不但曾有其家族内部不同分支的兩位成員同時被授封爲贊善王,且各遣使入貢的現象出現,而且其屬下之番僧亦多有被授封爲灌頂國師和國師而許獨自入朝朝貢者。[2] 此外,《明實錄》中曾多次提到有邊民見進貢得利,故將子孫學其言語,投作番僧通事而混同進貢者。如正統七年(1442),朝廷"勅四川都布按三司曰:比來朝貢番僧剌麻,其中多有本地俗人及邊境逃逸無籍之人,詐冒番僧名目投托跟隨者。爾三司全不審實,即便起送,以致繹絡道途,紊煩官府,勞費軍民"。[3] 這亦應當算作是造成漢地番僧數目如此之巨的一個原因。

與元朝的情形基本相同,這些入朝的番僧雖爲朝廷所喜,但顯然不受内地士人和普通百姓的歡迎,常常因其驕橫跋扈而遭人厭惡。有明一代,不斷有地方官與朝廷言官抱怨西番朝貢使團過大、過頻,[4]供養所費過煩,指責番僧:"恃朝廷柔遠之意,所至騷擾","獻頂骨、數珠,進枯髏、法碗,以穢污之物,冒陞賞之榮"。[5] 或曰:"況其所進皆不過舍利、佛像、氆氇、茜草等物,中下羸弱等馬。其意蓋假進貢之名,潛帶金銀,候回日,市買私茶等貨,以此緣途多用船車人力運送,連年累月,絡繹道路,所司非惟疲於供億,抑且罹其凌虐。"[6]《典故紀聞》中對此説得更直接具體:

> 洪熙中(1425),禮科給事中黄驥言:"西域使客,多是賈胡,假進貢之名,藉有
> 司之力,以營其私。其中又有貧無依者,往往投爲從人,或貸他人馬來貢,既名貢
> 使,得給驛傳,所貢之物,勞人運致。自甘肅抵京師,每驛所給酒食、芻豆之費不少,
> 比至京師,又給賞及予物直,其獲利數倍。以次胡人慕利,往來道路,貢無虛月。緣
> 路軍民遞送,一里不下三四十人,伺候於官,累月經時,妨廢農務,莫斯爲甚。比其

〔1〕 參見 Otosaka Tomoko 乙阪智子,"A Study of Hong-hua-si Temple regarding the relationship between the dGe lugs-pa and the Ming dynasty," *Memoirs of the Research Department of the Toyo Bunko*(the Oriental Library), No. 52, Tokyo: The Toyo Bunko, 1994, pp. 69 – 101.

〔2〕《明實錄》五五,《孝宗實錄》卷一一四,葉二(頁 2026);參見沈衛榮,《元、明代ドカマのリンシアン王族史考證——〈明實錄〉チベット史料研究(一)》,《東洋史研究》第 61 卷第 4 號,2003 年,頁 76—114。

〔3〕《明實錄》二六,《英宗實錄》卷九七,葉二一三(頁 1942—1943)。

〔4〕《明實錄》四八,《憲宗實錄》卷二二四,葉三(頁 3851—3852),載:"贊善王連二次已差僧四百一十三人,今又以請封請襲差一千五百五十七人。"番僧貢使之多、之頻,於此可見一斑。

〔5〕《明實錄》五一,《孝宗實錄》卷二,葉九(頁 26)。

〔6〕《明實錄》三〇,《英宗實錄》卷一七七,葉一(頁 3407—3408)。

使回,悉以所得貿易貨物以歸,緣路有司出車載運,多者至百餘輛,男丁不足,役及女婦,所至之處,勢如風火,叱辱驛官,鞭撻民夫。官民以爲朝廷方招懷遠人,無敢與較,其爲騷擾,不可勝言。"[1]

言官常常上奏要求遣歸番僧,如曰:"又有一種胡僧,衣服紗羅,僭用金玉,蠶食於國,其害尤甚。留之無補於治,宜悉遣還,免致夷狄雜處中夏。如此則國無遊民,而民食足矣。"[2]然而這類建議除了難得遇上不好佛的皇帝,大多數情況下都得不到朝廷的響應,或者被朝廷以"番僧在祖宗朝已有之,若一旦遣去,恐失遠人之心"爲由而置之不理。[3]

從後人看來,明廷懷柔遠夷的政策獲得了很大的成功,因爲其廣賜番僧,"俾轉相化導,以共尊中國。以故西陲宴然,終明世無番寇之患"。[4] 明廷雖曾幾次以派兵征剿爲威脅,迫使曾有傳言不服管教的當時烏思藏最強大的地方番王伯木古魯派的闡化王,以及曾"私造軍器,交通虜寇,陰謀未測"的贊善王等就範,但整個明代確實沒有對西蕃地區採取較大的軍事行動,卻基本保持了西陲的安定。需要強調的是,其一,法王、國師等封號聽起來顯赫,但實際上他們並不像西番三個行都指揮使司的指揮使等朝廷命官一樣,是明代的職官制度的一個組成部分,而是遊離於明代官僚體制之外的特殊羣體,所謂"國師方外重職,必其人戒行純潔、焚修勤苦而又有功朝廷,斯以是寵異之"。[5] 或曰:"國師乃朝廷優待西僧職之重者,非戒行精專,豈能勝之。"[6]而"禪師乃朝廷崇獎番僧之有化導番夷功績者"。[7] 然而,不管是在西番,還是於漢地,這些法王和國師的影響顯然越來越大,最終遠遠超過了那些以地方貴族身份出任行都指揮使司之指揮使等朝廷命官的影響,這一方面反映了西番社會內部本身貴族與宗教勢力之間的力量消長,另一方面明代中央政府的懷柔遠夷政策亦顯然推動和加快了這種力量的消長。[8] 其二,明代治理西番的

---

〔1〕 《典故紀聞》卷八,頁 144。

〔2〕 《明實錄》三二,《英宗實錄》卷二一〇

〔3〕 《明實錄》四一,《憲宗實錄》卷五八,葉十三(頁 1195)。

〔4〕 《明史》卷三三一,《西域傳》三。

〔5〕 《明實錄》三八,《英宗實錄》卷一三六,葉七(頁 2708)。

〔6〕 《明實錄》三八,《英宗實錄》卷三五七,葉一(頁 7117)。

〔7〕 《明實錄》三八,《英宗實錄》卷三五七,葉二(頁 7119)。

〔8〕 藏文史書《賢者喜筵》中記載的一則故事或可作爲例證:當明朝以派兵入藏相威脅時,當時烏思藏最有力量的地方貴族伯木古魯派的頭領、明封闡化王葛剌思巴監藏(Grags pa rgyal mtshan)不得不低聲下氣地向在烏思藏本無很大政治力量的大寶法王求助,以勸退明朝可能發起的軍事進攻。而大寶法王則因爲使烏思藏免遭戰亂而被視爲功臣。顯然這些法王們因得到了明朝廷的尊崇,其於其本土的地位已得到了大大的提高。詳見 dPa' bo gtsug lag phreng ba, *Dam pa'i chos kyi 'khor lo bsgyur ba rnams kyi byung ba gsal bar byed pa mkhas pa'i dga' ston*, Beijing: Mi rigs dpe skrun khang, 1986, smad cha, pp. 1011–1012.

所謂"分而治之"政策，事實上是後人對這種多少帶有被動、防守性的"懷柔遠夷"政策的一種積極的解釋，儘管這種濫賜來朝番僧的做法確實在一定程度上起到了分而治之的效果。

四、番教於中國之流行

雖然從"懷柔遠夷"與"嚴夷夏之辨"的方針出發，明朝既無意於開化西番，更不願"以西番腥膻之徒，污我中華禮儀之教"。然而，隨着大量番僧的進入，番教自然而然地在漢地流行了開來。藏傳佛教既流行於宮廷，又在民間傳播。對於明代皇帝崇佛，我們可從《萬曆野獲編》的一段話中知其梗概，其云：

> 我太祖崇奉釋教，觀宋文憲《蔣山佛會記》，以及諸跋，可謂至隆極重。至永樂，而帝師哈立麻、西天佛子之號而極矣。歷朝因之不替，惟成化間寵方士李孜省、鄧常恩等，頗於靈濟顯靈諸官加獎飾。又妖僧紀曉用事，而佛教亦盛。所加帝師名號與永樂年等。其尊道教亦名爾。武宗極喜佛教，自列西番僧，唄唱無異。至托名大慶法王，鑄印賜誥命。世宗留心齋醮，置竺乾氏不談。初年用工部侍郎趙璜言，刮正德所鑄佛鍍金一千三百兩。晚年用真人陶仲文等議，至焚佛骨萬二千斤。逮至今上，與兩宮聖母，首建慈壽、萬壽諸寺，俱在京師，窮麗冠海內。至度僧爲替身出家，大開經廠，頒賜天下名剎殆遍。去焚佛骨時未二十年也。[1]

明代除了明世宗因信道教而曾肆意滅佛以及明末的明思宗於內外交困之際一度亦曾禁佛以外，大部分皇帝都曾對佛教予以保護和提倡，[2]且都不同程度地表示出了對藏傳佛教的偏愛。明太祖本乃出家僧人，自踐阼後，依然"頗好釋氏教"。雖迄今未見有其直接與番僧往還的記載，但遣使招徠番僧即自其開始。[3]洪武朝（1368—1398）創建的國家五大寺之一——南京的雞鳴寺中就已"有西番僧星吉堅藏爲右覺義"。[4]可見他對西番僧並不排斥。而且，明太祖對元時來華的西天僧板的達撒哈咱實里（俱生吉祥）表現出了異乎尋常的熱情，不但封其爲"善世禪師"，"俾總天下釋教"，而且多次賜

---

〔1〕《萬曆野獲編》，下冊，頁679。參見佐藤長，《明廷におけるラマ教崇拜について》，《鷹陵史學》第八號，昭和五十七年；亦載於同氏著，《中世チベット史研究》，頁287—320；乙坂智子，《歸ってきた色目人——明代皇帝權力と北京順天府のチッベト仏教》，《橫濱市立大學論叢》（人文科學系列）51—1.2，2000年，頁247—282。

〔2〕 參見何孝榮，《明代南京寺院研究》，北京：中國社會科學出版社，2000年，頁1—97。

〔3〕 今尚存其御製護持朶甘思烏思藏詔、諭西番罕東畢里等詔、賜西國國師詔，見《明太祖集》卷一，頁12—13、26。

〔4〕《明實錄》六，《太祖實錄》卷一七六，葉五（頁2674）；《罪惟錄》卷二六，"惺吉堅藏"。

其以詩文,訪其於鍾山。[1] 要知西天僧作爲於元末宮廷傳授大喜樂秘密法的同謀曾與西番僧一樣聲名狼藉。一般士人對西天僧與西番僧並不加以嚴格的區分。

明成祖是首位被後人認爲是不但優待番僧,而且"兼崇其教"的明代皇帝,明代西番著名的八大教王中有七位爲他所封。他在位期間曾發生過兩件對於明朝的歷史與西藏的歷史來説都是於當時驚天動地、於後世意義深遠的大事。一是邀請"道行卓異"的五世哈立麻尚師來朝,並令其於永樂五年(1407)二月庚寅"率僧於靈谷寺建普度大齋,資福太祖高皇帝孝慈高皇后"。[2] 一是於永樂年間鏤刻了西藏歷史上第一部西藏文大藏經之木刻版,即後人所謂"永樂版甘珠爾"(The Yongle Kanjur)。[3] 雖然,明成祖爲太祖及其皇后舉辦的薦福普度大齋被後人詮釋爲明成祖爲改變纂位者形象而導演的一場成功的政治"秀",[4]或者説是明成祖爲導入西藏佛教以強化皇帝的權力而作的宣言式的國家儀禮,[5]但它無疑亦爲這場"秀"的主要演員哈立麻尚師提供了一個充分展示番僧之神通和番教之魅力的舞臺。隨着這場盛大法會的舉行和圍繞這場法會而出現的種種神異故事的傳開,以及哈立麻尚師被封爲"萬行具足十方最勝圓覺妙智慧善普應祐國演教如來大寶法王西天大善自在佛領天下釋教",[6]西藏佛教終於從元末以來受人詛咒的困境中走出,重又堂而皇之地在漢地開始傳播。而"永樂版甘珠爾"的刊刻及其於漢、藏、蒙古三地的流通,不但使西藏人首次擁有了他們自己文字的大藏經刻版,而且亦推動了藏傳佛教於西番、漢地以及蒙古地區的傳播。[7] 值得一提的是,明成祖對藏傳佛教的熱衷當不完全是出於政治利用的目的,他本人對番僧確實情有獨鍾。《清涼山志》中保存有三通明成祖致繼大寶法王之後來京朝貢,後居五臺山的另一

〔1〕 參見明西天佛子國師智光,《西天班的達禪師志略》,《金陵梵刹志》卷三七,頁1216—1220;來復,《薩哈拶釋哩塔銘》,北京圖書館金石組編,《北京圖書館藏中國歷代石刻拓本彙編》,鄭州:中州古籍出版社,1990—1991年,第51册,頁17。

〔2〕《明實録》一〇,《太宗實録》卷六四,葉一(頁910);參見鄧鋭齡,《〈賢者喜宴〉明永樂時尚師哈立麻晉京紀事箋證》,《中國藏學》1992年第3期。

〔3〕 Jonathan A. Silk, "Notes on the History of the Yongle Kanjur," *Suhṛllekhāh*: *Festgabe für Helmut Eimer*, hrsg. Von Michael Hahn, Jens-Uwe Hartmann und Roland Steiner, Swisttal-Odendorf: Indica-et-Tibetica-Verl., 1996, pp. 153‒200.

〔4〕 參見商傳,《永樂皇帝》,北京:北京出版社,1989年,頁234—239;Patricia Berger, "Miracles in Nanjing: An Imperial Record of the Fifth Karmapa's Visit to the Chinese Capital," *Cultural Intersections on Later Chinese Buddhism*, edited by Marsha Weidner, Honolulu: University of Hawai'i Press, 2001, pp. 145‒169.

〔5〕 乙坂智子,《永樂五年御製靈谷寺塔影記をめぐって——明朝によるチベット佛教導入の一側面》,《日本西藏學會會報》第41—42號,1997年,頁11—22。

〔6〕《明實録》一一,《太宗實録》卷六五,葉一(頁915)。

〔7〕 衛拉特蒙古首領俺答汗曾向明廷請賜番字經以便誦習。見《神宗實録》卷六;參見乙坂智子,《ゲルケバモンゴルの接近と明朝》,《日本西藏學會會報》第39號,1993年,頁3。

位著名番僧大慈法王釋迦也失的詔書,其云:

> 十三年(1415)六月,上製書於五臺妙覺圓通慧慈普應輔國顯教灌頂弘善西天佛子大國師釋迦也失,曰相別遽而數月,想徒從已達臺山。宴坐高峯,神游八極,與文殊老人翺翔於大漠之鄉,超然於萬化之始,朕豈勝眷念。薄賚瓜果,以見所懷。遣書恩恩,故不多致。十五年(1417)秋,上製書妙覺圓通國師曰:秋風澄肅,五臺早寒,遠惟佛境清虚,法體安泰。今製袈裟禪衣,遣使祇送,以表朕懷。後列異色衣八品。十七年(1419)春,上製書妙覺圓通國師曰:自師西行,忽見新歲,使者還,乃知履況安和,適慰朕懷。兹以鍍金蓮座,用表遠貺。并系之讚。[1]

從中我們可以清楚地看出,明成祖對於大慈法王的關心顯然超出了一般皇帝對於來華入朝之遠夷的熱情,其中當有其個人的信仰在起作用。

自成祖之後明代中期諸朝皇帝皆信仰藏傳佛教。宣宗時,朝廷允許番僧居京自效,“宣宗末年(1434),入居京師各寺者最盛。至正統初(1436),遣回本處者六百九十一人”。[2]“成化一朝,僧道俱倖。如西僧則劄巴堅參(Grags pa rgyal mtshan)封至三十餘字,蓋延故元舊俗,並襲永樂間哈立麻例也。乃至佛子、國師之屬,並中國冒名者講經覺義,每一旨傳陞數十,其時僧道各數千人。”[3]此時明初禁番僧入宮的祖訓已被完全打破,於宮內作佛事已司空見慣。其盛況可以從《酌中志》中一段有關番經廠的記載中略知一二,其云:

> 番經廠,習念西方梵唄經咒,宮中英華殿所供西番佛像皆陳設,近侍司其香火。其隆德殿、欽安殿香火,亦各有司也。凡做好事,則懸掛旛榜。惟此廠仍立監齋神於門傍。本廠內官皆戴番僧帽,穿紅袍,黃領黃護腰,一永日或三晝夜圓滿。萬曆時(1573—1619),每遇八月中旬神廟萬壽聖節,番經廠雖在英華殿,然地方狹小,須於隆德殿大門之內跳步叱。而執經誦念梵唄者十餘人,粧韋馱像,合掌捧杵,向北立者一人,御馬監等衙門撺活牛黑犬圍侍者十餘人。而學番經、跳步叱者數十

---

〔1〕 釋鎮澄原纂,釋印光重修,《清凉山志》卷五,中國名山勝迹志叢刊,王雲龍主編,臺北:文海出版社,頁211—212。這四封製書的西藏文版見於由美國哈佛大學 L. van der Kuijp 教授於北京民族宮圖書館發現的一部大慈法王釋迦也失的傳記中。這部傳記題爲《三世諸佛之自性具吉祥上師三界法王宗喀巴之心傳弟子大慈法王釋迦也失代宗喀巴大師出使漢地宮廷行狀——滿願施吉祥太陽》(*Dus gsum sangs rgyas thams cad kyi ngo bo dpal ldan bla ma khams gsum chos kyi rgyal po tsong kha pa chen po'i sras kyi thu bo byams chen chos kyi rje sakya ye shes pa de nyid tsong kha pa chen po'i sku tshab tu rgya nag pho brang la 'phebs tshul gyi rnam thar 'dod pa'i re skong dpal ster nyi ma zhes bya ba*),共12葉,這四封製書,包括最後一份製書中所略去的讚,見於該傳記中的第6、7兩葉之正反面。
〔2〕《萬曆野獲編》卷二七,《僧道異恩》,頁684。
〔3〕《萬曆野獲編》卷二七,《真人封號之異》,頁696。

人,各戴方頂笠,穿五色大袖袍,身披纓絡。一人在前吹大法螺,一人在後執大鑼,餘皆左持有柄圓鼓,右執彎槌,齊擊之。緩急疏密,各有節奏。按五色方位,魚貫而進,視五色傘蓋下誦經者以進退若舞焉。跳三四個時辰方畢。[1]

到了孝宗時(1488—1504),明代的宮禁之制遭到了進一步的破壞,時清寧宮新成,孝宗詔請番僧入大内誦經,"設壇作慶讚事三日","使胡羶邪妄之徒,羣行喧雜,連朝累日,以腥膻掖庭,驚動寢廟,祖宗法度,一旦蕩然"。[2] 而明代皇帝中最信番教的則當推武宗,《國榷》正德元年(1506)二月丁酉條中稱:"時上好異,習胡語,自稱忽必烈;習回回食,自名沙吉敖爛;習西番教,自名領占班丹(Rin chen dpal ldan)。"[3]《明實録》中對其信番教的行爲有諸多記載,例如他繼位不久,便有"西番國師那卜堅參等,各率其徒,假以祓除薦揚,數入乾清宮,几筵前肆無避忌,京師無不駭愕"。[4] 或曰:"上頗習番教,後乃造新寺於内,羣聚誦經,日與之狎昵矣。"[5]"上佛經梵語無不通曉,寵臣誘以事佛,故星吉等皆得幸進。"[6]"准給番僧度牒三萬。……上習番教,欲廣度習其教者。"[7]"陛下誤聽番僧幻妄之説,使出入禁城,建寺塑佛,崇奉踰侈。""皇城之中,創蓋寺宇,以處番僧,出入禁御,享食大官。"[8]如此等等,不一而足。而明武宗最爲人詬病者則莫過於蓋豹房和迎活佛兩大活動。豹房建於正德三年(1508)八月,"時上爲羣姦蠱惑,朝夕處此,不復入大内"。最初得幸的是"善陰道秘戲"的色目人于永,他以回女善西天舞者十二人以進,其間行爲當類似於元末宮廷内所行之大喜樂法。[9] 不久,番僧又成了豹房的主角,《明實録》正德九年(1514)冬十月甲午條稱:"今乃於西華門内豹房之地,建護國禪寺,延住番僧,日與親處。"[10]正德十年(1515)二月戊戌條復稱:"是時,上誦習番經,崇尚其教,嘗被服如番僧,演法内廠。綽吉我些兒輩出入豹房,與諸權貴雜處。"[11]仿佛元末宮内醜事今又重演。正德十年,武宗復派司設太監劉允乘傳往迎傳説能知三生之活佛,"以珠琲爲旛幢,黃金爲七供,賜法王金印袈裟,及其徒饋賜以

〔1〕 劉若愚,《酌中志》卷一六,北京:北京古籍出版社,1994 年,頁 118—119。
〔2〕 《明實録》五五,《孝宗實録》卷一五五,葉十一(頁 2779)。
〔3〕 《國榷》卷四九,正德十年(1515)二月丁酉條。
〔4〕 《萬曆野獲編》卷二七,頁 683;《明實録》六一,《武宗實録》卷一,葉十七(頁 33)。
〔5〕 《明實録》六二,《武宗實録》卷二四,葉五(頁 659)。
〔6〕 《明實録》六四,《武宗實録》卷六四,葉二(頁 1397)。
〔7〕 《明實録》六四,《武宗實録》卷六八,葉三(頁 1503)。
〔8〕 《明實録》六六,《武宗實録》卷一〇八,葉八(頁 2214)。
〔9〕 《明實録》六二,《武宗實録》卷三三;參見乙阪智子上揭 2000 年文,頁 262—265。
〔10〕 《明實録》六六,《武宗實録》卷一一七,葉二(頁 2364)。
〔11〕 《明實録》六六,《武宗實録》卷一二一,葉四(頁 2435)。

鉅萬計,內庫黃金爲之一匱。勅允往返一十年爲期。"然而當劉允一路勞命傷財,終於到達活佛住地時,"番僧號佛子者恐中國誘害之,不肯出。允部下人皆怒,欲脅以威。番人夜襲之,奪其寶貨器械以去。軍職死者二人,士卒數百人,傷者半之。允乘良馬疾走,僅免。復至成都,仍戒其部下諱言喪敗事,空函馳奏乞歸。時上已登遐矣"。[1] 整個迎活佛的過程是一場勞命傷財的鬧劇,亦是明朝歷代皇帝佞佛的一個高潮。[2]

然物極必反,繼武宗登大位的世宗(1521—1565 年在位)卻因崇信道教而禁絕佛教,番僧、番教首當其衝,受到了沉重的打擊。《明史》中說:"世宗立,復汰番僧,法王以下悉被斥。後世宗崇道教,益黜浮屠,自是番僧鮮之中國者。"[3]事實上,自西番來朝的番僧一如既往地按例入京師朝貢,受到重創的主要是在京居住的番僧。世宗即位不久,便下詔令"正德元年以來傳陞、乞陞法王、佛子、國師、禪師等項,禮部盡行查革,各牢固枷釘,押發兩廣煙瘴地面衛分充軍,遇赦不宥"。[4] 曾經盛極一時的大慈恩寺竟亦毀於一旦,寺內歡喜佛等所謂"夷鬼淫像"先遭毀棄。後來整座寺院"詔所司毀之,驅置番僧於他所"。[5] 而且,"禁內舊有大善佛殿,中有金銀佛像,並金銀函貯佛骨佛牙等物。世宗欲撤其殿建皇太后宮,命侯郭勛、大學士李時、尚書夏言入視基址。言請勅有司以佛骨瘞之中野,以杜愚惑。世宗曰:朕思此物,智者曰邪穢,必不欲觀,愚者以爲奇異,必欲尊奉。今雖埋之,將來豈無竊發?乃燔之於通衢,毀金銀佛像凡一百六十九座,頭牙骨凡萬三千餘斤"。[6] 從這個反面的例子中,我們可以看出明朝宮廷中對番教之熱衷曾達到了何等的程度。

對於藏傳佛教是否亦曾於民間廣爲流傳,我們僅能根據散見於《明實錄》和明人筆記中的一些資料來推測。《菽園雜記》於解釋朝廷優禮番僧實乃制馭遠夷之術後說:"後世不悟,或受其戒,或學其術,或有中國人僞承其緒而篡襲其名號。此末流之弊也。"[7]可見漢人中當真有受戒、學習番教者。《明實錄》中曾多次提到"番僧入中國多

〔1〕《明實錄》六七,《武宗實錄》卷一三一,葉七(頁 2612)。

〔2〕 參見佐藤長,《明の武宗の活佛迎請について》,《塚本博士頌壽記念佛教史學論集》,昭和三十八年(1963),同氏著,《中世チベット史研究》,頁 273—286。

〔3〕《明史》卷三三一,《西域傳》三。

〔4〕《明實錄》七〇,《世宗實錄》卷一,葉十八(頁 35)。

〔5〕《明實錄》七七,《世宗實錄》卷一二一,葉九(頁 2895—2896);《明實錄》八三,《世宗實錄》卷二七二,葉五(頁 5357)。

〔6〕《典故紀聞》卷一七,頁 310;相同的記載亦見於《明實錄》七九,《世宗實錄》卷一八七,葉五(頁 3957);《留青日劄》卷二七,《佛牙》,頁 510;《萬曆野獲編》卷四,《廢佛氏》,頁 916。

〔7〕 陸容,《菽園雜記》卷四,北京:中華書局,1997 年,頁 38。

至千餘人,百姓逃避差役,多令子弟從學番教"。[1] 或曰:"有中國之人,習爲番教,以圖寵貴",故明憲宗曾下詔"曰中國人先習番經有度牒者已之,無度牒者清出。今後中國人不許習番教"。[2]

然而,這項詔令並没有貫徹到底,明武宗於正德五年(1510)十月一次就"准給番僧度牒三万",八年(1513)十一月又賜給大慶法王領占班丹,即他本人,"番行童度牒三千"。要是這些度牒都被發放下去的話,被度者當大部分是漢人子弟。《明實録》天順三年(1459)春正月辛卯條稱:"有番僧短髮衣虎皮,自稱西天活佛弟子,京城男女拜禮者盈衢。上命錦衣衛驅之歸其本土。"[3] 連來歷不明,自稱西天活佛弟子者,都有衆多的追隨者,可想而知那些有名有姓的法王、西天佛子、大國師們一定是從者如雲了。《典故紀聞》記載有如下一條消息:

> 京城外有軍民葉玘、靳鸞等發人墓,取髑髏及頂骨以爲葛巴剌碗并數珠,假以爲西番所産,乘時市利,愚民競趨之。所發墓甚衆。至是,緝事者聞於朝,番僧嘗買以進者皆遁去,獲玘等,送刑部鞫治,得其黨,俱坐斬。[4]

賣西番教法器葛巴剌碗與數珠能盈利,説明趨之若鶩之"愚民"一定爲數不少。這類法器於中原地區的流行顯然由來已久,它們亦曾流行於内宫。《菽園雜記》中有如下一條記載:

> 予奉命犒師寧夏,内府乙字庫關領軍士冬衣,見内官手持數珠一串,色類象骨,而紅潤過之。問其所製?云太宗皇帝白溝河大戰,陣亡軍士,積骸徧野。上念之,命收其頭骨,規成數珠,分賜内官念佛,冀其輪回。又有頸骨深大者,則以盛淨水供佛,名天靈盆,皆胡僧之教也。[5]

按照明人對烏思藏的了解,"彼國皆祝髮爲僧",而"僧有妻孥,食牛羊肉"。所以,"今陝西西寧諸衛土僧,俱仿西番有室,且納於寺中,而火居道士則遍天下矣"。[6] 此或説明陝西西寧諸衛之土僧皆是藏傳佛教之信徒。《留青日劄》中記載,明時:

> 有淫婦潑妻又拜僧道爲師爲父,自稱曰弟子,晝夜姦宿淫樂。其丈夫子孫亦有奉佛入夥,不以爲恥。大家婦女雖不出家,而持齋把素,袖藏念珠,口誦佛號,裝供

〔1〕《明實録》五一,《孝宗實録》卷二,葉十一(頁29)。
〔2〕《明實録》四二,《憲宗實録》卷五九,葉六(頁1210)。
〔3〕《明實録》三七,《英宗實録》卷二九九,葉二(頁6350)。
〔4〕《典故紀聞》卷一五,頁278—279。
〔5〕《菽園雜記》卷一,頁2。此段引文與見於《國朝典故》版中的相應段落稍有出入,見鄧士龍輯,許大齡、王天有點校,《國朝典故》,下册,北京:北京大學出版社,頁1602。
〔6〕《萬曆野獲編》卷二七,頁782、680。

神像,儼然寺院。婦人無子,誘云某僧能幹,可度一佛種。如磨臍過氣之法,即元之所謂大布施,以身布施之流也。可勝誅邪!亦有引誘少年師尼,與丈夫淫樂者,誠所謂歡喜佛矣。[1]

可見元末修大喜樂法之餘風於明初並没有被完全消除。

民間修這種西番僧於元末宮廷所傳的西番秘密法者,恐怕不衹是個别的現象,明初"時女僧誘引功臣華高、胡大海妾數人,奉西僧行金天教法。上命將二家婦女,并西僧女僧投之於河"。[2] 到了明代中後期,隨着番僧之受寵,番教修法之流行恐怕更難得到抑制。《留青日劄》另一處於簡述元時秘密法之來歷後説:"今之夫婦雙修法,禍起於此。"[3] 此即是説,到田藝衡生活的隆慶、萬曆年間,雙修法依然存在。

此外,相傳成書於明萬曆年間的著名色情小説《金瓶梅》第六十五回"願同穴一時喪禮盛,守孤靈半夜口脂香"中敍述西門慶爲李瓶兒大辦喪事,其中有其請喇嘛念番經一項,其云:

> 十月初八日,是四七,請西門外寶慶寺趙喇嘛,亦十六衆來念番經,結壇跳沙,灑花米行香,口誦真言,齋供都用牛乳茶酪之類,懸掛都是九醜天魔變相,身披纓絡琉璃,項掛髑髏,口咬嬰兒,坐跨妖魅,腰纏蛇蠍,或四頭八臂,或手執戈戟,朱髮藍面,醜惡莫比。[4]

這或可説明藏傳佛教儀軌之運用已經深入到了明代達官貴人家的婚喪嫁娶之中。此外,"歡喜佛像"不僅見於宮廷,而且亦流向民間。《萬曆野獲編》中有記載説:

> 予見内廷有歡喜佛,云自外國進者,又有云故元所遺者。兩佛各瓔珞嚴粧,互相抱持,兩根湊合,有機可動,凡見數處。大璫云:每帝王大婚時,必先導入此殿,禮拜畢,令撫揣隱處,默會交接之法,然後行合卺,蓋慮睿稟之純樸也。今外間市骨董人,亦間有之,製作精巧,非中土所辦,價亦不貲,但比内廷殊小耳。京師敕建諸寺,亦有自内賜出此佛者,僧多不肯輕示人。此外有琢玉者,多舊制。有繡織者,新舊俱有之。閩人以象牙雕成,紅潤如生,幾遍天下。[5]

〔1〕《留青日劄》卷二七,《念佛婆》,頁511。

〔2〕《萬曆野獲編》卷二七,《女僧投水》,頁681。

〔3〕《留青日劄》卷二八,《雙修法》,頁536。

〔4〕《新刻繡像批評金瓶梅》,第二十三册,北京:北京大學出版社,1988年,頁4。亦見蘭陵笑笑生,《金瓶梅詞話》,第六十五回:"吳道官迎賓頒真客,宋御史結豪請六黄",北京:人民出版社,2000年,頁913。參見王堯,《〈金瓶梅〉與明代藏傳佛教(喇嘛教)》,同氏,《水晶寶鬘——藏學文史論集》,高雄:佛光文化事業有限公司,2000年,頁270—299。

〔5〕《萬曆野獲編》卷二七,頁659。

與此相應,於明末清初江南的藝術市場上,從宮廷內府傳出的鍍金烏思藏佛像亦已成爲書畫骨董收藏家們所注意的目標。[1]

從以上這些例子推測,西番佛教當於明代之民間亦有相當程度的流傳。

五、神通、秘密法、異端、鬼教與喇嘛教: 番教於明代士人中的形象

如上所述,番僧是應朝廷之招徠不遠萬里來到中國的,番教的流行是明朝皇帝信仰和推崇的結果。然而,他們並没有從明代的士人們那裏獲得過多的熱情,相反常常是後者痛恨和鞭撻的對象。對此,我們或可引成化二十三年(1487)九月監察御史陳毅等所上奏疏中的一段話爲例,其云:

> 領占竹扎巴堅參等以妖髡而受法王之名,釋迦啞兒答著始領占等以胡醜而竊佛子之號,錦衣玉食,後擁前呵,斷枯髏以爲法盋,行淨至官,穿朽骨而作念珠,登壇授戒,遂使術誤金丹,氣傷龍脈。一時寢廟不寧,旬日宫車晏駕,百官痛心,萬姓切齒,雖擢髮莫數其罪,粉身猶有餘辜。[2]

這種痛恨似一點也不亞於當年處於異族統治之下的元代漢族士人對挖其祖墳,且阻礙其對蒙古征服者進行改化的番僧的痛恨。總的説來,明代文人筆下之番僧與番教之形象始終是十分負面的。雖然明代士人們亦曾不厭其煩地記載下了番僧的種種神奇故事,令元代文人留下的神僧形象更加豐滿,然而更多的是以文明俯視野蠻的姿態,對番僧的行爲及其所傳教法横加鞭撻。不管是過分地強調明朝廷對番僧之優待和對番教之推崇是以政治利用爲目的的,還是將番教演繹爲"蠱惑聖主之心"的秘密法,或者直接將其斥責爲異端、鬼教、喇嘛教等等,其實質均在於否認藏傳佛教作爲佛教之一支的宗教與文化意義,從而將西番民族牢牢地固定在野蠻的"化外遠夷"的位置上。

如前所述,明代皇帝中絶大部分都是佛教的信徒,其中有不少偏愛藏傳佛教。然而不管是朝廷本身,還是明代的文人都不遺餘力地將皇帝崇佛,特別是推崇藏傳佛教、優待番僧的行爲政治化。從明太祖開始,明朝的皇帝及其大臣們就再三再四地強調其廣招番僧,且封他們爲僧官是出於政治的考慮,所謂"蓋西番崇尚浮屠,故立之

---

〔1〕 參見井上充幸,《徽州商人と明末清初の藝術市場——吳其貞〈書畫記〉を中心に》,《史林》第87卷第4號,2004年7月,頁42,注5。

〔2〕《明實録》五一,《孝宗實録》卷二,葉十(頁27—28);類似的説法亦見於《明實録》四一,《憲宗實録》卷五八,葉九(頁1187)。

俾主其教,以綏來遠人"。公開聲明:"有僧官以掌其教者,非徒爲僧榮也。欲其率修善道,陰助王化。"[1]明代大學士梁儲曾於其奏文中説:

> 西番本夷狄之教,邪妄不經。故先聖王之世未聞有此。顧其説流入中國,浸婬已久,未能遽革。永樂、宣德年間,雖嘗有遣使之舉,我祖宗之意,以天下初定,特藉之以開導愚迷、鎮服夷狄,非真信其教而崇奉之也。[2]

對此,陸容於其《菽園雜記》中説得更加生動具體,其云:

> 胡僧有名法王若國師者,朝廷優禮供給甚盛,言官每及之。蓋西番之俗,一有叛亂讐殺,一時未能遥制,彼以其法戒諭之,則磨金餂劍,頂經説誓,守信惟謹。蓋以馭夷之機在此,故供給雖云過侈,然不煩兵甲、芻糧之費,而陰屈羣醜,所得多矣!新進多不知此,而朝廷又不欲明言其事,故言輒不報。此蓋先朝制馭遠夷之術耳,非果神之也。[3]

這種政治化的解釋顯然不祇是人臣爲其主子之弊政所作的開脱,在其背後實際上還隱藏有另一層意思,即對番教之宗教、文化意義的否定。於漢族士人而言,"吾聞用夏變夷,未聞變於夷者也"。[4]若中華禮儀之邦的皇帝果真信奉"夷狄之教"的話,這或當比"夷狄之教"本身更"邪妄不經"。因此,他們同樣從"懷柔遠夷"這一話語出發,提出了這樣一個他們認爲更加合理的解釋。

明代士人對於朝廷偏愛番教提出的另一種解釋是,番教乃所謂"秘密法",亦即元末宮中流行的"大喜樂法"。明代皇帝對其之喜愛乃是受番僧的蠱惑,而躭迷於這種以淫樂爲目的的"秘密法"。修《明實録》之宮廷史官曾作如是評論:

> 西僧以秘密教得幸,服食器用僭擬王者,出入乘榱輿,衛卒執金吾杖前導,達官貴人,莫敢不避路。每召入大内,誦經咒、撒花米、贊吉祥,賜予駢蕃,日給大官酒饌牲餼至再,錦衣玉食者幾千人。中貴人見輒跪拜,坐而受之。法王封號,有至累數十字者。[5]

這條評論曾多次爲明代士人轉抄,可見他們大都認可了這種説法。沈德符於抄録了這段文字之後緊接着説:"考秘密法,即胡元演揲兒法也。元順帝以此寵信淫秃,致

〔1〕《明實録》八,《太祖實録》卷二二六,葉三(頁3307);卷二五〇,葉四(頁3627)。
〔2〕《明實録》六七,《武宗實録》卷一三一,葉八(頁2614)。
〔3〕《菽園雜記》卷四,頁42。
〔4〕語出《孟子》,《滕文公》上。
〔5〕《明實録》四一,《憲宗實録》卷五三,葉七(頁1077);相同的記載亦見於《萬曆野獲編》,下册,頁916;《典故紀聞》,頁258。

亂天下。至是番僧循用其教，以惑聖主。⋯⋯豈秘密法真如元人所譯，爲大喜樂耶!"〔1〕

顯然，與元代士人一樣，明人亦於番教、番僧和於元代宮廷中所傳之秘密法之間劃上了等號，並將其視爲蠱惑聖主、禍國殃民的妖術，儘管他們實際上對這種密法所知甚少。有意思的是，於相傳爲明代江南才子唐寅所著色情小説《僧尼孽海》中，有一回名"西天僧、西番僧"，乃根據《元史》、《庚申外史》中所記元順帝時宮中君臣宣淫，同修西天、西番僧所傳"秘密大喜樂法"的故事添油加醋而成，這當反映了明人對西番之所謂"秘密教"或"秘密法"的理解。具有諷刺意義的是，其中所列秘密法之修法，即號"采補抽添"之九勢，即龍飛、虎行、猿搏、蟬附、龜騰、鳳翔、兔吮、魚遊、龍交等，實際上都是來自《素女經》等有關房中術的漢文經典中的東西，與藏傳佛教之修行實風馬牛不相及。

此外，明人還貽番僧以神僧形象，表面上看來是推崇番教之神奇，而實際上是將藏傳佛教貶損爲方伎、幻術之流。番僧之神僧形象開始於洪武朝，當時有:

> 惺吉堅藏(Seng ge rgyal mtshan)，西僧也。南京雞鳴山在六朝時爲北邱之地，明興，大都城包之。太祖達功臣廟，其上又創雞鳴寺以爲祀神演法之所，立國子監鎮壓之。舊時餘魂滯魄往上結爲黑氣，觸人輒昏僕。太祖異之，服儒服幸廣業堂，妖氣寂，駕回復作。乃迎西番有道行僧，而惺吉堅藏與七僧俱來結壇，忽感天雨寶花之異，壇場上下黑氣充塞，開合散聚，如來就食供事人役，氣罩其身，惟露頂額。如此者七晝夜始滅，是後不復爲惺。〔2〕

番僧之神僧形象因哈立麻創造的"南京奇迹"(Nanjing Miracle)而傳遍天下。明人記其事曰:

> 哈立麻率天下僧伽，舉揚普度大齋，科十有四日。上幸齋壇，是時見有卿雲天花，甘雨甘露，舍利祥光，青鸞白鶴日集，及金仙羅漢於雲端，白象青獅，莊嚴妙相，天燈導引，旛蓋旋繞而下。又一夕檜柏生金色花，徧都城有之。又聞梵唄空樂，自天而降。——自是屢著靈異，謂之神通。教人念唵嘛呢叭彌吽，信者晝夜念之。大學士胡廣做聖孝瑞應歌以獻，上亦潛心釋典，作爲佛曲，使宮中歌舞之。〔3〕

這類記載於西藏文高僧傳記中，可謂司空見慣，然於漢人來説則是難得一見的奇迹。而番僧中最令人驚奇的當是"活佛"。前曾提到明武宗迎活佛的故事，雖然他所欲迎請的"能

---

〔1〕 《萬曆野獲編》補遺卷四，剳巴堅參，下册，頁916。
〔2〕 查繼佐，《罪惟録》卷二六。
〔3〕 傅維鱗，《明書》卷一六○，頁3154。

知三生及未來事"的西番活佛當是指第八世哈立麻,[1]但當時於漢地、蒙古最著名的西番活佛是曾致函時相張居正,乞照例賞賜的第三世達賴喇嘛鎖南堅錯(bSod nams rgya mtsho)。[2] 顯然,爲漢人所知之西番活佛不僅僅是一、二人而已,活佛轉世的故事已經藏人之口於漢地廣泛流傳。《萬曆野獲編》中記載了根據"以萬曆三十八年(1610)入貢,因留中國"的烏思藏僧蔣觸匝巴,即 Byang chub grags pa,所説有關活佛的故事,其曰:

> 國人稱國王曰喇嘛令巴恤(bla ma rin po che),三五年一換,將死日,語羣臣曰:我以某年月日生某國中,父母爲某,汝等依期來迎。後如期死,死後果生某國,從脇下出,三日即能言,告其父母曰:我本烏思藏王,我死日曾語國人,國人亦知來迎。迎至國五六月,暴長如成人,即能登壇説法,往事來事無不通曉。經典自能淹貫。特新王面貌不似舊王,不過五年又生他國,大都生番地,番人稱活佛,迎送必以禮。國王持咒,番人不能動,故極敬畏。國王死不葬,新王到,方火舊王骸,骸中有舍利,齒間有寶石,其異如此。……然則活佛信有之,且至今不絕也。[3]

這段話顯然是小説家言,不實之處十之八九。若其果真爲烏思藏僧蔣觸匝巴所説,則令人懷疑他是否是有意在製造神話。然這類傳言一定令人對此等神秘莫測的活佛興趣盎然,難怪武宗會不顧滿朝文武的反對而執意求之。雖然武宗迎活佛的故事最終成爲一場鬧劇而貽後人以笑柄,然活佛的故事則已膾炙人口。清代來華的高麗燕行客朴趾源於其《熱河日記》中就記載了不少從漢族士人那裏道聽途説來的種種有關活佛之神通的故事。如説活佛有神通法術,能洞見人之臟腑,具照見忠姦禍福的五色鏡等。甚至連元時因發宋陵寢而臭名昭著的楊璉真伽亦已轉世爲神通廣大的活佛,其"有秘術,有開山寶劍,念咒一擊,雖南山石椁下錮三泉,無不立開,金鳧玉魚,托地自跳,珠襦玉匣,狼藉開剝,甚至懸屍瀝汞,批頰探珠"。[4] 具預知生死之神通者還包括普通的西番國師。《菽園雜記》記載了這樣一則荒唐的故事:"成化初,一國師病且死,語人曰:吾示寂在某日某時。至期不死,弟子恥其不驗,潛絞殺之。"[5]這大概是番僧爲了保持其神僧形象而必須付出的代價。

當然,番僧之神通還遠不止於此,其顯現亦不限於京師之地。《雙槐崴鈔》中記載

---

〔1〕 參見佐藤長上揭 1963 年文;Hugh E. Richardson, "The Karma-pa sect: A historical note," *Journal of Royal Asiatic Society*, Part I, 1958, pp. 3, 4; Part II, 1959, pp. 1, 2.

〔2〕 張居正,《張太岳集》,《番夷求貢疏》,上海:上海古籍出版社,1984 年,頁 552;參見乙阪智子上揭 1993 年文。

〔3〕 《萬曆野獲編》卷三〇,頁 782。

〔4〕 朴趾源,《熱河日記》,上海:上海書店出版社,1997 年,頁 166、170。

〔5〕 《菽園雜記》卷四,頁 38。

有這樣一則故事：

> 東井陳先生宣之政爲雲南憲副，嘗見西番僧至滇，遇旱，能入海擒龍鉢中，以劍擬之，輒雷電而雨。足履衢石，深入數寸，既去，則鞋迹存焉。咒六畜，生者輒死，復咒之，則死者再生。此元人所以尊信，加帝師號，至於皇天之下，一人之上，蓋懼其邪術故也。[1]

《萬曆野獲編》中亦記載下了作者親歷的神奇故事，其云：

> 余往年庚子，在武林應試，遇一西僧於馮開之年伯家，其人約年四十，日夜趺坐不臥，食能斗許，亦可不食，連旬不飢。便液亦較常人僅十之一，每十日去若羊矢者三五而已。能持彼國經咒，以礠炽鉄釜銅赤，擎掌上，拈指其中，取百沸湯沃人肌膚如冷雪，亦能以咒禁瘟痢等疾。蓋其地去中國數萬里，塗中奇鬼毒蛇怪獸相撓，非咒力禁持，必不能達。此特其小技耳。[2]

雖然漢族士人記錄了番僧之種種匪夷所思的神通，但顯然他們並没有將這類神通當作番僧修佛所得之成就而加以表彰，而是將它們稱爲“邪術”或“小技”。《罪惟録》於記録成祖觀塔影之神通後作評論説：“凡西僧所爲皆術，若以心性則無幻。”此即是説，番僧所傳幻術而已，不是談論心性之佛學。而且就是對番僧之神通本身，漢族士人亦多持懷疑、批評的態度。明人筆記中記載有如下一則故事：當朝野上下爲哈立麻上師於南京靈谷寺行普度大齋時所顯現之神通陶醉時，“唯翰林侍讀李繼鼎私曰：若彼既有神通，當[通]中國語，何爲待譯者而後知？且其所謂唵嘛呢叭彌吽者，乃云俺把你哄也。人不之悟耳。識者服其議”。[3]

這則故事曾被明人輾轉抄録，可見時人附和此議，對番僧之神通持懷疑態度者甚多。武宗遣使往西番迎活佛時，不斷有人上書諫止。其中有人直接指出所謂活佛不過是騙局，説：“且西域豈真有所謂佛子者，特近幸欲售其姦而無由，乃神其術以動聖聽。”亦有人對番教之徵驗提出質問，其曰：

> 皇上遠遣使求佛，傳播中外，人心眩惑。永樂、宣德曾再遣使，不聞徵驗。比見番僧在京者，安之以居室，給之以服食，榮之以官秩，爲其能習番教耳。請以其徒試之，今冬煖，河流天時失候，彼能調燮二氣，以正節令乎？四方告乏，帑藏空虛，彼能神施鬼運，以贍國用乎？虜寇不庭，警報數至，彼能説法咒咀，以靖邊難乎？試有徵

---

〔1〕 黄瑜撰，魏連科點較，《雙槐歲鈔》卷八，《西番遏敵》，北京：中華書局，1999 年，頁 152。
〔2〕 《萬曆野獲編》卷二七，西僧，頁 694。
〔3〕 《明書》卷一六〇，頁 3154。

驗,則遠求之可也。如其不然,請即罷止。[1]

總之,不管是説番教是“秘密教”,還是誇異其神通,均無異於説番教乃騙人、害人的把戲,除了能蠱惑聖主外,既於實際無補,亦非正宗釋教。[2] 故有人甚至將番僧所傳之教逕稱爲“鬼教”,[3]將藏傳佛教視爲異端,指責番僧以“異端外教蠱惑人心,汙染中華”者,則更是不勝枚舉。例如,成化二十三年(1487)十一月,南京陝西等道監察御史繆樗等言八事,其“八曰斥異端,謂邇者憸邪之士,每假方術,遊惰之民,多投釋老,甚至番僧夷種,接迹中華,上瀆先皇,售其邪説,遂致崇侈名號,大創法場,糜費財力”。[4] 再如,弘治十五年(1502)六月,内閣大學士劉健等上奏言:“若釋氏乃夷狄之教,稱爲異端,而番僧全無紀律,尤濁亂聖世之大者。自胡元之君,肆爲佚淫,信其蠱惑,始加崇重。及天兵掃蕩,無益敗亡,可爲明鑒。”[5]

然而,到明朝時,佛教已於中國傳播了千有餘年,故籠統地斥其爲異端,以此來批判番僧、番教顯然不夠有力。況且朝廷推崇佛教,指望用它來“陰翊皇度,化導羣迷”,因此,士人們不敢太放肆地批判佛教。若要將番教批倒,祇有將番教和佛教區别開來,使其成爲佛教中的異數,即異端中的異端。故有人一方面認同朝廷借助佛教、“陰翊皇化”的政策,而另一方面則斥責“番僧皆淫穢之人,不通經典”,將他們清除出佛教徒的隊伍。[6] 前述明代士人將番僧所傳之教稱爲“番教”、“秘密教”,或者“鬼教”,實際上都是爲了明確表明它和正統佛教之區别。而藏傳佛教之最著名的别號,即“喇嘛教”這一名稱,最早亦出現於明代士人筆下。晚近,美國學者 Donald Lopez Jr. 於其《香格里拉的囚徒》一書中,專章討論英語中 Lamaism 一詞的來歷和涵義。其中心思想是説,西人著作中習慣於將藏傳佛教稱爲 Lamaism 是因爲長期以來西方人多半將藏傳佛教看成是離原始佛教最遠、最墮落的一種形式,因爲它不配擁有佛教之名,故而祇能被稱作 Lamaism。[7]

---

〔1〕《明實録》六七,《武宗實録》卷一三二,葉五—一六(頁2625—2626)。

〔2〕朴趾源曾對元、明朝廷崇奉番教作如下評論:“世祖起自沙漠,無足怪也。皇明之初,首訪夷僧,分師諸子,廣招西番尊禮之,自不覺其卑中國而貶至尊、醜先聖而抑真師。其立國之始,所以訓教子弟者,又何其陋也! 大抵其術有能長生久視之方,則乃是投胎奪舍之説而僥幸世主之心耳。”《熱河日記》,頁183。

〔3〕户科給事中石天柱上書指責明武宗“寵信番僧,從其鬼教”。《明實録》六六,《武宗實録》卷一〇八,葉七(頁2212)。

〔4〕《明實録》五一,《孝宗實録》卷六,葉四(頁110)。

〔5〕《明實録》五九,《孝宗實録》卷一八八,葉十三(頁3483)。

〔6〕《酌中志》,頁117。

〔7〕 Donald S. Lopez Jr. *Prisoners of Shangri-La: Tibetan Buddhism and the West*, Chicago and London: The University of Chicago Press, 1998. 參見 Isabelle Charleux, “Les《lamas》vus de Chine: fascination et répulsion,” *Extrême-Orient*, *Extrême-Occident*, *Cahiers de recherches comparatives 24: L'anticléricalisme en Chine*, 2002, pp. 133－152.

看來在這一點上，中西學人殊途同歸。而爲藏傳佛教冠以"喇嘛教"惡名之始作俑者，當還是中國之士人。Lopez 先生提出於漢文文獻中"喇嘛教"一詞最早出現於清代的詔令中。其實不然，筆者迄今所見最早出現"喇嘛教"一詞的漢文文獻是明代萬曆元年（1573）四月八日建極殿大學士張居正所撰之《番經廠碑》。此碑起始云："番經來自烏思藏，即今喇嘛教，達摩目爲旁支曲竇者也。"[1]平心而論，張居正的這句話本身並没有要將喇嘛教貶損爲"旁門左道"的意思，説喇嘛教是被漢人推爲禪宗佛教祖師的菩提達摩"目爲旁支曲竇者"，無非是説它是正統佛教的"旁支"，與漢地所傳的禪宗佛教不同。身爲宰臣的張居正爲專門刻印藏文佛經的番經廠書寫碑文，代表的是朝廷、官方對藏傳佛教予以支持的立場。張居正在碑文中特別強調了漢、藏佛教的同一性，説："雖貝文、梵字不與華同，而其意在戒貪惡殺、宏忍廣濟，則所謂海潮一音，醍醐同味者也。"[2]然而，"喇嘛教"一詞於漢文語境中的涵義遠遠超出了張居正的本意，它代表的是漢人對藏傳佛教的一種具有典型意義的誤解，即普遍地將它當作一種神秘莫測、魔法無邊的巫術。具有諷刺意義的是，經漢地禪僧摩訶衍和尚於 8 世紀末期傳到吐蕃的以頓悟爲主要内容的菩提達摩的禪法，同樣亦被以龍樹菩薩之中觀學説爲正宗的西藏佛教徒視爲異端邪説，就差没被稱作"和尚教"了。[3] 漢族士大夫對藏傳佛教之批判，可以從他們對元朝帝師八思巴之批評中略見一斑，他們以爲八思巴受"賜號曰皇天之下一人之上闡教宣文輔治大聖至德普覺真智祐國如意大寶法王西天佛子大元帝師，蓋自有釋氏以來其光顯尊崇未有過焉者也。心印不如達摩，神足不如圖澄，開敏不如羅什，記憶不如一行，不過小持法咒唄而已。而猥被世表之寵，秉内外釋教之權，不亦幸哉！"[4]

六、餘　論

漢藏政治、文化交流的歷史從唐朝開始，至今已歷千有餘年。當兩种文明首次相遇時，於漢地正處大唐盛世，乃漢族文明之全盛時期。於吐蕃則混沌初開，尚處於"無文字"、"刻木結繩"的前文明時代。漢族文化的傳入曾是推動其政治、文化發展的強大動

---

〔1〕　碑文今見於《欽定日下舊聞考》卷六，臺北：廣文書局，1968 年，頁 8a—8b。

〔2〕　同上。

〔3〕　參見沈衛榮，《西藏文文獻中的和尚摩訶衍及其教法：一個創造出來的傳統》（*Hvashang Mahāyāna and his teachings in Tibetan literature*，*An invented tradition*），口頭發表於日本第四十九次國際東方學者會議，京都，2004 年 5 月 29 日。

〔4〕　《弇州四部稿續稿》卷一五六。

力。而隨後吐蕃文明發展之迅速和燦爛令人驚奇。吐蕃曾經是地處漢文化圈周邊之最強大的軍事力量和最有影響力的文化形式。雖然吐蕃帝國的輝煌並沒有持續太久,但吐蕃文化卻已在其曾經統治過的漢族地區留下了不可磨滅的印記,並開始回饋其從中曾得到過許多養分的漢文化。敦煌出土的文書、壁畫和其他實物中都有不少屬於藏傳佛教的東西。有關吐蕃僧諍的敦煌漢、藏文文書,既展示漢傳佛教傳統與藏[印]佛教傳統的尖銳交鋒,又反映了兩种文明間的高層次交流。吐蕃大譯師法成由藏譯漢的佛典,不僅彌補了漢譯佛經中的不少空缺,而且還將漢譯佛經的水準推上了一個新的臺階。自朗達磨滅佛、吐蕃王國隨之解體之後,西藏歷史進入了一個長達幾個世紀的黑暗時代,漢、藏文化交流一度中斷。然當藏傳佛教經過後弘期的復興之後,便很快東進,向中原滲透。西夏(1032—1227)王廷中出現了中國歷史上最早的西藏帝師,[1]藏傳佛法不僅於西夏宮廷中深得歡迎,而且亦在漢族僧俗中傳播。於西夏黑水城出土的漢文文書中,出現了不少藏傳佛教密宗瑜伽修習,特別是有關噶舉派之傳世要門《那若六法》(*Nā ro chos drug*)之修習儀軌文書的漢譯文。[2] 到了蒙元時代(1206—1368),雖然是外族入主中原,但蒙古大帝國改變了傳統的民族和社會秩序,爲其境內之民族間的融合和文化交流創造了前所未有的好時機。西藏成了大蒙古帝國的一個組成部分,處於蒙元王朝的直接的統治之下。儘管在政治上,西藏人成了蒙古皇帝的臣子,然而在文化上他們卻成了蒙古皇帝的老師,而且還受命"領天下釋教"。八思巴帝師以胡僧之身份得享與漢文化之祖師孔夫子同等的尊崇,其弟子稱司徒、司空來中原傳法者,絡繹道途。從此漢地的佛教被披上了一層濃重的西番色彩,藏式的寺廟塔像不僅出現於京畿、都邑,而且亦見於南國、鄉野。雖然處於異族統治下的漢族士人對深得蒙古統治者寵信、且常常爲虎作倀的番僧極爲痛恨,所以元人文獻中所見之番僧形象並不太光彩,但顯然番僧不衹是能呼風喚雨的神僧、播弄房中術的妖僧,或者飛揚跋扈的惡僧。[3] 譬如,番僧對漢地佛經的形成就卓有貢獻,史稱元代"西域異書種種而出,帝師、國師譯新采舊,增廣其文,名以至元法寶刻,在京邑流布人间","並且亦在江南流布"。[4] 一部流傳至今的《至元法寶勘同總錄》就足以證明番僧中亦有爲漢藏佛教文化交流作出了

〔1〕 羅炤,《藏漢合璧〈聖勝慧到彼岸功德寶集偈〉考略》,《世界宗教研究》1983 年第 4 期,頁 5。

〔2〕 沈衛榮,《西夏黑水城所見藏傳佛教瑜伽修習儀軌文書研究 I:〈夢幻身要門〉(*sGyu lus kyi man ngag*)》,《當代藏學學術研討會論文集》,臺北,2004 年。

〔3〕 沈衛榮,《神通、妖術和賊髡:論元代文人筆下的番僧形象》,《漢學研究》第 21 卷第 2 期,2003 年,頁 219—247。

〔4〕 趙壁,《大藏新增至元法寶記》,《天下同文集》卷八。

卓越貢獻的高僧大德,[1]一部爲後世漢人修西藏密法者奉爲圭臬的《大乘要道密集》則正告世人藏傳密法並不是人們想象中的異端邪説,[2]它們的存在見證了漢藏佛教文化交流史上的一個黄金時代。

　　継元而起的明朝,雖然承前朝之餘蔭,順利地接收了元朝統治西藏近百年這份寶貴的遺産,從制度上確立了其對西藏地區的統治。然而,明朝作爲推翻胡人政權後建立起來的漢人政權,再次祭起"懷柔遠夷"這面旗幟,將它作爲其與包括西藏在内的周邊民族交往之根本理念,希望借助廣封多建來制馭夷狄,不爲邊患。是故,明朝之中國已不復元朝時夷夏雜居、天下一家的局面。"嚴夷夏之辨"重新成爲明代漢族士人口頭的常用語。明代之漢藏關係便整個地於"懷柔遠夷"這個框架下展開。元末明初,番僧曾被普遍認爲是元朝速亡的禍根,故明初的皇帝曾口口聲聲要以此爲鑒,然而出於招徠遠人之需要,他們不但没有將番僧拒之於千里之外,反而是大肆招徠、寵遇有加。遂使京城内外居有數千番僧,新修藏傳佛寺層出不窮。他們對番僧和其所傳教法的熱愛比起前代來是有過之而無不及。藏式佛事、跳步吒等已成爲宫中時祭、慶典中的常項,京城中有專門的番經廠刻印藏文佛經,分發漢地、西番和蒙古各寺。明永樂年間開始刊刻的《西藏文大藏經》是最早、最權威的刻本。明代民間習密法、喜番教者之多竟使兜售藏傳佛教法器成爲京城内外一項有利可圖的買賣。於元朝臭名昭著的歡喜佛、雙修法等藏傳佛教之圖像與儀軌不但没有絶迹中原,反而流傳日廣。藏式佛事亦已成爲京城内外達官貴人家婚喪喜事中一項特別令人注目的内容。然而亦正是從"懷柔遠夷"和"嚴夷夏之辨"這種話語出發,明代士人既無心於"以夏變夷",更不忍見"夏變於夷",故不遺餘力地排斥番僧、番教。不管是將朝廷優待番僧、推崇番教的行爲詮釋爲政治利用,還是將番教説成是以神通騙人的方伎邪術、蠱惑聖主之心的"鬼教"、"秘密法",或者是爲佛教之異端的"喇嘛教",其目的都是爲了否定深爲朝野所喜的番教之宗教、文化意義,從而將西番牢牢地固定在"化外遠夷"的位置上。

　　漢文化傳統具有悠久的歷史,它是在吸收、融合,甚至是同化了各種外來文明的基礎上不斷發展、進步的。它不是一種單一的文化傳統,而是一種多元的復合文化,其身上有他種文化的影子。而藏傳佛教文化,曾以其帶有異國風情的特殊魅力頑强、持續地

---

　　[1]　Herbert Franke, *Chinesischer und Tibetischer Buddhismus im China der Yüanzeit: Drei Studien*, München: Kommission für Zentralasiatische Studien Bayerische Akademie der Wissenschaften, 1996, pp. 69 - 124: II. Der Kanonkatalog der Chih-yüan-Zeit und seine Kompilatoren.

　　[2]　陳慶英,《〈大乘要道密集〉與西夏王朝的藏傳佛教》,《賢者新宴》3,2003 年,頁49—64。

向中原漢族文化滲透。今天,藏族文化於以漢文化爲主體的中華文明中,顯然是一道相當亮麗的風景綫。然而於漢、藏文化交流的歷史上,受各種政治、民族等因素的影響,漢、藏兩种文化間的交流往往不衹是一種直綫的、良性的,而常常是曲折的、非理性的過程。藏族之文化傳統作爲一種異質的他種文化傳統,曾於漢文化傳統之不同的歷史時期,受到過不同程度的曲解,甚至有意的醜化。這種曲解與醜化導致了這兩種文化間至今存在有許多根深蒂固的誤解,阻礙了它們之間的正常交流和相互理解。是故,揭露兩種文化間之誤解、曲解的種種現象,並揭示造成這種曲解的歷史、社會和文化原因,將有助於消除這種誤解和隔閡,推動漢、藏兩种民族文化間的融合和共同繁榮。

（原載《國際漢學》第 13 輯,2005 年,頁 213—240）

明封司徒鎖巴頭目剌昝肖考

——兼論元明時代烏思藏拉堆洛萬户

一、明帝永樂授鎖巴頭目剌昝肖爲司徒詔

在西藏自治區檔案館編的《西藏歷史檔案薈萃》中收録了一份同時用漢、藏兩種文字寫成、現藏於西藏自治區檔案館内的明永樂皇帝封授鎖巴頭目剌昝肖爲司徒的詔書，兹先照録如下:[1]

奉天承運皇帝制曰:

　　天地之大包含覆載而萬物亨，帝王之道懷柔撫綏而天下治。故命官錫爵，各因其宜，所以順人情而廣恩澤也。爾鎖巴頭目剌昝肖早從佛教，悟解真乘，以清淨而爲宗，以慈悲而化道，敬順天道，尊仰朝廷，竭誠奉職，始終一致，爰申寵命，用示襃

rGyal po'i lung gis gnam sa che ba ni bkab bteg ma khyab pa med cing bar na yod pa'i dngos po sna tshogs bde ba / rGyal po'i lugs ni / nye ring med pa skyong na rgyal khams thams cad 'jag zhing / las dka' dang long spyod bskos na'ang rang rang gis bya ba bzhin du bskos pa yin / de ltar na mi'i lugs dang mthun cing bka' drin che ba yin no / khyod so pa mgo dpon lha tsang skyabs /[2] snga mor sangs rgyas kyi bstan pa la dad pa / theg pa chen po'i don rtogs cing / sems rnam par dag pa gtsor byas / byams snying rje la brten nas gzhan la 'dul ba / gnam gyi luga la gus pa dang mthun pa / gong la sems bzang po bsam nas bkur sti byas / yang dag pa'i she mong phyung nas / snga phyir khyad par med pa / de'i

---

[1] 西藏自治區檔案館，《西藏歷史檔案薈萃》，北京: 文物出版社，1995 年，頁 25。

[2] 《西藏歷史檔案薈萃》一書的編者將原名 lHa tsang skyabs 勘定爲 lHa btshan skyabs，此當更符合藏文習慣，也與漢字音譯"昝"切近。按元朝譯音慣例 Tsang 當音譯"藏"，如 dBus gTsang 被音譯爲烏思藏。"昝"與"贊"同音，用來音譯"btsan"字，符合古漢語譯音規則，如松贊干布的藏文原文爲 Srong btsan sgam po，"贊"音譯"btsan"。

榮,兹特授爾爲司徒,
益加精進,肆揚闡於
宗風,懋篤忠誠,永應
承於恩典。欽哉。

永樂十一年二月初九日

yon tan yod pa'i don la/bstod ra byas pa yin/da lta nan
gyis khyod la si thu'u ming dang las dka' bskos nas/
/khyod sangs rgyas kyi bstan pa la lhag par brtson 'grub
byas pa dang/sems bzang po brtan por bzung nas/bka'
drin dang mthun pa dad gus gyis/yun lo'i khri lo bcu
gcig pa zla ba gnyis pa'i tshes dgu gi nyin/

這封詔書雖讀來空洞、俗套,卻令筆者想起了《明實錄》中的一段頗令人費解的記載:

永樂十一年二月己未……授鎖巴頭目剌呇肖、掌巴頭目扎巴、八兒土官鎖南巴、仰思都巴頭目公葛巴等俱爲司徒。各賜銀印、誥命、錦幣。司徒者,其俗頭目之舊號,因而授之。[1]

這段記載之所以費解,首先是因爲其中提到的這四位司徒除了仰思都巴頭目公葛巴或可還原爲 Nyang stod pa Kun dga' 'phags,即著名的江孜法王若膽公藏怕(Rab brtan kun bzang 'phags)的父親仰思都巴公哥怕巴(Nyang stod pa Kun dga' 'phags pa, 1357-1412)外,其餘三人的名字、來歷均無從查考。其次,司徒當爲漢地常見官號,這兒何以將它説成是烏思藏"其俗頭目之舊號"?

上録這份詔書顯然並沒有提供比《明實錄》中的這條記載更多的實質性的歷史内容,但它的披露首先驗證了《明實錄》這條記載之確鑿。據稱,西藏自治區檔案館藏有歷史檔案一百二十大宗、計三百餘萬件(册),其中明代檔案也以上萬件計,實乃令研究西藏歷史者神往的寶藏。可惜迄今經過整理編目的檔案尚不及十之一、二,而公布、出版者則更是九牛一毛,[2]故有朝一日另外三封詔書也被發現、公布當並非不可逆料。其次,這份以藏、漢兩種文字行世的詔書提供了鎖巴頭目剌呇肖這一不太常見的西藏人名的藏文原形,這至少使在汗牛充棟的藏文史籍中查找此人的下落成爲可能,儘管實現這種可能的機會就如大海撈針一般。爲了能順利讀解《明實錄》這段文字,進而更清楚

---

〔1〕《明實錄·成祖》卷八七,永樂十一年二月條。

〔2〕除了《西藏歷史檔案薈萃》中公布的八份明代詔書外,還有不少明代文書被分別發表在一些論文中。如王毅,《西藏文物見聞記》(一)、(二)、(三)、(四),《文物》1959—1961年;西藏文管會,《明朝皇帝賜給西藏楚布(普)寺噶瑪活佛的兩件詔書》,《文物》1981年第11期;西藏文管會,《拉薩物志》,拉薩,1985年;文竹,《西藏地方明封八王有關文物》,《文物》1985年第9期;宋伯胤,《明代中央政權致西藏地方詔敕》,中央民族學院藏族研究所編,《藏學研究文集——獻給西藏自治區成立二十周年》,北京:民族出版社,1985年;宿白,《拉薩布達拉宫主要殿堂和庫藏的部分明代文書》,《藏傳佛教寺院考古》,北京:文物出版社,1996年,頁208—221。

地揭開明代在西藏之行政的真相,查找這位司徒剌昝肖的下落當不無意義。

治明代西藏史者,常津津樂道明封之所謂八大法王,確切地説是三大法王和五位教王,但此絶非明朝治西藏地方、實行所謂"分而治之"政策的全部内容。明廷對西藏的了解和施政遠比分封這八大法王具體、深入,除了相應地改元代在西藏地區設立的三個宣慰司爲都指揮使司,並適時順勢地封授當時西藏新一代的地方貴族如牛兒宗(sNe'u rdzong)、領思奔(Ring spungs)、三竹節(bSam grub rtse)、公哥兒(Gong dkar)、扎葛爾卜(Brag dkar)等爲行都指揮使,從行政管理結構上完成了改朝換代的過程外,還在八大法王層次之下封授了衆多的國師和司徒。這些國師和司徒當分別是次於八大法王的地方僧俗兩途的代表,弄清楚他們的身份或對推進明代西藏史研究的深入有所裨益。

二、《協噶教法史》載元封拉堆洛萬户史實

1996 年,維也納奧地利科學院出版社出版了巴桑旺堆和 Hildegard Diemberger 合作的《協噶教法史——善説寶鑒善緣項飾》(*Shel dkar chos 'byung legs bshad nor bu'i me long skal bzang mgrin rgyan*)英譯和原文影印本。[1]《協噶教法史》的原作者名阿旺葛丹嘉措(Ngag dbang skal ldan rgya mtsho),寫成於 1731—1732 年間,書長達 116 葉。它長期湮没無聞,直到 1993 年 1 月被維也納大學和西藏社會科學院組織的研究考察團人員在八十年代重建的協噶寺中發現。[2] 此書雖名爲"教法源流"(chos 'byung),但由於所採用資料本身性質不同,故全書體例不一,内容蕪雜。舉其大要,則全書可分成三個部分:拉堆洛頭目(lHo bdag)世系(葉 4a—8a);司徒搠思吉輦真(Chos kyi rin chen,?—1402)之十三行狀(8b—34b);協噶寺史及其教法傳統(以寺院住持傳記爲主,35a—113b)。與此相應,第一部分的體例是典型的 gDung rabs(世系史),而第二部分則介乎 Lo rgyus(紀事)、dKar chag(志、目録)和 rNam thar(傳記)之間,第三部分則又是典型的 rNam thar 的體例。

---

〔1〕 Pasang Wangdu and Hildegard Diemberger, *Ngag dbang skal ldan rgya mtsho Shel dkar chos 'byung. History of the " White Crystal". Religion and Politics of Southern La stod.* Verlage der Oesterreichischen Akademie der Wissenschaften, 1996. 參見 Karl-Heinz Everding, "La stod lHo. Some Notes on the Rise and History of the Tibetan Pricipality," in: *Tibetan Studies*, Proceedings of the 7th Seminar of the International Association for Tibetan Studies, Graz 1995, Ed. By Helmut Krasser, Michael Torsten Much, Ernst Steinkellner, Helmut Tauscher, Verlag der Oesterreichischen Akademie der Wissenschaften, Wien 1997, vol. 1, pp. 269－276; Khangker Tsultrim Kelsang, "Shel dkar chos 'byung skor",同書,頁 511—526。

〔2〕 關於協噶寺建寺的歷史及沿革見 Guntram Hazod, "The World of the Shel dkar chos 'byung. Concluding remarks on the founding history of Shel dkar," Pasang Wangdu 和 Diemberger 上引書,頁 11—128。

　　《協噶教法史》的發現爲西藏史研究填補了一個空白。後藏西部地區，大致説來自薩迦以西，確切地説是拉孜(lHa rtse)以西、至阿里貢塘(mNga' ris Gung thang)以東地區古稱拉堆(La stod)。拉堆以藏布江(gTsang po chen po)爲界分成南北兩個部分，即所謂拉堆洛(La stod lHo)和拉堆絳(La stod Byang)。元朝時，它們同爲朝封烏思藏十三萬户之一，其名字也因此而最初出現於史乘。拉堆絳的歷史因有《絳巴世系史》(De pa g. Yas ru Byang pa'i gdung rabs)行世，[1]在五世達賴的《西藏王臣記》中也有專章敍述，[2]故相對而言有案可稽，晚近也已有學者著文論其世系。[3] 而關於拉堆洛的歷史則除了名字之外幾乎一無所知。筆者十餘年前考證元封烏思藏十三萬户史實時，所見關於拉堆洛萬户的資料僅有《新紅史》中一段極爲簡略的記載。[4] 近有張雲先生對烏思藏十三萬户的歷史重加檢討，其中關於拉堆洛萬户也仍然祇是《新紅史》中的那段記載而已。[5] 事實上，在此期間有一些新近被發現、出版的藏文史籍中間接地提供了一些關於拉堆洛萬户的情況，如噶陀日增才旺諾布(Ka thog rig dzin Tshe dbang nor bu)的《貢塘世系史》(Gung thang gdung rabs)中因爲拉堆洛與阿里貢塘兩個統治家族之間有姻親關係而時常提到拉堆洛和其頭目(lHo bdag)。[6] 由於同樣的原因，《絳巴世系史》中也時常提到拉堆洛。[7] 當然這些零星的記載尚遠不足以形成拉堆洛歷史之概貌，祇有《協噶教法史》的出現纔可能真正使拉堆洛的歷史真相大白。事有湊巧，本文的主角、明封司徒剌昝肖(lHa btsan skyabs)的名字就出現在這部《協噶教法史》中，他是元封拉堆洛萬户的後裔、明初的拉堆洛頭目。爲了説明他的來歷，我們暫且將他按下不表，先來看一看拉堆洛萬户的歷史。

　　《協噶教法史》中關於拉堆洛頭目世系的記載源出《洛巴族譜》(lHo pa'i rus yig)，此書記其家族歷史至16世紀初，可稱相當原始，原書迄今未被發現。[8] 關於拉堆洛頭

---

〔1〕 此書收錄於 Rare Tibetan historical and literary texts from the library of Tsepon W. D. Shakapa, New Delhi, 1974。

〔2〕 rGyal dbang lnga pa chen po, *Bod kyi deb ther dpyid kyi rgyal mo'i glu dbyangs*. Beijing: Mi rigs dpe skrun khang, 1981, pp. 113 - 116. (下簡稱《西藏王臣記》)

〔3〕 Elliot Sperling, "Miscellaneous Remarks on the Lineage of Byang La-stod," *China Tibetology*. Special Issue, 1992, pp. 272 - 277.

〔4〕 bSod nams grags pa, *Deb ther dmar po gsar ma*, Lhasa: Bod ljongs mi dmangs dpe skrun khang, 1989(下簡稱《新紅史》)；黃顥譯注，《新紅史》，拉薩：西藏人民出版社，1984年，頁61—62。沈衛榮，《元代烏思藏十三萬户考》，《歷史地理》第7輯，上海：上海人民出版社，1990年。

〔5〕 張雲，《元代烏思藏十三萬户新探》，《藏族歷史宗教研究》第1輯，北京：中國藏學出版社，頁1—45。

〔6〕 Chab spel Tshe brtan phun tshogs 編, *Bod kyi lo rgyus deb ther khag lnga*(《西藏簡史》). Gangs can rig mdzod 9. Lhasa: Bod ljongs bod yig dpe rnying dpe skrun khang, 1990.

〔7〕 參見 Sperling 上引文。

〔8〕 Pasang Wangdu 和 Diemberger 上引書，頁8。

目的來歷和元代拉堆洛萬户的記載僅三葉(4a—6b),兹先翻譯如下:

昔日妙金剛現身爲人主、法王赤松德贊,建桑耶不變任運成就大法輪寺(bSam yas mi 'gyur lhun gyi grub pa'i chos 'khor chen po)。時師君三尊[1]共議當招何方神聖來作寺廟之護法。議定之後,大法王令天子穆迪贊普(lHa sras mu tig btsan po)和尚剌藏魯班(Zhang lha bzang klu dpal)任統帥,率衆多土蕃軍隊,舉着由大軌範師畫上毗沙門之扈從八牧馬師的旗幟,會同無數由毗沙門之扈從化現的頭型各異的士卒,征服了巴哈達霍爾之禪院,[護法]白哈王,及釋迦牟尼之璁玉身像、頭像、面具等許多屬於薩霍爾王族答剌瑪巴剌所有的佛寶,被迎請到[土蕃],白哈王被推爲桑耶寺主[護法!]。當軍隊返回時,天子和尚剌藏魯班等得旨,爲防衛蕃漢邊境之哨卡,部分軍隊當分駐羌塘(Byang thang)腹地。爾後,這些駐軍發展成北方的一個大牧區(Byang phyogs kyi 'brog sde chen po)。洛巴頭目家族就源出於這個牧民區,其族姓來歷如下:往昔土蕃贊普都松芒[卜]傑時有七大能臣(rtsal chen blon po bdun),其中一位名伯葛東贊(dBas rgod ldongs btsan),舉箭能遠射三個視程。由他衍傳出的家族中漸次出現了大能臣絳日塔津巴(Byang re thag 'dzin pa)等頭人和大臣。又因爲這個家庭得到向北方大牧區衆牧民宣諭[政教]兩種制度法之事業的旨令,故其後裔以協竺(Shes phrug)的族名稱聞於世。

來自此族系的協竺伯剌僧(Shes phrug dbas lha seng)漸漸移居太陽中央之國土[烏思藏!]。伯剌僧的侄兒名協竺公喬崩(dKon mchog 'bum),大智大勇,娶具佛母空行相的斡節兒崩('Od zer 'bum)爲妻,生子協竺絳搽(lJang tsha),後以朵兒只八(rDo rje 'bar)名聞於世,他遷往堆龍(sTod lung),爲領有大片土地之部落長(sDe dpon)。與噶里瑪巴都松欽巴之黑帽系轉世噶里瑪巴八哈失結有供施之法緣,爲噶里瑪巴於簇爾卜寺(Tshur phu)建大自在天釋迦牟尼佛像之施主。朵兒只八娶噶里瑪巴之一位女官爲妻,生子協竺監藏崩(rGyal mtshan 'beng);後者也爲噶里瑪巴之施主,施供往來甚密,娶噶里瑪巴女官斡色肖瑪('Od gsal skyong ma)爲妻,生子協竺噶扎公喬班(Kar tsha dKon mchog dpal)。後者於政、教兩途有大智慧,其妻乃八哈失南喀輦真(Nam mkha'i rin chen)之女班丹堅(dPal ldan rgyan),生子協竺葛瓦藏卜(dGe ba bzang po),以勇武著稱,是故遷往彭域('Phan yul),爲擁有大片土地之部落長,娶土蕃贊普家族之後裔斡吉八('Od skyid 'bar)六位子女中之最幼者王室

---

[1]　mKhan slob chos gsum,指親教師靜命、軌範師蓮花生和法王赤松德贊。

女霍爾吉(Hor skyid)爲妻,生子協竺班丹崩(dPal ldan 'bum)。後者娶王室女扎瑪(Gra ma)爲妻,生子協竺管著肖(kKon mchog skyabs)。迄此該家族世系都是單脈相傳,因所謂"協竺"乃"協"之變音,所以其後出諸子均以"西竺"(Sge phrug)稱。

管著肖娶出自土蕃贊普之造像師家族的銀匠班丹(dPal ldan)之女班丹吉(dPal ldan skyid)爲妻,生有西竺鎖南崩(bSod nams 'bum)和瑪桑釋迦崩(Ma sangs shakya 'bum)二個兒子。當瑪桑釋迦崩幼時,掌拉堆岡噶萬户府(La stod sgang dkar khri tshang)者乃屬本禪釋迦藏卜(dPon chen Shakya bzang po)之侄兒系家族的本禪曲波赤班(Phyug po khri dpal),[1]因有親屬關係,他召瑪桑釋迦崩往拉堆,後者受旨被命名爲[拉堆]洛之頭目(lHo bdag)。長子[鎖南崩]娶彭域喀孜瓦之女兒班丹崩爲妻,生子軟奴旺朮(gZhon nu dbang phyug)和管著肖(dKon mchog skyabs)昆仲二人。兄軟奴旺朮被叔父瑪桑釋迦崩召至岡噶,因叔父自己和本禪曲波赤班均無子嗣,故被立爲本禪曲波之養子。按朝廷聖旨,每當新年[薩思迦巴]當向漢地大皇帝貢方物以賀新歲,並詳陳寺内所議情況,軟奴旺朮受遣往漢地,完全按[薩思迦]的吩咐機警應對,不辱使命,回後即被任命爲岡噶和出密(Chu mig)萬户長,獲萬户長之地位。

初,岡噶瓦輦真班(sGang dkar ba Rin chen dpal)和尚尊(Zhang btsun)二人各爲薩思迦本禪僅月餘。後,香喀卜赤瓦本禪賞[竺]輦[真](Shangs mkhar po che ba dpon chen Byang [chub] rin [chen])被任命爲本禪。[2] 後洛奈龍巴居噶瓦公哥軟奴(lHo nas lum ba rgyus dkar ba Kun dga' gzhon nu)從其手中取得薩思迦之印信,出任本禪。是時,彭域瓦軟奴旺朮因收入甚豐而被選爲本禪公哥軟奴的代表再赴闕廷納貢方物以賀新歲,並陳述邊情。他到達中原廣袤之地,獲見眾生怙主上師寶八思巴和薛禪皇帝施供,並多次向施供雙方當面詳陳,在烏思、藏和朵甘思三地忠實地貫徹蒙古俗例之必要,如在烏思藏括户和管理站赤等,甚得皇帝施供雙方之歡心,遂下旨曰:彭域瓦軟奴旺朮對揚稱旨,甚合施供雙方之意,特任命其爲本禪。軟奴旺朮遂繼本禪公哥軟奴之後被朝廷任命爲本禪。皇上施供更賜以帝師三公(ti shri zam mgon)之稱號和宣慰使之印信,還賜以大司[徒](Tva'i si [tu])之誥命和宣諭其爲掌至洛曲堆(lHo chu 'dus)之萬户的詔誥,以及三珠虎頭符等禮品。[3] 本禪

---

〔1〕 他當即第四任薩思迦本禪曲波罔喀瓦(Phyug po sgang 'khar ba)。《漢藏史集》,頁359。

〔2〕 他又被稱爲香東波(Shangs sdong po),爲第五任薩思迦本禪,同時受宣慰使印。《漢藏史集》,頁359。

〔3〕 元朝萬户府分上、中、下三等,萬户佩虎符,虎符按高下分三珠、二珠、一珠三種,衹有上萬户達魯花赤可佩三珠虎符。參見陳得芝主編,《中國通史》第八卷,中古時代,元時期(上),上海:上海人民出版社,1997年,頁974—976。

軟奴旺尤在世時,於政、教兩途均有大作爲,特別是——劃清烏思藏之地界、製定有大饒益的法律細則等。[1]

本禪軟奴旺尤在洛岡噶得子斡節兒桑哥('Od zer seng ge),及長,於政、教兩途智慧廣大,獲選與其叔父管著肖一起往闕廷覲見完者篤皇帝。帝悅,傳旨賜封本禪斡節兒桑哥位同行院使,開府[儀]同三司三公,[2]及宣慰司使的封文、誥命和大金字印,任其爲薩思迦本禪,及土蕃三道宣慰司之長(bod chol kha gsum gyi rgon po)。當叔侄二人陛辭[完者篤皇帝]時,獲賜銀一大升,封叔父管著肖之行相,斡節兒桑哥心稍有不喜,但因其心胸廣闊,故未生異意。叔父管著肖生子都元帥南喀班(Nam mkha' dpal),他亦曾往漢地,在朝廷求得 Goo ta 之品位和宣政院院使(Son gin tvi 'dben shri)之職務及封誥。返土蕃後,治土蕃三道宣慰司及薩思迦大寺等皇上施供所托之事業成就卓越。再者,本禪斡節兒桑哥兩次出任薩思迦本禪之職,其情形如下:本禪斡節兒桑哥之後分別由公[哥]輦[真](Kun [dga'] rin [chen])、敦約巴(Don yod pa)和雲尊(Yon btsun)三人作一任本禪;在他們之後,本禪斡節兒桑哥先在格堅皇帝(Go dan)[3]時返回土蕃,受封爲行院使和榮祿大夫三公。以後,爲薩思迦大寺再度赴朝廷,覲見格堅皇帝,時再獲行院使職銜和宣慰使之印信和詔書,得封爲榮祿大夫三公,被任命爲宣慰司三長之長(son wi si'i rgon gsum gyi rgon po)。此時斡節兒桑哥聲譽日隆,時稱光明之獅子乃百姓幸福之獅子、烏思藏繁榮之獅子。其後西返,在薩思迦附近的一個小山岡上安營扎寨,是故這個山岡被稱爲桑哥岡。由於他再度被任命爲薩思迦本禪,故被人稱爲雙料本禪。本禪斡節兒桑哥有子敦約藏卜(Don yod bzang po)和公哥搠思加(Kun dga' chos skyong)昆仲,長子敦約藏卜娶[拉堆]絳頭目大司徒朵兒只工卜(rDo rje mgon po)之女南喀珂瑪(Nam mkha' khye ma)爲妻,生子管著藏卜(Kun mchog bzang po)和搠思吉輦真(Chos kyi rin chen)二人。父敦約藏卜往中原朝廷,得爵位和職事,並死於漢地。其後,長官公哥搠思加也往朝廷,自朝廷得到宣論公哥搠思加輦真班藏卜掌拉堆洛萬户的詔書,他自朝廷返回吐蕃,剛到薩思迦便去世了。

---

[1]　在軟奴旺尤任本禪期間進行了大規模的户口復查,並製定了大部分烏思藏法律細則。又云:軟奴旺尤在俺卜羅萬户昂倫(Ang len)之後再度出任本禪,並於此時主持大規模的户口復查。《漢藏史集》,頁 360—361;《元史》卷一五,《世祖本紀》一二,至元二十五年(1288)冬十月乙未,"烏思藏宣慰使軟奴旺尤嘗賑其管内兵站饑户,桑哥請賞之,賜銀二千五百兩"。

[2]　《漢藏史集》,頁 361 稱:斡節兒桑哥獲宣政院之印(Son jing dben gyi tham kha)。開府儀同三司和後文提到的榮祿大夫在元代都爲文散官,從一品。《元史》卷九一,《百官》七。

[3]　Go dan 此當指 Gi gan,即格堅皇帝碩得八剌(1320—1333 年在位)。

本禪管著藏卜有一子名阿木噶（Amogha），亦名敦約（Don yod）[1]管著藏卜也曾往朝廷，自朝廷獲宣論管著喬藏卜掌拉堆洛萬户之詔書，亦死於漢地。頭目捌思吉輦真早先雖未曾去中原，但因得大皇帝之慈愛在妥歡帖穆兒皇帝在位時獲掌拉堆洛萬户之詔書和 Bon po' i thon shu。又因拉堆絳萬户之軍隊來犯，情況緊急。頭目管著藏卜之子阿木噶自幼出家爲僧，時人稱其爲"軌範師阿木噶"，此時他雖仍很年輕，但爲自己叔父管著捌思吉輦真之王業，毅然往北方霍爾地區妥歡帖穆兒皇帝之太子及其附屬之宮帳，[2]爲其叔父管著捌思吉輦真請得掌包括曲都（Chu 'dus）在内的拉堆洛萬户之詔書和世襲大司徒之爵位的詔書、銀印和三珠虎頭符。阿木噶自己被授予薩思迦本禪之職，後果任其職。其後，捌思吉輦真獲［國］公之稱號，[3]受授水晶［玉?］印，成爲大法王。[4]

至此，元代烏思藏十三萬户之一的拉堆洛萬户的歷史已基本清楚：拉堆洛萬户長，也即所謂拉堆洛頭目（Lho bdag）家族乃吐蕃贊普都松芒卜傑時代七大能臣之一伯葛東贊的後裔，族名協竺，祖居羌塘，後移居堆龍，再移至彭域，爲部落長。至首任薩思迦本禪釋迦藏卜時，協竺家族的瑪桑釋迦崩被釋迦藏卜的直系親屬、先任拉堆洛萬户長、後任薩思迦本禪的曲波赤班召至拉堆洛，出掌該萬户事；後因曲波赤班和瑪桑釋迦崩均無子嗣，故將瑪桑釋迦崩之侄兒軟奴旺朮收爲養子，並傳予萬户長位。從此協竺家族世襲拉堆洛萬户長位，族中有多人曾往元廷，獲賜豐厚，有多人或由萬户長陞任，或直接由皇帝施供任命爲薩思迦本禪。拉堆洛萬户管轄地區爲曲都以西。前人都以爲拉堆洛萬户之治地是協噶，而按這兒的記載該萬户最初的治地是定日的岡噶，13 世紀末，萬户長敦約藏卜將治地遷往拉堆洛的中心，他在傑諾爾（rGyal nor）地區中央的輦真卜（Rin chen spo）修建了巨大的城堡，成了該萬户府新的府治。[5] 至於協噶成爲拉堆洛萬户是元代以後的事情，其城堡和寺院的修建是 1385 年在司徒捌思吉輦真父子主持下進行的，此容後述。

---

〔1〕 按《汉藏史集》，頁 361—362 的記載，最後一任薩思迦本禪阿木噶名葛剌思巴旺朮（Grags［pa］dbang ［phyugl］）。

〔2〕 傳統以爲北元汗廷爲漠北的哈剌和林，據達力扎布先生考證，北元宮帳的位置實際並非固定不變，不同時期，汗廷遊牧地的範圍也不同，妥歡帖穆爾之皇太子愛猷識理達臘於 1370 年繼位，次年建年號宣光，稱必力克圖汗。他的宮帳當遊牧於克魯倫河下游一帶，東依大興安嶺，南抵西拉木倫河。參見達力扎布，《北元汗斡耳朵遊牧地考》，南京大學元史研究室編，《内陸亞洲歷史文化研究——韓儒林先生紀念文集》，南京：南京大學出版社，1996 年，頁 368—396。阿木噶爲維護拉堆洛萬户的利益不受外敵侵犯而不惜遠走萬里，從亡國之君手中討得證明其家族利益的一紙文書，可見中央王朝在雪域的影響已是何等巨大。

〔3〕 元朝爵分八等，國公正二品，僅次於王、郡王。《元史》卷九一，《百官》七。

〔4〕 《協噶教法史》，葉 4a—7a；漢譯時參照 Pasang Wangdu 和 Diemberger 之英譯，英譯時有省略，而漢譯則力求保持原貌。

〔5〕 《協噶教法史》，葉 9b—10a；Pasang Wangdu 和 Diemberger 書，頁 33—34；Hazod 上引文，頁 112—113。

三、對元封烏思藏十三萬戶研究的幾點再思考

十餘年前，筆者曾利用當時新發現的藏文史書——《漢藏史集》(*rGya bod yig tshang*)中所見資料對烏思藏十三萬戶的歷史作了詳細的探討，對前人的相關研究多有補正。其後，張雲先生在筆者研究的基礎上對烏思藏十三萬戶的歷史重作檢討，對筆者提出的一些看法提出了異議。可見，烏思藏十三萬戶的研究尚未到蓋棺定論的階段。《協噶教法史》中對拉堆洛萬戶歷史的這段記載引發起筆者對烏思藏十三萬戶研究的一些新的思考。首先，筆者曾提出元封的這十三個萬戶實際上不過是蒙元王朝在征服烏思藏的過程中對當時十三個地方政治勢力的收編和利用。在今天看來，這個看法仍大致不錯，十三萬戶中的大部分是傳統的地方貴族集團，但顯然也有例外。有些萬戶本非世家，在蒙古軍隊進入土蕃以前該地區並不存在一個強大的地方勢力，是蒙元朝廷及其在土蕃的代理人薩思迦派從地域角度考慮劃定該地區爲萬戶，並指定其親信爲該萬戶之長，並扶植其爲該地區的世襲領主。拉堆洛萬戶就是一個典型的例子。如前所述，世襲拉堆洛萬戶長職務的協竺家族本非拉堆洛土著，他們本來居住在前藏的堆龍和彭域，和拉堆洛相距千里。祗是因爲其家族中的成員被曾任拉堆洛萬戶、後陞任薩思迦本禪者收爲養子後纔開始成爲該萬戶的世襲頭目的。而且，《協噶教法史》明確地記載，拉堆洛地區雖然水草豐美但古來沒有特別的領主，祗有很少一些遊牧民和農民家庭在此居住。到蒙元入主烏思藏時，此地分成 Phag drug、Zur tsho、Chu drug 和 Gram mtsho 四個小部落，各有其頭目；元廷任命第一任薩思迦本禪釋迦藏卜的侄兒一系的成員輦真班(Rin chen dpal)爲這四個小部落的總頭目(spyid dpon)，在定日岡噶建萬戶府(Khri tshang)。其後從彭域將與其有親屬關係的協竺家族成員瑪桑釋迦崩召至拉堆洛，並得到朝廷的許可任其爲拉堆洛萬戶的萬戶長。瑪桑釋迦崩與曲波赤班一樣沒有子嗣，故召其侄兒軟奴旺朮爲其繼承人。[1] 從此，協竺家族成了拉堆洛萬戶的世襲萬戶長，他們不僅近侍薩思迦，更常常遠走朝廷進貢述職，深得皇上施供之信任和提攜；有元一代，拉堆洛萬戶之萬戶長幾乎都曾出任薩思迦本禪，即烏思藏納里速古魯孫等三路宣慰使司之宣慰使，甚至宣政院使，其地位、權勢較之那些老牌的地方政治集團有過之而無不及。在烏思藏十三萬戶中，情形與此類似的至少還有出密(Chu mig)萬戶，它被封爲萬戶或許祗是因爲地域的因素及其他與薩思迦關係緊密所致，所以未見有任何關於該萬

---

〔1〕 《協噶教法史》，9a—9b；Pasang Wangdu 和 Diemberger 書，頁32—33。

户之世襲萬户長家族的記載。很可能該萬户一直没有被某個家族世襲統治，而是由元廷和薩思迦隨時指定其萬户長，例如拉堆洛萬户長軟奴旺尤曾被同時任命爲出密萬户長。直到明代帕木古魯派取代薩思迦派，奪得其在烏思藏的霸權地位之後，出密萬户由領思奔巴兼領，時帕木古魯巴的第五任第悉葛剌思巴監藏（Grags pa rgyal mtshan）任領思奔巴南喀監藏（Nam mkha' rgyal mtshan）爲領思奔宗宗本，兼任出密萬户的萬户長和薩思迦大寺（Sa skya'i lha khang che mo）的本禪。[1]

其次，關於烏思藏十三萬户到底由哪些萬户組成，至今仍無法確定。究其原因則不僅是因爲藏文史籍的有關記載不盡一致，而且更是因爲漢、藏文史料關於十三萬户的記載無法一一對應勘同。[2]《元史》中提到了十一個萬户的名字，其中有敖籠答剌萬户，迄今没有人能確切地將其與藏文文獻中提到的任何萬户勘同；對《元史》中提到的烏思藏田地里管民萬户則看法各異，王森先生將它與藏文史料中提到的納里速（mNga' ris）萬户對勘，認爲此所謂納里速不是指納里速地區，而是用此字的本意，即直屬土地人民的意思，換言之，它指的是薩思迦。[3] 筆者以薩思迦乃"烏思藏三路軍民萬户"，亦即"烏思藏納里速古魯孫等三路宣慰使司"之治地，乃烏思藏十三萬户的上級機關，故認爲它本身當不是一個萬户。特别是當我們在《漢藏史集》中得知，所謂納里速萬户實際上指的是納里速宗卡（mNga' ris rdzong kha，一稱 ljong dga'）以下之珞、達、洛三宗之後，王森先生的那個假設也就自然被證明是靠不住的了。[4] 筆者以爲，藏文史料中提到的納里速萬户既不是指薩思迦，也不是指納里速古魯孫（mNga' ris skor gsum），即今天所説的阿里三圍，而是指納里貢塘（mNga' ris gung tang）。在藏文古籍中納里一詞作爲地理概念也常指下部納里（mNga' ris smad），相當於芒域貢塘（Mang yul Gung tang）地區，而且納里貢塘在古藏文史料中常被簡稱爲納里速。[5] 例如《貢塘世系史》（*Gung tang gdung rabs*）就稱貢塘爲下部納里。《博東班欽傳》中將納里宗卡或納里貢

---

[1]《西藏王臣記》，頁159。

[2] 張雲將《元史》與藏文史乘所載參證論列，其結果十三萬户成了十六個萬户，可見要確定十三萬户到底由哪些萬户組成實在不是輕而易舉的事情。筆者認爲《漢藏史集》中所載十三萬户名單最能被接受但並非最後定論。張雲亦贊同此説。參見張雲上引文，頁29。

[3] 王森，《西藏佛教發展史略》，北京：中國社會科學出版社，1987年，頁214—225。

[4] 參見沈衛榮上引文。

[5] 關於阿里三圍究竟是指哪三圍，藏文史籍中記載不一，且有大三圍、小三圍之分。最關鍵的問題是究竟是 Mar yul，還是 Mang yul 爲阿里三圍之一，因爲在藏文文書中很難將"ra"和"nga"區分開來。筆者傾向於認爲 Mar yul，即指今拉達克、巴爾提斯坦地區，爲阿里三圍之一，而 Mang yul，即芒域貢塘地區當不在吐蕃王室後裔 dPal gyi lde mgon 的統治區內，故不屬於阿里三圍。參見 Lozang Jamspal, "The Three Provinces of mNga' ris: Traditional Accounts of Ancient Western Tibet," *Soundings in Tibetan Civilization*. ed. by B. N. Aziz and M. Kapstein. Manohar, 1985, pp. 152–156.

塘逕稱爲納里,納里貢塘的頭目被稱爲納里法王。[1]《協噶教法史》也是如此,納里貢塘寺被簡稱爲納里寺(mNga' ris chos sde)。[2] 這個所謂下部納里地區古時不屬於納里,而是後藏的一部分。在《國王遺教》(rGyal po bka' tang)中曾提到有一個納里地區乃烏思藏四茹之一、藏地茹拉(ru lag)的一部分;同樣,在《德吾教法史》(mKhas pa lde'u chos 'byung)中提到在吐蕃帝國時,芒域是茹拉的一部分。[3] 這與漢文資料的記載相合。納里宗卡當正如張雲先生所述,即是《西藏圖考》中的"阿里宗城",[4]它是阿里貢塘的中心,在芒域(Mang yul)中央之濟隆城(sKyid grong)的北邊,在拉堆洛萬户最初的治地定日岡噶西北七十里處,在日喀則城西南七百六十里。[5] 按《西藏圖考》作者黄沛翹的説法,阿里宗城與岡噶一樣,屬於藏的範圍。[6]《瞻部洲志》中也説,納里宗卡以東便是烏思藏四茹的地方了。[7] 所以,納里宗卡以下,即以東三宗,甚至包括納里宗卡本身在元代當仍屬於藏的一部分,而不在納里速古魯孫的範圍之内,這樣它被列爲烏思藏十三萬户之一也就没有什麽令人吃驚的了。在 15 世紀西藏傳奇人物唐東傑波(Thang stong rgyal po)的傳記中不僅將拉堆洛、拉堆絳和納里三地(lHo byang mnga' ris)連稱,而且還透露這三個地區當時都在拉堆絳萬户的監管之下,因而唐東傑波必須向拉堆絳的頭目請求給他發放他在這三個地區使用站赤鋪馬以運輸其在各地募捐來的信財的憑證。[8] 這兒的納里當指納里萬户,而非納里速古魯孫,因爲自元朝在烏思藏建立站赤運輸網開始,各站赤的驛馬、車輛就是由各萬户分頭負責供給的。[9] 見畢達克(L. Petech)先生將納里萬户演繹成"納里速古魯孫",即阿里三圍,則實在是匪夷所思。[10] 烏思藏十三萬户顧名思義是指在烏思和藏境内的十三個萬户,當不包括納里速古魯孫在内。元代在此專設納里速古魯孫元帥府,屬烏思藏宣慰司管轄。這

〔1〕 參見 dPal ldan 'jigs med 'bangs, dPal ldan bla ma dam pa thams cad mkhyen pa phyogs thams cad las rnam par rgyal ba'i zhabs kyi rnam par thar pa ngo mtshar gyi dga' ston zhes bya ba bzhugs so, Lhasa: Bod ljongs bod yig dpe rnying dpe skrun khang, 1991, p. 89. 以下簡稱爲《博東班欽傳》。

〔2〕 見《協噶教法史》,葉 23b: Pasang Wangdu 和 Diemberger 書,頁 49。

〔3〕 見 Pasang Wangdu 和 Diemberger 書,頁 48,注 149。

〔4〕 張雲上引文,頁 12—13。

〔5〕 參見 Pasang Wangdu 和 Diemberger 書附圖: 張雲稱阿里宗城在今濟隆縣城南部的濟隆地方,正好搞錯了方向,它當在濟隆的北邊。見張雲上引文,頁 12。

〔6〕 黄沛翹,《西藏圖考》卷五,《西藏圖略》和《西藏圖考》合刊本,拉薩: 西藏人民出版社,1982 年,頁 155。

〔7〕 T. V. Wylie, The Geography of Tibet according to the 'Dzam-gLing-rGyas-bShad. Rome, IsMEO. (SER 25.)

〔8〕 'Gyur med bde chen. dPal grub pa'i dbang phyug brtson' grus bzang po'i rnam par thar pa kun gsal nor bu'i me long zhes bya ba bzhugs so, Chengdu: Si khron mi rigs dpe skrun khang, 1982, p. 260. 下簡稱爲《唐東傑波傳》。

〔9〕 參見 sTag tshang rdzong pa dPal 'byor bzang po, rGya bod yig tshang, Chengdu: Si khron mi rigs dpe skrun khang,1985, vol. 2, pp. 186 - 189.（下簡稱《漢藏史集》）

〔10〕 L. Petech, Central Tibet and the Mongols. Rome: IsMEO, 1990, pp. 52 - 53.

個元帥府一直延續至明代,明初仍有所謂"俄力思元帥府"之設。

至於《元史》中提到的"烏思藏田地里管民萬户"到底是指藏文史料中所記載的哪個萬户? 是不是指薩思迦? 甚至它是否真的存在? 筆者都不敢妄下結論。可以肯定的是,一,藏文史料中提到的納里萬户當與《元史》中提到的"烏思藏田地里管民萬户"無關。如前所述,納里宗卡以下三宗並不就是薩思迦之直領腹地。它與薩思迦,確切地説和烏思藏宣慰司的關係,和其他萬户没有什麽兩様。二,儘管藏文史籍關於十三萬户之組成的記載不完全一致,但没有一本書將薩思迦列爲十三萬户中的一個。筆者仍傾向認爲,元代的薩思迦作爲蒙元王朝在吐蕃的代理人淩駕於十三萬户之上,它本身當不算是一個萬户。順便提及,對十三這個數目字,我們似乎不必太認真,藏人喜用十三這個數目,除了十三萬户外,還有帕木古魯派的大司徒賞竺監藏(Byang chub rgyal mtshan)建立的所謂十三宗,而這十三宗的組成則更是無法確定,除了隆多喇嘛曾將這十三個宗的名字一一列出外,[1]其他早期的文獻中對此均無完整的記載,而若對這些文獻中所提到過的單個的宗加以統計的話,則要遠遠超出十三這個數目。不管是十三萬户,還是十三宗,它們都處於不斷的變化之中,故固定其組成成員的嘗試注定是要失敗的。

還有,對烏思藏十三萬户建立的時間,張雲先生肯定筆者所持十三萬户不是一次建成,而是隨着蒙古對西藏的征服的深入漸漸建立起來的這一觀點,但對其正式建立的標誌是否是1268年的括户提出疑義,認爲大部分萬户出現的時間當在蒙哥汗1252年括户時,而最後形成的時間或當更晚,與其説是1268年,倒不如説是1287年的括户。[2] 以筆者看來,判斷蒙古人於何時在烏思藏地區建立起有效統治的關鍵在於確定蒙古人究竟於何時派官員往烏思藏括户並設置驛站。筆者贊成 Petech 先生的1267—1268年説。没有史料足證蒙哥汗時蒙古人的勢力已統治整個烏思藏,且已建立起貫通全烏思藏的驛傳系統。而1287年的那次括户不過是對1268年括户的修正(phye gsal),實際上,《漢藏史集》之所以提到1287年那次括户祇不過是爲了強調1268年括户所得數據之正確和可信。換言之,《漢藏史集》中所記各萬户户口當以1268年括户所得爲主。[3] 再者,在蒙古統治時期括户和置驛站總是前後相繼的,而烏思藏的驛傳系統毫無疑問是在1268年左右建立起來的,因爲1287年括户的主持者之一、薩思迦本禪軟奴旺朮就是因

〔1〕　rGya bod du bstan pa'i sbyin bdag rgyal blon ji ltar byung tshul gyi mtshan tho bzhugs so, *Klong rdol Ngag dbang blo bzang gi gsung 'bum*, Lhasa: Bod ljongs bod yig dpe rnying dpe skrun khang, II, pp. 447 – 448.

〔2〕　張雲上引文,頁4—7。

〔3〕　參見 L. Petech, "The Mongol cencus in Tibet." *Tibetan Studies in honour of Hugh Richardson.* ed. by M. Aris and Aung San Sun Kyi. Warminster,1979, pp. 152 – 156。

爲賑其管内兵站饑户而得到元廷的二千五百兩賞銀的。據前引有關拉堆洛萬户史料還可知,元朝所封的第一位拉堆洛萬户長是第一任薩思迦本禪釋迦藏卜的侄兒系親屬輦真班,釋迦藏卜於元至元五年,即 1268 年由忽必烈汗敕授爲烏思藏三路軍民萬户之印,出任薩思迦本禪,爲元朝在烏思藏地區的最高行政長官。故釋迦藏卜在此前後,或者就在其大權獨攬的當年任命其親屬爲拉堆洛萬户是完全可以想象的。《漢藏史集》中也明確説明,在釋迦藏卜任本禪期間下詔書確定烏思藏之萬户、千户和人部(dbus gtsang gi khri stong mi sde rnams la bka' shog bkrams)。[1] 而 1287 年那次括户的主持者即是由拉堆洛萬户長陞任薩思迦本禪的軟奴旺朮,後者至少是拉堆洛萬户的第四任萬户長,換言之,拉堆洛萬户顯然早在 1287 年以前就已存在。拉堆洛地處後藏之極西,離藏與納里之邊境納里宗卡僅七十里,故當爲蒙古之兵鋒最後所及。與此相應,它亦當爲十三萬户中最後成立者之一,進而言之,烏思藏十三萬户的最終形成不可能晚於此時。另外,張雲先生立論的主要依據之一是拉堆絳萬户成立於 1287 年或更後,其論據是《新紅史》和《漢藏史集》中關於拉堆絳萬户的記載,據前者則最早的萬户長是元朝第五任帝師吃剌思巴斡節兒(Grags pa 'od zer, 1246-1303),據後者則該萬户乃完者篤皇帝在位時所封。一個顯而易見的問題是,《漢藏史集》列出的這個萬户世系與習慣上被認爲是拉堆絳萬户世襲萬户長家族的党項王族後裔木雅司烏王(Mi nyag si'u rgyal po)家族風馬牛不相及。而《新紅史》没有列出該萬户的世系,它所提到的拉堆絳萬户長、帝師吃剌思巴斡節兒的名字不見於《絳巴世系史》中,而它提到的另一個拉堆絳萬户長南監葛剌思巴則爲明代烏思藏著名的拉堆絳頭目、萬户長,屬木雅司烏王家族。因此,《新紅史》和《漢藏史集》的記載或可説明元代烏思藏諸萬户的萬户長職位並不一定是由一個家族世襲壟斷的,或者説在藏地北部除了拉堆絳萬户外,後來又劃出了一個萬户,但不足以説明作爲烏思藏十三萬户之一的拉堆絳萬户一定是在 1280 年之後,甚至在元成宗統治時期(1295—1307)纔設立的。據《西藏王臣記》記載,木雅司烏王家族最初被元世祖忽必烈詔封爲大司徒的是葛剌思巴達(Grags pa dar),此人別名約尊(Yon btsun),後也曾出任薩思迦本禪,是昂仁寺的創建者。雖然,同書在提到其孫子南喀丹巴(Nam mkha' brtan pa)纔説他去中原入朝,獲賜三珠虎頭符及國公稱號和銀印。[2] 但該家族的第一任萬户長顯然不應該是他,而是其祖父葛剌思巴達,因爲元廷所封烏思藏之司徒

---

[1] 《漢藏史集》,頁358。
[2] 《西藏王臣記》,頁113。

多爲萬戶長,而且薩思迦本禪多半由萬戶長陞任,葛剌思巴達和其子朵兒只公卜(rDo rje mgon po)都曾出任薩思迦本禪,故也當先後出任過拉堆絳之萬戶長。所以,該萬戶的封授至少當在忽必烈時代。至於拉堆絳萬戶到底由何年封授,則待考。

四、司徒剌咎肖父子與明代拉堆洛萬戶

讓我們把注意力重新回到本文的主角司徒剌咎肖身上。這位明永樂皇帝封授的司徒,就是前面提到的元代最后一任拉堆洛萬戶長搠思吉輦真的兒子。《協噶教法史》的"拉堆洛頭目世系"部分對剌咎肖的記載僅寥寥數語,曰"大司徒搠思吉輦真之夫人乃[拉堆]絳頭目大元文殊菩薩[1]之女南喀崩(Nam mkha' 'bum),後者自願爲其妻,生子大司徒達欽剌咎肖瑪(bDag chen lHa btsan skyabs ma)。[2] 他自朝廷獲賜洛巴家族(lHo brgyud)治蘇爾措(Zur tsho)[以東]至曲都以西[地區]的詔書,[3] 及大司徒之誥命和銀印。他圓通顯、密之法,娶[拉堆]絳大頭目南監瓦(Nam rgyal ba)之公主贊江監姆(bTsan lcam rgyal mo)爲妻,[4]生子達欽南喀策旺乞剌思(bDag chen Nam mkha' tshe dbang bkra shis)"。[5] 此外,在《協噶教法史》的第二部分——"司徒搠思吉輦真之十三大行狀"中多處提到其兒子剌咎肖。在此我們先不妨在司徒搠思吉輦真這位處

---

〔1〕 按此名字,此人當指拉堆絳頭目輦真監藏之子絳央巴('Jam dbyangs pa),他擁有朝廷封授的灌頂國師稱號,遵父兄之命出家爲僧,但有子女三人。見《西藏王臣記》,頁114。但按《絳巴世系史》(Byang pa gdung rabs)的記載,南喀崩乃大元國師南喀丹巴監藏(Nam mka' brtan pa rgyal mtshan)的女兒,是絳央巴的姐妹。絳央巴因其宗教活動而得此名,但也管拉堆絳萬戶事,儘管官方任命的拉堆絳頭目是他的父親和兄長輦真監藏。由於《絳巴世系史》的作者乃絳央的兒子,故 Pasang Wangdu 和 Diemberger 認爲它較《協噶教法史》的記載更爲可靠,《協噶教法史》搞混了南喀丹巴監藏和絳央的關係。見 Pasang Wangdu 和 Diemberger 書,頁31,注54。值得一提的是,《西藏王臣記》中對拉堆絳萬戶世系的排列也和《絳巴世系史》相左,在此絳央不是南喀丹巴的兒子,而是其長子輦真監藏的幼子,換言之,是南喀丹巴的孫子。《西藏王臣記》,頁113—114。

〔2〕 《新紅史》,頁61,將司徒搠思吉輦真和沰波(Dvags po)剌咎肖説成是叔侄關係,這肯定是誤記。除了《協噶教法史》外,《絳巴世系史》中也記載剌咎肖爲搠思吉輦真和南喀崩的兒子。Pasang Wangdu 和 Diemberger 書,頁31,注54。

〔3〕 《新紅史》,頁61,記明封拉堆洛萬戶的轄區西至亞厄剌(g. Ya' ola),東起章波(Brang po)。這兩個地名之地望皆不可考。而這兒提到的這兩個地名皆不難考,曲都是拉堆洛的入口,一世達賴喇嘛根敦珠的傳記中多次提到這個地方,是他入拉堆的必經之路。參見 Ye shes rtse mo, rJe thams cad mkhyen pa dge gdun grub pa dpal bzang po'i rnam thar ngo mtshar rmad byung nor bu'i phreng ba bzhugs so(下稱《一世達賴傳》),葉15b;而蘇爾措在定日岡噶之西北,14、15 世紀有許多著名的大師如龐大譯師羅古羅思丹巴,賞竺孜摩和葛剌思巴監藏等均來自蘇爾措。參見 Pasang Wangdu 和 Diemberger 書,頁31,注 55 及附地圖。

〔4〕 這位南監瓦當即明代西藏著名的大司徒、拉堆絳萬戶長南監葛剌思巴(rNam rgyal grags pa, 1395－1475)。此人不但是一名著名的大領主、大施主,而且也是一位大學者,特別是對時輪和醫明的研究獨步雪域學界,被認爲是香跋拉國王月賢(Zla bzang)再世。其簡傳見《新紅史》,頁62—63;《西藏王臣記》,頁114—115;Chab spel 上引書,中册,頁468—475。《絳巴世系史》記載贊江監姆爲南監葛剌思巴的妹妹,見 Pasang Wangdu 和 Diemberger 書,頁31,注56。筆者以爲《絳巴世系史》的記載更合乎史實,因爲南監扎藏生於 1395 年,當比剌咎肖年幼。

〔5〕 《協噶教法史》,葉 7a—b;Pasang Wangdu 和 Diemberger 書,頁31。

於元、明王朝交替時期的拉堆洛萬户長身上花些筆墨，這將對了解元、明兩代西藏政策的沿革不無裨益。

"司徒搠思吉輦真之十三大行狀"並不是按紀年順序敍述搠思吉輦真之一生的傳記，而是擇其生平中最重要的事情分專章重點敍述。[1] 而且這十三章中的前兩章説的是其父祖事迹，實際上是重述拉堆洛世系史的内容，衹是更加詳細而已；而以後各章則也包括了其後裔，特别是其兒子司徒剌咎肖的事迹。如前所述，搠思吉輦真乃本禪敦約班藏之次子，承其父祖之餘蔭，在其幼年即被元朝的末代皇帝妥歡帖穆爾封授爲拉堆洛萬户長，但他是屬於所謂"穿着王袍的大班智達"一類的人物，本性不愛江山愛佛法，幼年即習佛，修持《藥師佛經》和《二十一度母頌》，被認爲是香跋拉國王月賢再世。偏巧江山多難，在他尚未成年時就因當地頭人和寺院住持勾結謀反，並出賣内情，引拉堆絳萬户的軍隊乘虛而入，一舉攻克拉堆洛，俘虜了年幼的萬户長搠思吉輦真，並將他帶到拉堆絳萬户的治地昂仁。

拉堆絳和拉堆洛萬户世結秦晉之好，拉堆洛萬户翰節兒僧哥的長子敦約班藏卜娶絳巴頭目、大司徒朵兒只公卜的女兒南喀吉瑪（Nam mkha' khye ma）爲妻，而他的女兒班丹崩巴（dPal ldan 'bum pa）嫁給大元國師、拉堆絳萬户南喀丹巴監藏（Nam mkha' bstan pa rgyal mtshan）爲妻，後者所生的女兒南喀奔則又嫁給了敦約班藏卜的兒子搠思吉輦真。所以，對於拉堆絳萬户南喀丹巴監藏（一説此時爲其子絳央巴執政）來説，他所攻打的拉堆洛萬户搠思吉輦真不但後來成了他的乘龍快婿，而且本來就是其夫人的外甥。他們之所以不顧一切地與其親家兵戎相見，主要原因恐在於覬覦後者的財富。拉堆洛萬户在軟奴旺朮時就以富裕著稱，入朝時又獲賜銀二千五百兩；其子翰節兒桑哥兩次出任薩思迦本禪，也曾赴闕廷，獲賜甚豐，當爲其家族積纍了更多的財富。至翰節兒桑哥的兒子敦約班藏時，拉堆洛萬户的發展達到了其鼎盛時期。敦約班藏也曾出任薩思迦本禪，他不僅在拉堆洛的中心地區監諾爾的中央輦真卜修築了堅固的城堡，建立了拉堆洛萬户新的行政中心和莊園（rdzong gzhis），而且還修建水渠，從監諾爾上部地區引水灌溉，開闢了協噶以北平原乃塘（gNas tang）和乃壟（Nas lung）等大片可耕農田，設立農田用水灌溉分配管理系統，建立起輦真乃（Rin chen gnas）等大莊園，莊園收成極好，倉儲殷實，變得越來越富裕。這自然會引起其強鄰拉堆絳萬户的垂涎。早在敦約藏卜在萬户位時，他就必須防備拉堆絳軍隊犯邊。他在輦真卜修築城堡很重要的原因就

---

　　〔1〕　這類傳記體裁之典型是演説佛陀生平之本生經，即所謂"十二相成道"或"十二宏化"。藏族傳記作者也有仿此體例爲高僧大德寫傳的，如第一世達賴喇嘛根敦珠的傳記就是一例。參見沈衛榮，《關於一世達賴根敦珠的三種傳記》，《賢者新宴》1，北京：北京出版社，1999 年，頁 179—210。

是爲了預防拉堆絳來犯。而這座堅固的城堡最終未能擋住拉堆絳的進攻,後者終於乘挪思吉輦真年幼且專心於修持正法之際,一舉攻克了輦真卜堡,奪取了莊園和屬民,在此委派了自己的宗本(rDzong dpon)。從此拉堆洛萬户長期置於拉堆絳萬户的監護之下。《協噶教法史》並没有點明拉堆絳吞併拉堆洛的具體時間,而據《朗氏宗譜》(*Rlangs kyi po ti bse ru*)側面透露,當帕木古魯巴的軍隊於 1359 年佔據拉堆洛首府輦真卜時,雖然挪思吉輦真仍居此地,但他所管領的萬户則已被拉堆絳兼併。[1] 以後,拉堆洛萬户爲拉堆絳萬户長挪思扎藏卜(Chos grags bzang po)之妻、南監扎藏(rNam rgyal grags bzang)之母 'Bum skyong rgyal mo 的湯沐邑(sgos gzhis)。當生於 1395 年的南監扎藏四五歲時,即往拉堆洛頭目之宮殿,在此學習誦讀和書寫。而至少直到1441 年,拉堆洛萬户仍在拉堆絳萬户的監護之下,據稱此年拉堆洛萬户發生内亂,故南監扎藏親赴協噶,對諸兄弟獎善罰惡,興利除弊,平息了内亂,再造了平安盛世。[2]

待將拉堆洛征服之後,拉堆絳之頭目對其手下敗將又表現出了異乎尋常的仁慈和大度,主動將女兒南喀奔下嫁給挪思吉輦真爲妻,使後者一夜之間從階下囚一躍而爲東床快婿。他甚至聲稱他祇是暫時兼管拉堆洛萬户事,祇要挪思吉輦真以後善待其女兒,他即會還政於他。果然,不久之後挪思吉輦真便獲准攜妻子、僕從返回拉堆洛,但他再没有回到其原先的首府輦真卜,而是先暫居位於南部帕珠(Pha drug)之乞剌失思宗(bKra shis 'dzoms),後又請准北上,在位於輦真卜東南方,即以後建築協噶宗城堡的佛母山(rGyal mo ri)前建設新的莊園。從此他的權勢與日俱增,他的妻子也在此時爲他生下了一個兒子,他們視其兒子的誕生爲神和本尊的恩惠和慈悲,故給他取名剌眷肖瑪,意爲受神王怙祐者,最後一個"瑪"字則來源於本尊卓瑪(sGrol ma,意爲度母)。不用説,他就是本文的主角司徒剌眷肖。剌眷肖又名卓瑪肖(sGrol ma skyabs),意爲受度母怙祐者,在《貢塘教法史》和《博東班欽傳》中,他都以卓瑪肖一名被提及。[3] 隨後,挪思吉輦真在佛母山上建造了一座三層的宮殿,即所謂監藏宗堡(rGyal mtshan rdzong),由於這座城堡的外型像隻碗口向外的水晶碗,所以其所在的佛母山慢慢以協噶知名,協噶意爲白色水晶。當挪思吉輦真攜妻兒及僕從入居這座宮殿後,此宮被稱爲協噶孜監(shel dkar rtse rgyal),意爲王家白水晶頂。在此建城堡的最初動因據稱是出

---

〔1〕 賞竹監藏(Byang chub rgyal mtshan),*Rlangs kyi po ti bse ru rgyas pa*(《朗氏宗譜》),Lhasa:Bod ljongs mi dmangs dpe skrun khang,1986,頁 3170。

〔2〕 此據《南監扎藏傳》,轉引自 Chab spel 上引書,中册,頁 468,471。

〔3〕 Gung thang gdung rabs, in *Bod kyi lo rgyus deb ther khag lnga*(以下簡稱《西藏史書五種》),Lhasa:Bod ljongs bod yig dpe rnying dpe skrun khang,1990, p. 125;《博東班欽傳》,頁 361。

於對防禦拉堆絳萬户軍入侵的戰略考慮。

在此值得一提的是，搠思吉輦真之所以能很快重振旗鼓，恢復其對拉堆洛萬户的實際統治，其原因恐怕不祇是拉對絳頭目的慈悲，更重要的是他得到了其侄兒阿木噶的幫助。如前面敍述拉堆洛萬户世系時已經提到，當輦真卜被拉堆絳的軍隊佔領時，素常居薩思迦的阿木噶因元帝妥歡帖穆爾以前甚重拉堆洛頭目，故毅然北上，至皇太子愛猷識理達臘的宮帳，爲其叔父求得早先已經頒發的任命搠思吉輦真掌拉堆洛萬户的詔書，及大司徒稱號、銀印和三珠虎頭符等，並再賜封"公"的稱號及水晶印。當阿木噶自己返回吐蕃時有許多蒙古人護駕，並被任命爲薩思迦本禪。他向拉堆絳頭目出示了皇帝的詔令，於是搠思吉輦真被重新推上拉堆洛萬户長之位。[1] 雖然，此時的元朝皇帝已經成了亡國之君，皇太子愛猷識理達臘也被明朝的軍隊追殺得狼奔鼠竄，惶惶不可終日，但出自他們手中的一紙空文，在地處蒙元大帝國之邊陲的西藏卻仍然有不可小覷的威懾力。蒙元對西藏百年的統治已經如此深入人心，以致一個中央王朝的存在成爲平衡、處理烏思藏各地方勢力之間矛盾、衝突的必不可少的調節機制。[2]

《協噶教法史》中沒有具體地説明刺昝肖的生年，據前後文的記載推斷，他當出生

---

〔1〕 《協噶教法史》，葉17a；Pasang Wangdu 和 Diemberger 書，頁41。

〔2〕 Guntram Hazod 認爲阿木噶先後兩次出面去蒙古汗廷干預拉堆絳萬户入侵拉堆洛萬户，並拘禁其叔父搠思吉輦真事，第一次發生在 1342 年前，第二次是在搠思吉輦真獲釋後於佛母山建宮殿之後。這顯然是誤解了《協噶教法史》葉7a 和葉17a 的記載或者其英譯文。見 Hazod 上引文，頁 119 注五、頁 121。實際上，《協噶教法史》葉7a 和葉17a 所記阿木噶出使身處北方蒙古地區的皇太子營帳是同一次，後者僅僅是重複了前者的内容而已。兩處記載説得都很明白，阿木噶是爲其叔父，而不是爲其自己，求得了早先妥歡帖穆爾皇帝已經賜予搠思吉輦真的封授拉堆洛萬户的詔書。及與此相關的大司徒封號、銀印和三珠虎頭符；並且還爲他請得了封號和水晶印。至於阿木噶自己則被授予薩思迦本禪之職。由於《協噶教法史》37a 和 38b 曾提到於 1342 年圓寂的龐大譯師（dPang lo tsāba）曾得到從阿木噶處傳來的元廷對他的入朝邀請，故 Hazod 設想阿木噶首次去朝廷爲其叔父請命是在 1342 年前。而搠思吉輦真死於 1402 年，若拉堆絳入侵發生在 1342 年前則他無疑還祇是一個小孩，而比他小一輩的阿木噶恐怕也還不足以有能力遠涉千山萬水去元廷爲其家族利益據理力爭。實際上，《協噶教法史》説得很明白，阿木噶去的是北方蒙古地區的皇太子營帳，這顯然應該發生在 1369 年明滅元、元順帝病死於應昌，皇太子愛猷識理達臘在北方繼位，改元宣光，建立"北元"小朝廷之後。這與他最後一位薩思迦本禪是旺尊（dBang brtson），而不是阿木噶。1358 年之後，薩思迦由賞竹監藏派人監管，故阿木噶受封爲薩思迦本禪也祇能在此之後。在明朝尚未接管之前，蒙元勢力顯然在烏思藏地區苟延殘喘了較短時間。另外，《漢藏史集》第 361 頁曾提到，最後一任薩思迦本禪阿木噶乃明朝的官員（Ming gi dpon）。據《明太宗實錄》卷九一記載，明永樂十二年春正月丙申，"命妥巴阿摩葛爲灌頂圓通慈濟大國師，賜之誥命。妥巴阿摩葛者，故國師哲尊巴父也"。而據《明太宗實錄》卷八八記載，哲尊巴則在此前一年，即永樂十一年五月被封爲灌頂圓通慈濟大國師。阿木噶當是在其子天折之後被永樂皇帝封爲國師的。直至明宣宗宣德元年（1426），國師阿木噶仍在世，是年他受大乘法王昆澤思巴之遣來明廷朝貢馬及方物。《明實錄·宣宗》卷八一，宣德元年九月條。宿白先生因《明太宗實錄》卷八七記，永樂十一年二月辛酉，"賜賞師昆澤思巴及剌麻哲尊巴等宴"，認爲哲尊巴位列薩思迦派的大乘法王之次，故其父子當亦爲薩思迦剌麻。見宿白上引書，頁 215。由於前面曾提到拉堆洛的阿木噶素居薩思迦，以後又任薩思迦本禪，故這位永樂年封的國師妥巴阿木噶當即是來自拉堆洛的那位阿木噶。關於愛猷識理達臘建立北元政權的經過，參見達力扎布上引文；關於怕木古魯派與薩思迦在元末的爭鬥參見 Petech 上引書，頁 71—137；Leo van der Kuijp，"On the Life and Career of ta'i si tu Byang chub rgyal mtshan (1302？-1364)," in *Tibetan History and Language*, Studies dedicated to Uray Geza on his seventieth Birthday, (ed) Ernst Steinkellner, Vienna, 1991, pp. 277-327。

於 1359 年拉堆洛萬户被拉堆絳萬户兼併之後,1385 年捌思吉輦真建協噶寺之前,故其
成長的年代正好是拉堆洛萬户在拉堆絳萬户監管下重新興起的時期。篤信佛法的捌思
吉輦真一待江山稍安便恢復其班智達的本來面目,禮請龐大譯師羅古羅思丹巴(Blo
gros brtan pa)、高希巴南喀翰節爾(bKa' bzhin pa Nam mkha 'od zer)和大譯師賞竺孜木
(Byang chub rtse mo)等名重一時的大師來協噶傳授正法。他還專門請當時最有名的
星相、占卜學家、來自博東的大學者域監瓦憚丹沖納思(gYul rgyal ba Yon tan 'byung
gnas)爲其兒子剌咨肖的導師。[1] 剌咨肖隨其勤奮地修習聲明、修辭學和天文曆學等,
行爲舉止酷肖其父,也是一個國王班智達模樣。此後,剌咨肖又以當時著名的薩思迦派
上師 Bya bral chos rje brTson grus shes rab 爲根本上師,隨其修習薩思迦派教法,並成了
這位法王所住持的龐卜且(sPang po che)寺的大施主。在協噶孜監宮住了幾年之後,因
剌咨肖潛心於時輪教法,對時輪諸本尊的信仰與日俱增,故在徵得拉堆絳萬户的同意之
後,捌思古監藏父子在協噶山山頂建築了一座巨大的宮殿和一座時輪神廟。隨後,又相
繼在此建造了三竹剌康(bSam grub lha khang)、朋措剌康(Phun tshogs lha khang)和卓
瑪剌康(sGrol ma lha khang)等三座神廟,修造了廟内難以計數的身、語、意三門佛寶。

　　儘管捌思吉輦真和剌咨肖父子在政治上始終未能擺脫拉堆絳萬户的控制,但他們
在宗教方面的發展並沒有因政治上的不獨立而受到影響,在他們的積極倡導和慷慨支
持下,在拉堆洛萬户轄區内相繼建立起了一個以協噶寺爲中心、包括二十一座屬寺的寺
院網絡。拉堆洛古時乃自尼泊爾往烏思藏的必經要道之一,有不少佛教勝迹,藏傳佛教
著名的大聖如米拉日巴、帕當巴相加(Pha dam pa sangs rgyas)等都曾在此修持、傳教,
位於協噶和定日之間的 rTsib ri 自 11 世紀以來爲西藏著名的聖山之一。但迄至捌思吉
輦真時期一直没有出現較大的寺院。早在本禪敦月班藏任拉堆洛萬户長時期,著名的
薩迦派大師、大譯師龐敦羅古羅思膽巴(dPang ston Blo gros brtan pa)就曾提議在佛母
山,即以後的協噶山建立一座顯宗經院,並請求敦月班藏給予物質上的支持。雖然敦月
班藏接受了他的提議,答應給予支持,但因他忙於抵禦拉堆絳萬户軍隊的入侵,後又受
遣出使闕廷,故未能實現其許諾。當捌思吉輦真繼任拉堆洛頭目之後,龐大譯師的弟子
賞竺孜摩曾在此修持,再度提出建寺建議,但捌思吉輦真羽毛未豐,没有馬上接受他的
建議。直到 1385 年,捌思吉輦真纔在賞竺孜摩的弟子、大譯師葛剌思巴監藏(Grags pa

---

　　〔1〕 域監瓦是博東大師曲勒思巴南監的弟子,當時最有名的天文曆算學家。一世達賴喇嘛根敦珠也曾隨其
學習天文曆算。見《一世達賴傳》,葉 16a。

rgyal mtshan)的建議下最後下定決心出資大興土木,修建協噶寺,並禮請葛剌思巴監藏出任首任住持。首期工程即包括内殿、大經堂、淨廚和各扎倉的公宅等。同年建成的還有顯宗經院。不久即有百餘名僧衆聚集在此隨葛剌思巴監藏學法。其後定期舉行法會、辯經,由拉堆洛頭目負擔一切支出。經施供雙方的努力,協噶寺發展神速,寺内僧衆很快達到 750 名之多。司徒搠思吉輦真並没有以此爲滿足,在他晚年又在聖山 rTsib ri 的南邊建起了一座修院桑林寺(bSam gling),供養爲數衆多的僧人在此潛修佛法真諦。此外,他還招請七位尼泊爾工匠在僧宗(Seng rdzong)建造了一座度母神廟。

在司徒剌夲肖繼任拉堆洛頭目之後,協噶寺的發展達到了一個新階段。據稱此時相繼建成的分屬薩思迦、格魯和博東(Bo dong pa)派的扎倉有二十一座之多,而在《協噶教法史》中具體列出的扎倉則多達二十九座。它們中的大多數是在司徒剌夲肖親自支持下,或由他囑托他人支持下修建起來的,它們分布於拉堆洛境内各地,實際上是隸屬於協噶寺的一座座分寺,所有這些寺院的僧人都必須定期赴協噶總寺參加法會或修持儀軌。在此值得一提的是,由搠思吉輦真修建的密法修院桑林寺後來也擁有了十三座屬寺(grub grwa),它們分布在 rTsib ri 聖山周圍,定期參加桑林寺的誦經事佛法會(sku rim)。有意思的是,《協噶教法史》中點明這十三座寺廟乃大明皇帝所建,又説在這些寺廟中有些是在拉堆洛頭目直接支持下建成的,有些則是由他指定的人支持修建的。這一方面説明明王朝對西藏的影響之深入程度當遠遠超出人們以往的估計,另一方面也顯示明封拉堆洛頭目剌夲肖爲司徒並非一紙空文了事,而是有其實際的内容的,它至少支持了司徒剌夲肖在其勢力範圍内建立寺廟、弘揚正法。此外,司徒剌夲肖還拜香巴噶舉派的扎敦賞竺監藏(Khra ston Byang chub rgyal mtshan)爲上師,建蚌匣日幹伽(Bong shwa ri bo che)寺爲其道場,並獻莊園供養寺院;由日巴軟奴羅古羅思(Ri pa gZhon nu blo gros)創建,後來成了著名的薩思迦派大師仁達瓦軟奴羅古羅思(Red mda' gZhon nu blo gros)之道場的壟卜德欽古(Blon po bde chen mgul)寺,也是協噶寺的屬寺之一,也曾得到過司徒剌夲肖的支持。受到搠思吉輦真父子支持的還有當地衆多的尼姑庵。儘管拉堆洛萬户長期處在拉堆絳萬户的監管之下,但它顯然仍不失爲一個十分富裕的地方貴族,否則無法想象在一個不算長的時期内能在其轄區内建立起一個如此繁榮的寺院網絡。《協噶教法史》稱,因拉堆洛之人主能以政、教兩途之法治理屬下,故不僅正法普傳,而且權勢日隆,其治下村、牧民所豢養的馬、牛和羊的數目不斷增長。拉堆洛頭目對擁有大量牲畜的屬民採取輕徭薄賦政策,更助長了他們發展生產的積極性。據稱,協噶宗賦税收入的三分之一被用來作爲作佛事的供養和爲參加協噶大寺冬、夏兩季法會的僧衆提供食品,或用來支持寺廟日常供養三寶之花費。[1]

司徒剌昝肖曾是他同時代許多佛學大師的大施主,除了前面提到的薩思迦派大師賞竺孜摩和葛剌思巴監藏等外,當時著名的大師如博東班欽曲列南監(Bo dong pan chen phyogs las nam rgyal)、唐東傑波(Tang ston rgyal po)和一世達賴喇嘛根敦珠巴班藏卜(dGe 'dun grub pa dpal bzang po)等也都曾在拉堆洛地區傳法,得到過拉堆洛頭目的支持。一世達賴根敦珠是在拉堆洛廣傳噶當派教法的第一位著名的格魯派大師,自1431—1433年,他在協噶寺及其附近地區説法、著作。當時協噶宗内有薩思迦派、博東派和格魯派扎倉各七個,其中的七個格魯派扎倉被認爲是根敦珠所建。[2] 儘管在根敦珠的傳記中是没有提到司徒剌昝肖的名字,但按時間和根敦珠曾與剌昝肖的導師域監瓦惲丹沖納思過往甚密這一事實推斷,他也當曾得到司徒剌昝肖的支持。[3] 博東班欽是協噶寺創建者葛剌思巴監藏的親戚加弟子,故自幼與協噶寺結下不解之緣,並在協噶寺由葛剌思巴監藏授以近圓戒,正式出家爲僧。司徒搠思吉輦真和剌昝肖都曾爲其施主,剌昝肖還專門籌劃、安排了一場他與當時另一位有名的薩思迦派大師雅德米帕袞(gYag sde mi pham mgon)之間的辯經法會。[4] 司徒剌昝肖也曾是唐東傑波修建具吉祥日吾且多門寶塔(dPal ri bo che mchod rten bkra shis sgo mangs)時的大施主之一,唐東傑波爲建塔四處募捐,最後從拉堆絳來到拉堆洛,大顯神通,並爲司徒剌昝肖及其子孫之壽命作授記,獲得大量的布施。其後即返回日吾且,於陰土蛇年爲吉祥多門塔奠基。[5] 唐東傑波是西藏歷史上有名的傳奇人物,一生行蹤飄忽不定,超越時空。僅其生卒年代就有好幾種説法,這對確定與其相關的任何史實的發生年代造成很大的困難。對於確定他何時建造日吾且塔來説自然也不例外,故熊文彬先生對始建日吾且塔的土蛇年謹慎地提出1389年和1449年兩種選擇。[6] 實際上,根據拉堆絳萬户南監扎藏和拉堆洛萬户剌昝肖爲其施主這一史實推斷,這兒的所謂土蛇年祇可能是指1449年,因爲南監扎藏生於1395年,而剌昝肖也祇有在其父親於1402年圓寂之後纔可能執掌拉堆洛萬户之大權。而《唐東傑波傳》中的這條記載反過來也可説明,至少在1449年以

〔1〕《協噶教法史》,葉23a—33b;Pasang Wangdu 和 Diemberger 書,頁49—61。
〔2〕《協噶教法史》,葉22b、55a;Pasang Wangdu 和 Diemberger 書,頁48—90。
〔3〕參見沈衛榮,《一世達賴喇嘛傳》,臺北:唐山出版社,1996年,頁74—85。
〔4〕《博東班欽傳》,頁89、158—174。
〔5〕《唐東傑波傳》,頁269—271。
〔6〕熊文彬,《中世紀藏傳佛教藝術:白居寺壁畫藝術研究》,北京:中國藏學出版社,1996年,頁148—149、162—163,注23。

前司徒剌眷肖依然在世。

五、司徒之封號的由來和意義

在西藏歷史上有不少名人,他們的名字之前冠有 Si tu 或 Ta'i si tu 的稱號,如帕木古魯派的大司徒賞竺監藏、以《司徒文法廣釋》(*Si tu'i sum rtags 'grel chen mu ti phreng mdzes*)著名的司徒搠思吉沖乃思(Si tu Chos kyi 'byung gnas)等。年長日久 Si tu 這個稱號的來歷漸漸爲後人遺忘,以致有很多人不知道它本來不是藏族的尊號,它的本原是漢文的司徒。例如藏人夏喀巴先生就以爲 Si tu 是一個蒙古語的稱號,意爲太師,與藏語中的 yongs su 'dzin pa 相對應。[1] 記《明實錄》的史官當然明白司徒是一個典型的漢式官號,但他們何以竟然也説"司徒者,其俗頭目之舊號"呢? 爲了説清這個問題,我們不妨先來設法弄清《明實錄》中提到的與拉堆洛頭目剌眷肖同時受封的另外三位師徒又是何許人也?

前文筆者曾提及這四位司徒中最容易確定身份的是"仰思都巴頭目公葛巴",因爲這個名字按其譯音當可還原爲 Nyang stod pa Kun dga' 'phags。熊文彬先生正確地將仰思都巴與當時統治年楚河上游地區的江孜法王家族勘同,但同時認爲這兒提到的"公葛巴"就是那位著名的江孜法王若膽公藏怕名字的藏文譯音縮寫。[2] 對此筆者不敢苟同,因爲此之所謂"仰思都巴頭目公葛巴"當與《明實錄》卷一四二,洪武十五年二月條記"仰思多萬户公哥怕"所指是同一人。洪武十五年乃公元 1382 年,此時離若膽公藏怕的生年還早七年,故這位公葛巴當不可能是指若膽公藏怕,而當指其父親 Nyang stod pa Kun dga' 'phags pa(1357—1412)。公葛巴於 1376 年繼其父帕巴輦真('Phags pa rin chen, 1330 - 1376)之後爲江孜夏喀瓦(shar kha ba)家族之頭目,同時任薩思迦囊禪(nang chen)。在其當政時,夏喀瓦家族不僅從薩思迦巴手中取得了更多的利益,而且也爲鞏固和佔有其在前、後藏的地盤與帕木古魯巴展開了激烈的爭奪,使其家族的勢力得到了很大的擴展。1390 年始,公葛巴建江孜吉祥如意寶寺,歷七年建成。他死於 1412 年 9 月 5 日。[3] 由於明永樂皇帝封授這四位司徒的時間是 1413 年 3 月 11 日,這時公葛巴已去世半年有餘,所以認爲這位司徒公葛巴是指公葛巴之子若膽公藏怕看似

〔1〕 Shagkabpa, W. D. *Tibet: A Political History*, New Haven, 1972, p. 320, n. 6.

〔2〕 熊文彬上引書,頁20。江孜法王在藏文史書中被稱爲 Nyang stod shar kha ba rgyal rtse rab brtan kun bzang 'phags pa,見《西藏王臣記》,頁146。

〔3〕 關於公葛巴的生平見 'Jigs med grags pa, *Rab brtan kun bzang 'phags kyi rnam thar*, Lhasa: Bod ljongs mi dmangs dpe skrun khang, 1987, pp. 19 - 22(以下簡稱《江孜法王傳》);《漢藏史集》,頁383;《新紅史》,頁60;《西藏王臣記》,頁127。

不無可取之處,而且《江孜法王傳》中還明文記載,1413 年 12 月 5 日,明遣中官詔抵江孜,宣布中央册封詔令。[1] 但筆者更傾向於認爲明中央册封的本當是公葛巴,因爲這次封授烏思藏大小諸官是中官楊三保等人於永樂十年(1412)或更早些時候巡視烏思藏之後作出的決定。更耐人尋味的是,《明實録》洪武二十四年條提到"前司徒仰思都巴公哥巴思",顯然這位公哥巴思與前面提到的仰思都萬户公哥怕指的是同一個人,如此説來他早已在洪武年間就被授以司徒封號了。

筆者前此引述《明實録》中的那段記載之前有云:"永樂十一年二月己未,中官楊三寶等使烏思藏等處還。烏思藏帕木竹巴灌頂國師闡化王吉剌思巴監藏巴里藏卜,遣侄扎結等與三保偕來朝貢。命禮部復遣中官敕賜之錦幣,並賜其下頭目喇嘛有差。置烏思藏牛兒宗寨行都指揮使司,以喃葛監藏爲都指揮僉事。"從這上下文的内容來看,這四位司徒的封授乃是年永樂皇帝一連串封授中的一項,它是中官楊三保巡視烏思藏等處的直接結果。明朝建國後不斷遣使巡視烏思藏等處,了解邊情,廣行招諭,繼而多封衆建,設官分職,建立起一張中央王朝與烏思藏地方僧俗權貴之間的緊密的聯繫網絡。中官楊三保此次出使烏思藏等處的主要目的據傳是爲了安撫明封闡化王、帕木竹巴頭目吉剌思巴監藏。吉剌思巴監藏是帕木竹巴的第五任第悉(sde srid),也是繼大司徒賞竺監藏之後第二位權重一時的帕木竹巴頭目,人稱其爲"Gong ma",意爲皇上。可就是這位在烏思藏舉足輕重的皇上,當他聽説大明皇帝因他抗旨而將派兵征討這一莫須有的消息後更惶惶不可終日,趕緊請明封大智法王班丹扎釋(dPal ldan bkra shis)偕其侄兒扎結(Grags rgyal)往朝廷陳情,申其忠誠之心。爲了安撫闡化王,化解這一消息在烏思藏地區造成的恐慌,永樂皇帝特派中官楊三保出使烏思藏。[2] 楊三保此次巡視烏思藏不祇是到了闡化王的宮廷所在地乃東,其足迹當遍及烏思和藏各地,惟此,僻處藏之極西的拉堆洛萬户頭目纔可能見之於闕廷,並受封爲司徒。同理,仰思都巴頭目公葛巴顯然也是通過楊三保舉薦纔被朝廷封爲司徒的,而當楊三保巡視江孜時公葛巴當還在世,故朝廷封授的當是他本人而非其兒子。

在確定了明永樂皇帝封授的四位司徒中的兩位是來自後藏的地方貴族之後,即拉堆洛頭目剌咎肖和仰思都巴頭目公葛巴,我們或可假設這另外二位司徒也同樣是來自後藏的地方權貴。考明朝後藏地區最有影響的地方貴族在領思奔、三竹節等由帕木古

---

[1] 《江孜法王傳》。
[2] 參見陳楠,《大智法王考》,《中國藏學》1996 年第 4 期,頁 68—83。

魯派委派的宗本家族興起以前，除了江孜法王家族和拉堆洛萬户外，當還有拉堆絳萬户。如前文曾經提及，拉堆絳萬户在元末明初不僅兼併了拉堆洛萬户，而且對納里速萬户，即納里速貢塘地區也擁有某種特權，以至於在該地使用站赤驛馬也要出具他簽發的印券。所以，若論後藏權貴當首推拉堆絳頭目。查與司徒剌眷肖同時代的拉堆絳頭目南監扎藏的傳記可知，他於大明皇帝永樂年間的藏曆鐵馬年（1414），即明封大乘法王、薩思迦派大師昆澤思巴（Kun dga' bkra shis rgyal mtshan）自朝廷返回薩思迦時，受封爲大司徒，賜銀印；與此同時，他的父親捌思扎藏卜（Chos grags bzang po）受封爲國公，得賜銀印；他的弟弟捌思監管著列思巴（Chos rgyal dKon mchog legs pa）受封爲 Wu'i hya ghun dbus gtsang ti shri'i zi'i dre hos，同樣得賜銀印。[1] 查《明實錄》知大乘法王昆澤思巴由永樂十一年二月入朝，五月辛巳受封大乘法王尊號，次年（1414）正月壬子陛辭皇帝，由中官護送返藏。[2] 可見，永樂皇帝封授烏思藏四司徒時，大乘法王正好也在朝中，故由他將封授與薩思迦關係十分密切的拉堆絳萬户諸頭目的封文帶回薩思迦當合情理。《明實錄》中提到的那位掌巴頭目扎巴當即指（La stod）Byang pa（rNam rgyal）Grags pa，而南監扎藏又名南監扎巴，將所謂掌巴頭目扎巴與這位同時代的拉堆絳頭目、司徒南監扎巴勘同當屬可能。

　　最後一位尚無對證的明封司徒是八兒土官鎖南巴，鎖南巴乃常見的藏族人名，當可還原爲 bSod nams pa 或 bSod nams dpal；而八兒作爲地名則無從詳考，或許八兒在此不作地名解，而是緊接其前爲掌巴頭目扎巴之名字的一部分。考諸藏文史籍，當時另一位被明廷封爲司徒的後藏貴族是公葛巴的弟弟鎖南班（bSod nams dpal）。江孜夏喀瓦家族自公葛巴和鎖南班兄弟始分成所謂東西二孜（rTse shar nub gnyis），以其父怕巴班藏卜（'Phags pa dpal bzang po）於 1365 年建造的孜欽寺（rTse chen，又譯紫金寺）爲界分成二支，以東爲公葛巴的勢力範圍，稱孜欽夏巴（rTse chen shar pa）；以西則爲鎖南班的勢力範圍，稱孜欽奴巴（rTse chen nub pa）。如前所述，鎖南班曾與其兄公葛巴聯手對抗怕木古魯巴的侵犯，捍衛、開拓了江孜夏喀瓦家族的地盤。按見於《漢藏史集》中鎖南班的簡傳可知，他從其父親手中接管了孜欽寺，由於對薩思迦巴殷勤承侍，故先後從薩思迦巴手中獲得了不少莊園和土地，成爲夏卜僧格孜（Shab seng ge rtse）、博東（Bo dong）和謝通門（'Jad mthong smon）等地的領主。他被明廷封爲大司徒，受賜銀印，其

---

〔1〕　Chab spel 上引書，中册，頁 468—469。
〔2〕　《明太宗實錄》卷一四四，頁 1；卷一四七，頁 1。

子嗣也多爲明朝官員。[1]《新紅史》時稱鎖南班爲孜奴巴司徒鎖南班,時稱其爲賽茹(Se ru)鎖南班。他統轄仰思都孜欽和夏克思都(Shag stod)的僧格孜兩地。其後歷三四代在政教兩途都頗有建樹,直到後來落入領思奔的統治之下。[2] 鎖南班與其侄兒若膽公藏怕不和,但同時被列爲怕木古魯巴第悉葛剌思巴監藏時期烏思藏最重要的大臣之一。[3] 毫無疑問,司徒鎖南班是當時後藏最有權勢的地方貴族之一,其勢力範圍大致爲江孜以西、拉堆絳以東、薩思迦以北地區。拉堆絳頭目南監扎藏曾娶其侄女爲妻,以互爲奧援。[4] 鎖南班不僅是薩思迦派,特別是博東派的大施主,在其統治區内以薩思迦派勢力爲最盛,而且也是當時新興的格魯派的大施主。他和其妻子釋迦班(Shakya dpal)是當時在後藏積極推行宗喀巴改革教旨的釋剌桑哥(Shes rab seng ge)和一世達賴根敦珠師徒最主要的施主,他們在三竹節(bSam grub rtse,即今日喀孜)附近的僧格孜和倫卜孜(lHun po rtse)等地多次出資幫助釋剌桑哥和根敦珠傳法、建寺。[5]連噶當派在後藏的重鎮那塘寺(sNar thang)當也在其勢力範圍之内。[6]《明實録》中提到的那位八兒土官鎖南巴最有可能指的就是他。除他之外,筆者尚未發現在後藏的其他地方貴族被明朝皇帝封爲司徒者。

在大致弄清了這四位師徒的身份之後,我們也就不難理解爲何《明實録》中稱"司徒者,其俗頭目之舊號,因而授之"了。當我們追溯這四位司徒之家族的歷史時,即可發現一個顯而易見的事實:這四位司徒無一例外都是元朝皇帝封授的司徒之後。如前所述,拉堆洛萬户家族的本禪軟奴旺朮被元世祖薛禪皇帝封爲大司徒,其後此稱號爲其家族中出掌萬户者世襲。直至元滅,司徒剌咎肖之父搠思吉輦真仍被亡國的太子愛猷識理達臘封爲司徒。仰思都巴公葛巴和司徒鎖南巴的父親怕巴[輦真]班藏卜(1318—1370)是薩思迦囊禪(nang chen),於1367年被元順帝封爲大司徒,受賜玉印、金册等。[7] 司徒南監扎藏之先輩也是元朝皇帝詔封的司徒,最先是拉堆絳萬户、薩思迦本

〔1〕《漢藏史集》,頁383—384。

〔2〕《新紅史》,頁59、89。其他地方也有稱其爲僧格孜宗本、那塘千户的,可見其稱號繁複,《明實録》中所説的八兒土官或許是他的另一個稱號。

〔3〕《新紅史》,頁60、89。

〔4〕 Chab spel上引書,中册,頁470。

〔5〕 第悉桑結嘉措(sDe srid Sangs rgyas rgya mtsho),《黃琉璃》(dGa' ldan chos 'byung Vaidurya ser po,1692-1698),北京:中國藏學出版社,1989年,頁99、249;《新紅史》,頁59。

〔6〕 在一世達賴喇嘛根敦珠的傳記中曾提到大司徒有意請他出任那塘寺住持。這位匿名的大司徒當非鎖南班莫屬。見《一世達賴傳》,葉20a。而在《噶當教法史》中提到此事時,這位大司徒成了那塘千户長(sNar tang stong dpon)。見Las chen Kun dga' rgyal mtshan, bKa' gdams kyi rnam por thar pa bka' gdams chos 'byung gsal ba'i sgron me zhes bya ba bzhugs so(下稱《噶當教法史》),葉391b。可見大司徒鎖南班擁有各種不同的職位。

〔7〕《江孜法王傳》,頁13;《漢藏史集》,頁381。

禪葛剌思巴達爾被元世祖封爲司徒,其後由其子朶兒只公卜襲其職,爲薩思迦本禪;其子南喀膽巴(Nam mkha' brtan pa)襲萬户職,受賜三珠虎頭符及國公稱號、玉印,後再獲大元國師稱號。其職銜由其子輦真監藏承襲,輦真監藏之長子國公搠思扎班藏(Chos grags dpal bzang)又襲司徒、國公之封號。搠思扎班藏之子即司徒南監扎藏。[1] 至此我們終於弄清,《明實録》所稱"司徒者,其俗頭目之舊號",並非是説司徒是烏思藏之地方貴族舊有的、藏族自己的稱號,而是説他們的祖先早先已從元朝皇帝手中獲得了這個稱號,永樂皇帝不過是將其前朝封授給烏思藏頭人的稱號重新封授給他們的後代而已。

　　司徒與司馬、司空合稱三司、三有司或三有事,在先秦時代是朝廷中最重要的大臣。司徒顧名思義乃主徒衆者,或"徒"作"土"解,則爲主土者。他與主兵的司馬、主水土的司空一起合稱三公,朝廷大事主要由他們執掌。西漢時司徒一度即爲丞相,東漢則與司空、太尉合稱三公。魏晉以降,司徒、司馬、司空歷代或並置,或單設,或皆廢,即便設置也不再是有具體職守、權力的職事官,而主要是標幟其階位的散官,是一種榮銜,多爲勳戚文臣之兼官、加官或贈官。[2] 唐末朝廷濫封司徒,幾乎所有藩鎮均受賜司徒稱號。遼、金兩朝司徒仍作爲"加官"或"贈官"封賜給重要的官員。元朝以太師、太傅、太保爲三公,在三公之外,有"大司徒、司徒、太尉之屬,或置、或不置。其置者,或開府,或不開府。[3] 司徒又分大司徒和守司徒二等,大司徒從一品,首司徒正二品"。[4] 元朝前期,司徒一職並不常見,其得主也多爲朝廷重臣,如"翰林學士承旨"、丞相霍里和孫(Qorqosun)、阿魯渾薩理(Arqun-Sali)、迦魯納答思等。[5] 有意思的是,來自尼泊爾的著名工匠阿尼哥也於至元十五年(1278)被元世祖封爲大司徒,而且其長子阿僧哥也襲大司徒稱號。[6] 但自大德(1297—1308)以後,司徒一職封拜繁多,[7]連方士田忠良、靳德進、宦官李邦寧、龍虎山道士吴全節之父等都曾受賜大司徒或司徒稱號,而且還常常加恩三代,連其父祖也得加贈大司徒封號。[8]

　　西藏歷史上最著名的大司徒要數元朝怕木古魯巴的賞竺監藏(Byang chub rgyal

〔1〕《西藏王臣記》,頁113—114。
〔2〕關於職事官和散官、階官的流變參見張國剛,《唐代階官與職事官的階官化》,《唐代政治制度研究論集》,臺北:文津出版社,1994年,頁207—232。
〔3〕參見《元史》卷八五,《百官》一;卷九一,《百官》七。關於司徒的職掌、沿革,蒙筆者業師南京大學歷史系教授陳得芝先生指點,在此謹表感謝。
〔4〕參見《大元聖政國朝典章》,上册,臺北:文海出版社影印本,頁98。
〔5〕《元史》卷一三〇,《阿魯渾薩理傳》;卷一三四,《迦魯納答思傳》。
〔6〕程鉅夫,《涼國敏慧公神道碑》,《雪樓集》卷七;《元史》卷二〇三,《阿尼哥傳》。
〔7〕《元史》卷一七五,《李孟傳》。
〔8〕《元史》卷二〇二,《吴全節傳》;卷二〇三,《靳德進傳》、《田忠良傳》;卷二〇四,《李邦寧傳》。

mtshan），他於 1357 年新春被元順帝詔封爲大司徒。Petech 認爲"此舉表明元朝皇帝對他在烏思藏之特殊地位的承認，而在藏人看來此舉乃是對一個新政權的合法化"。[1]這顯然是夸大了元朝皇帝封授司徒這一稱號的意義。雖然在《元史》中我們僅見到有藏人亦憐真乞剌思被元仁宗封爲司徒，[2]而在有關元代西藏的藏文文獻中卻屢屢見到有藏人被元朝皇帝封爲大司徒或司徒的記載。除了怕木古魯巴的大司徒賞竺監藏外，還有如前面提到的拉堆洛、拉堆絳萬户等也都獲賜司徒或大司徒稱號。其他萬户像烏思的必里公（'Bri gung）、萬户長釋迦藏卜（Shakya bzang po）、[3]搽里八萬户長、《紅史》（Deb ther dmar po）的作者公哥朵兒只（Tshal pa Kun dga' rdo rje）及其子葛剌思巴藏卜（dGe legs pa bzang po）等也都擁有大司徒的稱號。[4] 礙於資料，筆者無法肯定是否所有萬户都曾受賜司徒封號，但迄今尚未發現一例非萬户而被加贈司徒封號者，這至少説明任萬户者即有資格受賜司徒封號。仰思都不見於任何藏文史書中所列烏思藏十三萬户的名單中，故它不在元朝初封烏思藏十三萬户之列。但元封十三萬户並非一成不變，它有沿有革，據明洪武十五年有仰思都萬户、仰思都巴頭目怕巴班藏卜曾於 1367 年被元順帝封爲大司徒等史實推斷，仰思都至少已在元末被增補爲萬户。從藏文史料中透出的信息來看，凡擁有大司徒或司徒封號者，其階位要高於普通萬户。如拉堆洛萬户長軟奴旺朮在受賜大司徒封號之前，就已經被任命爲宣慰使和帝師三公。以後即被派回烏思藏主持 1287 年的括户和完善站赤系統。《西藏王臣記》中也提到一位司徒答喇嘛監藏（Dar ma rgyal mtshan），當他往納里速置驛傳、並在吐蕃三道宣慰司重新清查户口（phye gsar）時，就曾對怕木古魯巴和雅里藏不兩個萬户之間的爭訟作出公斷。[5]據此，我們或可推斷大司徒乃加贈給萬户且在宣政院兼職者的官號，而司徒則是加贈給以萬户兼任宣慰使者的官號。薩思迦囊禪中有多人被封爲司徒者，除了前面提到的仰思都巴怕巴班藏卜外，還有雲尊葛剌思巴（Yon btsun grags pa）等。這當是因爲薩思迦囊禪多由萬户擔任，或者是因爲囊禪的地位高於萬户。在《漢藏史集》中所列三十一任

〔1〕 Petech 上引書，頁 124。同樣的看法也見於 Warren W. Smith, Jr. Tibetan Nation；A History of Tibetan Nationalism and Sino-Tibetan Relations，Westview Press，1996，pp. 100 – 101。

〔2〕 《元史》卷二四，《仁宗本紀》。按年代推算，此人當指必里公萬户、貢巴（sgom pa）Rin chen grags。參見《西藏王臣記》，頁 111。

〔3〕 Tshal pa Kun dga' rdo rje, Deb ther dmar po（下稱《紅史》），Beijing：Mi rigs dpe skrun khang, 1908, 頁 61。《新紅史》，頁 67；E. Sperling, "Some Notes on the Early 'Bri gung pa Sgom-pa," in Silver on Lapis, Tibetan Literary Culture and History, Ed. By Christopher I, Beckwith, Bloominton, 1987, pp. 33 – 53。

〔4〕 《新紅史》，頁 65；《西藏王臣記》，頁 108—109。

〔5〕 《西藏王臣記》，頁 132。此事很可能發生在 1335 年元廷在烏思藏進行第三次户籍調查之時。參見 Petech 上引文。

薩思迦囊禪中有許多人擁有都元帥（du dbon sha）的稱號,這説明他們同時也擔任烏思藏宣慰使之職。[1] 大司徒從一品,與宣政院使同;守司徒正二品,略高於爲從二品的烏思藏納憐速古魯孫等路各處宣慰監管軍萬户、都元帥。[2] 故將大司徒和司徒作爲加官賜給這些烏思藏萬户是合乎元代職官制度的。總而言之,元朝廷封授給烏思藏諸萬户的"司徒"或"大司徒"稱號,不過是加贈給他們的榮衡,它並没有如 Petech 先生所説的那麽重要。司徒者,既司"徒"又司"土",它或許是最適合於管民也管教的烏思藏諸萬户的封號了。

有明一代,以太師、太傅、太保爲三公,没有設司徒、司馬、司空。[3] 因此,永樂皇帝授鎖巴頭目剌肖、掌巴頭目扎巴、八兒土官鎖南巴、仰思都巴頭目公葛巴等爲司徒完全是循元朝之舊例。也正因爲如此,記實録的史官總會説:"司徒者,其俗頭目之舊號,因而授之。"明代烏思藏地區土官獲賜司徒封號者或當不止由永樂皇帝賜封的這四人,早在太祖洪武年間就當有司徒之封。《明實録》洪武六年二月條中記載:"近者攝帝師喃加巴藏卜以所舉烏思藏、朵甘思地面故國公、司徒、各宣慰司、詔討司、元帥府、萬户、千户等官,自遠來朝,陳請職名,以安各族。朕加其誠達天命,慕義來廷,不勞師旅之征,俱效職方之貢。宜從所請,以綏遠人。"[4] 同年十月,故鎮守朵思麻、朵甘思兩界的元司徒鎖南兀即爾遣人上其所授元司徒銀印,命以文綺賜之。[5] 洪武十一年八月烏思藏故元賞司巴司徒公哥禮思巴監藏巴藏卜等遣酋長阿由來朝貢方物。[6] 洪武十五年二月在衆多的入朝番僧中又提到一位賞巴前司徒羅古監藏。[7] 明朝皇帝在烏思藏地區實行所謂"多封衆建"政策,以籠絡那些在烏思藏地區擁有實力的地方權貴,讓其服從、並服務於新朝廷。此政策雖發端於洪武朝,但盛行於永樂朝。正如《明史》所云:"初,太祖招徠番僧,本藉以化愚俗,弭邊患,授國師、大國師者不過四五人。至成祖兼崇其教,自闡化及二法王外,授西天佛子者二,灌頂大國師者九,灌頂國師者十有八,其他禪師、僧官不可悉數。"[8] 需要强調的是,明廷在烏思藏實行"多封衆建"政策的内容

---

〔1〕 《漢藏史集》,頁 362—363。
〔2〕 《大元聖政國朝典章》,頁 98。
〔3〕 龍文彬纂,《明會要》卷二九,《職官》一,北京:中華書局,1956 年,頁 1446—1465。
〔4〕 《明實録·太祖》卷七九。
〔5〕 《明實録·太祖》卷八五。
〔6〕 公哥禮思巴監藏巴藏卜或可復原爲 Kun dga' legs pa rgyal mtshan dpal bzang po。此名又寫作公哥扎思及監藏巴藏卜,變成了兩個人,他們或可復原爲 Kun dga' bkra shis 和 rGyal mtshan dpal bzang po。
〔7〕 賞巴按元明藏漢音譯慣例當可復原爲 Byang pa。但在 La stod Byang 家族世系中筆者找不到一位名羅古［羅思］監藏（Blo gros rgyal mtshan）者。
〔8〕 《明史》卷三三一,《西域》三。

絕不僅僅是分封眾多的法王國師,同時他們也還因襲前朝舊例,分封了其他許多地方貴族,前述四司徒就是其中一例。實際上,元代烏思藏舊官,特別是十三萬户基本上都被明廷收編,被授予不同的官職和封號。除了被封爲王的怕木古魯、必里公、思達藏及靈藏、館覺等外,還有沙魯、著由、擦巴、俺卜羅、加麻等原屬烏思藏十三萬户的地方貴族都被明廷分授以烏思藏都指揮使及其下屬行都指揮使及衛所的各種官職。由此看來,明廷在西藏的施政更多的是對其前朝之遺制的接收,而不是像他們自己所標榜的那樣要恢復大唐治藩之舊制。當然,隨着烏思藏地區政治形勢本身的變化,明朝皇帝也審時度勢、不失時機地對其政策作些調整。其典型例子就是一些新興的地方貴族,特別是怕木古魯巴手下的重臣如領思奔、牛兒宗、三竹節等都差不多在永樂朝被收編爲烏思藏都指揮使司屬下的行都指揮使司。明代封烏思藏地區的統治絕不像許多人想的那樣鬆散,明代漢藏關係的歷史有很多尚待開發的地方,在對此作深入細緻的研究之前最好不要信口開河,作違背史實之論。

(原載《故宫學術季刊》第 17 卷第 1 期,臺北,1999 年,頁 103—136)

幻想與現實:《西藏死亡書》在西方世界

The psyche creates reality everyday.

The only expression I can use for this activity is fantasy.

Carl G. Jung

心理每天都在創造現實,我唯一可以用來表達這種活動的詞是幻想。

——榮格

1927 年 8 月 12 日,來自美國加州聖地亞哥市的伊文思(Walter Evans-Wentz)先生編輯、出版了一本名爲《西藏死亡書》(*The Tibetan Book of the Dead*)的奇書,在英語世界引起轟動。這本書很快成爲西方世界首屈一指的來自東方的聖書,一本超越時間的世界精神經典(a timeless world spiritual classic)。原本在西方很受推崇的《埃及死亡書》(*The Egyptian Book of the Dead*),頓時相形見絀,成爲地道的明日黄花。瑞士著名心理學家榮格(Carl Gustav Jung)認爲《西藏死亡書》遠勝於《埃及死亡書》,其卓越性無與倫比(an unexampled sublimity);更有人認爲《埃及死亡書》與《西藏死亡書》相比,根本就是一盤粗枝大葉的雜燴(a crude farrago)。而像世界著名的法國女探險旅行家大衛·妮爾(Alexandra David-Neel)這樣在東方宗教方面享有權威的人士,則稱西藏人對死亡與轉世的反思,不但其他文化傳統無法望其項背,而且就是在佛教内部,也遠勝於其他傳統的同類典籍。這本源出於 14 世紀,甚至追根究底可上溯至 8 世紀的西藏古書,在 20 世紀的西方世界風頭獨健,被一再重新發現、轉世,大大小小的譯本及其這些譯本的各種翻版難以計數,迄今依然層出不窮。素以理性著稱的西方人在它身上發揮了最充分的想象力,《西藏死亡書》成爲時常陪伴西方許多名流碩儒左右的鎮室之寶。它是智慧的源泉,任何人都可以在這裏取其所需,發掘其夢寐以求的神秘智慧。在不到一個世紀的時間,《西藏死亡書》在西方的用途遠遠超出了幾個世紀來它在西藏歷史上所曾經發揮的功能。它甚至被人改寫爲使用迷幻藥(psychedelic drugs）的指南，[1]也是西方的死亡之學（the science of death, thanatology）或不朽之學（the science of immortality）的最重要的教科書之一。它還曾被用來標點西方科學的局限，對西方科學的二元論及其對於觀察者與被觀察者之間所作的區分，提出了嚴肅的反駁。一批藝術作品也在這部死亡書的啓發下先後問世。它在以相信轉生、不朽爲其中心思想的西方神秘主義（Occultism）、精神主義（Spritualism）和靈智學（Theosophy）的興起和被接受的過程中，也起了推波助瀾的作用。在西方 20 世紀心理學的發展中，特別是在榮格及其他從事意識本質研究的學者的著作中，它也理所當然地佔有重要的一席。它爲西方精神界、心理學界提供了諸如"中陰"、"壇城"和"轉生"等不少新詞彙，爲西方的意識領域開闢了一方新天地。

與它在西方世界的遭遇完全不同的是，《西藏死亡書》在以漢文化爲主導的東方世界並没有受到如此的重視。直到最近索甲活佛《西藏生死書》一書的漢譯本在港臺地區成爲暢銷書以前，《西藏死亡書》在漢文化區内僅爲密乘信徒所知。[2] 伊文思編印的這部《西藏死亡書》的漢譯本雖早已在坊間流傳，但影響相當有限。[3] 孫景風居士直接從藏文翻譯的《西藏死亡書》更是很少有人問津。[4] 大概是受孔老夫子"未知生，焉知死"思想的影響，炎黃子孫對生表現出了極度的執着，他們中的大多數也仍在爲簡單的生存而挣扎，尚未有餘力去深究死後的世界。按理説佛教早已深入中華民族文化之骨髓，像"中陰"、"轉生"一類的概念，對於學佛的人來説，特別是對稍通唯識學的人來説，當並不陌生。漢地佛教大師輩出，漢藏佛教傳統之間的交流也已經歷了幾個世紀，何以在西方世界如此走紅的一部西藏古書，在中原漢地卻默默無聞，到今天"出口轉内銷"，纔引起國人的注意。事實上，即使在西藏這部死亡書也絕非像它的西方鼓吹者所宣稱的那樣家喻户曉，人手一册。至少在 1959 年以前没有西藏人知道在汗牛充棟的藏文文獻中還有一部稱爲死亡書的經典，甚至就是它的藏文原書的名稱《中有聞解脱》也並非每一位學富五明的西藏高僧一定都知道，因爲它本來祇是藏傳佛教寧瑪派傳統中一部甚深密法的一個部分，它從未享受過今天在西方所獲得的禮遇，更未被捧爲

---

[1] 參見 Timothy Leary, Ralph Metzner 和 Richard Alpert，《迷幻經驗：據〈西藏死亡書〉而作的手册》（*The Psychedelic Experience, A Manual based on the Tibetan Book of the Dead*），Secaucus, New Jersey：The Citadel Press，1964。

[2] Sogyal Rinpoche, *The Tibetan Book of Living and Dying*, ed. By Patrick Gaffney and Andrew Harvey, Harper San Francisco, 1992；索甲活佛，《西藏生死書》，鄭振煌譯，臺北：張老師文化事業股份有限公司，1996 年。

[3] 徐進夫譯，《西藏度亡經》，天華佛學叢刊之十五，臺北，1983 年。此漢譯本略去了原書中所受榮格對《西藏死亡書》的"心理學評注"。最近在大陸的圖書市場上也常能見到此書在大陸的各種重印版。

[4] 孫景風譯，《中有教授聽聞解脱密法》，上海佛學書局，1994 年。

雪域文明的最高成就。藏傳佛教文化博大精深,《西藏死亡書》可比是西藏文化太空中一顆燦爛閃爍的明星,但絕不是可以驅趕長夜、令衆星失色的太陽。

西方世界對這部《西藏死亡書》情有獨鍾,不在於它本身是否真的是一部讀上一遍就能獲得西藏文明之精髓,並從此解脫生死輪回的萬寶全書,而更是因爲它在許多方面契合了在風雲變幻的 20 世紀中受科學與物質壓迫的西方人的精神追求。在經歷了幾個世紀的壓抑之後,西方開始嚴肅地反思死亡的重要性,及死亡在個人人生經驗中的位置,《西藏死亡書》在西方的出現適得其時。它在西方世界流傳的過程,同時也是它不斷西方化的過程,對科學性的不懈追求促使西方人産生出了一個又一個新的譯本,但在對它的解釋中也夾雜了無窮無盡的西方貨色。在很大程度上,它早已爲迎合 20 世紀歐美的文化時尚而背離了其原有的功能。順着《西藏死亡書》在西方世界流傳的經歷,我們可以大致構畫出西方人差不多一個世紀來精神追求的心路歷程。當在西方流行的《西藏死亡書》越來越多地流入中國,爲越來越多的中國讀者接受時,將它在西方世界流行的過程及其原委披露於世,當對讀者區分何爲西藏之原貌、何爲泊來的改裝、力求獲得真義有所助益;當我們今天致力於繞開西方的影響,直接譯解藏文原典,冀以《西藏死亡書》之真實面目警示世人時,西方人傳譯、解讀此書的得失,應是我們一份難得的教材。

晚近,美國密歇根大學東亞語言文化系教授羅培慈(Donald S. Lopez, Jr.)先生出版了《香格里拉的囚徒:西藏佛教和西方》一書,從西方思想、文化史的角度,對自馬可波羅時代至今西方接觸、接受西藏佛教的歷史過程作了全面的檢討,其中的第二章專門討論《西藏死亡書》在西方被翻譯、傳播的歷史。[1] 本文即以羅培慈教授書中所述《西藏死亡書》在西方傳播的歷史過程爲基本綫索,補充以與《西藏死亡書》在西方傳譯過程有關的人物、社會、文化思潮的其他背景資料,結合筆者閱讀《西藏死亡書》各種譯本之心得,對西方近一個世紀內先後出現的五大種《西藏死亡書》的英文譯注本之譯者生平、譯文特點及其與當時西方流行的各種社會思潮的關係作一詳盡的介紹,希望以此能爲修習《西藏死亡書》的中國讀者提供一些有益的借鑒。

一、靈智學派的興盛與《西藏死亡書》在西方的首次出現

《西藏死亡書》在西方的首次出現看起來是一位 14 世紀的西藏伏藏師噶瑪嶺巴

---

〔1〕 Donald S. Lopez, Jr. *Prisoner of Shangri-La*, *Tibetan Buddhism and the West*, Chicago and London: The University of Chicago Press, 1998.

（Karma gling pa,譯言事業洲）尊者,與一位名叫伊文思的美國怪人偶然相遇的結果。而其實不然,它的出現與 1875 年在紐約宣告成立的靈智學派有着必然的聯繫。19 世紀末期、20 世紀早期,靈智學派代表人物對西藏神秘大士（Mahātman）所化現的神秘智慧的鼓吹,無疑是 20 世紀末期以達賴喇嘛爲領袖和象徵的西藏喇嘛在西方這個大舞臺上最終扮演精神導師一角的一場熱身彩排。

靈智學,即所謂靈魂之學,亦稱神智（knowledge of God）、聖智（divine wisdom）之學或通神學,源出於一個很長的、混雜的靈媒崇拜和精神學傳統,原先隱於地下,19 世紀中葉開始在歐美知識界公開活動。它的創始人是從俄國移民美國的 Helena Petrovna Blavatsky（1832—1891）和美國律師、記者 Henry Steel Olcott（1832—1907）。前者人稱 Blavatsky 夫人,是靈智學派的精神靈魂,而 Olcott 則是天才的組織者,他們兩人的精誠合作,使一個不起眼的學會發展成一個具有深遠影響的國際性組織。[1]

在西方近代史上,19 世紀下半葉即是一個科學獲得巨大進步,宗教被漸漸請下神壇的時代,同時又是一個對精神和宗教充滿渴望的時代,正如有人總結的那樣,這既是一個奧古斯特·孔德（August Comete）和查理士·達爾文（Charles Darwin）的時代,同時又是紐曼主教（Cardinal Newman）和威廉·詹姆斯（Williams James, 1842 - 1910）[2]的時代。我們或可加上一句,它也是一個 Blavatsky 夫人的時代。實證科學和來勢洶湧的拜物主義,令許多早已對基督教的救世能力失去信心,又希望保持人類的精神性、爲自己在這世界上保留一個得當位置的人深感不安。對實證主義的反叛引發了靈智學、精神主義和其他許多神秘主義的和精神的運動。靈智學運動的興起實際上就是對達爾文進化論的回應,它不是在極端理性的社會中出現的非理性思潮,它的訴求是要在宗教中尋求科學的庇護地,進而建立起一種理性的、科學的宗教,這種宗教必須是既接受地質學的新發現,又有比達爾文進化論更精緻的古代秘密精神進化體系。靈智學派這些主張顯然地反映了人們對走出現代化所帶來的種種困擾的渴望。儘管在他們對歷史和世界的普世觀念中表現出了對啓蒙運動的懷疑,有明顯的反現代傾向,但實際

---

〔1〕 參見 Robert S. Ellwood, Jr., 《可供選擇的神壇:美國之非傳統的和東方的精神性》（*Alternative Altars: Unconventional and Eastern Spirituality in America*）, Chicago and London: The University of Chicago Press, 1979, pp. 104 - 135: Colonal Olcott and Madame Blavatsky Journey to the East。

〔2〕 美國實用主義哲學和實驗心理學的先驅,主要著作有《心理學原理》、《實用主義》、《信仰意志和通俗哲學》、《多元的宇宙》等。他強調知識和真理的實用性、實踐性,建立了具有美國本土特色的哲學,對現代美國精神的形成產生了巨大的影響。他還建立了全美首家實驗心理實驗室。饒有興趣的是,筆者寫作此文時,寄寓哈佛大學燕京學社社長杜維明教授公館中,一日外出散步,發現在離杜公館僅一個街區之遙的地方,有詹姆斯先生任職哈佛時的故居,不禁生出幾分驚喜和緬懷之情。

上在這種反現代的精神運動身上也已經不由自主地打上了現代的印記。靈智學運動所用的方法,簡單説來就是不遺餘力地將東方作爲西方的"他者"而加以理想化,以此來襯托西方社會的醜惡和西方文明的不足,在許多層面上它與 19 世紀德國的理想主義和浪漫的東方主義異曲同工。它們的一個最中心的觀點是:在東方曾存在一種在西方早已失落了的智慧或真理,即所謂靈智,西方人想重新獲得這種智慧,則祇有老老實實地向東方人學習。而 Blavatsky 夫人自己則已經從西藏神秘大士那兒獲得了這種靈智,所以她是靈智在西方的代言人。

19 世紀 70 年代末,Blavatsky 夫人提出了她自己的一套複雜的進化理論,其特點是將宇宙的進化和人類精神的成長結合在一起。她的這一套理論介乎宗教和科學之間,自稱是所謂靈魂之學,是一種更高水準的科學,因爲它是科學與古老宗教智慧及哲學的結合,它的出現便埋葬了處於科學與宗教之間的鴻溝。建立靈智學會的目的在於建立一個不分種族、性別、等級和膚色的普世兄弟會,它鼓勵對宗教、哲學和科學的比較研究,探尋未曾得到解釋的自然法規和人類潛能。靈智學派公然舉起反對基督教的旗幟,偏愛亞洲宗教,但堅稱所謂靈智學祇能是在從大西洋和萊穆利亞(Lemuria)文明中產生的所有古老的、史前時期的宗教中所保存的知識精華。靈智學是這種古老的上帝智慧的遺存,它們早已在普通百姓中間失傳,僅僅秘密地保存在西藏的仁慈的兄弟會中間。

Blavatsky 夫人原姓 Hahn,於 1831 年出生於俄國一個德裔貴族家庭,自幼熱衷於神秘主義和精神現象,十七歲時與 Nikifor Blavatsky 成婚,兩個月後即離開其夫婿前往康士坦丁堡,從此便開始了她不尋常的生命之旅。爲尋求神秘智慧,她先往開羅,學習各種秘密方術,然後往歐洲,以作靈媒爲生,漸漸將神秘智慧的源頭從埃及的尼羅河移向印度的恒河,最終在喜馬拉雅山麓的西藏落腳。她自稱是藏傳佛教徒,前後在藏區住了七年,曾在西藏日喀則扎什倫布寺附近隨密法高手修法兩年。1873 年回到巴黎,受神秘大士之命往紐約創建靈智學會。以後她又通過做夢、顯聖等各種感應方式或信件,不斷從西藏神秘大士那裏得到指示,這些大士通過 Blavatsky 夫人之口向世人傳達來自西藏的神秘智慧。儘管當時就有人對她西藏之旅的真實性表示懷疑,將她與西藏神秘大士之間的這種精神感應看成是純粹的騙術,而且在靈智學會中從没有過一個真正來自西藏的會員,因此,在靈智學派的教法中,西藏和藏傳佛教完全是一個子虛烏有的想象之物。但經過 Blavatsky 夫人及其弟子們的鼓吹,西藏和藏傳佛教從此被籠罩上了神秘和智慧的光暈,西藏取代了埃及、印度,成爲神秘智慧的源泉和遺失了的古老種族的居住地。

　　靈智學會在創建後的 20 年間獲得了成功、持續的發展,到 19 世紀末已經在 40 餘個國家中建立起了 500 個分支機構,會員達 45 000 人之多,其出版物在世界各地擁有廣泛的讀者羣。儘管當 Blavatsky 夫人於 1891 年去世時,西方意識形態之間的爭論愈演愈烈,但靈智學會傳播亞洲思想的運動繼續蓬勃發展。西方一些知名的西藏和佛學專家如大衛·妮爾、榮格、德裔印籍佛教學者高文達喇嘛(Lama Anagarika Govinda)、世界著名的大乘佛學研究專家德裔英人愛德華·孔兹(Edward Conze)、以及最早在西方傳播禪宗的日本佛教大師鈴木大拙等,都曾是靈智學會的信徒和積極支持者。[1]　孔兹終生信奉靈智學,視 Blavatsky 夫人爲宗喀巴的轉世。因此,有人不無根據地認爲,Blavatsky 夫人不但是 19 世紀秘密崇拜圈中唯一的最有影響的女人,而且在許多方面可以説也是那個時代歐美最具影響力的女性。[2]

　　就在靈智學會由弱到強,在西方衆多先進知識分子中風行之時,伊文思來到了人間。1878 年,伊文思出生於美國新澤西州的 Trenton,孩提時代就對其父親所藏有關秘密主義、精神學的書籍有濃厚的興趣,讀過 Blavatsky 夫人的兩部巨著《除去面罩的伊西斯》(Isis Unveiled)和《秘密教法》(The Secret Doctrine)。世紀之交,伊文思移居加州,於 1901 年加入總部設在 Point Loma 的靈智學會美國分會。在該會教主 Katherine Tingley 的鼓勵下,伊文思入斯坦福大學隨威廉·詹姆斯和 William Butler Yeats 深造。自斯坦福畢業後,復入牛津大學耶穌學院(Jesus College Oxford)研究賽爾提克民俗(Celtic folklore),完成題爲《賽爾提克人國家的神仙信仰》(The Fairy Faith in Celtic Countries)的論文。其後,便開始了他尋求神秘智慧的世界之旅。

　　一次大戰爆發時,他正在希臘,戰爭時期他主要住在埃及;後從埃及移居斯里蘭卡,再移至印度,隨許多印度上師學法。按照他自己的説法,他一共花了五年多時間,"自

---

　　〔1〕　參見 Poul Pedersen,《西藏,靈智學和佛教的心理學化》("Tibet, die Theosophie und die Psychologisierung des Buddhismus"),載於《神話西藏：接受、設計和幻想》(Mythos Tibet: Wahrnehmungen, Projektionen, Phantasien),Koeln：Dumont, 1997, pp. 165 – 177. 關於 Blavatsky 夫人的生平參見 Marion Meade,《Blavatsky 夫人：神話背後的女人》(Madame Blavatsky, The Woman behind the Myth),New York, 1980；Sylvia Cranston,《Blavatsky 夫人：現代靈智學運動創始人的異乎尋常的生平和影響》(HPB: The Extraordinary Life and Influence of Helena Blavatsky, Founder of the Modern Theosophical Movement),New York：G. P. Putnam's Sons, 1993. Blavatsky 夫人自己的著作：秘密教法：科學、宗教和哲學之結合》(The Secret Doctrine: The Synthesis of Science, Religion, and Philosophy),London, 1888；《除去面罩的伊西斯：一把打開古代密法、現代科學和神學的萬能鑰匙》(Isis Unveiled: A Master-key to the Mysteries of Ancient and Modern Science and Theology),London, 1877.

　　〔2〕　Richard Noll,《榮格崇拜：一場造神運動的起源》(The Jung Cult: Origins of a Charismatic Movement),Princeton：Princeton University Press, 1994, pp. 63 – 68：Blavatsky and Theosophy.

斯里蘭卡棕櫚樹蔭蔽的海岸,到印度河邊的神奇大地,再到喜馬拉雅山麓冰雪覆蓋的高原,追尋東方的智者"。在旅途中,他遇到了許多的哲人、聖人,他們都認爲他們自己的信仰和實修與西方的信仰和實修之間有許多並行的東西,這些並行的東西當是古時某種歷史聯繫的結果。1919 年,他到達喜馬拉雅南麓名城大吉嶺,從一位剛從西藏返回的英國少校軍官 Major W. J. Campbell 手中獲得了不少藏文書籍,其中包括 14 世紀西藏伏藏大師噶瑪嶺巴尊者發掘的伏藏大法《寂忿尊密意自解脱甚深法》中的部分經書。在當地警察局長 Sardar Bahadur S. W. Laden La 的引薦下,伊文思帶着這些藏文古書,找到了在甘托克大君男兒學校教英文的藏族喇嘛格西達哇桑珠(譯言月亮心成),兩人開始了爲期僅兩個月的合作,生産出了一部超越時空的世界精神經典。

伊文思和達哇桑珠的合作可謂天造地設,因爲達哇桑珠也是一位熱衷於追求神秘智慧的人。他生於 1868 年 6 月 17 日,不僅藏文、英文極佳,而且也粗通梵文。自 1887年 12 月至 1893 年 10 月,他曾出任英印政府藏文翻譯,也曾是西藏地方政府使印全權大臣倫欽夏扎的首席翻譯,還曾爲十三世達賴喇嘛使印時的政治幕僚之一。英屬印度政府官員 John Woodroffe 曾請他英譯藏文《吉祥時輪密續》(*Sricakrasambhara Tantra*),後作爲他主編的《密續經典》(*Tantra Texts*)之第七卷出版;對他的學養極爲推崇。Woodroffe 在出任加爾各答最高法庭法官任内,成爲一位知名的印度教學者和虔誠的印度密宗教徒,曾以筆名 Arthur Avalon 出版過諸如《魔力》(*The Serpent Power*)一類的著作。自 1906 年起,達哇桑珠出任錫金托克大君男兒學校校長。他也曾爲大衛·妮爾當過翻譯,在後者的筆下,他是一位很有性格的性情中人。在《西藏的巫術與密法》中,大衛·妮爾曾對她的這位翻譯作過如下描述:

> 達哇桑珠,一位崇拜神秘智慧的人,在一定的方式内,他自己就是一個秘密。他追求與空行母和忿怒本尊的秘密相應,期望因此而得到超常的力量。世界上任何神秘的東西都會強力地吸引住他,可惜爲了謀生,他無法抽出很多的時間來從事他最喜愛的研究。

> 像他的許多老鄉們一樣,酗酒成了危害他生命的禍根。這使他易怒的自然傾向不斷增強,最終導致他有一天操持起了一把謀殺者的斧頭。當我住在甘托克的時候對他尚有幾分影響力,我曾説服他保證徹底戒除這種所有佛教徒應當戒除的毒汁,但他所擁有的力量顯然不足以使他信守他的承諾。

> 關於我的這位好翻譯,我還可以講許多其他有趣的故事,有些實在逗人,帶點兒 Boccaccio 的風格。除了秘密崇拜者、學校教師、作家以外,他還扮演了其他別的

角色。但讓他的靈魂安息,我不想説小了他。經歷了孜孜不倦的苦讀,他是名副其實的飽學之士,而且也是一個討人喜歡和風趣的人。我爲自己遇見他而感到慶幸,以感激之情承認我對他的負欠。[1]

總之,對達哇桑珠喇嘛而言,與西方人合作已不是第一次。翻譯像《西藏死亡書》這樣的西藏密法,照理應當是一份費時費力的工作,而令人難以置信的是,伊文思與達哇桑珠相處的時間僅兩個月而已。而且就在這兩個月内,他們兩人也祇是在每天早晨學校開課以前,坐在一起翻譯伊文思帶來的那些藏文經書。達哇桑珠爲伊文思所口譯的那些經書,還不僅僅祇是後來名聞天下的《西藏死亡書》的原胚,伊文思別的著作《西藏的大瑜伽師米拉日巴》(1928)和《西藏的瑜伽和其秘密教法》(1935)的藍本,也是在這兩個月内打下的。他們兩人合作的效率之高,實在不得不令人佩服。兩個月後,伊文思離開了甘托克,回 Swami Satyananda 的 Ashram 修煉瑜伽,繼續他的東方之旅。儘管伊文思後來口口聲聲稱他自己是達哇桑珠上師的入室弟子,可正如伊文思的傳記作者後來所發現的那樣,伊文思和達哇桑珠的關係實際上遠得讓人吃驚。不管是保存至今的他們之間的通信,還是達哇桑珠的日記,都表明他們之間的關係實際上很疏遠和客套。伊文思從來不曾是一個虔誠的藏傳佛教徒,没有任何資料可以證明他曾從達哇桑珠或其他西藏喇嘛那兒獲得過任何特别的教法。[2]

伊文思最終出版這部日後轟動西方世界、成爲西方迄今爲止讀者最多的一部源出西藏的著作,是在他獲得這部藏文原著後近十年的 1927 年,此時他的合作者達哇桑珠也已經離開塵世多年。1922 年 3 月 20 日,達哇桑珠喇嘛英年早逝於加爾各答大學西藏文教席任上。如前所述,這部著作的全稱是《西藏死亡書,或中有階段之死後經驗,據喇嘛格西達哇桑珠之英文口述》,伊文思所扮演的角色看起來不過是此書的一位編輯而已。伊文思在該書前言中開宗明義:"在本書中,我正努力——至今像是可能——壓抑自己的觀點,而僅僅充當一位西藏聖人的傳聲筒,儘管我是他的入室弟子。"其口吻與 Blavatsky 夫人常以西藏神秘大士之代言人的身份布道立説相仿佛。可事實上,這部在西方世界流傳的《西藏死亡書》,自始至終都不是一部純粹的藏文經典,而是西方人寫給西方人自己看的書,藏文原著祇是其利用的工具。

在《西藏死亡書》第一版中除了伊文思的自序外,就已經加入了由 John Woodroffe

---

[1] Alexandra David-Neel, *Magic and Mystery in Tibet*, New York: Dover Publications, 1971, pp. 15, 17, 19.

[2] Ken Winkler,《光明香客》(*Pilgrim of the Clear Light*), Berkeley: Dawnfire Books, 1982, p. 44.

題爲"死亡之科學"的長篇序論。在這篇序論中，Woodroffe 堅持不懈地要在印度教中，特別是印度教的密法傳統中找到與《西藏死亡書》中所提出的教法相類似的東西，或者有可能是《西藏死亡書》之先例的東西。伊文思自己也没有像他所說的那樣，祇是充當達哇桑珠的傳聲筒，他也爲此書寫下了長篇的導論，幾乎是用西方人能聽得懂的語言將這部藏文原書的内容重述一遍，並對達哇桑珠喇嘛所譯内容作了冗長的注釋。1949年，《西藏死亡書》再版時，伊文思又新加了一個序言；1957 年該書出第三版時，又增加了榮格所著題爲"心理學評注"的長篇釋論和高文達喇嘛所寫的序論。1960 年，當該書首次出平裝版時，伊文思又再加了一個序言。今天我們在西方所見到的《西藏死亡書》充滿了其他並非來自西藏的聲音，不僅從數量上說，各種序論、注釋、附録加在一起，已超過了正文翻譯部分，而且從内容的強度來看，也已經蓋過，或者說偏離了原文。《西藏死亡書》在西方受歡迎程度的不斷增強，招引來各路神仙、權威，各自從自己的本行出發，對它作隨意的詮釋，最終使一部原本簡潔明了的藏文經典變得不僅體積龐大，内容更是雲蒸霞蔚，美則美矣，可讀者再難見其原貌了。

伊文思發現這部千古奇書是因爲受靈智學派思想的啓發，來東方尋找神秘智慧的結果，而對《西藏死亡書》的譯釋過程，更使他加深了對靈智學派共享的一種理論的信念，即現在保存於東方的這些神秘智慧原本來自西方。在他的注釋中，伊文思常常強調，西方在死亡藝術上整個失去了自己的傳統，而這個傳統對於埃及人、甚至中世紀和文藝復興時期的歐洲人來說，卻不陌生。它是一個前基督教的傳統，並被機智地加入了原始基督教教會，如羅馬、希臘、英國國教、敍利亞、阿爾美尼亞和科普克等教會的各種不同的儀軌。可是，現代醫學忽略了這個西方原有的傳統，努力幫助垂死之人，但對於死後的情形不但不加指導，反而以其頗爲值得可疑的作法帶給病人没有必要的恐懼。西藏關於死亡的藝術是一個前佛教的傳統，延續至達哇桑珠喇嘛尚未遺失，他願意口譯這部密法，意在啓發西方去重新發現，再次修習這門在他們本土已經失傳的死亡藝術，從中發現佛陀教導的智慧内光和所有人類的最高指南。

除了這一部聞名世界的《西藏死亡書》以外，伊文思還出版了另外三部有關西藏的著作，它們是：《西藏的大瑜伽師米拉日巴》（1928）、《西藏的瑜伽和其秘密教法》（1935）和《西藏的大解脱書》（1954）。[1] 其中前兩部同樣是根據達哇桑珠喇嘛的口

---

〔1〕 《西藏的大瑜伽士米拉日巴》（*Tibet's Great Yogi Milarepa*），London：Oxford，1928；《西藏的瑜伽和其秘密教法》（*Tibetan Yoga and its Secret Doctrines*），London：Oxford，1935；《西藏的大解脱書》（*The Tibetan Book of the Great Liberation*），London：Oxford，1954.

譯寫成，後一部的底稿，則是伊文思於 1935 年在達哇桑珠死後回到大吉嶺另雇三位錫金藏人爲他翻譯的。其後伊文思一直是一位忠實的靈智學派教徒，撰寫過其他各種宣傳該派思想的作品。其生命的最後二十三年，一直住在聖地亞哥市一座名爲 Keystone 的旅館中。死前的最後幾個月則依靠設在加州 Encinitas 的 Swami Yogananda 自我實現獎金度過。[1]

　　伊文思一生的成功全在於這一部《西藏死亡書》，美國密歇根大學東亞系教授羅培慈先生打趣説，要是當初那位英國軍官 Campbell 塞給伊文思的不是這部死亡書，而是其他什麽別的東西，比如寺院戒律或者佛教因明一類的書，那西方的歷史不知會出現何等樣的變化？但實際上正如羅培慈教授自己所總結的那樣，西方世界對《西藏死亡書》的最初興趣部分是因爲一次世界大戰之後西方人對精神主義的重新發現和對死後命運的日趨關注。[2]《西藏死亡書》在西方問世時正好是西方對轉世的爭論最激烈的時候。將近一百年間，關於轉世的概念在西方的神秘主義、精神主義、靈智學及其他秘密宗教中都曾經是最中心的論題，而到了 20 世紀的二三十年代，對科學的崇拜壓倒一切，關於轉世的觀念面臨最嚴峻的挑戰。正好在這時候，《西藏死亡書》在西方問世，它對死亡和死亡過程如此詳細、完整、有連貫體系，而且在許多方面可以得到實證的描述，無疑對延續關於轉世概念的討論注入了新鮮、強勁的養分。所以，它的出現引來了正與科學艱難對壘的靈智、精神崇拜者的一片叫好，被他們當作是“死亡科學”的最不可多得的教科書。

　　若没有這樣的歷史前提，這部書就是落到了伊文思手中也並不見得會爲其所重。當然後人不能不佩服的是，一個實際上不懂藏文，對西藏文化所知無幾，頂多祇能算是個如賽義德（Edward William Said）所説的“熱情的外行”的人，卻竟然有如此慧眼，一下就能把這本本來並不叫死亡書的書，從别人隨意給他的藏文書籍中挑選了出來，並根據别人的口譯，加上自己天才的發揮，演繹成一部令世界矚目的《西藏死亡書》。《西藏死亡書》的出版使伊文思自己一夜之間從一個默默無聞的人，變成了名聞世界的大師。

二、榮格對《西藏死亡書》所作的心理學釋評

　　伊文思編印的這部《西藏死亡書》在西方世界所受到的反應之熱烈，恐怕是伊文思

---

〔1〕　John Myrdhin Reynolds，《赤裸見自解脱（赤露自解脱）》（*Self-Liberation through Seeing with Naked Awareness*），Barrytown，N. Y.：Station Hill Press，1989，pp. 71－78.

〔2〕　羅培慈上揭書，頁 48、52。

自己也不曾預料到的。自 1927 年問世至 90 年代，英文本就已經有了不下於十種版本，印了五十二萬五千册。它的其他歐洲文字的譯本，和日文、中文的印數至今未見有具體的統計數目，當也不少於英文版的印數。毫無疑問，迄今爲止，曾經閱讀過伊文思編譯的這部《西藏死亡書》的西方人的總數，已經遠遠超過了讀過此書之藏文原本的西藏人的總數。更令伊文思歡欣鼓舞的是，許多世界級的大師、權威如榮格、高文達喇嘛、John Woodroffe 等，紛紛站出來爲他的這部著作大作廣告，並馬上開始爲它撰寫評論、導讀，從各自的專長出發對它作進一步的解釋，都希望獻一己之力，使更多的西方讀者接受這部來自東方的奇書。在這類導讀、評論類的作品中，榮格於 1935 年爲該書德譯版所撰寫的"心理學評注"，無疑是影響最大的一種，[1]可稱是《西藏死亡書》在西方世界傳播的第二個里程碑。

榮格在這篇評論中說："這部《中有聞解脫》，其編者伊文思博士很貼切地將他稱爲《西藏死亡書》，於 1927 年首次出現時在說英語的國家引起了相當大的震動，它屬於這樣一類品級的著作，即它不但對大乘佛教的專家有意義，而且因其深刻的人性和對人類心理更深刻的透視，故而對那些尋求增廣自己關於生命知識的外行也具有特殊的魅力。在它首次問世後的多年來，《中有聞解脫》一直是我日常的伴侶，不祇是我的許多有挑戰性的觀點和發現，而且我的許多帶根本性的看法都來源於它。與《埃及死亡書》促使人或者說的太多、或者說的太少不一樣，《中有聞解脫》提供了人們一種講給人類而不是上帝或者原始初民聽得可以理解的哲學。其哲學包含佛教心理學批評之精華；正因爲如此，人們真的可以這樣說，它的卓越性實在是無與倫比的。"榮格對這部《西藏死亡書》評價之高，及其對它在西方世界的傳播所造成的影響之大恐怕也是無與倫比的了。伊文思本人對榮格寫此評論感激不已，稱榮格此舉乃西方世界對這部論述生死之學的藏文經書所表達的最偉大的殊榮。

何以一位在西方如此大名鼎鼎的分析心理學家，竟然會對《西藏死亡書》推崇備至到如此程度？如前所述，榮格是 Blavatsky 夫人的信徒、靈智學會的積極參與者，這當是促使他對這部靈智學的代表作表示出異乎尋常熱情的重要原因。除此之外，促使他如此熱衷於東方宗教哲學的一個更重要的原因是，此時的榮格正努力運用東方的哲學思想，特別是佛教哲學，來建立和發展他自己區別於弗洛伊德(S. Freud)的分析心理學體

---

〔1〕《西藏死亡書》的德文翻譯版，*Das Tibetanische Toten Buch* 於 1935 年在瑞士蘇黎世問世，榮格所寫的這篇評論被 R. F. C. Hull 翻譯成英文，加入於 1957 年出版的《西藏死亡書》英文版第三版中出版。

系,並嘗試將佛教心理學化。榮格充分認識到靈智學會的活動,對於將亞洲宗教和哲學引入西方公衆意識意義重大,故不遺餘力地投入其中。[1]

1912 年,榮格發表《轉换之象徵》(*Symbols of Transformation*)一書,以此爲象徵結束了他與弗洛伊德的合作。這部以英雄、Pure、大母之原型(archetypes)爲論述主題的著作,不僅標誌着他與弗洛伊德在學術上的分離,也使他自己陷入一個被孤立和内省的階段。這個階段持續到他於 1921 年發表《心理學類型》(*Psychological Types*)爲止。自 1921 年至 1936 年,榮格正致力於爲他與自我内在探索,和其病人、同事於内在探索中所發現的過程尋找客觀的並行物。也就是在這段時間内,榮格將他的視角從西方移到了東方。1929 年,榮格出版了《〈太乙金華宗旨〉評注》(*Commentary on the "The Secret of the Golden Flower"*),這是他的第一部來自東方的宗教著作的評注,《太乙金華宗旨》是一部道家講煉丹、養生的著作,德國著名傳教士、漢學家魏禮賢(Richard Wihelm)將它翻譯成德文,於 1929 年秋首次出版。榮格應邀爲此書撰寫了這篇評論文章。[2]

榮格關於佛教的作品主要是於 1936—1944 年間完成的。除了這一篇對《西藏死亡書》的評注外,還有《關於再生》(*Concerning Rebirth*)、《關於壇城象徵主義》(*Concerning Mandala Symbolism*)、《心與地》(*Mind and Earth*)、《〈西藏大解脱書〉評注》(*Commentary on the Tibetan Book of the Great Liberation*)、《瑜伽和西方》(*Yoga and the West*)、《鈴木大拙〈佛教禪宗入門前言〉》(*Forward to Suzuki's Introduction to Zen Buddhism*)、《東方坐禪心理學》(*The Psychology of Eastern Meditation*)、《心理學和煉金術》(*Psychology and Alchemy*)等。他的這些著作,特別是他對《西藏死亡書》的評注,曾經是風行西方世界的暢銷書。[3]

當榮格於 1936 年首次發表關於佛教的著作時,他已經年過花甲,在 1921—1936 年這二十四年間,他的那些關於亞洲宗教的觀念已日趨成熟,但尚未找到一條讓它們進入他的煉金術框架的道路,這個框架在他此後二十五年的工作中佔主導地位。榮格對東方宗教的研究是他的思想觀念的根本性的轉折點,從此他堅決地使用想象的話語作爲

---

〔1〕 參見 Luis O. Comez,《東方的智慧靈魂的治療:榮格和印度東方》("Oriental Wisdom and the Cure of Souls:Jung and Indian East"),載於《佛之管家:殖民主義下的佛教研究》(*Curators of the Buddha: The Study of Buddhism under Colonialism*, ed. Donald S. Lopez, Jr.),Chicago University Press, 1995, pp. 197－250.

〔2〕 此書之英譯本於 1931 年在美國問世:*The Secret of the Golden Flower, A Chinese Book of Life*, Translated and Explained by Richard Wilhelm with a commentary by C. G. Jung, Orlando. 英譯者名 Cary F. Baynes.

〔3〕 關於榮格與東方各種宗教、思想的關係,有 J. J. Clarke 的專著,《榮格與東方思想:與東方的對話》(*Jung and Eastern Thought, A Dialogue with the Orient*), London and New York:Routledge, 1994。

一種分析的工具（imaginative discourse as ananalytical tool）。他時常關注的是一個西方人利用東方的精神方法和哲學時會出現的實際問題；整體之形象、一個目標，或者一種心理治療的組織原則的形象，成了這個時期他的思想的中心。像佛、壇城等便是引起他注意的這類形象。在榮格這個時期的著作中，讀者可以見到他對坐禪與積極想象經歷之意義的實際理解。另外，在所謂同時性（Synchronicity）的名稱下，榮格開始考察一種因果現實（a causal reality）。這包括想象性語言的本質及在心理治療和精神轉換中象徵的使用等。

在印度和西藏佛教思想中，心理學體系廣大，可是對外在現實卻缺乏一個研究系統，對此情形榮格表示出極大的興趣，並以此爲對照反觀西方科學、技術研究的廣泛和心理學調查相對缺乏的現象。榮格悟出這實際上反映的是兩種文化對內在和外在世界的不同的價值判斷。西方過分注重外在的東西，而東方則以內在世界爲重，這兩種態度都嫌偏頗。用榮格的話説："在東方，內在之人總是牢牢抓住外在之人，以至於這個世界沒有任何機會可以將它與它內在的根本分開；而在西方，這個外在之人上陞到一個如此的程度，以至於它已經從它的最內在的東西中異化了出來。"當然，榮格研究東方宗教的目的並不在於僅僅將這兩種偉大的文化褒貶爲內在與外在便算完事。他正在嘗試確定這種知識於此而產生的佔主導地位的心理學態度。榮格堅持當一個極重外在的西方人接觸一種極爲內向的東心理學和精神學類文獻時，他或她應當整個地將書中指示顛倒過來讀。

這個方法就是榮格用來向西方人解釋《西藏死亡書》的最基本的方法。他聲稱從《西藏死亡書》的外觀來説，它是心理學的作品。所以它開始將他對此書之領悟與弗洛伊德備受限制的觀點相比較，提出《西藏死亡書》傳統上表示這種領受灌頂（指示）的過程是從純意識之最高、最外化狀態移向最低的狀態，即在母親子宮中轉生和走入這個世界的過程。而在西方心理學中作爲一個指示體系，它按相反的順序工作。它始於在這個世界再生爲人，然後返回到最初的孩提時代、出生之痛苦、然後經受入子宮和入產道經驗。這種在受孕之前的心理學經驗正開始在超個體心理學（Transpersonal psycology）中作試探性的探索，因爲內向型的暗潮開始在西方重新爲自己爭得一席之地。[1]

---

〔1〕 Peter Bishop，《力量之夢：西藏佛教與西方面貌》（*Dreams of Power*, *Tibetan Buddhism and the Western Imagination*），London：The Athlone Press, 1993, pp. 42－52.

　　具體説來,按照《西藏死亡書》之原意,死亡的經歷分爲臨終中有('chi kha'i bar do)、法性中有(chos nyid bar do)和受生中有(srid pa'i bar do)三種。"臨終中有"是指人臨死的一彈指頃,於死相畢現,以至死亡光明出現;"法性中有"指中有之身受業力牽引去投胎,以接受新的處生;在這投胎前至投入母胎時的"受生中有"階段,遊移的意識進入子宮,此前親眼見證了其父母最初做愛的場景。

　　榮格認爲弗洛伊德的心理分析已經能夠發現這三個中有中的最後一個,即受生中有,它以嬰兒的性幻想爲其標誌。有些分析家甚至聲稱已經發現了子宮内的記憶。不幸的是,西方之理性就在這一點上到達了極限,而榮格本人要借助東方宗教來打破這種局限。榮格表示,弗洛伊德的心理分析當可繼續深入至胎前(preuterine),"假如這項大膽的事業得到成功的話,那麼它一定能走出受生中有,從背後滲透進法性中有所達到的下層區域"。這就是説弗洛伊德已經可以證明再生的存在了,榮格在這裏提醒人們注意古典佛教中對證明存在再生的證據,即是説,這一個刹那的意識是由前一個刹那的意識生産出來的,所以,一旦承認在受孕之刹那意識是前一個刹那的意識的産物,再生也就自然得到了證實。對於榮格來説,在他進入自己的課題之前更重要的是這個摒除弗洛伊德的機會。但它對弗洛伊德的批評祇是順帶而已,他很快進入他自己的巨大工程,即將亞洲的智慧融入他自己的心理學理論中。

　　榮格建議,西方人閱讀《中有聞解脱》當從後往前讀,即先是受生中有,然後是法性中有,最後是臨終中有。因爲受生中有之神經官能癥(neurosis)已經得到證實,下一步是要進入法性中有這一受業力牽引的幻影狀態。他抓住這個時機將業力解釋爲心理學的遺傳性,這很快引向他的所謂集體無意識的種種原型。對於這些從比較宗教和神話中開産出來的原型,榮格認爲,在這些形象與那些借助它們來表達的觀念之間的驚人的類似常常會引發出最匪夷所思的種族遷移理論,但若想到人類的心理在任何時間、任何地點都可以有驚人的相似之處,則無疑要比異想天開地設計各種種族遷移理論來得自然得多。在這一點上他與伊文思等有明顯的不同,榮格認爲亞洲的瑜伽術與希臘秘密崇拜儀軌彼此間没有聯繫和影響,他們的觀念都是原生的、普世的,源出於一種無處不在的心理結構。除了這種無處不在的心理結構外,還有什麼能夠解釋這樣的事實,即死人不知道他們自己已經死了這樣的一個觀念同樣見於《中有聞解脱》、美洲的精神主義和18世紀瑞典哲學家、秘術師 Emanuel Swedenborg(1688—1772)的著作中。

　　榮格進一步指出,法性中有中的種種恐怖的淨相,代表了屈服於不受心識限制的幻想和想象所產生的力量,法性中有狀態相當於一種故意誘發的精神變態。榮格幾乎在他所有的關於亞洲的作品中都發出了同樣的警告:"修煉瑜伽的西方人處於極大的危險之中。"藏文經續中形象地描述的佛教地獄內所發生的肢解是會導致精神分裂症的心理分裂象徵。在榮格看來,東西方之間的一個根本性的不同是,在基督教中灌頂是爲死亡所作的一種準備,而在《中有聞解脱》中,灌頂是爲再生作的一種準備,準備讓靈魂下落爲具形的人身。這就是爲什麼歐洲人應該將《中有聞解脱》的順序顛倒過來的原因,人當從個人的無意識的經歷開始,然後進入集體無意識的經歷,最後進入這樣的一種精神狀態:即幻影中止,失去一切形色和對實物之依附的意識回復到無時間、未形成狀態。榮格的最後結論是,"神祇和精靈的世界,實際上祇是自我内部的集體無意識"。

榮格對《西藏死亡書》這種評論在當時獲得一片喝彩,因爲他利用西方先進的現代心理學方法對《西藏死亡書》所作的解釋不僅僅使西方讀者更容易看懂、接受這部東方的靈學經典,而且更重要的是這個解釋的過程發展了由弗洛伊德率先嘗試的西方心理分析研究,衝破了弗氏的形而上恐懼,開通了通往神秘領域的通道,從此"歷代許多徹悟之人認爲有關前生和來世的這種深刻的學説,如今已經置之於我們西方科學家的研究之下,可説是一件影響深遠,具有歷史意義的事情"。[1]

但榮格對《西藏死亡書》的這種詮釋方式晚近卻受到了羅培慈教授的激烈批評。他指出,榮格將《中有聞解脱》和其他别的亞洲文獻用作原材料來建立他自己的理論,而没有承認他在利用這些亞洲著作的過程中對他們的違背。顛倒三中有的次序祇是其中一個典型的例子而已。他將這些原材料在他的分析心理學的工廠中進行加工,進一步生産出"集體無意識"的産品。這些産品不但被作爲心理治療的組成部分在他的歐美用户中暢銷,而且還出口到歐美國家在亞洲的殖民地,成爲當地被殖民的子民當作對他們自己的文化所作的最好的解釋。[2] 榮格對東方宗教、哲學的研究帶着很明顯的殖民主義色彩。

三、高文達喇嘛對《西藏死亡書》的詮釋

高文達喇嘛是上個世紀西方世界大名鼎鼎的藏傳佛教大師,人稱"佛教界最偉大的解釋者、思想家和禪定大師之一"。[3] 特別是在七八十年代的美國加州,見者皆尊

---

〔1〕 W. Evans-Wentz, *The Tibetan Book of the Dead*,第三版序言,1969,p. ix.

〔2〕 羅培慈,《香格里拉的囚徒》,頁 57—59;參見 Richard Noll 前揭書;Nathan Katz,《和空行母:關於榮格和西藏佛教的批評性比較研究》("Anima and mKha'-'gro ma: A Critical Comparative Study of Jung and Tibetan Buddhism"),*The Tibet Journal*, II, 3, 1977, pp. 13–43;Luis O. Gomez 上揭文。

〔3〕 高文達喇嘛,《爲西方的佛教》(*Lama Angarika Govinda, A Living Buddhism for the West*, translated by Maurice Walshe, Boston & Shaftesbury: Shambhala, 1990)編者序。

稱其爲喇嘛,大概是 Robert Thurman 之前,西方世界自己生産出的最有影響力的藏傳佛教代表人物。儘管按照他自己的説法,他曾受過格魯派和噶舉派的灌頂,而不曾是寧瑪派上師的入室弟子,但他也同樣不遺餘力地在西方宣傳《西藏死亡書》,把《西藏死亡書》説成是一部藏傳佛教,或者説是整個大乘佛教之精華的經典著作。在這一點上 Thurman 與高文達喇嘛的經歷極爲相似,他是達賴喇嘛的入室弟子,又是哥倫比亞大學的宗喀巴講座教授,以在西方宣傳宗喀巴之教法爲己任,但最終還是忍不住提起他的神來之筆,重新翻譯、解釋非其本門家法的《西藏死亡書》。不管宗喀巴的教法是何等樣的博大精深,它畢竟不可能像《西藏死亡書》一樣在西方有如此廣闊的市場。

高文達喇嘛實際上並不是藏人,也不是一位出家的喇嘛,甚至連藏文也祇是一知半解,可他順着他自己設計的"白雲之路",攀登上了西方藏傳佛教之極頂。[1] 高文達喇嘛俗名恩斯特·洛塔·霍夫曼(Ernst Lothar Hoffmann),於 1895 年生於德國的 Kassel。[2] 第一次世界大戰時,在意大利前綫服兵役,後入弗萊堡大學學神學、哲學。因於 Capri 與旅居國外的歐美藝術家們住在一起,而開始對佛教感興趣,於 1920 年出版了他的第一部著作《佛教的基本觀念和它與上帝觀念的關係》(*The Basic Ideas of Buddhism and Its Relationship to Ideas of God*)。[3] 1928 年,他首途斯里蘭卡,隨其同胞小乘佛教僧人三界智高僧(Nyanatiloka Mahathera,1878－1957,俗名 Anton Walter F. Gueth)學坐禪與佛教哲學,後者爲其取法名 Brahmacari Angarika Govinda。不久他又離開斯里蘭卡往緬甸和印度。

1931 年,到達大吉嶺,因遇一場春季雪災而入位於 Ghoom 的一座喇嘛廟中避難,於此遇格魯派喇嘛卓木格西活佛(Gro mo dge bshes rinpoche),受其灌頂。高文達喇嘛視此爲其一生中最關鍵的時刻,稱卓木活佛賜予他的灌頂,是他生命中最深刻的精神刺激,爲他開啓了通往西藏之神秘宗教的大門。並鼓勵他將他由此而得到的知識和經驗傳給別人、傳給整個世界。令人難以置信的是,此時的高文達喇嘛並不懂藏語,他與其上師的交流或者靠一位曾在北京爲著名的俄國學者鋼和泰(Staël-Holstein)先生當過助手的蒙古格西土登喜饒的口譯,或者靠各自的意會。高文達向其上師所請之法,也都是不可爲外人道的實修經驗,而不是什麼書本的理論,因爲對於後者高文達自己早已是行家里手了。[4]

---

〔1〕 高文達喇嘛自傳《白雲之路:在西藏的一位佛教香客》(*The Way of the White Clouds,A Buddhist Pilgrim in Tibet*),Boston:Shambhala Dragon Edition,1988。

〔2〕 一説他於 1896 年生於德國的 Waldheim,見《白雲之路》Peter Matthiesen 序。

〔3〕 一作 *The Fundamental Ideas of Buddhism and Their Relation to the Concept of God* 今已不存。

〔4〕 詳見《白雲之路》,頁 32—40。

1932 年,高文達喇嘛往位於西藏西南部的岡底斯山朝聖,後在大詩人泰戈爾創建的 Patna 和 Shantiniketan 兩所大學內任教,開始在加爾各答佛教協會會刊《大菩提》(*Mahabodhi*)以及其他各種靈智學的刊物上發表文章。他在 Patna 大學的講座,後結集出版,題爲《早期佛教哲學的心理學態度》(*The Psychological Attitude of Early Buddhist Philosophy*),而他在 Shantiniketan 所作的講座則結集爲《佛塔的心理——宇宙象徵》(*Psycho-Cosmic Symbolism of the Buddhist Stupa*)一書出版。當他在 Shantiniketan 大學任教時,結識了一位名爲 Rati Petit 的錫克裔女子,兩人於 1947 年成婚,高文達爲其取法名 Li Gotami。於 30 年代,高文達創建了一系列宗教組織,如國際佛教大學協會(International Buddhist University Association)、國際佛教科學院協會(International Buddhist Academy Association)、聖彌勒壇城會(Arya Maitreya Mandala)。1942 年,儘管高文達持英國護照,但仍被英國人投入監禁,長達五年之久,其原因據説是因爲他與尼赫魯、泰戈爾等印度民族獨立運動的領袖相熟。後者曾出資幫助也是畫家的高文達展覽他的作品。與他一起遭監禁的還有後來因著《西藏七年》(*Seven Years in Tibet*)而聞名世界的奧地利登山健將 Heinrich Harrer 和《佛教坐禪之心》(*The Heart Of Buddhist Meditation*)書的作者 Nyanaponika Mahathera。

據稱,1947 年印度獲得獨立後,高文達喇嘛便加入了印度籍。1947 年和 1948 年,高文達和其夫人應印度《圖片周刊》(*Illustrated Weekly of India*)之請,往西部藏區拍攝在察布讓和托林的一些著名寺院。他們當時所拍攝的那些照片部分收錄於高文達的自傳《白雲之路》中,一部分則揭載於 Li Gotami 自己的《圖片西藏》(*Tibet in Pictures*)一書中。在旅途中,高文達喇嘛遇到了一位來自策覺林寺名阿覺日巴的活佛,隨其獲噶舉派之灌頂,儘管他從没有交代他從這位活佛那兒究竟獲得了噶舉派的什麼教法,但從此他又自稱爲噶舉派的傳人。高文達自己常常如此描述他的身份:一位歐洲裔的印度人,佛教信仰屬於藏傳的一支、相信人類的同胞之情(an India National of European descent and Buddhist faith belonging to a Tibetan Order and believing in the Brotherhood of Man)。這樣的身份使他終年穿着他自己設計的藏袍的身上帶上了一圈神秘的光暈。

從西藏返回後,高文達喇嘛及其夫人便作爲伊文思的房客在錫金安家。整個 60 年代,他們在 Kasar Devi 的家成了到東方尋找精神寄托的西方人的必經之地。1966 年,高文達喇嘛出版自傳《白雲之路》。其生命的最後二十年則多半在歐美各大學內巡回講演。1981 年,他出版了自認爲是他生平最重要的一部著作《易經的内在結構》(*The Inner Structure of the I Ching*),他寫作這部著作的動因是,"我們已經聽到了許多中國和歐洲的哲學家、學者對這部著作的想法，而没有人問到《易經》本身有什麽可説的"。他想通過他的研究來補救這種狀況，可他根本就不懂漢文，不知他的這份雄心從何而來？又何以能夠實現？高文達於 1985 年謝世，其生命的最後幾年，住在由三藩市禪學中心所提供的位於 Mill Valley 的一所房子内。[1]

於西方大多數對藏傳佛教有所了解的人來説，高文達喇嘛曾經是一位公認的大師，一位至高無上的權威。除了他的自傳《白雲之路》曾讓成千上萬對東方神秘智慧充滿憧憬的西方普通讀者着迷外，他於 1960 年出版的專著《西藏密教之基礎——據大密咒六字真言之甚深密意》(*Foundations of Tibetan Mysticism according to the Esoteric Teachings of the Great Mantra Om Mani Padme Hum*)，也曾令衆多從事西藏學研究的專家學者們傾倒，迄今一直是學習西藏宗教者必讀的經典。當今天有人告訴你，儘管據稱高文達喇嘛稍通藏文，在被英國人關押期間曾動手翻譯過一些藏文文獻，[2]但他的著作實際上全是根據二手的資料東拼西湊出來的雜燴，没有一本是他自己根據藏文原本翻譯、著作的，此時就好像是一座大厦忽然間呼喇喇地傾倒在你的眼前。

羅培慈教授以無情的事實將這位藏傳佛教在西方的重要代表請下了神壇。他指出，高文達喇嘛《西藏密教之基礎》一書的主要資料來源於《奥義書》(*Upanishads*) 及 Swami Vivekananda，Arthur Avalon (即前面曾提及的 Woodroffe) 及大衛·妮爾等人的著作，特别是伊文思的 tetralogy。而他在《早期佛教哲學中的心理學態度》一書中所引起的巴利文文獻，則源出於英國學者 Thomas、Caroline Rhys Davids，以及他的老鄉三界智高僧的著作。他的《佛塔的心理——宇宙象徵》一書則整個是搬用了西方的資料。高文達喇嘛對西藏佛教所具有的權威竟然在二手的西方資料的基礎上，這實在是有點匪夷所思！高文達喇嘛曾説過："在古時候，衹有語言上的知識，嚴格説來不足以使人成爲一名名副其實的譯者，若没有在此教法之傳統的和權威的解釋者足下修習多年的話，没有人會去動手翻譯一本經書。更少有人會認爲自己合格去翻譯一本自己就不信其所述教法的經書。"他對譯經的這種嚴肅認真的態度，無疑是後人應該效法的，衹不知自稱皈依過不止一位德證兼具的西藏大德的他，自己爲何不但没有逐字逐句地譯經，而且連一手的藏文書籍都懶得去翻檢，將自己天馬行空的鴻文巨著建築在他人辛勤

---

〔1〕　關於高文達喇嘛的生平傳説的成分很多，比較可靠的傳記有 Ken Winkler，《行程萬里：喇嘛高文達傳》(*A Thousand Journeys: The Biography of Lama Angarika Govinda*)，England：Element Books，1990。見羅培慈教授上揭書，頁 59—61。
〔2〕　此承德國西藏學學者 Franz-Karl Ehrhard 博士相告，謹表謝忱。

勞動所獲的成果之上。

高文達喇嘛爲《西藏死亡書》所寫的導言並不很長,可伊文思對它的評價則相當不低,他甚至説“對此書教法之甚深密義的解釋,没有能比(高文達喇嘛)在導言中所述寫得更加博學了”。從今天的眼光看來,高文達喇嘛文中所述西藏歷史、宗教之背景知識多於對死亡書之甚深密義的解釋。他花了不少筆墨來捍衛藏文伏藏文獻之真實性,説明西藏原有宗教——苯教與佛教之異同。高文達喇嘛對《西藏生死書》的信仰和推崇基於這樣一個基本的認識,即有人借助入定或其他瑜伽功夫,可將下意識的内容引入分别意識的境域之中,因而打開了無限的潛意識記憶倉庫,使得生命在這個宇宙之間成爲可能的每一種意識的以往記録。這倉庫還儲存着我們前生前世的記録,保存着我們民族、人類以及人類前身的以往記録。而《西藏死亡書》記録的便是東方瑜伽士對其前生前世所作所爲的真實回憶。這樣的記憶不能輕易打開,否則會使没有足夠準備的心靈受不住而壓垮。所以,《西藏死亡書》是由七顆沉默之印封鎖的書。不過,揭開此種密封的時機已經到了,因爲人類已經到了抉擇的關口: 究竟是以臣服於物質世界爲滿足呢? 還是以捐棄私欲、超越自我的限制,努力追求精神世界適當呢? 説到底該不該揭開封鎖《西藏死亡書》之印取决於西方社會發展的需要,並不是生活在同一個時代的每個地區、每個民族都同時面臨這一相同的抉擇。

值得一提的是,儘管高文達喇嘛在西方以藏傳佛教之代言人的身份出現,但他本人對以《西藏生死書》爲代表的西藏文明的看法與伊文思等靈智學派的代表人物的看法没有什麼兩樣,在他的眼裏,“西藏傳統於我們這個年代、於人類精神發展之重要性,全在於這樣的事實,即西藏是將我們與遠古之文明連結起來的最後一個活着的紐帶。埃及、美索不達米亞、希臘、印加和瑪雅的神秘崇拜已隨着其文明的破壞而消亡,除了一些零星的散片以外,我們已永遠無法知其本來面目了。印度和中國的古老文明儘管還很好地保存在他們古老的藝術和文學中,仍然在現代思想的灰燼中時而冒出火星,但已被如此衆多層不同文化的影響滲透、掩埋,如果不是完全不可能的話,至少已很難將各種不同的成分區分開來,認出其原始真性”。[1]

今天常有人百思不得其解,爲何在許多人眼裏顯得相當落後、不開化的西藏與西藏文明,卻在最發達、最先進的西方世界受到如此的歡迎? 實際上,早在1966年高文達喇嘛就對此作了明確的回答:“爲什麼西藏的命運在這世界上引起了如此深刻的反響?

---

[1]　高文達喇嘛,《西藏密教之基礎》,頁13。

回答祇能有一個：西藏業已變成今天人類渴望的所有東西的象徵，或者是因爲它已經失落，或者至今尚未被認知，或者是因爲它處在將從人類的視野中消失的危險中：一種傳統的穩定性，這種傳統不祇是植根於一種歷史的或文化的過去中，而且也植根於本世紀內最內在的人（the inner most being of man）中間，於他們的深處，這個過去作爲一種無時不在的靈感源頭而被奉爲神聖。但比這更重要的是：在西藏所發生的一切對於人類的命運有象徵意義。就像是在一個巨大無比的舞臺上，我們見證着兩個世界之間的爭鬥，按照觀衆的觀點，這種爭鬥將被解釋爲或者是於過去和未來、落後和進步、信仰和科學、迷信和知識之間的爭鬥，或者是於精神的自由和物質的力量、心靈的智慧和頭腦的知識、個人的尊嚴和羣衆的本能、對人類經由內心的發展而能達到的更高的定數的信念和對以商品生產不斷增長爲特徵的物質繁榮的相信之間的爭鬥。"[1]由此可見，西藏是因爲被用作西方世界之觀照物而變得如此重要的，而將西藏抬舉成爲今天人類渴望的所有好東西的象徵的人，則就是一度曾在西方知識界、思想界呼風喚雨的Blavatsky 夫人、伊文思、榮格和高文達喇嘛等人。

四、迷幻藥 LSD 和《西藏死亡書》

今天人們很少提起、也很難想象《西藏死亡書》曾經與目前人類所製造出的最強烈的迷幻劑 LSD，以及服用這種化學類毒品的西方嬉皮士結下了不解之緣。在 1966 年遭美國聯邦政府取締以前，LSD 曾是西方廣泛流行的迷幻劑，據稱祇要服用萬分之一公克的LSD，服用者就會長時間陷入從未體驗過的驚奇幻想世界中，這個幻想世界不像夢境一般是一個完全與現實脫離的世界，而是一個幻想與現實相互混合的世界。這種化學毒品不僅受到當時對現實世界極度厭倦、尋求在幻想世界中獲得精神解脫的嬉皮士的青睞，而且也吸引了不少致力於探尋人類內在意識之極限的自然科學家。不少人不惜以自己作實驗品，體驗服用這種迷幻劑的效果，結果證明借用這種 LSD 的威力，人們可以發揮意識之無窮潛能，喚醒所有往生的記憶，直至追溯到幾千年前的先世生活，並遭遇瀕死經驗。[2]

在這類科學家中間，有三位在美國哈佛大學從事與 LSD 及其他迷幻藥有關的實驗課題研究的博士，Timothy Leary、Ralph Metzner 和 Richard Alpert 發現，服用 LSD 之後

---

〔1〕　高文達喇嘛，《白雲之路》前言。

〔2〕　參見立花隆，《瀕死體驗》，吳陽譯，臺北：方智出版社，1998 年，頁 559—566；Martin A. Lee 和 Bruce Shlain，《幻夢：LSD 的社會全史：中央情報局，六十年代及其他》（*Acid Dreams: The Complete Social History of LSD: The CIA, the Sixties, and Beyond*, Grove Press 1986）；Jay Stevens，《激蕩的天堂：LSD 和美國夢》（*Storming Heaven: LSD and the American Dream*），Groundwood Books, 1998。

所得幻覺，特別是瀕死景象，與《西藏死亡書》中所描寫的死亡過程有驚人的相似之處，於是他們三人合作將伊文思編譯的《西藏死亡書》改寫成了一本服用 LSD 等迷幻藥的指南。此書名《迷幻經驗：據〈西藏死亡書〉而作的手册》，首次出版於《西藏死亡書》首次在西方問世之後三十七年的 1964 年。雖然 LSD 在此書出版後不久就被美國聯邦政府作爲禁藥取締，但這三位博士在得不到學術鼓勵的情況下，繼續他們的這項研究工作。

Timothy Leary 曾是哈佛大學的心理學教授，因堅持從事迷幻藥研究和實驗而被革除教職，曾被當時的美國總統尼克松稱爲“美國最危險的人”。[1] 但自 60 年代迄今，Leary 博士在民間一直極受歡迎和尊敬，被稱爲“美國意識的英雄”、“20 世紀最有想象力的天才之一”、“20 世紀的伽利略”等，是一位著名的社會變革的活動家和美國反文化運動的精神導師。據稱他晚年居洛杉磯比佛利山莊，家中常常高朋滿座，著《爲瀕死者設計》一書，教人如何幸福地死亡。[2] Leary 的合作者之一 Metzner 博士在 60 年代幫助 Leary 建立 Psilocybin 研究課題，後來也離開哈佛大學，爲舊金山加州整合研究學院（California Institute of Intehral Studies）的教授和心理治療醫師。

他們合作撰寫的這本關於迷幻經驗的著作在全世界廣泛流傳。自 1964 年 8 月首版，至 1972 年 5 月間重印了九次，以後又分別在 1976、1983、1992 和 1995 年四次出版了平裝本。至今 1995 年平裝版也告售罄。它也曾被譯成其他文字出版，德文版於 1975 年在荷蘭阿姆斯特丹出版。[3] 最近，Leary 還和 Metzner 合作出版了《迷幻的祈禱者與另類禪坐》一書，書中將《道德經》的部分篇章也改寫成服用迷幻藥的指南。據稱 Leary 於 1965 年訪問印度時坐在樹下冥想，思考《道德經》之真意，寫成了此書，但正式出版則是在二十五年之後，Metzner 爲它寫了導言。[4]

《迷幻經驗》一書開宗明義説：“一種迷幻經驗是進入一種新的意識境界的旅程。這種經驗的範圍和内容都是無限的，它的典型特徵就是對語言概念、時空四維、自我和個人認同的超越。這種擴大了的意識的經驗可以通過不同的途徑出現，如感官的剥奪、瑜伽修煉、嚴格的禪坐、宗教的或美學的狂喜，或者自然產生等。最近以來，每個人都可

---

〔1〕 參見其自傳《倒敍：一個時代的一個個人和文化的歷史》（*Flashbacks: A Personal and Cultural History of an Era*），by Timothy Leary and William S. Burroughs, JP Tarcher, 1997。

〔2〕 Design for Dying, Timothy Leary, Timothy C. Leary, R. U. Siriu(Introduction), Harpercollins, 2000.

〔3〕 Psychedelische Erfahrungen, *Ein Handbuch nach Weisungen des Tibetischen Totenbuches*, Amsterdam, 1975.

〔4〕 Timothy Leary, *Psychedelic Prayers & Other Meditations*, Ronin Publishing 1997.

以通過服用 LSD、Psilocybin、Mescaline 和 DMT 等迷幻藥來得到這種經驗。"[1]作者認爲 LSD 等迷幻藥的發明是人類在目前這一關鍵的歷史時刻,第一次擁有可以爲任何作好準備的志願者提供覺悟的手段,它可以打開人的心識,解放心識之普通型式和結構的神經體系。但藥品本身祇是迷幻之旅的一個組成部分,同樣重要的是服藥前和用藥過程中的心理和精神的準備。因爲這種迷幻經驗的性質完全受制於個人的準備和物質的、社會的和文化的外在環境。爲了使志願服用這種迷幻藥的人作好個人的精神準備,並創造良好的外在環境,需要有一部著作能使人理解這種擴大了的意識的新的現實,並爲這種現代科學所創造的意識的新的内在疆域提供路引。每個不同的探索者或可根據不同的模式——科學的、美學的和心理治療的——畫出不同的路引,而作者自己則並不需要爲此而創造一種新的心理和精神材料,大量有關禪坐的文獻正好適用於此,祇要稍作改編即可。

於是,他們首先根據西藏的模式,將這個模式設計成教人如何來指引和控制意識,以達到能理解解脱、覺悟的境地,即完成用藥前的心理和精神準備。作者將《西藏死亡書》中描述的死亡、中有和再生等不同的階段,轉換成當時被稱爲迷幻之旅(acid trip)的各個不同階段,將書中對瀕死者在這些不同階段中的各種指示,相應地改編成對服用迷幻藥者的技術指導。因此對於參加這種服用迷幻藥實驗的人來説,"如果在開始進入一次實驗之前,先將此指南念上幾遍,或者在實驗過程中有一個可信賴的人在一旁提示或喚起參與試驗者的記憶的話,意識就會從包含'個性'的遊戲中解放出來,從時常伴隨各種被擴大了的意識狀態的正、反幻覺中解放出來"。《西藏死亡書》一再強調的就是瀕死者自由的意識,祇有通過傾聽並記住這種教法纔能獲得解脱。[2]

Leary 和他的合作者們相信世界各種宗教中的瑜伽士和神秘主義者的經驗,從根本上來説是相同的,他們都是對宇宙的根本的和永恆的真理的認知,這些真理正在或將要被現代科學證實,而過去的聖者對之早已了然。這就是爲什麼那些可追溯到四千年前的東方哲學理論很容易適應原子物理學、生物化學、遺傳學和天體物理學的最新發現的原因。而這些相同的經驗,今天可以通過服用迷幻藥來獲得。爲了將《西藏死亡書》改寫成使用迷幻藥的指南,作者首先要使它脱離原來作爲一種度亡經文本的傳統用途,

---

〔1〕 Leary 等上揭書,頁 11。
〔2〕 Leary 等上揭書,頁 12。

而要達成這種改變則必須借助於其密義之借喻:"實際的身體死亡的概念祇是一種爲適合西藏苯教傳統之偏見而採用的外在表象。這本手册絶不是教人如何處理靈魂已經出離了的臭皮囊的指南,而是一個對如何丢掉自我、如何打破個性進入新的意識境界、如何避免自我之非自願限制過程,和如何使意識擴張經驗持續到隨後的日常生活中的詳細的記載。"[1]因此,《西藏死亡書》實際上是一部生命之書。

作者以崇拜和感激之情,將《迷幻經驗》一書獻給也曾積極參與這種服用迷幻藥實驗的赫胥利(Aldous Huxley),並以對伊文思、榮格和高文達喇嘛三人的禮贊和評論作爲本書的導言。全書主體部分分三大章。第一章題爲《西藏死亡書》,是經過他們改裝的《中有聞解脱》,分別用他們自己的語言對三種中有作了解讀。第一臨終中有被他們稱爲自我失落期或無遊戲狂喜(the period of ego losser non-game ecstasy)。在這個服用迷幻藥的第一階段,實驗者有機會直面現實,並因此而獲得解脱。解脱在這兒被定義爲"没有心理——概念活動的神經系統",因此能見到"未成型者的無聲的統一"。第二法性中有被稱爲幻覺階段(the Period of Hallucinations),在這個階段出現的寂忿本尊之淨相也被重新命名爲六日淨相,分別給以很特別的名稱。參與實驗者被告知不要被那些淨相、幻覺吸引或擊退,當靜靜地坐在那兒,控制住自己已經擴大了的意識,就像一臺影像變幻不定的多維空間電視機。第三受身中有被稱爲再次進入時期(the period of re-entry),作者並不把這個時期解釋爲死者的靈魂受業力牽引再度轉生於輪回六界中的一界的過程,而是將它作爲在迷幻藥的作用開始減弱時,參與實驗者當如何"退出"(come down)的指南。

《中有聞解脱》中所傳密法的本來目的是"解脱",是要脱離生死輪回。而在《迷幻經驗》中所解釋的參與實驗者要達到的目的是要留在完美的覺悟階段,不返回社會遊戲現實中。不過,其中最先進者,必須回到六個"遊戲世界"中的一個。他們對佛教轉世教法的理解與西藏,甚至任何其他佛教傳統的理解都大相徑庭,這個西藏的手册相信行者最終會回到六道輪回中的一道中,即是説,重入自我可以發生在六個層次中的一個中,或者作爲六種個性類型種的一種發生。其中的兩種高於普通的人類,另外三種則低於人類。最高、最明亮的層次是天界,西方人或許會稱諸天爲聖人、賢哲或神師。他們是這個地球上行走的最覺悟的人,如佛陀喬達摩、老子和基督等。第二層次是阿修羅界,他們或可稱爲巨人或英雄,是具有比人類更高一等的能力和見解的人。第三層次就

---

〔1〕 Leary 等上揭書,頁22。

是最普通的人類所居住的地方，他們在遊戲網絡中掙扎，難得破網得一刻自由。第四個層次是野蠻、動物類轉世的世界。在這一類有情中，我們有狗和公雞，是妒嫉心和超常性力的象徵；有豬，是貪婪、愚蠢和肮髒的象徵；有勤勞善藏的螞蟻；有象徵低俗、卑躬屈膝之本性的昆蟲和蠕蟲；有在忿怒中突發的蛇；有充滿原始活力的猴子；有咆哮草原的野狼；有自由翔飛的鳥。還可以列舉許許多多。在世界上所有的文化中，人們都採用動物的形象作爲認同。這是所有人在童年和夢中所熟悉的過程。第五個層次是精神失常（neurotics）、灰心喪氣、永無饜足的無生命的靈魂的層次；第六也是最低的層次是地獄有情或精神變態者的世界。在有超越自我之經驗的中間，最後成聖進入天界或者墮爲精神變態者的人不足百分之一。而絕大多數人則重返平常人間。

《迷幻經驗》一書的第二章稱爲"關於迷幻過程的一些技術性評論"（*some technical comments about psychedelic sessions*），是對服用迷幻藥的詳細的技術性指導，對用藥的時間、外在環境、參加人數、用量，以及充當指導者的素質等都作了具體的說明。作者告誡參加服用迷幻藥實驗的人在開始這種實驗以前，當仔細研究此書，在實驗過程中的某些合適的時刻也應該播放預先錄成的磁帶。Leary 在他《高級牧師》一書中按時間順序記載了 LSD 遭政府取締以前在紐約一所豪宅中進行的六十次迷幻之旅，充當技術指導、被稱爲高級牧師者幾乎都是當時文化界的名流，如 Aldous Huxley、Gordon Wasson，William S. Burroughs，Godsdog，Allen Ginsberg，Ram Dass，Ralph Metzner，Huston Smith，Frank Barron 等。[1]

《迷幻經驗》一書的第三章是"在一次迷幻之旅中利用《西藏死亡書》的指南"（*instructions for use during a psychedelic session*），是對實際進行中的迷幻之旅提供指導，意在爲參與這次迷幻之旅者提供足夠的精神保護。Leary 和他的合作者深信，科學和宗教之間的和諧現在業已稱爲現實。在人類的意識中有一種深層的結構，它超越時空，從不改變。在佛教文獻中所描述的各種意識的狀態實際上是佛教徒禪坐經驗的記錄。而支持這種在禪坐與服用迷幻藥的結果之間有一種結構性的相似性這一觀點的根本前提是，佛教與科學是相容的，科學家今天纔開始發現的東西，佛陀在幾千年之前就已經知道了。坐禪的佛教行者早已發現了意識之最深層次的途徑，而科學家到今天纔發明了化學的媒劑證實這種意識狀態的存在。

---

〔1〕 Timothy Leary, *Howard Hallis*（*Illustrator*），*High Priest*, Ronon Publishing, 1995.

通過 Leary 等人的改編,《西藏死亡書》徹底脫離了作爲度亡經的原來功能,而變成了一部指導人們如何在活着的時候就借助化學藥品的幫助而擴大自己的意識能力、了解自己過往人世和今生以後的種種情況的書。於是,一部《西藏死亡書》實際上變成了一部生命之書。

五、佛教的心理學化和仲巴活佛
新譯《西藏死亡書》

19 世紀時,西方學者曾就佛教究竟是一種宗教還是一種哲學這一議題展開了激烈的爭論,一個世紀後,西方人又嘗試將佛教稱爲心理學。儘管榮格非常熱衷於東方的精神傳統,曾借助包括《西藏死亡書》在内的東方資源來發展他的心理分析理論,但他明確指出在東方没有明確產生出類似於現代西方心理學的東西。[1] 而四十年後,榮格的這種説法受到了嚴重的挑戰,佛教在西方不斷地被心理學化,佛陀釋迦牟尼被説成是人類已知歷史上最重要的心理學大師,[2] 信佛和修佛的目的也從最終解脱生死輪回變成對心理、精神健康的追求。

將佛教心理學化的始作俑者當推 Blavatsky 夫人。她聲稱人的本性是精神性的,因而讚賞一種精神的心理學,拒絶接受一切諸如試驗心理學一類的現代心理學,反對利用物理學的概念和程式來研究人類的精神活動。作爲靈魂之科學,靈智學將佛教、西藏和心理學統一到了一種精神的話語(spiritual discourse)中。其次,榮格作爲一名職業心理學家對佛教的推崇爲佛教的心理學化注入了新的養分。儘管榮格的思想根植於浪漫的自然哲學和生機主義,但他在許多觀念上與靈智學派同出一轍。他一再強調亞洲宗教中有對心理之功能方式的深刻認知。他對亞洲宗教的興趣無疑影響了一代職業分析和形體心理學家,致使越來越多的亞洲宗教概念在現代西方心理學之專業術語中得到定義,一些亞洲宗教的修行方法如坐禪、修心等也逐漸成爲西方人心理治療的工具而得到推廣。越來越多的西方人相信東方能爲西方提供一種潛在的醫治精神創傷的方法。而最終在西方開設各種各樣的坐禪中心,正式將佛教修行方式作爲心理治療的工具在西方加以推廣的是一批自 20 世紀 60 年代末開始從印度移居西方的流亡藏族僧侶。這批

---

〔1〕 Carl Gustav Jung, *A Psychological Commentary*, in: *Walter Y. Eɣans-Wentz*, *The Tibetan Book of the Great Liberation*, Princeton, 1954.

〔2〕 Daniel Goleman,《論佛教心理學對西方的重要意義》(*On the Significance of Buddhist Psychology for the West*), 載於 *The Tibent Journal*, I,2,pp. 37 - 42。

藏族喇嘛敏銳地感覺到了西方人對東方宗教所能提供的精神養分的渴望，及時把握時機，開出了一家又一家的坐禪中心，爲尋求精神解脱的西方人提供了一個又一個理想的精神去處。在這批喇嘛中最早最成功的當推塔堂（Tarthang Tulku）和仲巴（Chögyam Trungpa）兩位活佛。

塔堂活佛來自西康寧瑪派寺院塔堂寺，其父爲寧瑪派喇嘛，塔堂活佛自幼年被確認爲活佛後，曾隨西藏四大教派的二十五位上師學法，博學多識，但以寧瑪派教法爲身本所依。1959 年逃往不丹、印度，再往錫金依宗薩欽哲活佛（Dzongsar Khyentse）爲根本上師，繼續深造。1968 年偕其法國埃及裔太太赴美國，次年即於加州柏克萊創辦美國第一所金剛乘公會——"西藏寧瑪派坐禪中心"（Tibetan Nyingmapa Meditation Center），公開授徒修行，做法事，並舉辦西藏藝術展覽、慶祝龍青巴尊者涅槃紀念、誦金剛上師咒等各種活動，使該中心迅速獲得發展。1972 年，當代寧瑪派最著名的大師敦珠法王（bDud' joms Rinpoche）訪問該中心，爲衆多弟子灌頂，並指導該中心弟子如何正確打坐。以後，這個寧瑪派坐禪中心逐步建立起許多分支機構，如寧瑪學院（Nyingma Institute）、寧瑪鄉村中心（Nyingma Country Center）、正法出版社（Dharma Publishing）等，出版期刊《水晶鏡》（Crystal Mirror）。在塔堂活佛的衆多弟子中就有不少是職業的心理學家和心理醫生。塔堂活佛建立寧瑪學院的目的就在於弘傳寧瑪派有關心理學、哲學和實驗性的教法，他還專爲這些心理學家和心理治療醫師開設了人類發展訓練項目（Human Development Training Programme）。[1]

仲巴活佛的經歷與塔堂活佛大致相同，他是來自今青海玉樹蘇莽鄉子曲河北岸的蘇莽德子堤寺（Zur mang bdud rtsi dil，譯言多角甘露頂寺）的第十一世仲巴活佛，該寺與子曲河南岸今囊謙縣毛莊鄉的蘇莽囊傑則寺（Zur mang nam rgyal rtse，譯言多角尊勝頂寺）相距六十公里，兩寺並稱爲蘇莽寺，是玉樹地區政教合一的三大寺院之一，屬噶瑪噶舉派。[2] 仲巴活佛全名噶瑪持教事業遍滿吉祥賢（Karma bsTan' dzin' phrin las kun mkhyab dpal bzang po），在西方則以 Chögyam Trungpa 知稱，大概是其法名法海（Chos kyi rgya mtsho）的簡稱。仲巴活佛在西藏完成了基本學業，1959 年流亡印度，1963 年至 1967 年入英國牛津大學深造，修藝術、比較宗教和心理學等課程。其後開始在蘇格蘭傳法，先在 Johnstone House Contemplative Communiy 教人打坐，後於 1967 年 4

---

〔1〕 詳見 Rick Fields，《天鵝是怎樣走進湖泊的：美國佛教史述》（How the Swans Came to the Lake, A Narrative Hisrtory of Buddhism in America），Boulder：Shambhala，1981，pp. 273 - 338.

〔2〕 浦文成主編，《甘青藏傳佛教寺院》，西寧：青海人民出版社，1990 年，頁 323—324。

月自建桑耶嶺西藏坐禪中心(Samye-Ling Tibetan Meditation Centre),旨在爲弟子們提供一個可以閉關、學法、打坐的地方。

1969 年 5 月,仲巴活佛在一次車禍中受傷,導致左半邊身體麻痹。據他自稱,這次車禍不但使他再次完全與佛智相連,而且最終切斷了物質世界的誘惑。他自覺再保持僧人的形象來處理面臨的各種情況已經是方便的失衡,故決定結婚還俗,以獲得力量繼續傳法。不意此舉在其西方弟子中引起不安,致使仲巴活佛不得不於 1970 年 1 月結婚後不久便偕其妻子戴安娜遠走北美。先到加拿大的多倫多,然後越過加美邊境往美國佛蒙特州的 Barnet,建立第一個傳法中心"虎尾坐禪中心"(Tibetan Meditation Center at Tail of the Tiger)。緊接着仲巴活佛便四出傳教,擴大影響。同年 6 月,應邀在位於 Boulder 的卡羅拉多大學教課,一邊著書立説,出版《在行動中坐禪》(*Meditation in Action*,1970)、《剖析精神唯物主義》(*Cutting Through Spiritual Materialism*,1973)等暢銷一時的作品,一邊建立起一個又一個坐禪中心。其中著名的有位於 Boulder 的噶瑪宗城市中心(Karma Dzong City Center)、巖山正法中心(Rocky Mountain Dharma Center)以及紐約、波士頓、洛杉磯等地的城市法界中心(Urban Dharmadhatu Center)。1973 年初,仲巴活佛建立起一個遍及全美的傳法網絡,取名金剛界(Vajradhatu),統一領導他在全美的傳法事業。1984 年始,仲巴活佛又主持一家名爲香跋拉的出版社(Shambhala Publications),專門出版有關西藏宗教、文化類著作。1987 年 4 月,仲巴活佛圓寂於加拿大。[1]

據稱他的英年早逝與他貪戀杯中之物有直接關係,在他生命的最後幾年内雖仍廣轉法輪,但常常在上臺説法之前就已難以自持,不得不由弟子們擡上法臺。儘管如此,他所建立的一個又一個道場,留下的一部又一部著作,對藏傳佛教在西方的傳播所產生的影響實在是前不見古人,後難見來者的。嗜酒使許多才華橫溢的藏族知識分子在充分展現其聰明才智之前就過早的離開人世,這實在令人痛心扼腕。除了仲巴活佛和前面提到的達哇桑珠外,近、現代另外兩位傑出的藏族史家兼詩人根敦羣培和端珠嘉的異乎尋常的結局,也同樣令人痛心。

仲巴活佛在北美傳播西藏佛法取得巨大成功的一個重要原因,就是他將佛教當作與唯物主義相對立的精神之學介紹給他的西方信徒,並將以打坐爲主的佛教修行方式

---

〔1〕 仲巴活佛赴美前的經歷有其自傳《生在西藏》(*Born in Tibet*, Chögyam Trungpa, the eleventh Trugpa Tulku, as told to Esme Cramer Roberts, Penguin Books, 1971:關於他赴美後的經歷見 Fields 上揭書,第十三、十四章)。

當作一種心理治療的手段在其信徒中加以推廣。爲此仲巴活佛寫作了一系列作品,其中他與 Francesca Fremantle 合作翻譯的《西藏死亡書》就是其中之一。此書於 1975 年爲香跋拉出版公司作爲《淨光叢書》(*Clear Light Series*)的一種出版。Fremantle 在其前言中説:"值得注意的是,一些最能表達佛法大意的詞彙竟是當代心理學語言中的一部分,因爲西方一些心理學學派的態度經常比西方的那些哲學和宗教學派更接近佛教。諸如條件、思想之心理功能模式和無意識影響等概念,看起來比傳統的宗教詞彙更適用於本書。"[1]這大概也就是爲什麼在美國的一批西藏傳教者似乎更容易與西方的心理學家,而不是西方的神學家或者宗教學家進行有成果的對話的原因。儘管譯者在其前言中表示他們重新翻譯這部《西藏死亡書》的初衷,是因爲伊文思英譯本中有不少不正確的譯法和擅作删改之處,且有過時之嫌;但顯然仲巴活佛此時重譯這部經典的目的,並不在於生産一部從樸學的角度來看比伊文思譯本更加扎實可靠的新譯本(整個譯文没有一條注釋),而是在於用一套更適用於其當代西方弟子的詞彙來翻譯這本古老的經典,它的一個最突出的特點就是譯者有意將其文本心理學化,令對《西藏死亡書》的閲讀變成一種心理學的閲讀,以滿足他從心理治療入手,推廣西藏佛法的實際需要。正如仲巴活佛自己在其前言中所説,"此書乃是爲使這寧瑪派的教法能被西方的弟子所應用而作的進一步的嘗試"。

　　與其以前或以後出現的各種譯本不同的是,仲巴活佛的這個譯本没有冗長的注釋,僅有一個長二十九頁的釋論。這個釋論原是仲巴活佛於 1971 年夏天在虎尾禪定協會所講《西藏死亡書》時的講義,主要内容是教人如何在有生之年通過修行,證得《西藏死亡書》中所描述的種種淨相(或稱幻影,英譯爲 projection)。仲巴活佛認爲,當我們提到《西藏死亡書》的主題時就已經出現一個帶根本性的問題。若在神話和關於死人的知識方面,將《西藏死亡書》和《埃及死亡書》加以比較的話,則看起來將錯失這一點,即在此生中,生與死時常循環往復的根本原則。人們完全也可以把此書稱爲《西藏的生書》,因爲此書並不是奠基於平常人所理解的死亡這一概念之上的。它是一部"空間之書"(book of space)。空間即包括生和死,空間創造人們於此行動、呼吸和動作的環境,它是爲此書提供靈感的帶根本性的環境。[2]

　　仲巴活佛的這篇釋論中通篇談的是神經官能癥、妄想狂和無意識傾向等。他決意

---

　　[1]　Francesca Fremantlea & Chögyam Trungpa,《西藏死亡書:中有大聞解脱》(*The Great Liberation throngh Hearing in the Bardo*), Shambhala: Boston & London, 1987, Introduction by Fremantle, p. xvi.
　　[2]　Francesca Fremantlea & Chögyam Trungpa 上揭書,頁 1。

將《西藏死亡書》心理學化的證據隨處可見,例如在西藏文本中對死亡過程的一個早期階段,即地、水、火、風四大物質要素相繼消失作了描述。對此一個出自 18 世紀的藏文文獻也有如下描述:"風力乃身體地之大種之基礎,當其漸漸消失時,它便消融於水之大種中,其外在的標識就是身體之力開始消失,是時人或曰:有人正在把我往下拉,這是說他正在沉入土中。同例當水之大種消失於風之大種時,其外在的標識就是嘴、鼻中的黏液(水分)開始乾枯,嘴唇變得乾裂。當火之大種消失於風之大種時,其外在的標識爲身體的熱量自心之末端聚集,人之光澤開始喪失。風之大種消失於意識的外在標識爲喘氣,自內在不平和的吸氣中發出一聲喘息。"[1]

在關於這些四大種相繼消失的討論中,仲巴活佛離開對死亡經驗的討論,解釋這種消融的過程在日常生活中每天都在發生。他説:"這樣的經驗時時都在發生。首先,物質的切實的質量、生存之邏輯變得模糊不清;換言之,你失去了物質的接觸。然後你自然而然地在一個更功能化的情形中尋求庇護,這便是水之大種。你讓自己相信你的意識仍然在活動。在下一個階段,你的意識已不再非常確定到底意識是否仍然活動如常,有些東西在其循環中開始停止動作。去產生聯繫的唯一方法就是通過情緒,你試着想起你愛着的或者恨着的某個人,或者很生動的某事,因爲此循環中水的性質不再工作,所以愛和恨的熾烈程度變得非常的重要。即使它漸漸消失於空氣之中,一種淡淡的空的經驗依然還存在,所以你漸漸無法控制住你對你之所愛的執着,不再能記得住你所愛之人。這整個東西顯得內中空空如也。"[2]仲巴活佛還將輪回六界讀解成"本能的六種類型",每一種對輪回界的傳統的描述就是一種"人自己的心理學肖像"。因此,冷地獄完全是拒絶溝通的侵襲。動物界則以缺乏幽默感爲其特徵。這有關死亡的一切徵兆和過程全在心理學的框架中得到了解釋。

六、新時代運動與索甲活佛的《西藏生死書》

1992 年,西方出現了繼伊文思編《西藏死亡書》之後第二部十分暢銷的《西藏死亡書》,這回是由一位居住於美國加州的西藏喇嘛索甲活佛所寫的《西藏生死書》。此書一出即在全世界引起轟動,好評如潮。它被譽爲"一部精神的巨著",説它"將西藏古老的關於生死的智慧和現代對生死的研究以及宇宙的本性聯結到了一塊"。中文譯本更

---

〔1〕《祈禱於再生中得到拯救》("A Prayer for Deliverance from Rebirth"),載於《實踐中的西藏宗教》(*Religions of Tibet in Practice*), ed. Donald S. Lopez, Jr. Princeton: Princeton University Press, 1997, p. 451。

〔2〕 同上注,頁4。

稱其爲"當代最偉大的生死學巨著,一本最實用的臨終關懷手册"。其英文原版僅於美國一地銷售量在出版的頭五年中就達到三十餘萬册。其他文字譯本也相繼出籠,其銷售量難以統計。它的德文譯本於 1993 年問世,也曾是當年度的暢銷書之一。[1] 它的中文譯本曾是 1996 年度港臺最暢銷的著作之一,在其出版的頭三個月間僅臺灣一地就銷售了七萬多册,從 1996 年 9 月頭版印刷,到 1998 年 1 月已重印 205 次,被稱爲是當年最有影響力的作品,並榮獲佛教協會頒發的金獎。近年來,這部中文譯本的各種盜版亦開始在中國大陸廣泛流傳,讀者之衆可想而知。

索甲活佛何許人也,竟能在一個解構的時代創造出一部如此風靡世界的精神經典?簡言之,他是一位在西方生活了近三十年的藏傳佛教寧瑪派喇嘛。他的個人經歷與仲巴活佛甚爲相似,他出生於西康,自幼被確認爲曾爲第十三世達賴喇嘛上師的伏藏師索甲活佛的轉世靈童,得以親近近代藏傳佛教"宗派圓融運動"的代表人物之一妙音智悲法慧上師('Jam dbyang mkhyen rtse chos kyi blo gros, 1893 – 1959),受其撫育、栽培多年。後隨許多藏傳佛教寧瑪派的大法師學法,幾位當代特別是在西方最著名的寧瑪派大師,如敦珠法王、頂果欽哲活佛(Dilgo khyentse Rinpoche)及紐舒堪布(Nyoshul Khenpo)等都曾是他十分親近的上師,故通寧瑪派教法。1971 年往英國,入劍橋大學攻讀比較宗教學。1974 年開始在西方傳法,以"本覺會"(Rig pa)稱呼全球親近他修習大圓滿法的中心和團體,該團體遍布世界各地,中心設在倫敦,以讓佛法跨越種族、膚色和信仰的障礙,盡可能讓所有有情聽聞爲宗旨,有教無類,鼓勵西方信衆研究、修行。在倫敦"國際本覺會中心"内,除了開設佛法課程外,還探討各種當代學術,如精神治療、治療學、藝術、自然科學、生死學和臨終關懷等。

與仲巴活佛一樣,索甲活佛是兼通西藏傳統和現代西方學術的新一代藏傳佛教大師。正如達賴喇嘛在他爲索甲活佛《西藏生死書》所作序言中所説的那樣,"他[索甲活佛]生長在西藏傳統中,跟隨我們最偉大的喇嘛參學。他也從現代教育中獲得益處,在西方居住和教學了許多年,對於西方的思考方式了如指掌"。達賴喇嘛認爲,在對待生死的觀念上,《西藏死亡書》在西藏佛教和現代科學兩個傳統之間,提供了一個交會點,在理解和實踐的層次上,兩者都提供了相當大的利益。而索甲活佛是促成這種交會的最合適不過的人選。按索甲活佛自己的説法,他著作此書是在經過許多年來思索、教授

---

〔1〕 Sogyal Rinpoche, *Das Tibetische Buch vom Leben und Sterben*. Ein Schluessel zum tiefen Verstaendnis von Leben und Tod. Mit einem Vorwort des Dalai Lama, uebers. aus Englischen von Thomas Geist, 1. Auflag, Bern / Muenchen / wien: Otto Wilhelm Barth Verlag, 1993.

和修習之後作的決定,本意在於寫一部新的《西藏死亡書》和一部《西藏的生命之書》,在於寫出他所有上師心法、教授之精髓。當讀者今天捧讀這部《西藏生死書》時,人人都會對索甲活佛對西藏和西方兩種精神傳統的精熟程度和他天才的寫作能力驚嘆不已的。無論從哪方面看,他都實現了達賴喇嘛對他的期許和他本人的初衷,《西藏生死書》確是當今無與倫比的一部生死學巨著。

但不需要深究讀者即可發現,索甲活佛著作這部生死書時,他心目中的讀者絕不是他的藏族同胞,而是西方世界的芸芸眾生。毫無疑問,《西藏生死書》是傳統與現代的完美結合,具體説來是東方的、古代的、精神的西藏傳統與西方的、現代的、物質的歐美傳統的結合。在《西藏生死書》這個舊瓶子內裝的是醫治西方現代文明的良藥。索甲活佛書中用力描述的西藏傳統,主要不是用來喚起依然生活在前現代社會的藏族同胞對其固有傳統的自覺和熱愛,而是用來教導生活在物質文明高度發達的現代西方世界中的有情,如何正確理解和處理生死大事的指南。與其説此書是一部西藏的生死書,倒不如説它是一部世界的生死書。

正因爲《西藏生死書》是傳統與現代的完美結合,所以索甲活佛的成功並非不可預料。與前述同類著作相比,索甲活佛此書有一個最大的優勢,即它是一部現代的創作,而不是一部古代經典的譯作。如前所述,伊文思翻譯的《西藏死亡書》雖然堪稱譯作之精品,但仍然需要繁瑣的注釋和權威的詮釋,纔能爲普通的西方讀者所接受。要將一部發現於 14 世紀的藏傳佛教密乘經典翻譯、改造成一部當代西方普通讀者容易理解的現代生死書,若不説完全不可能,起碼也應該説是一件難之又難的事情。因此,即使是由仲巴活佛這樣的權威翻譯的《西藏死亡書》也不可能成爲風行世界的暢銷書。當今西方公認的藏傳佛教的權威學者之一、美國維吉尼亞大學宗教系教授 Jeffrey Hopkins,[1] 也曾與當代藏族喇嘛學者 Lati Rinpoche 合作,出版了《藏傳佛教中的死亡、中有和再生》一書,其主要內容是對格魯派有關死與死亡過程之著作的翻譯和解釋,雖然這部著作並非藏文原作逐字逐句的硬譯,而是相當靈活的意譯,很容易引起

---

〔1〕 Hopkins 教授早年在哈佛大學就學,後皈依於 1955 年來美國新澤西傳播藏傳佛教的喀爾瑪克蒙古喇嘛格西旺傑(Geshe Wangyal),成爲後者最著名的兩位西方弟子之一,另一位就是後文要提到的 Robert Thurman 教授。他與 Thurman 一樣於 1963 年離開哈佛,來到新澤西隨格西旺傑學法達十年之久。後入威斯康辛大學佛學研究研究生班深造,該研究生班是全美第一個佛學研究研究生班,創始人是 Richard Robinson 教授。1972 年,他在威斯康辛,獲博士學位,其博士論文 Meditation on Emptiness 後成書由波士頓智慧出版社出版,成爲西方學生學習藏傳佛教的經典著作。1973 年,Hopkins 受聘爲維吉尼亞大學宗教系教授,迄今爲止的二十餘年中,他培養出了一批又一批的弟子,今天在美國大學內教授藏傳佛教的多半爲他的弟子,其中包括羅培慈教授。

重樸學的學者的批評,但它畢竟是一部譯作,譯筆再靈活、流暢也不可以像索甲活佛一樣隨興所致,筆走龍蛇,上下、古今、東西,縱橫馳騁。因此,Hopkins 此書的暢銷雖也高達一萬四千餘冊,但決不可望索甲活佛所著《西藏生死書》這樣一部世界級暢銷書之項背。索甲活佛在他的書中講述了他親身經歷的許多關於死亡的故事,特別是生動地描述了他對他在西藏所認識的上師及其死亡過程的回憶,借助這些引人入勝的故事來圖解常常給人以高深莫測之感的藏傳佛教經義,使讀者既享受讀小說的快感,又領受深刻的教誨,一舉而兩得。另外,《西藏生死書》中還隨意可見來源於世界各種文明、充滿智慧的格言、警句,也給此書增加了不少可讀性。

當然,索甲活佛的成功絕不僅僅是因爲他用現代人喜愛的筆法生動地再述了來自西藏的古老教法。《西藏生死書》的現代性不祇是體現在其寫作手法上,而且也體現在全書的內容中。實際上,索甲活佛的視野早已超越了世界屋脊。在他的書中大量地出現了原本可以説與西藏死亡學傳統完全無關的東西,像 Elisabeth Kuebler-Ross 關於死亡和死亡過程的著作、Ian Stevenson 有關顯示轉世之個案研究和 Raymond Moody 對瀕死經驗的研究等,在西方大名鼎鼎的西方現代死亡學名著,都在索甲活佛的書中佔有一席之地。甚至巴西環保部長論環境的論述也被他引用來説明現代工業文明對環境的威脅。關於普通人死亡的記載,也穿插在米拉日巴、蓮花生及達賴喇嘛等著作中所描述的上師之死的場景中被娓娓道出。爲了要表達他的某種觀點,索甲活佛通常不僅僅以援引藏傳佛教大師的著作爲依據,而且也拉東、西方大思想家、文學家的大旗,如蒙田(Montaigne)、布萊克(Blake)、利爾克(Rilke)、亨利福特(Henry Ford)、伏爾泰(Voltaire)、愛因斯坦(Einstein)、羅密(Rumi)、沃德沃斯(Wordworth)等西方大家,以及像漢族的思想家老子、莊子及禪宗大師的言論,都曾出現在他的這部《西藏生死書》中。音樂神童莫扎特的天賦也被他解釋爲其往生的積累。通過這種廣徵博引,索甲活佛的著作成了一部集世界生死學之大成的著作(a cosmopolitan eclectism),仿佛他書中所傳達的信息不祇是一種藏傳佛教的傳統,而是一種普世的信息,一種萬古長青的哲學。與伊文思的《西藏死亡書》一樣,索甲活佛的西藏死亡書之所以如此地受歡迎,其重要原因之一是因爲他們都將這部西藏的古代經典轉化成了一種非歷史的、普世的智慧。兩者不同的是,到了索甲活佛這裏,西藏文本本身已如此完全地化入了他自己靈活的安排之中,故它的譯文已不再、也不必照錄進去了。

索甲活佛有意無意地要將這種來自西藏的智慧置於一個屬於思想家所共有的全球性的、非歷史的精神體系中。因此,每當他提到當代某位受人尊敬的西藏喇嘛時,就會自然地想到這位喇嘛或許可與西方的某位思想家並駕齊驅。索甲活佛自己的認同實際上也不再是一位傳統意義上的藏傳佛教高僧，而是一位西方新時代運動中的先鋒和導師。就像伊文思的《西藏死亡書》是他與藏族上師達哇桑珠合作的結果一樣，索甲活佛的這部著作也非他一人的傑作，而是與 Patrick Gaffney 和 Andrew Harvey 兩位性靈類暢銷書作家合作的結果。按照此書封面上的說法，這兩位西方作家祇是索甲活佛此書的編輯，可事實上他們倆對於此書之成功的貢獻或可比伊文思對達哇桑珠喇嘛所譯《西藏死亡書》的貢獻。索甲活佛個人的實際身份更接近於他的這兩位合作者，即性靈、精神類暢銷書作家。他的這部《西藏生死書》名義上是西藏的，實際上是世界的，寫在書脊上的作者的藏文名字，祇是爲這部具有世界意義的生死書平添了一圈耀眼的光輝。

　　索甲活佛此書與伊文思的《西藏死亡書》在許多方面都有驚人的相似之處，他們都是爲西方那些爲獲得精神解脫而尋尋覓覓者所作，都屬於傳播一種普世的信息，這種信息曾爲所有文化傳統中有神秘智慧者所知，但祇有在西藏得到了最完美的保存。這兩部書都提到了將這種教法傳達給處在危機中的現代世界的迫切性，現代世界雖富有外在的知識，但已被剝奪了古老的内在科學。與伊文思、仲巴活佛等一樣，索甲活佛也提出了他自己對佛教有關轉世學說的理解。儘管他承認再生、轉世這一領域，實際上已經超出了我等受業緣限制者的視野所能感知的範圍，但他對佛教所說的所謂六道輪回在我們這個世界上如何被設計和明朗化的方式很感興趣。他在《西藏生死書》中對輪回中六界的極爲形象、現代的描述，很可以代表他全書的風格，他說：“天界的主要特徵是此界内完全没有苦難，有的祇是永恆不變的美麗和縱情聲色的喜樂。設想諸天乃身材高大、頭髮金黄的衝浪高手，或半躺在海灘、花園中，盡情地消受着燦爛的陽光，聽着他們自己隨意選擇的任何種類的音樂，爲每一種刺激而陶醉，他們酷愛打坐、瑜伽、健身和其他各種自我完善的方式，但從不勞其心智，從不面臨任何複雜、痛苦的境遇，從不領悟其真實的本性，他們是如此地麻木不仁，以至於從不知道什麼纔是他們真正的境況。假如加利福尼亞和澳大利亞的某些地方作爲天界躍上你的心頭的話，你或許還可見到非天界［阿修羅］的有情每天在華爾街華盛頓和白廳的鬧哄哄的走廊内的陰謀和敵對中賣力地表演，還有餓鬼道！哪兒有人類，哪兒就有他們存在，儘管極度富裕，但從無厭足，渴望着接管這家企業、那家公司，或者在對簿公堂時無窮無盡地表演他們的貪婪。打開任何電視頻道，你就馬上進入了非天和餓鬼的世界。”大概是因爲索甲活佛相信他的讀者會在有關六道輪回學說的文字翻譯面前退縮，所以他將天界定點在加州，而將非天界定點在美國的東海岸。用如此形象和現代的語言來詮釋佛陀在兩千多年前確定下的六道輪回理論,這實在是索甲活佛讓人佩服的天才發揮。

索甲活佛的《西藏生死書》可以説是曾於 20 世紀 70 年代始先在美國、然後在整個西方世界流行一時、以將東西方各種各樣思潮熔於一爐爲典型特徵的所謂新時代運動(New Age Movement)的一部代表作品。若要追溯新時代運動的源頭,我們甚至在 19 世紀的烏托邦社會主義運動中就可以找到它的影子。1843 年, Ham Common 出版的英國社會烏托邦主義者的雜誌起名"新時代"。其後,英國新時代運動的先驅 Alice A. Bailey(1880—1949)與 Blavatsky 夫人一樣自稱從西藏人那兒得到精神感應,開始代西藏的智者向世人傳播福音。而就在 Bailey 向世人傳達的第一個福音中,她便宣告一個新時代的開始,即所謂魚座時代的結束和水人座時代的開始,在這個新時代中,人類的問題要靠精神高度發展的神仙、精靈或其派往人間的全權代表來統治。而這樣的神仙、精靈則來自西藏。新時代運動初期的發展實際上幾乎與前述靈智學會並行,他們的很多主張都與靈智學相同或相近,同樣反映了西方人尋求一種西方以外的文化、精神來作爲醫治、改造西方文明的良藥的強烈意願。通過這些新時代運動先驅者的鼓吹,佛教一度在 19 世紀末、20 世紀初,即所謂美國社會史上的鍍金時代(Gilded Age)相當流行,成爲受懷疑主義、理性主義和科學信仰等種種思潮困擾,特別是因信仰與科學的衝突而產生精神危機的西方知識分子的精神避風港。當時已有好幾萬人自稱是忠誠的佛教徒,還有更多的人也對佛教情有獨鍾,但這種對佛教的熱情很快轉變成對所有宗教之神秘性的普世觀念的追求,許多西方佛教徒開始將佛教的一些基本概念與亞洲其他宗教信仰中的同類概念比較、融合,甚至將傳統的佛教思想與從純粹西方資源中引導出來的信仰內容結合起來,於是形成一種綜合的、混雜的新的所謂優選[折衷]宗教(Eclectical Church),被認爲是世界各大宗教的和諧的結合。這種融世界各種宗教、信仰於一爐的新思潮,便是至今在西方仍然相當有影響力的新時代運動的主題思想。

西方一些所謂可供選擇的思想家(Alternative Thinker)、知識分子,自己將自己邊緣化,遊離、異化於西方宗教、文化主流之外,將眼光投向邊緣、異類,以尋求一種與徹頭徹尾的"他者"的精神聯繫,以此來超越他們用來傳播其折衷教法的工具,故不固定在某個地點或個人,也不專意於一種外來的教法,不管是中國還是印度,不管是佛教還是道教、印度教,皆是西方的"他者",因此西藏的《死亡書》和中國的《易經》、《道德經》都是新時代運動的精神經典。新時代運動給西方帶來的是一種銷售文化舶來品的超級市場，而不是某一種外來宗教、文化的專賣店。[1] 羅培慈教授曾將隱藏在目前西方世界愈演愈烈的"西藏熱"背後的主導思想批評爲"新時代東方主義"（New Age Orientalism）；或稱"新時代殖民主義"（New Age Colonism），其典型的表現就是對現實的、物質的西藏的冷漠，和對莫須有的精神的、智慧的西藏的熱衷，這種以西方人自身的精神追求爲出發點的"西藏熱"，一方面把西藏擡高到了令舉世若狂的人間淨土——香格里拉這樣的位置，而另一方面則把一個現實的、物質的西藏一筆抹殺掉了。[2]

一直到 60 年代末、70 年代初，塔堂、仲巴和羅桑倫巴（Lobsang Lhungpa）等西藏喇嘛相繼來到美國傳教以前，不管是在靈智學會，還是在新時代運動中，西藏祇是一個時隱時現的影子、一種最具異國情調的光量。而經過這些具有非常之個人魅力和傳教熱情的西藏喇嘛們的努力，以及像高文達喇嘛這樣的西方弟子的推動，西藏佛教纔真正開始在西方立足，並迅速發展。至 80 年代末，北美就已有 184 個藏傳佛教的教學和修行中心，從此來自西藏的聲音在新時代運動的外來文化大合唱中越來越嘹亮。特別是在新時代運動發展最盛的加州，西藏喇嘛的影響力與日俱增。而來自加州的索甲活佛出版的這部暢銷世界的《西藏生死書》，不僅本身是新時代運動以折衷主義爲特徵的宗教文化的典型產物，而且也大大提昇藏傳佛教在新時代運動這股迄今不衰的文化思潮中的份量。

七、科學的死亡技術

1994 年，又一部《西藏死亡書》的英文譯本在美國問世，譯者是鼎鼎大名的美國哥倫比亞大學宗教系宗喀巴教授 Robert Thurman 先生。該書被作爲 Bantam 版《智慧叢書》（*Bantam Wisdom Edition Series*）的一種出版，列入該叢書出版的還有諸如《易經》、《道德經》、《薄伽梵歌》（*Bhagavad Gita*）、《五環之書》（*The Book of Five Rings*）一類的其他世界精神經典。

Thurman 教授雖然目前是在大學教書的一介書生，卻曾有過相當不平凡的經歷和成就，以至於被《時代》（*Time*）週刊選爲 1997 年度全美最有影響力的二十五人之一。

---

〔1〕 參見 Frank J. Korom，《西藏與新時代運動》（"Tibet und die New Age Bewegung"）載於《神話西藏：接受、設計和幻想》，頁 178—192；Robert S. Ellwood，《供選擇的神壇：美國非傳統的和東方的精神性》（*Alternative Altars: Unconventional and Eastern Spirituality in America*, Chicago），頁 11。

〔2〕 Donald S. Lopez, Jr.，《新時代東方主義：以西藏爲例》（"New Age Orientalism: The Case of Tibet"），*Tibetan Review*, XXIX, 5, pp. 16－20。

Thurman 先生於 1941 年生於紐約，是一個地道的紐約客。自小蒙受二戰的恐怖陰影，又因事故失去了一隻眼睛，故早知生之無常，開始精神的自我追尋。60 年代初，年僅二十一歲的 Thurman 在新澤西遇蒙古喇嘛格西旺傑，一見便"目瞪口呆"，不僅"兩膝發軟"，而且"腹中不安"。一星期後，他便終止了在哈佛大學的學業，離開了新婚的妻子，搬到新澤西落戶，隨格西旺傑喇嘛學習藏語文和佛法。隨後的幾年內，雖然在格西旺傑的堅持下，Thurman 依然保持在家人的身份，但他過的生活則完全與學法苦行的僧人一樣。1964 年，在印度佛教聖地、釋迦牟尼佛首轉法輪的地方 Sarnath，格西旺傑將他介紹給了達賴喇嘛。隨後，他到了達蘭姆薩拉，隨扎雅活佛（Dagyab Rinpoche）、達賴喇嘛自己的經師林活佛（Ling Rinpoche）和達賴喇嘛私寺南傑扎倉（Namgyal College）住持羅桑敦珠（Khen Losang Dondrub）學法，也常常與達賴喇嘛本人見面。最後在達賴喇嘛和林活佛的主持下，正式剃度出家，成爲藏傳佛教中的第一位西方僧侶。一年多後，Thurman 感覺已經完成了他在達蘭姆薩拉的使命，欲回美國嘗試在家過一種新的生活方式，將其精神追求所得與他的朋友、同胞共享。可當他身穿紅袍、光着頭頂回到美國時，感覺自己是在一個陌生國度中的陌生人，故若要實現自己普度衆生的初衷就必須改變自己的身份。於是他結婚還俗，生兒育女。他的長子名甘丹，乃未來佛彌勒之天宮兜率天的藏文名字，其長女名烏瑪，是印度女神的名字。如今他的這位女兒已是好萊塢的大明星了。

在經歷了這一段不尋常的精神之旅之後，Thurman 重返哈佛，學習亞洲語言、歷史、宗教和社會哲學。獲博士學位後，他先在 Amherst 學院宗教系任教。其後，Thurman 出任哥倫比亞大學宗教系宗喀巴講座教授至今，以研究、傳播宗喀巴大師的教法爲己任。其代表作有《宗喀巴之金論：西藏中心哲學中的理性和覺悟》、[1]《藏傳佛教精華》[2]和《內在的革命：生命、自由和對真正幸福的追求》等。[3] Thurman 曾是西方第一位正式出家的藏傳佛教徒，今天他仍自稱是"佛教居士"（lay Buddhist），而傳媒則稱他爲"美國的權威佛教徒"（America's leading Buddhist），不管是宗教徒、學術，還是從政治、社會聲望等各種角度來看，他都享有其他西方人無與倫比的資歷，是當今西方世界公認的最

---

〔1〕 *Tsong Khapa's Speech of Gold in the Essence of True Eloquence: Reason and Enlightenment in the Central Philosophy of Tibet*，Princeton：Princeton University Press，1984.

〔2〕 *Essential Tibetan Buddhism*，San Francisco：Harper-San Francisco，1995.

〔3〕 *Inner Revolution: Life, Liberty, and the Pursuit of Real Happiness*，New York：Riverhead Books，1998. 在此書的前言中，Thurman 對其精神追求的心路歷程作了自傳性的描述。本文所記其生平事迹即根據此前言中所述內容。

有權威的西藏和藏傳佛教專家。

可是，Thurman 是哥倫比亞大學的宗喀巴講座教授，他的研究專長是格魯派的教法，他將格魯派創始人宗喀巴的生平和著作稱爲西藏文明的金字塔，他的教法"是一種關於精神技術的古老傳統，其一點一滴都與現代物質技術一樣精緻"。宗喀巴領導了西藏的文藝復興，從此"西藏佛教的精神合成已告完成"。而《西藏死亡書》是一部寧瑪派的密法，與格魯派的著作相比，它既不清楚，又不系統，並不十分重要。所以，Thurman 自稱他曾對自己是否應該動手重譯《西藏死亡書》猶豫再三，而最終促使他下決心去做此事的原因，是因爲他了解到"瀕死之人需要某些比(伊文思、仲巴活佛等人的)那些譯本更清楚、更好用和更易接收的東西"。顯然，Thurman 的初衷實際上與他的前輩們無區別，無非是想通過自己的詮釋，使《西藏死亡書》這部古老的密法煥發新生，讓更多的西方同胞領受其無上密意。值得一提的是，在《西藏死亡書》的衆多英譯者中，Thurman 是唯一的一位沒有西藏喇嘛的直接幫助而單獨完成此書的翻譯的。他的資歷給了他足夠的自信和權威，可以獨立地完成這一艱難的工作。

Thurman 將《西藏死亡書》的藏文標題翻譯成《經由中有中的理解而自然解脱的巨著》(*The Great Book of Natural Liberation through Understanding in the Between*)，這典型地反映出了他這部譯著的風格，它不是一字一句的直譯，而是易於西方讀者理解的意譯。Thurman 的大部分著作都採取這種風格，文字瀟灑，但難以分辨出哪些是宗喀巴的原意，哪些是他自己的發揮。與伊文思的譯本一樣，Thurman 此書中，他自己的評論和名詞解釋佔了一半的篇幅。評論部分包括諸如"西藏：一種精神的文明"，"簡説佛教"，"身——心情結"(The Body-Mind Complex)和"解脱的現實"等章節。而在名詞解釋中，Thurman 別出心裁地將業(Karma)解釋爲"進化"，gotra 爲"精神基因"，阿毗達磨爲"光明之科學"(Clear Science)，明妃爲"天使"。他還將"持明"(vidyadhara)這一專指印度密宗大師的名稱，翻譯成"英雄科學家"(Hero Scientist)，説他們是非唯物質主義文明的最模範的科學家(they have been the quintessential scientists of that nonmaterialist civilization)。

Thurman 專門選擇這類獨特的詞彙來翻譯這些佛教名詞，有其特別的用意。他的目的在於從科學的，而不是宗教的角度來解釋《西藏死亡書》，甚至整個佛教。他認爲西藏的文明是獨一無二的。當西方致力於對物質世界和外在空間的探索和征服時，西藏社會的導向是内在的，其産品就是一代代從事精神技術(密宗)研究的精神專家。這類精神專家成爲最大膽的内在世界探險家(Thurman 稱其爲"心理宇航員" psychnauts),他們"已經親自航行到了他們的社會認定最必須探索的那個宇宙的最遥遠的邊境,即意識本身的内在邊境"。作爲這個社會的産品,《西藏死亡書》實際上不是在表述一種佛教的生死觀,而是從心理宇航員的研究中獲得的對死亡過程的一種科學的描述。西藏人對死亡的觀念一點也不比現代西方人對太陽系結構的觀念更富有宗教意義。事實上,佛教不是一種宗教,佛陀並没有建立一種宗教,而是建立了一種教育的運動,在這種運動中現實自由地向任何没有偏見的經驗敞開着大門。"他建立了教育和研究機構[他人稱這類機構爲寺廟],研究者在這些意識科學研究院中從事死亡、中有和轉世過程的研究,其研究結果保存於有關這個課題的巨大、累牘連篇的科學文獻中。"

Thurman 贊成存在轉世的説法,而反對那些"感情用事的虚無主義者"(emotional annihilationists)、"秘密遁世者"(closet cosmic escapists),以及那些爲了捍衛他們空洞的信仰而教條主義地剔除人死後意識繼續存在的證據。他指出:"一種有滋養的、有用的、健康的信仰,當不會是發展一種死亡科學的障礙。要發展這樣的一種科學,探索者就應當考慮所有前人在這方面所作過的嘗試,特別是那些具有長期的發展和豐富的文獻的傳統。在所有這類傳統中,保留在印度—西藏傳統中的死亡科學大概是所有中的最豐富的一種。"爲了説明西藏關於轉世之理論體系的科學價值,他與《西藏死亡書》以前的幾位譯者一樣,必須處理天界、鬼道和地獄是否存在的問題。與前人不同的是,他斷然否定六道轉生的隱喻、象徵意義,提出佛教的天堂和地獄就像人間道一樣真實。"那些能夠記得他們自己前世生活的人,已經報導了(天堂與地獄的存在)確有其事。在進化海洋中的生命形態當要比今天在我們周圍所能見到的這一個小小的物質的星球上的物種數目多的多,這是很邏輯的道理"。在《西藏死亡書》的英譯者中間,伊文思和達哇桑珠喇嘛支持將轉生看作一種進化體系的密宗觀念,認爲重返畜生道是不可能的;Leary 和他的合作者則將這種關於輪迴的比喻向前深推一步,認爲《西藏死亡書》也可以被讀成是一部關於生命的書,可以被讀成是一部關於持續八小時的迷幻之旅的記載;仲巴活佛將輪迴道看成是心理的種種狀態,而索甲活佛則利用關於六道輪迴的討論來諷刺加州的衝浪好手和紐約的銀行家。祇有 Thurman 看起來真的相信西藏人所信仰的東西,相信轉生不祇是一個象徵,而是一個科學的事實。

Thurman 明顯的格魯派背景,在他對《西藏死亡書》的解釋中得到了充分的體現。

他顯然是將這部寧瑪派的伏藏法當作一部格魯派的著作來解釋的。他對"死亡的日常準備"（Ordinary Preparations for Death）一節的討論，全不管寧瑪派有關此主題有大量的文獻存世，而且其中的一些也已經有英文的譯本，[1]而是完全以宗喀巴的《聖道三要》（*Lam gtso rnam gsum*）爲根據。他對"特別加行"（Extraordinary Preliminaries）一節的討論，也同樣不以寧瑪派文獻爲基準，而是以格魯派的標準説法爲準繩。Thurman 自知這是一個問題，但他巧妙地以一種普世精神將它掩飾了過去。他説："在不同的藏傳佛教宗派中存在有大量的密法，它們都是從印度大師的開創性著作中一脈相傳下來的。所有這些密法都是從超凡出世、普世之愛的覺悟精神及無我空性智慧之同一條道路中出現的。諸如大圓滿、大手印和樂空無二等等，祇是以不同的方式表現了獲得最完整的成佛境界這一目標的過程，這種不同祇是概念的體系和術語的不同，而不是道、果的不同。"這樣，除了宗喀巴的觀點最好以外，一切密法都是相同的，其中的每一種都可以很有成效地適用於每一種情況。

爲了概述簡單的專心打坐，Thurman 解釋説，觀想的對象當根據各人的信仰來選擇，"假如你是一名基督徒，則是基督的一尊聖像；假如你是一位穆斯林，則是一個聖字；假如你是一個俗人，則是一幅蒙娜麗莎、一朵花，或者一張地球的衛星照片"。不過，當你進入更高級的密法修行階段，則其他的各種傳統未免有所不及："真正的薩滿知道解體的過程，知道神聖的聯盟和鬼神的作祟，並且常常發現一塊仁慈和信任的地面，就像是大慈大悲之主的地面。所有時代的修士們都曾實驗過靈魂之旅，其中有些人甚至可以在他們有用的著作中敍述他們的經驗。蘇菲教徒和道士給出了指令，維持着活的傳統。而由於西藏的傳統是一種系統的技術，是具有強大滲透力的覺悟，所以可爲上述任何傳統中的任何精神追求者利用。與《西藏死亡書》的其他譯者不同，在 Thurman 眼裏佛教就是科學，因此完全没有必要把這部藏文密法當作一種象徵來讀，並處心積慮地在佛教和科學之間尋求一種和解。Blavatsky 夫人及其追隨者努力以東方的宗教來回應以達爾文進化論爲代表的科學的嘗試實際上毫無意義。將《西藏死亡書》擡高成一部内在的、科學的心理宇航學的經典著作，這是 Thurman 的天才發明，也是他譯注這部密法的基本出發點。

---

〔1〕 David Germano，《瀕死、死亡和其他機會》（"Dying, Death, and Other Opportunities"），載於《實踐中的西藏宗教》，頁 458—493。

結　論

　　佛法之傳，必資翻譯，歷觀自古翻譯之家成百上千，以義譯經，譯論能比秦之羅什、唐之奘公者，寥寥無幾。翻譯之難，可想而知。譯經須名物相對，言義相切，若非博通經論，善兩方之語言者，無法爲之。以羅什、奘公彌天之高，尚稱不易，今之譯者何其易哉。古人對譯著優劣之評判，多集中在旨意和文辭兩個方面，若旨意曖昧，則譯者會受"未盡文"之嫌，若文辭拙劣，則是譯者潤色之失。而今人之翻譯，特別是東西方宗教、哲學類文獻的互譯，通常出現一個比旨意、文辭更緊要的問題，即如何解釋文本之微言大義（Interpretation）的問題。因東西方文化背景迥然不同，一字一句的、機械的直譯，不但會使譯文詰屈聱牙，令人無法卒讀，而且也根本無法全面傳達深藏於文本中的微言大義；就是相對比較靈活的意譯，也仍然無法完全解決這種因東西文化之間的差異而造成的文本的不可讀性。因此，對譯文作必要的解釋不但是應該，而且是必須的。從這個意義上說，翻譯的過程實際上是一種解釋和再創造的過程。可由於東西雙方各有自己很深的文化積累，每個詞彙、概念都帶上很深的文化烙印，因此譯者在翻譯過程中對每個詞彙、概念的選擇，實際上都已經帶上了自己的某種價值評判，要完全將自身文化傳統的影響排除在外，創造出一個十分客觀、真實的譯本幾乎是不可能的，哪怕譯者是一位不但善雙方之言，而且也通雙方之學的高手。文本的翻譯如此，對文本之微言大義的詮釋則更難做到客觀、真實，若以今人、東人、西人之心，度古人、西人、東人之腹，從今人的現實需要和思想觀念出發，對古人、他人的文本及其該文本所傳達的思想作隨意、功利的詮釋，則難免穿鑿附會，所謂差之毫釐，失之千里也。

　　近一個世紀內，《西藏死亡書》在西方世界的經歷是東西方文化交流史上一個很有典型意義的事例。對如何正確理解、吸收東方文明之精華，以彌補西方文明之不足，至今仍然是西方知識界一個相當熱門的話題。《西藏死亡書》在西方被一次次重新翻譯、詮釋的過程，作爲一個個案當能爲致力於東西方文化交流者提供許多有益的借鑒。前述《西藏死亡書》之每一種英文譯本，都是西方某個特定時代的產物，都與西方某個特殊的文化思潮有緊密的聯繫。因此，雖然表面看來譯者的初衷多半是想爲讀者提供一部更精確、更易懂的譯本，而實際上他們都是將這一東方的文本放在西方的語境中進行解讀的，他們利用翻譯、解釋這部來自東方之精神經典的機會，兜售各自對處理西方社會自身所遇問題的各種主張。他們在閱讀這部文本時常常離開文本本身，而指向了別的什麼東西，因此文本的譯文本身與他們長篇大論的評注比較起來，常常顯得無足輕重,最多不過是一個陪襯,甚至在 Leary 和索甲活佛的書中,文本本身的存在已經完全成爲多餘。在西方譯者眼裏,《西藏死亡書》是一種密碼,要解讀這種密碼需要借助某個不可能與它同時出現,但比它更真實、更在前的文本,或者要把它當作另一種文本的諷喻來解讀。故對於伊文思而言,《西藏死亡書》的原本實際上是 Blavatsky 夫人的《秘密教法》,而對 Leary 及其合作者而言,《西藏死亡書》是爲迷幻之旅(the paradigmatic acid trip)而寫的經典,到了仲巴和索甲兩位生活在西方的西藏活佛這裏,它又分別成了心理學的教條和新時代運動中的自助語言。宗喀巴教授 Thurman 更強使這部寧瑪派的伏藏法一變而爲格魯派的一部樣板著作。

爲了要揭露《西藏死亡書》這部文本的真實意義,每一位譯者都必須借助一些其他的東西纔能來閱讀它,其結果是,每一部新的譯本嚴格説來都變成了一部新的《西藏死亡書》。若細細地揭露、研究隱藏在每一種《西藏死亡書》之英文譯本背後的社會、文化語境(context),則一部 20 世紀西方社會文化史已自然地擺到了我們的面前。相反地,一部真正的西藏的、佛教的語境中解讀《西藏死亡書》這一文本的翻譯、評注本的出現,卻還尚待來者。

附:《西藏死亡書》在西方的各種譯本目録

《西藏死亡書》的各種譯本及其譯本的譯本,其數量之多已難以計數。羅培慈教授列出下列五種應時而生、影響力最大的譯本,稱之爲五大轉世。按照時間順序分別是:

一、伊文思,《西藏的死書或中有階段的死後經驗》(*The Tibetan Book of the Dead or the After-Death Experiences on the Bardo Plane*, according to Lama Kazi Dawa-Samdup' English Rendering, 1927)。

二、Timothy Leary 等,《迷幻經驗》(Timothy Leary, Ralph Metzner, and Richard Alpert, *The Psychedelic Experience*, *A Manual based on the Tibetan Book of the Dead*, Secaucus, N. J.: Citadel Press, 1964;此書德文譯版:*Psychedelische Erfahrungen*, *Ein Handbuch nach Weisungen des Tibetischen Totenbuches*, Amsterdam, 1975)。

三、仲巴活佛等,《西藏死亡書》(Chögyam Trungpa and Francesca Fremantle, *The Tibetan Book of the Dead*, Boulder: Shambhala, 1975)。

四、索甲活佛,《西藏生死書》(Sogyal Rinpoche, *The Tibetan Book of Living and Dying*, ed. By Patrick Gaffney & Andrew Harvey, Harper San Francisco, 1992)。

五、Thurman 譯,《西藏死亡書》(Robert A. F. Thurman, *The Tibetan Book of the Dead*, 1994)。

除此之外，尚有許多次一等重要的譯本，例如：

一、霍普金斯等譯注，《藏傳佛教中的死亡、中有和再生》（*Death, Intermediate State, and Rebirth in Tibetan Buddhism*, Commentary and translation by Lati Rinpoche and Jeffey Hopkins；Ithaca, N. Y.：Snow Lion Publications, 1979, 1985）。

二、羅珠喇嘛，《中有教法：死亡與再生之路》（Lama Lodroe, *Bardo Teachings: the Way of Death and Rebirth*, Ithaca, N. Y.：Snow Lion Publications, 1982,1987）。

三、沐林，《死與死亡過程：西藏傳統》（Glenn H. Mullin, Death and Dying：The Tibetan Tradition, Ithaca, N. Y.：Snow Lion Publications, 1986）。

四、柯恩，《西藏死亡書：死後大解脫》（The Great Liberation after Death），此爲日本 NHK、法國 Mistral 電影公司、加拿大國家電影局（The National Film Board of Canada）聯合攝製的解釋中有教法的録像片。

五、第十四世達賴喇嘛，《生之喜樂和平靜之死》（*The Joy of Living and Dying in Peace*, by His Holiness The Dalai Lama of Tibet, Harper San Francisco, 1997）。

六、Jean-Claude van Itallie，《朗誦的西藏死亡書》（*The Tibetan Book of the Dead for Reading Aloud*, Berkeley, 1998）。

七、Stephen Hodge 等，《圖解西藏死亡書：新譯與評注》（Stephen Hodge, Martin Board, Stephan Hodges, *The Illustrated Tibetan Book of the Dead: A New Translation with Commentary*, Sterling Publication, 1999）。

此外，有四種德文的《西藏死亡書》的翻譯、研究著作也值得一提，它們是：

一、勞夫，《西藏死亡書之秘密教義：冥界和死後的遷移，東西比較和心理學釋論》（Detlef Ingo Lauf, *Geheimlehre tibetischer Totenbuecher, Jeseitswelten und Wandlung nach dem Tod, Ein west-oestlicher Vergleich mit psychologischem Kommentar*, Freiburg：Aurum Verlag, 1975；此書的英譯本爲 *Secret Doctrines of the Tibetan Books of the Dead*, translated by Graham Parkes, Boulder & London：Shambhala, 1977）。

二、達吉，《西藏死亡書》（Era Dargay, *Das tibetische Buch der Toter*, Bern-Muenchen-Wien, 1977）。

三、Dieter Michael Back，《佛教的冥界旅遊：所謂〈西藏死亡書〉的歷史語言學研究》（Eine buddhistische Jenseitsreise, *Das sogenannte "Totenbuch der Tibeter" aus philologischer Sicht*, Wiesbaden：Harrassowitz, 1979）。

四、Erhard Meier,《西藏死亡書中的靈魂之路指南》(*Weisungen fuer den Weg der Seele aus dem tibetischen Totenbuch*, Herderbuecherei, 1987)。

坊間流傳的《西藏死亡書》,當然遠不止以上所列的這幾種,但這些本子無疑是流傳最廣的幾種。世間流傳的《西藏死亡書》,多半是它們的各種翻版、轉世。

(原載《中有大聞解脱》,談錫永主編,寧瑪派叢書 修部⑤,附錄,香港:香港密乘佛學會,2000 年:頁 174—239;《賢者新宴》第 3 輯,石家莊:河北教育出版社,2004 年,頁 91—125)

簡述西方視野中的西藏形象

——以殖民主義話語中的妖魔化形象爲中心

　　近年來東西方學術界對在西方流行已久、且依然陰魂不散的所謂東方主義的批評揭示，西方通常祇是將東方當作一張屏幕，憑借着這張屏幕他們可以設計他們對西方（Occident）自身的理解。不管是勝利地發現西方遠遠優越於東方，還是不無傷感地承認東方依然擁有西方早已不存在的魔力（Magic）和智慧，或者更經常的是左右摇擺在對東方的輕蔑和熱望之間，總而言之醉翁之意不在酒，他們口頭上談的是東方，可心底里屬意的是西方，東方不過是他們用來發現自己、認識自己的工具和參照值。

　　西藏作爲東方的一個組成部分，自然也不例外地被牽涉進這種東方主義的話語（discourse）之中。就像整個東方一樣，西藏在過去和現在都不是一個思想行動的自由主題。[1] 西方發現、研究西藏的歷史凸顯出其東方主義和殖民主義的學術本質。從西方人最初接觸西藏迄今的幾個世紀内，西方人實際上從政治、文化、社會、科學等不同的角度創造了一個又一個歷史上從未存在過、在將來也不可能出現的幻影西藏。祇有將西方的西藏形象放在西方東方主義或殖民主義話語中來考察，纔能理解西方對西藏的看法何以如此千差萬別，纔能説清今天西藏何以成爲西方人之最愛。總之，對西方發現、認識、醜化、妖魔化或者神化、神話化西藏的歷史過程作一番考察，不僅能幫助我們加深對由賽義德最早提出的東方主義傳統的理解和批判，而且還能爲我們認識今天西方流行的西藏熱的來龍去脈，進而認識在西方這股西藏熱鼓噪下日益國際化的西藏問題的本質，爲尋求破除神話、理性對話的建設性途徑提供一把鑰匙。

食人生番與文明曙光

　　由於自然的屏障和政治的原因，直到 20 世紀 80 年代西藏對外開放爲止，真正成功

---

　　〔1〕　"Because of Orientalism the Orient was not（and is not）a free subject of thought or action." 語見賽義德（Edward Said），《東方主義》（*Orientalism*），New York，1994.

地闖入西藏的西方人屈指可數。所以,西藏一直是西方人可以展開幻想的翅膀自由飛翔的地方。翻開幾個世紀來一代又一代西方人關於西藏的一本又一本記載,我們讀到的絕不衹是美麗的神話。這兒同樣也有噩夢和謊言。西藏一會兒被捧上了天,一會兒被打落了地。但不管是上天還是落地,西藏一直是一個被扭曲了的與西方文化本身恰好相反的形象,西藏作爲西藏———一個實實在在的物質的、文化的實體———實際上從來沒有在西方得到真正的關心。西方人發現、認識西藏的歷史表明,儘管他們今天將西藏視爲一切美好的東西的化身,但他們對西藏和他們對待其他東方地區的態度沒有什麼本質的區別。

　　一般説來人們對一個陌生民族的認識總是從這樣兩個方面開始的:他們在哪些地方和我們不同? 他們又在哪些地方與我們相類似? 並且從這兩個方面予以或褒或貶的評價。具體到西方對西藏的認識過程,歐洲人首先接受他們熟悉的東西,例如藏人宗教生活與天主教教會的某種類似。其次,他們對西藏與他們自己的不同點或者貶爲愚昧、落後,或者將他們作爲那些在西方已經失落了的東西的化身而加以褒揚。與此同時,西方西藏形象的形成還深深植根於傳統的亞洲與歐洲相對立的兩極之中。歐洲將自己定義爲理性的、啓蒙了的、明智的、善討論的、主動的、科學的、民主的等等。而亞洲則正相反,是非理性的、未啓蒙了的、重感性的、他們對對立面聽之任之、被動内向、政治上獨裁專制,衹有絕對的暴君和俯首貼耳的臣民。而西藏的神權統治在歐洲人眼裏自然而然地成了中世紀的殘餘。在東方與西方(West and East, Occident and Orient)之間被歷史性地、而非理性地建立起了一種兩極對立的關係,一種聖潔的和被玷污的、根本的和派生的、神聖的和妖魔的、好的和壞的對立關係。這種兩極對立的遊戲在西方認識西藏這個具體實例中表現得淋灕盡致。[1]

　　1895 年至 1899 年間在西藏旅行、受盡命運折磨,失去了兒子和丈夫的加拿大女醫生、傳教士 Susie Rijnhart 的遊記《與藏人在帳篷和寺廟中》中我們讀到這樣的文字:"没有什麼比有些西方人所相信的喇嘛是具有超凡的身體和精神天賦的高級生物離事實更遠了。與此正相反,他們在知識上僅與孩童相似,爲在生命最表層出現的情緒所支配。整整四年,我們生活在不同地區、不同部落的西藏人中間,可從没有碰到過一位喇嘛,和他可以談談一些最基本的關於自然的事實。絕大多數的喇嘛與所有未曾接觸過基督教教育的啓蒙的、振奮精神的影響的其他教士一樣無知、迷信、精神發育不全。他們生活

──────────

　〔1〕 《東方主義》,頁 38—39。

在黑暗的時代,可他們自己是如此地愚昧,竟對這種黑暗矇然無所知。十個世紀來,佛教將他們帶入了現在這種道德和精神上的停滯狀態。很難相信除了基督的福音以外還有什麼力量能給他們以生命和真正意義上的進步。"〔1〕

差不多同時,首次嘗試整合西方哲學與東方神秘主義宗教的神智學派(Theosophy)的代表人物、自稱在西藏隨神秘的大士學法三年,但實際上從未涉足雪域的 Helena Petrovna Blavatsky 夫人卻在她的《西藏教法》中提出了截然不同的看法:"宗喀巴的一個預言正在西藏得到應驗:真正的教義祇有在西藏免遭西方民族入侵的前提下纔能保持其純真,因爲西方民族對基本真理的那些粗魯的觀念將不可避免地使佛教的信徒感到迷惑和糊塗。但是,當西方世界在哲學這個方向更加成熟時,智慧之瑰寶、大喇嘛之一的班禪活佛的轉世將光臨,那時真理的光輝將照亮整個世界。而我們手中則掌握着打開西藏這座獨一無二的寶庫的真正鑰匙。"〔2〕

儘管文字、描述的方式千差萬別,可幾個世紀以來西方人對西藏的基本看法則大致在這兩種截然不同的觀點之間忽上忽下地來回倒騰。而直到 19 世紀末、20 世紀初,在西方佔主導地位的是一個妖魔化的西藏形象。

遠在西方人知道有西藏之前,西方就流傳着這樣的傳說,説在喜馬拉雅山地區有一個亞馬孫王國(理想國),那裏有會淘金的大螞蟻。這些傳説甚至被分別記錄在公元前 5 世紀成書的西方第一部偉大的歷史著作——希羅多德(Herodot)的《歷史》(Histiriesapodeixis)和公元 2 世紀成書的西方第一部偉大的地理著作——托勒密(Ptolemaeus)的《地理》(Geografike hyphegesis)中。〔3〕 在希羅多德《歷史》的第三卷有一章專門敍述最邊緣地區部族的歷史,其中談到在印度的北部有一個部落,那兒奇怪地生長着一種巨大的螞蟻,他們在修築他們的地下住宅時將含金的沙子堆積起來。早晨有淘金者來到這裏,他們貪婪而又急迫地偷運盡可能多的金沙,然後趕緊逃跑,因爲那些巨大的螞蟻嗅覺極其靈敏,它們會因聞到人的氣味而起來襲擊那些偷沙的盜賊。這個傳説大概是西方人至今相信西藏有大量黃金儲藏的由來。有意思的是,這樣的傳説

〔1〕 Susie C. Rijnhart, *With the Tibetans in Tent and Temple* (New York: Fleming H. Revelt, 1901), p. 125. 關於她的生平和在西藏的經歷見 Peter Hopkirk,《世界屋脊的入侵者》(*Trespassers on the Roof of the World*, *The Race for Lhasa*)(London: John Murray 1982), pp. 137 – 158: *The Nightmare of Susie Rijnhart*.

〔2〕 H. P. Blavatsky,《西藏教法》(*Tibetan Teachings*), in Collected Writings 1883 – 1884 – 1885 (Los Angeles: Blavatsky Writtings Publication Fund, 1954), 6: 105.

〔3〕 Rudolf Kaschewsky,《二十世紀前西方的西藏形象》(*Das Tibetbild im Westen vor dem 20. Jahrhundert*), *Mythos Tibet: Wahrnehmungen*, *Projektionen*, *Phantasien*, Koeln: DuMont 1997, pp. 16 – 30.

我們竟然也能在後出的像《拉達克王統記》這樣的藏文編年史中見到。

在托勒密的《地理》中，我們可以見到一個 Hai Bautai 的部落和一條名爲 Ho Bautisos 的河流。人們相信，Bautai 這個字來源於印度語的 Bhota，它從古到今都是印度語中對西藏的稱呼，它的本源當是西藏人自稱的 Bod。因此那條被稱爲 Bautisos 的河流也當就是指西藏的雅魯藏布江了，後者在藏語中被稱爲 gTsang po。令人難以置信的是，托勒密著作中提到喜馬拉雅山區的紅銅色山，這是日後在西藏流傳很廣的史詩和佛教傳説的情節。銅色山（Zang mdog dpal ri）是印度來藏傳法的蓮花生大師的淨土的名稱，他從這兒向世人傳送其加持力，英雄格薩爾王也常常上銅色山請求蓮花生大師給其以幫助和指點。[1] 對於這種有關西藏的傳説何以能在那麼古老的時代、如此神奇地傳到西方，今天的專家、學者怎麼也找不出一個讓人信服的解釋。

蒙古人建立的大帝國使中西交通進入了一個前所未有的新時期。蒙元時期來華的許多西方傳教士和商人將它們在中國的所見所聞，添油加醋地告訴他們那些渴望了解東方的同胞們，雖然他們的記載大部分是他們的親身經歷，使西方對東方的了解脱離遠古的傳説時代，但從他們留下的遊記中，我們仍不時讀到許多道聽途説的內容，屬小説家言。特別是關於西藏的內容，大多數屬於傳奇性質，它們向世人傳遞的主要訊息是，西藏是一個"食人生蕃"。

最早來到蒙古宮廷的西方人是意大利方濟各會傳教士普蘭諾·卡爾平尼（G. de Plano Carpini，1180－1252），他根據其親身見聞寫下了歐洲第一部關於蒙古的報告《蒙古史》（*Historia Mongalorum*）。此書中有一段記載一支蒙古軍隊征服了一個叫做波黎吐蕃（Burithabet）的地方。這個地區的居民不但是異教徒，而且還有一種令人難以置信或者更正確地説是令人厭惡的習俗：如果某人的父親去世後，其屍身即由其兒子和所有的親屬分而食之。這一民族的成員下巴都沒有鬚毛，他們手戴一種鐵質器械，如果偶爾有一兩根汗毛顯了出來，便用此器拔掉。這些人的帳篷格外簡陋。[2] 這兒提到的所謂波黎吐蕃被學者們認爲不是指今西藏，而是指大致位於庫庫諾爾以西地區的藏族部落。

幾乎相同的記載還見於 1253 年奉命出使蒙古的另一位方濟各派傳教士、來自法國

---

〔1〕　Roudolf Kaschewsky，"托勒密和蓮花生的銅色山"（Ptolemaeus-und der kupferfarbene Berg Padmasambhavas），Klaus Sagaster and Michael Weiers，*Documenta Barbarorum*，*Festschrift fuer Walter Heissig zum 70. Geburtstag*（Wiesbaden：Otto Harrassowitz 1983），pp. 218－224.

〔2〕　《伯朗嘉賓蒙古行記》，耿昇、何高濟譯，北京：中華書局，1985 年，頁 50—51。

的威廉・魯布魯克(William of Rubruk)的遊記中。魯布魯克直截了當地將西藏人稱爲吃父母的部族。雖然他們已經拋棄了這種惡習,因爲其他部族都討厭這種惡習;但他們依然將其父母的頭蓋製成精美的酒杯,以便在歡樂中不忘父母。與希羅多德的記載相類,魯布魯克也告訴他的讀者,西藏是一個充滿了黃金的地方,誰需要誰就可以去挖掘,但誰也不會貪婪地將它們藏在自己的箱子裏。[1]

元朝來到中國的威尼斯商人馬可波羅(Marco Polo,1254－1324)的《寰宇記》(Le divisament dou monde)中首次出現 Thebeth 這個名字。他首先向他的同胞報告西藏人是偶像崇拜者,在西藏有令人恐怖的魔力,當地土著中有極爲出色的魔術師可以呼風喚雨,幻化出種種匪夷所思的幻景和奇迹。還說西藏流行着一種可恥的習俗,婦女不但不守貞操,反而以能取悦於衆多的男人爲榮;西藏人殘忍、姦詐,是世界上最大的強盜,西藏的麝香香飄四方、充滿整個雪域等等。儘管,馬可波羅的記載聽起來頭頭是道,可實際上這都是他道聽途説來的,他自己並没有到過西藏。[2]

與馬可波羅同時代的方濟各派傳教士鄂多立克(Odorico de Pordenone,1274/1286－1331)同樣也祇在忽必烈汗的宮廷中碰到過深得蒙古大汗喜愛的西藏喇嘛,他在其遊記中提到了一位西藏喇嘛名叫 Papa,聽起來很像是拉丁語的教皇。這位喇嘛無疑就是元朝的帝師八思巴('Phags pa)喇嘛。他也告訴世人,西藏有許多荒謬和可怕的風俗,其中之一就是天葬。兒子不但將其新近逝世的父親切碎了餵鷹,而且還要將他的頭煮熟了留給自己享用,並將頭蓋製成酒杯。[3] 這些危言聳聽的故事同樣不是他親眼目睹的事實。

馬可波羅等人的遊記在西方引起了巨大的反響,雖然時常有人對這些遊記的真實性提出質疑,但對於大部分渴望了解東方的歐洲人而言,他們的好奇心得到了極大的滿足,因爲他們首次讀到了由他們自己的同胞記録下的他們在東方親身經歷的種種生動、離奇的故事。毫無疑問,這些遊記向歐洲人傳遞的關於西藏的信息是相當負面的,西藏首先是食人生蕃,是一個極其野蠻、落後的地方,其次西藏又是一個極其神秘、充滿魔力的地方。有意思的是,歐洲人對這些信息的反饋卻不都是負面的。不少人對西藏的種

---

〔1〕 《魯布魯克東行記》,何高濟譯,北京:中華書局,1981 年,頁 252—253。參見 William W. Rockhill, *The Journey of Friar William of Rubruck to the Eastern Parts of the World*, 1253－55, as Narrated by himself (London: Hakluyt Society, 1900), pp. 145－146.

〔2〕 《寰宇記》通常被稱爲《馬可波羅記》,有漢譯本四種,其中以爲馮承鈞於 1963 年根據沙梅昂法文譯注本翻譯的《馬可波羅記》最通行。

〔3〕 《鄂多立克東遊録》,何高濟譯,北京:中華書局,1981 年,頁 82—83。

種在文明人眼裏毫無疑問是代表野蠻的行爲給以十分浪漫的解釋。大概是因爲西藏是一個具有魔力的地方,所以他的那些所謂惡習實際上並不是一種野蠻的表現,而是一種高層次的文明,是一種哲學。比如,西藏人用人骨製成念珠,用頭骨製成酒杯,這說明西藏人對死亡不陌生,而是將它一直擺在眼前,這樣他們對凡塵俗世的興趣就不會如此熱烈。通過這些念珠和酒杯,他們找到了一種對付肉慾和人生苦難的工具。這當然絕對不是野蠻的,而是一種真正的哲學。從這裏,我們就明顯地看到了神話西藏的端倪。

發現西藏和最初的宗教對話

第一個踏上雪域蕃地的西方人是葡萄牙的耶穌會士安德拉德(Antonio de Andeade)。他本是一名初學修士,先在果阿傳教區學院學習,後在葡屬印度耶穌會中飛黃騰達,被任命爲莫卧兒領土上的省會長。1620 年,他決定往西藏傳教。1624 年,這位傳教士到達西部藏區察布讓(Tsabrang)地區海拔高達 5 450 米的瑪納谷,受到古格王公接見,並被委任爲古格王的法師。他決定在此建立常駐傳教區,故將其同伴傳教士馬克斯留下,自己在逗留月餘後返回印度。他將其所見所聞寫成報告從果阿送往歐洲,這份報告就是他的遊記《大契丹或西藏王國新發現》,此書最初於 1626 年在里斯本出版葡萄牙文原版,同年就有西班牙文譯本,第二年則有法文、德文、意大利文,甚至波蘭文譯本相繼問世,此後又有拉丁文和佛拉芒文出版。安德拉德筆下的西藏到處都是慈眉善目的喇嘛,就是在俗衆中間也難聽到粗魯的話語。他們把一天的大部分時間用來祈禱,至少早晚兩次,每次長達兩小時。寺院非常整潔,寺內四壁和天花板上都是圖畫。[1]

這位第一個到達西藏的歐洲人的報導在西方引起的反響十分強烈,其遊記在短期內被譯成幾乎所有歐洲文字就是一個明顯的例證。但同樣也有人將它和馬可波羅和鄂多立克的遊記一起說成是異想天開的捏造,是謊言、鬼話。更重要的是,安德拉德的遊記爲日後神話西藏的出現打下了伏筆。他明明是第一個到達西藏的歐洲人,可他的遊記卻被命名爲對西藏的新發現,這本身就費人尋思。它表明安德拉德的西藏之行沒有被認爲是首次發現,而是再次發現西藏,因爲他所發現的實際上是他們失蹤了的朋友或

---

〔1〕 關於安德拉德的生平事迹見 Juergen C. Aschoff,《察布讓——西部西藏的王城,耶穌會神父 Antonio de And rade 的全部報導和對今日寺院狀況的描述》(*Tsaparang-Koenigsstadt in Westtibet. Die vollstaendigen Berichte des Jesuitenpaters Antonio de Andrade und eine Besehreibung von heutigen Zustand der Kloseter*)(Muenchen: Eehing, 1989)。

兄弟。對於歐洲人來説,西藏一方面是亞洲最難接近、最神秘、最陌生的地方,而同時它又是歐洲人唯一能夠與之認同的亞洲民族,因爲它對於歐洲人來説顯得異乎尋常的親近。這種對西藏的感覺是歐洲的所謂集體無意識的一種原型:熟悉的陌生人或陌生的兄弟的發現。這種對西藏的親近感更因爲安德拉德在書中明顯地表露出來的對西藏的好感和尊敬和對穆斯林的露骨的輕視而得到了加強。爲了對付他們眼前的異教敵人——穆斯林,歐洲人一直幻想着能在遥遠的東方找到他們失蹤了的兄弟、一個強大的基督教王國——約翰長老(Priest John)的王國。

12 世紀中,在歐洲出現了一封約翰長老從東方發出的信。這名約翰長老在信中自稱他統治着整個龐大的印度帝國,其影響無遠弗屆。他是穆斯林的敵人,他將打敗他們,並將他們從他的神聖帝國中赶出去。他的力量無可匹敵,他是"王中王"、"主中主",他之所以稱爲"長老",是因爲在他宮廷内服務的都是國王、大主教、主教、寺院住持和其他達官貴人,他祇有自稱長老纔可表示他至高無上的地位。在信中,他還催促拜占庭國瑪努埃爾一世趕快去他的宮廷内任職。儘管這封轟動一時的東方來信很可能是某位富有想象力的歐洲人的捏造,這位強大無比的約翰長老純屬子虛烏有,可從那時開始歐洲人就一直相信在亞洲有一位基督教的牧師國王,在拜占庭帝國的東方有一個基督教王國,盤算着有朝一日他們能夠找到這位約翰長老,並與他聯合起來打敗他們的敵人穆斯林。幾個世紀以來歐洲人一直尋尋覓覓,打聽着這位約翰長老的下落,關於他的傳説不下好幾十種。蒙古帝國的崛起,曾給他們帶來希望,一度他們認定蒙古克烈部的頭領王罕就是他們夢寐以求的約翰長老,或者直接將成吉思汗看成是約翰長老。以後他們又認哈喇契丹的創立者耶律大石爲約翰長老,因爲他於 1141 年打敗了 Sandschar 率領的一支穆斯林軍隊。也有人將達賴喇嘛説成是約翰長老的。[1] 因此,他們爲他們在亞洲的極遠處找到了他們熟悉的陌生人而高興是不難理解的。

繼安德拉德之後,西方的傳教士便斷斷續續地到達西藏,雖然人數不多,但幾乎没有中斷過。差不多一個世紀之後,意大利耶穌會士 Ippolito Desideri(1684—1773)來到了西藏。Desideri 是最早獲准在拉薩居住的天主教神父,他於 1716 年 3 月到達拉薩,在拉薩一共住了五年。他的遊記《西藏歷史記録》(*Notizie Istoriche del Thibet*)既記録了他在西藏的歷程,也記録了西藏的宗教和文化,是 20 世紀以前歐洲人所寫的關於西藏

---

〔1〕 詳見德國學者 Ulrich Knefelkamp 著,《尋找約翰長老的王國》(*Die Suche nach dem Reich des Priesterkoenigs Johannes*,Dargestellt anhand von Reiseberichten und anderen ethnographischen Quellen des 12. Bis 17. Jahrhunderts,Gelsenkirchen:Verlag Andereas Mueller,1986)。

佛教教義的最系統、最詳細的記載。[1] 雖然他將西藏宗教説成是"錯誤的教派",是"奇怪的宗教",但他同時認爲:"儘管西藏人是異教徒和偶像崇拜者,但他們所信仰的教法卻與亞洲其他的異教徒(指印度)不一樣。儘管他們的宗教確實來源於古代的興都斯坦,即今天通常所稱的蒙古地區,但隨着時間的推移,這種古老的宗教在那兒已經被廢棄,已經被新的寓言所取代。而在另一方面,聰明、富有想象力的西藏人廢除了這些信條中晦澀難懂的東西,祇保留了那些顯然是包含了真理和仁慈的東西。"[2] Desideri 住在西藏的那些年裏,特別是他在拉藏汗的支持下於 1717 年住進了藏傳佛教格魯派三大寺之一的色拉寺以後,十分刻苦、認真地學習、研究西藏佛教教法。他下了很大的功夫研究佛教的空性學説,並用藏文寫下了許多著作,一方面宣傳天主的福音,另一方面討論佛教教義與天主教教法的異同,力圖用他的博學和他對這兩種宗教認真比較後得出的結論説服那些同樣博學的喇嘛們改宗天主。在他的著作中有一部長達五百多頁的著作,與西藏的僧人專門討論佛教空性和宿世的理論,足見其佛學修養之深。[3]

儘管在 Desideri 關於西藏的報導和著作中充滿了對藏傳佛教的相當客觀和有深度的介紹和論爭,我們甚至完全可以把這種相遇用今天時髦的話語稱爲跨文化的對話,而且這種對話的水準一直到 20 世紀無人可及。可是,他的著作卻並没有像一個世紀以前安德拉德的著作一樣一經寫成即風行於世,而是被束之高閣長達一個半世紀之久,直到 1875 年纔被人重新發現。這實在不僅僅是 Desideri 一個人的悲哀,而是整個歐洲的悲哀。今天,跨宗教的對話成了時髦的口號,可 Desideri 當年所達到的水準今天又有幾人可及?

啓蒙時代的妖魔化西藏形象

啓蒙時代的歐洲曾經出現過所謂"浪漫的東方主義",例如法國的啓蒙思想家對中

---

〔1〕 此書見於 L. Petech 編,《在西藏和尼泊爾的意大利傳教士》(*I missionari Italiani nel Tibet e nel Nepal*, Roma: 1954-1956),卷五—七;此書的英文簡譯見 Filippo de Filippi, *An account of Tibet: the Travels of Ippolito Desideri of Pistoia*, S. J., *1712-1727*, rev. ed. (London: George Routledge & Sons, 1937). 參見 Donald S. Lopez, Jr. "拜倒在喇嘛腳下的外國人"(Foreigners at the Lama's Feet), *Curator of the Buddha-The Study of Buddhism under Colonialism*, Edited by Donald S. Lopez, Jr. (Chicago: The University of Chicage Press 1995), pp. 253-256.

〔2〕 De Pilippi ed., An Account of Tibet, pp. 225-226.

〔3〕 這部著作題爲《白頭喇嘛 Ippolito 向西藏的賢者請教宿世和空性的見地》(*Mgo dkar gyi bla ma I po li do zhes bya bay is phul ba'i bod kyi mkhas pa mang la skye ba snga ma dang stong pa nyid kyi lta ba'i sgo nas zhu ba*),至今仍收藏在羅馬耶穌會檔案館内。

國情有獨鍾,他們將一個士人階級對如此衆多人口的統治視爲理想的典型。而德國的浪漫主義思想家則更偏愛印度,對於他們來説印度無疑是精神、智慧的淵藪。這股對東方的浪漫主義情調貫徹於歐洲思想史之始終,西方人感受到他們自身的某些欠缺,便幻想着能在東方的某地找到彌補這些欠缺的答案。遺憾的是,西藏並没有被 18 世紀的歐洲人看中而加以理想化的吹捧。相反西藏成了歐洲人心目中的東方理想社會的反面典型。對經受了啓蒙的歐洲人來説,西藏人是懵懂未開的野蠻人。西藏的宗教不過是裝神弄鬼、是偶像崇拜,西藏的喇嘛僞善、凶狠,西藏的百姓天生奴性十足。

在 1744 年於德國問世、直到 1800 年爲止一直是德國最重要的百科字典 Zedlers Universal-Lexicon 中對達賴喇嘛是這樣描述的:"他被人稱爲大喇嘛,爲了欺騙民衆相信他永生不死,每當他死去,别的喇嘛會馬上找一個别的什麽人放在他的位置上,將這個騙局繼續下去。喇嘛們糊弄百姓説,這位大喇嘛已經活了七百多年,他還將永遠地活下去。"[1]在作者眼裏西藏活佛轉世制度純粹是喇嘛爲保持其權力而有意設置的騙局。

更典型、生動地總結 18 世紀歐洲之西藏形象是 Bernard Picart。他於 1734 年在倫敦出版了一本名爲《已知世界各民族之禮儀和宗教習俗》的著作。此書係據當時能收集到的所有冒險家、商人和傳教士關於世界各民族的禮儀、習俗的記載編輯而成。雖然書中没有一處出現過西藏或佛教的名字,但在對韃靼人和卡爾梅克人的記述中卻有大段的對達賴喇嘛及其宗教的描寫。Picart 評説西藏的基調與 5 世紀前的馬可波羅一樣,一言以蔽之:西藏盛行的是偶像崇拜。在 17 世紀歐洲人祇知道世界上有基督教、猶太教、伊斯蘭教和偶像崇拜。Picart 在其書中説:"蒙古人韃靼人、卡爾梅克人和别的什麽人,正確説來,他們祇信達賴喇嘛而没有别的神。向人們告訴我們的那樣,達賴喇嘛意爲普世神父(Universal Priest)。這位所有韃靼偶像崇拜者的主教(Soveign Pontiff),他被他們認爲是他們的神,居住在中國的邊境,靠近布達拉城的一座高山上的修院内。圍繞着這座山的山腳居住着大致一萬二千名喇嘛,他們分别居住在各自依山而築的小房間内,按他們各自的素質和職位來確定他們的住處離主教的遠近。……在拉薩有兩個君主,一個是世俗的,一個是精神的。有人説這是 Tanchuth 王國,或者 Boratai、Barantola 王國。大喇嘛是精神的君主,他被那些偶像崇拜者當作神來崇拜。他很少外出。普通百姓如有幸利用一切手段獲得他的一丁點兒糞便,或是一滴尿,便欣喜若狂,

---

〔1〕 *Zedlers Universal-Lexicon*,vol. 44, Leipzig,1745。

認爲其能確實可靠地抵禦疾病和災禍。這些糞便被當作神物而保存在一個小盒子内，懸掛在他們的頸根上。……按照韃靼人的觀念，大喇嘛是永生不死的，他永遠以一個形式出現，這個形式大概可以被人感知。他幽居在一個寺院中，有數不清的喇嘛扈從，他們對他們頂禮膜拜到無以復加的程度，並想盡一切可以想到的辦法使百姓像他們一樣對他五體投地。他很少被暴露於公衆場合，一旦出現也與公衆保持相當的距離，使那些有幸見到他的人在驚鴻一瞥之餘，根本無法回想起他的面貌特徵。一旦他死去，馬上就會有一位盡可能長得與他相似的喇嘛取而代之。當他們感覺到他大限將近時，那些最狂熱的信徒和這位假想神的首席大臣，就會將這個騙局玩弄得爐火純青、天衣無縫。假如我們可以信賴神父 Kircher 的話，那麼，喇嘛的神化首先應該歸於他們對約翰長老（Prester John）的異乎尋常的信任和信心。"[1]

　　Picart 這段描述給他那個時代的讀者留下的印象是，西藏的宗教首先是對神靈的褻瀆和污染，因爲他們不但將最終會死亡的凡人奉爲神明而且還膜拜人類的糞便。其次，西藏的宗教是陰險、狡詐的，因爲他們用虛僞的辦法創造了一個不死的達賴喇嘛來欺騙他們的信徒。最後，如果説在西藏宗教中有什麼真實可言，那也是因爲他們受到了基督教的影響，這些藏人百姓最初信仰的是約翰長老，他們將對約翰長老的信任轉移到這位虛假的神祇達賴喇嘛的頭上。

　　值得一提的是，對西藏持否定態度的不祇是一般的平民百姓，或者是那些帶有宗教偏見的傳教士。就是當時那些先進的啓蒙思想家也同樣對西藏没有什麼好感。相反，他們中的一些著名人物，如思想家作家康德（Immanuel Kant）、赫爾德（John Gottfried Von Herder）、盧梭（Jean-Jacques Rousseau）和巴爾扎克（Honore de Balzac）等也都爲一個妖魔化的西藏形象在西方的傳播起了推波助瀾的作用。赫爾德一方面稱藏人是粗魯的山民，他們的宗教既原始又不人道。在他於 1784 年出版的《人類歷史哲學大綱》一書中，赫爾德聲稱喇嘛的宗教不可能來自粗野的藏北地區，它一定源出於一個比較溫暖的地區，因爲"它是一些軟弱無力的意識的産物，它没有思想，祇有對肉慾的勝過一切的熱愛。要是在地球上有一種宗教應該被冠上怪異和無常的惡名的話，它便是西藏的宗教"。[2]　另一方面，赫爾德又擺出理性的姿態要從西藏的氣候環境和歷史發展來理

---

〔1〕　Bernand Picart, *The Ceremonies and Religious Customs of the Various nations of the Known World*, London 1741, p. 425. 轉引自 Lopez, *Prisoners of Shangri-la*, *Tibetan Buddhism and the West*, Chicago Press, 1998, p. 22.

〔2〕　Johann Gottfried von Herder, *Outline of a Philosophy of the History of Man*, trans. T. Churchill (1800: reprint, New York: Bergman Publishers, 1966), pp. 302－303.

解西藏文化。對於他來説,佛教總而言之是一種"癲狂",但他又是東方精神活動的一個產物,是趨向歐洲人業已實現的人道主義的一個步驟。佛教對於西藏的貢獻是,它使野性的藏人走向人道,使落後的西藏在文化上上了一個臺階。[1]

康德對西藏的評價典型地表現出歐洲人在亞洲人面前的那副自以爲是的勁頭,與赫爾德相比他更看不上西藏。在《論萬物之終結》(Über das Ende aller Dinge)一文中,康德稱西藏的宗教是"神秘主義"、"幻想"的最好例證,一言以蔽之是非理性的。亞洲人不理智地工作、思想,卻坐在黑漆漆的房間裏對着牆壁發呆,這實在是匪夷所思。[2] 而在他的另一篇論文《論永久的和平》(Zur ewigen Frieden)中,康德又提出了一個給後來西藏神話的形成產生很大影響的理論:希臘神秘主義中的一個特定的概念很可能是來源於藏語。早在希臘、羅馬時代,即所謂古典時期(Antik),在西方和西藏之間已經有了聯繫。他的這些想法雖然很荒唐,卻意義非凡,因爲他嘗試推導出這樣的結論:在歐洲流傳的一些東西實際上來自亞洲。於是,西藏便成了那些在西方已經失落了的古老智慧的發源地。這些古老的智慧在歐洲已經被遺忘,而在西藏或許依然存在。康德這種將西藏作爲神秘主義之發祥地的想法對後人影響巨大。不管是雅利安人,還是馬加里人,都紛紛來到這裏尋求他們祖先居住的故鄉。在 19、20 世紀最終形成的西藏神話也與康德的這個奇怪的想法有關。

與康德、赫爾德同時代的法國啓蒙思想家盧梭在他於 1762 年成書的名著《社會契約論》(The Social Contract)中也對西藏喇嘛的宗教作了簡短而辛辣的批判。盧梭將喇嘛教與天主教和日本宗教相提並論,指出這樣的宗教必然要在宗教信仰和作爲國家公民之間引發危機。換言之,像達賴喇嘛這樣的絕對神權統治必將引起百姓在宗教與國家之間的兩難選擇,宗教和國家之間的衝突也就不可避免。盧梭將這一類宗教命名爲"牧師宗教"(the religion of the priest),他甚至説這類宗教之壞是如此昭然若揭,所以若停下來去證明它是壞的,則無異於浪費時間。[3]

盧梭對西藏政體的批判被稍後於他的法國著名的現實主義作家巴爾扎克全盤接受。後者在他的小説《高老頭》(Old Goriot)中批評西藏的神權政體、管理體制的無條

---

〔1〕 J. G. Herder, *Saemtliche Werke*, vol. 14, Berlin, p. 23.

〔2〕 Immanuel Kant, Werke Bd. IX, Darmstadt 1983, p. 185.

〔3〕 Jean-Jacques Rousseau, *The Social Contract and Discourses*, trans. G. D. H. Cole (London: J. M. Dent & Sons, 1973), p. 272.

件服從,是一種所有臣屬對達賴喇嘛的非自願的、機械的、本能的崇拜。這短短的一句話使《高老頭》成爲西方小説史上最早提到西藏的一部小説。[1] 這些歐洲大思想家、大文豪雖然僅僅祇是非常間接、次要地談及西藏,但他們的只言片語卻透露了他們那個時代對西藏及其宗教的基本看法,他們對西藏宗教的這類譴責得到廣泛的傳播。

魔鬼的作品:東方的天主教

導致西藏在西方被妖魔化的原因除了經歷了啓蒙運動的歐洲人對落後、野蠻的西藏的鄙視外,還有一個不可忽視的原因是,西藏的宗教從一開始就被西方的旅行家、傳教士與羅馬天主教拉上了關係。從馬可波羅、鄂多立克和方濟各派教士魯布魯克(Guillaume de Rubruquis)等於元朝來華的歐洲商人、傳教士那兒,我們就能聽到關於西藏宗教與羅馬天主教有許多相同點的説法。例如,鄂多立克將西藏的大喇嘛比作羅馬的教皇。魯布魯克從喇嘛手中的念珠聯想到天主教神父手中的念珠等。這種比較先後被天主教和新教的東方詮釋者們利用,雖然他們利用的方法和目的南轅北轍,但殊途同歸,得出的結論完全一致。

最早到達"大韃靼帝國"的天主教觀察家之一、多明戈派傳教士 Jourdain Catalani de Severac 就曾對他的見聞作過如下報導:"在那個帝國內有許多神廟和男女寺院,就像是在家裏,唱詩和祈禱,完全和我們一樣。那些偶像的大祭司神身穿紅袍,頭戴紅帽就像我們的那些主教大人一樣。祭拜偶像時這樣的奢華、這樣的壯觀、這樣的舞蹈、這樣隆重的典禮,真是不可思議。"而於 1661 年到達拉薩的德國耶穌會士 John Grueber 所見到的西藏喇嘛則簡直與天主教神父沒有什麼區別:"他們用麵包和葡萄酒做慶祝彌撒時的聖餐,作臨終塗油禮,替新婚夫婦祝福,爲病人祈禱,建女修道院,隨唱詩班唱詩,一年內作幾次齋戒,進行最殘酷的苦修,包括鞭打;替主教授職,派出極其貧困的傳教士,光腳雲遊四方,遠及漢地。"

這種驚人的相似點一旦被觀察到,就有必要給以解釋。最早作這種嘗試的是於 1844 年到 1846 年在漢地和西藏旅行的 Vincentian 傳教士 Evariste-Regis Huc 和 Joseph Gabet。在他們的遊記《1844—1846 年在韃靼、西藏和漢地的旅行》(*Travels in Tartary, Thibet, and China 1844—1846*)中,他們講述了這樣一個故事:西藏佛教最主要的教派

---

〔1〕 Peter Bishop,《不祇是香格里拉:西方文學中的西藏形象》(Nicht nur Shangri-la: Tibetbilder in der Westlichen Literatur), *Mythos Tibet*, p. 211。

黃教——格魯派的創始人宗喀巴年輕時曾跜到過一位來自極西方、大鼻子、眼睛閃閃發光的喇嘛,後者收他爲徒,並給他授戒,傳授所有西方的學説。而這位奇怪的喇嘛原本是一位天主教的傳教士。這樣,西藏宗教和天主教的種種相似點也就不難得到解釋了。可惜的是這位西方的"喇嘛"尚未來得及將全部的西方教法傳授給宗喀巴就不幸中途夭折了,否則的話西藏早已全盤西化,改宗天主教了。[1] 這種借助"譜系"、訴之於歷史影響的方法在人類學上被稱爲"擴散主義"(diffusionism),大概是用來對不同地區、文化中同時出現的相同的現象和特徵進行解釋的最常用戰略。中國歷史上出現過的《老子化胡經》就是一個典型的例子。通常這種追述譜系的嘗試,不但在西藏宗教和天主教之間建立起了一種歷史聯繫,而且與此同時一種根據離最原初的祖先之影響力的時間的遠近劃定的等級制度也被建立起來了。這樣 Huc 和 Gabet 既可以宣布宗喀巴的佛教有"可靠的"成分,因爲它的根源是他們自己的天主教教法;同時,他們又可以聲稱宗喀巴的教法是不完整的,因爲他沒有從那位神秘的大鼻子喇嘛那兒學到全部的教法。而現在那位西藏喇嘛未竟的事業就要靠他們自己來完成了。

在歐洲人最早與西藏佛教相遇時,西方的樸學(Science of Philology)尚未出現,人們缺乏任何諸如對一種人類祖先的遺產可以解釋爲在地球不同部分平行發展的表現形式這樣的概念。因此,對於西藏喇嘛和天主教神父之間的這種明顯的類似,當時的歐洲人祇可能給予兩種解釋:要麽是他們自己中的某人的工作的結果,要麽是別人的工作的結果,兩者必居其一。前述 Huc 和 Gabet 所講述的故事就是嘗試作第一種解釋。類似的還有許多天主教傳教士相信他們能在西藏找到約翰長老之教會的遺存,甚至有人提出,實際上第一世達賴喇嘛就是傳説中的這位約翰長老。當然,這樣的解釋實在太牽強附會,無異於自欺欺人。對於 Huc 和 Gabet 的這種説法很快就遭到了別人的批判。德國早期藏學家 Emil Schlagintweit 就曾針鋒相對地指出:"雖然我們現在還無法決定諸如究竟佛教可能從基督教那裏借了多少東西這樣的問題,可是,這些法國傳教士所列舉的佛教儀軌中的絕大部分卻都能追溯到佛教的獨特的慣例中去,而且他們出現的時間都在宗喀巴之前。"因此,事實上他們也不得不承認,西藏宗教的這些與天主教會類似的東西實際上也是土生土長的,所以是"別人工作的結果"。而認識到這一點又讓他們覺得十分恐慌,因爲這不但直接挫傷了他們對野蠻民族的與生俱來的優越感,而且更重要的是這使他們的傳教活動變得毫無意義。他們千裏迢迢、歷經千辛萬苦來到西藏

---

[1]　Huc and Gabet, *Travels in Tartary, Tibet and China, 1844－1856*, London 1850, 2: p.52.

的目的就是爲了要讓那些茹毛飲血的野蠻人聽到上帝福音,獲得真正的信仰,使雪域蕃地成爲天主的地盤。而現在他們在這裏所見到的一切卻與他們在羅馬所經歷的是如此相似,那些本該經過他們的努力之後出現的東西,現在卻已經擺在了他們的面前。如此崇高、偉大的使命被證明是白吃辛苦。他們的沮喪乃至憤怒是可以想見的。

我們在耶穌會士 Athanasius Kircher 對他所見到的藏人對達賴喇嘛的崇拜的描述中就能體會到這份怒氣,他寫道:"當陌生人接近[達賴喇嘛]時,總是頭頂着地跪拜在他面前,帶着不可思議的崇拜親吻他,這與人們在羅馬教皇面前所作的没有任何兩樣。是誰生性歹毒,如此不懷好意地將本該羅馬的教皇、基督在人間唯一的代表享受的這種崇拜,將基督教的所有其他秘密的宗教儀式轉移到了野蠻人的迷信崇拜中來了呢? 以致魔鬼的騙術和詭計如此的昭然若揭。憑什麼這些野蠻人就像基督徒稱羅馬的教皇(High Priest)爲神父之父(Father of Fathers)一樣,稱他們的假神爲大喇嘛,是大教皇,是喇嘛的喇嘛,換言之,是教皇的教皇。因爲他們的宗教,確切地說是瘋狂和頭腦有病的偶像崇拜,所有形式和作風都是從他那兒,就像是從一個固定的泉源中流出來的,那麼,爲什麽他也被稱爲'不朽的主'(the Eternal Father)呢?"在憤憤不平之中,Kircher 將這種西藏宗教和天主教的種種相似現象歸之於魔鬼的惡作劇。這是基督教會慣用的伎倆。早在公元 2、3 世紀,Justin Martyr 和其他教會神父就已經提出了所謂"魔鬼抄襲理論"(the theory of demonic plagiarism),這種理論將所有在天主教會各種儀式的組成部分和與天主教相敵對的各種禮拜儀式之間相類似的東西都歸結爲魔鬼的傑作。雖然,這些神父的打扮、他們所主持的儀式看起來和天主教會的一模一樣,但他們不是真的,他們是在魔鬼的幫助下從天主教那兒抄襲得來的。天主教的神父一方面與他們的異族同行認同,另一方面又以譴責他們爲魔鬼而自己武裝起來反對他們。這種魔鬼抄襲理論一直是天主教會將自己擺在了原初本有、獨家佔有純淨本源的位置,而置他人於派生的墮落狀態的工具。所以,當他們在西藏見到西藏宗教與天主教會如此之多的驚人的相似點時,重又拾起魔鬼抄襲理論這根棍子,砸在了達賴喇嘛及其由他所代表的西藏宗教頭上。一位來華的葡萄牙傳教士在清朝宮廷内談起西藏的宗教儀軌時激憤地説:"在這個地方,還有哪一片衣服、哪一種聖職、哪一種羅馬教廷的儀式是魔鬼没有複製過的。"羅馬天主教會對西藏佛教的妖魔化不僅是在歐洲啓蒙運動之前,而且在啓蒙之後,甚至在整個 19 世紀都具有很深的影響。[1]

---

〔1〕 參見 Lopez 上揭書,頁 25—34。

　　早在 18 世紀中葉,新教徒也已經開始別有用心地將西藏佛教與天主教相提並論了。他們的用意並不是像天主教徒處心積慮地尋求的那樣要解釋在偶像崇拜與羅馬天主教會之間的種種相似的可能性,而是爲了説明種種相似的必然性,因爲在新教看來羅馬天主教本來也就是偶像崇拜,與西藏的宗教是一丘之貉。一位 18 世紀的英國新教徒 Thomas Astley 在列舉了羅馬天主教和西藏佛教之間的這種共同點之後幸災樂禍地説:"這些[天主教]的傳教士見到羅馬的信仰與一種被公認爲是偶像崇拜的宗教如此一致,便張皇失措起來,於是出現了一個持續的神父玩弄詭計的鏡頭,他們用各種辦法來掩蓋這種類似。有些人提到它的教義的一部分,別的人則提不同的部分,沒有人述其全部。那些有時是最經綸滿腹的人也以十分隨意、鬆散的方式來朗誦它們,沒有方法,沒有次序。在所有這些僞裝之後,這種類似依然是如此令人矚目,以致有許多人爲了解釋它而採取了一個厚顏無恥的手法,假裝這種宗教是基督教,意思是羅馬教的一種墮落。有些人則證實在 7、8 世紀時,景教徒就已經使西藏和韃靼人歸依他們了;另有些人則説,早在使徒時代信仰就已經傳播到那裏了。我們稱此爲不要臉的手法,因爲他們知道,按照漢文史書的記載,佛教在基督之前的一千多年前就已經流行了。"[1] Astley 還進一步將羅馬天主教會的傳教士在中原和西藏傳教的失敗歸咎於天主教與佛教的這種類似,因爲佛教徒在這種歸依中注定一無所獲。必須指出的是,儘管立意、説法不一,但在妖魔化西藏這一點上,新教和天主教之間沒有任何本質的區別。新教自比原始佛教,而將天主教比作西藏佛教或喇嘛教,前者是可靠的、精神的、人道的、自由的,而後者是派生的、妖魔的、崇拜偶像的、墮落的。

殖民主義話語與現代西藏學的誕生

　　19 世紀,歐洲人以政治、軍事和科學征服了世界,歷史進入了一個殖民主義時代。在殖民主義的氛圍中,歐洲人自我陶醉於民族、種族的優越感中,對處於其殖民統治之下的民族及其文化和宗教充滿了鄙視。可想而知,這個時代西方對東方各民族文化是不可能給予像他們時時標榜的理性的評估的。正是在這個時期,中國西藏和中原被許多歐洲學者和殖民官員看作是東方專制主義(Oriental despotism)的典型。西方人對西藏及其宗教的看法如果説沒有獲得比以前更壞的話,至少沒有什麽根本性的改變。

---

　　[1]　Thomas Astley, *A New Collection of Voyages and Travels Consisting of The most Esteemed Relations Which have been Hitherto Published in any Language Comprehending Everything Remarkable in its Kind in Europe, Asia, Africa, and America, 1745 - 1747*, p. 220.

　　1889 年，德國萊比錫出版的瑪雅百科詞書（*Meyers Konversations-lexikon*）對西藏的形象作了如下的"科學"總結："西藏人的性格可以以對上阿諛奉承、對下耀武揚威來概括。居民在社會上被分成精神的和世俗的兩類。可惜不管是世俗的、還是寺院的男女精神貴族對百姓的道德風化都没有産生好的影響。僧人不學無術，且放蕩自縱。宗教習俗爲迷信張目，轉經筒的運用舉世聞名。人在任何别的場合都需要一個擅於裝神弄鬼的喇嘛來爲其召唤鬼神。而真正的宗教禮拜又被那些壯觀的儀式、音樂和香火搞得人精神惶惑。"[1]

　　而德國大哲學家黑格爾對西藏宗教的評價雖然措辭更具哲學意味，但實質卻與一個世紀前 Picart 所說的大同小異。在他於 1824 年和 1827 年作的《宗教哲學講座》（*Lectures on the Philosophy of Religion*）和他作於 1822 年和 1831 年的《歷史哲學講座》（*Lectures on the Philosophy of History*）中，黑格爾指出達賴喇嘛作爲一個活着的人被當作神來崇拜是荒唐的："一般説來，抽象的理解就反對神—人這樣的概念。作爲缺陷當被指出的是，這兒被指派給這個精神的那個形式是一個直接的、未經雕琢的、缺乏思考的東西，事實上，它不過就是一個具體的人而已。這兒所有人的特徵都和剛剛提到的神學觀念拉上了關係。"[2]

　　總而言之，對於西方殖民主義者來説，西藏是一個落後的、不開化的地方，西藏的宗教及其代表人物都荒誕不經。佛教使西藏人變得弱不禁風、不堪一擊。所以，他們遭到外來勢力的入侵實在是自作自受。翻開榮赫鵬（Francis Younghusband）的《印度和西藏》一書，我們清楚地看到，他就是如此厚顏無恥地爲其武裝入侵西藏辯護的。儘管西藏最終没有成爲西方帝國主義勢力的直接的殖民地，但他一直在西方殖民者的視野之内，是英、俄兩大勢力在中亞地區角逐的所謂大遊戲（Great Game）的爭奪焦點。早在 1775 年和 1783 年，英國政府就分別派出其殖民官員 Bogle 和 Turner 出使西藏，旨在打開西藏的門户，爲其在此從事商業、貿易活動提供便利。而其在西藏推行殖民擴張政策的最高潮是榮赫鵬率軍於 1903—1904 年武裝入侵聖城拉薩。

　　西方帝國主義在東方殖民擴張的成功給西方衆多的東方研究者提供了前所未有的機會，使他們可以直接面對東方，並隨意地掠奪東方民族的精神、文化財富。西方東方學的産生在很大程度上是西方殖民擴張的直接産品，它是在這種殖民主義的背景下於

〔1〕　*Meyers Konversationslexicon*, 4. Aufl. , Leipzig 1889, p. 689.
〔2〕　G. W. F. Hegel, *The Philosophy of History*, trans. J. Sibree（New York：Dover）, p. 170.

19 世紀中葉應運而生的。今天人們習慣於稱匈牙利人喬瑪（Alexander Csoma de Koros, 1784－1842）爲"西藏學之父"。這位具有語言天才,據稱懂得十七種語言的匈牙利人本來的志向與當一名西藏學家並不相干,他於 1819 年離開家鄉、首途東方的動機是尋求匈牙利人的根,是一種民族主義利益的驅使。而在 1823 年他與英國東印度公司的殖民官員 William Moorcroft 在拉達克的相遇徹底地改變了他的命運。後者勸喬瑪暫時推遲爲匈牙利語尋根的計劃,而首先騰出時間來學習藏語文,因爲"一種語言知識本身是一種不無一定商業價值、或者政治價值的收獲"。在 Moorcroft 的安排和資助下,喬瑪開始在喇嘛的指導下學習藏語文。經過七年的努力,他不負重托,完成了英印政府交給他的"沉重職責"（heavy obligations）。1832 年（英文原文爲 1830 年）,他離開西藏西南邊境,前往加爾各答。在那兒他出版了一部藏英字典,一本藏文文法和一本 9 世紀藏語佛學術語詞典《翻譯名義大全》的英譯本,以及許多關於西藏佛教文獻的論文。儘管我們在喬瑪的這些著作中看到了對西藏學術研究的開始,但實際上,他不過是賽義德所稱的"一位天才的外行"（a gifted amateur enthusiast）。他不是在歐洲的大學內工作,而是在"實地",在沿印、藏西南邊境的不同地點工作。喬瑪代表的爲其民族尋根的民族主義利益和以 Moorcroft 代表的堅信西藏語知識將有益於大英帝國的帝國主義利益的巧合,促成了一門學科和職業"西藏學"的誕生。[1]

有意思的是,雖然今天的西藏學家面對喬瑪當時所取得的學術成就仍然會由衷地表現出對這位天才學者的欽佩,而喬瑪的那些著作作爲首批藏文文獻的直接翻譯卻並沒有能給他的同時代人創造一個新的西藏形象。法國探險家 Victor Jacquemont 讀了喬瑪的這些譯文後發表感慨説:"這些東西不可言説的無聊。他大概用了二十個章節來論述喇嘛應該穿什麼樣的鞋合適。而在其他章節内也都是些充斥全書的荒誕不經的廢話,如神父被禁止在渡過一條激流時抓住一條牛的尾巴。這兒有的是恢宏地論述鷹頭獅身有翅膀的怪獸、龍和馬身獨角獸的身體特徵,以及有翅膀的馬的蹄子的值得佩服的優秀博士論文。根據我所聽到的關於這些人的説法和喬瑪先生的譯文告訴我們的這些東西來判斷,人們或許可以將他們當作是一個瘋子加傻子的種族。"[2]

要説喬瑪被帝國主義利用還有其巧合的成分,而另一位天才的早期西藏學家印度

---

〔1〕 參見 Lopez,《拜倒在喇嘛腳下的外國人》（Foreigner at the Lama's Feet）,揭載於 Lopez 編,《佛之管家:殖民主義下的佛教研究》（Curators of the Buddha. The Study of Buddhism under Colonialism. Chicago: The University of Chicago Press, 1995）,頁 256—259。

〔2〕 Victor Jacquemont, Letters from India, 1829－1832, trans. Catherine Alison Philips (London: Macmillan, 1936), p. 324.

人 Sarat Chandra Das 則是地地道道的、由殖民政府豢養的印度特務。Das 爲後人留下了一部至今仍是藏學家案前必不可少的《藏英梵字典》(*A Tibetan-English Dictionary with Saskrit Synonyms*)，但這部字典實際上不過是他從事正業之外的副產品。他的正業是爲其雇主印英政府在西藏收集政治、軍事和經濟情報。直到 19 世紀中，在英國官方地圖上位於中國中原和印度之間的西藏地方還是一塊空白。這當然是日不落帝國的殖民主義者所無法容忍的，亟待從地理學的角度予以開發。而這種開發從來就不僅僅是科學一家能完成的事情。他們用了各種各樣的辦法派特務潛入西藏，收集情報和作地理測量，但總是不太成功。最終他們找到了一個絕妙的辦法，即讓印度當地的學者在經受他們的諜報訓練後，假扮成去西藏朝聖的香客，沿途進行地理測量，並收集一切有關的情報。於是，在印度和西藏之間許多朝聖要道上，出現了一個又一個手拿轉經筒、口念六字真言的印度班智達。可就在轉經筒中藏有其主子提供的精密的測繪儀器和密密麻麻的記着各種各樣情報的小紙條。而 Das 就是這些班智達中最著名的一個。[1]

佛教最不肖的子孫——喇嘛教

在殖民擴張的幫助下，越來越多的傳教士來到了西藏與藏語文化區。與 Desideri 這樣的早期傳教士不同的是，這個時期很少有人對西藏的宗教作客觀的了解和研究。殖民主義者的強烈的文化優越感使他們完全失去了宗教對話的興趣，在他們眼裏，西藏宗教實在不能稱之爲宗教。前引那位加拿大女教士 Rijnhart 的那段話可算是那一代傳教士對西藏文化之評價的典型。與此同時，在歐洲的大學、研究所中的佛教研究者也以藏傳佛教爲佛教的變種、墮落，認爲它實際上不能算是佛教，而是所謂的喇嘛教。

在 19 世紀的歐洲，特別是在維多利亞時代的英國，佛教大受歡迎。佛陀被視爲印度雅利安人的歷史上出現的最偉大的哲學家，他的教法是一個純粹的哲學、心理學體系，它建立在理性和謹慎的基礎之上，反對儀軌、迷信和祭司制度，佛教內部沒有等級制度，它向世人顯示個人如何能夠在不帶傳統宗教的標識的前提下過一種道德的生活。英國偉大的東方學家們在佛教中看到了理性和人道。當然，這樣的佛教既不見於今天的印度，也從未出現在漢地和西藏。它早已死亡；如果説今天它還存在的話，那麼它就在大英帝國，被控制在帝國內最優秀的東方學家手中。正如 Philip Almond 指出的那

---

〔1〕 Derak Wellor，《班第——英印對西藏的偵測》(The Pundits：British Exploration of Tibet)，《西藏與中原關係國際學術研討會論文集》，臺北，1993 年，頁 433—510。

樣："至 1860 年,佛教不再存在於東方,而是存在於西方的東方圖書館和研究所中,存在於它的文本和手稿中,存在於解釋這些文獻的西方學者的書桌上。佛教成了一種文本物(textual object),通過它本身的文本性而得到定義、分類和解釋"。精通希臘和拉丁文的歐洲佛教學者選中他們自己認爲最接近於佛祖本意的梵文、巴利文佛經作爲其研究對象,並據此創造了他們自己的"古典佛教"版本,這些學者中的大部分畢生没有到過亞洲,因爲完全没有必要,他們在他們的圖書館中擁有了佛教。對他們而言,根據這些古典佛經推廣的古典印度佛教已經死亡,已不再能與歐洲的知識相對抗。亞洲現存的佛教,不管是斯里蘭卡,還是中國、日本的佛教都是野狐禪,是變種,他們對佛法的解釋不可靠、他們的教徒没學問,不足以擔當傳承佛法真諦的重任,而這個重任責無旁貸地落到了歐洲佛教學者的肩上,他們纔是這種古典傳統的真正和合法的傳人。

歐洲佛教學者,特別是英國學者對佛教研究之興趣的上昇與 19 世紀下半葉出現的"反教皇制度"(No Popery)運動有密切的關聯。此時這個被他們自己創造和控制的、從未在歷史上的任何地方存在過的所謂"原始佛教"被比作東方的新教,所以推奉、讚美這個莫須有的"原始佛教"實際上也就是讚美新教自己。同樣,爲了使他們對羅馬天主教的攻擊更加有力,他們也必須爲它找一個來自東方的陪襯,於是大乘佛教,特別是它的最可怕的變種、屬於密宗系統的西藏佛教被揪出來作爲墮落的、非理性的宗教的典型的命運也就在劫難逃了。西藏佛教帶着它的狡猾、昏庸的教士、死氣沉沉的祭司制度理所當然地被譴責爲佛教最蜕化的形式。在這種學術殖民主義濃烈的氛圍中,藏傳佛教擁有了一個帶有侮辱性的、至少充滿貶義的名字——喇嘛教。

上千年來,世世代代的西藏人祇知道他們自己信仰和奉行的宗教叫佛教。直到他們於 20 世紀 60 年代開始與外界接觸之後纔知道他們的宗教還有另一個名字叫做喇嘛教(Lamaism)。正如被激怒的西藏人常常發問的那樣,佛教在中原漢地叫漢傳佛教,在日本叫日本佛教,爲什麼佛教到了西藏不叫作西藏佛教或藏傳佛教呢? 爲什麼漢地、日本,乃至泰國的佛教不叫作和尚教,而藏地的佛教偏偏要被叫作喇嘛教呢? 在藏傳佛教與喇嘛教這兩種不同的稱呼裏隱含着不同的涵義。藏傳佛教一如漢地佛教或泰國佛教,指的是屬於世界宗教之一的佛教的一個地方版本,而喇嘛教這個稱呼則還帶有其他附加的内涵和聯想,它帶有一種褒貶的成分。儘管喇嘛教這個稱號由來已久,但它更是19 世紀殖民主義的產物。在此之前,人們用喇嘛教這個稱號或許還帶有一定的偶然性,而 19 世紀西方的那些佛教研究專家們則有意識地使用了這個稱號,因爲在他們眼裏西藏的宗教是一種極其怪誕的、缺乏任何原始佛教精神的非自然傳承系統的大雜燴,是一種西藏獨一無二的變種。自認爲是原始佛教之合法傳人的西方佛學家甚至不承認西藏宗教是佛教大家庭中的子孫，因此，它不配被叫作佛教，它最合適不過的名字就應當是喇嘛教。

1835 年，歐洲傑出的蒙古學家 Isaac Jacob Schmidt（1779—1847）發表了一篇題爲《關於喇嘛教和這個名稱的無意義性》（Ueber Lamaismus und die Bedeutungslosigkeit dieses Namens）的文章。文中，Schmidt 一針見血地指出，喇嘛教這個名稱純粹是歐洲人的發明，因爲他們假想在佛教和所謂喇嘛教之間存在有本質的區別。Schmidt 寫這篇文章的目的就在於向世人證明兩者之間根本就不存在這種被假想的區別，同時要顯示西藏和蒙古的宗教在何種程度上代表了佛教歷史上的一個特殊的表現形式。[1] 遺憾的是，Schmidt 先生這樣的吶喊與當時歐洲東方學界的殖民主義大合唱相比，其聲音實在太微不足道了。

據 Lopez 先生考證，在歐洲語言中最早出現"喇嘛教"這個名稱是在德國自然學家 Peter Simon Pallas 於 1788 年出版的名爲《描述可居住的世界》（The Habitable World Described）、記載他於 1769 年爲聖彼得堡皇家科學院在凱薩琳女皇之國土內所作旅行的報導中。在此書中，作者大段記錄了有關卡爾梅克人的宗教情況，其中提到了"喇嘛的宗教"（religion of lama）和"喇嘛教的教條"（Tenets of Lamaism）。以後，"喇嘛教"這個名稱也就斷斷續續地被西方人運用開來。[2]

而最早有意識地使用喇嘛教這個名稱，並對藏傳佛教橫加淩辱的是一位大英帝國的殖民官員 L. Austine Waddell。Waddell 自 1885—1895 年爲英國政府派駐錫金的殖民官；1904 年，他作爲侵略者榮赫鵬遠征軍的最高醫務長官到達拉薩。在其錫金任內，他出版了他那本流毒甚廣的著作《西藏佛教或喇嘛教》（The Buddhism of Tibet, or Lamaism）。Waddell 利用他殖民官員的種種優勢，在大吉嶺購買了一座藏傳佛教寺廟和廟中所有的藏品，並出錢請人爲他演示所有的宗教儀軌，並解釋其象徵意義。通過這種方式，Waddell 累積了有關藏傳佛教的豐富的知識。爲了控制、利用藏人，在他們當中建立起他的權威，他蓄意地欺騙他們説他是來自西方的無量光佛阿彌陀佛的轉世；而面對他的歐洲聽衆，他又明確地告訴他們他不是佛的轉世，而是一位理性的觀察家、研究者，從而在他們面前同樣建立起了他對西藏佛教的權威地位。儘管 Waddell 最多不

---

〔1〕　此文發表在 Bulletin Scientifique Publie par L A cademie Imperiale des Sciences de Saint-Petersbourg I. No. I（1836）。關於他的生平和著作見沈衛榮，《聯邦德國的西藏學研究和教學》，臺北："蒙藏委員會"，1994 年。

〔2〕　Lopez，《香格里拉的囚徒》，頁 23。

過是另一位有天賦的外行,但他卻非常努力地與英國大學、研究所中的那些自命爲原始佛教最合法的傳人的教授大人們保持同樣的腔調,爲當時甚囂塵上的東方主義推波助瀾。在 Waddell 眼裏,"喇嘛教崇拜包含了許多根深蒂固的鬼神崇拜","在喇嘛教中祇有一層薄薄的、塗抹不勻的佛教象徵主義的光澤,在此背後黑洞洞地出現的是邪惡增長着的多種迷信"。Waddell 毫無顧忌地詆毀藏傳佛教,他認爲大部分藏傳佛教的修行儀軌不過是作可笑的啞劇,藏文佛教文獻"絕大部分祇是無聊透頂的、用詞彙堆積起來的荒野,是一些過時的垃圾。可是那些喇嘛們卻自欺欺人地相信所有的知識都秘藏在他們那些發霉的經典中,除了這些經典以外沒有什麼東西值得他們認真注意"。[1]

經過 Waddell 這種對藏傳佛教的"權威"的詮釋,藏傳佛教在被作爲原始佛教的最不肖子孫而受到譴責的過程中達到了它的最低點。它在西方的東方主義意識形態的複雜遊戲中被視爲雙重的"他者"(Double other):隨着梵文、巴利文文獻之譯文的發現,佛教作爲那種在東方的智慧中看到歐洲之精神的解放的浪漫化東方主義的他者,而被西方創造了出來,並控制在手中。這個他者即代表理性的所謂原始佛教。而西藏佛教又被構劃爲這種原始佛教的他者,它不是理性宗教的產物,而是印度傳統之變種,即大乘佛教或金剛乘佛教的產物。藏傳佛教是一種墮落的佛教,它最合適的稱號當是喇嘛教。而喇嘛教對於那些殖民主義者來說,它的存在價值祇在於它是原始佛教必不可少的陪襯。這兒我們見到了一種表現極爲精彩的高低關係遊戲。在一種等級關係中佔主導地位的成員爲了其地位和聲望要消滅佔附屬地位的成員。但他又做不到,因爲他的高正是借助別人的低纔顯示出來的。Waddell 想把西藏佛教排除在佛教的圈子之外,把它説成是喇嘛教,是他所控制的原始佛教的變種。但他又不能將西藏佛教從佛教的大家庭中排除出去,因爲正是西藏佛教的存在纔使他的原始佛教變得原始。總而言之,Waddell 通過對西藏佛教的貶低,通過他對喇嘛教的描述,建立起了一種對西藏的意識形態上的主導地位,而這是英國對西藏實行殖民統治的必要前提。

結　　語

今天,達賴喇嘛和以他爲象徵的西藏文明在西方受到了前所未有的讚美和崇拜。那些對達賴喇嘛和西藏文化心馳神往、頂禮膜拜的西方人大概不曾想到,也不敢相信,

---

〔1〕 L. Austine Waddell, *Tibetan Buddhism: With Its Mystic Cults, Symbolism and Mythology, and in Its Relation to Indian Buddhism*, New York: Dover Publications 1972, pp. 10,14,157.

他們的前輩曾以如此不屑的眼光,如此刻薄的語言和如此非理性的筆調來看待、描述和刻劃西藏和西藏文明。每個有正義感和道德勇氣的人理當爲其前輩對於西藏文明的這種不公正的、非理性的態度感到羞愧。羞愧之餘,更當捫心自問:今天他們對達賴喇嘛和西藏文化的迷醉多少是出於對西藏文明本身由衷的、理性的讚嘆?多少是出自於對自身文明發展的失望與對一個能拯救西方文明的原始東方文化、一個莫須有的理想國的熱望?將達賴喇嘛、西藏文化理想化、神話化,將西藏等同於人間淨土——香格里拉聽起來不俗,更讓飽受殖民主義苦難的西藏人民歡欣鼓舞,但本質上卻與對他的醜化、妖魔化一樣,首先反映的是西方人的利益,反映的是西方文明發展本身的軌迹。在對西藏神話化、精神化的同時,一個現實的、物質的西藏在西方人的視野中消失了。對西藏投入了自己的理想與熱情的當代西方人無意間正在重蹈其先人的覆轍。不知這種脱離現實的理想和熱情究竟能持續多久,能給西藏人民帶來何等樣的前景?或許給他們以當頭棒喝,讓他們走出香格里拉的迷宮,看看現實的雪域蕃地,更能給西藏人民帶來他們自己所期望的利益和福祉。

(原載《西藏學學術研討會論文集》,臺北:"蒙藏委員會",2000 年,頁 135—165)

作者論著目録

一、主編、合編

2006 年：

《漢藏佛教藝術研究——第二屆國際西藏藝術討論會文集》，謝繼勝、沈衛榮、廖暘主編，北京：中國藏學出版社，2006 年。

《漢藏佛教研究叢書》，沈衛榮主編，北京：中國藏學出版社，2006 年 10 月至今，已出 6 種，即出 3 種。

《西域歷史語言研究叢書》，沈衛榮主編，北京：中國人民大學出版社，2006 年 10 月至今，已出 9 種，即出 5 種。

《西域歷史語言研究集刊》第 1—4 期，沈衛榮主編，北京：科學出版社，2006—2010 年。

2007 年：

《黑水城人文與環境研究》，沈衛榮、中尾正義、史金波主編，北京：中國人民大學出版社，2007 年。

《西域譯叢》，上海：上海古籍出版社，2007 年 4 月始，已出 2 種。

2009 年：

《漢藏交融——金銅佛像集萃》，王家鵬、沈衛榮主編，北京：中華書局，2009 年。

2010 年：

《賢者新宴——王堯先生八秩華誕藏學論文集》，沈衛榮、謝繼勝主編，北京：中國藏學出版社，2010 年。

二、專著、合著

1996 年：

《一世達賴喇嘛傳》，《蒙藏學術叢書》6，臺北：唐山書局，1996 年。

2001 年：

《幻化網秘密藏續》，《寧瑪派叢書》修部 6，香港：密乘佛學會，2001 年。

《幻化網秘密藏續釋：光明藏》，《寧瑪派叢書》釋部 6，香港：密乘佛學會，2001 年。

2002 年：

Leben und historische Bedeutung des ersten Dalai Lama dGe 'dun grub pa dpal bzang po（1391－1474）— Ein Beitrag zur Geschichte der dGe lugs pa-Schule und der Institution der Dalai Lama, Monumenta Serica Monograph Series XLIX, pp. 1－476, ISBN 3－8050－0469－9, Styler Verlag, Institut *Monometa Serica*, St. Augustin, Germany, 2002.

2005 年：

《〈聖入無分別惣持經〉對勘及研究》，與邵頌雄、談錫永合作，臺北：全佛文化事業有限公司，2005 年。

2007 年：

《〈聖入無分別惣持經〉對勘及研究》（修訂版），與邵頌雄、談錫永合作，北京：中國藏學出版社，2007 年。

2010 年：

《西藏歷史和佛教的語文學研究》，上海：上海古籍出版社，2010 年（即出）。

《黑水城出土藏傳密教文獻研究初編》，北京：中國人民大學出版社，2010 年（即出）。

《大乘要道密集研究初編》，北京：中央民族大學出版社，2010 年（即出）。

《尋找香格里拉——沈衛榮學術隨筆集》，北京：中國人民大學出版社，2010 年。

三、論　文

1984 年：

《關於木華黎家族世系》，《元史及北方民族史研究集刊》第 8 輯，1984 年，頁 116—120。

1985 年：

《淺釋吐蕃三路》，《甘肅民族研究》1985 年第 3—4 期，頁 97—104。

《〈漢藏史集〉所載〈桑哥傳〉譯注》，《元史及北方民族史研究集刊》第 9 輯，1985

年,頁 89—93。

1986 年:

《西夏王族遷入西藏時間質疑》,《甘肅民族研究》1986 年第 2 期,頁 62—63。

1987 年:

《元代西藏佛學大師布敦的生平及其著述》,《元史及北方民族史研究集刊》第 11 輯,1987 年,頁 29—42。

《一部珍貴的藏文史集——〈漢藏史集〉》,《西藏研究》1987 年第 2 期,頁 134—138。

《國外對蒙元時期西藏史研究綜述》,《青海民族學院學報》1987 年第 2 期,頁 51—59。

1988 年:

《烏思藏十三萬户與元代西藏行政管理體制(一)》,《西藏研究》1988 年第 1 期,頁 54—61。

《烏思藏十三萬户與元代西藏行政管理體制(二)》,《西藏研究》1988 年第 2 期,頁 38—47。

《論元與元以前的沙魯派》,《中國藏學》1988 年第 3 期,頁 62—76。

《試論藏族的史學和藏文史籍》,與王堯合作,《史學史研究》1988 年第 2 期,頁 32—38。

《試論藏族的史學和藏文史籍(續)》,與王堯合作,《史學史研究》1988 年第 3 期,頁 22 、41—49。

《簡論漢藏史集》,與陳慶英合作,《青海社會科學》1988 年第 4 期,頁 95—101。

《元朝中央政府對西藏的統治》,《歷史研究》1988 年第 3 期,頁 136—148。

《評美國藏學家魏里的〈明朝的喇嘛進貢〉——兼論元明時期的西藏政策》,《西北民族研究》1988 年第 2 期,頁 217—226。

《中亞史學家卡爾·揚教授》,《蒙古學信息》1988 年第 2 期,頁 30。

1989 年:

"The Thirteen Myriarchs of dBus and gTsang and the Mongol-Yuan Institution in Tibet," *Tibetan Studies*, Journal of the Tibetan Academy of Social Sciences, No. 2, Lhasa 1989, pp. 46 - 74.

《元代噶瑪巴研究二題》,《中國藏學》1989 年第 4 期,頁 69—84。

《元朝國師膽巴非噶瑪巴考》,《元史及北方民族史研究集刊》第 12、13 輯, 1989—1990 年。

1990 年:

《烏思藏十三萬户考》,《歷史地理》第 7 輯, 上海: 上海人民出版社, 1990 年, 頁 112—125。

1992 年:

《元朝對西藏的統治及其對後世的影響》,《西藏與中原關係國際學術研討會論文集》, 臺北: "蒙藏委員會", 1992 年, 頁 79—101。

《奈巴教法史》,《文獻》1992 年第 3 期, 頁 237—246。

1994 年:

《聯邦德國的西藏學研究和教學》, 臺北: "蒙藏委員會", 1994 年, 頁 1—65。

1995 年:

《吐蕃七賢臣事迹考述》,《中國藏學》1995 年第 1 期, 頁 29—43。

《明代烏思藏大慈法王釋迦也失事迹考》,《兩岸蒙古學藏學學術研討會論文集》, 臺北: "蒙藏委員會", 1995 年, 頁 273—314。

《論烏思藏十三萬户的建立》,《元史論叢》第 5 輯, 北京: 中華書局, 1995 年, 頁 76—96。

1996 年:

"Review of Alice Sarkoezi, *Political Prophecies in Mongolia in the 17 - 20th Centuries*," *Monumenta Serica* 44 (1996), St. Augustin, pp. 530–537.

《扎什倫布寺建寺施主考》,《内陸亞洲歷史文化研究——韓儒林先生紀念文集》, 南京: 南京大學出版社, 1996 年, 頁 525—543。

1997 年:

《一世達賴喇嘛傳略》, 王堯主編,《佛教與中國傳統文化》, 北京: 宗教文化出版社, 1997 年, 頁 808—878。

1999 年:

《關於一世達賴喇嘛的三種傳記》,《賢者新宴》第 1 輯, 北京: 北京出版社, 1999 年, 頁 179—210。

《明封司徒鎖巴頭目剌咎肖考》,《故宮學術季刊》第 17 卷第 1 號, 臺北: 1999 年, 頁 103—136。

2000 年:

《寂忿尊密意自解脱:論西藏死書之歷史源流》,《賢者新宴》第 2 輯,石家莊:河北教育出版社,2000 年,頁 69—91。

《評宿白先生的〈藏傳佛教寺院考古〉》,《賢者新宴》第 2 輯,石家莊:河北教育出版社,2000 年。

《簡述西方視野中的西藏形象:以殖民主義話語中的妖魔化形象爲中心》,《西藏學學術研討會論文集》,臺北:"蒙藏委員會",2000 年,頁 135—166。

2003 年:

"Magic Power, Sorcery and Evil Spirit: The Image of Tibetan Lamas in Chinese Literature during the Yuan Dynasty (1260‐1366)," *Proceeding of Seminar on the Relationship between Religion and State (chos srid zung 'brel) in Traditional Tibet*, March 4‐7, 2000, Lumbini, Nepal. Lumbini: International Research Institute, 2003, pp. 151‐186.

《西夏黑水城所見藏傳佛教儀軌文書研究 I:〈夢幻身要門〉》,《當代藏學學術研討會論文集》,臺北:"蒙藏委員會",2003 年,頁 383—473。

《神通、妖術與賊髠:論元代文人筆下的番僧形象》,《漢學研究》第 21 卷第 2 號,臺北: 2003 年,頁 219—247。

《元、明代ドカムのリンシアン王族史考證——〈明實録〉チベット史料研究(一)》,《東洋史研究》卷 LXI 第 4 號,2003 年,頁 76—114。

2004 年:

《幻想與現實:〈西藏死亡書〉在西方世界》,《賢者新宴》第 3 輯,石家莊:河北教育出版社,2004 年。

2005 年:

"Study of Chinese manuscripts concerning Tibetan tantric practice found in Kharakhoto of the Tangut empire: Essentials for the Dream Yoga," *Cahiers d'Extrême-Asie*, No. 15, 2005, pp. 189‐232.

"The first Dalai Lama Gendün drup," *The Dalai Lamas: A Visual History*, Edited by Martin Brauen, Chicago: Serindia Publications, 2005, pp. 32‐41.

"Tibetan Tantric Buddhism at the Court of the Great Mongol Khans" — Sa skya panita and 'Phags pa's works in Chinese during the Yuan Period, *Questiones*

Mongolorum Disputatae: Journal of Association for International Studies of Mongolian Culture, Ed. By H. Futaki and B. Oyunbilig, Tokyo, 2005, pp. 61–89.

"Notes on the four Tibetan *Si tu* conferred by the Ming emperor Yongle in 1413," *Zentralasiatische Studien*, Bonn 2005.

"Der erster Dalai Lama Gendün Drubpa," *Die Dalai Lamas. Tibets Reinkarnationen des Bodhisattva Avalokitesvara*. Hrsg. Martin Brauen, Völkerkundmuseum der Universität Zürich, Stuttgart: Arnoldsche Art Publishers, 2005, S. 32–41.

《近代西藏宗派融合派大師密彭尊者傳略》,《民族學報》第 24 期,臺北:政治大學民族學系,2005 年,頁 11—45。

《無垢友尊者及其所造〈頓入無分別修習義〉研究》,《佛學研究中心學報》,臺北:臺灣大學佛學研究中心,2005 年,頁 81—118。

《懷柔遠夷話語中的明代漢藏政治與文化關係》,《國際漢學》第 13 輯,2005 年,頁213—240。

《西藏文文獻中的和尚摩訶衍及其教法:一個創造出來的傳統》,《新史學》第 16 卷第 1 號,臺北:2005 年,頁 1—50。

2006 年:

"Religious faith and its environmental necessity: a case study of Tibetan Buddhism in Khara Khoto area," *Questiones Mongolorum Disputatae: Journal of Association for International Studies of Mongolian Culture*, Ed. By H. Futaki and B. Oyunbilig, Tokyo, 2006.

《漢、藏文版〈聖觀自在大悲心惣持功能依經錄〉之比較研究——以俄藏黑水城漢文 TK164、165 號、藏文 X67 號文書爲中心》,黄繹勛等編,《第五屆中華國際佛學會議中文論文集——觀世音菩薩與現代社會》,臺北:法鼓文化,2006 年,頁307—347。

《重構十一至十四世紀西域佛教史》,《歷史研究》2006 年第 5 期,頁 23—34。

《元明兩代朵甘思靈藏王族歷史考證》,《中國藏學》2006 年第 2 期,頁 144—159。

《序說有關西夏、元朝所傳藏傳密法之漢文文獻——以黑水城所見漢譯藏傳佛教儀軌文書爲中心》,《歐亞學刊》第 7 期, 2006 年。

《元代漢譯卜思端大師造〈大菩提塔樣尺寸法〉之對勘、研究》,《漢藏佛教藝術研究研究——第二屆國際西藏藝術討論會論文集》,北京:中國藏學出版社,2006,頁77—108。

《再論〈彰所知論〉與〈蒙古源流〉》,《"中央研究院"歷史語言研究所集刊》第77卷第4分,臺北:"中央研究院"歷史語言研究所,2006年,頁697—727。

《11—14世紀における西域佛教史の再構築——カラホト文書を中心に》,《東アジアにおける國際秩序と交流の歷史的研究ニエスレタ》,京都:京都大學文學部,2006年,No. 4,頁3—6。

2007年:

"IOL Tib. 52: Another Version of the Tibetan Translation of the *Avikalpapraveśa-dhāraṇī*," *Journal of Buddhist Studies*, Edited by Dhamajoti, Hong Kong, 2007.

"On the history of the Gling tshang Principality of mDo khams during Yuan and Ming Dynasty," *Festschrift in honor of Professor Dieter Schuh's Sixtieth Birthday*, Ed. by Professor Peter Schwieger, Bonn, 2007.

"A Preliminary Investigation into the Tangut Background of the Mongol Adoption of Tibetan Tantric Buddhism," *Proceedings of the 11ᵗʰ Seminar of International Association of Tibetan Studies*, Bonn, 2007.

"Accommodating Barbarians from Afar": Political and Cultural Interactions between Ming China and Tibet, *Ming Studies*, 2007.

《初探蒙古接受藏傳佛教的西夏背景》,《西域歷史語言研究集刊》第1輯,北京:科學出版社,2007年,頁273—286。

《西夏、蒙元時代的大黑天神崇拜與黑水城文獻——以漢譯龍樹聖師造〈吉祥大黑八足贊〉爲中心》,《賢者新宴》第5輯,上海:上海古籍出版社,2007年,頁153—167。

《宗教信仰和環境需求:十一至十四世紀藏傳密教於黑水城地區的流行》,沈衛榮、中尾正義、史金波主編,《黑水城人文與環境研究》,北京:中國人民大學出版社,2007年,頁310—328。

《〈大乘要道密集〉與西夏、元朝所傳西藏密法——〈大乘要道密集〉系列研究導論》,《中華佛學研究》第20期,頁1—50。

《西夏文藏傳續典〈吉祥遍至口合本續〉源流、密意考述(上)》,《西夏學》第2輯,銀川:寧夏人民出版社,2007年。

《宗教信仰與環境的必然性》（日文），《綠洲地域史論叢》，京都：松香堂，2007 年。

《懷柔遠夷話語中的明代中國西藏政治文化關係》（日文），《中國東亞外交交流史研究》，京都大學學術出版會，2007 年。

2008 年：

"Background books and A Book's Background: Images of Tibet and Tibetan Buddhism in Chinese Literature," *Volume thematique franco-anglais de l'EFEO: L'IMAGE DU TIBET AUX XIX-XXe SIECLES*, Paris, 2008.

《漢、藏譯〈佛説聖大乘三皈依經〉對勘——俄藏黑水城文書 TK121、122 號研究》，《西域歷史語言研究集刊》第 2 輯，2008 年，北京：社會科學出版社。

《漢、藏譯〈聖大乘勝意菩薩經〉研究——以俄藏黑水城漢文文獻 TK145 文書爲中心》，《中國邊疆民族研究》第 1 輯，北京：中央民族大學出版社，2008 年，頁 1—6。

《黑水城出土西夏新譯〈心經〉對勘、研究——以俄藏黑水城文獻 TK128 號文書爲中心》，《西域文史》第 2 輯，北京：科學出版社，2008 年，頁 217—229。

2009 年：

《漢藏佛學交流和漢藏佛教藝術研究》，《漢藏交融——金銅佛像集萃》，王家鵬、沈衛榮主編，北京：中華書局，2009 年。

《背景書和書之背景：説漢文文獻中西藏和藏傳佛教形象》，《九州島學林》，香港城市大學，2009 年 11 月。

《漢藏佛學比較研究芻議》，《歷史研究》2009 年第 1 期，頁 51—63。

《八思巴帝師造〈略勝住法儀〉研究》，《中國邊疆民族研究》第 2 輯，北京：中央民族大學出版社，2009 年，頁 156—179。

2010 年：

"Reconstructing the History of Buddhism in Central Eurasia (11th – 14th Centuries): An Interdisciplinary and Multilingual Approach to the Khara Khoto Texts," In: A. Chayet, C. Scherrer-Schaub, F. Robin & J.-L. Achard (eds.), *Edition, éditions: l'écrit au Tibet, évolution et devenir*. (Collectanea Himalayica; 3), München: Indus Verlag, 2010 [p. 26].

"Chinese Tantric Buddhist Literature under the Tangut Kingdom and Mongol Dynasty: Chinese translations of Tibetan Ritual Texts unearthed in Khara Khoto," Yu Taishan and Li Jinxiu eds., *Eurasia Studies*, Beijing, 2010.

《臺灣"故宮博物院"藏漢譯藏傳密教儀軌〈吉祥喜金剛集輪甘露泉〉源流考述》，和安海燕合作，《文史》2010 年第 3 期頁 175—218。

《漢藏文史研究的新思路、新成就——從王堯先生的〈水晶寶鬘〉談起》，《賢者新宴——王堯先生八秩華誕藏學論文集》，沈衛榮、謝繼勝主編，北京：中國藏學出版社，2010 年，頁 21—40。

《元代漢譯八思巴帝師造〈觀師要門〉對勘、研究》，《賢者新宴——王堯先生八秩華誕藏學論文集》，沈衛榮、謝繼勝主編，北京：中國藏學出版社，2010 年，頁 354—369。

四、譯　注

1985 年：

《釋 khrom：七—九世紀吐蕃帝國的行政單位》，烏瑞著，沈衛榮譯，《國外藏學研究譯文集》第 1 輯，拉薩：西藏人民出版社，1985 年，頁 131—138。

《蒙古在西藏的括户》，畢達克著，沈衛榮譯，《國外藏學研究譯文集》第 1 輯，拉薩：西藏人民出版社，1985 年，頁 206—216。

1987 年：

《忽必烈可汗的第一任西藏總督》，（美）魏里著，沈衛榮譯，《國外藏學研究譯文集》第 3 輯，拉薩：西藏人民出版社，1987 年，頁 82—105。

《元代藏族政治家桑哥》，（意）畢達克著，沈衛榮譯，《國外藏學研究譯文集》第 2 輯，拉薩：西藏人民出版社，1987 年，頁 208—230。

1989 年：

箋注《衛藏聖迹志》（A. Ferrari, *mKhyen brtse's Guide to the Holy Places in Central Tibet*, Roma 1958.），（意）費拉麗著，沈衛榮、汪利平譯，《國外藏學研究譯文集》第 5 輯，拉薩：西藏人民出版社，1989 年，頁 359—558。

《〈吐蕃王統記年〉中一個源自〈史記〉的段落》，（日）武内紹人著，沈衛榮譯，《國外藏學研究譯文集》第 6 輯，拉薩：西藏人民出版社，1989 年，頁 40—52。

《香巴噶舉：一支鮮爲人知的藏傳佛教宗派》，（美）瑪修·開普斯頓著，沈衛榮譯，《國外藏學研究譯文集》第 6 輯，拉薩：西藏人民出版社，1989 年，頁 122—135。

《拉加里家族瑣議》，（德）瑤青·卡爾斯頓著，沈衛榮譯，《國外藏學研究譯文集》第 6 輯，拉薩：西藏人民出版社，1989 年，頁 338—349。

《意大利藏學家圖齊的生平及其著述》,沈衛榮編譯,《國外藏學研究譯文集》第 6 輯,拉薩:西藏人民出版社,1989 年,頁 350—374。

1990 年:

《〈奈巴教法史〉考》,于伯赫著,沈衛榮譯,《國外藏學研究譯文集》第 7 輯,拉萨:西藏人民出版社,1990 年,頁 108—114。

《西藏的貴族與政府》[L. Petech, *Aristocracy and Government in Tibet* (*1728 – 1959*), Roma, 1973],與宋黎明合譯,北京:中國藏學出版社,1990 年。

《拉達克王國史》(L. Petech, *The Kingdom of Ladakh* c. 950 – 1842 AD. Serie Orientale Roma, LI. Roma, 1977),沈衛榮譯,北京:中國藏學出版社,即出。

五、學術隨筆

2006 年:

《閑話國學與西域研究》,《文景》2006 年第 7 期,頁 59—64。

《西方想象中的香格里拉》,《文景》2006 年第 10 期,頁 42—47。

2007 年:

《東方主義話語與西方佛教研究》,《文景》2007 年第 4 期,頁 16—25。

2008 年:

《構建中華民族之民族認同》,《中國人民大學校報》2008 年 10 月 13 日國學專版(附:漢藏佛學研究中心成立照片);另載《光明日報》2008 年 10 月。

《〈漢藏佛學研究叢書〉編輯緣起》,《文景》2008 年第 6 期,頁 22—26。

《西方的大喜樂崇拜與精神的物質享樂主義——從密教、〈欲經〉在美國的流行談起》,《文景》2008 年第 10 期,頁 32—39。

2009 年:

《說跨文化誤讀》,《不止於藝——中央美院"藝文課堂"名家講演錄》,李少文主編,北京:北京大學出版社,2009 年,頁 161—189。

《我讀馬麗華》,《文景》2009 年第 4 期,頁 4—11。

《我們能從語文學學些什麼?》,《文景》2009 年第 5 期,頁 28—35。

《我的心在哪裏?》,《文景》2009 年第 6 期,頁 42—48。

《各美其美,美美與共——寫在〈漢藏交融——金銅佛像集萃〉出版之際》,《文景》2009 年第 12 期,頁 40—45。

《欲經：從世間的男女喜樂到出世的精神解放》，《書城》2009 年第 4 期，頁 78—89。

《〈風華成典・西藏文史故事十五講〉序二》，馬麗華著，《風華成典・西藏文史故事十五講》，北京：中國藏學出版社，2009 年 3 月，頁 4—6。

2010 年：

《初識馮其庸先生》，《文景》2010 年第 6 期，頁 61—62。

《誰是達賴喇嘛？》，《天涯》2010 年第 3 期，頁 185—191。

《也談東方主義和西藏問題》，《天涯》2010 年第 4 期，頁 185—191。

《學術偶像崇拜和學術進步》，《東方早報——上海書評》2010 年 5 月 23 日。

《漢藏交融與民族認同》，《讀書》2010 年第 1 期，頁 3—11。

後　　記

　　收錄在這部文集中的是我進入學界近三十年來所寫學術論文中的一大部分，主要內容大致可分爲以下四個方面：一、元、明時期西藏與漢地、蒙古政治關係研究；二、藏傳佛教歷史、文獻和人物研究；三、西夏、蒙古時代漢譯藏傳密教文獻及其藏傳佛教在中亞和漢地傳播歷史研究；四、中西方文化與藏傳佛教之互動研究。這些研究不僅內容互相關聯，學術方法也一以貫之，都是採用廣義的語文學方法對不同時期西藏的歷史、宗教，以及它們與外部世界的關係所作的個案研究，它們大致反映了我個人學術研究的理路、歷程和成果。

　　今天出版這一部文集緣起於鄉誼、上海古籍出版社的府憲展先生對我的文章的厚愛。我平生敬仰的老師們都是七八十歲後才出版一部可以傳世的學術論文集的。我年不到半百，讀書、寫作剛要進入自己期待的境界，現在立馬要出版一部學術論文集，心裏極爲忐忑不安，深恐貽笑大方。但終於經不住府先生一再的曉之以理，並動之以情，故只能以感激和惶恐的心情，從我已經發表的學術論文中選出自我感覺尚可示人的部分，編成這部文集——《西藏歷史和佛教的語文學研究》。敝帚自珍，我私心當然特別希望這部文集的出版能夠獲得學界同仁，特別是曾經在不同時期、以各種方式教導、扶持過我的良師益友們的認可，也只有這樣才能不辜負師友們的厚望。

　　編集這部文集，追想每篇文章的寫作過程，讓我對自己的學術經歷有了一番回顧，不禁感慨萬分。我求學的過程很長、走得很遠，有時也異常艱難，但現在回憶起來的卻更多是一段段美好的往事，心中滿是喜悅和對衆多師友們的感激之情。我最初的學術生涯是在南京大學歷史系元史研究室度過的，我的老師陳得芝先生既讓我懂得什麼是學問，也讓我知道什麼是做人的道德，從此我深信一個人的學問和人品應該是相輔相成的。直到今天，每當聽到別人由衷地誇讚陳老師的道德文章時，我都深以爲曾經是他的學生而驕傲。由韓儒林先生一手創立起來的南京大學元史研究室曾經是一個學養深厚、人才濟濟，且生機勃勃的學術機構，我有幸在那裏與陳得芝、邱樹森、丁國范三位導師和劉迎勝、姚大力、高榮盛等其他衆多師友、同學們朝夕相處，學習、工作了近七年的時間,基本塑定了我今後的學術道路和治學風格。從此,不管我走到哪裏,我始終將南京大學元史研究室當成我理想的學術家園。

　　將我領入藏學研究這個殿堂的是中央民族大學的王堯老師,當年他作爲唯一一位活躍於世界藏學舞臺的中國學者以其非凡的個人魅力,向我和我的同學們展示了藏學研究不可抵擋的魅力和令人鼓舞的前景,雖然當時僅僅隨他學了不到一年的藏文,但我很快就立志把藏學研究當成自己終身的事業。前年冬天,我聚集了五十餘位師友、學生,在中國人民大學國學院内爲王堯老師慶祝八十華誕,席間作家馬麗華突發遐想:"假如没有王堯……",後來寫成一篇題爲"皆因有了王堯先生"的小文,敍説他對中國藏學研究的進步作出的卓越貢獻。我想我比馬老師還要清楚,若是没有王堯先生,世界上就不會有我這樣一位西藏學家,也不會有現在正在我身邊刻苦學習藏文、思大有爲於天下藏學界的這一干青年後生。而我的學生們一定也還記得我在中國人民大學的第一堂課竟然是王堯老師親自代我上的,至今他仍然在用語言和行動激勵和扶持着他的學生。

　　從 1990 年開始,我在德國波恩大學中亞語言文化研究所(Seminar für Sprach– und Kulturwissenschaft Zentralasiens)度過了又一個七年的時光,見證了它的興衰。我的主修中亞語言文化學的導師 Klaus Sagaster 教授是德國教授中難得的好好先生,他專精蒙古學,卻擔當藏學教席,正好合適指導我這位研究蒙藏關係史的學生。七年間,他不但爲我設定了學習計劃、指定了論文題目、搞定了獎學金,而且還不吝時間、金錢,以各種方式帶着我體驗德國人過的生活,波恩小城中的大部分酒館、飯店都曾留下過我們師徒倆的身影。去年春天,我再訪波恩,Sagaster 先生和神志已稍有點糊塗的 Sagaster 太太帶着我在城中的一家飯店吃晚飯,吃完又帶我去以前我們常去的酒店喝酒,十點多了老兩口還意興闌珊,不舍之情溢於言表。這樣的師生情誼讓我覺得人生很溫暖。

　　在波恩大學中亞所我還隨 Dieter Schuh 教授讀了三年的古藏文。在國際藏學界,Schuh 教授的天才和他的傲慢一樣有名,故上他課的學生永遠只有我和他僅有的兩位女弟子。三年下來,我的藏文閱讀水準有了明顯的提高自不待言,我和 Schuh 先生的關係也發生了變化。記得有一回,Schuh 教授照例昂首闊步地走進中亞所,對滿屋子的人視若無睹,卻很熱情地和我打起了招呼,令我受寵若驚,也令旁人錯愕不已。多年過後,我生平第一次在一個國際學術會議上用英文報告論文,偏偏遇上 Schuh 教授當主持,我剛講完引言,正準備進入主題,大會規定的發表時間已到,他毫不留情地打斷我的發言,令我面紅耳赤。不過,會後有朋友悄悄告訴我,Schuh 教授對他説"沈的論文差不多是這次會議論文中最好的一篇”,令我暗暗得意。這些年來,我和 Schuh 教授保持着若即若離的聯繫,他好幾次約我爲他主編的雜誌寫稿,可發表了竟然連一本雜誌都舍不得送給我。可在我學術上遇到難題的時候,我還是會首先想到向 Schuh 教授求教。

我的副修比較宗教學的導師是 Hans Joachim Klimkeit 教授,他是中國學者非常熟悉的一位摩尼教和絲路研究的世界級專家。由於比較宗教學是我在國内從來没有接觸過的學問,一切從頭開始,所以我用心上了 Klimkeit 先生很多的課,讀完了他和他的老師 Gustav Menching 先生的絶大部分著作。在波恩的七年間,我和 Klimkeit 先生有過非常多的接觸,我所有有關比較宗教學的知識大半來自他的傳授,但説實話對他和他的學問我始終有陌生感。最後一次見到 Klimkeit 先生是我的畢業考試,爲了應付他的這個考試,我足足準備了半年的時間,可考試的時候他竟然只問了我兩個簡單到無法想象的問題,隨後就和我拉起了家常,真的是匪夷所思。過後没多久,朋友傳來消息説 Klimkeit 先生用十分慘烈的方式結束了自己的生命,一個曾經有過非常輝煌的學術生涯的一代名師從此隕落。現在我有時還會想起他來,依然想不明白爲何偏偏是他,一位看起來有點不可一世的大教授,竟然也如此無法直面自己的人生?

博士畢業後不久,我有幸結識了僑居加拿大多倫多市的佛學名宿、藏傳佛教寧瑪派大師 bDud'jom 活佛的漢地傳人談錫永先生,並受邀參加他主持的翻譯藏傳佛教寧瑪派見、修法本計劃。談先生不是我過去習慣交往的學術圈内之人,可他對藏傳佛教之見地和修行的全面了解,以及他對藏傳密教甚深法義的深刻領會,讓我清楚地看到了學院圈内之人的嚴重不足。而談先生爲實現振興漢藏佛學這一菩提心願而嘔心瀝血、不辭辛勞的精神很快深深地感動和影響了我,並促使我最終下決心結束長達十六年的海外漂泊,回國就業。近五年來,也正是在談先生的指導和支援下,我開始在學界積極宣導漢藏佛學比較研究,身體力行研究漢藏佛學交流史,並在我的學生中間有意識地培養從事漢藏佛學比較研究的專業優秀人才。在我眼中,談先生既是一位有大智慧的學人、導師,也是一位有菩薩心腸的施主、大德,能得到他對我所做學問的賞識和支持是我平生極大的榮幸,對他我惟有一片感恩之情。

博士畢業後,我有過兩段做博士後研究的經歷。一次是作爲哈佛燕京學社資助的合作研究人員,在哈佛大學印度和梵文研究系(Department of Sanskrit and Indian Studies)和該系西藏和喜馬拉雅研究教授、系主任范德康(Leonard van der Kuijp)先生就明封烏斯藏大乘法王遺留藏文文書進行爲期半年的合作研究;另一次是作爲日本學術振興會博士後研究獎學金獲得者、日本京都大學文學部外國人共同研究員,與該部佛學研究教授御牧克己先生就吐蕃時期漢傳禪宗教法在西藏的傳播進行合作研究,爲期兩年。范德康和御牧克己兩位先生都是國際藏學界和佛教學界的大腕級人物,范德康先生曾是美國獎勵學術天才的麥克亞瑟獎得主,而御牧先生據説是日本皇家學士院最年輕的院士,能有機會和他們進行合作研究、並成爲親近的朋友衹能説是因爲緣分。1993 年夏天,我和從未曾謀面的范教授邂逅於北京的大街上,當時我們正從不同的方向趕往民族文化宫圖書館的途中。如今,范教授成了我們國學院的常客,每年夏天來北京,冒着酷暑爲我的學生們授道解惑,還和我們一起去西藏、甘肅、青海、寧夏等地遊學。我和御牧先生則相識於范教授在哈佛的課堂上,當時我們同是范教授的客人、都在和范教授進行合作研究。當這一堂我們唯一一起參加的藏文閲讀課結束之後,御牧先生對我説:你是學歷史的,有没有興趣去京都大學和我合作研究? 這第一次的相遇就促成了我們今後長達三年的合作,除了緣分我實在没法給出更好的解釋。迄今爲止,我和范德康、御牧克己兩位教授的合作研究都還没有任何成果發表,但這段合作研究的過程卻讓我獲益良多。我和他倆的風誼介乎師友之間,對他們兩個人的學問,我依然是高山仰止,而與他們的友情則給了我更多的鼓舞。當你的學術偶像再也不是一個遥不可及的幻影,而是一位可以親近的朋友時,榜樣的力量就會變得十分的直接,而你對學問的理解和對做好學問的標準和期待都會有完全不同的感受。

　　我能在學術道路上走到今天,並還能在這條道路上繼續往前走下去,全仰仗上述諸位師友們給予我的教導、鼓勵和扶持,今天借這本文集出版的機會,我衷心地向他們表示感謝。從前我曾經夢想過要通過自己的努力,有朝一日在學術上超越他們,但他們實在太出色,各有各的卓越,而自己天資有限,再加上我們整個這一代人先天的不足,我終究無法超越他們中的任何一位。今天這樣的夢想當然早已不復存在,我只希望自己能夠成爲介於我的老師和我的學生之間、介於中國藏學和世界藏學之間的一座橋梁,希望我的學生們最終能夠實現我曾經有過的夢想,超越我的師友們,成爲真正世界一流的西藏學家、蒙古學家或者佛學家。

　　再次感謝府憲展先生的盛情,感謝他爲這本文集的計劃、編輯和出版所作的一切努力;感謝王興康先生和他領導的上海古籍出版社爲出版這部文集所給予的熱情和慷慨的支持;感謝吕瑞鋒先生爲編輯這本文集所付出的辛勤勞動。這本文集最初的收集、編排工作是由徐華蘭同學做的,其後曾漢辰、安海燕、魏文、閆雪、孫鵬浩、王曦、張淩輝等同學也作了不少糾錯、校對的工作,於此我也向他們一併表示衷心的感謝。

　　最後我要感謝我的妻、兒,並向他們表示我由衷的歉意。我至今能夠不爲五斗米折腰，始終如一地堅守在我開始於二十五年前的藏學研究這個領域全賴我妻子汪利平的支持，她不但爲操持這個很少完整的家、爲撫育我們的孩子付出了常人難以想象的辛勞，而且出於我們共同的生活背景和海内、海外的求學經歷，她對我的學術追求和生存處境總有惺惺相惜的理解和無私的支持，很多有利於我的個人追求、但不利於家庭的選擇都是在她的理解和支持下作出決定的。我的孩子沈盡歡不但現在要經受常年不見父親蹤影的苦難，而且在他還是孩童的時候就曾隨我在歐洲、日本漂泊了三年之久，使他失卻了兒時要好的玩伴和熟悉的生活環境，以致以後很長時間内難以找回他兒時生活的那份自在和安全感，甚至對他自己的身份認同也產生了很深的疑慮，至今想來讓我依然覺得十分的愧疚。學無所成，但又不能爲家庭盡責，這是我平生最大的遺憾。

沈衛榮

2010 年 11 月 19 日於臺北南港旅舍

圖書在版編目(CIP)數據

西藏歷史和佛教的語文學研究/沈衛榮著.—上海：
上海古籍出版社,2010.12
ISBN 978 - 7 - 5325 - 5559 - 8

Ⅰ.①西…　Ⅱ.①沈…　Ⅲ.①西藏—地方史—研究
②佛教史—研究—西藏　Ⅳ.①K297.5②B949.2

中國版本圖書館 CIP 數據核字(2010)第 192826 號

本書由上海文化發展基金圖書出版專項基金資助出版

ISBN 978-7-5325-5559-8

9 787532 555598 >

書　　名　西藏歷史和佛教的語文學研究
作　　者　沈衛榮
責任編輯　呂瑞鋒
出版發行　上海世紀出版股份有限公司
　　　　　上　海　古　籍　出　版　社
　　　　　(上海瑞金二路 272 號　郵政編碼 200020)
　　　　　(1)網址:www.guji.com.cn
　　　　　(2)E - mail:gujil@ guji.com.cn
　　　　　(3)易文網網址:www.ewen.cc
印　　刷　上海惠頓實業公司
版　　次　2010 年 12 月第 1 版
　　　　　2010 年 12 月第 1 次印刷
規　　格　開本/787×1092 毫米　1/16
　　　　　印張 46　字數 612,000
印　　數　1—1,300
國際書號　ISBN 978 - 7 - 5325 - 5559 - 8/K·1283
定　　價　168.00 元